DE DODE KAMER

Eerste druk, november 2013
© 2013 Bronja Hoffschlag

ISBN: 978 90 821370 0 2
NUR: 305

Omslagontwerp: A. Hoffschlag
Omslagillustratie: A. Hoffschlag

Uitgever: Agemo, Rotterdam

DE DODE KAMER

BRONJA HOFFSCHLAG

Voor 'Muis', mijn beste vriendin en lezer van het eerste uur. *All things must pass*, maar er is altijd een Deel II... Ik zie je wel weer aan de andere kant. Bedankt voor alles. Woorden schieten tekort.

Wat blijft zijn de herinneringen.

De vriendschap, de vrijheid, de vele boeken, de 'kilometerslange zolders' van Virginia, de 'ruizelende regen' uit dat ene gedicht, de muziek op de oude vinylplaten, de kanarie die meezong en heel soms, heel even de ontdekking van de hemel.

Klein, maar voor altijd gekoesterd geluk, in het tranendal dat leven heet.

Ik hoop dat je ergens bent en glimlacht.

De onwaarheid is onveranderlijk het kind van één of andere vorm van angst.

Aleister Crowley

＊ ＊ ＊ ＊ ＊

Looking back to a crystal of colours
At the good things gone by in your life
Don't you see that they're vague and deceptive
And you never return though you try
It's easy to follow and it's hard to make your own way
So you sit and you think, try to find the missing link
In your life

As you walk through your days of confusion
And you cry because something seems lost
You feel helpless and sad as you wonder
Without knowing what kind in it costs
It's easy to sorrow and it's hard to live something new
So you just wait and see, this will never set you free
In your life

If you dream of a mountain of golden
That will shine out for what you are worth
When you wake don't start wasting the morning
For a mountain is part of things earned
It's easy to linger and it's hard to climb at all high
So you sit and you pray for a short and easy way
In your life

So how come you are feeling so lonely?
You've got friends taking good care of you
And they are so alike and they love you
But you never can tell who is who
It's easy not to wonder and it's hard to think for yourself
Where am I? Who are they?
This could be the longest day
In your life

Boudewijn de Groot, 1968

Boek I:

Blauwdrukken

Maandag, 31 december 2012 – avond
New York, Amerika

Vandaag ben ik weer bij Misha op bezoek geweest. Vorige week leek het een beetje de goede kant op te gaan, maar vandaag was er weinig met hem te beginnen. Ik was hoopvol na de vorige keer en ik was blij dat James een uitzondering had gemaakt op het reglement. Ik wilde Misha graag zien en hoopte dat hij iets los zou laten, misschien omdat het de laatste dag van het jaar is. Dingen afsluiten of zo.

Hij was afstandelijk en zei niet veel. Ergens heeft hij ook wel gelijk.

Wat zeg je in zo'n situatie?

'Gelukkig Nieuwjaar'?

'Heb je nog goede voornemens?'

Over een paar uur is 2012 officieel geschiedenis. Nu is het tijd om de balans op te maken, om te begrijpen hoe het zo heeft kunnen lopen en om onder ogen te zien, in hoeverre ik hier een aandeel in heb. Ik had in moeten grijpen en het heel anders moeten doen.

Vanmorgen heb ik al mijn oude aantekeningen nog eens doorgelezen, maar wanneer en waarmee het precies is begonnen, kan ik nog steeds niet zeggen. Voor mij begon het pas op 17 augustus van dit jaar, maar voor Misha ligt dat anders. Voor hem begon dit jaren geleden al, denk ik. Ik zie iets over het hoofd.

Wat?

Hoe ver gaat dit terug?

Tenslotte leek alles een half jaar geleden nog normaal.

Mijn broer had zijn leven en ik het mijne. Nu lijkt het erop dat Misha meer dan één leven leidde. Levens, die altijd parallel liepen, elkaar nooit kruisten en pas ergens in de laatste zes maanden bij elkaar zijn gekomen.

Wat heb ik allemaal gemist?

Een half jaar geleden had ik niet kunnen bedenken dat ik op 31 december zou zijn waar ik nu ben en vooral niet dat Misha zou zijn waar hij nu is. Andersom zou het niemand verbaasd hebben – mezelf ook niet, trouwens. Ik was altijd degene die in de problemen kwam en Misha was altijd degene, die me eruit haalde. Ik veroorzaakte de problemen en hij loste ze op.

Ik begrijp het niet.

Misha was anders dan ik. Hij had alle kansen in het leven. Hij had alles en hij gooide het gewoon weg voor –

Waarvoor eigenlijk? Geen idee.

Die George Springfield kan zoveel zeggen, maar ik geloof niks van zijn verhaal. Vandaag heb ik mijn broer weer om een verklaring gevraagd, maar hij laat niks los. Ik moet weten waar het mis is gegaan. Ik ben bijna zes jaar ouder dan hij. Ik ben verantwoordelijk voor hem, maar ik had het te druk met mijn eigen bullshit.

Hij had me nodig en ik was er niet voor hem, omdat –

Ik gooi mijn pen op het bureau, kijk naar mijn dagboek en zucht. Het dagboek is feitelijk niet meer dan een eenvoudig schrift, waarin ik dagelijks schrijf over wat me bezig houdt. Op sommige dagen vul ik een hele bladzijde, maar op andere dagen zijn het niet meer dan een paar losse steekwoorden. Het is een gewoonte, die ik ontwikkeld heb kort nadat Misha verdween. Dat ik hem inmiddels heb gevonden, doet weinig voor mijn gemoedsrust. Eerlijk gezegd was ik beter af toen ik niet wist waar hij was. Toen maakte ik me minder zorgen om hem dan nu en kon ik mezelf in ieder geval nog *wijsmaken* dat hij in orde was.

De onafgemaakte zin op het papier lijkt bijna naar me terug te staren en smeekt erom voltooid te worden, maar ik kan de woorden niet vinden. Het doet me denken aan iets, dat Misha regelmatig zegt.

'Len, ik heb geen woorden.'

Ik ook niet, jochie, denk ik.

Voor het eerst begrijp ik een beetje wat mijn broer met die tekst bedoelt. Ik denk dat zijn zwijgzaamheid geen onwil is, maar zelfbescherming. De waarheid is te groot of te pijnlijk om de woorden hardop te zeggen en horen – of op te schrijven en zwart op wit terug te lezen, in mijn geval.

Maren Franka staat vlak achter me en leest over mijn schouder mee.

Ik laat haar begaan. Het is een gewoonte van haar om met anderen mee te lezen, iets dat ze automatisch en bijna dwangmatig doet. Het is een gewoonte, die iedereen die haar kent irritant vindt, behalve ik.

Ik heb toch geen geheimen.

Maren heeft de afgelopen maanden wel bewezen, dat ze erg goed is in het bewaren van alle geheimen, die haar worden toevertrouwd – en dan voorname-lijk die van mijn broer. Een paar seconden lang vraag ik me af hoe Misha had gereageerd, wanneer Maren met hem mee las. Ik kan me niet voorstellen dat hij dat ooit zou tolereren, maar om de één of andere reden laat hij Maren altijd veel dichterbij komen dan ieder ander.

Ik heb me al zo vaak in mijn broer vergist. Ik dacht altijd dat ik hem goed kende en dat hij voorspelbaar was. Ik dacht dat ik wist hoe hij in elkaar zit, maar inmiddels moet ik toegeven, dat ik geen idee meer heb wie Misha is en waar hij toe in staat is.

"Len, je moet niet zo hard zijn voor jezelf," zegt Maren na een lange stilte en ze legt haar hand even op mijn schouder.

"Waarom niet?" vraag ik. "Ik was vijfenhalf toen Misha geboren werd. Ik herinner me nog dat mijn ouders met hem thuiskwamen en dat mijn vader zei, dat ik nu een grote broer was en dat het mijn taak was om mijn broertje te beschermen en dat ik verantwoordelijk voor hem was. En weet je wat ik deed? Toen we ouder waren, moest ik weleens op hem passen. Dan liet ik hem gewoon alleen thuis om naar feestjes te gaan... En later, toen pa en ma over-leden waren, heb ik er een nog grotere teringzooi van gemaakt."

"Je hebt je best gedaan," antwoordt Maren.

"Wat als het mijn schuld is dat hij daar nu zit?" vraag ik.

Het is voor het eerst dat ik die angst hardop uitspreek, maar ik besef dat als ik niet eerlijk tegen mezelf ben, dat ik ook niet van Misha mag verlangen dat hij dat wel is.

"We zijn allemaal verantwoordelijk voor onze eigen keuzes en acties, Len," zegt Maren.

"Keuzes?" herhaal ik. Ik draai mijn hoofd een beetje, zodat ik haar aan kan kijken en houd haar blik even vast. "Dus het was een keuze? Een *bewuste* keuze?" Ik geef haar geen kans om te antwoorden. "Ik wist het! Ik wist dat die *fucking* George Springfield sprookjes vertelde!"

"Dat zei ik niet," protesteert Maren.

"Ontken het dan!" schreeuw ik.

"Dat kan ik niet," zegt ze.

"Waarom niet?" vraag ik, iets rustiger.

"Dat mag ik niet," antwoordt ze.

"Dat *mag* je niet?" vraag ik en ik trek mijn wenkbrauwen op. "Van wie niet? Van die *fucking* Springfield?" Ik weet dat het niet zo is, maar over de enige andere mogelijkheid wil ik niet nadenken. Ik wil niet weten hoeveel wantrouwen mijn bloedeigen broer koestert jegens mij. Ik zucht weer. "Weet je, Maren? Ik word echt knettergek van jullie allebei. Ik moet altijd maar op eieren lopen, tien keer nadenken voordat ik iets zeg en vooral geen vragen stellen."

"Het is niet aan mij," zegt Maren kalm.

Ze weet dat ik met 'jullie' niet langer haar en George Springfield bedoel.

Ik zie aan haar gezicht, dat ik wederom geen antwoorden op mijn vragen zal krijgen. Het kost me veel moeite om mijn geduld te bewaren en ik sluit mijn ogen even. Ik moet mezelf tot kalmte manen, om haar niet bij haar schouders te pakken en door elkaar te schudden.

Een half jaar geleden kende ik Maren nauwelijks. Ik zag en sprak haar soms, omdat we in dezelfde buurt woonden. Of eigenlijk heb ik haar leren kennen, omdat we in dezelfde coffeeshop kwamen en daar soms samen een joint rookten. Van diepgaande gesprekken was nooit enige sprake geweest en ik wist destijds weinig over het tengere, donkerharige meisje. In die tijd kenden we elkaars achternaam niet eens en wist ik ook niet dat ze mijn broer heel goed kent.

Misschien wel beter dan ik zelf, denk ik bitter.

"Soms denk ik dat ik mijn broer helemaal niet ken," beken ik schoorvoetend.

"Ik moet realistisch zijn, Maren." Ik pak een flesje bier, dat voor me op het bureau staat en neem een slok. "Ik ben gewoon een egoïstische klootzak geweest..." Zodra ik zie dat ze wil protesteren, hef ik mijn vrije hand op en vervolg: "Als ik hem vroeg hoe het met hem ging en hij zei 'goed', dan vroeg ik nooit verder, ook al wist ik dat hij ergens mee zat. Ik had nooit zin in een saai verhaal over school of over zijn werk. Er is zoveel dat ik niet wist, zoveel dat hij heeft verzwegen. Of zoveel waar ik nooit naar gevraagd heb, eigenlijk... Ik was altijd zo met mezelf bezig, dat ik dit niet heb zien aankomen."

"Doe jezelf dit niet aan," zegt Maren. Ze gaat op een hoek van het bureau zitten en legt haar hand op mijn arm. "Dit *kon* je niet aan zien komen."

"Jij wel. Waarom liet je hem gaan?" vraag ik. Ik kan de verwijtende toon in mijn stem niet onderdrukken en kijk haar strak aan als ik eindelijk de vraag stel, die al tijden op mijn lippen brandt. Ik moet het weten. "Hoe kon je dit laten gebeuren? Waarom heb je hem niet tegengehouden?"

"Omdat Misha zich niet tegen *liet* houden," antwoordt Maren kalm. De vraag komt niet echt uit de lucht vallen. Ze verwacht dit waarschijnlijk al een tijdje. "Omdat hij het zelf zo wilde en omdat het juist was."

"Juist?" herhaal ik. *"Juist?* Je bent echt knettergek!"

"Je weet niet waar je het over hebt!" roept Maren. "Je weet niet..."

"Leg het me dan uit!"

"Nee! Je weet helemaal niks! Dit is de gerechtigheid die we nooit hebben gekregen!"

"Gerechtigheid? Rot toch op met je gerechtigheid!" schreeuw ik en sla hard met mijn vuist op het bureau. Woede laat mijn donkere ogen nog donkerder lijken, is me altijd verteld. Het zal wel waar zijn, want Maren schuift een stukje bij me vandaan. Normaal gesproken zou dit voor mij het teken zijn om mijn toon te matigen, maar ik kan me niet meer inhouden. "Moet je zien waar het hem gebracht heeft, kutwijf!" Ik zwijg even. "Hij had alles, Maren. Alles!"

"Schreeuw niet zo, Len," zegt Maren. "Ik zit vlak naast je."

"Sorry."

Maren steekt een sigaret op en zucht. "We moeten geen ruzie maken, Len. Hij heeft het zelf zo gewild."

"Dat is *niet* waar."

"Dat is *wel* waar."

Ik zwijg even en vraag dan huiverig: "Er is nog veel meer, hè? Veel meer dat ik niet weet... Meer geheimen."

Maren knijpt even zachtjes in mijn pols en zegt: "Dat is niet aan mij."

"Maar je weet het wel." Het is geen vraag. Ik heb geen enkele twijfel meer.

"Ja," zegt ze.

"Ik begrijp het niet." Ik zet mijn bierflesje hardhandig op het bureau en kijk Maren dan recht in de ogen. "Hij had alles tegen – alles – en toch kreeg hij het helemaal voor elkaar en was hij succesvol in het leven... Ik weet wat ik ben... Misha en ik hebben dezelfde start gehad en ik maakte er een enorme puinhoop van, precies zoals iedereen had verwacht. Misha niet. Waar ik links ging, ging hij altijd rechts. Automatisch... Maakte altijd de juiste keuzes... Ging braaf naar school... Universiteit, Bachelor, Master, cum laude, alsof het niks was... De hele teringzooi... Hij is godverdomme ingenieur en nu staat hij lager op de maatschappelijke ladder dan ik." Ik pak Marens pakje sigaretten en steek er één op.

Maren kijkt me aan en zwijgt. Ze glimlacht, pakt mijn vrije hand en knijpt erin. Ondanks dat mijn slachtofferrol haar zichtbaar irriteert, heeft ze medelijden met me. Ik zie het in haar ogen. "Het komt wel goed," zegt ze uiteindelijk.

"Hoe kan dit ooit nog goed komen?" antwoord ik.

"Dat heeft hij me beloofd," antwoordt Maren en ze probeert het gesprek op subtiele wijze een iets andere richting op te sturen, door te vragen: "Hoe ging het vandaag met hem?"

"Hoe denk je dat het met hem gaat?" vraag ik boos.

Misha is de laatste maanden zo vaak het onderwerp van onze gesprekken geweest, dat we hem nog nauwelijks bij zijn naam noemen. 'Hij' en 'hem' volstaan inmiddels.

"Je weet best wat ik bedoel," zegt Maren sussend.

Ik haal mijn schouders op. "Hij... Hij zat daar maar...," vertel ik. "Hij zat tegenover me aan die tafel, maar het leek wel alsof hij niet eens in dezelfde ruimte was... Hij was afwezig, snel afgeleid... En ik had steeds het gevoel, dat hij constant alles en iedereen om ons heen in de gaten wilde houden. Dwangmatig, bijna... Hij laat niks los... Hij vroeg me zelfs om woensdag niet te komen. Ik weet het niet."

"Jawel," zegt Maren.

"Nee." Ik zucht weer. "Ik zag iets in zijn ogen, dat ik nog nooit eerder gezien heb, Maren... Niet in die mate... Koud... Hard... Hij was zo ongelooflijk afstandelijk."

"Dan zit hij in zijn survivalmodus," antwoordt Maren. "Ik heb het eerder gezien... Hij draait wel weer bij. Altijd."

"Survivalmodus?" herhaal ik sceptisch.

God, weer zo'n modern woord uit één van haar zelfhulpboeken.

Maren knikt. "Hij sluit zich af," verduidelijkt ze. Ze neemt een diepe haal van haar sigaret en blaast een rookwolk door de kamer. "Dan heeft hij teveel chaos in zijn hoofd en sluit hij zich af, om alles voor zichzelf weer op een rijtje te zetten... Dat deed hij vroeger ook als..." Ze zwijgt abrupt en kijkt weg.

"Als wat?" vraag ik.

Maren antwoordt niet. Ze dooft haar sigaret in de asbak, die tussen ons in op het bureau staat. Dan schuift ze de asbak een stukje opzij, zonder duidelijke reden.

"Als wat?" vraag ik weer.

Maren legt haar wijsvinger tegen mijn lippen en zegt: "Niet vragen." Ze schudt haar hoofd en laat haar hand zakken. "Het is niet aan mij."

Ik kijk haar aan en wil verder vragen, maar ik zie aan de blik in haar ogen, dat het zinloos is. Ik ben moe, moe van alle onzekerheden en moe van alle vragen, waarop ik nog altijd geen antwoorden heb kunnen vinden. Ik zak nog verder onderuit in mijn stoel en leun achterover.

Tegenover me hangt een spiegel.

Welke idiote binnenhuisarchitect heeft dat verzonnen?

Ondanks mijn tweeëndertig jaar, zie ik eruit als een man van begin veertig. De vele jaren van drinken, roken, blowen en feesten beginnen duidelijk hun tol te eisen. Mijn kortgeschoren donkere haar begint al wat dunner te worden en de eerste tekenen van rimpels beginnen zich te manifesteren in mijn gezicht. Mijn donkere ogen worden omringd door nog donkerder kringen.

Je word oud, denk ik.

Maren kijkt naar me en draait peinzend een haarlok rond haar wijsvinger.

"Afgelopen woensdag was hij heel anders," zeg ik langzaam, na een korte stilte.

Met de brandende punt van mijn sigaret, duw ik Marens uitgemaakte peuk doelloos heen en weer in de verder nog lege asbak. "Toen leek hij... Weet ik veel... *Blij* om me te zien... Hij omhelsde me... We hielden elkaar vast, zoals vroeger. We praatten en..."

"En wat?" vraagt Maren. Ze frunnikt even aan een paar armbandjes van gekleurde kralen, die ze om haar rechterpols draagt. De kleuren van de kralen zijn vaal geworden en zelfs voor een deel weggesleten. "Ik weet het niet," zeg ik. "Ik weet alleen dat ik het *haat*, om hem zo te zien. *Daar*. Hij hoort daar niet."

"Ik weet het wel," antwoordt Maren. "Je wilt het beste voor je kleine broertje."

"Natuurlijk," zeg ik.

"Maar je kleine broertje is geen kind meer, Len. Hij is zesentwintig," gaat Maren verder. Ze haalt haar schouders op. "Hij moet het zelf doen."

"Hij heeft het altijd al zelf moeten doen," snauw ik.

Maren trekt zich ogenschijnlijk weinig aan van mijn toon. "Je hebt je best gedaan," zegt ze. "Echt." Ze laat zich van het bureau glijden en zegt dan: "Geef eens geld."

Ik haal een briefje van twintig dollar uit mijn broekzak.

Maren pakt het aan. "Ik ga scoren," deelt ze overbodig mede, terwijl ze het geld in de zak van haar jeans stopt. "Ik zag een dealer in de hal van het hotel, toen we terugkwamen. Fijne man, die George, om ons hier te parkeren. Wil jij ook iets?"

Ik schud mijn hoofd.

Maren pakt haar vest, dat over de rugleuning van mijn stoel hangt en trekt het aan. Ze ritst de sluiting dicht en bindt haar lange, donkere haar in een slordige, losse paardenstaart. "Zeker weten, Len? Het is Oud en Nieuw..." Ze trekt de capuchon van haar vest over haar hoofd en graait de kamersleutel van het bed.

"Ik heb goede voornemens," antwoord ik sarcastisch en gebaar naar Maren, dat ze weg moet gaan.

Ze legt haar hand even op mijn hoofd en zegt: "Ik blijf zo lang als je me nodig hebt."

"Ga nou maar," zeg ik ongeduldig en druk mijn sigaret uit in de asbak. "Anders loop je de hele nacht weer op te spoken, omdat je niet kunt slapen. En dan slaap ik ook niet."

"Ik ben zo terug," verzekert ze me. Ze kust me vluchtig op mijn voorhoofd.

"Als je over tien minuten niet terug bent, kom ik je halen," waarschuw ik.

"Heerlijk als je zo bazig bent," plaagt Maren en rolt met haar ogen.

"Ga nou maar," zeg ik en pak mijn balpen weer. Ik hoor de deur van de hotelkamer achter Maren in het slot vallen en vind de woorden om de laatste zin op het papier af te maken.

... ik wilde geloven dat het goed met hem ging.

Lennart Larsen

PROLOOG
VOICEMAIL

Donderdag, 16 augustus 2012 – avond
Rotterdam, Nederland

De laatste maten van Led Zeppelin sterven weg en gaan over in een ruisend geluid, gevolgd door een zachte klik als de platenspeler afslaat. Dat klikje is een geluid, waar ik maar niet aan kan wennen. Als je veertien jaar lang een pick-up hebt gehad, die niet afslaat, raak je gewend aan het eindeloze ruisen van de naald, die doelloos rondjes blijft draaien in de laatste groef.

Mijn oude pick-up is nog van mijn vader geweest, evenals een deel van mijn elpeecollectie en de inhoud van een aantal stoffige verhuisdozen onder mijn bed. Die platenspeler doet het niet meer, maar ik kan me er niet toe zetten om hem weg te gooien. Nadat ik voor mijn laatste verjaardag van mijn broer een nieuwe pick-up kreeg, heeft de oude nog bijna twee maanden in een hoek van de woonkamer gestaan. Als een monument voor het einde van een tijdperk. Of omdat ik te lui ben om het apparaat naar het milieupark te brengen.

Toen mijn broer eind december bij me op visite was en me vroeg waarom ik iets bewaarde dat geen functie meer had, verhuisde ik het monument naar mijn slaapkamer, waar ik het onder mijn bed schoof, bij de andere nutteloze spullen van onze dode ouders.

Ik steek een sigaret op en ga naar de keuken om een nieuw blik bier te pakken. Met mijn vrije hand sluit ik de deur van de koelkast weer en draai me om, om terug te gaan naar de woonkamer. Er zijn nog drie halve liters bier en ik ben pas bij *Led Zeppelin II*.

Voor mij is het pas tijd om te gaan slapen als ik high ben, het bier op is en ik de eerste vier elpees van Zep heb afgespeeld.

Of dat om twee uur 's nachts of om zeven uur 's morgens is, maakt niet zoveel uit. Ik heb toch weinig verplichtingen als beroepswerkloze.

Dan valt mijn oog op de dagvaarding, die in de fruitschaal op de keukentafel ligt en daar een curieus stilleven vormt met mijn huissleutels, een doosje aspirines en wat andere losse rommel. Ik kijk op de klok, die in de keuken aan de muur hangt.

Het is half tien.

Hoewel het nog vroeg is, heb ik dringend behoefte aan duidelijkheid. Ik ga terug naar de woonkamer en pak mijn mobiele telefoon. Ik selecteer het laatstgekozen nummer en wacht ongeduldig, terwijl de telefoon overgaat.

Voor de derde keer vandaag krijg ik zijn voicemail.

"Hallo, dit is Misha Larsen. Ik ben even niet bereikbaar, maar als u bericht achterlaat na de toon, dan bel ik u zo snel mogelijk terug."

Ik haat voicemails en spreek zelden iets in, maar ik ben bang dat ik er vandaag met mijn jongere broer niet onderuit kom. Ik neem een laatste haal van mijn sigaret en maak die uit in de overvolle asbak op de salontafel. Ik zucht en wacht op de pieptoon.

"Hé, jochie. Met mij. Ik denk dat je nog aan het werk bent, maar... Luister, ik weet dat het de laatste keer een beetje klote gelopen is, maar ik zou het fijn vinden als je morgen meegaat naar de rechtbank... Bel me terug als je even tijd hebt... en anders zie ik je morgen daar wel... Kwart voor twee... Dag, jochie."

1.
TEKENS AAN DE WAND

Vrijdag, 17 augustus 2012 – middag
Rotterdam, Nederland

De rechter is een strengogende, kalende, oudere man, die duidelijk een hekel heeft aan het onnodig gebruik van teveel woorden. Hij staart me aan over het ouderwetse montuur van zijn bril en spreekt met een ietwat krakerige, diepe stem, die niet bij zijn magere voorkomen past. Toch straalt hij genoeg autoriteit uit om me te dwingen naar hem te luisteren.

"Meneer Larsen, de rechtbank is van mening dat de genoemde feiten door u zijn gepleegd in de nacht van 4 op 5 juni 2012. Daarnaast bent u in het verleden al twee keer veroordeeld in soortgelijke zaken. Uw eerste veroordeling stamt echter uit uw jeugd en ik ben ertoe genegen, deze niet mee te laten wegen in de bepaling van de strafmaat. Uw laatste veroordeling stamt uit 2005 en u *lijkt* de afgelopen zeven jaar op het rechte pad te zijn gebleven..."

Ik hoor het gelaten aan.

"Daar komt bij," gaat de rechter verder, "dat u zelf toegegeven heeft, de genoemde feiten te hebben gepleegd. De rechtbank zal daarom mild zijn en u een gevangenisstraf opleggen voor de duur van zeven dagen. Daar u deze in voorarrest reeds uitgezeten heeft, bent u vrij om te gaan." Hij zwijgt even, waarschijnlijk om er zeker van te zijn dat zijn woorden goed tot me doordringen.

Ik kijk hem aan, maar zeg niets.

"Echter...," vervolgt hij.

Ik had het moeten weten.

Er is altijd een 'maar' – of in het geval van mensen die gestudeerd hebben een 'echter'.

"Om er zeker van te zijn, dat dit een eenmalige misstap was, wil ik u tevens een voorwaardelijke gevangenisstraf opleggen van een maand, met een proeftijd van een jaar," besluit de rechter.

Ik knik begrijpend en sta pas op als anderen ook gaan staan en de zaal beginnen te verlaten. Dan kijk ik om me heen, maar Misha is nergens te zien.

Mijn advocaat feliciteert me plichtmatig met de goede afloop van de zaak, excuseert zich vluchtig en maakt zich dan uit de voeten.

Ik kan een zucht van opluchting nauwelijks onderdrukken.

Hoewel dit min of meer de uitkomst is, die mijn nerveuze pro deo advocaat me voorspeld heeft, was de mogelijkheid van een langere celstraf toch door mijn hoofd blijven spoken, tot het moment van de uitspraak.

Ik ben er goed vanaf gekomen, denk ik.

Weer...

Dan trekt er een golf van woede door me heen.

Mijn eigen broer heeft niet eens de moeite willen nemen, om naar de rechtbank te komen. Die klootzak vindt zijn werk weer eens belangrijker, dan al het andere om hem heen en heeft me vandaag gewoon laten vallen als een baksteen. Het is een nieuw dieptepunt in onze relatie, die toch al van *ups* en voornamelijk *downs* aan elkaar lijkt te hangen.

Verwend, egoïstisch teringjong!

Ik verlaat de rechtbank. Buiten leun ik tegen een muur, haal mijn pakje Marlboro's en een aansteker uit de zak van mijn jasje en steek een sigaret op. Ik inhaleer diep, vis mijn mobiele telefoon uit mijn broekzak, zet die aan en bel Misha weer. Nadat de telefoon een aantal keer is overgegaan, gaat deze automatisch over op de voicemail.

"Hallo, dit is Misha Larsen. Ik ben even niet bereikbaar, maar als u bericht achterlaat na de toon, dan bel ik u zo snel mogelijk terug."

Godgloeiende godverdomme!

Geïrriteerd en ongeduldig wacht ik op de pieptoon. De afwezigheid van mijn broer maakt me woedend en heeft me dieper gekwetst en teleurgesteld, dan ik aan mezelf toe wil geven. Ik had verwacht dat hij, ondanks onze meningsverschillen, naar de rechtbank zou komen, om zijn oudere broer te steunen.

Na de pieptoon spreek ik een bericht in. "Misha, met mij. Ik ben voorwaardelijk vrij. Je was niet in de rechtbank, klootzak! Waar hang je uit? En waarom bel je me niet terug? Bel me!" Ik verbreek de verbinding, stop de telefoon weer in mijn broekzak en loop naar mijn auto.

"Godverdomme!" vloek ik hardop, zodra ik het papiertje onder mijn ruitenwisser ontdek.

Ik hoef niet eens te kijken om te weten wat het is. Ik doe het portier open, maak een propje van de bekeuring en gooi die achterin de auto.

Weer vierenvijftig euro naar de klote.

* * * * *

Dinsdag, 1 mei 2001 – avond
Rotterdam, Nederland

Slechts gekleed in mijn spijkerbroek verliet ik de badkamer. Ik kon me niet herinneren waar ik mijn schoenen had gelaten, toen ik die ochtend was thuisgekomen. Nadat ik tevergeefs mijn slaapkamer had doorzocht, besloot ik mijn zoektocht voort te zetten in de woonkamer en keuken. Als ik die avond nog ergens naartoe wilde, waren mijn schoenen toch noodzakelijk.

In de keuken trof ik een schoon T-shirt aan, dat over de rugleuning van een stoel hing. Ik hing het over mijn schouder en tuurde onder de tafel, maar van mijn schoenen ontbrak nog altijd elk spoor. Wel kwam ik een brief tegen van de energiemaatschappij, waarin een verhoging van mijn maandlasten werd aangekondigd. Ik pakte de brief op en verliet de keuken.

"Huiswerk?" vroeg ik plichtmatig, toen ik de woonkamer binnenkwam.

Misha zat in kleermakerszit te lezen op het oude, zwartleren bankstel. Op de armleuning lag een boek opengeslagen en hij keek niet op. "Nee."

"Heb je dan even?" probeerde ik.

"Waarvoor?" vroeg hij, sloeg een bladzijde van zijn boek om en las verder.

Tel tot tien, dacht ik.

18

"Kunnen we even... praten?"

Misha keek bedenkelijk op. "Waarover?" vroeg hij achterdochtig.

Ik schoof de brief onder zijn neus en zei: "De energiemaatschappij heeft het maandbedrag verhoogd."

Hij pakte het schrijven aan en keek er even naar. "Ik zie het," antwoordde hij. Toen legde hij de brief naast zich op de bank en richtte zijn aandacht weer op zijn boek, alsof het onderwerp was afgedaan.

"Misha," begon ik.

"Lennart?"

Ik zuchtte. "We moeten echt een beetje op ons geld gaan letten, jochie. We kunnen nu al niet rondkomen, maar we verspillen geld."

"*We* verspillen geld?" herhaalde Misha en keek op.

"Ja, *we,*" zei ik met nadruk.

"Sorry, Len, maar ik moet toch af en toe iets eten," antwoordde Misha op gemaakt verontschuldigende toon.

"Ik heb het over de energierekening, niet over boodschappen," wees ik hem terecht. Toen wees ik opnieuw naar de brief om zijn aandacht weer op het onderwerp te vestigen. "Luister, Misha, ik ben net zo fout als jij. Ik val in slaap met de tv aan, maar dat jij altijd overal het licht laat branden helpt ook niet, jochie."

"Die verhoging is berekend over je verbruik van het afgelopen *jaar*, Len, niet alleen over de laatste *maand,*" stelde Misha wijsneuzig en zijn ogen dwaalden opnieuw af naar zijn boek, alsof hij het gesprek als beëindigd beschouwde.

"Ik vraag alleen maar of je niet overal het licht wilt laten branden," hield ik aan.

Misha sloeg resoluut zijn boek dicht en keek me aan. "Len, luister goed. Ik laat niet *overal* het licht branden. En het is ronduit belachelijk om je druk te maken over een verhoging van twee tientjes in de maand, terwijl je zelf driehonderd gulden in de maand uitgeeft aan drank, wiet en sigaretten." Hij bleef me strak aankijken.

"Ik geef *geen* driehonderd per maand uit aan drank, wiet en sigaretten," protesteerde ik.

Dat kan toch nooit kloppen? dacht ik.

"Ik heb het uitgerekend, Len," antwoordde Misha, alsof daarmee de discussie nu definitief gesloten was. "Driehonderd, en dan schat ik het laag in."

"Uitgerekend?"

"Ja, *uitgerekend*. Zo moeilijk was het niet."

"Ik geef *geen* driehonderd per maand uit aan drank, drugs en sigaretten," herhaalde ik zo stellig mogelijk.

"Len, ik heb het uitgerekend voor de afgelopen maand," zei mijn broertje. Hij keek even op de klok en richtte zijn blik toen weer op mij en begon het me voor te rekenen. "Een pakje sigaretten per dag... Gemiddeld dertig dagen in een maand... Zes gulden per pakje... Alleen dat is al honderdtachtig gulden. En dan wil jij twee tientjes gaan bezuinigen op gas en licht?"

"Het was maar een idee," antwoordde ik.

"Een slecht idee," zei Misha kortaf. "Stoppen met roken scheelt honderdtachtig gulden in de maand. Je zou ook kunnen stoppen met blowen. Dat scheelt

ook meer dan zestig. En bier halen in de supermarkt is veel goedkoper dan naar de kroeg gaan."
"Laat maar."

* * * * *

Ik parkeer mijn auto vlakbij mijn huis, stap uit en sla het portier met een klap dicht. Mijn boosheid is nog lang niet verdwenen en ik heb geen uitlaatklep. Ik sluit de auto af en zoek en vind al lopend mijn huissleutels.
"Buurman!" klinkt een bekende stem achter me.
Oh nee!
Ik blijf staan, rol met mijn ogen en draai me dan naar de oude vrouw toe, die inmiddels pal achter me staat.
"Buurman, ik wil niet zeuren, maar..."
"... u doet het toch," vul ik aan.
De vrouw kijkt me aan en doet geschrokken een stapje achteruit. Niet verwonderlijk, want ik ben ruim één meter negentig en zij meet misschien anderhalve meter.
"Sorry, buurvrouw," zeg ik verontschuldigend. "Zware dag." Ik woon al ruim tien jaar naast haar en al net zolang probeert ze me ervan te overtuigen, dat mijn muziek te hard staat, mijn bezoek teveel lawaai maakt en mijn tuin er niet representatief bijstaat.
Het irriteert me wel, maar ze is al erg oud en soms heeft ze ook gewoon gelijk.
"Stond mijn muziek te hard gisteravond?" vraag ik uit beleefdheid en herinner me ergens vaag een nacht met teveel bier en *Led Zeppelin I, II, III* en *IV*.
"Nee," antwoordt de buurvrouw en doet voorzichtig weer een stapje naar voren. "Ik wilde u vragen of u me even kunt helpen." Ze wijst naar haar eigen huis en zegt: "Mijn kat zit op het afdakje en ik kan er niet bij. Kunt u misschien even...?"
Ik kijk in de aangewezen richting en zie een stokoude kat zitten met een slordige, zwarte vacht, een gehavend oor en slechts één oog. Ik vraag me af hoe het dier daar terecht is gekomen. De sprong lijkt onmogelijk voor deze hoogbejaarde muizenvanger. Dan valt mijn oog op een Marokkaanse jongen van een jaar of dertien, die iets verderop in een portiek staat. Ik werp hem een waarschuwende blik toe, die duidelijk zegt, dat ik hem bij herhaling niet meer met dit soort geintjes weg laat komen.
De jongen verdwijnt.
Ik richt me weer tot mijn buurvrouw. "Ik pak hem wel voor u," bied ik dan aan en steek mijn sleutels in mijn broekzak.
"Wilt u een trapje, buurman?" vraagt de vrouw, terwijl ze achter me aandribbelt.

"Nee, het lukt wel," antwoord ik. Ik klim op de rand van een stenen plantenbak, die naast de voordeur is opgemetseld. Ik strek mijn armen uit, pak de kat in zijn nekvel en geef het dier terug aan zijn eigenares.

"Dank u," zegt de buurvrouw, terwijl ik van de plantenbak stap.

"Hé, Larsen!"

Ik kijk op en zie een man van een jaar of vijftig met snelle passen naderen.

"Wat moet je van mijn moeder?"

"Niks, man," zeg ik. "Ik haalde de kat voor haar van het afdak."

"Koos, meneer Larsen hielp me alleen maar even om Felix naar beneden te halen," sust de oude vrouw.

Koos duwt zijn moeder voorzichtig, maar dwingend in de richting van haar woning en zegt, alsof ik er niet bij ben: "Moeder, u moet *echt* voorzichtiger zijn met dat soort mensen. Voordat u het weet, beroven ze u."

De buurvrouw kijkt even hulpeloos en verontschuldigend naar me om en roept: "Bedankt!"

"Graag gedaan," antwoord ik. Inwendig kook ik van woede. Het liefst zou ik Koos tegen de grond slaan, maar met het oog op mijn voorwaardelijke gevangenisstraf, behoort dat helaas niet tot mijn mogelijkheden.

Misschien volgend jaar...

Wacht maar tot mijn proeftijd erop zit, arrogante klootzak!

Ik loop naar mijn eigen voordeur, haal mijn sleutels weer tevoorschijn en open de deur. Ik ga naar binnen en maak een beker koffie voor mezelf. De keuken is een enorme bende, maar dat is al jaren zo en meestal zie ik het zelf niet meer. Ik staar een poosje uit het raam, terwijl ik koffie drink, maar blijf een onrustig gevoel houden en pak mijn telefoon weer. Opnieuw bel ik Misha, maar ik krijg weer zijn voicemail, zoals de afgelopen weken telkens het geval is als ik mijn broer bel.

Misha heeft nog nooit eerder verzaakt om me terug te bellen. Soms duurt het tot na een vergadering en als hij op zakenreis is, duurt het weleens één of twee dagen. Als hij echt heel kwaad is, kan het zelfs wel een week duren, maar hij is nog nooit wekenlang onbereikbaar geweest.

Na de pieptoon, spreek ik weer de voicemail in: "Misha, ik maak me zorgen. Waar hang je uit? Bel me terug."

Ik heb mijn broer nu ruim een maand niet gezien. Ondanks dat er eerder periodes van een paar weken voorbij zijn gegaan, waarin we geen contact hadden, voelt het deze keer anders. Ik kan het niet uitleggen.

In de week dat ik vastzat voor een auto-inbraak, heb ik veel aan Misha gedacht. Hoewel we twee totaal verschillende levens leiden, is hij er altijd voor me geweest op belangrijke momenten.

Ik heb twee keer eerder in de gevangenis gezeten en beide keren heeft Misha me bezocht en beide keren is hij naar de rechtbank gekomen om me moreel te steunen. Sinds hij zes jaar geleden begon met werken, heeft hij me regelmatig geld gegeven om boodschappen te doen, wanneer ik weer bijna mijn hele uitkering had uitgegeven aan drank en softdrugs.

Misha's duidelijke afkeer van mijn levensstijl, heeft hem er nooit eerder van weerhouden om contact met me te zoeken of op zijn minst mijn telefoontjes te beantwoorden. Het feit dat hij me niet terugbelt en dat hij vandaag niet naar de rechtbank is gekomen, maakt me rusteloos en bezorgd.

Deze situatie is me volkomen vreemd. Ik kan me de laatste keer, dat ik me zorgen heb gemaakt om mijn jongere broer, niet eens meer herinneren.

In het geheugen van mijn mobiele telefoon zoek ik het laatste contact op, dat ik met Misha heb gehad. Ik weet nog dat we ruzie kregen, maar de exacte datum weet ik niet meer. Ik vind een uitgaande oproep in de lijst, die dateert van 12 juli, nu ruim vijf weken geleden. Dan pak ik mijn agenda erbij en zoek de datum op.

Donderdag...

Donderdag, 12 juli...

Mijn gedachten dwalen af naar de bewuste dag. Ik herinner me nog dat ik Misha later op de dag heb gebeld, halverwege de middag, omdat ik de avond ervoor naar mijn stamcafé geweest was en die dag pas mijn bed uitkwam, toen Misha er al een halve werkdag op had zitten.

Op dat moment had ik ook al drie weken niets van hem gehoord.

Aan onze laatste afspraak ging ook een uitnodiging van mij vooraf, net als de keer ervoor en de keer daarvoor. En eigenlijk bijna alle keren *daarvoor*.

Geleidelijk werd Misha steeds lastiger te bereiken, had het druk, had deadlines, en wat hij vooral niet had, was tijd.

Nadat ik uit de gevangenis kwam, is donderdag de twaalfde de enige keer geweest, dat ik mijn broer nog gezien heb. Sindsdien neemt hij zijn telefoon niet meer op en belt hij niet meer terug.

* * * * *

Donderdag, 12 juli 2012 – middag / avond
Rotterdam, Nederland

Misha klonk gehaast toen hij zijn telefoon opnam. "Len?"

"Ja, hoe is het?" vroeg ik.

"Druk," antwoordde mijn broer. "Is er iets?" Hij klonk afwezig, alsof hij ergens door afgeleid werd en zijn aandacht niet goed bij het gesprek kon houden.

"Nee, er is niks," begon ik. "Ik dacht alleen dat... We hebben elkaar al een tijdje niet gezien en... Ga je morgen mee stappen?"

"Sorry, Len. Morgen heb ik al iets."

"Afspraakje?" informeerde ik.

"Zoiets," zei hij vaag. "Kan het niet een andere keer?"

"Ik mis je, jochie," gaf ik schoorvoetend toe. "Ga dan vanavond mee om iets te drinken, als je morgen geen tijd hebt."

"Len, ik heb... dingen te doen," antwoordde Misha. Hij klonk ongeduldig.

"Wat dan?" hield ik vol.

"Gewoon... Dingen..."

"Kom op. Gewoon even een drankje na werktijd met je grote broer," drong ik aan. "Dat kan toch wel?"

Hij zuchtte.

"Jezus, Misha. Wat wil je nou? Moet ik voortaan een maand van tevoren je secretaresse bellen om een afspraak maken?"

"Ik heb geen secretaresse," zei Misha ijzig. "Die maken fouten."

Ondanks mijn irritatie, slaagde ik erin mijn toon enigszins te matigen. "Jochie, je moet toch ook nog een beetje een leven hebben, naast al dat werk? Het leven bestaat niet alleen maar uit werken."

Na een korte stilte stemde Misha er eindelijk mee in om na werktijd op een terras iets met me te gaan drinken. Ik weet heel goed dat hij een hekel heeft aan openbare gelegenheden en grote hoeveelheden onbekenden, maar sinds hij het tienerstadium ontgroeid is, heb ik zelden zoveel moeite hoeven doen om hem over te halen als die dag.

Ook was hij later dan gewoonlijk. Hij kwam pas na zessen aan, gekleed in een oude jeans en een eenvoudig wit overhemd, waarvan de bovenste knoopjes los waren. De mouwen had hij opgerold tot aan zijn ellebogen. Met zijn één meter tachtig, tengere postuur en knappe gezicht, leek hij net zo'n model uit een spijkerbroekreclame. Zijn haar was kort, bijna zoals dat van mij, hoewel hij het altijd langer had gedragen. Kennelijk had mijn broer ergens in zijn hectische schema nog wel ruimte gevonden om naar de kapper te gaan, maar was een afspraak met mij eigenlijk teveel.

"Wat heb je met je haar gedaan?" vroeg ik ongelovig.

"Ik wilde eens iets anders," antwoordde Misha schouderophalend. "Sorry, dat ik wat later ben. Ik ben eerst even naar huis gegaan om te douchen en me om te kleden."

Die verontschuldiging was genoeg om me milder te stemmen.

"Geeft niks, jochie," zei ik. "Ik vermaak me wel..." Ik knikte naar twee jonge vrouwen, die aan een tafeltje verderop zaten en naar me lachten. Ik lachte terug, maar stond toen op om mijn broer te begroeten. Ik omhelsde Misha even en ging toen weer zitten. Ik lachte nog even naar de twee vrouwen en richtte me toen weer tot mijn broer. "Fijn dat je er bent."

Om zijn linkerpols ontdekte ik een gouden Rolex.

"Mooi klokje," zei ik met een knikje naar het sieraad.

Misha ging tegenover me zitten en negeerde mijn opmerking. "Wat wil je, Len?" vroeg hij, zonder er omheen te draaien. Zijn felblauwe ogen keken recht in mijn donkere ogen, alsof hij probeerde te raden wat de reden van mijn uitnodiging was.

"Niks," antwoordde ik en probeerde de belediging te negeren. "Gewoon een biertje drinken met mijn broer."

Misha leunde achterover in zijn stoel en zei niets. Hij leek niet overtuigd.

Toen een jonge serveerster onze tafel passeerde, bestelde ik twee glazen bier.

Het meisje noteerde het en verdween.

"Slecht geheugen," merkte Misha op.

"Hoe gaat het met je?" vroeg ik. Het geheugen van de serveerster boeide me niet.

"Goed," antwoordde hij automatisch. "En met jou?"

"Luister, man. Ik heb je weken niet gezien," begon ik. Ik probeerde mijn verwijtende toon te onderdrukken, maar slaagde daar nauwelijks in. "Ik heb je gebeld..."

"Dat weet ik," antwoordde Misha. Hij keek me niet aan toen hij eraan toevoegde: "Ik had er geen zin in."

"Je had er geen zin in?" herhaalde ik.

Misha keek me ongemakkelijk aan, alsof hij spijt had van zijn eerlijkheid. Hij keek even op zijn horloge, wat hij altijd doet als hij zenuwachtig is.

"Je had er *geen zin in?* Hoe kun je dat nou zeggen?" vroeg ik met enige stemverheffing.

"Len, ik..."

"Luister, ik begrijp dat je kwaad bent en ik ben de eerste om toe te geven, dat ik iets stoms heb gedaan, maar ik blijf wel je broer! Ik heb verdomme een week in voorarrest gezeten. Een week, Misha! En je hebt niets van je laten horen."

"Ik wist niet eens dat je vastzat," wierp Misha tegen.

"Dan had je je telefoon op moeten nemen," snauwde ik gepikeerd. "Of je voicemail moeten afluisteren. Mijn advocaat heeft twee berichten voor je achtergelaten met het verzoek of je zo vriendelijk wilde zijn om wat schone kleren en sigaretten langs te brengen, klootzak! Zelfs Miranda heeft je gebeld."

"Hoe is het trouwens met Miranda?" vroeg Misha op sarcastische toon. De uitdrukking op zijn gezicht was stoïcijns en hij leek zich niets van mijn uitval aan te trekken. De tijd dat ik nog indruk kon maken door te schreeuwen en te schelden, lag duidelijk ver achter ons.

"Het is uit," zei ik knorrig. "Maar daar gaat het niet om."

De jonge serveerster keerde terug met onze bestelling, bemerkte de gespannen sfeer, die tussen ons in hing, zette vlug de twee glazen bier op het tafeltje en begon aan de andere kant van het terras lege glazen op te halen en nieuwe bestellingen op te nemen.

"Len, ik heb het druk," begon Misha op vermoeide toon. "Ik kan toch niet altijd alles maar uit mijn handen laten vallen, omdat jij in de problemen zit of omdat je iets nodig hebt? Jij hebt jouw weg gekozen en ik de mijne. Zo is het altijd geweest en zo zal het altijd blijven."

"Zo is het niet altijd geweest," protesteerde ik.

"De laatste twaalf jaar wel," zei Misha.

Ik zweeg even en nam een slok van mijn bier. Hij had gelijk. In de loop der jaren waren we geleidelijk steeds verder uit elkaar gegroeid en op dat soort momenten, kon ik de afstand tussen ons bijna *voelen*, alsof Misha een onzichtbare muur tussen ons had opgetrokken, waar met geen mogelijkheid meer doorheen te breken was. Ik probeerde regelmatig om de banden met mijn broer aan te halen, maar hij leidde zijn eigen leven en vond het ogenschijnlijk meer dan voldoende wanneer we elkaar slechts eens per twee of drie weken zagen.

Ik had genoeg van de discussie en besloot van onderwerp te veranderen.

"Op 17 augustus moet ik voorkomen...," begon ik. "Waarschijnlijk kom ik er wel vanaf met een voorwaardelijke straf. Mijn advocaat verwacht niet veel problemen." Ik haalde mijn sigaretten tevoorschijn en zocht in mijn broekzak naar een aansteker. "Mijn laatste veroordeling... Dat is bijna acht jaar geleden. Hij denkt dat de rechter daar wel rekening mee zal houden... En de gevangenissen zitten vol."

"Oh, gelukkig maar," antwoordde Misha sarcastisch.

"Wat wil je daarmee zeggen?" vroeg ik agressief.

Misha ging op het puntje van zijn stoel zitten en leunde met zijn armen op het tafeltje, alsof hij me uit wilde dagen. "Wat wil je nou dat ik zeg, Len? Wat *verwacht* je nou van me?" Er lag nog steeds een sceptische ondertoon in zijn stem, neerbuigend bijna. "Het klinkt alsof je het allemaal prima onder controle hebt."

Jezus, op dat soort momenten zou ik hem het liefst een doodschop geven.

Ik dwong mezelf om het te negeren. "Ga je mee als ik voor moet komen?" vroeg ik.

Misha schudde zijn hoofd.

"Waarom niet?"

"Ik heb het druk."

"Misha," waarschuwde ik. Ik moest al mijn ietwat beperkte zelfbeheersing aanspreken om niet naar hem uit te halen.

"Ik heb het druk," zei Misha weer. "De komende weken heb ik heel weinig tijd. Ik heb een belangrijk project op stapel staan." Hij nam een slok van zijn biertje en keek naar me, terwijl ik een sigaret opstak en hem vol ongeloof aanstaarde.

"Je verkiest je werk boven je eigen broer?" stelde ik.

"Ik heb jou ook ooit een keer gevraagd te kiezen," antwoordde Misha.

"Dat is godverdomme tien jaar geleden!" riep ik uit.

"Niet overdrijven, Len. Zeven jaar geleden," corrigeerde hij me. "En het is heel duidelijk dat je nog altijd achter die keuze staat."

"Misha, echt," snauwde ik. "Ik waarschuw je."

"Len, ik ben geen veertien meer," antwoordde mijn broer kalm en voegde er toen minzaam aan toe: "Je kunt me niet meer *waarschuwen.*" Hij zweeg even en keek weer op zijn horloge. "Het spijt me, maar ik kan niet altijd alles uit mijn handen laten vallen voor jou. Zo werkt het niet in het leven..." Toch kostte het hem zichtbaar moeite om me aan te blijven kijken.

"Ik vraag je niet om alles uit je handen te laten vallen," zei ik getergd. "Ik vraag je om mee te gaan naar de rechtbank... Een middagje... Dat is alles."

"Weet je waar ik zo moe van word, Len?" vroeg Misha. Hij wachtte niet op een antwoord, alsof hij me bewust uitsloot van de conversatie. "Dat je me altijd alleen maar opzoekt, als je iets van me nodig hebt... Een middagje in de rechtbank, een bezoekuurtje in de bak, een paar tientjes om boodschappen te doen, een boete die betaald moet worden..."

"Dat is niet waar," protesteerde ik.

"Dat is *wel* waar," zei Misha. "Je zult me nooit *echt* een keer bellen om alleen maar iets te gaan drinken... Er is altijd *iets* dat je ertoe beweegt om me te bellen."

"Hoe kun je dat nou denken?"

"Wanneer heb je die dagvaarding ontvangen, Len?"

Ik zweeg.

"Wanneer?" herhaalde hij. "Vandaag? Gisteren?"

Ik nam een diepe haal van zijn sigaret en gaf schoorvoetend toe: "Vandaag."

"Dat bedoel ik, Len," zei Misha. Hij zette zijn glas op het tafeltje en leunde weer achterover op zijn stoel. "Je krijgt een dagvaarding en *dan* bel je me. Net zoals je belde, toen je opgepakt was. Of als je zonder geld zit."

Ik zag dat hij schrok van zijn eigen woorden en dat hij inzag, dat hij te ver was gegaan. Hij bond onmiddellijk in. "Het geeft niet. Het is wie je bent, maar je moet wel begrijpen, dat ik ook ben wie ik ben. Ik heb geen tijd voor je de komende weken."

Er viel een korte stilte.

"Ik heb altijd mijn best gedaan, Misha," zei ik uiteindelijk langzaam. "Het was voor mij ook niet makkelijk. Ik moest ook maar roeien met de riemen die ik had."

Misha pakte zijn bier weer en nam een slok. Hij sloeg zijn ogen neer en leek slecht op zijn gemak. "Dat *weet* ik, Len." Hij zuchtte, dronk zijn glas leeg en zette het terug op het tafeltje. Een paar minuten lang zweeg hij. Toen keek hij me recht in de ogen en zei: "Ik neem je niks kwalijk."

"Ik denk het wel," zei ik.

Verantwoording nemen voor je acties en keuzes is één van Misha's stokpaardjes. Hij zag toch zelf ook wel in hoe ongeloofwaardig deze uitspraak was? Als iemand me mijn problemen met justitie kwalijk nam, was hij het.

Toch schudde hij ontkennend zijn hoofd en het leek oprecht. "Nee, echt niet. Het was niet jouw schuld."

Niet mijn schuld?

Ik begon sterk de indruk te krijgen, dat we het niet over hetzelfde onderwerp hadden. "Wat was mijn schuld niet?" vroeg ik scherp. "Misha?"

"Niks. Ik vraag me alleen soms af hoe het zou zijn, als de rollen eens omgedraaid waren... Of als ik er op een keer niet voor je zou kunnen zijn en je alles zelf op moest lossen." Misha haalde zijn schouders op en wierp weer een snelle blik op zijn horloge. "Als *jij* weer eens de oudere broer zou zijn... Alles is altijd zo vanzelfsprekend voor jou, Len. Bij al je problemen, ga je er al automatisch van uit, dat ik het voor je op ga lossen. Ik ben het zat."

"Waarom heb ik het gevoel, dat dit niet langer over mijn arrestatie gaat?" vroeg ik.

"Omdat niet altijd alles om jou draait," antwoordde hij.

"Is het zo erg om je broer af en toe een beetje te helpen?"

"Ik help je niet omdat ik dat wil, Len," zei Misha toonloos. "Ik help je omdat ik denk dat het van me verwacht wordt."

"Omdat *je denkt dat het van je verwacht wordt?*" herhaalde ik.

"Door de maatschappij... Omdat we broers zijn en zo," verduidelijkte hij. "Weet je, *fuck it.*" Hij stond op en haalde een briefje van twintig euro uit zijn broekzak. Hij legde het op de tafel en zei: "Hou het wisselgeld maar."

"Hou het wisselgeld maar?"

"Ja... *Whatever.*"

"Hé, *fuck you!*" Ik maakte aanstalten om op te staan om hem een dreun te verkopen, maar Misha legde zijn hand even op mijn schouder en zei toen zacht: "Dag, Len."

Ik pakte zijn pols en keek naar zijn gezicht, maar ondanks dat zijn gebaar voelde als een verontschuldiging, zag ik geen enkele emotie in zijn ogen.

Wat gaat er om in dat hoofd van jou?

"Kom je naar de rechtbank?" probeerde ik nogmaals.

Misha keek me niet aan, toen hij zei: "Ik zal erover nadenken, goed?"

Ik knikte en liet hem los.

"Dag, Len."

"Dag, jochie."

* * * * *

Zaterdag, 18 augustus 2012 – ochtend
Rotterdam, Nederland

Ik ben gisteravond op de bank in slaap gevallen, voornamelijk omdat ik het gewoon teveel moeite vond om naar mijn bed te gaan. Dat gebeurt me regelmatig, vooral als ik teveel drink of gebruik.

De hele nacht heb ik onrustig geslapen en veel wakker gelegen. Als ik tegen negen uur 's morgens voor de zoveelste keer wakker word, zie ik dat de televisie nog aanstaat en het licht boven de salontafel nog brandt. Ik sta op, zet de tv uit, doof het licht en pak mijn mobiele telefoon.

Er zijn geen gemiste oproepen.

Misha heeft nog altijd niet terug gebeld.

Ik bel hem opnieuw. Ik ben er inmiddels wel aan gewend dat mijn broer soms moeilijk te bereiken is, vooral wanneer hij in het buitenland zit. En ik ben eraan gewend dat hij er op zijn zachtst gezegd, bizarre werktijden op nahoudt, maar vijf weken zonder enig teken van leven, is nog nooit eerder voorgekomen.

De telefoon gaat een aantal keer over, maar er wordt wederom niet opgenomen.

"Hallo, dit is Misha Larsen. Ik ben even niet bereikbaar, maar als u bericht achterlaat na de toon, dan bel ik u zo snel mogelijk terug."

"Misha, bel me. Ik maak me zorgen. Bel me terug... Alsjeblieft," zeg ik na de pieptoon en hang dan op. Ik irriteer me mateloos aan mijn eigen smekende ondertoon, maar de boosheid die ik voelde, toen Misha niet naar de rechtbank kwam, is inmiddels helemaal verdwenen en heeft plaatsgemaakt voor uitsluitend ongerustheid.

Ik zet koffie, steek een sigaret op en probeer te bedenken of er mensen zijn in mijn kennissenkring, die mijn broer ook kent en aan wie ik zou kunnen vragen of ze hem de afgelopen weken nog gezien hebben.

De enige die ik kan bedenken is Wendy. Ik bel haar en ze neemt op.

Nog voordat ze iets kan zeggen, begin ik: "Hé, met Lennart."

"Hoi," zegt ze.

"Ik wil je iets vragen," ga ik verder. "Wanneer heb jij Misha voor het laatst gezien?"

Wendy zwijgt even, alsof ze erover na moet denken. "Vorig jaar zomer," antwoordt ze dan. "Ik kwam hem tegen op Schiphol... Ik ging op vakantie en hij kwam net terug van een zakenreis, denk ik. Hoezo?"

"Zomaar," antwoord ik, gemaakt nonchalant. "Hij is slecht bereikbaar momenteel."

"Misschien op zakenreis?" raadt Wendy. "Hij zei vorig jaar dat hij veel in de States was."

"Ja, dat zal dan wel," zeg ik. "Ik zie je snel." Ik hang op en scrol dan door de eindeloze lijst met namen en telefoonnummers, die in het geheugen van mijn mobiele telefoon staat, maar ik zie buiten Wendy, niemand van wie ik zelfs maar het geringste vermoeden heb, dat hij of zij Misha kent.

Ik heb wel vrienden en kennissen, die mijn broer nog kennen van vroeger, maar ik ben er zeker van dat ze hem de afgelopen zes jaar niet meer gezien hebben.

In de uren die volgen, ijsbeer ik doelloos door de woonkamer, zet ik de televisie een paar keer aan en uit en rook ik bijna een heel pakje sigaretten. Van tijd tot tijd, pak ik mijn telefoon om tegen beter weten in te controleren of ik een oproep gemist heb. Als ik voor de derde keer de tv aanzet, zap ik een aantal zenders langs en kijk even naar het journaal.

De wereldeconomie en de chaos in de Nederlandse politiek kunnen me nauwelijks boeien, evenals al het andere nieuws. Het weerbericht volgt en belooft wat verkoeling, na een weekeinde van zomerhitte. Net als ik de televisie weer uit wil zetten, verschijnt het woord 'politiebericht' in beeld, gevolgd door een foto van een wat oudere man.

"De politie vraagt uw aandacht voor het volgende:

Sinds de avond van vrijdag 13 juli wordt de achtenvijftigjarige Joris van Kempen uit Rotterdam vermist. Die avond wordt hij nog gezien, als hij een bezoek brengt aan zijn stamkroeg aan de Bergweg in Rotterdam.

Tegen half tien verlaat Joris van Kempen de zaak, in het gezelschap van een onbekende jonge vrouw. Op deze beelden van een beveiligingscamera van een nabijgelegen coffeeshop, is te zien dat de twee lopend vertrekken, in de richting van het Eudokiaplein. Hierna verdwijnt de man spoorloos.

Joris van Kempen zou de volgende dag, zaterdag, 14 juli, met vakantie gaan, maar hij lijkt nooit te zijn vertrokken. Zijn auto staat al sinds donderdag, 12 juli geparkeerd, vlakbij zijn woning. Van Joris van Kempen ontbreekt echter elk spoor.

Heeft u Joris van Kempen nog ergens gezien of gesproken na vrijdag, 13 juli, denkt u te weten waar hij is, of heeft u gezien waar hij op de avond van zijn verdwijning naartoe gegaan is, al dan niet met de onbekende jonge vrouw, dan wacht de politie dringend op uw telefoontje."

Er verschijnt een telefoonnummer op het scherm.

Ik zet de tv uit. Ik ken de vermiste man niet, hoewel de naam me vaag bekend voorkomt en we in dezelfde stad wonen. Het is niet ondenkbaar dat we elkaar weleens tegengekomen zijn in een kroeg. Het interesseert me echter te weinig om er verder over na te denken. Ik pak mijn telefoon, portemonnee, sleutels, aansteker en wat er van mijn sigaretten over is en verlaat het huis. Ik word gek van het wachten op iets, waarvan ik niet eens zeker weet of het wel gaat komen.

Ik trek de deur achter me dicht en sluit af.

Ondanks dat het nog vroeg is, is het al behoorlijk warm en ik besluit naar de coffeeshop op de hoek van de straat te lopen, in de hoop dat de tijd daar iets minder langzaam voorbij zal gaan dan thuis en in de wetenschap, dat ze daar airconditioning hebben.

Voor de deur van het zaakje haal ik automatisch mijn paspoort tevoorschijn en legitimeer me aan de jonge vrouw, die vandaag voor portier speelt. Ze heeft een felgroene pluk in haar lichtblonde haar en een piercing in haar neus. Ze heeft haar oogleden zo zwaar opgemaakt, dat ze me aan een wasbeer doet denken. Ze laat me binnen, zonder echt naar mijn paspoort te kijken.

Ik bestel een paar gram wiet bij haar mannelijke collega, die achter de toonbank staat en ik betaal. Dan ga ik naar de rookruimte. Er staat een oud leren bankstel en een grote houten tafel met enkele stoelen eromheen, die niet bij elkaar passen, alsof alles van de rommelmarkt of bij de kraakwagen vandaan komt.

Aan de leestafel zit alleen een jonge vrouw, die ik slechts oppervlakkig ken.

Het is nog te vroeg voor veel bezoekers. Sterker nog, er is verder niemand.

Het meisje kijkt op van het tijdschrift dat ze aan het doorbladeren is en zegt: "Hoi, Len." Ze is klein en slank, heeft lang donker haar en grote donkere ogen. Ze draagt jeans en een strak wit bloesje met opgenaaide, felgekleurde kralen.

Ondanks dat ze niet uitzonderlijk mooi is, is ze wel een meisje waar je naar *moet* kijken.

"Maren," zeg ik met een knikje. Ik sluit de glazen deur achter me en vraag haar dan: "Mag ik bij je komen zitten?"

"Ja hoor," antwoordt Maren. Ze stopt het tijdschrift in haar handtas en schuift haar glas cola en haar plastic aansteker een stukje opzij, alsof ze ruimte voor me wil maken. Dan pakt ze de krant, die ook op de tafel ligt, met op de voorkant een foto van de verdwenen oudere man, die ik net nog op het journaal heb gezien en daaronder het woord 'vermist'. Ze draait de krant om, zodat de foto niet meer zichtbaar is en schuift de krant van zich af.

"Ik heb je een tijdje niet gezien," merk ik op.

"Ik heb het erg druk gehad...," antwoordt ze. "Maar nu is alles weer in rustiger vaarwater – voorlopig. Hoe is het met jou?"

"Goed," antwoord ik automatisch.

Maren kijkt me schattend aan en zegt: "Ik heb weleens gelezen, dat zevenentachtig procent van de mensen, die dat antwoord geven eigenlijk het tegenovergestelde bedoelen... Wist je dat?"

Ik schud ontkennend mijn hoofd en knik dan naar haar handtas. "Dat heb je zeker net gelezen in dat blaadje van je?"

Maren moet lachen en zegt gespeeld beledigd: "Helemaal niet! Ik ben een expert. Ik heb me echt verdiept in dit soort dingen. Bezoekjes aan de psychiater... *Dr. Phil* op televisie... Van die zelfhulpboeken... Kasten vol..." Ze gebaart naar zichzelf en dan naar mij. "Praatgroepen en zo..."

Ik lach even en pak mijn sigaretten.

Maren schuift een pakje lange vloeitjes over de tafel naar me toe. Even raakt haar hand de mijne als ik de vloeitjes aanneem.

Ik haal er eentje uit het pakje en pak een sigaret. Ik breek de filter eraf en begin dan de tabak eruit te halen en over het vloeitje te verdelen.

"Delen?" vraag ik, zonder op te kijken.

"Draai je zwaar?" vraagt ze.

"Nee, het is nog vroeg," antwoord ik.

"Oké."

Ik verdeel een beetje wiet over de gehele lengte van de aanstaande joint.

"Heb jij een tip?" vraag ik en kijk even op.

Maren schudt haar hoofd.

"Laat maar..." Ik scheur een klein stukje van het flapje van het pakje vloeitjes af en rol dat tot een klein kokertje.

Maren zakt onderuit op haar stoel.

Ik rol de joint, steek die op en geef hem aan haar.

Ze neemt een klein trekje en geeft de joint meteen terug.

Ik rook en zwijg.

"Zal ik maar beginnen dan?" vraagt Maren glimlachend.

"Waarmee?"

"Met onze 'praatgroep', natuurlijk," antwoordt Maren ernstig en maakt met vier van haar vingers een gebaartje om aanhalingstekens aan te duiden. Ze heeft iets ontwapenends over zich – iets dat bijna kinderlijk te noemen is en dat ik moeilijk kan negeren.

Ik haal mijn schouders op en zeg: "Ga je gang."

"Oké dan," zegt Maren. "Met mij gaat het goed, zoals bij die andere dertien procent van de mensen, die zeggen dat het goed met ze gaat, bedoel ik." Ze staart me aan en wacht af. Als ik echter blijf zwijgen, trekt ze een raar gezicht en steekt ze haar tong naar me uit. "Ah, kom op. Doe niet zo ongezellig. Het is maar een spelletje."

Ik moet bijna glimlachen en schud mijn hoofd. Ik ben te oud voor spelletjes.

Maren is echter onverstoorbaar en vervolgt: "Len, dit is het gedeelte waar jij zegt: 'Met mij gaat het ook goed, maar dan zoals bij die andere zevenentachtig procent, want...'." Ze maakt een gebaartje met haar hand om aan te geven dat ik haar zin af moet maken.

Ik zucht. "... Want ik maak me zorgen om mijn broertje," geef ik toe. "Ik heb al weken niks van hem gehoord. Hij belt me niet terug."

"Dat is toch niet zo erg?" vraagt Maren schouderophalend. Met een nonchalant knikje van haar hoofd voegt ze eraan toe: "Ik bel ook weleens iemand niet terug."

"Ook niet als die persoon familie is en je al twintig keer gebeld heeft?" vraag ik.

"Nee," geeft Maren toe. "Na twintig keer bel ik wel terug. Zelfs familie." Ze neemt een slok van haar cola en vraagt: "Is je broertje veel jonger dan jij?"

"Bijna zes jaar," antwoord ik.

Maren glimlacht weer. "Dan kan hij toch wel op zichzelf passen? Hij is toch geen klein kind meer, waar je achteraan moet rennen? Maak je geen zorgen." Ze steekt haar hand naar me uit. "Lijkt hij een beetje op jou?"

Ik schud ontkennend mijn hoofd en geef de joint weer aan Maren. "Helemaal niet."

"Misschien heeft hij het gewoon heel druk," oppert ze en neemt een diepe haal. "Werk of zo... Niet iedereen heeft een leven zoals wij, weet je. Normale mensen hebben een baan en een hypotheek en zo. Die kunnen niet de hele dag rondhangen in coffeeshops van hun uitkering." Ze geeft de joint terug.

"Jij had toch ook een baan?" vraag ik.

"Ja, in de postkamer van een scheepvaartbedrijf," antwoordt Maren met een wegwuivend gebaar. "Je weet hoe dat gaat. Crisis en zo... Soms zijn andere dingen gewoon belangrijker." Haar gezicht wordt even ernstig, maar dan tovert ze weer een glimlach tevoorschijn.

Ik pak mijn telefoon weer en bekijk de oproepinformatie. Ik heb niets gemist.

"Ik vind het wel lief," zegt Maren. "Zo'n bezorgde grote broer. Ik had er ook zo één."

"Had?" herhaal ik.

"Ja..."

"Is hij... dood?" vraag ik voorzichtig.

"Nee... Hij is nu iets anders...," antwoordt Maren vaag. "Het werd te ingewikkeld."

Ik denk hier even over na, maar kan er niets mee. Dan geef ik haar de half-opgerookte joint en sta op. Ik schuif mijn stoel aan en klop Maren bij wijze van afscheid op haar schouder. Het bezoek aan de coffeeshop, noch haar gezel-schap kunnen mijn aandacht afleiden van wat me bezighoudt.

"Ik ga naar huis," zeg ik ten overvloede.

Maren knikt begrijpend. "Niet teveel piekeren, hoor," zegt ze. "Ik heb eens ergens gelezen, dat je daar lelijk van wordt."

Ik rol met mijn ogen en loop naar de deur.

"Hij komt wel weer boven water," roept Maren me na. "Je zult het zien."

* * * * *

Dinsdag, 30 augustus 2011 – avond
Rotterdam, Nederland

Ik keek op mijn horloge. Half zeven. Mijn broer was laat. Ik pakte mijn siga-retten, stak er één op en leunde achterover op het wankele terrasstoeltje.

Een meisje van een jaar of veertien passeerde me, maar hield toen haar pas in en draaide zich naar me toe. "Hé!" riep ze. "Heb jij een vuurtje voor me?"

"Ja, hoor," antwoordde ik en reikte haar mijn aansteker aan, zodra ze naast me stond.

31

Ze haalde haar sigaretten tevoorschijn en stak er één op. Ze gaf de aansteker terug en zei toen: "Dank je. Jij bent *cool*. Niet zoals al die andere ouwe zakken."

"Dank je... Denk ik," zei ik bedenkelijk.

Ze zwaaide even en liep door.

Op dat moment arriveerde Misha, wierp één blik op het meisje toen ze wegliep en kwam bij me aan de tafel zitten. "Een beetje jong, vind je niet?"

"Ze wou een vuurtje," antwoordde ik gepikeerd.

Hij keek me aan op een manier die me niet beviel.

Wat denk je wel niet van me?

Ik ben de eerste om toe te geven, dat ik niet bepaald kieskeurig ben, maar alles onder de achttien en boven de veertig is een absolute *no go*.

Ik negeerde Misha's houding en vroeg: "Hoe is het met je?"

"Goed," antwoordde hij en keek even op zijn horloge.

"Je ziet er moe uit, jochie," merkte ik op. Ik nam een diepe haal van mijn sigaret, blies een rookwolk uit en bestelde vlug twee biertjes bij een passerende serveerster.

Misha haalde zijn schouders op en zei: "Hard gewerkt... Ik was het afgelopen weekeinde nog in de States, dus ik heb weinig geslapen."

Ik keek hem bevreemd aan. "Is er iets?"

"Waarom denk je dat?" vroeg hij.

"Omdat je nooit uit wilt gaan als je terug bent van een zakenreis," antwoordde ik. "Ik ken je al langer dan vandaag. De eerste dagen na een reis ga je naar je werk en de rest van de dag sluit je jezelf op als één of andere kluizenaar." Ik maakte mijn sigaret uit en keek mijn broer toen weer aan. *"Jij* hebt *mij* gebeld. Ik kan me de laatste keer dat je dat deed niet eens meer herinneren."

Misha ontweek mijn blik. "Het spijt me, Len," zei hij. Weer keek hij hoe laat het was. "Het is gewoon..."

"Dat je altijd moet werken," vulde ik aan. "Het geeft niet, jochie. Ik ben al lang blij dat het goed met je gaat." Ik zweeg even en nam mijn broer goed in me op. Het vermoeide uiterlijk, de gespannen houding, het weinige oogcontact dat hij maakte. "Gaat het echt wel goed met je?" vroeg ik toen.

"Ik heb veel aan mijn hoofd," zei Misha.

De serveerster kwam terug met onze bestelling en verdween weer.

"Is er iets waar je over wilt praten?" probeerde ik. Ik verwachtte dat Misha dat aanbod af zou slaan, zoals hij altijd deed. Mijn broer is geen prater en lijkt zich altijd het meest op zijn gemak te voelen bij algemene gespreksonderwerpen.

Er viel een korte stilte.

"Len?" begon Misha toen. "Mag ik je iets vragen?"

Ik keek verrast op.

Misha vroeg nooit iets.

"Ja, natuurlijk," antwoordde ik.

Misha zweeg even en leek na te denken. "Een hypothetische vraag," ging hij toen verder. "Als je iets wist over iemand, waarvan je vond, dat diegene het recht had om dat te weten... Maar als je dacht dat het beter was als diegene het *niet* wist... Zou je het dan vertellen?"

"Kan het nog vager?" vroeg ik. Ik nam een slok van mijn bier en stak een nieuwe sigaret op. "Kun je iets duidelijker zijn?"

"Als je dacht dat het diegene zou kwetsen om het te weten," zei Misha. "Als het meer overhoop zou halen dan dat het rust zou geven." Hij maakte een rusteloze indruk.

Ik dacht er even over na, maar kon er weinig van maken. "Waar gaat het dan om?" vroeg ik uiteindelijk. "Hier kan ik echt niks mee."

"Dat doet er niet toe," antwoordde Misha. De klank van zijn stem was ongeduldig. "Ik kan het niet beter uitleggen."

Ik nam een diepe haal van mijn sigaret. "Ik denk dat als je diegene meer pijn doet als je het wel vertelt dan wanneer je het niet vertelt, dat je dan beter niks kunt zeggen," zei ik langzaam. Ik dronk mijn glas leeg. "Vaak is het beter om dingen niet op te rakelen. Je moet vooruit in het leven, niet achteruit. Wat zou je ermee opschieten als je het wel vertelt?"

"Dan zou dat één ding minder zijn om over na te denken," antwoordde Misha.

"Heb je je vriendin belazerd of zo?" vroeg ik.

Hij schudde zijn hoofd.

Ik keek naar hem. "Heeft het met mij te maken?"

Misha schudde zijn hoofd weer. "Nee, Len. Laat maar. Ik zoek het zelf wel uit."

* * * * *

Zondag, 19 augustus 2012 – ochtend
Rotterdam, Nederland

Als ik op zondagochtend nog altijd niets van Misha heb vernomen, twijfel ik even of ik naar de politie zal gaan en mijn broer als vermist op te geven. Ik speel even met het idee, maar ik bedenk me bijna direct. Na mijn laatste aanvaring met justitie, heeft mijn vertrouwen in 'blauw' een flinke deuk opgelopen.

Bovendien is Misha waarschijnlijk op zakenreis of op vakantie. Het heeft geen enkele zin om me problemen op mijn hals te halen voor niets.

Wie probeer je te overtuigen?

Ik verlaat mijn huis, stap in mijn auto en rijd in plaats van naar het politie-bureau naar het luxe appartementencomplex, waarvan Misha het penthouse bewoont. In de drie jaar dat mijn broer er nu woont, ben ik er slechts een tiental keer op bezoek geweest. Ik word altijd nerveus van de wantrouwende blikken van Misha's buren, die door mijn slordige en intimiderende uiterlijk het idee lijken te hebben, dat ze op hun hoede moeten zijn.

Alsof ze bang zijn dat ik hen zal overvallen met een vuurwapen, als Misha even niet oplet.

Ik parkeer mijn auto en ga het gebouw binnen. In de hal zoek ik de juiste bel en druk een paar keer op het knopje. Ik wacht een paar minuten en bel dan opnieuw.

Er wordt nog altijd niet opengedaan.

Als ik op het punt sta om weer te vertrekken, komt er een vrouw van middelbare leeftijd de hal binnen, op de voet gevolgd door een bibberende chihuahua in een roze truitje.

De vrouw draagt een smetteloos mantelpak, een hoedje met een grote strik erop en teveel make-up. Ze zoekt in haar handtas naar haar huissleutels.

"Mevrouw, mag ik u iets vragen?" begin ik beleefd.

Misha's buurvrouw kijkt wantrouwend om en als ze me goed bekeken heeft, drukt ze haar tas dicht tegen zich aan.

Ik zie het wel, maar reageer er niet op. Ik begrijp best dat de vrouw in deze hal niet vaak types, zoals ik tegenkomt. Er zit een scheur in mijn spijkerbroek en een deel van de grote tatoeage op mijn linkerarm komt onder de mouw van mijn T-shirt uit.

"Kent u Misha Larsen?" informeer ik. "Hij woont hierboven in het penthouse."

De vrouw lijkt zich iets te ontspannen en antwoordt: "Jazeker. Aardige jongen."

Ik verwacht niet anders, dan dat dit soort vrouwen mijn broer een 'aardige jongen' vinden. De knappe, jonge, succesvolle architect met zijn dure maatpakken en goede manieren moet een welkome aanblik zijn voor de verveelde *desperate housewives* van de Black Diamond.

"Weet u misschien of hij op vakantie is?" vraag ik.

Meteen verstart de vrouw weer en zegt: "Ik heb geen idee, meneer."

"Ik ben zijn broer," begin ik. "Ik heb al weken niks van hem gehoord."

"Als meneer Larsen zelf niets tegen u gezegd heeft, is het niet aan mij om dat wel te doen, meneer," zegt ze stijfjes.

"Maar ik ben zijn *broer,*" protesteer ik. Ik heb grote moeite om mijn wat beperkte geduld te bewaren en mijn stem niet te verheffen. Ik zucht, maar haal dan mijn paspoort uit de achterzak van mijn jeans en toon haar het document. Ik wijs op mijn achternaam en daarna op mijn pasfoto.

"Ziet u? Dat ben ik," zeg ik overbodig.

De vrouw denkt na.

Heel even denk ik dat ze antwoord zal geven.

Weer bestudeert ze mijn paspoort aandachtig, alsof ze ervan overtuigd is, dat het een vervalsing is. Ze opent haar mond, maar zegt niet wat ik wil horen.

"Wellicht bent u een neef of zomaar iemand met dezelfde achternaam," zegt ze bedachtzaam.

Inwendig kook ik van woede, maar ik houd me in en haal even diep adem.

"Bij een naam als 'Jansen' zou ik u gelijk geven," zeg ik gemaakt vriendelijk.

De vrouw blijkt inmiddels voldoende op haar gemak om haar handtas weer te openen en haar zoektocht naar haar huissleutels voort te zetten, terwijl het minuscule hondje naast haar heel zachtjes gromt en met zijn staartje tussen zijn pootjes bibberend staat te wachten.

"Mevrouw, alstublieft...," probeer ik nogmaals. "Ik maak me zorgen om mijn broer. Het is niks voor hem om zo lang niks van zich te laten horen."
"Misschien kent u uw broer niet zo goed als u dacht." De vrouw morrelt met een sleutel in het slot van de deur, die naar de binnenhal leidt.
Ik zwijg even. Dit is precies wat ik niet wil horen. Het slaat nergens op. Misha is mijn broer, mijn bloed.
Wie kent hem beter dan ik?
De vrouw opent de deur.
"Wacht!" zeg ik. "Kunt u me dan op zijn minst vertellen, wanneer u Misha voor het laatst gezien heeft?"
"Dat is niet aan mij," zegt de vrouw weer. Ze houdt de deur open en de chihuahua trippelt voor haar uit de tweede hal in.
Ik zucht. Het liefst zou ik de vrouw in het mantelpak door elkaar schudden om haar meer informatie te ontfutselen, maar ik houd me in. Ik kan me geen nieuwe arrestatie veroorloven, zeker niet zolang ik voorwaardelijk vrij ben.
De vrouw houdt even stil in de deuropening en lijkt in tweestrijd te staan. "Wellicht kunt u het morgenochtend op zijn werkadres proberen?" stelt ze voor en gaat naar binnen, zonder mijn reactie af te wachten of me nog een blik waardig te keuren.

2.
VRAGEN EN ANTWOORDEN

Maandag, 20 augustus 2012 – ochtend
Rotterdam, Nederland

Ik sta al ruim een half uur voor de deur als Architectenbureau Flash opengaat. Voor me op de grond liggen een aantal uitgetrapte sigarettenpeuken. Geheel tegen mijn gewoonte in ben ik vanmorgen vroeg opgestaan. Ik heb mijn broer nog een paar keer gebeld, maar kreeg telkens zijn voicemail.

Ik heb geleerd van mijn ontmoeting met Misha's weinig behulpzame buurvrouw en heb me voorbereid op mijn bezoek aan zijn collega's. Ik heb me geschoren, draag een jeans zonder scheuren en een zwart overhemd met lange mouwen, die de tatoeages op mijn armen geheel aan het zicht onttrekken.

De man die de deur opent, is klein en mager van gestalte en draagt een maatpak en een bril. Hij kijkt afkeurend naar de uitgetrapte peuken voor de deur, maar tovert dan een irritant, gemaakt glimlachje op zijn gezicht. Zijn hoge stem is bijna onderdanig, als hij losbarst in wat hij waarschijnlijk een klantvriendelijk relaas acht.

"Goedemorgen, meneer. Waarmee kan ik u op deze maandagmorgen van dienst...?"

Ik loop hem voorbij zonder iets te zeggen, zonder zelfs maar naar de kleine man te kijken. Hier heb ik geen tijd voor. Geen tijd, en vooral geen geduld. Ik been rechtstreeks op de balie af en wend me daar tot de jonge receptioniste. "Ik ben hier voor..."

"Meneer, het is hoogst ongepast...," onderbreekt het mannetje in het maatpak me, terwijl hij me nadert en dan op een kleine drie meter afstand blijft staan.

"Dank je, Matthias," zegt het meisje achter de balie op ijzige toon. Dan richt ze zich tot mij en zegt vriendelijk: "Neemt u mijn collega niet kwalijk. Hij is een beetje overbezorgd. Wat kan ik voor u doen?"

"Ik ben hier voor Misha Larsen," antwoord ik.

Matthias trekt een afkeurend gezicht en zegt: "Vandaar." Hij draait zich om en gaat de trap op naar de bovenverdieping, zonder zich verder nog met de kwestie te bemoeien.

De subtiele kritiek op mijn broer verrast me. Ik ben altijd in de veronderstelling geweest dat de hele wereld met hem wegliep, maar kennelijk behoort deze Matthias niet tot de Misha Larsen Fanclub.

Het meisje achter de balie kijkt op en lijkt slecht op haar gemak. Dan begint ze verwoed te bladeren in de agenda, die voor haar op het bureau ligt, maar kan kennelijk niet vinden wat ze zoekt. Weer kijkt ze op en vraagt op aarzelende toon: "Heeft u een afspraak, meneer?"

"Die heb ik niet nodig," bluf ik.

"U heeft *geen* afspraak?" Ze trekt haar wenkbrauwen op en kijkt me aan alsof ik niet goed bij mijn hoofd ben.

"Nee," antwoord ik, "maar het is erg dringend."

"Meneer Larsen werkt hier niet meer," zegt het meisje.

"Luister, ik begrijp dat hij het druk heeft, maar het is erg belangr..." Haar woorden dringen nu pas tot me door. Ik hap naar adem en staar haar vol ongeloof aan. "Wat?!" Het duizelt me. "Werkt hier niet meer?" herhaal ik dan vertwijfeld.

Tot een minuut geleden dacht ik nog dat ik met alle mogelijkheden rekening hield. *'Meneer Larsen is op vakantie'* of *'Meneer Larsen is op zakenreis'*, bijvoorbeeld.

Gewoon, iets logisch, iets voorspelbaars, iets dat in de lijn der verwachting lag. Misschien had ik het niet verwacht, maar eerder gehoopt. Ik hoopte op een logische verklaring voor Misha's afwezigheid, maar in plaats daarvan krijg ik dit te horen.

Het klopt niet. Mijn broer is de grootste workaholic die ik ken. Hij leeft voor zijn werk en zijn carrière. Ieder ander aspect van zijn leven is daar de afgelopen zes jaar ondergeschikt aan geweest.

"Bedoel je dat hij naar een andere firma is gegaan?" vraag ik uiteindelijk.

Het meisje moet de verwarring in mijn ogen kunnen zien en voelt zich schijnbaar verplicht om iets meer informatie omtrent deze kwestie los te laten, want ze schudt ontkennend haar hoofd. "Hij heeft zes weken geleden ontslag genomen, meneer, maar het was geen carrièremove."

"Ontslag genomen?" herhaal ik langzaam. Ik geloof haar niet, heb moeite te bevatten wat me zojuist verteld is. "Waarom dan?"

"Dat weet ik niet precies," antwoordt het meisje aarzelend. Even ziet het ernaar uit, dat ze nog iets wil zeggen, maar ze bedenkt zich. De behulpzame blik in haar ogen verdwijnt en in plaats van me meer te vertellen, kijkt ze me argwanend aan en vraagt dan scherp: "Wie bent u eigenlijk?"

Die vraag had ik al veel eerder verwacht. "Ik ben Misha's broer, Lennart Larsen," begin ik en haal mijn paspoort tevoorschijn. Bij Misha's buurvrouw werkte het niet, maar dit meisje is nog erg jong en misschien gemakkelijker over te halen of te beïnvloeden. Ik geef haar het document. "Ik heb al weken niks van hem gehoord."

Ze bestudeert het paspoort even aandachtig. Dan lijkt ze zich iets te ontspannen, geeft het terug en zegt vriendelijk: "Ik vind het erg vervelend voor u, meneer Larsen, maar ik weet niet of ik u verder kan helpen."

"Wanneer is hij precies weggegaan?" vraag ik.

De telefoon rinkelt.

"Sorry," zegt het meisje.

Ze glimlacht verontschuldigend en neemt op. "Goedemorgen, Architectenbureau Flash. U spreekt met Ilse." Ze luistert even, werpt een snelle blik in haar agenda en antwoordt dan: "Ik denk het niet. Meneer Meier zit de hele ochtend in vergadering. Ik verwacht hem pas terug na de lunch. Zal ik een terugbelnotitie maken?" Ze pakt een fineliner en een kladblok. "Zegt u het maar." Ze schrijft mee.

Ik wacht ongeduldig tot ze klaar is met schrijven.

"Ik zal vragen of hij u terugbelt. Dag, meneer Dekker," zegt Ilse en hangt op.

"Wanneer is hij precies weggegaan?" herhaal ik, zodra ze haar aandacht weer op mij richt.

Ze bladert even in haar agenda en antwoordt: "Op maandag, 9 juli."

"Drie dagen later heb ik hem voor het laatst gezien...," zeg ik hardop denkend en meer tegen mezelf dan tegen Ilse.

"Heeft hij u niet verteld, dat hij ontslag had genomen?" vraagt Ilse. Nu is het haar beurt om ongelovig te kijken. Ze lijkt oprecht verbaasd.

De telefoon rinkelt, maar ze neemt niet op.

Kennelijk had Ilse op 9 juli ook de nodige vraagtekens gezet bij het plotselinge vertrek van mijn broer, want ze buigt zich iets dichter naar me toe en fluistert over de balie heen: "U moet niet denken dat ik roddel over mijn... collega's, maar het was heel vreemd. Onverwacht. Het was maandagochtend en Misha diende direct na binnenkomst zijn ontslag in en nam al zijn vakantiedagen op. Hij kon meteen naar huis. De baas was er niet blij mee."

De telefoon stopt met rinkelen.

"Waarom ging hij weg?" vraag ik. "Hij had het hier naar zijn zin."

"Dat heb ik hem ook gevraagd, toen hij afscheid kwam nemen," vertelt Ilse. "Hij zei dat hij een reis ging maken..."

Ik heb geen idee wat Misha's reden kan zijn geweest om zijn baan op te zeggen. Hij hield van zijn werk en van het bedrijf waar hij werkte. Ik ben er altijd min of meer van uitgegaan dat mijn broer tot aan zijn pensioen bij dezelfde firma zou blijven – veilig en voorspelbaar, zoals de rest van zijn leven.

Binnen een paar jaar had Misha zich binnen Flash in een positie weten te manoeuvreren, waarin hij alle projecten, die hij interessant vond voor zichzelf kon opeisen en gages kon vragen, waar een paard de hik van krijgt. Regelmatig reisde hij naar het buitenland voor congressen en meer van dat soort typisch Misha-achtige aangelegenheden en hij had nooit een onvertogen woord gezegd over zijn baan, carrière of Flash.

Het meest negatieve dat ik hem ooit heb horen zeggen, was dat hij slecht sliep door al zijn deadlines en dat er één collega was, die hem irriteerde. Voor het gemak ga ik ervan uit dat hij daar het nare mannetje bij de deur mee bedoelde.

Heel zijn leven draaide om zijn werk en ik heb nooit de indruk gehad, dat Misha überhaupt iets anders wilde dan dat. De gedachte dat hij alles dat hij bereikt heeft, op zou geven om een reis te maken, is ronduit belachelijk.

Wat is er gebeurd, jochie?

"Heb je enig idee waar hij naartoe is gegaan?" vraag ik Ilse.

"Naar Amerika," zegt ze. "Hij zei dat hij een roadtrip ging maken."

Een roadtrip?

Mijn broer?

In mijn hoofd herhaal ik Ilses laatste zin een aantal keer. Het valt me op, dat ze voor de tweede keer zegt, 'Hij zei dat...', alsof ze twijfelt aan de waarheid van Misha's uitleg, omtrent het indienen van zijn ontslag. Ik aarzel even.

"Geloofde je hem?" vraag ik dan.

Ilse denkt even na en antwoordt dan: "Niet helemaal. Hij was een week eerder nog bij alle meetings en presentaties geweest. Dat wees er niet op dat hij ontslag zou nemen. Aan de andere kant vraagt zo'n reis toch om de nodige voorbereiding, dus het kan ook geen impulsieve actie zijn geweest... Achteraf gezien was het wel een beetje vreemd, dat hij de laatste weken helemaal geen nieuwe opdrachten meer aannam. Hij zei dat hij het te druk had met zijn Ross Towers Project..." Ze zwijgt even.

Ik kijk haar niet begrijpend aan.

"De Ross Towers zijn het grootste project dat Flash ooit heeft gehad," verklaart Ilse. "Een paar jaar geleden haalde Misha de Amerikaanse miljardair en zakenman Colin Ross binnen, als nieuwe klant. Ross en Misha zijn oude vrienden en ruim vier jaar geleden, benaderde hij Flash om Ross Tower I in Los Angeles te realiseren. Hij wist precies wat hij wilde en eiste dat Misha degene was, die het project op zich nam. De laatste vier jaar heeft Misha er vijf ontworpen. Vier ervan staan al. De vijfde komt binnenkort in Tokyo."

Het verhaal komt me vaag bekend voor. Heel in de verte. Waarschijnlijk heeft mijn broer er weleens over gesproken, maar vond ik het destijds niet interessant genoeg om echt naar hem te luisteren.

De enige connectie die ik op dit moment zie tussen mijn broer en de VS, is deze voor mij onbekende Colin Ross. "Zou het kunnen, dat Misha naar die gozer is gegaan?" vraag ik. "Je zei dat ze oude vrienden zijn."

"Dat lijkt me niet waarschijnlijk," antwoordt Ilse. "Ross verblijft momenteel in Tokyo. Ik heb begrepen, dat de voorbereidingen voor de bouw van Ross Tower V, inmiddels in volle gang zijn." Ze denkt even na en vervolgt dan rationeel: "Weet u, Misha heeft vier jaar lang non-stop gewerkt aan het Ross Towers Project. Misschien zat die reis toch al langer in de planning."

Mijn gedachten werken op topsnelheid. Ieder antwoord dat ik van Ilse krijg op één van de vele vragen die ik heb, roept alleen maar meer vragen op. En al haar twijfels omtrent de kwestie helpen ook niet.

"Is Misha na 9 juli nog terug geweest op kantoor?" vraag ik. "Om spullen op te halen of zo, of om zijn sleutels in te leveren?"

Ilse schudt ontkennend haar hoofd. Haar lange, blonde krullen bewegen sierlijk rond haar hoofd en schouders, zoals in een shampooreclame. "Misha bewaarde niet veel persoonlijke spullen op kantoor, maar hij heeft wat er lag gewoon achtergelaten. Ik heb alles maar in een verhuisdoos gedaan en bewaar het een tijdje voor hem. Misschien zit er iets bij dat hij terug wil als hij weer in Nederland is."

"Vind je het goed als ik die doos meeneem?" vraag ik.

"Ik weet het niet," antwoordt Ilse. "Het zijn persoonlijke spullen..."

"Ik ben zijn broer," zeg ik. "Veel persoonlijker gaat het niet worden."

Ze kijkt me aan.

"Ik zal het tegen niemand zeggen," beloof ik. Ik zie een aarzeling en zie in haar ogen, dat ik haar over kan halen. Ik heb haar naam opgevangen, toen ze de telefoon opnam en denk te weten hoe ik haar moet benaderen.

"Mag ik Ilse zeggen?" vraag ik.

Ze knikt.

"Ilse, Misha is mijn jongere broer," zeg ik. "Ik ben verantwoordelijk voor hem." Ik praat met zachte stem en kijk haar recht in de ogen, in een poging haar het gevoel te geven, dat ik haar in vertrouwen neem en dat ze belangrijk is.

Vanaf het moment dat Ilse me vertelde, dat mijn broer ontslag heeft genomen, heeft een lichte vorm van paniek zich van mij meester gemaakt. Het onrustige en bezorgde gevoel, dat er de laatste paar dagen is ingeslopen en dat ik heb geprobeerd te onderdrukken, wordt geleidelijk sterker, maar ik kan het nog altijd niet echt plaatsen.

Sinds Misha was afgestudeerd en een goede baan had gevonden, heb ik me nooit één moment om hem hoeven te bekommeren. Het leven dat mijn broer leidde was veilig, ordelijk en voorspelbaar – in mijn optiek zelfs saai, maar hij vond het prettig om elke minuut van zijn leven van tevoren te plannen en iedere nieuwe stap langzaam en zorgvuldig voor te bereiden en uit te stippelen.

"Ik ken Misha. Ik weet hoe hij denkt en hoe hij in elkaar zit," ga ik verder. "Hij zou *nooit* zomaar ontslag nemen en niks meer van zich laten horen. Misha is zo iemand, die zelfs zijn vakanties al drie jaar van tevoren helemaal plant, tot in de kleinste details." Ik meen iets van herkenning te zien in Ilses gezichtsuitdrukking. "Ik heb al tientallen boodschappen voor hem achtergelaten op zijn voicemail, maar hij belt me niet terug."

"Wist u niet dat Misha naar Amerika wilde?" vraagt Ilse met enige aarzeling. "Heeft hij het er nooit over gehad?"

Ik realiseer me dat, ondanks het feit dat er een balie tussen ons instaat, Ilse een beetje geïntimideerd is door mijn lange, brede verschijning. "Nee, dat wist ik niet," antwoord ik langzaam. "Ik bedoel, ik wist dat hij weleens voor zaken naar Amerika ging, maar... een roadtrip? Weken? Misschien zelfs wel maanden? Misha is de minst avontuurlijke gozer die ik ken – en hij belt me *altijd* terug. Misschien zit er iets in die verhuisdoos, dat me kan vertellen, waar hij de afgelopen weken mee bezig is geweest. Hij is mijn broer... Alsjeblieft, Ilse. Hij is de enige familie die ik nog heb."

"Denkt u...," begint Ilse, maar ze slikt haar vraag in.

"Wat?" vraag ik. "Denk ik dat er iets ergs is gebeurd?" Ik wacht niet op antwoord, haat het dat ik die woorden hardop uit moet spreken. "Ik weet het niet."

Ilse staat duidelijk in tweestrijd. "Goed dan," zegt ze na een korte ongemakkelijke stilte. Ze staat op en loopt naar een klein archief naast de receptie. Even later komt ze terug met een grote kartonnen doos. Ze zet de doos naast me op de grond en gaat weer achter haar balie zitten. Ze draait een krullende, blonde lok rond haar vinger en zegt: "Weet u, het laatste jaar voor zijn vertrek was hij... anders."

"Anders?"

"Anders," herhaalt Ilse. "Afwezig en kortaf..."

"Hoe was hij daarvoor?" vraag ik.

"Misha kwam hier werken, toen ik hier zelf nog maar kort was," vertelt Ilse. "Ik liep stage voor mijn studie. Ik wilde secretaresse worden." Ze lacht even, alsof het een belachelijk idee is. "Uiteindelijk had ik het hier zo naar mijn zin, dat ik maar ben gebleven, toen de directeur me dat vroeg."

Ik probeer geduldig en geïnteresseerd te luisteren en hoop ondertussen maar, dat Ilse niet teveel zal uitweiden over allerlei bijzaken.

"Misha kwam hier in de winter van 2006. In december, geloof ik," gaat Ilse verder. "Hij was nog maar kort afgestudeerd en wist zich met een kleine portfolio en een enorme ambitie naar binnen te bluffen. Hij was vriendelijk, beleefd, intelligent en had veel talent. Hij was een beetje stil, op zichzelf, maar hij had altijd tijd voor iedereen. Ik heb hem zes jaar meegemaakt en ik had nooit verwacht dat hij opeens weg zou gaan."

"... had altijd tijd voor iedereen"?

Hebben we het wel over dezelfde persoon?

Als ik hem wil zien, moet ik godverdomme een maand van tevoren een afspraak maken.

"Naar Amerika, bedoel je?" vraag ik.

"Ja," zegt Ilse. "Hij had er zelfs nog nooit een woord over gezegd en opeens diende hij zijn ontslag in. Ik vroeg hem waarom, maar hij zei alleen maar dat hij naar Amerika ging om een roadtrip te maken en dat hij tijd voor zichzelf nodig had."

"Weet je of hij al een ticket had geboekt of een visum aan had gevraagd?" wil ik weten.

"Dat was allemaal al geregeld toen hij hier wegging," antwoordt Ilse. "Het visum zeker."

"Hoe weet je dat?" vraag ik scherp.

"Omdat zijn ESTA nog geldig was van zijn zakenreis eerder dit jaar."

"Zijn wat?"

"Zijn ESTA document," herhaalt Ilse. "Dat is zoiets als een visum. Een ESTA is twee jaar geldig." Ze haalt haar schouders op, zonder duidelijke reden. "Hij was al een paar keer eerder naar Amerika geweest voor de Ross Towers, maar in december vorig jaar, verliep zijn ESTA, dus heeft hij in januari een nieuwe aangevraagd, toen hij naar Los Angeles moest."

"Weet je toevallig ook wanneer hij wilde vertrekken?" vraag ik.

"Afgelopen maandag, denk ik," zegt Ilse.

"Een week geleden," concludeer ik overbodig. "Waar is hij dan de weken ervoor geweest? Tussen de dag dat hij hier weg ging en zijn vertrek naar de VS, zit een gat van een maand." Voor het eerst dringt het tot me door dat Misha glashard tegen me loog, toen hij zei dat hij het druk had, kort voor onze laatste ontmoeting.

Druk waarmee, meneer de architect?

Met de baan, die je toen al niet meer had?

Wilde je me gewoon niet zien?

"Thuis, denk ik," antwoordt Ilse. "Dingen regelen voor zijn reis... Dat zei hij tenminste..." Ze lijkt niet overtuigd. Haar laatste zin blijft in de lucht hangen.

Ze denkt dat je loog.

Ik realiseer me weer dat Ilse – net zo goed als ik – vragen moet hebben omtrent het onverwachte en vooral onkarakteristieke vertrek van mijn broer, maar ik heb inmiddels ook wel in de gaten, dat ze een betrokken, zo niet nieuwsgierige collega is, die goed oplet en een oog heeft voor details. Misschien weet Ilse wel meer dan ze zelf beseft.

"Is je verder nog iets opgevallen?" probeer ik na een korte stilte.

"Nou...," begint Ilse weifelend.

"Wat?" dring ik aan.

"Het is vast onbelangrijk, maar het was... vreemd," zegt Ilse. "Het was vorig jaar, ergens in de zomer. Ik kan de datum opzoeken, als u wilt." Ze wijst in de richting van het kleine archief, naast de receptie.

Ik wuif haar aanbod weg en gebaar dat ze haar verhaal moet afmaken.

"Misha deed altijd grote projecten en toen kwam die man," gaat Ilse verder. "Hij wilde iets heel eenvoudigs, iets waar Misha normaal gesproken nooit naar omgekeken zou hebben. De klant was een particulier en een stagiair had de klus al aangenomen, maar toen Misha ervan hoorde wilde hij het project per se hebben, terwijl hij andere, *prestigieuze* klussen eerder had afgewezen, in verband met zijn werk voor het Ross Towers Project."

"Wat was dit dan voor project?" vraag ik. "Voor die particulier, bedoel ik."

"Het ging echt *nergens* over," antwoordt Ilse. "De klant wilde een vakantie-huisje laten bouwen ergens in de *middle of nowhere* in Frankrijk, waar hij een stukje grond had gekocht. Hij wilde er na zijn pensioen gaan wonen en er tot die tijd alvast op vakantie kunnen gaan."

"Klinkt inderdaad niet spectaculair," geef ik toe. "Wie was de klant?"

"Gewoon een klant," zegt Ilse en haalt haar schouders op.

"Kan het een vriendendienst zijn geweest?" vraag ik. "Was hij een vriend van Misha, zoals Ross?"

Ilse denkt na en schudt dan weifelend haar hoofd. "Nee, dat denk ik niet. Colin Ross is niet alleen een goede vriend van Misha, maar ook een man met visie en enorme dromen. Daarin hadden ze elkaar helemaal gevonden. De Ross Towers zijn een enorm project, dat Misha nooit naast zijn andere werk had kunnen realiseren. Met die particulier lag het anders. Het ging om een simpel huisje. Als hij een goede vriend was geweest, zou hij Misha toch gewoon buiten het werk om hebben benaderd?"

Het klinkt als een vraag.

"Waarschijnlijk wel, ja," ben ik het met haar eens. Het lijkt voor de hand te liggen dat een goede vriend Misha buiten Flash om zou hebben benaderd en dat Misha de ontwerpen dan – waarschijnlijk gratis – zou hebben geleverd.

Nogmaals vraag ik me welke factor mijn broer er ooit toe kan hebben bewogen dit project aan te nemen, als een vriendschap uitgesloten was.

"Kenden ze elkaar überhaupt?" vraag ik dan.

"Dat denk ik niet," antwoordt Ilse. "De klant handelde alles af met onze sta-giair en had, voor zover ik weet, geen contact met Misha. Misha leverde alleen de ontwerpen. Hij vroeg om updates, maar liet onze stagiair met de eer strijken. Voor zover er enige eer viel te behalen aan dat klusje."

"Misschien zocht hij gewoon wat afwisseling?" raad ik.

Ilse schudt haar hoofd weer. "Nee," zegt ze beslist. "Misha dacht altijd in het groot. Kleine projecten liet hij links liggen, zodra hij zijn naam had gevestigd met Ross Tower I. Hij ontwierp vijf Ross Towers en een paar luxe appartementencomplexen, zoals dat waar hij zelf woont... Dan ga je niet terug naar het schetsen van een bungalowtje."

"Hij had al zo weinig tijd," merk ik op. "Waarom zou hij dan tijd verspillen aan zoiets?"

"Geen idee," antwoordt Ilse. "Het raarste was nog dat zowel Misha als die stagiair bij hoog en laag volhielden dat de tekeningen van haar kwamen, terwijl ik duidelijk aan de manier van tekenen kon zien dat ze – in ieder geval deels – van hem waren."

Ik weet niet wat ik ervan moet denken. "Heb je de klant weleens gezien?" vraag ik uiteindelijk.

"Nee. Hij is hier twee keer geweest, maar beide keren was ik er niet."

"Weet je zijn naam? Heb je nog papierwerk van dat project?" Ik weet zelf niet waarom dit belangrijk lijkt. Misschien is het omdat ik verder zo weinig aanknopingspunten heb.

Ilse slaat haar armen over elkaar en zegt gedecideerd: "Luister eens, ik heb al veel teveel gezegd. Ik kan toch niet zomaar documenten meegeven aan een wildvreemde?"

"Goed," zeg ik. "Je hebt gelijk." Ik wil niet teveel aandringen. Wellicht heb ik haar nog eens nodig bij mijn verdere zoektocht naar mijn broer. Het laatste dat ik wil, is haar tegen me in het harnas jagen. Als dat gebeurt, kan ik eventuele medewerking in de toekomst wel vergeten. Ik buk me en til de verhuisdoos op. Die is opvallend licht en weegt hooguit een kilo.

Ik voel een lichte teleurstelling. Ik had meer verwacht.

"Bedankt voor al je hulp," zeg ik.

"Tot ziens," antwoordt Ilse.

* * * * *

Zaterdag, 2 juni 2012 – middag
Rotterdam, Nederland

Toen ik de lift van het appartementencomplex uitstapte, stond mijn broer me op te wachten in de deuropening. Hij droeg een T-shirt en jeans en liep op zijn sokken, duidelijk niet van plan om waar dan ook naartoe te gaan die dag.

"Hé, Len. Wat kom je doen?"

Ik negeerde zijn gebrek aan enthousiasme over mijn komst en antwoordde: "Je feliciteren, natuurlijk." Ik sloeg mijn arm om zijn schouders en trok hem tegen me aan. "Zesentwintig jaar alweer."

"Ja," zei Misha, nog altijd weinig enthousiast. Hij maakte zich los uit mijn omhelzing en zei: "Kom binnen."

"Wat was je aan het doen?" vroeg ik, sloot de deur achter me en volgde mijn broer naar de woonkamer.

"Werken," antwoordde Misha en wees naar zijn salontafel, die bezaaid lag met tekeningen en notities. Hij raapte haastig de papieren bij elkaar en legde de stapel op het bureau, dat in een hoek van de kamer stond.

"Bier?" stelde hij voor.

"Is gras groen?"

Misha verdween naar de keuken en kwam kort daarop terug met twee flesjes bier.

Ik ging op de bank zitten en vroeg: "Ga je vanavond mee stappen?"

"Ik moet werken," antwoordde Misha. Hij ging tegenover me zitten en dronk zijn bier veel sneller dan ik van hem gewend was.

"Je *moet* helemaal niks. Het is je verjaardag," protesteerde ik.

"Nou en?" vroeg hij toonloos. "Verjaardagen slaan nergens op, Len. Wat vier je dan? Dat je weer een jaar dichter bij de dood bent? Dat je weer een jaar overleefd hebt?" Zijn mobiele telefoon lag voor hem op de salontafel en piepte. Hij pakte het toestel en checkte zijn berichten.

Ik nam een slok van mijn bier en wachtte ongeduldig tot mijn broer klaar was met sms'en. "Ga gewoon mee stappen vanavond," probeerde ik weer.

"Ga jij maar zonder mij," antwoordde Misha, met zijn ogen nog altijd op het display van zijn telefoon gericht. "Ik heb geen tijd." Hij legde de telefoon weg, keek me aan en zei: "Ik heb nog maar vijf weken om dat af te krijgen." Hij gebaarde naar de stapel papieren op zijn bureau en nam nog een slok bier.

"Wat is er over vijf weken?" vroeg ik.

"De eerste dag van de rest van mijn leven," zei hij cryptisch.

"Wat bedoel je?"

"Gewoon," antwoordde Misha. "Mijn deadline."

* * * * *

Maandag, 20 augustus 2012 – middag
Rotterdam, Nederland

Eenmaal thuis, na mijn bezoek aan Architectenbureau Flash, ga ik op de bank zitten en zet de verhuisdoos naast me op de grond, binnen handbereik. Ik steek een sigaret op en maak de doos open, nieuwsgierig naar de inhoud. Zoals het gewicht al een beetje had verraden, is de doos slechts voor de helft gevuld.

Kennelijk bewaarde Misha inderdaad weinig persoonlijke spullen op kantoor, precies zoals Ilse gezegd heeft.

Op het eerste gezicht zie ik niets opvallends aan de inhoud. Ik neem een diepe haal van mijn sigaret, haal een agenda uit de doos en blader erin. De korte, handgeschreven notities lijken uitsluitend zakelijke afspraken te zijn.

De laatste op vrijdag 6 juli.

14:00 : Meeting Sanders & Dekker

Als ik wat langzamer terugblader, kom ik diverse pagina's tegen, waarop Misha dezelfde twee namen noemt, steevast vooraf gegaan door een tijdstip en het woord 'meeting'. Verder zie ik een aantal andere namen, die telkens terugkeren bij afspraken voor 'werkoverleg'. Weer andere namen komen slechts een aantal keer voor, in afspraken gedurende korte periodes.

Steeds kom ik dezelfde woorden tegen, als een mantra dat telkens herhaald wordt, in het mij zo bekende, nette handschrift.

Werkoverleg... Presentatie... Meeting... Conference call... Deadline...

"Hoe kan iemand die zo saai is, zomaar in rook opgaan?" vraag ik me hardop af en ik steek opnieuw mijn hand in de kartonnen doos. Ik vis er een metalen ring uit, waaraan drie sleutels hangen. Er is geen labeltje om te verraden welke deuren ze voor me kunnen openen.

Ze kunnen niet van kantoor zijn, denk ik.
Die zou je hebben moeten inleveren, toen je ontslag nam.

Naast de agenda en de sleutels bevat de verhuisdoos een schetsboek, een paar pennen, tientallen potloden en een paar andere onbeduidende kantoorbenodigdheden.

Ik blader vluchtig door het schetsboek, maar zie slechts talloze in potlood geschetste plattegronden van God weet wat en waarvan ik aanneem dat mijn broer ze voor zijn werk heeft gemaakt, maar ik kan er niets mee. Van sommige kan ik niet eens zien wat het voorstelt.

Ik sla het schetsboek dicht, gooi het terug in de doos en sta op. Dan pak ik een plastic tas en stop Misha's agenda en sleutels erin.

Vlug graai ik mijn sigaretten, aansteker, telefoon en eigen sleutelbos van de salontafel en haast me naar mijn auto.

Voor de tweede keer die dag rij ik naar het kantoorpand waar Misha tot enkele weken geleden werkte. Ik parkeer mijn auto voor de deur en loop, zodra ik binnen ben, meteen door naar de receptie. "Daar ben ik weer," zeg ik.

"Ik zie het," antwoordt Ilse droog. "Bent u al iets wijzer geworden?"

Ik schud ontkennend mijn hoofd. "Die sleutels die je in de doos hebt gedaan... Waar zijn die van?"

"Dat zijn de reservesleutels van zijn huis," antwoordt Ilse. "En ik heb nog iets voor u." Ze haalt een kladblaadje tevoorschijn, waarop ze in een vluchtig handschrift telefoonnummers heeft geschreven.

Ik kijk ernaar. Er staan geen namen bij.

"Dat zijn de nummers van alle inkomende en uitgaande gesprekken, die ik niet direct aan het bedrijf kan linken," legt Ilse uit. "Ik weet niet of u er iets aan heeft, maar ik heb ze voor de zekerheid overgeschreven uit de geschiedenis van de telefoon in Misha's kantoor, voordat die wordt ge-reset door IT."

"Waarom?" vraag ik.

"Omdat mijn gevoel zegt dat het juist is om u te helpen," antwoordt Ilse.

Ik pak het stuk papier aan en vouw het op. Ik stop het in mijn broekzak en zeg: "Dank je."

Er valt een korte stilte.

"Wilt u het me laten weten als u hem vindt?" vraagt Ilse.

Deze vraag had ik niet verwacht. Ik kijk haar aan en opeens zie ik het in haar ogen en aan haar houding. "Hoe goed ken je mijn broer eigenlijk?" vraag ik.

Ilse zwijgt even en zegt dan: "Als hij zijn eigen broer nooit over mij verteld heeft, kennelijk niet zo goed als ik dacht."

Ik meen een lichte irritatie in haar stem te horen.

Irritatie of teleurstelling?

"We hebben een tijdje iets met elkaar gehad," gaat Ilse verder, "maar Misha was altijd erg gesloten. Ik hoopte dat het beter zou gaan als we langer samen waren en hij zou zien dat hij me kon vertrouwen, maar het werd nooit beter. Misha is geen prater en ik wel, dus het werkte gewoon niet tussen ons, maar..."

"Maar?" spoor ik haar aan.

"Maar ik geef om hem," zegt ze simpel. "Ik wil gewoon weten of het goed met hem gaat."

* * * * *

Zondag, 1 april 2001 – ochtend
Rotterdam, Nederland

Na twee jaar van juridische moeilijkheden en veel bureaucratie en papierwerk, had ik eindelijk de voogdij gekregen over mijn jongere broer. Onze ouders waren op dat moment al ruim drie jaar dood en Misha had die jaren doorgebracht in een pleeggezin, in afwachting van het moment waarop ik mijn zaken op orde zou hebben.

Onze hereniging verliep minder soepel dan ik gehoopt en verwacht had.

Misha stelde zich afstandelijk en afwachtend op en zei niets, tenzij ik hem iets vroeg.

Ik begreep best dat mijn broertje moest wennen aan zijn nieuwe omgeving. Tenslotte was hij op dat moment nog geen vierentwintig uur bij me, maar zijn zwijgzaamheid was iets waar ik moeilijk mee om kon gaan.

Die zondagochtend zat Misha al met een beker koffie voor zich aan de tafel in de keuken, toen ik opstond. Er lag een boek opengeslagen op de tafel voor hem en hij keek slechts een paar seconden op toen hij me hoorde naderen.

Ik begon aan mijn ochtendritueel: glas water, aspirines, koffie, sigaret.

Misha hield zijn blik nog altijd op zijn boek gericht.

"Wat is dat?" vroeg ik, in een poging een gesprek op gang te brengen.

"Iets over Romeinse architectuur," antwoordde hij.

"Pardon?" zei ik.

"Romeinse architectuur," herhaalde hij. "Gebouwen uit de Romeinse Tijd."

"Ik weet wat architectuur is," antwoordde ik. "Wat moet je daar nou mee?"

"Gewoon," zei Misha en haalde zijn schouders op. Hij pakte zijn koffiebeker, nam een slok en keek uit het raam.

Een paar minuten was het doodstil.

"Is alles oké?" vroeg ik toen ik er niet meer tegen kon.

Misha gaf geen antwoord en staarde in het niets.

"Jochie?" probeerde ik, iets harder.

Hij knipperde met zijn ogen, keek me aan en zei: "Sorry, Len. Wat zei je?"

"Is alles oké?" herhaalde ik.

Misha haalde opnieuw zijn schouders op en wierp een snelle blik op de wandklok, die tegenover hem aan de muur hing. "Prima," zei hij.

Ik zag dat hij loog, maar liet het gaan. Waarschijnlijk was hij gewoon onrustig door alle veranderingen. Mijn broertje was in drie jaar tijd veranderd van een zenuwachtig kind in een nog nerveuzere tiener. Misschien was het een beetje teveel voor hem om te verwerken. De dood van onze beide ouders was nog maar drie jaar geleden en het feit dat ik nu de voogdij over hem had, had hem uit zijn vertrouwde omgeving van zijn pleeggezin gehaald. Hoewel Misha zelf op een reünie met mij had aangestuurd, vreesde ik dat het een foute keuze van mij was geweest om daarin mee te gaan.

Mijn oog viel op de lege drankflessen op het aanrecht en de halfopgerookte joint in de asbak.

Dit is geen plek voor je, dacht ik.

Ik had je bij je pleegouders moeten laten...

Bij mensen met verantwoordelijkheidsgevoel...

Misha stond op om nog een beker koffie voor zichzelf in te schenken. "Wil jij ook nog?"

"Ik heb nog," zei ik. Ik stak mijn tweede sigaret op, inhaleerde diep en wachtte tot hij weer ging zitten. "Het is een beetje veel allemaal, hè?" vroeg ik toen.

Hij keek me aan en vroeg: "Wat bedoel je?"

"Je hebt veel meegemaakt de afgelopen jaren," verduidelijkte ik.

"Waar heb je het over?" antwoordde Misha.

Oké dan... En nu? dacht ik.

Wat is wijsheid?

Na een lange en ongemakkelijke stilte stond Misha op en liep zonder iets te zeggen langs me heen naar de uitgang van de keuken.

"Hé! Ho even," zei ik.

Hij bleef staan en draaide zich om. "Wat is er?"

"Waar ga je naartoe?" vroeg ik.

Misha keek me aan en antwoordde: "Naar mijn kamer. Ik heb nog huiswerk. Ik doe extra vakken dit jaar."

Ik maakte mijn sigaret uit en gebaarde naar de deur. "Ga maar."

Mijn broertje verdween.

Ik hoorde dat hij de deur van zijn kamer achter zich dichttrok. Ik stak nog een sigaret op en dronk mijn koffie. Ondanks mijn kater zag ik wel in dat mijn broertje niet van plan was om het me gemakkelijk te maken. Ik liep naar het aanrecht en schonk een nieuwe beker koffie voor mezelf vol en gooide er een scheut cognac in, om me geestelijk voor te bereiden op een erg lange aanpassingsperiode.

Cheers!

Welkom thuis, jochie.

* * * * *

Maandag, 20 augustus 2012 – middag
Rotterdam, Nederland

47

Ruim een kwartier na mijn tweede bezoek aan Ilse, parkeer ik mijn auto bij het appartementencomplex waar mijn broer woont. Ik pak de plastic tas, vis Misha's reservesleutels eruit, stap uit en sluit de auto af. Ik loop naar de ingang en ga naar binnen.

In de hal van het gebouw druk ik op de bel, maar zoals ik verwacht, wordt er niet opengedaan. Ik kijk naar de drie sleutels in mijn hand en loop naar de deur van de hal, die naar een tweede hal leidt. De tweede sleutel die ik probeer, past op het slot. Ik open de deur en ga de tweede hal binnen.

De deur valt bijna geluidloos achter me in het slot. Ik kijk rond. De hal is verlaten. Ik denk erover om de trap te nemen, omdat ik verwacht dat de kans daar kleiner is, dat ik iemand zal tegenkomen, maar ik bedenk me.

Verderop in de hal zijn twee liften, weet ik van mijn vorige bezoeken.

Ik heb niks te verbergen, denk ik.

Ik doe niks verkeerd. Het maakt geen zak uit of iemand me ziet of niet.

Ik loop door en druk op het knopje naast de linkerlift. Ongeduldig wacht ik totdat de deuren opengaan, stap naar binnen en druk weer op een knopje, dit keer om de juiste verdieping aan te geven. De deuren glijden geruisloos dicht en ik wiebel van mijn ene voet op de andere, totdat de lift stopt op de bovenste etage.

Ik stap de lift uit en kom uit in een kleine hal met slechts één deur. Op de grond ligt hoogpolig, zwart tapijt en langs één van de muren staat een klein, witleren bankje. Voor de bank staat een lage, langwerpige tafel met een metalen voet en een dik glazen blad. Aan de muren hangen een aantal reproducties (?) van Escher.

Ik probeer de twee overgebleven sleutels aan de metalen ring op de twee sloten, die op de voordeur zitten. De deur gaat open en ik stap naar binnen, sluit de deur achter me en loop naar de woonkamer. Ik kijk even rond.

Er is weinig veranderd sinds de laatste keer dat ik hier was.

Er staan twee leren fauteuils en een leren bankstel rond een moderne salontafel, die doet denken aan de tafel in het halletje. De lengte en hoogte van één wand wordt geheel in beslag genomen door een volle boekenkast. Aan de overige muren hangen nog een aantal werken van Escher en één doek van Salvador Dali.

Ik heb geen idee of ze echt zijn.

Verder is de inrichting erg minimalistisch, ondanks het feit dat mijn broer de enige persoon is die ik ken, die een tekentafel in zijn woonkamer heeft. In een hoek van de kamer staat een eenvoudig wit bureau met een bijpassende stoel. Ik loop er naartoe en kijk op het bureau en in de lades. Op het bureau ligt Misha's mobiele telefoon. Het valt me op, dat de telefoon met een kabeltje aan een oplader zit, die in het stopcontact is gestoken.

Waarom heb je je telefoon niet meegenomen?

Is de batterij kort voor je vertrek leeg geraakt?

Heb je snel even willen bijladen en ben je daarna vergeten, om je telefoon alsnog mee te nemen?

Jij vergeet nooit iets, corrigeer ik mezelf, maar ik onderdruk de neiging om dit hardop uit te spreken.

Ik herinner me een oude gewoonte van mijn broer, om overal gele post-its op te hangen, met aantekeningen voor zichzelf. Alsof hij dat nodig had. Toch deed hij dat als kind ook al. Hij plakte ze meestal op de voordeur, zodat hij ze altijd tegenkwam, wanneer hij het huis verliet.

In de loop der jaren maakten de post-its plaats voor een agenda, maar mijn broer hield zijn verplichtingen altijd zorgvuldig bij.

Ik kan niet anders dan concluderen dat de telefoon bewust is achter gelaten. *Waarom?* Naast de telefoon, op het bureau, ligt een tweede agenda.

Waarom twee? vraag ik me af, denkend aan Misha's andere agenda, die ik eerder in Ilses verhuisdoos heb aangetroffen.

Welke logica heeft mijn broer er ooit toe gebracht om twee agenda's te gaan gebruiken?

Ik rommel in de lades van het bureau.

Daar vind ik voornamelijk schetsboeken, potloden en administratie, maar in een hoek van één van de lades ontdek ik een klein sleuteltje. Er zit geen labeltje aan, dus ik heb geen idee waar het sleuteltje op past. Ik leg het terug in de lade, pak één van de schetsboeken en blader er dan vluchtig doorheen.

Het is een andere stijl dan in het andere schetsboek, dat ik heb bekeken. *Anders...* Anders opgezet en eenvoudiger uitgewerkt, maar onmiskenbaar van dezelfde tekenaar.

Ik leg het schetsboek terug en doe alle lades dicht. De tweede agenda heeft me nieuwsgierig gemaakt. Ik ga aan het bureau zitten en sla een willekeurige bladzijde op.

Bij vrijdag 6 juli zie ik een korte notitie in Misha's handschrift.

20:00 : Julia

Ik blader een stukje terug en kom de naam 'Julia' nog een aantal keer tegen, maar als ik nog verder terugga, komt haar naam niet meer voor. Ik zie dat 'Julia' vanaf 8 juni iedere vrijdag wordt genoemd, tot en met 6 juli.

Is deze 'Julia', na Ilse, de tweede vrouw van betekenis in Misha's leven, aan wie ik nooit ben voorgesteld?

Ik denk diep na, maar kan me niet herinneren dat mijn broer het ooit over ene 'Julia' heeft gehad. Nu is het echt niet zo, dat ik van hem verlang dat hij me voorstelt aan al zijn scharrels. Tenslotte is dat andersom ook nooit het geval geweest, maar ik heb Misha altijd kennis laten maken met de vrouwen, met wie ik langere tijd omging. Ik heb altijd gedacht dat hij zich (nog) niet wilde binden en me nooit aan zijn vriendinnen heeft voorgesteld, omdat hij nooit serieuze relaties aanging.

Maar nu is daar opeens Ilse, die toch duidelijk meer is geweest dan een one-nightstand of een scharrel.

Waarom heeft mijn broer dan nooit een woord over haar gezegd?

Of over deze 'Julia', met wie hij toch minimaal een maand is omgegaan?

Ik blader verder en lees hier en daar zijn aantekeningen in de agenda.

Bij vrijdag, 13 juli, zie ik opnieuw een notitie die mijn aandacht trekt.

Middag: Maren
Avond: J.

Ik lees de korte notitie nog een paar keer.
De naam 'Maren' komt me wel bekend voor, maar niet omdat mijn broer ooit over haar gesproken heeft.
Is dit dezelfde Maren als het meisje dat ik ken uit de coffeeshop?
Ik overweeg het. Het lijkt niet logisch, maar het is geen naam, die je vaak hoort. Ik kan me niet herinneren dat Misha de naam 'Maren' ooit heeft laten vallen en voor zover ik weet, heeft hij nog nooit één voet in een coffeeshop gezet.

Mijn broer was altijd fel tegen op mijn drugsgebruik en ik heb hem nooit zien gebruiken of zelfs maar op een positieve manier over drugs horen praten. Hij heeft altijd een duidelijke afkeer gehad van mijn levensstijl en ik kan me niet voorstellen, dat Misha ooit zelfs maar een trekje van een joint heeft geprobeerd, laat staan dat hij met een gebruiker om zou gaan.

Ik heb mijn broer zelfs nog nooit dronken gezien. Licht onder invloed, misschien. Rustiger en meer ontspannen dan gewoonlijk, dat wel, maar alles nog onder controle.

Waarom zou zo iemand zich inlaten met een meisje als Maren?
Ik blader de agenda nu langzaam door.
De naam 'Maren' komt er veelvuldig in voor – wekelijks, maar soms zelfs dagelijks. Ik kan nergens uit opmaken om wat voor soort afspraken het gaat.

Telkens staat er alleen een tijdstip of een dagdeel genoteerd, gevolgd door uitsluitend haar naam. Er is niets waaruit ik kan afleiden of de 'Maren' in Misha's agenda dezelfde persoon is als het iele, donkerharige meisje uit de coffeeshop.
Misschien een andere Maren?

Ik probeer niet teveel stil te staan bij de gedachte, dat dit nu al de derde vrouw is, die toch een rol van betekenis in het leven van mijn broer moet spelen of op zijn minst gespeeld moet hebben, maar over wie hij nooit een woord heeft gezegd. Ze komt te vaak in de agenda voor om onbelangrijk te zijn.

Ik puzzel verder. De 'J.', die bij 13 juli wordt genoemd...
Zou Misha daar die 'Julia' weer mee bedoelen?
Het lijkt niet logisch dat hij haar naam op die datum opeens afkort, terwijl hij dat bij eerdere afspraken niet heeft gedaan.

In deze agenda kom ik geen aantekeningen tegen, die met Misha's werk te maken lijken te hebben. De standaardkreten, die wel in de andere agenda staan, ontbreken hier volkomen. Niks geen 'meeting' of 'werkoverleg'. Alleen maar namen en tijdstippen.

Waarschijnlijk is dit een agenda, waarin mijn broer uitsluitend zijn privéafspraken bij heeft gehouden. Het verbaast me dat het er zoveel zijn. In mijn beleving had Misha helemaal geen privéleven. Hij had immers al een carrière, die hem zestien tot achttien uur per dag opslokte en waarin geen ruimte leek voor andere dingen, maar deze agenda spreekt dat tegen.

Misha heeft in ieder geval met regelmaat de moeite genomen om tijd vrij te maken in zijn overvolle schema voor een vrouw. Zodra mijn verbazing over de frequentie daarvan afneemt, dringt een ander gevoel naar de voorgrond. Woede. Ik begrijp best dat mijn broer een drukke baan heeft en stoom af moet blazen. En dat hij in zijn vrije tijd liever ligt te neuken met een mooie vrouw dan dat hij mijn geouwehoer aan moet horen, snap ik ook. Ik begrijp het helemaal, maar toch voel ik me wat verwaarloosd.

Tussen 1 januari en 13 juli staat mijn naam hooguit tien keer in de agenda, tegenover ruim zeventig keer 'Maren'. Ik bedoel te zeggen dat twaalf tegenover achtenzestig ook wel gekund had.

Met het gebruik van twee agenda's heeft Misha zaken en privé duidelijk gescheiden willen houden, alsof er geen enkele factor is, die het één met het ander verbindt. Het zijn twee losse levens, twee werelden, die elkaar nergens lijken te raken, maar het lijkt mij geen reden om er twee agenda's op na te houden.

Het is toch veel gemakkelijker om al je afspraken bij elkaar te hebben, zodat je in één oogopslag kunt zien hoe je dag eruit ziet?

Aan de andere kant is het hele concept van een agenda überhaupt overbodig voor mijn broer. Hij heeft zo'n bizar goed geheugen, dat hij altijd alles uit zijn hoofd weet en me regelmatig confronteert met dingen die ik allang vergeten ben. Daar komt nog bij dat Misha er wel vaker een andere logica op nahoudt dan andere mensen.

Op de basisschool lieten de leraren Misha twee klassen overslaan, omdat de lesstof hem geen uitdaging bood en hij zo ver voorlag op zijn klasgenootjes, dat die hem nooit meer zouden kunnen inhalen. Toen hij tien was, ging hij naar de brugklas en er volgde zes jaar VWO, met vrijwel alleen maar negens en tienen en jubelende leraren. Op de ouderavonden hadden mijn ouders – en later ikzelf – altijd een makkie, omdat er weinig was om over te praten. Mijn broer was zo'n lief kind, hij haalde van die mooie cijfers en maakte zo braaf zijn huiswerk. Er viel niets te klagen of uit te leggen. Na de middelbare school doorliep hij zijn opleiding Bouwkunde aan de universiteit en belandde daarna bij Flash.

Weer probeer ik te bedenken waarom Misha het nodig vond om twee agenda's te gebruiken, terwijl hij geen agenda nodig heeft. Ik onderdruk de neiging om hardop tegen mezelf te praten en steek in plaats daarvan een sigaret op.

Mijn broer rookt niet – natuurlijk – en heeft geen asbakken in huis.

Ik pak een klein metalen schaaltje, dat op de hoek van het bureau staat en haal het kleingeld dat erin zit eruit. Ik trek één van de bureaulades open om het geld erin te doen, maar ik bedenk me en doe de lade weer dicht.

Het muntgeld stop ik in mijn broekzak.

Ik moet nog naar de coffeeshop vanavond en mijn geld is bijna op. Ik neem een diepe haal van mijn sigaret en gebruik het metalen schaaltje als asbak. Dan richt ik mijn volledige aandacht weer op de agenda.

Halverwege mei kom ik weer een notitie tegen, die mijn aandacht trekt.

ESTA checken. Paspoort in orde laten maken. Let op: printdatum e-ticket as. vrijdag.

Misha was dus in mei al van plan om op reis te gaan, misschien zelfs wel eerder. Na die tijd heb ik mijn jongere broer nog een aantal keer gezien, maar Misha heeft niets over een eventuele vakantie gezegd en ook niet over het op handen zijnde indienen van zijn ontslag.

Ben je dat ook al van plan geweest in mei?

Het kan bijna niet anders.

Dat de aantekening in deze agenda staat en niet in de andere, is voor mij de bevestiging dat het een privéreis is en geen zakelijke aangelegenheid. Toch stelt deze conclusie me niet gerust. Ik blader verder terug, helemaal naar het begin, op 1 januari. Ik sla de pagina's één voor één om en lees alle notities die ik tegenkom.

Misha is vaak ontzettend kort van stof. Er staat dan alleen een naam en een tijdstip of een dagdeel genoteerd. Om wat voor soort afspraak het gaat, staat er meestal niet bij. De aantekeningen zijn allemaal kleine puzzeltjes, die alleen maar meer vragen oproepen. Er zit geen logica in.

Het lijkt erop dat mijn broer weinig vrienden heeft. De enige namen van mannen, die ik in de agenda tegenkom zijn 'Colin' en 'Dean', met wie hij minimaal één keer per maand afsprak, soms gelijktijdig, soms niet. Ook kom ik de naam 'George' drie keer tegen, waarvan één keer in combinatie met 'Colin', 'Dean' en 'Maren'.

Alle overige namen, die Misha in zijn agenda noemt, zijn van vrouwen en komen slechts eenmalig voor. Misschien hebben we toch meer gemeen dan ik dacht.

Ilses naam wordt nergens genoemd, wat me vertelt dat zij en mijn broer al langere tijd uit elkaar zijn. De enige naam, die vanaf januari tot en met juli minimaal één keer per week terug blijft komen, is die van de mysterieuze 'Maren'. Soms staat haar naam in een week inderdaad maar één keer genoteerd, maar meestal een paar keer en soms zelfs dagen achter elkaar.

Dan is er in januari en februari nog ene 'Vera', die daarna uit het leven van mijn broer verbannen moet zijn, want na 22 februari komt haar naam niet meer voor in de agenda. En dan is er nog die 'Julia', die in juni en juli ongeveer een maandlang wekelijks op het programma staat, maar daarna even plotseling van het toneel verdwijnt als ze erop verschenen is.

Vriendinnen?

Ik twijfel.

Ex-vriendinnen?

Ik blader langzaam door de tweede helft van de agenda, maar de meeste pagina's zijn onbeschreven. Vanaf half juli staat er zelfs helemaal niets meer in, alsof Misha's leven gewoon is opgehouden in juli en hij geen enkele verplichting meer heeft.

Alsof hij van de aardbodem is verdwenen.

In rook opgegaan, denk ik, terwijl ik de as van de punt van mijn sigaret tik.

Heb je eindelijk genoeg gekregen van je agenda's, verplichtingen en regels?

Ben je eindelijk tot de conclusie gekomen, dat het leuker is om bij de dag te leven en niet volgens allerlei schema's?
Ik neem een diepe haal van mijn sigaret.
Maar je houdt van agenda's, verplichtingen, regels en schema's, corrigeer ik mezelf.
Helemaal achterin de agenda zijn een aantal bladzijden, waarop vele aantekeningen zijn gekrabbeld in een haastig maar duidelijk handschrift. Ze lijken geen van alle datumafhankelijk te zijn.
Ik zie hoofdzakelijk namen, adressen en telefoonnummers, maar ook wat losse woorden en combinaties van letters en cijfers, waar ik niets van kan maken.
'KL6081', lees ik en *'DL2155'* en nog een paar soortgelijke codes. Ik vraag me af wat ze betekenen, maar kan er niets uithalen. Als ik de agenda nogmaals van voor naar achter doorblader, valt me op dat een aantal dagen gemarkeerd zijn met een kleine 'X'.
Wie of wat is X?
Talloze nieuwe vragen schieten door mijn hoofd. Ik doof mijn sigaret in het schaaltje, maar steek er meteen nog één op en kijk dan op mijn horloge. Het is bijna avond en ik vraag me af waar de tijd is gebleven. Ik sta op, stop de tweede agenda bij Misha's andere spullen in het plastic tasje en pak zijn mobiele telefoon.
Ik zie veel gemiste oproepen, waarvan de meeste van mezelf zijn. Dan trek ik de stekker van de oplader uit het stopcontact en neem de telefoon en de lader ook mee.
Misschien kan ik daar wat mee.

3.
DE FACTOR X

Dinsdag, 21 augustus 2012 – ochtend
Rotterdam, Nederland

Ondanks het feit dat ik bijna de hele nacht bezig ben geweest om alle informatie waarover ik nu beschik voor mezelf op een rijtje te zetten, ben ik vanmorgen alweer vroeg wakker. Ik heb een paar uurtjes geslapen op de bank.

Zodra ik mijn ogen open, werp ik een snelle blik op de klok, gris mijn mobiele telefoon van de salontafel en controleer of ik geen oproepen gemist heb, terwijl ik sliep.

Dat is niet het geval.

Ik verwacht het min of meer al, maar toch is het een teleurstelling. Weer.

Ik sta op, ga naar de badkamer en neem een douche. Het water is heet en brandt bijna op mijn huid. Na een tijdje draai ik de kraan dicht, droog me af en sla een handdoek om. In mijn slaapkamer trek ik schone kleren aan en ga dan naar de keuken voor een broodnodige dosis cafeïne. Ik neem de koffie mee naar de woonkamer en ga op de bank zitten.

Misha's spullen en mijn eigen aantekeningen liggen nog steeds als een slordig stilleven op de salontafel. Ik kijk ernaar, in de hoop dat me nu iets zal opvallen, dat ik vannacht – wellicht door vermoeidheid – over het hoofd heb gezien.

Met behulp van Misha's twee agenda's, het verhaal van Ilse en de oproepinformatie en de sms'jes in het geheugen van de telefoon van mijn broer, heb ik geprobeerd om de afgelopen acht maanden van zijn leven te reconstrueren.

Ik realiseer me dat mijn overzicht verre van compleet moet zijn, maar toch betrap ik mezelf erop, dat ik conclusies begin te trekken.

Misha's leven lijkt te hebben bestaan uit steeds terugkerende routines – precies zoals ik al verwacht had, maar in mei begint hij afwijkend gedrag te vertonen en halverwege juli lijkt hij zelfs compleet van de radar te zijn verdwenen.

Zowel zakelijk als privé lijkt zijn leven gewoon op te houden, terwijl Ilse heeft gezegd, dat hij pas op 13 augustus naar Amerika zou vertrekken.

Het is niet logisch.

Ik vraag me nogmaals af waar mijn broer in de tussenliggende weken is geweest, maar zijn agenda's bieden op dit punt geen uitkomst. Ik heb het gevoel dat ik een puzzel in elkaar probeer te passen, waarvan ik teveel stukjes mis om te kunnen zien wat het voorstelt. Ik heb meer stukjes nodig.

Voor de zoveelste keer pak ik de twee agenda's en leg die naast elkaar voor me op de salontafel. Ik besluit me te focussen op de periode voor 14 juli, eenvoudigweg omdat ik daar nu eenmaal de meeste informatie over voorhanden heb.

Misschien zeggen de agendanotities afzonderlijk weinig, maar ik hoop dat ze samen een beeld kunnen schetsen, een geheel vormen.

Misha heeft zakelijk en privé duidelijk gescheiden willen houden.

Waarom?

Geleidelijk slaat mijn fantasie op hol en begin ik me af te vragen of het mogelijk is dat mijn broer een ingewikkeld dubbelleven leidt, waar ik niets vanaf weet. Ik heb altijd gedacht, dat ik Misha goed kende, maar er zijn duidelijk dingen in zijn leven, die me volledig ontgaan zijn. Of dit in zijn geheel aan mijn onoplettendheid is te wijten of dat Misha erg zijn best heeft gedaan om bepaalde aspecten van zijn leven verborgen te houden, laat ik even in het midden.

Weer kijk ik naar de zakelijke agenda links en de privéagenda rechts en sla de bladzijden steeds bijna gelijktijdig om, zodat ik van beide agenda's telkens dezelfde week voor me heb. Ik vergelijk de data nauwgezet, op zoek naar iets dat me verder kan helpen.

Mijn hart slaat een slag over, op het moment dat ik voor het eerst een overeenkomst ontdek tussen de agenda's. Gisteren heb ik in Misha's privéagenda al gezien, dat sommige dagen waren gemarkeerd met een kleine 'X' en nu zie ik dat dit ook het geval is in zijn zakelijke agenda, op precies dezelfde data.

Wie of wat is 'X'?

Deze 'X' schijnt in ieder geval de enige factor te zijn, die Misha's zakelijke leven met zijn privéleven verbindt, terwijl alles er tot nu toe op wijst, dat hij dit nadrukkelijk gescheiden heeft willen houden.

Ik denk na. Er bekruipt me een naar gevoel. Het gevoel dat ik de afgelopen dagen continu heb onderdrukt. Het vermoeden dat Misha misschien helemaal niet gevonden *wil* worden. Ik vraag me af of de werkdruk hem na zes jaar toch teveel is geworden of dat de spoken uit het verleden hem eindelijk hebben ingehaald.

Misschien wil je ergens anders opnieuw beginnen...

Het doet pijn dat mijn broer niet de moeite heeft genomen om afscheid te nemen.

Ik denk terug aan de afgelopen acht maanden.

Nu hebben we nooit de deur bij elkaar platgelopen, maar we zagen en spraken elkaar een aantal keer per maand. Aan het begin van het jaar zagen we elkaar nog vrij regelmatig, maar naarmate de weken en maanden verstreken, ging er steeds meer tijd tussen de ontmoetingen zitten, totdat zelfs het woord 'sporadisch' niet meer van toepassing leek te zijn. Onze laatste ontmoetingen vonden plaats naar aanleiding van een uitnodiging van mijn kant, alsof Misha in die periode al bewust bezig was om het contact tussen ons geleidelijk af te bouwen, zo niet geheel te verbreken.

Waarom heb ik dat niet eerder gezien?

Waarom heb ik niet beter opgelet?

Waarom heb ik het zover laten komen?

Ik zak onderuit op de oude bank. Misschien zie ik het allemaal verkeerd, zie ik het alleen maar zo, omdat ik beschik over incomplete informatie, die de situatie anders doet lijken dan die is...

Ik steek een sigaret op en kijk nogmaals naar de spullen op de salontafel.

Het onverwachte en onkarakteristieke vertrek van mijn broer laat me niet los, net als de kleine 'X'-en in zijn agenda's, hoewel die op het eerste gezicht toch onbeduidend lijken.

Is het mogelijk dat ik me door Misha's plotselinge verdwijning, dingen in mijn hoofd haal en spoken zie, waar niets aan de hand is?

Ik tik een beetje as van de punt van mijn sigaret en neem een diepe haal. Misschien heeft mijn broer een aantal weken geleden inderdaad gewoon het punt bereikt, waar hij toe was aan een sabbatical en een lange vakantie in zijn eentje, aan een periode van rust en stilte.

Ik probeer mezelf te overtuigen van die mogelijkheid.

Misha heeft de afgelopen zes jaar hard gewerkt, de laatste vier bijna onafgebroken. Ik heb me meer dan eens afgevraagd hoe hij dat volhield, wat hem motiveerde en dreef, buiten zijn tomeloze ambitie. Regelmatig zag ik dat hij moeite had met de enorme werkdruk en zijn talloze verplichtingen, maar toch stortte hij nooit echt in.

Ondanks dat ik graag wil geloven dat mijn broer voor het eerst in zijn volwassen leven een impulsieve actie heeft ondernomen, zegt mijn gevoel me dat dit niet het geval is. Voor de zoveelste keer bekijk ik mijn aanknopingspunten en maak mijn sigaret uit in de overvolle asbak.

Dan pak ik een pen en een kladblok en schrijf:

1. *Welke vlucht? Waarheen?*
2. *Wie of wat is X?*
3. *Maren*
4. *Julia (ook J.?)*
5. *Vera*
6. *Ilse*
7. *Colin Ross*
8. *Dean*
9. *George*

Weer vraag ik me af waar ik moet beginnen met mijn zoektocht. Het uitzoeken van de vlucht lijkt nog de minste uitdaging te vormen, maar zelfs dit roept de nodige vragen op.

Met welke luchtvaartmaatschappij heeft Misha gevlogen?

Als ik dit weet te achterhalen, moet ik nog maar afwachten of deze luchtvaartmaatschappij me de benodigde informatie wel kan of wil verstrekken, met het oog op de privacywetgeving. Ik heb genoeg ervaring met de bureaucratie van Nederland om sterk te vermoeden dat ik bot zal vangen.

Moet ik toch eerlijk zijn en dan maar hopen op medewerking?

Het is waarschijnlijk gemakkelijker om een onzinverhaal op te hangen of om me zelfs voor te doen als mijn broer.

Ik kijk nogmaals naar mijn lijstje. Zonder erbij na te denken, ga ik nogmaals door de lange contactenlijst in Misha's telefoon. Die lijkt eindeloos door te gaan. Ik kom de naam 'Maren' tegen en aarzel even. Daar is ze weer.

Kan ik haar gewoon bellen?

Ik besluit van niet en scrol verder door de lijst. Ik ben bijna onderaan, als ik bij de 'W' het telefoonnummer van 'Werk' zie staan. In een opwelling druk ik op 'bellen'.

"Goedemorgen, Architectenbureau Flash. U spreekt met Ilse."

"Hallo Ilse," begin ik. "Je spreekt met Lennart Larsen."

"Heb je Misha gevonden?" vraagt ze onmiddellijk.

Het valt me op dat ik niet langer wordt aangesproken met 'u', wat ik eigenlijk wel zo prettig vind. Opeens vraag ik me af waarom ik Ilse eigenlijk gebeld heb. Ik heb tenslotte niets nieuws te vertellen.

"Nee," antwoord ik. "Nog niet."

"Je belt met zijn nummer," merkt Ilse op.

"Hij heeft zijn telefoon niet meegenomen," zeg ik. "Die lag nog bij hem thuis."

"Misha zonder telefoon...," mijmert Ilse ongelovig.

"Ik weet niet wat ik moet doen," onderbreek ik haar. "Waar ik moet beginnen..."

"Kun je niet naar de politie gaan?" vraagt Ilse. "Je zou hem als vermist op kunnen geven."

"Daar heb ik ook een paar keer over nagedacht," zeg ik en geef dan schoorvoetend toe: "maar ik krijg steeds meer het gevoel, dat hij helemaal niet gevonden wil worden. Ik bedoel, anders had hij toch wel even gedag gezegd?"

"Denk je dat...," begint Ilse, maar ze maakt haar zin niet af.

"Dat wat?" vraag ik.

"Denk je dat hij niet uit vrije wil is vertrokken?" vraagt Ilse dan. Ze spreekt de woorden snel uit, alsof ze er niet te lang bij stil wil staan en het antwoord op deze vraag helemaal niet wil weten.

"Ik weet het niet," antwoord ik. "Tot nu toe is er niets dat daarop wijst. Misha heeft tenslotte zelf ontslag genomen en tegen jou gezegd dat hij op reis ging. Zo zal de politie het ook zien, denk je niet?"

Ilse geeft geen antwoord. In plaats daarvan vraagt ze: "Blijf je wel zoeken?"

"Ja," zeg ik. "Ik kan niet anders. Het is zoals jij zei... Ik wil gewoon weten of het goed met hem gaat. Daarna kan hij zijn gang gaan." Ik zwijg even en slik. "Ik begrijp het niet. Het enige dat hij had hoeven doen, was naar me toekomen en zeggen: 'Len, ik heb rust nodig en ik ga een paar maanden op vakantie naar Amerika.' Dan had ik hem gewoon laten gaan, zonder vragen te stellen. Waarom al dat geheimzinnige gedoe?"

"Ik weet het niet," antwoordt Ilse.

Mijn oog valt weer op mijn notitieboekje.

Daar is ze weer...

'Maren'...

"Ik weet dat het een rare vraag is, maar...," begin ik. "Weet jij of mijn broer weleens drugs gebruikte?"

"Nee, dat geloof ik niet," zegt ze langzaam. "Ik weet het eigenlijk wel zeker. Toen we nog bij elkaar waren, gebruikte Misha sowieso niets. Nadat we uit elkaar zijn gegaan, kan ik het natuurlijk niet met honderd procent zekerheid zeggen, maar ik kan me er niets bij voorstellen. Jij wel? Hij is teveel een controlfreak om te riskeren dat hij zichzelf daarin zou verliezen."

"Ja, dat dacht ik ook," zeg ik, "maar ik begin nu echt *overal* aan te twijfelen..."
Opnieuw zwijg ik, totdat ik niet langer kan zwijgen. De vraag brandt op mijn lippen. Ik moet het weten. "Zegt de naam 'Maren' je iets?"
Er valt wederom een korte stilte.
Na een tijdje antwoordt Ilse: "Ja."
"Heb je haar weleens gezien?" vraag ik verder.
"Jawel. Een paar jaar geleden," vertelt Ilse. "Toen Misha en ik nog bij elkaar waren. Maren kwam vaak bij hem over de vloer."
"Hoe zag ze eruit?"
Ilse lijkt even na te denken over haar antwoord. "Ze was een beetje... apart. Ze was een knap meisje, lang donker haar, mooi gezichtje, maar een beetje zo'n boho-type."
"Sorry, een wat?" vraag ik.
"Boho... Je weet wel: hippieachtig... Lang haar, rare kleren, kralenarmbanden. Een beetje zoals Kate Moss of Kate Hudson... *Boho*," verduidelijkt Ilse.
Dat is ze!
"Waar kent Misha haar van?" vraag ik.
"Lennart, ik moet ophangen," zegt Ilse. "Er zijn klanten en ik moet koffie gaan halen."
"Oké, ik spreek je snel," antwoord ik.
"Dag," zegt Ilse en verbreekt de verbinding.
Ik leg Misha's telefoon weer bij zijn andere spullen op de salontafel en denk na over de laatste ontwikkelingen.
Het wat abrupte einde van mijn telefoongesprek met Ilse, roept nieuwe vragen op, waar ik eigenlijk alleen maar behoefte heb aan antwoorden. Ik ben ervan overtuigd dat Ilse eventuele klanten als smoes heeft gebruikt om een einde aan het gesprek te maken, zodra ik over Maren begon. Het onderwerp was ongemakkelijk voor Ilse en dat is de reden dat ze het gesprek heeft afgekapt. Misschien heeft Misha haar belazerd met Maren toen hij en Ilse nog bij elkaar waren.
Had je het te druk om het eerst uit te maken? denk ik sceptisch.
Heel even weet ik het zeker, maar dan slaat de twijfel weer toe.
Misschien denk ik dat alleen maar. Misschien is het een waanbeeld, zoals ik me stiekem al diverse mogelijke scenario's in mijn hoofd heb gehaald sinds de verdwijning van mijn broer, het één nog onwaarschijnlijker dan het ander.
Misschien is Misha inderdaad gewoon naar de VS gegaan om een roadtrip te gaan maken en is Ilse inderdaad gewoon koffie gaan halen voor haar klanten. In dat geval komt de eerstgenoemde binnen een paar maanden wel weer boven water en kan ik de laatstgenoemde een keer mee uit vragen. Tenslotte zijn zij en mijn broer al een tijd uit elkaar en hoewel Ilse niet mijn type is, vind ik haar beeldschoon. Ze is er wel eentje, waar je mee gezien mag worden.
Ik merk dat ik me laat afleiden door dingen, die ik eerder nog als bijzaken beschouwde. Ik betrap mezelf erop, dat ik nieuwsgierig ben geworden naar de vrouwen in Misha's leven. Het feit dat mijn broer me nooit over Ilse of Maren heeft verteld, intrigeert me inmiddels meer dan dat het me boos maakt.
Hoe serieus waren zijn relaties met beide vrouwen?

Ilse lijkt met haar nette voorkomen, designerkleding en respectabele baan zoveel beter bij mijn broer te passen, dan de blowende, werkloze Maren met haar hippiejeans en sportschoenen, maar ik weet uit ervaring dat liefde – of hormonen – blind kan maken en tot onverwachte combinaties kan leiden.

Ik zucht.

In hoeverre is dit belangrijk?

Ik steek een nieuwe sigaret op. De vorige is bijna geheel opgebrand in de asbak, terwijl ik met Ilse aan de telefoon zat. Opnieuw overweeg ik om mijn broer met rust te laten, zoals hij kennelijk graag wil.

Toch laat de situatie me niet los en blijven oude en nieuwe vragen zich aan me opdringen.

Waar ken je Maren van, jochie?

Na Ilses omschrijving van Maren, ben ik er heilig van overtuigd, dat zij het meisje is, dat ik oppervlakkig ken uit de coffeeshop.

Als mijn broer niet gebruikt, moet hij haar ergens anders hebben ontmoet.

Ik probeer de rest van de ochtend zowel alle gegevens als mijn gedachten te ordenen.

Beurtelings besluit ik een paar keer te stoppen en verder te gaan met zoeken. Gevoel en kennis voeren een hevige innerlijke strijd. Ik voel instinctief aan, dat er iets niet in de haak is, maar dat wordt tegengesproken door de wetenschap, dat Misha nog nooit in zijn leven één stap heeft gezet, zonder daar goed over na te denken.

Dat is altijd al zo geweest. Waar ik meestal in zeven sloten tegelijk loop, is Misha's tomeloze weloverwogenheid bijna dwangmatig te noemen en lijkt hij het gelukkigst te zijn als zijn dagen van 's morgens vroeg tot 's avonds laat van uur tot uur zijn vol gepland.

Hoe past een roadtrip in dat beeld?

Waar ben je, jochie?

* * * * *

Vrijdag, 23 maart 2012 – middag
Rotterdam, Nederland

"Vorige week heb ik een vrouw ontmoet," vertelde ik enthousiast. Het was ongewoon warm voor de tijd van het jaar en ik zat tegenover mijn jongere broer aan een tafeltje op het terras van een kroeg in het centrum. "Ze heet Miranda en werkt in een kroeg hier iets verderop. Je moet echt eens een keer meegaan, dan kun je haar ontmoeten. Misschien heeft ze nog wel een leuke vriendin voor jou."

Misha staarde afwezig voor zich uit. Hij was direct vanuit zijn werk naar het café gekomen en droeg een pantalon, overhemd en stropdas. Zijn colbert had hij uitgetrokken en over de rugleuning van zijn stoel gehangen.

"Luister je eigenlijk wel?" vroeg ik.

"Ja," antwoordde Misha. "Je hebt een nieuwe vriendin."

"Dit is anders," zei ik.

Misha keek bedenkelijk naar me en merkte op: "Dat zeg je iedere keer en als ik dan een paar weken later vraag hoe het met haar is, dan ben je haar naam alweer vergeten. Je kent haar net een week. Dan kun je nog niet weten of het 'anders' is dan met al die anderen."

Ik fronste mijn wenkbrauwen en nam een slok van mijn bier. Ik irriteerde me mateloos aan de passieve houding van mijn broer en nog meer aan zijn ongevraagde kritiek, maar besloot de wijste te zijn en van onderwerp te veranderen, voordat de steken onder water over konden gaan in ruzie.

"Hoe is het met je?" vroeg ik tactvol.

"Goed," antwoordde Misha automatisch. Hij deed zijn stropdas wat losser, wierp een blik op zijn horloge en maakte een rusteloze indruk, alsof hij overal wilde zijn, behalve hier.

Waarschijnlijk was dat ook het geval.

"Weet je het zeker? Je bent zo stil," zei ik.

"Ik heb het druk... Werk en zo. Ik ben net terug uit Amerika."

"Alweer?"

"Ja." Mijn broer nam en slok van zijn koffie. Hij staarde voor zich uit en deed geen enkele moeite om het gesprek op gang te houden.

"Was het leuk?" probeerde ik.

"Weet ik veel," snauwde Misha en haalde zijn schouders op. "Het was werk, oké?"

"Was het zo erg?" vroeg ik en negeerde zijn uitval.

"Nee, het viel best mee," antwoordde Misha en matigde zijn toon. "Eigenlijk was het best interessant. Er waren een paar meetings en daarna een congres over computertechnologie in alarmsystemen voor in woningen en bedrijfspanden. Een oude vriend van me van de universiteit was één van de sprekers. Hij is de oprichter van Ross Security Systems."

Ik kreeg sterk de indruk dat mijn broer verwachtte, dat dit verhaal me op zijn minst bekend voorkwam en ik baalde, dat ik me er niets van kon herinneren, maar liet het niet merken. Ik stak een sigaret op om Misha de gelegenheid te geven om zijn verhaal af te maken en hem het idee te geven dat ik bereid was om het aan te horen.

"In december hebben we Ross Tower IV in New York opgeleverd," vertelde Misha verder, toen hem duidelijk werd, dat ik geen idee had waar hij het over had. "Colin ontwerpt van die geavanceerde beveiligingssystemen... Hij is begonnen op een hotelkamer in 2006, maar nu heeft hij vier Ross Towers en de ontwerpen voor een vijfde zitten in de laatste fase... Je hebt hem wel eens ontmoet, trouwens."

Ik onderdrukte het gevoel van verveling, dat dit verhaal bij me opriep, blij dat ik mijn broer eindelijk aan het praten had gekregen. Ik had beter moeten weten dan te proberen Misha te laten geloven, dat ik me zijn eerdere verhalen over de Ross Towers kon herinneren. Hij heeft altijd al dwars door deze tactiek heengekeken.

"Jaren geleden... Weet je nog?" probeerde hij.

Ik keek naar hem en twijfelde of het noodzakelijk was om mijn verontschuldigingen aan te bieden voor mijn desinteresse uit het verleden. Ondertussen groef ik in mijn geheugen. Vaag herinnerde ik me een lange, slungelige Amerikaan met roodblond piekhaar en dure kleren.

Jezus, dat lijkt wel honderd jaar geleden.

Ik zag de afwezige blik in de ogen van mijn broer terugkeren, evenals zijn afstandelijke houding. Ik boog me een stukje naar hem toe en vroeg, dit keer oprecht geïnteresseerd: "Wat is er met je, jochie?"

"Niks," antwoordde Misha.

Ik keek hem aan.

"Ik ben gewoon moe, Len."

"Jetlag?"

Hij knikte.

"Weet je zeker dat er niks is?" drong ik aan.

"Laten we het over iets anders hebben," zei Misha toonloos. Hij wendde zijn blik af, dronk zijn koffie op en zette het kopje terug op het schoteltje.

"Zoals?" vroeg ik. Er viel een lange, ongemakkelijke stilte, waarin ik probeerde oogcontact te maken en mijn broer halsstarrig weigerde mijn blik te beantwoorden.

"Weet je, Misha? Zoek het lekker zelf uit!" zei ik uiteindelijk. Ik was aan het einde van mijn geduld met hem, zette mijn lege glas op het tafeltje, stond op en liet hem alleen achter op het terras.

Pas toen ik thuis was, besefte ik dat ik vergeten was om Misha om wat boodschappengeld te vragen.

* * * * *

Dinsdag, 21 augustus 2012 – avond
Rotterdam, Nederland

Ik ben de hele middag bezig geweest om Misha's twee agenda's nogmaals te ontleden.

Nogmaals heb ik de data vergeleken en ik heb mijn aantekeningen aangevuld. Van alle gegevens in de agenda's heb ik een chronologische lijst gemaakt. Een eindeloze lijst van alle activiteiten, verplichtingen en afspraken van mijn broer, vanaf de eerste dag van het jaar, keurig op datum gerangschikt, zoals Misha dat zelf waarschijnlijk graag zou zien.

Het opstellen van deze lijst biedt me meer vraagtekens dan oplossingen en de lijst wordt het zoveelste stuk papier, dat ik met grote regelmaat oppak en wegleg.

Aan het begin van de avond haast ik me nog even naar Albert Heijn om boodschappen te doen. Zodra ik weer thuis ben, ruim ik de boodschappen op en warm een magnetronmaaltijd op. Ik eet in de keuken, staande aan het aanrecht en beland daarna weer in de woonkamer, met Misha's spullen en mijn aantekeningen om me heen, alles binnen handbereik.

Plotseling valt mijn oog weer op de mobiele telefoon, die mijn broer heeft achtergelaten en die nu op mijn salontafel ligt. Ik pak het toestel en bekijk opnieuw de sms'jes. Er zijn heel veel berichten van zakenrelaties, voornamelijk met tijdstippen en data voor meetings en werkoverleg, telkens dezelfde afzenders en berichtjes met teksten, die sterk op elkaar lijken.

Ik kom tot de conclusie dat Misha het, anders dan met zijn twee agenda's, kennelijk niet nodig vond om er ook twee telefoons op na te houden. Ik tref tenslotte ook veel berichtjes aan die niets met Flash te maken hebben, of slechts gedeeltelijk, zoals een sms'je van Ilse:

Help! Svp tel nr van garage. Piep onder motorkap. – Project Epecamps: update beschikbaar. Flash BBQ as. vrijdag. KJO? XXX Ilse

Ik moet lachen om de typisch vrouwelijke omschrijving van Ilses autoproblemen.

Over de afkorting 'KJO' moet ik even nadenken, maar concludeer uiteindelijk dat dit 'Kom je ook?' moet betekenen, gezien de context. Ze ondertekent met drie kruisjes.

Waren zij en Misha ten tijde van dit berichtje nog een stel geweest of is dit een gewoonte, die is overgebleven?

Tussen de uitgaande berichten vind ik een antwoord van Misha:

Geen paniek: V-snaar. Tel 010-2342100. – Update graag per mail. BBQ – Liever niet. M.

Ik moet even glimlachen. Ik weet dat mijn broer een bloedhekel heeft aan barbecues, feestjes en de meeste andere sociale bijeenkomsten. Hij ziet dat soort activiteiten als een noodzakelijk kwaad, iets waar hij niet onderuit kan en nooit als iets dat ook leuk kan zijn. Dat had hij als kind al en het is nooit echt veranderd.

Ik kan dat niet begrijpen. Voor mij zijn sociale contacten iets dat ik nodig heb, maar voor Misha is bijna iedere vorm van sociaal contact niet meer dan de zoveelste verplichting in zijn agenda.

Ik check of Ilse nog een antwoord heeft gestuurd op Misha's bericht en lees:

Dank je. – Weet ik. Kom toch maar. XXX Ilse

Ik check de uitgaande berichten en zie dat Misha geen berichtje meer terug heeft gestuurd. Ik vraag me onwillekeurig af of Ilse mijn broer heeft over kunnen halen om naar de barbecue te gaan. Ik loop de sms'jes opnieuw door en kom een tekstje tegen van Maren.

Ze had toen ze het stuurde kennelijk niet zoveel te melden gehad, want het is slechts één woord:

Welterusten.

Een aantal berichtjes verder vind ik een boodschap van ene 'Colin'. De hele tekst is in het Engels.

Misha, call me I.C.O.E. or – whenever. I will always help you. Never too late.
Yours always, Colin.

Wat is I.C.O.E.? vraag ik me af.

Zou deze 'Colin' de befaamde Colin Ross zijn, over wie Ilse met zoveel bewondering heeft gesproken? Inmiddels herinner ik me dat mijn broer weleens over Colin sprak, maar altijd in een zakelijke context en meestal in direct verband met Ross Tower nummer zoveel, die hem slapeloze nachten bezorgde. Ik kom Colins naam echter ook regelmatig tegen in Misha's privéagenda, evenals die van ene 'Dean', die in de zakelijke agenda dan weer helemaal nergens voorkomt. Iedere datum waarbij één van deze twee namen staat genoteerd, is gemarkeerd met een kleine 'X'.

Ik denk na.

Volgens Ilse zijn Misha en Colin Ross oude vrienden. Goede vrienden. Ik weet dat Misha goed met hem omging, toen ze samen op de universiteit zaten, maar ik heb, voordat Ilse erover begon, nooit het verband gelegd tussen de Amerikaanse nerd en het hele Ross Towers verhaal.

En waar zou deze Colin Misha mee hebben willen helpen?

De tekst *'yours always'* komt een beetje vreemd op me over, niet als iets dat iemand tegen een vriend of een kennis zou zeggen, maar eerder tegen een –

Stop!

Dat slaat nergens op.

Of wel?

Ergens in mijn achterhoofd begint een herinnering naar de voorgrond te dringen, iets waar ik nooit meer over na heb gedacht en dat ik uiteindelijk bijna was vergeten.

Mijn enige ontmoeting ooit met Colin Ross...

* * * * *

Zaterdag, 18 juni 2005 – middag
Delft, Nederland

Ik nam de trein van Rotterdam naar Delft.

Misha haalde me op van het station.

Ondanks het feit dat hij al anderhalf jaar op zichzelf woonde, had ik mijn broer nooit eerder bezocht in zijn nieuwe woonplaats. Gewoonlijk kwam hij mij opzoeken in Rotterdam, voornamelijk omdat ik nooit geld had voor het openbaar vervoer en in die tijd geen auto had.

Ik omhelsde mijn negentienjarige broer even en vroeg: "Hoe is het?"

"Goed," antwoordde hij. "En met jou?"

"Goed," zei ik. "Heb je het naar je zin hier?"

"Ja, het is een leuke stad," vertelde Misha, terwijl we het perron verlieten en in de richting van zijn huis liepen. "Overzichtelijk."

"Overzichtelijk?" herhaalde ik.

Misha haalde zijn schouders op en zei: "Je weet wel wat ik bedoel."

"Stil en rustig?" suggereerde ik behulpzaam. "Geen dronken grote broer, die harde muziek draait?"

Mijn broer leek slecht op zijn gemak na die woorden.

Ik lachte. "Relax, jochie. Ik ken mijn zwakke punten. Ik drink en ik maak herrie en dat gaat gewoon niet samen met jouw studie en je behoefte aan rust."

"Zoiets, ja," gaf Misha weifelend toe. "Ik bedoel, ik moet nu ook een woonruimte delen met iemand anders, maar hij is... niet zoals jij."

"Zeker ook zo'n boekenwurm?" raadde ik.

"Hij heet Colin en hij komt uit Amerika," antwoordde hij. "Hij heeft smetvrees. Helemaal geweldig. Nooit rommel. Hij studeert computertechnologie."

Ik lachte weer. Ik kon me best voorstellen, dat Misha vele malen gelukkiger moest zijn in zijn nieuwe, nette, schone en vooral rustige omgeving, waarschijnlijk met de minimalistische inrichting waartoe hij mij ook had geprobeerd over te halen, dan bij mij thuis.

Die Amerikaanse nerd moest een verademing zijn na de jaren van chaos en onrust, die Misha met mij in Rotterdam had doorgebracht.

Na een wandeling van een minuut of tien, hield Misha stil en wees naar een pand met drie verdiepingen. "Hier is het."

Ik was verbaasd. Ik had verwacht dat Misha – net als alle andere studenten die ik kende – in een soort kippenhok zou wonen. Een veredelde bezemkast of zo.

Misha ving mijn blik op en zei snel: "We hebben maar één verdieping, hoor." Hij probeerde me mee te trekken naar de voordeur.

Ik bleef staan. "Dan nog," zei ik. "Hoe betalen jullie dit?"

Hij wendde zijn blik af en zweeg.

"Misha?" drong ik aan. Toen mijn broer bleef zwijgen, zei ik: "Luister, jochie. Ik kom niet uit een ei. Ik weet hoe groot studentenkamers zijn en wat ze kosten. Dit is minimaal tien keer zo groot. Dat kunnen jullie nooit betalen van twee studietoelagen."

"Zeven keer," zei Misha.

"Wat?"

"Zeven keer zo groot," verduidelijkte hij.

Ik wierp hem een strenge blik toe, waarmee ik wilde zeggen: 'Neem me niet in de maling!'. Toen het stil bleef, pakte ik hem hardhandig bij zijn mouw en zei: "Praten. Nu!"

Misha zuchtte en gaf schoorvoetend toe: "Colin krijgt een toelage van zijn ouders, oké? Ze zijn erg rijk."

"En wat betaal jij dan?" vroeg ik scherp.

"De boodschappen en zo," antwoordde hij.

"Begrijp ik goed dat hij je hier min of meer gratis laat wonen?"

"Min of meer, ja," zei Misha.

"Niets in deze wereld is gratis," merkte ik op.

"Sommige dingen wel," protesteerde hij.

"Geloof me, jochie," zei ik overtuigd, "vroeg of laat wil hij er iets voor terug. Zo werkt dat nou eenmaal. Voor niets gaat de zon op."

"Als jij het zegt," antwoordde Misha om er vanaf te zijn en haalde zijn schouders op.

Ik vroeg me af of ik nog iets zou zeggen, maar ik besloot het hierbij te laten. In mijn ogen had ik gedaan wat ik kon. Ik had mijn broer gewaarschuwd, maar als hij niet naar me wilde luisteren, dan moest hij het zelf maar ondervinden.

"Nou, laat maar zien dan," zei ik en wees op de voordeur.

Misha opende de deur en ging me voor naar de trap.

Ik volgde hem naar de tweede verdieping.

Hij pakte een andere sleutel en opende een tweede deur.

We gingen naar binnen en de deur viel achter ons met een dreun in het slot.

"What the hell was that?" vroeg Misha.

"Oh, sorry about that," zei een lange, slungelige jongen, die met een laptop op schoot op de bank zat. Hij had roodblond, piekend haar en droeg een grijze pantalon en een zachtroze overhemd. "Wat vind je ervan?" Hij sprak Engels met een licht Amerikaans accent en wees op een dranger, die hij op de deur had gemonteerd.

"Handig," gaf Misha toe. "En erg luidruchtig."

"Vol automatisch," vertelde de slungelige jongen.

Ik keek naar hem.

Ross was een paar jaar ouder dan mijn broer, eerder van mijn leeftijd. Ik schatte hem een jaar of vijfentwintig. Ik nam de vreemde Amerikaan in me op en probeerde vast te stellen wat voor iemand hij was.

"Aan, uit, lichter, zwaarder," ging hij verder. "Het kan allemaal via de computer." Hij wees op de laptop en zette die toen voor zich op de salontafel. "Nu alleen nog iets om het geluid te dempen." Hij sloeg zijn benen over elkaar en wees op mij.

"Big brother?" vroeg hij aan Misha.

Mijn broer knikte en antwoordde in accentloos Engels: "Ja. Colin, dit is Lennart. Len, dit is Colin Ross."

Colin stond op en schudde mijn hand. "Colin Ross."

"Lennart Larsen," antwoordde ik.

"Leuk je te ontmoeten," zei Colin beleefd. "Excuseer me." Toen liep hij naar de keuken om zijn handen te wassen.

"Biertje?" vroeg Misha.

Ik knikte.

Hij verdween.

Ik ging op een stoel zitten en wachtte tot Misha terugkwam. Het duurde langer dan ik had verwacht.

Na een aantal minuten kwam Misha terug met twee blikjes bier. Hij ging op de bank zitten en schoof één van de blikjes over de salontafel naar me toe.

"Aardige gozer," zei ik en knikte in de richting van de keuken.

"Ja," antwoordde hij.

Colin verscheen in de deuropening en zei tegen Misha: *"I'm going shopping with Melissa. See you tonight. You need anything?"*

Misha keek hem even aan en schudde zijn hoofd. *"No, thanks. See you."*

Ik staarde even naar de blikken die werden uitgewisseld, maar herstelde me.

"Bye, Colin."

Colin zwaaide even naar me en verdween.

Zodra de deur achter hem was dichtgevallen, keek ik naar mijn broer en vroeg: "Je hebt toch hopelijk wel in de gaten dat hij een flikker is?"

"Nou en?" antwoordde hij en haalde zijn schouders op.

Ik pakte mijn bier en twijfelde even over hoe ik mijn volgende vraag zou formuleren. "Weet je zeker dat je alleen de boodschappen betaalt?"

Misha keek me aan en vroeg: "Vraag je nu wat ik denk dat je vraagt?"

"Weet ik veel," zei ik. "Hoe graag wilde je weg uit Rotterdam?"

"Len, Colin en ik zitten op dezelfde universiteit en we zijn vrienden, oké? Daarom laat hij me hier wonen. Er zit geen deal achter of zo."

"Sorry." Ik nam een slok bier en vervolgde: "Ik wil gewoon dat het goed met je gaat. Ik heb genoeg stomme dingen gedaan voor ons allebei." Ik zweeg even en dronk. "Weet je, jochie? Mensen die geld nodig hebben doen rare dingen." Het was moeilijk om mijn gevoelens onder woorden te brengen. "Ik wil gewoon dat het met jou helemaal goed komt."

"Dat komt het ook," zei Misha. "Ik heb een doel en een plan om dat te bereiken." Hij keek me aan. "Colin heeft mij veel harder nodig dan ik hem." Toen hij de vragende blik in mijn ogen zag, pakte hij een schetsboek dat op de salontafel lag, stond op en kwam naar me toe.

Ik pakte het schetsboek aan en Misha sloeg een pagina op.

"Ross Tower," zei hij.

Ik keek naar de tekening, maar had geen idee wat ik geacht werd te zien.

"Colin is een beetje... apart, maar hij is een visionair, Len," begon Misha. "Binnen vijf jaar staat hij aan het hoofd van een gigantisch imperium. Ik zal je niet vervelen met allerlei details, maar alles staat al in de steigers. Als het eenmaal loopt, komt de marketing, de beursgang en uiteindelijk..." Hij wees op de tekening. "Ross Tower."

Ik begreep het nog steeds niet.

"Colin ontwikkelt hele ingewikkelde beveiligingsapparatuur. Alarmsystemen," legde Misha uit. "De maatschappij is aan het verharden. Er zijn meer inbraken. Er is meer geweld. Mensen willen zichzelf beter beschermen. Amerikanen zijn erg gevoelig voor dat soort theorieën. Als je daarbij inspeelt op het 'familiegevoel', dan heb je een formule in handen, die onbetaalbaar is. Je vertelt ze eerst hoe vreselijk de wereld is geworden, wat voor *monsters* er rondlopen en dan bied je ze een oplossing. De *enige* oplossing."

"Wat heeft dat met jou te maken?" vroeg ik.

"Als Colins imperium op poten staat, ontwerp ik Ross Tower en is mijn naam gevestigd. Ik word niet *een* architect, ik word *de* architect."

Ik zuchtte vermoeid.

Waren er dan echt geen grenzen aan Misha's ambitie?

Ik probeerde te bedenken hoe ik mijn jongere broer kon behoeden voor onvermijdelijke teleurstellingen, als hij zulke hoge verwachtingen had van zijn toekomst.

"Jochie," begon ik voorzichtig en veel tactvoller dan ik van mezelf gewend was, "dat is een mooie droom, maar denk je niet dat het... een beetje..."

"Onrealistisch is?" viel Misha me in de rede.

Ik knikte.

"Er zijn twee versies van de *American Dream*, Len," vertelde hij. "Bij de eerste bouw je iets op vanaf de grond. Je begint helemaal op nul en bereikt alles op eigen kracht. Het is het verhaal van de krantenjongen, die uiteindelijk directeur wordt van de grootste uitgeverij van het land..." Hij zweeg even om zijn woorden tot me door te laten dringen. "Tegenwoordig heb je een tweede variant: *Daddy's money.*"

"*Daddy's money?*" herhaalde ik.

"Ja, familiekapitaal. Je gebruikt het geld van je ouders om je eigen *American Dream* te kopen en verdient dan vervolgens je eigen miljoenen," legde Misha geduldig uit. "Het verklaart waarom *socialite* tegenwoordig een beroep is en niet zozeer meer een status. Kijk naar Paris Hilton. Die heeft van zichzelf een merk gemaakt, met behulp van familiekapitaal. Ze krijgt miljoenen betaald om naar feestjes te gaan. Nu wil ik Colins ideeën niet daarmee vergelijken, maar het laat wel zien dat er geen grenzen meer zijn aan de mogelijkheden."

Hij ving mijn blik op en zei: "Ik was ook sceptisch toen Colin erover begon. Maar hij heeft echt goede ideeën en ik geloof in zijn plan. Hij werkt er al jaren aan, doet al jaren research. Iedere theorie kan hij onderbouwen met cijfers en statistieken. Het..."

"... staat als een huis," vulde ik aan.

* * * * *

Dinsdag, 21 augustus 2012 – avond
Rotterdam, Nederland

Ik druk het berichtje van Colin weg en lees nogmaals het korte tekstje van Maren. Het maakt me onrustig. De naam van dit meisje blijft terugkomen in Misha's agenda en ze heeft hem op 5 mei, midden in de nacht, nog welterusten willen wensen.

Ik zoek tussen de uitgaande berichten naar een antwoord van mijn broer.

Als er inderdaad een antwoord blijkt te zijn, klik ik het nieuwsgierig open en lees:

Dank je. Jij ook. Tot morgen.

Ik pak Misha's privéagenda erbij en zie inderdaad Marens naam genoteerd staan bij 6 mei, zoals ik verwachtte. Verder staat er geen tijdstip of gelegenheid bij vermeld.

Na enige twijfel leg ik de agenda weer op de salontafel en neem een beslissing. Ik ga nogmaals naar de korte tekst van Maren, druk op 'beantwoorden' en tik:

Ik wil je spreken.

Ik druk op 'verzenden', voordat ik me kan bedenken en wacht af. Ik steek een sigaret op en houd de telefoon in mijn vrije hand geklemd. Minuten verstrijken en de sigaret brandt op.

Ongeduldig steek ik een nieuwe op en staar naar het display. Nog twee sigaretten later verschijnt er eindelijk een antwoord:

Wie ben jij?

Dit is niet het antwoord dat ik verwachtte. Ik hoopte meer op iets als een *'Wanneer en waar?'* of op zijn minst een *'Nee, geen zin'*.

Maren weet dat ik Misha niet ben, ondanks het feit dat ik zijn telefoon gebruik. Dan weet ze ook dat Misha op dit moment niet in staat is om zijn toestel te gebruiken. Dan weet ze dat hij de telefoon achter heeft gelaten. Misschien weet ze dan ook *waar* Misha is.

Ik denk even na en besluit eerlijk te zijn:

Zijn broer. Waar is Misha?

Nu volgt het antwoord van Maren sneller:

Op vakantie in USA. Heeft ie niks gezegd?

Ik antwoord:

Nee.

Ik twijfel even of ik nog iets zal vragen of zeggen, maar druk dan op 'verzenden' en steek nog een sigaret op, terwijl ik wacht op haar volgende antwoord.

Ik moet bijna glimlachen als ik lees:

Lullig.

Snel tik ik:

Wanneer komt hij terug?

Dan blijft het een lange tijd stil. Net als ik begin te twijfelen of ze mijn laatste bericht wel heeft ontvangen, schrijft Maren:

Weet ik niet precies.

Ik antwoord:

Ongeveer mag ook.

Nu volgt het antwoord iets sneller:

Ergens in december (?)

Maren is er niet zeker van. Het vraagteken staat weliswaar tussen haakjes, maar het staat er niet voor niets. Ze weet niet wanneer Misha terugkomt, dus zo close kunnen ze niet (meer?) zijn.

Ik stuur Maren een bedankje en leg de telefoon terug op de salontafel. Ik zet de televisie aan en zap langs een aantal zenders, maar merk dat mijn gedachten blijven afdwalen. Toen ik de telefoon weg legde, had ik me voor het eerst sinds 17 augustus even ontspannen, maar het gevoel van rust ebt langzaam weg. Marens antwoorden hebben nieuwe vragen opgeroepen, die lijken te schreeuwen om antwoorden.

Waarom heb je me geen gedag gezegd, terwijl je wist dat je lang weg blijft, jochie?

Ik vraag me af of mijn broer ergens kwaad over was, toen hij vertrok, maar het enige dat ik kan bedenken, is mijn meest recente aanvaring met justitie. Dat kan echter niet het probleem zijn, want ook daarvoor heeft Misha nooit gesproken over een eventuele vakantie in Amerika.

Ik denk na. Ik moet weten of alles goed is met mijn broer en waarom hij zo onverwacht en vooral onaangekondigd is vertrokken. De exacte oorzaak van mijn ongerustheid, kan ik niet echt benoemen. Het is een gevoel, dat me overkomt.

Voordat ik Maren een sms'je stuurde, hoopte ik dat we ergens af konden spreken en dat zij me zou vertellen waar Misha uithangt.

Nu blijkt dat Maren niet veel meer weet dan Ilse en dat ook zij niet weet, wanneer hij terugkomt, heb ik het gevoel dat ik weer op een dood spoor zit.

Ik neem me voor een paar uur te slapen en dan morgenochtend te proberen om Misha's vluchtgegevens boven tafel te krijgen. In mijn hoofd ontrafelen zich diverse mogelijke scenario's. Ik ben er bijna zeker van dat geen enkele luchtvaartmaatschappij gegevens van klanten aan derden zal verstrekken.

De waarheid vertellen is dus geen optie.

Ik sluit mijn ogen. Ik wil slapen, maar mijn gedachten blijven afdwalen. Nu blijkt dat Maren niets weet en Ilse de meeste informatie waarover ze beschikt al met me gedeeld heeft, lijkt de Amerikaanse miljardair Colin Ross plotseling mijn enige aanknopingspunt te zijn.

Ik baal ervan, dat ik nooit beter naar mijn broer heb geluisterd, wanneer hij een verhaal vertelde dat me niet zo kon boeien.

Daar had ik nu misschien profijt van kunnen hebben.

4.
HET DOMINO-EFFECT

Woensdag, 22 augustus 2012 – ochtend
Rotterdam, Nederland

Vannacht heb ik veel wakker gelegen en dus genoeg tijd gehad om goed na te denken over mijn telefoontje naar de luchtvaartmaatschappij. Ik heb bedacht wat ik precies wil weten en ik ben er zeker van dat ik alle juiste antwoorden op eventuele wedervragen paraat heb.

Als ik iemand kan overhalen om me een rekeningoverzicht te sturen, staan daar hoogstwaarschijnlijk ook de data van Misha's vertrek op en dus ook van de retourvlucht. Dan weet ik in ieder geval wanneer hij terugkomt.

Om negen uur pak ik Misha's mobiele telefoon en zeg hardop tegen mezelf: "Oké, daar gaan we dan." Ik bel de enige luchtvaartmaatschappij, die ik in het geheugen van de telefoon van mijn broer heb gevonden en die in zijn beide agenda's staat genoteerd: KLM.

Ik hoop dat het feit dat Misha alleen dat nummer heeft opgeslagen, betekent dat hij alleen met deze maatschappij vliegt.

Het bandje met het keuzemenu werkt op mijn zenuwen. Daarna luister ik ongeduldig naar een vriendelijke klantenservicemedewerkster, die haar welkomstriedel afsteekt en dan vraagt: "Waarmee kan ik u van dienst zijn?"

God, eindelijk...

"Goedemorgen, u spreekt met Larsen," begin ik. "Ik zou graag een kopiefactuur op willen vragen om mijn reiskosten te declareren."

"Heeft u een factuurnummer bij de hand, meneer Larsen?" vraagt de vrouw.

"Nee, sorry," antwoord ik. Ik had een dergelijke vraag al verwacht en ik hoef niet lang na te denken over het antwoord. "Ik ben op mijn werk, maar ik moet de facturen vandaag indienen. Anders moet ik nog een maand op mijn geld wachten."

"Dat geeft niet," zegt de klantenservicemedewerkster. "Meneer Larsen, was het toch?"

"Ja," zeg ik.

"L-A-R-S-E-N?"

Ik hoor haar typen op de achtergrond en neem aan dat ze de gegevens opzoekt in haar computer. "Ja," antwoord ik.

"Wat zijn uw voornamen, meneer Larsen?" wil ze weten. "Zoals die in het paspoort staan vermeld?"

"Misha," zeg ik "M-I-S-H-A. Geen C."

"Wat is uw geboortedatum?"

"2 juni 1986."

Ze zwijgt even en zegt dan: "Ik heb het gevonden, meneer Larsen. Van welke nota wilt u een kopiefactuur ontvangen? Alleen van de laatste?"

Ik zeg bijna 'ja', maar ik bedenk me bijtijds.

"Nee, van alle nota's van de afgelopen twaalf maanden, alstublieft."

"Geen probleem," antwoordt de vrouw. "Zal ik u de facturen digitaal toesturen?"

"Dat is prima," zeg ik.

"Wat is uw e-mailadres?"

Ik noem een e-mailadres dat ik vannacht heb aangemaakt.

"Dan komen ze er nu aan," kondigt de klantenservicemedewerkster aan. "Kan ik u verder nog ergens mee van dienst zijn?"

"Nee," zeg ik. "Dat was alles." Enkele seconden later verschijnt het e-mailbericht van KLM met een twintigtal bijlagen inderdaad in mijn mailbox. Ik bedank de vrouw voor haar hulp en verbreek de verbinding. Dan open ik de e-mail en klik alle bijlagen open.

Eerst bekijk ik de laatste factuur, nieuwsgierig naar de datum van Misha's retourvlucht. Op de nota staat het bedrag van € 1977,34 en de gegevens van de heenreis.

Er is geen retourvlucht.

Vluchtgegevens:
13-08-2012. BRU – ATL, KL 6081, ATL – LAX, DL 2155.

Ik bekijk de andere facturen en zie nog meer soortgelijke afkortingen. Ik kan er echter geen wijs uit en pak Misha's telefoon.

"Goedemorgen, Architectenbureau Flash. U spreekt met Ilse."

"Ilse, met Lennart," zeg ik en steek een sigaret op. "Ik heb alle kopiefacturen van Misha's reizen opgevraagd bij de luchtvaartmaatschappij."

"Alle kopiefacturen? Reizen?" herhaalt Ilse. "Als in 'meer dan een paar'?"

"Ja," geef ik toe. "Kennelijk is hij er al vaker vandoor gegaan, zonder dat ik het wist. Afgezien van zijn vlucht van 13 augustus, heb ik nog bijna twintig facturen voor andere trips, sinds vorig jaar augustus en bijna allemaal naar de VS."

"Dat kunnen geen zakenreizen zijn," zegt ze.

"Waarom niet?" vraag ik.

"Omdat ik alle zakelijke reizen van alle medewerkers hier boek," antwoordt Ilse. "Dat zijn er in Misha's geval in het afgelopen jaar hooguit tien geweest."

Ik denk na, kijk nogmaals naar alle facturen en opeens valt me op wat de meeste met elkaar gemeen hebben. Bij zeventien vluchten was de heenreis steeds op een vrijdagavond en elke retourvlucht van die zeventien reizen, landde op Schiphol op een zondagavond.

Ilses nieuwsgierigheid is gewekt. "Waar is hij naartoe geweest?" vraagt ze.

"Er staan alleen afkortingen op," zeg ik. "Ik weet niet wat ze betekenen. Ik kwam ze in Misha's agenda's ook al tegen."

"Ik boek alle zakenreizen voor iedereen binnen Flash," zegt Ilse weer. "Roep maar."

"Zeventien vluchten zijn van A-M-S naar A-T-L en terug," vertel ik.

"Dat is van Amsterdam naar Atlanta, Amerika," antwoordt Ilse. "Wat zijn de afkortingen op de laatste factuur?"

"Van B-R-U naar A-T-L naar L-A-X," zeg ik. "En bij de reis van A-T-L naar L-A-X staat er 'DL' bij."

"Dat is van Brussel naar Los Angeles, met een overstap op Atlanta," weet Ilse. "'DL' staat voor de reis van Atlanta naar LA. Dat is een traject met Delta, dat er als het ware achterhangt bij KLM."

"En wat is 'KL 6081' en 'DL 2155'?" vraag ik.

"Dat zijn vluchtnummers," antwoordt Ilse. "KL staat voor KLM en DL voor Delta... Staat er ook een retourvlucht op de factuur?"

"Nee," zeg ik.

"Wat betekent dat?" vraagt Ilse zacht.

"Dat hij niet weet wanneer hij terugkomt, denk ik," antwoord ik.

Of dat hij helemaal niet meer terugkomt.

Ik zeg dat niet hardop.

Ilse zwijgt even. Dan haalt ze diep adem en zegt: "Haal me om twaalf uur op voor lunch. Dan kunnen we rustig praten. Ik vraag Maaike van de boekhouding wel of ze een uurtje voor me invalt."

Ik sta al om kwart voor twaalf bij Flash voor de deur, gooi mijn sigaret op de grond en trap die uit. Ik ga naar binnen en loop naar de balie.

Ilse zit op haar stoel en naast haar staat een mollige vrouw van een jaar of dertig, naast wie Ilse opeens opvallend klein en mager lijkt.

"Ga maar vast," zegt de mollige vrouw. "Ik dek je wel."

"Dank je, Maaike," antwoordt Ilse en staat op. Ze pakt haar handtas van de grond en loopt om de balie heen naar me toe. Dan draait ze zich nog even naar Maaike en zegt: "Oh, Peter Meier krijgt om kwart over twaalf bezoek van Sanders & Dekker. Het kan zijn dat hij wil dat je lunch bestelt. Het nummer van..."

"Komt allemaal goed." Maaike gaat op Ilses stoel achter de balie zitten en maakt een wegwuivend gebaar. "Ga nou maar. Veel plezier en doe niks wat ik niet zou doen."

Ilse lijkt een beetje gegeneerd, maar volgt me dan naar buiten. Ze wijst naar een brasserie, die schuin aan de overkant van de straat zit. "Broodje?" vraagt ze.

"Oké," zeg ik.

Binnen gaan we tegenover elkaar aan een tafeltje zitten.

Ilse zet haar handtas op de lege stoel naast haar en bekijkt de menukaart even.

Een jongeman komt naar ons toe om de bestelling op te nemen.

"Doe maar koffie," zeg ik.

Ilse kijkt me aan.

"Ik eet nooit zo vroeg," zeg ik schouderophalend. "Ik zit nog in mijn koffiestadium."

"Dat is ongezond," merkt Ilse op. Ze wendt zich tot de jongeman naast zich, die zijn notitieboekje weer in de zak van zijn schort stopt en een beetje ongeduldig staat te wachten. "Voor mij graag een clubsandwich en een cappuccino, alsjeblieft."

De jongen loopt weg zonder iets op te schrijven en zonder iets te zeggen.

Ik leun achterover op mijn stoel. Ik kijk naar Ilse en moet mijn broer nageven, dat hij een goede smaak heeft, hoewel ze niet mijn type is.

Ze is een beetje zo'n kindvrouwtje, te klein en te tenger naar mijn smaak, maar ze heeft delicate rondingen op precies de juiste plaatsen en een mooi, bijna klassiek gezichtje. Haar neus wipt een beetje omhoog en ze heeft grote, blauwe poppenogen. Het is niet moeilijk te zien, wat in haar mijn broer heeft aangetrokken.

De stilte is even ongemakkelijk.

Ik probeer te bedenken hoe ik het gesprek op gang kan krijgen en vermoed dat dit bij Ilse ook het geval is. Het is een vreemd idee dat ze ooit min of meer mijn schoonzus is geweest, maar dat ik haar nooit eerder heb ontmoet. *Waarom heb je haar nooit aan me voorgesteld?*

Ilse is kennelijk erg goed in het lezen van gedachten, want ze verbreekt de stilte door op te merken: "Ik begrijp niet waarom hij ons nooit aan elkaar heeft voorgesteld..."

Ik haal mijn schouders op en antwoord: "Hij stelt me nooit voor aan zijn vriendinnen."

"Waarom niet?" vraagt Ilse. "Het heeft me altijd dwars gezeten."

Tact is niet mijn sterkste kant, maar ik zie wel in dat het niet handig is om te zeggen dat ik altijd heb gedacht dat mijn broer nooit serieuze relaties had.

"Ik weet het niet," zeg ik dan. "Zijn leven staat heel ver af van dat van mij..."

Ik besluit op dit punt eerlijk tegen haar te zijn. Tenslotte is Ilse ook eerlijk tegenover mij geweest en heeft ze me geholpen door me de verhuisdoos met Misha's spullen mee te geven en alle informatie die ze had met me te delen. "Misha heeft iets opgebouwd... Had iets opgebouwd..."

Ik kijk even vertwijfeld naar Ilse, niet zeker of ik de tegenwoordige of de verleden tijd moet gebruiken. Ik herstel me snel en ga verder: "Misha is een goeie gozer, maar hij heeft wel een gebruiksaanwijzing van een kilometer lang. Hij heeft heel veel behoefte aan rust en stabiliteit en dat heb ik hem nooit kunnen bieden." Ik zucht en baal ervan dat ik hier niet mag roken. "Ik ben geen lieverdje geweest, Ilse. Ik heb in de bak gezeten... Ik drink teveel... Ik gebruik softdrugs... Ik denk dat Misha afstand wilde nemen van mijn levensstijl. Misschien was hij bang, dat ik hem mee zou trekken als hij te dicht in mijn buurt zou blijven."

"Ik herinner me nog goed...," begint Ilse ongemakkelijk. "Toen we nog samen waren vroeg ik Misha om jou uit te nodigen voor de Kerstdagen. Omdat jij zijn enige familie bent en ik het rot vond als je alleen zat met de feestdagen... Hij wilde het niet."

"Dat verbaast me niks," zeg ik. "Ik haat Kerst en Misha ook. Al zes jaar lang brengt hij de Kerstdagen werkend door en ik compleet lazarus."

Ilse kijkt me even aan en knippert met haar grote ogen. Mijn wat onbehouwen manier van praten is haar volkomen vreemd. In haar wereldje zijn geen mannen zoals ik. In haar wereld dragen alle mannen een maatpak en praten ze allemaal ABN.

"Sorry," zeg ik. Ik weet niet eens waarom ik het zeg.

"Nee, nee," zegt Ilse. "Ga verder."

"We doen niet aan Kerst," leg ik uit. "Sinds pa en ma dood zijn al niet meer."

"Daar praatte hij ook nooit over," vertelt Ilse. "Toen ik hem vroeg naar zijn ouders, zei hij dat ze overleden waren bij een auto-ongeluk en daarmee was de kous af. Later probeerde ik het nog wel eens aan te kaarten, maar hij veranderde altijd van onderwerp of hij sloeg dicht." Ze zucht. "Ik hield echt van hem, weet je."

"Hoe lang waren jullie samen?" vraag ik.

"Twee jaar," antwoordt Ilse.

"Zo lang?" vraag ik. Ik heb het zelf nooit langer dan een maand of zes met dezelfde vrouw uitgehouden, maar ik realiseer me dat twee jaar te lang is, om een relatie uitsluitend op seks te baseren. "Waar praatten jullie dan over?"

"Zijn werk, mijn werk, actualiteiten, wederzijdse kennissen...," geeft Ilse toe. "Eigenlijk ging het altijd over onbenullige dingen."

"Twee jaar lang?" vraag ik ongelovig.

"We hebben nooit samengewoond," zegt Ilse verdedigend. "Misha had zijn eigen huis en ik het mijne en zoals ik al zei: hij is geen prater."

Dat kan ik alleen maar beamen.

* * * * *

Zondag, 2 juni 2002 – ochtend
Rotterdam, Nederland

Misha zat aan de keukentafel met een boek en dronk koffie. Toen hij was opgestaan, had ik op de bank gelegen, in dezelfde kleren, die ik de vorige dag ook had gedragen. Misha was er aan gewend om me 's morgens zo aan te treffen en was alvast aan de dag begonnen zonder mij.

Tegen het middaguur stommelde ik naar de keuken en zei moeizaam: "Morgen."

Misha keek even op van zijn boek en antwoordde: "Morgen, Len. Koffie?"

Ik knikte en voelde mijn gezicht even vertrekken. "Waar zijn de aspirines?" vroeg ik.

Misha wees naar de fruitschaal, die op de keukentafel stond. Er zat echter nooit fruit in, alleen huissleutels, pennen en andere losse rommel, die anders geen vaste plek had. Hij stond op en schonk een beker koffie voor me in.

Ik pakte de aspirines.

Misha tapte een glas water, zette dat op de keukentafel en reikte me mijn koffie aan. Hij kwam bij me aan de tafel zitten en vroeg spottend: "Zware nacht gehad?"

Ik keek even op en zei: "Zoiets, ja." Ik nam drie aspirines en spoelde ze weg met een slok water.

"Len, praat met me," zei Misha.

"Er is niks aan de hand, oké?" snauwde ik. Ik zette het glas neer, pakte mijn koffie en nam een slok. "Ik heb gewoon een kater."

"En we hebben geen geld meer," vulde Misha aan.

Ik keek hem aan en begon: "Hoe...?"

Misha wachtte de vraag niet af en wees op de drie lege supermarktwijn-flessen, die op het aanrecht stonden.

Ik had moeten weten dat hij zou inzien hoe het zat.

Misha herkende de symptomen en zelfs als hij die niet had opgemerkt, zou het onmogelijk zijn geweest om de drie lege wijnflessen op het aanrecht over het hoofd te zien. Hij had naar de etiketten gekeken en de logische conclusie getrokken, dat het geld voor die maand nu al bijna op was.

Ik dronk immers alleen goedkope supermarktwijn als er geen geld was voor bier of wodka.

"Het is een dure maand," protesteerde ik.

"Len, de maand is net begonnen," wierp Misha tegen.

"Ik moest collegegeld voor jou betalen..."

"Daar heb ik een toelage voor."

"En gemeentelijke belastingen en weet ik veel wat nog meer..." Ik zweeg even en zei toen: "Gefeliciteerd, jochie."

Misha keek me sceptisch aan.

Ik nam nog een slok koffie en stak een sigaret op.

Misha pakte zijn boek en begon weer te lezen.

"Wat lees je?" vroeg ik. Het interesseerde me eigenlijk weinig. Ik hield niet van lezen, maar de stilte was me teveel.

"*The Talented Mr. Ripley,*" antwoordde Misha.

"Is het leuk?" informeerde ik.

"Leerzaam vooral," antwoordde Misha kortaf. Hij sloeg het boek weer dicht en legde het opzij. Hij pakte zijn koffiebeker en dronk.

Ik probeerde mijn gedachten te ordenen en te bedenken, hoe ik naar het onderwerp toe kon werken dat ik eigenlijk wilde bespreken, maar dat viel niet mee met de barstende pijn in mijn hoofd.

Ik zag dat Misha geïrriteerd was, waarschijnlijk door mijn gebrek aan openheid over onze financiële status van dat moment. Ik wist dat het mijn jongere broer dwars zat, dat ik me altijd ongevraagd met zijn zaken bemoeide, terwijl ik alle mogelijke moeite deed om hem buiten die van mij te houden.

Ondanks mijn onmiskenbare *never-mind*-houding ten opzichte van mijn eigen leven, had ik wel hoge verwachtingen van Misha. Ik hoopte dat hij niet wist dat ik me al lang geleden had neergelegd bij mijn eigen lot. Ik had geen verwachtingen of doelstellingen meer voor mezelf. Ik probeerde van dag tot dag te overleven en zoveel mogelijk uit het leven te halen. Over de toekomst dacht ik weinig na. Het had geen zin om plannen te maken als je toch niet wist wat er zou gebeuren.

Daar was mijn leven te onvoorspelbaar voor.

Ik was er blij mee, dat Misha een andere afslag had gekozen dan ik, maar ik maakte me soms zorgen over het zelfverkozen isolement waarin mijn jongere broer leefde. Ik was er in de loop der jaren aan gewend geraakt, dat Misha altijd en overal een aantal boeken en een schetsboek met zich meesleepte, maar ik kon die passies nooit echt begrijpen.

In mijn optiek was het ongezond en kon hij zich beter eens bezig gaan houden met andere zaken.

Ik kon Misha's motivatie voor een studie en verlangen naar een grootse carrière nog wel plaatsen, maar dat hij al zijn vrije tijd besteedde aan lezen en tekenen ging me te ver. "Luister eens, boekenwurm," begon ik. "Als je nou eens een leuk meisje tegenkomt, kun je haar gewoon mee naar huis nemen, hoor." Misha keek me aan en leek zich af te vragen waar dit opeens vandaan kwam.

"Ik ben ook zestien geweest," ging ik verder. "Ik wil niet dat je met je vriendinnetjes in de struiken gaat liggen of achterin een auto." Misha's zestiende verjaardag had een raar, bijna vaderlijk gevoel in me losgemaakt, maar ik zag aan de blik in de ogen van mijn broer, dat mijn bemoeienis niet op prijs werd gesteld.

Misha leek even na te denken over mijn woorden en zei toen: "Luister, Len, met de drank en de drugs en de harde muziek kan ik allemaal nog wel leven, maar ga alsjeblieft niet op de pedagogische toer, oké?"

"Ik doe mijn best, jochie," antwoordde ik.

"Dat weet ik, maar je bakt er niks van," zei Misha. "Opvoeden is niet jouw ding."

"Toch wel," protesteerde ik. "Ik ben een geweldig voorbeeld van hoe het niet moet. Doe gewoon altijd het tegenovergestelde van wat ik zou doen, dan kan het niet misgaan." Ik stak mijn arm uit en haalde mijn hand even door Misha's haar. "Ik heb geen cadeautje voor je," zei ik toen ik aan de gezichtsuitdrukking en houding van mijn broer zag, dat het tijd was om van onderwerp te veranderen. "Ik bedoel, ik moest dat collegegeld betalen en de belasting en zo en toen was er weinig over." Ik maakte een verontschuldigend gebaar met mijn handen en dronk de rest van mijn koffie op.

"Dat geeft niet, Len," antwoordde Misha.

Ik had mijn lege mok nog in mijn hand en stond op. "Wil jij ook nog koffie?" vroeg ik.

"Ja, doe maar," zei hij.

Ik pakte de tweede beker en liep naar het koffiezetapparaat. Het laatste beetje koffie verdeelde ik over de twee mokken, wat resulteerde in twee halfvolle bekers. Ik liep terug naar de tafel, zette een beker bij Misha neer en ging weer tegenover hem zitten.

"Moet je niet ontbijten?" vroeg ik toen, voornamelijk om de stilte te verbreken.

"Het is bijna lunchtijd, Len," antwoordde Misha en wees op de klok, die inmiddels bijna half één aangaf. Hij dronk zijn beker lauwwarme koffie in één teug leeg, alsof hij daarmee wilde zeggen dat het gesprek beëindigd was.

Ik dronk mijn koffie op en kwam opnieuw moeizaam overeind. "Ik ga douchen," zei ik en legde mijn hand in het voorbij lopen even op Misha's schouder.

"Tot zo," antwoordde hij, schoof een stukje bij me vandaan en sloeg zijn boek weer open.

Ik zuchtte.

* * * * *

Woensdag, 22 augustus 2012 – middag
Rotterdam, Nederland

De zwijgzame jongen met het schort brengt de bestelling bij ons. Ilse trekt de prikker uit haar sandwich en snijdt een stukje af. Ze steekt het in haar mond en kauwt.

"Waarom ben je zo lang bij hem gebleven?" vraag ik dan.

Ilse slikt haar hap door en antwoordt: "Ik hield van Misha. Een tijd lang dacht ik, dat hij gewoon verlegen was en dat hij moeilijk contact legde, maar later kreeg ik het idee dat er meer achter zat."

"Waarachter?" vraag ik.

"Die zwijgzaamheid," zegt Ilse. "Hij kon niet praten over dingen die hem pijn deden, denk ik. Daarom praatte hij nooit over zijn jeugd of over jullie ouders. Ik hoopte dat hij los zou komen als we langer bij elkaar waren, maar iedere keer als ik ergens naar vroeg, zei hij: 'Ik heb geen woorden' en begroef zich dan in zijn werk. Na twee jaar kon ik er niet meer tegen."

Ik twijfel even over mijn volgende vraag en wacht daarom geduldig tot Ilse een nieuwe hap van haar sandwich heeft genomen, gekauwd en doorgeslikt.

"Denk je dat hij van je hield?" vraag ik dan.

Ilse lijkt een beetje verbaasd door mijn vraag, maar geeft toch antwoord: "Ja, ik denk het wel. Hij had er moeite mee om zijn gevoelens in woorden uit te drukken, maar op zijn manier was hij wel heel lief en aanhankelijk."

Ik vraag me af wat een meisje als Ilse als 'lief en aanhankelijk' zou omschrijven. Ik kan me voorstellen dat vrouwen Misha aantrekkelijk vinden. Een knappe, snelle zakenjongen met een enorme bankrekening ligt nu eenmaal goed in de markt. Een aantal van mijn eigen exen hebben mijn jongere broer 'sexy' genoemd en door één van hen, Wendy, ben ik zelfs nog voor hem ingeruild. Ze zei eens tegen me dat Misha 'slaapkamerogen' heeft.

Misschien is 'lief en aanhankelijk' Ilses benaming voor 'goede seks'.

Weer twijfel ik even over mijn volgende vraag.

Ilse neemt nog een hap van haar sandwich en drinkt haar cappuccino.

Als ze haar koffiekopje neerzet, raap ik al mijn moed bij elkaar en vraag: "Hoe zit het met Maren?"

Ilse zwijgt even, maar lijkt niet boos of geschokt te zijn door de vraag. "Misha kende haar van vroeger," begint ze. "Ik had een relatie met Misha en ik kreeg Maren er min of meer gratis bij."

"Hoe bedoel je?" vraag ik.

"Ze waren onafscheidelijk," vertelt Ilse. "Ze deden veel dingen samen... Maren kwam vaak bij hem over de vloer."

"Dat lijkt me moeilijk," antwoord ik tactisch.

"Dat was het ook wel," geeft Ilse toe. "Kort nadat Misha en ik een relatie kregen, stelde hij me voor aan Maren. Hij vertelde me dat ze elkaar al kenden sinds hun jeugd en dat ze 'beste vrienden' waren. Het leek ook echt alleen maar vriendschap te zijn en om eerlijk te zijn heb ik nooit het idee gehad dat hij me *echt* bedroog – fysiek bedoel ik – maar..."

"Maar?" vraag ik.

"Ik had er moeite mee dat hij wel met haar kon praten, maar niet met mij," zegt Ilse.

Ik denk na. "Dat begrijp ik."

"Ik heb nooit begrepen wat ze precies met elkaar hadden. Het was... beangstigend."

"Beangstigend?" herhaal ik.

"Alsof ze niet zonder elkaar konden," besluit Ilse hoofdschuddend. "Ik heb altijd het gevoel gehad, dat Maren tussen ons instond."

"Maar ze hadden niks met elkaar?"

"Seks, bedoel je?" vraagt Ilse.

Ik verbaas me over haar directheid. "Ja."

"Niet dat ik weet."

Ik las een strategische stilte in, om Ilse de kans te geven haar sandwich op te eten en mezelf de tijd om alles wat ik zojuist gehoord heb te laten bezinken.

Als Maren echt zo belangrijk voor Misha is, waarom heeft hij dan nooit over haar gesproken?

De stilte voelt niet ongemakkelijk en mijn gedachten dwalen af naar een gebeurtenis van negen jaar geleden. Voor zo ver ik weet, was dat de enige impulsieve actie in Misha's leven – tenminste tot hij ontslag nam bij het architectenbureau om te vertrekken naar Amerika.

Ik had aanvankelijk slechts een klein deel van het verhaal meegekregen, maar genoeg om mijn conclusies te kunnen trekken. Later vernam ik van Wendy de rest van het verhaal, dat me wel verbaasde, maar dat ik toch gemakkelijk naast me neer kon leggen.

Zo gemakkelijk dat ik er al jaren niet meer aan gedacht heb.

* * * * *

Zondag, 31 augustus 2003 – ochtend
Rotterdam, Nederland

Ik opende mijn ogen, maar sloot ze direct weer. Ik was die nacht vergeten de gordijnen dicht te doen en het zonlicht dat nu naar binnen scheen was bijna ondraaglijk. Ik strekte mijn arm uit en voelde naast me, maar de vrouw, die ik die nacht mee naar huis had genomen, lag niet meer naast me in bed.

Ik knipperde even met mijn ogen om ze aan het licht te laten wennen en keek toen op de klok, die tegenover mijn bed aan de muur hing. Het was bijna tien uur. Het zachte, tikkende geluid van de secondewijzer leek met ieder tikje in volume toe te nemen. Mijn hoofd voelde aan, alsof iemand het met een bijl in tweeën probeerde te splijten.

Hoeveel heb ik gedronken?

En wat heb ik in godsnaam gebruikt?

Ik kon het me niet herinneren, maar mijn kater sprak boekdelen.

Langzaam ging ik rechtop zitten. Mijn hoofd begon onmiddellijk nog harder te bonzen en ik overwoog even om weer te gaan liggen en te proberen om verder te slapen, maar mijn drang naar koffie en pijnstillers won het van mijn vermoeidheid. Ik ging op de rand van mijn bed zitten en zocht mijn ochtendjas. Toen ik die niet kon vinden, pakte ik de kleren, die ik die nacht had gedragen en kleedde me aan.

Ik wist dat Misha al koffie had gezet, omdat dat het eerste was dat mijn broer deed, zodra hij opstond. Koffie was de enige verslaving, die we deelden. Ik opende mijn slaapkamerdeur. Ik hoorde niets en nam aan dat Wendy naar huis was gegaan en dat Misha zich zoals altijd in de keuken had geïnstalleerd met een beker koffie en een schetsboek.

Anders had ik wel stemmen gehoord.

Ik wankelde de gang door in de richting van de keuken, verlangend naar het moment dat ik mijn hoofdpijn zou kunnen verlichten met een paar pijnstillers, maar dat bleek me niet gegund. In de deuropening bleef ik staan en staarde naar het tafereel, dat zich afspeelde bij het aanrecht.

Wendy had duidelijk geen haast om thuis te komen en had inmiddels kennis gemaakt met Misha.

"... niet zo serieus, zei ik toch," hoorde ik haar zachtjes zeggen. Ik kon de spanning tussen haar en mijn broer voelen. Het sluimerde tussen hen in en werd bijna met de seconde sterker. Toch voelde ik geen enkele boosheid of jaloezie.

Wendy leunde tegen het aanrecht en Misha stond vlak voor haar met zijn rug naar me toe. Ze glimlachte en streelde Misha's wang. "Het is oké," zei ze en kuste hem.

Ik zag aan de houding van mijn broer dat hij aarzelde.

Ga maar, jochie, dacht ik.

Ik kon me er niet toe brengen de situatie te verstoren, bijna opgelucht dat Misha eindelijk eens aandacht had voor iets anders dan zijn studie of zijn boeken.

Wendy verbrak de kus toen ze Misha's twijfel voelde. Ze keek hem recht in de ogen en zei weer: "Het is oké, echt." Ze kuste hem opnieuw en begon langzaam zijn shirt uit zijn broek te trekken. Haar handen gleden onder zijn shirt.

Misha's bezwaren leken geleidelijk weg te ebben bij iedere aanraking. Hij liet haar begaan toen ze zijn shirt over zijn hoofd trok en daarna haar tong in zijn mond stak. Hij trok haar tegen zich aan en kuste haar terug.

Wendy liet het shirt op de grond vallen. Toen ving ze mijn blik op.

Ik hief mijn handen verontschuldigend op, maar mijn aanwezigheid leek haar niet te storen. Ik zag hoe mijn broer Wendy klem zette tussen zijn lichaam en het aanrecht, de ritssluiting van haar jurk losmaakte en de smalle bandjes van haar schouders schoof.

Tijd om op te stappen.

Ik draaide me om en ging terug naar mijn slaapkamer. Ik sloot de deur zachtjes achter me en ging op mijn bed liggen. Ik staarde naar het plafond met alleen mijn hoofdpijn als gezelschap en het komende half uur geen kans op koffie of aspirines, laat staan allebei. Ik draaide mijn hoofd opzij en zag Wendy's handtas naast het bed liggen. Hoopvol pakte ik de tas en keek erin. Tussen de overige spullen vond ik één pil in een verder lege strip.

Ik keek op de achterkant en las: *'Ibuprofen, 200 mg.'* Dat was veelbelovend. Ik verkende de zijvakjes van de tas en na ieder object in de tas te hebben bekeken, bedroeg mijn buit het ene kleine roze Ibuprofenpilletje en drie pillen tegen menstruatiepijn. Het was niet waar ik op gehoopt had, maar beter dan niets. Ik slikte de Ibuprofen door zonder water en dacht na over de andere drie pillen.

Ongestelde vrouwen hebben naast buikpijn vast weleens hoofdpijn, dacht ik. *Baat het niet dan schaadt het niet.*

Ik strekte me weer uit op mijn bed en dacht na over wat ik in de keuken had gezien. Het kon me niet zoveel schelen, dat Wendy er binnen twaalf uur met mijn broer vandoor ging en heimelijk vond ik de situatie wel komisch.

Ik hoopte alleen dat Misha er achteraf net zo licht over zou kunnen denken als ik.

* * * * *

Woensdag, 22 augustus 2012 – middag
Rotterdam, Nederland

Ik reken de lunch af – de zorgtoeslag is gestort en heeft een einde gemaakt aan mijn *cash flow* probleem – en loop met Ilse mee naar de overkant van de straat, tot aan de ingang van Flash. "Bedankt voor al je hulp," zeg ik.

"Graag gedaan," antwoordt Ilse. "Ik hoop dat je er iets mee opschiet." Ze kijkt op haar horloge en ziet dat ze nog vijf minuten heeft. Ze zwijgt even en vraagt dan: "Denk je dat Misha nog terugkomt?"

Ik haal bedenkelijk mijn schouders op en zeg: "Ik weet het niet. Het ziet er niet naar uit..."

"Ga je verder met zoeken?" vraagt Ilse.

"Ik zou eigenlijk niet weten waar ik moet beginnen," antwoord ik eerlijk. "Amerika is groot. Ik weet niet eens of hij in Los Angeles is gebleven of is doorgereisd. Ik hoopte dat jij of Maren me had kunnen vertellen wanneer hij terugkomt. Verder zijn er niet zoveel aanknopingspunten."

"Houd je me op de hoogte?" vraagt Ilse.

Ik knik en zeg: "Tot ziens."

"Tot ziens," antwoordt Ilse, omhelst me even en gaat dan naar binnen.

Broertje, je bent een grote klootzak geweest dat je haar hebt laten lopen...

* * * * *

Zondag, 31 augustus 2003 – ochtend
Rotterdam, Nederland

Toen ik die ochtend voor de tweede keer wakker werd, stond Wendy naast mijn bed. Ik wierp een snelle blik op de klok en zag dat het kwart voor elf was.

"Ik kom mijn tas halen," zei ze.

Ik wees naar de grond. "Ik heb je pijnstillers opgemaakt," bekende ik.

"Geeft niet," antwoordde Wendy. Ze zweeg even en raapte haar handtas op.

"Ben je boos, Len?" vroeg ze na een korte stilte.

Ik schudde mijn hoofd, hees mezelf overeind en ging op de rand van mijn bed zitten.

"Het gebeurde gewoon," begon Wendy.

"Bij jou *gebeurt* altijd van alles," merkte ik op. "En bij mij ook, dus wie ben ik om hierover te oordelen?" Ik zweeg even, maar vroeg toen: "Wil je hem blijven zien?"

"Ik weet het niet," zei Wendy. Ze glimlachte. "Het is wel een schatje."

"Ik begrijp best wat je in hem ziet," zei ik. "Misha is een knappe gozer."

"Jij ook," antwoordde ze, "maar op een heel andere manier." Ze haalde haar schouders op en zei: "Ik keek hem aan en toen ging ik voor gaas. Hij heeft slaapkamerogen. Het was alsof hij dwars door me heen kon kijken."

Ik gaf geen antwoord.

"Ik ga ervandoor," zei Wendy na een korte stilte.

"Ja," antwoordde ik. "Ik zie je wel weer."

Ze vertrok.

Ik wachtte totdat ik enkele minuten later de voordeur dicht hoorde vallen. Ik verliet mijn kamer en ging naar de keuken. Daar schonk ik een beker koffie voor mezelf in en zei: "Morgen, jochie."

"Morgen, Len," antwoordde Misha, zonder me aan te kijken.

Ik zag dat hij zichzelf geen houding wist te geven. "Is Wendy al weg?" vroeg ik.

Misha knikte. Hij leek slecht op zijn gemak en ontweek mijn blik.

Dat had ik al min of meer verwacht en ik besloot hem uit zijn lijden te verlossen. Ik ging tegenover hem aan de keukentafel zitten en nam een slok koffie. Ik zocht even naar de juiste woorden, maar zei toen resoluut: "Zullen we dit gewoon uitspreken, voordat het een probleem wordt?"

Misha keek me aan, voor het eerst sinds ik in de keuken was verschenen.

Ik zag dat hij mijn gedachten probeerde te raden en vermoedde sterk dat hij bang was dat ik boos zou worden. "Luister, Wendy was een onenightstand... Het betekende niks."

"Dus?" vroeg Misha aarzelend.

"Dus maakt het me niks uit met wie ze nog meer rotzooit," antwoordde ik, volledig naar de waarheid. "Ik ben niet achterlijk, Misha. Ik weet dat je haar geneukt hebt en dat kan me verder echt niet boeien. Ik wil alleen niet dat het tussen ons in komt te staan."

Misha wendde zijn blik af.

"Het is oké, jochie," zei ik. "Echt."

"Nee, het is niet oké, Len," antwoordde hij zenuwachtig.

"Maak het niet groter dan het is, Misha," waarschuwde ik.

Hij keek me nog altijd niet aan en herhaalde: "Het is niet oké."

"Jezus, het lijkt wel alsof je *wilt* dat ik boos word," zei ik. "Wees blij dat ik het gewoon laat gaan. Het is wat het is. Laat het los. Wendy en ik hebben geen relatie. Wat mij betreft was het eenmalig, dus ze kan doen en laten wat ze wil."

"Ik bedoelde dat het niet oké is van mijn kant," verduidelijkte Misha. "Tegenover jou."

"Maak je nou niet druk," antwoordde ik. Ik stak een sigaret op en blies een rookwolk uit. "Ik ben allang blij, dat je eindelijk eens iets anders doet dan tekenen en boeken lezen. Ik begon me al zorgen te maken."

Eindelijk hief hij zijn hoofd weer op en keek me aan. Aanvankelijk schoten de blauwe ogen vuur, maar toen verzachtte zijn blik en dacht ik iets van dankbaarheid en opluchting te zien.

Ik nam een diepe haal van mijn sigaret.

Misha stond op en deed een stap in mijn richting. "Len?"

"Ja?"

Even keken we elkaar zwijgend aan.

Ik zag hem aarzelen.

Toen verbrak Misha het oogcontact en zei: "Niks. Laat maar. Het is niet belangrijk."

* * * * *

Woensdag, 22 augustus 2012 – avond
Rotterdam, Nederland

's Avonds pak ik de lijst met telefoonnummers, die ik van Ilse heb gekregen. Ik neem Misha's telefoon erbij en vergelijk de nummers op de lijst met die in het geheugen van de GSM. Het duurt uren, omdat ik bij ieder nummer de gehele contactenlijst nogmaals moet doorlopen.

Uiteindelijk kan ik nauwelijks de helft van de telefoonnummers op Ilses lijst van een naam voorzien en is het een nieuwe teleurstelling.

Er zijn weinig verrassingen. Tussen de nummers die ik heb kunnen identificeren, kom ik mijn eigen nummer tegen, dat van Maren, de Rabobank, KLM, Visa, maar ook van twee mannen, die ik na enig speurwerk op Google kan benoemen als Mr. Diederick Visscher, advocaat en Marcus Klein, notaris.

Waar heb je een advocaat en een notaris voor nodig, jochie?

Ik denk na.

Heb je hen überhaupt nodig of is dit gewoon het soort mens waar een architect altijd mee omgaat?

Misschien zijn dit ook wel oude vrienden van de universiteit, net als Colin Ross.

Drie andere telefoonnummers op Ilses lijst, allen voorafgegaan door het landnummer van de Verenigde Staten, kom ik zowel in Misha's mobiele telefoon als in zijn privéagenda tegen. Het eerste is het privénummer van Colin Ross.

Dat had ik wel verwacht.

Bij het tweede nummer blijkt de naam 'George Springfield' te horen, maar als ik die naam opzoek bij Google, krijg ik zoveel *hits*, dat ik het opgeef. Het derde telefoonnummer kan ik na enig speurwerk toebedelen aan ene 'Dean Wesson', maar ook deze naam zegt me niets, behalve dan, dat ik de naam 'Dean' een aantal keer tegen ben gekomen in de privéagenda van mijn broer.

Wie is dat nou weer?

Ik steek een sigaret op en verbaas me opnieuw over het domino-effect van mijn zoektocht en vragen. Tegenover iedere vraag waarop ik een antwoord weet te vinden staan tien nieuwe vragen, die ook weer smeken om antwoorden. Het lijkt een gebed zonder einde.

Ik kan me nauwelijks voorstellen, dat ik korter dan een week geleden aan mijn zoektocht ben begonnen. Het lijken wel maanden in plaats van dagen. Ik ben moe. Gebrek aan slaap, drugs en alcohol beginnen me op te breken, maar ik wil redelijk nuchter blijven.

Ik moet kunnen nadenken en me dingen kunnen herinneren, als ik een nieuw aanknopingspunt vind.

Opeens realiseer ik me dat ik, net zo goed als Misha vaste routines heb, waaraan ik me vastklamp, zoals hij dat deed met zijn werk.

Het was een reddingsboei.

Mijn broer had zijn werk, zijn schetsen, zijn zakenreizen en zijn geplande afspraakjes.

Ik heb mijn uitkering, mijn huursubsidie en mijn ziektekostentoeslag, mijn drank, mijn onenightstands en mijn dagelijkse wandelingetje naar de coffeeshop. Zo leef ik al sinds de dood van onze ouders.

Het zijn de enige zekerheden in mijn leven en ik heb nooit eerder ingezien hoe triest dat is en wat het met Misha gedaan heeft.

Tot een week geleden heb ik altijd iedere dag geleefd, alsof het mijn laatste was en ik heb met vallen en opstaan geleerd te overleven. Nu sta ik voor het eerst in jaren echt stil en leer ik om de tijd te nemen om over dingen na te denken, in plaats van impulsief te handelen.

Ik onderdruk de drang om mijn aantekeningen weer te pakken, sta op en doe het licht in de woonkamer uit. Ik controleer of de voordeur op slot is en ga naar mijn slaapkamer.

Morgen weer een dag.

5.
BROEDERS HOEDER

Zaterdag, 25 augustus 2012 – middag
Rotterdam, Nederland

Gedurende de dagen na mijn lunch met Ilse, heb ik geprobeerd om mijn leven weer een beetje op te pakken en Misha uit mijn hoofd te zetten. Misschien moet ik er maar op vertrouwen, dat mijn broer terugkomt wanneer hij de tijd rijp acht. Nadat ieder spoor dat hij heeft achtergelaten me weer terug naar het begin heeft geleid, lijkt het nutteloos om te volharden in mijn zoektocht.

Toch beland ik met grote regelmaat op de bank met Misha's agenda's, in de hoop dat er toch *iets* is, dat ik over het hoofd heb gezien. Wat dat 'iets' dan is, weet ik niet en het is lastig zoeken als je niet op zijn minst ongeveer weet waarnaar je zoekt.

De laatste pagina's van de beide agenda's intrigeren me mateloos. Ze zijn volgeschreven met namen, adressen en telefoonnummers, maar zoals ik al eerder heb gezien, heeft Misha ook diverse nummers, letters en combinaties daarvan opgeschreven.

Zouden het codes zijn?

Ik steek een sigaret op.

Twee van de cijfer- en lettercombinaties heb ik, met de hulp van Ilse, kunnen identificeren als vluchtnummers. Van de overige combinaties is het onduidelijk wat ze betekenen. Ik zoek er een aantal op bij Google, maar word er niets wijzer van. Ik speel met de gedachte om ook die aan Ilse voor te leggen. Misschien kan zij er iets uithalen.

Het is echter zaterdag en omdat ik vergeten ben om Ilse haar privénummer te vragen, kan ik haar niet eerder bellen dan maandagochtend, als ze weer op kantoor is. Het nummer dat in de telefoon van mijn broer staat, werkt niet meer.

Ik leun achterover op de bank en vraag me af hoe ik de rest van het weekeinde door moet komen. Plotseling lijkt zesendertig uur vreselijk lang. Als ik nuchter wil blijven, kan ik niet naar de kroeg of naar de coffeeshop en een avondje bankhangen met *Led Zeppelin I, II, III* en *IV*, lijkt opeens een stuk minder aantrekkelijk zonder de bijbehorende blikken bier en blowmarathon.

Misha's verdwijning heeft mijn hele leven ontwricht. Als inderdaad blijkt dat mijn broer me zo ongerust maakt vanwege een onaangekondigde vakantie, kan hij maar beter helemaal niet meer terugkomen.

Egoïstische klootzak!

Ik schuif zijn agenda's aan de kant en probeer me vast te klampen aan mijn boosheid, die langzaam weer oplaait. Het duurt niet lang, voordat mijn bezorgdheid de overhand weer krijgt en ik de agenda's weer naar me toe trek.

Ik heb me nog nooit eerder zorgen hoeven maken om het doen en laten van mijn broer. Ik had, ondanks zijn weinig sociale houding en arrogantie, een makkie met hem. Deze situatie is nieuw voor me.

Hoewel ik het altijd heb afgedaan als onzin, begrijp ik nu een beetje hoe Misha soms over mij in de rats heeft gezeten. Nu weet ik zelf ook hoe het is, om thuis te zitten en niet te weten waar mijn broer uithangt of in wat voor situatie hij zit. Ik doof mijn sigaret, maar steek meteen weer een nieuwe op en inhaleer diep. Ik ben niet gewend om zo met het verleden bezig te zijn. Ik heb altijd bij de dag geleefd en vond het altijd zinloos om achterom te kijken of verder dan een paar dagen vooruit.

Sinds Misha is verdwenen, komen er steeds meer herinneringen terug, dingen waarvan ik dacht dat ik ze vergeten was. Sommige lijken onbelangrijk, maar bij andere heb ik er spijt van dat ik er later nooit met mijn broer over gesproken heb en dat ik nooit heb doorgevraagd.

Waarschijnlijk wilde Misha het verleden net zo graag begraven en laten rusten als ikzelf. Het is voor hem tenslotte ook niet gemakkelijk geweest. De onverwachte en voortijdige dood van onze beide ouders heeft ook bij hem de nodige sporen nagelaten, maar we hebben het altijd doodgezwegen.

Het verhaal van de olifant in de kamer, zeg maar.

Ik heb het wel gezien. Ik heb het altijd gezien. Het was niet te missen, maar ik had geen idee hoe ik daarmee om moest gaan. Ik werd teveel in beslag genomen door mijn eigen verdriet en problemen en ik was te jong en te onervaren, om door de onzichtbare muur heen te breken, die mijn broertje om zich heen had opgetrokken, tegen de tijd dat hij bij mij kwam wonen. Daar waar Misha als kind uitsluitend onbekenden op afstand had gehouden, deed hij dat later met iedereen. Zelfs met mij, zijn eigen broer. Regelmatig zocht ik toenadering, maar dat leidde er meestal toe, dat Misha nog meer afstand nam en soms tot ruzies.

Uiteindelijk liet ik het maar zo. Ik legde me er in de loop der jaren bij neer dat dit het was en dat het nooit meer zou worden. Ondanks dat ik regelmatig een halfslachtige poging onderneem om de relatie met mijn broer te herstellen, kan ik accepteren, dat we elkaar nauwelijks zien of spreken en dat we feitelijk niet meer zijn dan vage kennissen.

Toch went het nooit.

* * * * *

Maandag, 23 februari 1998 – middag
Rotterdam, Nederland

Ik zat in de aula van het uitvaartcentrum. Ik had al dagen nauwelijks geslapen of gegeten.

Nu de begrafenis van onze ouders achter de rug was, had ik het gevoel dat ik dagenlang zou kunnen slapen, als ik alleen maar heel even mijn ogen dicht kon doen. Maar ik mocht niet slapen. Niet nu.

Misha zat naast me, diep weggedoken in de kraag van zijn warme winterjas. Hij staarde in het niets. Zijn ogen waren rood en opgezet en zijn wimpers nog nat, maar hij huilde niet meer en hulde zich in stilzwijgen.

Ik vermoedde dat mijn broertje net zo moe was als ikzelf.

In de dagen tussen het fatale auto-ongeluk en de begrafenis van onze ouders, hadden Misha en ik bij een broer van onze vader gelogeerd, oom John, een verstokte vrijgezel, die we nauwelijks kenden en die geen flauw idee had wat hij met ons moest beginnen.

De situatie was ongemakkelijk geweest en we hadden alle drie slecht geslapen.

Oom John en ik dronken en rookten veel en Misha spookte onrustig, nerveus en zwijgend door het huis, dag en nacht, totdat ik er knettergek van werd. Ik keek het twee dagen aan en ontdekte een patroon in zijn gedrag. Hij dwaalde van vertrek naar vertrek, steeds in dezelfde volgorde en bleef precies een uur in iedere kamer. Wanneer die routine werd onderbroken, begon hij na die onderbreking weer van voren af aan.

"Wat doe je?" vroeg ik op de derde ochtend, toen Misha stipt om negen uur in de woonkamer arriveerde.

"Ik ben verdwaald," antwoordde hij.

"In je hoofd?" raadde ik.

Hij knikte.

Ik stak mijn hand naar hem uit en zei: "Kom eens hier." Zodra hij dichterbij kwam, trok ik hem bij me op de bank en sloeg mijn arm om hem heen.

Misha kroop tegen me aan en klaagde: "Oom John heeft geen boeken. Ik heb niks te doen hier."

"De afwas staat er nog," stelde oom John voor, vanuit de deuropening.

Ik negeerde zijn opmerking en vroeg: "Heb je echt geen boek voor hem?"

"Ja, *Turks Fruit* of *Ik, Jan Cremer,*" antwoordde hij.

"Laat maar," zei ik.

Oom John vertrok, zonder te vertellen waar hij naartoe ging en ik stak een sigaret op. De rook blies ik over Misha's hoofd heen, zodat hij er geen last van had.

"Len?"

"Wat?"

"Wanneer mag ik weer naar school?"

"Na de begrafenis."

Misha bleef zwijgend bij me zitten, dicht tegen me aan, totdat het tijd was om naar de volgende kamer te gaan.

Aangezien ik hem geen alternatieven kon bieden, liet ik hem zijn gang gaan. Die middag liep ik even naar de buren van oom John, in de hoop dat zij me een (geschikt!) boek wilden lenen om Misha mee af te leiden. Nadat ik de situatie in grote lijnen had uitgelegd, was de oude man meer dan bereid om zijn boekenkast door te lopen, waar hij een vijftal kinderboeken van zijn kleinkinderen wist op te duiken. Ondanks dat de boeken eigenlijk bedoeld waren voor iets jongere kinderen, wist ik dat ze mijn broertje in ieder geval zouden bezighouden.

De boeken zouden hem dwingen te gaan zitten, in plaats van rond te dwalen. Wellicht zou hij er rustig van worden. De rest van de dag hield Misha zijn schema aan – nu met boek – en weliswaar bleef hij ieder uur verkassen naar een andere kamer, maar hij leek zich geleidelijk een beetje te ontspannen. Laat op de avond was het boek uit en begon hij weer te spoken.

Ik keek het een tijdje aan, maar nadat hij een half uur door de woonkamer had gedwaald, kon ik het niet meer aanzien.

Oom John ook niet, maar hij loste dat op door naar bed te gaan en zijn deur achter zich te sluiten.

Ik stond op, pakte Misha beet en nam hem mee naar de oude leren bank. Ik nam hem bij me, legde mijn jas over hem heen en praatte zachtjes op hem in, mijn stem rustig, dronken en monotoon, totdat hij eindelijk in slaap viel, slap en regelmatig ademend in mijn armen.

Dat ritueel had zich de nachten daarop herhaald, maar dat was nu voorbij.

De meeste genodigden waren al vertrokken.

Oom John had alle voorbereidingen omtrent de begrafenis op zich genomen en hoewel ik het liever anders – en de uitvaart zelf vooral korter – had gezien, was ik dankbaar dat ik me niet bezig had hoeven houden met het uitzoeken van doodskisten, het opzoeken van begrafenispolissen en andere rompslomp.

Dat was het dan, dacht ik.

Ik wierp een blik op mijn broertje en vroeg me af hoe een kind van elf jaar de draad weer op moest pakken, als ik dat zelf niet eens wist met mijn zeventien jaar. Ik was ervan overtuigd dat ik het in mijn eentje ook wel zou redden, maar met Misha lag het anders.

"Gaat het, jochie?" vroeg ik.

Misha kroop dichter tegen me aan, maar zei niets.

Ik sloeg mijn arm om hem heen en zei: "Ik weet het." Ik kon mezelf er niet toe brengen om te zeggen dat alles wel goed zou komen. Het leken zulke loze woorden, dat ik ze niet eens kon *denken*, laat staan uitspreken.

Onze ouders waren dood en kwamen niet meer terug.

Misha zuchtte en vroeg na een korte stilte: "Wat gaat er nu met ons gebeuren, Len?"

Ik zuchtte ook. Ik begon mijn geduld te verliezen, maar mijn medelijden won het van mijn ongeduld. "Dat heeft die meneer vorige week uitgelegd, weet je nog?" antwoordde ik rustig. "Hij komt je straks halen en dan brengt hij je naar een pleeggezin."

"Dat wil ik niet," zei Misha stellig. "Ik wil bij jou blijven."

"In november word ik achttien. Voor die negen maanden, ga ik bij oom John in Den Haag wonen. Zodra ik achttien ben en ik een huis heb gevonden, vraag ik de voogdij aan over je en dan kom je lekker bij mij wonen," suste ik.

"Dus het is maar voor negen maanden?" vroeg Misha.

"Ja."

"Beloofd?"

"Misschien iets langer, maar het is zo voorbij," beloofde ik.

"Waarom kan ik niet gewoon bij jou blijven?" probeerde Misha weer.

Ik zuchtte weer.

Tel tot tien.

Ik had dit gesprek in de afgelopen dagen al diverse keren met Misha gevoerd en ook oom John en de man van Jeugdzorg hadden het hem uitgelegd, maar Misha bleef vragen stellen en leek zich moeilijk bij de situatie neer te kunnen leggen.

"Dat kan niet, jochie. Oom John is alleen. Hij werkt de hele dag en hij heeft zelf geen kinderen. Hij denkt dat hij het niet aankan... In zo'n pleeggezin zit je veel beter... Die mensen weten hoe ze met kinderen om moeten gaan en hebben de tijd voor je."

Misha dook nog dieper weg in zijn kraag en staarde weer zwijgend voor zich uit.

Ik haalde mijn hand even door het haar van mijn broertje. "Het is maar voor even," zei ik. "Als ik achttien ben, kom ik je halen."

Een paar minuten later verscheen er een man in de aula.

Hij was gemiddeld van lengte en postuur, tussen de vijfenveertig en vijftig jaar en hij had een vriendelijk gezicht. Hij naderde ons en bleef toen op een meter of twee afstand staan.

Ik liet Misha los en stond op om de man een hand te geven.

"Hallo, Lennart," zei de man. "Nogmaals mijn medeleven in deze moeilijke tijd."

"Dank u," antwoordde ik automatisch. Ik pakte mijn broertje bij zijn arm, trok hem van zijn stoel en zei: "Geef die meneer eens een hand." Er ging een schok door me heen.

Dit was precies wat onze vader gedaan zou hebben.

Misha bleef roerloos staan.

De man boog zich een beetje naar hem toe, zodat hun ogen op gelijke hoogte waren en zei: "Hallo, Misha. Weet je nog wie ik ben?"

Misha zei niets en gaf de man geen hand.

Ik kon wel raden wat hij dacht. Dit was de man die ons uit elkaar kwam halen. Misha was te jong om te begrijpen dat deze regeling was getroffen, omdat de betrokkenen het beste met hem voorhadden.

De man keek Misha vriendelijk aan en stelde zichzelf geduldig opnieuw aan hem voor. "Ik ben van Bureau Jeugdzorg," ging hij op kalme toon verder. "Ik kom je ophalen om je naar je pleegouders te brengen." De man ging weer rechtop staan en keek over Misha's hoofd heen naar mij.

Ik begreep de boodschap en sloeg mijn armen nog even om Misha heen. "Het is tijd om te gaan, jochie," zei ik. "We zien elkaar snel weer. Goed?" Ik liet hem los en deed een stap achteruit.

De man legde zijn hand op Misha's schouder en vroeg: "Ga je mee?"

"Helpt het als ik 'nee' zeg?" antwoordde mijn broertje.

"Misha," waarschuwde ik.

De man vroeg opnieuw: "Ga je mee?"

Misha knikte even en wendde zich toen tot mij. "Dag, Len."

"Dag, jochie," antwoordde ik.

De woorden bleven in de lucht hangen.

De man van Jeugdzorg leidde Misha naar de deur van de aula. Daar draaide mijn broertje zich nog even om en zijn ogen vonden de mijne.

Ik keek hem aan. Het idee dat we elkaar niet meer iedere dag zouden zien was niet alleen vreemd, maar ook pijnlijk. We waren nog nooit eerder van elkaar gescheiden geweest. Ik had het gevoel dat ik Misha in de steek liet en kon alleen maar hopen, dat hij het niet ook op die manier zag.

* * * * *

Zondag, 26 augustus 2012 – middag
Rotterdam, Nederland

Ondanks mijn voornemens om verder te gaan met mijn leven en Misha voorlopig met rust te laten, pak ik die middag bijna ongemerkt zijn beide agenda's en mobiele telefoon weer. Ik kan en wil het niet laten rusten.

Nu het ernaar uitziet dat Maren en Ilse me niet verder kunnen helpen, zal ik mijn hoop op iemand anders moeten vestigen. Naast Maren is er nog een andere naam, die steeds blijft terugkomen.

Bij Flash, in de twee agenda's van mijn broer, in het geheugen van zijn mobiele telefoon...

Is dat toeval?

Ik zoek een specifiek berichtje op in Misha's telefoon. Als ik het gevonden heb, kijk ik naar de datum. Het bericht is ontvangen op 13 juli, om zes uur 's morgens.

De datum komt me bekend voor en ik pak Misha's agenda's weer. In de zakelijke agenda staat op die dag niets genoteerd.

In de privéagenda staan slechts twee korte notities:

Middag: Maren
Avond: J.

Colin Ross komt dus verder nergens voor op 13 juli.

Ik open het tekstje en lees het opnieuw:

Misha, call me I.C.O.E. or – whenever. I will always help you. Never too late. Yours always, Colin.

Ik ben er inmiddels van overtuigd dat deze 'Colin', Colin Ross moet zijn, de Amerikaanse miljardair met wie mijn broer op de universiteit heeft gezeten en met wie hij, tijdens hun studie, een etage heeft gedeeld.

Er is in ieder geval niets dat erop duidt, dat mijn broer nog een 'Colin' kent.

De tekst is me nog steeds een raadsel.

Wederom vraag ik me af wat 'I.C.O.E.' betekent en waarom Colin Ross *'yours always'* onder zijn bericht heeft gezet.

'I will always help you'.
Waarmee?
En 'Never too late'...
Nooit te laat... waarvoor?

Ik vraag me af of ik Colin Ross ook een sms'je zal sturen, net zoals ik een paar dagen geleden met Maren heb gedaan.

Weet Ross wel waar je bent, jochie?

Ilse heeft me toevertrouwd dat Colin Ross in Tokyo verblijft, in verband met de bouw van Ross Tower V, maar voor zover ik weet is deze man Misha's enige goede vriend in de VS.

Weet Ross meer dan Maren?

Als Misha en Ross werkelijk zulke goede vrienden zijn, als Ilse het heeft voorgesteld, dan is er een realistische kans, dat Ross Misha in zijn huis laat verblijven tijdens zijn afwezigheid. Het lijkt zeker de moeite waarom om dat uit te zoeken.

Toch is er iets dat me ervan weerhoudt om contact te zoeken met de Amerikaan. Ik kan niet verklaren wat het is, maar het gevoel is er en het knaagt aan me. En er is nog iets anders dat me niet loslaat, iets dat Ilse tegen me gezegd heeft.

"Misha deed altijd grote projecten en toen kwam die man. Hij wilde iets heel eenvoudigs, iets waar Misha normaal gesproken nooit naar omgekeken zou hebben. De klant was een particulier en een stagiair had de klus al aangenomen, maar toen Misha ervan hoorde wilde hij het project per se hebben, terwijl hij andere, prestigieuze klussen eerder had afgewezen, in verband met zijn werk voor het Ross Towers Project."

Hoewel ik mijn jongere broer emotioneel vaak lastig te peilen vind, is Misha wel altijd heel voorspelbaar in zijn acties. Hij is gedreven en ambitieus en wil altijd verder en meer en groter. Het project omtrent een Frans vakantiehuisje, is iets dat ik hier totaal niet mee kan rijmen. Op de universiteit droomde hij al over de gebouwen die hij wilde ontwerpen, maar het waren altijd objecten geweest, waarvan ik dacht dat hij veel te hard van stapel liep: musea, winkelcentra, appartementencomplexen, de eerste Ross Tower...

Niet zoiets als dit...

Nooit zoiets als dit...

Ross Tower I tot en met V... Vakantiehuisje...

What's wrong with this picture?

Het roept teveel vragen op om het te negeren.

Wie was de opdrachtgever?

Is hij een bekende van je?

Waarom heb je wel tijd vrijgemaakt voor dit project, terwijl je alle andere hebt laten schieten voor Colin Ross?

En daar is hij weer...

Colin Ross...

Eén ding tegelijk, Larsen.

Ik wil me eerst eens verdiepen in Misha's mysterieuze project in Frankrijk. Als dat ook een dood spoor blijkt te zijn, kan ik altijd nog besluiten om contact te zoeken met het fenomeen, dat Colin Ross heet.

* * * * *

Vrijdag, 23 januari 2004 – avond
Rotterdam, Nederland

Misha keek op van zijn boek toen ik de woonkamer binnenkwam. Hij zat op de bank en droeg een oude spijkerbroek en een sweatshirt. Hij wierp een snelle blik op de klok en volgde iedere stap die ik zette met zijn ogen, zwijgend en afwachtend.

Ik ging naast hem op de armleuning van de bank zitten, haalde resoluut het boek uit zijn handen, sloeg het met een harde klap dicht en legde het opzij. "Nou is het genoeg geweest," zei ik. "Opstaan, douchen, aankleden, jas aan en meekomen, boekenwurm."

"Waar gaan we naartoe?" vroeg Misha argwanend.

"Naar de kroeg," antwoordde ik vastbesloten. Ik had al de nodige tegenwerking verwacht en ik was niet bereid om 'nee' te accepteren. Toen ik zag dat mijn broer iets wilde zeggen, zei ik: "Niet zeuren."

"Len, ik blijf liever thuis," begon hij.

"Luister, ik heb afgesproken en ik vind dat jij eens iets anders moet doen dan studeren, tekenen en boeken lezen," zei ik ongeduldig en trok hem overeind. "Het is ongezond. Je moet eens een beetje gaan leven. Het leven is veel te kort om de hele dag binnen te zitten."

"In de kroeg zit ik ook binnen," wierp Misha tegen en maakte aanstalten om weer te gaan zitten.

Ik hield hem tegen.

"Met wie heb je afgesproken?" vroeg hij zuchtend.

Dat is geen 'nee', dacht ik.

Ik kon wel raden wat Misha dacht.

Hij had helemaal geen zin om de hele avond door te brengen met mij en mijn naamloze, dronken vrienden of nog erger: met mij en mijn vriendin. Ik had een paar keer geprobeerd om Misha te koppelen aan een jonger zusje van één van mijn vriendinnen, maar hij had dat niet zo op prijs gesteld.

"Gewoon... een paar meiden," antwoordde ik na een korte stilte.

"Een paar?" herhaalde Misha. "Als in twee?"

"Nee, als in een groepje," zei ik. "Mijn vriendin en een paar van haar vriendinnen."

"Geen jongere zusjes, dit keer?"

"Niet dat ik weet," antwoordde ik naar de waarheid. "Kom op. Ga nou maar gewoon mee. Misschien is één van haar vriendinnen wel wat voor jou."

Misha schudde zijn hoofd. "Jouw type is niet mijn type."

"Je hoeft er niet mee te trouwen." Ik stak een sigaret op. "Heb je al gegeten?"

"Ja, in de trein naar huis," antwoordde hij.

"Dat is mooi," zei ik. "Je moet nooit drinken op een lege maag."

"Is dat de opvoedkundige les van de dag?" vroeg Misha sceptisch. "'Let op, kinderen. Zorg dat je gegeten hebt voordat je jezelf een alcoholvergiftiging zuipt'."

"Jezus, wat ben je irritant," klaagde ik. Ik zuchtte en duwde Misha naar de gang, tot voor de badkamerdeur. "Opschieten," zei ik. "Je hebt vijf minuten." Ik herinnerde me nog goed hoe ik zelf was geweest toen ik zeventien was en ik moest eerlijk toegeven dat Misha nog niet half zo lastig was.

Hij liet zich gehoorzaam de badkamer induwen en ik trok de deur met een klap achter hem dicht.

Ik hoorde dat Misha de douche aanzette. Ik ging naar de woonkamer om alvast het één en ander bij elkaar te zoeken. Na een paar minuten had ik mijn sleutels, portemonnee, sigaretten en aansteker gevonden. Ik trok mijn jas aan en stopte de spullen in mijn zakken.

"Schiet eens op!" riep ik vanuit de gang naar mijn broer.

Kort daarop werd de douche uitgezet. Misha kwam de badkamer uit met een handdoek om zich heengeslagen, passeerde me en verdween naar zijn slaapkamer om zich aan te kleden.

Ik wachtte ongeduldig, maar na veel getreuzel, stonden we een half uur later toch buiten. Misha stond naast me te rillen in zijn spijkerjack, terwijl ik de deur achter ons op slot deed. Ik bedacht dat ik toch maar eens ergens geld vandaan moest zien te halen, voor een winterjas voor hem.

Het was ijzig koud.

Mijn broer had er zichtbaar spijt van dat hij had toegestemd om mee te gaan, maar tegen mijn verwachting in zei hij niets.

Ik stak mijn sleutelbos in mijn jaszak. "Tering, wat is het koud," klaagde ik. "Zullen we met de auto...?"

"Dat zei Frans Laurens ook," merkte Misha op.

Er ging een golf van woede door me heen. Zonder erbij na te denken, haalde ik uit, maar hij dook opzij en ik miste hem op een haar na.

"Hoe *kun* je die vergelijking maken?" schreeuwde ik.

"Len, mensen kijken," zei Misha met zachte stem.

Ik keek om me heen en zag inderdaad twee buren, die hun hond uitlieten naar ons staren. Ik herstelde me en wachtte tot ze doorliepen. Zodra ze buiten gehoorsafstand waren, beet ik mijn broer toe: "Wat een kutopmerking!" Ik stak mijn handen in de zakken van mijn jack en liep door.

Misha volgde me op een afstandje, alsof hij er niet zeker was of ik al voldoende was afgekoeld, om niet opnieuw naar hem uit te halen, zodra we uit het zicht van de buren waren.

We vervolgden zwijgend onze weg.

Op een straathoek bleef ik staan en draaide me om.

Misha stopte ook en bleef op ruim twee meter afstand staan.

"Sorry," begon ik. "Ik had je niet moeten slaan."

"Het was mis," antwoordde Misha schouderophalend.

Ik lachte, liep naar Misha toe en omhelsde hem even.

"Sorry, Len."

"Het is al goed, jochie," antwoordde ik en liet hem los. Ik haalde mijn sigaretten uit de zak van mijn jack en stak er één op. "We moeten geen ruzie maken," zei ik en blies een rookwolk uit. "We hebben alleen elkaar nog."

*****

Maandag, 27 augustus 2012 – ochtend
Rotterdam, Nederland

"Hallo Ilse," zeg ik.

Ilse kijkt op van haar werk en glimlacht naar me. "Heb je Misha gevonden?" vraagt ze.

Ik schud mijn hoofd.

"Ik begrijp het niet," zegt Ilse. "Dit is zo... niet Misha."

"Ik weet het," antwoord ik. "Hij is altijd zo voorspelbaar geweest... Wanneer ik hem wilde zien, moest ik godverdomme een maand van tevoren een afspraak maken. Ik heb zijn agenda's gevonden. Misha leefde voor zijn werk en dan opeens neemt hij ontslag, agenda's leeg, geen retourticket. Had hij ook twee agenda's toen jullie nog bij elkaar waren?"

"Ja," antwoordt Ilse. "Eén voor zijn werk en één voor sociale contacten."

"Hij heeft geen sociale contacten," zeg ik half serieus. "Hij heeft een *carrière.*"

"Had een carrière," verbetert Ilse me. "Nu heeft hij vakantie... of zo."

"Iedere dag is van minuut tot minuut gepland," redeneer ik. "Zelfs zijn weekeinden en zijn vrije dagen. Als je zo bent, ga je toch niet impulsief aan een roadtrip beginnen? Dan plan je zoiets toch jaren van tevoren?"

"Ik vind het ook vreemd," geeft Ilse toe.

"Voordat hij wegging waren er ook al vreemde dingen," begin ik. Ik probeer subtiel toe te werken naar het punt waar ik Ilse om iets kan vragen, waarvan ik bijna zeker weet dat ze zal weigeren. Misschien kan ik haar overhalen, als ik niet teveel aandring. "Ik blijf maar denken aan dat vakantiehuisje in Frankrijk... Je had gelijk toen je zei, dat hij normaal gesproken nooit naar zo'n project had omgekeken."

Ilse knijpt haar ogen samen en vraagt: "Wat wil je van me?"

Ik realiseer me dat ze me doorheeft. Misschien is subtiliteit meer Misha's stijl. "Ik moet die papieren hebben."

"Welke papieren?" vraagt ze verward.

"Die van dat rare project in Frankrijk," antwoord ik. "Misschien kan ik daar iets uit afleiden."

"Dat kan niet," zegt Ilse. "Daar kan ik mijn *baan* door verliezen en ik wil niet, dat *ik* straks een roadtrip kan gaan maken."

"Dan moeten we maar zorgen dat je niet gepakt wordt," antwoord ik simpel.

"Nee, echt niet."

"Ja, echt wel," zeg ik. Mijn geduld is op. "Je gaat nu die papieren pakken. Dan maken we kopieën en leg je ze weer terug. Niemand die het ziet." Ik zie haar twijfelen. "Heb jij een jongere broer of zus?" vraag ik dan.

"Ja, een zusje," antwoordt Ilse.

"Hoe heet ze?" ga ik verder, in een poging het onderwerp persoonlijker te maken.

"Anne."

93

"Als *Anne* vermist werd, zou je dan niet alles aangrijpen om haar te vinden?"
"Mijn zusje is zestien," zegt Ilse. "Misha is zesentwintig."
"Ze blijft *altijd* je kleine zusje," antwoord ik. "Ook als ze zesentwintig is. Je zult het zien."
Ze bijt op haar onderlip, zwijgend en duidelijk in tweestrijd.
"Misha is *mijn* kleine broertje," zeg ik.
Ilse knikt. Ze staat op, verdwijnt even in het archief naast haar receptie en komt terug met een dossier. Ze loopt naar het kopieerapparaat. Als ze klaar is, stopt ze de originelen weer in de map en geeft mij de kopieën.
Ik pak ze aan, rol ze op en steek ze in de achterzak van mijn spijkerbroek.
"Succes," zegt ze. "Je hebt dit niet van mij."
"Ik weet niet waar je het over hebt," antwoord ik en loop weg bij de balie.
"Hou me op de hoogte!" roept Ilse, voordat ik het kantoorpand verlaat.

* * * * *

Zaterdag, 6 februari 1999 – middag
Den Haag, Nederland

Ik haalde Misha op van het station. Ik had hem al een paar weken niet meer gezien en was blij met de hereniging, ondanks dat ik wist dat het maar een paar uur zou duren.
"Je bent gegroeid, jochie," merkte ik op, haalde mijn hand door zijn haar en omhelsde hem even. Ik voelde zijn weerstand en liet hem los.
"Wat? Niet *cool*, hè, je grote broer om je nek?"
Misha schudde zijn hoofd.
"Geeft niet," zei ik. "Ik ben ook twaalf geweest."
Misha gaf geen antwoord en volgde me op een afstandje naar de uitgang van het station. "Len?" begon hij na een tijdje, toen we even moesten wachten voor een stoplicht.
"Wat?" vroeg ik.
"Wanneer kom je me halen?"
"Een beetje geduld, jochie," antwoordde ik. "Ik ben nog op zoek naar een huis. Zolang ik bij oom John zit en geen inkomen heb, kan ik niks beginnen."
"Negen maanden, had je beloofd," hielp Misha me herinneren.
"Of iets langer," verbeterde ik hem. "Ik doe mijn best, Misha."
"Len, het is bijna een jaar nu," antwoordde hij. "Ik heb er genoeg van."
"Waarvan?"
"Overal van."
"Waarvan?" herhaalde ik.
"Van die mensen," zei hij.
"Doe niet zo moeilijk, Misha," antwoordde ik. "Het zal allemaal best wel meevallen. Ze zijn toch best aardig?"
"Ik wil daar gewoon weg," hield hij vol.
"Dat *begrijp* ik, jochie," zei ik ongeduldig, "maar je zult toch nog heel even geduld moeten hebben. Totdat ik mijn zaken op orde heb. Ik kan niet toveren."

Misha zweeg en staarde naar het verkeerslicht, totdat het groen werd. We staken de straat over en vervolgden onze weg naar het huis van oom John.

Bij de deur bleef Misha staan en vroeg: "Len, mag ik alsjeblieft hier komen wonen?"

"Dat kan niet, jochie," antwoordde ik. "Gewoon nog even geduld hebben."

* * * * *

Maandag, 27 augustus 2012 – middag
Rotterdam, Nederland

Na mijn bezoek aan Ilse rijd ik terug naar mijn huis, waar ik de verhuisdoos ophaal, waarin ik alle spullen van Misha en mijn eigen aantekeningen bewaar, wanneer ik daar niet mee bezig ben.

Ik zet de doos op de achterbank van mijn auto en wil net instappen, als ik hardhandig op mijn schouder word geslagen. Ik draai me met een ruk om, maar ontspan me, zodra ik zie wie er naast me staat.

"Lang niet gezien, gozer."

Ik haal mijn schouders op. "Ik heb het druk gehad, Ron."

Ondanks dat ik hem al vijftien jaar ken, is hij nooit meer geworden dan één van mijn vele, vage achternaamloze kroegkennissen.

"Ik hoorde dat je vast zat," merkt hij op.

"Oud nieuws," antwoord ik. "Eén week in voorarrest en nu voorwaardelijk vrij."

"Sinds kort?" vraagt Ron.

"Nee, al een tijdje."

"Wanneer kom je weer eens naar de kroeg?" informeert hij. Hij draait een shagje en steekt die op. "We hebben je al weken niet gezien."

"Ik heb andere dingen aan mijn hoofd," zeg ik.

Ron blaast een rookwolk uit. "Een vrouwtje zeker?"

Ik schud mijn hoofd. Ik twijfel of ik Ron moet vertellen wat me bezighoudt, maar het lijkt een slecht idee. Mijn ervaring met het uitgaansleven is dat er veel teveel gepraat wordt en dat feiten altijd ondergeschikt zijn aan spektakel.

Als ik Ron zou vertellen, dat mijn broer op mysterieuze wijze is verdwenen en dat ik me zorgen maak om zijn welzijn, zou het ongetwijfeld binnen een paar uur tijd, het gesprek van de dag zijn in mijn stamkroeg. Mijn telefoon zou rood-gloeiend staan, zodra het verhaal dusdanig uit zijn verband was getrokken, dat mijn 'vrienden' er het fijne van zouden willen weten.

Wat kan ik hen vertellen?

Ik weet zelf niet eens hoe het precies in elkaar zit.

"Wat?" dringt Ron aan.

Ik zwijg. Ik kan geen excuus verzinnen voor mijn afwezigheid. Uiteindelijk open ik het portier van mijn auto en zeg: "Sorry, man. Ik moet weg."

"Ik zie je wel weer," antwoordt Ron en loopt weg, in de richting van de coffeeshop.

Ik wens even dat ik met hem mee zou kunnen gaan. Dat zou betekenen dat Misha terug is en zich weer bezighoudt met zijn saaie leventje, zodat ik ook terug kan gaan naar mijn eigen routines. Utopia.

Ik stap in de auto en trek het portier dicht. Dan rijd ik naar het appartementencomplex, in het centrum, waar mijn broer woont. Ik parkeer mijn auto, stop de kopieën die ik van Ilse heb gekregen bij de andere spullen in de verhuisdoos en stap uit.

De vrouw met de chihuahua, die ik eerder heb gezien, staat voor de deur en graait in haar handtas, vermoedelijk op zoek naar haar huissleutels. Het hondje draagt dit keer geen truitje en lijkt daardoor nog kleiner dan de vorige keer.

Ik neem de verhuisdoos onder mijn arm, sluit met mijn vrije hand de auto af en graai de reservesleutels van Misha's woning uit de zak van mijn jeans. Ik loop zelfverzekerd naar het appartementencomplex en zoek de juiste sleutel.

Het hondje begint luid te keffen.

Fucking blafhamster, denk ik.

"Goedemiddag mevrouw," zeg ik dan.

"Ssst, Freddie!" zegt de vrouw en trekt even zachtjes aan het riempje. Ze kijkt me aan en antwoordt: "Goedemiddag, meneer Larsen." Ze lijkt een moment in tweestrijd te staan, maar vraagt toch: "Heeft u uw broer inmiddels gevonden?"

De verleiding is groot om te zeggen, dat het delen van die informatie 'niet aan mij is', maar dan zie ik iets van nieuwsgierigheid in haar ogen en denk snel na. "Het was een misverstand, mevrouw," zeg ik dan. Liegen tegen een volslagen vreemde gaat me altijd veel beter af, dan liegen tegen een bekende, zoals eerder met Ron.

"Mijn broer is op reis in Amerika. Hij heeft me gebeld en gevraagd of ik een beetje op zijn huis wil passen en zijn planten water wil geven." Ik hoop maar dat de buurvrouw niet weet dat mijn broer helemaal geen planten in huis heeft (te lastig en het geeft rommel), maar Misha is er de man niet naar om zijn buren op de koffie te vragen, dus ik kan ervan uitgaan dat ze nog nooit één voet over de drempel heeft gezet.

"Is hij weg voor zijn werk?" informeert de vrouw.

Ze weet niet dat je ontslag hebt genomen, concludeer ik.

"Nee, op vakantie."

"Een erg lange vakantie," merkt de buurvrouw op.

Je afwezigheid is haar niet ontgaan...

"Ja," antwoord ik, enigszins weifelend.

"Hij heeft het verdiend," gaat de vrouw verder. "Hij werkt altijd zo hard, die jongen."

"Te hard," geef ik onmiddellijk toe.

"Is dat meisje met hem meegegaan?"

"Welk meisje?" vraag ik.

"Dat rare meisje," zegt de vrouw en maakt een klein gebaartje met haar rechterhand, alsof ze zeggen wil, 'Je weet wel'.

"Dat '*rare*' meisje," herhaal ik. Het enige meisje dat ik ken, dat in mijn optiek kan worden omschreven als 'raar', is het gothic-meisje met het groenblonde haar, de neuspiercing en de wasbeermake-up, dat in de coffeeshop werkt. Ik vind niet zo snel iemand 'raar'.

De vrouw buigt zich een beetje naar me toe, alsof ze een geheim met me wil delen en vertelt: "Ik vond Ilse altijd zo'n schat. Een lief meisje... beleefd, vriendelijk, knap om te zien ook. Het was zo'n mooi stel. Ik hoopte altijd dat ze zouden trouwen en ik vond het zo jammer toen ze uit elkaar gingen." Ze zwijgt even, alsof ze een reactie van me verwacht.

"Ja, erg jammer," beaam ik vlug.

"Ik heb me altijd afgevraagd, wat er mis is gegaan," vervolgt de vrouw. "Ik denk wel dat meneer Larsen het er moeilijk mee heeft gehad, want na Ilse is hij lang alleen geweest, maar dat weet u vast ook wel."

"Ja," zeg ik en voeg er op goed geluk aan toe: "Hij was er goed ziek van."

"Nu sinds een jaar of twee heeft hij dat donkerharige meisje," zegt de vrouw. "Eerst dacht ik dat ze alleen maar vrienden waren, omdat ze al bij uw broer over de vloer kwam toen hij nog met Ilse omging. Na een tijdje zag ik dat het meer moest zijn. Ze was bijna iedere dag bij hem en heeft zelfs een sleutel."

"Heeft Maren een sleutel?" vraag ik.

Ik wist het meteen toen de vrouw haar het 'donkerharige meisje' noemde. Ook kan ik wel begrijpen waarom deze vrouw Maren als 'raar' zou betitelen, vooral nu ik weet dat ze de nette Ilse ook kent. Naast Ilse lijkt Maren inderdaad wat ongewoon en sjofel, met haar hippiekleren, slordige lange haren en afgesleten kralenarmbandjes.

"Ja, zo heet ze, geloof ik: Maren."

"En ze heeft een sleutel?" herhaal ik.

"Ja," antwoordt de vrouw. Ze is een stuk spraakzamer, nu ze zichzelf er kennelijk toch van heeft weten te overtuigen, dat ik redelijk ongevaarlijk ben, ondanks mijn lengte, brede schouders en tatoeages. "*Ilse* had geen sleutel."

De buurvrouw trekt een afkeurend gezicht, alsof ze Misha's oordeel in deze kwestie sterk in twijfel trekt.

"Had Ilse geen sleutel? Nooit?" Mijn gedachten draaien op topsnelheid, maar ik kan niet bedenken waarom mijn broer Maren kennelijk betrouwbaarder vindt dan Ilse. Weer vraag ik me af of Misha Ilse heeft bedrogen met Maren. Dat zou in ieder geval verklaren, waarom Maren wel een sleutel heeft en Ilse niet.

"Nee, Ilse belde altijd aan als ze langskwam," vertelt de vrouw.

Ik herstel me. "Daar zal mijn broer wel zijn redenen voor hebben," zeg ik koeltjes. "Weet u of er nog meer mensen zijn die een sleutel hebben?"

"Ik heb altijd gedacht dat er drie sets waren," antwoordt de vrouw.

"Dus niemand anders heeft de sleutels van Misha's appartement? Alleen Misha zelf, Maren en ik?"

De vrouw schudt langzaam haar hoofd. "Ik wist niet dat u sleutels had."

"Dus dan zijn er *vier* sets?" vraag ik.

"Voor zover ik nu weet," bevestigt ze.

"Wie heeft de vierde set?" wil ik weten.

"Ik weet niet hoe hij heet," antwoordt de vrouw. "Het is een lange, slanke jongeman. Een jaar of dertig, denk ik. Roodblond haar, altijd goed gekleed en verzorgd. Hij spreekt trouwens alleen maar Engels."

Colin Ross, denk ik.

Weer die fucking Colin Ross...

"Een Amerikaan?" informeer ik voor de zekerheid.

"Ik denk het wel," zegt ze.

"Colin Ross?" vraag ik.

"Het zou kunnen dat hij zo heet," antwoordt de vrouw. "Zoals ik al zei, ken ik zijn naam niet. Hij komt hier niet zo vaak en meneer Larsen heeft hem nooit aan me voorgesteld. Ik denk dat ze vrienden zijn en dat de Amerikaan in het buitenland woont en af en toe naar Nederland komt voor een vakantie."

Ik wil doorvragen, maar bedenk me bijtijds. Ik wil geen argwaan wekken bij de buurvrouw, door haar te laten merken, dat ik nauwelijks op de hoogte ben van het doen en laten van mijn eigen broer. Ik begin er steeds meer van overtuigd te raken, dat de situatie alleen maar ingewikkelder wordt met iedere vraag die ik stel. Ook nu weer.

Weer heb ik vragen gesteld en weer heb ik uitsluitend antwoorden gekregen, die nieuwe vragen oproepen.

Waarom heeft Maren een sleutel van je huis, broertje?

En nog belangrijker, waarom heeft Colin Ross er één?

Deze twee kwesties leiden me ongewild naar het onvermijdelijke vraagstuk, waarom ik, als Misha's oudere broer, geen sleutel heb.

Waarom deze twee mensen wel?

Hoe hebben uitgerekend deze twee mensen het weinige vertrouwen dat Misha in mensen heeft, weten te winnen en waarom zijn Ilse en ikzelf daar nooit in geslaagd?

Ondanks het feit dat ik nooit eerder over deze materie heb nagedacht, ervaar ik het toch als kwetsend. Toen ik nog in de veronderstelling leefde, dat Misha *iedereen* op afstand hield, kon ik daar goed mee omgaan, maar nu blijkt dat mijn broer Maren en Colin Ross wel in zijn directe omgeving duldt, wordt het een ander verhaal.

Misha's buurvrouw heeft inmiddels haar huissleutels opgediept uit haar handtas en opent de deur naar de eerste hal en daarna de tweede, die naar de binnenhal leidt.

Ik volg de vrouw naar de lift en wacht ongeduldig tot die beneden is.

De deuren glijden open en de vrouw stapt de lift binnen, op de voet gevolgd door haar ratachtige hondje.

Ik stap ook de lift in en zie de vrouw op een knop drukken. Ik ben opgelucht als ze bij de derde etage uitstapt en ik druk op een andere knop om naar Misha's verdieping te gaan. As ik uitstap, open ik de voordeur, ga naar binnen en trek de deur achter me dicht. Ik zet de verhuisdoos op de salontafel en ga zitten.

Ik wil net een sigaret opsteken en Misha's spullen uit de doos halen, als mijn oog op een klein metalen schaaltje valt, dat op de salontafel staat. Het is hetzelfde schaaltje dat ik bij mijn laatste bezoek aan Misha's huis als asbak heb gebruikt.

Ik weet zeker dat ik het op het bureau heb laten staan toen ik wegging.

Ook liggen er nu vier peuken in, terwijl ik er heel zeker van ben, dat ik maar één of twee sigaretten heb gerookt.

Ik sta op.

Er is iemand in huis geweest.

6.
DE MISHA LARSEN FILES

Maandag, 27 augustus 2012 – middag
Rotterdam, Nederland

Ik weet het zeker. Na mijn laatste bezoek aan Misha's penthouse, is iemand anders hier ook geweest. De deur was op slot toen ik aankwam, dus ik kan concluderen, dat de bezoeker ook weer vertrokken is.

"Misha?" roep ik desondanks.

Er komt geen antwoord.

"Maren?"

Het blijft stil. Toch controleer ik voor de zekerheid alle kamers, maar zoals ik al verwacht had, is er niemand aanwezig, behalve ik. Ik denk na en vraag me af wie deze bezoeker is geweest.

Hij of zij heeft in ieder geval een sleutel en is een roker.

Misha rookt niet en valt af.

Maren heb ik regelmatig zien roken in de coffeeshop, maar van Colin Ross weet ik te weinig om te kunnen zeggen of hij wel of niet rookt.

Ik loop terug naar de woonkamer, ga op de bank zitten en trek het metalen schaaltje naar me toe. Ik haal de vier peuken eruit en herken er eentje, als één van mijn eigen Marlboro's. De andere drie zijn langer en bij nadere inspectie zie ik, dat het peuken zijn van iemand, die zijn of haar eigen sigaretten draait met lege hulzen en een pakje shag.

Waarschijnlijk met zo'n schuifapparaatje, denk ik.

Dit heb ik tot dusver alleen maar bij vrouwen gezien, dus ben ik geneigd om Colin Ross uit te sluiten. Daar komt bij dat de weinige mensen die ik ken, die zelf sigaretten draaien dit doen om geld te besparen.

Als Colin werkelijk miljardair is, zal hij toch niet beknibbelen op rookwaren?

Ik zucht, gooi de peuken terug in het schaaltje en schuif het een stukje van me af.

Is Maren inderdaad hier geweest?

En zo ja, waarom dan?

Ik pak de kopieën, die Ilse me heeft gegeven en blader vluchtig door de papieren. Er zijn een aantal tekeningen en bladzijden vol met aantekeningen, waar ik niets ongewoons aan kan ontdekken. Er is ook een kopie van het contract tussen Flash en de klant.

Ik staar naar de naam en probeer me te herinneren waar ik die eerder heb gehoord, maar ik ken deze man niet of mijn geheugen laat me in de steek. Ik twijfel. Voor hetzelfde geld is dit net zoiets als met Colin Ross. In de eerste instantie kon ik me hem ook niet herinneren, maar later kwam ik erachter dat ik hem zelfs een keer ontmoet heb.

Voor het eerst in mijn leven heb ik er spijt van, dat ik al die jaren zo onzorgvuldig om ben gesprongen met drank en drugs. Ik heb het gevoel dat er gaten in mijn geheugen zitten, alsof de stukjes informatie die ik nodig heb ergens in mijn hersenen zitten weggestopt, maar dat ik er even niet bij kan.

Het maakt me rusteloos.

Hoe meer ik nadenk over mijn broer, hoe meer herinneringen er bij me naar boven komen, zich opdringen, alsof het dingen zijn die ik me *moet* herinneren. Het probleem is echter, dat die allemaal compleet willekeurig lijken en ik geen idee heb of die flarden me uiteindelijk naar Misha zullen leiden.

* * * * *

Dinsdag, 17 februari 1998 – avond
Rotterdam, Nederland

Ik wierp een snelle blik op de klok. Het was bijna negen uur, tijd om te gaan. Ik zette de televisie uit en pakte mijn huissleutels.

Misha was op de bank in slaap gevallen, in een ongemakkelijk ogende kronkel en met zijn hoofd op de armleuning.

Onze ouders waren naar een diner met vrienden en hadden gezegd dat ze pas tegen half één thuis zouden komen.

Ik kon maar één conclusie trekken: Ouders weg + slapend broertje = feestje.

Ik had mijn plan al getrokken, toen ze me een aantal dagen eerder hadden gevraagd om op Misha te passen. Ik was al van plan geweest om naar een feestje te gaan en het feit, dat mijn ouders er niet waren om het te verbieden, maakte het alleen maar gemakkelijker. Ik kon gaan en staan waar ik wilde en zou ruim op tijd terug zijn, zodat mijn ouders niet eens zouden merken dat ik was weggeweest.

Even overwoog ik om gewoon te vertrekken en Misha te laten slapen, maar ik besefte dat mijn elfjarige broertje misschien in paniek zou raken als hij wakker werd en tot de ontdekking kwam dat ik was verdwenen.

Hij bewoog in zijn slaap, maar werd niet wakker.

Ik liep naar hem toe, schudde hem zachtjes heen en weer en zei: "Hé jochie." Ik wachtte op een reactie.

Hij opende zijn ogen, maar leek nauwelijks wakker.

"Denk je dat je een paar uurtjes alleen kunt blijven?" vroeg ik.

"Waar ga je naartoe?" vroeg Misha en hief zijn hoofd een stukje op, zodat hij me aan kon kijken.

"Gewoon, naar een feestje," zei ik.

Pa en ma vroegen me zelden om op Misha te passen, maar desondanks was het eerder voorgekomen, dat ik op zo'n avond gewoon wegging met mijn vrienden en Misha alleen thuis liet.

Niet dat ik me niet had bekommerd om het welzijn van mijn jongere broer. Ik had er wel degelijk over nagedacht, maar was tot de conclusie gekomen dat Misha zo'n belachelijk braaf en verantwoordelijk kind was, dat hij best een paar uur alleen kon blijven. Misha was niet het soort kind, dat met lucifers zou spelen en het huis zou platbranden of iets anders gevaarlijks zou doen.

Daar was ik zeker van.

Het avontuurlijkste dat mijn broertje ooit deed was een boek lezen, waar hij eigenlijk nog te jong voor was, hoewel ma haar best deed om te monitoren welke boeken hij las, nadat hij op zijn achtste wekenlang nachtmerries had van Stephen King's *It*.

"Ik ben terug voordat pa en ma thuiskomen. Ga jij maar naar bed," zei ik.

Misha luisterde maar half en liet zijn hoofd weer op de armleuning van de bank zakken.

Ik zuchtte, hervond mijn geduld en schudde hem nogmaals zachtjes heen en weer. "Kom op, Misha. Ik ben over een paar uur terug. Ga naar bed."

Toen mijn broertje nog altijd geen aanstalten maakte om op te staan, tilde ik hem op.

Half slapend sloeg hij zijn arm om mijn hals en liet zich gewillig naar zijn slaapkamer dragen. Hij kroop tegen me aan en leek gewoon verder te slapen.

Ik deed het licht aan met mijn elleboog, legde Misha op bed en trok zijn dekens over hem heen. Ik zag dat hij met zijn ogen knipperde en aaide even geruststellend over zijn hoofd. "Ga maar weer slapen. Ik ben over een paar uurtjes terug." Ik deed een paar stappen achteruit en bleef even in de deurope-ning staan kijken hoe Misha zich op zijn zij draaide en regelmatig en rustig ademde.

Toen deed ik het licht uit, verliet de kamer, trok de deur achter me dicht en begon mijn spullen bij elkaar te zoeken.

Welterusten, jochie...

Het pakhuis dat we mochten gebruiken – oftewel huren van een gozer, die het gebruikte om wiet te verbouwen en tussen twee oogsten inzat – lag volkomen afgelegen. Ik was er eerder geweest, op andere feestjes. En om geld te verdie-nen met knippen, natuurlijk.

Bij de deur stond een brede jongeman, die ik vaag kende en die meestal fungeerde als portier in ruil voor gratis drank op de feestjes waar we elkaar wel-eens tegenkwamen.

Naast hem stond een meisje van een jaar of zestien, geheel gekleed in het zwart en met lang, stijl blond haar.

Bij de deur hield ik stil en keek de portier aan.

"Len, kom binnen."

De deur werd voor me opengedaan, maar ik ging niet meteen naar binnen. Even bleef ik staan en genoot van het aanzien, dat ik had verworven binnen het Rotterdamse uitgaanscircuit. Vooral onder de alternatievelingen was ik populair, omdat ik nooit oordeelde op uiterlijk, afkomst of sociale status. Ik was de bink naar wie iedereen opkeek. Ik had oudere vrienden met wie ik de laatste tijd vaker uitging, maar zij keken nooit naar me zoals de jongere tieners deden.

Alsof ik een idool was, iets dat zij hoopten te worden, als ze één of twee jaar ouder waren.

Het blonde meisje staarde naar me met zwartomlijnde ogen.

"Ga je mee?" vroeg ik.

Ze knikte, passeerde zwijgend de portier en ging naar binnen. Daar deed ze haar lange, zwarte jas uit en hing die over een stapel dozen die bij de deur stond. Ze droeg een heel kort zwart jurkje met veel kant, rushes en velours, een netpanty met scheuren erin en hoge zwarte laarzen.

Ik sloot de deur achter ons, hing mijn leren jack bij haar jas en volgde haar tussen de mensen door. Links en rechts zag ik bekende gezichten. De muziek stond hard en er werd veel gedronken en wiet gerookt. Hier en daar stonden paartjes te zoenen en naast een oud, leren bankstel lag de eerste feestganger al *knock out* op de grond.

"Goed feestje," zei het meisje met het lange blonde haar.

Ik knikte bevestigend. "Bier?"

Ze knikte.

Ik liep naar een bekende die naast een stapel bierkratten stond. "Hé Ron."

De jongen was van mijn leeftijd. Hij hield zijn blik gericht op zijn handen en was druk bezig een shagje te rollen, maar keek op toen hij mijn stem herkende.

"Hé, Len. Biertje?"

Ik knikte naar het blonde meisje dat inmiddels op het oude bankstel was gaan zitten en een joint deelde met een ander meisje, dat ik niet kende. "Doe maar drie."

"Drukke nacht voor de boeg?" Ron reikte me het bier aan.

"Ik weet het niet," antwoordde ik eerlijk. Ik kon goed opscheppen, maar liegen was niet mijn sterkste kant. "Morgen is het gewoon een schooldag. Ze hadden dit feest op vrijdag of op zaterdag moeten geven. Ik had er best twee weken huisarrest voor over gehad om lang te kunnen blijven..."

"Het pakhuis was alleen vandaag beschikbaar," antwoordde Ron. *"Fuck* school."

"Fuck school," beaamde ik. "Maar mijn ouders zijn vanavond uit en ik moet op Misha passen."

Ron keek sceptisch om zich heen. "Waar heb je hem dan gelaten?"

"Thuis," antwoordde ik schouderophalend. "Ik heb beloofd dat ik terug ben, voordat pa en ma thuiskomen."

"Ik geef je weinig kans," zei Ron met een knikje naar het blonde meisje. "Niet met Ruby."

"Ken je haar?" vroeg ik.

"Ik heb verhalen gehoord," antwoordde Ron veelbetekenend. "Haar moeder is overleden en ze woont bij haar vader. Hij schijnt veel op zakenreis te zijn en dan heeft ze het hele huis voor zich alleen. Ze kan doen en laten wat ze wil."

"Klinkt veelbelovend," moest ik toegeven. Ik gaf Ron een knipoog en draaide me om. Met de drie flesjes bier liep ik naar het oude bankstel en ging naast het blonde meisje zitten. Ik gaf haar en haar vriendin hun bier en stak mijn hand uit om de joint op te eisen.

Het blonde meisje trok haar hand weg en schudde plagend haar hoofd. "Zo is er niks aan," zei ze, zette haar bier op de grond, nam een diepe haal en hield de rook enkele seconden in haar longen. Toen boog ze zich naar me toe, drukte haar lippen op de mijne en blies de rook langzaam in mijn mond.

Ik inhaleerde diep en trok haar op mijn schoot.

Ze kuste me even, maar verplaatste haar mond toen naar mijn kaak en volgde de lijn naar mijn oor. "Jouw beurt," fluisterde ze en hield me de joint voor.

Ik pakte die aan, nam een diepe haal en hield de rook vast, langer dan het meisje dat had gedaan. Toen blies ik de rook langs haar hoofd, trok haar dichter tegen me aan en kuste haar. Ik voelde haar handen onder mijn shirt, maar ze trok haar gezicht een beetje weg.

"Je speelt vals," zei ze bestraffend.

"Mijn beurt, mijn regels," antwoordde ik simpel.

Ze keek me schattend aan en glimlachte toen. "Dus je wilt er een spelletje van maken?" Ze bewoog even suggestief op mijn schoot en pakte de joint van me af. Ze nam een diepe haal, blies de rook uit en zei: "Je weet toch wel, dat vrouwen veel beter zijn in spelletjes dan mannen?"

"Dat risico wil ik wel nemen."

"Wat spelen we en waar spelen we om?" vroeg ze. Haar mond was weer vlakbij de mijne, maar onze lippen raakten elkaar niet.

"Volgens mij is het jouw beurt," antwoordde ik. "Jouw beurt, jouw spel, jouw regels."

* * * * *

Maandag, 27 augustus 2012 – avond
Rotterdam, Nederland

Ik schud mijn hoofd en kijk op mijn horloge. Het is al bijna half negen. Ik begin mijn eigen en Misha's spullen bij elkaar te zoeken en stop alles terug in de verhuisdoos.

Ondanks dat ik uren in Misha's huis heb doorgebracht, ben ik geen stap verder gekomen en ben ik de naam op de gekopieerde documenten van Ilse nergens anders tegengekomen.

Ik ben kwaad.

Woedend.

Op Misha, op mezelf, op de hele wereld.

Heel even vraag ik me af waarom de herinnering aan Ruby naar boven is gekomen.

Ik heb al zeker tien jaar niet meer aan haar gedacht en nu ik er goed over nadenk, weet ik niet eens zeker meer of ze wel Ruby heette.

Er is die nacht zoveel gebeurd, dat ik me niet of nauwelijks herinner.

De drank, de drugs, het feest, de spelletjes, de seks...

Alles tussen mijn aankomst in het pakhuis en het tijdstip, dat ik weer thuiskwam, is nog altijd een vaag en wazig geheel.

Het contrast met mijn thuiskomst is overweldigend, want dat beeld staat nog altijd glashelder op mijn netvlies: de politieauto, de agenten, de toegesnelde buren, die zich over mijn ontredderde broertje ontfermden...

Ik verban dit beeld uit mijn gedachten, pak de verhuisdoos op en zoek in de zak van mijn spijkerbroek naar de sleutels van Misha's huis. Ik sluit af, rijd naar huis, zet de doos in de woonkamer en ga naar de keuken. Ik open de deur van de koelkast, maar behalve bier heb ik weinig in huis. Ik heb al dagen geen boodschappen gedaan.

Ik heb er gewoon niet bij stilgestaan.

"Koelkasten vullen zichzelf niet, Larsen," zeg ik hardop en sla de deur van de koelkast met een klap dicht. Ik moet denken aan Misha en zijn eeuwige post-its. Ik steek een sigaret op, pak een stuk papier en een viltstift en schrijf:

Niet vergeten! Boodschappen!

Ik pak een punaise, loop naar de voordeur en prik het briefje met de punaise erin. Ik sla het avondeten noodgedwongen over en beland in de loop van de avond met een six-pack bier op de bank, wederom met Misha's agenda's en de kopieën van de documenten, die ik van Ilse heb gekregen.

Weer kom ik de naam van de klant tegen, de naam, die me ergens wel bekend voorkomt, maar die ik tot nu toe nergens anders heb kunnen vinden. Misha noemt hem nergens in één van zijn agenda's en de man staat ook niet in het geheugen van zijn telefoon.

Opeens valt mijn oog op mijn computer. Ik sta op, loop er naartoe en zet de computer aan. Het opstarten lijkt een eeuwigheid te duren en ik steek een nieuwe sigaret op, terwijl ik wacht en me afvraag waarom ik dit niet eerder bedacht heb.

Ik ga zitten en tik de naam in bij Google. Even staar ik ongelovig naar het scherm.

"Godverdomme!"

* * * * *

Zaterdag, 26 februari 2000 – middag
Den Haag, Nederland

Ik had Misha bijna drie maanden niet gezien, toen ik hem ophaalde op het station van Den Haag. Geleidelijk was er steeds meer tijd gaan zitten tussen onze ontmoetingen, maar geen van ons beiden leek nog veel moeite te willen doen, om daar iets aan te veranderen. Ik had mijn leven in Den Haag en hij had zijn leven in Spijkenisse, waar hij woonde en in Rotterdam, waar hij op school zat.

Misha stapte uit de trein en liep over het perron naar me toe. "Hé, Len," zei hij, maar bleef toen op een afstandje staan.

Ik deed een stap naar voren, klopte hem even op zijn schouder en vroeg: "Hoe gaat het met je?"

"Goed," antwoordde Misha bijna onmiddellijk. "En met jou?"

"Zijn gangetje," zei ik. "Fijn dat je er bent."

Misha gaf geen antwoord en keek me argwanend aan. "Hoe lang denk je dat dit nog gaat duren, Len?" vroeg hij toen.

"Wat?" Ik stak een sigaret op.

"Die voogdijkwestie," verduidelijkte hij. "Ik heb het daar nu wel gezien."

"Nog even geduld," antwoordde ik. "Zulke dingen kosten nu eenmaal tijd, jochie."

"Het duurt al twee jaar, Len," zei Misha. "Denk je dat het nog gaat lukken, *voordat* ik achttien word?" De klank van zijn stem was ronduit sceptisch.

"Geduld, Misha." Ik nam een diepe haal van mijn sigaret en blies de rook uit. "Ik doe wat ik kan, maar ik kan niet toveren."

Een NS-medewerker kwam naar ons toe. "Meneer, u mag hier niet roken."

Ik zuchtte en maakte mijn sigaret uit. Ik pakte mijn broertje bij zijn mouw en trok hem mee naar de uitgang. "Kom," zei ik. "Ik moet echt roken."

Buiten bleef Misha staan, terwijl ik opnieuw mijn sigaretten pakte en er één opstak.

"Hoe lang nog, Len?" vroeg hij weer.

"Dat weet ik niet, Misha," antwoordde ik ongeduldig. "Ik sta op allerlei wachtlijsten voor een woning en totdat ik een woning heb, kan ik verder weinig beginnen. Je zult echt geduld moeten hebben."

"Ik heb al twee jaar geduld," zei Misha.

"Ik heb dit systeem niet bedacht," snauwde ik. "Het is zoals het is."

"Kun je niet nog eens aan oom John vragen...?" begon hij.

"Dat heb ik gedaan," viel ik hem in de rede. "De laatste keer... Hij blijft bij zijn standpunt, jochie. Hij denkt dat hij het niet aan kan en hij vindt dat je beter ergens kunt wonen waar altijd iemand thuis is."

"Jij bent altijd thuis," antwoordde Misha. "En ik ben ouder nu."

"Nog heel even geduld," herhaalde ik.

"Len, alsjeblieft," begon hij.

"Misha, je zeurt," waarschuwde ik.

* * * * *

Dinsdag, 28 augustus 2012 – ochtend
Rotterdam, Nederland

Ik zit aan de keukentafel met een beker koffie en een asbak voor me. Op een hoek van de tafel ligt mijn eigen mobiele telefoon en die van mijn broer. Ik heb er inmiddels een gewoonte van gemaakt om die overal mee naartoe te nemen, bang iets te missen.

Toch heeft mijn waakzaamheid tot dusver niets opgeleverd, want ik heb alleen telefoontjes gekregen waar ik niet op zat te wachten en Misha's telefoon is helemaal niet overgegaan, alsof iedereen die in de contactenlijst staat weet, dat mijn broer niet meer bereikbaar is.

Meteen nadat ik dit heb bedacht, dringt een ander idee zich aan me op.

Wat als hij een andere telefoon en een ander nummer heeft genomen en iedereen in heeft gelicht, behalve mij?

Tenslotte heeft Misha ook niet de moeite genomen om me even te vertellen, dat hij voor langere tijd naar het buitenland ging, terwijl Maren en Ilse daar wel van op de hoogte waren – en God weet wie nog meer.

Op dat moment klinken de eerste tonen van *Smoke On The Water*. De ringtone van mijn eigen mobiel.

Ik kijk op het display, maar zie een onbekend 06-nummer.

"Hallo?"

"Met Ilse."

"Hé, hoe is het?" vraag ik.

"Dat kan ik beter aan jou vragen," antwoordt Ilse.

"Ik heb het gevoel dat ik in een slechte film ben beland," klaag ik. "'De Misha Larsen Files' of zoiets." Opeens schiet me iets te binnen. "Hoe kom je eigenlijk aan mijn nummer?"

"Dit is een klein bedrijf, Lennart," zegt Ilse. "Ik beheer het hele archief, inclusief alle dossiers van het personeel. Ik ben een soort receptioniste annex PZ."

"Staat mijn nummer in Misha's dossier?" vraag ik verbaasd.

"Ja, als degene die we moesten bellen in geval van nood," antwoordt Ilse. "En ik zag dat ik er later met de hand ben bijgeschreven, als back-up voor jou. In 2007 werd het protocol om twee contacten te hebben."

"Waarom?"

"Omdat er van hogerhand..."

"Nee, dat bedoel ik niet," onderbreek ik haar. "Waarom zijn wij de mensen, die Flash had moeten bellen als hij in het ziekenhuis zou zijn beland?"

"Jij bent zijn *broer*," zegt Ilse. "En ik was destijds zijn vriendin. Het lijkt me *logisch.*"

"En als ik je nou eens vertel, dat Maren en Colin Ross sleutels hebben van zijn huis, is het dan nog steeds logisch dat jij en ik gebeld waren als er iets met Misha gebeurde?" vraag ik.

"Hebben zij huissleutels?" vraagt Ilse.

"Ja."

Ik hoor haar zoeken naar een verklaring. "Colin Ross woont in Amerika, dus hij is niet zo'n handige contactpersoon voor noodgevallen, denk je wel?" probeert ze. "En Maren... Ik weet het niet. Ik vond haar altijd een beetje zweverig en labiel. Niet iemand die je zou benaderen in een crisissituatie..."

"Zweverig en labiel?" herhaal ik.

"Ja," zegt Ilse bedachtzaam. "Ze heeft een beetje een Peter Pan complex."

"Sorry, een wat?"

"Maren is zo'n meisje dat gaat voetballen met de buurtkinderen, alsof ze zelf nog twaalf is. Ze had altijd van die zelfhulpboeken... Ze was zoekende, maar waarnaar weet ik eigenlijk nog steeds niet," vertelt Ilse. "Ze benaderde dingen op een bijna kinderlijke manier, heel simpel en zwart-wit. Ik denk dat Misha vaak dingen onnodig ingewikkeld maakte, totdat hij er zelf niet meer uitkwam... Dat hij zich dan aan Maren vasthield en haar denkwijze gebruikte om dingen minder ingewikkeld te maken." Ze zwijgt even. "Ik weet het niet. Het was alsof ze afhankelijk waren van elkaar."

"Weet je dat hij nog nooit over Maren gepraat heeft?" vraag ik. "Niet met mij... Als ze zo belangrijk voor hem is, zou je toch denken dat hij haar op zijn minst af en toe zou noemen in een gesprek."

"Misha praat wel, maar zegt niks," zegt Ilse.

"Ik weet het," antwoord ik. "Zal ik je nog eens iets raars vertellen?" Ik wacht niet op haar antwoord. "Dat rare project van Misha in Frankrijk... Die kopieën die je me gegeven hebt... Ik heb de naam van de klant gisteren ge-Googled en die man blijkt dus al vanaf 13 juli vermist te zijn."

"Wat heeft dat met Misha te maken?" vraagt Ilse vertwijfeld.

"Dat weet ik niet, maar het is wel erg toevallig, dat in Misha's agenda 13 juli de laatste dag is, waarop hij nog afspraken heeft staan," zeg ik. "Denk je niet?"

"Ik weet het niet, Lennart," antwoordt Ilse. "Het is erg ver gezocht."

"Misha's laatste afspraak was op 13 juli in de avond met ene 'J.'," vervolg ik. "De 'J' van Joris van Kempen? De man die na een bezoek aan zijn stamkroeg toevallig verdween en niet meer gezien werd? Heb jij Misha nog gezien na 13 juli? Ik niet."

"Dat zegt toch niets?" vraagt Ilse. "Weet je wel hoeveel inwoners Rotterdam heeft? Mensen zijn wel vaker een tijdje weg en hoeveel Rotterdammers zijn dat gelijktijdig? Honderden? Duizenden? En hoeveel namen beginnen niet met een 'J'?"

"In Misha's agenda maar eentje," antwoord ik. "Ene 'Julia', maar alle andere keren dat ze in de agenda voorkomt, staat haar naam voluit geschreven. Waarom zou hij het alleen bij de laatste afspraak afkorten?"

Het blijft even stil. Dan zegt Ilse: "Ik weet het niet."

"Ken jij een 'Julia'?" vraag ik.

"Nee, het spijt me," antwoordt Ilse. "Misschien een nieuwe vriendin?"

"Misschien," zeg ik weifelend. "En ene 'Vera'? Ken je die?"

"Ja... Als we het over dezelfde Vera hebben, tenminste," bevestigt Ilse. "Vera liep stage bij Flash. Ze hielp Misha een poosje met het Ross Towers Project. Zij is degene die dat project in Frankrijk had."

"Zou zij iets weten?" vraag ik.

"Dat denk ik niet," antwoordt Ilse. "Vera is hier toen haar stage voorbij was in maart, nooit meer geweest." Ze zwijgt even en vraagt dan: "Wat ga je nu doen?"

"Ik zit erover te denken om maar gewoon mensen te gaan bellen, die in Misha's telefoon staan en te vragen of zij iets weten," geef ik toe. "In één van zijn agenda's kwam ik drie Amerikaanse telefoonnummers tegen. Misschien weet één van hen waar hij is."

"Colin Ross zeker weer?" vraagt Ilse.

"Ja," bevestig ik. "En nog twee anderen: George Springfield en Dean Wesson. Ken jij die? Ik dacht dat het misschien collega's zijn van Ross."

"Ik geloof niet, dat ik die namen weleens heb gehoord," zegt Ilse. "Voor zover ik weet heeft Ross geen collega's, alleen personeel. Meestal ging Misha naar de VS als er dingen geregeld moesten worden, maar soms kwam Ross wel eens hierheen. Als hij naar Nederland kwam, werd ik altijd bestookt met telefoontjes om dingen voor hem te regelen. Restaurantreserveringen, leaseauto's en een chauffeur. Hij belde nooit zelf, alleen als hij Misha wilde spreken. Ik moest het altijd doen met 'de secretaresse van', 'de personal assistant van' en 'de lijfwacht van'."

"De lijfwacht?" herhaal ik.

"Ja," zegt Ilse. "Of 'Hoofd Beveiliging' eigenlijk... 'D. Wesson'! Wacht eens even!"

Ik hoor dat ze de hoorn op haar bureau legt en vervolgens ritselt met papier, alsof ze iets opzoekt.

"Lennart, daar ben ik weer. Ik moest heel even nadenken, maar opeens wist ik het weer," begint Ilse. "Dean Wesson is de lijfwacht van Colin Ross... Ik heb hem maar een paar keer gezien. Hij belde altijd ruim voordat Ross naar Nederland kwam. Dan moest ik een chauffeur zoeken en vervolgens die man zijn hele doopzeel doorscannen naar Wesson, zodat hij een *background check* kon doen."

"Serieus?"

"Ja, alsof ik de Heineken-ontvoerders zou inhuren, of zoiets...," moppert Ilse.

"Ontzettend paranoïde."

Ik denk even na. "Wat moet Misha met zo iemand?"

"Weet je nog dat ik zei dat, toen ik een relatie kreeg met Misha, ik Maren er min of meer gratis bij kreeg?" vraagt Ilse.

"Ja," antwoord ik weifelend. Ik vraag me af waar ze naartoe wil met dit verhaal.

"Ik denk dat je in een vriendschap met iemand als Colin Ross, de lijfwacht er ook gratis bij krijgt," redeneert Ilse dan.

"Misschien," zeg ik onzeker.

Ik pak mijn aansteker en gooi die door de keuken uit pure frustratie. "En wie is *verdomme* die George Springfield?"

Ilse schrikt nauwelijks van mijn uitval. Uiteindelijk zegt ze: "Dat weet ik niet."

Ik zucht even. "Sorry..."

"Het geeft niets," zegt Ilse. "Weet je... Ik zal vanmiddag hier wel kijken of ik misschien nog iets kan vinden hier op kantoor. Misschien zijn er nog wel oude e-mails van Wesson en Ross waar ik bij kan."

Ik ben verbaasd door haar voorstel. Nog niet zo lang geleden wilde ze niet eens een kopie van een document maken. "Daar kun je je baantje toch door verliezen?" herinner ik haar aan haar eigen woorden.

"Dan moet ik maar zorgen dat ik niet gepakt word," pareert Ilse. "Ik bel je als ik iets vind."

"Dank je," zeg ik.

"Ik heb je gebeld met mijn privénummer," gaat Ilse dan verder. "Sla het op en bel me, als je meer weet."

"Doe ik."

"Dag," zegt Ilse en verbreekt de verbinding.

Ik pak mijn beker koffie, die inmiddels koud is geworden en drink die in een paar slokken leeg. Ik zet de beker weg en leg mijn telefoon weer op de tafel. Voor het eerst voel ik me een beetje hoopvol. Misschien weet Ilse nog wel iets goeds boven tafel te krijgen, iets waar ik iets aan heb.

Ze is in ieder geval bereid om me te helpen en dat geeft me een beetje houvast. Ik heb in ieder geval een medestander.

Ik besluit nog even te wachten met het bellen van willekeurige contacten in Misha's telefoon en eerst de resultaten van Ilses zoektocht af te wachten.

* * * * *

Vrijdag, 2 juni 2000 – middag
Rotterdam, Nederland

Het was voor het eerst in lange tijd, dat ik weer voet op Rotterdamse bodem zette. Opeens besefte ik hoe erg ik mijn stad, mijn oude leven en mijn oude vrienden miste, maar dat zou niet lang meer duren.

Ik liep door mijn oude wijk, van het Centraal Station naar Misha's middelbare school. Toen ik daar aankwam, stond mijn jongere broer tegen het hek geleund. Hij keek me afwachtend aan en had mij waarschijnlijk al eerder gezien dan ik hem.

Ik sloeg mijn arm om zijn schouders en zei: "Gefeliciteerd, jochie. Jezus, veertien alweer. Wat gaat de tijd toch snel."

"Vind je?" vroeg Misha en maakte zich los uit mijn omhelzing.

Ik negeerde zijn kille toon en vertelde: "Ik heb een huis gevonden. Volgende week ga ik al verhuizen."

"Echt waar?" Misha keek me aan met een vreemde mengeling van hoop en twijfel in zijn ogen. "Hier in Rotterdam?"

Ik knikte. "Ik heb een betere advocaat gevonden. Hij zegt dat het nu ik een huis heb, binnen een paar maanden geregeld kan zijn. Ik voldoe aan de voornaamste eisen. Nu hangt het af van jou, de rechter en Jeugdzorg."

"Een paar maanden?" herhaalde Misha. *"Nog een paar maanden?"*

"Nog heel even geduld, jochie," zei ik. "Ik ben er mee bezig."

"Ik heb al zoveel geduld gehad," antwoordde Misha. Hij pakte me bij de mouw van mijn shirt. "Ik heb er genoeg van, Len. Ik wacht al tweeënhalf jaar."

"Dan kunnen die paar maanden er ook nog wel bij," zei ik nuchter.

"Als jij het zegt." Misha kwam van zijn plaats en volgde me, toen ik begon te lopen.

"Zullen we ergens wat gaan drinken?" stelde ik voor.

Misha haalde zijn schouders op. "Wat jij wilt."

"Kan het iets enthousiaster?" vroeg ik gepikeerd. "Kom op, even een biertje drinken met je grote broer. Je wordt maar één keer veertien."

"Oké," gaf Misha toe en liep met me mee naar een café, dat slechts een paar straten van zijn school verwijderd was. Binnen gingen we aan de bar zitten.

"Biertje?" vroeg ik.

Misha schudde zijn hoofd. "Doe maar koffie."

Ik stak een sigaret op en haalde mijn vrije hand even door Misha's haar. "Nog heel even geduld, jochie. Het komt allemaal in orde," beloofde ik.

Misha keek me aan, maar leek niet overtuigd.

* * * * *

Dinsdag, 28 augustus 2012 – avond
Rotterdam, Nederland

Tot mijn grote teleurstelling hoor ik de hele middag niets meer van Ilse. Stiekem vraag ik me af of dit betekent, dat ze niets gevonden heeft. Ik merk nu pas hoeveel hoop ik op haar ben gaan vestigen.

Om de tijd te doden en mijn aandacht af te leiden, luister ik naar de eerste vier albums van Led Zeppelin en rook ik een pakje sigaretten leeg. Automatisch pak ik Misha's telefoon weer en lees opnieuw alle berichtjes. Het sms'je van Colin Ross lees en herlees ik. De letters lijken naar me te staren vanaf het display.

Misha, call me I.C.O.E. or – whenever. I will always help you. Never too late. Yours always, Colin.

Ik probeer de tekst op verschillende manieren uit te leggen. Ik pak er zelfs een woordenboek Engels – Nederlands bij, maar de afkorting I.C.O.E. staat er niet in. Ik zeg de korte zinnetjes een paar keer hardop, waarbij ik de klemtoon verplaats, maar word er niets wijzer van en leg de GSM geagiteerd terug op de salontafel.

Ik vraag me af in hoeverre het junkiegedrag zou zijn, om een joint te rollen onder het mom van zoeken naar een ander perspectief. Ik kan Misha's stem bijna horen in mijn hoofd.

"Ik wist wel dat je het nog geen week vol zou houden."

Het is al tegen zeven uur als mijn mobiele telefoon gaat.
Ik neem haastig op. "Hallo?"
"Lennart, met Ilse."
"Hé, hoe is het?"
Ilse geeft geen antwoord op mijn vraag, maar komt onmiddellijk ter zake. "Ik heb niet veel bijzonders voor je kunnen vinden, alleen een paar oude e-mails van Dean Wesson. Ik heb ze voor je uitgeprint, maar ik denk niet dat je er veel aan zult hebben."
"In het slechtste geval kan ik er niks mee, maar het is hoe dan ook afleiding," antwoord ik. "Vind je het goed als ik even langskom om het op te halen?"
"Ik ben nog niet thuis," zegt Ilse. "Ik zit nu in Delfshaven. Op dinsdagavond ga ik altijd naar de sportschool. Als je enigszins op mijn route naar huis zit, kan ik het wel even bij je afgeven. Waar woon je?"
"In het Oude Noorden," antwoord ik.
"Dan kom ik wel even langs op weg naar huis," zegt Ilse. "Ik moet naar Overschie. Sms me je adres maar even. Ik ben er over een half uurtje."

7.
DE REÜNIE

Dinsdag, 28 augustus 2012 – avond
Rotterdam, Nederland

Ik gebruik de tijd die ik heb, totdat Ilse zal arriveren om te douchen, me te scheren en schone kleren aan te trekken. In de keuken werk ik snel een magnetronmaaltijd naar binnen, waarvan ik vijf minuten later al niet meer weet wat het was, omdat het nergens naar smaakte.

Als ik me net weer met mijn paperassen, aantekeningen en de spullen van mijn broer op de bank heb geïnstalleerd, wordt er zachtjes op het raam getikt. Ik kijk op en zie Ilses blonde hoofd.

Ze zwaait naar me.

Ik steek mijn hand even op, om aan te geven dat ik haar heb gezien en haast me dan naar de voordeur om open te doen. "Kom binnen."

"Dank je," zegt Ilse. Ze loopt langs me heen en wacht, zodat ik haar voor kan gaan naar de woonkamer. Ze draagt een spijkerbroek, een eenvoudig shirtje en gympen, maar zelfs in vrijetijdskleding ziet ze eruit om door een ringetje te halen.

Mijn broer is knettergek geweest om haar te laten lopen.

"Je bel is kapot," merkt ze op.

"Ja, dat weet ik." Ik kan nauwelijks geloven, dat Ilse net uit de sportschool komt. Ik probeer niet te staren, wijs naar de bank en zeg: "Ga zitten. Wil je iets drinken?"

"Wat heb je?" Ilse gaat zitten en zet haar handtas naast zich neer op de bank.

"Ik heb alleen koffie of bier," geef ik toe. "Ik heb niet op visite gerekend."

"Koffie is prima, Lennart," zegt Ilse. Ze opent haar tas en begint erin te rommelen.

Ik verdwijn naar de keuken en zet koffie. Ik haal een six-pack bier uit de koelkast, neem er een blikje uit en zet de overige biertjes terug in de koelkast. Ik drink het blikje leeg, terwijl ik wacht tot de koffie is doorgelopen. Dan schenk ik een beker koffie in voor Ilse, pak nog een blikje bier en ga terug naar de woonkamer.

Ilse heeft inmiddels een stapeltje A4'tjes op haar schoot en bladert er doorheen. Ze kijkt op als ik haar koffie op de salontafel zet. "Dank je." Ze bladert verder, maar lijkt niet te kunnen vinden wat ze zoekt.

Ik maak mijn blikje bier open en neem een slok. Ik ga naast Ilse op de bank zitten.

"Wat heb je allemaal gevonden?" vraag ik.

"Weinig," antwoordt Ilse. "Het enige contact dat ik ooit met Colin Ross heb gehad, was niet eens bij Flash, maar tijdens de Hotel Party in 2008. Ik heb hem bij Flash een aantal keer gezien, met de nadruk op *gezien,* maar dat was dan ook alles."

"What the fuck is een Hotel Party?" Ik pak mijn sigaretten en steek er één op.

"Een cocktailparty voor mensen uit de zakenwereld, die hotelkamers boeken," zegt Ilse en vervolgt dan: "Ross is erg eenkennig. Hij belde of mailde nooit zelf, behalve met Misha en bij hoge uitzondering met onze directeur, Peter Meier."

"Wat is dat dan?" vraag ik en wijs op de papieren, die ze heeft meegenomen.

"Dat is e-mailcorrespondentie tussen het Hoofd Beveiliging van Ross Security Systems en mij," antwoordt Ilse.

"Dean Wesson?" vraag ik.

"The one and only," zegt Ilse, half geamuseerd en half sarcastisch. Ze rolt even met haar ogen en reikt me de papieren aan. "Ik weet niet of je er veel aan zult hebben, Lennart. Het is allemaal erg kort en zakelijk."

Ik lees er vluchtig doorheen.

Alles is in het Engels.

Dean Wesson is nergens lang van stof. Al zijn correspondentie is, zoals Ilse al zei, kort en zakelijk. Hij gebruikt veel afkortingen en termen, waarvan ik niet weet wat ze betekenen. Hij is direct en geeft voornamelijk commando's.

Verder niets.

Ik lees behulpzame, uitgebreide e-mails van Ilse, waarin zij allerlei suggesties doet voor vluchten, hotels en restaurants, maar Wesson laat zich nergens verleiden tot een vriendelijk antwoord.

Bij één van zijn teksten heb ik zelfs twijfels of het wel Engels is.

Ik kan er geen wijs uit.

Miss Belinfante,

Pls arr flight option no. 2. See att for details.
No hotel arr needed – C.R. staying with M.L. No other arr required F.T.B.
E-mail w/ further req will follow.
Pls ctc I.C.O.E. / I.C.O.P. / I.C.O.Q.

Best regards,

D. Wesson – Head of Security
Ross Security Systems

Ik knipper even met mijn ogen en vraag Ilse: "Waar is de ondertiteling?"

Ze lacht en vertelt me: "Zo zat ik dus ook, toen ik voor het eerst een e-mail van hem kreeg, maar er zit wel logica in, als je eenmaal weet hoe het werkt."

"Hoe heb je dit in godsnaam ooit ontcijferd?" vraag ik.

"Ik niet," antwoordt Ilse. "Misha... Hij zag het in één oogopslag. Hij hoefde er niet eens over na te denken."

"Makes sense," zeg ik knorrig.

"Er zit wel iets van logica in, als je eenmaal door hebt hoe het werkt," zegt ze nogmaals en haalt dan haar schouders op. "Wesson schrijft: 'Please arrange flight option number 2. See attachment for details.' Ik moest vluchtoptie 2 boeken en alle informatie die ik daarvoor nodig had, zat in de bijlage." Ze vangt mijn vragende blik op. "Hij bedoelt paspoortkopieën van de reizigers en dat soort dingen." Ze neemt een slok koffie.

"Oké," zeg ik langzaam en lees de volgende zin van Wessons antwoord. "Je hoefde geen hotel voor hem te regelen," concludeer ik.

"Nee, Ross logeerde bij Misha," antwoordt Ilse. Ze zet de beker terug op de salontafel.

"En Wesson dan?" vraag ik.

"Dat weet ik niet," zegt ze. "Dat heb ik nooit gevraagd."

Ik maak mijn sigaret uit en wijs naar de volgende zin. "Wat betekent dat?"

"'No other arrangements required for the time being'," leest Ilse. "Op dat moment hoefde ik verder niets te regelen. 'E-mail with further requirements will follow'. Later natuurlijk wel."

Plotseling valt mijn oog op een bekende afkorting. "Wat is 'I.C.O.E.'?"

"Hij schrijft: 'Please contact me in case of an emergency or in case of problems or in case of questions'. In geval van nood, problemen of vragen moest ik contact met hem opnemen." Ilse haalt opnieuw haar schouders op. "Ik zei toch dat het niets bijzonders was?"

Ik aarzel even, maar vertel haar dan: "Ik kwam diezelfde afkorting tegen in een sms'je van Colin Ross aan mijn broer. Misha moest hem bellen in geval van nood."

"Dat zal wel met updates voor één van de Ross Towers te maken hebben gehad," concludeert Ilse.

Ik schud mijn hoofd en pak Misha's mobiele telefoon. Ik open het tekstbericht van Ross en toon het aan Ilse. "Klinkt dat als een update?"

Ze leest vertwijfeld en antwoordt: "Nee."

"Het bericht is pas verzonden, toen Misha al weg was bij Flash," ga ik verder. "Er viel niets meer te updaten."

"Misschien wist Ross van Misha's roadtrip," raadt Ilse. "Het zou wel typisch iets voor Misha zijn om ervoor te zorgen, dat hij een hulplijn achter de hand heeft bij zo'n onderneming. Ross, bijvoorbeeld... Wesson, misschien... Mensen die hem zouden kunnen helpen als hij in de problemen zou komen."

"Mijn broer komt nooit in de problemen. En als je miljoenen op de bank hebt en een Gold Card in je zak, heb je geen hulplijnen nodig," zeg ik stellig.

Ilse neemt nog een slok koffie.

Ik steek een nieuwe sigaret op. "Denk je dat...?" Ik schud mijn hoofd. "Nee, laat maar."

"Wat?" vraagt Ilse.

"Ik dacht...," begin ik. "Stel dat..." Ik zoek naar de juiste woorden. "Ik weet het niet."

"Begin maar gewoon ergens," stelt Ilse voor.

Ik neem een diepe haal van mijn sigaret. "Nadat onze ouders overleden, heeft Misha een jaar of drie in een pleeggezin gezeten. Hij kwam bij mij wonen toen hij veertien was," vertel ik. "Het was geen ideale situatie – voor ons allebei niet – maar meestal werkte het wel. Ik deed wat ik wilde en hij ook."

Ilse kijkt me aan, maar zegt of vraagt niets.

Ik maak mijn sigaret uit en vervolg: "Het was lastig. Misha was... moeilijk in de omgang. Hij sloot zich af en zei bijna nooit iets. We waren zo verschillend en we wilden totaal andere dingen in het leven. Nog steeds. Dat vooruit denken, dat had hij toen ook al heel erg over zich... Hij wist precies wat hij wilde en had al helemaal uitgedacht hoe hij dat ging bereiken. Hij kon niet begrijpen, dat er ook mensen bestaan *zonder* ambities... Mensen zoals ik. Ik wilde alleen maar feestvieren." Ik val stil.

"Lennart, als je zo jong al zoveel verantwoordelijkheid krijgt, is het *logisch* dat je niet precies weet wat je daarmee aanmoet," zegt Ilse.

"Met die verantwoordelijkheid viel het eigenlijk wel mee...," geef ik eerlijk toe. "Misha was zo'n kind, waar ouders van dromen: braaf, rustig, haalde goede cijfers. Maar ik wist niet hoe ik *daarmee* om moest gaan. Als hij meer zoals ik was geweest, had ik hem dingen kunnen leren. Dan had ik *moeten* veranderen om *hem* op het rechte pad te houden."

"Heeft Jeugdzorg jullie niet begeleid?" vraagt Ilse verbaasd.

Ik schud ontkennend mijn hoofd. "Ik was meerderjarig en ik had een dak boven mijn hoofd en een uitkering en dat vonden ze wel voldoende. Waarschijnlijk hebben ze gedacht, dat het een eitje zou zijn met een kind als Misha."

"Maar er was geen controle?" wil Ilse weten.

"Nauwelijks," antwoord ik. "Oom John was toeziend voogd en dan voornamelijk op papier. We hoorden of zagen hem zelden... Nooit eigenlijk. Jeugdzorg belde weleens en dan vroegen ze hoe het ging en wilden ze weten hoe Misha het deed op school. In het eerste halfjaar, dat hij bij me woonde, zijn ze twee keer langs geweest om te controleren of alles goed ging. Dan zorgden we ervoor dat het huis netjes was, verstopten we de drankflessen en dronk ik niet... Ze stelden wat vragen en wij ontweken die voornamelijk, door te vertellen hoe blij we waren, dat we weer bij elkaar waren. Dan liet Misha zijn schoolresultaten zien en vertelde dat hij het zo naar zijn zin had op school. En dan gingen ze weer. Na het tweede bezoek, werd er wel een afspraak gemaakt voor een nieuw bezoek, maar die werd later afgezegd. We zouden nog terug gebeld worden."

"Maar?" vraagt Ilse.

"Ze moeten nog bellen," antwoord ik. "Na dat tweede bezoek, zijn ze nooit meer terug geweest."

"Onbegrijpelijk," zegt Ilse hoofdschuddend.

Ik haal mijn schouders op. "Hoe dan ook...," ga ik verder. "Misha bleef bij mij wonen, tot hij zeventien was. Toen kregen we echt bonje en omdat hij toen toch al op de TU zat, verhuisde hij naar Delft."

"Ja," haakt Ilse in, met een bijna dankbare blik van herkenning in haar ogen. "Hij en Colin Ross deelden daar een etage. Dat heeft hij weleens verteld."

"Vond je dat niet... vreemd?" vraag ik.

"Nee. Waarom?"

"Gewoon..." Ik zwijg even. "Denk jij dat... Mag ik je iets vragen?"

"Vraag maar," zegt Ilse uitnodigend.

"Heb jij ooit het vermoeden gehad, dat mijn broer en Ross..." Ik denk even na en vervolg dan tactvol: "... meer dan alleen vrienden waren?" Ik kijk haar aan, wil haar reactie zien.

"Daar heb ik nooit over nagedacht," antwoordt ze. "Maar jij dus wel..."

"Het kwam eigenlijk door die sms van Ross," leg ik uit. "Dat *'yours always'* vond ik... raar. Toen ben ik na gaan denken en herinnerde ik me dat ik Ross ooit een keer ontmoet heb, toen Misha nog bij hem in Delft woonde. Het zat me destijds niet lekker, dat Ross alles alleen betaalde en Misha alleen af en toe wat boodschappen deed."

Ilse lijkt niet overtuigd. "Dat vind ik ergens wel logisch. Ik bedoel, Ross had die etage al en hij was eraan gewend om alle vaste lasten alleen te dragen. Met zijn afkomst zal dat gewoon geen issue zijn geweest. Hij had toen al geld zat."

"Ja, *'Daddy's money',*" antwoord ik. "Misha vertelde me eens, dat er twee versies zijn van de Amerikaanse Droom. Die waar je iets vanaf de grond opbouwt en die waar je het geld van je ouders gebruikt om je imperium op te bouwen. Ross had een heel plan uitgedacht voor het bedrijf, dat hij wilde beginnen met het geld van zijn ouders. Alles stond al in de steigers in zijn studietijd. Misha liep toen al rond met plannen voor die Ross Towers."

"Gewoon twee jongens, die elkaar vonden in hun ambities," zegt Ilse simpel. "En die twee ambities gingen toevallig heel goed samen. Dat of het feit dat Colin Ross homo is, maakt hen niet automatisch geliefden. Eén van mijn beste vriendinnen is lesbisch. Dat zegt toch ook niks over mij?"

"Dat is waar," moet ik toegeven, "maar er is meer... Diverse reizen naar Amerika in Misha's zakelijke agenda, vallen samen met afspraken met Ross in zijn privéagenda, maar er staan ook afspraken met hem in de privéagenda, als er niks over het Ross Towers Project in de zakelijke agenda staat. Nu blijkt uit die e-mail van Dean Wesson, dat Ross bij Misha logeerde, wanneer hij in Nederland was, dus dat zal andersom ook wel het geval zijn geweest... Ross heeft een sleutel van Misha's huis, dus ook dat zal andersom ook zo zijn..."

Ilse bijt op haar onderlip en denkt na. "Dus?"

"Stel dat ze tijdens hun studietijd iets met elkaar hebben gehad..." Ik denk hardop na. "Dan kan het uit zijn gegaan, toen Ross terugging naar de VS... Later kwamen ze elkaar weer tegen, toen Ross de eerste Ross Tower wilde laten ontwerpen... Misschien dat ze weer bij elkaar zijn gekomen, toen jij en Misha uit elkaar gingen?"

"Ik denk het niet," antwoordt Ilse.

Ik kijk haar aan. "Dat is geen overtuigd 'ja' of 'nee'," concludeer ik.

"Honderd procent zekerheid heb je nooit," zegt Ilse nuchter, "maar *als* het zo is, dan heb ik er in ieder geval nooit iets van gemerkt. Ik heb überhaupt nooit het idee gehad, dat Misha ook op mannen valt." Ze drinkt de rest van haar koffie op en zet de lege mok terug op de salontafel. "En wat dan nog? Zou je er een probleem mee hebben, als het wel zo is?"

"Het gaat erom of *Misha* denkt, dat ik er een probleem mee zou hebben," antwoord ik met enige terughoudendheid. "Misschien is hij daarom weggegaan."

"Dat is geen overtuigd 'ja' of 'nee'," merkt Ilse op.

"Dat is meer een 'Niet echt, maar ik wil er niet over nadenken'," zeg ik eerlijk. Ik steek een nieuwe sigaret op en inhaleer diep. "Toen Misha met Ross in Delft woonde, pestte ik hem er weleens mee, dat hij met een homo samenwoonde. Misschien durft hij het me niet te vertellen."

"Oké, stop," zegt Ilse en heft haar handen op. "Laten we teruggaan naar het begin. Luister goed naar jezelf. We hebben het hier over je broer en over waarom hij is weg gegaan. Ross is gewoon geen optie. Misha was de grootste workaholic van Nederland. Vervolgens neemt hij opeens ontslag, gooit zijn hele carrière in de prullenbak en vertrekt dan zonder iets te zeggen naar de andere kant van de wereld. En dat allemaal voor Colin Ross?"

"Misha zei een jaar geleden al tegen me dat hij met pensioen zou kunnen, als hij dat zou willen...," zeg ik. "Eerlijk gezegd, had ik nooit gedacht dat hij zijn baan op zou geven voor wie of wat dan ook. Toch deed hij dat. Ik wil weten waarom."

Ilse legt weifelend haar hand op mijn arm en suggereert voorzichtig: "Lennart, denk je niet dat je een beetje doordraaft?"

"Je was het met me eens, dat het niks voor Misha is om ontslag te nemen en een roadtrip te gaan maken," merk ik op.

"Op dat punt ben ik het nog steeds met je eens," zegt Ilse langzaam, "maar dat maakt hem niet automatisch het vriendje van Colin Ross."

"Ik wil gewoon een logische verklaring voor zijn vertrek. Dat is alles." Ik maak mijn sigaret uit. "Of wat voor verklaring dan ook. Het hoeft niet eens logisch te zijn. Als ik weet dat hij oké is, mag hij van mij doen en laten wat hij wil."

Ilse glimlacht en pakt mijn hand even. "Het komt wel goed."

* * * * *

Donderdag, 1 december 2005 – middag
Rotterdam, Nederland

De deurbel klonk schel en indringend en drong pijnlijk door de waas in mijn hoofd heen. Het geluid ging door merg en been.

Waarom heb ik dat teringding in godsnaam gerepareerd?

Zoals vaak was ik dronken op de bank in slaap gevallen na een feestje in mijn stamkroeg, een feestje dat ik me nauwelijks kon herinneren. Moeizaam kwam ik overeind en ik wankelde naar de voordeur. Ik deed open en knipperde tegen de felle winterzon.

Mijn broer stond voor de deur met een grote rugzak en een volle vuilniszak.

Precies wat ik nodig heb, dacht ik.

"Hé, Len," zei Misha. "Hoe gaat het met je?" De blik in zijn ogen was bijna wanhopig en vertelde me dat de opgewekte klank in zijn stem honderd procent geacteerd was.

"Wat is er met jou gebeurd?" vroeg ik. "Is het uit met... Hoe heet hij ook alweer?"

117

De blik in zijn ogen werd bijna moordlustig, maar hij beperkte zich tot een gedecideerd en kil: "Zo was het niet." Hij zweeg even en vervolgde toen: "Colin is terug naar de VS. Ik kan de huur niet betalen in mijn eentje en nu sta ik op straat."

"Ik heb geen geld," zei ik overbodig.

"Dat weet ik, maar je hebt wel een dak boven je hoofd en dat is het enige dat ik echt nodig heb," antwoordde Misha. "Ik moet mijn studie afmaken, Len. Ik hoef nog maar een half jaar."

"Nog *maar* een half jaar?" herhaalde ik. "Weet je wel hoeveel dagen dat zijn?"

"Honderdtweeëntachtig," antwoordde Misha.

Ik rolde met mijn ogen. "Domme vraag..." Ik leunde met mijn schouder tegen de deurpost en maakte geen enkele aanstalten om mijn broer binnen te laten.

"Kom op, Len," zei Misha ongeduldig. "Het is koud."

"Wat zeg je dan?" vroeg ik. De eisende klank in zijn stem irriteerde me door mijn kater veel meer dan gewoonlijk. Normaliter liet ik dit soort dingetjes gewoon gaan, maar ik was op dat moment niet in de stemming voor één van zijn buien.

Hij keek me even aan, twijfelend over zijn volgende stap.

Even verwachtte ik dat hij dicht zou slaan en me alleen maar woedend aan zou kijken, wat hij meestal deed als ik iets zei dat hem niet beviel. Ik voelde de verandering in zijn houding al, voordat die zichtbaar werd. Er kwam een vreemde rust over hem heen, die tegenstrijdig was met de woedende blik in zijn ogen.

"Wat, Len?" vroeg hij. "Wat wil je horen? 'Alsjeblieft'?"

Bijvoorbeeld, dacht ik, maar ik zei niets.

Het leek mij redelijk normaal om, wanneer je iemand vroeg of je zes maanden bij hem of haar mocht intrekken, op zijn minst even 'alsjeblieft' en 'dank je wel' te zeggen, maar daar dacht mijn broer kennelijk heel anders over.

Ik overwoog om hem binnen te laten, maar ik besloot dat ik wilde zien waar dit heen zou gaan als ik mijn poot stijf hield. Niet dat er een haar op mijn hoofd was die erover nadacht om mijn broer op straat te laten staan, maar het feit dat Misha het zo vanzelfsprekend vond dat ik hem terug zou laten komen, nadat hij zelf was weggegaan, irriteerde me mateloos.

"Wat verwacht je nou van me, Len?" ging hij verder. "Dat ik smeek? Dat ik op mijn knieën ga voor je?" Zijn stem was zacht en onvast.

Jezus, begint het nu al?

Ik zuchtte, deed een stap naar achteren en liet hem binnen.

Misha zette zijn rugzak en vuilniszak tegen de muur in de gang en volgde me toen naar de woonkamer. Hij trok zijn jas uit en hing die over de rugleuning van een stoel. Hij bleef staan, keek me schattend aan en vroeg toen: "Koffie?"

Ik was te verbaasd over de snelle omschakeling in zijn gedrag om meteen te reageren.

Hij verdween naar de keuken, zonder het antwoord af te wachten. Enkele seconden later riep hij: "Len, je hebt geen warm water!"

Ik glimlachte hoofdschuddend en volgde hem naar de keuken. "Ik weet het, jochie." Ik ging aan de tafel zitten, stak een sigaret op en nam het doosje aspirines uit de fruitschaal. "Kut!" Ik haalde de twee laatste tabletten uit de strip. "Onthoud jij dat we nieuwe moeten halen."

Het was geen vraag.

Misha gaf geen antwoord en vroeg in plaats daarvan: "Zware nacht gehad?" Hij zette een glas water voor me neer.

"Feestje."

Mijn broer wachtte bij het aanrecht totdat de koffie was doorgelopen, in stilte. Toen schonk hij de koffie in twee bekers en ging tegenover me aan de tafel zitten. Hij schoof één van de mokken naar me toe.

"Dank je." Ik nam een slok en keek naar Misha, terwijl hij zwijgend naar buiten staarde. Ik voelde zijn onrust en iets in me wilde die wegnemen. Na een korte stilte zei ik: "Fijn dat je terug bent, jochie."

Misha keek me wantrouwend aan, alsof hij niet kon geloven dat ik het meende.

Ik zag het wel, maar negeerde het. In dit vroege stadium van onze reünie, leek het me niet verstandig om meteen met verwijten te beginnen. "Weet je," begon ik, zo subtiel mogelijk. "Er zijn gewoon een paar dingen, waar we duidelijke afspraken over moeten maken."

"Zoals?" vroeg Misha. Hij leek verrast.

"Ik zeur niet als jij overal het licht laat branden en jij zeurt niet als ik dronken ben," stelde ik voor. "Ik zeur niet als jij non-stop wilt lezen en tekenen en jij zeurt niet als ik 's morgens *total loss* op de bank lig."

"Ik laat niet *overal* het licht branden," protesteerde Misha. "En *total loss* is iets anders dan bijna dood. Wil je in ieder geval stoppen zolang je nog een beetje aanspreekbaar bent?"

Ik wist waar hij op doelde en knikte.

Misha leek nog niet helemaal tevreden, maar liet het onderwerp verder rusten. "Muziek?" vroeg hij.

"Wel aan, niet zo hard," antwoordde ik.

"Concreet, Len," zei Misha. "Volume niet hoger dan tien."

"Vijftien," wierp ik tegen.

"Twaalf. *That's it.*"

"Twaalf," gaf ik toe.

God, ik heb nu al spijt...

Misha nam een slok van zijn koffie. "Drugs?"

Ik rolde met mijn ogen. "Kom op, Misha!"

"Wordt vervolgd," zei hij. "Geld?"

"Ik betaal de huur, het gas en licht, alle vaste lasten. Jij betaalt de boodschappen en alle onvoorziene uitgaven," antwoordde ik.

"Onvoorziene uitgaven?" herhaalde Misha argwanend. "Zoals wat?"

"Weet ik veel," zei ik. "Een kapotte kachel of zo."

"Of zo? Zoals een kapotte *geiser* misschien?" vroeg Misha scherp.

"Ja," gaf ik schoorvoetend toe. Ik vroeg me even af hoe ik had kunnen denken, dat Misha niet meteen in zou zien hoe de situatie in elkaar zat.

"Len, het is de eerste van de maand," zei Misha ontzet. Hij leunde achterover op zijn stoel en keek me aan. "Over drie weken krijg je pas weer geld. Je geiser is kapot, maar je hebt hem niet laten repareren, wat inhoudt dat je geld op is. Hoe wil je die drie weken overbruggen als je nu al bijna niks meer hebt?" Ik gaf geen antwoord en verstarde. Ik haatte het als mijn bijna zes jaar jongere broer me de les probeerde te lezen. Ik slikte mijn woede in en probeerde mijn rust te bewaren.

"Hé, luister goed naar me," begon ik. "Je mag hier komen wonen en ik ben best bereid om compromissen met je te sluiten, maar jij gaat niet bepalen hoe ik leef en wat ik doe. Je mag het met me oneens zijn, je mag me voor gek verklaren, je mag het veroordelen, maar je gaat *niet* proberen me te veranderen. Als ik dat had gewild, dan was ik wel getrouwd."

Misha zweeg.

"Dus op het moment dat ik besluit, dat ik andere dingen belangrijker vind dan een kapotte geiser, kun je twee dingen doen," ging ik verder. "Je kunt je bek houden en het slikken of je kunt er zelf iets aan doen. Punt. *That's it.*"

Misha dacht er even over na, maar leek toch eieren voor zijn geld te kiezen. "Oké," zei hij. "Jouw huis, jouw regels."

"Dan begrijpen we elkaar," zei ik.

Misha knikte. "Dus... Drugs?"

"Niet onderhandelbaar," zei ik. "Net als drank en vrouwen."

"Oké." Misha leek nog steeds niet helemaal gelukkig met de uitkomst van de onderhandelingen. "Maar drank en drugs zijn geen 'onvoorziene uitgaven'. En probeer me niet aan zusjes van je vriendinnen te koppelen."

"Deal."

"Deal."

* * * * *

Woensdag, 29 augustus 2012 – avond
Rotterdam, Nederland

Ik ben er helemaal klaar mee.

Mijn sigaretten zijn op. In de fruitschaal vind ik nog een oud halfvol pakje shag, waar ik de avond gemakkelijk mee door moet kunnen komen, maar als ik alleen maar *denk* aan *nog* een avond op de bank, omgeven door papieren en vraagtekens, word ik knettergek.

Ik moet echt weg. Eén avondje maar.

Ik pak een oud schrift, dat ik gisteren ergens in een kastje tegenkwam, ga aan de keukentafel zitten, rol een shagje en steek het op. Dan pak ik een pen uit de fruitschaal en schrijf:

Geen nieuws. Misha heeft nog steeds niet gebeld.
Ilse sinds gisteravond ook niet meer gehoord.
Vanavond naar de kroeg en dwars door de geluidsbarrière.

Ik pak mijn shag, aansteker, portemonnee en huissleutels uit de fruitschaal en staar dan even naar de twee telefoons die voor me liggen. Ik verlang hevig naar één avond van rust, maar ik weet dat ik minder rust zal hebben zonder de telefoons dan met. Ik sta op, neem de telefoons van de tafel en stop ze in de binnenzak van mijn spijkerjack.

Ik verlaat de woning en doe de voordeur op slot.

Ik heb dit nodig.

Even een pauze, één avond voor mezelf, waarop ik niet continu met mijn broer bezig hoef te zijn en me zorgen hoef te maken over iets anders dan de kater, die ik morgenochtend zal hebben. Heimelijk vraag ik me af hoeveel drank, drugs en seks ervoor nodig zullen zijn om mijn gedachten af te leiden van Misha en zijn geheimen.

Only time will tell...

* * * * *

Maandag, 26 december 2005 – avond
Rotterdam, Nederland

Ik had mijn broer niet binnen horen komen. De muziek stond hard en overstemde met gemak het geluid van de voordeur, die geopend en gesloten werd. Ik lag languit op de bank, rookte een joint en luisterde naar de Velvet Underground.

Misha stond in de deuropening en riep over de muziek heen: "Wat is *dat?*"

"Ken je klassiekers, jochie...," antwoordde ik. Mijn stem was diep, rauw en schor van het vele roken en ik sprak langzaam, volkomen high. "De Velvet Underground."

"Wat is er met Led Zeppelin gebeurd?" informeerde Misha.

"Hmmm, niet nu," zei ik. Ik had geen zin in een discussie.

"Dat is niet volume twaalf," concludeerde Misha en wees naar de platenspeler.

"Je was er niet!" antwoordde ik. "Wat maakt het uit?"

"Ik ben er nu wel."

Gelukkig maar, dacht ik sceptisch.

Toch stond ik op en draaide het volume met het nodige theater lager. "Kijk, Einstein... Volume twaalf. Ben je nou blij?"

Misha zuchtte, draaide zich om en verdween naar zijn slaapkamer.

Zonder echt te weten waarom, voelde ik een enorme razernij in me opborrelen. Normaliter kon ik redelijk omgaan met de weinig sociale houding van mijn broer en het feit dat hij nauwelijks sprak, maar die keer niet. Het zal de 'druppel die de emmer doet overlopen' zijn geweest en na bijna een maand van dit soort akkefietjes, verloor ik al mijn zelfbeheersing.

Ik stampte naar de gang en trok Misha's slaapkamerdeur met een ruk open.

Hij stond op van zijn stoel en deed een stap achteruit.

"Luister goed, verwend nest!" snauwde ik. "Ik heb je niet gevraagd om terug te komen. Je staat opeens voor de deur en *verwacht* gewoon dat ik je weer in huis neem. En dat is nog tot daaraan toe, maar het enige dat je doet is lopen zeiken. De muziek staat te hard, ik drink en gebruik teveel en ja, dat is allemaal waar, maar tot nu toe ben ik de enige, die zich aan onze afspraken houdt."

Misha keek me aan. "Len, ik haat het dat je jezelf kapot maakt." Zijn stem haperde even, maar hij ging verder. "Ik haat het dat je geen maat kunt houden en dat je niet ziet wanneer je te ver gaat. Ik haat het dat ik elk weekeinde een andere schoonzus heb. En ik haat het dat..."

"Dat wat?" daagde ik hem uit. "Dat *wat?*"

"Dat ik elke dag moet leven met de angst dat je de dertig niet gaat halen," maakte Misha zijn zin af. Hij fluisterde bijna. "Dat was de ware reden dat ik wegging. Ik kon het gewoon niet meer aanzien."

Ik slikte even. Dit had ik niet verwacht. Voor Misha's doen was dit ongeveer een openbaring. Ik deed een paar stappen naar voren, pakte hem bij zijn pols en trok hem naar me toe. "Ik ga nergens heen, jochie," zei ik stellig en omhelsde hem. Ik voelde een lichte weerstand, maar na een paar seconden was het verdwenen. "Ik ga nergens heen. Echt niet."

"Len, je drinkt jezelf dood, als je zo doorgaat," zei hij. Zijn stem klonk gedempt tegen mijn schouder.

Ik liet hem los en zei: "Ik heb het in de hand, jochie... Echt waar. Ik weet wanneer ik moet stoppen."

"Dat moment waarop je denkt dat je moet stoppen...," begon Misha. "Ja?"

"Dat is niet het goede moment," ging Misha aarzelend verder. "Ongeveer tien, vijftien bier eerder komt dichter in de buurt. Stop hiermee. Alsjeblieft."

Ik keek naar het smekende gezicht van mijn jongere broer. De wimpers rond Misha's felblauwe ogen waren nat van de ingehouden tranen. Ik zag het wel, maar zei er niets van en antwoordde: "Ik kan niet stoppen, jochie. Ik *wil* niet stoppen. Ik bedoel, het leven is ruk en het wordt alleen maar erger en dan ga je dood. Ik probeer het alleen wat leuker te maken."

"Dat is eerlijk," zei Misha zacht en richtte zijn blik op de grond voor mijn voeten. "Over een paar dagen zal ik je niet meer tot last zijn. Ik ga weg."

"Weg?" Het duizelde me even. "Waar wil je naartoe?" vroeg ik ongelovig.

"Weg," antwoordde Misha. "Weg van *hier.*" Hij zweeg even en keek me toen aan met een ijzige blik in zijn ogen. Iedere emotie was volledig uit zijn stem verdwenen, toen hij zei: "Weg van jou."

Ik negeerde het. "Waar ga je naartoe?" herhaalde ik.

"Weg, Len," zei Misha en passeerde me. Hij trok zijn jas aan en verdween naar buiten.

Ik liet hem gaan, zuchtte en ging naar de keuken. Ik zette koffie en probeerde te begrijpen wat er zojuist gebeurd was. Het gesprek bleef zich herhalen in mijn hoofd. Even vroeg ik me af of ik anders had moeten handelen of had moeten proberen om deze gang van zaken af te wenden.

Ik realiseerde me dat ik zojuist alcohol en drugs boven mijn broer had gesteld, maar ik kon me er niet toe zetten om mijn leven door Misha te laten dicteren, zelfs niet wanneer dat betekende dat hij zou vertrekken.

Mijn geduld was op.

Donderdag, 30 augustus 2012 – middag
Rotterdam, Nederland

Ik heb een kater van vannacht en er is geen nieuws van Ilse.
Misha heeft nog steeds niet gebeld.
Ramona vannacht mee naar huis genomen. Slecht idee en het resultaat van
teveel bier en tequila. Ik kreeg haar vanmorgen bijna de deur niet meer uit.
Onthouden: Nooit meer doen!

Ik gooi mijn pen door de keuken en werp een blik op de fruitschaal. De aspirines zijn op en ik ben te lamlendig om naar de Albert Heijn of de drogist te lopen voor een nieuw pakje. Ik hink een poosje op twee gedachten: ik kan mezelf ertoe zetten om het *toch* te gaan halen of ik kan hier blijven zitten met koppijn.

Uiteindelijk bedenk ik een aantrekkelijke tussenoplossing en ga naar de coffeeshop op de hoek – lekker dichtbij en als je wiet hebt, heb je geen aspirines meer nodig. Bij de deur laat ik een jongen met lang haar, zwarte kleding en Marilyn Manson-achtige eyeliner mijn paspoort zien. Hij lijkt meer op Joan Jett dan op de shockrocker en komt nauwelijks tot aan mijn schouder.

Hij kijkt amper naar het document en zegt: "Kom binnen." Dan loopt hij naar de bar en gaat zitten.

Het blonde meisje met de groene pluk in haar haren staat erachter en vraagt me: "Wat zal het zijn?"

Denkend aan mijn beperkte budget en het feit dat ik nog drie weken moet wachten op de volgende storting van de SOOS, bestel ik vijf gram *'NLX'* van de 'menukaart' en een pakje shag, waarvan ik weet dat ze het 'onder de toonbank' verkopen.

Het meisje geeft me het gevraagde.

"En een kop koffie, alsjeblieft," zeg ik en haal geld uit mijn broekzak.

Ze pakt het aan, geeft me mijn wisselgeld en gaat koffie zetten. Dan zet ze mijn koffie voor me neer en wendt zich tot 'Joan Jett'. "Dus je was daar... En toen?"

De jongen maakt een theatraal armgebaar en antwoordt: "Dus ik zit daar bij die GGD voor zo'n hepatitisinjectie. Zegt dat mens opeens: 'Ik zou ook maar meteen een SOA-test doen.'... Dus ik zeg: 'Jij misschien. Mijn *fucking* tapijt heeft een beter seksleven dan ik. Dat wordt elke dag gezogen.'."

"Is het uit met... Hoe heet hij ook alweer?" vraagt het meisje.

"Daar wil ik het niet over hebben," snibt 'Joan Jett'.

"Michael? Mickey?" houdt ze aan. "Misha?"

Ik verslik me in mijn koffie.

Ze kijken even naar me, maar richten zich dan weer tot elkaar.

"Michel," snauwt 'Joan Jett' uiteindelijk. Hij wuift met zijn hand. "Genoeg over mij... Hoe is het met...?"

Ik sta op en ga naar de rookruimte. Ik wil helemaal niet weten hoe het is met wie dan ook. Behalve met mijn broer, dan.

De deur achterin de rookruimte, die toegang geeft tot de toiletten, gaat open. Maren komt binnen en sluit de deur achter zich. "Hé, Len!" zegt ze vrolijk. "Hoe gaat het?"

"Kut," antwoord ik naar waarheid.

Ze komt naast me op de bank zitten en kijkt zwijgend toe hoe ik een joint rol. Ik steek op en inhaleer diep. "Mijn broer is nog steeds weg."

"Waarom laat je het niet een tijdje op zijn beloop?" vraagt Maren aarzelend.

"Dat kan ik niet," geef ik toe.

Ze steekt haar hand naar me uit en ik geef haar de joint. Ze neemt een diepe haal en zakt een beetje onderuit op de bank. "Waarom niet?"

Ik aarzel. Ik ken Maren slechts oppervlakkig, maar mijn broer stelde haar ooit aan Ilse voor als zijn 'beste vriendin'.

"Ingewikkeld?" vraagt ze, als ik blijf zwijgen.

"Ja," zeg ik. "En het wordt steeds ingewikkelder."

"Wil je erover praten?" probeert ze voorzichtig.

Ik haal mijn schouders op.

Maren geeft me de joint terug. "Waarom kun je het niet laten rusten?" vraagt ze.

"Dat is ingewikkeld," zeg ik na een korte stilte.

God, ik lijk mijn broer wel.

"Eigenlijk is het heel simpel," antwoordt Maren. "Je kunt hem niet loslaten. Je mist hem. Je houdt van hem en je maakt je zorgen."

"Weet je echt niet waar hij is?" vraag ik dan.

Ze schudt haar hoofd. "Ja, in Amerika, maar zover was je al."

"Wat heb jij precies met Misha?" wil ik weten.

Maren zwijgt even en staart nietsziend voor zich uit. Ze steekt een sigaret op en lijkt na te denken. "Dat is ingewikkeld," zegt ze uiteindelijk. Dan staat ze op, pakt met haar vrije hand haar tas en loopt naar de deur. Daar draait ze zich nog even om. "Len?"

Ik kijk haar aan. "Wat?"

Ze aarzelt. "Niks. Laat maar."

"Maak jij je geen zorgen?" vraag ik.

Maren laat de stilte voortduren, maar antwoordt dan overtuigend: "Nee." Ze doet de deur open, maar blijft staan, met de deurklink in haar hand. "Nog niet," zegt ze dan en verlaat de coffeeshop, voordat ik iets kan vragen.

* * * * *

Maandag, 26 december 2005 – avond
Rotterdam, Nederland

Ruim een uur nadat Misha het huis was uitgestormd, hoorde ik een sleutel in het slot en keek op toen mijn broer de woonkamer binnen kwam, waar ik demonstratief met een blikje bier en een joint op de bank zat.

"Zo uitgeraasd?" vroeg ik.

"Ik kom mijn spullen halen," kondigde Misha aan.

"Je laat er geen gras over groeien," merkte ik op. "Waar ga je naartoe?"
"Gewoon... Weg."
"Waar ga je naartoe?" vroeg ik weer.
"Maak je geen zorgen," antwoordde hij. "Ik zal geen gekke dingen doen."
"Ik wil weten waar je uithangt," zei ik.
"Len, ik ben negentien. Ik kan gaan en staan waar ik wil."
"Ik hou je niet tegen. Ik wil gewoon weten waar je bent."
"In de buurt," antwoordde Misha, passeerde me en verdween naar zijn slaapkamer.

Ik wachtte in de gang, niet goed wetend wat ik met deze situatie aanmoest. Ik liep de gang een paar keer op en neer en probeerde mijn strategie te bepalen.

Na een kwartier kwam Misha zijn slaapkamer uit met twee tassen en een vuilniszak.

"Jochie, waarom moet dit nou zo?" vroeg ik.

"Ik kan dit niet meer, Len," zei hij. "Sorry, maar ik *kan* het echt niet meer opbrengen. Ik wil rust."

"Vertel me waar je heen gaat en dan laat ik je gaan," antwoordde ik.

"Naar vrienden," zei hij. "Ik blijf in de stad. Bel mijn mobiel als je me nodig hebt."

"Jochie, praat met me."

"Dat heb ik geprobeerd, Len," antwoordde Misha zacht. "Maar ik heb geen woorden meer." Hij keek me even recht aan, passeerde me toen en verliet de woning.

* * * * *

Vrijdag, 31 augustus 2012 – avond
Rotterdam, Nederland

Ilse heeft niet gebeld, Ramona vijf keer.
Misha ook nog steeds niet gebeld.
Naar de coffeeshop geweest. Blowtje gerookt met Maren.

8.
GEORGE SPRINGFIELD

Zaterdag, 1 september 2012 – ochtend
Rotterdam, Nederland

Mijn mobiele telefoon gaat over.

Al bij de eerste tonen van *Smoke On The Water* schiet ik klaarwakker overeind in bed en graai in het donker op het nachtkastje. Al snel vind ik wat ik zoek en neem op. "Hallo?"

"*Mister Larsen?*" vraagt een onbekende mannenstem. Hij klinkt al wat ouder en hij spreekt Engels met een Amerikaans accent. "*Do you speak English?*"

Ik voel een schok door mijn lichaam trekken. Een slecht voorgevoel dringt zich aan me op en de grond lijkt onder me weg te zakken.

Dit kan niet goed zijn...

"*Yes,*" antwoord ik afwachtend. Door een kier tussen de gordijnen, zie ik dat het nog donker is buiten.

Hoe laat is het?

"Meneer Larsen, mijn naam is George Springfield," gaat hij dan verder. "Uw broer heeft mij gevraagd contact met u op te nemen."

George Springfield?

De man uit de agenda!

Ik voel mijn hart een slag overslaan en tast haastig in het duister naar de lichtschakelaar. "Is Misha oké?" vraag ik en knip het licht aan. Ik werp een snelle blik op de klok en zie dat het bijna vijf uur is. Ik vraag me af hoe laat het in de VS is. Als mijn broer aan George Springfield heeft gevraagd om contact met me op te nemen, betekent dat hoogstwaarschijnlijk dat hij daar op dit moment zelf niet toe in staat is.

"Meneer Larsen, ik weet niet zo goed hoe ik u dit moet vertellen over de telefoon, maar..." Springfield valt even stil, alsof hij niet goed uit zijn woorden kan komen.

"Is hij dood?" vraag ik.

Het is het eerste dat bij me opkomt, ondanks het feit dat Springfield zojuist gezegd heeft, dat Misha hem gevraagd heeft om contact met me op te nemen.

"Nee."

"Gewond?"

"Nee, nee," ontkent Springfield snel. "Uw broer is fysiek in orde, maar..."

"Maar *wat?*" vraag ik ongeduldig. "Wie ben jij eigenlijk?"

"Mijn naam is George Springfield," herhaalt hij. "Ik ben een advocaat uit New York City en ik vertegenwoordig uw broer, Misha Larsen."

Ik haal diep adem. Ondanks dat ik goed Engels spreek en versta, heb ik de nodige moeite te begrijpen wat Springfield zojuist gezegd heeft.

"U *vertegenwoordigt* mijn broer?" herhaal ik uiteindelijk.

"Ja, ik vertegenwoordig uw broer. Hij is een paar uur geleden in New Jersey aangehouden op verdenking van moord, dan wel doodslag," vertelt Springfield.

"Hij wordt momenteel..."

"Onmogelijk," val ik hem in de rede.

Ik heb me de afgelopen tijd allerlei scenario's in mijn hoofd gehaald en met allerlei mogelijkheden rekening gehouden, maar dit verhaal is zo bizar dat het gewoon niet waar kan zijn. Het raakt kant noch wal.

"Ik begrijp dat het moeilijk te bevatten is, meneer Larsen," zegt Springfield vriendelijk. "Mijn cliënt voorspelde al dat u ongeveer zo zou reageren, maar hij wilde niet dat u het nieuws middels een andere weg zou vernemen."

"Middels... een andere weg?" herhaal ik. Ik hoor de woorden wel en ik weet wat ze betekenen, maar toch begrijp ik niet wat de advocaat me vertelt. Wat dat betreft zou hij net zo goed Arabisch kunnen spreken.

"Middels een andere weg," bevestigt Springfield. "Uit de media," verduidelijkt hij dan.

"Uit de... *media?*" Ik hoor mezelf voor de zoveelste keer iets herhalen, dat George Springfield me vertelt. Het duizelt me. Er schiet van alles door mijn hoofd, maar ik kan met geen mogelijkheid een vraag formuleren.

Springfield lijkt het in de gaten te hebben, want hij zegt geduldig: "Ik zal u even in het kort uitleggen hoe het nu verder zal gaan, meneer Larsen. Uw broer wordt momenteel verhoord en blijft dan in voorlopige hechtenis, hangende het onderzoek en in afwachting van zijn proces. Gezien de ernst van het misdrijf en het vluchtrisico is er geen borgtocht mogelijk."

"De *ernst* van het *misdrijf?*" Ik hoor mezelf praten. "*Vluchtrisico?*" Ik hoor mezelf zoeken. Het zijn woorden die ik associeer met mannen als John Dillinger of Joran van der Sloot, maar niet met Misha Larsen. "Voorlopige hechtenis?" Ik hoor mezelf zoeken naar iets, dat het verhaal van de advocaat minder onwerkelijk zal maken, maar des te harder ik dat probeer, des te ongeloofwaardiger het wordt.

De naam van mijn broer hoort niet thuis in één zin met woorden als 'moord', 'doodslag' en 'arrestatie'.

"Wat is er gebeurd?" vraag ik uiteindelijk.

"Daar kan ik hangende het onderzoek nog weinig over zeggen, ben ik bang," antwoordt Springfield. "Mijn cliënt wordt nog verhoord. Er is nog geen duidelijkheid over de aanklacht. Ik neem contact met u op, zodra ik meer weet."

"Wacht eens even!" roep ik verbijsterd uit. "We hebben het over moord of doodslag hier, vriend. Niet over een parkeerbon. Wat gebeurt er als hij wordt veroordeeld?"

"In het slechtste geval, het zogenaamde *worstcasescenario*, wordt uw broer aangeklaagd voor moord en wordt hij veroordeeld tot vijfentwintig jaar tot levenslang," legt Springfield uit. "In het gunstigste geval krijgt hij twintig jaar voor doodslag. Als dat gebeurt, kan hij met goed gedrag en gezien het feit dat hij nooit eerder met justitie in aanraking is geweest, na dertien jaar vragen om vervroegde vrijlating. Als uw broer veroordeeld wordt, kunnen we proberen of hij zijn straf in Nederland mag uitzitten."

"Na *dertien jaar?*"

"Ja," zegt hij. "Na dertien jaar."

"Zoals jij het zegt, klinkt het alsof er geen kans is, dat mijn broer wordt vrij-gesproken," zeg ik scherp. "Alsof je er al van uitgaat dat hij veroordeeld wordt."

"U vroeg me wat er gebeurt, als mijn cliënt veroordeeld wordt, meneer Larsen," antwoordt Springfield. "Er is nog niets zeker. Er ligt nog niet eens een aanklacht op tafel."

"Wat is er gebeurd?" vraag ik weer.

"Dat is nog onduidelijk," zegt hij geduldig.

Ik zwijg even en denk na, laat het even bezinken. "En nu?"

"Ik zou u aan willen raden om nog niet naar New York te komen," antwoordt Springfield op zakelijke toon. "Er zijn nog teveel onduidelijkheden. Ik heb het met uw broer besproken en wij stellen voor, dat ik u per telefoon op de hoogte houd van nieuwe ontwikkelingen en dat u zowel het onderzoek als het proces in Nederland afwacht."

"Ben je gek?" vraag ik. "Ik kom zo snel mogelijk die kant op."

"Dat zou ik u echt sterk willen afraden, meneer Larsen," zegt hij rationeel. "Het kan weken, zelfs maanden, duren. Het zou u onnodig op hoge kosten jagen, terwijl u niets voor uw broer kunt betekenen op dit moment. Wanneer hij wordt vrijgesproken, dan wel veroordeeld, is er nog tijd genoeg om de reis te maken."

Ik zucht. "Ik moet erover nadenken," zeg ik.

"Dat is begrijpelijk," antwoordt Springfield. "Voelt u zich alstublieft niet bezwaard om contact op te nemen. Ik begrijp dat er veel op u afkomt op dit moment en dat u wellicht, wanneer het nieuws een beetje is bezonken, nog vragen heeft."

"Dank je," zeg ik. "Hou me op de hoogte."

"Dat doe ik," belooft Springfield. "Ik spreek u snel."

"Tot snel," antwoord ik en verbreek de verbinding. Ik staar even naar het toestel in mijn hand. Dan kleed ik me snel aan en neem de twee mobiele telefoons mee naar de woonkamer. Snel pak ik Misha's privéagenda en kijk achterin om mijn vermoeden bevestigd te zien.

George Springfield is één van de drie Amerikaanse contacten in Misha's agenda.

Colin Ross is de tweede.

Beiden heb ik nu één keer gesproken. Ross weliswaar in 2005, maar toch...

Nu blijft alleen de naam Dean Wesson nog over als een abstract gegeven, maar ik ben er vrij zeker van dat het slechts een kwestie van tijd is, voordat ik ook hem ergens tegen zal komen – fysiek, op papier, via via. Hoe dan ook, maar dat ook Wesson op zal duiken, staat voor mij als een paal boven water.

Wederom word ik overvallen door gevoelens van ongeloof. Er klopt niets van het verhaal van Springfield.

"Ik vertegenwoordig uw broer. Hij is een paar uur geleden in New Jersey aangehouden op verdenking van moord, dan wel doodslag," echoot de stem van de advocaat in mijn hoofd.

Geweld ligt niet in Misha's aard.

Ik *ken* mijn broer. Ik weet hoe hij in elkaar zit, ken zijn routines, van zijn gewoonte om zijn dagen van minuut tot minuut te plannen, tot aan de manier waarop hij altijd automatisch op zijn horloge kijkt als hij zenuwachtig is.

Plotseling stokt mijn adem.

Als George Springfield in Misha's agenda vermeld staat, kan het niet anders dan dat ze elkaar al kenden, *voordat* mijn broer naar Amerika vertrok.

Wat heeft mijn broer er ooit toe bewogen om een advocaat te zoeken in Amerika, terwijl hij daar uitsluitend kwam voor zaken en congressen?

Tien stappen vooruit denken, denk ik sceptisch.

Wat dacht je, jochie?

'Ik neem maar alvast een advocaat in de VS, voor het geval ik ooit een beetje van moord verdacht word...'

Ik weet niet wat ik hiervan moet denken.

De afgelopen tijd heb ik, bij nieuwe vragen of ontdekkingen, regelmatig Ilse geraadpleegd. Dit lijkt nu geen optie meer.

Wat moet ik tegen haar zeggen?

Hoe kan ik haar iets uitleggen dat ik zelf niet eens begrijp?

* * * * *

Zaterdag, 3 januari 2004 – avond
Rotterdam, Nederland

Ik zat op de grond in de keuken, met mijn rug tegen de muur en mijn knieën opgetrokken. Ik had mijn hoofd op mijn knieën laten zakken en mijn armen om mijn hoofd geslagen, zodat ik geen invloeden van buitenaf meekreeg.

Alles was me teveel: het keukenlicht, het getik van de klok, het gebrom van de koelkast. Ik realiseerde me wel dat ik naar mijn slaapkamer moest zien te komen, voordat Misha een voet in de keuken zou zetten, maar mijn lichaam leek compleet onbestuurbaar, niet in staat tot wat dan ook. Mijn ademhaling versnelde en ik kon mijn hart horen bonzen in mijn borstkas.

Er klonk een aanhoudend gesuis in mijn oren, dat steeds indringender werd en alles om me heen leek te draaien, terwijl ik stil zat.

"Len?"

Heel ver weg dacht ik de stem van mijn broer te horen.

"Len?"

Ik besefte nauwelijks dat Misha bij me op de grond kwam zitten en mijn hand vastpakte. Ik hoorde hem nauwelijks, maar voelde zijn aanwezigheid en aanraking.

"Len? Kijk me aan!"

Ik hief mijn hoofd op. Ik had moeite om mijn ogen open te houden en een beetje rechtop te blijven zitten.

"Len, kun je me vertellen wat je gebruikt hebt?" vroeg Misha.

Ik hoorde hem wel, maar mijn hersenen registreerden het niet. Ik voelde wel dat Misha me heen en weer schudde en hoorde dat hij mijn naam riep, maar het was heel onwerkelijk, alsof ik van buitenaf toekeek en niet echt deel uitmaakte van het tafereel.

Toch was er iets in me dat Misha gerust wilde stellen.

"Alles is oké, jochie," mompelde ik. Zelfs mijn eigen stem klonk me vreemd in de oren. Ik wist niet eens zeker of ik de woorden wel uitgesproken had of alleen maar gedacht.

"Len, kijk naar me. Wat heb je gebruikt?" herhaalde Misha.

Ik wist het wel, maar het leek plotseling alsof ik niet meer kon praten. Ik rilde en ik had het koud, maar het zweet stond op mijn voorhoofd. Ik kon mijn hartslag horen voortrazen en het constante suizen in mijn oren maakte, dat ik weg wilde zakken, zodat het zou stoppen. Een dromenloze slaap en pas tegen de middag weer ontwaken.

Als mijn broertje nu tenminste zijn mond wilde houden.

"Len, wat heb je gebruikt?" drong Misha aan. Hij schudde me opnieuw heen en weer, harder dit keer. "Wakker blijven, Len."

Ik opende mijn ogen en keek hem aan, zonder hem echt te zien.

"Praat me hier doorheen, Len," drong hij aan. "Wat moet ik doen?"

"Koffie," wist ik uit te brengen. "Sterke koffie."

Misha stond onmiddellijk op en haastte zich naar het koffiezetapparaat. "Wakker blijven, Len! Praat met me," riep hij over zijn schouder.

"Niks aan de hand, jochie," mompelde ik.

"Len, weet je nog wat je gebruikt hebt?" vroeg hij.

Ik hief mijn hoofd iets verder op. De stem van mijn broer klonk duidelijker nu, dichterbij – hoewel hij verder weg was. "Drank," zei ik.

"Alleen drank?" vroeg Misha. "Len, moet ik het alarmnummer bellen?"

Ik schudde moeizaam mijn hoofd. "Nee, nee."

Ik probeerde op te staan, maar gleed meteen weer onderuit.

"Blijf daar, Len," zei Misha. Hij schonk een beker koffie in, zodra er genoeg koffie in de pot zat. Hij haastte zich terug, gaf me de koffie aan en kwam weer naast me op de grond zitten. "Len?"

"Niks aan de hand," herhaalde ik. De duisternis trok aan me, maar ik besefte dat ik niet mocht wegzakken. Ik nam een slok koffie.

Mijn broer staarde naar me. "Len, wat moet ik doen?"

"Je doet het prima," zei ik. "Probeer me wakker te houden."

"Waarom vertel je me niet, waar je vanavond geweest bent?" stelde Misha voor, gemaakt kalm.

"In de kroeg," antwoordde ik. "Er was iemand jarig, geloof ik."

"Wat heb je gebruikt, Len?" vroeg hij weer.

"Teveel gedronken," zei ik en dronk mijn koffie op. Ik besloot eerlijk te zijn, verbaasd dat ik nog enigszins kon nadenken in deze conditie. "Ik zit dicht tegen een delirium aan," gaf ik toe. "Het komt allemaal wel goed, jochie. Je moet me gewoon wakker houden en me veel koffie en water geven." Toen ik mijn broer aankeek, zag ik een blik van afkeer in zijn ogen, voordat hij die afwendde.

"Jezus, Len. Hoe kun je hier zo rustig onder blijven?"

"Ervaring," pochte ik.

* * * * *

Zaterdag, 1 september 2012 – middag
Rotterdam, Nederland

Halverwege de middag gaat mijn mobiele telefoon weer. Even hoop ik dat het George Springfield weer is met nieuws, maar als ik op het display kijk, zie ik een andere naam in het kleine schermpje staan.

"Hé, Ilse," zeg ik.

"Hoi, Lennart," klinkt haar inmiddels vertrouwde stem. Toch klinkt ze anders dan alle voorgaande keren.

"Goed dat je belt," antwoord ik.

"Eh, Lennart...," begint Ilse. "Ik weet eigenlijk niet zo goed hoe ik dit moet zeggen, maar..."

Op hetzelfde moment rinkelt mijn huistelefoon. Ik kijk even op de nummermelder en herken het nummer van Wendy. Ik neem niet op en zeg: "Begin maar gewoon ergens."

"Heb je... het journaal gezien?" vraagt Ilse.

"Nee," antwoord ik. De betekenis achter die vraagt ontgaat me even. "Hoezo?" Ik hoor Ilse diep ademhalen, alsof ze moeite heeft met het kiezen van haar woorden of aarzelt of ze die überhaupt wel uit moet spreken.

"Ze zeggen... Op het journaal... Misha..."

"Hij wilde niet dat u het via een andere weg zou vernemen... Uit de media," galmt de stem van George Springfield in mijn achterhoofd.

"Stop maar, Ilse," zeg ik. "Ik weet al wat je gaat zeggen. Misha's advocaat belde me vanmorgen vroeg." Mijn huistelefoon is gestopt met rinkelen, maar gaat bijna meteen opnieuw over. Ik herken het nummer van Ron.

God, nu begint het.

"Dus het is... *waar?"* stamelt Ilse.

"Ik heb geen idee wat waar is," antwoord ik eerlijk. "Zijn advocaat belde me vanmorgen en zei dat Misha vast zit op verdenking van moord of doodslag. Hij kon verder nog niet veel zeggen, omdat het onderzoek nog loopt."

"Ik kan het niet geloven," zegt ze.

"Ik eigenlijk ook niet...," geef ik toe. "Misschien hebben ze een fout gemaakt en was Misha gewoon op het verkeerde moment op de verkeerde plaats?" Ik laat mijn verdere bevindingen omtrent het verhaal van George Springfield weloverwogen achterwege, voornamelijk omdat ik zelf niet eens weet wat ik daarmee aanmoet.

Ilse zwijgt even. "En nu?" vraagt ze uiteindelijk.

"Nu niks," antwoord ik getergd. "Ik zou het liefst het eerste vliegtuig naar Amerika pakken, maar die advocaat zegt, dat ik beter het onderzoek en het proces in Nederland af kan wachten. Hij denkt dat het beter is dat ik daarna pas naar de VS ga. Hij zegt dat ik daar toch niks kan doen en dat het verblijf me onnodig een fortuin zou kosten."

"Daar zit wat in,... denk ik," zegt Ilse aarzelend. "Pfff, ik kan het niet geloven."

131

"Het *kan* gewoon niet," zeg ik. "Ik bedoel, Misha is een kantoorman... in een *pak!* We hebben het hier over *Misha.* Niet over één of andere doorgesnoven Charles Manson."

"Ik denk dat er weinig anders opzit dan het onderzoek af te wachten," antwoordt Ilse.

Ik zucht. Dit is precies wat ik niet wil horen. Weer gaat de huistelefoon. Ik zie het nummer van Ramona op de nummermelder, neem op, maar verbreek direct de verbinding. Dan leg ik de hoorn ernaast.

"Lennart?" vraagt Ilse. "Gaat het?"

"Ik weet niet wat ik moet doen," geef ik toe.

"Dat begrijp ik," zegt ze. "Je mag me altijd bellen... Als je meer weet... of als je iets nodig hebt. Of als je gewoon een praatje wilt."

"Dank je, Ilse," zeg ik. "Ik moet ophangen. Ik moet alles even laten bezinken."

"Doe rustig aan. En bel me als je me nodig hebt."

"Doe ik," beloof ik. "Ik spreek je snel."

"Dag."

* * * * *

Zondag, 4 januari 2004 – middag
Rotterdam, Nederland

Toen ik eindelijk ontwaakte, lag ik op de stenen vloer van de keuken, met mijn eigen winterjas over me heen en Misha's spijkerjack onder mijn hoofd, bij wijze van hoofdkussen. Ik hees me moeizaam overeind en keek om me heen.

Misha zat aan de andere kant van de keuken, op de grond met zijn rug tegen het aanrecht en zijn knieën opgetrokken. Zodra hij zag dat ik wakker was, stond hij op. "Mooi, je leeft nog." Hij liep de keuken uit en liet me achter op de keukenvloer.

Iedere millimeter van mijn lichaam deed pijn en ik stond wankelend op. Ik pakte de aspirines uit de fruitschaal en nam er een paar in met water.

Toen volgde ik Misha naar de woonkamer.

Hij zat op de armleuning van de bank en keek me niet aan.

"Gaat het?" vroeg ik. "Wil je erover praten?"

"Nee," antwoordde hij. "Ik wil er niet eens meer aan *denken.* Nooit meer."

"Het spijt me, jochie," zei ik. Ik deed een stap in Misha's richting, maar bleef meteen staan toen hij aanstalten maakte om op te staan. "Nee, blijf maar zitten," zei ik.

Er viel een korte stilte, waarin ik probeerde oogcontact te maken en hij onafgebroken naar de grond staarde om dat te vermijden.

Ik zuchtte. "Het spijt me, oké? Dat had je niet mogen zien."

"Niet mogen *zien?"* herhaalde Misha. "Len, het had überhaupt niet mogen *gebeuren."*

Ik kon daar weinig tegenin brengen, maar mijn jongere broer gelijk geven ging me op dat moment te ver.

Zijn ongevraagde kritiek irriteerde me vreselijk, maar zijn zorgzaamheid van de afgelopen nacht vond ik bijna vertederend. Ik herinnerde me dat hij uren bij me had gezeten, om me bij kennis te houden, met me had gepraat, koffie had gezet en water voor me had gehaald.

Op een gegeven moment moest Misha hebben besloten, dat het veilig was om me te laten slapen en moest hij de jassen hebben gehaald, om me van een geïmproviseerd hoofdkussen en dekbed te voorzien.

"Heb je de hele nacht bij me gezeten?" vroeg ik uiteindelijk.

Hij gaf geen antwoord en bleef naar de grond kijken.

"Het spijt me, jochie," herhaalde ik.

"Mij ook," zei Misha toonloos. Hij stond op en wilde me passeren, maar ik versperde hem de weg en pakte hem bij zijn arm.

"Wacht even."

Hij rukte zich los.

Ik zag zijn vuist niet eens aankomen, maar hij raakte me vol op mijn linker-oog en automatisch sloeg ik terug.

Misha ontweek mijn vuist en schreeuwde: "Laat me met rust, Len!"

Ik kreeg een zwarte waas voor mijn ogen en kon niet meer helder denken. Ik kon helemaal niet meer denken. Ik greep hem ruw bij het voorpand van zijn shirt, schopte zijn benen onder hem vandaan en werkte hem moeiteloos en met harde hand tegen de grond. Toen greep ik zijn polsen en hield die boven zijn hoofd tegen de grond gedrukt en ik zette mijn knie tegen zijn borstkas om hem op zijn plaats te houden.

"Ik heb het zo ontzettend gehad met jou!" Mijn woede klonk duidelijk door in mijn stem, die lager en rauwer was dan gewoonlijk, van het vele drinken en roken van de vorige avond. Onder me voelde ik de ademhaling van mijn broer versnellen en zijn lichaam verkrampen onder mijn houdgreep, maar hij bood geen enkel verzet en probeerde zich niet eens los te maken, alsof hij de strijd al bij voorbaat opgaf.

"Len, het spijt me!"

Ik hoorde de angst in Misha's stem en keek hem aan. Ik hield zijn blik even vast en zag de enorme paniek in de felblauwe ogen met de seconde toenemen. Opeens leek hij veel jonger dan zijn zeventien jaar.

Kut! Hij is bang voor me...

"Stop, Len. Laat me los... Alsjeblieft?"

Ik schrok dusdanig van de heftige reactie van mijn broer, dat ik hem in een reflex losliet en opstond. Ik keek toe hoe hij snel rechtop ging zitten, overeind krabbelde en een paar stappen bij me vandaan deed. Even kon ik geen woord uitbrengen, onzeker over mijn volgende stap. Het was nooit mijn bedoeling ge-weest om Misha pijn te doen en het laatste wat ik wilde, was nog meer afstand creëren door hem bang te maken.

Net toen ik me wilde verontschuldigen, begon hij te praten: "Het spijt me, Len. Echt... Het spijt me, oké?"

Ik knikte langzaam, niet wetend hoe ik hierop moest reageren. Zijn excuses leken oprecht, hoewel ik wist dat ik ze niet verdiende. Ik wist niet wat zorgwek-kender was: Het feit dat Misha zijn excuses aanbood voor mijn fouten of het feit dat ik boos was geworden, omdat hij klaagde over mijn gedrag. "Het spijt mij ook," zei ik, na een korte stilte. "Het spijt me dat je dat moest zien en het spijt me, dat ik je pijn heb gedaan."

Misha's blik dwaalde van mij naar de deur en weer terug. "Mag ik nu weg?" vroeg hij, nauwelijks hoorbaar.

Ik zei niets, ging opzij en liet hem gaan. Ik keek toe hoe hij de woonkamer verliet en naar zijn slaapkamer verdween. Toen de stilte me teveel werd, stak ik uit gewoonte een sigaret op en ging ik naar de keuken om nog een paar aspirines te nemen en koffie te zetten. Ik besloot de situatie met Misha even te laten voor wat het was, zodat we beiden tot onszelf konden komen en de rust in huis kon wederkeren. Dan zouden we later wel verder zien.

* * * * *

Maandag, 10 september 2012 – middag
Rotterdam, Nederland

Er gaat ruim een week voorbij, zonder dat ik nog iets van George Springfield hoor. Wel heb ik Ilse nog twee keer aan de telefoon, maar omdat we geen van beiden iets nieuws te melden hebben, zijn de gesprekken kort.

Sinds het telefoontje van Springfield – of beter gezegd: sinds de arrestatie van mijn broer in het nieuws is geweest – staat mijn telefoon roodgloeiend. Ik heb er weinig last van, omdat ik de stekker eruit heb getrokken, maar het aantal boodschappen op mijn antwoordapparaat spreekt boekdelen. Ik wis ze zonder ze af te luisteren. Ik heb geen behoefte aan gesprekken met vage kennissen, die zogenaamd interesse tonen in mijn welzijn en ondertussen uitzijn op een sensatieverhaal om te kunnen vertellen in de kroeg.

Mijn mobiele telefoon neem ik alleen nog op, wanneer er iemand belt, die ik wel wil spreken en ik kom nog nauwelijks de deur uit.

Sinds Misha de voorpagina's heeft gehaald, heb ik ondervonden, dat bijna iedere plek in Rotterdam waar ik regelmatig kom – van mijn stamkroeg tot de supermarkt – is veranderd in een no go area, een plaats waar ik beter niet kan komen als ik geen vragen wil beantwoorden. Al die plaatsen ga ik zoveel mogelijk bewust uit de weg, een trucje dat ik jarenlang van mijn broer af heb kunnen kijken.

Hoewel Misha in ieder Nederlands nieuwsbericht en krantenartikel wordt aangeduid met 'Misha L.', is het voor bekenden niet moeilijk te raden om wie het gaat. Zijn leeftijd wordt genoemd, evenals zijn beroep en het feit dat hij uit Rotterdam komt.

Voor hen die nog twijfelen, biedt het internet voldoende uitkomst.

Op alle Amerikaanse nieuwssites wordt mijn broer bij zijn volledige naam genoemd. Ook wordt het feit dat hij de architect is, die de Ross Towers heeft ontworpen breed uitgemeten. Ik moet onwillekeurig denken aan de zaken van O.J. Simpson en Phil Spector, die een soortgelijke, typisch Amerikaanse hysterie teweeg hadden gebracht.

Op *YouTube* kom ik een persverklaring tegen van een woordvoerder, die verslaggevers te woord staat namens Colin Ross, wier imago een behoorlijke deuk opgelopen lijkt te hebben, door het feit dat hij aan mijn broer kan worden gelinkt.

Ross' woordvoerder is een man met kort, donkerblond haar en waakzame, groene ogen, die ik achterin de twintig schat. Hij draagt jeans en een leren jack en maakt een ontspannen indruk. De meute journalisten lijkt hij vrijwel moeiteloos onder controle te kunnen houden.

"Meneer Wesson, u bent als Hoofd Beveiliging bij Ross Security Systems verantwoordelijk voor de veiligheid van Colin Ross," begint een blonde journaliste, zodra hij naar haar wijst om aan te geven dat ze een vraag mag stellen. "Denkt u niet dat u daarin gefaald heeft, op het moment dat Misha Larsen werd benaderd, om de eerste Ross Tower te ontwerpen?"

Wesson, denk ik.

Als het kwartje echt valt, voel ik mijn adem even stokken.

"Nee, dat denk ik helemaal niet," antwoordt Wesson, ogenschijnlijk onaangedaan door de kritiek op zijn werk. "U loopt op de zaken vooruit. Voorlopig is het onderzoek nog in volle gang en tot het moment dat Misha Larsen veroordeeld wordt, blijft hij een *verdachte,* en geen dader." Hij spreekt met een lage, rauwe stem, alsof hij de avond en nacht ervoor teveel gezopen heeft. "Tot die tijd kunnen wij als Ross Security Systems geen oordeel vellen. Het enige dat ik er nog over wil zeggen, is dat er een uitgebreide *background check* gedaan is, *voordat* Ross Security Systems in zee ging met de verdachte."

"Wat kwam daar uit?" wil de verslaggeefster weten.

"Niets," zegt Wesson. "De verdachte was brandschoon. Tot het moment dat hij werd gearresteerd, was de verdachte nog nooit in aanraking geweest met justitie. Er zijn geen eerdere verdenkingen, arrestaties of veroordelingen. *Hell,* die gozer heeft nog geen verkeersboete op zijn naam staan."

Diverse verslaggevers beginnen nieuwe vragen op hem af te vuren.

Wesson heft zijn hand op. "Op dit moment kan ik geen vragen meer beantwoorden," zegt hij dan resoluut.

"Meneer Wesson," probeert een andere journalist. "Heeft Colin Ross zelf al gereageerd op het feit dat hij een moordenaar in dienst heeft?"

"Zoals ik al zei, is Larsen op dit moment een *verdachte,* geen dader," antwoordt Wesson, zichtbaar geïrriteerd door de vraag. Of misschien meer door het feit dat hij zich laat verleiden tot een antwoord, terwijl hij zojuist heeft gezegd dat, dat niet zou gebeuren. "Colin Ross leeft erg mee met de nabestaanden van het slachtoffer in dit drama, maar het is niet aan hem of aan mij om een oordeel te vellen, voordat een rechter dat gedaan heeft."

Dank je wel, vriend.

"Meneer Wesson...," begint een ander.

"Dan wilde ik het hier graag bij laten," zegt Wesson kortaf en baant zich een weg door de menigte, om vervolgens uit beeld te verdwijnen.

Het filmpje is afgelopen.

Ik zet de computer uit. Met ieder bericht dat ik over mijn broer lees of hoor, neemt mijn onrust en ongeloof alleen maar toe.

Dit moet een fout zijn. Dat kan niet anders. Zelfs Dean Wesson heeft het gezegd. Misha had nog geen verkeersboete op zijn naam en het volgende dat ik hoor, is dat hij iemand van het leven heeft beroofd. Het is te onwerkelijk om waar te zijn. Dit is een fout en binnen niet al te lange tijd zullen die speurneuzen in Amerika vanzelf doorkrijgen, dat ze zich vergist hebben.

* * * * *

Maandag, 5 januari 2004 – ochtend
Rotterdam, Nederland

Ik was de hele nacht opgebleven.

Misha was de hele avond en nacht in zijn kamer gebleven en ik had hem met rust gelaten, in de wetenschap dat hij 's morgens vanzelf tevoorschijn zou komen. Hij zou toch moeten pissen, eten of koffiedrinken.

Tegen een uur of zeven, zette ik koffie en installeerde me in de keuken. Ik hoorde Misha's wekker afgaan en luisterde naar de gebruikelijke geluiden: zijn slaapkamerdeur, de deur van de badkamer, de wc die doorgetrokken werd en de douche die werd aangezet.

Ik stak een sigaret op en wachtte geduldig. Ik dronk mijn koffie, rookte mijn sigaret op en maakte die uit. Ik hoorde dat de douche werd uitgezet, stak een nieuwe sigaret op en schonk koffie in voor mijn broer en voor mezelf. Toen ik mijn derde sigaret uitmaakte en op mijn horloge keek, wist ik dat Misha opzettelijk treuzelde, om de confrontatie met mij zolang mogelijk uit te stellen.

Net toen ik me af begon te vragen of mijn broer van plan was de rest van de Kerstvakantie in zijn slaapkamer door te brengen, verscheen hij in de deuropening. Ik besloot het ons beiden gemakkelijk te maken en zei welwillend: "Ik heb koffie voor je."

Misha ging zwijgend tegenover me aan de keukentafel zitten en trok zijn beker naar zich toe. Hij keek op zijn horloge en richtte zijn blik toen strak op de tafel, die tussen ons in stond, duidelijk niet van plan om mee te werken aan een verzoening.

Ik besefte dat de ondertiteling van mijn gebaar hem volledig ontging. Wat ik eigenlijk wilde zeggen was, dat ik spijt had van mijn gedrag en dat ik het goed probeerde te maken door de moeite te nemen om de hele nacht op te blijven, zodat ik die ochtend koffie voor hem kon zetten. Ik probeerde hem zo duidelijk te maken dat ik spijt had van alles en dat ik hem dankbaar was voor zijn zorgzaamheid van zo'n veertig uur eerder.

Het verbaasde me dat hij dat niet zag, met zijn torenhoge IQ. Het verbaasde me, totdat ik bedacht dat Misha mijn zoenoffer waarschijnlijk bewust negeerde, in een poging me te manipuleren, zodat ik voor hem door het stof zou gaan.

In de eerste instantie irriteerde zijn verongelijkte houding me, maar ik besloot om een keertje de wijste te zijn en hem gelijk te geven. Niet door woordelijk te zeggen dat zijn weinig sociale houding meer dan gerechtvaardigd was, maar ik besloot dat een oprechte verontschuldiging van mijn kant wel op zijn plaats was.

"Jochie," begon ik.

Misha knipperde even met zijn ogen, wat me vertelde dat hij me gehoord had, maar bleef mijn blik ontwijken. Zwijgend dronk hij zijn koffie.

"Het spijt me," zei ik.

Hij schoof zijn stoel een stukje achteruit, alsof hij het nodig vond om *nog* meer afstand te creëren tussen ons. Toen hief hij zijn hoofd op en keek me strak aan. "Wat spijt je?" vroeg hij op kille toon.

Ik was even uit het veld geslagen. Ik had verwacht dat hij mijn excuses zou accepteren of die op zijn minst zou erkennen met een knikje van zijn hoofd en dat we dan weer over zouden kunnen gaan tot de orde van de dag, maar Misha leek niet van plan om het me gemakkelijk te maken. Toen ik geen antwoord gaf, draaide hij zijn hoofd wat, zodat hij door het raam naar buiten kon kijken.

"Jochie, wat wil je horen?" vroeg ik.

"Zolang de woorden 'minder drinken' er niet in voorkomen, wil ik niets horen," antwoordde Misha ijzig. "Is er iets dat je tegen me wilt zeggen?"

Mijn geduld werd dusdanig op de proef gesteld, dat ik in gedachten tot tien moest tellen, om niet naar hem uit te vallen. Mijn stem klonk bijna rustig, toen ik zei: "Het spijt me dat je dat moest zien. En het spijt me dat ik je pijn heb gedaan."

"Fout antwoord," zei mijn broer, schoof zijn lege mok van zich af en stond op.

Ondanks dat ik zag dat het een houding was, sneed zijn kilte dwars door me heen. Toen hij me wilde passeren, hield ik hem tegen. Ik pakte zijn pols vast en keek hem aan. "Jochie, het spijt me dat ik niet de antwoorden voor je heb, die je wilt horen, maar ik wil je geen loze beloftes doen." Ik zag de koude blik in zijn ogen even verzachten, maar bijna meteen terugkomen, alsof hij zich bewust herstelde. "Het spijt me. Ik zal het nooit meer zover laten komen. Kun je daar wat mee?"

Misha trok zich los en zei: "Nee, Len. Daar kan ik helemaal niets mee."

"Ik doe mijn best om je tegemoet te komen hier," waarschuwde ik hem. "Maak dit nou niet onnodig ingewikkeld. Ik ben best bereid om nieuwe afspraken te maken, maar jij bent onredelijk. Je gedraagt je als een klein kind."

Misha deed een stap achteruit. "Nee, Len. Waag het niet om dit *mijn* probleem te maken!" Hij had zichtbaar moeite om zijn emoties in bedwang te houden. "Waag het niet om dit om te draaien! Ik ben niet het probleem."

"Het spijt me echt," probeerde ik nog een keer en pakte hem weer bij zijn pols, om hem te beletten de keuken te verlaten.

"Fijn voor je," sneerde hij. "Wat heb ik daaraan?"

In gedachten telde ik tot twintig en zei toen met ingehouden woede: "Misha, ik waarschuw je. Je haalt echt het bloed onder mijn nagels vandaan."

"Goh, dat *spijt* me," antwoordde hij. "Kun je daar wat mee?"

Ik telde tot dertig en beperkte me tot het versterken van mijn greep rond zijn pols. Ik wist dat ik hem pijn deed, maar het kon me niets schelen. Sterker nog, het liefste had ik hem alle hoeken van de keuken laten zien. "Misha, ik geef je één kans om *nu* in te binden. Zo niet, zal ik je zo'n ongenadige doodschop geven, dat je de komende dagen niet meer op of neer kunt. Ik waarschuw je."

Hij gaf geen krimp, probeerde zich niet los te trekken en bleef me aankijken. Even dacht ik dat hij nu zijn toon wel zou matigen, of zich zou uitputten in excuses, maar in plaats daarvan zei hij: "Dat moet je dan maar doen."

Mijn korte aarzeling werd veroorzaakt door verbijstering. We keken elkaar aan, terwijl mijn verwarring en woede vochten om voorrang.

Misha maakte daar gebruik van door zich los te trekken, maar hij ging niet achteruit. "Loze dreigementen zijn net zo erg als loze beloftes," merkte hij op. De kille blik in zijn ogen had nu plaatsgemaakt voor niets dan minachting.

Het werd me teveel.

Mijn hand schoot uit, voordat ik er erg in had en ik greep hem bij zijn shirt. In één vloeiende beweging stond ik op en ramde hem zo hard mogelijk met zijn rug tegen de koelkast. Ik voelde zijn adem even stokken en vervolgens versnellen onder mijn hand, maar hij gaf geen kik en bleef me recht aankijken, bijna strijdlustig.

Misha benutte mijn aarzeling door naar me uit te halen.

Ik zag zijn vuist aankomen en weerde hem af. Toen greep ik zijn onderarm, om een tweede klap te vermijden en draaide hem een slag, om het hem onmogelijk te maken om met zijn vrije hand naar me uit te halen. Ik handelde intuïtief en draaide de arm, die ik vast hield achter zijn rug. Met mijn vrije hand greep ik hem bij zijn haar en sloeg hem hard met zijn wang tegen de koelkast, terwijl ik hem met mijn andere hand op zijn plaats hield.

Misha probeerde zich los te maken uit mijn houdgreep, maar het was een ongelijke strijd. Hij kon zich nauwelijks bewegen, laat staan dat hij zich had kunnen bevrijden. "Len, je doet me pijn," zei hij zacht.

Ik was te kwaad om me nog iets aan te trekken van die woorden.

* * * * *

Maandag, 10 september 2012 – avond
Rotterdam, Nederland

De afgelopen week heb ik de tijd gedood door naar Led Zeppelin te luisteren, te drinken en drugs te gebruiken, hoewel ik voor mijn doen heel rustig aan heb gedaan. Ik wil bij de les blijven, voor het geval George Springfield belt.

Het irriteert me dat de advocaat me nu al dagen in onzekerheid laat, maar toch ben ik realistisch genoeg om te beseffen, dat het onderzoek waarschijnlijk nog niet afgerond is en dat Springfield niet belt, omdat hij simpelweg nog niets te vertellen heeft.

Geen nieuws, goed nieuws, probeer ik mezelf voor te houden.

Als ik weer op de bank beland met de agenda's van mijn broer, bedenk ik me, voordat ik er één heb opengeslagen. Ik trek mijn jack aan, pak mijn mobiele telefoon en die van Misha en stop beide in een zak van mijn jas. Ik pak mijn portemonnee van de salontafel en ga naar de keuken om mijn sleutels uit de fruitschaal te halen.

Ik moet er even uit, even een andere omgeving. Gewoon even wat afleiding, na bijna een week binnen te hebben gezeten.

Gewoonlijk ga ik naar de kroeg wanneer ik afleiding zoek, maar dat lijkt op dit moment niet zo'n goed idee. Ik heb geen zin in nieuwsgierige vragen, die ik niet kan of wil beantwoorden. Uit ervaring weet ik, dat de bezoekers van coffeeshops zich over het algemeen meer afzijdig houden dan cafébezoekers en ik besluit naar de coffeeshop op de hoek te gaan.

Het is etenstijd, dus ik kan er van uitgaan dat het stil is.

In mijn tuin tref ik de stokoude zwarte kat van mijn buurvrouw aan, die zich zeiknat van de regen onder mijn afdak schuil houdt. Ik pak hem in zijn nekvel en stap over het lage heggetje heen, de tuin van mijn buurvrouw in.

Ik weet dat ze haar kat nooit alleen buiten laat, omdat hij één oog mist en blind is aan het andere oog. Waarschijnlijk is hij in een onbewaakt ogenblik naar buiten geglipt en weet hij niet meer waar hij is. Ik druk op de bel en wacht.

Het duurt even voordat er wordt opengedaan.

"Oh, daar ben je!" roept de buurvrouw blij. Ze strekt haar armen uit en pakt het dier aan.

"Hij zat in mijn tuin," zeg ik.

"Bedankt dat u hem heeft teruggebracht," antwoordt de buurvrouw. "Ik zou me geen raad weten zonder hem."

"Fijne avond," zeg ik.

"U ook." Ze sluit de deur achter zich.

Kennelijk heeft mijn buurvrouw sinds 1 september onder een steen gezeten, want ze weet niets over de situatie van haar voormalige buurjongen. Misschien heeft ze geen tv en leest ze geen kranten.

Het is fijn dat er nog *iemand* is, die me niet probeert te bestoken met vragen.

Na deze onderbreking vervolg ik mijn weg naar de coffeeshop. Bij de deur legitimeer ik me bij de *lookalike* van Joan Jett en hij laat me binnen.

Zodra ik mijn bestelling heb gekregen, ga ik naar de rookruimte.

Aan de leestafel zit een oudere man in het zwart. Hij draagt een hoed, rookt een joint en leest het *NRC*.

Ik heb hem vaker gezien.

Maren zit op de oude bank bij het raam. Haar schoenen liggen op de grond en ze heeft haar benen op de bank getrokken. Ze kijkt op van haar tijdschrift als ze de deur hoort.

"Mag ik erbij komen zitten?" vraag ik.

"Natuurlijk," antwoordt Maren. Ze maakt een uitnodigend gebaartje en legt haar tijdschrift op de armleuning van de bank.

Ik ga zitten en begin een joint te rollen. Ik aarzel even, maar vind dat ik het niet kan maken om Maren niets te vertellen. Tenslotte is ze een goede vriendin van Misha en misschien zelfs wel meer dan dat. Ik zoek naar de juiste woorden.

Stel dat ze nog van niets weet?

9.
HET MAREN MYSTERIE

Maandag, 10 september 2012 – avond
Rotterdam, Nederland

"Maren...," begin ik. "Er is iets..."

Op hetzelfde moment hakkelt Maren: "Len. Als er iets is dat je... met me wilt delen..."

"Je weet het," zeg ik. Het is geen vraag.

Ze knikt en bijt op haar onderlip. "Ik vind het heel erg voor je," zegt ze zacht.

"Dank je," antwoord ik automatisch. "Ik ook voor jou." Ik steek de joint op en moet opeens denken aan Ilses eerste reactie op het nieuws, dat mijn broer is opgepakt op verdenking van 'moord dan wel doodslag', zoals George Springfield dat zo mooi noemt.

Ongeloof. Dat was Ilses reactie geweest. Het was ook mijn eerste reactie en anderhalve week later, ben ik dat stadium nog steeds niet voorbij.

Maar Maren vraagt niet of het echt waar is. Ze lijkt wel aangeslagen, maar lijkt niet te twijfelen aan de juistheid van de berichten. Er is geen ongeloof, alleen acceptatie. En medeleven.

"Wat?" vraagt ze, als ik haar aan blijf staren.

"Geloof jij dat dit waar is?" vraag ik, bijna verwijtend.

"Ze... Ze kunnen natuurlijk... een fout gemaakt hebben...," begint ze.

"Maar je denkt van niet?" dring ik aan.

"Ik weet het niet, Len," antwoordt Maren ongemakkelijk. "Ik was er niet bij en ik hoor alleen wat ze op het journaal zeggen."

Ik zak onderuit op de bank en zucht.

"Wat ga je nu doen?" vraagt ze.

"Voorlopig *kan* ik niks doen," antwoord ik. "Misha's advocaat zegt, dat ik het beste hier kan blijven, totdat er meer duidelijkheid is."

"Maar je twijfelt," stelt Maren.

"Ja, natuurlijk,' snauw ik. "Ik wil naar hem toe."

"Ik denk niet dat dat verstandig zou zijn," zegt Maren rustig. "Je kunt daar niks doen."

"Dat zei die advocaat ook al," klaag ik. Ik kijk haar recht in de ogen en vraag me af wat er in haar hoofd omgaat.

Waar komt die rust vandaan, als jullie werkelijk zo close zijn?

Het feit dat Maren nauwelijks verrast lijkt door het onwaarschijnlijke nieuws over mijn broer zit me niet lekker. Ik besluit alle tact overboord te gooien en vraag: "Waarom heb jij een sleutel van Misha's huis?"

Maren lijkt even uit haar evenwicht door de vraag. "We zijn vrienden," zegt ze dan.

"Heel goede vrienden, dan toch?" ga ik verder.

"We kennen elkaar al heel erg lang," antwoordt ze.

"Waarvan?" vraag ik.

"Van vroeger."

Ik voel mijn ongeduld met ieder vaag antwoord toenemen, maar ik heb sterk het vermoeden dat ik bij Maren weinig zal bereiken met een tirade. Ze lijkt te rustig om zich daar veel van aan te trekken. "Lekker vaag allemaal," sneer ik uiteindelijk.

"Het doet er niet toe," antwoordt Maren. Ze kijkt me niet aan en lijkt slecht op haar gemak.

"Als het er niet toe doet, kun je het me net zo goed vertellen," merk ik bijna achteloos op. Ik neem een diepe haal van mijn joint en houd die dan voor aan Maren.

Ze schudt haar hoofd en duwt mijn hand weg. "Ik moet nog babysitten,' zegt ze.

Ik trek mijn hand terug. "Als het er niet toe doet, kun je het me net zo goed vertellen," zeg ik weer.

"Het is niet aan mij, Len," antwoordt Maren en staat op. Ze trekt haar schoenen aan, alsof ze aanstalten maakt om te vertrekken.

"Wat is niet aan jou?" vraag ik. "Maren?"

"Vergeet het," zegt ze en pakt haar jas, die over de rugleuning van de bank hangt.

"Dat kan ik niet," antwoord ik. "Niet weggaan." Ik pak haar pols en zie dat ze schrikt.

"Sorry," zegt Maren op verontschuldigende toon. "Ik kan niets zeggen. Niet boos zijn..." Ze doet een poging om haar arm los te trekken, maar mijn greep is te sterk.

Ik probeer haar blik op te vangen en als ze me eindelijk aankijkt, laat ik haar los. "Maren, ik ben niet boos op je," zeg ik en kijk naar haar, terwijl ze haar ogen afwendt en haar handtas pakt. "Waarom zou ik?"

Ze blijft even roerloos staan, alsof ze geen idee heeft of ze moet blijven of vertrekken. Dan ebt de besluiteloosheid weg uit haar ogen en antwoordt ze voorzichtig: "Dat weet ik niet."

Ik kies mijn woorden instinctief, maar ik weet bijna zeker, dat het de enige juiste woorden zijn. "Blijf nog even. Ik zal geen vragen meer stellen, oké?" Ik zie haar aarzelen en besluit op haar gevoel in te spelen. "Ik vind het vervelend om nu alleen te zijn." Het is niet noodzakelijk onwaar. Het is alleen iets dat ik normaal gesproken nooit hardop zou toegeven.

Maren zet haar tas op de grond en hangt haar jas weer over de rugleuning van het oude bankstel. Ze blijft nog even staan, maar komt dan weer naast me op de bank zitten. Ze bukt zich naar voren en doet haar tas open, haalt haar sigaretten tevoorschijn en steekt er één op. "Oké," zegt ze dan. "Maar over een half uur moet ik weg."

Ik zwijg en neem een haal van mijn joint.

Maren kijkt me schattend aan en blaast een rookwolk uit. "Je maakt je echt zorgen," zegt ze dan voorzichtig. "Ik zie het in je ogen."

"Hij is mijn broer," antwoord ik. "Natuurlijk maak ik me zorgen."

"Dat begrijp ik."

"Is dat zo?"

"Beter dan je denkt," antwoordt Maren. "En dat was een vraag, trouwens."

"Is dat wat jij en Misha hebben?" vraag ik desondanks verder. "Een soort... broer en zus verhouding?"

Maren neemt een diepe haal van haar sigaret.

Heel even denk ik dat ze antwoord zal geven.

"Het is ingewikkeld," zegt ze dan.

"Leg het me dan uit," probeer ik.

"Je zou geen vragen meer stellen," merkt ze op.

"Technisch gezien was dat geen vraag, maar een voorstel," antwoord ik.

"Zoiets zou Misha ook zeggen," zegt Maren.

* * * * *

Donderdag, 25 oktober 2001 – middag
Rotterdam, Nederland

Ik keek pas op de klok toen ik een sleutel in het slot hoorde. Het was kwart over vijf, later dan mijn broer gewoonlijk thuis kwam uit school. Ik hoorde de gebruikelijke geluiden: de voordeur die dichtsloeg, een plof van de zware rugzak die op de grond werd gezet en het geritsel van een jas die werd uitgetrokken.

Misha verscheen in de deuropening en bleef aarzelend staan. Zijn haar en kleding waren doorweekt en hij rilde.

"Wat zie jij eruit," merkte ik ten overvloede op.

"Sorry, Len," begon hij gehaast. "Ik heb de bus gemist en... Ik moest lang wachten op de volgende en..."

"Ben je daarom zo laat?" onderbrak ik hem.

Misha knikte en bleef bij de deur staan. "Het spijt me echt. Niet boos zijn, oké?"

"Waarom zou ik in godsnaam boos zijn?" vroeg ik verbaasd. Ik stak een sigaret op en blies een rookwolk uit. "Ik neem niet aan dat je voor je plezier in de zeikregen bij een bushalte gaat staan."

Mijn broertje leek even uit balans. "Nee, maar... Ik dacht... Ik weet het niet," antwoordde hij ongemakkelijk.

Ik stond op en liep naar hem toe. "Je lijkt wel een verzopen kat. Trek die natte zooi uit..."

"Waarom?" viel hij me in de rede.

"Waarom?" herhaalde ik.

Even keken we elkaar zwijgend aan.

"Omdat ik niet wil dat je longontsteking krijgt," antwoordde ik simpel. "Trek wat anders aan, dan maak ik koffie voor je." Ik haalde mijn hand even door zijn natte haar en zei: "Kom op, jochie... Relax. Het is oké, echt. Kleed je om en kom naar de keuken." Ik gaf hem een duwtje in de goede richting en verdween zelf naar de keuken om koffie te zetten.

Een paar minuten later kwam Misha de keuken binnen en ging aan de tafel zitten. Hij had zijn natte kleren verruild voor een droge spijkerbroek en warme trui.

Ik zette een beker koffie voor hem neer. "Heb je het koud?" vroeg ik. "Zal ik de verwarming wat hoger zetten?"

Misha schudde zijn hoofd. "Nee, het gaat wel."

"Hoe was het op school?" vroeg ik uit gewoonte.

"Goed," antwoordde hij. "Ik had een tien voor Engels."

"Verrassend," zei ik sceptisch. "Dus er komt een Kerstrapport met alleen tienen?"

Misha schudde zijn hoofd. "Eén negen en één zes," antwoordde hij toonloos. Hij vouwde zijn koude handen om zijn beker en nam een slok koffie.

"Een zes? Jij?"

"Voor gym," antwoordde hij. "Ik haat het. Zonde van mijn tijd, dus ik ga nooit."

"Als je nooit gaat, krijg je een onvoldoende en geen zes," merkte ik op.

"Ik heb vrijstelling," zei Misha. "Ik kijk huiswerk van de brugklassers na voor een paar van de leerkrachten. Dat kost me maar de helft van de tijd, die de gymlessen me zou kosten. Zo houd ik tijd over, begrijp je?"

"Slim bekeken," gaf ik toe. "En waar komt die negen vandaan?"

"Duits," zei hij en zette zijn beker op de tafel.

"Ja," antwoordde ik. "Al die teringnaamvallen."

Misha glimlachte.

Ik keek hem ernstig aan en zei: "Weet je, jochie... We hebben elkaar zo weinig gezien de laatste jaren... Ik weet niet hoe het zat in dat pleeggezin, maar ik houd niet van regeltjes. Je komt thuis als jij vindt dat je thuis moet komen. Ik word echt niet boos als je later bent of als je een keer spijbelt en dat soort onzin."

Misha keek even weg, maar richtte zijn blik snel weer op mij. Hij zweeg.

"Je hoeft mij niks uit te leggen," zei ik. "Zolang jij goede cijfers haalt en ik niets hoef uit te leggen aan Jeugdzorg, zitten we goed. We kunnen doen wat we willen."

* * * * *

Maandag, 10 september 2012 – avond
Rotterdam, Nederland

"Met Ilse."

"Ilse, met Lennart." Ik steek een sigaret op.

"Heb je nieuws?" vraagt Ilse.

"Nee, niet echt," antwoord ik en klem mijn telefoon tussen mijn oor en mijn schouder. Met mijn vrije hand trek ik een blik bier open. "Die advocaat... Springfield... Hij heeft nog steeds niet gebeld, dus ik ga er maar vanuit, dat er geen nieuwe ontwikkelingen zijn. Ik kan die man toch moeilijk elke dag om updates vragen?"

"Ik weet zeker dat hij daar vorstelijk voor betaald wordt," merkt Ilse droog op.

"Dat zal wel," zeg ik.

"Lennart, als je antwoorden wilt, zul je vragen moeten stellen," zegt Ilse. "Zo werkt dat nou eenmaal."

"Wat als het antwoorden zijn, die ik niet wil horen?" vraag ik.

"Alles is beter dan onzekerheid," antwoordt ze.

"Dat zal wel," zeg ik weer.

"Loop je een beetje met je ziel onder je arm?" raadt Ilse.

"Een beetje," geef ik toe. "Ik blijf maar het gevoel houden, dat er veel meer aan de hand is. Ik bedoel, dit is een situatie, die ik nooit had kunnen *bedenken*. Het is zo bizar, dat het nooit... Hoe zal ik het zeggen? Dat het nooit *alleen maar* dit kan zijn. Snap je?"

Ilse zwijgt even, alsof ze erover nadenkt. "Nee," zegt ze dan. "Ik ben nog niet verder gekomen dan de ontkenningsfase."

Ik probeer onder woorden te brengen, wat er in mijn hoofd omgaat. "Ik kan het ook niet geloven... Niet *echt*. Het is onwerkelijk. Ik bedoel, het is niks voor Misha... Maar dat was ontslag nemen ook niet. En zo waren er nog wel meer dingen... De laatste maanden, maar ook jaren geleden al... Vreemde dingen, waar ik toen niet bij stil heb gestaan..."

"Wat voor vreemde dingen?" vraagt Ilse.

"Afwijkend gedrag," zeg ik. "Rare reacties, die ik niet kon plaatsen... Die ik nog steeds niet kan plaatsen, trouwens... De laatste tijd... Hij was al maanden bezig om meer afstand tussen ons te creëren... Hij hield afspraken af, stelde dingen uit, zocht ruzie..."

"Dat deed hij ook vlak voordat we uit elkaar gingen," antwoordt Ilse bedachtzaam. "Toen ik het uitgemaakt had, heb ik altijd het gevoel gehouden, dat het niet mijn keuze was... Alsof hij degene was die de deur openzette, zodat ik alleen nog maar weg hoefde te gaan."

Ik denk hierover na. Ik twijfel even, maar zeg dan: "Ik zag Maren vandaag."

Ilse blijft stil.

"Ze had het op het journaal gezien," ga ik verder.

"Ze zal wel geschrokken zijn," antwoordt Ilse. Haar medeleven klinkt bijna oprecht.

"Dat was juist het rare," zeg ik. "Ze vond het klote voor mij, maar in de eerste instantie zag ik geen enkele twijfel, alsof ze gewoon aannam dat het allemaal waar is. Pas toen ik daar iets van zei, begon ze erover dat het een fout kan zijn."

"Er zijn mensen die ervan uitgaan, dat alles op het nieuws waar is," merkt Ilse op. "Maren is een laagopgeleid, eenvoudig meisje. Ze vindt het erg voor jou en voor Misha, maar ze komt niet op het idee, dat het een vergissing kan zijn, omdat het in de krant staat. Of omdat het op het journaal is."

Het klinkt aannemelijk, maar toch zegt mijn gevoel dat het anders in elkaar steekt. "Ik weet het niet..." Ik maak mijn sigaret uit, die bijna geheel is opgebrand in de asbak en steek weer een nieuwe op. Ik inhaleer diep en vertel dan: "Ik vroeg Maren waar zij en Misha elkaar van kennen. Ze deed heel vaag."

"Dat klinkt bekend," zegt Ilse. "Ik heb het ook weleens gevraagd, zowel aan Misha zelf als aan Maren, maar dan zeiden ze altijd dat ze elkaar kenden van 'vroeger'."

"Ik wist tot vorige maand niet eens, dat ze elkaar überhaupt kennen," antwoord ik enigszins gepikeerd.

"Dat begrijp ik niet," zegt Ilse langzaam. "Misha stelde me al heel vroeg in onze relatie aan Maren voor. Hij noemde haar zijn 'beste vriendin'... Als ze echt zo belangrijk voor hem is, dan is het toch raar dat hij naar nooit aan jou heeft voorgesteld?"

"Weet je... Ik denk niet dat 'belangrijk' of niet daar veel mee te maken had," antwoord ik bedachtzaam. "Tenslotte heeft hij jou ook nooit aan me voorgesteld... Het lijkt er meer op dat hij probeerde om alle aspecten van zijn leven gescheiden te houden... Misschien voor... Weet ik veel... *Overzicht?*"

"Waarom heeft hij Maren en mij dan wel aan elkaar voorgesteld?" vraagt Ilse.

Daar kan ik geen antwoord op geven. Ik kan er alleen maar naar raden, maar besluit daar niet aan te beginnen. "Geen idee... Mijn broer houdt er wel vaker een logica op na, die volledig aan mij voorbij gaat."

"Ook dat klinkt bekend," zegt Ilse.

Ik kan geen soepele overgang bedenken om terug te gaan naar het onderwerp, dat ik wil bespreken, dus vraag ik weinig subtiel: "Ben je er ooit achter gekomen hoe het zat met Misha en Maren of waar ze elkaar van kennen?"

"Niet precies," zegt Ilse.

"Ongeveer dan?" probeer ik hoopvol. "Ik denk niet dat Misha haar al kende, toen hij nog bij mij woonde. Hij heeft haar nooit mee naar huis genomen of iets over haar gezegd."

"Wanneer was dat?" vraagt Ilse.

"Tussen zijn veertiende en zijn zeventiende," antwoord ik. "In 2004 ging hij naar Delft en hij is maar kort terug geweest toen Colin Ross terug ging naar Amerika."

"Dan kenden ze elkaar daarvoor al," concludeert Ilse.

"Wat?" vraag ik.

"Maren had die kralenarmbandjes," begint Ilse. "Ze waren oud. Ik vroeg haar een keer of ze niet een paar nieuwe wilde hebben, omdat ik er een paar voor mijn verjaardag had gekregen van mijn zusje, maar ik droeg ze nooit."

Ik begin me af te vragen waarom Ilse denkt, dat ik een verhaal over armbandjes interessant zal vinden. Het doet er niet toe wat voor armbandjes Maren draagt.

"Ze zei dat ze onvervangbaar waren," gaat Ilse verder. "Omdat ze deze bandjes van Misha had gekregen voor haar verjaardag."

"En waarom is dat belangrijk?" vraag ik ongeduldig.

"Misha zou met zijn inkomen toch geen kralenarmbandjes kopen voor zijn beste vriendin?" antwoordt Ilse. "Het was geen recent cadeautje. Die kralen waren oud en versleten. Achteraf gezien denk ik dat ze elkaar hebben leren kennen in een periode, waarin jij geen zicht had op Misha."

Ik denk na. "Toen hij bij zijn pleegouders woonde, bedoel je?"

"Bijvoorbeeld," zegt Ilse. "Misschien zat Maren daar ook wel... Of misschien kennen ze elkaar nog van school."

"Waarom zouden ze daar zo vaag over doen?" vraag ik.

"Ik weet het niet," antwoordt Ilse.

"Volgens mij was er veel meer tussen hen," merk ik op.

"Ja, maar wat dat dan precies was, is me nog steeds een raadsel," antwoordt Ilse.

Ik zucht en zeg dan: "Ik spreek je snel."

"Dag," zegt Ilse en verbreekt de verbinding.

Ik leg mijn telefoon neer en maak mijn sigaret uit. Ik neem een slok bier en denk na. Het is allemaal zo onlogisch, dat ik niet weet wat ik ermee aanmoet. Ik heb geen idee meer wat wel en niet relevant is.

Waarom heb je Maren altijd verzwegen?

En Ilse?

En wat heb je nog meer verzwegen, jochie?

Ik steek nog een sigaret op en heb het gevoel dat mijn hoofd op het punt van exploderen staat. Het idee dat Misha jarenlang hele stukken van zijn leven heeft verzwegen is op zich al geen prettige gedachte, maar is nog niets in vergelijking met andere dingen.

Wat is er gebeurd, voordat je werd gearresteerd?

Hoe goed ken ik je eigenlijk, broertje?

* * * * *

Maandag, 5 januari 2004 – ochtend
Rotterdam, Nederland

Ondanks dat Misha en ik het met grote regelmaat hartgrondig met elkaar oneens waren over zo ongeveer alles, kwamen slaande ruzies zelden voor. Als hij me teveel irriteerde met zijn neerbuigende houding of steken onder water, gaf ik hem weleens een schop tegen zijn schenen of een klap voor zijn hoofd, maar daar bleef het bij.

Het was nooit meer dan een waarschuwing.

Ik had nog nooit eerder de intentie gehad om hem echt pijn te doen, maar die ochtend had hij me te ver over de grenzen van mijn geduld heen gedreven. Ik hield hem nog altijd in een ijzeren greep tegen de koelkast gedrukt en had geen enkele intentie om nog iets door de vingers te zien.

Ik had Misha de kans gegeven om zijn toon te matigen, maar hij was steken onder water blijven geven, totdat ik mijn geduld volledig verloor. Uiteindelijk liet ik hem los, maar niet omdat hij aangaf dat ik hem pijn deed. Ik liet hem alleen maar los, zodat ik mijn handen vrij zou hebben om hem een pak slaag te geven.

Zodra ik hem los liet, draaide hij zich langzaam om, zodat hij me aan kon kijken.

Ik haalde vrijwel direct naar hem uit, maar hij ontweek de klap. Het wakkerde mijn woede alleen maar aan en toen de tweede klap doel trof, bleef ik slaan. Ik raakte hem waar ik hem raken kon.

Misha probeerde mijn vuisten af te weren, maar sloeg niet terug. "Len, stop," zei hij, zwaar ademend.

Ik zag de angst en paniek in zijn ogen, maar ik was te ver heen, om iets te doen met dat gegeven. Ik bleef slaan.

"Lennart, stop," smeekte hij. "Alsjeblieft."

Ik kwam pas weer een beetje bij zinnen, toen Misha op de grond lag. Ik probeerde mezelf tot kalmte te manen. Ergens in mijn achterhoofd realiseerde ik me, dat ik hem het ziekenhuis in zou slaan als ik nu niet stopte.

Mijn broer bleef liggen met zijn armen beschermend over zijn hoofd en zijn ogen stijf dicht, alsof hij zich voorbereidde op het moeten incasseren van nog meer geweld. Toen dat uitbleef liet hij zijn armen zakken en opende hij zijn ogen.

Ik zag dat zijn aandacht ergens door getrokken werd en volgde de lijn van zijn blik. Ik zag een schaar liggen, die tijdens onze knokpartij van het aanrecht moest zijn gevallen.

Misha hief zijn hoofd op en keek me afwachtend aan.

Ik zag zijn blik nogmaals afdwalen naar de schaar en toen hij weer naar mij keek, zag ik hem denken. Ik zocht oogcontact, hield zijn blik vast en probeerde te zien wat er in zijn hoofd omging. Ik zag iets in zijn ogen, dat me een onbehaaglijk gevoel gaf en zette instinctief mijn voet op zijn arm, om hem te beletten de schaar te pakken.

"Dat zou ik niet doen, als ik jou was," waarschuwde ik en trapte door. Ik richtte me in mijn volle lengte op en bleef hem aankijken.

Misha gaf geen kik en deed geen poging om zijn arm los te trekken of om op te staan. Hij bleef liggen, alsof hij volledig berustte in het feit dat ik de overhand had.

Ik maande mezelf tot kalmte en begon te twijfelen of ik werkelijk gezien had, wat ik dacht te hebben gezien. Ik vroeg me af of ik hier overheen kon stappen, als het werkelijk zo was. Ik moest nadenken.

Mijn broer keek me met ingehouden adem aan.

Ik negeerde het feit dat ik hem een bloedneus en een blauw oog had geslagen. Dit was niet het moment voor misplaatst medelijden. Hij had dit over zichzelf afgeroepen en ik besloot dat afstand nu voor ons beiden even het beste was. Ik trok mijn plan.

Met ingehouden woede en een gigantische knoop in mijn maag, zei ik: "Ik ga nu naar de coffeeshop en als ik terugkom, heb je de keuken op orde en geen enkel commentaar op wat dan ook. Begrepen?"

"Len, ik..."

Ik liet hem niet uitpraten. "Misha, ik wil het niet horen." Ik haalde mijn voet van zijn arm en schopte de schaar bij hem vandaan. Ik zag dat hij op wilde staan, maar bij de kleinste beweging kromp hij in elkaar, alsof het pijn deed.

"Len, ik...," begon hij weer.

"Ik wil het niet horen," herhaalde ik.

Misha kwam langzaam overeind en bleef toen roerloos staan.

Ik zag dat hij oogcontact zocht, alsof hij een toenaderingspoging deed. Ik stapte achteruit, bij hem vandaan. "Blijf uit mijn buurt, als je weet wat goed voor je is," waarschuwde ik.

"Len," zei Misha weer.

"Misha, ik wil het *niet* horen." Ik liep naar de deur, maar bleef daar even staan. Ik aarzelde, draaide me om en keek naar hem. Weer twijfelde ik of ik het goed gezien had. Het onbehaaglijke gevoel had plaatsgemaakt voor een knagende onzekerheid. Diep in mijn hart wilde ik het gewoon aan hem vragen, maar ik bedacht me. Ik wilde eerst nadenken, voordat ik dingen zou zeggen, waar ik later spijt van zou krijgen.

Ik ging naar de gang, trok mijn jas aan en vertrok.

* * * * *

Maandag, 10 september 2012 – avond
Rotterdam, Nederland

Het is al tegen middernacht, wanneer de ringtone van mijn mobiele telefoon mijn gedachten ruw verstoord. Ik ben nog wakker en heb me op de bank geïnstalleerd om de dag te overdenken en een blowtje te roken, maar ik kan mijn hoofd niet bij het heden houden. Meestal draai ik Led Zeppelin, Pink Floyd of de Velvet Underground als ik gebruik, maar ik ben nu niet in de stemming voor *Good Times, Bad Times* of *Wish You Were Here* of zelfs voor *All Tomorrow's Parties.* Ik heb voor veilig gekozen en Jimi Hendrix opgezet.

Smoke On The Water overstemt Jimi's *All Along The Watchtower.*

Ik werp een argwanende blik op het display van mijn GSM, half verwachtend dat het weer één van mijn vage en zogenaamd belangstellende kennissen uit de kroeg is.

De naam in het schermpje doet mijn hart een slag overslaan. *"Hello?"*

"Meneer Larsen," begint George Springfield. "Bel ik u wakker?"

"Nee," ontken ik haastig.

En wat dan nog?

"Er zijn... nieuwe ontwikkelingen," gaat de advocaat verder.

"Wat is er gebeurd?" wil ik weten.

"Uw broer heeft bekend," zegt hij.

Ik hoor de zin echoën in mijn hoofd. Het voelt alsof ik een klap met een hamer heb gekregen. De grond lijkt onder mijn voeten weg te zakken en weer overheerst de ontkenning.

Dit kan niet waar zijn...

"Het spijt me, meneer Larsen," zegt Springfield. Zijn medeleven lijkt oprecht. "Ik zou willen dat ik beter nieuws voor u had."

"Wat heeft hij bekend?" weet ik uiteindelijk verbijsterd uit te brengen.

"Doodslag," antwoordt hij.

"Wat is er dan gebeurd?" Ik steek een sigaret op en probeer mijn rust te hervinden en mijn gedachten te ordenen.

"Uw broer heeft bekend, dat hij en het slachtoffer ruzie hebben gekregen en dat hij daarbij het slachtoffer om het leven heeft gebracht," antwoordt Springfield. "Feitelijk is het niet meer, dan een uit de hand gelopen ruzie."

Ik kan me hier niets bij voorstellen.

Mijn broer is iemand, die confrontaties het liefst uit de weg gaat.

Dan herinner ik me het incident met de schaar weer, maar ik heb moeite om de link te leggen. Ik heb het destijds verkeerd gezien. Dat weet ik zeker. Ik heb zo vaak onenigheid gehad met Misha, maar er is nooit enige dreiging van mijn broer uitgegaan.

Toch?

Ik had het verkeerd gezien. Mijn beeld was vertekend geweest door mijn eigen razernij. Ik zwijg, omdat ik wil weten wat Springfield nog meer te melden heeft en omdat ik zelf niet weet wat ik moet zeggen.

"Meneer Larsen? Bent u daar nog?" vraagt Springfield.

"Ja," zeg ik, gemaakt rustig. "En nu?"

"Nu wordt het verhaal van uw broer afgezet tegen het bewijs en alle onderzoeksresultaten," vertelt hij. "Mogelijk komt er dan nog een vervolgonderzoek, om bepaalde punten in uw broers bekentenis te verifiëren. Als het verhaal van mijn cliënt overeenkomt met de bevindingen in het onderzoek, dan volgt de aanklacht en wordt de datum voor het proces bepaald."

Ik geef geen antwoord.

Springfield zwijgt even en vraagt dan: "Begrijpt u wat ik u vertel, meneer Larsen?"

"Ja," antwoord ik. "En wat gebeurt er daarna?"

"Met een bekentenis is het vrijwel zeker, dat uw broer veroordeeld wordt," antwoordt de advocaat. "Dan hangt alles af van de rechter. Het kan zijn, dat hij rekening houdt met het feit dat uw broer geen strafblad heeft."

"En in hoeverre werkt zijn status als modelburger in zijn voordeel?" informeer ik.

"Daar kan ik alleen naar gissen," zegt Springfield. "Het hangt echt van de rechter af."

"Wat is het *worstcasescenario?*" vraag ik.

"Twintig tot vijfentwintig jaar in een maximaal beveiligde gevangenis," geeft hij schoorvoetend toe.

"Twintig tot vijfentwintig jaar?" herhaal ik.

"Twintig tot vijfentwintig jaar," bevestigt Springfield. "Maar er is nog van alles mogel..."

"Dan is hij bijna vijftig als hij vrijkomt...," onderbreek ik hem. "Dan is hij bijna twee keer zo oud als nu... Dit is echt waanzin."

"Ik begrijp dat dit moeilijk voor u is," zegt hij.

"Wanneer is de rechtszaak?" vraag ik.

"Dat is nu nog lastig te zeggen," antwoordt Springfield. "Laten we ervan uitgaan, dat wat uw broer verklaard heeft juist is... In dat geval kan het eind oktober of begin november al zover zijn. Als uw broer schuldig is, is het wenselijk dat hij zo snel mogelijk wordt veroordeeld. Dan kan ik daarna gaan proberen dat hij zijn straf – misschien gedeeltelijk – in Nederland kan uitzitten. Dat zou een goede optie zijn."

"Daar kan ik niet op wachten," zeg ik. "Daar *ga* ik niet op wachten."

"Ik heb het er met uw broer over gehad," vertelt hij. "Hij vraagt u om in Nederland te blijven."

"Totdat?" vraag ik.

"In ieder geval tot na het proces," antwoordt Springfield. "U kunt hier niets voor hem doen, meneer Larsen. Het zou u op torenhoge kosten jagen, nog voordat de zaak überhaupt voorkomt."

Ik twijfel.

Misha heeft gevraagd of ik in Nederland wil blijven.

Ik begrijp het niet.

Het contrast met mijn eigen reactie, toen ik afgelopen zomer in de gevangenis belandde, kan onmogelijk groter zijn. Ik wilde mijn broer toen dolgraag zien, maar hij was niet gekomen. Ik begrijp het niet.

"Ik zal u op de hoogte houden van de verdere ontwikkelingen," gaat Springfield verder. "Ik raad u aan om in ieder geval te wachten, totdat de datum van het proces bekend is."

"Dank je," zeg ik. "Ik moet erover nadenken."

"Dat begrijp ik," antwoordt de advocaat. "Dag." Hij hangt op.

Ik leg mijn telefoon op de salontafel en staar er even naar. Dan kijk ik op de klok.

Het is vijf voor twaalf.

Ik aarzel en vraag me af of Ilse dit nieuws reden genoeg zal vinden om haar bed uitgebeld te worden. Waarschijnlijk wel, concludeer ik, maar dan moet ik het hele verhaal van George Springfield oprakelen en vragen beantwoorden.

Opeens voel ik me doodmoe. Ik sta op, zet de platenspeler uit en doe de lichten uit. Ik kan geen gesprek meer opbrengen vandaag en besluit het uit te stellen tot morgenochtend, zodat ik het nieuws een beetje kan laten bezinken.

Morgen weer een dag...

Voordat ik naar bed ga, zet ik de wekker op half zeven.

* * * * *

Maandag, 5 januari 2004 – avond
Rotterdam, Nederland

Nadat ik de rest van de ochtend, de hele middag en een deel van de avond in de coffeeshop had doorgebracht, was ik nog geen centimeter dichterbij een oplossing voor mijn problemen met mijn broer. Ik had een paar blowtjes gerookt en mijn rust herpakt.

Toen ik thuis kwam, hing ik mijn jas aan de kapstok.

Misha's slaapkamerdeur was gesloten, wat me vertelde dat hij daar was.

Ik bleef even staan in de gang, aarzelend over mijn plan van aanpak, maar klopte toen. Ik wachtte niet op een reactie, om hem niet de kans te geven me de toegang te weigeren.

Mijn broer zat op zijn bed te lezen en keek op toen ik binnenkwam.

De stilte was oorverdovend.

Net toen ik dacht dat we de rest van de avond zwijgend naar elkaar zouden blijven staren en nooit meer een woord zouden wisselen, zei Misha: "Het spijt me dat ik de keuken niet heb opgeruimd, Len, maar ik kan niet eens ademhalen, zonder dat het pijn doet."

Hij bracht me even uit balans en ik hoorde mezelf antwoorden: "Dat is oké. Morgen weer een dag."

Misha leek aangenaam verrast door mijn woorden en keek me aan.

Ik overwoog om het hierbij te laten, maar ik kon het niet laten rusten. Ondanks dat ik doorgaans voor de gemakkelijkste weg koos, wat meestal inhield dat ik me – tot op zekere hoogte – aanpaste aan Misha's buien, besloot ik de confrontatie aan te gaan en maar te zien waar het schip zou stranden. Ik leunde tegen de deurpost en vroeg: "Jochie, wat was dat nou?"

"Wat was wat?" vroeg hij.

"Vanmorgen," verduidelijkte ik. "Wat was dat nou?"

Misha keek naar de grond en antwoordde: "Dat weet ik niet."

Ik liep naar het bed en ging op het voeteneinde zitten. "Jochie, je begrijpt toch wel dat..." Ik viel even stil, maar besloot toen: "Dat dit soort dingen niet oké zijn?"

Hij keek me aan. Er lag een verwarde blik in zijn ogen. "Len... Ik... Ik begrijp niet wat je bedoelt."

"Misha, je wilde me een schaar in mijn flikker steken," zei ik.

"Hoe kom je daar nou bij?" vroeg Misha. De klank van zijn stem leek oprecht verbaasd, zo niet geschokt. De verwarring in zijn ogen werd groter.

Ik zweeg en keek hem aan.

Was het mogelijk dat ik het verkeerd gezien had?

Had ik me echt zo vergist?

"Len, hoe kun je dat nou van me denken?" vroeg Misha. Zijn stem was zo zacht dat ik hem nauwelijks kon horen.

"Misha, ik..."

"Hoe kun je dat nou van me denken?" vroeg hij weer.

"Misha," probeerde ik weer.

"Hoe kun je dat nou van me denken?" Mijn broer leek erg aangeslagen door mijn verdenkingen. "Ik dacht...," begon hij. "Nee, laat maar."

"Nee, zeg het maar gewoon," zei ik.

Hij aarzelde. Zijn stem was onvast, toen hij hakkelde: "Len, je was zo kwaad... Ik... Ik was gewoon..." Hij viel stil en leek te twijfelen of hij die zin wel af wilde maken.

"Zeg het maar. Ik beloof je dat ik niet boos word," probeerde ik hem gerust te stellen.

"Ik was bang," fluisterde hij, alsof hij het liever niet zou toegeven.

Zijn woorden sneden dwars door mijn ziel.

"Toen ik die schaar zag, wilde ik hem pakken, voordat jij dat kon doen," zei Misha toen. Hij schrok van zijn eigen woorden en schoof een stukje bij me vandaan, alsof hij bang was dat ik opnieuw naar hem uit zou halen en hakkelde: "Ik bedoel: Ik dacht niet dat je me bewust iets zou doen, maar je was zo boos en ik kon niet meer helder denken en..." Hij viel weer stil.

Ik keek naar hem. Opeens zag mijn broertje er zo kwetsbaar uit, dat ik me vol zelfverwijt af begon te vragen, hoe ik in godsnaam *ooit* had kunnen denken, dat hij me iets aan zou willen doen. Hij had zichzelf willen beschermen door een eventueel wapen uit mijn buurt te houden. Dat kon ik hem moeilijk kwalijk nemen.

"Het spijt me echt," zei ik.

"Mij ook," antwoordde Misha. Ik twijfelde even en keek naar zijn gezwollen oog. "Doet het pijn?" vroeg ik. Hij knikte.

"Het spijt me echt, jochie," probeerde ik hem te overtuigen.

"Dat weet ik," zei hij zacht. "Het is oké. Ik... Ik wil het gewoon vergeten. Oké?"

Ik knikte.

Alsof mijn broer een manier zocht om eindelijk weer over te kunnen gaan tot de orde van de dag en onze ruzie in het verleden te plaatsen, stond hij op en zei: "Ik ga even douchen." Hij leek even te aarzelen, maar vroeg toen: "Wil jij koffie zetten?"

Ik stond ook op en antwoordde: "Ja, natuurlijk." Ik ging naar de keuken en begon koffie te zetten. Ik stak een sigaret op en leunde tegen het aanrecht, terwijl ik wachtte tot de koffie was doorgelopen. Ik bleef mijn ruzie met Misha voor me zien, als een film en ik kon weinig anders dan concluderen dat ik een enorme klootzak was geweest.

Misha had geen schijn van kans gehad.

Ik had hem ongenadig afgetuigd, terwijl ik wist dat het een ongelijke strijd was. Ik had hem pijn gedaan, omdat ik de verbale strijd met hem niet had kunnen winnen. De irritante houding en het puberale gedrag van mijn broertje rechtvaardigden wellicht de eerste klap, die ik hem gegeven had, maar zeker niet meer dan dat. Ik had hem zelfs dusdanig bang gemaakt, dat hij het punt bereikte waar hij vreesde, dat ik hem in blinde woede met een schaar te lijf zou gaan.

Op dat moment was ik bijna blij dat onze ouders er niet meer waren om dit mee te maken.

Ik maakte mijn sigaret uit, schonk de koffie in twee bekers en ging naar de woonkamer, waar ik ze op de salontafel zette. Ik schoof een shirt van mijn broer, dat op de rugleuning van de bank hing opzij, pakte een zakje wiet uit een klein schaaltje op het bijzettafeltje en haalde mijn pakje shag uit het borstzakje van mijn jeanshemd. Ik begon een joint te rollen en wachtte geduldig, totdat mijn broertje de moed had verzameld om ook naar de woonkamer te komen.

"Heb jij mijn grijze shirt gezien?" vroeg Misha toen hij de kamer binnenkwam.

"Ja, dat ligt...," begon ik, maar stopte middenin mijn zin toen ik opkeek en het letsel zag, dat ik hem had toegebracht. Het blauwe oog had ik al eerder gezien, maar de aanblik van de vele blauwe plekken op zijn armen en borst was zo pijnlijk, dat ik alleen maar kon stamelen: "Jezus, jochie."

Misha haalde zijn schouders op.

Wat heb ik gedaan?

Ik legde de spullen die ik in mijn handen had weg, stond op en pakte Misha's shirt. Ik wilde niet zien wat ik gedaan had. Ik wilde het aan mijn zicht onttrekken en doen alsof het nooit was gebeurd, maar toen ik bij hem kwam, wilde ik alleen nog maar zijn pijn wegnemen. Voorzichtig legde ik mijn hand op zijn schouder en dwong mezelf te kijken en te accepteren wat ik had gedaan.

"Jezus, jochie," zei ik weer. Toen de situatie voor ons beiden te ongemakkelijk werd, gaf ik hem zijn shirt. Ik zag zijn krampachtige manier van bewegen, toen hij het aantrok.

Len, klootzak, dacht ik.

Misha maakte aanstalten om zijn koffie te pakken, maar ik hield hem tegen door zijn pols te pakken.

"Misha...," begon ik. "Jochie, het spijt me zo. Kom eens hier." Ik trok hem voorzichtig naar me toe, bang om hem nog meer pijn te doen en sloeg mijn armen om hem heen. Ik wilde het goedmaken, maar wist dat daar veel meer voor nodig zou zijn dan een simpele omhelzing en een verontschuldiging.

"Len, je doet me pijn."

"Sorry," zei ik en liet hem los.

* * * * *

Dinsdag, 11 september 2012 – ochtend
Rotterdam, Nederland

Ik word wakker, voordat de wekker gaat. De beelden van mijn ruzie met Misha van ruim acht jaar eerder, staan opeens haarscherp op mijn netvlies.

Ik zie voor me hoe hij op de grond lag, machteloos en bloedend.

Ik zie voor me hoe hij die schaar in het oog kreeg.

Ik zie voor me hoe hij van de schaar naar mij keek en hoe ik hem bijna kon zien denken. Ik herinner me het nare gevoel, dat me bekropen had en hoe gewillig ik me door hem had laten overtuigen, dat ik het verkeerd gezien had.

Wat als mijn eerste gevoel juist was?

De stem van George Springfield echoot na in mijn hoofd: *"Uw broer heeft bekend, dat hij en het slachtoffer ruzie hebben gekregen en dat hij daarbij het slachtoffer om het leven heeft gebracht. Feitelijk is het niet meer, dan een uit de hand gelopen ruzie."*

Hoe onwerkelijk is dit scenario nog, wanneer ik het afzet tegen mijn herinneringen?

Ik werp een blik op mijn wekker en zie dat het pas half zes is, maar ik kan niet meer blijven liggen.

Ik moet weten wie mijn broer is.

10.
ORDE EN CHAOS

Dinsdag, 11 september 2012 – ochtend
Rotterdam, Nederland

Ik schenk mijn derde beker koffie in en ga aan de keukentafel zitten.
Voor me liggen mijn eigen mobiele telefoon en die van mijn broer. Vanmorgen vroeg heb ik Ilse al gebeld, om haar te vertellen dat Misha doodslag bekend heeft, voordat ze het in de krant zou lezen of op het nieuws zou zien.
Zoals ik verwachtte, was haar reactie een mengeling van ongeloof en ontkenning. Daarna zweeg ze en vervolgens beëindigde ze ons gesprek met de mededeling, dat ze even van het nieuws moest bijkomen.
Ze had er duidelijk moeite mee.
Ik kon het horen aan haar onvaste stem, waarin de tranen doorklonken.

Nadat ik mijn derde beker koffie op heb en de vierde heb ingeschonken, bel ik Maren.
"Hallo?"
"Met Lennart."
"Hoe laat is het?" vraagt ze slaperig.
"Vijf over zeven," antwoord ik.
Ze klinkt een stuk wakkerder als ze vraagt: "Wat is er?"
"Misha's advocaat heeft gebeld," vertel ik.
"Wat zei hij?" vraagt Maren.
"Misha heeft bekend," antwoord ik. "Doodslag." De woorden blijven vreemd klinken, ongeacht hoe vaak ik ze denk of hardop zeg.
"Ik vind het heel erg voor jullie," zegt ze langzaam, na een korte stilte.
Weer hoor ik oprecht medeleven, maar geen twijfel.
"Dank je," zeg ik. Ik hoor mezelf praten. Dit is niet hoe het hoort te gaan. Ik wil me kunnen vastklampen aan de overtuiging, dat het allemaal één grote vergissing is en Maren maakt me dat onnodig moeilijk met haar acceptatie van de vreemde feiten.
"En nu?" vraagt ze.
"Ik wil je zien," zeg ik.
"Twaalf uur?" stelt Maren voor.
"Oké. Tot straks," antwoord ik en hang op. Ik hoef niet te vragen waar.
Na mijn gesprek met Maren, zet ik nieuwe koffie en beland weer aan de keukentafel met de twee telefoons binnen handbereik, voor het geval Springfield weer belt.
Wat me nu nog rest, is wachten tot twaalf uur, met alleen mijn eigen gedachten en herinneringen als gezelschap. Het belooft een lange dag worden. Ik ga naar de woonkamer en zet het journaal aan.
De slachtoffers van de aanslag op de Twin Towers worden herdacht.
God, is dat alweer zo lang geleden?

Zondag, 4 november 2005 – middag
Rotterdam, Nederland

Toen ik opstond en een blik op de klok wierp, was het bijna twee uur 's middags. De voorbije avond en nacht waren inmiddels al gereduceerd tot abstracte beelden van bier, drugs en een blonde vrouw, van wie ik me de naam niet meer kon herinneren. Ik kon me niet eens herinneren hoe ik thuis was gekomen. Of wanneer.

Ik kleedde me aan en ging rechtstreeks naar de keuken, in de verwachting mijn broer daar aan te treffen met zijn eeuwige boeken en bijbehorende bekers koffie. Het verbaasde me dat hij daar niet was. Ik schonk een beker koffie voor mezelf in en ging naar de woonkamer, op zoek naar mijn sigaretten.

Misha zat op de bank en keek naar de televisie. Naast hem stond een onaangeroerde beker koffie en hij staarde gefascineerd naar het beeldscherm.

Ik wierp een blik op de tv en rolde met mijn ogen. "Discovery Channel?" vroeg ik. "Echt?" Ik pakte mijn sigaretten en stak er één op. Toen mijn broer geen antwoord gaf en niet opkeek, vroeg ik sceptisch: "Nieuwe hobby?"

"Alleen medische programma's," antwoordde hij, nog altijd zonder op te kijken.

Ik keek opnieuw naar het beeldscherm, maar wendde mijn gezicht af toen de beelden me te bloederig werden. "Leuk," zei ik. "Wil je nou opeens dokter worden, of zo?"

"Nee, Len." Misha zuchtte, alsof ik hem stoorde bij iets belangrijks en keek me even recht aan. "Dit zijn gewoon dingen die handig zijn om te weten. Je weet wel... Wat te doen bij een hartaanval... Wist je trouwens dat je overlevingskansen bijna alleen maar afhangen van het feit of de bloedprop van boven- of onderaf je hart ingaat?"

"Ik wil het niet weten," zei ik eerlijk en nam een slok koffie.

"Het is best interessant eigenlijk," ging Misha onverstoorbaar verder. "Vorige week hadden ze het over slagaderlijke bloedingen en de week daarvoor, hadden ze 'Wat te doen bij een overdosis'. Handig voor jou."

"Je bent echt irritant, weet je dat?" snauwde ik, nam een haal van mijn sigaret en blies de rook opzettelijk in de richting van mijn broer.

Misha hoestte even demonstratief en richtte zijn aandacht toen weer op de televisie.

Dinsdag, 11 september 2012 – middag
Rotterdam, Nederland

Als ik de coffeeshop binnen ga, zit Maren al in de rookruimte op me te wachten. Ik bestel een kop koffie en wacht ongeduldig op mijn bestelling. Dan ga ik naar de rookruimte, sluit de deur achter me en ga naast Maren op de bank zitten.

"Hoi, Len," zegt ze en steekt automatisch de hand waarin ze haar joint houdt naar me uit.

"Hé," antwoord ik, neem een diepe haal en geef de joint terug.

Maren glimlacht en neemt een haal. Ze buigt zich een beetje naar voren en legt haar joint in een asbak. De mouw van haar trui schuift iets omhoog.

Mijn oog valt op de kralenarmbandjes rond Marens pols. Ik haal mijn sigaretten uit mijn jaszak en steek er één op. "Heb je die al lang?" vraag ik en wijs.

"Al eeuwen," antwoordt ze. "Ik ben er nogal aan gehecht."

"Dat gebeurt soms," zeg ik.

Maren kijkt naar me en staat op. Ze pakt mijn hand.

Automatisch sta ik ook op, maar ik heb geen idee wat ze van me wil of verwacht.

Haar plotselinge omhelzing verrast me, maar ik sla mijn armen om haar smalle schouders en houd haar vast.

Maren huilt en legt haar hoofd tegen mijn borst.

Het valt me nu pas echt op hoe klein ze eigenlijk is. Ze is zelfs nog iets kleiner dan Ilse en komt nauwelijks tot aan mijn schouder. Ik wil haar troosten, haar zeggen dat alles goed komt, maar in hoeverre zullen dat later loze woorden blijken te zijn?

"Ik vind het heel erg," zegt Maren weer.

"Dat weet ik," antwoord ik. Ik aai even troostend over haar hoofd. "Ik denk dat we samen maar moeten proberen om de tijd uit te zitten tot Misha's proces. Tot die tijd kan ik toch niet naar de VS. Dan kunnen we net zo goed samen naar de klote gaan, toch?" Ik houd haar nog steeds dicht tegen me aan.

Maren heft haar hoofd op, zodat ze me aan kan kijken.

Ik krijg het gevoel dat ze dwars door me heen kijkt. Plotseling zie ik iets in haar ogen, dat weer een puzzelstukje op zijn plaats laat vallen. "Je beschermt hem," zeg ik. Hoe ik precies tot deze conclusie ben gekomen, kan ik niet uitleggen, maar ik *weet* gewoon dat ik gelijk heb. "Wat weet je allemaal, Maren?"

Ze maakt zich onmiddellijk los uit mijn omhelzing en doet een stap achteruit.

"Oké," sus ik en hef verontschuldigend mijn handen op. "Anders... Even opnieuw... Ik denk dat jij en ik hetzelfde doel hebben en dat we allebei doen wat wij denken dat het beste is."

Maren doet een voorzichtig stapje naar voren en blijft dan staan. "Hetzelfde doel?" herhaalt ze.

"We willen allebei het beste voor Misha," antwoord ik.

Ik kies mijn woorden heel zorgvuldig, huiverig om haar opnieuw afstand te laten nemen. "We willen allebei dat het goed komt. Ik ben niet je vijand, Maren. We staan aan dezelfde kant. We zien de dingen alleen iets anders. Laten we eens proberen of we op één lijn kunnen komen. Ik ben een kei in het sluiten van compromissen, weet je."

* * * * *

Zaterdag, 30 juli 2011 – avond
Rotterdam, Nederland

Ik gaf Misha geen kans om iets te zeggen.
"Hé, jochie," zei ik. "Lang niet gehoord..." Ik klemde mijn mobiele telefoon tussen mijn oor en schouder en stak een sigaret op. "Ik dacht even dat je van de aardbodem was gevallen. Ontvoerd door aliens of zo."
"Ik heb het druk gehad," zei Misha zuchtend.
"Vertel eens wat nieuws," antwoordde ik sceptisch. Ik had onmiddellijk spijt van mijn woorden en herstelde me. Ik had mijn broer niet gebeld om ruzie te maken. "Ik was twee dagen geleden nog bij je aan de deur. Je was er niet."
"Ik ben in de nacht van donderdag op vrijdag pas terug gekomen uit Milaan," zei Misha. "Congres."
"Spannend," antwoordde ik en rolde met mijn ogen.
Misha kon het toch niet zien.
Ik nam een diepe haal van mijn sigaret en zakte onderuit op de bank. "Ga je straks mee om iets te drinken?" vroeg ik.
"Len, toe nou, ik ben net terug uit Italië," probeerde Misha. "Kan het niet volgende week of zo?"
"Nee," antwoordde ik. "Ik heb je weken niet gezien."
"Ik heb geen zin in een mensenmassa in een kroeg," zei Misha. "Ik heb deze week zoveel mensen gezien, dat ik er knettergek van word."
"Kom dan hierheen," stelde ik voor.
Misha zweeg even en zei toen: "Oké. Hoe laat is het nu?"
"Half zeven," antwoordde ik.
"Laat me dit even afmaken. Ik ben er tegen een uur of acht."
"Wat ben je aan het doen?" vroeg ik.
"Aan het werk."
"Misha, het is zaterdag."
"Dat weet ik, Len. Tot straks."

* * * * *

Donderdag, 13 september 2012 – middag
Rotterdam, Nederland

Sinds mijn laatste ontmoeting met Maren in de coffeeshop twee dagen geleden, heb ik veel nagedacht, maar teveel vragen blijven onbeantwoord.
Waar ik Marens verhalen ronduit vaag vind, zet ik ook de nodige vraagtekens bij alles, dat George Springfield me verteld heeft.
Na veel wikken en wegen ga ik halverwege de middag terug naar Misha's penthouse in de Black Diamond. Ik sluit de deur achter me en ga naar de woonkamer. Nu niemand bereid lijkt te zijn om mijn vragen te beantwoorden, zit er weinig anders op dan zelf maar op onderzoek uit te gaan. Op zoek naar...
Ja, op zoek naar wat?

Ik kijk rond, maar heb eerlijk gezegd geen idee wat ik eigenlijk zoek.

Ja, een verklaring... antwoorden... duidelijkheid...

De waarheid...

Ik denk na en probeer de situatie te zien door de ogen van mijn broer. Dat hij iets verbergt is wel duidelijk en het ligt in de lijn der verwachting, dat hij dat doet op een plaats, waarvan hij niet verwacht dat iemand daar zal zoeken of er per ongeluk tegenaan zal lopen.

Ik ga naar de slaapkamer. Het is de enige ruimte in Misha's woning, waar ik nog nooit ben geweest. De inrichting is minimalistisch, zoals in de rest van het huis. Ik bekijk het grote bed en kijk dan in de lades van de nachtkastjes. Die zijn allemaal leeg, wat ik al had kunnen vermoeden, toen ik de lades opende. Ze gaan stroef, alsof ze nooit gebruikt worden en ik neem aan dat de kastjes zuiver een decoratieve functie hebben.

Verder is er geen kastruimte en ik vraag me af waar mijn broer dan zijn kleding bewaart. Ik heb hem zelden twee keer in dezelfde outfit gezien, dus hij voert zijn hang naar minimalisme niet door in zijn garderobe.

Behalve de deur waardoor ik binnen ben gekomen, is er nog een deur in de slaapkamer. Ik open die en ga naar binnen. Het blijkt een enorme inloopkast te zijn, zoals de filmsterren hebben in het MTV programma 'Cribs', met vrijetijds-kleding links en kantoorkleding rechts. Ik heb nooit geweten dat echte mensen die ook hebben.

Achterin staan een paar verhuisdozen, allen voorzien van een sticker: 'Administratie 2006' tot en met 'Administratie 2011'.

Ik zucht en vraag me af of het de moeite waard is om de inhoud van de dozen te bekijken. Het is geen prettig vooruitzicht en ik besluit eerst verder te zoeken.

Op een plank staat een kleinere doos, zonder sticker. Ik pak de doos en neem die mee terug naar de slaapkamer. Daar ga ik op het bed zitten, zet de doos naast me neer en haal het deksel eraf.

De inhoud is op zijn minst verrassend. Misha heeft altijd de gewoonte gehad om zo weinig mogelijk te bewaren. Hij werkt volgens het principe dat wanneer hij iets langer dan een jaar geleden voor het laatst in zijn handen heeft gehad, hij het zonder pardon of verdere overwegingen weggooit. Mijn broer heeft een hekel aan overbodige rommel en in zijn ogen is bijna alles 'rommel'.

De weinige spullen, die we nog van onze ouders hebben, bewaar ik in een aantal oude verhuisdozen onder mijn bed. Niet dat ik er zelf ooit nog naar gekeken heb, maar Misha wilde het niet eens in huis hebben. Toen ik hem jaren geleden op een oud fotoalbum wees, haalde mijn broer zijn schouders op en vroeg onverschillig: "Len, wat moet ik met foto's? Ik heb een fotografisch geheugen."

"Wat bewaar je dan wel?" vraag ik hardop en steek mijn hand in de doos. Ik haal er een stapel oude schoolrapporten uit en blader er even doorheen. Zoals ik al verwacht had, zie ik bijna alleen maar tienen, een enkele verdwaalde negen en veel lovende opmerkingen van leraren, die af en toe even refereren aan Misha's 'onrust', maar dat wijten aan het feit dat hij 'zo weinig uitdaging vindt in de lesstof'.

Eén notitie trekt mijn aandacht.

Misha is erg leergierig, intelligent en artistiek aangelegd. Zijn schoolresultaten hebben weinig te lijden gehad onder zijn privésituatie. In de klas is hij wel onrustig en snel afgeleid, wat ik wijt aan het overlijden van zijn ouders, eerder dit jaar. Misha legt erg moeilijk contact met zijn klasgenoten – wat deels komt door het leeftijdsverschil. Sociale vaardigheden zijn een aandachtspunt.

Mijn broer samengevat in vijf zinnen.

Ik kijk op de voorkant van het rapport, om het jaartal vast te stellen. Klas 2 VWO. Het jaar waarin onze ouders overleden. Ik reken terug.

1998. Misha was destijds elf of twaalf. Logisch dat hij een beetje in de war was geweest.

Eigenlijk is hij sinds die tijd weinig veranderd. Het is hoe hij altijd reageert op stressvolle situaties. Hij sluit zich af en duldt niemand om zich heen. Destijds, naar aanleiding van de dood van onze ouders, kon hij het contact met klasgenoten niet verdragen. Heel geleidelijk en bijna ongemerkt was het steeds erger geworden.

Nu, vijftien jaar later, kan hij het contact met zijn eigen broer niet eens meer *handelen*. Ik vraag me huiverig af hoe dit verder moet, als hij wordt veroordeeld. *Wil je me dan nog steeds niet zien?*

* * * * *

Zaterdag, 30 juli 2011 – avond
Rotterdam, Nederland

Ik staarde met toenemende verbazing en ergernis naar de minutenwijzer van de klok in de keuken, die gestaag acht uur voorbij was getikt en inmiddels zeven voor half negen aangaf. Ik zat aan de tafel en wachtte op Misha.

Ondanks het feit dat ik zelf zelden ergens op tijd arriveerde, irriteerde de laksheid van mijn broer me mateloos, voornamelijk omdat hij altijd degene was, die me op bijna neerbuigende toon op het belang van punctualiteit wees.

De bel ging om vijf over half negen.

Ik rolde op mijn gemak een joint en stond toen op om de deur open te doen.

Misha stond voor de deur. Hij droeg vrijetijdskleding en zag er moe uit, alsof hij al dagen niet geslapen had.

"Lekker gefeest in Milaan?" vroeg ik geamuseerd. Ik deed een stap achteruit en liet Misha passeren. Ik sloot de deur achter ons en ging hem voor naar de keuken. "Wat wil je drinken?" vroeg ik.

"Koffie, alsjeblieft," antwoordde Misha en ging aan de keukentafel zitten.

Ik zette koffie, pakte bier voor mezelf en ging tegenover hem zitten. "Hoe is Milaan?" vroeg ik.

"Druk en stoffig, voornamelijk," klaagde Misha.

Ik lachte. Ik stak mijn joint op en inhaleerde diep.

"Stop daar nou eens mee," zei hij geïrriteerd.

"Neem ook wat...," stelde ik sarcastisch voor. "Misschien relax je dan eens een beetje en word je dan eens een beetje gezellig."

"Waarom vraag je me dan te komen?" vroeg Misha. "Wat heb je nodig?" Er viel een stilte, waarin we elkaar alleen maar aanstaarden in stille, onderlinge verwijten.

Misha verbrak het oogcontact als eerste en wendde zijn blik af. "Sorry, Len. Het is gewoon dat... Ik heb gewoon veel aan mijn hoofd op het moment."

"Laat dat nou eens heel even los allemaal," antwoordde ik. "Je draaft door. Ambitie is één ding, maar obsessie is iets heel anders en jij balanceert heel gevaarlijk op die grens... Dit kun je toch niet volhouden, jochie? Je loopt jezelf voorbij. Wanneer heb je eigenlijk voor het laatst geslapen?"

Misha staarde naar het tafelblad en zuchtte.

Ik zag dat hij nadacht over het antwoord.

"Dat weet ik niet meer," gaf hij toe.

"Dat weet je niet meer?" herhaalde ik verontrust. "Jochie, kijk me eens aan. Waar ben je allemaal mee bezig?"

Misha hief zijn hoofd met een ruk op en keek me strak en berekenend aan. "Wat bedoel je daarmee?" vroeg hij.

Ik zag de verandering in zijn ogen.

Wat was dat?

Paniek? Wantrouwen? Angst?

Ik kon het niet plaatsen. "Je ziet eruit alsof je vijf dagen hebt doorgehaald op coke," zei ik eerlijk. Ik bleef hem aankijken en hield zijn blik vast. "Maar aangezien we het over jou hebben en niet over mij..."

"Ik heb hard gewerkt, Len," zei Misha. "Op koffie en adrenaline. En nu ben ik even aan het instorten. Ik heb een congres gehad in Milaan, werk voor mijn grootste klant, meetings tussen alle bedrijven door en wat onverwachte gebeurtenissen. Ik geef toe dat het teveel was, maar alles is oké. Ik moet gewoon even dit weekeinde rustig aan doen."

"Doe dat dan," zei ik nadrukkelijk. De opgejaagde blik in Misha's ogen baarde me zorgen. "Sta heel even stil en kijk om je heen. Er is ook nog van alles buiten je werk, Misha, maar ik krijg de indruk dat je dat niet meer kunt zien." Ik nam een diepe haal van mijn joint en voegde er sceptisch aan toe: "Op jouw manier ben je nog een grotere verslaafde dan ik, weet je dat? Is dit jouw versie van een delirium?"

Misha zweeg.

"Ik probeer je niet te vertellen wat je wel en niet moet doen," zei ik. "Maar je ziet toch zelf ook wel dat je nu ongezond bezig bent?"

"Het is maar tijdelijk," antwoordde hij. "Als alles eenmaal in de steigers staat, komt mijn leven vanzelf weer in rustiger vaarwater. Dan kan ik weer vrije tijd inroosteren."

"Hoor je jezelf?" vroeg ik. "Vrije tijd *inroosteren?*"

Misha negeerde mijn kritiek en veranderde weinig subtiel van onderwerp. "En hoe gaat het eigenlijk met jou?"

"Goed," antwoordde ik. Misschien had ik het niet moeten accepteren dat hij van onderwerp veranderde, maar ik voelde dat als ik er niet in meeging en vasthield, dat mijn broer zou gaan steigeren.

"Ik heb netjes al mijn deurwaarders afbetaald."

"Ik ben onder de indruk," gaf Misha toe. Hij leek zich weer iets te ontspannen, nu hij zelf niet langer het onderwerp van gesprek was.

"Alleen..."

Misha keek me aan en zei nog net niet 'Ik wist het', maar ik kon zien dat die woorden op het puntje van zijn tong lagen.

"Nu heb ik een andere op mijn dak," ging ik verder.

"Waarvoor?" vroeg hij.

"Een oude boete," antwoordde ik.

"Hoe oud?"

"Anderhalf jaar," gaf ik toe. "Als ik niet betaal, moet ik gaan zitten."

Misha zweeg. Hij nam een slok van zijn koffie en zette de beker terug op de tafel.

Ik verwachtte half, dat er een hatelijke opmerking zou volgen over de zoveelste puinhoop, die ik in mijn leven had gecreëerd. Ik wist dat hij niet begreep waarom ik wel alcohol en drugs kocht, maar sommige rekeningen liet liggen.

Hij keek me aan en zei: "Ik betaal het wel." Hij zweeg even en voegde er toen aan toe: "Ik wist het al."

Ik knipperde met mijn ogen. "Je wist het al?"

"Wendy zei het," gaf hij toe.

"Zijn jullie weer bij elkaar?" vroeg ik verbaasd.

"Wendy en ik zijn nooit bij elkaar geweest, Len," antwoordde Misha. "Ik kwam haar tegen op Schiphol."

"Waarom zei je niks?" vroeg ik.

"Weet je, Len," begon hij. "Toen je belde, wist ik al dat je hierover zou beginnen. Ik had me al voorgenomen wat ik zou doen, maar toen verraste je me."

Ik keek hem niet begrijpend aan.

"Je hebt al je andere schulden afbetaald en er niet een nog grotere chaos van gemaakt," verduidelijkte Misha. "Je hebt echt je best gedaan om schoon schip te maken. Daar wil ik best iets tegenover stellen."

Ik dacht hier even over na.

"Wat zou je gedaan hebben als dat niet zo was?" vroeg ik weifelend.

Misha leunde achterover en antwoordde: "Niks... Dan zou ik je gewoon je tijd hebben laten uitzitten."

Ik twijfelde geen seconde aan de waarheid van zijn antwoord. Ik zag het in zijn ogen. "Hoe kun je dat nou zeggen, jochie?" vroeg ik verbijsterd.

"Omdat ik het zat ben, dat ik altijd jouw teringzooi moet opruimen," zei hij. "Len, het is te vaak fout gegaan. Ik ben er gewoon zo ontzettend klaar mee."

Ik voelde me aangevallen en schoot in de verdediging, wat gewoonlijk Misha's terrein is. "Ik ben nu eenmaal niet zoals jij, meneer de architect." Ik nam een slok van mijn bier. "Jij kijkt in een boek en je onthoudt alles. Of je kijkt naar blauwdrukken en je ziet ze driedimensionaal voor je. Je hebt verdomme een IQ van 150."

"Nou en?"

"Dat had ik allemaal niet," zei ik verongelijkt. "Toen pa en ma overleden, moest ik het zelf maar uitzoeken. Ik had helemaal niks. Ja, een grote puinzooi en een broertje om op te passen."

"Op te passen?" herhaalde Misha. Hij schudde zijn hoofd. "Len, je hebt nog nooit één dag in je leven op me gepast. Je was er nooit. Ik was altijd alleen thuis. Als ik mazzel had, was je er 's avonds voor het eten en 's middags in de weekeinden even, tussen twee bezoeken aan de kroeg in. Als ik 's morgens naar school ging, lag je *knock out* op de bank of met één of ander wijf op je nest. Ik moest ook alles zelf uitzoeken."

In plaats van boos te worden, zweeg ik even. Ik had geen zin in ruzie en ondanks het feit dat mijn visie op dat deel van ons leven niet helemaal overeen kwam met die van mijn broer, ging ik er niet tegenin.

"Weet je, jochie?" begon ik en rolde een nieuwe joint. "Het leven is nou eenmaal klote. Ik had het ook liever anders gezien... Dat pa en ma nog geleefd hadden... En dat jij een normale jeugd had gehad... En dat ik nu de rust zou hebben om iets anders te doen met mijn leven, dan wat ik nu doe." Ik schudde cynisch mijn hoofd en stak de joint op. "Maar weet je? Het is oké zo. Het is toch allemaal nog een soort van goed gekomen? Alleen ben jij een workaholic en ik een alcoholist. Nou en?"

"Nou en?" Misha keek me ongelovig aan.

"Nou en!" herhaalde ik. "Iedereen heeft recht op zijn verslaving. Gewoon... *fuck the world!"*

Hij lachte even.

"Laten we een deal maken," zei ik. "Als jij ooit stopt met werken, dan stop ik met blowen. Goed?"

"Kijk uit wat je zegt, Len," antwoordde Misha. "Ik zou nu al met pensioen kunnen."

Ik schudde mijn hoofd. "Nee, jochie," zei ik met zekerheid. "Jij gaat werkend je graf in, zoals de Stones vanaf het podium." Ik stond op, liep naar de koelkast en haalde er twee biertjes uit.

"Ik moet nog rijden, Len," zei Misha.

"Blijf gewoon hier," antwoordde ik. "Neem een biertje, relax, blijf slapen. Morgen is er weer een dag." Aan de houding van mijn broer, zag ik dat hij overstag was. Wellicht was hij te moe om dwars te liggen. Ik zette het bier op de tafel en zei: "Fijn dat je blijft, jochie."

Ik meende het.

* * * * *

Donderdag, 13 september 2012 – middag
Rotterdam, Nederland

Fuck you, denk ik. *Je kunt zoveel niet willen.*

Opeens ben ik er klaar mee. Ik herinner me de keer dat Misha me vroeg, wanneer ik weer eens de oudere broer zou gaan spelen. Toen wuifde ik die opmerking min of meer weg, dacht dat het gewoon de zoveelste hatelijke opmerking was. Een uitgelezen kans voor mijn jongere broer om zijn superioriteit weer eens te benadrukken en me te wijzen op mijn tekortkomingen. Het is de houding, die me altijd mateloos irriteert en dat weet hij. Soms lijkt het bijna alsof hij bewust probeert om me boos te maken, alsof hij *zoekt* naar ruzie.

Nu ik mijn relatie met Misha voor het eerst *echt* onder de loep neem, dringt het pas tot me door hoe gecompliceerd hij is en hoe zeer ik eraan gewend ben geraakt om daarmee om te gaan.

Ik ben zijn sociaal gestoorde gedrag 'normaal' gaan vinden.

Met dat gegeven in mijn achterhoofd leg ik de rapporten opzij en zoek verder. Ik vind een envelop en twijfel even of ik die open zal maken. Doordat Misha altijd zo afstandelijk is, voelt het bijna alsof ik zijn privacy schend. Ik weet dat hij het vreselijk zou vinden als hij wist dat ik zijn spullen doorzoek. Het voelt verkeerd, maar ik vind dat hij met zijn eeuwige zwijgzaamheid en rare gedrag zijn rechten op privacy heeft verspeeld.

Ik heb het recht om te weten wat mijn broer uitspookt en waar hij uithangt. Ik moet het weten. Ik haal de inhoud uit de envelop en houdt een klein stapeltje foto's in mijn handen. Even ben ik uit mijn evenwicht. Misha was heel duidelijk geweest, toen hij verklaarde waarom foto's voor hem weinig waarde hebben.

Wat maakt deze foto's anders, jochie?

Ik bekijk de bovenste. Mijn broer lijkt daar een jaar of dertien en naast hem staat een donkerharig meisje, dat iets jonger lijkt. Ik herken haar meteen en draai de foto om. Op de achterkant staat in Misha's handschrift:

Met Maren, aug. 1999 – Daar.

'Daar'?
Waar is 'daar'?
Ik draai de foto weer om en bekijk de achtergrond aandachtig.

Het ziet eruit als een tuin, maar ik herken het niet als een plek waar ik ooit geweest ben. Ik reken terug en concludeer dat de foto is gemaakt in de tijd dat Misha bij het pleeggezin woonde. Ik bestudeer de lichaamstaal van de beide kinderen en het is duidelijk, dat ze elkaar toen al een tijdje kenden.

"Oké...," mompel ik langzaam tegen mezelf. "Pleegzusje, dus..."

Ik bekijk de volgende foto, wederom één van Misha en Maren, maar een jaar of vijf ouder nu. Ik draai het plaatje om en lees de tekst op de achterkant. Het handschrift ken ik niet.

Zo vieren M & M Oud en Nieuw 2005.

Ik reken weer en bekijk de afbeelding nogmaals. Misha is negentien daar en ligt met Maren op een oud leren bankstel te slapen. Ik vraag me heimelijk af wie deze foto gemaakt heeft en wat mijn broer daar destijds van vond. Ik kan me niet voorstellen, dat hij dit niet had ervaren als een enorme inbreuk op zijn privacy.

De volgende foto is vrij recent gemaakt. Misha leunt tegen een grote, zwarte auto. Hij oogt heel rustig en heeft een blikje bier in zijn hand. Naast hem staat een man, die een jaar of drie ouder lijkt dan hij, met donkerblond haar en indringende groene ogen. Ik herken hem nog van zijn persconferentie op *You-Tube*.

Dean Wesson.

Op de foto zijn ze beiden gekleed in eenvoudige T-shirts en jeans. Net als ik de foto om wil draaien om de datum te bekijken, die ongetwijfeld weer op de achterkant staat, valt mijn oog op een klein detail op de foto. Wesson heeft een pistool tussen de band van zijn spijkerbroek.

"What the fuck?" zeg ik hardop.

Ik draai de foto alsnog om en lees de woorden, die op de achterkant staan geschreven, dit maal weer in Misha's eigen handschrift.

Met Dean in Atlanta, aug. 2011.

Weer bekijk ik de foto. Dean Wesson, de lijfwacht van Colin Ross...

Dat zou kunnen verklaren waarom hij gewapend is.

Misha lijkt er in ieder geval geen enkele moeite mee te hebben. Hij en Wesson moeten goede vrienden zijn, want mijn broer oogt ongewoon ontspannen naast hem.

Het verwart me.

Wesson is niet het type dat ik in de vriendenkring van mijn broer zou verwachten.

Ja, Colin Ross. Die begrijp ik wel. Hij en Misha waren twee jongens met enorme dromen en zo mogelijk een nog grotere *drive*, die 'elkaar daarin vonden', zoals Ilse dat zo mooi zegt. Het is logisch dat het zou klikken tussen hen.

Maar wat moet een nette kantooryup als Misha in godsnaam met een gewapende macho als Dean Wesson?

Ik bekijk de volgende foto en staar even naar mezelf en mijn jongere broer. Ik probeer me te herinneren waar en wanneer de foto is genomen, maar mijn geheugen laat me in de steek. Het antwoord staat wederom op de achterkant.

Met Len. Kerst 1997.

Ik kijk nogmaals naar de afbeelding. Als ik beter kijk naar de achtergrond, herken ik de meubels en de woonkamer van het huis, waar we woonden met onze ouders.

Het lijkt wel een eeuw geleden. Dit was de laatste keer geweest, dat we Kerst hadden gevierd met onze ouders. Het was überhaupt de laatste keer geweest, dat één van ons ooit nog Kerst had gevierd.

Op de volgende foto zie ik opnieuw bekende gezichten.

Met Ilse en Colin, Hotel Party 2008. Ross Towers deal.

Er volgen nog twee foto's van Misha en Colin, beide zonder Ilse, met de teksten *'Met Colin in Delft, april 2004'* en *'Met Colin in LA, nov. 2010'*.

Ik leg de foto's van Misha en Colin naast elkaar op het bed en probeer details te vinden, die de onderlinge verhoudingen kunnen verraden, maar er is niets dat wijst op meer dan een goede vriendschap.

Ik kom nog een foto tegen van Misha en Maren. Deze is veel recenter, dan de twee die ik eerder heb gezien.

Met Maren, feb. 2012

Ik leg de drie afbeeldingen van mijn broer en Maren ook naast elkaar en probeer opnieuw te raden naar de relatie tussen de twee mensen op de foto's. Ik kom er niet achter. Ik staar naar de oudste foto. Mijn broer en Maren, kinderen nog, met hun armen om elkaar heen geslagen. Ik zie duidelijke affectie, maar niet meer dan dat, wat gezien de leeftijd niet vreemd is.

Op de foto uit 2005 zijn ze jaren ouder, Misha negentien, Maren achttien of zeventien. Ze ogen jonger dan hun leeftijd. De manier waarop ze samen liggen te slapen lijkt bijna kinderlijk onschuldig.

Toch is dat niet het enige, maar ik kan niet zeggen wat het is dat ik precies zie. Dan herinner ik me wat Ilse heeft gezegd: *"Het was alsof ze afhankelijk waren van elkaar."*

'Afhankelijk' lijkt inderdaad het juiste woord, een geheel.

Incompleet zonder de ander, denk ik.

Een eenheid.

Dan richt ik mijn aandacht op de derde foto, de meest recente van de drie. Misha zit op een bed in wat een hotelkamer lijkt te zijn en Maren zit vlak naast hem, met haar rug tegen de kussens en haar benen over die van hem. Ze houden elkaars handen vast, hun vingers compleet met elkaar verstrengeld en Maren heeft haar hoofd op zijn schouder gelegd.

Naast hen ligt een stapel papieren, maar wat voor papieren het zijn, kan ik niet zien. Ook bij deze foto vraag ik me af wie die gemaakt heeft. Misha is er het type niet naar om affectie te tonen in het openbaar, maar het is niet mogelijk dat hij zich er niet van bewust was dat de foto werd gemaakt. Ik ben geneigd om aan te nemen dat Colin Ross de fotograaf is geweest. Tenslotte is hij de enige die Misha, naast Maren, zo dicht in zijn buurt tolereert.

Dan valt mijn oog op de envelop, waar ik de foto's uit heb gehaald. Er steekt iets uit.

Ik pak de laatste foto en er gaat een schok door me heen.

Van links naar rechts en met hun armen om elkaars schouders geslagen, herken ik Colin Ross, mijn broer en Dean Wesson, samen met een onbekende, oudere man en Maren. Deze foto is gemaakt in dezelfde hotelkamer, als de foto van Misha en Maren uit februari 2012 en ze dragen dezelfde kleren. Deze foto moet op dezelfde dag gemaakt zijn.

Ik draai de foto om en lees:

Met Colin, Dean, George en Maren, feb. 2012. Kick-off Party van Project X.

De indrukken worden me even teveel.

Project X?

Dat zijn van die feesten met duizenden, soms tienduizenden bezoekers, een typisch voorbeeld van een gelegenheid waar mijn broer nog niet dood gevonden wil worden.

George?

George Springfield!

De vijf mensen zien eruit als een hechte vriendengroep, niet als een groep mensen die elkaar uitsluitend zakelijk ontmoet of elkaar slechts oppervlakkig kent. Zelfs George Springfield maakt duidelijk deel uit van het geheel en is zichtbaar meer dan een advocaat in dienst van de mensen om hem heen.

Wat bedoel je met 'Project X', jochie?

Dan moet ik opeens denken aan de twee agenda's van mijn broer, waarin ik diverse data ben tegengekomen, die zijn gemarkeerd met een kleine 'X'.

De 'X' van 'Project X'?

Ik maak een stapeltje van de foto's en doe ze terug in de envelop. De doos is bijna leeg. Onderin ligt alleen nog een schrift. Ik haal het eruit en blader erin. Het is een oud dagboekje van mijn broer. Het handschrift is netjes, maar nog kinderlijk.

Ik kijk naar de datum op de bladzijde, die ik op dat moment toevallig voor me heb en lees: *'12-11-1997'.*

Ik blader helemaal terug naar het begin en zie dat Misha is begonnen met het bijhouden van het dagboek op 1 januari 1997. Ik kan me niet herinneren dat hij het had, maar wat ik me wel herinner is de manier waarop mijn moeder omging met Misha's onrust.

Ze zei weleens dat Misha een storm in zijn hoofd had en dat hij meer noodzaak had voor rust en stilte dan andere kinderen. Hij haalde zijn rust uit het tekenen dat hij dagelijks deed, elke avond weer.

Mijn moeder zag dat ook. Het zou best kunnen dat ze heeft gedacht dat als mijn broertje dingen 'van zich af kon tekenen', hij ze wellicht ook 'van zich af zou kunnen schrijven'. Om de rust in zijn hoofd terug te brengen en dingen op een rijtje te zetten. Het is wel typisch iets, dat zij gedaan zou kunnen hebben. Ze begreep hem gewoon.

Als ze het idee kreeg dat Misha dreigde te 'verdwalen' in zijn gedachten, gaf ze hem iets om zich aan overeind te houden. Een soort reddingsboei. Schema's, ritme, houvast, kalmte. Later ontwikkelde hij zelf routines en creëerde hij zijn eigen houvast, noodgedwongen, omdat ma er niet meer was.

Dat had ik dus moeten doen, toen hij bij me kwam wonen. In plaats van zuipen, blowen en feestvieren. Ik had me veel meer met hem moeten bemoeien, of hij dat nou wilde of niet. Ik had hem die keuze niet eens moeten geven. Ik had naar een balans moeten zoeken tussen aandacht geven en met rust laten, zoals mijn moeder had gedaan.

Of misschien had ik hem aan zijn haren naar een psychiater moeten sleuren, toen ik zag dat hij met zichzelf in de knoop zat.

Wellicht heeft hij het overlijden van onze ouders nooit echt kunnen verwerken en heeft hij zich daarom zo vastgeklampt aan zijn werk, zijn verplichtingen en zijn routines.

Ongemerkt en verzonken in mijn gedachten, blader ik door het schrift. Dan valt me op dat het dagboek niet helemaal vol is en abrupt ophoudt, een paar pagina's blanco latend aan het einde.
De laatste notitie dateert van 24 april 1998.

Ik heb geen woorden.

* * * * *

Zaterdag, 30 juli 2011 – avond
Rotterdam, Nederland

"Hoe ver ben jij?" vroeg ik en wees op Misha's blikje bier.
"Ik ben er wel klaar mee," antwoordde Misha. Waar hij gewoonlijk slechts twee of drie biertjes dronk, zat hij inmiddels aan zijn achtste.
"Kom op, nog één en dan gaan we slapen, oké?"
Ik wachtte niet op een antwoord en haalde de laatste twee blikjes bier uit de koelkast. Ik keek naar mijn broer, die zwijgend voor zich uit staarde en verder heen was, dan ik hem ooit gezien had. Nog niet echt dronken, maar wel duidelijk onder invloed.
"Alles oké?"
Misha keek op en knikte. Hij protesteerde niet, toen ik het laatste blikje bier voor hem neer zette.
Ik nam een slok van mijn bier en ging weer tegenover hem aan de keukentafel zitten. "Wat gaat er toch allemaal om in dat hoofd van jou?" vroeg ik.
"Teveel," antwoordde Misha langzaam. Hij nam nog een slok bier. Heel even leek het erop dat hij meer wilde zeggen.
Ik zag dat hij zich bedacht en besloot niet aan te dringen, omdat dat meestal slecht uitpakt met Misha. Ik besefte weer dat hij er de voorkeur aan gaf om zelf zijn problemen op te lossen en ik besloot het erbij te laten zitten.
"Weet je hoe ze geld verdienen, Len?" vroeg Misha opeens. Hij schoof het volle blikje bier over de tafel naar me toe. "De vermelde inhoud is niet de hoeveelheid bier die erin zit. Wist je dat? Die 0,33 liter die op het blikje staat, is de volledige inhoud van het blikje, maar eigenlijk zit er maar iets van 0,31 liter in."
Ik keek hem even aan. Dit had niets, maar dan ook echt *niets* te maken met welk eerder besproken onderwerp dan ook. "Hoe kom je daar nou opeens bij?"
"Gewoon," zei hij schouderophalend.
"Gewoon?"
"Zo werkt mijn hoofd," antwoordde Misha vlak. "Voor jou is het gewoon een blikje bier." Hij legde niet uit wat het voor hem was, maar zuchtte en zakte een beetje onderuit op zijn stoel. "Het lijkt me zo relaxed om de dingen eens te kunnen zien, zoals jij ze ziet en gewoon eens nergens over na te hoeven denken."

"Wat let je?" vroeg ik.
"Op dit moment Ross Tower IV en V," zei Misha.

* * * * *

Vrijdag, 14 september 2012 – ochtend
Rotterdam, Nederland

Gisteren heb ik Misha's oude dagboek en foto's mee naar huis genomen. Na al die jaren van afstand houden, voelt het vreemd om zijn spullen te doorzoeken, maar ik kan niet langer de andere kant opkijken.

Nadat ik heb gedoucht en me aangekleed heb, drink ik snel drie grote bekers koffie in de keuken en beland dan weer op de bank in de woonkamer met Misha's spullen om me heen. Ik bekijk de foto's nogmaals en pak naar aanleiding van de groepsfoto, de agenda's van mijn broer er weer bij. Vanaf 1 januari noteer ik iedere datum, waarbij een 'X' staat geschreven.

Er lijkt geen patroon in te zitten, maar op al die data had Misha een afspraak met Maren, Colin Ross, Dean Wesson of George Springfield. Soms staan Ross en Wesson samen genoteerd, maar de enige datum waarbij ik alle namen tegenkom, is op zaterdag 18 februari.

In de zakelijke agenda staat: *"Meeting Atlanta, Ross Tower V"*.

De tekst in de privéagenda ligt waarschijnlijk dichter bij de waarheid: *"Kick-off Party Project X, Atlanta met Maren, Colin, Dean en George'*.

Ik heb bijna de hele nacht wakker gelegen en erover nagedacht wat 'Project X' is, maar ik heb het antwoord niet kunnen vinden.

Ik steek een sigaret op en baal ervan dat ook dit weer een dood spoor is. Misschien wordt het toch tijd om Colin Ross eens te vereren met een telefoontje, hoewel ik denk dat het geen zin heeft. Als Maren niet praat, is het niet waarschijnlijk dat Ross dat wel zal doen.

Mijn oog valt op Misha's oude dagboekje. Ik pak het op en sla de eerste bladzijde op. Het zal me niet vertellen wat 'Project X' is, maar wellicht biedt het me een interessante kijk in de grijze gebieden in de denkwijzen en het karakter van mijn broer.

Ik lees alle notities, terwijl ik rook en langzaam verder blader.

Misha verhaalt voornamelijk over dingen op school. Hoewel 'verhalen' een groot woord is. Soms noemt hij onze ouders en ene 'L', van wie ik aanneem dat hij mij bedoelt. Alle teksten zijn kort en bestaan vaak slechts uit één zin. Soms zijn het niet eens hele zinnen, maar korte berichtjes als: *'Tien voor Engels'*, *'Nieuwe leraar Biologie'* en *'Met L. naar bioscoop geweest'*.

Ik herinner me dat ik inderdaad weleens met Misha naar de bioscoop ging, toen pa en ma nog leefden. Bij 18 februari lees ik: *'Papa en mama vannacht overleden'*. Alleen maar dat. Er gaat een schok door me heen en een koude rilling langs mijn rug. Het is zo kort, zo zakelijk, zo hard en zo direct, dat ik even vergeet dat hij pas elf was toen hij dat opschreef.

Ik blader verder en lees Misha's gedachten over de dagen erna. Op 19 februari schrijft hij: *'Man van Jeugdzorg geweest. Mocht niet naar school van oom John'.* Op 20 februari: *'Mocht niet naar school. Bij oom John met L.'.*
Ik val van de ene verbazing in de andere. Anderhalve dag na het overlijden van zijn beide ouders, had mijn broertje zich druk gemaakt over het feit dat oom John hem niet naar school had laten gaan.
Op 21 en 22 februari meldt Misha slechts: *'Den Haag met L.'.* Ik herinner me weinig van de dagen na het overlijden van mijn ouders. Ik weet alleen nog dat ik heel veel heb gezopen met oom John en dat Misha als een zenuwachtige schim door het huis dwaalde, waarschijnlijk wanhopig op zoek naar de houvast, die wij hem niet konden geven.
Bij 23 februari tref ik een iets langere tekst aan: *'Begrafenis papa en mama. Lang gewacht met L. op man van Jeugdzorg. Weg bij L.'.*
Ik leg het oude kinderdagboek voor me op de salontafel en neem een laatste diepe haal van mijn sigaret. Ik maak mijn peuk uit en blader verder. De volgende tekstjes noemen ene 'M.', waarvan ik aanneem dat het Maren is. Af en toe noemt Misha ene 'J.' en ene 'C.', van wie ik uit de context kan afleiden dat zij zijn pleegouders waren.
Er volgen een aantal notities, die weinig vragen oproepen. Bij zaterdag 28 februari, lees ik: *'Naar de dierentuin met J., C. en M.'.* Er volgen weer wat korte opmerkingen, die voornamelijk met school te maken hebben.
De eerste notitie die echt mijn aandacht trekt, dateert van vrijdag 6 maart. Het is maar één woord: *'Donker'.* Diezelfde opmerking kom ik in de notities over de weken die volgen nog een tiental keer tegen. Ik vraag me af wat hij ermee bedoelt. Ik blader verder, totdat ik weer bij de laatste aantekening kom, van 24 april 1998.

Ik heb geen woorden.

* * * * *

Zondag, 31 juli 2011 – ochtend
Rotterdam, Nederland

Ik opende mijn ogen en keek op de klok. Het was bijna elf uur. Ik stond op, kleedde me aan en ging naar de keuken. Ik had verwacht Misha daar aan te treffen met koffie, maar dat bleek niet het geval te zijn.
De stilte in huis, duidde erop dat mijn broer nog sliep. Ik ging naar de gang en opende de deur van de logeerkamer.
Misha lag inderdaad nog te slapen en had de dekens van zich afgeduwd. Hij had al zijn kleren nog aan en had de lamp op het nachtkastje laten branden.
Ik bleef even in de deuropening staan en keek naar hem. Ik had hem in lange tijd niet zo ontspannen gezien en besloot hem te laten liggen, hoewel ik vermoedde dat hij me dat niet in dank zou afnemen met zijn deadlines en Ross Towers.

De ademhaling van mijn broer was rustig en regelmatig. Al sinds zijn tiener-jaren was hij een lichte en onrustige slaper geweest, die van het minste of ge-ringste geluid wakker werd, veel draaide en woelde en soms hele nachten door het huis spookte, als hij helemaal niet kon slapen. Hij had zijn rust nodig.

Ik trok de deur achter me dicht en ging terug naar de keuken. Ik zette koffie voor mezelf en bladerde op mijn gemak de tv-gids door. Ik rookte een aantal sigaretten en dronk nog twee bekers koffie, voordat Misha eindelijk in de deur-opening van de keuken verscheen.

Hij wierp een snelle blik op de klok en zei: "Len, ik moet weg. Ik heb nog zoveel..."

Ik stond op, liep naar hem toe en pakte hem bij zijn arm. Ik duwde hem naar de keukentafel en zei: "Zitten, koffie drinken en ademhalen. Dan mag je weg."

Misha ging zitten en wachtte tot ik hem een beker koffie aanreikte.

Ik stak een nieuwe sigaret op en keek naar mijn jongere broer. De gespan-nen houding, de rusteloze blik in zijn ogen, het niet stil kunnen zitten, het onge-duldige blazen om de koffie wat sneller af te laten koelen...

"Doe nou eens rustig, jochie," zei ik.

"Als je leven bestaat uit deadlines, dan is tijd je ergste vijand," antwoordde Misha.

Ik schudde mijn hoofd. "Tijd is niet jouw ergste vijand, jochie. Dat ben je zelf."

Hij keek me niet aan en zei: "Dat weet ik."

* * * * *

Zondag, 16 september 2012 – middag
Rotterdam, Nederland

Ik gebruik de ochtend om uit te slapen. De laatste keer dat ik dat gedaan heb, kan ik me niet eens meer herinneren, dus ik vind dat ik het verdiend heb.

Waar mijn leven in de eerste weken na Misha's verdwijning draaide om de inhoud van een verhuisdoos, draait mijn leven nu om een kinderdagboek, een stapeltje foto's en het continu in de gaten houden van twee mobiele telefoons.

George Springfield heeft niet meer gebeld.

Ilse ook niet. Wel stuurt ze nog een sms'je met de tekst: *'Als je wilt praten, weet je me te vinden'*.

Ik denk aan mijn broer, die zijn dagen nu grotendeels slijt in een politiecel en in verhoorkamers.

Jezus, hoe lang kan het nog duren, voordat ze erachter komen dat het alle-maal één groot misverstand is?

Onbewust vergelijk ik Misha's situatie met de afleveringen van *Law & Order*, die ik op tv heb gezien. Die zijn altijd na vijfenveertig minuten afgelopen. Deze situatie met Misha sleept zich nu al voort sinds 1 september.

Zestien dagen.

Het lijkt wel een eeuwigheid.

Ik vraag me af hoe mijn broer zijn tijd in voorarrest ervaart. Ik herinner me maar al te goed hoe de muren op mij afkwamen, toen ik vast zat en ik hoop tegen beter weten in, dat Misha daar minder last van heeft.

Ik haal een beetje rust uit de wetenschap, dat Misha in een politiecel weinig tot geen contact zal hebben met andere gevangenen. In dat opzicht is het gunstig dat het onderzoek nog loopt. Ik wil er niet eens over *nadenken* wat er met een jongen als mijn broer kan gebeuren in een Amerikaanse staatsgevangenis, als hij veroordeeld wordt.

Uit de documentaires die ik op televisie heb gezien, weet ik dat een verschijning als Misha daar een zeldzaamheid is, iemand die daar geheid op zal vallen en verkeerde aandacht zal trekken van medegevangenen.

Ondanks dat hij met zijn één meter tachtig niet klein is, is hij tenger gebouwd. Je hoeft niet bepaald een genie te zijn om te kunnen bedenken, dat hij moeite zal hebben om te overleven in een dergelijke omgeving. Uit een geintje heb ik, toen mijn broer nog bij mij woonde, eens voorgesteld dat ik hem zou verhuren aan Calvin Klein als spijkerbroekenmodel, toen we weer eens krap bij kas zaten. Zoals te verwachten was, had hij me een vernietigende blik toegeworpen en niet geantwoord.

Ik pak mijn telefoon en bel George Springfield, zonder zelfs maar te denken aan het tijdsverschil.

"Goedemorgen, meneer Larsen," zegt Springfield.

Ik vermoed dat de advocaat al verwachtte dat ik hem zou bellen, één dezer dagen. Ik hoor dat ik op speaker sta en vraag me af waarom.

Misschien luisteren er andere mensen mee. Colin Ross, bijvoorbeeld. Of Dean Wesson.

Ik besluit me niet af te laten leiden door allerlei complottheorieën en zeg: "Luister goed. Ik ga je een vraag stellen en ik wil een eerlijk antwoord."

"Vanzelfsprekend," antwoordt Springfield.

"Hoe groot is de kans dat mijn broer wordt veroordeeld?"

"Daar kan ik hangende het onderzoek..."

"Bullshit! Jij bent zijn advocaat," snauw ik. "Jij zit bij al die verhoren. Dan moet je toch *iets* weten?"

"Als ik u was," zucht hij na een korte stilte, "zou ik er zeker rekening mee houden, dat die mogelijkheid... erg aanwezig is."

"Is er een eis?" vraag ik geschokt.

"Er is een bekentenis, meneer Larsen," antwoordt Springfield, "maar de verhalen van mijn cliënt zijn bij vlagen erg onsamenhangend. Dat is één van de redenen, dat dit zo lang duurt. Er zijn nog erg veel onduidelijkheden."

"Heb je een idee wat er precies gebeurd is?" vraag ik.

"Niet precies...," antwoordt Springfield geduldig. "Het slachtoffer is een oudere man, met zowel de Nederlandse als de Amerikaanse nationaliteit. Hij was met pensioen, al ruim dertig jaar getrouwd, geen kinderen."

Ik hoor hem met papieren ritselen.

"Even zien...," mompelt Springfield. "Ah, hier... Het slachtoffer woonde sinds zeven jaar in de VS."

"Wie is hij?" wil ik weten.

"Ja, dat is de vraag...," zegt Springfield. "Ik bedoel, we weten inmiddels zoveel over het slachtoffer dat we een boek over hem kunnen schrijven, maar er is niets te vinden dat hem in verband brengt met mijn cliënt."

"Wat is zijn naam?" vraag ik.

Springfield noemt een naam die klinkt als: "Thio Albrekts."

"Nooit van gehoord," zeg ik. "Wat zegt Misha over hem?"

"Mijn cliënt houdt al sinds zijn arrestatie vol, dat hij het slachtoffer kende van eerdere verblijven in de VS," vertelt Springfield. "Tijdens zijn laatste bezoek aan het slachtoffer, hebben ze ruzie gekregen en daarbij heeft mijn cliënt het slachtoffer om het leven gebracht."

"Hoe?"

"Met één messteek," antwoordt Springfield.

"Waarom had mijn broer een mes op zak?" vraag ik. Ongewild moet ik weer aan het incident met die schaar denken.

Heb ik het dan toch goed gezien, broertje?

"Hij houdt vol dat het preventief was, omdat hij een poosje heeft verbleven in de mindere buurten van Los Angeles en Detroit," zegt Springfield.

"Is dat aannemelijk?"

"In dit land wel, meneer Larsen," antwoordt de advocaat. "Ik denk dat de openbare aanklager daar wel in meegaat. Maar er zijn nog een aantal feiten die vragen oproepen."

"Zoals?"

"Uw broer doet het voorkomen alsof het een opwelling was," zegt Springfield. "De steek met het mes is echter van bijna chirurgische precisie. De kans dat iemand zo fataal wordt getroffen door een impulsieve steek, is vrij klein... Heeft uw broer enige medische achtergrond?"

Ik denk terug aan de vele zondagmiddagen, dat mijn broer met fascinatie naar Discovery Channel had gekeken en lieg glashard: "Nee. Mijn broer weet niets van medische zaken. Hij is architect, geen dokter." Ik vermoed dat Springfield vist naar de mogelijkheid, dat het moord is in plaats van doodslag.

Kennelijk zet hij ook de nodige vraagtekens bij Misha's uitleg over de gang van zaken.

"Uw broer lijkt geen gewelddadig type," gaat hij verder.

"Nee," zeg ik, met zoveel mogelijk overtuiging. Ik zwijg even en vraag dan: "Wat gaat er nu gebeuren? Wat ligt in de lijn der verwachting?" Voordat Springfield kan zeggen dat hij daar nu nog weinig over kan zeggen, voeg ik eraan toe: "Ik begrijp dat het nog moeilijk te voorspellen is op dit moment, maar wat zou de meest *logische* uitkomst zijn?"

"Ik verwacht dat het onderzoek nog wel even gaat duren," antwoordt Springfield langzaam en weifelend. "Uw broer is niet altijd even goed aanspreekbaar."

"Hoe bedoelt u?"

"Mijn cliënt werkt over het algemeen goed mee, maar er zijn ook momenten, waarop hij moeite lijkt te hebben om zijn nieuwe situatie te accepteren," legt hij uit.

"Vind je dat gek?" vraag ik.

"Nee, maar hij reageert anders dan gebruikelijk is," zegt Springfield. "Ik doe dit werk al vijfentwintig jaar, meneer Larsen, maar ik krijg totaal geen hoogte van hem... Af en toe lijkt het, alsof hij zich volledig afsluit voor alles en iedereen om zich heen. Dan reageert hij nergens op en kan niemand iets met hem beginnen. Herkent u dat?"

"Niet in die mate," antwoord ik eerlijk, "maar hij is erg gesloten."

"Als de verdere verhoren vragen op blijven roepen, verwacht ik dat er een psycholoog bij gehaald wordt," vervolgt Springfield. "Uiteindelijk verwacht ik, dat ze moord niet hard kunnen maken en dat hij aangeklaagd zal worden voor doodslag. Mijn cliënt heeft dat bekend, dus de kans dat hij wordt vrijgesproken is extreem klein. De eis zal tussen de vijftien en vijfentwintig jaar komen te liggen en dan is het aan de rechter."

"Daar is geen pijl op te trekken, zeker?" vraag ik.

"Nee. Het spijt me."

"Is er een kans dat hij in een minimaal beveiligde gevangenis terecht komt?"

"Nee. Dat is zeer onwaarschijnlijk," antwoordt Springfield. "En het zou logistiek gezien erg onhandig zijn. Op het moment dat ik zeker weet dat hij veroordeeld wordt dien ik een verzoek in om hem in de gevangenis te plaatsen, die het dichtst bij mijn woonplaats ligt. Aangezien ik zijn enige contact ben in Amerika, ben ik er vrijwel zeker van, dat de rechter dat verzoek in zal willigen. Vooral wanneer ik aangeef, dat het noodzakelijk is, omdat ik veel met hem zal moeten overleggen, aangezien ik wil uitzoeken of het mogelijk is, dat hij een deel van zijn straf in zijn thuisland kan uitzitten. Dat scheelt Amerikaans belastinggeld."

"Oh, gelukkig maar," antwoord ik sceptisch.

"Ik begrijp uw ongenoegen en bezorgdheid, meneer Larsen," zegt Springfield vriendelijk. "U mag me altijd bellen als u vragen heeft."

"Hou me op de hoogte."

11.
SCHADUWEN

Maandag, 1 oktober 2012 – ochtend
Rotterdam, Nederland

Mijn onrust blijft gestaag toenemen met iedere dag die verstrijkt. Misha zit al een maand vast en ik kan niets doen, behalve afwachten. Om mijn gedachten af te leiden van alle mogelijke horrorscenario's die zich in mijn hoofd ontvouwen, blijf ik lijsten, schema's en overzichten maken, naar aanleiding van de informatie in de agenda's en telefoon van mijn broer.

Waar ik me gewoonlijk uitsluitend met het heden bezighoud, wordt mijn aandacht nu voortdurend opgeëist door het verleden. De tijd gaat snel. De dagen zijn al snel weken geworden. De maand augustus was bijna ongemerkt overgegaan in september en nu is september al bijna even onopgemerkt overgegaan in oktober.

Het is stil in huis en ik blader opnieuw door Misha's privéagenda. Bij januari en februari zie ik de naam 'Vera' weer staan. Misha heeft haar negen keer gezien tussen zeven januari en tweeëntwintig februari, maar nergens staat om wat voor soort afspraak het gaat. Het verwart me.

De stem van Ilse echoot in mijn hoofd.

"Vera liep stage bij Flash. Ze hielp Misha een poosje met het Ross Towers Project. Zij is degene die dat project in Frankrijk had."

Als Vera werkelijk uitsluitend een stagiair zou zijn geweest, zou ze in zijn zakelijke agenda staan en niet in zijn privéagenda.

Ik pak de telefoon van mijn broer, maar er staat geen 'Vera' in zijn contactenlijst. Maar zo gemakkelijk geef ik het niet op. Ik pak mijn eigen telefoon en bel mijn steun en toeverlaat.

"Goedemorgen, Lennart," zegt Ilse.

In gedachten zie ik haar op haar nummerverklikker kijken. "Morgen, Ilse."

"Heb je nog nieuws?" vraagt ze.

"Niet echt," antwoord ik. "George Springfield heeft niet meer gebeld, dus ik denk dat ze de aanklacht nog steeds niet rond hebben."

"Kan ik iets voor je doen?" informeert Ilse.

"Er is wel iets dat ik je wil vragen," begin ik. "Luister, tact is niet mijn ding, oké? Dus ik ga het gewoon vragen, maar ik begrijp het als je 'nee' zegt." Ik zwijg even en vraag dan: "Heb jij het telefoonnummer van die Vera nog ergens?"

"Vera?" herhaalt Ilse. "De stagiair?"

"Ja," beaam ik.

"Waarom?" vraagt ze.

"Omdat ze negen keer voorkomt in Misha's privéagenda," antwoord ik. "Misschien weet zij iets."

"Dat denk ik niet," zegt Ilse. "Vera is al een tijd weg."

"Maar heb je het nummer voor me?" dring ik aan.

Ze zucht even en zegt dan: "Ik sms het je wel, maar zeg alsjeblieft niet dat je het van mij hebt."

"Ik kan goed geheimen bewaren," zeg ik sceptisch. "Dat zit in de genen."

Ilse lacht even. "Houd me op de hoogte."

"Doe ik. Ik spreek je snel."

"Dag."

Ik verbreek de verbinding en zodra Ilse me het mobiele nummer van Vera sms't, schrijf ik het over op een stuk papier en toets het nummer in. De telefoon gaat over en het duurt even, voordat er wordt opgenomen.

"Met Vera."

Misschien had ik even moeten nadenken over een openingszin...

"Vera, je spreekt met Lennart Larsen," begin ik.

Ze zwijgt afwachtend.

"Ik ben de broer van Misha," ga ik verder.

"Wat wil je?" vraagt ze op kille toon.

Oké, nog iemand die geen fan van je is...

"Ik neem aan dat je weet dat Misha..." Ik val stil.

"Wat? Dat hij vast zit?" vraagt Vera.

"Ja," beaam ik.

"Wat heb ik daarmee te maken?" Haar irritatie klinkt duidelijk door in haar stem.

"Niks," geef ik toe. "Maar die hele reis van mijn broer naar de VS kwam voor mij nogal als een verrassing. Ik hoopte eigenlijk dat jij daar misschien meer van-af weet."

"Hij heeft er nooit met me over gesproken," zegt Vera ijzig, "maar van mij mogen ze hem levenslang opsluiten."

Jezus, wat heb je met haar gedaan?

"Waarom zou je zoiets zeggen?" vraag ik, gemaakt kalm.

"Iets anders valt er niet over te zeggen," antwoordt Vera en verbreekt de verbinding.

Ik staar even naar het toestel in mijn hand. Als mijn telefoon enkele seconden later over gaat, verschijnt de naam 'George Springfield' in het display.

* * * * *

Zaterdag, 24 mei 2003 – ochtend
Rotterdam, Nederland

Ik had voor mijn doen weinig gedronken de vorige avond en nam de tijd om eerst te douchen en me aan te kleden, in plaats van naar de keuken te rennen voor een paar aspirines, maar ging daarna naar de keuken voor een hoognodige dosis cafeïne.

Mijn broer zat aan de keukentafel te tekenen.

"Wat is dat?" vroeg ik en wees.

"Een experiment," antwoordde Misha en haalde zijn hand weg, zodat ik een blik op het papier kon werpen.

Ik zag een wirwar aan trappen, ramen en deuren, die me ergens vaag bekend voorkwam.

Hij pakte een kunstboek en sloeg het open. Hij liet me een pagina zien, met daarop exact dezelfde tekening, zij het in het voltooide stadium. "Escher," zei hij. "Ik heb er vanmorgen tien minuten naar gekeken. Nu probeer ik het uit mijn hoofd na te tekenen."

"Is dat mogelijk?" vroeg ik, licht geïntrigeerd.

"Dat weet ik niet," antwoordde Misha. "Daarom is het ook een experiment."

"Waarom zou je zoiets überhaupt uitproberen?" Ik pakte mijn sigaretten en stak er één op. "Is er nog koffie?"

"Het leek me handig, met plattegronden en landkaarten en zo," zei Misha schouderophalend. "In de pot," wees hij toen.

Ik liep naar het aanrecht en pakte een beker. "Wil jij ook nog?" vroeg ik.

"Ja." Hij trok een paar lijntjes en staarde toen naar de tekening.

Ik schonk het laatste restje lauwe koffie in mijn beker en begon nieuwe koffie te zetten. Ik dronk de mok in één teug leeg en wachtte ongeduldig, totdat de nieuwe voorraad voorhanden was.

Misha staarde naar het papier en leek na te denken.

Ik zette een beker koffie bij hem neer en vroeg: "Weet je het niet meer?"

Hij keek even op en zei bloedserieus: "Dat kan niet. Ik *moet* het weten."

"Misha, wees nou redelijk," probeerde ik. "Je hebt tien minuten naar dat ding gekeken. Je kunt nooit *alles* onthouden in tien minuten."

Mijn broer krabbelde een paar cijfers aan de zijkant en tekende toen verder.

"Ga je vanavond mee naar de kroeg?" vroeg ik, voornamelijk om de stilte te doorbreken.

Misha schudde zijn hoofd. "Ik heb nog werk voor mijn studie."

* * * * *

Maandag, 1 oktober 2012 – middag
Rotterdam, Nederland

Ik kijk op van de televisie, als ik een sleutel in het slot van de voordeur hoor.

De deur wordt dichtgegooid en kort daarop komt Maren binnen.

"George Springfield heeft gebeld," zeg ik tactloos, nog voordat ze haar jas uit kan trekken. Ik sta op en loop naar haar toe.

"Wat is er gebeurd?" vraagt ze.

"Ze hebben de aanklacht rond en het proces is op 30 oktober," vertel ik. "De eis is vijfentwintig jaar voor doodslag."

Maren schudt haar hoofd, alsof ze de feiten op die manier kan ontkennen.

Ik sla mijn armen om haar heen en geef haar een kus op haar hoofd. Ik heb haar beter leren kennen in de afgelopen weken en ik denk te zien wat mijn broer in haar gezien heeft. Het is niet moeilijk om van haar te gaan houden.

Na onze ontmoeting in de coffeeshop heb ik haar een paar keer gebeld en een week later heb ik haar een sleutel van mijn huis gegeven. Ik hoop dat ze gaat inzien dat ik haar vertrouw en dat ik mettertijd ook haar vertrouwen kan winnen. Ik kan zien dat ze het gebaar waardeert en zie ook dat ze me heel geleidelijk dichterbij laat komen.

Het kost me soms moeite om mijn geduld te bewaren en niet aan te dringen als Maren laat merken dat een gespreksonderwerp haar ongemakkelijk maakt. Sinds ik de foto's en Misha's oude dagboekje heb gevonden, speel ik met het idee om Maren en George Springfield daarmee te confronteren, maar iets houdt me tegen.

Maren maakt zich los uit mijn omhelzing en trekt haar jas uit.

Ik zie haar zoeken in de zakken van haar jas en geef haar mijn sigaretten.

Ze pakt ze aan en haalt er één uit het pakje.

Ik neem het terug en geef haar een vuurtje. Dan steek ik zelf ook een sigaret op en neem weer plaats op de bank. Ik geef haar de ruimte om op haar eigen manier met het nieuws om te gaan.

Ze ijsbeert een tijdje rokend door de kamer, maar trekt dan haar schoenen uit en kruipt bij me op de bank.

Ik sla mijn vrije arm om haar heen en zeg: "Ik ben blij dat je er bent."

* * * * *

Zaterdag, 24 mei 2003 – avond
Rotterdam, Nederland

Ik had er bijna de gehele zaterdagmiddag over gedaan om Misha over te halen om 's avonds mee te gaan naar de kroeg. De voorgaande avonden was ik – voornamelijk door geldgebrek – ook al thuis gebleven en ik vloog inmiddels bijna tegen de muren op.

Iedere avond moest ik met lede ogen aanzien, dat mijn broertje, vanaf het moment dat hij uit school kwam tot het moment waarop hij naar bed ging, met schoolboeken en zijn schetsen in de weer was. In de weekeinden verliep het trouwens niet veel anders.

Zo ook die zaterdag.

Ik stelde een aantal keer vriendelijk voor om ergens iets te gaan drinken, maar Misha had steeds ongeduldig zijn hoofd geschud en zich telkens weer in zijn boek verdiept. Iedere keer dat ik het opnieuw voorstelde, klonk het minder als een uitnodiging en meer als een commando en tegen een uur of zes waren we inmiddels van het 'nee' in het 'misschien' stadium aangeland.

"Misschien straks...," probeerde hij.

Een uur later onderbrak Misha zijn schoolwerk even om snel iets te eten, maar belandde tot mijn ergernis daarna weer op de bank met zijn boeken.

Ik hield mezelf een tijdje bezig door een joint te roken en de tv-gids door te bladeren. Toen ik opkeek, zat mijn broer nog steeds te lezen. "Kom op, Misha. Gewoon een avond weg."

"Ga maar zonder mij, Len," antwoordde hij. "Je hoeft voor mij niet thuis te blijven."

Ik zuchtte, maar liet hem zitten. Ik nam een douche en kleedde me om. Terug in de woonkamer, keek ik op de klok. Het was inmiddels bijna acht uur en ik besloot dat mijn geduld op was. Ik deed mijn best om op subtiele wijze aan te geven dat ik contact wilde leggen en dat ik bereid was te werken aan onze band, maar mijn broer zag het niet of wilde het niet zien. Dan maar minder subtiel. Ik liep naar hem toe, pakte zijn boek af, trok hem overeind en zei: "Klaar nu. Jas aan. We gaan."

Mijn broer zuchtte, maar trok toen zijn afgetrapte sportschoenen aan, die voor de bank op de grond lagen. In de gang trok hij zijn spijkerjack aan en volgde me naar buiten.

"Len, hoe lang moet ik blijven?" vroeg hij, terwijl ik de deur op slot deed.

"Hoe lang je moet blijven?" herhaalde ik.

"Ja, ik vind het fijn als ik weet hoe lang ik daar moet blijven," antwoordde Misha, terwijl hij me volgde. "Dan heb ik een eindpunt, snap je?" Hij bleef staan.

Ik schudde mijn hoofd en zuchtte. "Nee, Misha, dat snap ik niet." Ik pakte hem bij de mouw van zijn jas en trok hem mee.

"Maar... hoe lang moet ik blijven?"

"Tot sluit, als je blijft zeuren," snauwde ik. Ik moest bijna lachen om de geschokte uitdrukking op zijn gezicht. "Gewoon een paar uurtjes, Misha. Jezus, andere jongens van jouw leeftijd zouden een moord plegen voor zo'n relaxte grote broer, die ze meeneemt naar de kroeg en ze gewoon biertjes laat drinken en meisjes mee naar huis laat nemen. En jij doet altijd net alsof ik je naar de slachtbank breng."

"Ik ben niet 'andere jongens'," antwoordde hij overbodig.

"Dat is wel duidelijk," zei ik droog.

* * * * *

Donderdag, 18 oktober 2012 – middag
Rotterdam, Nederland

Ik ben aan mijn tweede blikje bier begonnen en Maren aan haar eerste joint. Ik staar naar haar, als ze de rookwaar tussen haar lippen steekt en zichzelf in een grote rookwolk hult. "Je kunt zo naar Woodstock," merk ik geamuseerd op.

Maren lacht. "Ja, bloemen in mijn haar en op naar San Francisco. Weet je trouwens dat hij pas overleden is? Scott Mackenzie... *Love, Peace and Flowers, man...*" Ze steekt haar vrije hand omhoog en maakt een vredesteken. Dan biedt ze me de joint aan.

"Nee, dank je," antwoord ik. Ik glimlach en zeg bitter: "Ik herinnerde me een tijdje geleden dat ik Misha ooit beloofd heb om te stoppen met blowen als hij zou stoppen met werken." Dan sta ik op en loop naar de platenspeler. "Over muziek gesproken... Wat wil je horen?" vraag ik. Dat ze Scott Mackenzie kent is hoopgevend.

"Als het maar geen jazz is," zegt Maren schouderophalend.

"The Free?" stel ik voor.

"Ken ik niet. Wat is het?"

"Bluesrock," antwoord ik.

"Oké," zegt Maren en steekt haar joint opnieuw op.

Ik zet *Highway* op en draai me naar Maren toe. Even aarzel ik, maar dan vraag ik: "Mag ik je iets laten zien?" Ik verwacht half dat ze haar schouders op zal halen of zal knikken, wat ze meestal doet, als ik haar een vraag stel.

In plaats daarvan kijkt ze me een beetje argwanend aan en vraagt: "Wat voor iets?"

Ik pak de verhuisdoos, waarin ik Misha's spullen bewaar en haal de envelop met foto's en het oude dagboekje eruit.

"Wat is dat?" vraagt Maren.

Ik zie aan de blik in haar ogen dat ze het herkent, maar doe alsof ik dat niet in de gaten heb. "Dat zijn een paar foto's," antwoord ik en gooi ze voor haar op de salontafel neer. "En dat...," vervolg ik en werp het schrift er bovenop, "is een dagboek dat Misha bijhield in 1997 en in de eerste maanden van 1998."

Maren blijft volkomen bewegingloos zitten. "Hoe kom je daaraan?" weet ze na een minuut van ijzige stilte uit te brengen.

"Gevonden," zeg ik. Als ik zie dat ze op wil staan, ga ik voor haar op mijn hurken zitten en kijk haar aan. "Luister, ik heb zoveel vragen, Maren. Ik heb het gevoel dat ik geen idee heb, wie mijn broer eigenlijk is. Geef me *iets*. Wat dan ook. Alsjeblieft?"

Ze kijkt me even zwijgend aan en zegt dan: "Dat is niet aan mij."

Ik pak de envelop met de foto's van de salontafel en haal de inhoud eruit. "Waar was dat?" vraag ik en toon Maren de afbeelding van haar en Misha uit februari 2012.

Ze lijkt zich iets te ontspannen en antwoordt: "Misha nam me mee naar Atlanta. Een paar dagen weg."

Ik schud mijn hoofd en laat haar de groepsfoto zien met de drie Amerikanen. "Nee. Wat is 'Project X'?"

"Dat zul je echt aan Misha moeten vragen, wanneer je hem weer ziet," zegt ze.

"Vertel me dan wat je me wel kunt vertellen," probeer ik. "We zijn toch vrienden?"

Maren knikt aarzelend. Ze wijst Colin Ross aan op de foto en vertelt: "Dat is Colin. Hij en Misha zijn oude vrienden. Heel *close*... Dat is Dean. Hij was de zwager van Colin en is nu zijn lijfwacht."

Ik kijk haar vragend aan. "Was zijn zwager?"

"Ja. Colins vriend, Daniel, was Deans halfbroer," legt Maren uit. "Daniel is in 2003 doodgeschoten in New York, bij een winkeloverval. Hij was gewoon op het verkeerde moment op de verkeerde plaats. Het is een lang verhaal, maar het komt erop neer dat Colin naar aanleiding van het schandaal dat de dood van Daniel met zich meebracht, door zijn ouders naar Europa werd gestuurd. Homo's en de Hamptons schijnen niet zo goed samen te gaan. Colins ouders zijn van die *Dynasty*-types. Hij verbleef een tijd lang in Nederland en studeerde aan de TU. Daar heeft Misha hem leren kennen. Na zijn studie, ging Colin terug naar Amerika, maar de vriendschap bleef, ondanks de afstand en toen het Ross Towers Project in beeld kwam, ging Misha regelmatig naar de States om met Colin te overleggen. In de loop der jaren, stelde Colin hem voor aan Dean." Ze verplaatst haar wijsvinger op de foto van Wesson naar de oudere man. "En aan George."

"Maar..." Ik denk even na en redeneer dan: "Als Springfield voor Colin Ross werkt, dan is hij een bedrijfsadvocaat. Waarom heeft Misha geen strafpleiter ingehuurd? Hij heeft geld zat."

"George werkt niet voor Colin," antwoordt Maren. "Hij is de stiefvader van Dean en hij was de vader van Daniel. Colin kent George via Dean... Of eigenlijk via Daniel."

Ik heb inmiddels door, dat ik met opmerkingen meer reactie uitlok dan met vragen.

"Jullie zijn goede vrienden," zeg ik. "Ik ben blij dat hij jullie om zich heen had de afgelopen jaren." Ik zwijg even en steek een sigaret op. "Hij leek altijd zo geïsoleerd... Eenzaam, bijna... Ik maakte me daar best weleens zorgen om."

"Misha is erg op zichzelf, maar hij is nooit eenzaam geweest," zegt Maren. "Zet dat uit je hoofd. Hij weet dat er mensen zijn die van hem houden." Ze zwijgt even en voegt eraan toe: "En hij weet ook dat jij er daar één van bent."

"Ik hoop het," zeg ik.

* * * * *

Zaterdag, 24 mei 2003 – avond
Rotterdam, Nederland

Ik hield stil bij een kroeg op de Schiekade.

"Je maakt een grapje, toch?" vroeg Misha.

"Hoezo?"

"Len, dat is een snuiftent," klaagde hij minachtend. "Je kunt er niet eens naar de plee, omdat die constant bezet zijn door hoeren en dopedealers."

"Overdrijf niet zo," zei ik en trok hem mee naar binnen. Aan de bar bestelde ik twee bier en ging zitten. Het was warm en ik was blij dat ik geen jas bij me had.

Misha trok zijn jack uit, hees zich op de kruk naast me en zuchtte.

De vrouw achter de bar keek naar hem en wendde zich tot mij. "Is dat bier voor hem? Is hij al zestien geweest?"

"Hij wordt zeventien over een week," antwoordde ik.

"*Hij* kan zelf ook praten," merkte Misha op.

De vrouw glimlachte en zette een glas bier voor hem neer. "Alvast gefeliciteerd."

"Dank je," zei Misha automatisch en zonder haar aan te kijken.

Ik zag zijn blik afdwalen naar een man van een jaar of veertig, die een paar krukken verderop zat en naar ons keek. Hij was een opvallende verschijning, omdat hij de enige man in de zaak was, die een pak droeg.

"Hé, Len!" riep een vrouw van een jaar of twintig. Ze droeg een klein topje, een minirok en veel make-up.

"Zeker weer een ex van je?" schamperde Misha.

"Ja," antwoordde ik en pijnigde mijn hersens. "God, hoe heet ze ook alweer?"

Misha keek me afkeurend aan en merkte op: "Je kunt toch op zijn minst hun namen onthouden? Dat lijkt me belangrijker dan die beker koffie 's morgens." Hij nam een slok van zijn bier en keek weer naar de man in het pak.

"Len, zullen we gaan?" vroeg hij.

"We zijn er net," antwoordde ik ongeduldig. "Ontspan nou eens een beetje. Gewoon, een avond uit met je grote broer. Niks aan de hand, oké?"

De vrouw die naar me had geroepen, kwam bij ons staan. "Je hebt helemaal niet gebeld," zei ze op verwijtende toon.

"Vergeten," zei ik eerlijk. "En ik ben je nummer kwijt."

"Je naam trouwens ook," vulde Misha aan.

Ik keek hem woedend aan.

De vrouw draaide zich om en liep kwaad weg.

"Dank je wel," snauwde ik. "Die gaat nooit meer mee."

"Nou en?" zei Misha schouderophalend. "Er zijn hier nog zeventien vrouwen. Ook allemaal jouw type: vrouw en onder de veertig."

"Weet je, vergeet het," antwoordde ik. "Ik ben hier vanavond met jou en niet met al die vrouwen."

Hij keek me aan met iets van ongeloof.

Ik hield me aan mijn woord. Ik probeerde de vrouwen te negeren en mijn aandacht op mijn broer te richten, die voor zijn doen bijna spraakzaam was die avond. Hij vertelde me over zijn opleiding en later vertelde ik hem dat ik erin geslaagd was om zes maanden vrijstelling van de sollicitatieplicht met behoud van uitkering te versieren bij de SOOS.

Feitelijk had ik zelf niet zo'n moeite met de sollicitatieplicht. Tenslotte had ik iedere morgen een kater en werd ik toch nergens aangenomen, maar Misha maakte zich vreselijk druk over het feit dat mijn gebrek aan motivatie erop kon uitdraaien dat de geldkraan zou worden dichtgedraaid. Ik hoopte wat rust voor hem te creëren op die manier.

Niet zozeer voor hem, maar meer om van zijn gezeur af te zijn.

Ik kon hem zien denken en rekenen. "Wat gaat er toch om in dat hoofd van jou?" vroeg ik. "Maak je niet zo druk. Het komt allemaal goed." Ik zag hem twijfelen en haalde geruststellend mijn hand door zijn haar. "Relax. We hebben zes maanden rust." Toen wendde ik me tot de barvrouw en bestelde mijn vijfde en Misha's tweede biertje.

"Goed gedaan," zei hij zacht.

Ik haalde mijn schouders op en zei: "Ik ga naar de plee. Ik ben zo terug."

Mijn broer knikte.

Ik baande me een weg naar de wc's. Zoals Misha al had voorspeld werd die voornamelijk gebruikt om drugs te dealen en als werkplaats voor diverse hoertjes, die vervolgens hun zuurverdiende geld weer bij de dealers in hun zakken zagen verdwijnen. Ik schudde mijn hoofd en schuifelde tussen de mensen door naar de urinoirs.

"Vijftig euro," zei een meisje naast me.

"Nee, dank je," antwoordde ik.

"Vijfentwintig dan?"

"Nee," zei ik.

Het meisje gaf het op en richtte haar pijlen op iemand anders.

Ik waste mijn handen en ging terug naar de bar. Ik zag dat de man in het pak naast Misha stond en ik pikte de spanningen onmiddellijk op. Ik duwde een man opzij, die toevallig in de weg stond en liep naar de bar.

"Wat is er aan de hand?" vroeg ik dwingend.

"Niks," antwoordde de man. "Hoort hij bij jou?"

"Ja," zei ik.

De man keek me schattend aan en vroeg toen: "Willen jullie zaken doen?"

"Zaken doen?" herhaalde ik.

"Je begrijpt me wel," antwoordde de man. Hij haalde geld uit de binnenzak van zijn colbert en legde het op de bar. Toen stak hij zijn hand uit naar Misha om zijn gezicht aan te raken.

Ik greep de man ruw bij zijn pols, hield hem tegen en manoeuvreerde mijn lichaam tussen mijn broer en de man in. "Handen thuis en nou heel gauw oprotten, voordat ik je in tweeën breek!" waarschuwde ik en liet hem los.

De man hief zijn handen verontschuldigend op en vertrok. Hij durfde het niet aan om zijn geld terug te nemen.

"Alles oké?" vroeg ik.

Misha keek me niet aan en schudde zijn hoofd. "Ik wil naar huis, Len."

Ik pakte het geld van de bar en gaf het aan mijn broer. "Zeur niet zo, Misha. Zo gemakkelijk heb je ze nog nooit verdiend."

* * * * *

Dinsdag, 30 oktober 2012 – avond
Rotterdam, Nederland

Maren is de hele dag nog niet van mijn zijde geweken. Ze volgt me als een schaduw door het hele huis en wacht samen met mij op nieuws van George Springfield. Ze zegt weinig, maar maakt een onrustige indruk. Ze rookt veel. Af en toe komt ze bij me op de bank zitten, maar ze kan de rust niet vinden om te blijven zitten, loopt rond en kijkt uit het raam.

Ik probeer te raden wat er in haar hoofd omgaat. Af en toe kijk ik op de klok en klaag dan, dat de tijd langzaam gaat en over het feit dat Springfield niet belt.

"Er is iets van zes uur tijdsverschil, Len," antwoordt Maren.

Ik kijk haar even aan.

Plotseling doet ze me aan Misha denken. Dit is iets dat hij ook had kunnen zeggen. Mijn broer heeft een uitgesproken talent, om met weetjes en feiten op de proppen te komen in tijden van crisis. Op momenten waarop anderen intuïtief zouden handelen of zich over zouden geven aan onzekerheid, houdt hij zich vast aan statistieken en kansberekeningen.

Ik weet niet of het goed of fout is, maar ik heb het nooit kunnen begrijpen.

Als mijn mobiele telefoon eindelijk overgaat, is het al bijna tien uur 's avonds. Ik neem op en vraag: "George?"

"Ja," antwoordt George Springfield.

Maren gaat op de armleuning van de bank zitten. Ze houdt haar adem in en kijkt met grote vragende ogen naar me.

Ik kan niet blijven zitten. Ik sta op en zeg: "George, Maren is hier. Ze is een goede vriendin van Misha en mij. Ik zet je op speaker, goed?"

"Prima."

"Goedenavond, George," zegt Maren, zodra de telefoon op de speakerfunctie staat en op de salontafel ligt.

"Goedenavond, Maren," antwoordt Springfield. "Hoe gaat het met jullie?"

"Naar omstandigheden redelijk," vertelt Maren vlak. "Lennart en ik proberen elkaar te steunen in deze moeilijke tijd."

Haar Engels is beter dan ik verwachtte. Ondanks dat ze met een duidelijk accent spreekt, is het foutloos.

"Dat is goed om te horen," zegt Springfield. Dan komt hij ter zake. "Er is een uitspraak. Ik zal jullie niet vervelen met een gedetailleerd verslag van het gehele proces, maar mijn cliënt heeft schuldig gepleit aan doodslag."

"Wat is de uitspraak?" vraagt Maren, voordat ik iets kan zeggen.

"De straf is lager uitgevallen dan de eis," begint Springfield. "De eis was vijfentwintig jaar, maar de rechter heeft rekening gehouden met het feit dat mijn cliënt nog nooit eerder in aanraking is geweest met justitie. Het is een technisch verhaal, maar het komt erop neer, dat er wat plussen en minnen tegen elkaar worden weggestreept en daar komt dan de uiteindelijke strafmaat uit."

"Hoe lang?" vraag ik.

"Twintig jaar," antwoordt Springfield schoorvoetend.

* * * * *

Zaterdag, 31 maart 2001 – middag
Rotterdam, Nederland

Ik haalde Misha van de trein. Ik keek naar de twee sporttassen en de rugzak, die mijn jongere broer bij zich had en vroeg: "Is dat alles?"

Hij knikte.

"Geef maar," zei ik en nam de twee tassen van hem over. "Jezus, wat zit daar allemaal in? Bakstenen?"

"Kleding," antwoordde Misha. "En boeken."

"Ik had het kunnen weten..." Ik bleef staan, toen mijn broer zich bukte om zijn veter los te maken en opnieuw te strikken. Ik zag dat hij opzettelijk treuzelde en vroeg me af waarom. Ik liet het gaan en wachtte, totdat hij aangaf dat we konden gaan. We liepen achter de mensenmassa aan door de hal en vervolgden toen onze weg zwijgend via de Spoorsingel richting het Oude Noorden.

"Len?" begon hij na een tijdje.

Ik hoorde de aarzelende toon in zijn stem. "Wat?"

"Heeft jouw huis eigenlijk een kelder?"

Wat was dat nou weer voor vraag?

Ik keek hem aan. "Nee. Hoezo?"

"Niks. Zomaar," antwoordde Misha.

Er viel opnieuw een stilte.

"Weet je," begon ik, voornamelijk om het zwijgen te doorbreken. "Je moet je er niet teveel van voorstellen. Ik zit erg krap op het moment, dus we hebben nog niet veel spullen."

"Dat geef niet, Len," zei hij. "Ik heb toch niet veel nodig."

Wederom viel er een stilte, die enkele minuten duurde.

Bij de voordeur van mijn huis, zocht ik mijn sleutels en opende de deur. "Welkom thuis." Ik zette de tassen op de grond in de gang en trok de voordeur achter ons dicht.

Misha keek even om zich heen en vroeg toen: "Wat is mijn kamer?"

Ik wees en liep met hem mee.

"Valt toch best mee?"

"Vind je?" Ik lachte.

"Alles is er toch?" antwoordde Misha en haalde zijn schouders op.

"Je hebt niks," merkte ik op. "Ja, een bed en een stoel en een bureau. *That's it.* Ik probeer nog geld los te peuteren bij de SOOS voor kasten en zo, maar ze doen een beetje moeilijk."

Misha zette zijn rugzak op het bed en trok zijn jas uit. "Maakt niet uit." Hij bleef aarzelend staan, alsof hij niet zeker wist wat er van hem verwacht werd. "Zal ik eerst uitpakken?" stelde hij uiteindelijk voor.

"Nee." Ik schudde mijn hoofd. "Ik heb een zware nacht gehad."

Misha snoof minachtend, alsof hij dat ten zeerste betwijfelde.

"Wat nou?"

"Niks," zei hij.

"Eerst koffie."

Misha volgde me gehoorzaam naar de keuken en ging aan de tafel zitten.

Ik deed water in het koffiezetapparaat en koffie in het filter. Ik leunde tegen het aanrecht, terwijl ik wachtte.

Misha staarde uit het raam, zwijgend en met zijn blik op oneindig.

"Zo," begon ik. "Praat me eens bij."

Mijn broertje knipperde even met zijn ogen en zei: "Sorry. Wat?"

"Kom op, jochie. We hebben elkaar drie jaar nauwelijks gezien of gesproken," zei ik. "Je hebt toch wel *iets* te vertellen?"

Hij schudde ontkennend zijn hoofd.

"Hoe gaat het op school?" probeerde ik.

"Goed," antwoordde Misha. Zodra hij in de gaten kreeg, dat ik daar geen genoegen mee zou nemen, zei hij: "Ik had bijna alleen maar tienen op mijn laatste rapport."

"Goed, man!" zei ik oprecht. Ik schonk de koffie in twee bekers. "Zwart?"

"Ja."

Ik zette een beker bij hem neer en ging tegenover hem zitten. Ik vroeg me stiekem af of Misha ooit iets zou zeggen, als ik zelf zou zwijgen. Dit ging toch lastiger worden, dan ik van tevoren had gedacht. Het was eigenlijk niet vreemd.

Misha was elf geweest toen onze ouders overleden en we voor het laatst onder één dak hadden gewoond.

Tussen elf en veertien zat nu eenmaal een wereld van verschil.

Ik verweet mezelf dat ik daar niet beter over had nagedacht. Ik had in moeten zien, dat we niet gewoon verder konden gaan waar we drie jaar eerder waren gebleven. De tijd had niet stilgestaan en mijn broer was ouder geworden en wellicht veranderd.

"Dus...," zuchtte ik.

Misha keek me aan.

"Kom op, jochie," zei ik. "Zeg eens iets."

"Len, je zei net zelf al, dat we elkaar drie jaar lang bijna niet gezien hebben," antwoordde hij. "Alles is anders nu." Hij keek weg en wierp een blik op de klok, die tegenover hem aan de muur hing.

"Dat begrijp ik," zei ik geduldig. Ik nam mijn broertje in me op. De ongemakkelijke houding, de kille ijsblauwe ogen en het slordige en te lange donkere haar, dat half voor zijn ogen viel. Ik begreep het wel. Ik had hem te lang laten wachten. In februari 1998 had ik hem beloofd dat het maar voor negen maanden zou zijn, maar uiteindelijk had het drie jaar geduurd voordat ik de voogdij over hem kreeg. Het was niet zo vreemd dat Misha zijn vertrouwen in me was verloren en ik besefte dat ik moeite zou moeten doen om dat terug te winnen.

"Wat doe je buiten schooltijd?" vroeg ik.

Misha leek zich iets te ontspannen en antwoordde: "Ik lees veel... Tekenen..."

"Nog steeds?" Ik glimlachte.

"Ja."

"Dan is toch niet alles veranderd," concludeerde ik.

Misha haalde zijn schouders op. "En jij?"

"Ach, ik..." Ik stopte abrupt. Jeugdzorg zou het waarschijnlijk niet erg waarderen als ik mijn veertienjarige broer zou vertellen, dat ik mijn dagen voornamelijk doorbracht met bier, drugs en vrouwen. "Ik ben veel thuis en ik ga veel uit," antwoordde ik subtiel. Het was een antwoord dat redelijk dicht bij de waarheid lag.

"Moet je niet solliciteren?" vroeg hij voorzichtig.

"Welnee, je schreeuwt eens wat en slaat eens met je vuist op een balie en ze kruipen voor je," zei ik en haalde mijn schouders op. "Ik vind het wel best zo."

Misha keek me even aan, maar zei niets.

Ik stond op en liep naar de koelkast. Ik haalde er een blikje bier uit en ging terug naar de keukentafel.

Misha keek weer op de klok, maar bleef zwijgen.

"En verder?" probeerde ik, terwijl ik weer ging zitten.

Hij nam een slok van zijn koffie en zei: "Verder niks."

"Geen vriendin?"

Misha schudde zijn hoofd. "Jij?"

"Hoe zeg ik dit tactisch? Doe maar geen moeite om hun namen te onthouden."

"Dat is dus ook niet veranderd," concludeerde hij.

"Nee," zei ik. Ik glimlachte en nam een slok van mijn bier.

"Niet alles is veranderd..." Misha leek meer tegen zichzelf te spreken dan tegen mij. Hij zette zijn beker terug op de tafel en vroeg aarzelend: "Moeten we niet... iets van regels opstellen of zo?"

"Regels?" herhaalde ik.

"Wat verwacht je van me?" verduidelijkte hij.

"Dat je naar school gaat, niet op een politiebureau terecht komt en niets doet waardoor ik Jeugdzorg op mijn nek krijg," antwoordde ik. "Verder niks."

"Niks?" Mijn broertje staarde me ongelovig aan. Langzaam verscheen er een lichte paniek in zijn ogen, alsof hij bang was voor een leven zonder regels.

Ik negeerde het. Als hij op zoek was naar schema's en regeltjes was hij naar de verkeerde plek gekomen. Toch wilde ik zijn onzekerheid wegnemen en zei: "Joh, het wijst zich allemaal vanzelf. We zien wel hoe het loopt. Maak je niet druk."

Misha leek niet overtuigd.

Ik zweeg even en vroeg toen: "Hoe ging het daar dan?"

"Waar?"

"In dat pleeggezin?"

Misha stond op en zei: "Weet je, Len. Ik ga mijn spullen uitpakken en zo. Ik moet nog huiswerk maken. Maandag heb ik een proefwerk Duits."

"Oh, oké," antwoordde ik en wierp een blik op de klok. "Ik ga even weg. Ik heb met iemand afgesproken. Jij redt je wel, toch?"

Hij knikte. De uitdrukking op zijn gezicht was bijna opgelucht.

"Ik ben om een uur of zeven terug, oké?" vroeg ik.

"Oké," zei Misha onverschillig. "Tot vanavond." Hij passeerde me, pakte zijn tassen uit de gang, verdween in zijn slaapkamer en sloot de deur achter zich.

Ik pakte mijn spullen en vertrok naar de coffeeshop.

* * * * *

Dinsdag, 30 oktober 2012 – avond
Rotterdam, Nederland

Ik wankel en zoek naar mijn evenwicht. Even kan ik niet ademen en laat me naast Maren op de bank zakken. Ik had geweten dat dit scenario tot de mogelijkheden behoorde, maar ik had het tot het laatste moment verdrongen en gehoopt op –

Tja, op wat?

Een wonder?

Maren haalt diep adem en sluit haar ogen even, maar weet zichzelf wonderbaarlijk snel bij elkaar te rapen en vraagt: "En nu?"

"Mijn cliënt heeft me gevraagd om, in samenwerking met zijn advocaat Diederick Visscher in Nederland, te betrachten dat hij zijn straf – in ieder geval gedeeltelijk – in Nederland uit kan zitten," antwoordt Springfield. "Het spijt me. Zoiets kost tijd."

"Hoe lang...?" begin ik.

"Hoe is het met Misha?" onderbreekt Maren me.

"Mijn cliënt is kalm," vertelt Springfield. "Hij begrijpt wat er gebeurt, accepteert de gang van zaken en werkt goed mee."

"Ach ja, modelburger, modelcrimineel... Wat is het verschil?" zeg ik bitter.

"Dat vroeg ik niet," zegt Maren onverwacht scherp, met haar donkere ogen strak op de telefoon gericht, alsof ze hoopt dat ze Springfield er doorheen zal kunnen kijken.

"Op dit moment maakt hij het naar omstandigheden goed," antwoordt hij.

Ik begin weer een beetje bij zinnen te komen en vraag: "Wanneer wordt hij overgebracht?"

"Vanmiddag nog," zegt Springfield. "Het is hier nog middag."

"Wanneer kan ik overkomen?" vraag ik.

Er valt een stilte.

"Mijn cliënt vraagt of u daar nog even mee wilt wachten," antwoordt Springfield dan op ongemakkelijke toon. "Ik heb geprobeerd hem op andere gedachten te brengen, maar..."

"Er valt niet met hem te praten," raadt Maren.

"U moeten zijn weigering om u te zien niet persoonlijk opvatten," sust Springfield. "U moet begrijpen dat de situatie erg lastig ligt." Hij valt even stil, maar vervolgt dan: "Er zijn wat psychologische tests uitgevoerd..."

"Wil je zeggen dat hij gek is?" val ik hem in de rede.

"Nee, nee. Zeker niet, meneer Larsen," ontkent Springfield haastig. "Integendeel."

"Wat dan?"

"Ik ben advocaat, geen psycholoog," antwoordt Springfield, "maar ik heb de uitkomsten van de tests voorgelegd aan een bevriende psycholoog en hij heeft me het één en ander uitgelegd."

"Heeft wat uitgelegd?" dring ik aan.

Springfield zwijgt even en vervolgt dan: "Uw broer heeft een IQ dat tussen de 140 en 160 ligt. Daarnaast heeft hij een fotografisch geheugen en een absoluut gehoor en... Het is een technisch verhaal. U moet het zich zo voorstellen: in iedere situatie registreren de hersenen van uw broer vele malen meer indrukken dan die van de gemiddelde mens... En dan bedoel ik alles in die situatie: mensen, bewegingen, objecten, constructies, structuren, details... Alles wat hij kan waarnemen, op dat moment... De meeste gesprekken die mijn cliënt met mensen voert, kan hij zich weken later nog woordelijk herinneren."

"Vertel mij wat," fluister ik in het Nederlands tegen Maren.

"Des te drukker een situatie of omgeving is en des te meer er om uw broer heen gebeurt, des te groter de toevoer van informatie naar zijn hersenen is," gaat Springfield verder. "Mensen zoals u en ik krijgen dat niet allemaal mee. We vergeten ook weer veel, maar bij uw broer werkt dat anders... Zijn hersenen registreren dat wel allemaal en hij onthoudt dat ook bijna allemaal. Hij krijgt dan als het ware een *overload* aan informatie in zijn hoofd. Omdat er meer informatie in zijn hoofd zit, heeft hij meer tijd nodig om die informatie te verwerken, om dingen een plaatsje te geven... om het even simpel te zeggen."

Ik kijk vragend naar Maren.

Wat heeft dit te maken met het feit dat mijn broer me niet wil zien?
"Het zou teveel worden," zegt Maren knikkend.

"Ja," bevestigt Springfield. "Ziet u, buiten het slopende traject naar het proces toe, wat op zich al ingewikkeld genoeg is, hield mijn cliënt zich ook nog bezig met allerlei dingen, die er niet toe doen. Niet omdat hij dat wil, maar omdat hij daar geen invloed op heeft."

"Dingen die er niet toe doen?" herhaal ik.

"Ja," zegt Springfield. "Details. Namen van mensen die hij nooit meer zal zien, welke lichten er branden en wanneer. Dat soort dingen."

Maren kijkt naar me.

Ik haal mijn schouders op en concludeer: "Dus Misha mankeert eigenlijk niks? Hij is alleen slimmer dan wij en hij let beter op. Dat is toch ongeveer het idee?"

"Er werd even gedacht aan een lichte vorm van autisme," antwoordt Springfield. "Omdat dat vaak samengaat met een extreem hoge intelligentie en een fascinatie voor details, maar die tests waren negatief. Uw broer heeft een heel duidelijk besef van goed en kwaad en van oorzaak en gevolg. Hij kan meevoelen en meeleven met anderen. Er is geen grond om hem ontoerekeningsvatbaar te laten verklaren."

"Maar wanneer kan ik dan daarheen komen?" herhaal ik nadrukkelijk.

"Ik raad u sterk aan om nog even te wachten," zegt Springfield. "Op dit moment geeft mijn cliënt aan, dat hij rust nodig heeft. Nu weten u en ik allebei, meneer Larsen, dat er in welke gevangenis dan ook, weinig tot geen rust is. Ik stel voor dat u uw broer wat tijd geeft om zich aan te passen aan zijn nieuwe omgeving en hem de kans geeft om... wat rust in zijn hoofd te creëren. Ondertussen ga ik met mijn Nederlandse confrère aan de slag en zal ik proberen om uw broer op andere gedachten te brengen wat betreft uw bezoek."

Ik kijk naar Maren.

"Ik denk dat er weinig anders op zit, Len," redeneert ze in het Nederlands. "We kunnen wel hals over kop naar de VS vertrekken, maar als Misha ons niet wil zien, wat moeten we daar dan? Afwachten en duimen draaien kunnen we hier ook."

Ik denk even na.

Ze heeft een punt.

"We kunnen wel hals over kop..."

We?

Ik richt me weer tot Springfield en zeg dan kort en zakelijk: "George, hou me op de hoogte. Ik wil alles weten wat er gebeurt, of het jou onbelangrijk lijkt of niet. En ik wil weten of je vorderingen maakt."

"Ik houd u op de hoogte, meneer Larsen," antwoordt Springfield. "Goedenavond, samen."

"Goedenavond, George," antwoordt Maren.

Ik zeg niets en verbreek de verbinding. "Oké," zeg ik. "Help me dit te begrijpen. Mijn broer moet twintig jaar zitten en hij wil me niet zien? Wat is dat voor *bullshit?* Ik zat zeven *dagen* en het *enige* dat ik wilde, was mijn broer zien."

Maren kruipt tegen me aan op de bank en zegt langzaam: "Ik herken wel wat George zei. Misha kijkt heel anders tegen dingen aan dan wij." Ze zwijgt even en lijkt te twijfelen of ze de rest van haar verhaal moet vertellen.

Ik dring niet aan. In plaats daarvan houd ik haar vast en wacht geduldig of er nog iets zal volgen.

"Ik heb een jaar in de postkamer gewerkt van een scheepvaartbedrijf," gaat Maren verder. "Misha kwam me daar wel eens ophalen. De eerste keer dat hij langs kwam, liet ik hem het gebouw zien. Het was zo'n monumentaal pand en ik dacht dat hij dat mooi zou vinden. Dat is hoe jij en ik kijken. We vinden het mooi of niet mooi. Punt. Misha niet. Hij zei niet of hij het wel of niet mooi vond, maar begon over draagmuren en de constructie van het plafond."

"Het lijkt me vermoeiend om altijd zoveel na te denken," zeg ik.

"Misha leeft volgens vaste patronen," antwoordt Maren. "Hij volgt routes en regimes. Dat is zijn houvast in de chaos om hem heen. Hij volgt de agendapunten en weet hoe hij zijn rust kan herpakken."

Ik kijk haar vragend aan.

"Heb je nooit gemerkt hoe hij reageert in stressvolle situaties, Len?" vraagt Maren, maar ze verwacht geen antwoord. "Hij schiet altijd in de verdediging of hij valt volledig stil... Hij zei wel eens..."

"'Ik heb geen woorden'," vul ik aan.

"Ja," zegt Maren.

Ik pak mijn telefoon weer. "Ik zal Ilse bellen. Bestel jij even iets te eten."

12.
CONTACT

Woensdag, 7 november 2012 – ochtend
Rotterdam, Nederland

Ik herken mezelf niet meer. Twee maanden geleden was ik een relaxte gozer, die lekker zijn eigen gang ging en zich nergens druk over maakte. Waar hij gebleven is, weet ik niet. Hij lijkt tegelijk met Misha te zijn vertrokken en plaats te hebben gemaakt voor een zenuwenlijder, die zich dag en nacht zorgen maakt.

De gedachte dat Misha zijn dagen niet langer doorbrengt in een politiecel of in een veilige verhoorkamer, maar zich nu staande moet zien te houden in een zwaarbeveiligde gevangenis is verontrustend. Ik probeer niet teveel stil te staan bij alles dat zou *kunnen* gebeuren en me te beperken tot feiten.

George Springfield stuurt me regelmatig een sms'je met de tekst *'No news. G.'*, maar dat kan ik nauwelijks betitelen als een 'update'. Hij heeft niet meer gebeld.

Inmiddels ben ik begonnen met het maken van plannen. Ik heb Ilse ingeschakeld om voor me uit te zoeken wat de reismogelijkheden zijn en in hoeverre mijn laatste veroordeling me in de weg kan staan. Het grootste obstakel is op dit moment mijn gebrek aan geld.

Ik moet toegeven dat ik minder geld tekort kom, sinds ik geen drugs en minder drank hoef te kopen, maar een banksaldo van min dertien euro verschaft me net zomin een vliegticket, als een saldo van min vijfhonderd.

Ik overweeg mijn oude vrienden op te zoeken en hen te vragen of er nog 'lopende zaken' zijn waar ze wat hulp bij kunnen gebruiken, maar omdat ik nog in mijn proeftijd zit, is dat geen aantrekkelijke optie. Vroeger werkte ik nog weleens zwart op de autosloperij van een vriend, maar aangezien daar uitsluitend gestolen auto's staan, lijkt dat ook geen mogelijkheid. Nu ik al een tijdje uit het uitgaanswereldje ben, heb ik ook geen idee wie van de mensen van wie ik weet dat ze weleens een wiettuin hebben, binnenkort gaan oogsten en knippen – een andere oude bron van inkomsten, die afvalt.

Ik vraag me af of mijn broer cash in huis heeft, waar ik bij kan. Of een creditcard.

Als die Salvador Dali aan je muur echt is...

Ik realiseer me dat ik een fractie van de waarde zal krijgen, als ik niet de benodigde documenten kan overleggen. Het is de zoveelste mogelijkheid die afvalt.

Ergens in de afgelopen weken is Maren ongemerkt min of meer bij me ingetrokken. Ze woont op de bank, waar ze de weinige bezittingen die ze heeft, binnen handbereik om zich heen heeft gestrooid.

Ik houd van de chaos die ze met zich meebrengt en noem het haar 'graancirkel'. Het leidt me op een prettige manier af van de vele vragen die door mijn hoofd spoken. Ik heb haar niet gevraagd te blijven en ook niet waar ze woonde, voordat ze mijn bankstel confisqueerde. De weinige vragen die Maren tolereert op een dag bewaar ik voor belangrijke dingen.

Ondanks haar lange gebruiksaanwijzing is Maren erg gemakkelijk om mee onder één dak te zitten. In ieder geval een stuk gemakkelijker dan mijn broer. Ze vraagt weinig, klaagt nooit en stelt geen eisen. Ze begrijpt zelfs mijn concept van een fruitschaal en bewaart haar sleutel daar.

Ik begin me heimelijk af te vragen of Maren – naast mijn broer – überhaupt enige sociale contacten heeft, want ik zie haar nooit met een telefoon, hoewel ik weet dat ze er één heeft, en ze spreekt nooit over familie, vrienden of kennissen.

De kleine *Lone Ranger*.

* * * * *

Maandag, 14 augustus 1995 – middag
Rotterdam, Nederland

Mijn moeder begreep Misha, zoals mijn vader en ik dat nooit konden. Dat is iets dat ik me pas realiseerde toen mijn ouders allang dood waren. Ze begreep hoe mijn broertje werkte en ik herinner me dat mijn ouders zelden woorden hadden, maar dat *wanneer* ze ruzie hadden, het *altijd* over Misha ging.

Mijn moeder had de neiging om haar jongste af te schermen van situaties, waar hij nerveus van werd, zoals sociale evenementen en mensenmassa's.

Mijn vader vond dat volslagen onzin. Hij had niet zoveel geduld met Misha en wist nooit zo goed wat hij met hem aanmoest. Mijn vader was het soort man dat met zijn zoons wilde gaan voetballen en over auto's wilde praten, maar dat werkte niet met Misha, die voornamelijk in zijn eigen wereldje zat en zijn vrije tijd tekenend en lezend doorbracht.

Na de eerste schooldag na de zomervakantie van 1995, kwam Misha tegen vier uur thuis.

Ik had mazzel, want mijn rooster eindigde al rond half drie. Mijn moeder had thee gezet en ik hield haar gezelschap, omdat het altijd beter was dan aan mijn huiswerk te beginnen.

Misha kwam bij ons aan de keukentafel zitten.

"Hoe was het op school?" vroeg mijn moeder.

"Goed," antwoordde Misha. Hij keek ons niet aan en leek automatisch dit antwoord te kiezen, omdat hij dacht dat het was wat we wilden horen.

Mijn moeder kon perfect omgaan met dit soort buien. Ze liet Misha lekker zijn muur optrekken en zich een tijdje afzonderen en wist feilloos wanneer het omslagpunt kwam en hij weer benaderbaar was.

Ook toen weer. "Ga maar," zei ze.

Misha stond op en verdween naar zijn kamer.

"Wat is dat toch met hem?" vroeg ik.

"Het is een beetje teveel voor hem," antwoordde ze. "Omdat hij groep zeven nu over heeft geslagen, zit hij in een hele nieuwe klas. Hij kan niet zo goed tegen verandering." Ze roerde afwezig in haar thee en zuchtte. "Toen ik merkte dat Misha anders was, heb ik veel gelezen, gezocht naar de beste manier om ermee om te gaan."

"Anders?" herhaalde ik.

"Hij kijkt anders tegen dingen aan dan wij," legde mijn moeder uit. "Maakt dingen onnodig ingewikkeld, totdat hij met zichzelf in de knoop raakt. Dan heeft hij rust nodig om zijn hoofd op orde te krijgen."

Ik begreep haar niet. "Wat heeft hij dan?"

"Misha heeft als het ware een doolhof in zijn hoofd en soms... verdwaalt hij een beetje," zei ze.

Ik begreep haar nog steeds niet.

* * * * *

Woensdag, 7 november 2012 – ochtend
Rotterdam, Nederland

Als ik opsta en naar de woonkamer ga, tref ik Maren op de bank aan, in een grote wirwar van dekens. "Ben je al wakker?" vraag ik zacht.

Ze heft haar hoofd op en kijkt me aan. "Nu wel. Hoe laat is het?"

"Half twaalf," antwoord ik.

Maren gaat rechtop zitten, waarbij de dekens gedeeltelijk van haar afglijden en wrijft even in haar ogen. Ze draagt een topje met spaghettibandjes en een oude spijkerbroek.

Mijn oog valt op een gedeelte van een tatoeage op haar schouderblad, dat onbedekt is. Ik ben direct geboeid. "Mooi," zeg ik en wijs. Ik heb er zelf ook een aantal en ben altijd benieuwd naar die van anderen.

Maren staat op. Ze draait haar rug naar me toe, haalt haar lange haren opzij en toont me een deel van een tatoeage op haar rug. "Dat was mijn eerste. Kun je het geloven?"

Hoewel dit niet het plaatje is dat mijn aandacht in de eerste instantie heeft getrokken, zeg ik geamuseerd: "Meteen voluit." Ik loop naar haar toe en bekijk het zichtbare deel, dat boven haar topje uitkomt.

"Kijk maar, hoor," zegt ze.

Ik pak het truitje en kijk erin. De tatoeage is zeker vijftien centimeter breed en vijfentwintig centimeter hoog en neemt een groot deel van haar bovenrug in beslag. "Gaaf," merk ik op. Ik denk even na. "Het lijkt ergens op... Misha heeft zo'n tekening aan zijn muur thuis," herinner ik me dan. "Die heb je vast weleens gezien."

"Escher...," antwoordt Maren knikkend. "Eén van zijn tekeningen was de basis voor mijn tattoo. Wat zie jij als je naar die Escher kijkt die bij Misha aan de muur hangt?"

"Een soort van... een rad... met beestjes erop... in de vorm van een acht?" probeer ik en haal mijn schouders op. "Ik weet niks van kunst."

"Zo zag ik het eerst ook, maar volgens Misha is het een oneindigheidsteken," antwoordt Maren, draait zich om en kijkt me aan.

"Dat zal dan wel zo zijn," concludeer ik.

"Misha heeft al mijn tattoos ontworpen," vertelt Maren. "Die tekening van Escher gebruikte hij als basis voor deze. Ik wilde die gekke insecten niet, dus daar heeft hij iets heel anders van gemaakt. De vorm van het geheel hebben we gelaten hoe het was. Ik vond het idee van oneindigheid wel oké..."

Ik knik. Ik vind tatoeages altijd veelzeggend over de eigenaar. Wat, waar en hoe vertellen bijna altijd waarom.

Wat stelt het voor?

Waar op het lichaam zit de afbeelding en vooral hoe wordt die getoond?

Ik ben impulsief en dat zie ik terug in mijn tatoeages.

Die van Maren zitten op strategisch gekozen plaatsen. Dat zag ik in toen bleek dat ze er niet één op haar armen of handen heeft. Er is dus over nagedacht.

Dan hebben ze ook een betekenis.

Maren toont me haar overige drie tattoos. Op haar onderbuik, vlak boven de rand van de oude jeans, zie ik een vlinder, maar als ik aandachtiger kijk, blijkt die niet uit simpele lijnen te bestaan, maar uit woorden. Voordat ik er echter iets van kan lezen, draait Maren zich om en toont me de tekens 'I – V' op haar onderrug. Ook daar kan ik niets van maken.

De laatste zit op haar rechterschouderblad en is het plaatje dat in de eerste instantie mijn aandacht heeft getrokken. Het is een afbeelding, die me bekend voorkomt. Ik weet dat ik het eerder gezien heb, maar ik kan het niet plaatsen.

Ik besluit het erop te wagen en haar ernaar te vragen. Tenslotte laat Maren me zelf haar inktverzameling zien. Het initiatief ligt bij haar. Ze moet weten dat er vragen over zouden kunnen komen.

"Dat heb ik eerder gezien," merk ik op. Ik formuleer het expres niet als vraag.

"Zou kunnen," zegt Maren. "Mijn moeder komt oorspronkelijk uit Brussel en ze sprak thuis vaak Frans en las me voor in het Frans. *Maman* zei altijd dat kinderliteratuur uit Frankrijk veel beter was dan de Nederlandse." Ze draait zich om en raapt haar trui op, die op de grond ligt. "Toen ik nog klein was, las ze me altijd voor uit *'Le Petit Prince'*. Ik heb dat vroeger weleens aan Misha verteld, toen we jonger waren en een paar jaar geleden tekende hij die tattoo voor me uit. Totaal anders dan het origineel, maar toch doet het je eraan denken. Het origineel is een tekening uit een kinderboek, dus het origineel is ook in die stijl. Echt een poppetje. Het leeft niet... Een poppetje dat op een kleine planeet staat. Ken je het weer?"

"Ergens... Heel vaag...," antwoord ik naar de waarheid. "Misha is de lezer in onze familie. Niet ik."

"Misha maakte er echt een mensje van," zegt Maren. "Die tekening... het was net alsof het *leefde*." Ze trekt haar trui aan en steekt een sigaret op.

Het valt me op hoe spraakzaam ze is als het gesprek uitsluitend over haar gaat. In een paar zinnen heeft ze me nu al meer verteld, dan in alle gesprekken van de afgelopen weken, waarin Misha het onderwerp was.

Het is niet haar stilte, denk ik dan.

Ze zwijgt voor jou.

"Koffie?" vraag ik.

Ze knikt en volgt me naar de keuken.

Ik zet koffie en zeg: "Luister, ik heb nagedacht. Die Springfield irriteert me mateloos. Het duurt me allemaal veel te lang. Ik heb Ilse gevraagd om uit te zoeken wat het gaat kosten om naar de VS te gaan. We hebben geld nodig."

"Misha wil ons niet zien, Len," zegt Maren en gaat aan de keukentafel zitten.

"Dan moet Springfield maar beter zijn best doen," antwoord ik. Ik schenk koffie in en geef Maren één van de mokken. "Als ik over een week niks van hem gehoord heb, laat ik Ilse een ticket boeken en ga ik naar de VS. Dan kun je meegaan of hier blijven."

Maren kijkt me aan. "Geef het een beetje tijd, Len," zegt ze. "Je zei het zelf al: we hebben geld nodig. Zoiets kost geld. Je kunt niet gewoon overvliegen. Je hebt daar ook geld nodig... en een dak boven je hoofd... en een *plan*."

"God, je lijkt mijn broer wel... Wat nou, plan? Springfield kan een goedkoop hotel regelen," antwoord ik. Ik ga bij haar aan de tafel zitten en steek een sigaret op.

"Een hotel?" herhaalt Maren.

"Het hoeft niet het Hilton te zijn," zeg ik nuchter.

"In New York kost het lelijkste krot nog vijftig dollar per nacht," merkt Maren op. "Waar wil je dat van betalen?"

"Zoals het er nu naar uitziet, van iemand anders zijn geld," geef ik toe.

Maren drinkt haar koffie op en zegt: "Ik ga even douchen." Ze staat op en verdwijnt uit de keuken.

* * * * *

Zaterdag, 31 maart 2001 – avond
Rotterdam, Nederland

Ik maakte mijn joint uit en wierp een blik op de klok, die in de coffeeshop aan de muur hing. Ik had Misha beloofd om rond zeven uur thuis te komen. Ondanks de gezelligheid in de zaak en het feit dat mijn hereniging met Misha eerder die dag niet bepaald soepel was verlopen, besloot ik naar huis te gaan.

Ik kon hem toch moeilijk op zijn eerste avond al alleen laten?

Ik rekende af en liep terug naar huis.

De buurvrouw stond in de tuin en riep haar kat, een grote zwarte kater, die op het afdakje zat en tevreden neerkeek op de smeekbede van zijn bazin.

"Hij krijgt vanzelf honger, buurvrouw," merkte ik op.

"Oh, buurman, u liet me schrikken," zei ze.

"Sorry," antwoordde ik.

De buurvrouw was destijds een jaar of zestig en ze had in de korte tijd dat ik naast haar woonde, al diverse keren geklaagd over het volume van mijn muziek. Verder was ze best wel aardig.

Ik zocht mijn sleutels.

"Heeft u bezoek?" vroeg de buurvrouw.

Ik keek haar niet begrijpend aan.

"Ik zag licht branden," legde ze uit, "en u was niet thuis. Heeft u een logee?"

"Zo zou ik het niet willen noemen," antwoordde ik, terwijl ik mijn jaszakken controleerde. Ik kwam mijn sigaretten tegen en stak er één op, alvorens de zoektocht naar mijn huissleutels voort te zetten. "Mijn broertje is bij me komen wonen."

De buurvrouw trok een gezicht alsof ze sterk betwijfelde of dat een goed idee was. "Oh."

Ik kon haar zien denken, huiverig voor de onwenselijke mogelijkheid dat ze nu twee herrieschoppers naast zich had wonen in plaats van één. "Maakt u zich geen zorgen, buurvrouw," zei ik. "Hij is net zo'n rustige jongen als ik."

Ze keek me verschrikt aan en liep naar haar voordeur.

Ik lachte en vond eindelijk mijn sleutels terug in mijn binnenzak. Ik opende de deur, ging naar binnen, hing mijn jas aan de kapstok en gooide mijn sleutels in de fruitschaal. Ik haalde een blikje bier uit de koelkast en luisterde. Het was doodstil in huis.

De deur van Misha's kamer had opengestaan, toen ik erlangs liep. Ik ging naar de woonkamer en trof hem slapend op de bank aan. Ik nam aan dat hij tijdens het lezen in slaap was gevallen, want er lag een boek op de grond. Door hoe het erbij lag kon ik concluderen dat het gevallen was. Ik pakte het op en las de titel. *'I'm The King Of The Castle'*.

Ik legde het boek op de salontafel en plaatste toen mijn hand op Misha's arm.

Hij schrok wakker en schoot overeind. Het leek even te duren, voordat hij zich realiseerde waar hij was.

"Sorry," zei ik. "Ik had je niet wakker moeten maken."

Misha haalde even diep adem en antwoordde toen: "Dat geeft niet."

We staarden elkaar een tijdje in stilte aan.

"Koffie?" vroeg ik, toen het me teveel werd.

Misha knikte en stond op. Hij volgde me naar de keuken, ging aan de keukentafel zitten en observeerde zwijgend mijn handelingen. De ijsblauwe ogen priemden in mijn rug en even gaf het me een ongemakkelijk gevoel. Heel even en toen was het weg.

Terwijl de koffie doorliep, draaide ik me om en keek naar mijn broertje.

Hij staarde inmiddels door het keukenraam naar buiten, waar de buurvrouw nog altijd verwoede pogingen deed om haar kat van het afdak te krijgen. "Wat doet ze nou toch moeilijk?" vroeg hij, zonder om te kijken.

Ik haalde mijn schouders op, maar realiseerde me toen dat hij dat niet kon zien. "Ze doet altijd moeilijk," antwoordde ik. Ik schonk de koffie in, zette een mok bij mijn broer neer en ging zitten.

Misha draaide zich naar me toe en pakte de beker op. Hij vouwde zijn handen er omheen, alsof hij het koud had.

"Zal ik de verwarming wat hoger zetten?" vroeg ik.

Hij schudde zijn hoofd. "Ik ben gewoon moe," gaf hij toe.

"Slecht geslapen?"

Misha staarde even zwijgend naar het tafelblad en knikte. Hij nam een slok koffie.

Ik haalde een joint uit het borstzakje van mijn spijkerhemd en pakte een aansteker uit de fruitschaal. Ik stak op en nam een diepe haal.

Mijn broertje staarde even naar me. Hij leek iets te willen zeggen, maar nam toen een slok koffie, alsof hij zich bedacht had.

Ik hield hem de joint voor. "Wil jij ook?" vroeg ik.

Ik geef toe dat het niet erg opvoedkundig was, maar ik had het gevoel dat ik geen contact kreeg. Ik moest een connectie vinden. Het enige dat ik tot dan toe had kunnen ontdekken, dat we gemeen hadden was een liefde voor teveel koffie. Dat was niet bepaald een goede fundering om de beschadigde relatie met mijn broertje op te herbouwen.

Ik wilde dat hij inzag dat ik oké was en dat hij me aardig vond.

Zoiets als: *"Hé, jochie. Ik ben een te gekke grote broer, want je mag van mij van alles dat je van niemand anders zou mogen. Neem een blowtje. Dan zijn we samen cool."*

Zoiets.

Misha dacht daar kennelijk anders over. Hij keek me aan, alsof ik niet goed bij mijn hoofd was en vroeg: "Waarom zou ik dat willen?"

Ik haalde mijn schouders op.

"Waarom zou *jij* dat willen?" vroeg hij toen.

"Dat *wil* ik niet," corrigeerde ik hem. "Ik probeer je te zeggen dat ik het geen probleem vind als je dingen wilt uitproberen. Die fase heb ik ook gehad."

Misha keek me bedenkelijk aan.

"Oké, ik ben erin blijven hangen," gaf ik toe.

Hij glimlachte en nam nog een slok koffie.

Ik nam een diepe haal van mijn joint en pijnigde mijn hersenen, op zoek naar een geschikt gespreksonderwerp.   —

Alle dingen waar ik in de kroeg met mijn vrienden over praatte, vielen af.

Waar praat je als twintigjarige over met een veertienjarige?

"Heb je alles al uitgepakt?" probeerde ik.

"Ja, vanmiddag," antwoordde Misha.

En nu?

"Is er nog iets dat je nodig hebt?" vroeg ik. Ik zat krap bij kas, maar dingen als een tandenborstel konden er nog wel vanaf.

Hij schudde zijn hoofd.

Ik keek op de klok. Bijna half acht.

Het zag ernaar uit dat we een lange avond voor de boeg hadden.

* * * * *

Woensdag, 7 november 2012 – ochtend
Rotterdam, Nederland

Ik hoor Maren rommelen tussen haar spullen in de woonkamer. Ik neem een diepe haal van mijn sigaret en denk na. Dan hoor ik de badkamerdeur open- en dichtgaan. De stilte in huis is plotseling oorverdovend en doet me denken aan de tijd dat mijn broer nog bij me woonde. Ik drink mijn beker koffie leeg, sta op en loop naar het aanrecht om de koffiepot te pakken en de mok opnieuw vol te schenken.

Na een tijdje valt het me op dat ik nog steeds geen water hoor lopen. Ik loop naar de gang en luister.

"... *worried. The assignment Misha gave me is much harder than we antici-pated,"* hoor ik Maren zeggen. Er valt een stilte. Ik neem aan dat ze aan de tele-foon is en dat ze nu luistert naar haar gesprekspartner.

"Listen, I don't know how much longer I can keep him here," zegt Maren dan. Weer is het even stil.

"Ik weet het, Dean," antwoordt Maren, nog altijd in het Engels. "Hij dacht dat het niet zo'n vaart zou lopen."

Dean?

Dean Wesson?

Er valt wederom een korte stilte. Daarna zegt Maren: "Ik weet het niet. *Big Brother* zou het liefste gisteren op een vliegtuig stappen, maar ik denk dat ik hem nog wel een week kan vertragen. Wil je George vragen of hij Lennart belt?"

Maren zwijgt weer even. Dan lacht ze zachtjes en vraagt: "Blondine of bru-nette?" Na een laatste korte stilte, hoor ik dat ze de douche aanzet, waardoor ik een deel van haar woorden mis.

Daarna zegt ze alleen nog: *"Have fun."*

Ik leun even tegen de muur in de gang en laat het bezinken.

Dat Maren Dean Wesson kent, wist ik al. Net zoals ik weet dat beiden George Springfield kennen. Dat is niets nieuws, maar dat ze Wesson zojuist gevraagd heeft om Springfield me te laten bellen, is wel iets dat mijn alarm-bellen af doet gaan. Evenals het feit dat mijn broer haar een opdracht heeft gegeven, die 'moeilijker is' dan ze verwacht hadden.

Nu Dean Wesson weer zijdelings op het toneel is verschenen, weet ik zeker dat het alleen een kwestie van tijd is, voordat ook Colin Ross weer om de hoek komt kijken.

Ik vraag me af wat voor opdracht Misha Maren gegeven heeft en denk aan de rest van het gesprek tussen haar en Wesson. Ik baal ervan dat ik zijn woor-den niet heb kunnen horen.

De *'him'* die *'here'* gehouden moet worden, ben ik duidelijk zelf.

In de eerste instantie schrik ik van deze conclusie en voel ik een enorme woede over me heenkomen. Nog niet zo lang geleden zou ik Maren door de badkamerdeur verrot gescholden hebben, maar in plaats daarvan ga ik terug naar de keuken en drink mijn koffie.

Maren zei dat ze denkt dat ze me nog wel een week kan vertragen...

Is dat wat ze al die tijd gedaan heeft?

Me vertragen?

Al die tijd leek het alsof ze me wilde steunen, alsof ze aan mijn kant stond en alsof ze me wilde helpen. Ondertussen was zij het, die tussen mij en mijn broer heeft ingestaan.

Zij en Springfield.

Weer slaat de twijfel toe.

Nog wel een week vertragen...

Houdt dat in dat Maren denkt, dat je tegen die tijd wel zult instemmen met een ontmoeting?

Ik zucht en vraag me af hoe ik mijn kaarten zal spelen. Ik heb één aas in handen.

Maren heeft geen idee dat ik haar gehoord heb.

Hoe groot is de kans dat ze gaat praten, als ik haar daarmee confronteer?

Ik weeg de mogelijkheid af tegen de mogelijkheid, dat ze compleet dicht zal slaan en helemaal niets meer zal zeggen. Misschien zal ze zelfs vertrekken.

Ik besluit dat het risico te groot is.

En nu, Larsen?

Ik loop naar de koelkast en haal er een blikje bier uit. Ik ga terug naar de keukentafel en ga weer zitten. Ongewild vraag ik me af wat Misha zou doen, als de rollen omgedraaid waren. Ik staar naar het blikje bier.

Dat in ieder geval niet...

Afwachten, wellicht...

De confrontatie uit de weg gaan?

Ik neem een slok en steek een nieuwe sigaret op.

Jij had allang geweten hoe het in elkaar zit, denk ik dan.

* * * * *

Zondag, 1 april 2001 – ochtend
Rotterdam, Nederland

Ik werd wakker en keek op het lichtgevende display van mijn wekker, die ik nooit gebruikte. Het was half vijf in de ochtend. Ik pakte mijn ochtendjas en ging naar de badkamer om te pissen. Toen ik daarna terug wilde gaan naar mijn bed, zag ik dat het licht in de woonkamer nog brandde.

Mijn broertje zat op de bank te lezen, maar keek onmiddellijk op van zijn boek toen hij mijn voetstappen hoorde.

"Kun je niet slapen?" vroeg ik overbodig.

"Nee," antwoordde hij.

"Hoe is het met de koning en zijn kasteel?" Ik pakte een halfvol pakje sigaretten van de salontafel en stak er één op.

Misha haalde zijn schouders op en legde het boek opzij. "In dat soort boeken wint altijd de *underdog,*" zei hij.

"En dat is niet goed?" vroeg ik.

"Het is voorspelbaar," antwoordde hij. Hij zweeg even en voegde er toen aan toe: "Maar in het echte leven werkt het nooit zo."

"Meestal niet, nee," gaf ik toe. Ik tikte wat as van mijn sigaret en probeerde iets te bedenken om het gesprek op gang te houden. De avond was ook een drama geweest. Misha en ik hadden voornamelijk zwijgend in de keuken en de woonkamer gezeten. Onze conversaties waren beperkt gebleven tot zinnen als: "Wil jij nog koffie?" ("Ja."), "Hoe gaat het op school?" ("Goed.") en "Len, heb je aspirines?" ("In de fruitschaal.").

Uiteindelijk was ik high geworden en had Misha op de grond van de woonkamer zitten tekenen. Om een uur of twee was ik naar bed gegaan, maar ik had mijn broertje laten zitten. Ik wilde niet 'die zeikerd' zijn, die hem naar zijn bed stuurde of hem op zijn vingers tikte.

Toen ik Misha om half vijf 's morgens lezend in de woonkamer aantrof, vroeg ik met enige verbazing: "Ben je nog niet naar bed geweest?"

Hij schudde zijn hoofd.

"Jochie, je moet toch slapen?" probeerde ik.

Misha haalde zijn schouders op. "Straks," zei hij.

Ik twijfelde even. Misschien zocht hij zijn grenzen. Aan de andere kant, herinnerde ik me de nachten na het overlijden van onze ouders. Toen had mijn broertje ook hele nachten door het huis gespookt.

Misschien was het de verandering van omgeving en moest ik hem gewoon laten gaan. Ik overwoog om erop te vertrouwen dat Misha instinctief zou weten wat goed voor hem was.

Hij moest toch een keer moe worden en dan zou het probleem zichzelf oplossen. Of niet.

Ik keek op de klok en zei: "Misha, het is bijna kwart voor vijf. Het is mooi geweest."

Mijn broertje wierp een blik op de klok, alsof hij twijfelde aan de juistheid van het door mij genoemde tijdstip. Zijn ogen dwaalden naar mij en toen naar de deuropening en weer terug naar mij. "Koffie?" vroeg hij.

De klank van zijn stem was bijna hoopvol.

"Nee, jochie. Het is kwart voor vijf," antwoordde ik. "En als je nu al niet kunt slapen, lijkt het me niet handig om nog een stoot cafeïne te nemen."

"Laat me nou maar, Len," zei Misha ongeduldig en stond op. Hij wilde me passeren, maar ik hield hem tegen door me breed te maken in de deuropening. Hij deed een stap naar achteren en keek me afwachtend aan.

"Het is kwart voor vijf," herhaalde ik. "Het is mooi geweest."

Misha keek me even zwijgend aan en zei toen: "Oké. Welterusten."

* * * * *

Maandag, 19 november 2012 – avond
Rotterdam, Nederland

"Weet je," begint Ilse. "Ik denk dat jullie beter vanaf Brussel kunnen vliegen. Ik weet niet of ze in Amsterdam moeilijk zullen doen over je veroordeling, Lennart." Ze zit op de bank met haar laptop op schoot, leest een pagina op het internet en vervolgt: "Het scheelt ook nog een keer veel geld."

Ik kijk over haar schouder mee. "Dan gaan we vanaf Brussel. Wanneer kunnen we weg?"

"Len, we hebben geen geld," merkt Maren op. Ze zit in kleermakerszit op de grond, aan de andere kant van de salontafel, tegenover ons, en draait een joint. Ik negeer haar woorden.

Maren en Ilse hebben de afgelopen tweeënhalf uur als kat en muis naar elkaar zitten staren, maar ik heb nog niet kunnen ontdekken wie de kat en wie de muis is. Ze hebben nauwelijks een woord gewisseld, na 'Hallo'.

"Wanneer moet je er zijn?" vraagt Ilse.

"Ik wil aankomen op een dinsdag, want op woensdagmiddag is het bezoek," antwoord ik.

"Hier heb ik een vlucht met vertrek en aankomst op 27 november," vertelt Ilse. "Dat is op dinsdag... Dan moeten we voor jullie allebei nog een ESTA aanvragen... Anders komen jullie de VS niet in..."

"Mijn ESTA is nog geldig," onderbreekt Maren haar.

Ik kijk haar vragend aan.

"Van toen ik met Misha naar Atlanta ben geweest," zegt ze.

Ilse laat zich niet van de wijs brengen door de onderbreking. "ESTA, alleen voor Lennart, dus... Alles bij elkaar kom ik dan op ongeveer vijfentwintighonderd euro. Het probleem is, dat ik ook een terugreis moet inboeken, anders krijg je geen ESTA... en je kunt niet langer blijven dan negentig dagen."

"Misha betaalde bijna tweeduizend euro. Hij ging *alleen,*" merk ik op. "Waarom was dat zo duur? En waarom kon hij wel de VS in zonder retourvlucht?"

"Misha vloog altijd business class. Dat is veel duurder," antwoordt Ilse. "En hij had al een ESTA."

"Hoe lang duurt het voordat je die ESTA dingen hebt?" vraag ik.

"Die kun je gewoon aanvragen via het internet," zegt Ilse. "Het duurt één dag, maar ik zou minimaal twee doen... Gewoon voor de zekerheid."

"Waar betalen we dit van, Len?" vraagt Maren opnieuw. "Ik heb een creditcard, maar daar zit een limiet op van vijfhonderd euro. Heb jij een creditcard?"

Ik schud mijn hoofd. "Misschien bewaarde Misha cash thuis," raad ik.

Ilse pakt haar handtas en haalt haar portemonnee tevoorschijn. Ze haalt haar eigen creditcard eruit en zegt: "Betaal me maar een keer terug wanneer je kunt."

Maren staat op, loopt om de salontafel heen en omhelst Ilse.

Ik kijk even met verbazing van de één naar de ander. Tot een minuut geleden wierpen ze elkaar nog wantrouwende blikken toe en zwegen ze elkaar zo goed als dood. En nu vallen ze elkaar als beste vriendinnen in de armen. Dat zal wel weer zo'n typisch vrouwending zijn. Ik wil niet eens proberen om dit te begrijpen, zucht en omhels hen dan allebei.

Ik breng mijn mond tot vlakbij Ilses oor en fluister: "Ik betaal je terug."

Ze knikt.

Ik laat hen los en zeg: "Boek maar."

"Wat doe ik met de terugvlucht?" vraagt Ilse.

Maren gaat naast haar zitten en kijkt mee op het scherm van de laptop. "Met die creditcard van mij kunnen we minimaal tien nachten overnachten," redeneert ze. "Als Len geld voor eten heeft, zijn we al een heel eind op weg. Is het een wijzigbaar ticket?"

"Ja," antwoordt Ilse. "Honderd euro per wijziging, per ticket."

"Zet de retourvlucht dan maar op negentig dagen verder," stel ik voor. "Dan rekken we het zo lang we kunnen en bellen we je als we terug moeten. Op die manier hoeven we hooguit één keer om te boeken."

* * * * *

Zaterdag, 12 oktober 2002 – ochtend
Rotterdam, Nederland

Ik was de hele nacht op stap geweest met vrienden en kwam pas tegen een uur of acht thuis. Ik had veel teveel gedronken en ik had van Ron een lijntje cocaïne geaccepteerd om in ieder geval nog rechtop naar huis te kunnen lopen.

Ik opende de voordeur, ging naar binnen en sloot de deur. In de gang trok ik mijn jack uit en hing dat aan de kapstok. Achter me hoorde ik Misha's slaapkamerdeur en ik vroeg, zonder om te kijken: "Heb je al koffie gezet?"

"Ook goedemorgen."

Ik draaide me om, zodra het meisje sprak. "Sorry," zei ik. "Ik dacht dat je mijn broer was."

Ze was leuk om te zien.

Ik schatte haar een jaar of vijftien, misschien zestien en ik vroeg me onmiddellijk af hoe groot de kans was, dat er later boze ouders voor mijn deur zouden staan.

De deur van Misha's kamer ging opnieuw open en mijn broer kwam tevoorschijn.

"Morgen," zei ik.

Hij keek even van mij naar het meisje en zei toen tegen haar: "Ik zie je wel weer."

Ik was verbijsterd.

Niet dat ik zelf altijd even respectvol met vrouwen omging, maar mijn broer bood haar niet eens een kop koffie aan. Hoewel ik wist dat Misha het me niet in dank af zou nemen, kon ik het niet negeren. Het ging me te ver.

"Wil je koffie?" vroeg ik.

Misha wierp me een woedende blik toe, die duidelijk zei: 'Waar bemoei jij je mee?', maar hij zei niets.

"Graag," zei het meisje. "Ik ben Lana, trouwens."

"Lennart," antwoordde ik en ging haar voor naar de keuken.

Ze volgde me en uiteindelijk verscheen Misha ook in de deuropening. Hij leunde tegen de deurpost en keek toe hoe Lana aan de keukentafel ging zitten en ik koffie begon te zetten.

Niemand zei iets terwijl de koffie doorliep en de stilte was zo ongemakkelijk, dat ik er spijt van begon te krijgen dat ik dit had voorgesteld. Ik schonk de koffie in en zette de drie bekers op de tafel.

Lana trok er één naar zich toe en blies erin, om de koffie sneller af te laten koelen.

Misha kwam met duidelijke tegenzin bij ons aan de tafel zitten. Hij wierp een snelle blik op zijn horloge en pakte toen zijn koffie.

Ik begon medelijden met het meisje te krijgen. Als ik door mijn drank- en drugswaas heen zag hoe onwelkom ze nog was, moest zij dat zeker zien.

Ze vertrok zodra ze haar koffie op had, zonder iets te zeggen.

Toen de deur achter haar was dicht gevallen, zei ik tactvol: "Leuk meisje."

Misha stond op, haalde onverschillig zijn schouders op, pakte de lege koffiebekers en liep ermee naar het aanrecht. Lana's beker zette hij in de gootsteen. De andere twee schonk hij opnieuw vol en kwam toen tegen mijn verwachtingen in terug naar de keukentafel.

"Niet dan?" vroeg ik.

Hij haalde nogmaals zijn schouders op en antwoordde: "Ze is wel oké."

"Maar?"

"Maar niks," zei Misha en ging weer zitten. "Ik ben er gewoon klaar mee." Hij staarde me even schattend aan. "Maar als jij haar leuk vindt, dan..." Hij maakte een uitnodigend gebaar, dat waarschijnlijk zoiets moest betekenen als: 'Ga je gang.'

Even was ik sprakeloos, maar antwoordde toen: "Misha, dat kind is vijftien of zo en ik ben bijna tweeëntwintig."

"Dus?"

Ik besefte wel dat ik hem op dit punt nodig moest bijsturen, maar hoe ik dat precies aan moest pakken was me een raadsel. "Luister eens, jochie," begon ik, maar ik wist na die drie woorden al niet meer, hoe ik verder moest met mijn betoog. Ik wilde zijn gedrag niet te zeer bekritiseren, omdat hij eindelijk een beetje uit zijn schulp leek te kruipen.

Misha wendde zijn blik af en zei: "Laat me nou. Je zei zelf dat het oké was."

"Dat wat oké was?"

"Als ik een meisje mee naar huis zou nemen," verduidelijkte hij, nog altijd zonder me aan te kijken.

"Dat bedoel ik niet," zei ik. "Het maakt mij niet uit wat je uitspookt, maar misschien dat je de volgende een kop koffie kunt geven 's morgens."

Hij keek me aan en vroeg: "Waarom?"

Waarom?

"Omdat...," begon ik.

Ja, waarom?

"Omdat er gedragsregels zijn," zei ik toen. Misha was te gesloten om hier gewoon over te kunnen praten. Ik besloot het anders te benaderen. "Ik weet dat ik een waardeloos voorbeeld voor je ben, maar..."

"Len, laat het gaan, oké?" Hij zweeg even en vroeg toen onverwacht fel: "Waarom moet ik altijd overal tekst en uitleg over geven en jij niet?"

De coke begon uit te werken en ik verlangde naar mijn bed. Ik had geen zin in ruzie, maar zei toch: "Omdat ik de oudste ben."

Misha dronk zijn koffie op, zette de beker op de tafel en stond op. "Werkelijk?" vroeg hij en maakte aanstalten om me te passeren.

Ik pakte hem bij zijn mouw en hield hem tegen. In plaats van mijn preek voort te zetten, besloot ik de gemakkelijke weg te kiezen en zei: "Als je na afloop nog een beetje aardig voor ze bent, komen ze nog eens terug."

Misha keek me bevreemd aan en vroeg: "Waarom zou ik dat willen?"

Maandag, 26 november 2012 – nacht
Rotterdam, Nederland

Ik schrik wakker als mijn mobiele telefoon gaat. Ik knip het licht aan en werp een snelle blik op de klok. Het is bijna drie uur 's nachts. Haastig graai ik mijn telefoon van het nachtkastje en neem op, in de verwachting dat het George Springfield is.

"Hello?"

"Len..."

Mijn adem stokt en ik voel mijn hart een paar slagen overslaan, om dan onregelmatig weer op gang komen. "Misha! Wat ben ik blij dat je belt! Ik was doodongerust, jochie! Al die tijd... Wat is er gebeurd? Hoe gaat het met je?"

Er valt een korte stilte.

"Len, het spijt me," begint Misha moeizaam.

"Dat hoeft niet, jochie," antwoord ik. Ik hoor dat mijn eigen stem erger trilt dan die van mijn broer. "Ik... George Springfield heeft me na je arrestatie gebeld om het uit te leggen... Een soort van, tenminste..." Ik zwijg even en probeer mijn emoties onder controle te krijgen. "Wat is er gebeurd?" vraag ik uiteindelijk.

"Het is zoals George gezegd heeft," zegt Misha.

"Hij zegt dat je vast zit voor doodslag," antwoord ik ademloos. Het voelt alsof de grond onder mijn voeten wegzakt. Ergens heb ik altijd hoop gehouden dat het toch allemaal een misverstand was.

"Ja... Raar idee, hè?"

"Was het een ongeluk?" Ik kan niet anders, dan blijven zoeken naar een verklaring, waar iets van logica inzit.

"Nee..."

"Waarom heb je dit in vredesnaam gedaan?"

"Dat kan ik niet zeggen," antwoordt Misha. Zijn stem trilt. "Ik bedoel dat... Het was een uit de hand gelopen ruzie. Het werd zwart voor mijn ogen... Ik weet niet wat me bezielde."

"Ik wil je helpen," zeg ik. "Zeg maar wat ik moet doen."

"Len, luister goed," zegt hij. "Het is heel belangrijk en als je precies doet wat ik zeg komt het allemaal goed... Ik heb weinig tijd. Ga naar Flash en vraag Ilse Belinfante om mijn reservesleutels. Als je zegt wie je bent en genoeg aandringt, zal ze die aan je geven."

"Die sleutels heb ik al gevonden," vertel ik hem. "En Ilse, je telefoon, je agenda's en Maren ook." Ik hoor zijn adem stokken.

"Wat heb je nog meer gevonden?"

De klank in zijn stem is bijna panisch.

"Dat doet nu niet ter zake," zeg ik. "Ik heb je sleutels gevonden. En nu?"

"In de bovenste lade van mijn bureau ligt een sleuteltje," gaat Misha met onvaste stem verder. "Die past op een bankkluis. Het adres staat in een zwarte agenda op mijn bureau thuis, achterin. In de kluis ligt contant geld, mijn Rolex en alle documenten die je nodig hebt om die te verkopen. Er ligt ook een credit-card met een limiet van tienduizend euro. Gebruik het wijs, Len. Alsjeblieft..."

Ik ben verbijsterd. "Wat denk jij nou?" vraag ik. "Dat ik je gewoon laat stik-ken?"

"Len, toe nou...," Misha's stem klinkt bijna smekend.

"Ik wil je geld niet," onderbreek ik hem. "Ik wil je zien... Ik mis je... Ik wil gewoon weten of het goed met je gaat..."

"Nee, Len," zegt hij. "Niet doen. Alsjeblieft..." Hij zwijgt even, slikt en vervolgt dan: "De betalingen van de hypotheek, de verzekeringen, het gas en licht en de creditcard lopen automatisch door... Je hebt nergens omkijken naar."

"Ben je gek geworden of zo?" vraag ik ongelovig. Ik kan gewoon niet gelo-ven, dat Misha werkelijk van me verwacht dat ik *niets* doe en dat ik dan ook nog aanneem wat hij me zojuist heeft aangeboden.

Er valt een korte stilte.

Ik hoor iemand op de achtergrond.

"Len, ik heb weinig tijd," zegt Misha weer. "Als je ergens tegenaan loopt, moet je achterin mijn privéagenda kijken. Daar staat het telefoonnummer van Colin Ross. Hij beheert al mijn financiën en andere zaken en..."

"Maren en ik vliegen morgen naar Amerika," val ik hem in de rede.

"Jij en Maren?" herhaalt Misha.

"Ja, ik zocht je en toen kwam zij op mijn pad," vertel ik. "Zij en Ilse."

"Len, blijf daar, alsjeblieft. Doe dit niet," smeekt hij. "Ik wou gewoon je stem horen. Alles is oké."

"Ik kwam wat dingen tegen...," zeg ik weifelend. "Van vroeger... Van het af-gelopen jaar... Jezus, jochie... Wat is er met je gebeurd?"

"Len, blijf daar," dringt Misha aan. "Alsjeblieft."

"Springfield heeft bezoek voor me geregeld," antwoord ik. "Ik ben er over twee dagen."

"Len...," probeert hij weer.

"Einde discussie," zeg ik scherp.

"Len, alsjeblieft," houdt mijn broer aan. "Ga in mijn huis wonen en neem dat geld aan. Dit is iets dat ik alleen moet doen. Je moet verder gaan met je leven."

"Iets dat je alleen moet doen?" herhaal ik.

"Je begrijpt het niet, Len."

"Leg het me dan uit," antwoord ik.

"Daar heb ik geen tijd voor," zegt Misha. "Ik moet zo ophangen." Hij zwijgt even en vraagt dan: "Blijf je in Nederland, Len?"

Ik verlies al mijn zelfbeheersing. Ik ben verbijsterd dat mijn broer het idee blijft houden dat hij me om kan praten. "Nee, Misha," snauw ik ongeduldig. "Hoe kun je dat nou denken? Hoe kun je in godsnaam denken dat ik je geld aanneem en hier rustig af ga zitten wachten of jij levend terugkomt over *fucking*... twintig... jaar!"

Even zwijgen we allebei. Dan realiseer ik me dat mijn woorden niet bepaald een kalmerende invloed op Misha zullen hebben. Ik haal diep adem en zeg dan: "De laatste jaren heb jij mij steeds uit de ellende gehaald. Nu is het mijn beurt."

Er valt een korte, emotionele stilte. Ik hoor hem ademen, maar hij heeft geen woorden en geeft geen antwoord. "Over twee dagen ben ik er," zeg ik uiteindelijk. "Ik hou van je."

"Ik ook van jou," zegt Misha met zachte, trillende stem.

Weer hoor ik iemand op de achtergrond.

"Len, ik moet ophangen."

"Tot gauw," antwoord ik.

"Tot gauw. Dag, Len."

* * * * *

Zaterdag, 12 januari 2008 – middag
Rotterdam, Nederland

Misha parkeerde zijn auto voor de deur van een gigantisch appartementencomplex en stapte uit.

Ik volgde zijn voorbeeld en hij sloot de auto af. Ik bleef staan om het gebouw te bekijken en vroeg: "Heb jij dit ontworpen?"

Misha leek even te aarzelen over zijn antwoord, maar zei toen: "Officieel niet."

Ik dacht hier even over na en volgde hem toen naar de voordeur. "Officieel niet?"

Mijn broer haalde zijn sleutels tevoorschijn en opende de deur. "Officieel was ik assistent bij dit project, maar die gozer die het project leidde kan nog geen drie lijnen op papier krijgen. De Black Diamond is van mij, zoals ieder ander groot project van Flash in de toekomst van mij zal zijn."

We gingen de hal binnen, waar Misha een tweede deur opende, die naar een tweede hal leidde.

Dit is niet te betalen, dacht ik.

"Heb je de loterij gewonnen of zo?" vroeg ik, terwijl we op de lift wachtten.

"Nee," antwoordde Misha. "Ik heb een goede deal gesloten."

We stapten de lift binnen en hij drukte op het bovenste knopje.

"Wat kost dit in godsnaam?" vroeg ik verbijsterd.

"Eén komma acht," zei Misha achteloos.

"Miljoen?" Ik knipperde met mijn ogen.

Mijn broer keek me niet aan en haalde zijn schouders op. "Ik heb een goede deal gesloten en mazzel gehad."

De lift stopte op de bovenste verdieping. De deur gleed geruisloos open en we stapten uit. We kwamen in een kleine hal met slechts één deur.

Misha opende de deur.

"Hoe kun je dit in godsnaam betalen?" vroeg ik verbijsterd.

"Ik heb mijn ziel verkocht en dat heeft goed uitgepakt," antwoordde hij. Hij ving mijn blik op en knipoogde naar me. "Kom op, Len. Doe niet zo moeilijk... Ik heb een miljoenenproject binnengehaald voor de firma en dit penthouse is mijn voorlopige commissie."

Maandag, 26 november 2012 – ochtend
Rotterdam, Nederland

Na het telefoontje van mijn broer, spook ik de rest van de nacht door mijn slaapkamer. Voor het eerst baal ik ervan dat Maren in de woonkamer slaapt en me de mogelijkheid ontneemt, vrij door mijn eigen huis te bewegen.

Ik wacht tot zeven uur, maar kan mijn verlangen naar nicotine en cafeïne dan niet langer bedwingen en ga naar de keuken, met het risico dat Maren wakker zal worden van de geluiden.

Jammer dan.

Ze zal in het vliegtuig morgen nog tijd genoeg hebben om te slapen.

Nog voordat de koffie helemaal is doorgelopen, verschijnt ze met verwarde haren in de deuropening van de keuken en zegt: "Jezus, wat ben jij achterlijk vroeg."

"Misha belde vannacht en daarna kon ik niet meer slapen," geef ik toe. Ik vraag niet of ze ook koffie wil en schenk twee bekers in.

Maren gaat automatisch aan de keukentafel zitten en pakt een sigaret uit het pakje dat in de fruitschaal ligt. "Wat zei hij?" vraagt ze en steekt op.

Ik zet de koffiebekers op de tafel en ga tegenover haar zitten. Ik twijfel over mijn antwoord, maar besluit gewoon te zeggen wat er in me opkomt: "Dat hij inderdaad zit voor doodslag, na een uit de hand gelopen ruzie."

Maren kijkt me niet aan.

"Oh, en hij zei ook nog dat ik wel in zijn huis kon gaan wonen en zijn geld kon opmaken," ga ik verder, om een reactie uit te lokken. "Hij heeft het de komende twintig jaar toch niet nodig."

Maren kijkt nu op, maar blijft zwijgen.

"Waarom zegt hij zoiets?" vraag ik. "Hoe kan hij denken dat ik dat aanbod aan zal nemen en hem weg laat rotten in de bak?"

Ze zegt nog altijd niets.

"Leg me dan eens uit waarom hij in paniek raakte, toen ik hem vertelde dat ik jou had gevonden," houd ik aan. Voor het gemak laat ik achterwegen, dat ik mijn broer in diezelfde zin nog een paar dingen had opgenoemd, die ik tijdens mijn zoektocht was tegengekomen.

Als ze blijf zwijgen, geef ik het op.

Ik neem een slok van mijn koffie en zeg dan: "Geld is geen probleem meer."

Maren knikt, alsof ze precies weet hoe het zit. Dan maakt ze haar sigaret uit en antwoordt: "Ik ga douchen."

Ik knik en zeg: "Ik moet even weg. Ik ben over een paar uur terug."

"Waar ga je naartoe?" vraagt ze.

"Boodschappen doen," antwoord ik en pak mijn sleutels.

EPILOOG
COLIN ROSS

Maandag, 26 november 2012 – ochtend
Rotterdam, Nederland

Ik open de deur van Misha's penthouse in de Black Diamond, ga naar binnen en sluit de deur achter me. Ik heb een plastic tas bij me met daarin zijn agenda's en zijn mobiele telefoon. Zijn andere spullen heb ik thuis gelaten.

Ik loop rechtstreeks naar het bureau in de woonkamer en trek de bovenste lade open. Het sleuteltje, waarvan ik me maanden geleden heb afgevraagd op welk slot het zou passen, ligt nog steeds in een hoek van de lade.

Ik pak het sleuteltje, sla Misha's privéagenda open en kijk achterin.
Hoe gemakkelijk is het zoeken nu ik weet wat ik zoek?

Tussen de genoteerde adressen zoek ik naar de naam van een bank. Tot mijn opluchting staat er maar één vermeld, dus dat kan niet missen. Onder het adres staat één korte aantekening in Misha's handschrift: *'Box 127'.*

Het kluisnummer, denk ik.

Ik ben niet naïef genoeg om te denken dat ik aan een kluisnummer en een sleutel genoeg zal hebben om iets met de inhoud van de kluis te kunnen. De medewerkers van de bank zullen me niet eens in de buurt laten komen. Dan moet er een volmacht zijn.

Wat heb je daarmee gedaan, jochie?
Heeft Maren die?

Nu vaststaat dat Maren en ik naar Amerika gaan, is er geen noodzaak meer voor haar om me tegen te werken, om wat voor reden dan ook.

Nee, denk ik.

Zoiets zou je niet aan Maren geven.

Dan schiet me iets te binnen, dat Misha vannacht tegen me gezegd heeft: *"Als je ergens tegenaan loopt, moet je achterin mijn privéagenda kijken. Daar staat het telefoonnummer van Colin Ross. Hij beheert al mijn financiën en andere zaken..."*

Ik blader opnieuw door de agenda, pak mijn telefoon en toets het nummer in.

Zonder verdere twijfel of stil te staan bij het tijdsverschil, druk ik op 'bellen' en wacht ongeduldig, totdat er wordt opgenomen.

"Hello, this is Colin Ross."

"Hallo, Colin," antwoord ik, gemaakt kalm en in het Engels. "Weet je nog wie ik ben?"

"Nee," zegt hij langzaam en afwachtend.

"Mijn naam is Lennart...," ga ik verder. "Lennart *Larsen*. Ik heb één vraag voor je, meneer Ross Towers en waag het niet om tegen me te liegen... Wat heeft mijn broer met de volmacht van zijn bankkluis gedaan?"

Ross lijkt volkomen verbluft door mijn vraag, want hij blijft een tijdje stil.

Ik dring niet aan. Ik besef hoe zinloos mijn dreigende toon is. Mijn gespreks-partner zit aan de andere kant van de wereld. Ik kan hem niet dwingen om me te helpen en realiseer me, dat ik afhankelijk ben van zijn goede wil.

Ross haalt diep adem en antwoordt dan: "Welkom in ons midden, meneer Larsen. Ik had u nog niet verwacht. Ik ben onder de indruk."

Boek II:

Muren

Lennart Larsen

PROLOOG
WELCOME TO AMERICA

Dinsdag, 27 november 2012 – avond
New York, Amerika

"Weet je dat ik nog nooit verder weg was geweest dan België?" vraag ik Maren, terwijl ik onze bagage naar de uitgang van de luchthaven sjouw en zij met haar ene rugzakje nog steeds bijna moet rennen om mijn lange passen bij te kunnen houden.

"Door Misha kom je nog eens ergens," zegt ze nuchter en haalt haar sigaretten tevoorschijn.

"Ik denk niet dat ze dat goed vinden hier," merk ik op en knik naar het pakje, dat ze in haar hand houdt.

"Ik steek nog niet op," antwoordt ze en trekt een sprintje als ik mijn pas weer versnel.

Terwijl we op onze bagage stonden te wachten, heb ik een sms'je aan Ilse gestuurd, om haar te laten weten dat we veilig zijn geland. Dat heb ik haar gisteren beloofd. Normaliter zou ik dergelijke beloftes vergeten, binnen tien minuten, nadat ik ze gemaakt heb, maar Ilse verdient meer dan dat.

Maren en ik vervolgen onze route langs de bordjes met *'Exit'* erop.

Bij de uitgang staat een kleine vrouw van een jaar of vijfendertig in een duur mantelpakje en op ongemakkelijk uitziende hoge hakken, waarschijnlijk bedoeld om haar gebrek aan lengte te compenseren. Ze gaat desondanks bijna geheel schuil achter een groot kartonnen bord.

Tot mijn verbazing, lees ik:

LARSEN / FRANCA

"Serieus? Een *fucking* ontvangstcomité?" vraag ik Maren. "Ken jij haar? Wist jij dat we opgehaald zouden worden?"

"Nee," antwoordt Maren. "Ik denk dat Colin haar gestuurd heeft."

Ik loop naar het dametje toe en stel mezelf voor: "Lennart Larsen." Dan wijs ik naar Maren, die nog een paar meter achter me loopt. "Dat is Maren."

De vrouw steekt haar hand naar me uit. *"Pleased to meet you, Mr. Larsen. I am Natasha Cross, personal assistent to Colin Ross. I am here to collect you both and to escort you to your hotel."*

Ik zet de bagage neer en geef haar een hand. "Grote zinnen voor zo'n klein vrouwtje," zeg ik in het Nederlands tegen Maren en geef haar een knipoog.

Ze lacht en geeft Natasha ook een hand.

"Welkom," zegt Natasha.

"Dank je," antwoordt Maren.

"Zullen we gaan?" vraagt Natasha dan.

Ik pak de bagage weer en Maren en ik volgen haar naar buiten, waar een limousine klaarstaat, zoals ik die alleen maar op televisie heb gezien.

De chauffeur stapt uit en neemt een deel van de reistassen van me over. We leggen alles in de kofferbak en dan opent hij het portier voor ons.

Omdat ik niet teveel onder wil doen voor zijn galantheid, laat ik Natasha en Maren eerst instappen. Als ik hen volg, zie ik dat Colin Ross in de auto zit. Ik ga zitten en kijk hem zwijgend aan.

De chauffeur start de motor en de auto begint te rijden.

"Goed dat jullie er zijn," zegt Ross. Hij steekt zijn hand naar me uit, maar ik schud die niet.

In plaats daarvan blijf ik hem strak aankijken, zonder iets te zeggen. Ik ben er nog altijd niet uit, wat ik van het fenomeen Colin Ross vind. Tot nu toe was hij een soort fantoom, een gezicht, dat ik slechts één keer had gezien en een naam die ik veel ben tegengekomen in de zoektocht naar mijn broer.

Nu het begrip Colin Ross opeens veel minder abstract is geworden, doordat hij onverwacht tegenover me in zijn *fancy* wagen zit, weet ik even niet wat ik met hem aanmoet.

"We staan aan dezelfde kant, Lennart," zegt hij na een tijdje.

Ik vraag me af in hoeverre dat inderdaad zo is. Als Maren me even aanstoot, geef ik Ross toch maar een hand. "Laten we voor het gemak even stellen dat, dat inderdaad het geval is...," begin ik en laat zijn hand weer los. "Wat is jouw mening over deze... situatie?"

"Ik ben hier verre van gelukkig mee," antwoordt Ross.

"Maar?" vraag ik.

"Geen maar," zegt hij kalm. "Ik ben hier verre van gelukkig mee. Punt. Nog afgezien van het feit, dat ik nu dertien tot twintig jaar moet wachten op mijn zesde Ross Tower..."

Ik zie dat hij een poging doet om de spanning te doorbreken.

"Misha is mijn beste vriend, Lennart," gaat hij verder. "Denk je dat ik het een fijn idee vind, dat hij daar zit?"

Ik zwijg even en denk na. Dan eis ik: "Ik wil je onder vier ogen spreken."

"Dat lijkt me geen goed idee," stelt hij. "Niet in dit stadium."

"Stadium? In welk stadium van wat?" vraag ik.

"Niet hier en niet nu," zegt Ross. "Later."

De rit naar het hotel lijkt eindeloos. Maren en ik zwijgen, terwijl Ross en zijn assistente met een i-Pad op schoot zitten en het over een reisschema hebben.

Als de limousine eindelijk stilstaat en de motor afslaat, geeft Ross zijn i-Pad aan Natasha.

Ze richt zich even tot Maren en mij en zegt beleefd: "Leuk om jullie ontmoet te hebben. Ik zou alleen willen dat de omstandigheden anders waren."

Het portier gaat open en ik stap uit, gevolgd door Maren en Ross.

Ross kijkt even om zich heen en vraagt aan zijn chauffeur: "Wat is dit?"

"Een hotel, meneer," antwoordt deze droog en begint dan onze bagage uit de kofferbak te hijsen.

"Dat staat op de gevel, ja," teemt Ross, tegen niemand in het bijzonder. "Oh God, wat een armoede. Dit kan toch niet? Staat dit stukje New York überhaupt op de *city map?*"

Natasha stapt op elegante wijze uit de auto en zegt: "Daar hebben ze Tipp-Ex voor uitgevonden... Colin, we moeten gaan. De beveiligers krijgen een rolberoerte als ze horen dat je hier bent."

"Ik beloof je dat ik je niet zal ontslaan, als ze me dat aanraden," antwoordt hij sarcastisch.

"Het is oké," kom ik tussenbeide. "Dit is prima. We redden ons wel."

"Uitgesloten," zegt Ross. "Ga naar het Hilton. Ik betaal..."

"Jij betaalt helemaal niks," kap ik hem af. Ik wil hem niets verschuldigd zijn. En zeker niet, voordat ik weet wat zijn rol is in het leven van mijn broer.

Hij kijkt me even schattend aan en geeft me dan een visitekaartje. "Je kunt me altijd bellen, als jullie je bedenken."

"Kan ik je ook bellen voor een paar antwoorden?" vraag ik scherp en steek het kaartje in het borstzakje van mijn jack.

"Het lijkt me beter als je eerst met je broer gaat praten," antwoordt Ross.

"Mijn broer praat niet," zeg ik toonloos. "Mijn broer zwijgt en kijkt boos als je iets verkeerds vraagt. Hij zoekt ruzie als je aandringt. Ik heb vragen, Ross, en ik wil antwoorden."

Ross richt zich tot Natasha en de chauffeur en zegt: "Wacht in de auto." Hij wacht totdat ze zijn ingestapt en de portieren hebben gesloten. "Ik begrijp dat dit moeilijk is," begint hij dan.

"Alsjeblieft, man. Misha zegt niks." Ik wijs naar Maren, die zwijgend naast me staat en een sigaret opsteekt. "Zij zegt ook niks."

Ross lijkt in tweestrijd te staan. Hij wisselt een blik uit met Maren.

"Als de rollen omgedraaid waren...," begin ik. "Wat zou jij dan willen in mijn plaats?"

Hij zwijgt even en lijkt erover na te denken. Na een korte stilte zegt hij: "Half december vlieg ik naar Tokyo voor de vijfde Ross Tower. Ik kom op 4 januari terug..." Hij valt weer even stil.

Nou en? denk ik.

"Als Misha je dan nog niets verteld heeft, doe ik het," belooft Ross dan.

"Maar...," begint Maren.

"Dank je, Ross," kap ik haar af. Ik wil niet dat zij hem op andere gedachten brengt.

Hij kijkt nogmaals om zich heen, trekt een grimas en zegt op spottende toon: *"Welcome to America."* Hij opent een deur van de limousine, maar stapt niet in. "Als ik in Tokyo ben en jullie iets nodig hebben, kunnen jullie dag en nacht contact opnemen met Natasha. Haar nummer staat ook op mijn kaartje... En je kunt George altijd bellen."

"Bedankt," antwoord ik. "Ik zie je op 4 januari."

Ross zucht en zegt: "Ik hoop het niet."

1.
CONFRONTATIES

Woensdag, 28 november 2012 – middag
New York, Amerika

Ondanks dat ik veel aan mijn hoofd heb, valt de vrouw me onmiddellijk op.

Het kan niet anders. Nog afgezien van het feit dat ze schaars gekleed, jong en bloedmooi is, maakt ze zoveel stampij, dat ze al snel ieders aandacht opeist. "Wie denk jij wel dat je bent?" vraagt ze met schelle stem. "Weet je eigenlijk wel wie *ik* ben?"

"U heeft mij zojuist uw paspoort laten zien, mevrouw DeSantis," merkt de bewaker droog op en geeft haar het document terug.

Even lijkt ze te verbijsterd om verder te kunnen ruziën, maar dan snauwt ze: "Vraag even aan je collega's wie mijn man is en verspil mijn tijd niet."

"Mevrouw...," begint de bewaker geduldig.

De bewaker die naast me staat, richt zich even tot mij en zegt: "Even geduld, alstublieft. Ik kom meteen terug."

Ik knik en kijk toe hoe hij zich naar de woedende vrouw haast.

"Mevrouw DeSantis, neemt u mijn collega zijn onwetendheid niet kwalijk," sust hij gemoedelijk. "Hij is nieuw hier."

"Dat," zegt de vrouw, "is wel duidelijk."

"Wat is het probleem?"

"Hij," klaagt de vrouw en wijst op de andere bewaker, "beschuldigt mij van smokkelen." Ze trekt een gepikeerd gezicht en vraagt dan: "En waar zou ik dat dan moeten verbergen?"

Ik moet haar gelijk geven. Een gemiddelde theedoek bevat meer textiel dan haar jurk.

"Ik zal u naar uw echtgenoot brengen, mevrouw DeSantis," zegt de bewaker om onder de discussie uit te komen. Hij richt zich even tot zijn collega. "Breng jij meneer Larsen maar naar de bezoekersruimte. Dan regel ik dit verder wel."

"Maar...," begint de ander.

De meer ervarene van de twee schudt waarschuwend zijn hoofd en vraagt aan de vrouw: "Gaat u mee, mevrouw De Santis?"

Ze lijkt niet helemaal tevreden met de situatie, maar knikt dan en volgt hem. Als ze langs me heenloopt, kijkt ze me even aan en knipoogt. Kennelijk zijn toewijding en trouw toch twee heel verschillende dingen.

De jonge bewaker komt naar me toe en vraagt: "Wilt u mij volgen, meneer Larsen?"

Ik volg hem zwijgend. Ik heb het hele traject van metaaldetectors, fouilleren en inschrijven al doorlopen.

De route naar de bezoekersruimte is op zich al angstaanjagend.

Het einde van iedere ruimte wordt gemarkeerd met een stalen deur, die telkens na een zoemend geluid opent en sluit. Als je nog geen claustrofobie hebt, dan krijg je het hier vanzelf.

In vergelijking hiermee zijn de gevangenissen waar ik ooit gezeten heb vier sterren hotels.

In de bezoekersruimte kijk ik om me heen en zoek Misha.

Hij zit aan een tafeltje en kijkt strak voor zich uit.

Ik probeer zijn blik op te vangen en zodra hij me eindelijk aankijkt, probeer ik zijn blik vast te houden.

De situatie is onwerkelijk.

Het valt me meteen op hoe slecht mijn broer er uitziet. Het is niet te missen, zelfs niet op meters afstand. Ik heb heroïneverslaafden gezien, die er beter uitzagen dan Misha nu. Ik zie dat hij klappen heeft gehad en dat hij niet of nauwelijks slaapt.

De bewaker begeleidt me naar zijn tafel.

Ik onderdruk de neiging om naar mijn broer toe te lopen en hem te omhelzen en wacht in plaats daarvan af.

Misha kijkt naar de bewaker en wacht tot deze knikt, voordat hij gaat staan en zegt: "Hallo, Len."

"Misha," antwoord ik, maar meer dan dat kan ik niet uitbrengen.

"Komt Maren niet?" vraagt Misha.

Ik schud mijn hoofd. "Ze wilde graag meekomen, maar toen zei ze, dat ze ons wat privacy wilde geven," zeg ik en sla mijn armen om hem heen. Eigenlijk wil ik niet meer loslaten, maar als ik voel dat hij zich los probeert te maken, laat ik hem gaan.

Misha gaat weer aan de tafel zitten en zwijgt.

Zodra ik ook ga zitten, loopt de bewaker bij ons weg en voegt zich buiten gehoorsafstand bij een collega. Ik heb zoveel vragen voor mijn broer, dat ik niet weet waar ik zou moeten beginnen. Na een ongemakkelijke stilte van een paar minuten, vraag ik aarzelend: "Wat is er gebeurd, jochie? Je ziet eruit, alsof je door een vrachtwagen bent geschept."

"Niks, Len," zegt Misha en vervalt dan weer in stilzwijgen. Wanneer zelfs hij deze stilte niet langer kan verdragen, vraagt hij: "Heb je een goede vlucht gehad?"

"Een goede vlucht?" herhaal ik. "Jezus, Misha, hoe kun je zo rustig blijven? Hoe kun je net doen, alsof er niets aan de hand is? Wat is er gebeurd, jochie?" Ik geef hem even de kans om antwoord te geven, maar als hij blijft zwijgen, zeg ik: "Kijk me aan."

Hij heft zijn hoofd op en richt zijn ogen op me, maar daar is alles dan ook wel mee gezegd. Er is geen contact en de blik in zijn ogen is leeg en afstandelijk. Hij kijkt even opzij, maar lijkt zijn aandacht dan toch weer op mij te richten.

"We moeten praten," eis ik.

"Waarover?" vraagt Misha.

"Waarover?" Ik staar hem aan in ongeloof.

Wat moet ik hiermee?

Ik gooi al mijn subtiliteit overboord en besluit hem te confronteren met een aantal van mijn bevindingen. "Serieus? Wat denk je zelf, Misha? Over waarom je hier zit, bijvoorbeeld... Over nu... Over de toekomst... Over vroeger... Over

Maren... Over Ilse... Over Colin Ross... Over Project X... Moet ik nog even doorgaan?"

Mijn broer schudt zijn hoofd.

Ik zie hem denken. De leegte in zijn ogen maakt plaats voor angst en dan zegt hij kil: "Er is niks meer te zeggen, Len. De kaarten zijn geschud."

"Er is nog van alles te zeggen," ga ik tegen hem in. Ik houd zijn blik vast en pak hem over de tafel heen bij zijn pols, ruwer dan ik zou willen, maar de machteloosheid is te frustrerend om me in te kunnen houden. "Je was gewoon van de aardbodem verdwenen. Niemand wist waar je was. Dan hoor ik van een meisje dat ik nog nooit gezien heb, maar waar je twee jaar een relatie mee hebt gehad, dat je een roadtrip in Amerika aan het maken bent en dat je ontslag hebt genomen. Ik heb weken... *maanden*... naar je gezocht, Misha, en dan vind ik je uiteindelijk in een Amerikaanse staatsgevangenis."

Hij geeft geen antwoord.

Opnieuw valt er een stilte.

Ik verstevig mijn greep en vraag: "Jochie, waarom? Waarom heb je dit gedaan?"

"Ik wil er niet over praten," zegt Misha.

"Jij bent geen moordenaar," houd ik aan.

"Wie probeer je te overtuigen, Len?" vraagt hij kalm. De klank van zijn stem is koud en zijn ogen zijn nu volkomen uitdrukkingsloos. Hij trekt zijn hand los uit mijn greep, alsof hij de afstand tussen ons probeert te herstellen. "Mij of jezelf?"

"Wat is er gebeurd?" probeer ik weer. "Was het een ongeluk?"

"Nee, Len," antwoordt hij rustig.

Hoeveel van dat doodslagverhaal van George Springfield is bullshit?

"Vertel me dan wat er gebeurd is," houd ik aan.

"Het was een uit de hand gelopen ruzie," houdt Misha vol.

* * * * *

Maandag, 6 november 2006 – middag
Rotterdam, Nederland

Ik was pas een kwartier wakker en had net koffie gezet, toen de bel ging. Ik verwachtte niemand en stond zuchtend op.

"Laat maar, Lennart," zei Jennifer. "Ik stond toch al op het punt om weg te gaan." Ze graaide haar tas van de grond en pakte haar jas. In het voorbijlopen gaf ze me een kus en zei: "Ik zie je wel weer."

Ik kende haar pas sinds de vorige avond, maar ze had in ieder geval geen hoge verwachtingen van me, wat inhield dat het – in ieder geval van mijn kant – potentie had om langer te duren dan één nacht. "Wil je geen koffie?" vroeg ik.

"Nee, ik moet zo werken," antwoordde ze en verdween.

Ik hoorde de voordeur opengaan en er werd iets gezegd, maar het was te ver weg om te kunnen verstaan.

De deur werd gesloten en ik hoorde dat iemand zijn of haar jas uittrok en ophing.

Misha verscheen in de deuropening van de keuken en zei: "Hé, Len."

Ik had hem op dat moment al bijna vier weken niet gehoord of gezien en het was een aangename verrassing, dat hij me weer eens een keer opzocht, zonder dat daar een smeekbede van mij aan vooraf was gegaan. Even vroeg ik me af, waarom ik verwachtingen bleef houden van mijn relatie met mijn broer, terwijl ik al bijna een jaar geen idee had waar hij uithing of wat hij uitspookte.

Het enige dat ik op dat moment van hem had, was het nummer van zijn mobiele telefoon. Waar hij woonde, wist ik niet en als ik ernaar vroeg, antwoordde hij standaard: "Bij vrienden."

Het enthousiasme dat ik in de eerste instantie had gevoeld, toen mijn broer binnenkwam, sloeg bijna meteen om in ergernis, vanwege het feit dat hij al bijna een maand niets van zich had laten horen en nu opeens onaangekondigd voor mijn neus stond.

"Wat kom je doen?" vroeg ik.

Misha trok een wenkbrauw op en antwoordde toonloos: "Als je liever hebt dat ik weer ga, dan..." Hij gebaarde naar de deur.

"Dat bedoelde ik niet," suste ik. "Fijn dat je er bent."

Hij liep naar het aanrecht, schonk een beker koffie voor zichzelf in en kwam bij me aan de keukentafel zitten.

Ik wachtte even af, maar toen hij niets zei, vroeg ik nogmaals: "Wat kom je doen?"

"Ik kom je iets vertellen," antwoordde Misha en nam een slok koffie. "Ik heb een baan gevonden."

"Waar heb je dan tot nu toe van geleefd?" Het was het eerste dat bij me opkwam, in plaats van hem te feliciteren. Ik meende me te herinneren dat hij al in mei was afgestudeerd en ik was in de veronderstelling geweest dat hij een baan had, maar me dat nog niet verteld had.

Hij keek me een beetje bevreemd aan en gaf geen antwoord.

"Wat?" vroeg ik. Als ik zelfs dit soort dingen al niet meer kon vragen, zou dat onze gespreksstof wel erg beperken.

"Als je het echt moet weten, Len," begon Misha. "Een vriendin van me heeft een vriend en hij heeft een tattooshop. Ik heb een tijdje tattoos ontworpen."

"Cool," zei ik welgemeend.

Hij trok een afkeurend gezicht en antwoordde: "Bij gebrek aan beter."

"Niet zo degenererend over tatoeages," zei ik halfernstig. "Voor het geval het je ontgaan is, ik heb er zelf negen."

"Waar heb je die eigenlijk van betaald?" vroeg Misha uit het niets.

Ik knipperde even met mijn ogen. "Wat?"

"Toen we aan de geeuwhonger lagen, had je er ook al zes," merkte hij op. "Waar heb je die van betaald, terwijl er nooit geld was voor wat dan ook?"

"Ik had er al drie, toen jij bij me kwam wonen," zei ik. "Die tellen niet."

Misha rolde met zijn ogen. "En die andere drie dan?"

"Bijverdiensten," antwoordde ik vaag.

"Bijverdiensten?" herhaalde hij.

"Wiet knippen en zo."

"En zo?"

"En zo," besloot ik. Ik had geen zin in de preek, die ongetwijfeld zou volgen, als ik hem vertelde, dat ik geld verdiende met het inbreken in auto's en het verkopen van gestolen spullen.

Misha leek iets te willen zeggen, maar zich vervolgens ook te bedenken.

"Wat?" vroeg ik weer.

"Dat ik niet kan begrijpen dat je drugs en alcohol koopt en tatoeages laat zetten, terwijl er geen geld is om eten te kopen of om het gas en licht te betalen," antwoordde hij. "Len, we hebben weken met een kapotte geiser gezeten en we hebben dagen gehad waarop er geen eten was... Deurwaarders over de vloer..."

"Ze namen toch nooit iets mee?" wierp ik tegen.

"Omdat ze niet wisten wat ze mee moesten nemen, Len," zei Misha hoofdschuddend. "Er was niets van waarde."

"Wat is dan het probleem?" vroeg ik.

"Len, je hebt voor duizenden euro's gezopen, gerookt en geblowd. Je hebt voor *minimaal* tweeduizend euro inkt in je laten prikken, maar er was nooit geld om..."

Ik besloot hem niet te verbeteren – aangezien het werkelijke bedrag niet in mijn voordeel zou werken – en ik beperkte me tot een ongedurig: "Misha, dat is jaren geleden. Wat maakt het uit?"

Hij keek me even aan, alsof hij overwoog om de situatie te escaleren tot een ruzie, maar haalde toen zijn schouders op en zei: "Je hebt gelijk. Wat maakt het uit?"

Ik stak een sigaret op om mijn rust te hervinden en vroeg: "Wil jij nog koffie?"

Misha knikte.

Ik stond op en schonk onze bekers opnieuw vol. Toen ik weer ging zitten, was mijn irritatie dusdanig gezakt, dat ik bereid was om opnieuw te beginnen en mijn broer zijn verbale aanval te vergeven. "Vertel eens over je nieuwe baantje," stelde ik voor.

"Assistent-tekenaar bij een architectenbureau," antwoordde hij.

"Ach, je moet ergens beginnen," zei ik nuchter, toen ik aan de klank van zijn stem meende te horen, dat het niet helemaal naar zijn zin was.

"Dat is waar," gaf Misha toe.

"Heb je al een eigen huis?" viste ik, in een poging om hem uit te horen. "Of zit je nog steeds bij vrienden?"

"Ik zit nog bij vrienden," antwoordde hij.

"Misschien wel zo gezellig," probeerde ik.

Misha aarzelde, maar zei toen: "Ik denk dat ik liever alleen wil wonen. Het is een beetje... onrustig."

"Onrustig?" herhaalde ik getergd. "Rust is voor als je zeventig bent of zo. Ga nou eens een beetje leven, jochie. Ga gewoon eens met die gasten stappen. Of met mij."

Hij nam een slok koffie en gaf geen antwoord.

"Zijn ze een beetje gezellig?" vroeg ik.

"Wie?"

"Die gasten waar je bij woont," verduidelijkte ik.

"Het zijn twee meiden," antwoordde hij en haalde zijn schouders op.

Ik geef toe dat ik onder de indruk was. "Goed gedaan," zei ik glimlachend. "Wel een vooruitgang na die rare Amerikaan."

"Niet qua rommel," zei Misha.

Ik rolde met mijn ogen. "Misha, je bent twintig. Dan wil je een wijf in je bed, niet achter het aanrecht."

"Ze hoeven niet te koken of zo. Ze moeten gewoon hun rotzooi opruimen," merkte hij op.

"Ze *moeten* helemaal niks," corrigeerde ik hem. "Die rommel irriteert *jou*, dus dan moet *jij* het opruimen, niet zij."

"Dat slaat nergens op," vond hij.

"Je moet prioriteiten leren stellen," antwoordde ik.

"Prioriteiten?" herhaalde hij en keek me vragend aan. "En dat zeg jij?"

Ik negeerde zijn laatste opmerking en stelde: "Ja, prioriteiten. Toen ik zo oud was als jij..."

God, ik klink als mijn vader, dacht ik.

"Toen ik zo oud was als jij," ging ik desondanks door, "keek ik naar heel andere dingen... Als een meisje goed in bed was, hoefde ze van mij verder niks te kunnen."

"En in welk opzicht is dat precies veranderd in de loop der jaren?" sneerde Misha.

"Daar gaat het niet om," antwoordde ik. "Waar het om gaat is..."

Ja, waar gaat het eigenlijk om?

"Ja?" vroeg hij.

"Dat ik niet kan begrijpen waarom jij je druk maakt om rommel en dat je die meiden liever op laat ruimen, dan dat je ze een beurt geeft," besloot ik.

"Het één hoeft het ander niet uit te sluiten, Len," antwoordde hij nuchter.

Ik zuchtte. "Dat is waar," gaf ik toe.

Misha dronk zijn koffie op en weidde er verder niet over uit.

"Wil je nog koffie?" probeerde ik.

"Nee, dank je," zei hij en stond op. "Ik moet weg."

"Laat je me weten hoe je nieuwe baantje bevalt?" vroeg ik. Ik omhelsde hem, maar liet hem gaan, zodra ik voelde dat hij het wel weer genoeg vond.

Bij de deur keek hij even om en zei: "Ik zie je wel weer."

* * * * *

Woensdag, 28 november 2012 – middag
New York, Amerika

Een uit de hand gelopen ruzie?

Ik voel dat mijn broer liegt.

Iets in de toon waarop hij het zegt, laat me nog meer twijfelen aan wat me tot nu toe is verteld over de door Misha gepleegde misdaad en de daarvoor opgelegde gevangenisstraf. Het klopt niet. Mijn broer komt geloofwaardig over, maar als ik er iets langer over nadenk, concludeer ik dat 'geloofwaardig' niet het juiste woord is.

Het woord dat ik zoek is 'ingestudeerd'.

Misha zwijgt en kijkt me afwachtend aan, alsof hij wil zien of ik zijn verhaaltje aannemelijk genoeg vind. Hij wil zien of ik hier genoegen mee neem en of ik zijn beperkte uitleg geloof.

Ik weet genoeg en zeg weloverwogen: "Ik kan nog een advocaat zoeken... Een andere... Een betere... Welke advocaat heb je in Nederland?" Ik zie iets van paniek in zijn ogen.

Weer komt hij te snel met een antwoord. "Bram Moszkowicz."

Ik besluit de proef op de som te nemen en herhaal met gespeeld ongeloof: "Moszkowicz?"

"Ja," zegt Misha, "hij denkt..."

"Die is uit zijn ambt gezet," val ik hem in de rede, om hem geen tijd te geven om na te kunnen denken.

Misha aarzelt even en hakkelt dan: "Oh... Ik bedoelde Hammerstein."

"Daarnet zei je Moszkowicz," dring ik aan.

"Ik vergiste me," antwoordt hij.

Dat is voor mij de bevestiging dat hij liegt. Ik kijk hem recht aan en zeg op strenge toon: "Lul niet. Ten eerste vergis jij je nooit en ten tweede, was er wel wat gezeik, maar Bram Moszkowicz praktiseert nog steeds. Dus nog een keer: Welke advocaat heb je in Nederland?"

Misha kijkt me niet aan en zegt dan: "Visscher."

Ik zucht. "Ken ik niet. Zal ik anders...?"

Hij schudt zijn hoofd en kapt me resoluut af. "Nee, Len. Ik heb de wet over-treden en dit zijn de consequenties. George Springfield en Diederick Visscher zijn ermee bezig. Laten we nou gewoon afwachten wat daar uitkomt."

Misha's acceptatie van zijn nieuwe situatie steekt.

"Afwachten?" herhaal ik. "Het 'gewoon' afwachten? Hoe kun je zo rustig blij-ven? Wat is er gebeurd? Dit ben jij niet. Zo ben jij niet."

"Wie probeer je te overtuigen?" vraagt hij weer.

"Als het geen ongeluk was...," begin ik.

"Het was een uit de hand gelopen ruzie," onderbreekt Misha me opnieuw.

"Nee," zeg ik stellig.

Hij kijkt me aan.

"Logica, Misha," redeneer ik overtuigd. "Jij bent te gereserveerd voor dood-slag. Je denkt overal teveel over na om zo impulsief te kunnen handelen. Dus... Nog een keer: Wat is er dan wel gebeurd?"

"Len, laat het rusten, alsjeblieft." De klank van zijn stem is nu bijna smekend, maar ik kan het niet laten rusten.

"Wat kan die man je gedaan hebben om dit te verdienen?" vraag ik verder. "Waar kende je hem van?"

"Van vroeger," zegt Misha kortaf.

Ik haal diep adem en maak aanstalten om mijn volgende vraag op hem af te vuren.

"Hou erover op, wil je?" snauwt hij ongeduldig. "Er is niets te vertellen. Dat boek is dicht."

"Als het boek dicht was, zaten we hier niet," protesteer ik.

"Het boek is *nu* dicht," antwoordt Misha vaag.

Ik schud mijn hoofd, in ongeloof en uit onmacht. "Je had alles. Waarom gooi je dat weg?"

Hij haalt zijn schouders op en lijkt te zoeken naar een acceptabel antwoord, maar bedenkt zich en maakt zich er vanaf met: "Het is een lang verhaal, Len." Weer haalt hij zijn schouders op en kijkt dan snel en onopvallend even naar iets of iemand links van ons.

Ik heb mijn broer al eerder die kant op zien kijken en volg de lijn van zijn blik. Onopvallend kijk ik ook even naar de twee mensen aan het tafeltje naast ons.

De vrouw draagt een mantelpak en ziet eruit als een advocate.

De man draagt hetzelfde gevangenisuniform als mijn broer, maar in tegenstelling tot Misha is hij aan handen en voeten geketend, alsof hij een wild beest is dat de bewakers niet los durven te laten.

Ik kijk even om me heen en zie dat de meeste gevangenen niet geboeid zijn. Een aantal van hen heeft wel handboeien, maar geen enkelboeien. Ik kijk nogmaals onopvallend naar de man links van ons.

Hij oogt weinig imposant, maar de kettingen rond zijn polsen en enkels zitten daar ongetwijfeld met een reden. De man is een jaar of veertig en gemiddeld van lengte en postuur. De manier waarop hij naar mijn broer zit te staren, bevalt me niet en baart me zorgen. Ik heb moeite om de neiging te onderdrukken om op te staan en hem het licht uit zijn ogen te slaan.

Als ik zie dat de vrouw tegenover hem tevergeefs probeert om hem een document te laten lezen, dat ze bij zich heeft en hij haar niet eens lijkt te horen, weet ik genoeg. "Wie is die engerd?" vraag ik aan Misha.

Hij ontwijkt mijn blik en zegt: "Mijn buurman. Hij zit in de cel naast de mijne."

"Blijf uit zijn buurt. Al mijn alarmbellen gaan af," zeg ik.

"Dat is lastig hier," antwoordt Misha, nog altijd zonder me aan te kijken. "Je komt elkaar voortdurend tegen en hij is nogal..." Hij valt even stil, maar besluit dan: "... Aanwezig."

"Heb je last van hem?" vraag ik, hoewel ik het antwoord eigenlijk niet wil weten. Toch dring ik aan, als mijn broer blijft zwijgen. "Misha?"

"Ik weet inmiddels hoe ik met hem om moet gaan," zegt hij.

Ik zie dat het onderwerp hem ongemakkelijk en onrustig maakt en vraag me ongewild af, wat mijn broer hier allemaal te verduren krijgt.

Na een korte stilte vraagt hij: "Heb je geld bij je?"

"Niet veel," zeg ik. "Ze hebben bij binnenkomst mijn portemonnee en andere spullen ingenomen. Ik heb vijftig dollar in mijn broekzak. Dat hebben ze bij het fouilleren over het hoofd gezien."

Misha buigt zich een beetje naar me toe en fluistert: "Vouw het op, Len. Zo klein mogelijk en laat het dan onder de tafel op de grond vallen."

Ik wacht, totdat ik er zeker van ben dat niemand op me let en haal het geld uit de zak van mijn jeans. Ik vouw het onopvallend nog twee keer dubbel en wacht opnieuw even op een geschikt moment. Ik zie dat de man aan het tafeltje links van ons niet langer als gehypnotiseerd naar mijn broer staart, maar nu – weliswaar met een heel andere blik in zijn ogen – naar mij kijkt.

Hij glimlacht en knipoogt, springt dan overeind en begint uit te varen tegen zijn advocate: *"You fuckin' bitch! I'll fuckin' kill you!"* Hij doet een snelle, dreigende stap naar voren en steekt zijn geboeide handen uit naar de vrouw, alsof hij haar bij haar keel wil grijpen.

Er zijn drie cipiers voor nodig om dat te beletten en hem met buitengewoon veel geweld tegen de grond te werken.

De man lijkt nauwelijks aangeslagen door de vele klappen en blijft gewoon schreeuwen, alsof het geweld van de bewakers hem alleen maar agressiever maakt. *"Fuck you! You're all dead! You're all fuckin' dead! Fuck you!"*

Ik laat het geld onder de tafel op de grond vallen en schuif het met mijn voet dichter naar mijn broer.

Misha zet zijn voet erop, bukt zich even en doet alsof hij zijn sok wat optrekt. Hij pakt het geld, stopt het weg en friemelt nog even aan zijn sok.

De onrust in de bezoekersruimte begint toe te nemen. Links en rechts gaan mensen staan om te zien wat er gaande is. Een meisje van een jaar of zes huilt en kruipt weg achter de rug van een grote, zwarte man met veel tatoeages.

Hij staat op en schreeuwt: "Kop dicht, Skinner! Je maakt mijn dochter bang!"

"Dan is het maar goed dat ze er niet bij was in Jersey!" roept deze, terwijl hij blijft proberen om zich los te trekken uit de klauwen van de bewakers.

Een groepje andere bewakers ziet de bui al hangen en sluiten de negroïde man in, om te beletten dat hij Skinner aan zal vliegen. Ze hebben de nodige moeite om hem plaats te laten nemen aan zijn tafel en blijven daar staan, totdat Skinner is afgevoerd.

Misha is inmiddels weer rechtop gaan zitten en zegt: "Bedankt, Len."

Ik kijk hem strak aan en vraag: "Wat was dat?"

"Dat was Donald Skinner," zegt Misha.

"Ik vroeg niet 'wie'. Ik vroeg 'wat'," verbeter ik hem en blijf hem recht aankijken. Even aarzel ik, maar vraag dan: "Was dat afgesproken?"

Hij schudt zijn hoofd, maar wendt dan zijn blik af.

"Was dat afgesproken?" vraag ik weer. Als hij niet antwoordt, grijp ik hem ruw bij zijn pols, in de hoop dat hij me in een reflex weer aan zal kijken.

Misha blijft mijn blik ontwijken en zegt: "Laat het rusten, Len. Alsjeblieft."

Ik probeer mijn volgende vraag zo subtiel mogelijk te stellen. "Wat heb je daarvoor moeten doen, jochie?"

Hij zwijgt en kijkt langs me heen.

"Wat heb je daarvoor moeten doen?" herhaal ik, na een ongemakkelijke stilte.

"Er is geen deal," antwoordt Misha.

"Five minutes!" roept de bewaker bij de deur.

Ik laat Misha's pols los en trek mijn hand terug.

"Hoe lang blijf je?" wil hij weten.

"Zolang als ik dat nodig vind," zeg ik.

"Len, alsjeblieft," probeert Misha. "Ga terug naar Nederland en laat dit aan George Springfield en Diederick Visscher over."

Ongelooflijk...

"Daar hebben we het volgende week wel over," antwoord ik.

"Maar Len...," begint hij weer.

"Einde discussie," zeg ik scherp.

Misha negeert het. "Len..."

"Luister goed, jochie," kap ik hem ruw af. "Ik heb het telefoonnummer van het hotel waar Maren en ik verblijven achtergelaten bij de administratie. Mijn mobiel mag je hier niet bellen, maar een lokaal nummer wel."

Mijn broer lijkt onvermoeibaar in zijn pogingen om me het land weer uit te krijgen. "Len..."

Ik realiseer me dat hij behoefte heeft aan duidelijkheid. "Ik ga *nergens* naartoe, Misha," onderbreek ik hem. "Als je gaat proberen om me om te praten, bespaar je de moeite."

Er gaat een bel om het einde van het bezoek aan te geven.

Een bewaker komt naar ons toe en zegt tegen mijn broer: "Einde bezoek, Larsen."

Misha knikt begrijpend.

De bewaker loopt door naar de volgende tafel.

Bij de deur staat één van zijn collega's. De man is lang en heeft een autoritaire houding en een bijna zichtbaar overwicht. Zijn blik blijft op ons rusten. Te lang.

"Geen vriend van je?" vraag ik.

Misha schudt zijn hoofd en staat op.

Als ik overeind kom, maak ik me opzettelijk breed. Ik kijk de bewaker bij de deur even aan, maar richt mijn aandacht weer op mijn broer als hij me uit zichzelf omhelst.

"Je gaat echt niet terug, hé?"

"Nee, Misha," zeg ik voor alle duidelijkheid nog een keer. "Bel me als je iets nodig hebt."

"Neem volgende week weer geld mee," zegt hij zacht, alsof hij bang is dat iemand hier Nederlands spreekt. "Vijftig dollar, tenzij ik je voor die tijd anders laat weten."

Ik houd hem even tegen me aan, maar laat hem gaan, zodra ik voel dat hij zich los probeert te maken en ik de bewaker, die bij de deur stond, naar ons toe zie komen.

Hij boeit Misha's handen, grijpt hem onnodig hardhandig bij zijn arm en zegt: "Meekomen."

Mijn broer gaat gewillig mee. Bij de deur kijkt hij nog even om.

Mijn hart breekt.

* * * * *

Zaterdag, 17 februari 2007 – avond
Rotterdam, Nederland

Hoewel feiten en datums altijd meer Misha's ding waren dan het mijne, was de dood van onze ouders het eerste dat door mijn hoofd schoot, zodra ik mijn ogen opendeed en me realiseerde welke dag het was. Hoewel ik er nooit bewust mee bezig was, vergat ik het nooit, ongeacht hoe dronken of high ik was.

Op mijn manier wilde ik er toch even bij stilstaan. Ik had Misha 's middags al gebeld, om te vragen of hij 's avonds met me naar de kroeg wilde. Zoals ik al verwacht had, zag hij dat totaal niet zitten, maar hij verraste me met een tegenvoorstel.

"Zal ik vanavond langskomen?"

Tegen een uur of acht stond hij inderdaad voor de deur. "Hé, Len."

"Hé, jochie," zei ik en omhelsde hem. We zeiden geen van beiden iets over het feit dat het de sterfdag van onze ouders was, maar ik hield hem wel langer vast dan gewoonlijk.

Mijn broer leek slechts gematigd geïrriteerd door mijn toenaderingspoging, want hij zei alleen maar: "Laat me nu maar weer los."

Ik deed wat hij vroeg en ging hem voor naar de keuken. Ik pakte twee blikjes bier uit de koelkast en we gingen aan de tafel zitten.

Misha trok één van de blikjes naar zich toe en opende het.

"Hoe gaat het met je?" vroeg ik.

"Goed," antwoordde hij.

Ik gaf hem de kans om verder te gaan.

Misha nam een slok bier, leek zich toen bewust te worden van zijn gebrek aan interesse en vroeg snel: "En met jou?"

Ik pakte mijn sigaretten en stak er één op. "Prima," zei ik en probeerde te bedenken hoe ik het gesprek op gang kon houden. "Hoe bevalt je baantje? Heb je het naar je zin?"

"Het is wel oké," vertelde hij. "Het is weinig uitdagend tot nu toe, maar ik heb goede hoop dat daar binnenkort verandering in komt."

"Dat is mooi," zei ik. "Heb je leuke collega's?"

"Ze... zijn wel vriendelijk," antwoordde hij schouderophalend.

Er viel een ongemakkelijke stilte, terwijl ik zocht naar een onderwerp dat wellicht een iets uitgebreidere reactie van mijn broer uit zou lokken. "Ik zag Wendy vorige week nog," probeerde ik. "Ik kwam haar tegen in de kroeg."

"Oh," zei hij, maar hij informeerde niet hoe het met haar ging.

"Zie jij haar nog weleens?" vroeg ik.

Misha schudde zijn hoofd.

"Is het uit?"

"Het was nooit 'aan'," zei hij.

Weer viel er een stilte.

Ik dronk mijn blikje bier leeg en stond op om een nieuwe uit de koelkast te halen. "Wil jij ook nog?" vroeg ik.

"Ik heb nog," antwoordde Misha.

Ik deed de koelkast dicht en ging weer aan de keukentafel zitten. "Weet je," begon ik. "Ik was vorige week aan het opruimen en toen kwam ik die oude spullen van pa en ma weer tegen."

Hij gaf geen antwoord en leek zich af te vragen waar ik naartoe wilde.

"Is er iets dat jij zou willen hebben?" vroeg ik.

Misha schudde zijn hoofd.

"Wil je er niet eens naar kijken?" probeerde ik. "Misschien is er toch iets..."

"Wat moet ik ermee?" onderbrak hij me.

"Ik weet het niet, jochie," zei ik. "Ik dacht dat je er nu misschien wel aan toe was... Dat je het misschien prettig zou vinden om iets tastbaars te hebben..."

"Nee," antwoordde hij. Even keek hij me berekenend aan en zei toen: "Als je er vanaf wilt, kun je het ook gewoon zeggen."

"Ik wil er niet 'vanaf'," protesteerde ik. "Het staat me niet in de weg. Ik dacht alleen dat jij misschien ook iets wilde hebben. Dat is alles."

Misha schudde zijn hoofd en zei: "Nee, dank je." Hij nam een slok van zijn bier en vroeg: "Waarom bewaar je al die zooi eigenlijk?"

"Waarom?" herhaalde ik.

"Ja," zei hij. "Je doet er nooit iets mee, toch?"

"Ik draai pa zijn platen," antwoordde ik. "En ik gebruik zijn pick-up."

Misha knikte. "Maar met de rest doe je niks, toch?"

Ik schudde mijn hoofd.

Mijn broer nam nog een slok bier en leek even na te denken. Toen zei hij: "Als je je bedenkt en je er toch vanaf wilt..." Hij maakte een klein gebaartje met zijn hand, maar zweeg toen, alsof ik wel zou begrijpen wat hij bedoelde.

"Dan wat?" vroeg ik.

"Dan kun je het gewoon weggooien," antwoordde hij.

* * * * *

Woensdag, 28 november 2012 – avond
New York, Amerika

Toen ik vanmiddag na mijn bezoek aan Misha terugkwam in het hotel, installeerde ik me meteen weer met zijn agenda's en telefoon en het oude dagboekje aan het bureau in de kamer, die ik deel met Maren. Ik had geen zin om te praten.

Waarom zou ik iets vertellen, als zij dat nooit doet?

Maren voelde mijn stemming feilloos aan en had zich met een boek op het bed teruggetrokken, zonder iets te zeggen of te vragen en daar zit ze nu nog altijd. Af en toe ritselen de pagina's van haar boek, als ze er eentje omslaat.

Ik kijk op van de agenda die voor me ligt en draai me naar haar toe.

"Wat lees je?" vraag ik.

"*Quiet: The Power of Introverts in a World That Can't Stop Talking,*" vertelt ze. "Van Susan Cain."

"Is het leuk?" probeer ik.

"Nee," zegt ze. "Ik lees nooit leuke boeken. Alleen leerzame."

"Wat zoek je dan?" vraag ik.

"Inzicht," antwoordt Maren.

Er valt een stilte en ik sta op om een biertje uit de minibar te halen. Vanmorgen heb ik boodschappen gedaan, zodat we bier, sigaretten en iets te eten hebben, als we geen zin hebben om weg te gaan. Meteen na terugkomst verbood ik Maren om de hotelkamer te verlaten zonder mij.

Rotterdam-Zuid is niets in vergelijking met deze buurt.

Ik heb al meer dan genoeg aan mijn hoofd, zonder dat ik me ook nog zorgen moet maken om Maren. Ik trek een blikje open en vraag: "Wil jij ook bier?"

"Ja, doe maar," zegt ze en slaat haar boek dicht. Ze legt het naast zich neer op het bed en pakt het blikje aan, als ik het aangeef.

Ik ga op het voeteneinde zitten en neem een slok.

Maren steekt een sigaret op en schuift dan het pakje naar me toe.

Ik haal er één uit en steek op.

Ze aarzelt even, maar vraagt dan: "Hoe gaat het met Misha?"

"Hij doet alsof het allemaal volstrekt normaal is en alsof het goed met hem gaat," antwoord ik.

"Maar?"

"Maar zelfs een blinde kan zien, dat het niet zo is," zeg ik. "Hij ziet er niet uit, Maren."

"Ziet er niet uit?" herhaalt ze.

"Hij ziet eruit alsof hij niet slaapt en niet eet," verduidelijk ik. "En hij zit onder de blauwe plekken."

Ze kijkt even langs me heen uit het raam en zegt langzaam: "Ik denk dat het hier een beetje anders gaat dan in Nederland."

Ik moet even aan de schreeuwende man denken, die zijn advocate was aangevlogen en de manier waarop hij daarvoor naar mijn broer had gekeken en zeg: "Hij trekt het verkeerde soort aandacht."

"Hij redt zich wel," antwoordt Maren stellig.

"Hij heeft hulp nodig," protesteer ik.

"Hij wil geen hulp."

Er valt een korte stilte. "Ik vroeg hem wat er gebeurd is, voordat ze hem oppakten, maar hij wil het niet zeggen," vertel ik dan. "Ik vroeg hem of de dood van die man een ongeluk was, maar hij zei van niet. Daarna probeerde hij me ervan te overtuigen, dat het een uit de klauwen gelopen ruzie was."

"Dat zei George Springfield toch ook toen hij belde?" vraagt Maren.

Ik neem een slok bier en denk na. Dan zeg ik langzaam: "Ja, maar ik begin de indruk te krijgen dat Springfield alleen maar zegt wat Misha hem influistert."

Maren zucht. "Geef het tijd, Len."

'Maar..."

"Geef hem tijd."

2.
TWIJFELS

Woensdag, 5 december 2012 – middag
New York, Amerika

Ondanks dat ik sinds mijn eerste bezoek aan mijn broer een hele week na heb kunnen denken over een geschikte benadering van dit probleem, sta ik met lege handen. Ik heb geen concreet plan van aanpak en uiteindelijk besluit ik maar te zien hoe het gaat en waar het schip strandt.

Een vriendelijk ogende bewaker leidt mijn broer de bezoekersruimte binnen. Misha ziet er nog slechter uit dan een week geleden. Hij is weer afgevallen en heeft een wond boven zijn oog. Als de bewaker hem bij zijn elleboog pakt en hem naar mijn tafeltje brengt, schuift Misha's mouw een stukje omhoog en zie ik dat hij blauwe plekken rond zijn pols heeft.

Ik ben de bewaker dankbaar, dat hij de handboeien achterwegen heeft gelaten.

"Hé, Len," zegt Misha.

Ik sta op, omhels hem en fluister: "Wat is er gebeurd, jochie?"

"Gewoon een meningsverschil. Niks aan de hand," antwoordt hij.

Ik weet dat hij liegt, maar ik kan hem niet dwingen te praten. Ik kan helemaal niets. De tijd waarin ik hem nog enigszins kon beïnvloeden ligt ver achter ons en ik haat de machteloosheid, die zo eindeloos en uitzichtloos lijkt.

Aan de manier waarop Misha verstart in mijn greep, merk ik dat mijn omhelzing hem fysiek pijn doet en ik laat hem los.

Mijn broer gaat zitten en de bewaker loopt weg.

Ik ga tegenover Misha zitten en vraag weer: "Wat is er gebeurd?"

"Een meningsverschil," houdt hij vol.

"Moet ik dat geloven?" vraag ik.

"Geloof wat je wilt, Len," zegt hij onverschillig. Hij kijkt me aan en bindt dan iets in. "Het is niet bepaald de middelbare school, maar ik red me wel." Hij klinkt bijna overtuigend.

Ik zucht en denk na. Het klopt niet.

Niets klopt.

"Weet je, jochie?" begin ik gemaakt rustig. "Ik begrijp het niet. Waarom wil je me niet vertellen wat er gebeurd is, voordat je werd opgepakt? George Springfield zei dat het een uit de hand gelopen ruzie was, maar toen ik je vroeg of het een ongeluk was, zei je 'nee'..."

Even lijkt hij te aarzelen, maar probeert zich er dan vanaf te maken met: "Het is ingewikkeld."

"Ingewikkeld?"

Hoe moeilijk kan het zijn?

"Wat is ingewikkeld?" vraag ik ongeduldig. "Er is iemand dood, Misha, en ik vraag je waarom. Dat lijkt me toch vrij eenvoudig."

"Ik had mijn redenen, oké?" zegt hij defensief.

Redenen?

Je had je 'redenen' voor een 'uit de hand gelopen ruzie'?

Opeens schiet me het incident met de schaar weer te binnen. Ik ban die herinnering onmiddellijk uit mijn gedachten en vraag: "Wat dan?" Ik heb moeite om mijn frustratie te verbergen, maar slaag erin rustig te blijven. "Ik ken je goed genoeg om te weten, dat dit niet in jouw aard ligt. En als het geen ongeluk was en jij je 'redenen' had, dan was het geen doodslag..." Ik laat een korte stilte vallen. "Dan was het moord, jochie."

Misha zwijgt even, maar zegt dan: "Misschien ken je me niet zo goed, als je dacht, Len."

Die woorden slaan in als een bom. Het duurt even voordat ik mijn stem terug heb gevonden. "Dat weet ik. Ik weet dat ik geen goede oudere broer geweest ben en..."

"Len, ik...," valt hij me in de rede.

"Misha... Jochie, ik heb zoveel fouten gemaakt," onderbreek ik hem. Gevoel en geweten voeren een strijd, maar dan vervolg ik: "Ik zal de laatste zijn om te oordelen over wat jij gedaan hebt, zonder dat ik weet hoe het zit. Je bent mijn broer en ik hou van je. Ik wil je helpen en er voor je zijn, nu je me nodig hebt, maar dan moet je me wel dichterbij laten komen dan je nu doet."

Misha zwijgt en lijkt niet te weten wat hij met mijn behulpzame houding aanmoet. Na een korte stilte en bij gebrek aan beter, neemt hij weer zijn toevlucht tot: "Len, ik heb geen woorden."

Ondanks dat het me frustreert, word ik niet boos. Ik weet dat mijn broer grote moeite heeft met vertrouwen en omdat ik in het verleden niet bepaald moeite heb gedaan, om daar verandering in te brengen, weet ik ook dat ik geduld zal moeten hebben. Veel geduld.

"Dan zal ik je de tijd geven om die te vinden," beloof ik hem.

Misha staart me aan met niets dan ongeloof in zijn ogen.

"Wat kan ik zeggen? Ik ben de afgelopen maanden continu met Maren opgetrokken. Die is al net zo spraakzaam als jij," verklaar ik.

Hij kijkt even weg. "Behandel haar alsjeblieft niet zoals al die anderen."

Ik meen iets van jaloezie te ontdekken in zijn houding en zeg snel: "Er is niks gebeurd tussen ons, oké? Ik zal goed op haar passen voor je."

De ijskoude blik in Misha's ogen verzacht iets. "Dank je," antwoordt hij, nauwelijks hoorbaar.

Ik zwijg even, maar vraag dan: "Ga je me ooit vertellen wat er gebeurd is?"

"Ik moet erover nadenken, Len."

"Daar heb je hier in ieder geval veel tijd voor," merk ik op.

"Dat valt nog tegen," antwoordt Misha zacht. Hij valt stil, maar blijft me wel aankijken. Dan zegt hij: "Bedankt."

"Waarvoor?" vraag ik.

"Voor je geduld," zegt hij.

Ik knik en werp een snelle blik op de klok. "Ik heb geld bij me voor je," zeg ik dan en richt mijn aandacht weer op mijn broer.

Alsof we dit al talloze keren gedaan hebben, verandert het geld onzichtbaar van eigenaar. Dit keer is die schreeuwende gek er niet, maar er is genoeg afleiding voor de bewakers.

Als Misha weer rechtop zit, vraag ik: "Volgende week hetzelfde?"

"Ja," antwoordt hij.

"Five minutes!" roept één van de bewakers.

Ik ben nog vijf minuten verwijderd van een nieuwe week vol onzekerheid en afwachten. De gedachte alleen is al een marteling. Ik leg mijn hand over die van mijn broer en vraag: "Kun je me iets vertellen waardoor ik me iets minder zorgen om je zou kunnen maken?"

"Ik heb een paar vrienden gemaakt," zegt hij en trekt zijn hand weg.

Ik laat het gaan en vraag: "Wie?"

"Mijn celgenoot," antwoordt Misha. "Aardige gozer... Joods... Hij praat veel, maar hij is ongevaarlijk. Hij heeft de belasting gehackt en een paar miljoen laten verdwijnen."

"Dan heb je mazzel gehad," zeg ik eerlijk.

"Geloof me, dat weet ik."

"En verder?"

"Eén of andere kickbokser," vertelt Misha. "Toch handig om te hebben, zeg maar."

Ik moet lachen en geef toe: "Dat is waar." Dan verval ik weer in mijn rol van de verantwoordelijke, oudere broer en zeg: "Denk na over wat ik gezegd heb. Je hoeft dit niet alleen te doen."

Er loopt een bewaker langs onze tafel. "Einde bezoek, Larsen."

Misha knikt naar hem en de bewaker loopt door.

Mijn broer en ik staan tegelijk op en blijven dan allebei aarzelend staan.

Voordat de situatie te ongemakkelijk kan worden, omhelst hij me. "Ik ben blij dat je er bent," zegt hij, nauwelijks hoorbaar.

Er is zoveel dat ik tegen hem wil zeggen, maar desondanks ben ik deze keer degene, die geen woorden heeft.

* * * * *

Zondag, 17 februari 2008 – avond
Rotterdam, Nederland

Ik drukte op de bel en stak mijn ijskoude handen in de zakken van mijn jack, terwijl ik wachtte. Net toen ik voor de tweede keer wilde aanbellen, klonk Misha's stem door de intercom.

"Hallo?"

"Hé, jochie," zei ik.

Mijn broer gaf geen antwoord, maar deed wel open.

Ik had expres niet gebeld om hem te laten weten, dat ik langs zou komen. Ik wilde hem geen kans geven om 'nee' te zeggen of weer een poging te doen om een ontmoeting uit te stellen. Dat had hij de laatste weken al een aantal keer gedaan en ik had er meer dan genoeg van. Ik had hem al drie weken niet gehoord of gezien en een blik op de kalender en het besef welke datum het was, was die middag genoeg geweest om te besluiten een einde te maken aan Misha's radio-stilte.

Ik duwde de deur open, die naar een tweede hal leidde, ging naar binnen en nam de lift naar de bovenste verdieping. Ik was pas één keer eerder in de Black Diamond geweest en vergaapte me opnieuw aan de luxe en vooral dure details, in zowel de hal als de lift.

Misha had me gezegd wat het kostte. Niet dat hij ook werkelijk één komma acht miljoen had betaald, want hij had ook gezegd dat hij de woning min of meer cadeau had gekregen als commissie, omdat hij een megaopdracht had binnen-gehaald voor zijn firma. Maar toch. Een penthouse van één komma acht miljoen voor je tweeëntwintigste verjaardag, bleef voor mij een onwerkelijk gegeven.

Ik stapte uit de lift en belandde in het kleine halletje, dat destijds nog niet in-gericht was.

Mijn broer stond in de deuropening, gekleed in jeans en een grijze sweater met een capuchon. Het leek niets bijzonders, maar waarschijnlijk zou ik het met mijn volledige maanduitkering nog niet hebben kunnen betalen. Hij keek me af-wachtend aan, alsof hij zich afvroeg wat ik kwam doen.

"Hoe gaat het?" vroeg ik.

"Goed," zei hij automatisch. Hij vroeg ook niet hoe het met mij ging, maar zei wel: "Kom binnen."

"Je ziet er moe uit," merkte ik op, terwijl ik de deur achter me sloot.

Misha gaf niet meteen antwoord, maar na een korte stilte gaf hij toe: "Ik heb vannacht slecht geslapen en een beetje een baaldag vandaag."

Ik knikte begrijpend en volgde hem naar de woonkamer, die zo goed als leeg was. Er stond een bureau, een stoel en een bankstel. Langs één wand was een grote kast met boeken, vanaf de vloer tot aan het plafond, maar de overige mu-ren waren nog kaal. Ik keek om me heen en probeerde mijn verbazing te verber-gen. Ik wist dat mijn broer een hekel had aan overbodige spullen, maar hij had zijn hang naar minimalisme nu wel heel ver doorgevoerd.

In de hoek van de kamer stond zijn tekentafel, maar dat gaf me alleen maar sterker de indruk, dat de woning voor hem eerder een verlengstuk was van zijn kantoor, dan een thuis.

"Bier?" vroeg hij.

"Ik ben er toch," antwoordde ik. Toen keek ik naar hem en vroeg: "Wanneer ga je het eigenlijk inrichten?"

Misha was al bij de deur, draaide zich naar me toe en haalde zijn schouders op. "De salontafel komt volgende week en verder heb ik niks nodig," antwoordde hij en verdween naar de keuken om bier te gaan halen.

Ik keek nogmaals de kamer rond. Ik vroeg me af wat het nut was van een woonkamer waar mijn gehele woning in paste, als er niets in stond.

Mijn broer kwam terug met een biertje en een beker koffie.

We gingen op de bank zitten.

Ik keek tegen beter weten in om me heen, op zoek naar een asbak, maar er stond er nergens één. Ik wist wel beter dan te vragen of ik *mocht* roken in zijn smetteloze huis, want dan zou hij 'nee' kunnen zeggen en was ik gedoemd om de rest van de avond heen en weer te lopen tussen de warme woonkamer en het koude dakterras.

In plaats daarvan stak ik alvast een sigaret op en vroeg: "Waar zal ik de as laten?"

Misha keek me afkeurend aan, maar waagde zich niet aan de discussie. Hij stond op en verliet de woonkamer, om even later terug te komen met een beker water.

Ik rolde met mijn ogen, maar zei niets.

Hij nam een slok koffie en vroeg toen: "Heb je een auto?"

Ik keek hem aan en vroeg me af waar die vraag opeens vandaan kwam. Nadat hij eerder aan had gegeven dat hij een 'baaldag' had, zoals hij dat zo netjes noemde, was 'auto's' geen onderwerp, dat ik verwachtte.

"Nee," antwoordde ik. "Geen geld en zo."

"Je mag de Volvo wel hebben," bood hij aan.

"Ik heb geen geld," herhaalde ik.

"Ik zei dat je hem mag 'hebben', niet 'kopen'," verduidelijkte Misha.

"Heb je een andere auto?" vroeg ik.

"Denk je dat ik mijn auto weg zou geven, als het niet zo was?" vroeg hij.

Ik schudde mijn hoofd. "Dank je."

Mijn broer haalde zijn schouders op. "We kunnen hem morgen in mijn lunchpauze wel overschrijven," zei hij.

"Bel me maar, als je tijd hebt," antwoordde ik en nam een slok bier. "Wat heb je nu dan?" informeerde ik na een korte stilte.

"Een Lexus."

"Een *fucking* Lexus?" herhaalde ik. "Serieus?"

Misha knikte.

"Op afbetaling of zo?" vroeg ik.

Hij schudde zijn hoofd, alsof het niets voorstelde. "Ik wil niks dat eigenlijk van de bank is," zei hij.

De mobiele telefoon, die op het bureau lag, ging over.

Misha stond op en pakte het toestel. Hij wierp een blik op het display en nam op. *"Hey, how's life?"* De klank van zijn stem was enthousiast.

Niet bepaald de reactie die ik kreeg op mijn telefoontjes.

Zijn gesprekspartner zei iets terug en stelde hem toen waarschijnlijk dezelfde vraag.

"Fine... Busy... Working and all. You know how it is," zei Misha en luisterde even. Hij pakte met zijn vrije hand een agenda en sloeg die open. *"When?"* Hij luisterde weer even en bladerde een paar pagina's verder. *"I can get a late flight on Friday, spend the weekend and fly back on Sunday."*

Ik maakte mijn sigaret uit in de beker water, die ik op de grond had gezet en wachtte ongeduldig, totdat mijn broer op zou hangen. Ik luisterde naar het fouten accentloze Engels.

"I can't do LA," zei Misha. *"How about Atlanta?"*

Ik zuchtte en stak een nieuwe sigaret op.

Hij keek geïrriteerd om, zodra hij het geluid van mijn aansteker hoorde, maar zei niets. Hij luisterde nog even naar de persoon aan de andere kant van de lijn en zei toen: *"I will text you when I get the flight details... Pick me up?"* Hij lachte even en zei toen: *"Me too. See you Friday."*

Zodra hij de verbinding verbrak, vroeg ik: "Ga je het land uit?"

"Amerika. Zakenreis," antwoordde Misha kort.

"Breng iets leuks voor me mee," grapte ik.

Hij keek me bevreemd aan en merkte op: "Ik heb je net een auto gegeven."

* * * * *

Woensdag, 5 december 2012 – avond
New York, Amerika

Maren zit op het bed in onze hotelkamer te kijken naar een documentaire over Charles Manson. Ze houdt haar hoofd een beetje schuin en kijkt naar wat oude archiefbeelden, waarop Manson te zien is met een akoestische gitaar en samen met een paar jonge vrouwen een liedje zingt.

Ik probeer het te negeren en blader voor de zoveelste keer door mijn aantekeningen.

"Ik snap het niet," zegt Maren dan. "Ze zien er zo... vredelievend uit."

Ik leg het vel papier dat ik in mijn hand houd op het bureau en kijk haar aan. "Misha ziet eruit als een kantoorman," merk ik op.

"Dat kun je niet vergelijken," antwoordt ze en richt haar aandacht weer op de tv.

"Waarom niet?" vraag ik. "De mensen die Charles Manson kenden... Denk je dat zij wisten hoe hij in werkelijkheid was?"

"Zonder donker is er ook geen licht," zegt Maren. "De mensen om hem heen moeten het gezien hebben... Het donker... Maar waarschijnlijk zagen ze ook iets anders... Niemand is alleen maar goed of slecht."

Ik zwijg even en vraag me af of zij de 'donkere' kant van mijn broer heeft gezien, voordat hij die man vermoordde. Ik kijk even naar Manson op televisie en mijn fantasie slaat op hol.

Misha heeft gezegd dat hij zijn 'redenen' had om die man te doden.

Wat voor reden kan iemand hebben om iemand te vermoorden?

Kan dat betekenen dat er meer slachtoffers zijn?

Ben ik echt zo blind geweest?

Als de stilte langer voortduurt, kijkt Maren weer op van de tv. "Wil je erover praten, Len?" vraagt ze dan.

Ik lach spottend en zeg: "Maren, ik wil niets liever dan 'erover praten'. Jij en Misha zijn degenen, die niets terugzeggen."

"Ik zeg altijd iets terug," protesteert ze.

"Je zegt wel iets, maar je geeft geen antwoord," verduidelijk ik.

"Misschien stel je de verkeerde vragen," zegt ze kalm.

"Wat zijn dan de 'goede' vragen?" teem ik.

Maren zwijgt.

"Wat kan ik doen, behalve vragen stellen?" vraag ik.

Opeens moet ik denken aan de persconferentie van Dean Wesson, die ik op *YouTube* heb gezien, kort na Misha's arrestatie. Zelf kan ik de juiste woorden even niet vinden en ik besluit de tekst van Wesson te gebruiken. "Misha is zo'n modelburger, dat hij nog geen verkeersboete op zijn naam had staan... En nu zit hij vast voor doodslag?"

"Het leven is onvoorspelbaar," antwoordt Maren.

Ik denk na, sta op en pak een blikje bier uit de minibar. Ik maak het open en neem een slok. Dan steek ik een sigaret op en zeg gemaakt achteloos: "Ik denk dat hij nog mazzel heeft gehad."

Maren kijkt me bevreemd aan en echoot: "Mazzel?"

"Ja," antwoord ik. "Dat hij niet veroordeeld is voor moord. Met doodslag is hij er nog goed vanaf gekomen, vind je niet?"

Ze haalt haar schouders op en zegt: "Ik weet het niet. Ik heb geen verstand van juridische zaken."

"Maren, alsjeblieft," probeer ik.

Ze steekt een sigaret op, denkt even na en zegt dan op verontschuldigende toon: "Len, dit is niet mijn keuze. Ik heb Misha beloofd om niks te zeggen, maar dat betekent niet dat ik het ermee eens ben. Ik haat het om je zo in onzekerheid te laten, maar ik ben Misha meer verschuldigd dan jou." Ze laat een korte stilte vallen, maar vraagt dan: "Begrijp je dat?"

Ik knik en neem een diepe haal van mijn sigaret. "Ik begrijp je... Maar begrijp jij ook dat ik moet blijven zoeken naar antwoorden?"

"Ik had niet anders verwacht," zegt Maren.

"Mag ik je iets vragen?" begin ik.

"Vragen mag altijd," antwoordt ze.

"Heeft Misha je ooit verteld over een ruzie, die we jaren geleden hebben gehad?" vraag ik.

"Was dat toen hij zijn spullen pakte en bij mij introk?"

Opeens valt het kwartje en hoewel dit niet het onderwerp is dat ik wilde bespreken, vraag ik: "Heeft hij daarna bij jou gewoond?"

Maren knikt.

"Al die tijd?"

"Totdat hij het penthouse in de Black Diamond kreeg," geeft ze toe.

Dat beantwoordt in ieder geval één van de vragen die ik heb.

"Die keer bedoelde ik eigenlijk niet," geef ik dan toe. "Ik bedoelde daarvoor. We kregen bonje en het escaleerde. Ik ging door het lint en sloeg hem *total loss*. Op een gegeven moment lag Misha op de grond en zag ik dat hij... Er was een schaar op de grond gevallen en ik zag hem kijken... Ik heb het niet afgewacht, maar ik denk dat als ik hem niet had tegengehouden... Heeft hij daar ooit iets over gezegd tegen jou?"

Maren pakt de afstandbediening en zet de tv uit. "Hij zou je niks gedaan hebben," zegt ze en maakt haar sigaret uit. Ze steekt meteen weer een nieuwe op en gaat dan verder: "Misha is niet in staat om impulsief te handelen."

"Maar misschien in een opwelling of zo?" probeer ik.

Ze schudt haar hoofd. "Ik bedoelde dat letterlijk. Hij is niet *in staat* om impulsief te handelen. Hij doet alles dwangmatig en denkt overal eindeloos over na," zegt ze.

"Dus?" vraag ik.

"Len, Misha is... anders," zegt ze.

"Anders dan wat?" Ik zie niet waar ze naartoe wil.

"Hij had een boek," vertelt Maren. "Van jullie moeder..."

"Misha heeft niks van onze ouders," val ik haar in de rede. "Hij wilde het niet zien, niet hebben. Hij wilde er niks van weten." Ik denk terug. "Hij heeft zelfs een keer voorgesteld om het allemaal weg te gooien, omdat het spullen waren waar we nooit naar omkeken."

"Niet functioneel," beaamt ze.

"Ja, alles wat hij langer dan een jaar niet gebruikt, gooit hij weg," zeg ik.

"Niet alles," protesteert Maren. "Hij had een paar dingen en dat boek van jullie moeder. Hij had het uit een doos, die onder jouw bed stond."

Als ze dat weet, moet het waar zijn. Ik besluit de rest van haar verhaal af te wachten.

"Het was een wat ouder boek...," herinnert Maren zich. "Ik denk uit de jaren tachtig of negentig... medisch... in het Engels... Ik weet nog dat bepaalde passages waren gemarkeerd met een rode pen."

Ik kan me het boek niet herinneren. Wel dat mijn moeder veel las en dat ook zij had gezegd dat mijn broer 'anders' was.

"Het ging over PDD-NOS," zegt Maren, alsof dat alles verklaart.

"Sorry. Over wat?" vraag ik.

"Dat is iets in het autismespectrum," legt ze geduldig uit. "Daar scharen ze mensen onder, die wel één of meerdere symptomen van autisme hebben, maar niet genoeg om ze aan te duiden als 'autist'."

"Een soort autisme light?" raad ik.

Maren knikt. "Ik heb dat boek ook gelezen. Je moeder had passages gemarkeerd, waar ze Misha in herkende... Misha gebruikte dat boek om inzicht te krijgen in de manier waarop zijn hersenen werken."

Ik denk even na en zeg dan: "George Springfield zei dat ze hem getest hadden op autisme. Denk je niet dat ook de *light* versie dan naar voren zou zijn gekomen?"

"Ik denk het wel," antwoordt Maren. "Normaal gesproken."

"Normaal gesproken?" herhaal ik.

"Ik denk dat hij weet waar de valkuilen zitten in zo'n test," geeft ze toe.

"Is het mogelijk om zoiets te manipuleren?" vraag ik.

"Ik denk het wel," zegt Maren. "Misha weet wat als 'afwijkend' wordt gezien. Dan weet hij ook wat hij wel en niet moet antwoorden."

Ik herinner me iets dat mijn broer afgelopen zomer tegen me zei.

"Ik help je niet omdat ik dat wil, Len. Ik help je omdat ik denk dat het van me verwacht wordt... Door de maatschappij... Omdat we broers zijn en zo."

Dan schiet me iets te binnen dat mijn moeder ooit gezegd heeft.

"Misha heeft als het ware een doolhof in zijn hoofd en soms... verdwaalt hij een beetje."

Is dat het?

Is mijn broer op een gegeven moment 'verdwaald' in zijn eigen hoofd of verstrikt geraakt in zijn ongewone denkwijzen?

Of heeft hij bewust een verkeerde afslag genomen, toen hij die man van het leven beroofde?

Misha's stem echoot in mijn hoofd: *"Ik had mijn redenen, oké?"*

Moord, denk ik weer. *Geen doodslag.*

Het was een keuze.

"Wat is Project X?" vraag ik dan.

"Dat moet je aan Misha vragen," antwoordt Maren.

"Ik vraag het nu aan jou," zeg ik.

"Het is niet aan mij om...," begint ze.

"Wie is die man, die Misha vermoord heeft?" kap ik haar af.

"Dat kan ik niet zeggen," zegt Maren.

"Vertel eens wat nieuws," klaag ik en richt mijn aandacht weer op mijn aantekeningen op het bureau. Ik hoor dat Maren de tv weer aanzet.

We zijn weer terug bij af.

Ik hoor Charles Manson zeggen: *"I can't dislike you, but I will say this to you: you haven't got long before you are all going to kill yourselves, because you are all crazy. And you can project it back at me, but I am only what lives inside each and every one of you."*

Ik denk erover na.

"Ik ben slechts wat leeft in ieder van jullie."

Even kijk ik op en staar naar de man op de tv.

"Just because you're convicted in a court room doesn't mean you're guilty of something," zegt Manson nu.

3.
GESPREKSSTOF

Woensdag, 12 december 2012 – middag
New York, Amerika

Een week geleden zag mijn broer er een stuk beroerder uit dan nu. Als één van de bewakers hem naar mijn tafel in de bezoekersruimte brengt, oogt Misha bijna rustig. De opgejaagde blik, die ik bij mijn twee eerdere bezoeken aan mijn broer ronduit alarmerend vond, is nu bijna uit zijn ogen verdwenen.

De bewaker staat ons toe om elkaar even te omhelzen en loopt bij ons weg, zodra we elkaar loslaten en plaatsnemen.

"Je ziet er beter uit dan vorige week," zeg ik.

Misha geeft geen antwoord.

Verrassend, denk ik.

Ik kijk even rond en mijn oog valt op de man, die tijdens mijn eerste bezoek aan mijn broer al die opschudding veroorzaakte door zijn advocate uit te schelden en aan te vallen.

Hij zit twee tafels verderop met een kleine, magere vrouw met donker haar. Dit keer zit hij rustig op zijn stoel en luistert geboeid naar wat de vrouw hem vertelt. Af en toe geeft hij haar antwoord, maar zij is meer aan het woord dan hij en hij heeft nergens anders aandacht voor dan voor haar.

Ik richt mijn aandacht weer op Misha, die nog altijd zwijgt.

"Maren doet je de groeten," probeer ik dan. "Ik moet van haar doorgeven dat ze veel aan je denkt en dat ze je erg mist. En nog iets." Ik probeer me te herinneren wat het ook alweer was, maar veel verder dan wat fonetische onzin kom ik niet.

"Wat?" vraagt Misha.

"Geen idee," geef ik toe. "Het was in het Frans en klonk als *'Je ses ke tu revjendra.'*

"Je sais que tu reviendras," verbetert hij me.

Heel even zie ik iets van dat superieure trekje van hem, waar ik zo'n hekel aan heb. Toch ben ik er blij mee. Voor het eerst sinds ik in Amerika ben, zie ik iets in mijn broer dat ik herken. "Ja," beaam ik. "Wat betekent dat?"

"Dat ze weet dat ik bij haar terugkom," zegt Misha.

Weer vraag ik me af wat er precies speelt tussen hem en Maren. Even overweeg ik om er gewoon naar te vragen, maar dan realiseer ik me dat er belangrijker dingen zijn, die Misha en ik moeten bespreken.

Mijn broer lijkt daar heel anders over te denken, want hij zegt: "Ik ben blij dat je Maren niet meeneemt hier naartoe."

In gedachten tel ik tot twintig en terug om mijn rust te hervinden en antwoord dan: "Jochie, ik kom hier niet om over Maren te praten." Ik kan niet begrijpen dat Misha niet inziet dat we over *hem* moeten praten.

Alhoewel...

Waarschijnlijk ziet hij het wel, maar wil hij het niet.

Toch vraag ik hem nadrukkelijk: "Hoe gaat het met *jou?*"

Hij aarzelt, maar zegt dan: "Beter. En met jou?"

In plaats van aan te dringen en door te vragen, antwoord ik: "Heb ik je al verteld dat ik gestopt ben met blowen?"

Misha schudt zijn hoofd en kijkt me verrast aan. "Nee. Hoe dat zo opeens?"

"Ik herinnerde me onze afspraak," antwoord ik.

"Welke afspraak?" vraagt hij.

"Dat ik zou stoppen met blowen, zodra jij zou stoppen met werken," verduidelijk ik.

Misha denkt even na en zegt dan: "Dat weet ik niet meer. Wanneer hebben we dat afgesproken?"

"Vorig jaar zomer."

"Hoe lang ben je al gestopt?" vraagt hij.

Ik weet dat hij dit alleen vraagt, omdat hij mijn aandacht wil afleiden van het feit dat hij zich iets niet herinnert. "Drie maanden," antwoord ik toegeeflijk. Ik ben bereid om bij onderwerpen te blijven, waar Misha zich bij op zijn gemak voelt, als dat betekent dat hij niet weer vervalt in dat eeuwige zwijgen.

"Goed van je," zegt hij. "Vind je het moeilijk?"

Ik schud mijn hoofd. "Het gaat wel. En jij? Ben je al een beetje afgekickt van het werken?"

"Ik krijg hier niet zoveel tijd om het te missen," vertelt Misha. "Ik heb veel om over na te denken en er is veel afleiding hier."

"Heb je nog nagedacht over wat ik vorige week heb gezegd?" vraag ik voorzichtig.

Hij lijkt te zoeken naar de juiste woorden en zegt dan: "Ik heb meer tijd nodig."

"Waar ben je bang voor, jochie?" probeer ik dan. Ik observeer zijn reactie op die vraag.

Mijn broer schuift iets bij me vandaan en kijkt weg. Zijn blik dwaalt af naar de wandklok en ik zie de geveinsde nonchalante houding, waar hij me wel vaker mee om de tuin probeert te leiden, weer over hem heenkomen.

De klank van zijn stem is afstandelijk en kil als hij vraagt: "Heb je het geld bij je?"

* * * * *

Dinsdag. 17 februari 2009 – avond
Rotterdam, Nederland

Toen ik de lift uit stapte, stond Misha in de deuropening in zijn designerjeans en T-shirt en met natte haren, alsof hij net onder de douche vandaan kwam. Toch klonk hij nauwelijks geïrriteerd, toen hij opmerkte: "Je bent vroeg."

"Ik zei 'rond half negen'," zei ik. "Hoe laat is het nu dan?"

"Dertien over acht," antwoordde hij. "Ik ben net thuis."

Ik liep naar hem toe en omhelsde hem even. "Hoe gaat het?" vroeg ik.

"Goed," zei hij en deed een stap achteruit, toen ik hem losliet. "Kom binnen."

Ik sloot de deur achter me, hing mijn jack aan de kapstok en volgde Misha naar de woonkamer.

"Bier?" vroeg hij.

Ik knikte, ging op de bank zitten en haalde mijn sigaretten tevoorschijn.

Mijn broer pakte een sweater, die over een stoel hing en trok die aan, voordat hij naar de keuken verdween.

Ik stak een sigaret op en staarde even naar het georganiseerde stilleven op de salontafel. Geen rommel, volle asbakken en sigaretten as, zoals bij mij thuis. Hier alleen het Financieel Dagblad, een mobiele telefoon en Misha's portemonnee.

Mijn broer kwam terug met twee flesjes bier en ging tegenover me zitten.

Ik dacht aan de zeventig cent in mijn broekzak en het feit dat ik nog bijna een week te gaan had, voordat mijn uitkering gestort zou worden. "Voordat ik het vergeet...," begon ik. "Heb jij een paar tientjes voor me?"

Misha keek me even berekend aan en knikte toen naar de portemonnee op de salontafel. "Pak maar," zei hij en stond op. Hij liep naar het bureau en pakte een klein metalen schaaltje, dat die avond dienst moest doen als asbak.

Ik pakte de portemonnee en keek erin. Het voelde als een test.

En nu?

Vijfhonderd euro in honderdjes.

De verleiding was groot om er één of twee uit te halen, maar ik deed het niet en vroeg in plaats daarvan: "Heb je het niet kleiner?"

Misha zette het schaaltje op de salontafel. "Nee." Toen hij me zag aarzelen, voegde hij eraan toe: "Neem het nou maar." Hij ging weer tegenover me zitten en sloeg me gade, alsof hij zich afvroeg wat ik zou doen.

Ik maakte mijn peuk uit en nam één briefje van honderd uit de portemonnee, voordat ik die terug legde op de tafel. Ik keek hem aan en vroeg me heimelijk af of ik gedaan had wat hij verwachtte of juist niet.

Misha maakte zijn blikje bier open. Hij glimlachte, maar keek me niet aan en zei toen: "Neem de rest ook maar."

* * * * *

Woensdag, 12 december 2012 – avond
New York, Amerika

Ik blader door het oude kinderdagboek van mijn broer. De korte aantekeningen vormen een beeld van een zwijgzaam elfjarig jongetje, dat onrustig is en moeite heeft om hoofd- van bijzaken te onderscheiden. Ik krijg de indruk dat hij, vaak in één zin, zegt wat hem van die dag het meest is bijgebleven. Een tien op school, een nieuwe leraar, iets dat hij ergens heeft gelezen. De normale dingen in het leven als je elf bent. Ik kom een aantal keer de opmerking tegen: *'Len is high'*.

Ondanks dat ik alles al tientallen keren eerder heb gelezen, blijven sommige aantekeningen nagalmen in mijn hoofd. De toon wijkt af, de focus ligt niet langer op school, alsof de tienen opeens niet meer belangrijk zijn.

'Donker', lees ik weer.

Ik kijk naar de datum. 6 maart 1998. Ik reken terug en concludeer dat dit een week of drie na het overlijden van onze ouders was.

Donker?

Misschien bedoelt hij dat hij door een donkere periode gaat, maar kan hij dat met zijn elf jaar niet zo onder woorden brengen. Een kind in de rouw, dat geen woorden heeft om zijn gevoelens te omschrijven. Ik blader weer naar het einde en lees: *'Ik heb geen woorden'.*

24 april 1998. Een week of vijf na het overlijden van onze ouders.

Als ik het hele dagboek *nogmaals* van voor tot achter doorlees, zie ik dat hij die woorden nergens anders gebruikt. Ik graaf in mijn geheugen, maar kan me niet herinneren dat Misha die uitdrukking al gebruikte, toen onze ouders nog in leven waren.

Daarvoor had hij dus, voor zijn doen, de woorden wel. Hij heeft ze misschien niet hardop uitgesproken, maar hij heeft ze wel opgeschreven. Hij benoemt dingen kort en vaak bijna nonchalant. *'Papa en mama vannacht overleden',* lees ik. Die gebeurtenis kan hij wel onder woorden brengen, hoe vreselijk het ook is.

Wat is er dan op 24 april 1998 gebeurd, dat hij niet kan verwoorden?

Langzaam blader ik terug en steek een sigaret op.

'Donker', lees ik weer.

Ik tel. Negen keer, tussen 6 maart en 20 april. Er zit geen patroon in. Het is niet op een specifieke dag en het aantal dagen dat ertussen zit is verschillend.

'Ik heb geen woorden'...

Na 24 april schrijft hij helemaal niets meer. Het heeft voor hem geen zin om te schrijven dat hij geen woorden heeft. Dat weet hij als hij het niet opschrijft ook wel.

Geen woorden waarvoor?

Ik wrijf met mijn duim over de bladzijde. In de rechterbovenhoek voelt het papier iets anders aan en ik houd het schriftje onder de bureaulamp om te kijken waarom. Ik zie een beetje Tipp-Ex. Ik vouw het schriftje zo, dat ik de pagina van 24 april voor de lamp kan houden en hopelijk door de Tipp-Ex heen kan kijken.

'X'.

Ongelovig kijk ik even naar diezelfde kleine 'X', die ik in Misha's agenda's al regelmatig tegen ben gekomen.

Project X?

Ik leg het dagboek op het bureau en denk na.

"Len?" begint Maren.

Ik sla Misha's dagboek dicht en kijk op, maar geef geen antwoord.

Maren ligt op haar buik op het bed. Ze heeft liggen lezen, maar slaat dan het boek dicht en schuift het opzij. "Len, je hebt nog bijna geen woord gezegd, sinds je terug bent," merkt ze op en gaat rechtop zitten. Ze haalt haar sigaretten uit de zak van haar vest en steekt er één op.

"Wat valt er te zeggen, Maren?" vraag ik. "Ik krijg toch geen antwoord."

Ze kijkt me verontschuldigend aan, maar zegt niets.

Opeens komen de muren van de kleine hotelkamer op me af. Ik moet weg. Ik sta op en pak mijn eigen sigaretten. Automatisch pak ik mijn mobiele telefoon en die van mijn broer, die op het bureau liggen.

"Waar ga je naartoe?" vraagt Maren.

"Naar de bar, beneden," zeg ik kortaf.

"Zal ik meegaan?"

Ik draai me naar haar toe en wijs op het nachtkastje, dat naast het bed staat. "Jij blijft bij die telefoon en als er iemand belt, dan kom je me halen," antwoord ik op eisende toon. Ik laat geen ruimte voor een eventuele discussie.

Maren kijkt me even schattend aan en zegt dan: "Oké."

Het gemak waarmee ze opgeeft, verbaast me even, maar dan bedenk ik me dat ze veel tijd door heeft gebracht met Misha en dat mijn idee van afstand nemen, in geen enkele verhouding staat tot dat van hem. Ze moet eraan gewend zijn om weggestuurd en achtergelaten te worden.

"Tot straks," zegt ze en pakt de afstandbediening van de televisie.

Ik pak de sleutel van de hotelkamer en zeg: "Doe voor niemand open."

"Oké," zegt ze weer en zet de tv aan.

Ik loop naar de deur en hoor een presentator zeggen: "Vanavond in de serie *'Legendarische Seriemoordenaars':* Richard Ramirez, ook wel bekend als *'The Night Stalker'.* Duivelaanbidder Ramirez terroriseerde Californië in 1984 en..."

Ik rol met mijn ogen. "Serieus?"

Maren legt de afstandbediening weg, gaat languit op haar buik op het bed liggen en kijkt naar de tv met haar sigaretten en asbak voor zich, binnen handbereik, op de sprei. "Er is verder toch niks op."

"Dat is waar," moet ik toegeven. Na twee weken eindeloos zappen langs de bizarre hoeveelheid Amerikaanse zenders op televisie, kan ik weinig anders dan dit beamen.

Maren luistert niet meer en kijkt naar het scherm.

Ik verlaat de hotelkamer en trek de deur achter me dicht. Ik loop de gang uit en neem de trap naar beneden. De lift lijkt onbetrouwbaar en sinds we hier zijn aangekomen, heb ik die niet meer gebruikt. Beneden loop ik via de lobby, waar meer dealers, junkies en hoertjes rondhangen dan hotelgasten, naar de bar.

Aan de bar zit een vrouw, die ik vanmiddag in de bezoekersruimte van de gevangenis heb gezien. Ze is klein en tenger en ik schat haar een jaar of veertig. Ze heeft lang, donker haar, dat in een slordige paardenstaart zit en ze heeft geen spoortje make-up op haar gezicht. Ze draagt een eenvoudige spijkerbroek en trui en staart afwezig naar het onaangeroerde glas whisky, dat voor haar op de bar staat. Ze ziet er zorgelijk uit en bladert bijna koortsachtig door een notitieblok, dat naast het glas op de bar ligt, maar ze leest niet. Naast haar schrijfblok ligt een stapeltje foto's.

Ik krijg een licht déjà vu gevoel. Heel even zie ik mezelf zo zitten, thuis, met Ilse, bij Misha thuis, boven in de hotelkamer. De vrouw is zoekende, net als ik. Ik zie de vraagtekens in haar ogen en de wanhoop op haar gezicht.

Ik ga naast haar zitten en groet haar.

Ze kijkt me even aan en groet terug.

Ik kijk even naar de foto, die bovenop het stapeltje ligt.

Een magere jongen van een jaar of vijftien kijkt me vol argwaan aan met een paar donkergroene ogen. Zijn donkerblonde haar is warrig en hij ziet er ziekelijk uit, met donkere kringen onder zijn ogen en een grauwe huidskleur.

"Je zoon?" vraag ik.

Langzaam schudt ze haar hoofd, maar ze zegt niet wie de jongen dan wel is. Als de barman naar me toekomt, bestel ik een glas bier. Zodra hij het brengt, drink ik het leeg en vraag meteen om een nieuwe.

De vrouw kijkt opnieuw naar me en vraagt: "Je ellende aan het verdrinken?"

Ik haal mijn schouders op.

"Welkom bij de club," zegt ze sarcastisch en neemt een slok van haar whisky. Ze zet het glas weer neer, slaat haar notitieblok dicht en legt het – al dan niet opzettelijk – bovenop de foto's.

"Yeah, thanks."

"Jij was er ook vanmiddag," merkt ze overbodig op. Dan pakt ze haar glas weer en drinkt het leeg.

"Dat was niet mijn keuze," zeg ik.

"Zo gaat dat," antwoordt ze en steekt haar vrije hand naar me uit. "Elaine."

Ik schud haar hand en antwoord: "Lennart."

"Wat is dat voor accent?" vraagt Elaine.

"Nederlands," antwoord ik.

"Woon je hier?" informeert ze. Haar interesse lijkt oprecht.

Ik schud mijn hoofd. "Nee, maar soms... gebeuren er dingen waar je geen invloed op hebt," zeg ik en neem een slok bier.

"Ik snap wat je zegt," zegt Elaine.

De woorden passen niet bij haar, alsof het een tekst is, die ze overgenomen heeft van iemand anders. Een gewone vrouw, die probeert *street wise* over te komen door straattaal te gebruiken. Ze heeft een accent dat iets anders klinkt, dan dat van de mensen, die ik tot nu toen in New York ben tegengekomen.

"Woon je in de buurt?" vraag ik dan, voornamelijk uit beleefdheid en omdat ik blij ben dat ik weer eens een gesprekspartner heb, die iets terugzegt.

Elaine schudt haar hoofd. "Ik kom uit Seattle."

"Dat is ook niet naast de deur," antwoord ik op goed geluk. Ik heb geen idee waar dat ligt. In tegenstelling tot mijn broer, ben ik geen wandelende atlas of encyclopedie.

"Soms gebeuren er dingen, waar je geen invloed op hebt," zegt ze. Ze ziet er moe uit, alsof ze de afgelopen nacht niet geslapen heeft.

"Gaat het wel goed met je?" vraag ik.

Elaine drinkt haar glas leeg en zegt dan: "Ik hoopte vandaag wat antwoorden te krijgen."

"Maar dat bleek niet het geval?" raad ik.

"Oh, ik heb mijn antwoorden gekregen," antwoordt ze. Ze veegt even ruw en ongeduldig met haar mouw langs haar ogen. "Alleen denk ik achteraf, dat ik beter af was, toen ik het niet wist... Of niet *zeker* wist, eigenlijk. Toen kon ik mezelf in ieder geval nog iets anders wijsmaken."

"Alles is beter dan onzekerheid," zeg ik stellig.

"Dat dacht ik tot vanmiddag ook."

"Wie heb je bezocht?" vraag ik.

"Een... oude bekende," antwoordt Elaine. "En jij? Familielid?"

"Mijn jongere broer," zeg ik.

"Drugssmokkel?" raadt ze.

Ik schud mijn hoofd. "Hij moet twintig jaar zitten voor doodslag, maar hij wil me niet vertellen wat er gebeurd is."

"Waarom niet?" vraagt ze.

"Dat wil hij ook niet zeggen," antwoord ik knorrig. "Mijn broer is zo'n type dat nooit iets zegt en kwaad kijkt of ervandoor gaat als je teveel vragen stelt."

"Dat zijn vaak degenen, die ons het hardst nodig hebben," zegt Elaine.

Ik wijs naar het notitieblok – of eigenlijk naar de foto's, die eronder liggen – en vraag: "De jongen van de foto?"

Ze knikt. "Ik heb dingen ontdekt, die ik niet wilde weten," zegt ze. "Hij heeft jarenlang tegen me gelogen en de boel belazerd, maar... Het is ingewikkeld..." Ze bestelt een nieuw glas whisky en ik gebaar naar de barman om aan te geven dat het drankje voor mijn rekening is. "Ik weet niet hoe ik verder moet."

"Volhouden," zeg ik, zonder nadenken.

"Tegen welke prijs?" vraagt Elaine.

Ik neem een slok bier en denk er even over na. "Tegen elke prijs," antwoord ik dan.

"Geloof jij niet dat iemand soms zo beschadigd is, dat je niets anders kunt doen dan opgeven en weglopen?" Ze kijkt me recht aan.

"Ik geloof dat er situaties zijn, waarin je weg zou *moeten* lopen," geef ik toe, "maar dat houdt niet in, dat je dat ook kunt."

Elaine drinkt haar glas leeg en zegt: "Ik ga terug naar mijn kamer. Morgenvroeg vlieg ik terug naar Seattle."

"Jammer," antwoord ik eerlijk. "Het is fijn om eens te kunnen praten met iemand, die iets terugzegt."

"Ik begrijp je." Ze haalt een gekreukeld kaartje uit haar broekzak en geeft het aan me. "Bel me als je wilt praten," zegt ze.

Ik haal een pen uit mijn borstzakje en krabbel mijn naam en het nummer van mijn mobiele telefoon op een bierviltje. "Idem."

Elaine staat op en verlaat de bar.

Ik kijk naar het kaartje en lees: *'Detective Elaine Sloane, Seattle P.D.'*.

* * * * *

Woensdag, 17 februari 2010 – avond
Rotterdam, Nederland

Misha was de hele avond zwijgzaam, maar er was van beide kanten nog geen onvertogen woord gevallen. Er waren geen kwade blikken uitgewisseld en geen steken onder water gegeven, wat me voorzichtig hoopvol stemde over de toekomst.

Misschien betekende het dat mijn broer er eindelijk voor open stond om de familiebanden aan te halen.

Ik besloot mijn theorie te testen en haalde een zakje wiet uit het borstzakje van mijn jeanshemd, terwijl ik heimelijk zijn reactie gadesloeg. Ik zag dat hij wilde protesteren en zich vervolgens om onaanwijsbare redenen bedacht. Ik begon een joint te rollen en zag iets van irritatie in zijn ogen, toen er wat kruimels shag op zijn smetteloze salontafel vielen.

"Zullen we naar buiten gaan?" stelde hij voor.

"Misha, het vriest," antwoordde ik.

"Nou en? Ik heb terrasverwarming," zei hij.

Natuurlijk, dacht ik, maar ik slikte die woorden in. Het leek een redelijke compromis en ik ging akkoord.

Misha ging me voor naar het terras.

Ik was er nog nooit geweest en vroeg me opeens af waarom niet. Ik was ook weleens in de zomer bij hem geweest en het uitzicht was waanzinnig. Ik stak de joint op en liep naar de reling.

Mijn broer kwam naast me staan en staarde naar een punt in de verte.

"Wat is daar?" vroeg ik.

"Dat afzichtelijke Nationale Nederlanden gebouw," antwoordde hij en wees. "Op zo'n ontwerp zou de doodstraf moeten staan."

Ik keek in de aangewezen richting, maar zag niet wat er mis mee was. "Wat mankeert eraan?" vroeg ik en nam een diepe haal.

"Gebrek aan finesse en detail, voornamelijk," zei Misha.

Ik nam het aan voor kennisgeving. Dit was niet iets waar ik sjoege van had, dus ik kon het niet met hem eens of oneens zijn. Ik had geen idee of hij gelijk had of dat hij gewoon arrogant was. In mijn optiek was 'mooi' of 'afzichtelijk' niet meer dan een mening, maar wellicht lag dat in de architectuur anders.

Ik keek om me heen en wees. "Wat vind je daar dan van?"

"Waarvan?" vroeg Misha en keek in de aangewezen richting. "De Red Apple, bedoel je?"

Ik knikte. "Van jou?"

Hij schudde zijn hoofd. "Maar het is wel oké," zei hij schouderophalend.

"Wat is volgens jou dan het mooiste gebouw in Nederland?" informeerde ik.

"Dat staat nog niet," antwoordde hij.

Ik was verrast. Ik had verwacht dat hij de Black Diamond zou noemen of een ander ontwerp van zijn eigen hand. Ik moest denken aan de tientallen versies, die hij vroeger altijd maakte van tekeningen voor zijn studie, voordat hij er één had die zijn eigen goedkeuring kon wegdragen. Ik zag nooit verschil tussen versie één en versie twintig, maar bij Misha was er altijd ruimte voor verbetering.

Zijn ambities kenden geen grenzen. Hij wilde altijd groter en beter, maar wat hij vooral wilde was zichzelf en anderen keer op keer overtreffen.

"Wat wordt dat dan?" vroeg ik.

"We beginnen over drie maanden met de bouw," vertelde hij. "In Amsterdam. Ross Tower III." Hij klonk bijna enthousiast.

Ik nam opnieuw een haal van mijn joint en hield die toen voor aan mijn broer. Hij schudde zijn hoofd. "Nee, dank je."

Er viel een korte stilte, zonder dat het ongemakkelijk werd.

"Ik denk dat ma ons graag zo zou hebben gezien," probeerde ik.

Misha zweeg even en staarde in het niets. "Hoe?" vroeg hij na een tijdje.

"Zo. Zonder ruziemaken en zo," verduidelijkte ik.

Even dacht ik dat hij antwoord zou geven, maar in plaats daarvan vroeg hij: "Wil jij nog iets drinken?"

"Ja, doe maar," zei ik, toen ik inzag dat ik teveel wilde in te korte tijd.

Misha ging naar binnen en kwam een paar minuten later terug met een beker koffie voor zichzelf en een flesje bier voor mij. "Dat is de laatste, Len," zei hij en kwam weer naast me bij de reling staan.

"Maakt niet uit," antwoordde ik en pakte het flesje aan. "Dan neem ik wel iets anders."

"Dat bedoelde ik niet..." Hij wierp een blik op zijn horloge en keek toen weer voor zich. "Ik moet morgen vroeg op."

* * * * *

Donderdag, 13 december 2012 – ochtend
New York, Amerika

Maren en ik zijn al vroeg op en beginnen de dag met een sigaret op de hotelkamer, waarbij we geen woord wisselen. Daarna gaan we naar beneden, voor het 'ontbijt' (koffie).

We passeren de balie, waar Elaine Sloane aan het uitchecken is. Ze ziet me niet.

"Ga maar vast," zeg ik tegen Maren.

Ze loopt door.

Elaine pakt haar wisselgeld aan, pakt haar reistas op en draait zich om. "Hé, Lennart," zegt ze.

"Hé, Elaine," antwoord ik.

Even zwijgen we ongemakkelijk.

"Ik wilde je nog even een goede vlucht wensen," zeg ik.

"Dank je," antwoordt ze. "Ik hoop dat het goed komt met je broer."

Ik knik. "En met... Hoe heet hij?"

"Joel."

"Niet opgeven," zeg ik. "Daar krijg je spijt van. Ik kan het weten."

Elaine kijkt even op haar horloge. "Ik moet gaan." Ze maakt aanstalten om weg te lopen, maar zegt dan: "Bel me."

"Doe ik," beloof ik en kijk haar na als ze het hotel verlaat. Dan pak ik mijn telefoon en stuur Ilse een sms'je.

Geen nieuws. Ik hou je op de hoogte. Len

Nog geen minuut later komt er een antwoord.

Dank je. Ik denk aan jullie. Liefs, Ilse

4.
VERGELIJKINGSMATERIAAL

Woensdag, 19 december 2012 – middag
New York, Amerika

Nerveus en niet wetend wat ik vandaag weer kan verwachten, wacht ik aan één van de tafels in de bezoekersruimte van de gevangenis. Ik zie mijn broer samen met een blonde, kleinere, jongere man en een bewaker binnenkomen. Ze lopen naar een tafel, waaraan een man zit van een jaar of vijftig. De bewaker maakt de handboeien van beide gevangenen los en de blonde jongen omhelst zijn bezoeker even. Zodra de jongen en zijn bezoeker gaan zitten, richt de bewaker zich tot mijn broer, zegt iets tegen hem en neemt hem dan mee naar mijn tafel.

Ondanks dat Misha er beter uitziet dan voorgaande keren, oogt hij nog altijd moedeloos en onrustig. Hij werpt een snelle blik op de klok, voordat hij zijn aandacht op mij richt.

Ik sta op, sla een arm om hem heen en trek hem tegen me aan. Ik houd hem vast, in de hoop dat ik met dat gebaar duidelijk kan maken dat ik er voor hem wil zijn.

Misha pikt dat niet op en probeert zich al na een paar seconden te bevrijden uit mijn omhelzing.

Ik voel dat hij me weg probeert te duwen, maar ik ben fysiek veel sterker en hij kan weinig aan de situatie veranderen.

"Len?"

Ik begrijp dat Misha subtiel aan probeert te geven, dat ik hem los moet laten, maar ik negeer het bewust. Zodra ik zie dat de bewaker even afgeleid is, vis ik met mijn vrije hand een bankbiljet uit mijn broekzak en stop dat onopvallend bij mijn broer in zijn broekzak.

"Je geld zit in je broekzak," fluister ik en laat hem gaan.

"Dank je," antwoordt Misha, zichtbaar opgelucht dat het broederlijke moment voorbij is.

Ik probeer zijn gebrek aan enthousiasme door de vingers te zien. Zodra we gaan zitten, loopt de bewaker bij onze tafel weg en gaat verderop bij een collega staan.

Misha's houding verandert voor mijn ogen. Het moedeloze is verdwenen uit zijn ogen en hij kijkt me kil en afwachtend aan.

"Schiet je er wat mee op?" vraag ik om de stilte te verbreken.

"Waarmee?" antwoordt hij.

"Met dat geld, natuurlijk," zeg ik.

"Oh, ja," zegt hij snel. "Vijftig dollar is een fortuin hier."

"Wat doe je er eigenlijk mee?" vraag ik, gemaakt achteloos. Ik zie hem denken. Zoeken.

"Gewoon...," hakkelt hij.

"Ik zou er sigaretten voor kopen of... wat te blowen," merk ik op, gewoon om te zien hoe hij reageert. "Maar aangezien we het hier over jou hebben en niet over mij... Wat is er hier te koop dat jij zou willen hebben?"

"De mogelijkheden zijn eindeloos," antwoordt Misha. Hij zwijgt even en kijkt me verwachtingsvol aan, maar als ik geen antwoord geef, dwaalt zijn blik af en glijdt langs een paar andere tafels. "Ik heb ontdekt dat *alles* hier te koop is," zegt hij dan. "Zelfs rust."

Het klinkt geruststellend en verontrustend tegelijk. Afstand en rust lijkt in zijn geval inderdaad een goede ruil voor een paar tientjes. Ik ben de manier waarop Misha's 'buurman' naar hem keek tijdens mijn eerste bezoek nog niet vergeten. Ik knik om aan te geven dat ik begrijp wat hij zegt.

Hij kijkt me aan en er valt een stilte. Zijn blik dwaalt opnieuw af. Via de klok, die tegenover hem aan de wand hangt, naar de tafel, waaraan de blonde jongen zit met wie hij de bezoekersruimte binnenkwam.

De jongen en zijn bezoeker zien er triest uit en praten zachtjes met elkaar.

Als ik weer naar mijn broer kijk, zie ik dat zijn aandacht inmiddels is afgeleid van de blonde jongen door iets of iemand anders. Ik volg de lijn van zijn blik, die strak op hetzelfde punt gericht blijft.

Hij ziet klaarblijkelijk van alles, behalve mij.

"Ik ben hier," zeg ik nadrukkelijk.

"Sorry," zegt hij, maar het klinkt eerder geagiteerd dan gemeend.

Ik negeer het, schraap mijn keel en vraag: "Heb je je tekst al gevonden?"

"Mijn tekst?" echoot Misha.

Ik besluit hem voor het blok te zetten. "Ja, de woorden om me uit te leggen, waarom je hier zit. Je had meer tijd nodig om erover na te denken en dat heb ik je gegeven. Je kunt me toch niet eeuwig in het ongewisse laten, jochie?"

De uitdrukking in zijn ogen verandert. De stoïcijnse blik verdwijnt en maakt plaats voor iets dat ik niet kan thuisbrengen. Zijn schouders verkrampen en hij wendt zijn ogen af, om weer op die verdomde klok te kijken, alsof hij de minuten weg probeert te kijken en niet kan wachten tot ik weg ben.

In de eerste instantie maakt het me boos, totdat ik me realiseer dat het een automatische handeling is, iets waar hij weinig tot geen controle overheeft. Het is wat hij doet in stressvolle situaties: afstand creëren en een eindpunt vaststellen. Ik leg mijn hand op zijn pols en voel dat hij schrikt, maar ik heb wel zijn aandacht en daar gaat het me om.

"Ik ben hier," herhaal ik rustig.

"Sorry," zegt Misha weer.

Ik zucht even en vraag: "Hoe zie jij dit voor je?"

"Hoe zie ik wat voor me?" vraagt hij.

"Ik kom iedere week op bezoek en dan wat?" verduidelijk ik nors. "Gaan we dan iedere week een uur lang krampachtig proberen om alle onderwerpen uit de weg te gaan, die jij te 'ingewikkeld' vindt?" Ik geef hem de gelegenheid om te reageren, maar hij zegt niets. "Wat verwacht je nou van me?" probeer ik dan. "Dat ik terug ga naar Nederland en maar afwacht hoe dit verder verloopt? Moet ik me *twintig jaar* zorgen maken en me *twintig jaar* afvragen wat er gebeurd is?"

Misha kijkt me woedend aan en valt uit: "Overdrijf niet zo."

Ik heb veel moeite om me in te houden, nu hij de situatie dusdanig probeert te verdraaien dat ik opeens het probleem ben en degene die moeilijk doet. Ik tel in gedachten tot tien en herhaal: "Overdrijven?" Ik kijk hem strak aan en zie hem weer in zijn nonchalante rol vervallen. "Jij vindt het *overdreven* dat ik wil weten waarom je hier zit?"

"Dat zei ik niet," zegt hij.

"Wie was die man die je vermoord hebt?" vraag ik dan.

Misha probeert zich er vanaf te maken met: "Een andere keer, Len."

Mijn geduld begint behoorlijk ten einde te raken en ik probeer hem weinig subtiel te dwingen tot antwoorden: "Wanneer dan? De volgende keer? In januari? In februari? In de zomer? Over twee jaar? Wanneer?"

Hij kijkt me niet aan en kijkt nogmaals hoe laat het is. Zijn hand trilt en ik zie hem aarzelen.

"Misha?" zeg ik dan, zo kalm en geduldig mogelijk.

Hij kijkt me aan, maar zegt niets.

"Begin maar gewoon ergens," probeer ik.

Misha wendt zijn ogen af en staart naar het tafelblad.

Ik besluit niet aan te dringen en wacht af.

Hij begint steeds meer uit zijn onverschillige rol te vallen, nu zijn nervositeit de overhand lijkt te hebben. Hij haalt diep adem en begint dan, nauwelijks hoorbaar: "Weet je nog...?"

Ik zie zijn onrust en dat hij zich in het nauw gedreven voelt.

Hij valt even stil en ik geef hem de tijd om zich te herstellen. "Tien jaar geleden...," gaat hij verder, nog altijd zonder me aan te kijken. "Er was een schetsboek..."

Ik graaf in mijn geheugen, maar als hij er verder over niets zegt, antwoord ik: "Misha, er waren tientallen schetsboeken."

"Deze was anders...," probeert hij. "Met allemaal dezelfde tekeningen..."

"Dezelfde tekeningen van wat?" vraag ik.

"Van een gedeelte van een woning," zegt hij. "Een kelderruimte."

Vaag herinner ik me inderdaad tientallen schetsen van dezelfde langwerpige ruimte, die ik eens in een schetsboek was tegengekomen met opruimen. Ik kan me er verder weinig meer van voor de geest halen, behalve dat mijn broer het destijds 'iets voor school' had genoemd.

Het feit dat hij over een schoolopdracht van tien jaar geleden begint en me daarmee probeert af te leiden van de vraag wie hij vermoord heeft en waarom, is genoeg om me weer uit mijn slof te laten schieten. "Misha," zeg ik resoluut, "ik heb je door. We gaan het niet over een oud schoolproject hebben, zodat jij het werkelijke onderwerp hier kunt blijven omzeilen."

Hij kijkt me bijna smekend aan. "Len, ik...," begint hij, maar dan verandert de blik in zijn ogen opnieuw. Zijn blik verhardt en zonder enige waarschuwing staat hij op, trapt zijn stoel naar achteren en stelt kil: "Ik kan dit niet."

De stoel wankelt even en valt dan met een klap op de grond. De herrie is genoeg om ieders aandacht te trekken.

Een bewaker, die bij de deur staat, roept naar mijn broer dat hij moet blijven staan en komt meteen in beweging, evenals één van zijn collega's.

"Jochie," begin ik.

De twee bewakers naderen en één van hen schreeuwt naar Misha: *"Hands behind your head!"*

Mijn broer blijft staan en zegt: *"I won't do anything, Boss."*

"Hands behind your head!" beveelt de bewaker opnieuw.

Ik sta op en zeg: *"Easy, man. It's okay."*

"Niet mee bemoeien, Len," waarschuwt Misha en doet wat de bewaker van hem vraagt.

De bewaker loopt naar hem toe, pakt hem ruw bij zijn pols en draait zijn arm op zijn rug. Zijn andere arm volgt en de bewaker boeit zijn handen. Het kan niet anders dan dat dit pijn doet, maar hij geeft geen kik.

"Misha?" zeg ik, in een poging zijn aandacht te trekken.

Hij reageert niet en kijkt strak voor zich. "Ik kan dit niet," zegt hij weer. Dan richt hij zich tot de bewaker. *"I'm sorry, Boss. Please take me back to the Block."*

"Don't want to kiss and make up first?" informeert de bewaker.

"Not really," antwoordt Misha ijzig.

"Misha," probeer ik nogmaals.

Hij hoort me niet of doet alsof. Eén van de bewakers pakt hem bij zijn arm en duwt hem naar de uitgang.

De andere bewaker richt zich tot mij en vraagt: "Gaat het?"

Ik kijk hem aan.

Hij heeft een vriendelijk, rond gezicht en lijkt oprecht begaan. Op zijn uniform zit een klein labeltje met zijn naam erop. 'Phipps'.

Ik zucht en zeg: "Ja, prima, gozer. Dank je."

Hij kijkt me even aan en gebaart dan aarzelend naar de deur.

Ik loop met hem mee naar de uitgang. Mijn broer is nergens meer te zien en ik volg Phipps terug naar de hal. Daar blijven we even staan, zwijgend, maar de stilte is niet ongemakkelijk. "Mag ik je iets vragen?" vraag ik dan.

"Natuurlijk," zegt hij.

"Hoe gaat het met mijn broer?"

Phipps aarzelt en zegt: "Daar mag ik niets over zeggen om privacyredenen." Dan verrast hij me en voegt eraan toe: "Hij weet zich beter staande te houden, dan ik had verwacht."

"Ik heb hier nachtmerries van," geef ik toe.

"Dat kan ik me voorstellen," antwoordt Phipps. Hij steekt zijn hand naar me uit en zegt: "Hou je goed."

Ik schud zijn hand en zeg: "Dank je. Tot volgende week."

"Tot volgende week, meneer Larsen."

* * * * *

Donderdag, 17 februari 2011 – avond
Rotterdam, Nederland

"Waar ben je?" vroeg ik geïrriteerd, toen mijn broer na drie keer bellen eindelijk zijn telefoon opnam.

Misha zuchtte en antwoordde: "Vlakbij, Len."

Ik hoorde dat hij de telefoon op speaker zette en vermoedde dat hij onderweg was van zijn werk naar huis. Ik keek op mijn horloge. "Jochie, het is kwart over negen," merkte ik op.

"Dus?" vroeg hij. Er begon al iets van ergernis in zijn stem te sluipen.

Ik sloot mijn ogen even en haalde diep adem, vastbesloten me niet door mijn broer te laten verleiden tot een woordenwisseling. "Ben je nu pas klaar met werken?" informeerde ik toen, in een poging belangstelling te tonen.

Misha vatte het niet op, zoals ik het bedoeld had, want hij antwoordde: "Mag dat niet?"

Ik rolde met mijn ogen. "Jezus," zei ik. "Als je een wijf was, zou ik denken dat je ongesteld bent."

"Len, ik ben er bijna," zei hij ongeduldig. "Moet dit echt nu?"

"Schiet nou maar op," snauwde ik. "Ik sta al een kwartier te wachten."

"Als dit gesprek de toon zet voor de rest van de avond, dan hoef je van mij niet te wachten," antwoordde Misha en verbrak de verbinding.

Ik liet verbijsterd mijn arm zakken en staarde even naar de telefoon in mijn hand, alsof het een tikkende bom was, die ieder moment af kon gaan. Ik verliet de hal van de Black Diamond en haalde mijn sigaretten tevoorschijn.

Even overwoog ik om inderdaad weg te gaan, maar tegen de tijd, dat ik mijn sigaret uittrapte, had ik me al bedacht. Ik verzon excuses voor Misha. Hij werkte te hard en was waarschijnlijk moe van al het gezeur dat hij de hele dag aan had moeten horen. Het was de sterfdag van onze ouders en daarom was hij sneller geïrriteerd dan gewoonlijk.

Ik ging de hal van de Black Diamond weer binnen en wachtte ongeduldig op Misha. Net toen ik weer naar buiten wilde gaan om nog maar een sigaret op te steken, kwam hij de hal binnen.

"Je bent er nog," concludeerde hij, zichtbaar teleurgesteld. Toen hij mijn blik opving, begon hij in zijn jaszakken te zoeken naar zijn huissleutels.

Ik zei niets.

Misha opende de deur en ik volgde hem naar de lift. Voordat we goed en wel op zijn verdieping waren, merkte hij op: "Je kunt niet te lang blijven, Len. Ik moet werken morgen."

"Ik ben nog niet eens binnen," antwoordde ik gepikeerd.

Het zou een lange avond worden, ongeacht dat ik 'niet te lang' kon blijven.

* * * * *

Woensdag, 19 december 2012 – avond
New York, Amerika

Ik heb Maren niet verteld over de ruzie met mijn broer. Ik kan het vanavond niet opbrengen om mijn hart uit te storten bij iemand, die aan zijn kant staat en een grote bijdrage levert aan mijn onzekerheid.

Ze zit in kleermakerszit op het bed in onze hotelkamer, met een brandende sigaret tussen haar lippen en de afstandbediening van de televisie in haar hand.

Langzaam zapt ze langs de verschillende kanalen en stopt uiteindelijk bij Discovery Channel. Ze legt de afstandbediening naast zich neer en kijkt met een half oog naar het scherm.

Heimelijk vraag ik me af of ze Discovery Channel opzet, omdat het haar aan mijn broer doet denken.

Ik kijk naar het scherm.

Er verschijnt een stilstaand beeld van een man op de tv.

"Wauw," zegt Maren, inmiddels met beide ogen op het scherm gericht. "Wie is dat?"

"Geen idee...," antwoord ik ongeïnteresseerd. "Hij lijkt een beetje op Charles Manson."

"Die was ook charismatisch," merkt Maren op.

Dat is niet het woord dat ik zou kiezen, maar oké...

De man op de televisie heeft lang, donker haar en lijkt een jaar of dertig. Hij draagt een vale spijkerbroek met wijd uitlopende pijpen en een wit overhemd met lange mouwen, rushes en allerlei borduursels erop, in ingewikkelde symbolen en patronen. Het doet me aan Jim Morrison van The Doors denken. De man zou niet hebben misstaan op een evenement als Woodstock.

Onder in beeld verschijnt de titel van de documentaire.

Macchias Dawson: Inside the Cult

Ik heb nog nooit van deze man gehoord, maar hij doet me denken aan Charles Manson, dus hij zal geen aardige gozer zijn. Hij straalt een vreemde rust uit en heeft indringende ogen, die niets menselijks uitstralen en zo donker zijn, dat ze bijna zwart lijken.

Ik steek een sigaret op en luister automatisch naar de *voice over*, die begint te vertellen over de documentaire.

"Vanavond in de serie 'Legendarische Seriemoordenaars': Macchias Dawson.

Gedurende een periode van ruim vijfendertig jaar was Dawson één van de meest invloedrijke sekteleiders uit de Amerikaanse geschiedenis. Op het hoogtepunt van zijn macht had hij ruim driehonderd volgelingen.

Dawson vormde zijn sekte op zesentwintigjarige leeftijd met slechts twaalf volgelingen, in de zomer van 1968 en leidde een teruggetrokken bestaan op het platteland van Salem, Alabama, met zijn groeiende gevolg, tot zijn arrestatie in de herfst van 2003."

Ik neem een diepe haal van mijn sigaret en staar naar het scherm, waar onderin beeld wordt aangegeven dat we kijken naar archiefbeelden uit 1972, van een lokaal televisiestation. De titel van de documentaire verdwijnt uit beeld, evenals de mededeling omtrent de beelden en de camera *zoomt* uit.

Dawson slentert door een maïsveld, met een mooie, jonge vrouw naast zich, die een microfoon in haar hand houdt. Achter hen lopen zeven kinderen, die ik allemaal tussen de drie en tien jaar oud schat. De kinderen houden elkaars handen vast en volgen zacht zingend de twee volwassenen. De tekst van het liedje is niet te verstaan en het geluid is dusdanig slecht, dat er ondertiteling in beeld komt, zodra er gesproken wordt.

"Wat vind je ervan dat mensen je 'gevaarlijk' noemen, Macchias?" vraagt de interviewster. Ze heeft lang, blond haar en draagt een mini-jurkje en schoenen met plateauzolen. Ze loopt een beetje wankel en zwikkend met haar gespreks-partner mee over het ongelijke veld.

De kinderen stoppen met zingen, zodra Dawson zijn hand even opheft. Het is een heel klein gebaartje – bijna onzichtbaar. Dan houdt hij stil en lijkt even over zijn antwoord na te denken. Hij glimlacht charmant en als één van de kin-deren naast hem gaat staan, neemt hij het jongetje bij de hand.

"Zou jij me 'gevaarlijk' noemen..." Hij steekt zijn vrije hand uit naar de kleine gouden ketting, die om de hals van de verslaggeefster hangt en neemt het han-gertje, dat haar naam spelt tussen duim en wijsvinger. Heel even en laat het dan nonchalant los. "Sally... Zou jij mij 'gevaarlijk' noemen..., Sally?" vraagt hij de in-terviewster dan.

Ze lacht onzeker en geeft geen antwoord.

"Wij doen niemand kwaad," zegt Dawson en legt zijn hand heel even op haar arm. "Wij leven ons leven en respecteren, dat andere mensen andere keuzes maken dan wij. Het zou fijn zijn als anderen ons hetzelfde respect zouden gun-nen." Hij praat met een zachte, maar enigszins rauwe stem en een zangerig Zui-delijk accent.

"We hebben eerder vandaag gesproken met mensen, die buiten jouw terrein wonen," zegt de interviewster. "Mensen noemen jullie een 'sekte'."

"Ik heb veel bezwaren tegen de term 'sekte'," zegt Dawson nadenkend. "Het is een woord, dat niets dan negatieve energie uitstraalt en het beeld dat andere mensen van ons hebben, weerspiegelt dat meer dan wat dan ook."

Er sluipt geleidelijk iets van enthousiasme in zijn stem. "Zelf noemen we wat we hier hebben liever een 'familie', Sally. Wij zijn een groep gelijkgezinden, die ons gezamenlijke gedachtegoed boven een bloedband stelt."

God, wat een geouwehoer, denk ik.

Ik maak mijn sigaret uit en steek meteen weer een nieuwe op, als ik in de gaten krijg, dat Maren niet van plan is om van zender te wisselen en het ernaar uitziet dat ik de komende anderhalf uur met de verhalen van moordende zweef-hippies opgescheept zit.

Automatisch kijk ik toch weer naar het scherm.

De kwaliteit van het filmpje wordt iets beter, maar er wordt nog altijd onderti-teld.

Dawson begint weer te lopen, langzaam en met het jongetje, dat niet ouder lijkt dan een jaar of drie, nog altijd aan de hand, terwijl de andere kinderen zicht-baar automatisch volgen. De interviewster haalt hem in en het typische jaren zeventig camerawerk schokt even heftig, als de cameraman Dawson en de an-deren probeert in te halen om hun gezichten in beeld te kunnen brengen.

"Wat geloven jullie precies?" vraagt de vrouw met de microfoon dan. "Is het een bestaand geloof, dat jullie aanhangen, of een overtuiging die jullie zelf tot stand hebben gebracht?"

"Het één sluit het ander niet uit," antwoordt Dawson cryptisch. "We hebben overtuigingen, maar als familie geloven wij voornamelijk in *elkaar*, als individu, maar vooral als geheel, omdat we elkaar sterken. In Engeland noemen ze dat de *'Group Mind'*."

"Hoe staan jullie tegenover geweld?" vraagt Sally. Ze zwikt door haar enkel op haar onmogelijke schoenen, maar Dawson houdt haar moeiteloos overeind met zijn vrije hand, zonder het jongetje los te laten. Dan biedt hij haar zijn arm aan, op een bijna galante manier.

"Wij zijn tegen *onnodig* geweld, Sally," gaat hij verder. "Wij slaan nooit het eerst, maar wel het hardst. We zijn vredelievende mensen, maar ons welzijn als familie en de veiligheid van onze dierbaren gaan vóór alles."

Hij laat het jongetje los en haalt zijn hand dan even door het slordige, donkere haar van het kind.

"Is dit je zoon, Macchias?" vraagt Sally.

"Een bloedband is voor ons ondergeschikt aan andere overeenkomsten."

Voordat de verslaggeefster hierop door kan gaan, voegt een tweede blonde vrouw zich bij hen.

Haar lange haar hangt los en ze draagt een lange witte jurk, die bijna tot aan haar in witte sandalen gestoken voeten reikt. Ze draagt een opvallende halsketting van bloedrode kralen, die me aan een rozenkrans doet denken. De camera *zoomt* al dan niet bedoeld in op het sieraad en blijft even rusten op de hanger, een kleine zilveren Jezus aan het kruis.

Ondersteboven.

"Hails, my brother," zegt de vrouw met de ketting.

Dawson laat Sally en het kind los, glimlacht breed naar de andere blonde vrouw, omhelst haar en antwoordt: *"Hails, dear sister."* Dan zegt hij iets in een taal, die ik niet versta, maar de blonde vrouw lijkt hem prima te begrijpen.

"Zij zijn zeven," zegt ze.

"Zeven zijn zij," bevestigt hij.

Ik sta op, pak de afstandbediening en zet de tv uit. Ik heb er genoeg van.

"God, wat een idioot," zeg ik.

"Je moet het in het tijdsbeeld zien, Len," antwoordt Maren. "Communes waren toen heel normaal."

"Een commune is geen sekte," merk ik op.

"Maar een sekte is wel een commune," werpt Maren tegen. "Mag de tv weer aan?"

Ik rol met mijn ogen, maar zet de tv weer aan. "Dat mens haar ketting hangt ondersteboven," zeg ik en ga weer zitten.

"Misschien was dat toen mode?" raadt Maren.

Er worden een paar foto's getoond van Dawson en dan blijft er één langdurig in beeld, terwijl de *voice over* weer begint te vertellen.

"Deze foto's werden gemaakt in augustus 1977.

Op dit beeld zien we Macchias Dawson, met een aantal van zijn volgelingen, waaronder zijn echtgenote, zijn vriendin en zijn zus. Uiterst rechts zien we twee mensen, die niet bij de 'familie' horen.

Journaliste Sally Hall, die vijf jaar eerder de naamloze documentaire maakte voor een kleine, lokale zender. Op deze foto zien we achter Sally een tweede journalist, Carl Fallwell. Wanneer we goed kijken zien we dat hij een videocamera vasthoudt. Hier wordt gefilmd voor een tweede documentaire over de sekte van Dawson, die landelijk meer bekendheid begint te krijgen en dan al meer dan tweehonderd aanhangers heeft."

Er verschijnt een andere foto in beeld.

"Een twintigtal van hen – Dawsons vertrouwelingen – woont op deze vervallen ranch, destijds eigendom van Dawsons ouders. Zijn overige volgelingen wonen in de tientallen trailers, die zich achter de ranch op Dawsons land bevinden.

Geruchten over occultisme beginnen op gang te komen en in 1989, met de arrestatie van seriemoordenaar Richard Ramirez, die claimde Satanist te zijn, begint Dawsons toenemende vreemde gedrag de aandacht van de lokale politie te trekken."

Er komt een foto in beeld van Dawson, met naast zich een donkerharige man van een jaar of twintig. Tegenover hen staat een derde man met donker haar met zijn rug naar de camera, waardoor zijn gezicht niet te zien is.

"In december 1989 komt deze foto in handen van de politie, wanneer iemand deze anoniem, maar met een begeleidend schrijven en in een gesloten envelop afgeeft op een politiebureau in Salem, Alabama.

De briefschrijver wijst de politie op de sekte van Dawson, die hij als 'gevaarlijk', 'gestoord' en 'duivelaanbidders' typeert. In de volgende jaren wordt Dawson nauwlettend in de gaten gehouden, maar ondanks dat er wel aanwijzingen zijn dat Dawson praktiserend Satanist is, lijkt hij binnen de grenzen van de wet te blijven. Hij heeft op dat moment ruim driehonderd aanhangers.

De man rechts op de foto is de dan drieënveertigjarige Macchias Dawson.

Naast hem zien we een dan nog onbekende jongere man, die later Dawson voorbij zou streven in naamsbekendheid. De man tegenover hen, van wie we het gezicht niet kunnen zien, is volgens een brief die bij de foto zit, seriemoordenaar Richard Ramirez, die eerder dat jaar is veroordeeld.

Er wordt gezocht, maar er worden geen aanwijzingen gevonden dat Dawson of iemand binnen zijn sekte, banden heeft met Ramirez en het dossier Macchias Dawson belandt onderop de stapel."

Plotseling irriteert Dawson me. Heimelijk vraag ik me af of ik over vijf of tien jaar een soortgelijke documentaire op tv zal zien over Misha Larsen. Ik sta weer op. "Ik ben er klaar mee. Ga je mee naar de bar?" vraag ik.

Maren werpt een laatste blik op de televisie, pakt de afstandbediening en zet de tv uit. "Oké," zegt ze en komt overeind.

Ik trek de deur van de hotelkamer open en wacht ongeduldig, terwijl ze haar schoenen aantrekt.

Maren trekt een vest aan over haar trui en kijkt even naar me. Alsof ze mijn gedachten kan raden, merkt ze bijna achteloos op: "Je broer is geen Macchias Dawson of Charles Manson, weet je?" Dan loopt ze langs me heen de gang op, zonder mijn antwoord af te wachten.

Als ik niet meteen volg, draait ze zich om en vraagt: "Ga je nou nog mee?"

5.
HOOFDBREKERS

Woensdag, 26 december 2012 – middag
New York, Amerika

De sfeer in de bezoekersruimte staat in schril contrast met de grijze, sombere inrichting ervan. Er zijn meer kinderen dan gewoonlijk en de kleding van de bezoekers is veelal feestelijk. Het eindeloze *'Merry Christmas'* zou in een film bijna komisch kunnen zijn, maar hier in de realiteit werkt het vooral agiterend.

Na het fiasco van vorige week, heb ik me voorgenomen om rustig te blijven, ongeacht wat Misha doet of zegt (of niet zegt) en te proberen me bij neutrale onderwerpen te houden. Ik kan hem niet dwingen om me iets te vertellen en zal op de één of andere manier het geduld op moeten brengen om me aan zijn regels te houden, in de hoop dat hij op een gegeven moment toch gaat praten.

Met de belofte van Colin Ross in mijn achterhoofd, dat hij me op 4 januari zal vertellen wat ik wil weten als Misha dan nog altijd zwijgt, moet ik het nog wel negen dagen uit kunnen zitten.

Mijn broer en een aantal andere gevangenen worden de ruimte binnengeleid door een paar bewakers. De handen van alle gevangenen zijn geboeid.

De lange man naast Misha zegt iets tegen hem. Hij draagt een T-shirt en zijn armen en hals zitten vol tatoeages. Hij is niet het soort man, waar ik mijn broer mee zou associëren, maar hij verrast me de laatste tijd wel vaker.

Misha lijkt erg op zijn gemak bij hem en lacht even.

Eén van de bewakers neemt mijn broer en de man met de tattoos mee naar een tafeltje, waaraan een klein meisje van een jaar of zes zit, samen met een vrouw, van wie ik vermoed dat ze haar moeder is. Hij maakt de handboeien van mijn broer en de andere man los.

De man met de tattoos omhelst de vrouw even en tilt het kleine meisje op, dat haar armen om zijn hals slaat. De man lijkt mijn broer voor te stellen aan zijn familie, want Misha geeft de vrouw een hand en zegt iets tegen het meisje, dat knikt.

De vrouw zegt iets en de man met de tattoos geeft antwoord. Dan wordt het tafereel interessanter, want de vrouw omhelst mijn broer en hoewel ik niet kan verstaan wat ze zegt, vormen haar lippen de woorden *'Thank you'*.

Misha ondergaat de omhelzing en zegt iets terug, maar ik kan niet horen of zien wat het is.

De bewaker kijkt toe en hoort het allemaal geduldig aan.

Na een paar minuten gaat de man met de tattoos zitten, tegenover de vrouw en met het kleine meisje op zijn schoot.

Mijn broer legt zijn hand even op de brede schouder van de man en zegt iets tegen hem.

De ander knikt en zegt iets terug.

Dan neemt de bewaker Misha mee en naderen ze mijn tafel.

Misha ziet er een stuk beter uit dan bij mijn voorgaande bezoeken. Hij oogt rustig en het lijkt erop dat hij een paar kilo is aangekomen en wat beter slaapt, want hij ziet er in ieder geval niet meer uit als een junk.

Ik sta op en zeg: "Hé, jochie. Hoe gaat het?"

Misha komt naar me toe en omhelst me uit zichzelf.

Ik sla mijn armen om hem heen en probeer niet teveel stil te staan bij deze onverwachte toenadering. Ik wacht af, maar er gebeurt verder niets. Tegen mijn verwachting in, probeert hij zich niet na twee seconden los te trekken. Een mijlpaal.

"Goed," zegt hij. Zijn woorden klinken gedempt tegen mijn schouder. "En met jullie?"

"Ik wist niet dat er zoveel Kerstfilms zijn gemaakt," antwoord ik. "Ik kan geen Kerstboom meer zien."

Misha lacht even. "Dan zit je hier goed," zegt hij.

We laten elkaar los en gaan zitten.

De bewaker loopt weg en voegt zich verderop bij een aantal collega's.

"Vriend van je?" vraag ik, met een knikje richting de man met de tatoeages.

"Ja," zegt Misha. Hij lijkt niet na te denken over zijn antwoord. "Zijn naam is Jon. Hij kickbokst."

Wow.

Dat waren toch twee hele zinnen. Korte zinnen weliswaar, maar toch meer dan het nog kortere 'ja' of 'nee', dat ik gewoonlijk krijg. En zeker meer dan wanneer hij helemaal geen antwoord geeft.

Ik ben voorzichtig optimistisch.

"Hoe gaat het met Maren?" wil Misha weten.

"Ze maakt het goed," vertel ik. "Ze mist je en ik moet van haar zeggen dat ze van je houdt."

Hij zwijgt.

"Moet ik iets doorgeven?" probeer ik na een korte stilte.

"Zullen we het over iets anders hebben?" vraagt Misha.

"Jij begon over Maren," help ik hem herinneren.

"Dat weet ik."

"Als je wilt dat ik haar een keertje meeneem, moet je het zeggen."

Hij schudt zijn hoofd.

Ik zwijg even en begin dan: "Heb je nog nagedacht...?"

Misha laat me niet uitpraten en zegt: "Ik waardeer je geduld... Dat je me de tijd geeft om dingen op een rijtje te zetten en niet aandringt. Dank je."

Ik slik de rest van mijn vraag in, hoewel ik inzie dat hij me manipuleert, door me een stap voor te zijn en me de wind uit de zeilen te nemen.

De blik in zijn ogen is zo hoopvol, dat ik het laat gaan en ik hoor mezelf zeggen: "Het is oké."

Waarom zeg ik dit?

Het is helemaal niet oké, maar ik ben zo belachelijk dankbaar voor het feit, dat Misha vandaag überhaupt iets terugzegt, dat ik me inhoud en bereid ben om dit spel volgens zijn regels te spelen. Ik vraag me alleen af hoelang ik dat vol ga houden.

"Dank je," zegt hij weer. Zijn houding is minder afstandelijk dan gewoonlijk, voor zijn doen bijna uitnodigend. Misschien probeert hij me te vertellen, dat hij bereid is om me dichterbij te laten, zolang ik niet over zijn grenzen heen ga.

Ik leun een beetje naar voren en leg mijn hand op zijn arm om die theorie te testen. Ik verwacht dat hij zijn arm terug zal trekken, maar hij doet niets en blijft ogenschijnlijk rustig zitten. Ik twijfel of ik zal proberen om de situatie verder uit te buiten, nu mijn broer in een sociale en bijna spraakzame bui lijkt te zijn.

Dan echoën zijn woorden in mijn hoofd.

"Ik waardeer je geduld... Dat je me de tijd geeft om dingen op een rijtje te zetten en niet aandringt. Dank je."

Ik zucht en vraag: "Waar wil je het over hebben?"

Misha lijkt verrast. "Eigenlijk...," begint hij, maar hij bedenkt zich en zwijgt.

"Zeg het maar," moedig ik hem aan. "Ik beloof je dat ik niet boos word."

"Eigenlijk wilde ik het hebben over hoe jij je toekomst ziet," maakt hij zijn zin af. "Waar zie jij jezelf over een maand? Over drie maanden? Over een jaar?"

"Ik denk dat ik die vraag beter aan jou kan stellen," merk ik op. "Waar zie jij jezelf over een jaar?"

Misha rolt met zijn ogen en zegt: "Ik heb twintig jaar. Wat denk je zelf?"

We zwijgen even.

"Wat ik bedoel te zeggen is: ben je echt van plan om twintig jaar lang heen en weer te vliegen en hier in hotelkamers te gaan zitten?" Hij kijkt me aan.

"Ik weet het niet, Misha," antwoord ik naar waarheid. "Voorlopig moet ik het maar even per dag bekijken."

"Je moet na negentig dagen het land uit," merkt hij op. "En dan?"

"Dan blijf ik even in Nederland en kom ik weer terug, denk ik," zeg ik.

"Twintig jaar lang?" vraagt Misha ongelovig.

"Als ik dat nodig vind wel, ja," geef ik toe.

"Len, dat kan toch niet?" probeert hij. "Je maakt jezelf knettergek. Dat mijn leven twintig jaar stilstaat, betekent niet dat..."

"Misha, ik ben – voor nu – bereid om geen vragen te stellen, maar verwacht nou niet van me dat ik naar huis ga en je over twintig jaar wel ophaal op Schiphol," zeg ik.

Hij kijkt teleurgesteld, maar herstelt zich snel. "Ik weet dat je bezorgd bent," antwoordt hij.

"Ja, natuur –," begin ik.

"Dat is nergens voor nodig," gaat hij onverstoord verder. "Het valt echt mee. Ik heb vrienden gemaakt en ik heb veel tijd om te lezen."

Ik onderdruk de neiging om hem over de tafel heen te trekken en hem uit te leggen dat ik hier niet intrap. In plaats daarvan zeg ik: "Ik ben blij dat te horen." Ik zwijg even en vraag dan: "Krijg je nog gelegenheid om te tekenen hier?" Ik wil het gesprek hoe dan ook op gang houden.

Misha schudt zijn hoofd. "Het zou waarschijnlijk wel mogen. Onder toezicht en zo, maar ik kan niet tekenen als iemand op mijn vingers kijkt." Hij haalt zijn schouders op. "Het is wel oké zo. Ik heb in mijn leven wel genoeg getekend voor de komende twintig jaar."

Ik glimlach even en zeg: "Dat is waar. Mis je het helemaal niet?"

"Soms," geeft hij toe. "Een beetje..., maar er gebeurt altijd van alles hier, dus er is veel afleiding." Hij kijkt me aan. "Je moet je geen zorgen maken, Len," gaat hij verder en kijkt even op de wandklok.

Ik negeer zijn laatste opmerking en vraag: "Wat doe je dan de hele dag?"

"Oh, ik lees veel en ik hang rond met de jongens," antwoordt Misha.

Mijn broer?

Die 'rondhangt' met 'de jongens'?

"Jamie, mijn celgenoot...,' vervolgt Misha. "Zijn moeder is stervende, dus we proberen hem een beetje af te leiden."

"Ik had niet gedacht dat je zo snel vrienden zou maken," zeg ik eerlijk.

"Een dag duurt lang hier en ik zit hier bijna twee maanden," zegt hij. "Soms... is het net alsof ik ze al jaren ken."

Ik trek een wenkbrauw op.

Leuk geprobeerd, denk ik.

"Straks ga je me nog vertellen dat je het hier naar je zin hebt," merk ik op.

"Natuurlijk niet," antwoordt Misha ongeduldig. Hij herstelt zich snel en voegt er dan aan toe: "Het is niet *leuk*, maar het is leefbaar. Ik had het me erger voorgesteld en het is *echt* niet zo erg als jij nu denkt."

Het klinkt bijna overtuigend.

"Ik red me wel," besluit hij dan.

We praten nog een tijdje over neutrale onderwerpen, totdat één van de bewakers roept dat we nog vijf minuten hebben. Mijn broer en ik herhalen ons wisseltrucje met het geld, alsof we dit al honderden keren gedaan hebben.

"Jochie," begin ik dan. "Denk alsjeblieft nog eens na over wat ik heb gezegd. Ik heb recht op een uitleg. Ik zal niks veroordelen. Dat heb ik beloofd."

Misha schudt zijn hoofd. "Nee, wat je zei is dat je me niet zou veroordelen, voordat je weet hoe het zit. Dat is niet hetzelfde."

Details, denk ik ongeduldig.

"Denk erover na," druk ik hem op het hart. Ik zie dat hij iets wil zeggen, maar hij bedenkt zich.

Een bewaker passeert en zegt: "Einde bezoek, Larsen."

Misha staat op en ik volg zijn voorbeeld. Hij omhelst me even, maar wringt zich los, zodra het hem te lang duurt.

Ik laat hem gaan en zeg: "Ik zie je volgende week."

Mijn broer knikt en steekt automatisch zijn handen uit, als hij ziet dat de bewaker een paar handboeien tevoorschijn haalt. "Tot volgende week," antwoordt hij en gaat rustig met de cipier mee. Hij kijkt niet meer om.

* * * * *

Vrijdag, 20 september 2002 – avond
Rotterdam, Nederland

Het was nog vroeg toen ik thuiskwam. Ik was om kwart over elf weg gegaan uit de kroeg, dus het kon niet later zijn dan half twaalf, toen ik de voordeur achter me dichttrok en die op het nachtslot draaide.

Ik nam niet de moeite om mezelf er eerst van te overtuigen, dat mijn broer thuis was.

Misha ging zelden ergens naartoe 's avonds. Zijn slaapkamerdeur was open, wat inhield dat hij daar niet was.

Ik hing mijn jack aan de kapstok en ging naar de keuken om een biertje uit de koelkast te halen. Automatisch pakte ik er ook één voor mijn broer, hoewel hij ze meestal liet staan en ik ze opdronk, terwijl hij koffie ging zetten. Het was echter vrijdag, wat hem wellicht anders kon doen beslissen. Ik sloot de deur van de koelkast en keek even de keuken rond, die eruit zag, alsof er een bom was ontploft.

Misha had niets uitgevoerd, want de afwas stond er nog, terwijl ik hem had gevraagd (oké: *opgedragen*) om die te doen in mijn afwezigheid. Hij had de tafel niet eens afgeruimd.

Ik twijfelde of ik mijn ergernis over dit feit in de groep zou gooien, maar het stoorde me te weinig om er een ruzie voor over te hebben en ik besloot het af te doen onder de noemer 'puberen'. Ik ging naar de woonkamer, in de verwachting mijn broer daar aan te treffen met zijn eeuwige boeken of tekeningen.

In de deuropening bleef ik staan.

Misha was op de bank in slaap gevallen, waarschijnlijk onder het lezen, want er lag een boek op de grond, terwijl zijn andere spullen netjes op de salontafel lagen.

Ik overwoog even om hem te laten slapen en terug te gaan naar de kroeg, maar ik bedacht me. Ik ging de kamer binnen, zette de blikjes bier op de salontafel en raapte het boek op. Ik las de titel, maar het zei me niets en ik legde het boek op de tafel.

Toen pakte ik een schetsboek op, dat daar ook lag en bladerde er doorheen. In de eerste instantie viel het me niet op, maar toen ik een stuk of vijf bladzijden had omgeslagen, zag ik opeens dat het steeds dezelfde tekening was. Ik bladerde terug en toen verder door, maar ik zag geen verschil.

Misha bewoog op de bank, maar werd niet wakker.

Ik bladerde nogmaals van de eerste naar de laatste tekening en telde ze.

Achtendertig.

Perfectionisme ten top.

Even vroeg ik me af wat er nog te verbeteren was geweest na versie twee of drie. Als mijn broer verbeteringen had aangebracht, zou ik toch op zijn minst *iets* van verschil moeten zien.

"Wat doe je?"

Ik keek op van de tekening.

Misha was rechtop gaan zitten en keek me aan. Er lag een vreemde blik in zijn ogen, argwanend en bijna verwijtend.

"Niks, jochie. Ik keek gewoon even," zei ik.

"Waarom?" vroeg hij.

"Zomaar," antwoordde ik. "Het lag hier toevallig."

Misha stond op en stak zijn hand uit. "Geef terug!"

Zijn toon beviel me niet en ik besloot de rollen om te draaien. "Waarom?"

Hij zweeg even en zei toen op rustigere toon: "Omdat ik dat zeg."

Ik lachte. "Wat ga je doen dan?"

Misha deed een stap naar voren om het schetsboek op te eisen, maar ik trok mijn hand weg. Hij wierp me een vernietigende blik toe, maar toen hij inzag dat hij het niet kon winnen, zuchtte hij en zei: "Geef het nou gewoon terug."

"Wat is het eigenlijk?" vroeg ik.

"Gewoon... Iets voor school," antwoordde hij vaag.

"Achtendertig keer?" Ik trok een wenkbrauw op. "Heb je tijd teveel of zo?"

"Len, geef het nou gewoon terug," probeerde hij weer.

Ik maakte geen aanstalten om hem zijn zin te geven. In plaats daarvan zocht ik oogcontact en merkte op: "De afwas staat er nog, als je je verveelt."

Even staarden we elkaar zwijgend aan.

Toen zuchtte ik en gaf hem het schetsboek terug.

* * * * *

Woensdag, 26 december 2012 – avond
New York, Amerika

Het gesprek met mijn broer van vanmiddag maalt nog altijd door mijn hoofd, als ik 's avonds zijn beide agenda's en telefoon er weer bij pak en me installeer aan het bureau van de hotelkamer. In gedachten ga ik alle gebeurtenissen van vanmiddag nog eens langs, alles dat Misha gezegd heeft, alles dat me opgevallen is, terwijl ik door de agenda's blader.

Als ik er verder niet over na zou denken, zou het bezoek een opluchting zijn geweest. Mijn broertje, zoals ik hem graag zou willen zien onder de huidige omstandigheden. Rustig, stabiel en alles onder controle. Aangezien niets bij Misha ooit is wat het lijkt, moet ik toch sterk rekening houden met de mogelijkheid, dat het niets meer was dan zijn zoveelste Oscarwaardige optreden.

Een performance, een façade en een leugen.

Zijn houding van vanmiddag staat te ver af van zijn gewoonlijke afstandelijke gedrag, om realiteit te kunnen zijn. Hij probeerde me weer om de tuin te leiden. Het kan niet anders.

Ik probeer me in mijn broer te verplaatsen en te raden wat de reden kan zijn geweest voor de plotselinge verandering in zijn gedrag ten opzichte van mij.

Wilde hij me overtuigen dat het goed met hem gaat en dat ik terug kan gaan naar huis? Is het echt zo simpel en wil hij alleen maar van me af of zit er meer achter?

Was het een masker dat iets anders moest verhullen?

Een poging om niet mij, maar *zichzelf* ergens van te overtuigen, misschien?

Maren zit in kleermakerszit op het bed en rolt een joint. Met een half oog kijkt ze naar de televisie. Zoals de afgelopen drie weken op woensdagavond ook al het geval was, staat Discovery Channel op. Er is nu nog een programma bezig over pinguïns en het geluid staat uit.

"Maren?" begin ik.

Ze kijkt op.

Ik besluit eens een vraag te stellen, die ze niet kan verwachten. "Wat zou jij denken als je mij was en je vanmiddag bij Misha op bezoek was geweest en hij opeens blij lijkt je te zien en antwoord geeft als je iets zegt?"

Maren knippert even met haar ogen en lijkt de vraag in haar hoofd te herhalen. "Sorry. Nog een keer?" zegt ze dan.

"De afgelopen keren dat ik bij hem op bezoek was, keek hij me min of meer de deur uit en zei hij bijna niks," verduidelijk ik. "Nu vanmiddag was hij voor zijn doen overdreven sociaal en spraakzaam. Wat is daar de ondertiteling van?"

"Misschien gaat het gewoon beter met hem?" raadt ze.

Ik vraag me af of ik te achterdochtig ben of zij te naïef. Of dat ze zich alleen maar dom houdt, omdat ze niet wil dat ik meer vragen stel.

Op de tv rolt de aftiteling over het scherm.

Sarcastisch vraag ik me af welke moordende gek we – na Richard Ramirez, Charles Manson en Macchias Dawson – deze week krijgen voorgeschoteld. Als er een foto in het beeld verschijnt van een donkerharige man met kille, donkere ogen duurt het enkele seconden, voordat ik me realiseer wie hij is.

"Zet het geluid aan!" zeg ik.

Maren schrikt zichtbaar van de barse toon in mijn stem, pakt de afstandbediening en doet wat ik vraag. "Len, wat...?" begint ze.

"Stil!" snauw ik.

Ze zwijgt abrupt en we luisteren naar de *voice over*, die begint te vertellen.

"Vanavond in de serie 'Legendarische Seriemoordenaars': Donald Skinner.

Op 19 augustus 2010 wordt New Jersey opgeschrikt door een bloedbad. De dan eenenveertigjarige Donald Skinner verkracht en vermoord op beestachtige wijze acht minderjarigen en laat een negende voor dood achter.

Dit levert hem de bijnaam de 'Jersey Killer' op."

Er verschijnt een andere foto in beeld van Skinner. Op die afbeelding is hij een jaar of dertig, maar dezelfde blik ligt al in zijn ogen.

De *voice over* vervolgt het relaas.

"Tien jaar eerder is Donald Skinner ook al de hoofdverdachte in de zogenaamde Hell House Killer zaak in Seattle. Wegens gebrek aan bewijs wordt hij vrijgelaten. In de jaren die volgen, wordt Skinner nog dertien maal verdacht van moord, maar in geen van die zaken slaagt men erin om het bewijs rond te krijgen."

De *voice over* is even stil.

"Wie is hij?" vraagt Maren voorzichtig.

"Eén van Misha's nieuwe buren," antwoord ik kortaf.

6.
GESLOTEN DEUREN

Maandag, 31 december 2012 – ochtend
New York, Amerika

In verband met Oud en Nieuw heeft de gevangenisdirecteur extra gelegenheid geboden voor bezoek. Eén extra uur. Misschien wil hij de gevangenen een kans geven om conflicten met dierbaren op te lossen, voor het nieuwe jaar, maar wat ik met mijn broer heb, kan ik geen conflict noemen. Hoe ik het wel moet noemen weet ik niet.

Maren komt de badkamer uit. Ze is al aangekleed, maar haar haren zijn nog nat van het douchen. "Volgens mij hebben ze hier muizen," zegt ze. "Er zit een gaatje in de muur van de badkamer."

"Je bent toch niet bang voor een muis?" vraag ik. "Die is banger voor jou dan jij voor hem."

"Ik ben niet bang," antwoordt ze.

"Zal ik een val halen als ik boodschappen ga doen?" stel ik voor.

"Nee!" zegt ze verontwaardigd. "Dat is zielig."

"Maren, het is maar een muis," antwoord ik nuchter. "Ik denk dat we daar wel overheen komen, denk je ook niet?"

"Het is zielig," zegt ze weer.

"Heb je niet ergens een boek?" vraag ik met enig sarcasme en doelend op haar zelfhulpboeken. *"How to Deal with a Dead Mouse?"*

Maren kijkt me aan, maar geeft geen antwoord.

Ik geef het op. Die hele *fucking* muis kan me niets schelen, maar ik zucht en zeg: "Als jij hem vangt, zet ik hem wel buiten als ik vanmiddag terugkom."

Ze pakt een cracker uit een pakje en gaat ermee naar de badkamer. Als ze terugkomt, zegt ze: "Misschien heeft hij honger."

Ik rol met mijn ogen en vraag me ongewild af hoe mijn broer omging met dit aspect van haar karakter. Ik kan me niet voorstellen dat Misha hier enig begrip of geduld voor op zou kunnen brengen. Toch vraag ik er niet naar. Het lijkt niet belangrijk.

Maren gaat op het bed zitten en pakt haar sigaretten.

"Moet ik nog iets aan Misha doorgeven vanmiddag?" vraag ik.

Ze kijkt me aan, terwijl ze haar sigaret opsteekt en zegt dan: "Zeg hem maar: *'Dites-lui'*. Dat begrijpt hij wel."

Ik vraag niet wat het betekent. Als Maren zou willen dat ik dat wist, zou ze de boodschap wel in het Nederlands sturen en niet in het Frans. Ik hoef van haar geen hulp te verwachten. Toch zeg ik: "Help me nou eens een beetje."

"Dat probeer ik," antwoordt Maren, terwijl ze zichzelf in een rookwolk hult.

"Die Iwie," herhaal ik. "Komt in orde."

* * * * *

Maandag, 20 februari 2012 – avond
Rotterdam, Nederland

Ergens onderweg van mijn huis naar de kroeg nam ik bijna ongemerkt een verkeerde afslag en belandde in plaats van in mijn stamcafé in de hal van de Black
Diamond. Ik belde aan en wachtte.

"Hallo?"

"Hé, jochie. Ik ben het," zei ik. Ik dacht dat ik hem hoorde zuchten, maar hij
deed in ieder geval open. Ik ging de tweede hal binnen en nam de lift naar de
bovenste verdieping.

Toen ik uit de lift stapte, stond mijn broer me op te wachten in de deuropening. Hij droeg een spijkerbroek en een shirt met lange mouwen. Zijn vrijetijds-
kloffie, dat waarschijnlijk meer kostte dan mijn hele kledingkast bij elkaar.

"Hoe gaat het?" vroeg ik.

"Goed," antwoordde Misha. "En met jou?"

"Goed," zei ik.

We keken elkaar even zwijgend aan.

"Wat kom je doen?" vroeg Misha na een tijdje.

"Gewoon...," begon ik. "Een biertje drinken... Een beetje ouwehoeren... Kijken hoe het met je gaat..." Ik haalde mijn schouders op en vroeg me af of we de
rest van de avond in het halletje zouden blijven staan.

Misha keek me schattend aan en zei toen weinig enthousiast: "Kom binnen."

Ik liet het gaan, sloot de deur achter me en volgde hem naar de woonkamer.
Ik plofte op de bank neer en vroeg: "Wat was je aan het doen?"

Mijn broer wees naar de televisie.

Ik wierp een blik op het scherm en ontdekte het logo van Discovery Channel
in de bovenhoek. Ik zag een reconstructie van een moord, waarbij het bloed nog
net niet tegen het beeldscherm spatte.

"Wat is het?" vroeg ik.

"Een oude documentaire over Joliet Prison," antwoordde Misha. "Uit de jaren
negentig, denk ik. Het is al jaren gesloten." Hij pakte de afstandbediening, wierp
een laatste blik op het scherm en zette de tv uit.

"Bier dan maar?"

Ik knikte en haalde mijn sigaretten tevoorschijn.

Mijn broer verdween even naar de keuken en kwam terug met twee blikjes
bier en een klein, metalen schaaltje dat dienst moest doen als asbak. Hij ging
tegenover me zitten en gaf me een biertje aan.

"Ik was vrijdagavond nog bij je aan de deur," merkte ik op, terwijl ik het aan-
pakte.

"Ik was er niet," antwoordde Misha en maakte zijn eigen blikje open.

"Nee," zei ik.

Hij nam een slok en zei toen: "Ik zat in de States."

"Had je dat niet even kunnen zeggen?" vroeg ik.

"Waarom?"

"Omdat ik dan niet voor niets aan de deur had gestaan," zei ik. "Nou heb ik
dat hele teringeind voor niks gelopen."

"Je zou er moe van worden," antwoordde Misha droog. "Je hebt het tenslotte al zo druk."

Ik telde in gedachten tot twintig en stak een sigaret op. Ik was niet gekomen om ruzie te maken, dus ik beperkte me tot een verwijtend: "Het was stervenskoud."

"Je had natuurlijk ook eerst kunnen bellen om te vragen of ik thuis was," zei hij nuchter.

We zwegen een tijdje.

Ik nam een slok van mijn bier en keek naar hem. Ik kon zijn onrust bijna voelen, maar er leek geen aanwijsbare oorzaak en ik besloot het aan de sterfdag van onze ouders te wijten. En aan de belachelijke kantooruren, die hij aanhield. Werkdagen van twaalf uur waren niets meer.

Na een paar minuten vroeg hij: "Waar kwam je voor?"

Ik was met stomheid geslagen. Mijn perfecte broer, die altijd alles onthoudt en neerkijkt op mensen met een slechte geheugen, was de sterfdag van onze ouders vergeten.

Hij staarde me afwachtend aan.

Ik nam een diepe haal van mijn sigaret om mezelf te kalmeren en vroeg: "Misha, welke datum was het vrijdag?"

"17 februari," antwoordde hij. Toen keek hij naar de grond. "Oh."

"Oh?" herhaalde ik. Ik schudde mijn hoofd en sneerde: "Het is fijn om te zien, dat jij je prioriteiten zo lekker op een rijtje hebt."

"Nee, *jij* hebt recht van spreken op dat gebied," wierp Misha tegen.

"Eén dag per jaar," ging ik verder. *"Eén dag* per *jaar,* Misha, en zelfs *dat* is al teveel gevraagd."

"Ik wist niet dat het een verplicht nummertje was," antwoordde hij sceptisch.

"Misha, echt...," begon ik dreigend, maar hij liet me niet uitspreken.

"Len, je bent onredelijk," zei hij rustig. "We hebben nooit iets afgesproken over de sterfdag van pa en ma en nu verwacht je opeens, na vijftien jaar, dat ik thuis blijf om te zien of jij het nodig vindt om langs te komen. Dat is toch achterlijk?"

"Ik kom *ieder* jaar langs op 17 februari," protesteerde ik.

"Dat is niet waar, Len," merkte Misha op. "Ik heb je in Delft nooit gezien op 17 februari. En in Spijkenisse ook niet, trouwens."

"De laatste jaren in Rotterdam wel," zei ik.

"In Delft en Spijkenisse ben je *nooit* langs geweest op 17 februari," hield hij aan. "Waarom niet?"

"Had je dat gewild?" vroeg ik.

"Daar gaat het niet om," antwoordde Misha.

"Omdat ik toen andere dingen aan mijn hoofd had," gaf ik toe.

"Het is fijn om te zien, dat jij je prioriteiten wel goed op een rijtje hebt," zei hij kil en stond op. "Bijna vijftien jaar later." Hij liep naar het raam, draaide zijn rug naar me toe en keek naar buiten.

Zijn woorden kwetsten me meer dan dat ze me boos maakten.

"Misha," begon ik.

Hij draaide zich naar me toe en vroeg: "Waar was je dan in 1999?"

"Misha..."

"En waar was je in 2000?" hield hij aan.

"Misha, ik..."

"En in 2001?"

"Jochie..."

"En in 2004?"

"Luister nou..."

"En in 2005?"

Ik gaf het op en zuchtte.

"2006 dan?"

"Misha," begon ik vermoeid, "vanaf 2007 ben ik *ieder jaar* bij je langs gekomen op 17 febr..."

"In 2007 ben ik bij jou geweest," verbeterde hij me.

"Vanaf 2008 dan," snauwde ik en begon nogmaals aan mijn betoog. "Vanaf 2008 ben ik..."

"Ik zal het je *nog* sterker vertellen, Len," kapte hij me af. "In 2002 was je er ook niet op 17 februari en toen woonden we *onder één dak*. Dus begin nou niet over *mijn* prioriteiten..." Zijn stem was onvast en hij keek me niet aan.

"Jochie...," probeerde ik weer, maar het was volkomen zinloos.

"Weet jij eigenlijk nog wat je gedaan hebt op 17 februari 1999?" ging Misha verder. "Het moet erg belangrijk zijn geweest, tenslotte."

Ik pijnigde mijn hersenen even, maar haalde toen mijn schouders op.

"Ik weet nog precies wat ik die dag gedaan heb," zei hij. "Ik deed wat ik *altijd* deed in 1999... Wachten op jou... Wachten op een telefoontje dat niet kwam... Wachten op een afspraak, die steeds langer op zich liet wachten... Wachten op een voogdijkwestie, die niet geregeld werd... En op 17 februari 1999 wachtte ik bij de telefoon, omdat ik hoopte dat je me zou bellen, omdat pa en ma die dag precies een jaar dood waren."

Ik keek hem zwijgend aan.

"Dat telefoontje moet nog komen, Len...," concludeerde hij, nauwelijks hoorbaar. Hij wreef ongeduldig met zijn mouw langs zijn ogen en herstelde zich wonderbaarlijk snel. "Dus je zult wel begrijpen, dat ik er niet bij stil heb gestaan om jou om *toestemming* te vragen om het land te verlaten op 17 februari 2012." Zijn houding werd zelfverzekerder en zijn stem was weer kil en monotoon.

"Misha, ik was achttien," zei ik. "Ik begrijp dat de situatie niet ideaal was voor je, maar..."

"Niet ideaal?" herhaalde hij.

"Ja, ik..."

"Len, ga alsjeblieft weg," onderbrak hij me.

"Luister nou," probeerde ik weer.

"Ga weg," herhaalde hij.

"Jochie..."

"Ik wil dat je weggaat, Len... Nu."

* * * * *

Maandag, 31 december 2012 – middag
New York, Amerika

De vriendelijk uitziende bewaker, die ik al vaker gezien heb, brengt Misha naar mijn tafel. Sinds de documentaire van afgelopen woensdagavond, heb ik getwijfeld of ik het onderwerp 'Donald Skinner' ter sprake zal brengen en een week later ben ik er nog altijd niet uit.

Ik ga staan en zeg opgelucht: "Je ziet er goed uit, jochie."

"Jij ook," antwoordt hij. "Hoe gaat het met jullie?"

"Goed," zeg ik en sla mijn armen om hem heen. "Ik verveel me dood hier." Ik voel dat hij zich los probeert te maken en verbreek de omhelzing.

We gaan zitten.

De bewaker legt zijn hand even op de schouder van mijn broer en loopt dan bij ons weg. Hij lijkt oprecht betrokken.

"Aardige gozer?" vraag ik.

"Ja, hij is oké," zegt Misha, maar hij weidt er verder niet over uit.

Als de stilte voortduurt, zeg ik: "Maren doet je de groeten. En nog iets."

"Wat?" vraagt hij.

"Het klonk als *die Iwie*'," herinner ik me, maar ik weet niet wat het betekent. Ik twijfel er niet aan, dat mijn broer het prima begrijpt, maar hij zegt er niets over. In plaats daarvan vraagt hij ongelovig: "Hoe kun je je nou vervelen in een stad als New York?"

Ik wil hem zeggen dat je je overal kunt vervelen, als je nooit buiten komt. Of dat ik me zoveel zorgen om hem maak, dat ik niet te lang bij de telefoon in het hotel weg durf te blijven. Ik besluit het iets anders te brengen.

"Maren en ik gaan af en toe boodschappen doen, sigaretten halen. Af en toe gaan we ergens iets eten of iets drinken in de bar van het hotel, maar verder komen we eigenlijk nergens. We kijken veel tv en luisteren naar de radio. Er is een zender met allemaal alternatieve muziek. Het is wel oké," zeg ik.

"Jullie kunnen Colin gewoon om geld vragen om iets te gaan doen."

"Ik wil geen liefdadigheid, Misha," zeg ik.

Er is geen haar op mijn hoofd, die erover denkt om geld aan te nemen van Colin Ross.

Mijn broer lijkt mijn gedachten te kunnen lezen, want hij antwoordt: "Het is mijn geld, Len, niet dat van hem."

"We gebruiken je creditcard al om het hotel te betalen," geef ik toe. "En ik heb wat cash aan Ilse gegeven, want zij heeft onze vliegtickets voorgeschoten."

Misha lijkt heel even uit zijn evenwicht en vraagt: "Waarom?"

Waarom?

Ben je nou echt zo blind?

"Omdat ze van je houdt, klootzak," snauw ik. Ik kan niet begrijpen dat hij dat niet ziet. "Je bent echt gek geweest om die te laten lopen... En waarvoor? Voor dit?"

Hij haalt zijn schouders op en zegt: "Het is ingewikkeld."

"Jij *maakt* het ingewikkeld," verbeter ik hem. "Leg het me gewoon uit."

"Ik kan het niet uitleggen," antwoordt Misha ontwijkend. "Ik heb..."

"Ja, ja, dat weet ik nu wel," onderbreek ik hem. "Je hebt geen woorden."

"Je zou me de tijd geven om ze te vinden," zegt hij op een bijna verwijtende toon.

Ik kan al zien waar dit heengaat, als ik nu aanhoud. Ik zucht en zak onderuit op mijn stoel. "Ik doe mijn best, jochie," sus ik, "maar ik word knettergek in die hotelkamer. Ik haal me echt van alles in mijn hoofd."

"Ga dan iets doen," probeert Misha.

"Zoals?" vraag ik.

Hij houdt zijn hoofd een beetje schuin, alsof hij denkt dat ik niet goed bij mijn hoofd ben. "Dit is New York," zegt hij minzaam. "De mogelijkheden zijn oneindig. Zoek afleiding. Je kunt toch niet eindeloos blijven wachten en tv kijken?"

"Ik heb weinig keuze," antwoord ik.

"Het spijt me," zegt Misha. "Ik heb je nooit ergens in willen betrekken."

"Dat is wel duidelijk, ja," snauw ik. "Dat is het hele probleem. Dat je me nergens in betrekt. Ik maak me zorgen en geloof me, de waarheid kan nooit erger zijn dan wat er de afgelopen maanden allemaal door mijn hoofd is geschoten."

Er valt een stilte.

Mijn broer zucht en wendt zijn ogen af. Dat hij me hier niet wil hebben is wel duidelijk. Zijn blik is koud, zijn houding afstandelijk en ik zie dat hij krampachtig probeert de afstand nog verder te vergroten. Hij kijkt even naar een tengere jongen met blond haar, die met een man van een jaar of vijftig aan een tafeltje zit. Ze hebben dezelfde neus en ogen, dus ik neem aan dat ze vader en zoon zijn.

Misha kijkt naar het tafelblad en zegt: "Je moet je geen dingen in je hoofd halen, Len. Geef me alsjeblieft wat meer tijd."

Nog meer tijd?

"En dan? Komt dan alles goed?" vraag ik sarcastisch.

Mijn broer haalt achteloos zijn schouders op.

Ik wil opstaan en hem door elkaar schudden, net zolang totdat hij me vertelt wat ik wil weten, maar ik houd me in. "Laat mij jou dan eens iets vertellen," zeg ik met ingehouden woede. "Elke week is er een documentaire op Discovery over één of andere seriemoordenaar en ik vroeg me kort geleden opeens af of het ooit gaat gebeuren, dat Maren dat kut-Discovery opzet en we een uur lang kunnen kijken naar de architect des doods."

Misha lacht. "Die had ik nog niet gehoord," zegt hij.

"Dit is geen geintje," wijs ik hem terecht. Ik zwijg even, vraag me af of ik het wil weten, maar vraag dan toch: "Zijn er nog meer?"

"Nog meer wat?" vraagt hij.

"Meer slachtoffers..."

Hij twijfelt zichtbaar over zijn antwoord.

"Misha?" dring ik aan. Ik zie hem denken. "Hoeveel?" houd ik aan.

"Vind je het zo niet genoeg?" vraagt hij.

"Hoeveel?" vraag ik weer.

"Dit is het," zegt hij.

Ik kijk naar hem en vraag me af of hij liegt. Ik zie het verschil bijna nooit. Het gemak waarmee hij iedereen een rad voor ogen draait en van alles op de mouw speldt, beangstigt me een beetje. "Weet je het zeker?" vraag ik desondanks.

"Ik denk dat ik me zoiets wel zou herinneren," zegt hij sceptisch.

Ik zucht en besluit eerlijk te zijn. "Misha, ik weet niet meer wat ik wel en niet moet geloven. Elke keer lieg je glashard in mijn gezicht en je bent er zo goed in, dat ik begin te twijfelen aan *alles* dat je me vertelt of ooit verteld hebt."

Mijn broer kijkt me onbewogen aan.

Ik kan niet zeggen of het een act is, of dat het hem werkelijk allemaal niets doet. Dan zie ik dat zijn blik even naar de wandklok schiet. Het lijkt zo automatisch te gaan, dat ik betwijfel of hij zelf in de gaten heeft dat hij dat doet.

"Ik ben geen Charles Manson," zegt hij dan, nauwelijks hoorbaar.

"Dat zei Maren ook al," antwoord ik.

Er valt opnieuw een stilte.

Mijn broer lijkt iets te ontdooien, maar blijft zich afstandelijk opstellen. Hij lijkt na te denken, maar zegt niets.

Ik vraag me af wat er allemaal door hem heengaat, maar ik krijg totaal geen hoogte van hem. "Dat zei Maren ook," zeg ik weer, als de stilte me teveel wordt. "Geen Charles Manson... Geen Macchias Dawson... Geen Richard Ramirez..." Ik ga zachter praten en voeg er dan quasi laconiek aan toe: "Geen Donald Skinner..."

De weinige kleur die mijn broer nog heeft trekt weg uit zijn gezicht.

"Leuke buren heb jij tegenwoordig," merk ik op.

"Wat had je dan verwacht, Len?" vraagt hij kil. "Winkeldieven, zakkenrollers en belastingfraudeurs?"

Ik negeer het en vraag: "Ben jij de volgende in dat rijtje, die ik te zien krijg op woensdagavond?"

"Hoe kun je dat nou denken?" vraagt hij dan. Hij praat zo zacht, dat ik moeite heb om hem te verstaan.

Ik heb genoeg van de zijden handschoentjes en antwoord: "Om dezelfde reden waarom ik acht jaar geleden dacht, dat je me een schaar in mijn rug wilde zetten."

"Dat is niet waar," zegt Misha gepikeerd.

Ik zie dat hij op mijn schuldgevoel probeert in te spelen, maar ik ga er niet in mee. "Dat is *wel* waar, Misha. Ga alsjeblieft niet ontkennen dat het bij je op is gekomen." Naarmate ik kwader wordt, neemt het volume van mijn stem toe.

"Len, je praat te hard," probeert hij me bij te sturen.

"Nou en?" vraag ik. "Ze verstaan me toch niet." Ik ga expres nog harder praten, gewoon om te zien hoe hij reageert.

Misha kijkt nerveus om zich heen en herhaalt: "Len, je praat te hard."

"Leg me het zwijgen dan maar op, vriend," val ik naar hem uit. "Daar ben je toch zo goed in?"

Uit het niets verschijnt de vriendelijke bewaker naast ons tafeltje. Hij kijkt van Misha naar mij en terug en vraagt: *"Everything okay here?"*

"Yeah, Boss," antwoordt mijn broer haastig.

Ik beheers me en geef hem gelijk. *"Everything's cool."*

Misha kijkt me niet aan, richt zich tot de bewaker en zegt kalm: *"My brother and I are done talking for today, Boss. I'd like to go back to the Block."*

"Misha," probeer ik, maar hij geeft me geen kans om verder iets te zeggen.

"Ik zie je overmorgen wel."

De bewaker kijkt met iets van medelijden naar ons. Hij klopt mijn broer even op zijn arm, waarna deze opstaat.

Ik ga ook staan. "Jochie, blijf nou..."

Misha lijkt even te aarzelen.

"Misha?" zeg ik weer, in een poging hem over de streep te trekken.

"Zullen we anders een keer overslaan?" vraagt hij dan en gaat zonder mijn antwoord af te wachten met de bewaker mee, zonder om te kijken.

EPILOOG
COUNTDOWN

Maandag, 31 december 2012 – avond
New York, Amerika

Ik gooi mijn pen weer op het bureau. Dan kijk ik op de klok. Er zijn zes minuten verstreken sinds Maren de hotelkamer verliet. Ik denk aan haar, beneden in de hal van het hotel met de drugsdealer en aan mijn broer, die in een maximaal beveiligde staatsgevangenis zit, omringd door gevaar.

Zonder mijn aantekeningen kan ik me nog nauwelijks herinneren hoe ik hier gekomen ben. De dagen waarin ik niet wist waar Misha was, lijken wel eeuwen achter me te liggen.

Mijn mobiele telefoon piept om aan te geven, dat ik een nieuw tekstbericht heb ontvangen. Ik pak de telefoon en open de inbox, half verwachtend dat het een berichtje van Ilse is, misschien om me – ondanks alles – toch een 'Gelukkig Nieuwjaar' te wensen.

Als ik het ongelezen sms'je open, zie ik dat het van Elaine Sloane is.

Dear Lennart, hope you will get the answers you're looking for in 2013. Elaine.

Toch lief dat ze aan me denkt.

Ik stuur haar een berichtje terug om haar te bedanken en haar het beste te wensen voor 2013.

Ze verdient het.

In de verte klinken sirenes.

Ik wil het niet horen. Ik sta op, zet de radio aan en hoor de laatste maten van een liedje, dat ik niet ken.

Na veel zoeken heb ik een week geleden een radiozender weten te vinden, die met veel enthousiasme wordt gerund door een stel muziekstudenten, die het draaien van ongewone en obscure muziek tot een kunstvorm lijken te willen verheffen. Onbekende opnames van zowel grote acts als onbekende groepen, van tussen de twintig en vijftig jaar geleden, passeren met grote regelmaat de revue en ook hele – weliswaar oude – live concerten worden uitgezonden.

Ik kijk op mijn horloge.

Maren is inmiddels al acht minuten weg.

Ik herken de openingsklanken van O Children van Nick Cave and the Bad Seeds. Ik slenter naar het raam en kijk uit over een troosteloos stukje New York.

Zou mijn broer verderop ook naar buiten kunnen kijken?

Zou Misha vuurwerk kunnen zien om twaalf uur?

Weer werp ik een ongeduldige blik op de klok.

Negen minuten...

Ik vraag me af of ik moet gaan kijken waar Maren blijft, maar nog voordat ik goed en wel ben begonnen met ijsberen, gaat de kamerdeur open en komt ze binnen.

Ze trekt haar capuchon van haar hoofd en trekt haar vest uit. Dan laat ze zich op het bed vallen en knikt naar de radio. "Wat een zelfmoordmuziek."

"Nick Cave," antwoord ik. "Het zegt alles." Ik loop naar haar toe en pak haar bij de handen. "Kom," zeg ik.

Maren staat op, slaat haar armen om me heen en legt haar hoofd tegen mijn borst.

Ik houd haar dicht tegen me aan. De pijn in mijn hart is bijna ondraaglijk. Met het naderen van het einde van het jaar, voelt het alsof ik de strijd heb verloren. Ik heb gevonden wat ik al die tijd gezocht heb, maar het heeft geen toekomst meer.

Maren kijkt op om me aan te kunnen kijken. "Deel het met me," zegt ze.

"Is dat wat je tegen hem gezegd hebt?" vraag ik.

"Ja," antwoordt Maren. "Geef het maar aan mij. Ik bewaar het wel voor je."

"Het is gewoon teveel," zeg ik met een brok in mijn keel. "Ik ben hem kwijt, Maren. Hij is er niet meer. Die jongen in de gevangenis, is Misha niet meer."

"Jawel," protesteert ze. "We moeten gewoon volhouden, Len. Het komt allemaal goed. Probeer dat te geloven."

"Hoe kan dit ooit nog goed komen?" vraag ik.

"Heb vertrouwen," zegt Maren.

Ik laat haar los en doe een stap naar achteren. "Waarom deel *jij* niet eens wat met *mij?*"

Maren pakt mijn handen weer, trekt me terug en legt haar hoofd weer tegen mijn borst. "Je weet het al," antwoordt ze. "Je sluimert tussen weten en ontkennen. Ik zie het aan de manier waarop je naar me kijkt... Aan de manier waarop je kijkt, als je over hem praat. Je kijkt naar ons, zoals ze vijftien jaar geleden naar ons hadden moeten kijken."

"Wat is...?" begin ik.

"Dat is niet aan mij," zegt ze. "Vraag het Misha woensdag. Als je het goed aanpakt, zal hij het je vertellen. Zo ging het met Colin ook."

Ik zucht en houd haar vast.

Maren kijkt op en kust me dan aarzelend.

Ik aarzel ook.

Ze is jonger dan ik, minimaal een jaar of zeven. We delen een bijna afhankelijke voorliefde voor drugs. En ze heeft met mijn broer geslapen. Ik ben er zeker van, maar heb het hen nooit gevraagd.

Ergens heel ver weg, hoor ik Nick Cave zingen.

"We're happy, Ma, we're having fun. It's beyond my wildest expectation."

De kus blijft van twee kanten onzeker.

Dit is een slecht idee...

Mijn lichaam en hersenen zijn het hartgrondig met elkaar oneens en voeren een strijd. Er zijn genoeg redenen om niets met Maren te beginnen, maar ze heeft een aantrekkingskracht op me, die ik nog niet eerder heb ervaren.

Ze hypnotiseert me.

Ik heb meer vrouwen gehad dan ik nog kan tellen, maar het heeft altijd alleen maar om seks gedraaid. Ik wilde hen veroveren, claimen, bezitten en dan weer loslaten.

Dit is anders. Ik blijf haar vasthouden, maar verbreek de kus. Ik kan haar niet loslaten.

Ze heeft me nodig en ik haar.

Ik geef haar een kus op haar voorhoofd en zeg dan: "Tot hier."

Ze kijkt me vragend aan. "Waarom?"

Het is een vraag waarop maar één mogelijk antwoord is. "Je hoort bij hem."

Boek III:

Funderingen

Misha Larsen

Dinsdag, 30 oktober 2012 – middag – Dag 1
New York, Amerika

Ik word door twee agenten naar een kleine cel onder het gerechtsgebouw ge-bracht. De route gaat langs me heen, in een waas van grijze stenen en metaal. Ik probeer nergens op te letten en me mentaal voor te bereiden op wat er later vandaag allemaal nog gaat volgen. Ik laat me berustend de cel induwen.

Mijn advocaat, George Springfield, richt zich beleefd tot één van de agenten en vraagt: "Wilt u ons even excuseren?"

De agent maakt een uitnodigend gebaar naar de cel en George stapt naar binnen.

"Je hebt een half uur, raadsman," zegt de agent. "Dan gaat hij op transport."

George knikt begrijpend. Hij wacht totdat de deur achter ons is gesloten en de twee agenten zijn verdwenen. Hij blijft bij de deur staan, met zijn handen in zijn zakken en hangende schouders.

Hij is een kleine, tengere man van middelbare leeftijd, met grijs haar en een bril. Hij draagt een grijs gestreept pak en heeft een koffertje bij zich, dat hij op de gang heeft moeten laten staan.

Als je in het woordenboek het woord 'advocaat' opzoekt, zie je een foto van George.

Ik kijk naar hem en wacht af.

"Ik kan er niet over uit dat jullie dit hebben doorgezet," zegt hij verbluft.

"George, dit sleept zich al een maand voort," antwoord ik rationeel. "En daar-voor was je al geruime tijd op de hoogte. Het komt niet bepaald uit de lucht val-len."

"Je kunt het me niet kwalijk nemen, dat ik altijd heb gehoopt dat tenminste één van jullie in zou zien dat...," begint hij.

"Dat wat?" daag ik hem uit.

"Dat dit geen spelletje is," maakt George zijn zin af.

"Dit is geen spelletje," beaam ik. "Dit is oorlog."

"Een oorlog met alleen maar verliezers," vindt hij. "Stop hiermee."

Ik lach en schud mijn hoofd. "Hoe kan ik hier nou nog mee stoppen?" vraag ik. Laconiek voeg ik eraan toe: "Welk gedeelte van 'twintig jaar gevangenisstraf' heb je niet begrepen? Het leek me allemaal toch vrij duidelijk..."

"We kunnen in beroep gaan," probeert George.

"Ik wil niet in hoger beroep," antwoord ik.

"Dit is een weg die nergens naartoe gaat," zegt hij. "Twintig jaar van je leven, jongen... Je hebt *twintig jaar* van je leven weggegooid. En waarvoor?" Hij schudt zijn hoofd weer, in ongeloof en frustratie.

"Dat is niet het volgende agendapunt," merk ik op.

George zucht vermoeid.

"Bel mijn broer," ga ik verder. "Vertel hem dat ik ben veroordeeld, maar geef hem niet teveel details. Vertel hem dat het goed met me gaat en dat hij gewoon in Nederland kan blijven."

George schraapt afkeurend zijn keel en ik zwijg automatisch. "Zal ik Lennart vertellen, dat je hem niet nodig hebt?" stelt hij voor.

"Als je denkt dat het helpt," antwoord ik.

"Of zal ik hem vertellen, dat je hem niet kunt *gebruiken?*" houdt George aan. "Zal ik hem vertellen dat hij geen *nut* voor je heeft en dat zijn aanwezigheid om die reden niet op prijs wordt gesteld?"

"Ik wil dat je gaat," zeg ik en doe een stap bij hem vandaan.

"Je gebruikt mensen en als je ze niet meer nodig hebt, als ze geen *functie* meer hebben voor je, dan zet je ze bij het grofvuil," gaat hij door.

"Je weet helemaal niks over mij, George," antwoord ik kil. "Ik wil dat je gaat."

"Ik probeer je te helpen, jongen. Lennart probeert je te helpen, maar je duwt iedereen weg," zegt George.

"Ik wil dat je gaat," herhaal ik nadrukkelijk, maar ik kan het niet opbrengen om hem aan te kijken. Ik voel dat hij naar me kijkt.

"Heb je er ooit over nagedacht hoe dit verder moet na... *deel drie?*" vraagt hij ernstig.

"Dan leven we allemaal nog lang en gelukkig," antwoord ik toonloos.

"Misha...," begint George weer.

"Niet nu," zeg ik en ik kijk hem aan. "Ga naar huis en bel mijn broer... Alsjeblieft."

Hij schudt zijn hoofd weer.

Ook nu zie ik zijn ongeloof en frustratie, maar ook iets van medelijden. Ik begrijp niet waarom. "George...," begin ik.

"Waag het niet om te zeggen, dat het je spijt, want we weten allebei dat, dat niet waar is," waarschuwt hij.

Er valt een korte stilte, waarin we elkaar alleen maar aanstaren.

George ziet er verslagen uit, alsof hij al die tijd inderdaad de hoop heeft gehad dat iemand bijtijds de stekker uit Project X zou trekken.

"Je hebt het goed gedaan," zeg ik. "Bedankt voor je hulp."

"Ik heb het niet voor jou gedaan," antwoordt George.

"Dat weet ik." Ik wend mijn ogen af en zeg: "Ga naar huis, George. Bel mijn broer."

1.
ACHTER DE MUUR

Dinsdag, 30 oktober 2012 – avond – Dag 1
New York, Amerika

De zware metalen deur schuift open en geeft toegang tot een sobere ruimte, die uitsluitend uit beton en staal lijkt te bestaan. Het is een lange, rechte gang met een hoog plafond. De gang doet me aan een tunnel doet denken.
Aan beide kanten zijn twee verdiepingen met cellen. De galerijen van de bovenste verdieping zijn aan de randen afgebakend met een metalen reling.
Niet bepaald een Ross Tower, denk ik sarcastisch.
De deuren van alle cellen staan open en verspreid over de twee verdiepingen staan kleine groepjes mannen met elkaar te praten, allen gekleed in identieke blauwe jeans, grijze T-shirts en spijkeroverhemden. Ze onderscheiden zich slechts door de manier waarop ze de kleding dragen en door tatoeages, kapsels en andere uiterlijke kenmerken.
Dus zo is het achter de muur...
Een brede bewaker houdt me vast bij mijn bovenarm en duwt me naar een metalen trap aan de linkerkant. De man draagt een labeltje met zijn naam op zijn uniform. 'Parker'. Het is een soortgelijk label als wat de gevangenen op hun uniform dragen.
Toch is het genoeg om voor beide partijen een duidelijk 'wij' en 'zij' aan te duiden. Cipiers hebben hun namen nog, wij zijn gereduceerd tot een nummer.
Vanaf nu ben ik 626323.
De gevangenen en bewakers die achter ons lopen, lopen verder door.
Terwijl ik langzaam de trap oploop, sla ik de mensen om me heen gade.
Boven, op de balustrades aan beide kanten van de lange gang, staan tientallen mannen, die de nieuwe gevangenen observeren. Doordat ze van bovenaf op me neerkijken, lijken ze een grotere dreiging dan de gedetineerden, die ik op de benedenverdieping heb gezien, hoewel ik weet dat dit nergens op slaat.
Sommigen kijken slechts enkele seconden, niet of nauwelijks geïnteresseerd in de komst van de nieuwelingen. Anderen volgen iedere stap die we zetten met hun ogen en staren ons aan, alsof ze gedachten proberen te lezen.
In werkelijkheid proberen ze vast te stellen wie van ons waardevol kunnen zijn en wie niet. Ik kan de vele ogen in mijn rug voelen priemen en probeer niet op te vallen.
Dit is wat mijn goede vriend Dean Wesson de 'taxatieronde' noemt.
"Hé, daar zijn mijn nieuwe speeltjes!" roept iemand bovenaan de trap.
"Watch your back, boy," waarschuwt de bewaker. Hij fluistert, zodat alleen ik hem kan horen.
Zodra ik opkijk ontmoeten mijn blauwe ogen de donkerbruine ogen van de man die heeft geroepen.
Hij is een jaar of veertig, ongeveer één meter tachtig lang en slank, maar toch pezig van postuur. Hij heeft kort, slordig donker haar en een klein baardje.

Nonchalant leunt hij met één hand op de metalen reling en duwt met zijn vrije hand een jongere man, die rechts van hem staat, ruw opzij. "Maak plaats!"

De jongen maakt zich haastig uit de voeten.

"Hou je gemak, Skinner!" roept een bewaker, die beneden staat. "Anders mag je een paar jaar gaan logeren in Southport!"

Mijn hart slaat een slag over als ik word geconfronteerd met het eerste onbekende detail.

Wat is Southport?

Waarom weet ik dit niet?

"Loze dreigementen, *Baas,*" antwoordt Skinner op neerbuigende toon. "Als je dat gekund had, had je het allang gedaan."

Ik loop de laatste paar treden van de metalen trap op en vraag me af of dit 'Southport' belangrijk is. Ik moet erop vertrouwen dat het niet zo is. Anders zou Dean het genoemd hebben. Ik probeer mezelf daarvan te overtuigen, maar blijf me toch afvragen of het mogelijk is, dat ik iets belangrijks over het hoofd heb gezien.

Als ik de man met het baardje wil passeren, verspert hij me de weg.

"Well, hello there, beautiful," zegt hij met een brede glimlach en een uitnodigend handgebaar. Zijn stem is zacht, maar indringend en hij spreekt met een accent, dat ik associeer met het Hollywood-stereotype *trailer trash.* Dan pakt hij me bij mijn arm, buigt zich naar me toe en fluistert: "Het loont hier om de juiste vrienden te kiezen... Ik kan je bescherming bieden... En nog veel meer."

Ik probeer mijn nonchalante houding te bewaren, hoewel hij me op mijn zenuwen werkt.

"Achteruit, Skinner!" blaft bewaker Parker.

Skinner snuift spottend, maar laat me los en doet een stap opzij.

Parker wijst naar een cel en zegt: "Welkom, Vliegende Hollander. Je zult je wel snel thuis voelen."

Ik geef geen antwoord, maar kijk de bewaker wel aan, afwachtend maar berustend. Ik wil geen problemen en leun quasi nonchalant tegen de tralies van de openstaande celdeur. Dan kijk ik rond, neem alles in me op. Ieder gezicht, ieder detail, alles wat me opvalt.

Mijn cel is op dit moment leeg, maar er zijn twee bedden boven elkaar aan de rechtermuur. Er is een toilet, een kleine wastafel, een houten bureautje en een stoel.

Eén stoel, geen twee.

Ik kijk langs de galerij. Sommigen van de andere gevangenen bevinden zich met twee man in één cel en er is geen enkele reden om aan te nemen, dat er voor mij een uitzondering gemaakt wordt, dus er moet een celgenoot zijn. Mijn gevoel zegt me dat er geen goede afloop zal zijn als dat Skinner blijkt te zijn.

Parker kijkt nog even naar me, maar draait zich dan om en daalt de trap af.

Mijn blik glijdt opnieuw door de gang, terwijl ik snel de balans opmaak.

Aan de overkant leunt een brede man met een tatoeage van een zwarte draak aan de linkerkant van zijn kale hoofd op de reling en staart onafgebroken naar me, op een manier die me ongemakkelijk maakt, maar de aandacht van de meeste anderen is inmiddels alweer gevestigd op belangrijker zaken.

Skinner laat zijn hand over de metalen reling glijden en loopt langzaam naar me toe. Even werpt hij een blik op de kolos met de tatoeage. "Indrukwekkend, niet?" vraagt hij. Hij maakt een klein gebaar met zijn hand en kijkt toe hoe de man zich omdraait en in zijn cel verdwijnt. Hij wendt zich weer fluisterend tot mij en zegt: "Zoals ik al zei, *liefje,* goede vrienden zijn hier heel erg belangrijk... Vrienden die je kunnen helpen... Alles wat je nodig hebt is hier te koop: drugs, sigaretten, luxe, vriendschap, seks... *Bescherming.* Denk er maar eens over na." Hij wacht niet op een reactie, draait zich om en loopt rustig weg, alsof hij er min of meer al van uitgaat dat ik zal ingaan op dit... genereuze aanbod.

Ik kijk hem na en analyseer de situatie.

Skinner heeft me eerst gewezen op de man met de tatoeage en deze reus vervolgens met een simpel handgebaartje naar zijn cel gedirigeerd. Hij wil me laten zien dat hij macht heeft. En middelen.

Het ziet ernaar uit dat mijn nieuwe tegenstander een gezicht heeft gekregen.

Ik voorzie een duidelijke kink in de kabel. Niet dat ik had verwacht dat dit gemakkelijk zou zijn, maar een ontmoeting met iemand als Donald Skinner is geen factor, die ik bij het maken van mijn plannen in heb willen calculeren en zeker niet op mijn eerste dag. Ik krijg niet veel tijd om er verder over na te denken. Mijn oog valt op een magere blonde jongen, die voor de cel tegen de reling leunt en naar me staart.

Hij kijkt even onopvallend om zich heen. Als hij ziet dat niemand op hem let, komt hij aarzelend naar me toe en zegt: "Jullie zijn laat."

Ik kijk hem aan en begrijp niet wat hij bedoelt.

Hij vangt mijn vragende blik op en legt uit: "Meestal arriveren de nieuwen voor het avondeten. Dat heb je dus gemist... *Lucky you.*" Hij zwijgt even en wijst dan op de cel die Parker me heeft gewezen. "Ik ben Jamie Hirsch, trouwens. Ik woon hier."

Ik moet er bijna om lachen. Ik neem hem vluchtig in me op en kan nauwelijks geloven, dat ik zoveel mazzel heb.

Sinds mijn ontmoeting met Skinner, heb ik stiekem rekening gehouden met het ergste en zenuwachtig gewacht op de kennismaking met mijn celgenoot.

Jamie lijkt een aardige jongen van een jaar of twintig en straalt niets gevaarlijks uit.

"Ik ben Misha Larsen," zeg ik.

"The Dutch Man, toch?" concludeert Jamie knikkend. Hij wacht niet op een bevestiging of een ontkenning, wat inhoudt dat hij ervan overtuigd is dat zijn informatie klopt. Ogenschijnlijk heeft hij een soortgelijke indruk van mij, als ik van hem. Ongevaarlijk.

"Hoe lang moet je zitten?" wil hij weten.

"Lang," antwoord ik.

"Zelfs een jaar lijkt lang hier," merkt Jamie op. "Hoe lang moet je?"

"Twintig jaar," geef ik aarzelend toe. Ik heb geen idee wat ik wel en niet kan vertellen. Dit lijkt een redelijk veilig onderwerp.

Jamie spert zijn ogen open. "Wat heb je dan gedaan?"

"Dat doet er niet toe," zeg ik. "Jij hebt van mij niks te vrezen."

"Als het jou om het even is... wil ik graag weten met wie ik mijn cel moet delen, *voordat* ik 's nachts mijn ogen dicht doe," dringt Jamie voorzichtig aan. Hij blijft me aankijken, maar doet dan een voorzichtig stapje achteruit.

Ik kan niet ontkennen dat dit een redelijk verzoek is, maar ik kies mijn woorden zorgvuldig. "Ik ben veroordeeld voor doodslag."

"Doodslag is een vaag begrip," merkt Jamie op.

"Vaag?" herhaal ik.

"Ja," zegt hij. "Vaag. Dat kan van alles inhouden."

"Het was een uit de hand gelopen ruzie," antwoord ik.

Jamie kijkt me schattend aan, alsof hij er nog niet helemaal uit is, of ik wel of geen gevaar voor hem vorm. Toch vraagt hij niet verder. Hij strijkt een lok van zijn blonde haar uit zijn ogen en vertelt dan: "Ik moet nog zes jaar voor diefstal, oplichting en fraude."

"Daarvoor kom je niet in een maximaal beveiligde gevangenis," merk ik op.

"Wel als je de belastingdienst hackt," antwoordt Jamie. "Vooral als je twaalf miljoen dollar laat verdwijnen. Dan gelden er opeens heel andere regels."

"Twaalf miljoen?" herhaal ik.

"Ja...," zegt Jamie. "En weet je wat het mooiste is?" Hij buigt zich samenzweerderig naar me toe en fluistert: "Ze hebben maar zeven miljoen terug gevonden. Zodra ik vrijkom, kan ik met pensioen. In Paraguay of Thailand of een ander exotisch oord, onder mijn parasol met een cocktail in mijn hand en een strandstoel onder mijn kont... Beter dan veertig jaar keihard werken en dan met pensioen gaan en op een houtje moeten bijten, zoals mijn vader. Het zal mijn familie nooit meer aan iets ontbreken."

"Knap gedaan," geef ik toe.

"Niet knap genoeg," antwoordt Jamie. "Anders zat ik nu niet hier."

Mijn blik dwaalt opnieuw langs de galerij.

Skinner staat een eindje verderop met een groepje anderen, waaronder een skinhead en twee jongens van een jaar of achttien. Hij staart naar me. Zijn ogen zijn zo donker, dat ze bijna zwart lijken. Even richt hij zich tot de man naast zich en zegt iets tegen hem.

De skinhead knikt instemmend en loopt dan weg.

Skinner kijkt hem even na en richt zijn aandacht dan weer op mij.

We staren elkaar op een afstandje aan, maar geen van ons zegt of doet iets. De indringende blik in zijn ogen maakt me ongemakkelijk en ik schrik als er een harde bel klinkt.

"Iedereen terug naar zijn cel!" roept Parker vanaf de begane grond.

Jamie draait zich gehoorzaam om en gaat de cel binnen. Hij hijst zich op het bovenste bed en haalt een boek onder zijn hoofdkussen vandaan.

Ik blijf even in de deuropening staan. Nu de deur van de kleine ruimte dreigt te sluiten voel ik een lichte paniek opkomen.

What was I thinking?

"Jones! Solano! Larsen!"

Bij het horen van mijn naam kom ik weer bij mijn positieven. Ik maan mezelf om rustig te blijven en me aan mijn plan te houden, zolang het niet nodig is om daarvan af te wijken. Ik ga de cel binnen en strek me uit op het onderste bed.

Deel drie...

Op het bed boven me hoor ik Jamie met de pagina's van zijn boek ritselen, alsof hij zoekt naar de bladzijde, waar hij eerder is gebleven.

Ik staar een tijdje naar de onderkant van zijn bed en probeer mijn rust te herpakken. Ik wijs mezelf herhaaldelijk op het feit, dat mijn dag tot nu toe redelijk volgens de verwachtingen is verlopen. Prettig is anders, maar tot dusver is het niet wereldschokkend. Ik voel mijn paniek geleidelijk wegebben uit mijn lichaam en hoofd bij de gedachte, dat ik nu weer een plan heb om in ieder geval deels op terug te kunnen grijpen.

Dat heb ik nodig, een leidraad.

De belangrijkste onzekerheid – mijn celgenoot – is positief uitgevallen.

* * * * *

Vrijdag, 31 augustus 2012 – avond
New Jersey, Amerika

Ik had mijn huurauto schuin tegenover het huis geparkeerd.

Het was al bijna zeven uur 's avonds en de zomerhitte begon eindelijk langzaam af te nemen. In Los Angeles was het nog veel warmer geweest, maar toch was de warmte aldaar minder benauwend geweest dan hier aan de oostkust.

Ik vroeg me af of ik het me slechts verbeeldde.

Misschien kwam het door de spanning.

Eindelijk ging de voordeur van het huis open. Ik keek op mijn horloge en constateerde dat ik precies op schema lag. Zelfs deze factor, waar ik geen enkele invloed op had, bezorgde me geen problemen.

Ik keek toe hoe een vrouw van een jaar of zestig, de voordeur achter zich dicht trok, het tuinpad afliep, in een kleine auto stapte en wegreed. Hier had ik op gewacht.

Er was geen reden om de vrouw hier meer in te betrekken dan strikt noodzakelijk.

Tenslotte viel haar – behalve haar uitzonderlijk slechte smaak wat mannen betrof – niets te verwijten. Zij had niets fout gedaan.

Ik stapte uit, sloot de auto af en stopte de sleutel in de zak van mijn jeans.

Nu was er niets meer dat me tegenhield, niets meer dat me in de weg stond. De vrouw was het laatste obstakel geweest. Ik wist dat ik het kon, dat ik ertoe in staat was, want ik had het al eerder gedaan. Vastberaden liep ik in de richting van het huis en keek niet meer om.

De woning was een eenvoudig rijtjeshuis.

Niet bepaald een Ross Tower.

In de tuin van het huis ernaast stond een vrouw met een hark.

Ik keek haar even recht aan en knikte vriendelijk. Het was belangrijk, dat ze me later nog zou herkennen.

De vrouw groette terug en boog zich toen weer over de struik, die ze aan het snoeien was.

Ik liep naar de voordeur en belde aan. Ik wachtte geduldig.

Er was geen haast bij. Zijn vrouw zou nog lang niet thuiskomen.

De deur ging open en een oudere man keek me aan.

Ik herkende hem meteen, hoewel Theo Albrechts kleiner was, dan ik me herinnerde en nu witgrijs haar had in plaats van donkerblond.

Hij is oud geworden, dacht ik.

Ik vond het moeilijk om deze man weer te zien, ondanks het feit dat ik hier een jaar naartoe had geleefd en me had kunnen voorbereiden.

"Yes? How may I help you?" vroeg hij vriendelijk. Zijn Nederlandse accent was onmiskenbaar.

Ik zag geen enkele indicatie van herkenning in zijn gezichtsuitdrukking. Dat had ik ook niet verwacht. Het was tenslotte vijftien jaar geleden, dat we elkaar voor het laatst hadden gezien. Ik had mijn tekst al klaar en sprak expres in het Nederlands, wetende dat dit hem nog meer zou verwarren.

Verwarring was goed. Dat gaf mij het voordeel.

"Goedenavond, meneer Albrechts."

Hij keek me verbaasd aan. "Ken ik u?"

"Ja," antwoordde ik, "maar het is lang geleden." Ik wachtte even, zodat mijn woorden goed tot hem door konden dringen. Toen stak ik mijn hand uit en stelde me voor: "Mijn naam is Misha Larsen." Ik meende een vage blik van herkenning te zien bij Albrechts, alsof mijn naam hem ergens wel bekend voorkwam, maar hij niet meer wist waar hij die eerder gehoord had.

Het zou snel genoeg terugkomen...

* * * * *

Dinsdag, 30 oktober 2012 – avond – Dag 1
New York, Amerika

"Afsluiten!" klinkt de stem van Parker in de verte.

De celdeuren glijden allemaal tegelijk dicht.

Ik denk na. Er is zoveel dat ik Jamie wil vragen, maar ik twijfel of het verstandig is om in dit vroege stadium al te proberen om mijn celgenoot uit te horen. Hoewel mijn eerste indruk is, dat Jamie daar wel voor openstaat, ken ik hem niet en besluit ik me op de vlakte te houden, in ieder geval totdat ik in kan schatten hoe hij in elkaar zit.

"Weet jij hoe laat het is?" vraag ik uiteindelijk. Het lijkt totaal onbelangrijk, maar toch is dit wat ik het liefste wil weten. Tijd is mijn anker. Het bepaalt alles en geeft me structuur, balans en een zekere controle.

"Zeven uur," antwoordt Jamie, zonder na te denken.

"Hoe weet je dat?"

"Door de dagindeling," zegt Jamie. "Iedere dag is hier anders, maar er zijn dingen die altijd hetzelfde zijn. Elke dag weer."

"Hoe verloopt de dag hier?" vraag ik.

"Hoe bedoel je?" klinkt de stem van Jamie boven me.

"Je staat op en dan?" verduidelijk ik.

"Om zeven uur staan we op, dan volgt de telling, het douchen en aankleden en dan ontbijt in de kantine," somt Jamie op. "Na het ontbijt gaan we terug naar onze cel. Tussen de middag gaan we naar de kantine voor de lunch. Na de lunch mogen we een half uur naar buiten op de binnenplaats. Daarna gaan we terug naar onze cel. Sommigen van ons mogen werken, maar het is saai en het verdient heel slecht, dus ik blijf liever in het blok. Er is een bibliotheek waar we boeken kunnen lenen. Daar zit wel een limiet op, maar met onderling ruilen kom je een heel eind. Tussen vijf en zes uur gaan de celdeuren open en mogen we binnen het cellenblok gaan en staan waar we willen, zolang we niet samenscholen in groepen van meer dan vijf personen. Daarna krijgen we het avondeten."

"En dan?" vraag ik verder.

"Tussen half zeven en zeven uur blijven de celdeuren open. Daarna moeten we weer naar binnen en om elf uur gaat het licht uit," antwoordt Jamie. "Hoewel er op de gang altijd licht blijft branden, dus echt donker wordt het nooit... Ik kon er de eerste nachten niet van slapen, maar het went snel."

"Dat is oké," zeg ik. "Ik hou niet van het donker."

Onmiddellijk vraag ik me af waarom ik Jamie dit vertel. Er is iets aan hem dat onmiddellijk vertrouwen wekt, zelfs bij iemand die zo wantrouwig is als ik.

Ondanks het feit dat hij al langere tijd tussen zware criminelen zit, heeft hij iets onschuldigs over zich, bijna kinderlijk. Op een bepaalde manier doet hij me aan Maren denken.

Ik ban haar onmiddellijk uit mijn hoofd. Het zou teveel worden.

Jamie voelt mijn twijfel kennelijk feilloos aan, want hij zegt: "Het is oké. Je hoeft niet te praten." Hij zwijgt even en verandert dan tactvol van onderwerp. "Jij bent Nederlander, toch?"

"Ja," antwoord ik.

"Weet je dat er hier nog een Nederlander zit?" vraagt Jamie. Als ik niet antwoord, vervolgt hij: "Hij zit op de eerste verdieping, schuin tegenover ons. Zijn naam is Franz Lawrence of zoiets. Het is een Nederlandse naam. Ik kan het niet goed uitspreken. Hij moet tien jaar zitten, voor drugssmokkel en –bezit."

Locatie...

Ik heb nu binnen een minuut al meer informatie dan waar ik de gehele eerste week op had durven hopen.

"Wat is hij voor iemand?" vraag ik, gespeeld ongeïnteresseerd.

"Ik ken hem niet goed," antwoordt Jamie. "Hij is heel erg op zichzelf en zijn Engels is echt beroerd."

Gunstig, denk ik.

"Jammer," zeg ik achteloos. "Geen gezellige onderonsjes met Skinner voor hem."

"Ssshh," sist Jamie. "Je moet hier uitkijken met wat je zegt." Hij begint nog zachter te praten, zodat ik hem nog nauwelijks kan verstaan. "Er zijn er vermoord voor minder." Hij laat zich van zijn bed glijden en komt op de rand van mijn bed zitten.

Ik wacht af wat hij nog meer te melden heeft.

Jamie buigt zich naar me toe en fluistert dan: "Luister, ik denk dat je het allemaal veel te licht opvat. Als je hier een verkeerde opmerking maakt of verkeerd naar iemand kijkt of zelfs maar tegen de verkeerde persoon opbotst in de gang, kan het zomaar afgelopen zijn."

"Wat?" vraag ik.

"Het leven," antwoordt Jamie. "Game over."

"Ik onderschat het niet," zeg ik. Ik richt me op en steun op mijn ellebogen, zodat Jamie niet meer zo op me neerkijkt. Het is nog te vroeg om deze onbekende jongen te vertrouwen en zo dichtbij te laten, maar ik besef goed dat het belangrijk is, om Jamie helemaal voor me te winnen. Ik zal hem nog nodig hebben.

"*Iedereen* onderschat het," protesteert Jamie, duidelijk heilig overtuigd van zijn gelijk. "Jij ook. Je komt er snel genoeg achter."

Ik spreek hem niet tegen. Het is niet moeilijk te geloven, dat een zachtaardige jongen als Jamie moeite heeft om zich staande te houden in deze kille omgeving en tussen deze mensen. Maar ik ben ouder dan Jamie. Ik heb meer levenservaring en ik heb me voor kunnen bereiden, iets waar Jamie de kans niet toe heeft gekregen.

"Je denkt dat je het wel aankunt, hè?" vraagt Jamie zacht. "Dat het wel mee zal vallen." Hij lijkt mijn zelfverzekerde houding erg verontrustend te vinden. "Dat dacht ik ook. Ik had al die klassieke Hollywood gevangenisfilms gezien. Jij ook, waarschijnlijk. Je denkt dat het allemaal fictie is en veel erger wordt voorgesteld, dan het in werkelijkheid is, maar alle fictie heeft een inspiratiebron... Het komt altijd *ergens* vandaan..."

* * * * *

Vrijdag, 31 augustus 2012 – avond
New Jersey, Amerika

Theo Albrechts schudde mijn hand en zei op verontschuldigende toon: "Neemt u mij niet kwalijk, maar ik weet niet meer wie u bent. Mijn geheugen is niet meer wat het geweest is."

"Mijn ouders overleden in 1998. U werkte toen bij Jeugdzorg," vertelde ik. "U heeft destijds heel veel voor me gedaan en ik wil u graag bedanken." Ik liet de hand van de man los, glimlachte vriendelijk en vroeg toen: "Mag ik binnen komen?"

Albrechts leek een beetje overdonderd, maar schuifelde toen een aantal stappen achteruit en maakte een uitnodigend gebaar. "Natuurlijk."

Ik ging naar binnen en volgde hem naar de woonkamer. Ik zag hem uiterst moeizaam voor me uit schuifelen, alsof hij veel ouder was dan zijn achtenzestig jaar.

Het is bijna wreed, dacht ik ongewild, maar ik herstelde me snel.

Bijna...

No mercy...

"Wilt u iets drinken?" vroeg Albrechts.

"Graag," antwoordde ik.

"Cola?" informeerde Albrechts.

"Dat is goed." Ik wachtte geduldig, terwijl hij zich langzaam naar de keuken begaf. Ik keek rond en nam de woonkamer goed in me op. De inrichting bestond voornamelijk uit klassieke, houten meubelen en veel snuisterijen.

Precies de twee dingen, die ik het meest verafschuw in een huis: grove meubelen in Mechelse stijl en rommel.

Mijn oog viel op een aantal kleine, houten fotolijstjes, die op een kabinetje stonden. Ik liep er naartoe en bekeek de foto's één voor één, zonder ze aan te raken. De meeste afbeeldingen waren van Theo Albrechts en zijn vrouw, in de diverse fases van hun leven. Er was ook een foto van mevrouw Albrechts en een andere vrouw, die ik niet kende en die zowel in Deans als in mijn research niet naar voren was gekomen.

Misschien een zus of een vriendin, dacht ik. Ik herstelde me snel.

Onbelangrijk.

Focus!

Toen viel mijn oog op de laatste foto, die half verscholen achter een andere stond, alsof hij naar de achtergrond was verdrongen door nieuwere of belangrijker plaatjes, maar er toch nog een beetje bij hoorde.

Ik wilde het fotolijstje oppakken, maar bedacht me bijtijds. Er ging een golf van afkeer door me heen, toen ik naar de twee mannen op de foto staarde.

Links stond Theo Albrechts.

Ik schatte dat de foto tussen de tien en twintig jaar oud was, omdat Albrechts er ongeveer hetzelfde uitzag, als toen ik hem in 1998 had ontmoet. De andere man, die op de foto rechts van Albrechts stond, kende ik ook.

Hem had ik kort geleden nog gezien.

Ik wachtte geduldig tot Albrechts terugkwam uit de keuken.

De oude man zette twee glazen cola op de salontafel en ging zitten. Hij gebaarde naar de fauteuil tegenover hem. "Ga zitten."

"Dank u." Ik deed wat me gevraagd werd en sloeg mijn benen over elkaar. "Het spijt me, dat ik zomaar kom binnen vallen," begon ik.

"Dat geeft niet," antwoordde Albrechts. "Mijn vrouw is met haar vriendinnen naar de bingo, dus anders zit ik toch maar alleen vanavond. U bent haar net misgelopen."

Dat was ook de bedoeling, klootzak, dacht ik.

"Dat is jammer," zei ik en pakte het glas cola dat voor me stond. "Ik had haar graag ontmoet." Ik nam een slok en zette het glas terug. De vingerafdrukken liet ik bewust achter, als onderdeel van een aantal kleine details, die later mijn verhaal moesten staven.

Albrechts leek nog altijd geen idee te hebben wie hij voor zich had.

"Mijn ouders waren Leon en Michelle Larsen," begon ik te vertellen. "In 1998 kwamen ze om het leven bij een auto-ongeluk... Ik bleef achter met mijn oudere broer Lennart. Hij was destijds zeventien en trok in bij een oom van ons, een broer van onze vader."

Weer meende ik iets van herkenning te zien, in de oude ogen van mijn gesprekspartner. "Ik was elf. U plaatste mij in een pleeggezin." Ik zweeg even, pakte mijn cola weer en nam nog een slok, terwijl ik zorgvuldig mijn woorden koos. "Dankzij u heb ik een... onvergetelijke jeugd gehad."

Hij glimlachte. "Ik ben blij dat je bij goede mensen terecht bent gekomen."

De oprechte klank van zijn stem verwarde me even. "U had ze met zorg uitgekozen," ging ik toen verder. "Mijn pleegvader was een vriend van u."

De glimlach verdween van het gezicht van Albrechts en hij werd lijkbleek. Hij staarde met een blik van ongeloof naar mijn ogen.

Ik zag dat hij zich herinnerde dat hij die ogen eerder had gezien, destijds onzeker en angstig, nu koud en hard.

IJsblauw.

Het vergeten beeld van het schuchtere elfjarige jongetje, dat hij had opgehaald in de aula van het uitvaartcentrum kwam langzaam terug.

Ik zag het gebeuren.

* * * * *

Dinsdag, 30 oktober 2012 – avond – Dag 1
New York, Amerika

"Lichten uit!" roept een stem in de verte.

Ik voel een nieuwe golf van paniek door mijn lichaam trekken. Ik sta op van mijn bed, loop naar het bureau, ga op de rand van het tafelblad zitten en wacht op het donker.

De meeste lichten gaan uit, maar op de gang blijven sommige lampen branden, waardoor ik toch redelijk zicht heb. Ik adem opgelucht uit en kijk naar Jamie, die noodgedwongen zijn boek opzij heeft gelegd en nu op de rand van zijn bed zit en naar me kijkt.

"Alles oké?" vraagt hij fluisterend.

Ik knik. "Een beetje..." Ik twijfel. "Onrustig," besluit ik dan.

Jamie blijft me aankijken.

Ik probeer te raden wat hij denkt en probeer te zien wat hij ziet, maar ik kan het niet goed inschatten.

Jamie laat zich van zijn bed glijden en gaat op de rand van het onderste bed zitten. "Ik blijf nog wel even met je op," stelt hij voor.

"Waarom?" vraag ik.

"Ooit was het mijn eerste nacht hier," zegt Jamie simpel.

* * * * *

Vrijdag, 31 augustus 2012 – avond
New Jersey, Amerika

"Weet je het weer?" vroeg ik.

Theo Albrechts knikte even, maar zei niets.

Ik stond op, haalde een stiletto uit de achterzak van mijn jeans en knipte die open.

Hij stond moeizaam op, maar deed geen poging om te vluchten.

Ik bleef even staan en keek de oude man recht in de ogen. "Heb je enig idee hoe lang drie jaar kan duren, Theo?" vroeg ik met ingehouden frustratie. Ik wilde dat Albrechts in zou zien, dat mijn actie meer dan gerechtvaardigd was. Ik wilde dat hij wist, dat hij dit zelf had veroorzaakt en dat hij het allemaal over zichzelf had afgeroepen.

Hij stond als aan de grond genageld. "Luister, jongen," begon hij op gemaakt kalme toon. Zijn handen trilden onophoudelijk en zijn ademhaling was onregelmatig. "Wil je geld? Ik heb geld!"

"Ik heb je geld niet nodig," antwoordde ik.

De oude man was nog niet bereid om het op te geven en probeerde het opnieuw. "Er ligt duizend dollar in het kabinetje." Hij wees. "Ik heb boven een gouden horloge en sierraden van mijn vrouw. Neem het. Neem het maar."

"Ik heb je geld niet nodig," herhaalde ik.

"Mijn portemonnee ligt in de gang," ging Albrechts verder. "Daar zit ook nog honderd dollar in. Neem het maar. Neem alles maar."

Ik kon zien hoe wanhopig hij moest zijn. Er zat geen logica meer in zijn denkwijze. Ik had zojuist meer dan duizend dollar en juwelen afgeslagen, dus het was verre van logisch dat honderd dollar me over de streep zou trekken, maar toch bood hij het aan.

"Ik heb je geld niet nodig," zei ik weer. Weer zag ik een sprankje hoop in zijn ogen.

"Ik heb een spaarrekening..."

Er viel een korte stilte.

"Hoe heb je me gevonden?" vroeg Albrechts, toen hij in begon te zien dat het zinloos was, om andere waardevolle spullen aan te bieden. Waarschijnlijk dacht hij dat zijn enige kans om te overleven was, om me zo lang mogelijk aan de praat te houden en dan misschien in een onbewaakt ogenblik 911 te kunnen bellen. Hij kende me niet goed genoeg, om te kunnen weten dat ik daar nooit in zou trappen.

Bij mij zijn er geen onbewaakte ogenblikken.

Niet meer.

"Ik kan goed zoeken," antwoordde ik vaag. Ik had geen zin om uit te leggen, hoe het werkelijk gegaan was. Het deed er niet toe.

"Waarom doe je dit?" vroeg hij.

De vraag verwarde me even. "Waarom?" herhaalde ik. Het leek me allemaal erg duidelijk, niet iets waar iemand lang over na zou hoeven denken. Oorzaak en gevolg.

"Ik heb je nooit iets misdaan," zei hij.

Ik lachte vreugdeloos en deed een stap in zijn richting. *"Whatever helps you sleep at night."*

"Wacht! Ik kan je vertellen waar Joris is!" riep Albrechts. Hij hief zijn handen afwerend op. "Laat me gaan... Dan geef ik je zijn adres in Nederland en zijn nieuwe vakantieadres in Frankrijk. We hebben nog steeds contact."

"Fijne vriend ben jij," merkte ik sceptisch op.

"Ik heb je nooit iets misdaan," herhaalde hij.

Ik schudde mijn hoofd. "Deze discussie ga ik niet met je voeren, Theo. Probeer me niet in de maling te nemen. We weten allebei hoe het zit."

"Ik wist het niet," probeerde Albrechts. "Ik wist niet wat hij..."

"Stop," zei ik. "Doe geen moeite."

"Jongen, denk nu even na," smeekte hij. "Ik heb een spaarrekening. Je mag alles hebben. Je kunt opnieuw beginnen..."

Opnieuw beginnen? dacht ik.

Van 31.692 dollar?

"Je kunt opnieuw beginnen... Vergeten wat er gebeurd is..."

Vergeten?!

"Over geld gesproken," kapte ik Albrechts af. "Hoeveel heb je eigenlijk voor me gehad?"

Hij leek met de seconde ouder en machtelozer te worden, maar plotseling leefde er weer een sprankje hoop op in zijn ogen. "Luister, je hebt nog niets fout gedaan. Waarom ga je niet gewoon weg?"

"Hoeveel?" herhaalde ik.

"Ik zal tegen niemand zeggen, dat je hier geweest bent."

"Hoeveel?"

"Je kunt nu nog terug."

"Ik kan nooit meer terug," antwoordde ik ijzig. "Die beslissing is nooit aan mij geweest. Die heb jij voor me genomen in 1998."

"Die keuze heb je nu wel," zei hij. "Ik *geef* je die keuze. Loop gewoon weg."

Ik schudde mijn hoofd opnieuw en naderde hem langzaam, terwijl ik hem strak aan bleef kijken. *"Hoeveel?"* vroeg ik weer.

"Dat weet ik niet meer," antwoordde hij.

Ik zag dat hij loog, maar liet het niet merken. "Een andere vraag dan..."

Albrechts keek me aan.

"Waarom?"

Ook het antwoord op deze vraag bleef hij me schuldig. "Alsjeblieft," smeekte hij. "Doe me geen pijn."

"Dat was mijn tekst," zei ik toonloos.

"Alsjeblieft?"

"Dat was ook mijn tekst."

"Er moet toch iets zijn dat ik voor je kan doen?" probeerde hij.

"Ja," antwoordde ik. "Doodgaan."

"Misha... Alsjeblieft?"

"Je hebt de groeten van Maren," zei ik kil en ramde het lemmet van het mes met al mijn woede in zijn borst.

De oude man zeeg onmiddellijk in elkaar en stopte bijna meteen met ademhalen.

Ik staarde even naar de stiletto, die uit de borst van mijn slachtoffer omhoog stak. Ik zakte naast het lichaam door mijn knieën en controleerde of ik een hartslag voelde, maar dat was niet het geval. Ik stond langzaam op en wachtte een paar minuten, om er zeker van te zijn dat reanimatie niet meer mogelijk zou zijn, wanneer de hulpdiensten arriveerden.

Theo Albrechts was dood en moest dat vooral blijven.

De seconden leken voorbij te kruipen, maar uiteindelijk waren er toch tien minuten verstreken. Ik liep naar de telefoon, leunde tegen het kastje waar die opstond en toetste het nummer in.

"911. What's your emergency?" vroeg een vrouw.

Ik haalde even diep adem en zei toen: *"I just killed somebody."*

* * * * *

Dinsdag, 30 oktober 2012 – avond – Dag 1
New York, Amerika

Jamie en ik praten een tijdje fluisterend over onbelangrijke dingen.

Ik zie dat hij me op mijn gemak probeert te stellen.

Na een tijdje zegt hij: "We moeten nu naar bed gaan. De controle komt zo."

"Hoe weet je dat?" vraag ik.

"Als je hier een poosje bent, krijg je daar een zesde zintuig voor," antwoordt Jamie en hijst zich op het bovenste bed.

In de verte klinken voetstappen.

Ik ga op mijn bed liggen en doe alsof ik slaap. Ik luister naar de voetstappen, die steeds een stukje dichterbij komen, telkens met een korte pauze. Pauzes waarvan ik aanneem, dat de bewaker dan stilhoudt bij een cel.

De voetstappen naderen. Hij moet nu voor de cel van Donald Skinner staan. Er klinken nog een aantal voetstappen, voordat de cipier stilstaat bij de cel van Jamie en mij.

Hij loopt door.

Ik luister naar het wegstervende geluid.

"Hé, nieuwe!"

Ik kan Skinners stem duidelijk horen, ondanks het gebrek aan volume.

"Niet op reageren," instrueert Jamie fluisterend. Hij laat zich opnieuw van zijn bed glijden en zakt door zijn knieën, zodat hij nog zachter kan praten. "Hij zal nog wel even doorgaan, maar de bewakers maken er straks wel een einde aan."

Ik zucht. Ik had gehoopt dat ik de avond kon gebruiken om mijn gedachten te ordenen en gehoopt op een beetje rust en stilte.

"Niet reageren," herhaalt Jamie dwingend en hijst zich weer op zijn eigen bed. "Wat er ook gebeurt."

Wat er ook gebeurt?

Dat klinkt niet alsof ik hier blij van ga worden.

Ik ga rechtop zitten, met mijn rug tegen de muur, die me scheidt van Donald Skinner. Het ziet ernaar uit dat deze muur mijn nieuwe beste vriend is.

Na een korte stilte, die ongetwijfeld bedoeld is om me een vals gevoel van veiligheid te geven, ben ik niet naïef genoeg om te geloven, dat Skinner de rest van de avond zal zwijgen.

Ik ben op bekend terrein. Kat en muis, jager en prooi...

Ik vraag me af in hoeverre mijn paranoia me nu parten speelt.

"Heb je nog nagedacht over mijn voorstel?" klinkt de indringende fluisterstem van Skinner na een tijdje.

Ik denk na. Er is een redelijke kans dat hij me alleen maar bang probeert te maken, dat hij een spelletje speelt om de tijd te doden, maar mijn gevoel spreekt die gedachte tegen. Ik besluit het advies van Jamie op te volgen en Skinner niet te antwoorden.

"Zo mooi...," gaat Skinner verder. "Op eenzame hoogte... bovenaan ieders verlanglijstje..." Hij zwijgt weer even, alsof hij er zeker van wil zijn dat ik de tijd krijg om tussen de regels door te lezen. Zijn timing is feilloos.

De stilte duurt voort, totdat ik voorzichtig begin te hopen dat hij het hierbij zal laten.

Dan vervolgt hij: "Je bent vast nog mooier als je bang bent, met die betoverende ogen van je..." Zijn ademhaling versnelt en wordt geleidelijk zwaarder.

Serieus?

Ik zucht, sluit mijn ogen en hoop maar dat Skinner snel genoeg krijgt van zijn spelletje.

"Zo mooi... Zo mooi..." Wederom versnelt zijn ademhaling en hij gaat steeds harder praten. "Je moest eens weten... Wacht maar... tot ik je... een keer alleen tref..."

"Houd je kop, Skinner!" roept iemand.

Ik probeer me af te sluiten, maar het is onmogelijk om Skinner niet te horen.

"Ik wil je... naar me op zien kijken...," hijgt hij verder. "Als je op je knieën zit..."

"Skinner, houd je muil!" schreeuwt een andere stem.

"Als je die mond toch niet gebruikt... om mee te praten...," vervolgt Skinner onverstoorbaar en genadeloos, "dan kunnen we... vast wel iets... *anders* bedenken..."

Ik voel me misselijk worden.

De onrust in mijn lichaam begint toe te nemen en de onrust in mijn hoofd gaat langzaam over in chaos. Gevoelens van angst en onzekerheid vechten om voorrang en ik vraag me af, hoe ik ooit heb kunnen denken, dat ik hier zou kunnen overleven, in deze omgeving.

Dean Wesson had meer dan gelijk gehad om daaraan te twijfelen.

"Wacht maar...," zegt Skinner zwaar ademend. "Wacht maar... tot ik je alleen heb... Maak je geen zorgen, *pretty boy*... Ik zal je niet teveel pijn doen..."

Ik onderdruk de neiging om over te geven en probeer mijn rust te hervinden. Het kost me teveel moeite. Dit wordt een probleem. Ik ben me bewust van het feit dat ik tot nu toe weinig te klagen heb en dat mijn reactie buitenproportioneel is.

Als ik hier wil overleven zal ik me aan moeten passen en mijn grenzen drastisch moeten gaan verleggen. Mijn positie als nieuweling is al niet bijster sterk. Ik kan het me niet permitteren om die verder te verzwakken door mezelf door dit stukje theater in deze mate te laten beïnvloeden.

Skinner zwijgt eindelijk, maar kreunt theatraal als hij klaarkomt.

Ik vecht tegen mijn tranen. Hier kan ik niet tegen.

Als het een paar minuten stil blijft, ga ik weer op mijn bed liggen en denk terug aan iets dat Dean tegen me heeft gezegd, tijdens één van onze talloze sessies in hotelkamers.

"Er wordt veel gejankt in de gevangenis, maar nooit waar anderen het kunnen zien."

Ik trek de dekens over me heen.

"Slaap lekker, liefje...," zegt Skinner, nauwelijks hoorbaar. "Je zult het nodig hebben."

2.
KLOKKEN

Woensdag, 31 oktober 2012 – ochtend – Dag 2
New York, Amerika

Ik schrik wakker van een harde, indringende bel, die het begin van mijn eerste volledige dag in de gevangenis aankondigt. Ik zit meteen rechtop in bed en kijk rond, maar vreemd genoeg duurt het een paar seconden, voordat ik echt besef waar ik ben. Het onwerkelijke gevoel staat haaks op de realiteit van de geluiden om me heen.

De nacht is kort geweest, maar tegelijkertijd leek er geen einde aan te komen. Nadat Donald Skinner me een tijdje verbaal vernederd had, was ik min of meer bereid om alle hoop op enige nachtrust op te geven.

Ik lag uren wakker en staarde naar de schaduwen op de muren, die veroorzaakt werden door het zwakke licht op de gang. Ik heb nagedacht en een voorlopige strategie bepaald, terwijl Jamie boven me lag te slapen en Skinner naast me eindelijk genoeg van zijn spelletjes leek te hebben en zijn mond hield.

De rust was meer dan welkom.

Met grote regelmaat hoorde ik een bewaker langs lopen, die zijn controles uitvoerde, maar omdat ik geen horloge meer heb, kan ik niet met zekerheid zeggen of de cipier elk half uur of ieder kwartier voorbij kwam. Halverwege de nacht ben ik schijnbaar toch in slaap gevallen en de laatste controles tot de bel heb ik niet meer meegekregen.

Jamie zwaait zijn benen over de rand van zijn bed en laat zich naar beneden glijden.

"Goedemorgen," zeg ik en sta op.

"Morgen," antwoordt Jamie. Hij maakt snel zijn bed op en gebaart naar mij dat ik hetzelfde moet doen.

"Deuren open!" klinkt een stem op de benedenverdieping.

Er klinkt een luide zoemer en de celdeuren glijden open.

"Opstellen voor de telling!"

Jamie stapt de cel uit.

Ik volg hem en wacht af, onzeker over wat ik kan verwachten en wat er van me verwacht wordt.

Donald Skinner staat vlak naast me, maar zegt niets en kijkt strak voor zich uit. Dan seint hij even naar een man schuin aan de overkant.

Een nors ogende bewaker loopt voorbij met een klembord. Kennelijk is het digitale tijdperk nog niet helemaal doorgedrongen tot het Amerikaanse gevangenissysteem.

Ik merk dat ik me hierdoor laat afleiden en dat ik er ongewild bij stilsta, dat een tablet toch veel handiger zou zijn dan dat klembord.

Focus!

Onbelangrijk.

De bewaker blijft even staan en neemt me in zich op. Waarschijnlijk vraagt hij zich bij alle nieuwe gevangenen af in hoeverre ze zijn werk kunnen bemoeilijken.

Ik onderga zijn blikken zwijgend, in de hoop dat hij ziet, dat ik geen enkele intentie heb om het hem lastig te maken.

Hij knikt even, maar zegt niets. Dan loopt hij door en vervolgt zijn telling.

Zodra de bewaker buiten gehoorsafstand is, begint Jamie te fluisteren. "Met hem moet je uitkijken. Zijn naam is Kane. Hij werkt normaal gesproken alleen in het weekeinde. Bijbaantje, snap je? Ze zeggen dat zijn opa kampbewaarder is geweest in Nazi-Duitsland."

Ik zeg niets en neem me voor om te proberen zo weinig mogelijk op te vallen.

Bewaker Parker staat bij de trap en merkt op: "Hé, Hirsch! Waarom houd jij je mond niet eens even de rest van de ochtend?" De klank van zijn stem is niet onvriendelijk.

Jamie wil nog iets zeggen, maar doet zijn mond dicht en kijkt recht voor zich.

Beneden worden de gevangenen in groepen verdeeld om naar de doucheruimte begeleid te worden. Het duurt een tijdje voordat de benedenverdieping leeg is. Vervolgens worden de gevangenen op de bovenverdieping in groepjes van vier naar beneden gesommeerd en weggebracht.

Het is nog te vroeg om een echt systeem in de gang van zaken te kunnen ontdekken.

"Lockhart, Irving, Skinner, Jones!" Parker tikt ongeduldig met zijn voet op de grond, als er teveel wordt getreuzeld naar zijn zin. "Hé!"

De vier genoemde mannen passeren hem en dalen de trap af.

Parker slaat hen gade, totdat ze onder begeleiding van één van zijn collega's de gang uitlopen. Zodra ze uit het zicht verdwijnen, roept hij de volgende namen af: "Hirsch, Larsen, Norton, Solano!"

Ik volg Jamie en de twee anderen de trap af.

Beneden worden we opgevangen door een andere bewaker. Volgens het labeltje op zijn uniform, is zijn naam 'Phipps' en hij heeft een vriendelijk, rond gezicht. Hij begeleidt ons naar het einde van de gang en wacht op het zoemende geluid, dat aankondigt dat de metalen deur open zal gaan. De zoemer klinkt en de deur gaat open.

"Doorlopen, Solano," zegt Phipps.

Ik probeer de route te onthouden, gewoon om mezelf iets te geven om me op te focussen.

Houvast.

Links, een trap af, nog een gang door, rechts. Het einde van iedere ruimte en gang wordt steevast gemarkeerd met een gesloten, metalen deur, die steeds opengaat na hetzelfde zoemende geluid.

Uiteindelijk komen we in een kleedruimte, waarachter de doucheruimte zich bevindt. Slechts vier bewakers houden toezicht op een groot aantal mannen, die zich aan het aan- en uitkleden zijn.

"Norton, Solano, opschieten," gebiedt Phipps zonder enige autoriteit. "Hirsch en Larsen, volgende groep."

"Waarom krijgt die nieuwe meteen al een voorkeursbehandeling?" protesteert de skinhead Norton en knikt geïrriteerd in mijn richting.

Ik begrijp niet wat hij bedoelt.

"Niemand krijgt hier een voorkeursbehandeling," antwoordt Phipps stijfjes. "Opschieten."

Ik kijk vragend naar Jamie voor antwoorden.

"Hij houdt ons uit de groep van Donald Skinner," fluistert Jamie, zodra Phipps zich even omdraait, als hij achter zich iets hoort.

"Niks aan de hand, Phipps. Klein verschil van mening," zegt Kane, die in de deuropening van de doucheruimte staat.

Phipps wendt zich weer tot Jamie en mij en wijst op een houten plank, die met een stalen constructie aan de muur is bevestigd. "Zitten." Hij kijkt af en toe op zijn horloge. Na een paar minuten arriveert er weer een nieuwe groep, kort daarop gevolgd door nog een aantal groepjes van vier, allen met een bewaker.

Ik kijk toe hoe sommige bewakers en groepjes gedetineerden de kleedruimte beginnen te verlaten, terwijl andere bewakers arriveren met nieuwe groepjes. Ik probeer de logica en een systeem te ontdekken, maar het ontgaat me op dit moment nog volledig.

Het lijkt een soort wisselsysteem te zijn, waarvan voor iedereen duidelijk is wat er van ze verwacht wordt. Ik probeer me niet teveel bezig te houden met 'wie', 'wat', 'waar' en vooral 'waarom' en me in plaats daarvan te richten op het 'hier' en 'nu'.

Phipps werpt opnieuw een blik op zijn horloge en zegt: "Uitkleden."

Ik trek mijn schoenen uit en aarzel even.

Jamie pikt het feilloos op. Hij zit vlak naast me en buigt zich onopvallend nog dichter naar me toe, terwijl hij aan zijn rechterschoen friemelt. "Probeer onopvallend te treuzelen," fluistert hij. "Volg mijn tempo, dan lopen we hem precies mis."

"Wie?"

"Skinner, natuurlijk," antwoordt Jamie zacht.

Natuurlijk, denk ik.

Ik besluit geen vragen meer te stellen en volg zijn tempo. Ik knoop mijn overhemd open en trek het uit.

Op dat moment komt er een groep mannen de doucheruimte uit, allen met een handdoek rond hun heupen. Ze verspreiden zich in kleine groepen over de hele kleedkamer en beginnen zich aan te kleden, terwijl er fluisterend druk wordt overlegd binnen de diverse groepjes.

Ik houd mijn ogen op de vloer voor me gericht, trek mijn T-shirt uit en leg het weg.

"Veelbelovend."

Ik hef mijn hoofd op en kijk recht in de donkere ogen van Donald Skinner. Ik sta op, omdat ik het niet prettig vind dat hij zo boven me uittorent. Eigenlijk is er helemaal niets dat ik prettig vind aan zijn aanwezigheid.

Skinners blik glijdt tergend langzaam over mijn naakte bovenlichaam.

De stilte tussen ons duurt voort, totdat hij me weer strak aankijkt en zegt: "Ga vooral door. Laat je door mij niet ophouden, *liefje.*"

"Skinner, schiet eens op!" roept Phipps.

Skinner negeert de bewaker, die niet het gezag uitstraalt, dat nodig is om hem wat dan ook te kunnen bevelen of verbieden. Hij blijft me aankijken en sist: "Jammer."

"Wat?" vraag ik.

"Dat je niet in mijn groep zit," antwoordt hij en doet een paar stappen bij me vandaan.

Vanuit mijn ooghoek zie ik dat Jamie naar me kijkt, met een vreemde mengeling van medeleven en opluchting in zijn ogen, maar ik krijg geen kans om daarover na te denken.

"Larsen, schiet eens op," zegt Phipps vriendelijk.

"Ja, Larsen, schiet eens op!" roept Skinner.

"Negeer hem," coacht Jamie fluisterend.

Ik trek de rest van mijn kleren uit en sla een handdoek om. Dan volg ik Jamie en een paar anderen naar de doucheruimte. Ondanks het feit dat niemand op me let, voel ik me bekeken en slecht op mijn gemak.

Ook in de doucheruimte staan diverse bewakers.

Ik had verwacht dat hun aanwezigheid me wat rust zou geven, maar dat is niet zo. Ik volg de orders van de bewakers op en ben blij als één van hen ons toesnauwt dat het tijd is om onder de douche vandaan te komen en ons aan te gaan kleden.

Daarna worden we weer in groepen verdeeld en naar de kantine gedirigeerd voor het ontbijt. Zo wordt het tenminste genoemd, maar het smaakt nergens naar. Ik eet weinig en luister slechts met een half oor naar Jamie, die fantaseert over zijn mooie toekomst in Paraguay en over wat hij als eerste zal doen, wanneer hij vrijkomt.

"Waarom Paraguay?" vraag ik uit beleefdheid, als ik zie dat hij verwacht dat ik iets terugzeg.

"Omdat mijn vader naar Zuid Amerika wil," antwoordt hij.

Ik denk hier even over na en zeg dan weifelend: "En alle andere opties dan? Argentinië? Brazilië? Venezuela? Peru? Panama? Cuba, zelfs?"

"Dat zou kunnen," geeft Jamie toe. "Maar ik heb eens ergens gelezen dat Argentinië volzit met gekloonde Nazi's. Daar ga ik als Jood echt niet tussen zitten."

Ik moet bijna lachen. "Dat heb ik ook gelezen," zeg ik gespeeld ernstig. "In *The Boys From Brazil...*"

"Dus?"

"Dat is een fictieboek, Jamie," antwoord ik. "En het speelt zich trouwens af in Paraguay."

"Weet je dat zeker?" vraagt hij.

Ik knik. "Ik heb het gelezen op de middelbare school."

"Ik heb het *dit jaar* gelezen," zegt hij. "Denk je niet dat ik het me dan beter kan herinneren dan jij?"

Nee, denk ik.

"Ja," zeg ik toegeeflijk.

Jamie lijkt blij met het feit dat ik hem gelijk geef en gaat dan verder met zijn verhaal.

Ik heb veel vragen, die ik aan Jamie wil stellen, maar geen ervan heeft iets te maken met Paraguay. De kantine is geen geschikte plek om ongestoord te kunnen praten. Aan de tafel waaraan we zitten, zitten ook andere gevangenen, die ik nog helemaal niet ken.

Ik besluit Jamie te laten praten en zelf te wachten, totdat we weer in onze cel zijn.

Het ontbijt lijkt uren te duren. De seconden en minuten tikken langzaam weg op de grote klok, die boven de deur hangt. Minuten waarin druk, maar op fluisterniveau wordt gepraat aan alle tafels en waarin een aantal meningsverschillen tussen gevangenen worden gesust door diverse bewakers.

Aan iedere tafel is een duidelijke rangorde zichtbaar. Er zijn sprekers en toehoorders, leiders en volgelingen, opdrachtgevers en uitvoerders, maar nergens is de hiërarchie zo helder als aan de tafel bij de deur.

Eén man is duidelijk de leider. Hij is in de veertig, met donkere ogen en nog donkerder haar, dat bij zijn slapen wat begint te grijzen. Zijn houding is ontspannen, maar autoritair en wanneer hij aan het woord is, zwijgt verder iedereen aan zijn tafel. Naast hem zitten zijn vertrouwelingen, waarschijnlijk de mensen, die direct onder hem staan. Op alle hoeken van de tafel zitten de bodyguards, veelal brede mannen met veel tatoeages, die elke beweging om hen heen met argwaan bekijken.

Mijn blik dwaalt willekeurig langs de andere tafels, totdat ik Donald Skinner in het oog krijg, die amicaal en geanimeerd in gesprek is met bewaker Kane. De manier waarop ze met elkaar omgaan lijkt bijna respectvol, waar Skinner eerder niets dan minachting heeft laten blijken voor het personeel en Kane weinig anders lijkt te doen dan het snauwen van orders.

Ik richt mijn blik weer op het tafelblad voor me, bang om te lang naar iemand te kijken.

Ik begrijp waarom er veel geklaagd wordt over de maaltijd. Het ergste vind ik nog de lauwe koffie.

"Zodat we niemand kunnen verbranden, als we ermee gaan gooien," legt Jamie uit, als ik er later in onze cel naar vraag. Hij lijkt het erg vanzelfsprekend te vinden.

Kennelijk bestaat er zoiets als 'gevangenislogica'.

* * * * *

Maandag, 13 augustus 2012 – avond
Los Angeles, Californië, Amerika

Zodra ik de afgesproken plek op de luchthaven van LA naderde, zag ik de man die ik zocht al staan. Ik voelde een welkome kalmte over me heenkomen, toen mijn laatste twijfels over de betrouwbaarheid van de ander leken te verdwijnen.

Dean Wesson had mij waarschijnlijk al gezien, voordat ik hem in het oog kreeg. Hij verliet zijn post, kwam naar me toe en gaf me een hand. "Zo, *killer*, goede reis gehad?" informeerde hij en klopte me even op mijn schouder.

"Prima," antwoordde ik.

Dean nam één van mijn koffers over en we liepen samen naar de uitgang.

"Ligt alles op schema?" vroeg ik.

"Natuurlijk," antwoordde Dean. Hij leek enigszins beledigd door mijn vraag.

"Sorry," zei ik.

"We waren het er alle vijf over eens, dat deze hele operatie valt en staat met blind vertrouwen," merkte hij op. "Dit is geen blind vertrouwen."

"Je hebt gelijk," gaf ik toe en volgde hem naar zijn auto. "Je inzet en informatie zijn telkens feilloos gebleken. Je verdient meer vertrouwen dan ik je tot nu toe gegeven heb."

"Zou je denken?" vroeg Dean sceptisch. Hij zette mijn bagage in de kofferbak en gooide het deksel met een klap dicht. Hij keek me aan en zei: "Luister, *Dutch Man,* de komende jaren ben ik de enige stabiele factor in je leven. We moeten elkaar kunnen vertrouwen, gozer. Als jij dat niet op kunt brengen, stopt het hier en nu. Er staat teveel op het spel."

"De trein heeft het station al verlaten, Dean," antwoordde ik. "Je trekt niet halverwege aan de noodrem."

Hij keek me even berekenend aan, opende toen het portier van de auto en stapte in.

Ik volgde zijn voorbeeld.

"Ik wil zo snel mogelijk weg uit Los Angeles," zei Dean, startte de motor en draaide de weg op. "Ik ben al te lang gebleven. We rijden vanavond nog ongeveer tweehonderd mijl oost. We pakken een motel en dan gaan we morgenochtend verder."

"Waarom ben je niet gewoon naar Atlanta gekomen?" vroeg ik. "Waarom moest ik eerst naar de Westkust? Ik had een vliegticket van Amsterdam naar Atlanta. We hadden beter vanaf daar naar New York kunnen gaan en..."

"Dit is mijn terrein, *Dutch Man,"* onderbrak hij me waarschuwend. "Zodra we op Nederlands grondgebied zijn, heb jij het weer voor het zeggen... Over een jaartje of twintig..."

Ik negeerde zijn sarcasme. "Het is geen *logische* route," hield ik aan, terwijl ik een snelle blik op mijn horloge wierp. "Het is onlogisch en *onpraktisch.* Als we vanaf Atlanta waren gereisd, hadden we meer tijd gehad."

"We hebben zeeën van tijd," antwoordde Dean. "In de auto."

Ik zuchtte.

"Jij hebt jouw planning, ik heb de mijne," zei Dean cryptisch.

"Hoe bedoel je?" vroeg ik argwanend.

"Dit is nou precies waar we aan gaan werken," vertelde hij. "De *hele* weg van LA naar NY: Vertrouwen."

"Ik vertrouw je," zei ik.

"We zullen zien..."

* * * * *

Woensdag, 31 oktober 2012 – middag – Dag 2
New York, Amerika

Tussen de middag is er de lunch, zoals Jamie al gezegd had. Deze maaltijd verschilt weinig van het ontbijt.

Ik eet nauwelijks en neem water in plaats van koffie.

Na de lunch worden de gevangenen via een garderobe, waar we onze jassen aantrekken, naar de binnenplaats begeleid voor het luchten.

Ik wacht rustig af, totdat mijn medegedetineerden, die hier al langer zijn, hun vaste plaatsen hebben ingenomen en zoek dan een stille plek langs de muur, totdat ik op een punt kom, vanwaar ik bijna de hele binnenplaats kan overzien.

Jamie volgt me.

Ik leun tegen de muur en neem de nieuwe omgeving in me op. Aan de rechterkant is een soort tribune met betonnen bankjes, zoals je die ziet op sportvelden van Amerikaanse middelbare scholen. Een aantal groepjes gevangenen heeft verspreid plaatsgenomen. Aan de linkerkant van de binnenplaats rennen een paar twintigers met een basketbal rond en hoewel er veel wordt gescholden en geschreeuwd, lijkt het spel gemoedelijk te verlopen. Ik zie een aantal kleine bijgebouwtjes, maar nog voordat ik me af kan vragen waar ze voor gebruikt worden, wordt mijn aandacht afgeleid.

Een man van een jaar of vijfenzestig passeert ons en hij en Jamie groeten elkaar, maar hij komt niet bij ons staan en loopt door.

Ik kijk naar de anderen. Alle groepjes die zich vormen, bestaan uit drie, vier of vijf man. Ik herinner me dat Jamie heeft verteld, dat het verboden is om samen te scholen met meer dan vijf personen.

Donald Skinner staat een meter of twintig bij Jamie en mij vandaan, met zijn celgenoot en drie andere mannen, met wie ik hem gisteren ook al heb zien praten in het cellenblok en vanmorgen in de kleedkamer.

Ik word uit mijn gedachten gehaald door Jamie, die vraagt: "Vanmiddag is het bezoekuur. Om drie uur. Verwacht jij iemand?"

Ik schud mijn hoofd.

"Heb je geen familie?" wil Jamie weten.

Ik geef geen antwoord op zijn vraag. "Wat weet je over Skinner?" vraag ik dan.

Jamie kijkt even om zich heen en pas als hij zichzelf ervan overtuigd heeft, dat Skinner ruim buiten gehoorsafstand is, fluistert hij: "Hij is knettergek en levensgevaarlijk. Je moet echt uitkijken met hem."

Net wat ik nodig heb, denk ik sceptisch.

Knettergek en levensgevaarlijk.

"Waarom zit hij hier?"

"Omdat hij een groepje tieners heeft verkracht en vermoord...," vertelt Jamie. "En nog een paar andere mensen... Acht keer levenslang... Hij komt nooit meer vrij." Het klinkt bijna alsof hij dat jammer vindt.

Toch zijn er situaties, waarin je liever een ander opzadelt met ellende, dan er zelf mee te blijven zitten. Iedereen die dat ontkent liegt.

Jamie zwijgt even en voegt er dan nog zachter aan toe: "Ze zeggen dat één van hen het overleefd heeft... Stel je voor dat je verder moet leven, als al je vrienden zijn afgeslacht voor je ogen. Dat meisje schijnt alles gezien te hebben. Zit in een gekkenhuis, heb ik gehoord."

Ik kijk mijn celgenoot aan.

Stiekem heb ik me al een aantal keer afgevraagd voor welke delicten Donald Skinner hier was beland. Ondanks dat ik me hem wel voor kan stellen als een soort hedendaagse Norman Bates, heb ik dit scenario over het hoofd gezien.

"Hij heeft mazzel gehad," verzekert Jamie me. "In een andere staat, zou hij de doodstraf hebben gekregen. Onderweg van de rechtbank hier naartoe, werd hij bijna gelyncht door een woedende menigte."

"En nu?" vraag ik.

"Nu staat hij hier hoog in rang. Iedereen is doodsbang voor hem en de uitzonderingen, die dat niet zijn doen hem niks, omdat hij hun rotklusjes opknapt. Ze laten hem gewoon zijn gang gaan, zolang ze hem als nuttig beschouwen. Hij..." Jamie zwijgt abrupt en kijkt demonstratief de andere kant op.

"Wegwezen," zegt Skinner.

Jamie maakt zich onmiddellijk uit de voeten.

Ik kijk Skinner aan en besluit af te wachten wat hij te melden heeft, voordat ik een koers in ga zetten. Ondertussen werken mijn gedachten op topsnelheid.

"Ik kom eens nader kennismaken," kondigt hij overbodig aan.

De echo van iets dat Dean Wesson heeft gezegd, dringt in mijn hoofd naar de voorgrond. *"Soms is de enige mogelijkheid om het spel te winnen, je er doorheen te bluffen."*

"Laat maar," antwoord ik op kille toon. "Je bent mijn type niet."

Skinner glimlacht. "Dat denk je maar." Hij steekt een sigaret op en blaast een grote rookwolk uit. "Ik weet niet wat onze kleine vriend Jamie je allemaal in je oor gefluisterd heeft, *liefje,* maar het is waarschijnlijk allemaal waar," gaat hij onverstoorbaar verder. "Mijn reputatie heeft nogal de neiging om me in te halen en Jamie is net zo'n irritant klein vogeltje, dat maar blijft kwetteren."

"Ik geloof niet dat er iets bij was om trots op te zijn," antwoord ik.

Zijn gezicht verstrakt en zijn ogen vernauwen. Hij doet nog een stap in mijn richting en sist dan: "Wacht maar. Je zult binnenkort moeten gaan kiezen."

"Bedankt voor de waarschuwing," zeg ik, gemaakt nonchalant en ik loop rustig langs hem heen en bij hem vandaan.

Jamie staat een eindje verderop en heeft het tafereel aandachtig gadegeslagen. Zodra ik naast hem sta, buigt hij zich naar me toe en fluistert: "Kijk maar uit. Hij heeft je in het vizier."

"Zou je denken?" vraag ik sarcastisch.

Jamie mag dan een zesde zintuig hebben voor de tijd, dit is iets waar ik een zesde zintuig voor heb. Niet dat het te missen is, trouwens.

Ergens gaat een bel om de terugkeer naar het cellenblok aan te kondigen. Ook nu worden we opgedeeld in groepen en verdeeld over de bewakers. Via de garderobe, waar we onze jassen achterlaten, worden we teruggebracht naar onze vleugel en weer opgesloten in onze cellen, in afwachting van de tijd, dat we vrij door het blok mogen bewegen.

Ik heb er veel moeite mee, dat ik in de periodes tussen de diverse activiteiten geen enkele notie van tijd heb. Voor een plek waar bijna iedere handeling op een vaststaand tijdstip plaats vindt, hangen er opvallend weinig klokken. De enige tijden waarop ik een blik op een klok heb kunnen werpen, zijn de tijden geweest, waarop ik al wist hoe laat het was. In de kleedruimte van de douche, tijdens het ontbijt in de kantine, tijdens de lunch, in de garderobe.

Zelfs hier op de afdeling. Ik weet dat er in de gang van het cellenblok een klok hangt. Die heb ik gisteren al gezien toen ik hier aankwam. Die klok hangt echter precies buiten het zicht van alle individuele cellen en is dus alleen te zien wanneer de deuren openstaan.

"Waarom willen ze niet dat we weten hoe laat het is?" vraag ik Jamie.

"Wat?"

"Er hangen hier alleen klokken op plaatsen waar je alleen bent, als je al weet hoe laat het is," verduidelijk ik.

Waarom zie je dat niet?

Het is zo duidelijk...

"Ik denk dat... Wat?" Hij kijkt me niet begrijpend aan.

Oké, stapje terug.

Ik ga te snel voor hem.

"In de kleedkamer, de kantine, de garderobe," som ik geduldig op. "Op die plaatsen ben je altijd op gezette tijden, maar *daar* hangen de klokken. Op de enige plek waar je niet kunt zien hoe laat het is, kun je dat ook niet afleiden uit iets anders."

"Ik denk niet dat iemand daar ooit over na heeft gedacht," antwoordt Jamie langzaam.

"Nee, er is weldegelijk over nagedacht," ben ik het hartgrondig met hem oneens en schud mijn hoofd. "Zoiets doen ze niet voor niks."

"Nou en?" vraagt Jamie. "Wat maakt het uit? Wat moet je in godsnaam met een klok hier? Je moet twintig jaar zitten. Een uur is hier niets. Je probeert de dag door te komen, te overleven... Dan wil je echt geen seconden aftellen en al helemaal niet twintig jaar lang."

Ik ga op mijn bed liggen en pak een boek dat Jamie me geleend heeft. *'Lord of the Flies'.*

* * * * *

Woensdag, 15 augustus 2012 – avond
Santa Fe, New Mexico, Amerika

"Als ik eenmaal binnen ben, kan ik alvast uitzoeken waar Laurens en Hawkes zijn," zei ik en zocht tussen mijn aantekeningen naar wat gegevens. "Zien wat hun posities zijn, hoe toegankelijk ze zijn en..."

Dean Wesson onderbrak me. "Als je 'eenmaal binnen' bent?" herhaalde hij sceptisch. Hij schudde afkeurend zijn hoofd en zei: "Stop maar, meneer de architect. Laten we eens bij het begin beginnen. Je loopt veel te ver op de zaken vooruit en de tijd dringt, *Dutch Man*. We hebben nog maar vijftien dagen."

"Wat is dan het begin, volgens jou?" vroeg ik zonder op te kijken.

We bevonden ons in een goedkoop motel in Santa Fe in de staat New Mexico, *en route* naar New York. Ik had de vorige avond nogmaals voorgesteld om te gaan vliegen, maar het was zinloos. Dean wilde er niets van weten en vertelde me dat er een opsporingsbevel tegen hem liep en dat het risico te groot was. Daarnaast leek hij de reis per auto een essentieel onderdeel van onze voorbereidingen te vinden.

Ik was er nog niet helemaal achter waarom.

Dean rolde met zijn ogen. "Gozer, serieus?"

Ik gaf geen antwoord.

"Je komt binnen. En dan wat?" vroeg Dean. "Dan ga je even bij je nieuwe buren informeren wat de gang van zaken is?"

Ik zweeg.

"Heb je überhaupt over dit soort dingen nagedacht?" wilde hij weten.

"Natuurlijk," zei ik. "Ik denk echt niet dat het makkelijk gaat worden."

"Niet makkelijk?" herhaalde Dean. Hij schudde opnieuw zijn hoofd en sloeg zijn ogen ten hemel. "Laat me je even uitleggen hoe dit werkt, nieuwe... Dit zijn geen mensen, die je even naar je hand zet. Je komt binnen, je bent nieuw, dus ben je een doelwit. Onmiddellijk, ongeacht wie of wat je bent. Eerst ga je door de taxatieronde en in jouw geval heb je echt alles tegen wat je maar tegen kunt hebben."

"De 'taxatieronde'?" herhaalde ik.

"De nieuwen zijn altijd erg in trek," legde Dean uit. Hij dacht na en zei: "Laat ik je eerst iets anders vertellen. Binnen iedere gevangenis heb je groepsvorming. Soort zoekt soort. Zo gaat het in de eerste instantie. Je ziet dat bepaalde groeperingen automatisch naar elkaar toetrekken. Dan heb je binnen die groepen weer kleinere groepen. En er zijn groepen die door elkaar heenlopen. Om allerlei redenen kunnen individuen uit verschillende groepen ook weer lijntjes met elkaar hebben. Dat zijn meestal de hogere figuren: de bazen en hun secondanten... Alles wat lager op de ladder staat, is in dienst van zijn 'baas': de lijfwachten, de loopjongens, de spionnen... Als nieuwe, sta je *onder* die groep. Je bent nieuw en onbekend en dan gaan de hogere figuren kijken of ze iets aan je hebben. Zo niet, verval je naar de groep die onder hen staat."

"En dan?"

"Als je onvoorbereid en met deze instelling naar binnen gaat, ben je binnen vierentwintig uur al iemands *bitch*."

Ik wilde protesteren, maar Dean liet zich niet onderbreken.

"Ik heb twee jaar in Sing Sing gezeten," ging Dean verder. "Ik ken de spelregels, Misha. Als ik heel eerlijk ben, geef ik je geen schijn van kans. Iemand als jij trekt de aandacht. Ik help je, omdat ik weet dat ik je toch niet op andere gedachten kan brengen en omdat ik Hawkes wil." Hij zweeg even om zijn woorden tot me door te laten dringen.

Ik liet me achterover op het bed vallen en zuchtte.

"Ik wil proberen om je een paar vaardigheden mee te geven om te overleven," zei Dean. "Ik probeer je voor te bereiden op wat je kunt verwachten." Hij zweeg opnieuw en ik hoorde dat hij een blikje bier opentrok. "Je hebt echt geen idee," stelde hij.

Ik richtte me op en steunde op mijn ellebogen, zodat ik hem aan kon kijken. "Vertel het me dan," zei ik rationeel.

"Je moet het zo zien: je gaat het slagveld op zonder wapens. Wat heb je dan?" Dean keek me verwachtingsvol aan, alsof hij ervan uitging dat ik het antwoord op deze vraag wel uit mijn mouw zou kunnen schudden.

Ik dacht er even over na en antwoordde toen vragend: "Niks?" Ik haat het wanneer ik word geconfronteerd met een vraagstuk waarop ik het antwoord niet weet.

"Fout!" zei Dean. "Iedereen heeft sterke en zwakke punten. De kunst is om vast te stellen, wat jouw sterke punten zijn en hoe je die kunt gebruiken tegen de zwaktes van anderen." Hij nam een slok bier en vervolgde: "Jij hebt jouw schema, ik heb het mijne. De komende dagen gaan we het hebben over jouw sterke punten en hoe je bepaalde factoren in je omgeving in je voordeel kunt gebruiken. Daarna heb ik nog een verrassing voor je."

Ik keek hem wantrouwig aan. Ik hou niet van verrassingen. "Wat?" vroeg ik.

"Als ik het vertel, is het geen verrassing meer, wel?" antwoordde Dean. Hij knipoogde naar me en nam een slok van zijn bier. "Ik zal je een hint geven... Als we het nu over je sterke punten gaan hebben, waar denk je dat we het dan over een paar dagen over gaan hebben?"

"Uitgesloten," zei ik.

"Blind vertrouwen, vriend," eiste Dean. "Anders stopt dit hier en nu."

Ik liet me weer achterover op het bed vallen en besloot het allemaal maar over me heen te laten komen. Ik wist dat Dean gelijk had en dat ik moest gaan wennen aan situaties die ik niet zelf in de hand had.

Dean was onverstoorbaar. "Er zijn *altijd* opties," vervolgde hij. "Je bent slim en je hebt veel mensenkennis. Gebruik dat."

"Wat zijn *jouw* sterke punten eigenlijk?" vroeg ik.

"Je kunt mij niet vergelijken met jou," zei Dean. "Ik ben een getraind vechtsporter. Ik kwam binnen en blufte me overal doorheen. De eerste die iets probeerde, sloeg ik al zijn tanden uit zijn bek. Dat zie ik jou niet zo snel doen."

"Wat stel je dan voor?"

"Probeer niet op te vallen, zeg weinig – bij voorkeur helemaal niks – en hou je de eerste dagen afzijdig, totdat je een idee hebt hoe het werkt. Observeer, ontdek je nieuwe omgeving, probeer goed in te schatten hoe de onderlinge verhoudingen liggen tussen de anderen. Alles valt en staat met inzicht... Onthoud dat groepsvorming erg belangrijk is, maar ook heel gevaarlijk. Wie hoort bij wie en waarom? Wie is *tegen* wie en waarom?"

Als ik een minder goed geheugen had gehad, zou dit het moment zijn geweest waarop ik zou zijn begonnen met het maken van aantekeningen. Aangezien dat niet nodig was, bleef ik rustig liggen en luisterde naar de professor.

"Vergeet nooit dat gevaar komt in allerlei vormen...," ging Dean verder. "Niet alleen uit de hoeken waaruit je het verwacht. Kijk uit met bewakers en personeel. Vertrouw niemand." Hij zuchtte en zei toen: "Probeer alsjeblieft om niet op te vallen."

Ik richtte me opnieuw op, keek naar hem en zag wat hij dacht. Dean was een open boek, direct leesbaar voor een ieder die oplette. Ik zag dat hij ervan overtuigd was, dat ik me nooit staande zou weten te houden in een harde, koude omgeving als een gevangenis.

De echo van iets dat hij eerder gezegd had, galmde nog altijd na in mijn hoofd. *"Blind vertrouwen, vriend. Anders stopt dit hier en nu."*
"Wat kan ik allemaal verwachten, Dean?" vroeg ik uiteindelijk. Ik wist waar hij aan dacht en wilde hier eigenlijk niet over nadenken, maar ik besefte dat ik hem het idee moest geven, dat ik overal rekening mee wilde houden en dat ik bereid was te luisteren en te leren, voordat hij al zijn vermoedens bevestigd zou zien en me verdere hulp zou weigeren.

Dean zweeg even en zei: "Ik denk dat je het heel zwaar gaat krijgen, vooral met jouw achtergrond. Types zoals jij zien ze niet veel in dat soort instellingen. Je gaat opvallen, al is het alleen maar omdat je er uitziet, zoals je er uitziet."

"Wat zie jij als je naar me kijkt?" vroeg ik aarzelend.

"Een makkelijk slachtoffer. Dat zijn de *'pretty boys'* altijd," zei Dean. "Je hoeft geen raketgeleerde te zijn om te zien dat jij niet de ongekroonde K1-kampioen van Nederland bent."

Ik kon niet anders dan hem op dit punt gelijk geven.

"Ik wil het antwoord eigenlijk niet weten...," begon Dean, "maar wat zou je nou doen op het moment dat er twee man op je nek springen?"

Ik zweeg even. Toen antwoordde ik eerlijk: "Dat weet ik niet."

"Over dit soort dingen moet je nadenken," zei Dean dringend. "Dit is belangrijk. Twee man kun je nooit aan, dus...?"

Ik bleef hem het antwoord schuldig en keek hem vragend aan. Even stoorde het me, dat ik zo afhankelijk was van hem, maar ik moest hem vertrouwen.

"Dus gooi je al je galantheid overboord en ga je alleen voor zwakke punten," vulde Dean zuchtend aan. "Knieschijven... Enkels... Eén goede trap kan genoeg zijn... Ogen: wat ze niet zien, kunnen ze ook niet raken... Het enige voordeel dat jij kunt hebben in een gevecht, is dat je licht en wendbaar bent. Dat moet je gebruiken... Raak ze, voordat ze jou raken. Het hoeft echt niet de schoonheidsprijs te winnen... Het draait alleen om overleven en hoe je dat doet, maakt niet uit."

Ik knikte.

"Onthoud dit, meneer de architect," zei Dean. "In dit spel win je, of ga je dood."

* * * * *

Woensdag, 31 oktober 2012 – middag – Dag 2
New York, Amerika

Halverwege de middag komt bewaker Phipps naar de cel, die ik deel met Jamie Hirsch en roept: "Open 421!"

De deur gaat open en hij stapt naar binnen. Hij kijkt me aan als ik mijn boek opzij leg en me opricht op mijn bed. "Larsen, meekomen."

Ik sta automatisch op. "Waar gaan we naartoe?" vraag ik.

"Je gaat een uurtje op de bank liggen bij Dr. Robert," antwoordt Phipps.

"Wie is dat?"

303

"De psycholoog," legt Phipps geduldig uit. "Niets om je druk over te maken. Het is gewoon een standaard procedure voor alle nieuwe gevangenen." Hij heeft niet de autoritaire houding, die zijn collega's hebben. Daar waar de anderen een strak regime voeren, neemt Phipps nog weleens de moeite om iemand op zijn gemak te stellen en om dingen uit te leggen.

Zoveel is me inmiddels wel duidelijk. Deze moet ik te vriend houden.

Ik ga rustig met hem mee.

"Sluit 421!"

De zoemer klinkt en de deur gaat achter ons dicht.

Ik voel dat Donald Skinner naar me kijkt, als ik de trap afdaal, maar kijk niet naar hem. Ik volg Phipps door de gang en opnieuw klinkt er een zoemer. De deur gaat open en sluit weer achter ons.

Via diverse ruimtes, een paar gangen en nog meer metalen deuren, komen we uiteindelijk in een hal, waarin zich een aantal houten deuren bevinden, die voorzien zijn van kleine goudkleurige naambordjes.

Vanaf het punt waar Phipps me staande houdt, kan ik er slechts één lezen:

Dr. Melvin Robert

Phipps boeit mijn handen.

Ik kijk hem vragend aan en probeer te bedenken of ik iets gedaan heb, om hem hier een reden toe te geven.

"Procedure," zegt hij. De klank van zijn stem is bijna geruststellend. Hij klopt op de deur en als een zware stem roept dat we binnen mogen komen, opent hij de deur en brengt me naar binnen.

"Misha Larsen," kondigt hij aan. "Onze tweede Vliegende Hollander... En je hebt mazzel, Melvin. Deze spreekt Engels."

"Dat weet ik," antwoordt de psycholoog. Hij kijkt op van het dossier dat op zijn bureau ligt en gebaart naar de stoel tegenover hem.

Ik ga zitten en kijk hem afwachtend aan. Het bureau dat tussen ons instaat, zie ik als een welkome buffer. Het creëert een afstand, die zichtbaar is en waar ik me aan vast kan houden als hij lastige vragen gaat stellen. De fysieke afstand kan ik in mijn hoofd recreëren.

Ik hoef hem alleen maar op afstand te houden.

Phipps verlaat de spreekkamer.

De psycholoog kijkt me bijna een minuutlang aan en kijkt dan nog even naar het dossier. "Ik ben Dr. Melvin Robert." Opnieuw kijkt hij me aan, dit keer bijna verwachtingsvol.

"Ik zou mezelf wel voor kunnen stellen, maar u weet al wie ik ben," zeg ik en knik naar de map op het bureau.

"Misha Larsen, zesentwintig jaar oud, hoogopgeleid, architect van beroep, veroordeeld tot twintig jaar cel wegens doodslag, geen eerdere veroordelingen." Dr. Robert kijkt me recht in de ogen. Hij is niet veel ouder dan ik, maar spreekt op de toon en met de woorden van een veel ouder iemand.

"Ja, dat is het wel zo ongeveer," antwoord ik onverschillig.

"Het gebeurt zelden dat iemand, die veroordeeld wordt voor moord dan wel doodslag, nog nooit eerder is veroordeeld voor een lichter vergrijp," stelt Robert. "Ik wil graag weten wat je bewogen heeft."

"Wat me bewogen heeft?" herhaal ik. Ik begrijp de vraag prima, maar wil wat meer tijd om mijn antwoord te formuleren.

"Je was een succesvol architect, met een goede baan, een glansrijke carrière, een eigen huis en een goed inkomen," somt Robert op. "Iemand die duidelijk de vaardigheden heeft om alle juiste keuzes te maken in het leven en..."

"*Niemand* maakt *alle* juiste keuzes in het leven," onderbreek ik hem.

Hij kijkt me aan. Zijn interesse is duidelijk gewekt door mijn laatste opmerking. Hij pakt een balpen en een notitieblok.

Dit gaat niet zoals ik wil.

"Het was geen opwelling," stelt hij.

Het ontbreken van een vragende ondertoon in zijn stem, baart me zorgen.

"Het was een ruzie, die verkeerd is afgelopen," houd ik vol. De waarheid is geen informatie die ik kan of wil delen met deze man. Ik kan het me niet veroorloven om bij hem in de kijker te lopen.

"Dat staat in het dossier," bevestigt Robert, terwijl hij iets opschrijft.

Ik vraag me af wat hij hiermee bedoelt. Het klinkt bijna dreigend en ik hoop niet dat hij erg fanatiek zal doorvragen. Ik heb geen ervaring met psychologen of psychiaters en ik weet niet in hoeverre ik deze man naar mijn hand zal kunnen zetten. Ik besluit op safe te spelen en een hoge, denkbeeldige muur tussen ons op te trekken.

"Waar ging de ruzie over?" wil hij weten.

"Maakt dat iets uit?" is mijn wedervraag.

Robert zucht. "De oorzaak even in het midden gelaten...," probeert hij nu. "Heb je spijt van hoe het gelopen is?"

"Heeft dat zin? Ik kan het toch niet terugdraaien," antwoord ik. "Spijt of niet."

"Dat is waar," moet Robert toegeven. Hij bladert nogmaals door de documenten in de map en vraagt dan: "Heb je geen familie in Amerika? Of familie die overkomt?"

Ik schud ontkennend mijn hoofd.

"Hier staat dat je een oudere broer hebt," gaat hij verder.

"Dat klopt," zeg ik.

"Komt hij je niet bezoeken?"

"Nee."

Robert bladert opnieuw door zijn papieren. "Geen echtgenote of anderszins?"

Ik schud mijn hoofd.

Hij zucht opnieuw en legt de map en zijn notitieblok op een hoek van zijn bureau. "Je gaat me niets vertellen." Het is geen vraag.

"Als je geen leugens wilt horen, moet je ook geen vragen stellen," antwoord ik. "Met praten schiet niemand iets op. U niet, ik niet en doden komen er ook niet door terug. Ik heb gedaan, waar ik voor veroordeeld ben. Ik klaag niet. Het is, zoals het is en ik ontken niks, maar er valt niets te zeggen."

"Zoals je wilt," zegt Robert. Hij tikt even met het uiteinde van zijn pen op het bureau. "Voor nu. Voorlopig..." Hij reikt me een aantal vellen papier aan en vervolgt dan kortaf: "Dit is een IQ-test. Als je zo *vriendelijk* wilt zijn om die te maken gedurende de rest van het uur."

Ik neem de papieren aan en wacht tot hij me een pen aangeeft.

* * * * *

Vrijdag, 17 augustus 2012 – avond
Clinton, Oklahoma, Amerika

Na vier dagen *on the road* met Dean Wesson, was ik er nog steeds niet achter wat de toegevoegde waarde van deze omslachtige onderneming per auto was. Toch stelde ik geen vragen en probeerde ik me meegaand te gedragen, in de hoop dat ik Dean kon doen geloven, dat ik best in staat was om me aan te passen.

Overdag reden we vijf- tot zevenhonderd kilometer in oostelijke richting.

Na twee dagen en vele tientallen waarschuwende blikken van mijn reisgenoot, slaagde ik erin om me niet langer met het topografische aspect van onze reis te bemoeien en Dean de route te laten bepalen.

In de auto spraken we nauwelijks.

Hij draaide non-stop hardrockmuziek.

Ik paste me aan door oordoppen in te doen en de vele pagina's research omtrent Theo Albrechts keer op keer door te blijven lezen, hoewel ik het grootste deel ervan inmiddels uit mijn hoofd kende. Data, routines, feiten en niets dan herhaling.

's Avonds zocht Dean een motel voor de nacht.

Ik begreep dat het Hilton en het Crowne Plaza geen opties waren en dat hij bewust zocht naar motels, waar de technologie al sinds 1970 stilstond en waar geen beveiligingscamera's waren, maar het begon erop te lijken dat Dean er een sport van maakte om continu te kiezen voor de slechtste motels van Amerika.

Toch zei ik er niets van en nam me voor om mijn klachten en commentaar voor me te houden, in ieder geval totdat me duidelijk was, wat Deans motieven waren.

Die avond had ik me, met mijn gebruikelijke stapels papieren en een schetsboek, op één van de bedden in onze kamer geïnstalleerd. Ik probeerde een handgeschreven omschrijving, die Dean weken eerder van de woning van Theo Albrechts had gemaakt om te zetten naar een tekening, maar ik kon me slecht concentreren.

Het feit dat ik al vier dagen onafgebroken in gezelschap verkeerde begon me op te breken en maakte me onrustig. Ik was het niet gewend om helemaal geen tijd voor mezelf te hebben en hoewel ik het met Dean nog getroffen had, begon zijn aanwezigheid me te irriteren.

Ik keek op van mijn onvoltooide schets, toen ik voelde dat hij naar me zat te staren. "Wat?" vroeg ik ongedurig.

"Je hebt er nog geen woord over gezegd," merkte hij op.

"Waarover?" vroeg ik en richtte mijn aandacht weer op mijn tekening.

"Over 13 juli," antwoordde Dean, ongewoon subtiel.

"Er valt niks te zeggen," zei ik, zonder op te kijken.

"Oh, oké. Tenslotte stelde het allemaal niks voor, toch?" hield hij aan.

"Wat wil je dat ik zeg, Dean?" vroeg ik.

"Hoe ging het?" De klank van zijn stem was geduldig, evenwichtig en kalm. Hij leek geenszins van plan om zich iets van mijn houding en toon aan te trekken.

"Volgens plan," antwoordde ik terughoudend.

"Hoe was het?" probeerde Dean.

"Confronterend," zei ik.

"En?"

"Ingewikkeld."

"En?"

"Zullen we het over iets anders hebben?"

* * * * *

Woensdag, 31 oktober 2012 – middag – Dag 2
New York, Amerika.

De deuren van alle cellen staan open. De meeste van mijn medegevangenen hangen rond in kleine groepjes, in de buurt van hun eigen cel. Ondanks de vele beperkingen hier, wordt de vrijheid die we krijgen nauwelijks benut.

Ik leun tegen de deurpost van mijn openstaande cel en kijk opzij naar Jamie, die languit op zijn bed ligt en voor de zoveelste keer een brief leest, die zijn vader hem gestuurd heeft.

"Ik kan niet geloven dat hij eindelijk op bezoek komt," zegt hij vrolijk, terwijl hij op de rand van zijn bed gaat zitten en de brief naast zich neerlegt. "Een maand geleden wilde hij me niet eens *spreken*. Nu zegt hij dat hij me wil *zien*. Volgende week woensdag al."

Slecht nieuws, denk ik.

In plaats van die woorden hardop uit te spreken, antwoord ik: "Mensen veranderen. Je vader heeft tijd gehad om na te denken." Ik kijk langs de galerij om te zien waar Donald Skinner en zijn vrienden uithangen. Ik zie hen nergens en wend me weer tot Jamie: "Misschien had hij tijd nodig om het te verwerken."

"Misschien," zegt Jamie langzaam. Hij zwijgt even en vraagt dan: "Zou jij niet willen dat je familie op bezoek komt? Je hebt nog niets over ze gezegd."

Ik haal mijn schouders op en schud mijn hoofd. "Ik heb alleen nog maar een broer," vertel ik. "Hij heeft al genoeg aan zijn hoofd zonder mijn problemen."

"Zou je hem niet willen zien?" vraagt Jamie. "Je advocaat kan vast wel bezoek voor jullie regelen. Twintig jaar is lang, hoor."

"Mijn advocaat heeft contact met een advocaat in Nederland," zeg ik. "Ze willen dat ik mijn straf in Nederland uit kan zitten."

"Dat kan maanden duren," antwoordt Jamie. "Jaren zelfs... En soms gebeurt het helemaal niet. Ik heb het eerder gezien, verhalen gehoord. Amerika kan het tegenhouden, weet je? Als dat gebeurt, moet je de hele straf hier uitzitten."

"Dat zei mijn advocaat ook al," geef ik toe.

"Kan dat je niets schelen?" vraagt Jamie verbijsterd.

"Nee," lieg ik.

"Je broer mist je vast," probeert hij.

"Ik wil dat hij verdergaat met zijn leven," zeg ik. "Hij heeft al genoeg aan zijn hoofd. Ik wil hem niet meetrekken in mijn *bullshit.*"

"Ben je serieus van plan om hier twintig jaar te blijven, zonder je broer nog te zien?" vraagt Jamie ongelovig.

"Het is beter zo," stel ik.

"Mijn broer is doodongerust over me, omdat ik hier zit," houdt Jamie aan.

"Zo denkt Lennart niet," antwoord ik. "Len heeft waarschijnlijk pas gemerkt dat ik weg was, toen hij me ergens voor nodig had... Of toen mijn advocaat hem belde... Het heeft geen zin om hem hierheen te laten komen. Hij houdt het nog geen week uit in New York. Er zijn teveel... dingen in Nederland, die aan hem trekken."

"Hoe bedoel je?" vraagt Jamie.

"Len heeft altijd voor me gezorgd toen we jonger waren," vertel ik hem. "Op zijn manier, *anyway*... Omdat hij dacht dat hij niet anders kon, omdat hij de oudste is... Het heeft hem erg rusteloos gemaakt... Ongrijpbaar... Hij is werkloos, gaat van de ene vriendin naar de andere, hij drinkt, hij gebruikt drugs... Toen we jonger waren was dat ook al zo. Dan bleef hij een paar dagen thuis, bij mij en ruimden we het huis op. Dan deden we dingen samen, maar het was niet wat hij wilde... Het was nooit wat hij wilde... Uiteindelijk ging hij altijd weer... weg."

"Weg?" herhaalt Jamie.

"De kroeg in, naar een feest of naar een vriendin." Ik kijk Jamie aan en ga verder. "Hij ging vaak op stap 's nachts. Wanneer hij thuis bleef, gebruikte hij drugs en dronk hij zoveel dat hij vaak nog laveloos op de bank lag, als ik de volgende ochtend naar school ging."

"Waar waren jullie ouders dan?" vraagt Jamie.

"Dood," antwoord ik.

"Sorry," zegt hij.

Ik haal mijn schouders op.

"Misschien... misschien was het voor je broer ook moeilijk," zegt Jamie. "Ik ken de achtergrond verder niet, maar als je zo jong al op eigen benen moet staan en dan ook nog voor je broertje moet zorgen... Ik weet het niet... Het lijkt me best ingewikkeld."

Ik zwijg, bang dat ik teveel gezegd heb en nog banger dat Jamie gelijk heeft.

3.
DONALD SKINNER

Donderdag, 1 november 2012 – ochtend – Dag 3
New York, Amerika

Ik zit naast Jamie in de kantine en probeer mijn lauwe koffie en iets van het ontbijt weg te krijgen. Ondertussen kijk ik onopvallend om me heen, met een rare mengeling van nieuwsgierigheid, onzekerheid en angst.

Mijn medegevangenen zitten verspreid over de vele tafels en lijken allen zelf te bepalen, waar ze gaan zitten. Dit is dus het beruchte 'samenscholen', dat de bewakers op de binnenplaats en in het cellenblok zo krampachtig proberen tegen te gaan.

Iedere tafel is uitsluitend blank, zwart of Latino, maar de zelfverkozen segregatie gaat veel verder dan alleen huidskleur of afkomst.

De tafel bij de deur wordt aangeduid met *'Little Italy'*, omdat daar de maffiosi zitten met hun loopjongens en bodyguards. De mannen tolereren geen enkele buitenstaander aan hun tafel en praten zachtjes met elkaar, dankbaar gebruik makend van de zeldzame kans om met meer dan vijf man te kunnen overleggen.

Iets verderop zit Donald Skinner met zijn gebruikelijke vier kompanen en zijn verdere aanhang, een groep die als geheel wordt betiteld als 'Skinners Roedel'. Skinner praat en de rest luistert geïnteresseerd dan wel plichtmatig.

Het valt me op dat sommige tafels beter in de gaten worden gehouden dan andere. *Little Italy* wordt bijna genegeerd, terwijl Skinners tafel en een tafel aan de andere kant van de kantine, waaraan uitsluitend negroïde mannen met identieke tatoeages zitten, continu meerdere bewakers bij zich hebben staan, die hen geen seconde uit het oog verliezen.

Ik neem mijn laatste slok lauwe koffie en hoop dat Jamie me niet weer zal doorzagen over mijn bezoek aan Dr. Robert. Gisteravond stelde hij ook al vragen en vanmorgen waagde hij in de kleedkamer een nieuwe poging.

"Luister, gozer. Ik ben geen Jeffrey Dahmer, oké?" had ik uiteindelijk ongeduldig gezegd.

"Moet je eigenlijk nog terugkomen?" vraagt Jamie nu.

Daar gaan we weer...

"Waar?" vraag ik en zet de lege plastic beker op de tafel.

"Bij Melv... – Dr. Robert natuurlijk."

"Goede vrienden?" vraag ik, onmiddellijk geïnteresseerd.

Als Jamie goed met Dr. Robert omgaat, houdt dat in dat de psycholoog een paar ogen in mijn cel heeft en dat kan ik niet gebruiken.

Jamie haalt zijn schouders op en zegt: "Hij leent me weleens boeken."

"Oh."

"Dus...?"

"Dus wat?"

"Moet je nog terugkomen?"

Ik haal mijn schouders op. "Geen idee. Hij stelde wat vragen en liet me een IQ-test maken. Hij heeft niets gezegd over een eventuele vervolgafspraak."

"Ze volgen gewoon de procedures," zegt Jamie. "Ze willen weten of je een risico vormt."

"*Jij* wilt weten of ik een risico vorm," verbeter ik hem.

"Ja, inderdaad," geeft Jamie toe.

"Ik dacht dat we die fase al voorbij waren," merk ik op.

"Dat is het nadeel als je niets vertelt," zegt Jamie. "Dan gaan mensen raden en dat is maar zelden in je voordeel."

"Ik ben hier net."

"Maakt niet uit," antwoordt Jamie. "Er gaan verhalen. Ik heb de anderen al horen praten over je. Het is belangrijk om niet op te vallen hier en tot nu toe gaat dat je heel slecht af."

Ik schuif mijn dienblad van me af en zeg niets.

"Begrijp me niet verkeerd. Ik ben niet bang dat je mij iets aan zult doen of zo...," verduidelijkt Jamie. "Ik wil alleen weten, wat ik moet verwachten als ik straks het predicaat 'vriend' krijg opgeplakt... Celgenoten zijn is één ding, maar buiten de cel met elkaar omgaan is een keuze en zo zien de anderen dat ook. Op het moment dat jij in de problemen komt en ik te boek sta als jouw vriend, dan is dat hetzelfde als partij kiezen in een conflict. Dan sta ik automatisch aan jouw kant en zijn jouw vijanden ook de mijne en daar zit ik niet op te wachten."

Ik zwijg even en denk na. Zo heb ik het nog niet bekeken. "Waarom denk je dat ik vijanden zal maken?" vraag ik uiteindelijk.

"Ervaring," zegt Jamie kort.

Ik weet niet goed wat ik aanmoet met de wending, die het gesprek heeft genomen en probeer me te focussen en te beslissen wat *echt* belangrijk is op dit moment. Het belangrijkste is nu dat ik Jamies twijfels kan wegnemen, *voordat* de eerste echte problemen zich aandienen. Ook ik weet dat dit onvermijdelijk is.

Jamie is niet de enige die de bui al ziet hangen.

Ik besluit dat het tijd is om hem een klein stukje vertrouwen te geven door wat onbenullige informatie met hem te delen. Ik wil weten of wat ik hem vertel, tussen ons blijft. Het is tijd voor een kleine test. "Dr. Robert vroeg hoe ik met mijn opleiding, hier terecht ben gekomen," begin ik langzaam. "Kennelijk heeft hij niet zoveel architecten in zijn archief..."

"Laat me raden," zegt Jamie. "Hij wilde weten wat je ertoe *bewogen* heeft."

Ik knik en haal mijn schouders op.

"Standaard vragen, dus," concludeert hij. "En verder?"

Ik onderdruk de neiging om te zuchten en antwoord geduldig: "Hij vroeg of ik spijt heb van wat ik gedaan heb en hij wilde weten of ik nog familie heb."

Jamie lijkt tevreden met dit verhaaltje en begint te vertellen: "Tenzij je compleet gestoord bent, hoef je meestal niet terug te komen bij Melvin. Soms één keer, als je die IQ-test heel slecht maakt. Je kunt ook zelf verzoeken om een bezoek aan de psycholoog. Sommigen hier gaan alleen omdat ze dan een uurtje uit hun cel kunnen."

"Leuk uitstapje," zeg ik smalend.

"Schuif eens op, Auschwitz," klinkt een bekende stem achter ons.

Jamie schuift onmiddellijk een stoel op, zodat Skinner tussen ons in kan gaan zitten.

Ik kijk afwachtend naar Skinner en zeg niets.

"Ben je al een beetje gewend?" vraagt hij.

Ik draai me naar hem toe en kijk hem zwijgend aan.

Skinners benadering is totaal anders, maar toch voelt het hetzelfde als de voorgaande keren. De klank van zijn stem is bijna vriendelijk te noemen, maar de blik in zijn donkere ogen is ronduit onheilspellend.

Ik geef geen antwoord. Ik voel me slecht op mijn gemak bij hem en ik kan niet echt hoogte van hem krijgen. Gewoonlijk heb ik een bijna onfeilbare mensenkennis en kan ik vrijwel iedereen goed inschatten, maar Skinner zendt zoveel tegenstrijdige signalen uit, dat het me toch in de war brengt. Ik heb moeite om mijn strategie te bepalen. Ik besluit om die beslissing nog even voor me uit te schuiven, ondanks het feit dat al mijn alarmbellen afgaan, zodra ik hem zie. Ik haat de manier waarop hij naar me kijkt, maar het is zinloos om het in dit stadium al op de spits te drijven.

Het zou teveel afleiding veroorzaken.

"Heb je al vrienden gemaakt?" vraagt Skinner dan.

"Ik ben hier pas twee dagen," zeg ik. Het lijkt het veiligste antwoord.

"Dat is waar," geeft hij toe. Hij zwijgt even, glimlacht naar me en informeert dan: "Waarom zit je hier eigenlijk? Wat heb je gedaan?"

"Wat maakt het uit?" antwoord ik ijzig. Ik blijf hem aankijken en probeer te raden wat er in zijn hoofd omgaat, maar ik kom er niet achter.

Skinners gezicht is volkomen uitdrukkingsloos, alsof hij niets denkt en niets voelt. Hij haalt zijn hand door zijn slordige, donkere haar en blijft me aanstaren. "Rustig maar, *liefje*... Ik ben gewoon nieuwsgierig... Gewoon, even een praatje maken met mijn nieuwe... buurjongen."

Er klinkt een luide bel om het einde van het ontbijt aan te geven.

"Gered door de bel," zegt Skinner en staat op.

Wederom worden de gevangenen in groepen verdeeld en teruggebracht naar het cellenblok. Als de celdeur achter Jamie en mij dicht schuift, laat ik me op het onderste bed zakken en leun met mijn rug tegen de muur.

Ik kan Skinners aanwezigheid in de cel naast me bijna *voelen*.

Ik ben jarenlang gedreven door schuldgevoelens, doelstellingen en wraakzucht en nadat ik het afgelopen jaar non-stop onder enorme spanningen geleefd heb, voel ik alle energie langzaam wegebben uit mijn lichaam, nu het leven voor het eerst heel even stil lijkt te staan.

"Gaat het?" vraagt Jamie bezorgd en leunt tegen het bureautje.

"Ik ben moe," geef ik eerlijk toe.

"Als je wilt slapen, maak ik je wel wakker voor de lunch," biedt Jamie aan. "Tot die tijd is er toch weinig te beleven."

"Dank je," zeg ik, oprecht dankbaar.

Jamie hijst zich op zijn bed en ik hoor dat hij een boek pakt en erin bladert.

Ik strek me uit op het onderste bed. Ik betwijfel of ik zal kunnen slapen, maar in het slechtste geval, ben ik in ieder geval een paar uur lang verlost van Jamies vragen, als hij *denkt* dat ik slaap. Ik staar een tijdje naar de onderkant van het bed boven me, totdat ik mijn ogen echt niet meer open kan houden.

* * * * *

Maandag, 27 augustus 2012 – ochtend
Nicholasville, Kentucky, Amerika

Het was de veertiende motelkamer in veertien dagen tijd en de muren kwamen op me af. De onrust die het constante gezelschap van Dean Wesson met zich meebracht, werd me teveel.

Ik was al bij de deur en had de klink al in mijn hand, toen Dean de badkamer uitkwam en me met een waarschuwende ondertoon vroeg: "Waar denk jij dat je naartoe gaat?"

Hij kwam net onder de douche vandaan en droeg alleen zijn spijkerbroek.

"Even naar buiten," antwoordde ik.

Dean liep naar zijn reistas en viste er een T-shirt uit. "Echt niet," zei hij.

"Wat?" vroeg ik.

Hij draaide zich naar me toe en herhaalde: "Echt niet." Hij trok zijn shirt aan en zei nadrukkelijk: "Ga zitten."

"Dean, ik...," begon ik, maar hij liet me niet uitpraten.

"Ga zitten, meneer de architect."

Ik vroeg me af wat hij zou doen als ik bleef weigeren en gewoon naar buiten zou gaan. Ik had zo ontzettend genoeg van al die goedkope motelkamers en al die uren in de auto, dat ik vluchtneigingen kreeg.

Dean zuchtte, keek me aan en vroeg: "Zie je niet wat ik probeer te doen hier?"

Ik schudde mijn hoofd. Ik zag niets meer. Het enige dat ik nog kon zien waren de motelkamers, die steeds kleiner leken te worden.

"Ik probeer jou een idee te geven van hoe je leven eruit komt te zien de komende jaren," zei hij. "Hoor je me? Jaren! Opgesloten in een kleine ruimte en *nooit* alleen. Als je twee weken in motelkamers en een auto al niet vol kunt houden, hoe denk jij je dan in godsnaam staande te houden, als je eenmaal vast zit?"

Ik zweeg. Ik haatte de manier waarop hij altijd feilloos in de gaten had hoe ik in elkaar zat en vaak al wist waar ik naar zocht, voordat ik dat zelf door had.

"Afzondering... Dat is toch wat je wilt?" ging Dean verder. "Dat wil je altijd. Vluchten. Zodra iets je teveel wordt, ga je zoeken naar een manier om je af te zonderen."

Ik keek hem aan.

"Die strategie zul je nu toch echt overboord moeten gaan gooien, vriend," zei Dean. "Dat is niet langer een optie."

"Ik weet het," gaf ik toe.

"Los." Hij wees naar mijn hand, die nog altijd op de deurklink rustte. "En het is niet alleen dat," ging hij verder toen ik mijn hand terugtrok. "Zo heb ik nog een hele waslijst aan gedragingen en automatismen, die je echt af zult moeten gaan leren. En *pronto*... We hebben nog maar een paar dagen."

Een hele waslijst aan gedragingen?

"Zoals?" vroeg ik defensief. Zijn toon beviel me niet en het feit, dat hij de regie overnam nog minder. Ik was niet gewend om de controle uit handen te geven en mijn lot af te laten hangen van een ander en...

Juist, ja.

Point taken...

Dean probeerde me in te laten zien, dat ik vanaf dat moment geen rust meer zou hebben en geen enkele controle meer had over de meeste aspecten in mijn leven. Hij probeerde me dat te laten accepteren en me voor te bereiden, voor zover dat überhaupt mogelijk was.

"Zoals?" herhaalde ik.

"Voorbeeld," zei hij en kwam naar me toe. Hij bewoog razendsnel. Zijn handen sloten zich in een ijzeren greep rond mijn polsen en hij dwong me met mijn rug en handen tegen de deur achter me. Hij gebruikte zijn lichaam om me klem te zetten en vroeg: "En nu?"

Ik kon geen kant op. Ondanks dat we even lang zijn, is Dean een getraind vechtsporter en ben ik wat hij noemt een '*college boy*'.

"Dean, laat me los," zei ik nadrukkelijk.

"Dwing me maar, meneer de architect," antwoordde hij honend. "Ik wil weleens zien hoe jij jezelf uit zo'n situatie gaat redden."

"Dean," waarschuwde ik. "Echt..." Ik probeerde me los te trekken, maar toen dat niet lukte, schoot mijn blik automatisch naar de wandklok.

"Niet doen," zei hij.

"Wat?" vroeg ik.

"Niet wegkijken," verduidelijkte Dean. "Het laat zien dat je onzeker bent. Dat geeft de ander de overhand. Houd in zo'n situatie altijd oogcontact. Wegkijken is hetzelfde als overgave en vaak kun je in iemands ogen al zien wat zijn volgende stap is."

"Dean, laat me los," herhaalde ik.

"Waarom zou ik? Wat ga je doen dan?" daagde hij me uit.

"Dean, ik zweer je...," begon ik.

"Wat ga je doen dan?" vroeg hij weer. "Je moet nooit dreigementen uiten als je niet bereid bent om ze waar te maken. Wat blijft er dan over, volgens jou?"

"Dean, laat me los," zei ik weer.

"Kijk me aan," eiste hij, toen mijn blik opnieuw afdwaalde naar de klok. Hij keek me aan en hield mijn blik vast. "Dit is hoe jouw leven er vanaf nu uit gaat zien, vriend, als je niet heel snel van strategie gaat veranderen...," zei hij.

Die zin bleef in de lucht hangen.

Het klonk... onaf.

Ik voelde dat hij één van mijn polsen losliet, maar nog voordat mijn hersenen dit gegeven volledig konden registreren, trok hij me hardhandig naar zich toe en trok me mee toen hij zich honderdtachtig graden draaide.

Hij verbrak het oogcontact geen moment en duwde me achteruit.

Ik had moeite om te blijven staan en deed automatisch een stap achteruit.

Dean deed onmiddellijk twee stappen naar voren, legde zijn vlakke hand tegen mijn borst en duwde me verder naar achteren.

Ik deed niets, behalve verder achteruit gaan.

Hoewel ik ergens in mijn achterhoofd besefte dat het allemaal een act was – Deans idee van voorbereiding – was het verliezen van alle controle dusdanig overweldigend dat ik in paniek raakte.

Dean deed weer een stap naar voren en gaf me voor de derde keer een duw tegen mijn borstkas.

Ik viel achterover op het bed, toen ik niet verder naar achteren kon.

"Oké," zei Dean zuchtend. "Dit is dus hoe het *niet* moet." Hij stak zijn hand naar me uit om me overeind te helpen.

Ik ging rechtop zitten, maar aarzelde te lang om zijn hand te pakken.

"Blind vertrouwen, *Dutch Man,*" drong hij aan.

Toen ik nog altijd geen aanstalten maakte om zijn hand te pakken of om zelf op te staan, zakte Dean door zijn knieën, zodat onze ogen op gelijke hoogte waren.

"Kijk me aan," zei hij weer.

Ik schudde mijn hoofd, maar deed toch wat hij vroeg.

"Ik hoop dat je inziet dat we een probleem hebben," ging Dean verder. "Als dit is wat er gebeurt als je *weet* dat je niet in gevaar bent, houd ik mijn hart vast voor de toekomst."

"Dean, ik red me wel," zei ik.

"Werkelijk?" vroeg hij. "Misha, je bevriest gewoon. Je doet helemaal *niks.*"

"Wat wil je nou?" snauwde ik.

"Ik wil dat je gaat *reageren,*" antwoordde Dean. "We hebben één voordeel... Aangezien dit aangeleerd gedrag is, kun je het ook afleren."

Ik wierp een blik op de klok.

Hij greep mijn onderarm en kneep keihard totdat ik hem weer aankeek. "Luister goed naar me," zei hij. "Als je aangevallen wordt in de echte wereld, kun je drie dingen doen: je kunt je verzetten, je kunt je overgeven of je kunt vluchten. Daarbinnen is vluchten geen optie. Je kunt je alleen verzetten of overgeven en eventuele toevalligheden in je voordeel gebruiken."

Ik gaf geen antwoord en keek nogmaals naar de klok aan de wand. Ik zag het niet aankomen. Uit het niets was er opeens een hand, die me ruw met mijn rug tegen het matras duwde en zich toen om mijn keel sloot.

Dean zette zijn knie op mijn borst en zei: "Als je nou nog één keer naar die klok kijkt, dan doe ik je wat!"

Zonder erbij na te denken, haalde ik naar hem uit en raakte hem vol op zijn oog.

"Hé, kijk! Het leeft!" treiterde hij enthousiast. Hij liet mijn keel los en greep toen mijn polsen weer vast om me te beletten opnieuw naar hem uit te halen.

"Dean, echt... Laat me los, klootzak!" snauwde ik.

"Ik hou ook van jou," zei hij, liet me los en stond op.

* * * * *

314

Donderdag, 1 november 2012 – middag – Dag 3
New York, Amerika

Het is ijzig koud buiten, als ik na de lunch met mijn medegevangenen en een aantal cipiers de binnenplaats betreed. Ik heb een paar uur geslapen voor de lunch, maar toen Jamie me vlak voordat de bel zou gaan wakker maakte, voelde ik me niet beter, dan voordat ik in slaap viel.

Tijdens de lunch heeft Jamie bijna onafgebroken gepraat en ik heb zwijgend geluisterd en mezelf gedwongen om iets te eten.

Donald Skinner zat aan zijn gebruikelijke tafel onafgebroken naar me te staren en ik werd me steeds bewuster van de spanning, die wederom tussen ons in de lucht hing.

Op de binnenplaats loopt Jamie iets voor me uit naar de tribune en gaat een eindje bij de andere groepjes uit de buurt zitten.

Ik ga naast hem zitten. Ik heb zoveel nieuwe vragen voor Jamie, maar twijfel hoe ik die zal formuleren. Er is zoveel op me afgekomen de afgelopen tijd en de onrust in mijn hoofd krijgt de kans niet om af te nemen. Het gebeurt zelden dat de chaos om me heen groter is dan die in mijn hoofd. Normaliter ga ik alles wat me van de wijs kan brengen, zoveel mogelijk uit de weg, maar dat behoort hier niet tot de mogelijkheden. Ik moet mijn opvattingen over wat rust en chaos is nodig en drastisch herzien.

En ik moet nodig prioriteiten gaan stellen. Het begint ernaar uit te zien, dat Frans Laurens niet langer mijn belangrijkste agendapunt is en hoezeer me dat ook irriteert, kan ik op dit moment weinig anders doen dan dat accepteren en de urgentere problemen voorrang geven.

Jamie ziet mijn aarzeling en vraagt: "Wat?"

"Skinner...," begin ik uiteindelijk fluisterend tegen mijn celgenoot. "Hoe zit het met hem?"

"Hoe bedoel je?"

"Probeert hij me alleen maar te intimideren of wil hij echt iets van me?" verduidelijk ik dan. Ik ben er bijna zeker van, dat ik het antwoord op deze vraag helemaal niet wil horen, maar ik moet het weten. Ik kan geen strategie bepalen als ik niet precies weet waar ik aan toe ben en waar ik rekening mee moet houden.

"Skinner wil iets van iedereen," antwoordt Jamie langzaam. "Het hangt van je positie hier af wat dat precies is... Als je geld binnen kunt krijgen, heb je weinig van hem te vrezen. Maar in jouw geval..." Hij zwijgt abrupt.

Ik hoef niet op te kijken om te weten, dat het onderwerp van mijn gesprek met Jamie naast me is komen staan. Mijn blik dwaalt langs de tribune en mijn oog valt op een detail, dat ik eerder over het hoofd heb gezien. Op één van de stenen bankjes staat met een permanentmarker geschreven: *'Where did Jesus go?'*

"En dan noemen ze mij de advocaat van de duivel," sneert Skinner. Hij kijkt naar Jamie en snauwt dan: "Heb jij niks te doen, Meyer Lansky?"

Mijn celgenoot staat haastig op en loopt weg.

Skinner komt naast me zitten en steekt een sigaret op. Hij blaast een grote rookwolk uit en zegt dan op zijn gebruikelijke, schorre fluistertoon: "Laat me je

315

eens iets vertellen, *liefje*... Een klein geheimpje... Tussen vrienden... Een goede raad, zogezegd..."

Ik wacht af.

Hij buigt zich dichter naar me toe en ik onderdruk de neiging om bij hem vandaan te schuiven. Hij glimlacht en fluistert verder: "Het meest waardevolle dat je hier kunt kopen, kost geen geld... Weet je wat dat is?" Hij kijkt me recht aan en wacht even, alsof hij me de kans geeft om over dit vraagstuk na te denken.

Ik geef geen antwoord. Ik weet niet wat iemand als Skinner zou betitelen als 'waardevol'.

Hij lacht even zelfvoldaan en beantwoordt dan zijn eigen vraag: "Respect, *boy!*" Hij inhaleert diep. "Heb je gezien hoe hoog ik hier in aanzien sta?"

"Aanzien?" Ik lach even en vraag: "Geloof je het zelf?"

Skinners gezicht verstrakt en hij knijpt zijn ogen tot spleetjes. "Iedereen hier weet wie en wat ik ben. Ik ben een *legende*, zowel binnen deze muren als daarbuiten. Geloof jij nou echt dat er *iemand* is, die de confrontatie met me op zal zoeken?"

"Nee, dat geloof ik niet," antwoord ik. "Maar dat is geen respect. Dat is angst. Ze zijn bang voor je."

"Terecht!" snauwt Skinner. "Ik heb het heel goed voor elkaar hier. Iedereen die ik bang kon maken, is als de dood voor me en doet precies wat ik zeg. De anderen zijn allemaal te koop... Ik zie mezelf als een soort vredestichter hier. Mensen hebben problemen met elkaar en ik los die voor ze op. Ik kies partij voor de sterkste... of voor degene die het meeste betaalt... of voor degene aan wie ik denk iets te zullen hebben in de nabije toekomst. De ander... Tja... Hoogst onfortuinlijk... Helaas... *Game over.*"

"Wat wil je nou eigenlijk zeggen?" vraag ik ongeduldig. Ik krijg de indruk dat hij zo bezig is met opscheppen, dat hij de essentie van zijn verhaal ergens halverwege is kwijtgeraakt. Het irriteert me.

"Dat je opener moet zijn," antwoordt Skinner. "Jij gaat hier veel problemen krijgen, tenzij je het nodige respect weet af te dwingen, zoals ik. Respect *krijg* je niet, respect *neem* je... Dat respect ook behouden... Dat moet je verdienen. Dus vertel eens, *liefje*... Wat heb jij gedaan om hier te belanden?"

"Dat doet er niet toe," zeg ik.

Skinner blijft me strak aankijken en zegt dan scherp: "Jij speelt verstoppertje met jezelf. Dat is een hele, *hele* gevaarlijke eigenschap hier. Je denkt dat je hier niet thuishoort... Dat je beter bent dan wij... Als je niet eerlijk bent tegen jezelf, kun je slecht liegen tegen een ander... Je moet continu op je hoede zijn... Je continu anders voordoen dan je bent, zelfs wanneer je alleen bent. Dat kost concentratie en energie... Vierentwintig uur per dag... Zeven dagen in de week... Zoveel dat het onvermijdelijk is, dat je een keer een steek laat vallen."

"Dat is dan mijn probleem," antwoord ik koel.

"Ik heb meer vrijheid hierbinnen, dan menig ander daarbuiten, *liefje*," gaat Skinner onverstoord verder en wijst op de hoge muur, die instaat tussen ons en de buitenwereld. "Weet je, daarbuiten zijn allemaal vervelende regels en wetten. Hierbinnen gelden onze eigen regels en wetten." Hij zwijgt even en seint naar één van de hogere figuren van *Little Italy*.

De man knikt om aan te geven dat hij de boodschap heeft begrepen en loopt dan door.

"Omdat ik zo open en eerlijk ben over wie en wat ik ben, verwachten onze... *collega's* niet dat ik ook lieg of dat ik ook geheimen heb," vervolgt Skinner. "Ze stellen geen vragen meer." Hij snuift spottend. "Ze denken dat ze alles al weten, stelletje mongolen. Ik heb eerlijk toegegeven wat ik met die kinderen in Jersey heb gedaan... in een gevangenis vol gewelddadige mannen, die ook kinderen hebben en toch doet niemand me iets... Ik ben een intelligent man, *liefje*. Ik weet dat ik nooit meer vrij kom. Dat wist ik al, voordat ik werd veroordeeld."

Hij neemt nog een haal van zijn sigaret. "Dan kan ik het me toch net zo goed gemakkelijk maken? En ervoor zorgen dat het me aan niets ontbreekt? Ik heb alles wat ik wil en ik hoef er niet hard voor te werken. Het wordt me zelfs met grote regelmaat in mijn schoot geworpen."

Ik kijk hem berekenend aan en wacht af. Ik vraag me af waar het gesprek heen zal gaan en of ik het een andere wending zal kunnen geven, als ik dat nodig acht.

"Ik verdien mijn geld met het opknappen van klusjes voor diegenen, waar ik geen macht over heb, zodat ze me verder met rust laten en me mijn gang laten gaan. Ik zet het vuil voor ze buiten en zij kijken de andere kant op wanneer ik me bezighoud met... andere zaken. Alles is hier te koop en verder *neem* ik gewoon wat ik wil," pocht hij.

"Waarom vertel je me dit?" vraag ik.

"Je bent slim genoeg," antwoordt Skinner. "Je komt er toch wel achter."

"Waarachter?"

"Hoe ik werk...," verduidelijkt hij. "Hoe het hier precies werkt... Er is een zekere... rangorde en op dit moment sta jij helemaal onderaan de ladder."

"Dus?" vraag ik.

"Dus als jij niet heel snel een indrukwekkend strafblad uit je hoge hoed kunt toveren en zo wat broodnodig respect af kunt dwingen, denk ik dat je het hier niet lang vol zult houden. Dan zou ik maar zorgen, dat ik snel de juiste vriendjes koos... Anders wordt het een lastig verblijf voor je." De klank van zijn stem wordt geleidelijk dreigender.

Ik voel – ondanks zijn 'openheid' – dat hij iets voor me achterhoudt.

"Twintig jaar is lang...," zegt Skinner dan achteloos.

Hoe weet je dat?

Ik vraag me af of Jamie heeft gepraat, maar mijn gevoel spreekt dat tegen.

"Ik heb een paar van de anderen al over je horen praten in de kleedkamer, *liefje,*" gaat hij verder. "Je hebt zelfs al meer bijnamen dan ik..." Hij lacht spottend. "En je hebt nogal wat... Hoe zal ik het zeggen? Bewonderaars."

Ik haal mijn schouders op. "Als jij het zegt."

"Denk je dat ik de enige ben?" vraagt Skinner.

Daar is het. Hardop. De onwelkome bevestiging dat mijn argwaan jegens Skinner terecht is en dat mijn eerste indruk van hem ook de juiste was. Tevens is het de bevestiging dat zijn nachtelijke toneelstukje van twee dagen geleden weldegelijk serieus bedoeld was. Misschien als een soort voorbereiding op wat nog gaat komen.

Sorry, Donald, niet in dit leven.

Skinner tikt even met de neus van zijn schoen op de grond en trapt dan zijn sigaret uit. Hij kijkt me aan. "Laat me je vertellen hoe het hier werkt, *liefje*... Hier geldt het recht van de sterkste... Zoals je inmiddels wel gezien zult hebben, zijn er hier welgeteld *nul* vrouwen... Wat onbeduidend personeel in de noordelijke vleugel even daargelaten... Echtelijke bezoekjes zijn alleen voor hen, die een trouwboekje hebben of aantoonbaar verloofd zijn... De rest van ons moet... improviseren. En het oog wil ook wat."

Hij schuift een stukje naar me toe en legt zijn hand op mijn arm, terwijl hij aandachtig mijn reactie hierop bestudeert.

Ik wil hem in de eerste instantie van me afduwen, maar ik bedenk me bijtijds.

We bevinden ons in het volle zicht van diverse bewakers, wat een zekere bescherming biedt en het lijkt me onverstandig om de degens al in dit vroege stadium te kruisen. Ik moet tijd zien te rekken om hem te leren 'lezen'.

Skinner is te onberekenbaar om nu al een strategie te bepalen.

"Ik kijk altijd naar wat mensen me te bieden hebben," vertelt hij. "Die lelijke jongen, die ik altijd bij me heb..." Hij wijst. "Tommy... Waarom denk je dat ik hem zo dicht bij me hou?"

Ik haal mijn schouders op.

"Zijn ouders zijn rijk," legt Skinner uit. "Arme Tommy was voor de eerste keer dronken en toen wurgde hij *per ongeluk* zijn vriendinnetje. Paps en mams smokkelen geld voor hem naar binnen, wanneer ze op bezoek komen, zodat Tommy zijn veiligheid kan kopen. Bij mij, wel te verstaan... Hij geeft mij elke woensdagavond zijn geld en ik bied hem alle bescherming die hij nodig heeft, tegen al het gevaar in het enge universum dat 'gevangenis' heet... Ik bescherm hem tegen iedereen, die hem kwaad wil doen. Ik geef wat van zijn geld aan mijn maffiavriendjes, om ze zoet te houden en zodat ze een oogje in het zeil houden als ik... verhinderd ben... Het is net Monopoly, maar dan met andere spelregels... Ik koop alle dure straten, maar laat een ander daar ook een hotel bouwen."

Ik begin hoofdpijn te krijgen van al zijn gepraat. Dan zwijgt hij even, maar ik realiseer me dat hij die stilte bewust laat vallen om zijn woorden tot me door te laten dringen en dat hij niet de intentie heeft om te blijven zwijgen. Ik probeer mijn nonchalante houding te bewaren, door hem geen antwoord te geven en hem te laten raden naar mijn gedachten.

"Zo werkt het voor jongens als Tommy. Die *kopen* hun veiligheid," vervolgt Skinner. "Maar jij, *liefje...*" Hij schudt meewarig zijn hoofd, alsof hij erg met me meeleeft. "Jij hebt geen lijntjes met de buitenwereld te bieden en als je geld hebt, heb je er niets aan, want je kunt er niet bij. Ik wed dat er voor jou geen bezoekers gaan komen, die iets voor je mee kunnen nemen. Dat maakt je voor de meeste van onze collega's waardeloos. En begrijp me niet verkeerd, *liefje...* Dat is goed... Waardeloos is goed..." Hij haalt eindelijk zijn hand van mijn arm en steekt een nieuwe sigaret op.

Ik wacht af.

"Waardeloos is goed omdat waardeloos niet interessant is, begrijp je dat?" legt hij geduldig uit, alsof hij het tegen een kleuter heeft. "Niet de moeite om naar te kijken – hoewel dat bij jou nog te bezien valt. Maar in ieder geval niet de moeite waard om ruzie over te maken en *zeker* niet de moeite waard om je handen aan vuil te maken..." Hij neemt een haal van zijn sigaret en blaast de rook uit. "Maar zoals ik al zei: je hebt ook een groeiend aantal aanbidders en die willen iets van je dat je *wel* te bieden hebt."

"En nu kom je me vertellen dat jij mijn beste optie bent, toch?" vraag ik.

"Ik *ben* je beste optie," sist Skinner. "Geloof me. Kijk om je heen, *liefje*... Ken je de Draak al?" Hij wijst naar de grote, brede man die een stuk verderop staat. Hij heeft een kaal hoofd en op de zijkant ervan is de beeltenis van een zwarte draak getatoeëerd.

Ik kijk even in de aangewezen richting, maar wend meteen mijn blik weer af, zodra de Draak mijn kant opkijkt.

"Geen prettig vooruitzicht, wel?" Skinner klopt me even op mijn schouder en staat dan op. Hij doet een paar stappen in de richting van zijn vrienden, maar draait zich dan om en geeft als advies: "Denk er nog maar eens goed over na."

"Zoals ik al zei, *Donald,*" antwoord ik kil, "je bent mijn type niet."

"Dat denk je maar," zegt Skinner luchtig. "Daar kom je nog wel achter... Als ik het *enige* ben, dat nog instaat tussen jou en de Draak."

* * * * *

Maandag, 27 augustus 2012 – ochtend
Nicholasville, Kentucky, Amerika

Dean begon zijn spullen bij elkaar te zoeken en zei: "Tijd om te gaan."

Ik had alles al op orde en wachtte geduldig tot hij al zijn kleren, papieren en laptopsnoeren had gevonden en een laatste inspectie hield om er zeker van te zijn dat we niks vergeten waren.

We brachten onze tassen naar de auto en stapten in.

Automatisch keek ik op mijn horloge.

Dean stak zijn hand naar me uit en zei: "Oké. Hier met dat ding."

"Die heb ik nog nodig," antwoordde ik terughoudend.

"Vrijdag pas," wees Dean me terecht. "Dan krijg je hem terug."

"Maar...," begon ik.

"Geef hier."

"Dean, ik..."

"Als je van plan bent om je ook zo op te stellen, als je eenmaal gearresteerd bent, dan heb je echt een probleem," onderbrak hij me. "Agenten houden niet zo van tegenwerking."

"Dit is anders," probeerde ik.

"Misha!"

"Morgen, oké?"

Dean draaide zich naar me toe en zei: "Ik tel tot drie en als ik dat ding dan niet in mijn handen heb, zal ik je laten zien wat ze op het politiebureau met je doen, als je dwars blijft liggen."

"Dean..."

"Eén..."

"Dean..."

"Twee..."

"Maar..."

"Tweeënhalf..."

Ik zuchtte verongelijkt en maakte de sluiting van mijn horloge los. Nog altijd aarzelend hield ik het uurwerk vast.

Dean griste het uit mijn hand, stopte het in de binnenzak van zijn spijkerjack en zei: "Goed zo. Dat viel toch reuze mee?" Toen ik geen antwoord gaf, voegde hij eraan toe: "Je overleeft het wel." Toen schakelde hij het klokje op het dashboard uit, zodat ik ook daar niet meer naar kon kijken.

Ik wierp hem een vernietigende blik toe, maar hij was niet onder de indruk.

"Als blikken konden doden, zat je echt geramd, maar helaas, gozer," grapte hij en startte de motor.

Er viel een korte stilte.

Na een paar minuten vroeg ik: "Dean?"

"Wat?" antwoordde hij.

"Hoe laat is het?"

"Net zo laat als gisteren om deze tijd."

Ik stak mijn hand in mijn jaszak.

"Waag het niet om je telefoon te pakken!"

Ik zuchtte en keek uit het raam. Ik merkte pas dat mijn hand weer afdwaalde naar mijn jaszak, toen Dean zei: "Als je die telefoon pakt, breek ik al je vingers."

"Dat doe je toch niet," zei ik overtuigd.

"Nee, maar ik kan je best een blindschop geven," merkte hij op.

"Dat doe je toch niet," herhaalde ik stellig.

"Yeah? Try me."

* * * * *

Donderdag, 1 november 2012 – avond – Dag 3
New York, Amerika

Ik leun tegen de deurpost van mijn openstaande celdeur en werp een snelle blik op de klok.

Het is bijna kwart voor zeven. Over een kwartier worden we weer ingesloten. Dat idee is op een vreemde manier bijna geruststellend.

Mijn laatste gesprek met Donald Skinner heeft me onrustig gemaakt en argwanend jegens iedereen, die ook maar een seconde mijn kant opkijkt. Wellicht is dat precies wat hij hoopte te bereiken.

Jamie zit op de rand van mijn bed en leest nogmaals de brief van zijn vader. "Wat denk jij dat hij bedoelt met 'Mama kan een bezoek nu niet aan'?"

Ik zucht. Dit is een vraag die ik niet wil beantwoorden.

Jamie heeft me de brief laten lezen en ik vermoedde direct al, dat de ommezwaai van zijn vader niet uit de lucht kwam vallen. Er moet een aanleiding zijn geweest, iets dat hem ertoe *bewogen* heeft om contact te zoeken met zijn zoon, zoals Dr. Robert zou zeggen.

"Misschien is ze er nog niet aan toe?" stel ik voor.

"Ze kwam altijd," zegt Jamie. "Tot een paar weken geleden..."

"Ik weet het niet, Jamie," zeg ik. Dan voel ik een hand op mijn schouder en onderdruk de neiging om achter me te kijken. Dat zou een teken van zwakte zijn. Bovendien hoef ik niet te kijken. Ik weet toch al wie er achter me staat.

Skinners greep is verbazend krachtig voor een man van zijn postuur. "Wegwezen," snauwt hij naar Jamie.

Mijn celgenoot staat op, maar blijft dan aarzelend staan.

"Nu!" commandeert Skinner. "Ik zeg het niet nog een keer."

"Ga maar, Jamie," zeg ik. De laatste keer dat ik een bewaker voorbij heb zien lopen is al een tijdje geleden. Met de naderende controle in mijn achterhoofd, kan ik mijn stoïcijnse houding redelijk moeiteloos bewaren.

Jamie loopt langs ons heen de cel uit en voegt zich enkele meters verderop bij een kleine groep anderen.

"We moeten praten," zegt Skinner. Hij probeert me de cel in te duwen, maar ik blijf staan.

"Er is niets waar we hier niet over kunnen praten," antwoord ik, gemaakt kalm. Ik voel zijn greep fermer worden en hij trekt me naar zich toe.

Zijn mond is vlakbij mijn oor als hij fluistert: "Je fascineert me."

Ik voel de warmte van zijn adem in mijn nek. Ik geef geen antwoord en denk snel na. Zijn aanraking irriteert me enorm en het feit dat ik hem niet aan kan kijken, omdat hij achter me blijft staan nog veel meer. Ik wil me eigenlijk losrukken en hem een vuistslag geven, maar zodra ik mijn blik langs de galerij laat dwalen en de situatie in me opneem, bedenk ik me. Ik zie een bewaker naderen en besef dat Skinner me weinig kan doen op dit moment.

Zijn vrienden staan iets verderop.

Ik realiseer me heel goed dat, wanneer ik Skinner nu aan zou vallen, zijn vrienden eerder bij ons zouden zijn dan de bewakers. Mijn gedachten werken op topsnelheid. Een aantal van mijn opties flitsen door mijn hoofd met nog meer mogelijke consequenties.

Leven... Dood... Isoleercel... AdSeg...

Niet alle opties zijn even aantrekkelijk.

Heel even moet ik aan vroeger denken als Skinner me dichter tegen zich aantrekt, maar ik ban dat onmiddellijk uit mijn hoofd. Dit kan ik nu niet gebruiken.

Dit is anders.

Ik draai me langzaam naar Skinner toe, waarbij ik zijn greep verbreek en kijk dan recht in de donkere ogen. Ik zeg niets en laat hem raden, probeer hem te verwarren.

Hij grijpt me hardhandig bij mijn pols.

Ik zie dat hij intuïtief handelt. Hij improviseert. Ik zie woede in zijn gevoelloze ogen, die nu bijna zwart lijken, maar verder is zijn gezicht volkomen uitdrukkingsloos, alsof hij niet goed weet wat hij met mijn houding aanmoet en twijfelt over zijn volgende stap. Ik concludeer dat ik anders reageer dan hij gewend is.

Dat zou in mijn voordeel kunnen werken.

"Het ziet ernaar uit, dat ik eindelijk mijn gelijke heb getroffen," zegt Skinner bedachtzaam. Dan schudt hij zijn hoofd en sist: "Of niet." Hij fluistert nog altijd op een manier, die ik associeer met psychopaten uit Amerikaanse films, die ik op televisie heb gezien.

Honderd jaar geleden, toen mijn leven nog een soort van 'normaal' was... *Focus!*

Skinner trekt zijn hand terug, maar gaat op dezelfde toon verder. "Je boeit me grenzeloos. Een levende puzzel... Bijna niemand hier kijkt me ooit aan, maar jij wel... Bijna dwangmatig..., alsof je constant op je hoede bent. Je hebt ongetwijfeld de verhalen gehoord. Dan weet je wie en wat ik ben en dat ik altijd mijn zin krijg..."

Dat Skinner nog altijd probeert de overhand te krijgen in het gesprek, vertelt me dat hij me op geen enkele manier als zijn gelijke aanmerkt, wat hij ook zegt. Het vertelt me dat hij een psychologisch spelletje speelt, maar ik ken de regels (nog) niet.

"Toch zoek je op een bepaalde manier de confrontatie met me op, *liefje...*"

"*Jij* zoekt *mij* steeds op," val ik hem in de rede.

"Dat is waar," geeft hij onmiddellijk toe.

Ik zie dat het hem stoort, wanneer ik hem onderbreek en als ik het gesprek probeer over te nemen of een andere richting op probeer te sturen.

Dat houdt in dat je ergens naartoe wilt met dit onsamenhangende verhaal...

"Er gaan wat verhalen...," merkt Skinner dan op.

Ik reageer niet.

"In de wandelgangen heb ik gehoord, dat je hier zit voor moord...," vervolgt hij. "Dat had ik niet achter je gezocht. Ik ben onder de indruk. Vertel eens."

"Doodslag. Verder valt er niets te vertellen," zeg ik gemaakt achteloos.

"Doodslag?" herhaalt hij. "Doodslag is een vaag begrip, *liefje.* Vertel eens... Doodslag als in 'Ik heb iemand doodgereden'... Of doodslag als in 'Ik heb mijn vriendin gewurgd tijdens het neuken'?"

"Wat maakt het uit?" vraag ik. "Dood is dood."

"Dat is waar," geeft Skinner nonchalant toe, alsof het inderdaad een onbeduidend onderwerp is. "Dood is dood. En wat maakt het uit? De wereld is toch al zo overbevolkt..."

"Blij dat ik van dienst kon zijn," antwoord ik toonloos.

Hij kijkt me onderzoekend aan, waarschijnlijk om te zien of mijn nonchalance oprecht is en of het mogelijk is, dat ik gevaarlijker ben dan ik eruit zie. "Ik ga je een waarschuwing geven," zegt hij dan. "De Draak komt voor je."

"De Draak?" herhaal ik.

"Ja, die grote, kale vent met die tatoeage op zijn kop," verduidelijkt Skinner en maakt een ongeduldig gebaartje met zijn hand. "Honderdtwintig kilo spieren en nul gram hersenen... Hij heeft wel smaak, trouwens. Dat moet ik hem nageven."

Ik kijk voor me uit, langs Skinner heen.

"Misschien kun je hem een tijdje te slim af zijn," gaat hij onverstoorbaar verder. "Het zou me niets verbazen, maar uiteindelijk komt er een moment, waarop je aandacht even verslapt en dan komt hij voor je."

"Wat wil je nou eigenlijk zeggen?" vraag ik.

"Ik kan wel iemand zoals jij gebruiken," zegt Skinner. "Er zijn wat... lopende zaakjes, waar ik wel wat hulp bij kan gebruiken en verder is het nieuwe er bij mijn laatste... speeltje wel een beetje vanaf. Hij verveelt me." Hij wijst naar een jongen van een jaar of achttien, die verderop staat, bij zijn andere vrienden. "We zouden een goed duo zijn. Kom naar ons kamp en ik bied je alle bescherming die je nodig hebt. Ook voor Jamie, als je wilt. Mijn vrienden hebben veel invloed hier."

"Ik denk," antwoord ik ijzig, "dat je het mis had."

"Wanneer?" vraagt Skinner.

"Toen je zei dat alles hier te koop is," zeg ik.

"Alles *is* hier te koop," zegt Skinner nadrukkelijk. "Alles en iedereen. Jij ook, *liefje*. Maar als je gewend bent aan een salaris van zes cijfers, dan ligt je prijs waarschijnlijk wat hoger dan die van Jamie."

"Ik ben niet te koop," antwoord ik, terwijl ik me afvraag waar hij zijn overtuiging op baseert dat ik een goed salaris had, voordat ik hier kwam. Daar heb ik Jamie niets over verteld, dus zijn informatie komt ergens anders vandaan.

Skinners gezicht verstrakt en hij grijpt me hardhandig bij mijn arm. "Tot nu toe heb je heel veel geluk gehad, maar dat houdt een keer op," waarschuwt hij. Dan laat hij me los en loopt terug naar zijn vrienden, zonder nog achterom te kijken.

Ik realiseer me dat ik een heel groot probleem heb.

4.
STOF EN BOTTEN (LIJKEN IN DE KAST)

Vrijdag, 2 november 2012 – ochtend – Dag 4
New York, Amerika

"Wat ben je stil," merkt Jamie op.

Ik kijk op. Dat is niet iets dat vaak tegen me gezegd wordt. Ik ben *altijd* stil.

Kennelijk ziet mijn celgenoot nu al verschil tussen stil en nog stiller. Jamie is alerter dan ik dacht.

Dat is een nieuw aandachtspunt in mijn toch al volle agenda.

Vreemd genoeg heb ik, in een plaats waar iedereen altijd roept dat ze teveel tijd hebben, tijd tekort. Ik heb veel om over na te denken, nu ik agendapunten toebedeeld krijg, die ik niet gepland heb.

Nadat Donald Skinner me de afgelopen nacht voor de tweede keer verbaal geterroriseerd heeft met zijn seksuele fantasieën, heb ik vanmorgen ook zijn veelbetekenende blikken in de kleedkamer en de kantine weer zwijgend en lijdzaam moeten ondergaan. Ik probeerde het te negeren, maar ik kon de donkere ogen in mijn rug voelen prikken.

Ironisch hoe de jager soms het doelwit wordt.

Na het ontbijt zijn we door de bewakers teruggebracht naar het cellenblok, in afwachting van de lunch en het luchten.

Ik zit op mijn bed met mijn rug tegen de muur, het enige dat instaat tussen Skinner en mij. Ik blader door een boek, maar kan mijn aandacht er niet bijhouden. Ik lees niet en besef ook nauwelijks dat ik de bladzijden omsla, gemaakt kalm en met mijn blik op oneindig.

"Luister eens, Jamie," begin ik aarzelend. "Ik heb nagedacht."

Jamie komt naast me op de rand van mijn bed zitten, zodat we kunnen fluisteren.

Ik zie dat hij zich net zo bewust is van de aanwezigheid in de cel naast ons als ik.

"Wat is er?" vraagt hij.

"Ik denk dat je gelijk had," geef ik met tegenzin toe en leg het boek opzij. Ondanks dat ik pas een aantal dagen in de gevangenis heb doorgebracht, heb ik me de fluisterende manier van spreken al geheel eigen gemaakt. "Ik heb het onderschat."

Jamie knikt begrijpend, alsof hij dat wel verwacht had, maar desondanks zegt hij niet, 'Dat zei ik toch?'. In plaats daarvan haalt hij zijn schouders op en zegt vergoelijkend: "Ik denk dat niemand er rekening mee houdt, dat hij Donald Skinner tegen het lijf gaat lopen."

"Ik moet van hem af zien te komen," fluister ik.

"Makkelijker gezegd dan gedaan," antwoordt Jamie. Hij buigt zich iets dichter naar me toe en fluistert verder: "Skinner heeft overal zijn mensen, ook mensen van wie je dat niet zou verwachten. Hij heeft een groep om zich heen verzameld en zet ze in als pionnen in een schaakspel. Iedereen heeft zijn eigen takenpakket. Ze noemen het niet voor niets Skinners Roedel."

"Ik wil daar geen deel van uitmaken," zeg ik.

"Dat gebeurt ook niet. Er zijn er zoveel, die last hebben gehad met Skinner, maar hij raakt gauw op mensen uitgekeken. Degenen die hij bij zich houdt, zijn de mensen waar hij wat aan heeft. Zoals Tommy, met zijn geld, of zijn bodyguards," vertelt Jamie.

"Heel fijn," zeg ik sarcastisch, "maar daar heb ik nu niks aan. Er is nog niks gebeurd en dat wil ik graag zo houden. Hij begint steeds meer in mijn nek te hijgen."

"Skinner speelt graag een poosje met zijn prooi, voordat hij toeslaat," zegt Jamie mat. "Ik denk dat je de komende dagen nog weinig te vrezen hebt, maar je komt er toch niet onderuit." Hij kijkt me niet aan.

"Wat stel jij voor, Jamie, als je denkt dat ik hem niet kan ontlopen?" vraag ik. "Wat zou jij doen?"

"Je bedoelt: wat ik *gedaan heb,*" verbetert hij me scherp. Hij draait zijn hoofd een beetje, zodat hij me aan kan kijken. "Je vraagt je af of ik ook in jouw situatie heb gezeten."

"Ja," antwoord ik eerlijk. Eigenlijk twijfel ik er niet aan. Ik zie het in zijn ogen. Ik wil zeggen dat ik hem begrijp, maar ik bedenk me.

Jamie zwijgt even en bijt op zijn onderlip. "Ik kreeg hem ook meteen op mijn dak, toen ik hier aankwam, net als jij," zegt hij dan. "Het begon met een praatje, toespelingen, een hand op mijn schouder. Hij bood me zijn bescherming aan in ruil voor... Net zoals bij jou. Ik deed wat jij doet en weigerde... Probeerde hem zoveel mogelijk te ontlopen, maar..."

Ik knik.

Jamie zwijgt weer even, maar zegt dan resoluut en bijna laconiek: "De beste tactiek is om erin mee te gaan. Zodra er weer nieuwen komen, is het voorbij. Hij is snel afgeleid."

"Hoe kun je hier zo rustig onder blijven?" vraag ik ongelovig. Ik zie dat hij volledig berust in de situatie, zoals die is, iets dat ik nooit zou kunnen. Voor hem is het genoeg dat het voorbij is en hij kan zelfs over Skinner praten, zonder dat ik enige haat of woede in zijn stem hoor.

"Man, ik zit hier al bijna twee jaar," antwoordt Jamie. "Jij bent hier nog geen vier dagen. Je hebt nog niets gezien. Ik wel... Ik heb alles al gezien, wat er hier te zien valt... Moorden, overdoses, doden, gewonden, zelfmoord, opstanden, vriendschappen, vetes, seks... Alles uit de *echte* wereld daarbuiten is hier ook, maar de negatieve dingen liggen onder een vergrootglas, op een veel te kleine oppervlakte."

"Ik begrijp wat je bedoelt," zeg ik.

"Ik denk het niet," antwoordt Jamie.

Ik kijk op als ik voetstappen hoor naderen.

Bewaker Parker verschijnt voor onze celdeur en roept: "Open 421!" De deur glijdt open en hij stapt naar binnen.

"Opstaan, Larsen."

Wat nu weer?

Ik ga staan en kijk even vragend naar Jamie, die zijn schouders ophaalt om aan te geven dat hij ook niet weet waarom de bewaker me komt halen. Ik vraag me af of het acceptabel is om het gewoon aan Parker te vragen.

Bewaker Phipps was veel gemakkelijker te benaderen geweest dan deze man, hoewel ik hem al een aantal keer eerder ben tegengekomen en hij me nooit echt onvriendelijk heeft behandeld. Het laatste dat ik wil is een bewaker tegen me in het harnas jagen, door op te vallen of teveel vragen te stellen.

Ik besluit te zwijgen en het maar gewoon over me heen te laten komen.

"Handen!" commandeert Parker en pakt zijn handboeien.

Ik steek gehoorzaam mijn handen uit, nog altijd zwijgend.

Hij doet me de boeien om, pakt me bij mijn bovenarm en neemt me mee naar de galerij. "Sluit 421!"

"Hé, liefje, waar ga je naartoe?" roept Donald Skinner door de tralies van zijn celdeur.

"Doorlopen," instrueert Parker.

Ik negeer Skinners geschreeuw, blijf strak voor me uitkijken en loop door. Ik daal de trap af, met de bewaker vlak achter me en laat me vervolgens gewillig het cellenblok uitleiden. Ik herken de route en vraag me af of ik terug moet komen bij de psycholoog. Ik ben er zeker van dat ik de IQ-test goed gemaakt heb en Jamie heeft gezegd, dat we alleen terug hoeven te komen bij een lage score.

Het is niet logisch, dus er moet iets anders aan de hand zijn, maar ik krijg de kans niet om er langer over na te denken.

Parker houdt me staande bij de deur links van het kantoor van Dr. Melvin Robert. Ook op deze deur hangt een klein, goudkleurig naamplaatje.

De bewaker klopt.

Ik lees vluchtig de naam op de deur:

Dr. R.J. Cavanagh

De deur gaat open en een vriendelijk ogende jonge vrouw met een blonde paardenstaart verschijnt. "Kom binnen," zegt ze.

Parker duwt me naar binnen en de vrouw sluit de deur achter ons.

"Misha Larsen voor Dr. Cavanagh," kondigt Parker aan.

De vrouw kijkt even naar me en glimlacht geruststellend. "Ik zal de dokter halen," zegt ze na een korte stilte en verdwijnt dan in de ruimte, die zich achter deze ruimte bevindt. Ze blijft weg.

De stilte is ongemakkelijk, maar ik durf niets te zeggen, zonder dat me iets gevraagd wordt en omdat Parker blijft zwijgen, doe ik dat ook maar. Ik staar naar de klok aan de wand en kijk pas weer op als ik een deur hoor.

Dr. Cavanagh komt binnen. Hij is een jaar of veertig, lang en statig, bijna zoals de dokters van een aantal generaties terug. Hij heeft donker krullend haar, een vriendelijk, smal gezicht en een zelfverzekerde houding.

Achter hem loopt bewaker Phipps met één van mijn medegevangenen.

De man in de handboeien is bijna twee koppen groter dan de cipier naast hem. Hij draagt een spijkerbroek en een wit onderhemd zonder mouwen, dat vol bloedvlekken zitten, alsof hij zonder dat nog niet intimiderend genoeg is. Behalve zijn gezicht, is iedere zichtbare centimeter huid vol getatoeëerd en hij straalt een vreemde mengeling van dreiging en rust uit.

Ik ken hem niet bij naam, maar ik heb hem eerder gezien, in de kantine bij *Little Italy*, waar hij altijd een hoekplaats heeft aan de tafel. Hij is ondanks zijn indrukwekkende lengte slank, maar met gespierde schouders en armen. Zijn functie binnen *Little Italy* is niet moeilijk te raden. Hij is één van de lijfwachten.

Onze ogen ontmoeten elkaar heel even.

Ik kijk meteen weg om hem te laten zien dat ik geen problemen wil. Ik haat het om me zo onderdanig op te stellen, maar ik zie wel in dat ik bij hem weinig keuze heb.

Phipps lijkt ondanks het intimiderende uiterlijk van de bodyguard, toch erg op zijn gemak bij hem. Het zenuwachtige, dat ik heb opgemerkt wanneer Phipps bij Donald Skinner en sommige andere gevangenen in de buurt komt, ontbreekt nu volledig. Hij voert de man mee naar de deur, neemt hem mee naar buiten en sluit de deur achter hen.

De dokter wendt zich tot mij en zegt: "Goedemorgen, meneer Larsen."

"Goedemorgen," antwoord ik automatisch.

"Beheerst u de Engelse taal voldoende om een aantal vragen te beantwoorden?" wil hij weten.

"Ja," zeg ik.

"Heeft iemand u uitgelegd waarom u hier bent?" vraagt Cavanagh.

Ik schud mijn hoofd.

"U bent hier, omdat wij er, dankzij de bureaucratie in uw thuisland, tot op heden nog niet in geslaagd zijn om uw medisch dossier te verkrijgen vanuit Nederland," begint Cavanagh mopperend. "Omdat we geen medische gegevens van u hebben, loopt u onnodig risico's. Daarom willen we een aantal eenvoudige tests uitvoeren, zodat we deze risico's zoveel mogelijk kunnen inperken."

"Risico's?" herhaal ik. "Wat voor tests?"

"Gaan we moeilijk doen, Larsen?" snauwt Parker. "Ik ben in een slechte bui en geloof me, ik kan het jou veel moeilijker maken, dan jij mij."

Cavanagh negeert zijn uitval en beantwoordt vriendelijk en geduldig mijn vraag. "Niets bijzonders. Gewoon het standaardwerk." Dan wendt hij zich even tot Parker en vraagt: "Wilt u de handboeien verwijderen?" Hij richt zich weer tot mij als Parker de boeien van mijn polsen haalt. "Ik wil wat bloed afnemen, zodat we u kunnen testen op een aantal ziektes, zoals aids, HIV, diabetes en hepatitis," gaat hij verder, "en zodat we uw bloedgroep vast kunnen stellen. Gewoon... voor het geval dat."

Voor het geval dat –

Wat? vraag ik me af, maar ik zeg niets.

"Gebruikte u in Nederland medicijnen?" vraagt Cavanagh.

"Nee," antwoord ik.

"Heeft u de afgelopen twaalf maanden een arts bezocht?"

"Nee."

"Heeft u weleens harddrugs gebruikt?"

"Nee."

"Heeft u wel eens een aidstest gedaan?"

"Ja."

"En wat kwam daar uit?" vraagt Cavanagh, als ik verder zwijg.

"Die was negatief."

"Komen er erfelijke ziektes voor in uw familie?"

"Niet dat ik weet," antwoord ik naar de waarheid.

Cavanagh wijst op de onderzoekstafel en zegt: "Ga zitten."

Ik hijs me op de tafel en wacht af.

De vrouw met de blonde paardenstaart komt de ruimte weer binnen. Ze haalt een nieuwe injectienaald uit een plastic verpakking en vraagt me: "Bent u bang voor naalden?"

Ik schud mijn hoofd.

"Als u uw overhemd uit wilt trekken, dan neemt Ashley even wat bloed af," zegt Cavanagh en begint wat aantekeningen te maken.

Nog een dossier, denk ik, terwijl ik mijn overhemd uitdoe.

"Geef maar." Ashley pakt het aan en hangt het over de rugleuning van een stoel. Ze loopt terug naar de behandeltafel, pakt mijn pols en draait mijn arm dusdanig, dat ze de binnenkant van mijn elleboog kan bekijken. "O, dat wordt een makkie," zegt ze.

Ik kijk haar vragend aan.

"Duidelijke aderen...," legt Ashley uit. "Als de aderen diep liggen, moeten we de arm even afbinden, maar dat is bij u niet nodig." Ze verplaatst haar hand naar mijn elleboog en drukt met haar duim op de binnenkant.

De naald prikt door mijn huid en ik kijk toe hoe ze twee glazen buisjes bloed afneemt, de naald uit mijn arm haalt en een gaasje op het wondje drukt.

"Even erop blijven duwen," zegt ze.

Ik doe wat er van me gevraagd wordt, terwijl Ashley de ruimte verlaat met mijn bloed. Dan kijk ik naar Cavanagh, die inmiddels klaar is met schrijven.

Hij slaat zijn map dicht. "Als er geen bijzonderheden uit de tests naar voren komen, hoeft u niet terug te komen."

Voor de deur van cel 421 verwijdert Parker de handboeien van mijn polsen.

"Open 421!" roept hij.

In de cel naast de mijne, leunt Donald Skinner tegen de deurpost en gluurt door de tralies heen. "Hé, liefje! Heb je lekker buiten gespeeld?"

"Kop dicht, Skinner!" snauwt Parker en duwt me mijn cel in. "Sluit 421!" Hij blijft staan, totdat de deur weer gesloten is, draait zich dan om en loopt naar de trap.

Zodra hij uit het zicht verdwijnt, vraagt Skinner: "Waar ben je geweest?"

Ik leun tegen de tralies van mijn celdeur en twijfel even over mijn antwoord. Ik kan Skinner niet zien, maar ik kan zijn donkere ogen bijna door de muur heen voelen branden. "Bij Dr. Cavanagh," zeg ik dan. Ik weet dat hij geen genoegen zal nemen met dit korte antwoord, dus voeg ik eraan toe: "Ze hebben geen medisch dossier van me."

"Onzin!" zegt Skinner. "Dat kunnen ze opvragen. Dat hebben ze met die Mof ook gedaan."

"Kennelijk duurt het allemaal wat langer dan verwacht," antwoord ik en draai me even naar mijn celgenoot.

Jamie kijkt me aan vanaf het bovenste bed en haalt zijn schouders op. "Het zal wel een standaard procedure zijn voor alle buitenlanders," mengt hij zich in het gesprek. "Ach joh, het doodt de tijd... Onderhand zal het wel bijna lunchtijd zijn."

"Gelukkig maar," zeg ik sceptisch. Ik ga op mijn bed liggen. "Maak me maar wakker als het zover is."

* * * * *

Vrijdag, 30 maart 2001 – avond
Spijkenisse, Nederland

Ik had de voetstappen al horen naderen, voordat de deur van mijn slaapkamer geopend werd en kort daarop weer gesloten. Tegen beter weten in, deed ik alsof ik sliep. Niet dat ik echt de illusie had, dat ik daarmee iets kon voorkomen of iets kon tegenhouden, maar misschien kon ik het nog even afhouden.

Het bed bewoog onder het gewicht van mijn pleegvader.

"Je slaapt niet," merkte hij op.

Ik opende mijn ogen. Ik wist wat er ging volgen.

Nog één keer...

Ik richtte me langzaam op, sloot mijn gedachten af en keek hem aan, zonder hem echt te zien. Mijn aandacht werd even afgeleid door de digitale wekker, die op het nachtkastje stond en versprong van 22:03 naar 22:04. Ik schrok toen hij mijn wang aanraakte.

"Ik zal je missen, weet je," zei hij met zachte stem en streek een lok haar uit mijn ogen.

Ik wilde het niet horen. Ik sloot mijn ogen en wilde alleen nog maar verdwijnen, ergens anders zijn dan hier. Waar dan ook. Ik moest denken aan de sloppenwijken in Cambodja, die ik eerder die avond op tv had gezien.

Joris trok het dekbed van me af.

Ik probeerde mezelf voor te houden dat er vanzelf weer een einde aankwam en dat alles morgen voorbij zou zijn, maar automatisch trok ik mijn benen op en sloeg mijn armen om mijn knieën.

"Niet doen," waarschuwde hij.

Ik aarzelde even, maar strekte toen mijn benen weer. Ik voelde de handen onder mijn shirt en de warmte van het lichaam, dat veel dichterbij was dan ik prettig vond, maar ik deed niets. Na drie jaar was ik moe gestreden. Het hele stadium van verzet sloeg ik over en ik ging tegen beter weten in, meteen over op smeken: "Stop, alsjeblieft."

"Sssh, het is goed," suste hij en streelde met zijn vlakke hand over mijn rug.

"Alsjeblieft," probeerde ik. Ik hoorde mezelf praten. Ik wilde dit niet, maar mijn lichaam weigerde iedere vorm van verzet. Bij iedere aanraking voelde ik mezelf meer verkrampen, maar ik liet hem begaan toen hij mijn T-shirt over mijn hoofd trok. Ik probeerde mijn mogelijkheden op een rijtje te zetten. Het zou toch

wel gebeuren en ik had door schade en schande geleerd, dat ik het met tegenwerking alleen maar erger maakte en dat ik hem toch niet kon tegenhouden.

Ik had ook geleerd dat ik met wat meegaandheid en bepaalde handelingen,
soms andere kon voorkomen. Het leek op dat moment mijn beste optie. Ik viel
terug op mijn automatische piloot, waarbij ik me zoveel mogelijk afsloot en dis-
tantieerde en in mijn hoofd continu dezelfde mantra's herhaalde.

Nog één keer... Niks doen... Laat hem...

Ik hield mijn ogen gesloten, alsof ik op die manier de afstand kon vergroten.

Zijn handen streelden mijn borst en buik.

Laat hem... Niks doen... Laat hem...

"Stop, alsjeblieft," fluisterde ik.

Plotseling waren de handen verdwenen.

Heel even had ik een sprankje hoop dat hij het hier, om wat voor reden dan
ook, bij zou laten. Ik opende mijn ogen.

Hij stond op van het bed.

Ik staarde naar de wekker, die inmiddels op 22:08 stond.

"Kijk me aan."

Ik staarde langs hem heen in het niets.

Ik ben hier niet...

"Sta op."

Automatisch kwam ik in beweging, zonder er nog bij na te denken. Weer
dwaalde mijn blik af naar de wekker, die net versprong naar 22:09. Met een
beetje mazzel was ik overal voor 22:30 vanaf, hield ik mezelf voor.

"Kijk me aan," zei hij weer.

Ik keek naar hem op en maakte aanstalten om op mijn knieën te gaan, maar
hij pakte me bij mijn arm en hield me tegen.

"Nee."

Ik bleef aarzelend staan.

"Corinne is niet thuis," zei hij overbodig. "Ze blijft nog wel even weg." Hij stak
zijn hand naar me uit en zei: "Kom."

Ik deed een stap achteruit en vroeg: "Waar gaan we naartoe?"

Joris kwam dichterbij en zei bijna fluisterend: "Vanavond is de laatste keer.
Dat is toch wel iets speciaals, vind je niet?"

Ik zweeg.

Hij stak zijn hand naar me uit en haalde die opnieuw door mijn haar. "Weet
je nog hoe het de eerste keer ging?" vroeg hij.

Ik voelde mijn maag draaien en wendde mijn blik af, zodra zijn woorden tot
me doordrongen. Natuurlijk wist ik dat nog. Ik wist alles nog. Alles. Het beeld
van dat stoffige bureau in de kelder stond voor eeuwig op mijn netvlies gebrand.

"Kijk me aan," zei hij nadrukkelijk.

Ik hoorde aan de klank van zijn stem, dat hij ongeduldig werd.

Doe wat hij zegt...

Ik hief mijn hoofd op en deed wat hij vroeg.

"Jij mag kiezen," zei hij. "De kelder of de badkamer."

Ik staarde hem zwijgend aan, niet langer in staat tot antwoorden. Ik haatte de kelder, maar Joris had me nog nooit eerder een locatie laten kiezen en het maakte me achterdochtig.

De stilte duurde voort, totdat Joris er genoeg van kreeg. "Als jij geen keuze maakt, doe ik het voor je."

Ik bleef zwijgen, alsof ik ergens toch nog hoopte dat hij af zou haken.

Hij pakte mijn pols en trok me mee naar de gang.

Maren stond in de deuropening van haar slaapkamer en keek zwijgend naar ons.

"Ga naar je bed!" snauwde Joris.

Ze keek me nog even aan, maar ging toen terug naar haar kamer en sloot de deur achter zich.

Joris nam me mee naar de badkamer, deed de deur op slot en liet me los.

Ik draaide me, zodat ik hem kon zien en deed een paar stappen achteruit.

Hij naderde me, maar zei niets.

Ik deed nog een stap achteruit, maar toen ik het harde, koude porselein van de wastafel tegen mijn rug voelde, kon ik niets anders dan blijven staan.

Hij stond vlak voor me en zei: "Draai je om."

Ik voelde de tranen in mijn ogen prikken, maar ik wilde niet meer huilen. Nooit meer. Het had toch geen zin. Ik probeerde mezelf voor te houden, dat iedere vorm van verzet het alleen maar langer zou laten duren en pijnlijker zou maken. Toch aarzelde ik.

Toen het naar zijn zin te lang duurde, herhaalde hij: "Draai je om."

Doe gewoon wat hij zegt...

Langzaam draaide ik mijn rug naar hem toe, legde mijn handen aan weerskanten op de rand van de wastafel en richtte mijn blik op het afvoerputje.

Ik kan dit. Het is al zo vaak gebeurd.

Wat maakt die ene keer dan nog uit?

Nog één keer... Morgen is alles voorbij...

Ik was bijna overtuigd, maar toen ik zijn handen weer op mijn huid voelde, bedacht ik me. Ik kon dit niet nog een keer. Ik probeerde me los te trekken, maar hij klemde me tussen zijn lichaam en de wastafel. Ik wilde protesteren, maar wist dat het zinloos was en zei niets.

Geleidelijk begon ik de controle over mijn gedachten te verliezen. Beelden en herinneringen drongen zich aan me op en mijn hersenen begonnen, zoals vaker gebeurde, een eigen leven te leiden.

24 april 1998... 1 mei... 9 mei... 14 mei... 22 mei... 2 juni...

Zijn lippen en ademhaling waren warm in mijn nek. Mijn rug en schouders verkrampten en in een reflex spande ik al mijn spieren, toen zijn handen langs mijn naakte bovenlichaam naar mijn heupen gleden en mijn onderbroek omlaag schoven. Toen liet hij me los.

Ik sloot mijn ogen weer en wachtte op het geluid van zijn riem, die werd losgemaakt en het bijna onhoorbare geluid van de ritssluiting, die werd geopend. Ik hoorde dat hij zijn broek liet zakken, het geluid van textiel langs huid en voelde mijn maag samentrekken.

"Ontspan," fluisterde hij. "Ik wil je geen pijn doen."

"Stop dan," antwoordde ik, nauwelijks hoorbaar.

"Nee." Zijn handen begonnen weer over mijn lichaam te dwalen. "Nee... Vanavond ben je nog van mij..."

"Alsjeblieft?"

Zijn linkerhand gleed langs mijn ruggengraat omhoog en ik rilde. Zijn vingers strengelden zich in mijn haar en hij trok me zachtjes aan mijn haren dichter tegen zich aan. "Doe je ogen open."

Ik gehoorzaamde en zag onze reflectie in de spiegel, die boven de wastafel hing, maar ik durfde mijn ogen niet opnieuw te sluiten.

Hij liet mijn haar los en verplaatste die hand naar mijn heup, terwijl hij zachtjes tegen me bleef praten. "Ontspan een beetje... Rustig... Het is goed..." Hij bleef de woorden herhalen, alsof hij verwachtte dat ze geruststellend zouden werken. "Het is goed... Rustig..." Hij wreef zijn onderlichaam tegen me aan en kuste mijn hals en schouder.

Ik kon zijn erectie duidelijk voelen. "Stop... Alsjeblieft," probeerde ik weer. Ik keek hem aan in de spiegel en focuste me weer op mijn handen, toen ik het laatste beetje hoop opgaf dat hij er vanaf zou zien. De knokkels waren wit en ik vroeg me even af of je de botjes in je vingers kunt breken door te hard te knijpen.

Zijn mond was vlakbij mijn oor, toen hij fluisterde: "Kijk in de spiegel."

Ik schudde mijn hoofd. Ik wilde niet kijken, wilde het niet zien. Ik wist dat ik het beeld nooit meer kwijt zou raken, als ik wel zou kijken.

Hij boog me een beetje over de wastafel heen.

Het deed pijn. Ik beet op mijn lip en probeerde niet te huilen.

"Kijk in de spiegel, Misha," herhaalde hij en begon langzaam te stoten, waarbij hij me steeds weer tegen het koude porselein van de wastafel duwde.

Ik bleef naar mijn handen staren.

Geleidelijk versnelde zijn tempo. "Kijk in de spiegel," snauwde hij, zwaar en onregelmatig ademend.

Ik deed wat hij vroeg en keek, het beeld wazig door mijn tranen.

* * * * *

Vrijdag, 2 november 2012 – avond – Dag 4
New York, Amerika

"Ben je nog wakker?" fluistert Jamie in het schemerdonker.

"Ja," antwoord ik zacht. Ik kan de slaap niet vatten en lig al een tijdje naar de schaduwen op de muren te staren, op zoek naar afleiding. Maandenlang leek het alsof alles volgens plan ging, maar na een aantal dagen in de gevangenis, moet ik toch concluderen, dat er veel factoren zijn, die ik niet heb kunnen of willen incalculeren.

In hoeverre kunnen deze factoren mijn verdere plannen verstoren?

In hoeverre kan ik gedwarsboomd worden?

En waar word ik in de nabije toekomst nog meer mee geconfronteerd?

Ik ben moe. Voor de lunch heb ik even geslapen, totdat ik zwetend wakker werd, met het beeld op mijn netvlies, dat zich nog altijd bijna dagelijks aan me opdringt. Ik weet dat het me ook vanavond en vannacht wakker zal houden.

Dat of Skinner.

Een flauw licht schijnt vanuit de gang door de tralies van de celdeur naar binnen. Als kind lag ik 's nachts ook vaak naar schaduwen te kijken als ik niet kon slapen, om mijn gedachten af te leiden van wat me op dat moment werkelijk bezighield, maar dat trucje werkt hier niet.

Hier is alles anders.

Jamie laat zich van zijn bed glijden en komt op de rand van mijn bed zitten.

Ik ga rechtop zitten en vraag: "Wat is er?"

"Je moet uitkijken morgen," waarschuwt Jamie, fluisterend en zich duidelijk bewust van de aanwezigheid in de cel naast ons. "Bobby zegt..."

"Wie is Bobby?" onderbreek ik hem.

"Die jongen die altijd bij Skinner is," antwoordt hij. "Niet Tommy, maar die andere."

Ik weet wie hij bedoelt. Bobby is Skinners laatste verovering, een jongen van een jaar of achttien, die nooit iets zegt, tenzij hij iets moet beamen dat Skinner zegt en hem overal volgt als een schaduw.

"Bobby heeft Skinner horen praten...," gaat Jamie fluisterend verder. "Skinner en een paar van zijn vrienden... Dit weekeinde komen ze voor je."

"Komen ze voor me?" herhaal ik.

"Je begrijpt me wel," zegt hij. "Ze sluiten je in en je kunt geen kant op."

"Dan moet ik maar zorgen dat ik morgen niet alleen ben," antwoord ik praktisch. "In ieder geval niet, totdat ik weet hoe de kaarten geschud zijn." Ik doe me veel zekerder voor dan ik me voel, maar ik ken Jamie niet goed genoeg om (al?) open kaart met hem te kunnen spelen. Ik twijfel, maar weet niet of ik hem dichterbij kan laten komen.

Mijn grootste probleem is op dit moment gebrek aan kennis, iets waar ik gewoonlijk zelden mee te maken krijg en waar ik slecht mee om kan gaan.

Jamie is hier al langere tijd en lijkt bijzonder bedreven in het verkrijgen van informatie, wat een groot pluspunt kan zijn – mits hij betrouwbaar is.

Is het veilig om vragen te stellen?

Hoe betrouwbaar is Jamie?

Dat is op dit moment de *million dollar question*...

"Weet je," begint hij na een korte stilte.

Ik schud mijn hoofd.

"We leven en hopen de volgende dag nog mee te maken, maar morgen, over drie dagen, over een jaar of over tien jaar... over vijftig jaar... zijn we allemaal alleen nog maar stof en botten," vervolgt hij.

"En dat was het dan?" vraag ik.

"Dat was het dan," besluit Jamie.

"En dat... dat moet me opvrolijken, of wat?" informeer ik vertwijfeld.

"Nee, maar zo ga je denken als je hier langer bent," zegt hij. "Jij zit nog in een soort van ontkenningsfase. Zo van 'Het komt wel goed'... Het komt nooit goed. Het komt pas goed op het moment dat je nog ademt, als je straf erop zit. Tot die tijd is niets zeker."

"Er zijn *altijd* zekerheden," protesteer ik. Het is het enige dat ik heb en ik moet geloven dat het zo is. "Er zijn dingen, die vaststaan... dingen die nooit veranderen. Als je weet hoe alles precies werkt en je weet hoe een ander denkt, wat hem *drijft*... dan kun je situaties manipuleren en bepaalde karaktertrekken van de ander in je voordeel gebruiken."

"Donald Skinner laat zich door niemand manipuleren of gebruiken," zegt Jamie stellig.

"Toch wel..," redeneer ik. "De Don gebruikt hem... Dat heb je zelf gezegd... Skinner knapt Gianni's rotklusjes op en de Don kijkt de andere kant op. Zo werkt het toch?"

"Ongeveer," geeft Jamie toe.

"Skinner is intelligent, maar hij denkt heel erg primitief," analyseer ik. "Als een roofdier, een jager... Het recht van de sterkste... In zijn optiek zijn angst en respect hetzelfde. Waarschijnlijk omdat hij zelf alleen respect heeft voor mensen waar hij bang voor is."

"Hij is nergens bang voor," antwoordt Jamie. "Voor niemand."

"Toch wel," zeg ik weer. "Skinner is absoluut geen loopjongen, maar voor zijn vriendjes van *Little Italy* doet hij alles. Waarom?"

"De Don tolereert hem en ziet hem als een stuk gereedschap. Handig om te hebben, zeg maar," vertelt Jamie. "Toen Skinner hier aankwam, was zijn reputatie hem al vooruit gegaan... Ze stonden hier zowat in de rij, om hem af te maken. Iedereen dacht dat ze hem wel konden hebben... De zwarte bendes stonden vooraan..."

Ik luister aandachtig.

Kennis is macht en ik ben de eerste om toe te geven, dat ik op dit moment een chronisch gebrek heb aan beide.

"Ik bedoel, Skinner is hun ideale doelwit," gaat Jamie verder. "Hij is een openlijk racist en een kindermoordenaar. Al de tweede dag dat hij hier was, doken er meteen drie man op zijn nek en hij bleef gewoon opstaan. Het was net alsof hij helemaal doorgesnoven was met coke of zo. Niets leek hem pijn te doen en hij bleef maar terugkomen."

"Drie man?" herhaal ik. "Met zijn bouw, zou één al genoeg moeten zijn."

"Dat dachten zij ook, maar ze legden het gewoon af. Alle drie," antwoordt Jamie. "En alle drie waren ze groter en breder dan Skinner, maar hij leek wel... onverwoestbaar."

"En toen?"

Mijn interesse is gewekt en ik zoek in mijn hoofd naar een stukje informatie, waar ik even niet bij lijk te kunnen. De puzzelstukjes weigeren op hun plaats te vallen en nu mijn geheugen me in de steek laat, probeer ik het op een andere manier. Het moet iets zijn dat ik ooit maar één keer op tv heb gezien of in een boek heb gelezen. Anders had ik het betreffende stuk info met gemak naar voren kunnen halen. Tevens moet het iets zijn, dat destijds niet echt mijn interesse had...

Shit, ik weet dit!

Ik probeer linken te leggen met andere onderwerpen, maar kom op dit moment niet verder dan dat het iets met Discovery Channel te maken heeft.

"Ze werden alle vier naar de ziekenzaal gebracht," vervolgt Jamie, "maar Skinner was de volgende dag alweer terug. Twee gebroken ribben en hij liep gewoon door. Don Gianni had al twee van zijn kickboksers klaarstaan. Hij dacht waarschijnlijk, dat Skinner door zijn overwinning op de bendeleden een bedreiging zou kunnen vormen voor zijn eigen positie hier."

Het klinkt aannemelijk.

"Hoe liep het af?" vraag ik.

"Hetzelfde als met die anderen," zegt Jamie. "Skinner was de volgende dag alweer terug op de afdeling, terwijl al die anderen nog lagen te creperen op de ziekenzaal. Sindsdien knapt hij alle rotgeintjes op voor de Don."

"Toch staat hij niet hoog in rang bij *Little Italy*," concludeer ik.

"Hij hoort er niet eens bij," zegt Jamie. "Ze hebben een lijntje met elkaar, maar *Little Italy* zou Skinner nooit accepteren als één van hen. Ze minachten hem om alles wat hij is, maar alles is hier niet meer dan handjeklap en ruilhandel. Skinner zag zijn kans schoon om de Dons tolerantie te kopen door zijn rotklussen op te knappen... Mochten de zwarte bendes opnieuw iets proberen, dan zou dat in zijn voordeel kunnen werken. De Don en zijn *Wiseguys* willen hun *hitman* niet kwijt. Skinner is een waardevolle bondgenoot."

"Waarom? Ik heb genoeg gasten aan die tafel zien zitten die ze als *hitman* zouden kunnen gebruiken," zeg ik. "Ze hebben hem niet nodig."

"Waarom zou je één van je eigen mensen zijn handen vuil laten maken als het niet nodig is?" antwoordt Jamie. "Skinner overleefde de aanval van de bende en hij overleefde Gianni's kickboksers. En hoeveel klappen hij ook kreeg, hij bleef opstaan." Hij haalt zijn schouders op en redeneert: "Buiten wil je hem niet tegenkomen, maar hierbinnen is hij een goeie om aan jouw kant te hebben in een conflict. Als ik dat zie, ziet de Don dat zeker."

"Hoe kan het dat hij op bleef staan?" vraag ik. "Dat is toch fysiek onmogelijk?"

"Ik ben geen dokter," zegt Jamie schouderophalend. "Misschien adrenaline? Je hoort toch ook wel eens over mensen die met een gebroken been weglopen bij een autowrak? Dat zou ook fysiek onmogelijk moeten zijn."

"Dat zal wel," zeg ik. "Welterusten." Ik heb voorlopig weer genoeg stof tot nadenken.

Jamie verdwijnt naar zijn eigen bed. "Welterusten."

5.
STRATEGIEËN

Zondag, 4 november 2012 – ochtend – Dag 6
New York, Amerika

Donald Skinner is de gehele zaterdag opvallend afwezig geweest en ik heb me in de nacht van zaterdag op zondag veelvuldig afgevraagd waarom. De rust is meer dan welkom, maar ik blijf het gevoel houden, dat er meer achter zit.

Jamie zei gisterochtend bij het opstaan, dat het een goede dag zou worden. Toen ik hem vroeg waarom, begon hij over de werkroosters van de bewakers, waarin iets afweek, dat voor ons gunstig zou zijn. Ik begreep het niet. "Soms ruilen ze onderling," legde Jamie uit. "Kane heeft zijn shift van vandaag geruild met die van Franco van afgelopen woensdag."

Ik betwijfelde of het veel uitmaakte, maar de zaterdag verliep hoe dan ook rustig.

Als de bel eindelijk gaat, ben ik al zeven controles wakker. Ik sta op en trek vlug mijn bed recht, blij dat ik eindelijk op kan staan.

Het gebruikelijke geroezemoes begint en neemt met de seconde in volume toe, naarmate steeds meer stemmen daar deel van uitmaken.

"Goedemorgen, Jamie," zeg ik.

"Morgen, Misha," antwoordt hij, terwijl hij zijn bed uitkruipt.

"Deuren open!" klinkt een onbekende stem beneden. "Opstellen voor de telling!"

Jamie maakt haastig zijn bed op en verlaat samen met mij onze cel. De gebruikelijke rijen beginnen zich te vormen op de galerijen en de benedenverdieping. De ochtendtelling begint en overal wordt op fluisterniveau gepraat.

Er komt een bewaker de trap op, maar ik ken hem niet.

Op zijn naamlabeltje staat 'Jennings'. Hij is een jaar of vijftig met grijs haar en grijze ogen. Hij is lang, maar een beetje gezet. Hij kijkt op het klembord dat hij vasthoudt en roept: "Lockhart, Irving, Skinner, Jones!"

De vier genoemde mannen dalen de trap af.

Jennings werpt even een blik over de reling op de benedenverdieping, alsof hij zichzelf ervan wil overtuigen dat het groepje wordt opgevangen.

Ik kijk vragend naar Jamie.

"Hij werkt meestal alleen op zondag," fluistert Jamie vergoelijkend. "Parker en Phipps zijn vandaag vrij. Jennings is een beetje een zenuwenlijder, maar hij is best oké. We hebben hier een heel scala aan invallers en parttimers."

Als Skinner en de rest van zijn groepje volledig uit het zicht zijn verdwenen, kijkt Jennings opnieuw op zijn klembord en roept: "Hirsch, Larsen, Norton, Solano!"

Slecht geheugen, concludeer ik.

Beneden wacht een andere bewaker ons op.

Ik kijk vluchtig naar zijn naamlabeltje. Ik weet dat ik hem al eerder gezien heb en zoek iets dat die overtuiging bevestigd.

'Kane'.

De kleinzoon van de kampbewaarder.

Kane is niet veel ouder dan ik, vijf, hooguit tien jaar, maar hij is wel veel langer en breder. Hij doet me qua postuur aan mijn broer denken, maar hij lijkt niets van Lennarts *never-mind*-houding te hebben. Hij heeft kort, donker haar en nog donkerdere, alerte ogen, die niets lijken te missen. Zijn houding is zelfverzekerd en autoritair.

Zodra hij naar me kijkt, richt ik mijn blik op de grond voor me.

"Let's go, ladies!" snauwt hij.

We volgen.

Norton, de grote skinhead, loopt naast Kane en zegt: "Jersey wil je spreken, Baas."

"Dat vermoeden had ik al, ja," zegt Kane. Hij grijpt me bij mijn mouw, als hij vindt dat ik niet snel genoeg volg en trekt me ruw een stuk naar voren. "Doorlopen, Larsen! We hebben niet de hele dag de tijd."

Ik versnel mijn pas, maar zeg niets.

De inmiddels vertrouwde route naar de douches verloopt rustig.

In de kleedkamer voert Donald Skinner het hoogste woord, terwijl hij zijn T-shirt over zijn hoofd trekt en het achteloos naast zich neergooit. "... gewoon een waardeloze advocate! De Staat weet ook wel *wat* ze je gratis toewijst! Echt niet te geloven... Wat een schetsvertoning! Die trut is nergens goed voor." Hij schudt zijn hoofd en lacht dan spottend. "Alhoewel..."

De jongen naast hem lacht even plichtmatig.

Een zestal bewakers dat toezicht houdt, vindt het kennelijk niet nodig om Skinner de mond te snoeren.

Skinner kijkt op en glimlacht. "Goedemorgen, liefje," zegt hij vrolijk, zodra hij me in het oog krijgt. Even houdt hij mijn blik vast, maar verwacht kennelijk geen antwoord, want hij wendt zich opnieuw tot de jongen naast zich en vervolgt zijn verhaal: "Het *enige* dat die kut hoeft te doen, is *niets* doen en zelfs *dat* kan ze niet. Ze blijft maar graven. Nu zegt ze weer dat er een getuige is, die iets in mijn voordeel zou kunnen verklaren. En het wordt nog beter: het gaat om het meisje dat het er levend vanaf gebracht heeft. Stel je voor! Dat kind heeft alles gezien, wat ik met haar vrienden heb gedaan en *dat* zou dan iets in mijn voordeel kunnen zeggen?"

Een grote, negroïde man, die slechts een paar meter bij Skinner vandaan staat, kijkt hem even vernietigend aan en snauwt: "Houd je bek, klootzak!"

Skinner richt zich opnieuw tot de jongen naast zich en informeert: "Goh, hoorde jij iets?"

Bobby schudt braaf ontkennend zijn hoofd en antwoordt: "Nee, Donald."

Skinner knikt goedkeurend en zegt: "Dat dacht ik ook."

"Ik zei dat jij je bek moet houden, Jersey," dreigt de negroïde man weer.

"Wat is dat toch voor irritant geluid?" vraagt Skinner dan aan Bobby, die zijn mond houdt. Skinner kijkt even om zich heen en zegt: "Misschien een mug of zo?"

"Ik zei dat jij je bek moet houden, *mother fucker!*" herhaalt de zwarte man en doet een stap naar hem toe.

Skinner zucht gespeeld vermoeid. "Of anders?" vraagt hij op minachtende toon.

De ander doet nog een paar stappen in zijn richting en torent hoog en dreigend boven hem uit. "Of anders dan zal ik *jou* eens opensnijden. Ik wil weleens zien of jij überhaupt een hart hebt, Jersey."

Skinner is niet onder de indruk. "Ga jij lekker terug naar je katoenveld, *nigger*. Ik ben bang dat je afgeeft."

De bewakers zien de bui al hangen en lopen op hen af.

"Uit elkaar!" snauwt Kane.

"Graag, *Baas*," zegt Skinner op een overdreven dankbare toon en met een ondiepe buiging, waarbij hij de zwarte man geen seconde uit het oog verliest. Dan doet hij een paar stappen opzij. Om de ander nog verder te tergen, begint hij met een overdreven Zuidelijk accent te zingen: *"Oh, Lawdy, pick a bale o' cotton, Oh, Lawdy, pick a bale o' hay. Y'all jump down, turn around, pick a bale o' cotton."*

In een ultieme poging om een nieuwe confrontatie uit te lokken, verandert hij provocerend de laatste zin van *'Jump down, turn around, pick a bale a day'* in *'The Klan came to town, to kill the blacks today.'*

De ogen van de zwarte man schieten vuur.

Als blikken konden doden, zou Skinner ter plekke zijn ingestort, maar helaas. Ik vermoed dat de zwarte man zich realiseert dat hij niets kan doen, zolang er bewakers in de buurt zijn, maar dit verhaal gaat ongetwijfeld nog een staartje krijgen.

Hij heeft kinderen van die leeftijd, raad ik.

Dit is er eentje die je niet in je zak hebt, Donald.

Ondanks dat ik geen idee heb of ik iets opschiet met dit gegeven, is het op zijn minst een bemoedigende gedachte, dat er naast Don DeSantis *nog* iemand is, die niet alles van Skinner accepteert.

De dreigende sfeer tussen Skinner en de ander blijft in de lucht hangen, ook nadat hij is gestopt met zingen.

Kane heeft er genoeg van en zegt dan uitsluitend tegen de zwarte man: "Als je nou niet op gaat schieten, zet ik je dertig dagen in de isoleer." Hij kijkt even om zich heen en roept: "Hé! De show is voorbij!" Zijn blik blijft even op mij rusten.

Ik houd mijn ogen bewust op de vloer voor me gericht en kijk hem niet aan.

Langzaam gaat iedereen weer over tot de orde van de dag, hoewel Skinner en zijn vijand elkaar geen seconde uit het oog verliezen.

"Solano en Larsen, opschieten!" gebiedt Kane dan. "Norton en Hirsch, volgende groep."

Skinner kijkt verrast op.

Solano, Norton en Jamie ook.

Ik kijk van Kane naar Skinner en terug.

"Is er iets?" vraagt Kane.

"Nee," antwoord ik, gemaakt kalm en ik begin de sluiting van mijn overhemd los te knopen, terwijl mijn gedachten op topsnelheid draaien, op zoek naar wat bruikbare gegevens en een eventuele uitweg. Ik richt mijn blik opnieuw op de vloer voor me en voel dat Skinner naar me kijkt. Onafgebroken.
Game over?

* * * * *

Zaterdag, 31 maart 2001 – middag
Rotterdam, Nederland

Ik haalde opgelucht adem, zodra de trein stilstond en ik mijn oudere broer op het perron ontdekte. Hij was me in ieder geval niet vergeten, een mogelijkheid waarmee ik stiekem meer rekening had gehouden dan met de mogelijkheid dat Lennart me wel zou komen halen, zoals hij beloofd had. Ik was blij dat ik het mis had. Het vooruitzicht dat ik de twee sporttassen en de rugzak in mijn eentje zou moeten sjouwen, was verre van aantrekkelijk geweest.

De deuren gingen open en ik had moeite met al mijn bagage.

Toen ik eenmaal naast mijn broer op het perron stond, wierp hij een blik op mijn spullen en vroeg: "Is dat alles?"

Ik knikte.

"Geef maar," zei Lennart behulpzaam. Hij nam de twee tassen met één hand over en hing ze aan zijn schouder. "Jezus, wat zit daar allemaal in? Bakstenen?"

"Kleding," antwoordde ik. "En boeken."

"Ik had het kunnen weten..." Even kreeg ik de indruk, dat Lennart overwoog een deel van de inhoud van mijn tassen ter plekke achter te laten, maar dat bleek niet het geval.

Ik treuzelde even om de menigte te ontlopen, door mijn veter los en opnieuw vast te maken.

Lennart wachtte quasi geduldig en liep toen het perron af, in de richting van de trap.

Ik volgde hem op de voet, door de stationshal naar buiten. Ik haalde opgelucht adem, blij dat ik tussen al die mensen vandaan was. Ik had het niet op mensenmassa's.

Nog steeds niet trouwens.

Een paar straten vervolgden we zwijgend onze weg.

Ik was nerveus. Ik had mijn broer zo sporadisch gezien de laatste drie jaar, dat het in mijn optiek bijna was, alsof ik bij een vreemde ging wonen. Ik herinnerde me feilloos hoe Lennart de laatste jaren was geweest, toen onze ouders nog leefden. Het leven van mijn oudere broer had uitsluitend gedraaid om feestjes, drank, sigaretten, seks en muziek.

Ik vroeg me onwillekeurig af in hoeverre dit in drie jaar tijd veranderd was. Of niet. Ik herinnerde me ook nog dat Len regelmatig in vechtpartijen belandde en hoopte dat ik erin zou slagen hem nooit boos te maken.

"Len?"

"Wat?"

"Heeft jouw huis eigenlijk een kelder?" vroeg ik.

"Nee. Hoezo?" Lennart keek me bevreemd aan.

"Niks. Zomaar," antwoordde ik.

Oké, geen kelder.

Geen kelder is goed.

Er viel opnieuw een stilte, waarin ik in mijn hoofd continu de afwezigheid van een kelder bleef benadrukken.

"Weet je," begon Lennart, na een lange stilte, "je moet je er niet al teveel van voorstellen. Ik zit erg krap op het moment, dus we hebben nog niet veel spullen."

"Dat geeft niet, Len," zei ik. "Ik heb toch niet veel nodig."

Wat maakt het uit?

Een stilte viel wederom en duurde voort, totdat we voor de deur van Lennarts huis stonden en hij zocht naar zijn sleutels. "Welkom thuis," zei hij en zette de tassen op de grond in de gang. Hij deed de deur dicht en trok zijn jack uit.

"Wat is mijn kamer?" vroeg ik voorzichtig.

Lennart wees en liep met me mee.

Ik keek even rond en nam alles in me op. "Valt toch best mee?"

"Vind je?" vroeg Lennart lachend.

"Alles is er toch?" stelde ik en haalde mijn schouders op. Alles waar ik enige waarde aan hechtte paste in twee sporttassen en een rugzak. Het was prettig dat Len voor een bed had gezorgd, maar ik had het ook prima gevonden om op de grond of op de bank te slapen.

"Je hebt niks. Ja, een bed en een stoel en een bureau. *That's it.* Ik probeer nog geld los te peuteren bij de SOOS voor kasten en zo, maar ze doen een beetje moeilijk," zei Len.

Ik zette mijn rugzak op het bed en deed mijn jas uit. "Maakt niet uit." Toen bleef ik staan en probeerde te raden wat Len van me verwachtte. Ik twijfelde even, maar vroeg uiteindelijk: "Zal ik eerst uitpakken?"

"Nee. Ik heb een zware nacht gehad," antwoordde Lennart hoofdschuddend.

Ik snoof minachtend. Hij moest eens weten hoe mijn nacht eruit had gezien.

Ruilen? dacht ik hatelijk.

"Wat nou?" vroeg Len.

"Niks," zei ik snel.

"Eerst koffie." Hij ging me voor naar de keuken.

Ik was blij met het schema, waar ik me nu aan kon vasthouden.

Koffie, uitpakken, huiswerk.

Regelmaat.

Ik ging aan de tafel zitten en keek door het raam. Mijn aandacht werd getrokken door een oude vrouw, die in de voortuin naast ons stond te praten met een man van een jaar of veertig.

Koffie, uitpakken, huiswerk...

In de verte hoorde ik de stem van mijn broer en ik knipperde even met mijn ogen. "Sorry. Wat?"

"Kom op, jochie," antwoordde Lennart. "We hebben elkaar drie jaar nauwelijks gezien of gesproken. Je hebt toch wel *iets* te vertellen?"

Oh God, alsjeblieft.

Ik schudde mijn hoofd.

"Hoe gaat het op school?" hield Lennart aan.

Ik schakelde meteen naar het gevraagde onderwerp, terwijl ik automatisch antwoordde: "Goed." Ik keek naar mijn broer en zag aan zijn gezicht dat hij meer tekst verwachtte dan dat. "Ik had bijna alleen maar tienen op mijn laatste rapport." Dat was wat alle volwassenen altijd graag van me wilde horen.

"Goed, man!" zei Lennart enthousiast.

De emotie leek oprecht. Ik ontspande me een beetje en keek toe hoe Len koffie verdeelde over twee bekers.

"Zwart?" vroeg hij.

"Ja."

Ik volgde zo onopvallend mogelijk iedere beweging, die Len maakte.

Er werd een mok voor mijn neus gezet, waarbij een brede, getatoeëerde arm even langs mijn schouder streek.

Automatisch schoof ik een stukje bij Lennart vandaan en keek toen snel naar hem, maar hij had niets gemerkt en ging tegenover me zitten. Ik had het koud en vouwde mijn handen rond mijn beker. Ik keek om me heen, naar de bende in de keuken en hoopte dat dit geen weerspiegeling was van de rest van Lennarts leven.

De asbak op de tafel was vol en er lag een halfopgerookte joint in. De afwas stond hoog opgestapeld in de gootsteen en er stonden een paar lege drankflessen op het aanrecht.

Het is hoe dan ook een vooruitgang, hield ik mezelf voor.

* * * * *

Zondag, 4 november 2012 – ochtend – Dag 6
New York, Amerika

In de kantine is het gebruikelijke geroezemoes gaande.

Ik zit aan de tafel waar ik de afgelopen dagen ook heb gezeten.

Mijn ontbijt staat voor me, maar ik eet niet. Ik schuif het dienblad een stukje van me af en neem een slok koffie. Ik wacht op Jamie, die verderop staat te praten met een oude man, van wie ik inmiddels uitgevonden heb dat zijn achternaam Goldstein is, maar daar is alles dan ook wel mee gezegd.

Ik kijk vluchtig en zo onopvallend mogelijk om me heen, om te zien waar Donald Skinner en zijn vrienden uithangen en denk na.

Het groepje zit aan de gebruikelijke tafel verderop. Skinner zit in het midden met Bobby links en een andere jongen van een jaar of achttien rechts van hem, die wedijveren om zijn aandacht. Hij hoort het gekibbel geamuseerd aan en rolt even met zijn ogen naar de grote skinhead, die tegenover hem zit en minachtend naar de jongens kijkt.

Dan vangt Skinner mijn blik op en glimlacht even.

Ik wend mijn ogen af, maar heb daar onmiddellijk spijt van. Wegkijken wordt hier gezien als een teken van zwakte.

Hoe zal Skinner mijn houding verder interpreteren?

Als onzekerheid? Dat op zeker.

Angst – Misschien.

Bedrog? Nonchalance? Afkeer?

Wat denk je als je naar me kijkt, Donald?

Wat denk je te zien?

Enkele minuten later ploft Jamie op de lege stoel naast me neer en begint haastig te eten. "Alles oké?" vraagt hij tussen twee happen door.

Ik knik.

"Geen last met Skinner?" vraagt Jamie ongelovig.

Ik schud mijn hoofd.

"Ik had eigenlijk verwacht, dat hij in de douche...," begint Jamie.

Ik onderbreek hem voordat hij die zin kan afmaken. "Hij is slim," zeg ik langzaam, zak een beetje onderuit in mijn stoel en denk even na. "Ik denk dat hij probeert om me een vals gevoel van veiligheid te geven. Hij komt pas voor me, als hij het idee heeft, dat ik hem niet meer verwacht. De douche zou een open deur geweest zijn."

"Hoe weet je dat?" vraagt Jamie.

Ik haal mijn schouders op. Ik weet het gewoon.

"Heb je gestudeerd?" gaat Jamie nieuwsgierig verder.

"Ik ben architect," antwoord ik. "Ken je de Ross Towers?"

Jamies ogen worden zo groot als schoteltjes. "Wat doe je dan *hier?*" vraagt hij verbluft.

"Dat vraag ik me soms ook af," zeg ik.

Jamie kijkt me vragend aan.

"Ik wil er..."

"... niet over praten," vult hij aan. "Serieus? De Ross Towers?"

* * * * *

Zaterdag, 31 maart 2001 – middag
Rotterdam, Nederland

Na een ongemakkelijke stilte, verzuchtte Lennart: "Dus..."

Ik keek op, zodat ik hem aan kon kijken.

"Kom op, jochie," zei Len bemoedigend. "Zeg eens iets."

"Len, je zei net zelf al, dat we elkaar drie jaar lang bijna niet gezien hebben," antwoordde ik. "Alles is anders nu." Ik wendde mijn blik af en probeerde krampachtig mijn nonchalante houding te bewaren. Mijn gedachten waren onrustig en beheersten me. Ik had tijd nodig om alles op een rijtje te zetten. Tijd alleen. Ik keek op de klok, tegenover me aan de muur.

"Dat begrijp ik," zei Lennart. De klank van zijn stem was vriendelijk en geduldig.

Ik voelde dat hij naar me keek.

"Wat doe je buiten schooltijd?" informeerde Lennart.

Ik probeerde te ontdekken hoe oprecht Lennarts interesse was. Het was een redelijke en veilige vraag. "Ik lees veel... Tekenen..." Ik ontspande me een beetje en hoopte dat mijn broer bij dit soort neutrale onderwerpen zou blijven.

Hij glimlachte. "Nog steeds?"

"Ja," gaf ik toe. Lezen was altijd al een ontsnapping geweest, tekenen was therapie. Alle beelden die zich overdag aan me opdrongen, kon ik 's avonds van me afzetten, door ze uit te tekenen.

"Dan is toch niet alles veranderd," merkte Lennart op.

Ik haalde mijn schouders op. "En jij?" Ik hoopte dat hij mijn desinteresse niet in mijn ogen kon zien.

"Ach, ik..." Len zweeg meteen weer.

Ik zag hem denken.

"Ik ben veel thuis en ik ga veel uit."

Ik concludeerde dat ik niet de enige was, die voor veilige antwoorden koos. Ik keek naar mijn broer en nam hem in me op.

Lennart was pas twintig, maar oogde ouder. Hij rookte teveel en dronk veel koffie. En er was iets waarvan hij dacht, dat het beter was om erover te zwijgen.

Verder moest ik concluderen dat ik weinig over hem wist. Ik had geen idee wat er speelde in het leven van mijn oudere broer en die onzekerheid vond ik moeilijk om mee om te gaan. Ik aarzelde even, maar vroeg toen: "Moet je niet solliciteren?"

"Welnee, je schreeuwt eens wat en slaat eens met je vuist op een balie en ze kruipen voor je," antwoordde Lennart met lichte minachting. Hij haalde zijn schouders op. "Ik vind het wel best zo." Hij was dus helemaal niet bezig met de toekomst.

Ik keek hem zwijgend aan.

Kennelijk behoorde mijn broer tot de groep mensen in de maatschappij, die mijn pleegvader had benoemd met de term 'beroepswerkelozen'. Hij had neergekeken op mensen zoals Len. Als advocaat had hij een goede baan, een eigen huis en veel spullen.

Ik wist niet zeker wat ik hiervan vond. Ergens keurde ik de houding van mijn broer af, maar ik wilde het op geen enkel punt eens zijn met mijn pleegvader. Ik zag wel in dat ik deze redenatie zo snel mogelijk los moest laten, omdat het anders jarenlang een hoofdbreker zou blijven. Ik keek toe hoe Len opstond, naar de koelkast liep en een biertje pakte.

Snel wierp ik een blik op de klok.

Half twee.

"En verder?" probeerde Lennart duidelijk een gesprek op gang te brengen.

Laat me met rust, dacht ik.

Ik nam een slok van mijn koffie om tijd te rekken en zei toen resoluut: "Verder niks."

"Geen vriendin?"

Die vraag had ik moeten verwachten. Ik schudde mijn hoofd. "Jij?"

"Hoe zeg ik dit tactisch? Doe maar geen moeite om hun namen te onthouden."

"Dat is dus ook niet veranderd," stelde ik vast.

"Nee," zei Lennart. Hij glimlachte en nam een slok van zijn bier.

"Niet alles is veranderd...," zei ik hardop, meer tegen mezelf dan tegen hem. Het was weer iets waar ik me aan vast kon houden. De klaarblijkelijke voorspelbaarheid van mijn broer was een opluchting. "Moeten we niet... iets van regels opstellen of zo?" vroeg ik terughoudend.

"Regels?" Lennart spuugde het woord bijna uit.

Ik zag het wel, maar ik had duidelijkheid nodig. Ik moest weten waar ik aan toe was. "Wat verwacht je van me?"

"Dat je naar school gaat, niet op het politiebureau terecht komt en niets doet waardoor ik Jeugdzorg op mijn nek krijg. Verder niks."

"Niks?" Ik dacht na. Ik had wel verwacht dat Lennart geen voorstander zou zijn van een streng regime, maar dit niks was zo erg niks. Hier kon ik niets mee.

"Joh, het wijst zich allemaal vanzelf," zei Lennart overtuigend. "We zien wel hoe het loopt. Maak je niet druk." Hij zweeg even en leek na te denken. Na een korte stilte vroeg hij: "Hoe ging het daar dan?"

Tijd rekken...

"Waar?" vroeg ik, gemaakt nonchalant. Ik nam een slok koffie en schoof de lege mok van me af.

"In dat pleeggezin," verduidelijkte Lennart.

Ik kan dit niet.

Ik stond op en zei: "Weet je, Len. Ik ga mijn spullen uitpakken en zo. Ik moet nog huiswerk maken. Maandag heb ik een proefwerk Duits."

"Oh, oké," antwoordde Lennart. Hij keek op de klok en leek niet al te aangedaan door de plotselinge wending van het gesprek en ging er zonder enig verzet in mee. "Ik ga even weg. Ik heb met iemand afgesproken. Jij redt je wel, toch?"

Ik kon een zucht van opluchting nauwelijks onderdrukken. Ik knikte, blij dat ik op zijn minst een paar uur voor mezelf zou hebben.

"Ik ben om een uur of zeven terug, oké?" vroeg Lennart.

"Oké," antwoordde ik. "Tot vanavond." Ik liep langs mijn broer heen de keuken uit. In de gang pakte ik mijn tassen en ging naar mijn nieuwe slaapkamer. Ik duwde de deur achter me dicht met mijn voet en zette mijn tassen op het bed.

De voordeur viel dicht.

Lennart was vertrokken.

Ik liep naar het raam en keek mijn broer na, toen hij de straat uit liep. Toen Lennart uit het zicht was verdwenen, voelde ik alle energie uit me wegvloeien. Ik leunde tegen de muur en liet me op de grond zakken. Ik had gehoopt dat de hereniging met mijn broer een gevoel van veiligheid met zich mee zou brengen, maar dat leek teveel gevraagd.

Alles is oké.

Ik probeerde mijn rust te hervinden, sloot mijn ogen en bleef de woorden herhalen, net zolang totdat ik er een beetje van overtuigd raakte dat het waar was. Ik had altijd al moeite gehad met veranderingen en nieuwe omgevingen.

Dan werden mijn routines en schema's onderbroken en had ik moeite om me aan te passen.

Ingrijpende veranderingen veroorzaakten een enorme chaos in mijn hoofd, waar ik moeilijk mee om kon gaan.

In de loop der jaren had ik daar handige trucjes op gevonden, zodat ik onder iedere omstandigheid voor de buitenwereld toch redelijk 'normaal' kon blijven functioneren. Ik zocht rustige momenten in de dag, waarop ik alle indrukken een plaatsje kon geven en de dingen voor mezelf op een rijtje kon zetten.

Alles is oké.

* * * * *

Zondag, 4 november 2012 – avond – Dag 6
New York, Amerika

Alle celdeuren staan open. Ik staar vanaf mijn uitkijkpost bij de deur naar de andere gevangenen, terwijl Jamie op zijn bed ligt te lezen.

Bewaker Jennings komt de trap op met een kartonnen verhuisdoos in zijn handen, die tot aan de rand gevuld is met poststukken. "Hé, Skinner!" roept hij. "Je fanmail!"

Ik kijk naar Jamie, die opkijkt van zijn boek, alsof hij al een vraag verwacht.

Skinner pakt de doos aan en verdwijnt ermee in zijn cel, als een vos die net een kip heeft gevangen en die meesleurt naar zijn hol.

"Wat?" vraag ik geluidloos aan Jamie.

Hij laat zich van zijn bed glijden en komt naast me staan. "Het is wat Jennings zei," fluistert hij. "Fanmail."

Ik knipper met mijn ogen en vraag me af of ik het goed verstaan heb.

Fanmail.

Donald Skinner heeft fans...

Ik sluit mijn ogen even in ongeloof, open ze weer en fluister tegen Jamie: "Serieus?"

"Ja, joh. Dozen vol, iedere maand weer," antwoordt hij. "De bewakers worden er knettergek van. Hij mag alle brieven lezen, maar het zijn er zoveel, dat hij ze niet mag houden. Hij krijgt alles te lezen en dan mag hij per maand één brief uitkiezen, die hij wil bewaren. Hij schrijft ze ook bijna allemaal terug. Zijn brieven schijnen voor vijfhonderd dollar per stuk te worden verkocht op eBay."

Ik schud ongelovig mijn hoofd.

"Echt waar," gaat Jamie verder. "Er is zelfs een Donald Skinner Fanclub op internet. Bizar, toch? Iets van www.jerseyskinner.com."

"Bizar," beaam ik.

Skinner komt zijn cel uit en leunt nonchalant tegen de muur tussen de twee celdeuren. Hij heeft een brief in zijn hand en vraagt aan mij: "Krijg jij nooit post?" Hij wacht niet op antwoord en richt zich hooghartig tot Jamie: "Het is trouwens www.jerseykiller.com."

Jamie geeft geen antwoord, knikt dan naar de brief, die Skinner in zijn hand houdt en vraagt: "Van Bridget?"

"Ja," antwoordt Skinner. Hij wendt zich tot mij en vertelt me: "Bridget is de *zeer toegewijde* voorzitter van mijn fanclub. Heb jij al een fanclub, *liefje?*"

Ik zwijg. De bijnamen beginnen me steeds meer te irriteren.
"Ik wil wel voorzitter worden," biedt Skinner gul aan.
Ik zucht.
"Of groupie," gaat hij verder.
Er klinkt een harde bel.
"Gered door de bel," zeg ik en ga mijn cel binnen.

* * * * *

Dinsdag, 17 april 2001 – avond
Rotterdam, Nederland

Een voordeel van het wonen bij mijn broer was, dat hij me nooit naar bed stuurde, voordat hij zelf wilde gaan slapen. Ik had veel last van slapeloosheid en zat vaak tot diep in de nacht nog te tekenen of te lezen. Het was kwart voor twaalf en ondanks dat ik veertien was en de volgende dag gewoon een school-dag was, zei Lennart niets, toen ik geen aanstalten maakte om te gaan slapen.

Ik zat op de vloer van de woonkamer, met mijn rug tegen de centrale verwar-ming en mijn knieën een beetje opgetrokken. Mijn boek lag opengeslagen op mijn benen, maar ik las niet. Ik kon mijn hoofd er niet bij houden. Ik staarde naar de bladzijden, maar de woorden drongen niet tot me door en ik had eigenlijk geen idee, waar het boek over ging.

Len hing onderuit gezakt op de bank, met een blikje bier en een joint. Hij had een oude elpee van Led Zeppelin opgezet, maar het volume had hij dusdanig gedempt, dat ik het aardig kon verdragen.

Ik woonde op dat moment pas tweeënhalve week bij Len en ik had er moeite mee, dat hij toenadering zocht. Ik had hem drie jaar lang nauwelijks gezien of gesproken en feitelijk was mijn broer een vreemde geworden. Iemand die ik kende, van vroeger, uit de tijd dat alles nog normaal was.

Len probeerde op zijn eigen manier om de banden aan te halen. Dagelijks probeerde hij een gesprek uit te lokken, door vragen te stellen, die ik niet met 'ja', 'nee' of 'misschien' kon beantwoorden, maar ik werd er steeds handiger in om ongemerkt het onderwerp te veranderen, wanneer dat me niet beviel. Hij no-digde me uit om mee te gaan naar de kroeg, maar dat aanbod sloeg ik resoluut af.

Die dag had hij me redelijk met rust gelaten. Toen ik was opgestaan, had ik hem slapend op de bank aangetroffen. Ik was naar school gegaan en toen ik terugkwam, was mijn broer al weg. Hij was echter vroeg op de avond al terug-gekomen, maar aangezien ik al gegeten had, kwam ik onder een gezamenlijke maaltijd uit. Later op de avond was Len naar mijn kamer gekomen, waar ik op het bed lag te lezen.

"Blijf je heel de avond hier?" had hij gevraagd.
"Hoezo?"
"Omdat het ongezellig is."

Ik had besloten hem ter wille te zijn en was met hem meegegaan naar de woonkamer. De hele avond hadden we gezwegen, zoekend naar woorden in een eindeloze stilte.

"Jochie?" begon Len uiteindelijk als eerste.

Ik keek op van mijn boek.

"Is er iets?" vroeg hij.

"Nee," antwoordde ik automatisch.

"Weet je het zeker?"

"Ja."

Lennart stak zijn joint opnieuw op en nam een diepe haal. Hij staarde een tijdje naar me, zwijgend, alsof hij nadacht. "Als je heimwee hebt, moet je het zeggen," zei hij toen.

"Wat?" vroeg ik en legde mijn boek opzij.

'Wil je terug naar Spijkenisse?" vroeg hij.

"Nee!" zei ik, sneller dan ik wilde.

Len stond op en kwam naar me toe. Hij kwam bij me op de grond zitten en zei: "Het was maar een idee."

Ik stond op en antwoordde: "Ik ga naar bed."

* * * * *

Maandag, 5 november 2012 – middag – Dag 7
New York, Amerika

Ik sta op de binnenplaats en leun quasi nonchalant met mijn rug tegen de muur, maar ik heb deze plek met zorg uitgekozen. Het biedt me zicht op bijna de hele binnenplaats.

Jamie staat naast me.

"Wat kun je me vertellen over de anderen?" vraag ik zacht.

"Hoe bedoel je?"

"Zijn er behalve Skinner en de Draak nog meer mensen, voor wie ik uit moet kijken?" verduidelijk ik.

Jamie lachte vreugdeloos. "Wat dacht je van 'bijna allemaal'? Zal ik anders iedereen voor je opnoemen die ongevaarlijk is? Die lijst is veel korter."

"Doe dan maar een *'best of'*," stel ik voor.

Jamie kijkt rond en zijn blik blijft rusten op de tribune. "Don Gianni DeSantis heb je al in de kantine gezien... Hij leidt *Little Italy*. De mannen het dichtst bij hem, zijn wat we noemen zijn *Wiseguys*. Ik dacht altijd dat het Hollywood-verzinsels waren, maar zo heten ze dus echt. De mannen die in groepjes om hen heen staan, zijn lijfwachten. De meeste zijn vechtsporters."

"Zoiets dacht ik al," zeg ik.

"Hou je afzijdig van alles dat met Don Gianni te maken heeft," waarschuwt Jamie. "Dan zal hij je met rust laten."

Ik knik en vraag: "Wie zijn dat?"

Jamie volgt de lijn van mijn blik en antwoordt: "Oh, die zijn onbelangrijk. Ze zoeken elkaar op, omdat ze verder nergens bijhoren. Die dikke rechts is een

347

Duitser en hij spreekt dus echt *alleen maar* Duits. Hij kwam hier een paar maanden geleden. Praat met niemand, alleen met die man naast hem."

"Wie is hij?" vraag ik, hoewel ik het antwoord al weet.

"Dat is de enige andere Nederlander hier," vertelt Jamie. "Die Franz Lawrence, of zo. Het is heel raar, want dan spreekt die Duitser Duits en hij Nederlands en toch schijnen ze elkaar aardig te begrijpen. Zal ik jullie eens aan elkaar voorstellen?"

"Nee," zeg ik, sneller dan ik wil.

Jamie kijkt me bevreemd aan.

"Ik wil gewoon de kat uit de boom kijken," leg ik uit.

Ik kijk of Jamie dit een acceptabele verklaring vindt en dat lijkt zo te zijn. Ik werp opnieuw een blik op Frans Laurens, oftewel mijn derde doelwit. Hij oogt erg geïsoleerd. Als ik niet zo afgeleid zou worden, zou er geen kunst aan zijn om ook hem van het toneel te laten verdwijnen. Ik denk na en luister met een half oor naar Jamie, die op fluisterende toon verder vertelt over diverse groepjes op de binnenplaats.

* * * * *

Maandag, 3 september 2001 – avond
Rotterdam, Nederland

Ik legde mijn boeken opzij en pakte voor de zoveelste keer die dag het inschrijfformulier en de brief, die ik naar aanleiding daarvan had geschreven. Ik stond op en liep aarzelend naar de woonkamer, waar mijn broer op de bank zat met een joint en een blikje bier.

Er stond een plaat op van *iets* dat Len 'Ash Ra Tempel' noemde, maar wat niet meer was dan een paar Duitse junks met synthesizers. En alsof ze zelf nog niet genoeg wanorde en lawaai creëerden, hadden ze voor deze gelegenheid LSD-koning Timothy Leary erbij gehaald als gastvocalist.

Ik probeerde de chaos van geluid buiten te sluiten. "Len, wil je hier even een handtekening onder zetten?" vroeg ik en gaf de brief aan Len. Ik hoopte dat hij geen vragen zou stellen en dat hij min of meer blind zou tekenen.

Hij keek er even naar en las toen hardop: "'*Geachte heer Berkhout...*' Wie is dat?"

"De leraar Engels," antwoordde ik ongeduldig.

"Hmmm." Lennart stak een sigaret op en las toen hardop verder:

"Naar aanleiding van de excursie naar Londen voor het vak Engels van klas VWO 5B, schrijf ik u deze brief. Na uitgebreide consideratie en in overleg met John Larsen, toeziend voogd van Misha Larsen, heb ik als Misha's oudere broer en voogd besloten, dat ik het onverstandig acht om mijn broer deel te laten nemen aan deze vierdaagse, buitenlandse reis. Gezien het feit dat deze excursie bedoeld is voor leerlingen, die twee jaar ouder zijn dan hij, ga ik er zonder tegenbericht van uit, dat u zich aan zult sluiten bij mijn bevindingen en Misha op

basis van zijn leeftijd vrijstelling zult verlenen voor dit aspect van het leerjaar. Een vervangende opdracht zal helaas moeten volstaan."

Lennart knipperde even met zijn ogen en vroeg: "Heb je het woordenboek ingeslikt of zo?"

"Teken nou maar gewoon," antwoordde ik.

Len keek me aan. "Wil je niet mee?"

Ik schudde mijn hoofd.

"Ik ben op de ouderavond geweest, Misha," zei Lennart. "Er is niemand die gaat geloven, dat ik die brief heb geschreven."

"Dat hoeft ook niet, Len," antwoordde ik. "Je hoeft het alleen maar te ondertekenen en als iemand van school ergens naar vraagt, te zeggen dat je achter de inhoud staat. Mocht Jeugdzorg ooit nog eens komen, kun je ze afschepen door mijn schoolresultaten te laten zien en ze op de hoogte te stellen van deze 'weloverwogen' beslissing, 'in het belang van het kind'. Daar scoor je punten mee."

"Word je nou nooit eens moe van jezelf? Wat gaat er allemaal om in dat hoofd van jou? Ik had verwacht, dat je blij zou zijn, als je een paar dagen hier weg zou kunnen," zei Len.

"Het kost driehonderd gulden," antwoordde ik. "En afgezien daarvan, wil ik niet mee."

"Waarom niet?" vroeg hij. "Dat is toch hartstikke leuk?"

"Ik wil het gewoon niet," zei ik.

"Ben je bang dat je heimwee krijgt?" informeerde Len.

"Helpt het als ik 'ja' zeg?" was mijn wedervraag.

Het lag niet eens zo ver van de waarheid. Niet dat ik mijn broer vreselijk zou missen, maar wel mijn vertrouwde omgeving. Ik kon slecht tegen verandering – nog steeds niet trouwens, maar dat was toen ik vijftien was, nog vele malen erger.

Waar mijn klasgenoten met een bijna grenzeloos enthousiasme op het aanstaande uitje hadden gereageerd, probeerde ik alleen maar te bedenken hoe ik hier onderuit kon komen. Ik peinsde er niet over om mee te gaan.

Ik zag mijn broer aarzelen. "Mama zou getekend hebben," probeerde ik.

Len keek me aan en zweeg even. Toen zuchtte hij, pakte een pen, zette zijn handtekening en zei: "Wat jij wilt, jochie."

* * * * *

Maandag, 5 november 2012 – avond – Dag 7
New York, Amerika

De deuren van alle cellen staan open.

Jamie ligt languit op zijn bed met een boek.

Ik sta in de deuropening van onze cel en kijk rond. Ik zie Donald Skinner en zijn vrienden een eindje verderop staan.

Zodra Skinner mijn blik opvangt, fluistert hij iets tegen de man naast zich en loopt dan bij het groepje weg.

Zijn vrienden blijven staan, maar volgen iedere stap die hij zet aandachtig.

Ik verwachtte Skinner eigenlijk al eerder.

"Je moet het me niet kwalijk nemen, liefje," zegt hij op een overdreven verontschuldigende toon. "Ik heb het druk gehad en ik ben bang dat ik je een beetje verwaarloosd heb."

"Ga daar vooral mee door," antwoord ik kil.

Jamie richt zich op en gaat op de rand van zijn bed zitten. Als Skinner een onheilspellende blik op hem werpt, laat hij zich gauw naar beneden zakken en maakt zich uit de voeten.

"Heb je nog nagedacht over mijn voorstel?" wil Skinner weten.

"Geen interesse," zeg ik kortaf.

"Dat zeggen ze bijna allemaal, liefje," vertelt hij achteloos, alsof het er eigenlijk niet zoveel toe doet.

"Dan zou er toch eens een belletje moeten gaan rinkelen," merk ik op.

Skinner kijkt me aan met verbazing, alsof hij nauwelijks kan geloven dat ik dit tegen hem gezegd heb. Dan herstelt hij zich. "Dat zeggen ze bijna allemaal en toch komen ze er bijna allemaal op terug, zodra ze zich realiseren wat hun andere opties zijn..." Hij kijkt even naar de overkant, waar de man die de Draak wordt genoemd op de reling leunt en naar ons staart.

Ik zwijg. Ik heb hem allang gezien.

"Ik kom binnenkort nog wel eens even kijken hoe het met je gaat, liefje," zegt Skinner. "Als er tegen die tijd nog iets van je over is, tenminste..."

6.
NIEUW BLOED

Dinsdag, 6 november 2012 – middag – Dag 8
New York, Amerika

De deuren van alle cellen staan open en ik sta naast Jamie op de galerij, op een paar meter afstand van de trap. We steunen met onze handen op de metalen reling en kijken zwijgend naar een paar nieuwe gevangenen, die door bewakers naar hun cellen worden begeleid.

Donald Skinner verlaat zijn uitkijkpost bij de trap en komt naast me staan. Hij werpt me een geamuseerde blik toe, die ik niet kan plaatsen en legt zijn handen op de reling. Geheel tegen zijn gewoonte in stuurt hij Jamie niet weg. Dan werpt hij nogmaals een nieuwsgierige blik op de nieuwelingen en roept enthousiast: "Kijk eens aan! Nieuw bloed."

Ik kijk hem even aan, maar zeg niets.

"Zit er iets voor je bij?" informeert hij.

Ik ga er niet op in en staar naar de nieuwelingen. Ik kan me nauwelijks voorstellen dat ik hier zelf pas een week ben. Het lijkt al zoveel langer geleden dat ik hier aankwam. Een eeuwigheid. Opeens is de situatie zo onwerkelijk, dat ik het maar moeilijk kan bevatten. Nog maar een week geleden bracht Parker mij naar mijn nieuwe onderkomen en maakte ik kennis met een aantal van mijn medegevangenen op de galerij en een paar van de cipiers en ander personeel. Slechts een week geleden had ik nog nooit van Donald Skinner gehoord. Sterker nog, een week geleden kende ik nog niemand van de mensen waar ik de komende dertien tot twintig jaar mee opgescheept zit.

Inmiddels heb ik in mijn hoofd een behoorlijke database aangelegd met namen, gezichten en andere gegevens, maar ik ben er nog lang niet.

Parker loodst een angstig uitziende jongen van een jaar of achttien de trap op. "Doorlopen, Russell."

"Waar hebben ze die vandaan?" sist Skinner spottend. "De padvinderij?" Hij volgt iedere stap die de jongen zet met zijn ogen en laat een korte stilte vallen, voordat hij er onheilspellend aan toevoegt: "Heb ik eens even mazzel vandaag."

"Laat hem nou," zeg ik, zonder erbij na te denken.

Skinners ogen versmallen en zijn gezicht verstrakt. *"Wat* zei je?" snauwt hij.

Ik voel de spanning met de seconde stijgen en besluit mijn woorden niet te herhalen.

Hij kijkt me recht in de ogen en zegt op toegeeflijke toon: "Je mag zijn plaats wel innemen, als je wilt."

Ik geef geen antwoord.

Parker en de nieuwe jongen passeren ons en we zwijgen. Zodra ze buiten gehoorsafstand zijn, dringt Skinner aan: "Jij mag het zeggen. Hij of jij?"

Ik schud mijn hoofd en wil ontkennen dat deze situatie echt is, maar Skinner is niet bereid om het te laten gaan.

"Ik wil het je horen zeggen, *liefje,*" gaat hij dreigend verder. "Vel een vonnis... Kies maar..." Hij geeft me even de kans om te antwoorden. "Kies dan! Hij of jij?"

Nog voordat ik zelfs maar een poging heb gedaan om een uitweg te verzinnen voor zowel mezelf als de nieuwe jongen, hoor ik mezelf zeggen: "Hij."

Skinner glimlacht tevreden. "Geen zin om de held uit te hangen?" vraagt hij minachtend. Hij brengt zijn mond vlakbij mijn oor en vervolgt: "Ik zal het iets interessanter maken, de inzet iets verhogen, zogezegd..."

Ik onderdruk de neiging om mijn blik af te wenden als hij zich iets terugtrekt en blijf hem in de ogen kijken.

"Jij mag hem voor me oppikken," gaat Skinner verder. Daarna werpt hij een blik op Jamie. "Ga jij maar alvast vooruit."

Jamie loopt gehoorzaam de galerij af in de richting, waarin de bewaker en de nieuweling zijn gelopen en verdwijnt dan uit het zicht.

"Ga naar hem toe en biedt hem mijn bescherming aan," instrueert Skinner.

Telkens als ik denk dat hij me niet meer kan verbazen, weet hij me toch weer te verrassen en me verder uit balans te brengen. Ik kijk hem ongelovig aan en probeer te bedenken hoe ik deze situatie kan manipuleren, zodat zowel ikzelf als de nieuwe jongen er ongeschonden uit zullen komen, maar mijn vindingrijkheid laat me op dit moment genadeloos in de steek.

Skinner heeft me al een paar keer op weinig subtiele wijze duidelijk gemaakt dat in zijn woordenboek het woord 'nee' helemaal niet voorkomt.

Ik aarzel. Ik kan wel raden wat de consequenties zullen zijn als ik dit weiger.

Hij heeft weinig te raden overgelaten.

Ik heb er veel moeite mee om aan mezelf toe te geven, dat ik bang voor hem ben.

De nieuwe jongen, Russell, biedt me, zonder dat zelf te weten, een uitweg.

Het is een mogelijkheid om wederom tijd te rekken, terwijl ik zoek naar een meer definitieve uitweg. De gedachte dat ik, als het zover komt, zonder enige twijfel bereid ben om Russells welzijn op te offeren voor dat van mezelf, maakt me even misselijk.

Misschien had mijn oude werkgever, Peter Meier, wel gelijk toen hij zei dat ik bereid ben om over lijken te gaan. Hij bedoelde dat spreekwoordelijk en kon niet weten dat dit ook letterlijk het geval was.

Ik heb nooit betwijfeld dat ik kan doden uit wraak, maar nu ben ik in een raar schemergebied terecht gekomen, waar ik het lot van iemand, die mij nog nooit iets gedaan heeft, in mijn handen heb. Het doet me weinig. Empathie voor mensen die ik niet ken, is niet iets dat me natuurlijk afgaat. Ik voel het gewoon niet. Toch had ik niet gedacht dat ik zo gemakkelijk een onschuldig iemand als Russell zou kunnen accepteren en afschrijven als – weliswaar een treurig geval van – bijkomende schade van mijn plannen.

Aan de andere kant zit hij hier natuurlijk niet voor niets, dus dat 'onschuldig' is waarschijnlijk nogal betrekkelijk.

Collateral damage...

Skinner werpt een blik op de klok en zegt: "Over een half uur is het avondeten, *liefje.* Ik wil hem aan mijn tafel. Zo niet, dan grijp ik jou morgen."

Ik zwijg.

"Ik hoorde *toevallig* in de wandelgangen, dat je goede vriend Phipps morgen een vrije dag heeft...," vervolgt Skinner. "Raad eens wie er gezellig komt invallen?"

Kane. Het kan niet missen.

"Het botert niet zo tussen jullie, is het wel?" vraagt Skinner laconiek. Hij wijst op de klok. "Negenentwintig minuten... *liefje.*"

* * * * *

Zaterdag, 12 oktober 2002 – ochtend
Rotterdam, Nederland

Ik had gehoopt dat ik Lana de deur uit had kunnen krijgen, voordat mijn broer thuis kwam van zijn kroegentocht, maar dat was helaas niet het geval. Eigenlijk was het niet de bedoeling geweest dat ze zou blijven slapen, maar ik had nog niet de benodigde ervaring om haar direct na de seks tactvol de deur uit te kunnen werken.

Ik zag Lana af en toe. Voornamelijk in de tentamenperiodes. Ik gaf haar oude werkstukken van mezelf om in te leveren. Dat Lana tienen haalde met mijn werk, zag ik niet als iets fouts, maar als iets dat ons beiden verder hielp. Haar, omdat ze er ook tienen mee haalde en mij, omdat ik daar een vreemd soort high van kreeg. Het voelde alsof ik voor de tweede keer erkenning kreeg.

Verder stelde mijn 'relatie' met Lana niet veel voor. We vonden elkaar leuk, maar meer dan fysieke aantrekkingskracht was er niet.

Feitelijk was het een ontdekkingsreis door het universum, dat ze in Amerika *'friends with benefits'* noemen. Het mes sneed aan twee kanten.

Ik had er echter geen behoefte aan dat mijn oudere broer zich met dit aspect van mijn leven zou gaan bemoeien.

Ruim een maand eerder had ik Lana ontmoet in de bibliotheek, nadat ik haar in de weken daarvoor af en toe had gezien en bewonderd op afstand in diezelfde bibliotheek. Ik kende haar niet, maar ik vond haar leuk om te zien. Meer dan wat broeierige blikken was er echter nog steeds niet uitgewisseld, omdat geen van ons het initiatief leek te durven nemen.

Die dag bracht ik eerder geleende boeken terug en brak Lana haar hoofd over een werkstuk voor natuurkunde. Ze zat aan de leestafel met een aantal boeken om zich heen en een kladblok voor zich. Ze kauwde meer op haar pen dan dat ze er mee schreef en het zag er niet naar uit dat ze haast had om thuis te komen.

Ik had de tijd. Op mijn gemak struinde ik door de kunstsectie, op zoek naar een project om het weekeinde mee door te komen. Na een paar weken op de TU, had ik mijn draai al aardig gevonden. Een aantal van de professoren had al snel doorgehad, dat ik niet voor niets twee jaar eerder arriveerde dan mijn klasgenoten.

De man die bouwkunde doceerde, raadde me aan om kunst te doen als bijvak. Ik zag er het nut niet zo van in, totdat hij me tekeningen liet zien van Escher en Michelangelo. Het kon geen kwaad om verschillende technieken te bekijken en uit te proberen.

Lana zat nog aan de leestafel, toen ik plaatsnam en een boek over Escher door begon te bladeren. Ze was leuk om te zien en een jaar of vijftien, hooguit een jaar jonger dan ik. Onze ogen ontmoetten elkaar soms even als we toevallig gelijktijdig opkeken van onze boeken. Na een tijdje werd het een spelletje van opkijken, blik vasthouden en wegkijken.

Na een kwartier begon het me te vervelen. Ik stond op en liep om de tafel heen naar haar toe. Ik keek even over haar schouder en herkende een boek van VWO 3, wat me vertelde dat ze inderdaad vijftien of zestien was, even er-van uitgaande dat ze geen klassen had overgeslagen en niet was blijven zitten.

"Ingewikkeld?" vroeg ik.

"'Vervelend' is een beter woord," antwoordde ze en sloeg het boek resoluut dicht. Toen schoof ze haar werkstuk van zich af en keek naar me.

"Ik denk dat ik die van mij nog wel ergens heb," zei ik, zogenaamd achte-loos. Mijn oog viel op één van de boeken op de tafel. Het was oud en versleten, maar er zat nergens een bibliotheeksticker op de kaft. Het was dus geen nieuw boek van haarzelf, maar ook geen boek van de bibliotheek. Dat hield in dat het een leenboek was van school.

Ik stak mijn hand uit en bladerde de eerste bladzijden door.

De stempel van de school stond voorin. Een andere school, dan waar ik had gezeten. Het risico op herkenning was dus uitgesloten.

"Zou je het uit willen lenen?" vroeg ze.

"Misschien," antwoordde ik.

Ze keek me schattend aan. "Wat voor cijfer had je?"

"Een tien," zei ik.

Ze stond op en zei: "Ik ben Lana."

"Dat weet ik," gaf ik toe. "Het stond op het kaartje in het boek van je school."

Ze lachte en vroeg: "En jij bent...?"

"Misha," antwoordde ik.

Zoals gezegd, verliep de ochtend van 12 oktober 2002 niet zoals ik dat graag gezien had.

Lana stond op het punt om te vertrekken, toen Lennart thuis kwam.

Ik was me nog aan het aankleden, toen ik de stemmen hoorde. Ik vloekte binnensmonds en trok snel de rest van mijn kleren aan.

In de gang trof ik Lana aan, in gesprek met mijn broer.

Len keek me aan en zei: "Morgen."

Ik staarde even naar hem en zag dat hij dronken was. Zijn pupillen zagen er echter anders uit, wat me vertelde dat hij iets had gebruikt dat hij normaliter niet gebruikte. Ik wendde me tot Lana en zei: "Ik zie je wel weer."

Even viel er een stilte.

"Wil je koffie?" vroeg Len aan Lana.

Ik keek hem vernietigend aan, maar hij was niet onder de indruk. Ik haatte het dat hij zich altijd met mijn zaken bemoeide, terwijl hij zelf overal een puin-hoop van maakte.

"Graag," antwoordde Lana. "Ik ben Lana, trouwens."

"Lennart," stelde mijn broer zich voor. Hij ging haar voor naar de keuken.

Ik liep achter hen aan en bleef in de deuropening staan. Ik keek toe hoe Lana plaats nam aan de keukentafel en mijn broer koffie begon te maken.

We zwegen alle drie, terwijl de koffie doorliep.

Het irriteerde me dat deze twee aspecten van mijn leven in elkaar verstrikt dreigden te raken. Het maakte de dingen onnodig moeilijk.

Ik dreigde het overzicht en de controle te verliezen.

Om het voor mezelf eenvoudiger te maken, besloot ik dat – wat het ook was, dat Lana en ik hadden – voorbij moest zijn. Ik kon geen verschillende aspecten in mijn leven hebben, die door elkaar heenliepen.

Len schonk koffie in en zette de bekers op de tafel.

Lana pakte er één en blies erin, zodat de koffie sneller af zou koelen.

Mijn verlangen naar cafeïne was groter dan mijn drang om een stille boodschap af te geven, die toch iedereen ontging.

Hoor mijn stilte, Len.

Ik wil niet dat je je hiermee bemoeit.

Ik ging aan de tafel zitten en keek op mijn horloge. Ik hield mezelf voor dat deze ongemakkelijke situatie niet langer dan een kwartier kon duren en met een eindpunt in zicht, was ik er zeker van dat ik dit uit kon zitten. Ik pakte mijn koffie en bleef zwijgen.

Zodra Lana haar koffie op had, pakte ze haar jas en vertrok, zonder iets te zeggen.

Na een paar minuten zei Len: "Leuk meisje."

Ik stond schouderophalend op, pakte de lege bekers en nam ze mee naar het aanrecht. Ik zette Lana's beker in de gootsteen en schonk de andere twee vol. Ik nam ze mee terug naar de keukentafel en zette één van de bekers bij mijn broer neer.

"Niet dan?" vroeg Len.

Ik haalde opnieuw mijn schouders op en zei: "Ze is wel oké."

"Maar?"

"Maar niks," antwoordde ik en ging weer zitten. "Ik ben er gewoon klaar mee." Ik keek hem even aan en zei toen: "Maar als jij haar leuk vindt, dan..." Ik maakte een gebaartje, dat zoveel moest betekenen als 'Dan mag je haar wel hebben'. Ik sloeg door in mijn poging nonchalant te blijven, maar dat ontging me op dat moment.

Len staarde me even zwijgend aan, maar zei toen vermanend: "Misha, dat kind is vijftien of zo en ik ben bijna tweeëntwintig."

"Dus?" vroeg ik. Ik zag het probleem niet in, maar toen ik de blik van mijn broer geleidelijk ernstiger zag worden, besefte ik dat, als Len iets abnormaal vond, het waarschijnlijk sociaal onacceptabel was. Ik was zoekende naar grenzen, maar vooral zoekende naar wat 'normaal' was en wat de maatschappij van me verwachtte, als ik mijn studie eenmaal had afgerond.

"Luister eens, jochie," begon Len.

Ik wachtte af en zag dat hij twijfelde over het verdere verloop van die zin. Ik begreep dat er iets in mijn gedrag was, waarvan hij vond dat hij het moest corrigeren. Wellicht zag hij in dat het erg hypocriet zou zijn als hij aanmerkingen zou hebben op de manier, waarop ik Lana had behandeld, terwijl hij zelf zijn vriendinnen regelmatig dumpte via zijn *drinking buddy* Ron.

Ik besloot eventuele kritiek niet af te wachten en zei: "Laat me nou. Je zei zelf dat het oké was."

"Dat wat oké was?" vroeg Len.

"Als ik een meisje mee naar huis zou nemen," antwoordde ik.

"Dat bedoel ik niet," legde hij uit. "Het maakt mij niet uit wat je uitspookt, maar misschien dat je de volgende een kop koffie kunt geven 's morgens."

Ik keek hem aan en vroeg: "Waarom?"

Len opende zijn mond om antwoord te geven, maar sprak niet meteen. "Omdat...," begon hij toen. Hij zocht naar een antwoord. "Omdat er gedragsregels zijn... Ik weet dat ik een waardeloos voorbeeld voor je ben, maar..."

"Len, laat het gaan, oké?" kapte ik hem af. Na een korte stilte snauwde ik: "Waarom moet ik altijd overal tekst en uitleg over geven en jij niet?"

Hij zuchtte en probeerde zich er vanaf te maken met: "Omdat ik de oudste ben."

Ik dronk de rest van mijn koffie op, zette de mok op de tafel en stond op. "Werkelijk?" zei ik snerend en wilde langs hem heen lopen om te gaan douchen.

Hij hield me tegen, pakte mijn mouw en zei: "Als je na afloop nog een beetje aardig voor ze bent, komen ze nog eens terug."

"Waarom zou ik dat willen?"

* * * * *

Dinsdag, 6 november 2012 – middag – Dag 8
New York, Amerika

Ik loop de galerij af in de richting waarin Jamie eerder is verdwenen. Onderweg passeer ik de oude man, Goldstein, met wie mijn celgenoot het goed lijkt te kunnen vinden.

Hij kijkt even naar me, maar loopt dan rustig door.

Ik vind Jamie en Russell als ik bijna aan het einde van de galerij ben en ik houd mezelf voor dat dit mijn enige optie is.

Jamie en de nieuweling staan bij de reling en zijn in gesprek.

Ik loop rustig naar hen toe en ga naast Jamie staan, zonder een echt plan van aanpak. Zonder iets te zeggen, leg ik mijn handen op de reling, kijk even uit over de benedenverdieping en ik haat mezelf, omdat ik de gemakkelijke uitweg heb gekozen. Ik doe geen moeite meer om iets anders te verzinnen.

"Dit is Misha," zegt Jamie. "Mijn celgenoot. Hij komt helemaal uit Nederland."

Het spijt me, denk ik.

Dan kijk ik de nieuwe jongen even aan, glimlach naar hem en zeg: "Hallo."

"Hallo," antwoordt de nieuweling. "Ik ben Russell, gewoon uit de Bronx."

Minder dan tien minuten later, weet ik niet alleen zijn naam en waar Russell vandaan komt, maar ook dat hij een jonger zusje heeft en een hond en dat hij een opleiding volgde tot declarant.

Over *unusual suspects* gesproken...

De naïviteit van de jongen is ronduit meelijwekkend, maar medelijden is een emotie, die ik me nu niet kan veroorloven.

Ik hoor Russell geduldig aan, toon interesse en zie dat hij geleidelijk op zijn gemak begint te raken. Hij lijkt dankbaar voor de vriendelijkheid, die Jamie en ik hem tonen en die in schril contrast staat met de dreigende, nieuwe omgeving.

Ik kijk op zodra ik voetstappen hoor.

Skinner nadert, zonder zijn gebruikelijke aanhang. Hij komt tussen Jamie en mij instaan en slaat zijn armen om onze schouders heen.

Ik onderdruk de neiging om hem van me af te duwen.

Skinner wendt zich tot Russell en stelt zichzelf voor: "Ik ben Donald Skinner."

De nieuwe jongen steekt zijn hand naar hem uit en antwoordt: "Russell."

Skinner laat Jamie even los, schudt Russells hand en vraagt: "Russell wat?"

"Russell Russell," zegt de jongen.

"Serieus?" vraagt Skinner en kijkt opzij naar Jamie, voor een bevestiging.

Jamie knikt.

"Hebben jouw ouwe lui zo'n slecht geheugen, dat twee verschillende namen teveel zouden zijn?" wil Skinner weten.

Ik baal ervan dat ik Skinner niet aan kan kijken.

Waarom is hij niet aan het vleien of dreigen, zoals altijd?

"Zeker weten, liefje?" fluistert hij in mijn oor als Russell geen antwoord geeft.

Ik knik.

Skinner laat mij en Jamie los en gaat naast Russell staan. "Vertel eens, Russy, wat heb jij gedaan om hier te belanden?"

De nieuwe jongen lijkt totaal overdonderd door alles wat er nu op hem afkomt. "Ik heb... iemand dood gereden," antwoordt hij.

"Opzettelijk?" vraagt Skinner.

Russell schudt zijn hoofd. "Nee, maar... ik heb geen rijbewijs en dan is het moord."

"Nee, nee, het was gewoon een ongeluk," protesteert Skinner. "Dat kan toch iedereen gebeuren. Waar ze mensen tegenwoordig al niet voor opsluiten..." Hij schudt zijn hoofd en trekt beurtelings een meelevend en afkeurend gezicht. "Het is echt Godgeklaagd dat..."

"Was je dronken?" onderbreek ik Skinners betoog en kijk Russell aan.

Geef me een excuus, Russell.

Please, denk ik.

Hij schudt zijn hoofd. "Nee, zo was het niet," antwoordt hij.

"Hoe was het dan?" ga ik door.

"Dat doet er niet toe," snauwt Skinner.

"Voor mij wel," zeg ik.

"Ik zei: Dat doet er niet toe," herhaalt hij nadrukkelijk.

"En ik zei: Voor mij wel," houd ik aan. Ik betwijfel of het handig is om hem zo te schofferen, maar ik moet het weten.

Tegen al mijn verwachtingen in uit hij geen bedreigingen en haalt hij niet uit. Hij blijft roerloos staan en kijkt naar Russell, alsof hij wacht op antwoord.

"Mijn ouders waren niet thuis en ik moest op mijn zusje passen," begint Russell. "Ze heeft astma, zie je en toen ze een zware aanval kreeg, wilde ik haar naar het ziekenhuis brengen. Het was vlakbij, dus nam ik de auto van mijn moeder en reed naar het ziekenhuis."

"En waar blijft nou die vreselijke 'moord'?" vraagt Skinner sceptisch.

"Op de parkeerplaats moest ik uitwijken voor een kind en reed ik iemand anders aan," zegt Russell.

"Nou, nou. Dat was wel weer genoeg sensatie voor vandaag," zegt Skinner droog. "Straks begeeft mijn hart het."

Niemand reageert op zijn opmerking.

"Hoe lang moet je?" vraagt Jamie aan Russell.

"Acht jaar," antwoordt deze moedeloos.

Acht jaar?

Voor een ongeluk?

Dit is niet het antwoord waarop ik had gehoopt.

Als zijn verhaal klopt, verdient Russell het in mijn ogen niet eens om hier te zijn. Laat staan dat hij het verdient om als schild tussen mij en Donald Skinner te fungeren.

Skinner moet iets van mijn aarzeling zien, want hij buigt zich dichter naar me toe en fluistert: "Denk erom, *liefje*, hij of jij."

Ik kijk naar Russell.

Het spijt me, denk ik weer.

Dan klop ik Skinner even op zijn schouder en zeg: "We zien je wel weer bij het avondeten."

* * * * *

Maandag, 3 februari 2003 – middag
Rotterdam, Nederland

Ik gebruikte de middagpauze om even naar huis te gaan. Ik verwachtte dat mijn broer nog in de keuken aan zijn ochtendkoffie zat.

Toen ik die ochtend naar school was gegaan, was Len nog niet terug geweest van zijn kroegentocht, maar ik wist bijna zeker, dat hij inmiddels thuis zou zijn. Ik trof hem inderdaad in de keuken aan, met een beker koffie voor zich.

Hij keek even op. "Wat kom je doen? Moet je niet naar school?"

Ik legde een vel papier voor Lennarts neus en zei: "Teken dat even."

"Wat is het?" vroeg Lennart, terwijl hij een beetje as van zijn sigaret aftikte in de overvolle asbak, die voor hem op de keukentafel stond. Hij zag eruit, alsof hij al een paar nachten was doorgegaan.

"Een aanvraag voor kwijtschelding van de gemeentebelasting," antwoordde ik.

"Gaat dat werken?" vroeg Lennart.

"Nee," zei ik.

"Waarom dien je het dan in?"

"Omdat je niet hoeft te betalen, zolang je verzoek loopt, Len," legde ik onge-duldig uit. "Op die manier kunnen we de betaling precies uitstellen, totdat de SOOS je vakantiegeld stort." Ik wierp mijn broer een ongelovige blik toe, alsof ik zeggen wilde: 'Snap je dat dan niet?'

"We kunnen ook gewoon de rekening laten liggen tot mei," stelde Lennart voor, nam een diepe haal van zijn sigaret en een slok koffie.

Ik zuchtte vermoeid. "Als je het laat liggen, komt er een boete overheen en dan wordt het alleen maar duurder."

Lennart rolde met zijn ogen. "Maak je nou eens niet zo druk om zulke onbe-nullige dingen." Hij maakte zijn sigaret uit.

Ik liet me niet afschepen. Het ontlopen van die boete was evengoed in mijn eigen belang. Ik stopte mijn broer een balpen in zijn hand. "Hoeveel moeite is het, Len? Ik heb alles in orde gemaakt. Het *enige* dat *jij* nog hoeft te doen is een handtekening zetten!"

"Misha, je zeurt," waarschuwde Lennart, maar zette toch een handtekening en stond toen op. "Ik ga naar de coffeeshop. Blijf maar niet op vanavond."

"Wil je die brief dan even op de post doen?" vroeg ik.

"Ik hoefde alleen een handtekening te zetten," zei Lennart. "Dat heb ik ge-daan."

"Je komt *langs* een brievenbus," antwoordde ik ontsteld. "Die staat ongeveer bij de coffeeshop *voor de deur*. Mijn school is de andere kant op.*"

"Jij wilt toch altijd zo graag alles regelen?" snauwde Lennart. "Regel het dan!"

* * * * *

Dinsdag, 6 november 2012 – avond – Dag 8
New York, Amerika

Ik pak mijn dienblad op en loop met Jamie in de richting van onze gebruikelijke tafel. Zoals ik al verwachtte, volgt de nieuwe jongen ons op de voet.

Jamie gaat zitten en begint meteen te eten.

Ik buig me even naar hem toe en fluister: "Blijf hier." Dan loop ik naar de tafel van Donald Skinner en wederom volgt Russell me als een schaduw. Ik kijk naar de man links van Skinner en hij staat op om een paar stoelen op te schuiven.

Skinner stuurt ook de man die rechts van hem zit weg en zegt dan vriende-lijk: "Ga zitten, jongens."

Ik neem plaats en zet mijn dienblad op de tafel. Ik zie vanuit mijn ooghoek dat Russell aarzelt, maar laat het even op zijn beloop.

"Ga zitten," herhaalt Skinner.

Russell zet zijn dienblad neer en gaat zitten.

"De rest is aan jou," fluister ik tegen Skinner, zo zacht dat Russell me niet kan horen.

"Dat was *niet* de afspraak," sist hij. Zijn ogen worden nog donkerder.

"De afspraak was, dat je hem aan jouw tafel wilde," help ik hem herinneren, nog altijd fluisterend. "Daar zit hij, Donald. Ik heb me aan mijn deel van de deal gehouden. Ik verwacht van jou hetzelfde. Hij. Niet ik."

"Dit is nog niet voorbij," fluistert Skinner.

* * * * *

Zaterdag, 1 maart 2003 – middag
Rotterdam, Nederland

Lennart stond op toen de bel ging. In de deuropening draaide hij zich om, wendde zich tot mij en vroeg: "Heb jij niks te doen?"

Ik keek verstoord op van mijn boek, haalde mijn schouders op en antwoordde: "Als je me hier niet wilt hebben, kun je dat ook gewoon zeggen."

"Ik heb wat... dingen te regelen," zei Lennart.

Ik maakte een gebaar, alsof ik wilde zeggen 'Ik houd je niet tegen'. Toen richtte ik mijn blik weer op mijn boek, dat naast me op de armleuning van de bank lag.

Lennart zuchtte en liep weg om de voordeur open te doen.

"Hé, gozer! Kom binnen," hoorde ik hem zeggen. Ik keek voor de tweede keer op van mijn boek, toen mijn broer en één van zijn vage vrienden de woonkamer binnen kwamen.

Ron keek even naar me, maar negeerde me toen en richtte zich uitsluitend tot Len: "Wil je geld verdienen?"

"Altijd," antwoordde Lennart.

"Ik heb een mooi handeltje," begon Ron. "Het probleem is dat er nog een opsporingsbevel tegen me loopt voor dat gedoe met die auto. De kit zal me binnenkort wel van mijn bed komen lichten, dus ik kan het niet thuis hebben rondslingeren. Ik geef je vijfhonderd, als je het een paar dagen voor me wilt bewaren en het dinsdag even voor me naar Den Haag brengt."

Ik keek naar mijn oudere broer, me afvragend wat hij zou doen of zeggen. Ik vertrouwde Ron niet, met zijn eeuwige schimmige handeltjes, grote verhalen en gladde praatjes.

"Wat is het?" vroeg Lennart.

"Niks bijzonders," antwoordde Ron. "Gewoon een zooi gestolen mobiele telefoons."

"Hoeveel?" wilde Lennart weten.

Ik irriteerde me aan het feit dat mijn broer zo dom was om dit überhaupt te overwegen. Op dat soort momenten kan ik niet geloven dat we echt een bloedband hebben.

Hoe was het mogelijk dat Lennart niet inzag, dat het te mooi was om waar te zijn? Hoe kon hij niet inzien, dat Ron hier niet was om *hem* geld te laten verdienen?

"Niet veel. Een stuk of twintig," antwoordde Ron.

Ik dacht snel na en rekende. "Niet doen, Len." Toen richtte ik me tot Ron. "Vijfhonderd...? Voor een paar telefoons?" Ik gaf hem geen kans om iets te zeggen. "Ik weet honderd procent zeker dat je ze zou verkopen voor minder dan de helft van wat ze waard zijn. Dan is vijfhonderd euro een groot deel van je winst... Te groot." Ik keek hem recht aan.

Lennart opende zijn mond om iets te zeggen, maar Ron was hem voor.

"Waar bemoei jij je mee?"

"Als je zaken doet, moet je eerlijk zaken doen," antwoordde ik simpel. Ik zag aan Rons reactie, dat ik gelijk had gehad om zijn motieven te wantrouwen.

"Eerlijk zaken doen met gestolen spullen?" schamperde hij.

"Voorbeeld," zei ik en stond op. Ik liep naar de keuken en haalde een klein flesje water uit het vriesvak van de koelkast, een experiment waar ik eerder die dag mee begonnen was. Ik hield het vast en nam het mee terug naar de woonkamer, waar ik het flesje op de salontafel zette. Dit alles in trage, vloeiende bewegingen.

Zoals ik al verwacht had, ontging dit Ron volledig.

Ik haalde honderd euro uit mijn broekzak en legde die op de tafel. Ik wees naar het flesje. "Gewoon water... Vloeibaar, zoals je ziet. Wedden dat het kan bevriezen tot ijs, hier op deze tafel?"

Lennart opende zijn mond.

"Niet mee bemoeien, Len," zei ik kortaf, zonder mijn ogen van Ron af te wenden.

"Onmogelijk," stelde Ron.

"Wedden?" vroeg ik.

Ron viste lachend geld uit zijn broekzak en zei: "Zo makkelijk heb ik ze nog nooit verdiend. Laat maar zien."

Ik pakte het flesje op, schudde er even krachtig mee en zette het toen terug op de tafel. Binnen enkele seconden was het water veranderd in ijs.

Ron en Lennart staarden er ongelovig naar.

"Onmogelijk," zei Ron weer.

"Nee, niet onmogelijk," antwoordde ik. "Dat zie je toch?" Ik stak mijn hand uit en pakte het geld aan.

"Hoe...?" begon Lennart.

"Heel simpel, Len," legde ik uit. "Dat is wat ik bedoelde met eerlijk zaken doen. Ron kon deze weddenschap nooit winnen. Hij had geen schijn van kans, omdat hij niet alle feiten had, die ik wel had. Wanneer je gedistilleerd water in een luchtdichte fles laat afkoelen tot precies min vier graden Celsius, blijft het vloeibaar, zolang het niet beweegt en er geen zuurstof bijkomt. Dat wist hij niet en ik wel."

"En het hele punt van deze demonstratie is...?" vroeg Len ongeduldig.

"Het punt is, dat er meer zit achter zijn voorstel," antwoordde ik. "Ik vertrouw hem niet. Hij weet iets dat jij niet weet. Hij houdt dat achter, omdat hij weet dat je 'nee' zult zeggen als hij het wel verteld." Ik richtte me tot Ron. "Heb ik gelijk? Waarschijnlijk zitten er dubbele bodems in de verpakkingen van die telefoons en zitten die vol met dope of zo."

Ron keek naar Lennart. "Heb je enig idee hoeveel geld we in de kroeg kunnen verdienen met dit soort trucjes?"

Ik zag hen beiden denken.

"Oprotten," snauwde Lennart en wees naar de deur. "Zoek jij lekker een andere katvanger voor je telefoons en laat mij hier buiten. En als je één stap in de buurt van mijn broer zet, dan breek ik je in tweeën."

Ron haalde zijn schouders op en vertrok. De deur viel met een klap achter hem dicht.

Ik nam het geld van de tafel, stopte het in mijn broekzak en nestelde me weer op de bank met mijn boek.

Lennart schudde zijn hoofd. "Hoe wist je dat?"

"Gewoon."

"Ron heeft wel gelijk," merkte Lennart zogenaamd achteloos op, terwijl hij naar de platenspeler liep. Hij keek over zijn schouder. "Wat wil je *niet* horen?"

"Ongeveer alles wat daar staat," antwoordde ik en knikte in de richting van de rijen oude elpees, die langs de muur stonden. Ik keek naar hem om zijn reactie te zien. Normaal gesproken zou hij bij een dergelijk antwoord juist iets hebben opgezet, waarvan hij wist dat ik er een hekel aan had en een joint hebben gerold. Gewoon, om me terug te pakken voor mijn ondankbare reactie op zijn toegeeflijke bui. Ik zag aan zijn gezicht dat mijn woorden hem irriteerden, maar dat hij zich inhield.

Hij draaide zich om en zei: "Oké."

Op dat moment wist ik al wat hij van me wilde. Ik doorzag dat hij alleen maar zo toegeeflijk was, *omdat* hij iets van me wilde... Dat hij probeerde me te manipuleren, omdat hij wilde dat ik 'ja' zou zeggen tegen een voorstel waarop hij overduidelijk vermoedde dat ik hem 'nee' zou verkopen.

"Heb je nog meer van dat soort trucjes in je hoge hoed?" vroeg Len.

Daar gaan we...

"Dan kunnen we goud verdienen," ging hij verder.

"Het is geen *trucje*, Lennart," antwoordde ik uit de hoogte. "Het is gewoon wetenschap en logica."

"Voor jou wel, ja," zei hij en negeerde mijn houding. "Dit is iets waar niemand op zou komen. Iedereen zou hier intrappen."

"Dus?"

"Heb je nog meer van dit soort... logica?"

"Ik ga niet elke avond mee naar de kroeg om jouw vrienden te belazeren en ze al hun geld afhandig te maken," zei ik op kille en resolute toon.

Niet dat we het geld niet konden gebruiken of dat ik vreselijke gewetensbezwaren zou hebben gekregen over deze manier van geld verdienen, maar het idee dat ik gedwongen zou zijn, om me in een mensenmassa te begeven, was voor mij al reden genoeg om af te haken.

"Eén keer per week, dan?" probeerde mijn broer.

"Nee, Len."

Hij zweeg even en stak een sigaret op.

Ik richtte mijn aandacht weer op mijn boek.

"Eens in de veertien dagen?"

Ik dacht erover om te blijven weigeren, maar ik bedacht me. "Eén keer per maand en tachtig procent is voor mij," zei ik zonder op te kijken.

"Vergeet het maar," antwoordde Len. "Het zijn mijn vrienden en kennissen."

"Twintig procent is meer dan niks," redeneerde ik. "Als ik 'nee' zeg, heb je niks... Als jij 'ja' zegt, heb je twintig procent."

Daar kon hij weinig tegen inbrengen. Hij nam een diepe haal van zijn sigaret en stak zijn hand naar me uit.

"Wat?" vroeg ik en keek naar hem op.

"Ik krijg nog twintig euro van je."

"Dat soort dingen werken niet met terugwerkende kracht," merkte ik op. "Het is geen uitkering."

"Waar kwam die honderd eigenlijk vandaan?" vroeg hij opeens ongewoon scherp.

"Die is nep," gaf ik toe.

"Je kunt niet wedden met nep geld," zei hij.

"Waarom niet?" vroeg ik. "Is dat onethisch?"

Len zweeg even, alsof hij zich afvroeg wat 'onethisch' betekent. Hij ging naast me op de bank zitten. "Wat denk je dat Ron gedaan zou hebben, als je die weddenschap had verloren en hij erachter was gekomen, dat die honderd fake is?"

"Niks," antwoordde ik stellig.

"Niks?" herhaalde Lennart. "Jij denkt dat hij dat gewoon gepikt had?"

"Natuurlijk," zei ik.

"Misha, hij had je lens geschopt."

"Met jou erbij?" antwoordde ik en sloeg mijn boek dicht. "Ik kon niet verliezen, Len. Wetenschap faalt nooit."

Hij rolde met zijn ogen. "Ga je mee naar de kroeg?"

Ik haalde twintig euro uit mijn broekzak en zei: "Volgende maand."

* * * * *

Woensdag, 7 november 2012 – middag – Dag 9
New York, Amerika

"Larsen, Hirsch, bezoek," snauwt Kane door de tralies van onze celdeur. "Open 421!"

Ik sta op en stap mijn cel uit, op de voet gevolgd door Jamie.

"Handen!" commandeert de bewaker.

Ik steek mijn handen uit, laat me door hem boeien en wacht zwijgend, totdat hij ook Jamie geboeid heeft en volg hen dan de trap af.

Kane brengt ons naar de bezoekersruimte.

Ik werp een blik op Jamies vader, als Kane bij hem stilhoudt om Hirsch junior tegenover hem op een stoel te zetten. Aandachtig observeer ik de gezichtsuitdrukking en lichaamshouding van de man en concludeer tot mijn ongenoegen, dat hij hier inderdaad niet gekomen is om de familiebanden aan te halen, maar om slecht nieuws te brengen.

Ik wend mijn ogen af. Ik mag me niet af laten leiden.

Mijn advocaat, George Springfield, zit aan een tafeltje en kijkt me onderzoekend aan.

Kane brengt me tot vlakbij mijn raadsman, verwijdert mijn boeien en snauwt: "Zitten!"

Ik neem plaats en zeg vlak: "Goedemiddag, meneer Springfield."

"Goedemiddag, meneer Larsen," antwoordt hij, eveneens op een toon alsof we inderdaad niet meer zijn dan advocaat en cliënt.

"Ik heb begrepen dat er wordt beraadt over een manier om *hem*..." Kane wijst naar mij en kijkt George aan, "... een deel van zijn straf uit te laten zitten in Nederland?"

"Dat klopt," antwoordt George beleefd.

"Doe je best, raadsman," zegt Kane. "We hebben al meer dan genoeg uitschot hier zonder al die buitenlanders." Dan loopt hij weg, zonder het antwoord af te wachten.

George zwijgt totdat Kane ruim buiten gehoorsafstand is en vraagt dan: "Hoe gaat het met je?"

Ik hoor de bezorgde klank in zijn stem, staar naar het tafelblad en beken fluisterend: "Het is zwaar... Precies zoals Dean gezegd heeft."

George kijkt me meewarig aan en vraagt: "Wat wil je dat ik doe?"

"Zet het volgende deel maar in gang," zeg ik resoluut.

"Je wijkt van je schema af," merkt hij op.

"Geloof me, dat is niet mijn keuze," antwoord ik.

"Dit alles is *jouw* keuze," stelt George. "Je hebt gewoon de mazzel dat je een paar gekken zover hebt weten te krijgen dat ze je helpen."

Ik negeer zijn opmerking en vervolg: "Vraag Dean om de boel in gang te zetten, maak een deal en zorg dat het niet te lang duurt."

"Ik kan niets garanderen," sist George. "Het hangt af van de aanklager."

"Dat begrijp ik," antwoord ik rustig. "Ik vertrouw op Dean..." Ik val even stil, maar vraag dan: "Gaat alles verder volgens plan?"

"Alles is rustig," vertelt George. "Je broer is nog in Nederland. Maren is bij hem."

Ik sluit mijn ogen even en slik. "Is alles oké met ze?"

"Voor zover ik weet wel," antwoordt hij. "Ik stuur hem af en toe een sms-bericht om hem te melden dat er geen nieuws is..."

Er valt een korte stilte en ik kijk automatisch op de klok.

"Er is toch geen nieuws, waarvan je zou willen dat ik dat aan Lennart vertel?"

Langzaam schud ik mijn hoofd, zwijg en denk na.

Ik heb er best rekening mee gehouden, dat Len even naar me zou zoeken. Dagen, ja. Of misschien zelfs een paar weken, maar dat hij dusdanig zou volharden in zijn zoektocht, heb ik niet aan zien komen.

Fuck!

Dean en George hebben me gewaarschuwd. Colin ook. Maren.

In Atlanta, maar ook daarna.

Meer dan eens, maar ik was er zo zeker van dat Len gewoon zou afhaken, als hij eenmaal een beetje aan mijn afwezigheid gewend raakte en hij ontdekte dat hij bij gebrek aan geld, nu bij Maren aan kan kloppen.

Ik ben niet bepaald een leuke broer, dus wat kan hij in godsnaam missen, behalve geld?

Toch is dat niet het beeld dat uit de updates van George naar voren komt en ik begin er sterk aan te twijfelen of Lennart nu nog af gaat haken.

En nu?

Ik bijt op mijn onderlip en overweeg even om George te vragen, om mijn broer over te laten komen, Len onder ogen te komen en hem de waarheid te vertellen. Bijna onmiddellijk bedenk ik me. Op het moment dat ik opbiecht dat ik niet voor doodslag, maar voor moord veroordeeld had moeten worden, moet ik uitleggen wie Theo Albrechts was.

Vanaf dat punt zou het een kettingreactie worden, want ik kan dat niet uitleggen wie hij was of waarom ik hem vermoord heb, zonder de rest van het verhaal ook op te biechten.

"Wat wil je dat ik doe?" vraagt George weer.

Ik kan dit niet. Ik heb de woorden niet. "Niets," zeg ik uiteindelijk. Ik buig me dichter naar hem toe en fluister: "Afwachten... Ik ben me nog steeds aan het oriënteren. Ik heb Laurens inmiddels gevonden, maar Raymond Hawkes heb ik nog niet gezien. Nog niks over gehoord ook, trouwens."

"Weten jij en Dean zeker dat hij hier zit?" vraagt George.

"Honderd procent," zeg ik stellig. "Dean heeft het uitgezocht. Hij maakt geen fouten... Misschien zit Hawkes op een andere afdeling... Dat zou de mogelijkheden wel erg... beperken... Ik moet voorzichtig zijn met vragen stellen... Zoiets kost tijd."

"Moet ik iets aan Dean doorgeven?"

"Nee," antwoord ik. "Het heeft geen zin om te gaan speculeren of in dit stadium iets te forceren. Daar heeft niemand iets aan en Dean al helemaal niet. Zeg maar gewoon, dat ik hem nodig heb... En dat hij even op het internet moet kijken. Op www.jerseykiller.com."

George kijkt me bevreemd aan, maar maakt een korte notitie en vraagt verder niets.

Ik kijk op de klok. Ik lig voor op mijn schema voor mijn overleg met George, wat me ruimte biedt voor andere dingen, waarvan ik bijna zou vergeten dat ze belangrijk zijn.

"Hoe is het met de anderen?" vraag ik.

"Wat moet ik zeggen, Misha? Dean is Dean," antwoordt George. Hij klinkt ronduit moedeloos. "Hij is stuurloos en kwaad op de hele wereld, zoals altijd. En Colin zit in de Hamptons, bij zijn ouders. Hij maakt zich zorgen."

"Wie niet?" zeg ik toonloos.

George kijkt me ernstig aan. "Hoe diep zit je in de problemen, Misha?"

"Tot nu toe is het leefbaar," antwoord ik vaag. Ik zie zijn bezorgdheid in zijn ogen. "Maak je geen zorgen."

"Dat doe ik wel," zegt George. "Niet alleen om Dean... Ook om jou... En om Colin... Zelfs om Maren en die ken ik nauwelijks." Hij heeft zichtbaar moeite om zijn stem niet te verheffen, maar houdt zich in.

"Maak je om mij geen zorgen."

George zwijgt even en lijkt zijn woorden af te wegen. "Ik heb eens nagedacht...," begint hij. "Ik denk dat het goed voor je zou zijn om je broer te zien. Die arme man heeft maanden naar je gezocht."

"Heeft Lennart je gevraagd om op me in te praten?" vraag ik.

George geeft geen antwoord op mijn vraag. "Bloed kruipt waar het niet gaan kan," zegt hij.

"Zoiets heb je al eens gezegd," antwoord ik ijzig, "maar bij ons is dat niet het geval."

"Hoeveel heb je nodig om hem een nieuwe kans te geven?" vraagt George. "Lennart heeft heel veel moeite gedaan om je te vinden. Hij wil je steunen. Geef hem die kans."

"Ik heb hem al zoveel kansen gegeven," antwoord ik. "Hij is te onberekenbaar... Het spijt me."

"Ik denk echt..."

"Lennart en ik zijn niet zoals Dean en Danny waren," onderbreek ik hem.

"Dat weet ik, maar denk erover na," dringt George aan. "Denk erover na... Ik denk echt dat je een verkeerd beeld hebt van je broer."

Zeg dat niet.

Ik mag het niet mis hebben.

"Mensen veranderen," zegt George. "Ik denk dat je opvattingen over je broer teveel stil gestaan hebben. Ze hebben zich niet... mee ontwikkeld met het leven van je broer. Snap je wat ik bedoel?"

"Nee," lieg ik.

"Ik zeg niet dat het beeld dat jij van Lennart hebt *altijd* verkeerd is geweest," sust George. "Maar ik heb hem nu een paar keer gesproken en die man, is zeker niet meer dezelfde persoon op wie jij je plannen hebt afgestemd."

De gedachte dat ik zo hard en onterecht over Lennart heb kunnen oordelen is ondraaglijk en ik weiger het te geloven.

Mijn broer is de oudere broer, die altijd weg is, afgeleid en ongrijpbaar. Len is de oudere broer, die slechts even stil staat bij mijn veroordeling en het hele probleem vervolgens van zich af laat glijden. Hij zal nu wel gauw verder gaan met zijn leven, terug naar zijn coffeeshop, zijn vrouwen en zijn stamkroeg.

"Denk erover na," zegt George weer. "Alsjeblieft. Voor jullie beiden."

Ik slik en antwoord: "Oké..." Ik val even stil, maar voeg er dan aan toe: "Als je mijn broer spreekt... Zeg hem dan maar dat het goed met me gaat... En zeg hem dat ik hem binnenkort wil zien, maar dat ik nog iets meer tijd nodig heb."

George knikt, maar zegt niets.

Ik kijk op als ik voetstappen hoor naderen.

"Einde bezoek, Larsen," zegt Kane. "Opstaan."

Ik doe wat hij zegt en steek automatisch mijn handen uit, zodat hij de boeien weer om kan doen.

"Denk erover na," dringt George nogmaals aan.

Ik knik en schud zijn hand even.

Kane pakt me hardhandig bij mijn arm en duwt me voor zich uit.

Ik kijk onopvallend om me heen, maar zie Jamie of Hirsch senior nergens. Mijn hart slaat een slag over.

Wat heb ik gemist?

Ik aarzel even, maar durf Kane niets te vragen.

7.
OUD ZEER

Woensdag, 7 november 2012 – middag – Dag 9
New York, Amerika

Bewaker Kane brengt me terug van de bezoekersruimte naar de afdeling, via dezelfde route als op de heenweg. Bij de zware, metalen deur die toegang geeft tot het cellenblok, houdt hij me staande. Hij neemt me even in zich op en vraagt dan op geïnteresseerde toon: "Zo, dus jij bent de man van de Ross Towers?"
Ik houd mijn adem in en vraag me af wat hij van me verwacht. Ik zie dat hij iets van me wil, maar wat dat is, is me een raadsel.
"Wat dacht jij?" gaat Kane verder. "Dat je boven de wet staat, omdat je in je eigen ogen zo belangrijk bent?"
"Nee," antwoord ik.
Wat moet ik hiermee?
Kane pakt me ruw bij het voorpand van mijn shirt en dwingt me hardhandig met mijn rug tegen de muur achter me. "Nee, *Baas,*" verbetert hij.
"Nee, Baas," herhaal ik.
"Nee?" Kane kijkt me recht aan en laat me niet los. "Ik denk het wel. Ik heb het niet zo op rijke jongetjes, die denken dat ze beter zijn dan een ander... Rijke jongetjes, die denken dat ze boven de wet staan, alleen maar omdat ze meer geld hebben dan een ander of omdat ze een mooie titel voor hun naam hebben..."
Ik besluit hem niet tegen te spreken en het maar over me heen te laten komen. De boeien rond mijn polsen laten me weinig keuze.
"Jij bent echt geen haar beter dan al die andere klootzakken hier," gaat hij verder. "Jij hebt alle kansen gehad in het leven. Anderen hier hebben nooit een kans gehad." Nog altijd houdt hij me tegen de muur gedrukt en vraagt dan: "Misschien dacht je dat je er wel mee weg zou komen?"
"Nee, Baas," antwoord ik weer.
"Nee?" Kane trekt me een stukje naar zich toe en ramt me opnieuw tegen de muur, als hij inziet dat ik niet van plan ben om mijn antwoord te herzien.
Ik probeer de pijn te negeren en adem zwaar.
"Echt niet?" gaat hij verder.
"Nee, Baas," herhaal ik.
Kane brengt zijn gezicht dichter bij het mijne en kijkt me strak aan. "Ik doe dit werk al tien jaar," zegt hij. "Alles aan jou schreeuwt 'problemen'."
"Dat zal dan wel, Baas," antwoord ik kil.
"Ik houd je in de gaten, meneer de architect," waarschuwt hij.
Ik voel zijn greep verslappen en dan laat hij me eindelijk los.
Hij verheft zijn stem als hij roept: "Deur open!"
De metalen deur glijdt geluidloos open.

Kane pakt me opnieuw bij mijn arm en voert me via de benedenverdieping, de trap en de galerij terug naar mijn cel. "Open 421!" Hij richt zich weer tot mij en commandeert: "Handen!" Hij maakt de boeien los.

Ik ga de cel binnen.

Jamie zit op zijn bed en kijkt me zwijgend aan.

"Sluit 421!"

Mijn celgenoot en ik blijven zwijgen, totdat de celdeur dicht is en de bewaker de verdieping heeft verlaten.

"Alles oké?" vraag ik dan.

Jamie schudt zijn hoofd. "Mijn moeder is ernstig ziek. Kanker."

"Dat spijt me," zeg ik oprecht.

"Dank je," antwoordt Jamie mat.

Ik haat mezelf, omdat het slechte nieuws van Jamie niet alleen medelijden bij me opwekt, maar het me ook doet beseffen dat dit weleens de kans kan zijn, waarop ik heb gewacht. De kans om Jamie definitief aan mijn kant te krijgen en hem aan me te binden. De loyaliteit van mijn celgenoot is op dit moment belangrijker dan al het andere, vooral omdat ik nog geen idee heb in hoeverre ik Jamie nodig zal hebben.

Naarmate ik dichter bij mijn doelwit kom, zal het steeds lastiger worden om Jamie een rad voor ogen te blijven draaien. Misschien is er zelfs een kans, dat hij er uiteindelijk achter komt wat me werkelijk hier gebracht heeft.

Ik twijfel even over mijn strategie, maar neem dan een besluit. Ik zwijg even demonstratief, ga op de rand van het bureaublad zitten en vraag: "Heb jij het ook koud?"

Jamie schudt zijn hoofd. "Ben je ziek?"

"Nee," antwoord ik. "Ik heb het gewoon koud... Niks aan de hand." Ik loop naar mijn bed en pak een shirt met lange mouwen, dat op het voeteneinde ligt, hang het over de bureaustoel en verzeker me er even snel van dat Jamies ogen op me gevestigd zijn.

Dan trek ik mijn overhemd en T-shirt uit en draai heel bewust mijn rug naar Jamie toe om het warmere shirt te pakken.

"Jezus, wat is er met jou gebeurd?" vraagt Jamie.

Ik had al voorzien dat hij zou happen, voordat ik hem zogenaamd per ongeluk mijn rug toekeerde. Ik twijfel er niet aan, dat er na mijn aanvaring met Kane voldoende blauwe plekken en schaafwonden zijn, om de aandacht van mijn celgenoot te trekken en zijn nieuwsgierigheid te wekken. Ik zwijg bewust even en trek het shirt en mijn overhemd aan.

"Niks," zeg ik dan.

"Was het Skinner?" fluistert Jamie.

Ik schud mijn hoofd.

"Wie dan?"

Ik doe alsof ik overweeg zijn vraag te beantwoorden, maar zeg dan: "Ik wil niet nog meer problemen."

Jamie gaat op zijn bed liggen en laat het onderwerp rusten.

Ik weet nu al dat dit van korte duur zal zijn. Ik strek me uit op mijn eigen bed en wacht af. Ik kan het verdere verloop van mijn nieuwe plannetje wel raden. Jamie zal blijven vissen en blijven proberen om me over te halen hem te vertellen wat er gebeurd is. Daarna kan ik mijn celgenoot weloverwogen en gespeeld weifelend opbiechten, wat er is voorgevallen met Kane. Ik weet zeker dat Jamie het vertrouwen dat ik hem daarmee schenk, op prijs zal stellen en ik kan nu al met zekerheid vaststellen, dat Jamie met me mee zal leven.

Jamie heeft een hekel aan de bewaker.

Donald Skinner zegt dat het een genetische kwestie is, bepaald door hun respectievelijk Joodse en Duitse voorouders. Dat betwijfel ik, maar het feit dat mijn celgenoot niets van Kane moet hebben, kan alleen maar in mijn voordeel werken. Iets in de trend van 'de vijanden van je vijanden zijn automatisch jouw vrienden'.

Tegeltjeswijsheid in de gevangenis.

Wanneer ik Jamie ook nog een schouder kan bieden om op uit te huilen, als hij wederom slecht nieuws over zijn moeder krijgt te verwerken, biedt me dat een gouden gelegenheid om een sterke band met hem op te bouwen. Ik slik even en staar naar de onderkant van Jamies bed. Ik word bijna ziek van mezelf. Het gemak waarmee ik anderen manipuleer en tegen hen lieg en het feit dat ik bereid ben om andermans ellende in mijn voordeel te laten werken, zijn dingen waar ik liever niet te lang bij stilsta. Vooral niet als het om mensen gaat, die het goed met me voorhebben.

Wanneer ben ik in godsnaam zo koud en gevoelloos geworden, dat ik Russell zonder twijfel in de klauwen van de *Jersey Killer* heb kunnen drijven om een fysieke confrontatie tussen mezelf en Skinner weer voor onbepaalde tijd uit te kunnen stellen?

Mijn gebrek aan constante wroeging is weinig geruststellend.

Toegegeven: empathie is nooit mijn sterkste kant geweest, maar ik merk dat ik inmiddels op het punt ben beland, waar ik dat deel van mijn gevoel soms geheel kan uitschakelen. Niet continu, maar ik begin het te leren. Of dat iets positiefs is zal nog moeten blijken. Gezien mijn huidige situatie waarschijnlijk wel.

De manier waarop ik heb gehandeld wat Russell betreft, is niet iets waar ik trots op ben, maar ik kan er mee leven. Met Jamie ligt het anders. Mijn dubbele agenda omtrent onze ontluikende vriendschap zit me niet lekker, maar ik durf het in dit stadium nog niet aan om al mijn kaarten op tafel te gooien. Ik voel nu al aan dat dit een hoofdbreker gaat worden.

Net als bewaker Kane, trouwens. Al mijn alarmbellen gaan af. En dan is er nog de kwestie Lennart... Oh, en laat ik vooral Donald Skinner niet vergeten...

Allemaal dingen die me afleiden van mijn oorspronkelijke doel. Dingen die me afleiden en mijn schema ontwrichten en me uit koers brengen. Er zullen een paar storende factoren van het toneel moeten verdwijnen. Zoveel is me wel duidelijk.

Te beginnen met –

"Misha?" fluistert Jamie.

"Wat?"

"Als je ergens over wilt praten..." Hij maakt zijn zin niet af.

Ik glimlach.

Je bent zo voorspelbaar...

"Dat weet ik," antwoord ik met zachte stem. Ik laat een korte stilte vallen en voeg er dan aan toe: "Jamie? Als jij ergens over wilt praten..." Ook ik maak die zin niet af.

"Weet ik," zegt Jamie.

* * * * *

Zaterdag, 5 april 2003 – middag
Rotterdam, Nederland

Lennart kwam de keuken binnen en zei snerend: "Vertel eens, wat heb je voor winstgevende wetenschap voor vanavond, Einstein?"

Ik hoorde aan de toon van zijn stem, dat hij sterk betwijfelde of ik me aan mijn woord zou houden. Ik vergaf het hem, aangezien mijn gewoonlijke gebrek aan enthousiasme voor cafébezoekjes hem weinig anders kon doen vermoeden. Sinds mijn weddenschap met Ron, had ik echter lopen broeden op andere ideeën, waarvan ik dacht dat ze winstgevend konden zijn. Ik had een aantal dingen uitgewerkt, maar ik wilde op *safe* spelen en besloot het dit keer nog simpel te houden.

Len schonk een beker koffie voor zichzelf in en ging tegenover me aan de tafel zitten.

Ik schoof mijn boek van me af. "Ik weet wel iets," begon ik, "maar het is iets dat we maar één keer kunnen doen..."

"Laat maar zien," zei hij uitnodigend en stak een sigaret op.

Ik haalde een munt uit de zak van mijn jeans en liet het hem zien. "Dit is een gewone munt van vijf cent uit Duitsland, zie je? Niks bijzonders."

"Zou je zeggen...," gaf hij aarzelend toe. "En dat gaat geld opleveren?"

"Ja, kijk maar," antwoordde ik en pakte drie identieke kleine, plastic bekers, die in de vensterbank stonden.

Len keek nieuwsgierig toe.

Ik legde het muntje op de tafel en vroeg: "Ken je het principe van balletje-balletje?"

Hij knikte.

"Oké, dit is dus de variant waarbij je *nooit* kunt winnen," vertelde ik. "Ik kreeg het idee door een documentaire over een oplichter in Bangladesh."

Len rolde met zijn ogen.

Ik negeerde het. "Ik zet deze beker over de munt," ging ik verder. "Als ik de beker optil, ligt de munt er nog steeds." Ik liet het zien. "De truc is dat de bekers schuiven en de munt steeds onder *twee* van de drie bekers terecht komt. Op deze manier, zodat de mensen die wedden, de munt zien, elke keer als ik de beker optil." Ik deed het voor en lichtte af en toe één van de bekers op, om te laten zien dat de munt er nog altijd lag.

"Dus?" vroeg Len ongeduldig. Hij leek niet in te zien, hoe we hier geld mee konden verdienen. In zijn ogen hing het af van mazzel. Een simpele kansbere-kening leerde, dat er telkens ruim dertig procent kans bestond, dat de gokker de juiste beker zou kiezen. Hij wist niet dat ik die factor had uitgeschakeld.

Er was geen 'juiste beker'.

Ik arrangeerde de drie bekers naast elkaar op de tafel en vroeg: "Waar is de munt?"

Len wees op één van de bekers, duidelijk overtuigd van zijn gelijk.

Ik tilde de beker op. "Fout," zei ik en keek mijn broer verwachtingsvol aan. "Wil je nog een keer raden?"

"Die?"

Ik schudde mijn hoofd en tilde de beker op.

Len lichtte de laatste beker op, maar ook die had de munt niet verborgen. "Oké, hoe doe je dat?"

Ik lachte. "De Duitse variant van de munt van vijf eurocent heeft een veel hoger ijzergehalte dan de overige varianten," legde ik uit. "Die uit 2002, tenminste. Op de bodem van één van de bekers heb ik een magneetje geplakt, dus..." Ik maakte een gebaar met mijn hand, zo van 'je weet wel'. Toen ik de vragende blik in Lens ogen opving, zuchtte ik en liet hem in één van de bekers kijken.

De munt lag inderdaad op de bodem, op zijn plaats gehouden door een kleine magneet.

"De magneet trekt de munt aan, dus het maakt niets meer uit, of iemand de goede beker kiest. Ik win altijd," verduidelijkte ik.

Len lachte. "Hoe bedenk je dit soort dingen?"

Ik haalde mijn schouders op. "Die documentaire..."

"Ja, ja," zei hij ongeduldig.

"Zoals ik al zei, kunnen we dit maar één keer doen," ging ik verder. "Op het moment dat ze voor een tweede spelletje gaan en zien dat die munt weg is, hebben we een probleem."

"Niet noodzakelijk," antwoordde Len.

Ik keek hem aan en vroeg me af of het mogelijk was, dat ik iets over het hoofd gezien had.

"Als er nou eens een tweede munt was – met een minder hoog ijzergehalte – en we er een soort wisseltruc van konden maken...," begon hij.

"Dan moeten we een munt vinden, die er zoveel mogelijk op lijkt," stelde ik. "De verschillen moeten te klein zijn om te kunnen zien op een afstand van... wat zal het zijn? Dertig of veertig centimeter? Dat is krap, Len."

"Donkere kroeg?" probeerde hij.

Ik was geïntrigeerd door zijn interesse in deze weinig ambitieuze onderneming, die relatief weinig op zou leveren. Ik wilde met iets eenvoudigs beginnen, omdat ik wilde zien hoe een samenwerking met mijn broer zou verlopen, voordat ik me aan risicovollere dingen wilde wagen.

Ik wilde me niet blind in het vraagstuk storten hoe ver 'te ver' was.

* * * * *

Donderdag, 8 november 2012 – middag – Dag 10
New York, Amerika

Jamie staat plotseling op van de tribune en loopt de binnenplaats op, waar hij zich bij de oude man voegt, die Goldstein heet en waar hij vaker mee praat.

Ik *weet* dat Donald Skinner eraan komt, maar kijk toch op.

Hij komt naast me zitten. Zijn vrienden staan slechts een tiental meters bij ons vandaan en houden hem continu in de gaten. "Weet je, *beautiful*...," begint hij, terwijl hij een sigaret uit zijn jaszak haalt en die opsteekt. Hij biedt mij er ook één aan.

Ik schud mijn hoofd. "Nee, dank je," zeg ik.

"Bang dat je er kanker van krijgt?" spot Skinner.

"Nee. Ik zie er gewoon het nut niet zo van in."

Hij inhaleert diep en antwoordt: "Wat jij wilt." Hij rookt zwijgend, hult zichzelf in grijze rook en mysterie.

Ik begin er inmiddels aan te wennen dat hij me af en toe opzoekt om mee te praten, maar het stilzwijgen van nu baart me meer zorgen dan alle gesprekken samen. Ik maan mezelf tot kalmte, overweeg mijn opties en vraag me af wat de beste strategie is.

Skinner inhaleert opnieuw en houdt de rook vast in zijn longen. Dan zegt hij peinzend: "Jij bent anders."

"Anders?" herhaal ik. Ik dwing mezelf om hem aan te kijken, probeer te raden wat er in zijn hoofd omgaat en me te wapenen, maar hij zendt teveel verschillende signalen uit. Ik weet dat ik geen angst of onzekerheid mag tonen en moet me er maar bij neerleggen, dat ik me er ook nu weer doorheen zal moeten zien te bluffen.

"Niet zoals al die anderen hier," verduidelijkt Skinner. "Jij en ik zijn hetzelfde, *liefje*. Wij zijn intelligenter dan de anderen. We hebben meer kennis, meer mogelijkheden..."

"Wij hebben niks gemeen, Donald," zeg ik stellig.

"Toch wel," protesteert hij. Hij legt zijn vrije hand op mijn knie en vervolgt zijn betoog: "Je fascineert me, *liefje*. Toen je hier binnenkwam was mijn interesse oppervlakkig. Gewoon een gevoel van lust, zoals ik dat voel bij ieder knap gezicht dat hier voorbij komt... Maar we zijn nu ruim een week verder en ik heb dingen gehoord en gezien sinds je hier bent... Zo hoorde ik in de wandelgangen dat je architect bent... Interessant... Hoog opgeleid, dus... Succesvol in het leven... Rijk ook, waarschijnlijk... Leuk om te zien... Niet bepaald een profiel dat je overvloedig tegenkomt in Dr. Roberts archiefkast..."

Ondanks dat zijn aanraking me irriteert, doe ik niets. Dat irriteert me zo mogelijk nog meer, maar in mijn hoofd ontvouwt zich langzaam een logica, die op het eerste gezicht misschien vergezocht lijkt. Toch denk ik dat ik begin te begrijpen hoe Skinner ongeveer werkt, dit voornamelijk omdat ik geleerd heb van alle keren, dat hij precies het tegenovergestelde deed van wat ik verwachtte.

Na mijn eerste ontmoeting met Skinner, legde ik de link met mijn pleegvader. Ik dacht dat de *Jersey Killer* – minus het moordaspect – niet zoveel van hem verschilde en dat beiden het soort jager waren, die gewoon namen wat ze wilden. Toch begint die theorie steeds meer en meer te wankelen.

Skinner heeft kansen gehad en ze niet aangegrepen. Als hij echt iets van me had gewild, op die manier, heeft hij op zijn minst de ruimte gehad om een poging te wagen. Toch heeft hij dat niet gedaan.

Niet dat ik klaag, maar het roept wel vragen op.

Het is één van de kwesties, die me de afgelopen dagen aardig wat hoofdpijn hebben bezorgd, maar ik denk nu dat ik Skinner door begin te krijgen. Alles wat hij tegen me gezegd heeft, heb ik eindeloos herhaald en geanalyseerd in mijn hoofd, maar pas op het moment dat ik me realiseerde dat hij en mijn pleegvader weinig met elkaar gemeen hebben, viel het kwartje.

Skinner wil helemaal niet *nemen*, hij wil *ontvangen*.

Hij wil overgave en onderwerping, wat vanuit zijn standpunt gezien wellicht een grotere overwinning zou betekenen.

De vraag is nu of ik iets kan met dat gegeven...

Of ik het tegen hem kan gebruiken.

Skinner haalt zijn hand van mijn knie, maar brengt die dan naar mijn gezicht en streelt mijn wang. "Ik vraag me af waarom iemand als jij ons met zijn gezelschap komt verblijden..."

Ik zie wat hij doet.

Hij probeert me uit. Hij wil zien hoe ver ik bereid ben hem te laten gaan.

Ondertitel: Hoog tijd om een andere wending aan dit gesprek te geven.

Ik schuif een stukje bij hem vandaan, maar blijf hem aankijken en antwoord kalm: "Omdat, Donald, doodslag nu eenmaal strafbaar is."

Hij lacht even. *"Whatever helps you sleep at night, sweetheart."*

"Wat wil je nou eigenlijk zeggen?" vraag ik.

Skinner lijkt plotseling geïrriteerd. Hij knijpt zijn ogen tot spleetjes en gooit zijn peuk weg, maar steekt meteen weer een nieuwe sigaret op. "Je hebt mensenkennis," sist hij, "maar dat heb ik ook. Ik weet al meer over je dan alle anderen bij elkaar, inclusief Jamie. Gewoon... een kwestie van de juiste contacten en goed opletten."

Ik hoef niet lang na te denken om in te zien dat hij doelt op bewaker Kane en ik probeer te bedenken, hoe ik het gesprek een andere wending kan geven, voordat Skinner te dicht bij de waarheid komt. Tenslotte twijfelt hij al teveel aan de juistheid van mijn veroordeling. Hij lijkt er bijna zeker van dat het moord was, geen doodslag.

Waar baseer je dat op, Donald?

"De juiste contacten en veel mensenkennis," gaat Skinner verder. "Jij en ik weten allebei, dat Jamie niet gepraat heeft. Mijn informatie komt niet van hem. Hij is loyaal aan je. Maak je geen zorgen. Hij bewaart alle geheimen, die hem worden toevertrouwd... Een prijzenswaardige kwaliteit in een plaats als deze, niet?"

"Dat zal wel."

"Ik ga je nu vragen waarom je hier bent en als je geen antwoord geeft, dan ga *ik* het *jou* vertellen, goed?" vraagt Skinner.

Ik haal mijn schouders op.

"Oké, het is jouw feestje," zegt Skinner achteloos. "Zeg maar of ik warm ben of niet..." Hij buigt zich dichter naar me toe, legt zijn hand weer op mijn knie en begint dan op zijn gebruikelijke fluistertoon zijn ideeën uiteen te zetten. "In het begin hechtte ik niet zoveel waarde aan de verhalen over jou. Ik hoorde dat je hier zit voor moord, maar ik vond je daar het type niet naar. Toen vertelde je me zelf dat je hier zit voor doodslag. Daarmee zette je me even op het verkeerde been, maar toen herinnerde ik me dat ik je kort daarvoor vertelde, dat je respect af kunt dwingen hier met wat je op je kerfstok hebt... Ik nam daarom aan dat je mijn wijze raad had aangenomen en dat je gewoon dankbaar gebruik maakte van de roddels om je strafblad wat... op te leuken. Ik geloofde nog steeds niet dat jij in staat bent om iemand te doden..."

Hij zwijgt even als er een bewaker langs loopt, maar gaat onverstoord verder, zodra deze buiten gehoorsafstand is. "En nu wordt het interessant, liefje. Let op. Ik vernam uit betrouwbare bron dat je twintig jaar moet zitten, wat toch in de richting een geweldsdelict wijst... Toen hoorde ik dat je architect bent en bedacht ik dat ze je gepakt hadden voor een gigantische oplichtingzaak of zo. Misschien een ingenieuze diefstal... Tenslotte is een brandkast ook een ontwerp..., zoals een blauwdruk van een gebouw, toch?"

"Nauwelijks," zeg ik.

Ondanks dat ik op mijn hoede ben, ben ik op een vreemde manier bijna geamuseerd door Skinners logica en denkwijze. Hij is dusdanig paranoïde, dat hij *alles* in twijfel trekt. De manier waarop zijn brein werkt is fascinerend.

Hypnotiserend en magnetisch bijna, ongeacht wat ik verder van hem vind. Dan realiseer ik me dat zijn paranoia heel gevaarlijk is voor mijn plannen.

Wie kan een complot beter doorzien dan iemand die *overal* complotten ziet? Ik besluit af te wachten waar zijn verhaal naartoe gaat.

"Niet?" Skinner neemt een diepe haal van zijn sigaret en blaast een rookwolk uit. Hij wacht niet op een bevestigend of ontkennend antwoord op zijn laatste vraag. "Toch is dat niet zo," zegt hij dan. "Je zou geen sporen hebben achtergelaten... Daar ben je te intelligent voor... Iemand als jij maakt geen fouten bij een misdrijf waarbij geen emoties betrokken zijn."

Ik kijk weg en denk na.

Fuck!

Hij buigt zich nog dichter naar me toe en fluistert: "Ben ik al warm, *liefje?*"

Ik haal mijn schouders op en probeer mijn nonchalante houding te bewaren.

Skinner is iemand die manipuleert en mensen net zo lang intimideert, totdat hij de situatie volledig naar zijn hand kan zetten. Meteen, zonder enige aarzeling, zodra de ander enig blijk van onzekerheid of angst geeft.

"Jij bent veel te berekenend voor doodslag," gaat hij verder. "Niet impulsief genoeg. Toch is er iemand dood en dan blijft moord over, liefje. Ik ben onder de indruk... Dat had ik niet achter je gezocht, meneer de architect."

"Bedankt voor dit twijfelachtige compliment," zeg ik.

Skinner negeert het. "Toch was het niet zomaar een moord."

Bestaat er zoiets als 'zomaar een moord'?

Hij neemt een laatste trekje van zijn sigaret en gooit de peuk dan achteloos weg. "Als het een zakelijk geschil geweest was, zou je nooit gepakt zijn. Daar ben je te intelligent voor... Je was te dicht bij je slachtoffer betrokken... En er gebeurde iets dat je niet had voorzien... Een toevalligheid... Iets dat je niet had ingecalculeerd. Daarom ben je door de mand gevallen."

"Misschien," antwoord ik.

Ik zie dat hij twijfelt en die twijfel wil ik vooral in stand houden. Ik zie in dat ieder scenario beter is dan de waarheid. Het laatste dat ik wil is Skinner iets geven, dat hij tegen me kan gebruiken.

Hij knijpt zijn ogen samen en zegt dan: "Ik kom er toch wel achter."

* * * * *

Zaterdag, 5 april 2003 – avond
Rotterdam, Nederland

Gedurende de rest van de middag hadden Len en ik de nodige voorbereidingen getroffen en een geschikte locatie en goedlijkende tweede munt gevonden.

In de kroeg ging ik aan de bar zitten, op een hoek, zodat ik een muur achter me had, waardoor niemand over mijn schouder mee zou kunnen kijken.

Op die manier zou ik me alleen zorgen hoeven maken over de mensen, die ik kon zien.

Len installeerde zich naast me.

De kroeg die hij had uitgekozen was typisch het soort café waar hij graag kwam en ik nog niet dood gevonden wilde worden. Veel mensen, donker, herrie en omdat het *Happy Hour* net was afgelopen, was bijna iedereen dronken. Allemaal factoren die in ons voordeel werkten.

Mijn broer bestelde twee biertjes en ik haalde de drie plastic bekers tevoorschijn. De twee munten zaten nog in mijn broekzakken.

De vrouw achter de bar bracht ons de bestelling en keek even naar de drie bekers, die ik ondersteboven op de bar had gezet. Ik begon met haar, met niet meer dan een drankje als inzet. Zolang de inzet laag is – in dit geval zou het haar niets kosten als ze verloor, omdat alle drank die ze weg zou geven van haar baas was – letten mensen minder goed op.

Op de momenten dat ik moest rotzooien om munten te verwisselen, leidde mijn broer haar af met zogenaamd geïnteresseerde vragen en cliché complimenten. Ik won drie keer op rij en verloor de vierde keer opzettelijk om het geloofwaardig te houden.

Zoals ik verwacht had, leidde het feit dat ik verloor tot nieuwe spelers. Ik zorgde ervoor dat ik won als de inzet relatief hoog was, en dat ik af en toe verloor als de inzet laag was.

Onder de streep hielden we er uiteindelijk iets minder dan honderd euro aan over.

Het was minder dan waar ik op gehoopt had en het leek teveel moeite voor relatief weinig geld, maar als je 'bijna niets' hebt, is 'bijna honderd' opeens heel veel geld.

* * * * *

Vrijdag, 9 november 2012 – middag – Dag 11
New York, Amerika

De grond begint me te heet te worden onder mijn voeten.
Er moet iets gebeuren, maar ik heb geen idee wat.
Ik heb vannacht nog slechter geslapen, dan de voorgaande nachten. Het kat en muisspel met Donald Skinner ontwikkelt zich op een manier, die op zijn minst zorgwekkend is. Hij is te dichtbij de waarheid en dat weet hij.
Verder zit ik erg in mijn maag met de situatie omtrent Kane. Het weekeinde staat voor de deur, wat inhoudt dat hij dienst heeft, en ik voel mijn onrust met de minuut toenemen. Ik heb een slecht voorgevoel.
Jamie is ongewoon stil sinds hij het slechte nieuws over zijn moeder heeft vernomen. We spreken al twee dagen nauwelijks.
Lekker rustig, maar de stilte komt me slecht uit.
We staan samen op de binnenplaats, vlakbij de muur en we kijken zwijgend naar de grond.
"Jamie?" begin ik uiteindelijk als eerste.
Hij kijkt me aan. "Wat?"
"Als ik je iets vertel... Blijft het dan tussen ons?" ga ik weloverwogen verder.
Jamie knikt.
Ik zie in zijn ogen, dat zijn nieuwsgierigheid gewekt is en dat ik zijn aandacht even af heb kunnen leiden van zijn familieproblemen. Dan heb ik vandaag toch nog iets goeds gedaan. Ik houd zijn blik vast en vraag: "Weet je nog dat je me woensdagavond vroeg, hoe ik aan al die blauwe plekken ben gekomen?"
Hij knikt weer, maar dringt niet aan.
"Ik loog niet tegen je toen ik zei, dat het Skinner niet was," zeg ik dan.
"Wie was het dan?" vraagt Jamie.
"Kane," antwoord ik na een goed getimede korte stilte.
Hij kijkt me aan en zegt ten overvloede: "Dat is een probleem."
"Zou je denken?"
"En nu?"
Ik haal mijn schouders op en zeg toonloos: "Nu niks... Ik dacht alleen dat het misschien... Ik weet niet... *Handig* zou zijn als iemand dat wist... Voor het geval het dit weekeinde echt mis gaat."
Mijn celgenoot zucht, maar heeft geen woorden.
Dat komt goed uit.
Ik ook niet.

* * * * *

Zaterdag, 24 mei 2003 – avond
Rotterdam, Nederland

Waarom ik me die avond door mijn broer over liet halen om met hem naar de kroeg te gaan, is me nog altijd een raadsel. Waarschijnlijk omdat ik niet op mijn hoede was. We hadden immers de regeling, dat ik één keer per maand meeging om de boel te belazeren. Heimelijk hoopte ik dat ik op die manier onder verdere kroegentochten uit zou kunnen komen.

Die avond liet ik me toch weer overhalen om mee te gaan om een biertje te gaan drinken. Tot op de dag van vandaag heb ik een hartgrondige hekel aan sociale gelegenheden. Toen ik zestien was, was dat zo mogelijk nog erger dan nu. Sinds ik bij mijn broer was gaan wonen, had ik mijn *fair share* van ongure kroegen wel gezien, maar het café van die avond sloeg echt alles.

Ik was er slechts één keer eerder geweest.

Het was een schimmig zaakje, waar meer drugs werden verhandeld dan bier en de wc's voornamelijk werden gebruikt als tippelzone en afwerkplek.

Ik bleef staan. "Je maakt een grapje, toch?"

"Hoezo?" Mijn broer keek even naar me om, met de deurklink al in zijn hand.

"Len, dat is een snuiftent," probeerde ik. "Je kunt er niet eens naar de plee, omdat die constant bezet zijn door hoeren en dopedealers."

"Overdrijf niet zo," zei Lennart en trok me aan mijn mouw mee naar binnen. Hij bestelde bier en ging zitten.

Ik trok mijn spijkerjack uit en ging naast hem zitten. Ik zuchtte en keek verlangend naar de deur. Ik voelde dat de vrouw achter de bar naar me keek.

"Is dat bier voor hem?" vroeg ze aan mijn broer. "Is hij al zestien geweest?"

"Hij wordt zeventien over een week," antwoordde Len.

"Hij kan zelf ook praten," zei ik en keek haar aan.

Ze glimlachte en zette een glas bier voor me neer. "Alvast gefeliciteerd."

"Dank je," antwoordde ik automatisch en wendde mijn blik weer af. Mijn oog viel op een man die een paar krukken verderop zat. Hij was een jaar of veertig en was de enige man in het café, die een pak droeg. De manier waarop hij naar me keek beviel me niet.

Een jonge vrouw leidde mijn aandacht af, door bij al bij de deur en boven de muziek uit te roepen naar mijn broer: "Hé, Len!"

Ik bekeek haar even en concludeerde: "Zeker weer een ex van je?"

"Ja," zei Len. "God, hoe heet ze ook alweer?"

"Je kunt toch op zijn minst hun namen onthouden? Dat lijkt me belangrijker dan een kop koffie 's morgens," merkte ik op, refererend aan zijn eigen zogenaamd opvoedkundige kritiek op de manier, waarop ik met mijn vriendinnetjes omging.

Len keek me even waarschuwend aan, maar zijn blik dwaalde al snel weer af naar zijn ex.

Ik nam een slok bier en keek nogmaals naar de man in het pak.

Hij keek nog altijd naar me.

"Len, zullen we gaan?" vroeg ik, slecht op mijn gemak.

"We zijn er net," merkte Len ongeduldig op. "Ontspan nou eens een beetje. Gewoon, een avond uit met je grote broer. Niks aan de hand, oké?"

De ex van mijn broer kwam bij ons staan en verweet hem: "Je hebt helemaal niet gebeld."

"Vergeten," zei Len. "En ik ben je nummer kwijt."

Ik vreesde dat de vrouw vergevingsgezind genoeg was om de aandacht van mijn broer de rest van de avond op te eisen, zodat ik op mezelf aangewezen zou zijn. Ik dacht snel na en zei: "Je naam trouwens ook."

Lennart keek me woedend aan.

De vrouw liep boos weg.

"Dank je wel," snauwde Len sarcastisch. "Die gaat nooit meer mee."

"Nou en?" antwoordde ik en haalde mijn schouders op. "Er zijn hier nog zeventien vrouwen. Ook allemaal jouw type: vrouw en onder de veertig."

"Weet je, vergeet het," zei Len. "Ik ben hier vanavond met jou en niet met al die vrouwen."

Dat zal wel, dacht ik.

Toch liet hij zich niet afleiden.

Tegen mijn verwachtingen in vielen er weinig ongemakkelijke stiltes. Len stelde wat veilige vragen over mijn studie, die ik met meer dan 'ja' of 'nee' kon beantwoorden. Vervolgens luisterde ik naar zijn relaas over de ruzie die hij bij de Sociale Dienst had gehad, een dag eerder. Ze hadden geklaagd over zijn gebrek aan motivatie en hij had dusdanig stennis geschopt dat het niet genoeg was om de politie erbij te halen, maar wel genoeg voor zes maanden vrijstelling van de sollicitatieplicht met behoud van uitkering.

Dat was gunstig, want dan had ik financieel relatief weinig zorgen de komende maanden. Het enige probleem zou de dure decembermaand nog zijn, als mijn broer eindelijk een keer de verkeerde zou treffen bij de Sociale Dienst en zijn uitkering zou kwijtraken.

Aan de andere kant, zou december één van de meest gunstige maanden zijn om zonder geld te zitten. De energiemaatschappij zou ons niet af mogen sluiten door de kou. Dan zouden we die rekeningen kunnen laten liggen, totdat het vakantiegeld was gestort in mei. Dan bleef ik alleen nog zitten met de gemeentelijke belastingen in maart...

Lennart keek naar me. "Wat gaat er toch om in dat hoofd van jou?" vroeg hij. "Maak je niet zo druk. Het komt allemaal goed."

Ik was bijna geneigd om hem te geloven.

Hij klonk erg overtuigend en haalde zijn hand even door mijn haar. "Relax. We hebben zes maanden rust." Hij richtte zich even tot de vrouw achter de bar en bestelde nog twee glazen bier, zijn vijfde en mijn tweede.

"Goed gedaan," gaf ik toe.

Len haalde zijn schouders op en zei: "Ik ga naar de plee. Ik ben zo terug."

Ik knikte en Len verdween. Ik hield mijn blik op de bar voor me gericht en voelde dat de man in het pak naar me keek. Ik kende hem niet, maar de manier van kijken herkende ik wel. Stiekem hoopte ik dat mijn broer snel terug zou komen.

De man kwam naast me staan en vroeg: "Wil je iets drinken?"

Ik twijfelde over mijn aanpak. Toen keek ik hem aan en antwoordde: "Nee, dank je. Ik heb nog."

Hij stelde zich voor als Jan, maar ik zweeg.

Ik wilde niet dat hij mijn naam wist.

Hij hield mijn blik even vast en vroeg: "Is dit niet het gedeelte waar jij je prijs noemt?"

Ik bevroor en wendde mijn ogen af. Ondanks dat het niet helemaal vergelijkbaar was met wat ik met mijn pleegvader had meegemaakt, was dat toch het eerste dat in mijn hoofd opkwam. Ik kon alleen maar zwijgen.

Jan vatte mijn reactie totaal verkeerd op. "Eerste keer, hè? Maak je geen zorgen. Ik ben heel aardig en ik betaal goed."

Opeens stond Len naast me. Hij voelde de spanning en vroeg op vijandige toon: "Wat is er aan de hand?"

"Niks," zei Jan. "Hoort hij bij jou?"

"Ja," antwoordde Len.

Jan keek hem aan en vroeg toen: "Willen jullie zaken doen?"

"Zaken doen?" herhaalde mijn broer.

"Ja begrijpt me wel," antwoordde Jan. Hij haalde geld uit de binnenzak van zijn colbert en legde het op de bar. Toen stak hij zijn hand naar me uit om mijn gezicht aan te raken, maar voordat dit kon gebeuren, greep Len hem ruw bij zijn pols en hield hem tegen.

Hij ging tussen Jan en mij instaan en snauwde: "Handen thuis en nou heel gauw oprotten, voordat ik je in tweeën breek!"

Zodra mijn broer hem losliet, hief Jan verontschuldigend zijn handen op en vertrok, zonder zijn geld.

"Alles oké?" vroeg Len.

Ik keek hem niet aan en schudde mijn hoofd. "Ik wil naar huis, Len."

Mijn broer pakte het geld van de bar en gaf het aan mij. "Zeur niet zo, Misha. Zo gemakkelijk heb je ze nog nooit verdiend."

* * * * *

Zaterdag, 10 november 2012 – ochtend – Dag 12
New York, Amerika

De bel gaat om het begin van een nieuwe dag aan te kondigen.

Ik ben al wakker. Of beter gezegd: Ik ben *nog steeds* wakker. De laatste drie dagen heb ik in totaal misschien zes uur geslapen en het begint me op te breken. Ik merk dat mijn hersenen trager werken dan gewoonlijk en dat ik meer tijd nodig heb voor de simpelste vragen en beslissingen.

Ik sta op en wens Jamie goedemorgen.

Hij mompelt iets terug, maar komt niet overeind.

"Kane vandaag," zeg ik zacht.

Hij zit meteen rechtop en haast zich uit bed.

Op de galerij klinkt een stem: "Deuren open! Opstellen voor de telling!"

Jamie en ik trekken de bedden recht en lopen de galerij op.

Zodra ik een voet over de drempel zet, grijpt Donald Skinner me bij mijn shirt en ramt me hard tegen de deurpost, waar hij me op mijn plaats houdt met veel meer kracht, dan ik van een man met zijn postuur zou verwachten.

"Goedemorgen, *liefje,"* sist hij.

Ik zie Kane bovenaan de trap staan, met zijn rug naar ons toe, terwijl hij zich overdreven aandachtig bezighoudt met Russell, die zich lijkt te beklagen over een blauw oog, dat hij ergens tussen gisteravond en nu heeft opgelopen.

Ook bevinden Skinner en ik ons niet binnen het gezichtsveld van een andere bewaker.

"Zeg eens...," gaat Skinner verder. "Wat vond je van mijn kleine voorstelling vannacht? Toch wel een *hoogtepunt* uit mijn carrière, denk je niet?"

"Laat me los, Donald," zeg ik zo kalm mogelijk.

Jezus, waar blijft die Jennings met zijn fucking *klembord?*

Skinner kijkt me even aan, alsof hij ergens op wacht.

Ik denk razendsnel na. Misschien probeert hij een vechtpartij uit te lokken en wacht hij totdat ik hem van me afduw of de eerste klap uitdeel. Het is wel duidelijk wiens kant Kane zal kiezen als dat gebeurt.

Ik twijfel te lang over mijn volgende stap.

Skinner gebruikt mijn aarzeling om zijn dominante positie te versterken. Hij drukt zijn mond hard op de mijne en wringt zijn tong tussen mijn lippen.

Op de galerij beginnen sommige gevangenen te klappen en te joelen, maar Kane draait zich nog steeds niet om.

Instinctief, zonder er nog over na te denken, draai ik mijn gezicht weg en ik duw Skinner van me af.

Hij lacht spottend.

Kane draait zich om, stuurt Russell naar zijn plaats in de rij, wendt zich dan tot Skinner en mij en vraagt: "Problemen, jongens?"

"Nee, Baas," antwoordt Skinner meteen. "Ik struikelde."

"Dat gebeurt," zegt Kane. Hij kijkt naar mij en vraagt: "Waarom sta jij niet in de rij, meneer de architect?"

Ik ga op mijn plaats staan en zeg: "Sorry, Baas. Donald bracht me uit mijn evenwicht, toen hij struikelde."

Kane laat het gaan, wat vragen oproept.

Daarentegen kan hij mijn uitleg moeilijk in twijfel trekken, zonder ook die van Skinner af te doen als onzin.

Jennings loopt langs met zijn klembord en vinkt namen af in het voorbij lopen. Geleidelijk begint de benedenverdieping leeg te lopen.

Jamie kijkt naar me, maar zegt niets.

De namen van Skinners groepje worden afgeroepen. Als hij langs me heen loopt, sist hij tegen me: "Wen er maar aan, *bitch.*"

Vanaf dat moment lijkt alles in *slow motion* te gaan: het afroepen van de namen, de kleine groepen die de afdeling verlaten, de route naar de kleedkamer.

Skinner staat vlak naast de deur en grijpt me bij mijn arm, zodra ik hem passeer. "Wij zijn nog niet klaar, *liefje,*" zegt hij.

"Ik vind van wel," antwoord ik op kille toon.

Skinner wil iets terug zeggen, maar draait zich dan met een ruk om als hij een hand op zijn schouder voelt. Hij lijkt zich iets te ontspannen als hij één van de kickboksers van de Don herkent. "Wat?" vraagt hij ongeduldig.

"De Don wil je spreken, Jersey," zegt de ander bars. "Ik denk dat het iets te maken heeft met zijn gebrek aan nachtrust door die nachtelijke escapades van jou."

Skinner richt zich even tot mij en snauwt: "Wordt vervolgd." Dan volgt hij de kickbokser en voegt zich bij een paar mannen aan de andere kant van de kleed-kamer.

Ik loop naar Jamie toe en ga naast hem zitten.

"En nu?" fluistert hij.

"Wordt vervolgd," zucht ik.

* * * * *

Zaterdag, 7 juni 2003 – middag
Rotterdam, Nederland

De 'slachtoffers' van de trucjes die Len en ik uithaalden om geld te verdienen, bleven meestal een abstract gegeven, totdat we in de kroeg arriveerden. Zelden konden we hen van tevoren uitkiezen, maar die avond lag het anders.

Het doelwit stond al vast en de nodige voorbereidingen had ik al getroffen.

Het was meer dan een truc. Het was een persoonlijke strijd en ik was vast-besloten om er als winnaar uit te komen. Een overwinning op hem, maar vooral op mezelf. Ik wilde ervaren hoe het was om de regie te hebben in een dergelijke situatie.

Ik werd ruw uit mijn gedachten gehaald, toen Lennart hoestte in de deurope-ning.

"Wat heb je?" vroeg hij.

Ik hoorde aan zijn stem dat hij de vorige avond teveel gerookt en gedronken had. Ik keek geïrriteerd op van mijn boek, hoewel ik nog geen bladzijde gelezen had en hij me dus feitelijk niet stoorde.

"Voor vanavond?" verduidelijkte Len.

"Dat ben ik niet vergeten," antwoordde ik. Sterker nog, ik had er twee weken lang non-stop over nagedacht. "Maar...."

"Er is altijd een maar," zei hij glimlachend.

"Het is heel simpel, Len. Dit gaat zoals ik het wil," stelde ik. "Anders blijf ik thuis."

Mijn broer keek me aan, maar zei niets.

"Je stelt geen vragen," ging ik verder.

Len stak een sigaret op en kwam tegenover me zitten.

Ik legde mijn boek aan de kant en zei: "Ik wil dat je op het terras gaat zitten en wacht. Het enige dat je hoeft te doen, is na tien minuten de zaak binnenko-men en geen vragen stellen."

"En ondertussen?" vroeg hij.

"Je stelt vragen," merkte ik op en pakte mijn boek weer.

* * * * *

Zondag, 11 november 2012 – middag – Dag 13
New York, Amerika

Als de hokken opengaan, lopen Jamie en ik naar de reling. Het einde van het weekeinde is in zicht en dan ben ik in ieder geval weer vijf dagen verlost van Kane. Geluk is erg relatief in dit soort instellingen, heb ik geleerd.

Skinner heeft me sinds zaterdagochtend met rust gelaten. Kennelijk heeft hij belangrijkere zaken aan zijn hoofd.

Automatisch kijk ik naar de klok, hoewel ik best weet dat het ongeveer twee over vijf moet zijn. Uit mijn ooghoek zie ik dat Skinner zijn cel uitkomt. Tegen mijn verwachtingen in komt hij niet naar me toe, maar stelt zich op bovenaan de trap, alsof hij ergens op wacht en op de uitkijk staat.

Jamie ziet me kijken. "Zijn fanmail komt zo," fluistert hij.

Slordig, Larsen, denk ik.

Hoe kun je dat nou vergeten?

Eén van de bewakers komt de trap op met een grote verhuisdoos vol met Skinners post.

Skinner pakt de doos aan en verdwijnt ermee in zijn cel.

De bewaker haalt een envelop uit zijn binnenzak en geeft die aan Jamie.

"Van mijn vader," zegt mijn celgenoot overbodig.

Ik herken het handschrift.

Dan komt Skinner de galerij weer oplopen met één brief in zijn hand. Alle andere poststukken laat hij achter in zijn cel.

Gefascineerd sla ik gade hoe Jamie deze brief subtiel aangrijpt om Skinners sympathie te wekken. "Van Bridget?" vraagt hij.

Als Skinner bevestigend knikt, informeert Jamie met ogenschijnlijk oprechte belangstelling: "Wat schrijft ze?"

"Dat ze over een paar maanden achttien wordt en op bezoek wil komen," vertelt Skinner enthousiast. Dan daalt hij de trap af, zonder nog iets te zeggen en verdwijnt uit het zicht.

Wat beweegt een meisje van zeventien er in godsnaam toe om – vrijwillig (!) – contact te zoeken met Donald Skinner?

De logica ontgaat me volledig.

Ik kan er niet over uit, maar probeer er niet bij stil te staan. Dit is niet mijn probleem. Het doet er niet toe. Het enige dat ertoe doet, is dat ik hier nu twaalf dagen ben en dat ik nog leef en me redelijk overeind weet te houden. Natuurlijk zijn er genoeg dingen, die ik liever zou vergeten, maar het had nog zoveel erger gekund.

Focus!

"Wat schrijft je vader?" vraag ik Jamie.

"Dat het slechter gaat," antwoordt hij mat en kijkt op van zijn brief. "Mama wordt ziek van de chemo."

"Het spijt me," zeg ik. "Echt."

Wie probeer je te overtuigen, Larsen?

Jamie draait zich om, veegt met zijn mouw langs zijn ogen en gaat onze cel binnen.

Ik laat hem gaan.

Niet veel later komt Skinner weer boven en komt naast me staan. "Het ziet ernaar uit dat onze nachtelijke onderonsjes voorlopig even tot het verleden behoren...," zegt hij geïrriteerd. Dan glimlacht hij en vervolgt: "Dan moeten we de *quality time* overdag maar extra benutten, *liefje.*"

Ik geef geen antwoord. Ik zie Kane naar de trap lopen en met twee treden tegelijk naar boven komen voor zijn controles.

Skinner ziet me kijken. Hij legt zijn hand even op mijn schouder en schiet dan de bewaker aan. "Goedemiddag, Baas. Zal ik een stukje met u meelopen? Er zijn wat *lopende zaken,* die ik graag in de groep wil gooien."

Kane maakt een uitnodigend gebaar.

Skinner haalt hem in en loopt met hem de galerij over.

Ik leun tegen de reling en zucht. Als dit is wat ik denk dat het is, moet ik rekening houden met een heel onwenselijke samenwerking. Nog meer problemen. Nog meer dingen om me af te leiden van mijn doel. Ik draai me om en kijk naar beneden.

Frans Laurens staat voor zijn cel met die Duitser, met wie hij meestal omgaat.

Ik had de eerste twee moorden dusdanig kunnen plannen en uitvoeren, dat ik ermee weg gekomen zou zijn. Ze zouden me nooit gepakt hebben, maar dan zou Laurens voor altijd buiten mijn bereik zijn en ik wil ze alle drie. Daarom gebruikte ik de moord op Theo Albrechts als ingang. Ik gaf mezelf aan en liet me veroordelen voor doodslag.

Ik wil ze alle drie, maar tegen welke prijs?

Dat lijkt de nieuwe *million dollar question.*

8.
GRENZEN

Zondag, 11 november 2012 – avond – Dag 13
New York, Amerika

Na het avondeten worden we terug gebracht naar de afdeling.

Kane houdt me staande bij de deur die naar het cellenblok. Hij laat zijn collega's en de groepen gevangenen passeren en roept dan: "Deur sluiten!"

Ik wacht af.

"Zo...," begint hij. "Nog helemaal heel?"

"Ja, Baas," antwoord ik voorzichtig. Ik betwijfel of dit het antwoord is, dat hij wil horen.

"Ik zie het," zegt Kane. "Dat had ik niet verwacht..."

Ik weiger te bedanken voor dit twijfelachtige compliment en zwijg.

"Dus... Vertel eens, meneer de architect," gaat hij verder. "Voor wie ben jij op je knieën gegaan in ruil voor bescherming?"

De vraag verrast me en mijn stem klinkt onvast en minder ijzig, dan ik zou willen, als ik antwoord: "Voor niemand, Baas."

Kane pakt me bij mijn shirt en ramt me net zoals de vorige keer hard met mijn rug tegen de muur. Hij laat een stilte vallen en kijkt me recht in de ogen. Dreigend brengt hij zijn gezicht dichter bij het mijne, maar zijn stem is bijna vriendelijk als hij zegt: "Ah, zit dat zo... Zijn de onderhandelingen nog niet helemaal rond?"

"We kunnen het niet echt eens worden."

"Daar heb ik nou nooit last van," zegt Kane en denkt even na. Hij laat me los en klopt me op mijn schouder. "Als je teveel hebt om in te zetten, heb je ook heel veel te verliezen," voegt hij er dan cryptisch aan toe.

"Dat zal wel," antwoord ik.

"Ik denk dat het tijd wordt om een manier te vinden, waarop jij je hier een beetje nuttig kunt maken," stelt hij. "Gelukkig voor ons beiden, heb ik vijf dagen om daar eens goed over na te denken. Je loopt maar te lanterfanten de hele dag. Daar heeft niemand iets aan."

Het klinkt onheilspellend.

Kane duwt me weer tegen de muur en vraagt: "Wat denk jij er eigenlijk van? Waar kunnen we jou nou eens voor gebruiken? Misschien kunnen we een enquête houden."

Ik durf niet te antwoorden en hem niet aan te kijken.

Hij pakt me bij mijn arm en duwt me in de richting van de deur, die toegang geeft tot de afdeling.

Ik laat me gewillig terugbrengen naar mijn cel en zeg niets. Het laatste dat ik wil is Kane een aanleiding geven om me het leven nog onmogelijker te maken. Ik realiseer me maar al te goed hoeveel macht hij heeft.

Hij kan mijn leven hier tot een hel maken.

Zodra Kane verdwenen is, vraagt Jamie: "Alles oké?"

"Waarom moet hij altijd mij hebben?" klaag ik verongelijkt.

"Ik denk niet dat het iets persoonlijks is," antwoordt Jamie. "Kane heeft een hekel aan alle buitenlanders. Zonde van het belastinggeld en zo... Jij hebt gewoon alles tegen wat je hier tegen kunt hebben. Mannen als Kane hebben het niet zo op rijke *college boys...*"

"Dus?" vraag ik.

"Dus ik denk dat je een gigantisch probleem hebt, totdat hij iemand in het vizier krijgt die hem meer irriteert dan jij," concludeert Jamie.

Daar kan ik niet op wachten. Er blijft maar één ding over.

Ik moet van hem af. En snel.

De vraag is nu hoe ik dat voor elkaar kan krijgen.

Gelukkig heb ik nog vijf dagen om daar eens goed over na te denken.

* * * * *

Zaterdag, 7 juni 2003 – avond
Rotterdam, Nederland

"Waarom hier?" vroeg Lennart verbaasd, toen ik stilhield voor de kroeg waar hij me twee weken eerder zowat aan mijn haren naar binnen had moeten sleuren.

"Omdat ik de locatie niet voor het kiezen had," antwoordde ik.

Mijn broer herkende een kennis op het terras.

Ik keek op mijn horloge en wierp een snelle blik op de zijne. "Tien minuten, Len," zei ik. "En zodra je binnen bent, gaan we ook meteen weer weg."

Len zuchtte, keek op zijn horloge, liep naar zijn kennis toe en ging naast hem zitten. Direct klampte hij een passerende serveerster aan om bier te bestellen.

Ik ging de kroeg binnen.

Het feit dat mijn broer met een gesprekspartner en een glas bier op het terras zat, was geen geruststellende gedachte. Hij zou de tijd uit het oog kunnen verliezen en ieder aspect van mijn plan viel of stond met timing. Aan de andere kant zou ik hier nooit aan begonnen zijn, als ik volledig afhankelijk was geweest van Lennarts punctualiteit.

Ik bevond me in een volle kroeg.

Er kon niets gebeuren. In het slechtste geval, zou ik over tien minuten weer buiten staan, zonder geld.

Ik keek onopvallend rond en zag mijn doelwit staan bij de bar. Ondanks dat ik wist dat er niets mis kon gaan, was ik zenuwachtig. Gemaakt kalm liep ik naar de bar en bleef een meter of vijf bij hem vandaan staan en deed alsof ik hem niet zag.

De barjuffrouw – een ex van mijn broer – kwam naar me toe. "Hoe is het met die broer van je?" vroeg ze.

"Hetzelfde," antwoordde ik. De muziek stond vrij hard, dus alleen zij kon me horen. Ik gaf haar twee briefjes van twintig euro, die ik in elkaar had gevouwen, zodat het er maar eentje leek te zijn en zei: "Zoals afgesproken."

Een week eerder had ik haar na veel wikken en wegen gebeld om te informeren naar de man in het pak, die me een week *daarvoor* had benaderd in de kroeg, waar ze werkte.

Ik kende haar niet zo goed, maar ik wist dat ze cocaïne gebruikte en altijd geld nodig had. In ruil voor twintig euro vertelde ze me dat Jan – die overigens geen Jan heette, maar Cees – iedere zaterdagavond langskwam om één of andere gozer op te pikken. Het feit dat ze niets van hem moest hebben, werkte niet bepaald in mijn nadeel.

Ik beloofde haar nog twintig euro, als ze me garandeerde niet met hem over mij te praten.

De barjuffrouw gaf me een glas bier en liep naar de andere kant van de bar, wederom zoals een week eerder was afgesproken.

Ik keek naar rechts en zag Cees naar me staren. Ik wierp een snelle blik op mijn horloge en zag dat ik nog negen minuten had.

Tijd zat, dacht ik.

Ik ging zitten en nam een slok van mijn bier. Het voelde alsof ik een schake- laar omzette in mijn hoofd, toen ik opnieuw naar Cees keek.

Hij glimlachte.

Ik voelde helemaal niets, alleen minachting, en ik bleef hem strak aankijken.

Hij stond op van zijn kruk en kwam naar me toe. "Heb je je bedacht?" vroeg hij vriendelijk.

Ik herinnerde me woordelijk wat hij de vorige keer had gezegd: *"Eerste keer, hè? Maak je geen zorgen. Ik ben heel aardig en ik betaal goed."*

Ik dacht te weten wat Cees ongeveer wilde horen. "De vorige keer, was mijn broer erbij," zei ik schouderophalend.

"Maak je geen zorgen," antwoordde hij. "Het is ons geheimpje."

Ik knikte, gemaakt aarzelend.

"Wil je nog iets drinken?" vroeg hij vriendelijk.

Ik schudde mijn hoofd en wees naar mijn glas, dat nog halfvol was.

"Je bent me nog tweehonderd euro schuldig," merkte Cees op, na een korte stilte.

"Dat zie ik anders," zei ik.

"Hoe zie jij het dan?" vroeg hij.

"Zoals ik het zie," antwoordde ik, "ben jij mij nog driehonderd schuldig voor de rest van de avond. Dan kunnen we het daarna wel hebben over wat ik jou schuldig ben."

"Zakenmannetje, hè?" vroeg Cees glimlachend.

Ik dronk de rest van mijn bier op en gaf geen antwoord.

"Vijfhonderd," concludeerde hij. "Dat is veel geld."

"Dan krijg je er ook veel voor terug," stelde ik.

Hij leek even te aarzelen, maar het duurde niet lang.

Ik keek toe hoe Cees geld uit de binnenzak van zijn jasje haalde en driehon- derd euro voor me uittelde.

Hij schoof het over de bar naar me toe en vroeg: "Zullen we gaan?"

Ik nam het aan, stopte het in mijn broekzak en wierp een snelle blik op mijn horloge. Nog vier minuten, mits mijn broer de tijd niet uit het oog verloor. Zolang kon ik het nog wel rekken. Ik hield mijn lege glas omhoog en beloofde hem: "Nog één en dan gaan we."

Weer zag ik een lichte aarzeling.

Hij leek te twijfelen of hij aan zou dringen, maar met de gedachte dat hij uiteindelijk toch wel zou krijgen wat hij wilde, bleek hij bereid te wachten. Hij bestelde nog een glas cognac voor zichzelf en een biertje voor mij.

Ik dronk langzaam.

Onder de bar legde Cees zijn hand op mijn knie, alsof ik inderdaad het tijdelijke bezit was, dat hij dacht dat ik was.

Zijn aanraking irriteerde me, maar ik was bereid het te tolereren, zolang hij zijn hand niet verplaatste. Teveel tegenwerking zou argwaan kunnen wekken en dat was iets dat ik de komende drie minuten nog niet kon gebruiken.

"Vertel eens," begon Cees. "Doe je dit al lang?"

"Nee," antwoordde ik, "maar ik heb geld nodig."

"Wie niet?" zei hij.

Mijn adem stokte even toen zijn hand over mijn been naar mijn kruis gleed. Ik duwde zijn hand weg en observeerde zijn reactie. "Niet hier. Mijn broer komt hier vaak en ik wil niet, dat die trut achter de bar hem kan vertellen wat ik uitspook," zei ik verontschuldigend.

Cees knikte begripvol en trok zijn hand terug. "Tijd genoeg," zei hij vriendelijk.

"Mijn broer...," verzon ik weloverwogen. "Ik ben bang voor hem... Hij is professioneel kickbokser. Als hij wist..." Ik maakte een gebaar, dat zoveel moest betekenen als 'je weet wel'. "Ik zou het niet na kunnen vertellen."

Hij knikte en zei: "Ik begrijp je situatie." Zijn medeleven leek oprecht.

Het verwarde me even. Ik wilde helemaal niet dat hij aardig was. Dat maakte geen deel uit van mijn plan. Ik keek naar de deur en zag mijn broer binnenkomen.

Hij bleef bij de deur staan, zoals ik hem gezegd had te doen.

Nu Len me de mogelijkheid bood om terug te grijpen op mijn script, richtte ik me weer tot Cees en wees naar de deur. "Als je dat begrijpt, dan zul je ook begrijpen, dat ik nu weg ga en jij hier blijft."

Even staarden we elkaar zwijgend aan.

Ik stond op van mijn kruk en maakte aanstalten om te vertrekken.

Cees pakte me bij de mouw van mijn spijkerjack en klonk bijna geamuseerd, toen hij zei: "Goed gespeeld, jongen. Heel slim." Zijn ogen priemden zich in de mijne. "Voordat je gaat...," ging hij verder. "Laat me je iets vertellen..."

Ik keek hem afwachtend aan, onzeker wat ik kon verwachten.

"Er komt een keer dat je iemand treft, die dit soort dingen niet zo licht opvat als ik," waarschuwde hij. "Als je iemand iets afhandig maakt, waar hij meer aan gehecht is dan ik aan mijn geld... Ooit zul je de verkeerde treffen en dan wil ik dat je terugdenkt aan dit moment, dat een keerpunt had kunnen zijn. Afgesproken?"

Ik trok mijn mouw los en zei: *"Whatever."* Ik keek niet meer om en liep naar Len, die vanaf zijn post bij de deur alles nauwlettend in de gaten had gehouden. Toen we buiten stonden vroeg hij: "En hoe hebben we nou geld verdiend?" "Je zou geen vragen stellen," antwoordde ik.

"Mag ik ook niet vragen *hoeveel* we verdiend hebben?" informeerde hij.

"Tweehonderd," loog ik moeiteloos. Ik vond dat ik wel wat extra's had verdiend. Tenslotte had ik al het werk gedaan.

Halverwege de weg naar huis, vroeg Len: "Dat was toch diezelfde gozer als de...?"

"Ja," onderbrak ik hem.

"En ondanks dat hij je de vorige keer al tweehonderd euro had gegeven voor niks, gaf hij je nu nog een keer tweehonderd voor niks?" Hij keek me ongelovig aan.

Ik had niet verwacht dat Lennart zou doorvragen. Ik was ervan uitgegaan dat het idee van tweehonderd euro hem genoeg zou afleiden van de gang van zaken. "Sommige mensen worden graag in de maling genomen," antwoordde ik laconiek.

"Maar hoe...?"

"Niet zeuren, Len," zei ik en gaf hem vijftig euro. "Zo gemakkelijk heb je ze nog nooit verdiend."

* * * * *

Woensdag, 14 november 2012 – middag – Dag 16
New York, Amerika

Tijd is mijn vijand.

Al mijn plannen zijn gebaseerd op de gedachte, dat ik tijd te over zou hebben hier, maar dat blijkt niet het geval. Ik kom tijd tekort. Er is teveel afleiding en de periodes van rust die me gegund zijn, zijn niet genoeg om te herstellen.

Ik probeer Donald Skinner zoveel mogelijk te ontlopen, zonder dat het overkomt, alsof ik bang voor hem ben. Dat is wel zo, maar dat hoeft hij niet te weten. Zonder bewaker Kane om de gang van zaken te manipuleren, wordt het me niet al te moeilijk gemaakt om de *Jersey Killer* te ontwijken.

Daar komt bij dat Skinner nu Russell heeft om hem af te leiden.

Inmiddels heb ik goed in de gaten dat bewaker Phipps naast een zwak voor getatoeëerde kickboksers kennelijk ook een zwak heeft voor *pretty college boys*, want hij houdt me op alle kwetsbare momenten uit de verkeerde groepen.

Voorzichtig begin ik te hopen dat dit betekent, dat ik in de dagen tussen de weekeinden in, minder te vrezen heb, dan ik aanvankelijk dacht. Nu maar hopen dat zijn vrije dagen voor dit jaar al op zijn.

Ik betrap mezelf erop dat ik inmiddels in het stadium ben beland, waarin ik – indien het contact tussen Skinner en mij beperkt blijft tot de irritante gesprekken en zinspelingen – kan accepteren dat dit de 'normale' gang van zaken is in mijn nieuwe leven.

Als dit het is, kan ik het wel *handelen.*

Dit is het voor nu, maar ik realiseer me dat het hier niet bij zal blijven en dat het weekeinde sneller nadert dan ik zou willen. Met nog maar tweeënhalve dag te gaan, heb ik nog altijd niets.

Geen plan, geen strategie, geen aas achter de hand.

Ik heb niets.

Behalve de constante vraag: En nu?

"Larsen, bezoek."

Ik word door bewaker Parker uit mijn cel gehaald en voel dat Skinner naar me kijkt, als ik achter de cipier aanloop naar de trap. Ik kijk recht voor me en negeer hem.

Op de benedenverdieping haalt Parker zijn handboeien tevoorschijn.

Ik steek automatisch mijn handen uit en laat me boeien.

Parker brengt me naar de bezoekersruimte en begeleidt me naar de tafel waaraan George Springfield zit te wachten.

Hij maakt mijn boeien los en zegt: "Zitten."

Ik gehoorzaam en schud mijn advocaat de hand. "Goedemiddag, meneer Springfield," zeg ik formeel.

"Goedemiddag, meneer Larsen," antwoordt hij zakelijk.

Parker laat ons alleen en loopt naar de andere kant van de zaal.

Ik verzeker mezelf ervan dat iedereen buiten gehoorsafstand is en vraag dan: "Wat zijn de laatste ontwikkelingen buiten deze muren?"

"Ik heb Dean gesproken," vertelt George. "Vorige week, nadat ik bij je op bezoek was. Hij vertelde dat Maren heeft gebeld. Je broer begint lastig te worden. Wat wil je dat we doen?"

Ik sluit mijn ogen even. Ook dat nog.

Waarom kan het nou niet eens een keer gewoon volgens plan gaan?

Ik weet dat mijn verongelijkte gevoel totaal misplaatst is, maar ik kan er niets aan doen. Ik probeer te overleven in deze hel en het enige waar mijn advocaat over kan zeuren is hoe zwaar mijn broer het heeft.

Ik wil mijn advocaat vertellen dat ik weinig tijd heb gehad om over de kwestie omtrent mijn broer na te denken. Ik wil het zeggen.

'Sorry hoor, George. Vergeef me, maar Lennart is op dit moment even geen prioriteit. Ik heb het een beetje te druk gehad met het ontlopen van de Jersey Killer, *die me regelmatig aan probeert te randen. En ik heb het erg druk gehad met het ontwijken van de klappen van de weekeindbewaker, die mijn bloed wel kan zuipen. Oh, en tussendoor probeer ik ook nog een moord voor te bereiden, waarvoor ik de tijd waarschijnlijk niet eens zal krijgen om die uit te voeren.'*

In mijn hoofd klinkt het redelijk eenvoudig, maar ik krijg de woorden niet over mijn lippen. Ik kan niet hardop toegeven, dat ik alleen maar bezig ben om te overleven, om de dag door te komen, een uur verder, of soms zelfs maar een minuut.

Kan George er nu niet eens voor zorgen, dat ik me niet *ook* nog druk moet maken om mijn oudere broer? Dat heb ik de afgelopen twaalf jaar al meer dan genoeg gedaan, zou ik zeggen.

"Wat wil je dat we doen, Misha?" herhaalt George.

Ik hoor aan de klank van zijn stem, dat hij dit al minstens één keer eerder heeft gevraagd. Zijn stem klinkt onvast, alsof hij zich grote zorgen maakt.

Ik negeer het, maar het haalt me wel terug naar het hier en nu.

"Ik had verwacht dat Lennart zou stoppen met zoeken na een paar dagen... Hooguit een paar weken," mijmer ik. "Ik heb er niet op gerekend, dat hij zover zou komen. En zeker niet voordat je hem belde..." Ik kijk George aan en heb moeite om mijn emoties onder controle te houden. "Hij is dichtbij, hè?" Als ik zie dat hij antwoord wil geven, hef ik afwerend mijn hand op en kap hem snel af: "Nee, niet zeggen... Ik wil het niet weten... Ik heb al teveel aan mijn hoofd... Ik kan dit er nu niet bij hebben... Los het op."

"Maar...," begint hij.

"Los het op," herhaal ik. "Los het gewoon op."

"Ik denk niet dat hij zich nog lang tegen laat houden," zegt George.

Ik probeer mijn rust te hervinden en de kwestie rationeel te bekijken. "Len heeft geen cent te makken, George... Waar wil hij een vliegticket van betalen?" schamper ik, in een poging mezelf een houding te geven en me te verschuilen achter mijn cynisme.

"Een kat in het nauw...," begint hij.

"Ja, ja. Ik weet het," zeg ik ongeduldig. "Kunnen jullie het nog rekken?"

"Ik ben bang van niet, jongen," antwoordt George hoofdschuddend. "Het is nu alleen nog een kwestie van een paar duizend euro, tickets boeken en ESTA documenten aanvragen."

"Lennart vliegt nooit," redeneer ik, gemaakt zelfverzekerd. "Hij zal er pas achterkomen, dat hij een ESTA nodig heeft, op het moment dat hij de VS niet in-komt."

George friemelt even aan zijn stropdas, schraapt zijn keel en zegt dan: "Mijn vader zei altijd: 'De held van ieder sprookje verschijnt altijd pas als iemand echt een held nodig heeft'."

"Je vader was een wijs man," antwoord ik. "Wie is Lennarts held?"

"Juffrouw Belinfante," vertelt George .

"Ilse?" vraag ik verbaasd. Ik heb al maanden niet meer aan haar gedacht. "Hoe heeft mijn broer haar gevonden?" De klank van mijn stem is onbedoeld eisend. In mijn hoofd ga ik alle dingen af, die Ilse Len zou kunnen vertellen, die hem een duw in de goede richting zouden kunnen geven.

Dit gaat niet zoals ik wil.

Ilse boekt alle reizen voor alle werknemers van Flash. Ze heeft verdomme al *mijn* zakelijke reizen geboekt, waarvan negentig procent naar de VS. Ilse weet *alles* van tickets en ESTA's. Daarnaast moet ik er niet aan denken dat mijn ex en mijn broer gezellig herinneringen aan mij gaan ophalen en vergelijken.

God weet wat daar uitkomt...

En nu?

George geeft geen antwoord op mijn vraag. In plaats daarvan kijkt hij me in-dringend aan en vraagt zacht: "Hoeveel van dit plan hangt eigenlijk af van *puur toeval*, Misha?"

Ik schiet in wat Maren mijn 'survivalmodus' noemt. Ik kan George niet dich-terbij laten dan hij nu komt en hem het weinige vertrouwen dat ik nog heb in een (enigszins) goede afloop, in twijfel laten trekken. "Weinig," lieg ik dan glashard. "En dat is niet jouw probleem... Jouw probleem is vanaf nu uitsluitend mijn broer. Rek het zolang je kunt."

George zucht. "Jongen, luister nu eens goed naar deze oude man..."

Ik stel me laconiek en sceptisch op en zucht afwachtend.

Daar gaan we weer...

"We hebben het over je *broer*. Hij is de enige familie die je nog hebt..."

'Bloed kruipt waar het niet gaan kan...'

"Je broer, je *bloed...*"

En daar komt Daniel...

"Ik heb gezien wat de dood van Danny met Dean heeft gedaan," vervolgt George, "maar ik heb ook gezien hoe sterk de band was, die ze hadden... Hoeveel steun ze altijd aan elkaar gehad hebben, toen Danny nog leefde... Je wilt het niet inzien, jongen, maar je hebt je broer heel hard nodig."

Ik sluit me af voor zijn woorden en herhaal op kille toon: "Rek het zolang je kunt."

George zucht en zegt: "Misschien is het niet dat je het niet in *wilt* zien, maar dat je het niet in *kunt* zien..." Hij kijkt me meelevend aan en vervolgt dan: "Ik ken Colins zwak voor *broken things*. Vaak komt daar iets positiefs uit, maar soms..."

"Soms wat?" vraag ik.

"Soms moet je accepteren dat iets zo kapot is, dat het niet gerepareerd kan worden," zegt George.

* * * * *

Zondag, 31 augustus 2003 – ochtend
Rotterdam, Nederland

Ondanks dat het zondag was, was ik die ochtend al vroeg opgestaan, zoals ik meestal deed, en ik had me met een beker koffie en een schetsboek aan de keukentafel geïnstalleerd. De oude leren bank in de woonkamer was leeg en de deur van Lennarts slaapkamer gesloten, waaruit ik kon opmaken dat mijn broer niet alleen was.

Ik was eraan gewend geraakt, dat ik mezelf in de weekeinden bezig moest houden tot een uur of twaalf 's middags.

Mijn broer stond zelden eerder op.

Ik dronk mijn koffie en legde de laatste hand aan een schets, die ik moest maken voor een studieopdracht. Toen ik klaar was, schoof ik het schetsboek van me af, stond op en schonk mijn derde beker koffie van die ochtend in. Ik liep terug naar de tafel, ging weer zitten en trok een boek naar me toe, dat op een hoek lag.

"Mag ik erbij komen zitten?" klonk een vrouwenstem in de deuropening, nog voordat ik één regel had gelezen.

Ik keek op.

De vrouw die tegen de deurpost leunde was een jaar of tweeëntwintig en gehuld in Lens ochtendjas, die haar veel te groot was, zodat de zoom op de grond hing. Ze was knap, had rode krullen, die over haar schouders waaierden en keek me aan met lachende groene ogen. Ze was kleiner en tengerder, dan ik van de onenightstands van mijn broer gewend was, eigenlijk meer mijn type dan het zijne.

Ik gebaarde naar de lege stoel tegenover me en vroeg: "Wil je ook koffie?"

"Graag," zei ze.

Ik stond op, schonk een beker koffie voor haar in en zei: "Ik ben Misha."

"Lennarts broertje, toch?" vroeg ze.

Ik knikte. Het woord 'broertje' irriteerde me een beetje, maar ik zei er niets van.

"Ik ben Wendy," stelde ze zichzelf voor en gaf me over de tafel een hand. Ze liet mijn hand niet los, keek me recht aan en zei: "Je hebt mooie ogen."

Ik wist niet wat ik daarop moest zeggen.

Er viel een korte stilte, zonder dat het ongemakkelijk werd.

"Ken je mijn broer al lang?" vroeg ik uiteindelijk, tegen beter weten in.

"Nee, een week of zo," antwoordde Wendy. Ze liet mijn hand los en pakte haar beker. Ze nam een slok koffie en keek toe hoe ik mijn boek dichtsloeg en het toen met mijn schetsboek op de lege stoel naast me legde.

"Het is niet zo serieus," vervolgde ze.

Ik was blij dat te horen. Meer dan eens had ik in het weekeinde opgescheept gezeten met een verliefde vrouw, die hogere verwachtingen had van mijn broer, dan hij wilde waarmaken. Deze Wendy was tenminste realistisch.

"Slaapt Len nog?" vroeg ik.

Wendy knikte. "Dat zal voorlopig wel zo blijven." Ze dronk haar koffie op en vroeg: "Waar is de badkamer?"

"Tweede deur rechts in de gang," antwoordde ik.

Ze stond op en verdween onder de douche.

Ik pakte mijn boek en las totdat ze terugkwam.

Toen Wendy weer in de keuken verscheen, droeg ze een eenvoudige, donkerblauwe jurk en sandalen. Haar rode haar was donkerder, steiler en langer nu het nat was en haar borsten waren duidelijk zichtbaar door de dunne stof van haar jurk.

Ik realiseerde me dat ik naar haar zat te staren. Ik wendde mijn ogen af en vroeg snel: "Wil je nog koffie?"

"Lekker," zei Wendy.

Ik stond op, liep naar het aanrecht en schonk de beide bekers opnieuw vol. Ik zette de koffiepot terug op het warmhoudplaatje van het koffiezetapparaat.

Wendy kwam naar me toe en vroeg: "Hebben jullie geen suiker?"

"Ja hoor," antwoordde ik en pakte het uit een kastje boven het aanrecht.

Ze pakte het aan, maar zette het toen achteloos op het aanrecht, boog zich naar me toe en zoende me vol op de mond. Haar lichaam was vlakbij het mijne, de warmte voelbaar door onze kleren heen. Ze pakte mijn hand en bracht die langzaam onder de rok van haar jurk.

Ik voelde dat ze geen ondergoed aan had, trok mijn hand terug en wendde mijn gezicht af. "Je bent met mijn broer," zei ik.

"Dat is niet zo serieus, zei ik toch?" Wendy glimlachte en streek even met haar hand langs mijn wang. "Het is oké." Ze kuste me opnieuw, maar stopte even om me aan te kijken toen ze voelde dat ik aarzelde. "Het is oké, echt." Ze kuste me weer, trok langzaam mijn shirt uit mijn broek en liet haar handen eronder glijden.

Mijn twijfels en halfslachtige bezwaren verdwenen geleidelijk verder naar de achtergrond en ik liet haar begaan, toen ze mijn shirt over mijn hoofd trok, het op de grond liet vallen en daarna haar tong weer in mijn mond stak. Ik herinner me dat ik me op een gegeven moment nog heb afgevraagd of het 'maatschappelijk geaccepteerd' was om seks te hebben met de onenightstand van je broer, maar al ver voordat ik die vraagstelling met een 'ja' of 'nee' kon beantwoorden, was er geen weg meer terug.

Ik trok haar tegen me aan, kuste haar terug en zette haar klem tussen mijn lichaam en het aanrecht. Ik maakte de sluiting van haar jurkje los, schoof de bandjes van haar schouders en vervloekte mijn strakke spijkerbroek.

Haar jurk gleed verder van haar lichaam en belandde op de grond, rond haar voeten. Haar handen gleden langs mijn naakte bovenlichaam naar de sluiting van mijn jeans. Ze maakte de knoop en rits los en stak haar hand in mijn broek.

Ik zette haar op het aanrecht en kuste haar hals en borsten. Haar bleke huid voelde zacht en warm tegen mijn lippen. Ik liet mijn hand tussen haar benen glijden en hoorde haar ademhaling iets versnellen, bijna gelijk met de mijne.

Wendy schoof mijn jeans en onderbroek omlaag en ik drong bij haar naar binnen.

Ik had twee ex-vriendinnen op dat moment, dus het was niet nieuw, maar ik had nog nooit eerder seks gehad met een meisje, dat ik helemaal niet kende en het voelde een beetje onwennig.

Wendy liet mij het tempo bepalen en bewoog met me mee. Na een tijdje versnelde haar ademhaling opnieuw.

Ik voelde haar onderlichaam licht schokken en haar nagels in mijn rug prikken, toen ze zachtjes in mijn oor kreunde en me nog dichter naar zich toetrok, zodat ik dieper kon stoten. Toen ik bijna mijn climax bereikte keek ik haar aan. Ik wilde haar zien, maar verborg mijn gezicht in haar krullen toen ik klaarkwam.

Wendy streelde mijn wang toen ik me terugtrok. Ze keek me aan, glimlachte en streek met haar hand een lok haar uit mijn ogen. "Je hebt mooie ogen," zei ze weer.

"Dank je."

Ze liet zich van het aanrecht glijden en pakte haar kleren. Toen verdween ze naar de badkamer.

Ik kleedde me aan en leunde een beetje doelloos tegen het aanrecht. Geleidelijk begon ik mijn denkvermogen terug te krijgen en na een paar minuten van stilte, maakte de situatie met Wendy me opeens ongemakkelijk, al kon ik niet meteen aan mezelf uitleggen waarom.

Een paar minuten later kwam Wendy de keuken weer binnen, dit maal met haar handtas, die ze uit Lennarts slaapkamer had gehaald. Ze kwam naar me toe en gaf me een kus.

"Nou, ik zie je wel weer," zei ze.

Ik knikte even en keek haar na toen ze in de gang verdween. Ik hoorde de voordeur achter haar dichtvallen en ging weer aan de keukentafel zitten. Net toen ik mijn boek weer wilde pakken, kwam Lennart de keuken binnen.

Hij schonk koffie voor zichzelf in en zei schor: "Morgen, jochie."

"Morgen, Len." Ik keek naar de klok en richtte mijn blik toen op het tafelblad voor me.

"Is Wendy al weg?" informeerde mijn broer.

Ik knikte, maar keek hem niet aan. Ik voelde dat hij naar me keek en vroeg me af wat hij dacht te zien.

De stilte leek zich eindeloos voort te slepen.

Lennart ging tegenover me aan de keukentafel zitten.

Ik hoorde dat hij zijn beker neerzette.

"Zullen we dit gewoon uitspreken, voordat het een probleem wordt?"

Mijn hart stond even stil en automatisch keek ik hem aan. Ik probeerde in te schatten waar ik rekening mee moest houden, maar de blik in zijn ogen kon ik niet echt plaatsen. Zijn kalmte verwarde me.

Ik had verwacht dat hij me een doodschop zou geven, of op zijn minst zou gaan schelden en tieren, maar in plaats daarvan zei hij: "Luister, Wendy was een onenightstand... Het betekende niks."

"Dus?" vroeg ik weifelend.

"Dus maakt het me niks uit met wie ze nog meer rotzooit," antwoordde mijn broer. Hij leek oprecht. "Ik ben niet achterlijk, Misha. Ik weet dat je haar geneukt hebt en dat kan me verder echt niet boeien. Ik wil alleen niet dat het tussen ons in komt te staan."

Ik keek weg.

"Het is oké, jochie," zei Lennart. "Echt."

"Nee, het is niet oké, Len."

"Maak het niet groter dan het is, Misha," zei hij nuchter.

Ik kon mezelf er nog steeds niet toe brengen om hem aan te kijken. "Het is niet oké," zei ik weer.

"Jezus, het lijkt wel alsof je *wilt* dat ik boos word. Wees blij dat ik het gewoon laat gaan. Het is wat het is. Laat het los. Wendy en ik hebben geen relatie. Wat mij betreft was het eenmalig, dus ze kan doen en laten wat ze wil."

"Ik bedoelde dat het niet oké is van mijn kant," legde ik uit. "Tegenover jou."

"Maak je nou niet druk," zei Len en stak een sigaret op. "Ik ben allang blij, dat je eindelijk eens iets anders doet dan tekenen en boeken lezen. Ik begon me al zorgen te maken."

Ik keek op en staarde hem even woedend aan, maar voordat ik naar hem uit kon vallen, zag ik in, dat ik weinig anders kon dat zijn opmerking negeren. Hij had gelijk. Ik moest blij zijn dat hij de situatie met Wendy gewoon liet gaan.

De rustige reactie van mijn broer werkte bijna hypnotiserend. Het verbaasde me en bracht me uit balans. Ik vroeg me af of hij op andere bekentenissen ook anders zou reageren dan ik verwachtte. Of ik hem iets kon toevertrouwen, waarover ik met niemand kon praten. En of het mogelijk was, dat hij me alleen maar aan zou horen en niet zou oordelen en de rust die hij nu uitstraalde zou kunnen bewaren.

Ik stond op en deed een stap naar hem toe. "Len?" begon ik.

"Ja?"

Er viel wederom een stilte, waarin we elkaar zwijgend aanstaarden, beiden wachtend, totdat de ander zou spreken.

Plotseling werd het me teveel en ik bedacht me. Mijn blik dwaalde af naar de wandklok en ik antwoordde: "Niks. Laat maar. Het is niet belangrijk."

* * * * *

Donderdag, 15 november 2012 – avond – Dag 17
New York, Amerika

Ik ben diep in gedachten verzonken, als ik bij de metalen reling op de galerij sta en nietsziend uitkijk over de benedenverdieping.

Jamie ligt op zijn bed in onze cel te lezen.

Nauwkeuriger gezegd: hij staart naar zijn boek, maar is sinds het begin van de middag nauwelijks tien pagina's verder gekomen.

Ik merk pas dat Donald Skinner er is, als ik hem achter me voel.

Hij zet me klem tussen de reling en zijn lichaam en legt aan weerszijden van me een hand op de reling.

Ik kan geen kant op, zonder dat dit uitmondt in een knokpartij. Met Skinners legendarische overwinningen op de bendeleden en de kickboksers van de Don in mijn achterhoofd, dwing ik mezelf te blijven staan en niet te reageren. Ik haat het dat ik hem zo dichtbij moet laten komen, terwijl ik hem niet kan zien.

"Wat is er, liefje?" vraagt hij.

"Niks," zeg ik, minder stellig dan ik zou willen.

Skinner leunt dichter tegen me aan en ik voel alle spieren in mijn schouders verkrampen.

"Donald, rot op."

Hij brengt zijn mond vlakbij mijn oor en fluistert: "Kijk even naar de overkant, *liefje*, en zeg dat dan nog maar een keer."

Automatisch kijk ik naar de overkant.

De Draak leunt op de reling en staart naar ons.

"Rot op, Donald," bluf ik.

Skinner verplaatst zijn rechterhand van de reling naar mijn heup, maar doet verder niets.

Ik zie wat hij doet.

Hij overschrijdt geleidelijk mijn grenzen, steeds een stapje verder, zodat het bijna lijkt alsof de keuze bij mij ligt.

Ik zie dat hij me uitprobeert en dat hij zich afvraagt hoe ver ik hem zal laten gaan voordat ik me ga verzetten.

Dat lijkt ook een vraag, die ik mezelf nodig eens moet gaan stellen.

Waar ligt de grens?

Mijn grenzen waren heel duidelijk geweest toen ik hier aankwam, maar ze waren onrealistisch. Een gevangenis is geen kantoor, waar iedereen standaard twee meter afstand houdt.

Op mijn eerste avond hier, wist ik al dat ik mijn grenzen zou moeten verleggen, maar mijn nieuwe grenzen lijken halverwege een hellend vlak te liggen, dat steeds schuiner wordt en waarop de lijnen van mijn grenzen steeds een stukje verspringen en langzaam vervagen.

Vanaf dit punt kan ik alleen nog maar verder afglijden.

Ik moet me echt af gaan vragen waartoe ik wel en niet bereid ben om erger te voorkomen en bepalen hoe ver 'te ver' is. Deze vraag leidt onafwendbaar tot de vraag hoe ik Skinner een halt toe kan roepen, op het moment dat hij mijn uiterste grens bereikt.

Waar is het omslagpunt?

Mijn tegenstander heeft geen grenzen en is onberekenbaar. Hij won in een gevecht van de kickboksers van de Don. Als zij er niet in slaagden om van hem te winnen, kan ik ervan uitgaan, dat het mij zonder wapen zeker niet zal lukken.

"Weet je, liefje," begint Skinner op vriendelijke toon, na een korte stilte.

Ik kijk naar de klok en bereid me voor op nog tien minuten in zijn onwelkome gezelschap.

"Je stelt mijn geduld behoorlijk op de proef," vervolgt hij zacht. De klank van zijn stem wordt met ieder woord onheilspellender. "En gezien het feit dat geduld niet bepaald mijn sterkste kant is, mag jij me eens iets uitleggen..."

"En dat is?" vraag ik toonloos.

"Wat let me om je mijn cel in te trappen en je tegen de muur te zetten?" sist hij. "Wat houdt me tegen?"

De naderende controle, denk ik, maar ik geef geen antwoord.

"Oh, dat is waar ook," gaat Skinner verder. "Mijn goede vriend Kane is er niet om een oogje toe te knijpen."

"Ik zou bijna medelijden met je krijgen," zeg ik ijzig.

"Ik zou op mijn woorden letten, als ik jou was, *bitch*," waarschuwt hij. "Het is bijna weekeinde."

"Voorlopig is het nog gewoon donderdag," antwoord ik, gemaakt nuchter.

"Dan heb je iets om naar uit te kijken," concludeert Skinner.

9.
EVENWICHT

Vrijdag, 16 november 2012 – middag – Dag 18
New York, Amerika

"Deuren open!"
Ik sta op van mijn bed en loop naar de galerij. Bij de gedachte dat het bijna weekeinde is, vlieg ik tegen de muren op. Ik ben al dagen misselijk en het wordt steeds erger. Ik merk dat ik prikkelbaarder ben dan gewoonlijk en dat ik moeite heb om Jamies gewauwel te tolereren en aan te horen, zonder al teveel uit mijn slof te schieten.

Donald Skinner helpt me al dagen op weinig subtiele wijze herinneren aan het naderende onheil. Hij komt zijn cel uitgeslenterd en komt naast me staan. Nonchalant leunt hij met één hand op de metalen reling en kijkt naar Russell, die een eindje verderop met mijn celgenoot en de oude Goldstein staat te praten.

Als Russell mijn kant opkijkt, wend ik mijn ogen af.

"Schuldgevoel?" vraagt Skinner tergend.

Ik schud mijn hoofd en antwoord ijzig: "Waarom zou ik, Donald? Ik ken hem niet eens."

Skinner snuift minachtend en sist dan: "Prijs je gelukkig... *Fuck*, wat een irritante gozer is dat, zeg. Er komt geen zinnig woord uit en hij blijft maar janken en zeuren." Hij kijkt me veelbetekenend aan en zegt: "Het wordt hoog tijd om hem in te ruilen."

"Haal je hand weg, Donald," waarschuw ik, als hij zijn hand op mijn arm legt.

"Niet zo vijandig, *liefje,*" antwoordt hij. "Ik doe niks." Hij kijkt even zwijgend naar een brede man, die als een roofdier om Russell en Jamie heen cirkelt en gebaart naar Norton, de grote skinhead, waar hij vaak mee omgaat.

Deze komt onmiddellijk in beweging en voegt zich bij de twee jongens en de oude man.

De jager druipt af.

"Zo... Vertel eens, meneer de architect," gaat Skinner onverstoorbaar verder, nu hij deze crisis moeiteloos heeft bezworen. "Heb je nog wilde plannen voor het weekeinde?"

"Ik dacht erover om dit weekeinde binnen te blijven met een goed boek," zeg ik sceptisch. Ik kijk toe hoe Jamie zich losmaakt uit het groepje mannen met wie hij heeft staan praten en de trap opkomt naar de bovenverdieping.

De uitdrukking op zijn gezicht is bijna vrolijk te noemen en zijn ogen glanzen. Hij komt naast me staan.

"Raad eens?"

Skinner kijkt naar hem en lijkt zich af te vragen of het mogelijk is, dat Jamie een verhaaltje heeft gehoord, waar hij nog niet van op de hoogte is.

"Wat?" vraag ik.

"Kane heeft zich ziek gemeld," zegt Jamie. "Griep."

"Goh, wat vervelend nou," antwoord ik droog. Mijn houding blijft nonchalant, maar mijn hart maakt een sprongetje. Vanuit mijn ooghoek zie ik Skinners gezicht verstrakken en dan weer ontspannen.

"Zoals ik al zei, *liefje,*" zegt hij. "Wordt vervolgd..."

Whatever, denk ik als hij wegloopt.

Wat mij betreft kan de vlag uit.

Ik ben hier al ruim twee weken en ik leef nog en ik ben nog heel.

Onverwacht heb ik nu opeens zeven dagen zonder Kane in het vooruitzicht. Misschien dat zijn afwezigheid me eindelijk de tijd geeft om een oplossing te bedenken voor het probleem dat 'Lennart' heet.

In mijn hoofd hoor ik de echo van de bestraffende, rauwe stem van Dean Wesson nog altijd nagalmen.

"Vrienden en familie zijn nooit een 'probleem', Dutch Man."

"Vrienden en familie 'kosten' geen tijd. Daar breng je tijd mee door."

"Bloed kruipt waar het niet gaan kan."

Lennart, dus.
En nu?

* * * * *

Zaterdag, 3 januari 2004 – avond
Rotterdam, Nederland

Ik sloeg mijn boek dicht en wierp automatisch een blik op de klok. Het was kwart voor twaalf. Ik had mijn broer een uur eerder al thuis horen komen en ik hoorde aan de geluiden al dat hij zwaar onder invloed was. Na een tijdje hoorde ik dat hij Led Zeppelin opzette, wat inhield dat hij inmiddels met bier en dope op de bank was beland.

Na bijna drie jaar kon ik Lennarts patronen bijna dromen.

Ik had geleerd wanneer de kust veilig was en wanneer het verstandig was om uit zijn buurt te blijven. In het begin had ik even moeten zoeken naar signalen, maar na een paar weken kon ik mijn broer moeiteloos lezen. Ik leerde met vallen en opstaan, dat hij best oké was als hij nuchter was of alleen maar bier nam en wiet rookte. En ik leerde dat hij niet zo oké was als hij bier combineerde met goedkope supermarktwijn en iets dat hij *skunk* noemde.

Heel af en toe snoof hij weleens een lijntje cocaïne, alleen wanneer hij het op een feestje eens gratis aangeboden kreeg, natuurlijk. Zelfs Lennart was zo verstandig om te bedenken dat we daar geen geld voor hadden. Niet dat we wel geld hadden voor softdrugs en alcohol, maar om mijn studietoelage voor mezelf te kunnen behouden, had ik erin toe moeten stemmen dat die Sociale Dienst uitkering van Len was.

We maakten onze eigen regels. Die uitkering was van hem, de toelage was van mij en het vakantiegeld was om alle achterstallige rekeningen te betalen. Ik ging braaf naar school en hij zorgde ervoor, dat hij zijn uitkering niet kwijtraakte. Hij maakte problemen en ik loste ze op.

Ieder zijn taak.
Ik had in ieder geval duidelijkheid.

Ik realiseerde me dat het al een tijdje doodstil was in huis, waaruit ik afleidde dat mijn oudere broer op de bank in slaap moest zijn gevallen en dat de naald van de platenspeler inmiddels doelloos rondjes draaide in de laatste groef van *Led Zeppelin I*, kant II.

Ik stapelde mijn boeken op en ging naar de woonkamer. Hoewel de levensstijl van Lennart me grenzeloos irriteerde, kon ik het niet laten om iedere nacht mezelf ervan te verzekeren dat hij veilig thuis was gekomen.

Ondanks de rust in huis als hij er niet was, maakte het me rusteloos als hij 's morgens vroeg nog niet terug was uit de kroeg.

Mijn blik gleed naar het bankstel, maar tegen mijn verwachtingen in was dat leeg. Ik ging naar de badkamer, wat een logische tweede optie was.

Het kwam weleens voor dat mijn broer zoveel gedronken had, dat hij een tijd lang kotsend boven de wc-pot hing en dan vervolgens op de grond in de badkamer in slaap viel, zodat ik 's morgens bijna mijn nek over hem brak als ik wilde gaan douchen.

Toen ik Len ook daar niet aantrof, ging ik naar de keuken, maar bleef staan in de deuropening. Het licht brandde niet, maar de koelkastdeur stond open.

Mijn broer zat ineengedoken op de grond en leunde met zijn rug tegen de muur.

Instinctief voelde ik dat er iets mis was. "Len?"

Hij gaf geen antwoord en ik knipte het licht aan. Hij leek het niet te merken.

"Len?" probeerde ik weer, nu met meer volume. Toen hij weer niet reageerde, liep ik naar hem toe en sloot de deur van de koelkast in het voorbij lopen.

Ook daar reageerde Len niet op. Hij bewoog niet.

Ik liet me op mijn knieën zakken en keek naar hem. "Len? Kijk me aan!" zei ik dwingend en legde mijn hand over de zijne. Ik voelde een lichte paniek opkomen, maar onderdrukte dat, door me zoveel mogelijk op mijn broer te focussen en alle andere gedachten uit mijn hoofd te bannen.

Hier en nu...

Lennart hief zijn hoofd op als in *slow motion*. Het zweet stond op zijn voorhoofd en hij was lijkwit.

"Len, kun je me vertellen wat je gebruikt hebt?" vroeg ik praktisch.

Hij zweeg en keek naar me zonder me echt te zien.

"Len!" Ik schudde hem heen en weer en riep zijn naam een paar keer.

"Alles is oké, jochie," zei hij, nauwelijks hoorbaar.

"Len, kijk naar me. Wat heb je gebruikt?" vroeg ik weer. Ik zag dat zijn ogen dichtvielen en hij verder onderuit zakte. "Len, wat heb je gebruikt?" hield ik aan en schudde hem opnieuw heen en weer. "Wakker blijven, Len."

Hij deed zijn ogen weer open, maar keek langs me heen.

"Praat me hier doorheen, Len," zei ik met onvaste stem. "Wat moet ik doen?"

"Koffie... Sterke koffie."

Ik stond op en begon koffie te zetten, terwijl ik continu vanuit mijn ooghoek mijn broer in de gaten hield. "Wakker blijven, Len! Praat met me."

"Niks aan de hand, jochie."

Hij leek iets beter aanspreekbaar en ik vroeg: "Len, weet je nog wat je gebruikt hebt?"

Even leek het erop dat ik wederom geen antwoord op mijn vraag zou krijgen. Ik twijfelde of ik het alarmnummer moest bellen, maar toen hief hij zijn hoofd iets verder op en zei: "Drank."

"Alleen drank?" vroeg ik. Toen hij niet meteen antwoordde, vroeg ik aarzelend: "Len, moet ik het alarmnummer bellen?"

Hij schudde ontkennend zijn hoofd. "Nee, nee." Hij probeerde overeind te krabbelen, maar zakte direct weer onderuit.

"Blijf daar, Len," zei ik en schonk een beker koffie voor hem in. Ik liep naar hem terug en ging bij hem op de grond zitten, zodra ik hem de koffie had aangereikt. "Len?"

"Niks aan de hand," zei hij weer en nam een slok, waarbij hij een deel ervan over zijn shirt goot.

Ik keek met groeiende afkeer naar Lennart, maar kon het niet over mijn hart verkrijgen om hem aan zijn lot over te laten. "Len, wat moet ik doen?" vroeg ik uiteindelijk.

"Je doet het prima," antwoordde hij. "Probeer me wakker te houden."

"Waarom vertel je me niet, waar je vanavond geweest bent?" probeerde ik een gesprek op gang te brengen.

"In de kroeg. Er was iemand jarig, geloof ik."

"Wat heb je gebruikt, Len?" vroeg ik weer.

"Teveel gedronken," zei hij achteloos en dronk de rest van zijn koffie op. Hij zette de mok naast zich op de grond, zijn bewegingen ongecontroleerd en langzaam. "Ik zit dicht tegen een delirium aan," zei hij toen. "Het komt allemaal wel goed, jochie. Je moet me gewoon wakker houden en me veel koffie en water geven."

Ik kon hem niet meer aankijken en wendde mijn ogen af. Automatisch keek ik op de klok, om te constateren dat ik nog een lange nacht voor de boeg had. "Jezus, Len. Hoe kun je hier zo rustig onder blijven?"

"Ervaring," antwoordde hij.

Ik handelde op de automatische piloot. Zodra zijn waterglas of koffiebeker leeg was, vulde ik die en ik liet hem zijn onsamenhangende verhalen ophangen, zonder echt naar hem te luisteren.

* * * * *

Zondag, 18 november 2012 – middag – Dag 20
New York, Amerika

Donald Skinner heeft me de gehele zaterdag met rust gelaten en ook vanmorgen heb ik geen last van hem gehad. Hij zoekt me pas weer op als we op de binnenplaats zijn.

"Wat wil je, Donald?" vraag ik kil, terwijl Jamie zich haastig uit de voeten maakt en Russell en Oude Goldstein weer opzoekt.

"God, je moest eens weten...," zegt Skinner onheilspellend. Dan schudt hij zijn hoofd, alsof hij die gedachten uit zijn hoofd wil bannen, omdat het hem teveel afleid van de kwestie waar hij werkelijk voor komt. Hij legt zijn hand op mijn schouder en zegt uitnodigend: "Loop even mee."

Ik kijk vluchtig om me heen.

Skinner gebaart naar de tribune.

Ik besluit met hem mee te gaan. Tenslotte bevinden we ons in het volle zicht van een aantal bewakers en Kane is er niet om de gang van zaken te beïnvloeden. Er kan weinig gebeuren.

We gaan zitten en Skinner steekt een sigaret op.

"Waarom ben je hier?" wil hij weten.

Hij brengt me even uit balans en ik kijk op. "Dat weet je toch?" antwoord ik. "Doodslag."

"Dat even in het midden gelaten... Je luistert niet," zegt Skinner op verwijtende toon. "Opletten, liefje! Ik vroeg niet *waardoor* je hier bent... Ik vroeg *waarom* je hier bent."

Ik staar hem niet begrijpend aan.

Skinner zucht. "Je bent hier *doordat* je iemand op de één of andere manier om zeep hebt geholpen. Dat is inmiddels vrij duidelijk. Nu vraag ik je *waarom* je hier bent."

"Wat bedoel je?" vraag ik.

"Behandel me niet zoals al die andere imbecielen, die je constant een rad voor ogen weet te draaien!" snauwt hij. "Je hebt het tegen *mij.*"

Ik zwijg en denk na.

"De politie heeft iets over het hoofd gezien, niet waar?" vraagt Skinner op zijn gebruikelijke schorre fluistertoon. Hij komt dichterbij me zitten en vervolgt: "Dit gaat veel verder dan moord. Dit is wraak. Hoe lang heb je hier over nagedacht?"

Dit kan niet waar zijn...

"Wat bedoel je?" Ik kijk hem niet aan.

"Jij bent niet het type dat betrokken raakt bij een 'uit de hand gelopen ruzie', zoals het zo mooi in je dossier staat," zegt Skinner. Hij vangt mijn vragende blik op. "Kane is erg spraakzaam in ruil voor een paar tientjes." Hij haalt zijn schouders op. "En in mijn laatste brief, heb ik Bridget gevraagd je even voor me te Googlen." Hij maakt zijn sigaret uit, maar haalt onmiddellijk een nieuwe tevoorschijn.

Ik denk snel na.

Bridget?

Bridget... Voorzitster fanclub.

"De Ross Towers," gaat Skinner verder. "Heel indrukwekkend, meneer de architect..." Hij steekt zijn sigaret op, inhaleert diep en houdt de rook vast. "Zo'n carrière zou een ambitieus iemand als jij nooit op het spel zetten voor een onbekende... Je bent niet impulsief genoeg voor doodslag... Heel even dacht ik aan een lustmoord, maar dat is niet jouw ding en bovendien hoorde ik dat het slachtoffer een oudere man was... Dit was gepland... Hier is over nagedacht... Al jaren, denk ik... Dit gaat zover terug, dat ze het verband nooit zullen vinden... Ik heb nagedacht en opeens zag ik wat ontbrekende puzzelstukjes... Glashelder..."

* * * * *

Zondag, 4 januari 2004 – middag
Rotterdam, Nederland

Van alle nachten die ik het liefste zou vergeten, mag deze zeker niet ontbreken in de top tien. Ik was gebroken na een slapeloze nacht, die ik zittend op de koude keukenvloer had doorgebracht, ook nadat mijn broer in slaap was gevallen.

Ik had onze jassen uit de gang gehaald, bij wijze van kussen en dekbed voor Lennart en ik was wakker gebleven om hem in de gaten te kunnen houden.

Ik bleef de hele nacht en ochtend zitten en luisterde naar de zware ademhaling van mijn broer, terwijl er van alles en nog wat door mijn hoofd spookte. Het was al middag toen Lennart eindelijk wakker werd, zich kreunend oprichtte en om zich heen keek.

Ik stond meteen op en zei: "Mooi, je leeft nog." Ik verliet de keuken en ging naar de woonkamer. Daar ging ik op de armleuning van de bank zitten en staarde naar de vloer. Ik haatte hem op dat moment meer dan wat dan ook.

Nee, dat is niet helemaal waar, maar mijn broer haalde wel moeiteloos mijn top drie. Ik keek niet op toen ik voetstappen hoorde.

"Gaat het? Wil je erover praten?" vroeg Len.

"Nee," zei ik eerlijk. "Ik wil er niet eens meer aan *denken*. Nooit meer."

"Het spijt me, jochie," begon mijn broer. Hij deed een stap naar me toe, maar toen hij zag dat ik op wilde staan, hief hij zijn hand op en zei: "Nee, blijf maar zitten."

Ik bleef naar de grond kijken, vastbesloten om het hem niet gemakkelijk te maken. Ik kon er niet meer tegen. Ik voelde dat hij naar me keek, maar ik wilde geen oogcontact.

Eigenlijk wilde ik hem op dat moment helemaal nooit meer zien, maar ik was me ervan bewust dat dit tot mijn achttiende verjaardag niet tot mijn opties behoorde. Ik zou het moeten uitzitten.

Ergens in de verte hoorde ik Len weer zeggen: "Het spijt me, oké?"

Tot mijn verbazing voegde hij eraan toe: "Dat had je niet mogen zien."

"Niet mogen *zien?*" herhaalde ik. "Len, het had überhaupt niet mogen *gebeuren.*"

Een tijd lang zwegen we, maar na twee sigaretten verbrak mijn broer de stilte: "Heb je de hele nacht bij me gezeten?" vroeg hij.

Ik gaf geen antwoord en keek hem niet aan.

"Het spijt me, jochie," probeerde Len weer.

"Mij ook," antwoordde ik, stond op en maakte aanstalten om naar mijn kamer te gaan.

Mijn broer ging voor me staan en greep mijn arm vast. "Wacht even," zei hij.

Ik kon er niet meer tegen en haalde naar hem uit. Ondanks dat Len bijna een kop groter is dan ik en zeker dertig kilo zwaarder, wankelde hij even toen ik hem vol op zijn oog raakte.

"Godverdomme!"

Ik zag dat hij automatisch handelde toen hij terugsloeg, maar omdat ik zijn vuist aan zag komen, kon ik wegduiken. "Laat me met rust, Len!" schreeuwde ik. Ik zag de woedende blik in zijn ogen en deed automatisch een stap naar achteren.

Len greep me bij mijn shirt en trok me hardhandig naar zich toe. Hij werkte me met gemak tegen de grond en zette zijn knie op mijn borst om me te beletten op te staan. Zijn ogen leken nog donkerder dan normaal en weerspiegelden een woede die ik nog niet eerder gezien had. "Ik heb het zo ontzettend gehad met jou!" snauwde hij, zwaar ademend.

Ik kon geen kant op en was volkomen machteloos in zijn houdgreep. Alleen zijn gewicht was al meer dan genoeg om me op mijn plaats te houden. Ik deed geen poging om hem van me af te duwen of mezelf te bevrijden. Ik wist dat ik hem toch niet aan kon.

Zo rationeel kon ik op dat moment nog wel denken, maar niet lang meer.

Geleidelijk werd het steeds donkerder in mijn hoofd, totdat ik niets meer kon denken, dan dat ik daar zo snel mogelijk weg wilde. Weg van mijn broer en alles en iedereen. In de verte kon ik mezelf horen schreeuwen: "Len, het spijt me!"

Hij schrok zichtbaar en ik voelde zijn greep verslappen.

"Stop, Len," smeekte ik. "Laat me los... Alsjeblieft?"

Mijn broer deed wat ik vroeg en stond op. Hij zweeg en leek niet te weten hoe hij nu moest handelen.

Haastig kwam ik overeind en gebruikte zijn korte aarzeling om een aantal stappen bij hem vandaan te doen. Toen bleef ik staan. Als ik de kamer wilde verlaten, zou ik langs Len heen moeten, maar ondanks dat de woedende blik uit zijn donkere ogen verdwenen was en plaats had gemaakt voor iets dat ik niet kon thuisbrengen, durfde ik het niet aan.

De stilte werd zo ongemakkelijk, dat ik bereid was om me uit te putten in excuses, om die maar te kunnen verbreken. "Het spijt me, Len. Echt... Het spijt me, oké?"

Lennart knikte, maar dat leek voornamelijk bedoeld om te maskeren, dat hij twijfelde over zijn volgende stap. Uiteindelijk zei hij: "Het spijt me dat je dat moest zien en het spijt me dat ik je pijn heb gedaan."

Het leek oprecht, maar ik kon er niets mee. Ik wierp een snelle blik op de klok. Toen keek ik naar de deur, naar mijn broer en terug. "Mag ik nu weg?" probeerde ik.

Mijn broer zei niets, maar stapte opzij en liet me ongehinderd passeren.

Ik ging naar mijn kamer en sloot de deur achter me. Ik leunde even met mijn rug tegen de deur en liet me toen op de grond zakken.

Het duurde een tijdje, voordat mijn ademhaling iets begon te vertragen en ik merkte pas hoe verkrampt mijn spieren waren, toen ik me een beetje ontspande.

Ik haalde diep adem en wreef even in mijn ogen.

Ik wilde alleen nog maar weg. Vluchten.

* * * * *

Zondag, 18 november 2012 – middag – Dag 20
New York, Amerika

Ik wacht af. Ik kan weinig anders doen, dan Donald Skinner aanhoren en me zoveel mogelijk op de vlakte houden.

"Je slachtoffer was een Nederlander, nietwaar?" informeert hij.

Ik wend mijn gezicht af en denk razendsnel na.

Hoe groot is de kans dat hij mijn motieven doorziet?

Nul, houd ik mezelf voor.

Die kans is nul.

"Heel toevallig... In een groot gebied waar verder geen enkele Nederlander woont...," gaat Skinner verder. "Uit de hand gelopen ruzie? *Fuck you...* En het is natuurlijk net zo toevallig, dat er in deze hele gevangenis maar één andere Nederlander zit, behalve jij..."

Hij raadt maar wat.

Hij is aan het vissen...

Ik maan mezelf tot kalmte en zeg dan: "Ik ken hem niet. Jij denkt misschien dat Nederland zo klein is, dat het hele land bij elkaar op de koffie komt, maar dat is niet zo."

"Er wonen bijna zeventien miljoen mensen," geeft Skinner toe, "dus het is onmogelijk dat die elkaar allemaal kennen, zelfs met de huidige sociale media, waar ik, tussen haakjes, sommige van mijn slachtoffers vandaan heb gehaald... Ik kende hen verder niet..." Hij zwijgt even en kijkt me strak aan. "Dit is anders... Jij bent geen moordenaar... Niet in die zin van het woord... Niet zoals ik."

"Niet zoals jij," beaam ik. "Ik heb nooit tieners verkracht en overhoop gestoken."

"Nee... Dat niet...," zegt hij bedachtzaam. "Jij hebt een oude man vermoord, die zich net zo min kon verweren als mijn slachtoffers, meneer de architect. Daar kan zelfs *ik* geen respect voor opbrengen."

"Dat wil heel wat zeggen," antwoord ik sarcastisch.

Skinner lacht even. Dan verstrakt zijn gezicht en zegt hij: "Tenzij er een gegronde reden is, natuurlijk... Dan wel, natuurlijk..."

In zijn optiek is vast alles een gegronde reden. Ik zie wat hij probeert te doen. Waarschijnlijk denkt hij dat ik last heb van wroeging en hij biedt me een luisterend oor en de garantie dat hij mijn daden niet zal veroordelen.

Helaas voor hem heb ik inderdaad een gegronde reden en heb ik helemaal geen last van mijn geweten. Ik ben niet van plan om hem wat dan ook te vertellen. "Wat wil je nou eigenlijk zeggen, Donald?" vraag ik ongeduldig.

Hij negeert mijn woorden en toon en gaat onverstoord verder met zijn betoog: "Toen Kane me vertelde, dat je slachtoffer een oudere man was, was ik even het spoor bijster. Dat geef ik toe. Maar een paar tientjes later was hij meer dan bereid om vragen te beantwoorden... Het lijkt erop, dat hij je dossier heeft gelezen, liefje. Alleen is hij te stom om één en één bij elkaar op te tellen."

Zelfs als hij er niet is, ben ik niet van Kane verlost.

"De details zijn erg interessant," vervolgt Skinner. "Je slachtoffer heeft zich niet verzet en er waren geen sporen van braak. Hij heeft je zelf binnen gelaten, niet omdat hij je kende, maar omdat hij niet meer wist wie je was... Hij vermoedde niks. Hij heeft zich niet verzet door het verrassingselement... Hij wist niet meer wie je was... maar jij kende hem nog wel..."

Ik kan de radertjes in zijn hoofd bijna horen snorren.

"Dat is een interessante theorie, Donald," probeer ik hem uit zijn verhaal te halen.

Hij trapt er niet in en gaat verder met zijn monoloog: "Jij wist nog wel wie hij was... maar hij kende jou niet meer... Hij heeft indruk op je gemaakt, maar jij niet op hem... Waarom niet?... Omdat je één van de vele was... Maar één van zijn vele wat?... Eén van zijn vele leerlingen?... Pleegkinderen?... Koorknaapjes?... Padvinders?... Ben ik al warm?"

Ik geef geen antwoord en probeer rustig te blijven. Hoewel hij er redelijk naast zit, komt hij veel te dichtbij.

"Ik kom te dichtbij, hè?" vraagt Skinner, alsof hij mijn gedachten kan lezen.

"Kun je niet gewoon weggaan?" zucht ik vermoeid.

"Nee," antwoordt Skinner. "Ik ben geboeid en als ik geboeid ben, moet ik blijven kijken... blijven puzzelen... Er is een verband, toch? Met die dode en met de andere Nederlander, die hier zit? Daarom ben je hier..."

Ik zwijg.

"Moet hij dood?" vraagt Skinner. "Ik kan je helpen... Zoals ik al zei, liefje... Alles is hier te koop. Zelfs leven en dood."

"Ik weet niet waar je het over hebt," houd ik vol. Ik kijk naar de grond en denk na.

"Je liegt," concludeert hij. "Je wendt je ogen af."

Dit is het!

Dit is mijn kans om het gesprek een andere wending te geven.

"De experts zijn het erover eens, dat mensen je juist aankijken als ze leugens vertellen," zeg ik kalm. "Omdat ze willen zien dat je gelooft wat ze zeggen. Wist je dat niet?"

Skinner lijkt even uit balans. Hij geeft geen antwoord, maar vraagt dan: "En dan zou jij het tegenovergestelde doen?... Of juist niet... Omdat je dacht, dat ik dat wist..."

"Of misschien dacht ik dat helemaal niet, Donald," antwoord ik en haal mijn schouders op. Ik lach even en sta op. "Of wel..."

Skinner gooit zijn sigaret weg, staat op en grijpt me bij mijn onderarm. "Luister, *liefje,*" sist hij. "Ik ben bijna aan het einde van mijn geduld. Binnenkort is het over. Goedschiks of kwaadschiks." Hij laat me los en loopt weg.

Jamie komt meteen naar me toe en fluistert: "Man, je bent er echt geweest nu. Ik ken die blik."

"Ik denk het niet," antwoord ik naar de waarheid. Ik denk dat ik iets gevonden heb om de *Jersey Killer* voorlopig bezig te houden. En op afstand.

"Hij is echt razend," houdt Jamie vol.

"Dat maakt niet uit," zeg ik. "Ik heb opeens een aas in mijn mouw... En misschien zelfs wel twee..."

"Hoe dat zo?" vraagt Jamie nieuwsgierig.

"Niet nu," antwoord ik. "Misschien later. Ik moet nadenken."

* * * * *

Maandag, 5 januari 2004 – ochtend
Rotterdam, Nederland

Ik had de hele nacht geen oog dicht gedaan. De beelden van Lennart, die in bijna comateuze toestand op de grond in de keuken lag, bleven zich aan me opdringen en ook de herinnering aan onze ruzie van gisteren lag nog vers in mijn geheugen. Ik had Len de rest van de zondag volkomen genegeerd en me opgesloten in mijn kamer.

Ik had veel tijd gehad om na te denken over hoe ik de situatie verder moest aanpakken en ik had besloten dat mijn gebruikelijke tactiek in dit soort situaties deze keer niet zou volstaan. Gewoonlijk deden mijn broer en ik na iedere ruzie, alsof er niets gebeurd was en gingen vervolgens allebei weer onze eigen gang.

Die ochtend stond ik op toen de wekker ging. Ik nam een douche en probeerde een koers te bepalen, voor het geval dat ik Len zou tegenkomen bij het ontbijt. Ik hoopte dat hij nog sliep en dat ik de deur uit kon komen, voordat hij wakker werd. Het was Kerstvakantie en feitelijk kon ik nergens heen. Ik had twee scenario's nodig: één voor het geval mijn broer nog sliep en ik inderdaad het huis uit kon en één voor het onwaarschijnlijke geval dat mijn broer al op was en ik niet onder een confrontatie uit zou kunnen komen.

Toen ik wat zachte geluiden in de keuken dacht te horen, toen ik de douche uitzette, wist ik dat mijn broer al of nog wakker was. Ik sloeg een handdoek om mijn heupen en ging terug naar mijn slaapkamer. Ik wisselde een aantal keer van outfit, om tijd te rekken en het moment waarop ik weer met mijn broer in één ruimte zou belanden nog even voor me uit te schuiven. Toen ik zeker was van mijn plan van aanpak, begaf ik me met lood in mijn schoenen naar de keuken.

Len zat aan de keukentafel met een sigaret en een beker koffie voor zich.

Ik bleef even in de deuropening staan, terwijl we elkaar zwijgend aanstaarden, beiden in afwachting van de ander om als eerste te spreken.

"Ik heb koffie voor je," zei Len, wijzend op een tweede beker.

Ik ging tegenover hem aan de tafel zitten en trok de aangewezen mok naar me toe. Ik was nerveus, maar probeerde een nonchalante houding aan te nemen. Ik staarde zwijgend naar het tafelblad en liet de stilte voortduren. Ik voelde de spanning tussen ons toenemen, maar ik weigerde toe te geven. Ik had me de dag ervoor al in een te kwetsbare positie gemanoeuvreerd door te flippen toen mijn broer me tegen de grond werkte.

De dag ervoor had ik me overgegeven, maar ik was niet van plan om me ooit nog onderdanig op te stellen ten opzichte van Len.

Ik had niets fout gedaan.

"Jochie," probeerde hij.

Ik negeerde hem en vermeed oogcontact, terwijl ik mijn koffie dronk en probeerde om mijn stoïcijnse houding te bewaren.

"Het spijt me," ging Len verder.

Ik liet de woorden even tot me doordringen, maar in plaats van dat ze me kalmeerden, riepen ze frustratie in me op. Mijn broer veronderstelde kennelijk, dat ik alles gewoon naast me neer zou leggen. Ik stond niet te springen om de gebeurtenissen van de afgelopen dagen met mijn broer te bespreken, maar dit was wel erg gemakkelijk.

"Wat spijt je?" vroeg ik scherp.

Hij gaf geen antwoord.

Ik bleef hem even aankijken, maar toen hij bleef zwijgen, wendde ik mijn gezicht van hem af en staarde naar buiten.

Len liet het even gaan, maar uiteindelijk werd de stilte hem toch teveel. "Jochie, wat wil je horen?" vroeg hij.

"Zolang de woorden 'minder drinken' er niet in voorkomen, wil ik niets horen," zei ik kil. "Is er iets dat je tegen me wilt zeggen?"

Mijn broer liet een korte stilte vallen en zei toen: "Het spijt me dat je dat moest zien. En het spijt me dat ik je pijn heb gedaan."

Je weet niet wat pijn is, dacht ik.

Dat was niets...

"Fout antwoord," antwoordde ik ijzig en stond op. Ik maakte aanstalten om langs Len heen te lopen, maar hij hield me tegen, door me bij mijn pols te grijpen.

"Jochie," begon hij, "het spijt me dat ik niet de antwoorden voor je heb, die je wilt horen, maar ik wil je geen loze beloftes doen."

Zijn woorden brachten me even van mijn stuk, maar ik herstelde me snel en keek hem zo sceptisch mogelijk aan.

"Het spijt me," probeerde Len weer. "Ik zal het nooit meer zover laten komen. Kun je daar wat mee?"

Rot op met je spijt!

Wat spijt je dan?

Dat je altijd dronken bent?

Dat je nooit weet waar en wanneer je moet stoppen?

Dat je me hebt laten stikken, toen ik je nodig had?

Ik slikte die woorden in, trok mijn arm los uit zijn greep en zei kil: "Nee, Len. Daar kan ik helemaal niets mee."

De klank van zijn stem klonk bijna dreigend, toen hij antwoordde: "Ik doe mijn best om je tegemoet te komen hier. Maak dit nou niet onnodig ingewikkeld. Ik ben best bereid om nieuwe afspraken te maken, maar jij bent onredelijk. Je gedraagt je als een klein kind."

Ik zag de ogen van mijn broer vernauwen en deed een stap naar achteren, toen ik de dreiging voelde. Automatisch. Toen herstelde ik me en dwong mezelf om te blijven staan. "Nee, Len. Waag het niet om dit *mijn* probleem te maken!" Mijn stem was veel onvaster dan ik had gewild, maar ik slaagde er wel in om mijn tranen terug te dringen. "Waag het niet om dit om te draaien! Ik ben niet het probleem."

"Het spijt me echt," zei Len weer.

Toen ik hem wilde te passeren, pakte hij me opnieuw bij mijn pols en hield me weer tegen.

Dit wilde ik niet horen. Hier had ik niets aan.

"Fijn voor je," zei ik sarcastisch. "Wat heb ik daaraan?"

Mijn broer had zichtbaar moeite om zijn woede in bedwang te houden. Hij slikte en haalde even diep adem. "Misha, ik waarschuw je," dreigde hij. "Je haalt echt het bloed onder mijn nagels vandaan."

Ik gooide alle voorzichtigheid overboord. "Goh, dat *spijt* me," antwoordde ik. "Kun je daar wat mee?"

Len sloot zijn ogen even. Hij kneep zo hard in mijn pols dat het pijn deed, maar tegen mijn verwachtingen in, bleef het daarbij. Hij keek me aan en zei met ingehouden woede: "Misha, ik geef je één kans om *nu* in te binden. Zo niet, zal ik je zo'n ongenadige doodschop geven, dat je de komende dagen niet meer op of neer kunt. Ik waarschuw je."

Ik zag wel dat hij het meende, maar dwong mezelf om te blijven staan. Ik probeerde te bedenken hoe ik met beperkt gezichtsverlies onder een fysieke confrontatie uit kon komen, maar de woorden kwamen niet. In plaats daarvan hoorde ik mezelf ijskoud zeggen: "Dat moet je dan maar doen."

Len keek me vol ongeloof aan. In zijn ogen lag nog altijd iets van woede, maar verbazing leek op dat moment de overhand te hebben.

Ik gebruikte zijn aarzeling om me los te maken uit zijn greep, maar bleef staan. Ik bleef de blik in zijn ogen bestuderen en concludeerde dat ik onnodig over me heen had laten lopen in de voorgaande jaren. Ik had het daarbij moeten laten, maar ik wilde zien hoe ver ik kon gaan en wat mijn broer bereid was te accepteren. Om mijn overwinning te benadrukken, merkte ik bijna achteloos op: "Loze dreigementen zijn net zo erg als loze beloften."

Daarna ging het heel snel. Mijn broer greep me vast, stond op en dwong me met zoveel geweld met mijn rug tegen de koelkast, dat ik dacht dat hij me er dwars doorheen probeerde te rammen. Heel even bevroor ik, maar ik bleef zijn blik vasthouden en toen ik voelde dat zijn greep iets verslapte, sloeg ik naar hem met mijn vuist.

Len weerde de klap af en pakte toen mijn arm, zodat ik niet opnieuw naar hem uit kon halen. Hij draaide me met mijn gezicht naar de koelkast en hield mijn arm op mijn rug gedraaid. Met zijn andere hand greep hij me bij mijn haar en ramde me met mijn gezicht tegen de koelkast.

Ik probeerde me los te maken, maar mijn broer was fysiek veel sterker en weigerde me los te laten. Bij zelfs de kleinste beweging werd de brandende pijn in mijn schouder heviger, alsof Len die elk moment uit de kom kon draaien. Ik probeerde me daarop te focussen om andere angsten op afstand te houden. Ik haatte het dat ik hem niet aan kon kijken en dat ik overgeleverd was aan zijn genade.

"Len, je doet me pijn," fluisterde ik.

Hij leek me niet te horen. Er viel een korte dreigende stilte, de dreiging versterkt door het feit dat ik Len nog altijd niet aan kon kijken. Hij liet me los en al voordat ik me naar hem toedraaide, voelde ik wat er ongeveer ging volgen. De eerste klap kon ik ontwijken, maar ik kon niet achteruit of langs hem heen en kon niet anders dan de daaropvolgende klappen incasseren.

Ik vocht niet terug. Mijn weerstand was bij de eerste klap al gebroken. Ik wist dat ik fysiek niet van hem kon winnen. Verzet was volkomen zinloos.

De machteloosheid deed me denken aan –

"Len, stop," bracht ik moeizaam uit.

Mijn broer bleef slaan, in blinde woede.

"Lennart, stop," probeerde ik weer. "Alsjeblieft." Toen ik inzag dat hij niet zou stoppen, liet ik me vallen, in de hoop dat hij daardoor uit zijn trance zou ontwaken. Ik hief mijn hoofd een stukje op en zag dat Len aanstalten maakte om me een schop te geven. Instinctief bleef ik liggen, deed mijn armen over mijn hoofd en kneep mijn ogen stijf dicht.

Met iedere seconde dat de gevreesde trap uitbleef, voelde ik mijn onvrijwillige onderdanigheid naar de achtergrond verdwijnen en mijn woede geleidelijk toenemen.

Toen ik mijn ogen weer opende, viel mijn oog op een schaar, die ruim een meter bij me vandaan op de grond lag. Ik wilde mijn hand uitsteken, maar bedacht me. Ik hief mijn hoofd op en keek Lennart aan.

Zodra ik de nog altijd ziedende blik in zijn ogen zag, keek ik opnieuw naar de schaar. Ik aarzelde en keek weer op, om te zien wat mijn broer deed.

Hij stond vlakbij me en hield mijn blik vast.

Ik durfde niet op te staan, maar keek niet weg.

Een tijdje staarden we elkaar zwijgend aan.

Toen, alsof hij mijn gedachten had gelezen, zette Lennart zijn voet op mijn pols, voordat ik mijn arm uit kon strekken om de schaar te pakken. "Dat zou ik niet doen, als ik jou was," siste hij en plaatste meer gewicht op mijn arm. Hij torende hoog boven me uit en keek op me neer. Met geveinsde kalmte zei hij: "Ik ga nu naar de coffeeshop en als ik terugkom, heb je de keuken op orde en geen enkel commentaar op wat dan ook. Begrepen?"

"Len, ik...," begon ik.

Hij haalde zijn voet van mijn arm en schopte de schaar weg. "Misha, ik wil het niet horen."

Ik probeerde op te staan, maar iedere beweging deed pijn. "Len, ik..."

"Ik wil het niet horen," herhaalde hij.

Ik krabbelde overeind en bleef toen aarzelend staan. Ik zocht oogcontact.

Len deed een stap bij me vandaan en snauwde: "Blijf uit mijn buurt, als je weet wat goed voor je is."

"Len," begon ik weer.

"Misha, ik wil het *niet* horen," zei hij nadrukkelijk.

Ik probeerde orde te scheppen in de chaos in mijn hoofd. Ik was geneigd om mijn excuses aan te bieden, maar ik slikte die woorden in. Het waren woorden, die ik nooit oprecht meende en die ik te pas en te onpas gebruikte, om anderen gunstig te stemmen of de koers van een gesprek te veranderen, wanneer het onderwerp me niet beviel. Ik ging de gebeurtenissen van de afgelopen minuten snel langs in mijn hoofd.

Feitelijk had ik niets fout gedaan. Ik had niets om 'sorry' voor te zeggen. Ik had naar een schaar *gekeken*, niet gedreigd, niets gedaan.

Len liep naar de uitgang van de keuken. In de deuropening bleef hij staan en draaide zich naar me toe. Even leek het erop dat hij iets wilde zeggen, maar nadat we elkaar bijna een minuutlang zwijgend hadden aangestaard, bedacht hij zich en liep door.

Toen mijn broer vertrokken was, ging ik naar de badkamer en bestudeerde mijn spiegelbeeld aandachtig. Het kon nu alle kanten op. *Ik* kon alle kanten op. Ik kon Lennart mijn verontschuldigingen aanbieden en hopen dat hij en ik op oude voet verder konden gaan. Of ik kon nog een keer proberen om verandering in de situatie te brengen.

Ik maakte een handdoek nat onder de kraan en veegde het bloed van mijn gezicht. Toen trok ik mijn shirt uit en gooide het in de wasmand. Ik betwijfelde of de bloedvlekken eruit zouden gaan in de wasmachine. Met meer fascinatie dan afkeer, bekeek ik de blauwe plekken op mijn bovenlichaam en armen.

Geleidelijk begon zich een plan te ontvouwen in mijn hoofd. Mijn broer had me op mijn plek willen zetten, maar in plaats daarvan had hij me, zonder het zelf te weten, de wapens gegeven die ik nodig had.

Lennart had de strijd wel gewonnen, maar de oorlog was nog niet voorbij.

* * * * *

Woensdag, 21 november 2012 – middag – Dag 23
New York, Amerika

"Komt je vader op bezoek vandaag?" vraag ik Jamie.

Hij kijkt op van zijn boek en schudt zijn hoofd. "Nee, mama krijgt weer chemo. Ik heb liever dat hij met haar meegaat. Zij heeft hem harder nodig dan ik."

"Dat is waar," antwoord ik en sta op van mijn bed, zodra ik de voetstappen hoor naderen.

Bewaker Phipps verschijnt en zegt: "Larsen, bezoek. Open 421!"

Ik zie Jamie vragend naar me kijken en zeg: "Mijn advocaat."

Jamie strekt zich weer uit op zijn bed en pakt zijn boek weer.

Ik stap de cel uit en wacht het ritueel af van deur sluiten, boeien om en volgen.

Phipps roept: "Sluit 421!" en zegt dan: "Kom."

Waar blijven de handboeien?

Ik besluit geen slapende honden wakker te maken en volg Phipps rustig de trap af. Ik wil hem geen aanleiding geven om zich te herinneren dat hij de handboeien is vergeten.

"Hoe gaat het?" vraagt hij, zodra we van de afdeling af zijn.

"Goed," antwoord ik weifelend.

"Dat is fijn om te horen," zegt hij.

We vervolgen zwijgend de route naar de bezoekersruimte. "Deur open!" roept Phipps en begeleidt me naar binnen. De deur sluit achter ons.

Ik zie George Springfield, maar dan valt mijn oog op de getatoeëerde kickbokser, waar ik Phipps weleens mee zie praten. Hij heeft bezoek van een man, die sterk op hem lijkt en van wie ik vermoed dat hij zijn broer is.

Als we hen passeren legt Phipps zijn hand even op de schouder van de kickbokser, in het voorbij lopen, zonder stil te staan, iets te zeggen of hem aan te kijken. Het lijkt een stille groet of een bevestiging. Alsof hij wil zeggen: 'We zijn er allebei nog.'

We lopen naar de tafel, waaraan George zit.

"Zitten," zegt Phipps.

Zodra hij buiten gehoorsafstand is, buigt George zich dichter naar me toe en fluistert: "Ik heb nieuws voor je."

Wat nu weer?

"Wat is er gebeurd?" vraag ik op geveinsd laconieke toon.

"Je broer komt," antwoordt hij.

"Nee!" zeg ik. Ik heb grote moeite om te blijven fluisteren. "Nee. George, dat is geen optie. Ik heb teveel aan mijn hoofd om me ook nog bezig te moeten houden met Lennart. Er is nog zoveel... Ik moet nog... Ik heb nog geen..."

Ik kan de woorden niet meer vinden.

George schudt meewarig zijn hoofd. "Luister jongen," begint hij op bijna vaderlijke toon. "Ik heb een verzoek ingediend bij de Warden om een internationaal telefoongesprek,..."

Misschien kan ik hem ompraten, denk ik meteen.

"Het is *geen* optie," herhaal ik stellig.

"... al voordat ik wist dat je broer een ticket heeft geboekt," maakt George zijn zin af.

"Waarom?" vraag ik op kille toon. Ik probeer afstand te creëren, hem weg te jagen, maar ik bereik met mijn houding bij mijn advocaat precies het tegenovergestelde.

George kijkt me bezorgd aan en schudt dan ongelovig zijn hoofd. De meelevende blik in zijn ogen is oprecht. Hij heeft medelijden met me. Niet zozeer omdat ik hier zit, maar omdat ik zo beschadigd ben, dat ik niet kan zien wat hij ziet. "Zodat je Lennart kunt bellen," antwoordt hij dan op een toon alsof hij het tegen een kleuter heeft. "Of Maren. Je hebt het nodig."

Ik heb niets nodig. Ik heb niemand nodig. Niemand. Niet op die manier. Het irriteert me dat George altijd lijkt te denken dat ik niet voor mezelf kan zorgen. "Vertel me niet steeds wat ik nodig heb, *raadsman*," snauw ik. "Het enige dat ik nodig heb is rust."

"Dan ben je naar de verkeerde plaats gekomen, ben ik bang," antwoordt hij kalm, kijkt me recht aan over het ouderwetse montuur van zijn bril en negeert mijn uitval. Dan verschuift zijn blik en dwaalt af naar links.

Ik zie dat hij langs me heenkijkt en volg de lijn van zijn blik zo onopvallend mogelijk. Mijn ogen ontmoeten die van Donald Skinner. Ik richt me weer tot mijn advocaat.

"Dat mag duidelijk zijn," zeg ik.

Hij gaat er niet op door, maar pakt in plaats daarvan de draad van zijn verhaal weer op, op exact hetzelfde punt waar hij gebleven was, voordat Skinner zijn aandacht even afleidde. "Ik heb mijn best gedaan. Doe ermee wat je wilt," zegt hij. "Bel je broer... Bel je... Bel Maren... Weiger het telefoongesprek als het aanbod komt..." Hij zucht. "Doe ermee wat je wilt, jongen, maar dan heb ik in ieder geval voor mezelf de overtuiging dat ik mijn best voor je gedaan heb, dat ik het geprobeerd heb..."

Dat kan ik hem niet kwalijk nemen.

"Het spijt me dat ik je hierin betrokken heb," begin ik. "Het is nooit mijn bedoeling geweest om..."

"Om wat?" vraagt George.

Ik heb geen woorden.

10.
CONSEQUENTIES

Donderdag, 22 november 2012 – middag – Dag 24
New York, Amerika

Geleidelijk begint mijn nervositeit weer toe te nemen.

Het weekeinde nadert en als ik de laatste roddels mag geloven, heeft Kane zich gisteren beter gemeld. Dat is een tegenvaller. Ook het feit dat Donald Skinner zich al vier dagen opvallend koest houdt, is geen goed voorteken.

Dit is geen rust. Dit is de stilte voor de storm.

Ik voel het.

Ik sta op de binnenplaats met Jamie en de Oude Goldstein.

"Ik hoorde dat de 'bezetting' nabij is," zegt de oude man cryptisch tegen mijn celgenoot.

Ik begrijp dat hij Kane hiermee bedoelt. Het is in mijn ogen bijna logisch, dat de oude Jood de kleinzoon van een kampbewaarder associeert met gasovens en dode familieleden.

"Ja," antwoordt Jamie. "Ik heb het rooster gezien."

Ik leun tegen de muur en kijk onopvallend om me heen. Ik zoek Skinner en zijn 'vrienden', maar ze zijn nergens te zien. Hun vaste plaats op de tribune is leeg. Opnieuw kijk ik rond, nu om een glimp op te vangen van Norton of Russell of iemand anders, die ik regelmatig met de *Jersey Killer* zie.

"Misha?" hoor ik Jamie zeggen.

Aan de klank en het volume van zijn stem, hoor ik dat het niet de eerste keer is, dat hij mijn naam heeft gezegd.

"Sorry, wat zei je?" vraag ik.

"Ik vroeg of je al weet hoe de kaarten geschud zijn," herhaalt hij geduldig.

Ik schud mijn hoofd. "Het is allemaal wat... abstract," antwoord ik voorzichtig. *No way* dat ik wat dan ook met mijn celgenoot ga bespreken, met deze voor mij onbekende oude man erbij. Ik word even afgeleid als Phipps voorbij loopt en me groet. Ik groet terug.

Zodra hij buiten gehoorsafstand is, wend ik me tot Jamie en vraag: "Hoe zit het eigenlijk met hem?"

"Hij hoort bij de geallieerden," zegt Goldstein en loopt weg.

Ik kijk vragend naar Jamie, die zijn schouders ophaalt en zegt: "Ergens heeft hij wel gelijk. Hij ziet de dingen alleen een beetje... anders. Maar hij weet heel veel. Dat komt, omdat hij al zo oud is."

"Dat zal best," antwoord ik.

"Goldstein is oké," zegt Jamie.

"En hoe zit het met Phipps?" probeer ik weer.

"Hij is oké," vertelt Jamie. "Ik dacht dat je dat inmiddels wel door had?"

"Alle honken bezet," zeg ik langzaam. "Er is geen ruimte voor twijfel."

"Dat klinkt alsof het oorlog is," merkt Jamie half geamuseerd op.

"Dat is het ook," antwoord ik.

* * * * *

Maandag, 5 januari 2004 – avond
Rotterdam, Nederland

Na de ruzie met mijn broer had ik de hele middag nagedacht over mijn strategie. Ik had me bewust met een boek op mijn bed geïnstalleerd, omdat ik wilde dat Len de eerste stap zou zetten. Dat was essentieel. Het zou hem direct op achterstand brengen. Ik wilde dat hij naar mij toe zou komen, niet andersom.

Het was al avond toen ik een sleutel in het slot van de voordeur hoorde. Ik wachtte af en luisterde naar de gebruikelijke geluiden: de voordeur die dichtviel, Len die zijn jas uittrok, Len die een biertje uit de koelkast haalde.

Na een kwartier werd er op de deur van mijn slaapkamer geklopt en kwam Len binnen, zonder een reactie af te wachten.

Ik bleef zitten en keek naar hem op.

Hij was minder stoned, dan ik verwacht had. De woede was uit zijn ogen verdwenen en hij oogde ontspannen. Hij keek naar me en leek te twijfelen over zijn aanpak.

Dat vertelde me dat hij zich niet had voorbereid, zoals ik me voorbereid had. Ik had al mijn teksten al paraat. "Het spijt me dat ik de keuken niet heb opgeruimd, Len," begon ik, "maar ik kan niet eens ademhalen, zonder dat het pijn doet." Er klonk geen spoortje van verwijt in mijn stem (wat me de nodige moeite kostte). Mijn toon was eerder berouwvol.

Len aarzelde en zei toen toegeeflijk: "Dat is oké. Morgen weer een dag."

Ik knikte en probeerde dankbaar te kijken.

Mijn broer leunde tegen de deurpost en hield mijn blik vast. "Jochie, wat was dat nou?"

"Wat was wat?" vroeg ik.

"Vanmorgen," zei Len. "Wat was dat nou?"

Ik richtte mijn blik op de grond en antwoordde: "Dat weet ik niet."

Len kwam dichterbij en ging op het voeteneinde van het bed zitten. Hij was dichterbij dan ik prettig vond, maar ik stond niet op en schoof niet bij hem weg. "Jochie, je begrijpt toch wel dat...," begon hij. "Dat dit soort dingen niet oké zijn?"

Ik keek hem even aan. Ik wist precies waar hij op doelde, maar hield me dom. "Len... Ik... Ik begrijp niet wat je bedoelt."

"Misha, je wilde me een schaar in mijn flikker steken," antwoordde Len.

"Hoe kom je daar nou bij?" vroeg ik en probeerde zo verbaasd mogelijk te klinken.

Len zweeg en keek me alleen maar aan.

Ik zag de twijfel in zijn ogen, maar ik wist dat hij wilde geloven, dat ik de waarheid sprak. Ik besloot op zijn gevoel te werken en vroeg met zachte stem: "Len, hoe kun je dat nou van me denken?" Ik zag zijn innerlijke strijd gereflecteerd in zijn blik.

"Misha, ik..."

Ik deed alsof ik hem niet hoorde en herhaalde: "Hoe kun je dat nou van me denken?"

"Misha," begon hij weer.

"Hoe kun je dat nou van me denken?" vroeg ik nogmaals. Ik zag de twijfel in zijn ogen groter worden. "Ik dacht... Nee, laat maar."

Zoals ik verwacht had, hapte Len meteen. "Nee, zeg het maar gewoon."

Ik deed alsof ik aarzelde en zei toen: "Len, je was zo kwaad... Ik... Ik was gewoon..." Ik liet een stilte vallen, om te zien of hij zou aandringen.

"Zeg het maar," moedigde Len me aan. "Ik beloof je dat ik niet boos word."

"Ik was bang," zei ik, nauwelijks hoorbaar. Ik zag dat die woorden hard aankwamen. "Toen ik die schaar zag wilde ik hem pakken, voordat jij dat kon doen," loog ik toen overtuigend. Ik schoof een stukje bij hem vandaan en bleef hem aankijken. "Ik bedoel: Ik dacht niet dat je me bewust iets zou doen, maar je was zo boos en ik kon niet meer helder denken en..."

Opnieuw liet ik een stilte vallen.

Len keek even zwijgend naar me. "Het spijt me echt," zei hij uiteindelijk.

"Mij ook," antwoordde ik.

"Doet het pijn?" vroeg hij aarzelend.

Ik knikte.

"Het spijt me echt, jochie," zei Len weer.

"Dat weet ik," antwoordde ik. "Het is oké. Ik... Ik wil het gewoon vergeten. Oké?"

Hij knikte.

Ik stond op van het bed. "Ik ga even douchen." Om te testen in welk stadium het schuldgevoel van mijn broer zich bevond, vroeg ik: "Wil jij koffie zetten?"

Len stond op. "Ja, natuurlijk." Hij leek dankbaar voor het feit dat ik hem een kans gaf, om iets voor me te doen. Een kans om iets goed te maken. Dat was waarschijnlijk hoe hij het zag en waar ik naartoe had gewerkt. Hij was duidelijk aangeslagen en ik had mijn aas nog altijd in mijn mouw.

Ik keek hem na toen hij mijn kamer verliet en naar de keuken ging. Ik pakte schone kleren, maar liet een shirt bewust achterwegen. Toen ging ik naar de badkamer en deed de deur op slot. De spieren in mijn schouders, rug en armen deden pijn. Langzaam trok ik mijn shirt over mijn hoofd en gooide het in de wasmand, hoewel ik het die ochtend schoon had aangetrokken. Ik zette de douche aan en trok de rest van mijn kleren uit en gooide die in de wasmand.

Toen viel mijn oog op het shirt met de bloedvlekken, dat een stukje onder de andere kleren uitkwam. Ik pakte het en legde het bovenop, om er zeker van te kunnen zijn, dat Lennart het tegen zou komen. Ik stapte onder de douche en liet het water een tijdje over mijn hoofd stromen.

Ik nam de tijd. Ik wilde dat mijn broer ons gesprek even kon laten bezinken, voordat ik mijn troef zou spelen en hem de psychologische *knock out* zou geven. Ik zou hem een trap na geven, die hij zou voelen, elke keer als hij aan de afgelopen twee dagen terug dacht.

Hij kon niet winnen.

Ik zou hem steeds een stap voor zijn en alles naar mijn hand kunnen zetten. Ik draaide de kraan dicht, pakte een handdoek, droogde me af en trok de kleren aan die ik had meegenomen. De handdoek gooide ik op de grond. Toen liep ik naar de spiegel en staarde naar de blauwe plekken, die de vuisten van mijn broer hadden achtergelaten op mijn torso.

Mijn oorlogskleuren.

Kijk en huiver, dacht ik.

Ik verliet de badkamer en ging naar de woonkamer, waar mijn broer op de bank zat en in de weer was met een pakje shag en een zakje wiet. Er stonden twee bekers koffie op tafel en ik zag geen bier. Ik besloot de wiet door de vingers te zien. Tenslotte was Len daar nog nooit agressief van geworden.

"Heb jij mijn grijze shirt gezien?" vroeg ik. Aangezien ik het kledingstuk eerder die middag al over de rugleuning van de bank had gehangen, wist ik precies waar het was, maar dat wist mijn broer niet.

"Ja, dat ligt..." Len keek op en viel stil. "Jezus, jochie."

Ik haalde mijn schouders op, ongemakkelijk onder zijn onderzoekende blik.

Len legde de spullen, die hij in zijn handen had weg en stond op. Hij nam mijn shirt van de rugleuning en kwam naar me toe, maar in plaats van me mijn shirt te geven, legde hij zijn vrije hand op mijn schouder en bestudeerde de blauwe plekken.

Ik zag dat het hem pijn deed om ermee geconfronteerd te worden. En dat was precies wat ik wilde. Ik wilde hem pijn doen, zoals hij mij pijn gedaan had. Aangezien ik hem fysiek nooit aan zou kunnen zou een ander soort pijn moeten volstaan. Ik wist uit ervaring dat lichamelijke pijn gaandeweg slijt en geestelijke pijn nooit weggaat.

"Jezus, jochie," zei Len weer. Toen hij het niet langer kon aanzien, reikte hij me mijn shirt aan.

Ja, kijk maar goed, dacht ik.

Langzaam trok ik het aan en wilde mijn koffie pakken.

Len pakte me voorzichtig bij mijn pols en hield me tegen. "Misha... Jochie, het spijt me zo. Kom eens hier." Hij trok me zachtjes naar zich toe en sloeg zijn armen om me heen.

Ik onderging het even, maar zei toen: "Len, je doet me pijn."

Hij liet me onmiddellijk los. "Sorry."

* * * * *

Vrijdag, 23 november 2012 – ochtend – Dag 25
New York, Amerika

"Tijd om je keuze te maken, *liefje,*" zegt Donald Skinner resoluut en hij zet zijn dienblad met een klap op de tafel. Hij praat harder dan gewoonlijk en werpt dan een blik op Jamie, die de boodschap begrijpt en snel een stoel opschuift om plaats te maken. Skinner gaat zitten en draait zijn rug naar Jamie toe, hem volkomen negerend.

Dan wendt hij zich tot mij en vraagt op zijn gebruikelijke krakerige fluistertoon: "Jij mag het zeggen, liefje... Wie wordt het? De Draak... of ik?" Hij begint rustig aan zijn ontbijt.

Het komt enigszins uit de lucht vallen, nadat ik Skinner een paar dagen nauwelijks gezien en gehoord heb en vooral omdat het nog geen weekeinde is. Ik denk even na en zeg dan: "De Draak heeft nog geen woord tegen me gezegd." Het lijkt een veilig antwoord en het is de waarheid.

Ik heb de Draak met grote regelmaat naar me zien staren, maar altijd op een afstand. Dat lijkt me hier nauwelijks iets om me over te beklagen. Als het daarbij blijft, mag hij wat mij betreft kijken, totdat hij er blind van wordt.

"Hij is een man van weinig woorden," antwoordt Skinner tussen twee happen door. "Ik – aan de andere kant – houd wel van een goed gesprek op zijn tijd."

Ik heb mijn ontbijt nog niet aangeraakt.

Het ontgaat Skinner niet. "Je moet wel af en toe iets eten, liefje," zegt hij. "Straks is er helemaal niks meer om vast te houden." Hij glimlacht veelbetekenend. "Of is het onderdeel van een *briljant* ontsnappings*plan?* Niks meer eten, totdat je zo mager bent, dat je tussen die nare tralies doorkunt?"

Hij moet lachen om zijn eigen grapje.

Ik zwijg. Het begint me op te vallen, dat hij tijdens ieder gesprek op bepaalde woorden een klemtoon legt, alsof hij me ergens op wil wijzen. Bijna alsof hij aanwijzingen geeft.

Skinner leunt nonchalant achterover op zijn stoel. "Je denkt dat je slim genoeg bent om je uit deze situatie te wurmen, nietwaar?" vraagt hij. "Tijd rekken... Me ontlopen... Maar ik zal je even uit de droom helpen, meneer de architect... Al die tactieken hebben de revue al gepasseerd. In *iedere* mogelijke vorm."

Ik geef geen antwoord.

Hij schuift zijn dienblad geagiteerd van zich af en sist dan: "Ik begin ongeduldig te worden, *liefje,* maar ik ben niet onredelijk. Je hebt vierentwintig uur... Morgenochtend bij het ontbijt zit ik aan mijn eigen tafel en jouw toekomst hier hangt af van welke tafel jij kiest..."

Ik geef geen antwoord.

Skinner staat op, gebaart naar zijn dienblad en snauwt tegen Jamie: "Ruim dat even op, wil je?" Dan loopt hij terug naar zijn vrienden.

Jamie schuift weer een stoel op en vraagt: "Wanneer komt hij?"

"Dit weekeinde," antwoord ik.

"En nu?"

Ik zwijg. Dit is een vraag waar ik nog geen antwoord op heb en ik begin er sterk aan te twijfelen of er überhaupt een oplossing is. Iedere keer als ik denk, dat ik het enigszins in de hand heb, maakt Skinner weer een schijnbeweging.

Jamie kijkt me meewarig aan.

Ik kijk op de klok. De seconden tikken naar het weekeinde toe en ik kan het niet tegenhouden. Ik herinner me wat Jamie gezegd heeft.

"Je komt er toch niet onderuit... De beste tactiek is om erin mee te gaan... Zodra er weer nieuwen komen, is het voorbij..."

Ik overweeg al mijn opties en zoek naar alternatieven. Flarden van wat Kane twaalf dagen geleden tegen me gezegd heeft, spoken ook nog altijd door mijn hoofd.

"Voor wie ben je op je knieën gegaan...?"

"... onderhandelingen nog niet helemaal rond...?"

"... heel veel te verliezen."
"... een manier waarop jij je een beetje nuttig kunt maken..."
"... vijf dagen om daar eens goed over na te denken."

Ik zucht, kijk naar Jamie en schuif mijn dienblad nog verder van me af. We wachten zwijgend op de bel en ik ben blij als ik weer in mijn cel ben.

Jamie leunt tegen het bureau en kijkt naar me.

Ik probeer het te negeren en ga op mijn bed zitten, met mijn rug tegen de muur die tussen Skinner en mij instaat. Ik houd me vast aan scepsis en probeer te navigeren tussen bruikbare en onbruikbare informatie in mijn hoofd.

"Beste muur ooit," zeg ik tegen Jamie en wijs achter me.

"Weet ik," antwoordt hij.

Ik moet nadenken en ik weet maar al te goed, dat de tijd dringt. Het laatste waar ik nu op zit te wachten is dat mijn kostbare tijd opgaat aan allerlei goedbedoelde maar onbruikbare gesprekken met mijn celgenoot. "Wil je iets voor me doen?" vraag ik.

"Wat?"

"Wil je me wakker maken voor de lunch?"

Jamie knikt, hijst zich op zijn bed en pakt zijn boek.

Ik hoor de bladzijden ritselen boven mijn hoofd en de andere geluiden om ons heen verdwijnen langzaam naar de achtergrond. Ik ga languit op mijn bed liggen en sluit mijn ogen, voor het geval Jamie checkt of ik slaap.

Mijn gedachten dwalen al snel af van de onderwerpen Skinner en Kane naar vroeger en voor het eerst sinds ik mijn eerste moord pleegde, sta ik mezelf toe om me af te vragen of ik nu echt de rust heb gevonden, die ik al die jaren had verwacht te vinden in die dood.

Ik weet eigenlijk niet wat ik precies verwachtte.

Misschien dat ik voor het eerst een nacht ononderbroken zou kunnen slapen?

Dat ik niet meer afhankelijk zou zijn van licht om het donker uit te sluiten?

Dat de nachtmerries zouden verdwijnen?

Dat ik me niet alles meer zou herinneren?

Dat ik niet meer over mijn schouder zou hoeven kijken?

Dat het voorbij zou zijn?

Focus!

* * * * *

Donderdag, 22 januari 2004 – ochtend
Delft, Nederland

Ik zette mijn zware rugzak met boeken op de grond en leunde tegen een muur in de hal van de universiteit. Mijn oog viel op het prikbord, waarop vele mededelingen en oproepen waren geprikt met gekleurde punaises.

Mijn aandacht werd getrokken door een lichtgroen papiertje met de tekst:

US student (M) seeks roommate (M/F) who speaks ENGLISH besides Dutch. Details to be worked out. No messy types!

Toen ik me omdraaide, keek ik recht in de groene ogen van een lange, magere man. Ik herkende hem van bepaalde bijvakken, die we samen volgden. Ik herinnerde me zelfs zijn naam, zoals ik me de naam van iedere persoon herinner, die ik ooit ontmoet heb.

Colin Ross was een paar jaar ouder dan ik, had een smal en vriendelijk gezicht en slordig roodblond piekhaar, dat op een vreemde manier stijlvol leek bij zijn limoenkleurige pak.

Ik wist dat hij uit Amerika kwam.

Ik had genoeg verhalen gehoord over de flamboyante miljonairszoon, die zijn familie te schande had gemaakt en naar Europa was gestuurd, maar wat er precies gebeurd was, wist ik niet.

Het waren mijn zaken niet.

"Yours?" vroeg ik en wees op het groene briefje op het prikbord.

Colin glimlachte en antwoordde in het Engels, met een licht New Yorks accent. "Ja, ik ben Colin Ross."

"Misha Larsen," antwoordde ik.

"Zoek je woonruimte?" vroeg Colin.

"Ja," zei ik. "Ik woon nu bij mijn broer, maar hij is nogal... slordig."

* * * * *

Zaterdag, 24 november 2012 – ochtend – Dag 26
New York, Amerika

Donald Skinner zit al aan zijn tafel als ik de kantine binnenkom.

Ik kijk even naar hem, haal mijn ontbijt en denk na. Als ik nog van gedachten wil veranderen, moet ik dat nu doen. Ik heb mijn besluit al genomen, maar geef mezelf toch een laatste kans om me te bedenken.

De afgelopen uren heb ik gedacht dat Skinners ultimatum van gistermorgen niet meer was dan een rookgordijn, waarmee hij me een etmaal lang kon tergen en me een vals gevoel van veiligheid kon geven. Iets om me mee op het verkeerde been te zetten. Ik heb me vergist.

Tegen al mijn verwachtingen in heeft hij me vanmorgen zowel in de kleedkamer als in de doucheruimte met rust gelaten – ondanks dat we in dezelfde groep zaten – en zelfs niet eens naar me gekeken.

Hij probeert verwarring te zaaien. Of hij heeft een heel vreemde manier van iemand wijzen op het feit dat hij een man van zijn woord is.

Ik loop naar de tafel waar ik iedere ochtend zit en neem plaats naast Jamie. Ik schuif mijn ontbijt van me af en richt mijn blik op het tafelblad voor me.

"Geen honger?" vraagt Jamie.

Ik schud mijn hoofd.

"En nu?"

Ik geef niet meteen antwoord.

Dit is de vraag die me de afgelopen vierentwintig uur ononderbroken bezig heeft gehouden, maar al mijn gedenk heeft me niet dichter bij een oplossing voor mijn problemen met Skinner en Kane gebracht. Ik zucht.

"Ik weet het niet, Jamie," zeg ik dan ongeduldig. "Afwachten, denk ik."

"Shit," zegt Jamie en staat haastig op. "Sorry, man." Hij loopt naar een andere tafel.

Ik weet dat Skinner achter me staat.

* * * * *

Donderdag, 22 januari 2004 – middag
Delft, Nederland

Ik ontmoette Colin Ross in de hal van de universiteit, na mijn laatste college. Sinds ik hem die ochtend had gesproken, had ik continu getwijfeld. Hoewel het idee dat ik een woonruimte met een vreemde zou moeten delen, mijn idee van de hel op aarde was, was de mogelijkheid om bij mijn broer te blijven zo mogelijk nog onaantrekkelijker. Ik had afstand nodig, maar had zelf niet de middelen noch de leeftijd om dat te kunnen verwezenlijken.

"Zal ik je het huis laten zien?" vroeg Colin.

"Huis?" herhaalde ik. "Ik dacht dat je een kamer wilde delen."

Colin schudde zijn hoofd. "Ik heb een hele verdieping. Ik ben enig kind, dus ik heb *issues* met delen."

Ik keek hem even aan. Ik had me afgevraagd of ik überhaupt in staat was om met wie dan ook een kamer te delen. Nu bleek dat er meerdere kamers waren, wat mogelijkheden bood om me af te kunnen zonderen, werd de gelegenheid aantrekkelijker. Het feit dat Colin iemand was die ik helemaal niet kende, was nu nog de enige factor die me deed aarzelen.

Dat en het feit dat ik heel weinig geld zou kunnen bijdragen.

"Hoeveel is de huur?" vroeg ik.

"Achthonderd euro," antwoordde Colin. Hij keek me schattend aan.

Tot mijn eigen verbazing voelde ik me redelijk op mijn gemak bij de Amerikaan en ik vond de moed om open kaart met hem te spelen. "Ik heb weinig geld, Colin."

"Dat weet ik," zei hij.

Ik keek hem aan, maar ik hoefde me niet af te vragen hoe hij dat wist. Mijn kleding sprak boekdelen. Ik had in die tijd niet eens een winterjas.

"Weet je... Als kind nam ik altijd zwerfkatten mee naar huis," vertelde Colin me. "Mijn vader werd er knettergek van. Zwerfkatten, vogels met gebroken vleugels..." Hij zweeg even en zei toen: "Loyaliteit is een logisch gevolg van dankbaarheid. Als ik iets zie dat hulp nodig heeft, dan wil ik helpen. En als ik iets zie dat stuk is, wil ik het repareren."

Ik vroeg me af wat Colin dacht te zien.

Was het mogelijk dat deze onbekende zag wat niemand anders zag?

"Hoe oud ben je eigenlijk?" vroeg hij.

Ik wendde mijn blik af en antwoordde: "Bijna achttien."

"En je woont bij je broer?" informeerde Colin.

Ik knikte.

"Mag ik vragen waar je ouders zijn?"

"Dood," zei ik.

"Dat spijt me," antwoordde Colin meelevend. "Lang geleden?"

"Bijna zes jaar," vertelde ik.

"Heb je al die tijd bij je broer gewoond?" ging Colin verder. Hij leek oprecht geïnteresseerd en vriendelijk, maar daar kon ik niet mee omgaan.

"Zullen we gaan?" vroeg ik. "Dan kun je me het huis laten zien en kunnen we zien of we er financieel uit kunnen komen."

Colin keek me even aan. "Oké," antwoordde hij toen. Hij deed zijn jas dicht en liep naar de uitgang.

Ik volgde hem en vroeg: "Is het ver?"

"Nee," zei Colin. "Een kwartier lopen." Hij keek opnieuw naar me. "Waar is je jas?" wilde hij weten.

"Die heb ik aan," antwoordde ik, doelend op mijn spijkerjack.

"In die vrieskou?"

"Ik heb het niet koud," loog ik. "Zullen we gaan?"

Een kwartier later arriveerden we bij Colins woning. Ondanks dat Colin slechts één verdieping huurde, was de oppervlakte groter dan Lennarts hele huis.

Colin toonde me de woonkamer, badkamer, keuken en de twee slaapkamers. Hij vertelde me dat er tot voor kort een goede vriendin bij hem had gewoond, maar dat zij een maand eerder was vertrokken om te gaan samenwonen met haar vriendje.

"Met haar had ik een regeling, dat ze bijdroeg naar draagkracht. Het kwam er op neer dat ik alle vaste lasten betaalde en zij de boodschappen."

"Was zij ook iets dat gerepareerd moest worden?"

"Ja," antwoordde Colin langzaam.

"Waarom doe je dit? Wat schiet je er mee op?" vroeg ik achterdochtig.

"Melissa is één van mijn beste vriendinnen geworden," zei Colin. "Ze heeft een moeilijke jeugd gehad en ik bood haar een uitweg. Er zat niets achter. Ik wilde haar gewoon een kans geven, die ze anders niet zou krijgen. Ik heb haar in huis genomen en haar studie betaald, ja. Ik had de mazzel dat ik geboren werd in Ross Manor en dan moet je af en toe iets doen voor iemand die dat geluk niet heeft gehad. Ik zag een gedrevenheid in Melissa en over twee jaar studeert ze af en heeft de wereld er een goede arts bij. Voor mij is het genoeg dat ik daar een bijdrage aan heb geleverd en daar een goede vriendin aan over heb gehouden."

Ik dacht erover na. Ik was te achterdochtig om klakkeloos aan te kunnen nemen dat Colin zuiver goede bedoelingen had en zocht naar het addertje onder het gras. "En nu vind je dat de wereld behoefte heeft aan een architect?" vroeg ik sceptisch.

"Misschien kan ik nog wel een goede vriend gebruiken," antwoordde Colin. "Als je zo jong bent en in je tweede jaar zit, terwijl je een moeilijke jeugd hebt gehad, wijst dat op diezelfde gedrevenheid die Melissa heeft." Hij zweeg even en vervolgde toen: "Ik zie ook datzelfde zenuwachtige en onrustige gedrag, opgejaagd bijna. Ik denk dat je tot rust moet komen. Je hebt behoefte aan rust en structuur. Als je broer je dat niet kan bieden, dan wil ik dat wel doen."

Ik keek hem aan.

Hoe was het mogelijk dat een volslagen vreemde me beter begreep dan mijn eigen broer?

"Als je een tijdje in een rustigere omgeving bent, gaat de storm in je hoofd vanzelf liggen," zei Colin.

Ik slikte even. Ik had er moeite mee dat Colin zo feilloos aanvoelde hoe ik in elkaar zat en dwars door me heen leek te kunnen kijken. Toch beangstigde het me minder dan ik verwacht had.

Colin straalde ondanks zijn eigenaardigheden zoveel vertrouwen en rust uit, dat het me in de war bracht. Zelfs dat leek hij op te pikken.

"Je hoeft niet te praten als je dat niet wilt, maar sta gewoon even stil, kijk om je heen en bekijk je opties. Kies gewoon één keertje voor jezelf."

* * * * *

Zaterdag, 24 november 2012 – ochtend – Dag 26
New York, Amerika

"Laten we het vandaag eens hebben over het maken van foute keuzes...," sist Skinner onheilspellend, zodra Jamie buiten gehoorsafstand is. "Sta rustig op en loop even mee."

Ik sta op en volg Skinner naar een stille plaats bij één van de kantinemuren. Ik waan me hier relatief veilig. Tenslotte zijn er een behoorlijk aantal bewakers in de ruimte aanwezig en ik ben er bijna zeker van, dat Skinner zich zal beperken tot zijn gebruikelijke toespelingen en dreigementen, zolang dat het geval is.

Toch kijk ik even naar de dichtstbijzijnde bewaker.

Kane staat te ver weg om ons te kunnen verstaan. Hij kijkt me even recht in de ogen en draait me dan demonstratief zijn rug toe.

Skinner glimlacht, dwingt me met mijn rug tegen de muur en merkt op: "Voor iemand met jouw intelligentie maak je opvallend veel foute keuzes, liefje. Je zou het jezelf zoveel gemakkelijker kunnen maken."

"Ik zou het *jou* zoveel gemakkelijker kunnen maken, bedoel je," antwoord ik.

"Oh, ik hou wel van een uitdaging, hoor," zegt Skinner luchtig. "Het zou erg gemakkelijk zijn om je gewoon in een hoek te drijven. Ik kan je insluiten met een paar vrienden en met je doen wat ik wil."

"Toch doe je dat niet," concludeer ik.

"Nog niet," antwoordt hij. "Een kat in het nauw maakt hele rare sprongen." Hij steunt met zijn ene hand tegen de muur achter me, leunt naar voren en zet me klem tussen zijn lichaam en de muur. "Dat kan ik niet gebruiken. Tussen ons gezegd en gezwegen, liefje: ik heb het goed voor elkaar hier, maar het blijft natuurlijk een kaarten*huis*. En je weet wat het is met kaartenhuizen..."

"Ze storten in," antwoord ik. Ik vraag me af of ik Skinner van me af zal duwen, maar dan bedenk ik dat hij dat waarschijnlijk zal opvatten, als een teken van angst. Ik twijfel.

Er is een stille oorlog gaande tussen ons, waarbij de machtsverhoudingen tot nu toe altijd dusdanig in balans blijven, dat het nooit echt escaleert. Ik merk wel dat ik hierdoor word gedwongen om Skinner steeds dichterbij te laten komen, zodat hij heel geleidelijk mijn grenzen steeds verder kan overschrijden.

"Altijd, *liefje,*" bevestigd Skinner knikkend. "Ze storten altijd in, maar de ene *constructie* is toch duidelijk steviger dan de andere. Nietwaar, meneer de architect?"

"Dat is waar," geef ik toe.

"Sluit je bij mij aan," zegt Skinner. "Samen kunnen wij het enige kaartenhuis bouwen, dat nooit in zal storten. We zouden samen de hele gevangenis kunnen runnen als we dat zouden willen. Kwestie van tijd."

Ik zie wat hij doet. Hij probeert me bang te maken en af te stoten, maar tegelijkertijd biedt hij me steeds de mogelijkheid om voor hem te kiezen. Af en toe is er een fysieke confrontatie, zoals nu, het insluiten, een aanraking, alles met een bijna subtiele dreiging en dwang, zodat het lijkt alsof ik er zelf voor kies om hem tot op zekere hoogte te laten begaan, om zo erger te voorkomen.

Ik heb je door.

Het is een tactiek die ik eerder gezien heb.

"Ik wil gewoon rustig mijn tijd uitzitten, Donald," antwoord ik. "Ik wil geen problemen en ik hoef geen luxe. Ik wil gewoon rust."

Met zijn vrije hand grijpt Skinner me bij mijn T-shirt en dwingt me hardhandig dichter met mijn rug tegen de muur. "En dat, *liefje,* is precies wat je nooit meer zult hebben, als je me blijft afwijzen," zegt hij.

11.
HET KAARTENHUIS

Zondag, 25 november 2012 – ochtend – Dag 27
New York, Amerika

De gevangenen staan opgesteld voor de telling.

Jennings loopt de rijen langs met zijn klembord, terwijl Kane bovenaan de trap staat en de orde onder de gevangenen bewaart en toezicht houdt.

Donald Skinner kijkt me even aan en vraagt: "Slecht geslapen?"

Ik haal mijn schouders op.

"Ben je je tong verloren?" gaat Skinner verder. "Hoe... onhandig."

Kane grijpt hem ruw bij zijn arm en snauwt: "Bek dicht, Skinner! Meekomen!"

Als ik met mijn ogen geknipperd had, zou ik het gemist hebben, maar ik zie dat Skinner de bewaker bijna onzichtbaar wat geld toestopt en dat er begrijpende blikken uit worden gewisseld, alsof er een deal wordt gesloten.

Kane laat Skinner los en snauwt: "Jones, Lockhart, Irving!"

Skinner en de drie genoemde anderen volgen de bewaker de trap af.

Ik kijk hen na en wacht, totdat Phipps de volgende vier namen af zal roepen. Ik probeer de zorgelijke blik in Jamies ogen te negeren en kom bijna automatisch in beweging bij het horen van mijn naam.

"Hirsch, Larsen, Norton, Solano!"

De gebruikelijke route naar de doucheruimte volgt, bijna als in *slow motion*.

Ik kijk opzettelijk niet naar Jamie. Het laatste dat ik nodig heb is mijn eigen voorgevoel weerspiegeld te zien in de ogen van mijn celgenoot. Mijn ogen dwalen vluchtig door de kleedkamer en zoeken Skinner en Kane.

Ze bevinden zich aan de andere kant van de ruimte en zijn in gesprek.

Ik kan niet horen waar het over gaat. Ik kijk weg, voordat Skinner mijn kant op kijkt. Ik voel dat Phipps naar me staart, maar durf niet op te kijken uit angst dat hij ook maar een glimp van mijn gedachten zal opvangen.

"Alles goed?" vraagt hij.

Ik knik.

"Norton, Solano, opschieten!" zegt Phipps. "Hirsch, Larsen, volgende groep."

Ik kan een zucht van verlichting nog net onderdrukken, ga naast Jamie op een bank zitten en houd mijn blik strak op de vloer voor me gericht.

So far, so good.

Bij het douchen loop ik Skinner precies mis en als ik terugkom in de kleedkamer om mijn kleren aan te trekken, is hij druk in gesprek met Bobby en Russell en al half aangekleed. Snel kleed ik me aan en wacht geduldig, totdat Phipps mij en de rest van mijn groep mee zal nemen naar de kantine.

"Ga nog even zitten," zegt Phipps, als zijn aandacht wordt getrokken door iets bij de deur.

Ik doe wat hij van me vraagt en volg de lijn van zijn blik met mijn ogen. Ik zie dat Jennings in de deuropening van de kleedkamer is verschenen. De blik in zijn ogen is licht paniekerig, als hij oogcontact zoekt met zijn collega Phipps. Dan loopt hij tussen de gevangenen door naar hem toe en begint te praten.

Ik spits mijn oren.

"De hel is losgebroken. Ze vragen of je dat beest even aan komt lijnen," zegt Jennings.

Phipps kijkt hem aan en vraagt: "Jonny Saunders?"

Jennings knikt en gaat hem voor naar de deur.

In het voorbij lopen, richt Phipps zich even tot Kane en vraagt: "Let jij even op mijn groep?"

"Is die pitbull van je weer van de lijn, ja?" vraagt Kane spottend, maar knikt dan bevestigend, als antwoord op de vraag van Phipps.

Zodra Phipps en Jennings verdwenen zijn, komt hij naar me toe lopen. Hij komt naast me staan, maar zegt niets. De kleedkamer is inmiddels bijna leeg. Hij is nu de enige bewaker, die toezicht houdt op de acht overgebleven gevangenen.

Ik kijk even naar Jamie, die zijn schouders ophaalt.

Na een paar minuten verschijnt Jennings weer in de deuropening.

Voordat hij iets kan zeggen, roept Kane vier namen af: "Irving, Lockhart, Hirsch, Solano!"

De vier genoemde mannen komen in beweging.

Jennings protesteert niet tegen de gang van zaken en beperkt zich tot een opgetrokken wenkbrauw en een vragende blik, maar Kane geeft geen verklaring voor de verandering. Jennings zwijgt en neemt de groep mee.

Van de drie medegevangenen met wie ik overblijf hoort alleen Norton bij mijn gebruikelijke groep. Over Norton weet ik weinig, behalve dat hij goed met Skinner omgaat en over Jones weet ik helemaal niets.

Ik realiseer me dat ik in het nadeel ben.

"Staan!" blaft Kane.

We staan op, maar in plaats van de groep mee te nemen naar de kantine voor het ontbijt, doet de bewaker een paar stappen in mijn richting, totdat hij vlakbij me is.

"Zo, helemaal uit Nederland...," merkt hij op.

"Ja," antwoord ik, niet wetend wat ik daar verder over moet zeggen. Ik merk pas dat Kane naar me heeft uitgehaald als zijn vuist me hard in mijn maag raakt. Ik sla dubbel en hap even naar adem.

"'Ja, meneer' of 'Ja, Baas'," verbetert Kane.

Aan de andere kant van de ruimte wisselen Skinner en Norton een geamuseerde blik uit.

Ik ga moeizaam rechtop staan.

"Niet snel genoeg," zegt Kane en geeft me opnieuw een harde stomp in mijn maag. "Nog een keer: 'Ja, meneer' of 'Ja, Baas'."

Ik hap weer naar adem en zeg nauwelijks hoorbaar: "Ja, Baas."

Kane knikt goedkeurend. "Je leert snel....," concludeert hij.

Heel even heb ik de hoop dat hij het hierbij zal laten.

Alsof hij mijn gedachten kan lezen, vervolgt Kane: "Maar dat zal je niet helpen."

Instinctief doe ik een stap achteruit.

"Heb ik gezegd dat jij mocht bewegen?" vraagt hij.

Ik schud mijn hoofd, wat me nog twee klappen oplevert.

Skinner kijkt naar Kane. "Hij begrijpt maar niet hoe het werkt hier, Baas," zegt hij. "Ik ben bang dat de aanpassingsperiode wat langer gaat duren dan we dachten."

"Misschien moet jij hem dat dan eens duidelijk uitleggen," stelt Kane voor en kijkt van mij naar Skinner. "Je hebt tien minuten."

Mijn gedachten werken op topsnelheid. Dit is één van de weinige horrorscenario's waar ik geen rekening mee heb willen houden. Voor deze situatie heb ik geen plan, geen script en geen strategie. Het enige dat ik kan bedenken is dat ik tijd moet rekken, in de hoop dat er binnen niet al te lange tijd, iemand zal komen controleren waar onze groep is gebleven.

Skinner is toch iemand die snel gemist moet worden.

Kane wendt zich tot Jones en vraagt: "Durf je hier geld op te zetten?"

Jones fronst zijn wenkbrauwen en zegt spottend: "Twee tegen één, Baas?"

Kane boeit zijn handen, leidt hem de kleedkamer uit en sluit de deur achter hen.

* * * * *

Vrijdag, 23 januari 2004 – avond
Rotterdam, Nederland

Zodra ik mijn broer naar buiten volgde, had ik er spijt van dat ik ermee had ingestemd om met hem mee te gaan. Toen ik er nog eens goed over nadacht, had ik helemaal nergens mee ingestemd.

Lennart had geen enkele tegenspraak geduld, maar uiteindelijk had ik natuurlijk ook mijn eigen motieven om me niet verder te verzetten. Ik had gewoon geen zin om het hem gemakkelijk te maken.

Len deed de deur van het huis achter ons op slot en stopte zijn sleutels in zijn jaszak. Hij blies even in zijn handen. "Jezus, wat ik het koud," klaagde hij. "Zullen we met de auto...?" Hij wees en keek me verwachtingsvol aan.

"Dat zei Frans Laurens ook," merkte ik op. Ik had onmiddellijk spijt van die woorden, maar kon ze niet meer terugnemen.

Lennarts donkere ogen schoten vuur en hij haalde hard naar me uit in blinde woede.

Ik zag de klap aankomen en ontweek behendig zijn vuist, die krachtig rakelings langs mijn hoofd maaide. Ik voelde mijn ademhaling versnellen en zag ook mijn broer zwaar ademen. Ik was te ver gegaan.

"Hoe *kun* je die vergelijking maken?" schreeuwde Len.

Mijn aandacht werd getrokken door twee buren, die aan de overkant van de straat wandelden met hun hond. Ik keek vluchtig naar het raam van onze oude buurvrouw en zag het kante gordijn bewegen en haar grijze hoofd verschijnen. Ik zag de nieuwsgierige blikken, die ronduit zorgelijk werden, zodra de mensen Lennart herkenden.

De meelevende blikken in mijn richting vond ik vele malen pijnlijker, dan de ruzie met mijn broer.

"Len, mensen kijken," zei ik zacht.

Ik zag dat hij de grootste moeite had om zijn woede te bedwingen.

Hij haalde diep adem en knikte gemaakt rustig en vriendelijk naar de buren. Toen ze hun hond meetrokken en doorliepen, richtte hij zich weer tot mij en snauwde: "Wat een kutopmerking!" Hij stak zijn handen in de zakken van zijn jas en begon te lopen.

Ik volgde hem op een afstandje. Ik vroeg me af wat mijn broer zou doen, zodra we buiten het gezichtsveld van de buren waren. De stilte was oorverdovend en de spanning was om te snijden. Ik voelde me slecht op mijn gemak en wreef even met mijn ijskoude, klamme handen langs mijn jeans.

Een tijdje vervolgden we zwijgend onze weg, waarbij ik continu een kleine vier meter achter Len bleef lopen.

Op de hoek van de straat bleef hij staan en draaide zich naar me toe.

Ik hield ook stil en bleef op ruim twee meter afstand staan, zodat ik hem zou kunnen ontwijken als hij opnieuw naar me uit zou halen.

"Sorry," begon hij. "Ik had je niet moeten slaan."

"Het was mis," antwoordde ik en haalde gemaakt nonchalant mijn schouders op.

Len lachte, zichtbaar opgelucht dat ik bereid leek, het gebeurde net zo gemakkelijk achter me te laten als hij. Hij liep naar me toe en omhelsde me.

Ondanks dat ik het niet prettig vond als hij zo om mijn nek ging hangen, liet ik het gebeuren en zei: "Sorry, Len."

"Het is goed, jochie," antwoordde Lennart en liet me los. Hij haalde zijn sigaretten uit de zak van zijn jas en stak er één op. "We moeten geen ruzie maken," zei hij en blies een rookwolk uit. "We hebben alleen elkaar nog."

Ik bleef staan toen Lennart aanstalten maakte om door te lopen.

"Wat?" vroeg Lennart.

"Len, ik wil je iets vertellen," begon ik.

Hij draaide zich weer naar me toe en vroeg ongeduldig: "Moet dat nu? Kan het niet straks in de kroeg? Het is godverdomme min zevenenvijftig of zo."

Ik knikte en volgde hem zwijgend.

Het kon nog wel even wachten.

* * * * *

Zondag, 25 november 2012 – ochtend – Dag 27
New York, Amerika

Donald Skinner richt al zijn aandacht op mij en negeert de aanwezigheid van Norton. "Weet je nog wat ik gezegd heb? Jij mag kiezen: goedschiks of kwaadschiks."

Ik besef dat, zelfs wanneer ik zowel Skinner als Norton kan ontwijken en de deur weet te bereiken, Kane me er niet uit zal laten. Automatisch doe ik weer een stap achteruit, maar voel dan de koude kleedkamermuur tegen mijn rug.

De knoop die zich in mijn maag heeft gevormd wordt steeds groter. Skinner komt dichterbij en zet me dan klem tussen zijn lichaam en de muur. Instinctief duw ik hem van me af.

Skinner lijkt even verrast, alsof hij er eigenlijk vanuit was gegaan, dat ik hem zonder enige verdere tegenwerking zijn gang zou laten gaan, maar hij handelt vrijwel onmiddellijk. Hij grijpt me ruw bij het voorpand van mijn overhemd, dwingt me opnieuw met zijn lichaam tegen de muur en drukt zijn lippen op de mijne.

Ik draai mijn gezicht weg en geef hem opnieuw een duw. "Rot op, Skinner!" snauw ik.

"Luister goed, *liefje*. Ik ga je één keer uitleggen hoe dit werkt," sist Skinner. "Dit gaat hoe dan ook gebeuren... Hoe onaangenaam het voor jou wordt, heb je helemaal zelf in de hand, dus zeg het maar."

Ik denk niet meer na, haal uit en raak hem hard tegen zijn kaak.

Skinner houdt zich schijnbaar moeiteloos staande en weert een tweede klap af. "Slechte keuze, liefje." Hij trapt me met al zijn kracht in mijn maag en kijkt met glanzende ogen toe hoe ik dubbel klap en naar adem hap.

Ik probeer de pijn te negeren en ga weer rechtop staan. Mijn oog valt op Norton, die nog geen stap gezet heeft. Ik was hem even vergeten en ik vraag me af wat hij hier eigenlijk doet. De skinhead lijkt niet van plan om iets te doen, zolang hij het idee heeft dat Skinner het alleen ook wel aankan.

Mijn gedachten draaien op volle snelheid, maar mijn vindingrijkheid laat me in de steek.

Skinner kijkt me berekenend aan, alsof hij zich afvraagt of ik het lef heb om wederom naar hem uit te halen als hij dichterbij komt.

"Laatste kans," waarschuwt hij. "Jij mag het zeggen: goedschiks of kwaad-schiks?"

Ik zwijg.

Plotseling komt Norton in beweging, alsof hij vindt dat er inmiddels wel ge-noeg tijd verspild is. Hij pakt me bij mijn bovenarm, draait me om, duwt me hard tegen de muur en verstevigt zijn greep om me op mijn plaats te houden.

Ik voel Skinner achter me. Zijn adem is warm in mijn nek, bijna heet in ver-gelijking met de koude tegels van de muur tegen mijn wang. Onder Nortons ijze-ren greep kan ik niets uitrichten en de situatie lijkt opeens zo onwerkelijk, dat ik moeite heb te accepteren dat het weldegelijk de realiteit is.

"Geef het op." Skinner trekt mijn overhemd van mijn schouders en laat het achteloos op de grond vallen. "Geef het gewoon op..." Zijn handen glijden langs mijn lichaam. *"Just go with the flow."* Zijn handen verdwijnen onder mijn T-shirt.

Het misselijkmakende gevoel van huid op huid. Ik schud mijn hoofd, alsof ik daarmee kan ontkennen dat het echt is. Mijn T-shirt wordt ruw over mijn hoofd getrokken en heel even is er geen contact. Het duurt echter maar zo kort, dat ik een seconde later al twijfel of het wel echt zo was. Onmiddellijk zijn daar Nor-tons handen weer, die me beletten te bewegen, bijna direct gevolgd door de warmte van Skinners lichaam, dat me dichter tegen de muur drukt.

Skinners rechterhand glijdt langs mijn torso en dan via mijn heup naar de sluiting van mijn jeans. Hij maakt de knoop los. "Ik zei toch dat ik altijd mijn zin krijg?" fluistert hij schor. Hij ritst mijn spijkerbroek open, wrijft zich dichter tegen me aan en herhaalt: "Altijd."

Ik kan de zwelling in zijn broek duidelijk voelen door onze spijkerbroeken heen en probeer me nogmaals los te trekken, maar het enige dat ik daarmee bereik is, dat de beide anderen hun greep versterken.

"Rustig," zegt Skinner. De klank van zijn stem is bijna sussend nu en zijn greep verslapt geleidelijk, alsof hij erop vertrouwd dat Norton me in zijn eentje ook wel in bedwang kan houden. "Geef het op, liefje," zegt hij weer.

Ik verdwaal hopeloos in het doolhof in mijn hoofd, totdat ik helemaal niet meer kan denken en ik niets anders meer kan doen dan me afsluiten en me zoveel mogelijk van alles distantiëren. Als ik de herinneringen en de realiteit toelaat, ben ik verloren. Ik zoek en vind mijn overlevingsmodus.

Ergens registreren mijn hersenen nog dat Skinner tergend langzaam mijn lichaam aftast, terwijl hij zogenaamd geruststellend blijft fluisteren. "Rustig... Het is oké... Laat het maar gewoon gebeuren."

Ik wil het niet horen. Ik heb het allemaal al vaker gehoord, alleen nog niet eerder in het Engels.

Het maakt weinig verschil.

"Doe dit niet," hoor ik mezelf in de verte zeggen. Mijn stem is zacht, smekend. "Alsjeblieft." De woorden klinken onwerkelijk, alsof ze niet van mij zijn. Logisch, want ik ben hier niet. Daar probeer ik mezelf van te overtuigen, maar ik blijf hangen in het schemergebied tussen ontkenning en acceptatie.

Even meen ik een lichte aarzeling te voelen bij Skinner, als hij zijn handen stilhoudt, maar ik weet dat ik me vergist heb, zodra de handen zich opnieuw verplaatsen. Ik voel mijn lippen bewegen in een geluidloos 'Alsjeblieft?'.

Skinner verplaatst zijn handen naar mijn schouders en draait me dan ruw om, zodat hij me aan kan kijken. In één vloeiende beweging haakt hij zijn voet achter mijn knieën en manoeuvreert me in een knielende houding voor zich op de grond.

Het duister in mijn hoofd wordt te overweldigend en ik sluit me volledig af.

Ik ben hier niet.

"Kijk me aan!" snauwt Skinner.

Ik kijk naar hem op. Ik zie hem wel, maar toch ook weer niet. Ik voel mezelf onder invloed van mijn automatische piloot van het ontkenningsstadium steeds verder overgaan in acceptatie.

Overgave. Ik kijk weg.

"Kijk me aan!" herhaalt Skinner, als hij ziet dat ik me steeds verder van de situatie probeer te distantiëren.

Ik reageer als vanzelf en hef mijn hoofd op.

Skinner kijkt me strak aan, wijst dan op de sluiting van zijn jeans en zegt: "Het is vast niet wat ze je leren op de universiteit, maar ik neem aan dat je wel begrijpt wat de bedoeling is, toch?" Als ik niet reageer, schopt hij me hard in mijn zij en snauwt: "Nu!"

Zonder er nog over na te denken, alsof ik automatisch handel, breng ik mijn handen naar de sluiting van zijn spijkerbroek.

Ik ben hier niet.

Ik probeer de realiteit van de ruwe textuur van het denim onder mijn vinger-toppen te negeren. Mijn handen trillen dusdanig, dat ik weinig met de knoop kan beginnen.

Na al die jaren is er nog niets veranderd.

* * * * *

Vrijdag, 23 januari 2004 – avond
Rotterdam, Nederland

Mijn oudere broer, zoals altijd het toonbeeld van pedagogisch verantwoord ge-drag in het bijzijn van zijn minderjarige broer, stond in een hoek van het café met een vrouw van een jaar of dertig, van wie ik aannam dat ze zijn nieuwe vriendin was.

Hoewel 'vriendin' waarschijnlijk wat sterk uitgedrukt was. Ze was feitelijk niet meer dan zijn verovering van die avond. Of beter gezegd: zijn nieuwe aan-staande ex.

Ze was typisch het soort vrouw waar mijn broer vaak op viel: slank, met grote borsten, brede heupen, geblondeerd haar en teveel make-up. En het IQ van een pinda, *I'm sure*.

Ik wendde geagiteerd mijn blik af, toen Len uitgebreid speeksel uit begon te wisselen met de blonde dame in kwestie. Ik pakte mijn glas bier van de bar en dronk het leeg.

De vrouw achter de bar – ook weer een ex van mijn broer, trouwens – kwam naar me toe en pakte mijn glas. Ze tapte een nieuw biertje en zette dat voor me neer op de bar. "Irritant, hè?" vroeg ze afkeurend en trok haar neus een beetje op. "Ik vraag me vaak af wie van jullie nou eigenlijk *echt* de oudste is."

"Ik," antwoordde ik. "Ik was elf en het jaar erna werd ik vijfendertig."

De vrouw lachte, omdat ze niet wist hoe waar dat was en bood me een siga-ret aan.

"Nee, dank je."

"En Len was vijfentwintig en werd het jaar erna dertien?" ging de vrouw on-verstoorbaar verder.

"Zoiets, ja," zei ik vaag. Ik begon een beetje licht in mijn hoofd te worden.

In tegenstelling tot mijn lichtend voorbeeld, dronk ik door de weeks nage-noeg nooit en in het weekeinde hooguit een paar biertjes of een glas wijn. Het idee dat ik dronken zou worden en geen controle meer zou hebben over mijn denken en handelen, was zo beangstigend voor me, dat het nog nooit was voor-gevallen.

Ik vroeg me heimelijk af of de vrouw achter de bar beledigd zou zijn, als ik het bier dat ze me gegeven had, niet op zou drinken.

"Wat gaat er toch om in dat hoofd van jou?" klonk een bekende stem naast me.

Ik keek op.

Wendy kuste me en ging op de kruk naast me zitten.

"Ik wist niet dat jij er ook was," zei ik overbodig.

Ik zat niet echt te wachten op gezelschap, maar ik kon haar niet wegsturen. Ik had haar nog nodig. Een maand of vier eerder was ik iets met haar begonnen, dat ik niet eens kon definiëren. Ik vond haar wel aardig en ze zag er goed uit, maar wat we hadden stelde niets voor. Ik zag haar af en toe en had weleens seks met haar, maar voornamelijk om voor de buitenwereld de schijn op te houden, dat ik me met 'normale' dingen bezighield. Ik had tijdig ingezien, dat mijn broer mijn gedrag als afwijkend beschouwde en mijn 'ding' met Wendy was een halfslachtige poging, om dat beeld dusdanig bij te stellen, dat Len me met rust zou laten.

Het prettige aan Wendy was dat ze alles goed vond, nooit vragen stelde, behalve 'Waar is de suiker?' en dat ze geen verwachtingen van me had. Ik had even moeten wennen aan haar directheid, maar eigenlijk was het op dat punt van mijn leven ideaal. Ze vroeg gewoon: "Heb je zin om te neuken? Ja? Prima. Nee? Ook goed, dan neem ik wel iemand anders mee naar huis."

Ik had iets gecreëerd in mijn leven dat simpel was. Iets waar ik niet over na hoefde te denken en dat gewoon was zoals het was en – nog beter – dat er niet was als ik het niet wilde.

"Mijn beste vriendin is vanmiddag gedumpt door haar vriendje," vertelde Wendy en rolde met haar ogen. "Ik ben de hele avond in de weer geweest met wijn en Kleenex."

"Waar is ze nu?" vroeg ik, nauwelijks geïnteresseerd.

"Naar huis," antwoordde Wendy. "Taxi, natuurlijk."

"Natuurlijk," beaamde ik. "Wil je iets drinken?"

Wendy knikte en zei tegen de vrouw achter de bar: "Witte wijn, alsjeblieft."

De vrouw schonk een glas wijn voor haar in en liep toen naar de andere kant van de bar, waar ze lege glazen begon weg te halen en de asbakken begon te legen. Ze wist wanneer ze teveel was.

Wendy nam een slokje en zei: *"Cheers!* Lang niet gezien, trouwens."

"Ik heb het druk met mijn studie," antwoordde ik.

"Welke opleiding doe je ook alweer?" vroeg Wendy.

"Bouwkunde."

"Klinkt ingewikkeld... Wat word je dan?" wilde ze weten. "Als je klaar bent, bedoel ik."

"Architect," antwoordde ik.

"Wauw," zei Wendy. Ze nam nog een slokje, wees naar Lennart, die zich even had losgemaakt van zijn vriendin, en zei: "Ik zie dat je broer er ook is."

"Ja, zijn aanwezigheid is echt overweldigend," zei ik sarcastisch.

Ze lachte.

Lennart ving Wendy's blik op en trok zijn nieuwe vriendin mee naar de bar. Hij stelde haar voor als 'Joyce' en zei toen: "Joyce, dit is mijn broer Misha en dit is Wendy."

Ik gaf Joyce beleefd een hand en Wendy gaf haar drie zoenen.

"Joyce en ik gaan zo weg," zei Len tegen mij.

Ik zag dat hij dronken was, veel verder heen dan ikzelf, maar nog lang niet in het stadium, waar hij niet meer aanspreekbaar was. Ik wilde een opmerking maken over het feit, dat Len me mee uit had genomen en vervolgens nauwelijks nog naar me om had gekeken, maar ik bedacht me.

"Wat doe jij?" wilde mijn broer weten.

"Ik blijf nog even," antwoordde ik en aarzelde even. "Len?"

Lennart keek naar Wendy, die inmiddels druk met Joyce in gesprek was en onderbrak me: "Ik neem aan dat je niet thuiskomt?"

"Ik denk het niet," zei ik en twijfelde weer.

Lennart dronk zijn glas leeg. "Tot morgen dan. Heb je trouwens je sleutels bij je?"

Ik knikte. "Tot morgen."

Mijn broer trok zijn jas aan en maakte aanstalten om te vertrekken.

"Len, wacht even," zei ik en pakte hem bij zijn mouw.

"Wat?" vroeg hij.

"Ik wil je iets vertellen," begon ik aarzelend. "Ik... Ik ga weg."

"Weg?" herhaalde Len.

"Ik ga ergens anders wonen," verduidelijkte ik. De ogen van mijn broer leken nog donkerder te worden. Ik verwachtte half dat hij opnieuw naar me zou uithalen, als wist ik niet precies waarom.

Len keek me aan en leek met enige moeite zijn kalmte te hervinden. "Oké," zei hij na een ongemakkelijke en beladen stilte en haalde zijn schouders op. Toen wendde hij zijn gezicht af en schreeuwde tegen Joyce: "We gaan! Nu!"

* * * * *

Zondag, 25 november 2012 – ochtend – Dag 27
New York, Amerika

Zonder enige vorm van waarschuwing gaat de deur van de kleedkamer open.

Kane komt binnen, neemt de situatie op, haalt zijn wapenstok tevoorschijn en schreeuwt: "Genoeg! Achteruit, Skinner!"

"Dat was niet de afspraak!" protesteert Skinner.

"Dit was het voorprogramma," antwoordt Kane. "Doe maar een bod."

"Dat was niet de afspraak," herhaalt Skinner.

"Dien maar een klacht in," zegt Kane nuchter. "Of doe een bod."

Skinner kijkt hem woedend aan, maar durft kennelijk niet verder tegen hem in te gaan. "Ik zal erover nadenken, Baas."

Het gaat grotendeels langs me heen. Ik voel nu pas hoe verkrampt mijn lichaam is en mijn spieren beginnen pijn te doen. Dat mijn hartslag gigantisch hoog is, valt me ook nu pas op en mijn onregelmatige ademhaling krijg ik niet onder controle.

Kane wendt zich tot mij en snauwt: "Sta op!"

Het duurt een paar seconden voordat de woorden tot me doordringen. Het is voorbij. Weer ben ik min of meer met de schrik vrijgekomen. Ik kom moeizaam overeind en blijf dan staan, onzeker wat de cipier van me verwacht.

"Kleed je aan!"

Ik vecht tegen mijn tranen. Ik kan het me niet permitteren om mijn positie nog verder te verzwakken. Ik kijk niemand aan als ik probeer de sluiting van mijn jeans dicht te krijgen, met nog altijd trillende handen. Zenuwachtig tel ik de seconden die het me kost, bijna zeker dat het naar Kane's zin teveel tijd in beslag neemt. Ik raap mijn T-shirt en overhemd op, dankbaar dat ik die weer aan kan trekken. Iedere beweging doet pijn.

Weer gaat de deur open.

Ik heb geen tijd meer om de knopen van mijn overhemd vast te maken.

Bewaker Phipps komt binnen en blijft dan roerloos staan, vlakbij de deuropening. Hij kijkt zijn collega en de gevangenen één voor één aan. Niemand zegt iets en Phipps kijkt opnieuw van Kane naar Skinner, van Skinner naar Norton en van Norton naar mij en weer terug. Uiteindelijk blijft zijn blik rusten op mij en vraagt hij: "Alles goed?"

Ik probeer mezelf een houding te geven, door mijn schouders op te halen en glashard en emotieloos te liegen: "Niks aan de hand, Baas."

"Een klein meningsverschil," valt Kane me onmiddellijk bij. Dan pakt hij Skinner bij zijn arm en zegt: "Opschieten, allemaal! We hebben niet de hele dag de tijd."

12.
WARDEN JAMES

Zondag, 25 november 2012 – avond – Dag 27
New York, Amerika

"Open 421!"
De celdeur glijdt langzaam open.
Ik ben nog altijd behoorlijk aangeslagen na mijn confrontatie met Donald Skinner van deze morgen. De rest van de dag heb ik me zoveel mogelijk afzijdig gehouden van iedereen die in mijn ogen te dicht in mijn buurt kwam. Sinds we na het avondeten terug zijn gebracht naar de afdeling en weer zijn ingesloten, heb ik op mijn bed liggen lezen, maar bij het horen van mijn celnummer, leg ik meteen mijn boek opzij en kijk op.

Parker heeft de nachtdienst en is in een slecht humeur. Hij stapt de cel binnen en snauwt: "Meekomen, Larsen."

Ik sta op van mijn bed, maar blijf dan staan.

Jamie zit op zijn bed met een spel kaarten en kijkt op.

Ik vang de vragende blik in zijn ogen op, die me vertelt dat hij ook niet weet wat de reden is dat Parker me op dit tijdstip komt halen. Ik kijk naar de bewaker en dan slaat mijn paranoia dusdanig toe, dat het binnen enkele seconden vrijwel onmogelijk is om nog rationeel te denken. Ondanks dat ik *weet* dat Parker oké is, komt de twijfel.

Ik herinner me dat hij tegen me zei: *"Ik kan het jou veel moeilijker maken, dan jij mij."*

Wat als het een complot is?

Skinner... Kane... Parker...

"Vandaag nog, Larsen!" maant Parker. Hij pakt me ruwer dan gewoonlijk bij mijn schouder en duwt me voor zich uit de galerij op. "Sluit 421!" roept hij.

De deur sluit.

Ik laat me rustig door hem naar de trap leiden. Mogelijke redenen voor de bewaker om me uit mijn cel te halen op dit tijdstip schieten door mijn hoofd, de één nog onwaarschijnlijker dan de ander. Ik voel dat Skinner naar me kijkt, voel de donkere ogen in mijn rug priemen.

"Hé, liefje! Waar ga je naartoe?" roept hij. "Als ze je 's avonds uit je hok halen, is dat nooit een goed teken! Wat heb je gedaan?"

Langzaam daal ik voor Parker uit de metalen trap af, terwijl ik mijn best doe om Skinners geschreeuw te negeren. Pas als we beneden zijn, vraag ik aarzelend aan de bewaker: "Waar gaan we naartoe?"

"Dat zie je wel," antwoordt hij ongeduldig en duwt me voor zich uit de gang door. Bij een metalen deur laat hij me los en staan we even stil. "Deur open!" Er klinkt een zoemend geluid en Parker duwt me voor zich uit. "Deur sluiten!"

Ik blijf even staan.

"Meekomen," zegt hij.

Ik volg hem. Ik besef dat ik geen handboeien om heb en dat wil ik graag zo houden.

We passeren een aantal ruimtes, gangen en nog meer deuren. Ik neem alles goed in me op en herken de route. De noordelijke vleugel. Deze route heb ik eerder afgelegd toen ik me moest melden bij Dr. Robert en later bij Dr. Cavanagh.

Nieuwe theorieën dringen zich aan me op.

Vinden ze me zo geschift, dat een bezoek aan de psycholoog in de avond noodzakelijk geacht wordt?

Is er iets raars naar voren gekomen uit mijn bloedtest?

Heeft Phipps iets gezegd over mijn problemen met Kane?

Heeft iemand één van de dokters verteld wat er vanmorgen met Skinner is voorgevallen?

Heeft Kane iets afgesproken met Parker en word ik nu weer met hem geconfronteerd?

Ik weet dat ik mezelf gek maak, maar ik moet overal op voorbereid zijn.

Parker leidt me tot voorbij de deur van Dr. Roberts kantoor en houdt me dan staande bij een andere deur. Hij klopt.

Mijn oog valt op het kleine, goudkleurige naamplaatje, dat op de deur is bevestigd.

Warden A. James

Er gaat een lichte schok door me heen.

Wat nu weer?

Ik ben er zeker van dat dit niet veel goeds kan betekenen, maar veel tijd om over deze onverwachte wending na te denken, krijg ik niet.

Even is het stil.

Dan roept een stem: "Binnen!"

* * * * *

Vrijdag, 17 december 2004 – middag
Delft, Nederland

Ondanks het feit dat Colin Ross een veel gecompliceerder persoon is dan Lennart, ging het samenleven met hem me gemakkelijker af dan met mijn broer. Na een paar dagen begon ik al patronen in Colins leven te herkennen, gewoontes te ontdekken en in de loop der tijd zag ik onze levens geleidelijk met elkaar integreren.

Colin hield van regelmaat en zelfs onbeduidende dingen als zijn ontbijt waren structureel. Altijd op hetzelfde tijdstip, met de *Financial Times* en drie koppen koffie.

Daarna ging hij naar college en zijn avonden besteedde hij voornamelijk aan het lezen van boeken, artikelen en onderzoeken omtrent technologie.

Iedere vrijdag haalde Colin een fles wijn om de week mee af te sluiten.

De pas gescheiden, alleenstaande moeder van drie zoontjes die op de benedenverdieping was komen wonen, was door Colin gerekruteerd als huishoudster. In de loop van de laatste maanden was er een constructie ontstaan, die gebaseerd was op wederzijds verleende gunsten.

Sandra deed het huishouden voor beide etages en kookte iedere avond voor zes in plaats van voor vier. In ruil daarvoor betaalde Colin haar honderd euro per week zwart en pasten hij en ik beurtelings op Sandra's drie zoontjes, als zij naar een ouderavond moest of een enkele keer een avondje wegging met een vriendin.

Zoals Colin had voorspeld was ik (redelijk) tot rust gekomen. Ondanks dat ik met niemand binnen mijn nieuwe leefsituatie een bloedband had, voelde het bijna als een gezin, zoals ik dat alleen gekend had, toen mijn ouders nog leefden.

Colins verdieping was meer geworden dan alleen een dak boven mijn hoofd. Het was 'thuis' geworden.

"You're home early," zei Colin, toen ik die middag thuis kwam en de deur achter me dicht trok.

"Er was niks meer te leren vandaag," antwoordde ik in het Engels. "Ik ben er klaar mee." Ik liep naar de woonkamer.

"Wil jij ook een glas wijn?" vroeg Colin uitnodigend. Hij wees op een fles, die op het kleine tafeltje naast het bankstel stond en halfleeg was. "Mijn vader heeft het zakgeld eerder gestort met het oog op de feestdagen. Ik vond dat we iets extra's hadden verdiend. Hard gewerkt, veel geleerd en nu eindelijk vakantie. Tijd om even te vergeten."

"Je haalt iedere vrijdag wijn," merkte ik op. Ik gooide mijn rugzak op de grond en trok mijn jas uit. Die hing ik over de rugleuning van een stoel en ging naast Colin op de bank zitten.

"Dat is waar," gaf hij toe. "Maar ik heb niet elke vrijdag een excuus." Hij wees naar een tijdschrift dat op de armleuning van de bank lag.

Ik pakte het op en staarde naar de oudere man op de voorpagina. Hij was een jaar of vijftig, lang en statig, met grijs haar en een snor. Hij had indringende grijze ogen en droeg een pak in dezelfde kleur.

"Is dat je vader?" vroeg ik. "Op de cover van *Forbes?"*

"Ja. Het kwam vanmiddag met DHL," antwoordde Colin. *"'Merry Christmas, son. From the high and mighty Conrad Ross'.* Mijn Kerstcadeau: een gesigneerd exemplaar van *Forbes*... Dat is toch genoeg om ieders Kerst te verzieken?"

Ik legde het tijdschrift opzij en merkte op: "Daar heb ik je vader niet voor nodig."

Hij keek me even aan, maar vroeg niets. Toen pakte hij de fles wijn, schonk twee glazen in en gaf er één aan mij. "Zo, op teveel info en totale vergetelheid. *Cheers."*

"Cheers," antwoordde ik.

Colin nam een slok van zijn wijn en zette het glas op de salontafel. "Wat is dat?" vroeg hij en wees naar een tekening, die ik op de tafel had laten liggen de vorige avond.

Ik zette mijn glas weg en pakte de tekening. Ik had hem weg moeten halen, maar het vertrouwen dat Colin uitstraalde maakte me slordig. "Dat...," begon ik aarzelend, maar ik bedacht me. "Dat is een plek waar ik weleens geweest ben," besloot ik.

Colin bestudeerde de schets van de kelderruimte aandachtig. "Naargeestig," merkte hij op.

"Ja," antwoordde ik ongemakkelijk en legde de tekening ondersteboven terug op de tafel. Meer wilde ik er niet over kwijt.

Colin keek me even zwijgend aan, boog zich toen langzaam naar me toe en kuste me.

Het was geen totale verrassing.

Ik had al snel doorgehad, dat Colin niet op vrouwen valt en had gezien hoe hij soms naar me keek. Toch had ik dat niet als ongemakkelijk of dreigend ervaren.

Ik voelde zijn lippen op de mijne, teder en geruststellend, maar ook hoopvol en verlangend. Mijn gebrek aan weerzin verraste me en bracht me dusdanig uit balans, dat ik Colin even liet begaan, totdat hij zijn handen naar de ritssluiting van mijn vest bracht.

Ik verbrak de kus. "Oké. Stop." Ik duwde zijn handen zachtjes weg en dacht snel na. Ik wilde hem niet kwetsen en als ik wilde dat onze vriendschap enige kans van slagen had, zou ik nu duidelijk mijn grenzen aan moeten geven. "Niet doen."

Colin keek me aan en begon: "Sorry... Ik..."

"Het is oké," zei ik.

"Ik weet niet waarom... Het...," ging hij verder.

"Het is oké," herhaalde ik. "Echt."

* * * * *

Zondag, 25 november 2012 – avond – Dag 27
New York, Amerika

Parker opent de deur van het kantoor van de directeur en gebaart ongeduldig naar me, dat ik naar binnen moet gaan als ik te lang blijf staan.

Ik ga het kantoor binnen en neem alles snel in me op.

Achter het bureau zit een gezette, oudere man met grijs haar, zo licht dat het bijna wit is. Hij draagt een pak en heeft een vriendelijke uitdrukking op zijn gezicht en een walrussnor. Hij bekijkt me van top tot teen met zijn donkere ogen en bladert dan even door een net stapeltje papieren dat op zijn bureau ligt.

"Onze Vliegende Hollander...," zegt Warden James mijmerend.

Ik kijk hem aan.

"Wilt u dat hij geboeid wordt, Warden?" vraagt Parker.

James knippert even met zijn ogen, alsof hij diep in gedachten was geweest, bekijkt me nogmaals en neemt me in zich op: mijn houding, gezichtsuitdrukking, ogen. Hij houdt mijn blik vast en zegt: "Nee, dat lijkt me niet nodig. Wacht maar buiten."

"Larsen is veroordeeld voor doodslag," begint Parker. "Ik denk echt..."

"Ik denk dat meneer Larsen zich wel kan beheersen, zolang hij zich in mijn kantoor bevindt, maar ik zal voor alle zekerheid mijn briefopener uit zijn buurt houden, goed?" vraagt James.

Parker aarzelt even en lijkt zich af te vragen of hij nogmaals zal protesteren, maar uiteindelijk zegt hij alleen: "Ik sta vlakbij de deur als u me nodig heeft, Warden." Hij blijft nog even staan, maar verlaat dan het kantoor.

Zodra de deur achter de bewaker is dicht gevallen, wijst James op de stoel tegenover hem en zegt: "Meneer Larsen, ga zitten."

Ik doe wat me gevraagd wordt en vraag me onwillekeurig af of de vriendelijkheid van de directeur authentiek of gespeeld is. Ik besluit om James het voordeel van de twijfel te geven – voorlopig dan – en wacht af.

James doet zijn bril af en kijkt me recht in de ogen. "Meneer Larsen, ik ga ervan uit dat u geen problemen zult maken. Ik heb ervoor gekozen om u niet te laten boeien. Zorg ervoor dat ik daar geen spijt van krijg."

Ik schud mijn hoofd en richt mijn blik op de grond. Ik vraag me onmiddellijk bezorgd af hoe de directeur dit zal interpreteren.

"Meneer Larsen, ik heb begrepen dat u wat... *onenigheid* heeft met Donald Skinner," begint James, weinig subtiel. Waarschijnlijk heeft hij de ervaring dat hij het meeste bereikt, wanneer hij niet om de zaken heen draait.

"Dat is dan een misverstand," antwoord ik. Die vraag verwachtte ik al.

"Werkelijk?" vraagt James.

Ik haal nonchalant mijn schouders op.

James zet zijn bril weer op zijn neus, pakt een vel papier uit het dossier dat voor hem op zijn bureau ligt en begint de tekst hardop samen te vatten:

"Misha Larsen, geboren op 2 juni 1986, zesentwintig jaar oud. Jong wees geworden. Beide ouders zijn om het leven gekomen bij een auto-ongeluk in 1998. Eén oudere broer. Hoogopgeleid, architect van beroep. De Nederlandse nationaliteit, geen dubbel paspoort en veroordeeld tot twintig jaar detentie, wegens doodslag. Geen eerdere veroordelingen of aanhoudingen."

Hij kijkt op van het papier en kijkt me recht in de ogen. "Klopt dat een beetje?" vraagt hij dan.

Ik knik afwachtend. De manier waarop de directeur naar me kijkt verontrust me een beetje.

Wat denk je te zien, James?

Wat zoek je?

Wat wil je van me?

James buigt zich wat naar voren, leunt met zijn armen op het bureau en blijf me strak aankijken. "Luister goed, jongen," begint hij vriendelijk. "Je bent relatief nieuw hier, dus ik zal je uitleggen hoe het werkt. Wanneer iemand van de staf je een vraag stelt, dan beantwoord je die beleefd met 'Ja, meneer' of 'Nee, meneer'..."

"Ja, meneer," zeg ik snel. Ik heb de consequenties van mijn aanvaring met Kane over een soortgelijke terechtwijzing nog vers in het geheugen.

"... behalve – wilde ik net zeggen – als ik je een vraag stel," gaat James verder. "Dan beantwoord je die met 'Ja, Warden' of 'Nee, Warden'. Ik ben een oude man, jongen. Ik hecht veel waarde aan goede manieren, hoe onoprecht die ook mogen zijn."

Een realist, denk ik.

"Ja, Warden," herstel ik me.

"Ik heb begrepen dat je Engels zeer goed is," begint James. "Dat maakt je verblijf hier voor de staf en voor jezelf een stuk gemakkelijker."

Ik vraag me af of er van me verwacht wordt, dat ik iets terugzeg, maar het is geen vraag, alleen een constatering.

"Ik heb ook begrepen dat jij Ross Tower ontworpen hebt?" Nu ligt er duidelijk een vragende klank in zijn stem.

"Ja, Warden," antwoord ik.

"Die in New York?" vraagt James.

"Allemaal," zeg ik.

"Allemaal?" herhaalt hij.

"Ja, Warden. Die in New York was de vierde. Vier jaar geleden begon het met Ross Tower I in Los Angeles. Daarna kwam Ross Tower II in Londen en III in Amsterdam. De ontwerpen voor de vijfde in Tokyo lagen al klaar, toen ik gearresteerd werd. Ze zijn deze maand begonnen met bouwen."

James luistert aandachtig. "Je spreekt inderdaad goed Engels. Accentloos... Dat heb ik nog niet eerder meegemaakt met buitenlanders."

"Ik kijk veel tv," antwoord ik.

James schudt zijn hoofd en zegt bars: "Nee!"

Ik schrik van zijn uitbarsting en kijk hem aan.

"Nee," herhaalt hij dan op vriendelijkere toon. "Ik ga je nog iets uitleggen. Je bent een intelligente jongen, dus je begrijpt me vast wel. Ik deed je zojuist een handreiking. Als je eerlijk tegen me bent, krijg je daar iets voor terug. Snap je?"

Ik begrijp niet wat hij bedoelt en schud mijn hoofd. Zodra ik de gezichtsuitdrukking van de Warden zie veranderen, corrigeer ik mezelf snel: "Nee, Warden."

James wijst op een grote archiefkast aan de rechterkant van zijn kantoor en vraagt: "Zie je die kast?"

"Ja, Warden."

"Daarin zitten alle dossiers van alle gedetineerden in dit gebouw," vertelt James. "Sommige zijn zo dik als de Bijbel. Het gemiddelde dossier telt zevenenveertig pagina's. Weet je uit hoeveel pagina's jouw dossier bestaat?"

"Nee, Warden," antwoord ik.

"Vier, meneer Larsen. Vier," zegt James. "Ik begrijp dat het gemakkelijker is om informatie te verkrijgen over de Amerikaanse staatsburgers hier, maar vier pagina's is wel erg karig." Hij zwijgt even en ik vermoed dat hij de achterdocht in mijn ogen ziet. "Toch was het erg boeiend om te lezen," gaat hij verder. "Er staat dat je de afgelopen zes jaar voor dezelfde firma hebt gewerkt. Dat houdt in dat je rond je twintigste bent afgestudeerd. De opleiding technisch ingenieur duurt vier jaar, hier in de VS. In Nederland zal dat niet anders zijn, wel?"

"Nee, Warden," zeg ik. "Maar technisch ingenieur is niet hetzelfde als architect."

"Is dat zo?" James glimlacht. Hij verwacht geen antwoord. "Als je rond je twintigste afgestudeerd bent, dan ging je op je zestiende naar de universiteit," concludeert hij dan.

"Ja, Warden," antwoord ik. "Ik heb twee klassen overgeslagen op de basisschool."

James bladert opnieuw door het dossier op zijn bureau en vraagt: "Hoe komt een jongen zoals jij hier terecht?" Hij lijkt oprecht geïnteresseerd en begaan.

Er valt een korte stilte.

"Ik heb een keuze gemaakt en die had dit tot gevolg," antwoord ik voorzichtig. Ik kies mijn woorden zorgvuldig, wetend dat ik me niet kan beroepen op een verspreking door het feit dat ik Nederlander ben en de Engelse taal niet helemaal machtig ben. Ik realiseer me dat James die optie bewust heeft uitgesloten toen hij me complimenteerde met mijn Engels.

Heel slim, denk ik geïrriteerd.

"Een verkeerde keuze?" vraagt James.

"Zo zou men het kunnen verwoorden," zeg ik.

"Maar jij ziet het anders?" wil hij weten.

"Ik ben bevooroordeeld," antwoord ik.

"Ga verder," zegt James.

Ik denk weer na en zeg dan: "Het spijt me, Warden, maar ik kan er verder niks over zeggen." Ik kijk aandachtig naar de gezichtsuitdrukking van mijn gesprekspartner. Die blijft tegen mijn verwachtingen in vriendelijk.

"Iets anders dan."

Ik ben opgelucht dat hij bereid is dit onderwerp te laten rusten, net zoals hij bereid was om het onderwerp Donald Skinner te laten rusten. Dit is een man waar ik wel mee om kan gaan. Als ik hem wat onbeduidende informatie geef om hem zoet te houden, laat hij de meer beladen onderwerpen wellicht links liggen.

"Nederlands en Engels... Spreek je nog meer talen?" vraagt James dan.

Oké, neutraal terrein.

Dit kan ik.

"Duits, Frans en een beetje Spaans," antwoord ik. "Talen zijn niet echt mijn ding. Ik ben altijd meer van de getallen geweest."

"Ik heb de uitslag van je IQ-test gezien," geeft James toe. "Normaal gesproken hecht ik daar niet zoveel waarde aan. Ik kijk er alleen naar wanneer de score onder de 85 of boven de 120 is. Jij scoort 149 op een IQ-test in een buitenlandse taal. Heb je er in Nederland ooit één gedaan?"

"Ja, Warden," antwoord ik.

"Wat scoorde je toen?" vraagt James.

"Ook zoiets."

"Wat was je score toen?" herhaalt hij nadrukkelijk.

"156," zeg ik en kijk naar de grond.

"Kijk me eens aan," zegt hij.

Ik hef mijn hoofd op en kijk de directeur recht in de ogen.

"Ik ben een oude man, jongen," zucht hij. "Ik heb duizenden mensen ontmoet in mijn leven, misschien zelfs wel tienduizenden, en ik denk dat ik beschik over veel mensenkennis. Ik heb vier bladzijden tekst over je gelezen en ik wilde graag weten wat voor vlees ik in de kuip heb. Dat denk ik nu te weten."

Ik vraag me af waar James heen wil met dit gesprek.

"Bij sommige mensen zou ik soms willen dat ze... dat ze een andere afslag hadden genomen," zegt James. "Snap je wat ik bedoel?"

"Ja, Warden," antwoord ik.

* * * * *

Zaterdag, 18 juni 2005 – middag
Delft, Nederland

Nadat ik verhuisde naar Delft, zag ik mijn broer niet zo vaak meer en werd hij geleidelijk een agendapunt dat eens in de twee, drie weken voorbij kwam, omdat het zo hoorde. In de eerste instantie was het contact gaan verwateren, totdat Colin me erop wees dat familie belangrijk is en dat het nemen van afstand niet hetzelfde is als complete radiostilte.

Omdat ik geen zin had om alle *ins* en *outs* van mijn relatie met mijn broer aan Colin uit te leggen, nam ik eens in de twee of drie weken de trein naar Rotterdam, ging iets met Lennart drinken en ging dan weer naar huis. De gesprekken tijdens die ontmoetingen beperkten zich tot onderwerpen, waar ik me bij op mijn gemak voelde. Anders kapte ik het gesprek af en begon over iets anders.

In het geval van mijn broer was dat vaak niet nodig, omdat hij meestal over geldproblemen wilde praten en ik hem dan een paar tientjes gaf om er vanaf te zijn.

Anderhalf jaar nadat ik was weggegaan, kwam mijn broer voor het eerst naar Delft. Ik had het zolang mogelijk afgehouden, maar uiteindelijk was er geen ontkomen meer aan en haalde ik hem op een zaterdagmiddag op van het station.

Len stapte de trein uit, kwam naar me toe en omhelsde me. "Hoe is het?" vroeg hij.

"Goed," antwoordde ik automatisch. "En met jou?"

"Goed," zei hij. "Heb je het naar je zin hier?"

"Ja, het is een leuke stad... Overzichtelijk," zei ik, terwijl ik hem voorging naar de uitgang van het station en hij me volgde in de richting van mijn woonruimte.

"Overzichtelijk?" vroeg Lennart.

Ik haalde mijn schouders op. "Je weet wel wat ik bedoel."

"Stil en rustig?" stelde hij voor. "Geen dronken grote broer, die harde muziek draait?"

Ik vroeg me af of hij boos zou worden als ik 'ja' zou zeggen.

"Relax, jochie," zei Len lachend. "Ik ken mijn zwakke punten. Ik drink en ik maak herrie en dat gaat gewoon niet samen met jouw studie en je behoefte aan rust."

"Zoiets, ja," antwoordde ik. "Ik bedoel, ik moet nu ook een woonruimte delen met iemand anders, maar hij is... niet zoals jij."

"Zeker ook zo'n boekenwurm?" vroeg hij.

"Hij heet Colin en hij komt uit Amerika," vertelde ik. "Hij heeft smetvrees. Helemaal geweldig. Nooit rommel. Hij studeert computertechnologie."

Mijn broer lachte weer.

Ik voelde dat hij begreep waarom ik liever hier was dan in Rotterdam. Na een korte wandeling, hield ik stil bij het pand van drie verdiepingen, waar Colin en ik de tweede verdieping van deelden. Ik zag de verbaasde blik in de ogen van mijn broer, die een uitgesproken talent had voor het stellen van verkeerde vragen op verkeerde momenten. "We hebben maar één verdieping, hoor," zei ik snel en probeerde hem aan zijn mouw mee te trekken naar de voordeur.

Len bleef staan en merkte op: "Dan nog... Hoe betalen jullie dit?"

Toegegeven, de meeste studenten wonen in een hok dat niet veel groter is dan een kast, maar Colin Ross was niet 'de meeste studenten'.

Colin Ross was... Colin Ross, maar dan de vroege editie.

Ik aarzelde of ik de vraag van mijn broer zou beantwoorden. Ik wilde niet aan hem toegeven dat ik volledig afhankelijk was van liefdadigheid en wendde mijn ogen af. Ik gaf geen antwoord.

"Misha?" drong Len aan.

Ik zocht naar een alternatief, maar kon zo snel niets bedenken.

"Luister, jochie," begon mijn broer na een lange stilte. "Ik kom niet uit een ei. Ik weet hoe groot studentenkamers zijn en wat ze kosten. Dit is minimaal tien keer zo groot. Dat kunnen jullie nooit betalen van twee studietoelagen."

"Zeven keer," probeerde ik hem af te leiden.

"Wat?" Hij begreep niet wat ik bedoelde.

"Zeven keer zo groot," legde ik uit.

Len keek me waarschuwend aan, wat me vertelde dat hij deze keer niet af zou haken en zou blijven zeuren, totdat hij wist wat hij wilde weten. Na nog een stilte, greep hij me ruw bij mijn mouw en eiste: "Praten. Nu!"

Ik zuchtte, probeerde me even los te trekken, maar gaf het op toen ik merkte dat het geen zin had. "Colin krijgt een toelage van zijn ouders, oké? Ze zijn erg rijk," vertelde ik onwillig.

"En wat betaal jij dan?" vroeg Len.

"De boodschappen en zo," gaf ik toe.

"Begrijp ik goed dat hij je hier min of meer gratis laat wonen?" hield hij aan.

"Min of meer, ja," zei ik ontwijkend.

"Niets in deze wereld is gratis," antwoordde Len stellig.

"Sommige dingen wel," was ik het met hem oneens.

"Geloof me, jochie," zei hij met overtuiging, "vroeg of laat wil hij er iets voor terug. Zo werkt dat nou eenmaal. Voor niets gaat de zon op."

"Als jij het zegt." Ik haalde mijn schouders op en observeerde de reactie van mijn broer. Ik zag hem aarzelen, alsof hij probeerde te beslissen of door moest vragen.

Hij besloot kennelijk van niet, want hij zei: "Nou, laat maar zien dan." en wees op de voordeur.

Dankbaar dat hij dit onderwerp verder liet rusten, opende ik de deur en ging Lennart voor naar de trap. Op de tweede verdieping opende ik een tweede deur. We gingen naar binnen en de deur viel met een ongewoon harde dreun achter ons dicht.

Ik bleef roerloos staan en vroeg: *"What the hell was that?"*

"Oh, sorry about that," antwoordde Colin. Hij zat op de bank met zijn laptop op schoot en een map documenten voor zich op de tafel. *"What do you think?"* Hij wees op de dranger, die hij op de deur had gemonteerd.

"Convenient," moest ik toegeven. *"And very loud."*

Colin vertelde met zijn gebruikelijke, typisch Amerikaanse enthousiasme over zijn geautomatiseerde dranger. Toen zette hij de laptop weg, sloeg zijn benen over elkaar en wees naar Lennart. *"Big brother?"* vroeg hij aan mij.

Ik knikte en stelde ze aan elkaar voor. *"Yeah. Colin, this is Lennart.* Len, dit is Colin Ross."

Colin stond op van de bank en gaf mijn broer een hand. "Colin Ross."

"Lennart Larsen," antwoordde Len en schudde zijn hand.

"Nice to meet you," zei Colin en trok zijn hand terug. *"Excuse me."* Hij verliet de kamer en verdween in de keuken om zijn handen te wassen.

Ik keek naar mijn broer, die sprakeloos naar de deuropening staarde.

De vreemde Amerikaan was duidelijk niet helemaal zijn *scene.*

"Biertje?" vroeg ik.

Hij knikte.

Ik ging naar de keuken. Daar haalde ik twee blikjes bier uit de koelkast en bleef toen even staan.

"Ingewikkeld?" vroeg Colin in het Engels.

"Een beetje," gaf ik toe.

Hij zette de kraan uit en droogde zijn handen af aan een theedoek. "Zal ik het een beetje vereenvoudigen voor je?" vroeg hij.

Ik maakte een gebaar dat zoiets moest beteken als: 'Ik houd je niet tegen.'

"Je broer komt op visite, ik ga weg, jullie drinken een biertje en daarna gaat je broer weer weg en kom ik thuis. Punt. Geen maar, geen als, geen misschien. Dat zijn de feiten. Dit is je schema en hier zul je het mee moeten doen."

"Zo gemakkelijk is het niet," protesteerde ik.

"Het is alleen ingewikkeld, omdat jij het ingewikkeld *maakt,"* redeneerde Colin kalm. "Ik ben niet blind, Misha. Wat ik zie is een ongecompliceerde man, die op zijn eigen manier probeert om de familiebanden met zijn jongere broer aan te halen. Jij bent degene die deze relatie saboteert. Niet hij. Waarom maak je het hem zo moeilijk?"

"Omdat ik niet weet wat ik met hem aanmoet," antwoordde ik.

Colin schudde zijn hoofd. "Nee," zei hij. "Dat is het niet."

"Wat is het dan wel, volgens jou?" vroeg ik agressiever dan ik wilde. Zijn ongevraagde kritiek en bemoeienis irriteerde me, hoewel ik het van Colin altijd veel beter kon hebben dan van wie dan ook.

"Je doet wat je altijd doet," antwoordde hij, nog altijd heel rustig en beheerst, zonder enige aanstoot te nemen aan mijn uitval. "Je denkt teveel na."

"Omdat het ingewikkeld is," zei ik ongeduldig. "Len en ik zijn nooit echt broers geweest, als in die betekenis van het woord. Hij... Ik..." Ik haalde diep adem en probeerde de draad van mijn verhaal weer op te pakken. "Eerst was het leeftijdsverschil te groot, toen hebben we elkaar drie jaar nauwelijks gezien en daarna waren we te verschillend. Het kan nooit werken."

"Omdat jij het geen kans geeft," hield Colin aan.

Ik wendde mijn blik af. Dit wilde ik niet horen.

"Je weet dat ik gelijk heb," zei hij. "Ik zie het aan je."

"Laat me nou maar," mompelde ik en ging terug naar de woonkamer met twee blikjes bier. Ik ging op de bank zitten en schoof één van de blikjes naar mijn broer.

"Aardige gozer," merkte Lennart op en knikte in de richting van de keuken.

"Ja," zei ik.

Colin stak zijn hoofd even om de deur en zei: *"I'm going shopping with Melissa. See you tonight. You need anything?"*

Ik keek hem even aan en schudde mijn hoofd. *"No, thanks. See you."*

Hij hield mijn blik even vast, zwaaide naar Len en verdween toen. De deur viel achter hem dicht.

Mijn broer keek me aan en vroeg: "Je hebt toch hopelijk wel in de gaten dat hij een flikker is?"

"Nou en?" zei ik en haalde mijn schouders op. Ik zag het probleem niet.

Len pakte zijn bier, nam een slok en vroeg toen bijna terloops: "Weet je zeker dat je alleen de boodschappen betaalt?"

Omdat ik het idee had dat ik hem verkeerd begreep, vroeg ik: "Vraag je nu wat ik denk dat je vraagt?"

"Weet ik veel," antwoordde Len. "Hoe graag wilde je weg uit Rotterdam?" *Serieus?*

"Len," begon ik vermoeid, "Colin en ik zitten op dezelfde universiteit en we zijn vrienden, oké? Daarom laat hij me hier wonen. Er zit geen deal achter of zo."

"Sorry." Lennart nam nog een slok van zijn bier. "Ik wil gewoon dat het goed met je gaat," ging hij toen verder. "Ik heb genoeg stomme dingen gedaan voor ons allebei." Hij zweeg even en dronk zijn bier.

Ik keek naar hem. Ondanks dat ik het idee had dat hij het allemaal goed bedoelde, wilde ik van dit onderwerp af. Te sentimenteel en te ingewikkeld.

"Weet je, jochie?" vervolgde mijn broer op belerende toon. "Mensen die geld nodig hebben doen rare dingen. Ik wil gewoon dat het met jou helemaal goed komt."

"Dat komt het ook," antwoordde ik stellig. "Ik heb een doel en een plan om dat te bereiken. Colin heeft mij veel harder nodig dan ik hem." Dat was niet helemaal naar de waarheid, maar het klonk erg overtuigend. Ik ving de vragende blik in de ogen van mijn broer op en pakte mijn schetsboek, dat op de salontafel lag. Toen stond ik op, liep naar Len, gaf hem het schetsboek en sloeg een pagina op.

"Ross Tower," kondigde ik aan.

Len keek naar de tekening.

"Colin is een beetje... apart, maar hij is een visionair, Len," vertelde ik, terwijl ik mijn geestdrift een beetje probeerde te matigen. "Binnen vijf jaar staat hij aan het hoofd van een gigantisch imperium. Ik zal je niet vervelen met allerlei details, maar alles staat al in de steigers. Als het eenmaal loopt, komt de marketing, de beursgang en uiteindelijk..."

Ik wees naar de tekening. "Ross Tower."

Len keek me nog altijd niet begrijpend aan.

"Colin ontwikkelt hele ingewikkelde beveiligingsapparatuur. Alarmsystemen," verklaarde ik. "De maatschappij is aan het verharden. Er zijn meer inbraken. Er is meer geweld. Mensen willen zichzelf beter beschermen. Amerikanen zijn erg gevoelig voor dat soort theorieën. Als je daarbij inspeelt op het 'familiegevoel', dan heb je een formule in handen, die onbetaalbaar is. Je vertelt ze eerst hoe vreselijk de wereld is geworden, wat voor *monsters* er rondlopen en dan bied je ze een oplossing. De *enige* oplossing."

"Wat heeft dat met jou te maken?" vroeg Len vertwijfeld.

"Als Colins imperium op poten staat, ontwerp ik Ross Tower en is mijn naam gevestigd. Ik word niet *een* architect, ik word *de* architect." Ik keek afwachtend naar mijn broer.

Hij leek niet te weten wat hij met mijn relaas aanmoest. Na een korte stilte, zei hij: "Jochie, dat is een mooie droom, maar denk je niet dat het... een beetje..."

"Onrealistisch is?" vulde ik aan.

Hij knikte.

Terecht. Ik had ook mijn twijfels gehad, toen Colin voor het eerst zijn plannen uit de doeken deed, maar hoe ik ook had gezocht, al zijn research en bijbehorende theorieën leken waterdicht.

"Er zijn twee versies van de *American Dream*, Len," vertelde ik. "Bij de eerste bouw je iets op vanaf de grond. Je begint helemaal op nul en bereikt alles op eigen kracht. Het is het verhaal van de krantenjongen, die uiteindelijk directeur wordt van de grootste uitgeverij van het land..." Toen voegde ik eraan toe: "Tegenwoordig heb je een tweede variant: *Daddy's money."*

"Daddy's money?" herhaalde hij.

"Ja, familiekapitaal. Je gebruikt het geld van je ouders om je eigen *American Dream* te kopen en verdient dan vervolgens je eigen miljoenen," legde ik geduldig aan hem uit. "Het verklaart waarom *socialite* tegenwoordig een beroep is en niet zozeer meer een status. Kijk naar Paris Hilton. Die heeft van zichzelf een merk gemaakt, met behulp van familiekapitaal. Ze krijgt miljoenen betaald om naar feestjes te gaan. Nu wil ik Colins ideeën niet daarmee vergelijken, maar het laat wel zien dat er geen grenzen meer zijn aan de mogelijkheden."

Ik zag de ongelovige blik in zijn ogen. "Ik was ook sceptisch toen Colin erover begon," gaf ik ietwat onwillig toe. "Maar hij heeft echt goede ideeën en ik geloof in zijn plan. Hij werkt er al jaren aan, doet al jaren research. Iedere theorie kan hij onderbouwen met cijfers en statistieken. Het..."

"... staat als een huis," zei Len.

* * * * *

Zondag, 25 november 2012 – avond – Dag 27
New York, Amerika

Warden James neemt een ander vel papier van zijn bureau en houdt het omhoog.

"Dit," vertelt hij, "is een verzoek van George Springfield om een internationaal telefoongesprek. Hij vindt het belangrijk dat je iemand kunt bellen in Nederland en dat ben ik met hem eens. Zoals je weet zijn internationale gesprekken niet mogelijk of toegestaan op de telefoons in onze zuidelijke vleugel." Hij wijst op een telefoontoestel, dat op zijn bureau staat. "Je hebt tien minuten en ik blijf erbij. Je kunt vrijuit praten. Ik spreek de taal niet."

Ik kijk hem even aan en twijfel. Hoewel ik weet dat George hiermee bezig is geweest komt het toch als een verrassing. Ondanks dat ik erg verlang naar een bekende stem en een paar woorden in mijn eigen taal, overweeg ik om het aanbod af te slaan.

Er zijn maar twee mensen, die ik in Nederland kan bellen: Maren en Lennart. Ik kan Maren niet bellen. Ze kent me beter dan wie dan ook en zal meteen aan mijn stem horen dat het niet goed met me gaat. Dan denk ik aan mijn broer.

Ondanks mijn eerdere voornemens om Lennart overal buiten te houden, ben ik egoïstisch. Het verlangen om zijn stem even te horen is te groot. Ik heb een reddingsboei nodig na het voorval met Donald Skinner en Kane, iets vertrouwds waar ik me aan vast kan houden en me aan op kan trekken. Mijn grote broer. Ik trek de telefoon naar me toe en toets het landnummer voor Nederland en Lennarts mobiele nummer.

James staat op en loopt naar de andere kant van het kantoor, waar hij op een zwartleren bankstel gaat zitten.

Len klinkt gehaast als hij opneemt. *"Hello?"*

"Len...," begin ik. Ik krijg een brok in mijn keel en slik even.

"Misha!" roept hij uit. "Wat ben ik blij dat je belt! Ik was doodongerust, jochie! Al die tijd... Wat is er gebeurd? Hoe gaat het met je?"

De paniek in zijn stem verbaast me. Ik bedoel te zeggen, dat ik wel verwacht had dat Len geschokt zou zijn door mijn arrestatie, maar niet dat het hem dusdanig zou raken. Ik had een schok verwacht, misschien wat bezorgdheid, maar geen paniek.

Na een korte stilte zeg ik: "Len, het spijt me."

"Dat hoeft niet, jochie," zegt hij met onvaste stem. "Ik... George Springfield heeft me na je arrestatie gebeld om het uit te leggen... Een soort van, tenminste..." Er valt weer een korte en emotionele stilte en dan vraagt hij: "Wat is er gebeurd?"

"Het is zoals George gezegd heeft," antwoord ik.

"Hij zegt dat je vast zit voor doodslag," zegt Len.

"Ja... Raar idee, hè?"

"Was het een ongeluk?"

"Nee..."

"Waarom heb je dit in vredesnaam gedaan?"

"Dat kan ik niet zeggen," antwoord ik. Ik schrik van mijn eigen woorden en herstel me: "Ik bedoel dat... Het was een uit de hand gelopen ruzie. Het werd zwart voor mijn ogen... Ik weet niet wat me bezielde."

"Ik wil je helpen," zegt Lennart. "Zeg maar wat ik moet doen."

"Len, luister goed," zeg ik. "Het is heel belangrijk en als je precies doet wat ik zeg komt het allemaal goed." Ik werp een blik op de klok en begin vlug te praten: "Ik heb weinig tijd. Ga naar Flash en vraag Ilse Belinfante om mijn reserve-sleutels. Als je zegt wie je bent en genoeg aandringt, zal ze die aan je geven."

"Die sleutels heb ik al gevonden," antwoordt Lennart. "En Ilse, je telefoon, je agenda's en Maren ook."

Kut!

"Wat heb je nog meer gevonden?" vraag ik dwingend.

Lennart laat zich niet van de wijs brengen door mijn toon. "Dat doet nu niet ter zake," zegt hij. "Ik heb je sleutels gevonden. En nu?"

"In de bovenste lade van mijn bureau ligt een sleuteltje," ga ik verder. Ik probeer mezelf tot de orde te roepen en me niet af te laten leiden, maar de angst voor wat Lennart nog meer ontdekt kan hebben, heeft al toegeslagen. "Die past op een bankkluis. Het adres staat in een zwarte agenda op mijn bureau thuis, achterin. In de kluis ligt contant geld, mijn Rolex en alle documenten die je nodig hebt om die te verkopen. Er ligt ook een creditcard met een limiet van tienduizend euro. Gebruik het wijs, Len. Alsjeblieft..."

"Wat denk jij nou?" vraagt Len. "Dat ik je gewoon laat stikken?"

"Len, toe nou...," begin ik.

"Ik wil je geld niet," protesteert Lennart. "Ik wil je zien... Ik mis je... Ik wil gewoon weten of het goed met je gaat..."

"Nee, Len," zeg ik. "Niet doen. Alsjeblieft..." Ik werp opnieuw een blik op de klok en zie de seconden wegtikken. "De betalingen van de hypotheek, de verzekeringen, het gas en licht en de creditcard lopen automatisch door... Je hebt nergens omkijken naar."

"Ben je gek geworden of zo?" vraagt Len.

Ik zwijg. Ik schrik als ik een hand op mijn schouder voel en kijk om. Heel even was ik James vergeten.

De oude directeur wijst op de klok en zegt zachtjes: "Drie minuten."

"Len, ik heb weinig tijd," zeg ik haastig. "Als je ergens tegenaan loopt, moet je achterin mijn privéagenda kijken. Daar staat het telefoonnummer van Colin Ross. Hij beheert al mijn financiën en andere zaken en..."

"Maren en ik vliegen morgen naar Amerika," onderbreekt Len me.

"Jij en Maren?" herhaal ik. Het klinkt vreemd en verkeerd.

"Ja, ik zocht je en toen kwam zij op mijn pad. Zij en Ilse."

Ik ban alle irrelevante zaken uit mijn hoofd en smeek: "Len, blijf daar, alsjeblieft. Doe dit niet. Ik wou gewoon je stem horen. Alles is oké." Ik begrijp zijn motivatie, maar ik kan nu geen afleiding gebruiken.

"Ik kwam wat dingen tegen...," zegt Len voorzichtig. "Van vroeger... Van het afgelopen jaar... Jezus, jochie... Wat is er met je gebeurd?"

Ik probeer tussen de regels door te lezen, maar ik kan uit zijn woorden niet opmaken wat hij wel en niet weet. "Len, blijf daar," zeg ik dan. "Alsjeblieft."

"Springfield heeft bezoek voor me geregeld," vertelt Lennart. "Ik ben er over twee dagen."

"Len...," begin ik.

"Einde discussie," zegt Len.

"Len, alsjeblieft," probeer ik weer. "Ga in mijn huis wonen en neem dat geld aan. Dit is iets dat ik alleen moet doen. Je moet verder gaan met je leven."

"Iets dat je alleen moet doen?" herhaalt hij.

"Je begrijpt het niet, Len," zucht ik.

"Leg het me dan uit," antwoordt Len.

"Daar heb ik geen tijd voor. Ik moet zo ophangen." Ik zwijg even en vraag dan: "Blijf je in Nederland, Len?" Ik vrees voor het antwoord, maar ik moet weten waar ik rekening mee moet houden.

"Nee, Misha," snauwt Lennart. Hij klinkt zowel boos als verbaasd, als hij vraagt: "Hoe kun je dat nou denken? Hoe kun je in godsnaam denken dat ik je geld aanneem en hier rustig af ga zitten wachten of jij levend terugkomt over *fucking...* twintig... jaar!"

Ik kan geen woord uitbrengen. Dit wil ik niet hardop horen. Ik wil er niet eens aan *denken*. Het zoemt al irritant genoeg in mijn achterhoofd rond, zonder dat mijn o zo verantwoordelijke broer me nog even fijntjes met mijn neus op dat feit drukt.

Len heeft zijn stem eerder teruggevonden dan ik. "De laatste jaren heb jij mij steeds uit de ellende gehaald. Nu is het mijn beurt."

De vastberadenheid van mijn broer brengt me dusdanig van mijn stuk, dat ik bijna breek. Het is gemakkelijker om boos te worden naar aanleiding van zijn kritiek dan om me kwetsbaar op te stellen en zijn bezorgdheid maar gewoon over me heen te laten komen. Toch kan ik de woorden niet vinden. Ik wil schelden en schreeuwen, maar iets in me wil hem niet kwetsen.

Ik kan niets uitbrengen en staar naar mijn linkerhand, die op de rand van het bureau rust en onophoudelijk trilt. Ik slik moeizaam en probeer mezelf weer onder controle te krijgen. Dat ik hoor dat mijn broer aan de andere kant van de lijn ook de nodige moeite heeft om zijn emoties in bedwang te houden, helpt niet.

"Over twee dagen ben ik er," zegt Lennart uiteindelijk. "Ik hou van je."

Ik vecht tegen mijn tranen. "Ik ook van jou." Opnieuw voel ik de hand van Warden James op mijn schouder.

"Ophangen," zegt hij zacht.

"Len, ik moet ophangen," breng ik moeizaam uit.

"Tot gauw," antwoordt hij.

"Tot gauw," zeg ik. "Dag, Len."

James staat naast me met uitgestoken hand.

Ik geef hem de telefoonhoorn en hij verbreekt de verbinding met een zacht klikje. Dan legt hij zijn hand weer op mijn schouder. Anders dan bij Donald Skinner heb ik niet de neiging om hem van me af te duwen. Er zit niets achter zijn aanraking, dan oprecht medeleven. Het heeft iets geruststellends, ook al weet ik dat ik daar in het cellenblok niets aan heb.

James glimlacht, pakt met zijn vrije hand een glas water van zijn bureau en geeft het aan me. "Drink wat," zegt hij vriendelijk.

Ik neem een slok water en haal diep adem. Ik wil niet breken of huilen waar iemand bij is en het kost me veel energie en moeite om dat te voorkomen.

Het is verspilde moeite.

James heeft genoeg ervaring om te weten welke gevaren in een plaats als deze op de loer liggen voor jongens zoals ik. Hij laat zich niet in de maling nemen door mijn geveinsde kalmte, maar dat komt niet alleen door zijn ervaring. Hij heeft een beeld van mijn situatie, dat is gebaseerd op vier bladzijden tekst en mijn uiterlijk. Het heeft geen zin om hem te vertellen, dat het goed met me gaat. Hij doorziet dat soort leugens moeiteloos.

Mijn interpretaties worden vrijwel direct bevestigd.

"Je hebt het zwaar hier, hè, jongen?" De Warden verwacht geen antwoord en haalt zijn hand van mijn schouder. "Blijf nog maar even zitten. Ik zal meneer Parker vragen om je over vijf minuten terug te brengen naar de afdeling."

Hij loopt naar de deur, opent die en zegt: "Vijf minuten." Dan sluit hij de deur weer en merkt op: "Woensdag krijg je bezoek."

Ik zet het glas op het bureau en antwoord toonloos: "Mijn broer."

"Ja," bevestigt James.

"Ik wil hem niet zien," zeg ik en vraag me dan af of dat een optie is.

Heb ik iets te vertellen over wie me wel en niet mag bezoeken?

"Dat is natuurlijk jouw eigen keuze," zegt James, alsof hij mijn gedachten kan lezen. "Maar neem een wijze raad aan van deze oude man, jongen. De kans dat je je straf in Nederland mag uitzitten is aanwezig, maar niets is zeker. Uit ervaring weet ik dat Nederland nooit zoveel moeite doet om zijn staatsburgers terug te krijgen. Er bestaat weldegelijk een kans, dat je hier twintig jaar moet blijven. Je broer wil op bezoek komen, omdat hij van je houdt. Ik heb George Springfield gesproken en je broer schijnt heel veel moeite te hebben gedaan om je te vinden." Hij zwijgt even en zegt dan scherp: "Je broer kan ook verder gaan met zijn leven, *nadat* hij hier is geweest. Springfield heeft al een hotel voor hem geregeld. Denk er in ieder geval eerst over na."

EPILOOG
FOCUS

Maandag, 26 november 2012 – ochtend – Dag 28
New York, Amerika

Ik heb de hele nacht niet geslapen, maar rustig opstarten is er niet bij.

Na de telling is er de route naar de kleedkamer, waar Skinners groepje door oponthoud op hetzelfde moment aankomt als mijn groep.

"Goed geslapen, liefje?" vraagt hij.

Bewaker Phipps kijkt even van mij naar Skinner en terug. Kennelijk heeft hij aardig door wat er ongeveer speelt, want hij is zo vriendelijk om me uit Skinners groep te houden, tijdens het douchen. Als hij mijn groepje later naar de kantine brengt, neemt hij me apart, buiten gehoorsafstand van de anderen en zegt: "Als je problemen hebt, moet je het zeggen."

Pfff. *Yeah, right.*

Ik zou niet weten waar ik moet beginnen, maar bedank hem vriendelijk voor het aanbod. "Alles is oké, Baas."

Het ontbijt begint met de nodige commotie rondom een vechtpartij, waarvan niemand schijnt te weten waar het om is begonnen. Ondanks het gebrek aan een zichtbare aanleiding, zie ik het al aankomen, als één van de lijfwachten van *Little Italy* opstaat van de tafel, iets dat niet is toegestaan, zolang de Don nog aan de tafel zit.

De lijfwacht heeft iets over zich, waardoor hij me aan mijn broer doet denken. Diezelfde machohouding en een uitstraling die zegt: *'Don't fuck with me.'* Hij is lang en slank van postuur, maar ook enorm gespierd, zoals een kickbokser of een kooivechter.

Ik herinner me dat ik hem eerder ben tegengekomen, toen we elkaar passeerden bij Dr. Cavanagh. Ik kijk toe terwijl hij naar iemand toeloopt, die aan de andere kant van zijn tafel zit. Hij trekt zijn overhemd uit en geeft het aan de ander. Zijn armen, handen en hals zijn helemaal vol getatoeëerd, wat sterk doet vermoeden dat dit met de rest van zijn lichaam ook het geval is.

Er worden blikken uitgewisseld en ze fluisteren even met elkaar.

Ik kijk even naar de tafel van Donald Skinner en zijn entourage.

Skinner staart zwijgend en onafgebroken naar *Little Italy*. Hij heeft waarschijnlijk nog eerder dan ik in de gaten gehad, wat er op het punt staat te gebeuren.

De kickbokser blijft even bij zijn tafel staan, alsof hij ergens op wacht.

Ik kijk zo onopvallend mogelijk rond om te zien of er al beweging ontstaat onder de bewakers, maar dat is niet het geval. Het toezicht op *Little Italy* is even minimaal als iedere ochtend, alsof niemand verwacht dat de Don enige consternatie zal dulden aan of rond zijn tafel.

De man aan wie de kickbokser zijn overhemd heeft gegeven maakt een klein gebaar met zijn rechterhand en de man met de tatoeages kijkt op. Als er een paar gevangenen aan de tafel links van hem opstaan om hun dienbladen weg te brengen, komt hij in beweging en botst hard en opzettelijk tegen één van hen op.

De ander laat zijn dienblad vallen, maar herstelt zich snel en haalt bijna onmiddellijk uit.

De man met de tatoeages ontwijkt hem moeiteloos en geeft zijn zelfgekozen tegenstander een keiharde duw tegen de borst.

Deze heeft moeite om te blijven staan.

De kickbokser maakt meteen gebruik van zijn voordeel en haalt razendsnel uit met beide vuisten.

De ander gaat al tegen de grond, voordat hij een derde keer kan uithalen.

Dan komen er van alle kanten bewakers aansnellen met wapenstokken.

Overal gaan gevangenen staan. Ze beginnen te schreeuwen en zich met de situatie te bemoeien of hun favoriet aan te moedigen.

Ik zie dat er tevens aan diverse tafels objecten en geld van eigenaar veranderen nu de bewakers alleen nog maar oog hebben voor de vechtersbazen.

De man die op de grond ligt komt moeizaam overeind en doet een dappere nieuwe poging om zijn tegenstander te raken met zijn vuist.

De kickbokser ontwijkt hem weer, haalt nog een keer uit en trapt de ander dan genadeloos met een *high kick* opnieuw tegen de grond. Zijn bewegingen zijn licht en gecontroleerd, wat in contrast staat met zijn lengte.

Nog voordat de bewakers de man met de tatoeages bereiken, krijgt hij een vriend van zijn slachtoffer op zijn nek. Deze man is breder dan hij en bijna even lang als hij, maar biedt hem nauwelijks meer uitdaging. Met één vuistslag vloert de kickbokser ook hem.

Zeven bewakers sluiten hem in, maar niemand durft één vinger naar hem uit te steken.

"Oké, Saunders, zeg het maar," zegt Parker. "Makkelijk of moeilijk?"

De kickbokser heft zijn handen verontschuldigend op.

Ik staar naar het tafereel. Tot mijn verbazing is Phipps de eerste, die een stap naar voren durft te doen.

De bewaker zoekt nadrukkelijk oogcontact met Saunders en vraagt: "Oké, Jonny?"

"Ik doe niks, Baas."

Ik had verwacht dat de kickbokser in zijn blinde woede op zijn minst een poging zou doen om de bewakers bij zich weg te slaan, maar hij doet niets, alsof hij de rust zelve is. Het brengt me even van de wijs, maar dan bedenk ik dat Saunders waarschijnlijk inderdaad een kickbokser is, een sportman. Hij is getraind om aan te vallen, maar ook om te stoppen zodra de tegenstander op de grond ligt.

Ik bewonder zijn focus en zelfbeheersing en ik begrijp waarom *Little Italy* hem heeft gerekruteerd als één van hun lijfwachten.

Deze Jonny Saunders is duidelijk levensgevaarlijk, maar toch lijkt hij ook redelijk eenvoudig onder controle te houden. Een machtig wapen. Handig om te hebben, zeg maar.

Saunders steekt langzaam zijn handen uit naar Phipps en laat zich rustig boeien.

Het valt me op dat alle andere bewakers wachten, totdat de kickbokser geboeid is en hem dan pas benaderen en durven vast te pakken.

Parker kijkt de kantine rond en schreeuwt: "Oké, tuig! De show is voorbij! ledereen zitten!" Hij wacht even tot de meesten van ons weer zitten en zegt dan: "Saunders, naar de isoleer." Hij wacht weer even.

Saunders gaat rustig mee met Phipps en de twee andere bewakers die met hen meelopen lijken volstrekt overbodig.

"En breng die twee clowns naar Cavanagh," gaat Parker verder tegen twee andere collega's en wijst naar de twee mannen, die nog altijd op de grond liggen.

De rust keert vrij snel terug.

Ik wend me tot Jamie en vraag fluisterend: "Waar ging dat over?"

Jamie haalt zijn schouders op. "Over geld, denk ik."

"Over geld?" herhaal ik.

"Ja," zegt Jamie. "Een waarschuwing van de Don."

"Een waarschuwing?"

"Ik denk dat die gozer *Little Italy* geld schuldig is en dan stuurt de Don een mannetje om de druk op te voeren," legt Jamie uit.

Ik zucht gefrustreerd als ik een hand op mijn schouder voel. De beelden van wat er gistermorgen in de kleedkamer gebeurd is, staan nog haarscherp op mijn netvlies. Iedere keer dat ik Skinner hoor of zie, word ik misselijk en moet ik vechten tegen mijn paniekgevoel. Ik besef dat dit niet de reactie is, die Dean Wesson graag zou zien, maar het gaat vanzelf.

Skinner gebaart ongeduldig naar Jamie, die snel een plaats opschuift om ruimte voor hem te maken, en komt tussen ons in zitten.

Ik dwing mezelf om hem aan te kijken.

"Zo... Vertel eens, liefje...," begint hij. "Waar ben je gisteravond geweest?"

Ik haal mijn schouders op.

"Ik hoorde in de wandelgangen dat je bij James bent geweest," gaat Skinner verder. Dan knijpt hij zijn ogen samen en sist: "Wat heb je hem verteld?"

"Niks," antwoord ik. "Hij heeft mij iets verteld."

"Wat?"

"Hij vertelde me dat mijn broer op bezoek komt," zeg ik.

"En verder niks?" vraagt Skinner argwanend.

"Nee, verder niks, Donald." Mijn stem klinkt onderdaniger dan ik zou willen.

Hij lijkt tevreden met dit antwoord en klopt me even goedkeurend op mijn schouder. Uit het niets grijpt hij me dan hardhandig bij mijn arm en snauwt: "Ik hoop het voor je." Hij laat zijn greep verslappen, glimlacht, streelt met de rug van zijn hand langs mijn wang en brengt zijn mond vlakbij mijn oor. "Enne... dat van gisteren...," fluistert hij. "Tegen niemand zeggen." Dan staat hij op en loopt weg zonder om te kijken.

Boek IV:

Constructies

Misha Larsen

Dinsdag, 27 november 2012 – ochtend – Dag 29
New York, Amerika

Donker en stilte en niets dan dat.
    De duisternis is overweldigend. Het omringt me, sluit me in en slokt me op. Ik wil hier weg, maar ik kan nergens heen. De tijd lijkt stil te staan, bevroren, nu iedere seconde hetzelfde is als de vorige.
    Ik weet dat de tijd verstrijkt, maar ik heb geen idee hoeveel. Iedere notie van tijd is inmiddels verdwenen.
    Minuten?
    Uren?
    Het lijkt al zo lang geleden, dat de kelderdeur achter me in het slot gegooid werd.
    Ik wil hier weg, maar ik heb weken geleden al geleerd dat smeken, huilen en schreeuwen geen zin heeft en dat ik weinig anders kan doen dan geduldig afwachten, totdat mijn straf erop zit.
    Het is koud hier. Mijn vingers zijn inmiddels volkomen gevoelloos en ik trek mijn handen in de te lange mouwen van mijn vest. Ik schuifel voorzichtig achteruit, totdat ik de harde, koude muur tegen mijn rug voel. Langzaam laat ik me op de grond zakken. Ik sla mijn armen om mijn opgetrokken knieën en kruip in elkaar, in een poging om een beetje warm te blijven.
    Dan spits ik mijn oren en luister of ik wat leefgeluiden van boven kan opvangen, iets waaruit ik enigszins kan afleiden hoe laat het is.
    Het blijft lang stil.
    Stil en donker.
    Als ik een sleutel in het slot hoor en de deur eindelijk opengaat, heb ik geen flauw idee hoeveel tijd ik hier heb doorgebracht. Het lijkt wel een eeuwigheid. Ik ben moe en ik heb het nog steeds koud. Snel krabbel ik overeind, maar blijf dan aarzelend staan.
    Zou hij nog boos zijn?
    Het licht gaat aan en ik moet met mijn ogen knipperen om ze eraan te laten wennen. Vertwijfeld staar ik naar de man, die bovenaan de trap in de deuropening staat.
    Waarom gaat het nu niet zoals de voorgaande keren?
    Gewoonlijk is dit het moment, waarop hij zegt dat ik weer boven mag komen, maar deze keer zegt hij niets tegen me en hult zich in een dreigend stilzwijgen. Even blijven we allebei roerloos staan, maar dan komt hij binnen, sluit de deur

achter zich en daalt de trap af. De trap kraakt onder zijn voeten en hij zwijgt nog altijd.

Instinctief doe ik een stapje achteruit, zodra hij beneden is. Ik ga nog verder naar achteren, totdat ik de muur weer tegen mijn rug voel en niet verder kan.

De man nadert me en steekt zijn hand naar me uit.

Ik aarzel. Ik weet niet waarom, maar het voelt gewoon verkeerd.

"Kom maar, Misha," zegt hij met zachte stem. "Het is goed... Kom maar..." Hij wacht even, maar steekt zijn hand dan opnieuw uit, dwingender en nadrukkelijker nu, en zegt weer: "Kom maar."

Ik doe een voorzichtige stap naar voren, dankbaar voor de vriendelijke benadering.

De man neemt mijn hand in de zijne en trekt me zachtjes naar zich toe. Hij haalt zijn vrije hand even door mijn haar en zegt nogmaals: "Het is goed."

Het klinkt heel overtuigend. Ik wacht af, verwacht dat hij me mee zal voeren naar de trap, terug naar boven, maar dat gebeurt niet.

In plaats daarvan leidt hij me naar een oud, stoffig bureau, dat in een hoek van de kelderruimte staat. Hij laat mijn hand los en zet me klem tussen het bureau en zijn lichaam. Een tijd lang staart hij alleen maar naar me, zonder iets te zeggen.

Ik zeg ook niets. Ik begrijp niet wat er gebeurt of wat hij precies van me verwacht. Ik weet alleen dat ik hier weg wil.

Misschien moet ik nog een keer 'sorry' zeggen?

Ik overweeg het. Het kan geen kwaad.

"Het spijt me," zeg ik zacht.

Hij blijft naar me kijken, terwijl hij hoog boven me uittorent.

"Ben je bang voor me?" vraagt hij dan.

Ik durf geen antwoord te geven. Dit lijkt een vraag, waarop geen 'goed' antwoord bestaat. Ik ben bang voor hem, al weet ik niet precies waarom, en ik durf niet tegen hem te liegen. Ik ben bang dat hij leugens doorziet en bang om hem boos te maken, omdat hij me dan wellicht de rest van de nacht in de kelder zal laten. Niet dat hij dat eerder gedaan heeft, maar je weet maar nooit.

"Ben je bang voor me?" herhaalt hij.

Heel ver weg hoor ik mezelf met trillende stem vragen: "Mag ik nu weg?" Ik schrik van mijn eigen woorden en hoop tegen beter weten in, dat ik deze niet hardop uit heb gesproken. Ik wil hem niet opnieuw boos maken.

"Nee," antwoordt hij. De klank van zijn stem is rustig en vriendelijk nu, maar toch weinig kalmerend. De tegenstrijdige signalen die hij afgeeft, brengen me in verwarring.

"Het... spijt me," probeer ik weer. "Echt."

Hij is veel dichterbij dan ik prettig vindt. Hij haalt zijn hand opnieuw door mijn haar en pakt dan mijn hand weer. "Je bent helemaal koud," merkt hij op. Hij trekt me zachtjes dichter tegen zich aan en sluit me in zijn armen.

"Zullen we teruggaan naar boven?" stel ik voor. Mijn stem klinkt gedempt, gesmoord in zijn omhelzing.

"Zo meteen," zegt hij. "Zo meteen." Met zijn vlakke hand wrijft hij over mijn rug, terwijl hij me met zijn andere hand belet om me los te maken uit zijn greep.

"Het is goed... Het is goed." Hij blijft de woorden herhalen, fluisterend, monotoon en geruststellend, maar ik weet dat hij liegt.

Ik weet het al voordat hij wat afstand neemt en zijn handen langzaam naar de ritssluiting van mijn vest brengt. Ik weet wat dit is en waar het ongeveer naartoe zal gaan. Ik lees iedere dag de krant en voor dit soort mannen zijn we op school weleens gewaarschuwd bij maatschappijleer.

Hij ritst mijn vest open en schuift het kledingstuk van mijn schouders. "Het is goed...," sust hij weer. "Het is goed..."

Zodra ik zijn handen onder mijn T-shirt voel, probeer ik hem van me af te duwen, maar hij is te sterk. Ik kijk naar hem op. "Alsjeblieft?"

Hij kijkt me recht aan en zegt: "Tegen niemand zeggen."

Ik schrik wakker als ik een hand op mijn arm voel. Ik ga rechtop in bed zitten. Er gaat een golf van paniek door me heen. Ondanks dat mijn T-shirt nat is van het zweet, heb ik het koud. Mijn ademhaling is onregelmatig en zwaar en het duurt enkele seconden, voordat ik me realiseer waar ik ben en van wie de hand is.

"Ssshh. Easy there," fluistert Jamie. *"It's just me."*

Zijn stem lijkt heel ver weg en onwerkelijk.

"Come on, buddy. Look at me," probeert hij, als ik niet meteen reageer.

Het feit dat Jamie Engels spreekt, is genoeg om me terug te halen naar het heden. Jamie valt even stil, alsof hij niet weet wat hij met de situatie aanmoet, maar dan zegt hij voorzichtig: "Ik denk dat je een nachtmerrie had of zo..."

Ik draai me naar hem toe, zodat ik hem aan kan kijken, maar schuif dan toch een stukje bij hem vandaan. Ik heb afstand nodig. Zichtbare afstand. Zodra ik de celmuur tegen mijn rug voel, sta ik op van het bed.

Doelloos doe ik een paar stappen en draai me dan opnieuw naar Jamie toe.

Hoe kan ik dit uitleggen?

Ik ben me sterk bewust van mijn versnelde ademhaling, maar ik heb moeite om die onder controle te krijgen.

Mijn celgenoot lijkt nog altijd te twijfelen over zijn strategie.

Ik zie de verwarde blik in zijn ogen, maar ik kan het niet opbrengen om de vragen, die ik daar weerspiegeld zie te beantwoorden. Ik besluit voor de gemakkelijkste strategie te kiezen en te doen alsof er niets aan de hand is, in de hoop dat Jamie daarin mee zal gaan.

"Hoe laat is het?" vraag ik.

"Ik denk een uur of vijf, half zes," raadt Jamie en haalt zijn schouders op, alsof hij dat niet belangrijk vindt. "Alles goed? Ben je oké?" vraagt hij dan aarzelend en nauwelijks hoorbaar.

Ik knik. "Niks aan de hand," zeg ik. "Gewoon een nachtmerrie."

"Wat droomde je?"

"Dat herinner ik me niet," lieg ik moeiteloos.

1.
DOENERS EN DENKERS

Dinsdag, 27 november 2012 – middag – Dag 29
New York, Amerika

Ik ben blij dat Jamie niet zijn gewoonlijke, praatgrage zelf is vandaag. Ik heb het onderhand wel een beetje gehad met al die verhalen over Paraguay en ik heb teveel aan mijn hoofd om het geduldig aan te kunnen horen.

Op de binnenplaats zoek ik een goede uitkijkpost bij de muur, met Jamie zoals altijd vlak naast me. Ik houd van overzicht en dat is precies wat deze plaats me biedt. Automatisch kijk ik om me heen, om te kunnen bepalen uit welke richting ik dreiging kan verwachten.

De gebruikelijke groepjes vormen zich op de gebruikelijke plaatsen, maar er is iets dat afwijkt en mijn aandacht trekt.

Donald Skinner zit, geheel tegen zijn gewoonte in, alleen op zijn vaste plek op de tribune. Zijn vrienden staan een stuk verderop, maar houden hem nauwlettend in de gaten, alsof hij iets kostbaars is dat continu bewaakt en beschermd moet worden.

Ik haat hem en mijn haat jegens hem wordt alleen maar groter, naar gelang ik hem langer meemaak en beter leer kennen. Het zou bijna kinderlijk eenvoudig zijn om voorgoed van hem af te komen. Skinner heeft zoveel vijanden hier, dat het een eeuwigheid zou duren, voordat de verdenking op mij zou vallen. Als dat überhaupt ooit zou gebeuren.

Tenslotte zou niemand van het personeel de *Jersey Killer* genoeg missen, om een grondig onderzoek in te stellen naar de oorzaak van zijn overlijden. Waarschijnlijk zou niemand het op kunnen brengen om alle verdachten – wat ongeveer het hele cellenblok zou zijn – te verhoren en de bijbehorende massa papierwerk in te vullen. Het ligt eerder in de lijn der verwachting, dat iedereen stiekem opgelucht ademhaalt en God dankt voor deze verlossing.

Het is een idee.

Een aanlokkelijk idee, maar toch is er iets dat me tegenhoudt. Gebrek aan voorbereiding, voornamelijk. Ik ben niet het soort moordenaar, dat impulsief een wapen scoort en dan maar ziet waar het schip strandt.

Dat is niet mijn methode.

Skinner vangt mijn blik op, wenkt me en steekt een sigaret op.

Ik denk na. Ik weet dat weigeren geen goede zet zou zijn, wend me snel tot Jamie en zeg: "Wacht hier." Zonder zijn antwoord af te wachten, loop ik rustig naar Skinner toe en blijf dan op ruim een meter afstand van hem staan.

"Wat wil je, Donald?" vraag ik kil.

"Kom eens bij me zitten," zegt Skinner en klopt met zijn vrije hand op de plaats naast hem. "Ik wil je iets laten zien."

Ik ben verrast, maar blijf op mijn hoede.

Deze benadering is me vreemd, maar er zit ongetwijfeld iets achter. De klank van zijn stem is niet uitdagend, dubbelzinnig of dominant, zoals gewoonlijk altijd het geval is, maar serieus en bijna oprecht vriendelijk te noemen. Als ik niet beter zou weten, zou ik denken dat het een verontschuldiging zou kunnen zijn.

'Zand erover en we beginnen met een schone lei', of zoiets.

Niet dus...

Wat moet ik hiermee?

"Ik doe niks," belooft Skinner en rolt even met zijn ogen.

Ik besluit hem niet te provoceren en te doen wat hij vraagt, maar niet voordat ik me ervan verzekerd heb, dat we ons in het volle zicht van diverse bewakers bevinden. Half verwacht ik dat hij zijn hand op mijn been zal leggen, maar hij beweegt niet en kijkt voor zich uit.

"Laat me je iets uitleggen," zegt hij. Hij neemt een diepe haal van zijn sigaret en drukt de brandende punt dan langzaam tegen de rug van zijn linkerhand. Het vuur schroeit zijn huid, maar hij geeft geen krimp. In plaats daarvan babbelt hij rustig verder: "Het valt me op dat de mens tegenwoordig erg visueel is inge- steld. Alsof ze moeite hebben iets te begrijpen, als het niet geïllustreerd wordt... Een beetje zoals de jeugd van tegenwoordig, die liever stripboeken leest dan literatuur..."

"Wat doe je?" onderbreek ik hem. Ik probeer mijn ontzetting zoveel mogelijk te verbergen, maar weet dat ik hier nauwelijks in slaag. Weer ben ik in een situatie beland, waarin ik moet improviseren.

Hoe ik hier het beste op kan reageren, kan ik echter niet bedenken. Dit lijkt niet op één van de vele hypothetische situaties, zoals ik die met Dean Wesson heb doorgenomen.

Skinner laat het vuur nog tientallen seconden in zijn huid branden. Als het vuur uit dreigt te gaan, neemt hij een haal, zodat het weer oplaait en drukt het dan opnieuw tegen zijn hand.

"Wat doe je?" herhaal ik.

"Mezelf duidelijk maken," antwoordt Skinner kalm. Hij wacht nog een paar seconden en kijkt me uitdrukkingsloos in de ogen. Dan glimlacht hij en drukt zijn sigaret uiteindelijk op zijn hand uit. Nonchalant gooit hij de peuk op de grond en toont me de pijnlijk ogende brandwond aan zijn hand.

"Je bent *echt* knettergek," zeg ik ontsteld. Ik zie geen enkele indicatie van pijn in zijn ogen, wat me toch enigszins beangstigd en ik heb onmiddellijk spijt van mijn woorden.

Skinner ziet het. "Nee, nee, ga door," moedigt hij me aan. "Eindelijk ben je een keer eerlijk tegen me." Hij lijkt niet boos, eerder geamuseerd.

Het verwart me.

Is hij aan een heel nieuw spel begonnen of heeft hij slechts een aantal van de spelregels veranderd?

Ik vermoed dat Skinner me bang wil maken, dat hij me wil tonen dat zijn pijn- grenzen veel hoger liggen dan de mijne. Ondanks het feit dat dit een verre van geruststellende gedachte is, is het wel iets dat me boeit en een vreemde vorm van bewondering in me losmaakt. Ik denk snel na en besluit het over een an- dere boeg te gooien.

"Hoe deed je dat?" vraag ik.

Skinner lijkt mijn woorden inderdaad te interpreteren als bewondering en lijkt verrast. Dan zegt hij cryptisch: "Pijn is slechts een instelling."

Ik kijk hem aan en houd zijn blik even vast. "Een instelling?" herhaal ik.

"Ja, een instelling," antwoordt hij. "Als je denkt dat iets pijn zal doen, dan doet het ook pijn, maar als je vind dat *niets* pijn doet, zal *niets* pijn doen. Vertel me wat je vreest en ik zal je vertellen *niets* te vrezen. Je bent altijd zelf de meester van je eigen lot."

"Wat wil je nou eigenlijk zeggen?" vraag ik.

"Ook als je geen invloed meer hebt op de omstandigheden, heb je nog altijd invloed op de manier waarop je op die omstandigheden reageert," legt Skinner uit. "Er is altijd een keerpunt. Als iemand je een klap voor je kop geeft, dan kun je natuurlijk braaf je andere wang toekeren, maar er zijn nog zoveel andere opties..."

"Andere opties?"

"Ja... Niemand begrijpt dat beter dan ik."

Waar wil je naartoe met dit verhaal?

"Dus?" vraag ik.

Skinner wijst naar zijn verbrande hand. "Ooit ga ik je uitleggen, waarom ik dit wel kan en een ander niet," belooft hij. "Ooit. Nu nog niet... Misschien *dokter* je het zelf wel uit. Het zou me niets verbazen." Dan verharden zijn ogen en sist hij: "Je kunt *nooit* winnen. Niet van mij... Onthoud dat, liefje."

* * * * *

Vrijdag, 13 juli 2012 – avond
Rotterdam, Nederland

Ik had alles tot in de kleinste details uitgedacht. Talloze mogelijke scenario's en combinaties daarvan hadden jarenlang door mijn hoofd gespookt, totdat alle omstandigheden perfect leken en als puzzelstukjes in elkaar vielen.

Routines, schema's, tijdstippen, locaties en een enorm scala aan mogelijke toevalligheden domineerden mijn gedachten, terwijl ik rustig naar het afgesproken punt liep.

Tegen mijn eigen verwachtingen in was ik heel kalm. Een vreemde rust, die versterkt werd door voorbereiding, zekerheden en vooral door het gevoel dat ik in mijn recht stond.

Er kon niets misgaan.

Ik had over alles eindeloos nagedacht, totdat ik er zeker van was dat alles tot in de details klopte. Niets mocht in dit stadium van mijn plan al afhangen van enig toeval. Daar zou ik in de latere stadia nog meer dan genoeg mee geconfronteerd worden. Dat stond vast. Daar was ik toen al zeker van.

Toen ik bij de parkeergarage kwam, trok ik een kaartje en vervolgde mijn weg. De zon had de hele middag fel geschenen en begon nu te zakken.

Zelfs aan mijn kleding had ik veel aandacht besteed, hoewel dat op niemand zo zou overkomen. Ik droeg een lichtblauwe spijkerbroek, een donkerblauw shirt met lange mouwen en zwarte sportschoenen.

Alles aan mijn kleren was even onopvallend, merkloos en standaard. Blauw, en met een reden. Geen zwart, geen wit, geen opvallende kleuren, geen prints en geen opschriften. Niets dat iemand zich zou herinneren.

Rustig liep ik het plein op. Mijn ogen zochten Julia.

Ze zat op een bankje, met haar rug naar me toe.

Ik legde mijn hand op haar schouder.

Ze schrok niet, draaide zich naar me toe en glimlachte. Haar lange, blonde haar hing los over haar schouders en ze droeg een eenvoudig zomerjurkje in een zachtroze kleur en met smalle schouderbandjes. Ze had geen spoortje make-up op haar gezicht en oogde, ondanks haar twintig jaar, minimaal vier jaar jonger.

Ik had haar zorgvuldig uitgekozen. "Klaar?" vroeg ik.

Julia knikte en stond op. "Mijn geld?"

"Cash on delivery," antwoordde ik. "Zoals afgesproken." Ik haalde een identiteitskaart uit de achterzak van mijn jeans en gaf die en het parkeerkaartje aan Julia. "Alsjeblieft, *Kelly.*"

Zelfs een politieagent zou niet gezien hebben dat het identiteitsbewijs een vervalsing was. Met dank aan mijn steun en toeverlaat Dean Wesson, natuurlijk.

"Ga maar," zei Julia. "Ik kom er zo aan."

Ik liet haar achter op het plein en ging verderop in de straat een café binnen. Ik ging aan de bar zitten, vlakbij de deur, die openstond.

Uitgang? Check.

Ik probeerde niet te staren, ondanks dat ik er zeker van was dat de man me niet zou herkennen. We hadden elkaar twaalf jaar niet gezien, maar opeens leek het heel kort geleden. Hij was ouder geworden, maar weinig veranderd.

Heel even was ik weer veertien jaar... En dertien... En twaalf... En elf...

Ik voelde mijn maag samentrekken, keek even weg, maar herstelde me snel.

"Wat zal het zijn?"

Ik richtte mijn aandacht op de vrouw achter de bar en antwoordde: "Cola, alsjeblieft."

De vrouw pakte een flesje cola, deed wat ijs in een glas en schonk wat van de cola in. Ze zette het voor me op de bar en liep naar een vaste klant, die aan het einde van de bar zat.

Na een aantal minuten hoorde ik een zachte plof achter me. Ik wist dat het Julia was, die haar tas liet vallen, zoals afgesproken. Ik keek om.

Julia had zich gebukt om haar tas op te rapen en een aantal spulletjes te pakken, die eruit waren gevallen.

Ik haalde onopvallend een lippenstift uit mijn broekzak en stond op van mijn kruk. Ik bukte me even om zogenaamd iets op te rapen. Toen wendde ik me tot Julia en zei: "Deze heb je laten vallen." Terwijl ik me naar haar toe draaide, keek ik onopvallend naar de andere cafébezoekers.

Zoals ik al verwachtte had iedereen die even had opgekeken door het geluid van Julia's vallende tas, zich weer tot zijn of haar gesprekspartner gewend. Ik boog me een beetje naar haar toe en gaf haar de lippenstift.

"Dank je," zei ze.

"Oudere man, bril, grijs shirt, vijf krukken verder," fluisterde ik, liep terug naar mijn barkruk en ging weer zitten.

Julia liep naar de bar, tot naast de man, die ik had beschreven en wendde zich toen tot de barjuffrouw. "Witte wijn, alsjeblieft."

De vrouw achter de bar keek haar even schattend aan en vroeg: "Mag ik je identiteitsbewijs even zien?"

Julia haalde de identiteitskaart, die ik haar eerder gegeven had, uit haar tas en toonde die aan de vrouw.

"In orde," zei ze. "En nog gefeliciteerd."

De man naast Julia mengde zich in het gesprek: "Gefeliciteerd?"

Bij het horen van de stem van de man, moest ik mijn uiterste best doen om mijn gedachten bij het heden te houden.

"Ik was gisteren jarig," antwoordde Julia. "Negentien alweer."

"Gefeliciteerd," zei de man. "Die wijn is voor mijn rekening," zei hij tegen de vrouw achter de bar. "En doe mij nog maar een biertje, Diana."

Makkelijker dan verwacht, schoot er door mijn hoofd.

Ik pakte mijn mobiele telefoon en checkte mijn mailbox, terwijl ik vanuit mijn ooghoeken de situatie tussen Julia en haar gesprekspartner in de gaten hield. Ik opende een nieuw berichtje en las de tekst.

Remember: No mercy. D.

Goeie timing, Dean, dacht ik.

Feilloos als altijd...

Ik verwijderde het bericht, maar hield mijn ogen op het display gericht.

"Ik ben Joris," hoorde ik de man zeggen. "En jij?"

"Kelly," antwoordde Julia.

Ik stopte mijn telefoon weer in mijn broekzak.

Joris pakte zijn bierglas en hief het op. "Nou, Kelly, op je verjaardag, meisje. En nog vele jaren."

Julia pakte haar wijnglas en proostte met Joris op haar zogenaamde verjaardag. Ze keek hem glimlachend aan, wendde toen haar ogen af, gespeeld verlegen en nam een slokje van haar wijn.

Ik zag de blik in zijn ogen veranderen.

Daar ga je, dacht ik.

Joris dronk zijn glas in een paar teugen leeg en zette het op de bar. "Diana, doe mij nog maar een biertje," zei hij.

Diana tapte nog een biertje en zette het glas voor hem op de bar. "Nog wilde plannen voor het weekeinde?" vroeg ze automatisch.

"Ik ga morgen op vakantie," antwoordde Joris.

"Dat is leuk," zei Diana. "Waar ga je naartoe?"

"Naar Frankrijk." Joris nam een slok van zijn bier en vervolgde: "Ik heb daar een vakantiehuis laten bouwen. Na mijn scheiding vond ik, dat ik dat wel verdiend had. Na mijn pensioen wil ik er gaan wonen."

"Dat heb je weleens verteld, ja," zei Diana.

"Het is er prachtig," vertelde Joris enthousiast. "In de verre omtrek geen buren. Heel rustig en afgelegen. Je kunt er goed vissen."

"Hoe lang ga je?" vroeg Julia.

"Ik heb het hele jaar al mijn vakantiedagen opgespaard," antwoordde Joris.

Goh, toevallig, dacht ik sceptisch.

Ik ook.

"Vier weken heerlijke rust. Echt vakantie," ging Joris verder. "Maar genoeg over mij. Heb je een leuke verjaardag gehad, Kelly?"

"O, ja," antwoordde ze met een bijna kinderlijk enthousiasme.

And the Oscar goes to...

Julia pakte haar tas en rommelde erin. "Moet je zien wat ik van mijn vader gekregen heb," zei ze. "Wacht even, hoor." Ze rommelde nog even verder en viste toen een *i-Phone* uit haar tas. De *i-Phone* die ik een week eerder had gekocht en cash betaald. Daarna had ik er thuis één tik met een hamer op gegeven en het ding aan Julia gegeven.

"De allernieuwste," zei ze trots. Ze keek ernaar en zei toen: "Shit!"

Joris keek naar de barst in het schermpje van de telefoon. "Dat ziet er niet best uit."

"Shit, shit," herhaalde Julia. "Moet je kijken! Dat is natuurlijk gebeurd toen ik mijn tas liet vallen. Mijn vader vermoordt me."

"Dat is verzekerd," zei Joris geruststellend. "Het was gewoon een ongeluk."

"Je begrijpt het niet," antwoordde Julia met een erg realistische paniekklank in haar stem. "Ik heb echt maandenlang gezeurd om die telefoon. Toen ik hem kreeg, zei papa nog zo dat ik voorzichtig moest zijn."

"Het komt wel goed," beloofde Joris.

Julia dronk haar glas leeg en vroeg aan Diana: "Mag ik er nog één? Dat kan ik wel gebruiken."

Diana had zojuist een nieuw glas bier voor Joris neergezet en draaide zich om, om de fles wijn te pakken.

"Ik ga even naar de wc," zei Joris tegen Julia. "Ik ben zo terug en dan verzinnen we samen wel iets op die telefoon." Hij legde zijn hand iets te lang op haar schouder om geruststellend bedoeld te zijn, stond op van zijn kruk en verdween toen achterin de zaak door een deur.

Ik stond op, haalde zo onopvallend mogelijk iets uit mijn broekzak en liep langs de bar, tot aan de plaats waar Joris had gezeten.

Diana schonk Julia's glas vol. Toen draaide ze zich om, om de fles terug te zetten en iets op te schrijven.

Ik zag Julia in haar tas rommelen, precies zoals ik haar gezegd had te doen. Toen ik er zeker van was dat niemand naar me keek, deed ik de GHB in het glas van Joris en stak toen mijn hand in mijn broekzak.

Toen Diana zich omdraaide, haalde ik mijn hand weer uit mijn zak en gaf haar een briefje van vijf euro. "Ik wil graag afrekenen," zei ik overbodig.

Diana pakte het geld aan en wilde de kassa openen om mijn wisselgeld te pakken.

"Laat de rest maar zitten," zei ik. Ik stond op en verliet het café. Buiten keek ik op mijn horloge en zag dat het bijna half negen was.

Dat was gunstig. We liepen voor op schema.

Ik liep rustig de straat uit en ging de hoek om. Daar ging ik de parkeergarage binnen en vond blindelings de plek waar ik met Julia had afgesproken.

Nu kon ik alleen nog maar wachten.

* * * * *

Woensdag, 28 november 2012 – ochtend – Dag 30
New York, Amerika

Ik kan me niet herinneren hoe ik op de grond terecht ben gekomen. De chaos in mijn hoofd is zo groot, dat ik hele stukken informatie kwijt ben. Ik wil dood. Testbeeld. Gewoon alle beelden op zwart en helemaal niets meer weten.

Mijn kleren worden naar me toegegooid, maar ik vang ze niet op. Ik kan me niet bewegen en de kleding valt voor me op de vloer.

"Kleed je aan."

Ik ontwaak uit mijn trance. Haastig raap ik mijn kleren van de grond, sta moeizaam op en begin me aan te kleden. Iedere beweging doet pijn. Mijn handen trillen onophoudelijk en ik heb moeite met de sluitingen van mijn jeans en vest. Ik houd mijn ogen strak op de vloer voor me gericht, maar ik voel dat hij naar me kijkt. Zelfs als ik mijn kleren weer aan heb, durf ik niet op te kijken. Ik wil hem niet zien.

Hij komt weer dichterbij, legt zijn hand op mijn schouder en duwt me in de richting van de trap. Daar houdt hij me nog even staande en herhaalt: "Tegen niemand zeggen."

Ik staar zwijgend naar de trap voor me.

Aan wie zou ik dit in godsnaam willen vertellen?

Als ik blijf zwijgen, pakt hij me ruw bij mijn beide schouders en schudt me door elkaar.

"Tegen niemand zeggen! Hoor je me? Misha? Tegen niemand zeggen!"

"Misha?"

Iemand schudt me zachtjes heen en weer en spreekt fluisterend. De stem is vriendelijk en vertrouwd en haalt me terug naar het licht. *"Wake up, buddy... It's just me..."*

Ik open mijn ogen en herken Jamie. Zonder erover na te denken, schiet ik overeind en sla mijn arm om hem heen.

Jamie houdt me vast, zwijgend, zonder iets te vragen.

Ik voel zijn kalmte en gebruik die om mijn eigen rust een beetje te hervinden. Na een paar minuten begin ik weer een beetje bij mijn positieven te komen en verbreek ik ongemakkelijk de omhelzing. Ik neem wat afstand, kijk Jamie niet aan en zeg niets.

Hij staat op en zegt zacht: "Ik snap je. Als je wilt, is dit nooit gebeurd."

"Dank je." Ik fluister eveneens en kijk hem niet aan als ik zeg: "Je bent een goede vriend."

"Weet ik," antwoordt Jamie. "Fijn dat jij dat eindelijk ook doorkrijgt... Er is geen constructie, die overeind blijft zonder goede funderingen."

Ik ben Jamie dankbaar voor die woorden. Het is een mooi metafoor, dat me wel bezig zal houden tot de bel gaat. Binnen een paar minuten kan ik het al op zeven manieren uitleggen.

Het is de afleiding die ik nodig heb.

* * * * *

Vrijdag, 13 juli 2012 – avond
Rotterdam, Nederland

Ik had een strategische plek gekozen om te wachten. De witte bestelbus onttrok me volledig aan ieders zicht en bood mij perfect zicht op de lift. Dankzij al mijn voorbereidingen, wist ik precies welke gedeelten van de parkeergarage buiten het bereik van de beveiligingscamera's lagen.

Dit was er één van.

Af en toe wierp ik een ongeduldige blik op mijn horloge, om vervolgens te moeten concluderen dat er nauwelijks een minuut was verstreken, sinds de laatste keer dat ik had gekeken. Het zou een lange avond en nacht worden.

Ik dacht aan het sms'je dat Dean Wesson me gestuurd had, eerder op de avond. Geleidelijk was Dean mijn ware medestander geworden in deze oorlog, weliswaar gedreven door zijn eigen dubieuze motieven, maar daardoor des te betrouwbaarder.

Jarenlang had ik er rekening mee gehouden, dat ik een pad was ingeslagen waar niemand me *echt* zou kunnen volgen, maar dat was duidelijk een misrekening geweest.

Ik herinnerde me woordelijk een gesprek, dat ik met Dean had gevoerd in een goedkope motelkamer in Atlanta.

"Geef me twintigduizend dollar," had hij voorgesteld. "Ik doe het wel."

Ik had mijn hoofd geschud, omdat dit niet was, hoe het moest gaan. Voor mij was er op dit punt nog maar één scenario mogelijk. "Nee, ik wil het zelf doen."

"Je hebt het niet in je," had Dean gezegd.

"Je vergist je. Einde discussie."

Ik knipperde even met mijn ogen en zag de liftdeuren langzaam opengaan. Ik keek bewegingsloos toe hoe Julia en Joris de lift uitstapten.

Joris liep wankelend.

Julia negeerde het en rommelde in haar handtas. "Ik heb altijd moeite om mijn auto terug te vinden in zo'n garage. Heb jij dat ook?"

Joris schudde moeizaam zijn hoofd en volgde haar.

"Gaat het wel goed?" vroeg Julia.

"Ik heb een beetje teveel gedronken, denk ik," antwoordde hij.

Ik vloekte binnensmonds, toen ze allebei uit mijn gezichtsveld verdwenen. Ik spitste mijn oren en luisterde.

"Dat geeft toch niks?" vroeg Julia. "Je bent je vakantie aan het vieren."

"En jouw verjaardag."

Ik liep een stukje om de bestelbus heen, zodat ik weer zicht op de situatie had.

Julia glimlachte en stopte bij de kleine personenauto, die het dichtst bij de witte bestelbus stond. Er zat slechts één parkeervak tussen. "Dit is mijn auto," zei ze, terwijl ze nog altijd met één hand in haar tas rommelde en met haar andere hand naar een Ford Ka wees.

Joris leunde tegen de zijkant van de auto.

"Rust maar even uit," zei Julia. Ze had een sleutelbos in haar hand en keek Joris aan. Ondanks dat hij stond te wankelen, ging ze niet naar hem toe. Hij had zichtbaar moeite om zijn ogen open te houden en zakte toen langzaam onderuit.

Ik verliet mijn schuilplaats en liep naar Julia toe, terwijl ik continu alert was op eventuele toevallige voorbijgangers. Ondanks de halfbewusteloze toestand van mijn pleegvader bleef ik angstvallig buiten zijn gezichtsveld, om geen argwaan te wekken en hem in de waan te laten dat er niemand was, behalve hijzelf en Julia.

Ik pakte de *i-Phone* en de identiteitskaart aan, zodra Julia me die teruggaf.

Toen haalde ik een envelop met tienduizend euro erin tevoorschijn en gaf die aan haar.

"Dank je," zei ze.

"Jij bedankt," antwoordde ik.

Ze stopte haar sleutels en het geld in haar tas, draaide zich om en liep terug naar de lift.

No mercy.

* * * * *

Woensdag, 28 november 2012 – ochtend – Dag 30
New York, Amerika

Ik kijk automatisch op van mijn ontbijt als Jamie opstaat en een stoel opschuift.

"Hallo, liefje."

Ik zucht.

"Verveel ik je?" vraagt Donald Skinner op zijn gebruikelijke sissende toon.

"'Vervelen' is niet helemaal het juiste woord," antwoord ik vlak. Ik ben niet in de stemming voor zijn dubbelzinnige opmerkingen, die ongetwijfeld nog gaan volgen.

Bewaker Franco is ziek en Kane valt in.

Ik heb het gevoel dat er een bijl boven mijn hoofd hangt, die ieder moment naar beneden kan komen.

"Ik denk dat je toch beter even kunt luisteren naar wat ik te zeggen heb," begint Skinner. Hij gaat zitten, legt zijn hand op mijn knie en gaat op fluisterende toon verder: "Is je niks opgevallen vanmorgen?"

"Zoals?"

"Niet gezien?" vraagt hij ongelovig. "Ik had je hoger ingeschat, liefje. Laat me je een hint geven. Het is groot, kwaad en heeft een hekel aan types zoals jij."

Gefeliciteerd, Donald.

Je hebt mijn onverdeelde aandacht.

"Wat is er met Kane?"

"Opletten, liefje! Dit soort slordigheden kun je je echt niet veroorloven... Niet in een plaats als deze," zegt Skinner bestraffend. "Je hebt een hele machtige vijand."

"En jij komt me redden?" vraag ik sarcastisch, terwijl ik zijn hand weg duw.

"Dat zou ik kunnen doen, ja," geeft Skinner toe, "maar ik zie het nut er eigenlijk niet zo van in. Tenslotte schiet ik er zelf weinig mee op..." Hij zwijgt even en werpt een snelle blik op de klok. "Op het moment dat een man als Kane je een gunst verleent, moeten al je alarmbellen afgaan."

"Wanneer heeft Kane me ooit een gunst verleend, Donald?" vraag ik. Ik begrijp niet waar hij naartoe wil met zijn verhaal en dat irriteert me mateloos.

"Vanmorgen," antwoordt Skinner. "Is het je niet opgevallen dat *Kane* degene was, die in de doucheruimte bepaalde in welke groep je terecht kwam? Niet in mijn groep... Of in die van de Draak... Denk je dat hij dat deed om jou een plezier te doen?"

Ik mis iets, maar wat?

Ik schud mijn hoofd.

"Denk je dat het *toeval* was? Dat hij willekeurig wat namen riep en dat je *per toeval* tussen de Jamies en Russells van deze wereld terecht kwam?" gaat hij verder. "Alleen omdat je vanmorgen *mazzel* had?"

"Wat wil je zeggen, Donald?" vraag ik vermoeid.

"God, je ziet het *echt* niet," zegt Skinner verbluft. "Ik ken Kane al wat langer dan vandaag... Dat van vanmorgen was geen *gunst*, die hij je verleende, liefje. Dat was het beschermen van zijn handelswaar."

Ik vraag me af of Skinner gelijk heeft of dat dit weer een nieuw psychologisch spelletje is, waar hij de spelregels van weigert uit te leggen.

"Ik zou maar goed over mijn schouder kijken, als ik jou was," waarschuwt Skinner.

* * * * *

Zaterdag, 14 juli 2012 – ochtend
Epecamps, Frankrijk

Ik hield de toegangspas voor de kaartlezer en opende de kelderdeur. Bovenaan de trap haalde ik de lichtschakelaar over en liep langzaam en ijzig kalm de trap af.

Het was tijd.

Ik wierp een blik op mijn pleegvader, die beneden op de grond zat met zijn rug tegen de muur en zijn handen gebonden met een drietal bindstrips. Voor de zekerheid had ik hem met een touw vastgezet aan een afvoerpijp.

Hij knipperde even met zijn ogen tegen het felle licht en keek daarna om zich heen.

"Hallo, Joris," zei ik. "Eindelijk wakker?"

Zoals ik al verwacht had, probeerde Joris zijn handen los te krijgen, *voordat* hij vroeg: "Wie ben jij?"

De paniek was duidelijk hoorbaar in zijn stem.

"Dat komt straks," antwoordde ik rustig. Ik kon zien dat hij zijn geheugen pijnigde, en misschien zelfs dacht iets in me te herkennen. Ongewild vroeg ik me af wat dat was.

Alleen het feit dat hij überhaupt naar me keek, irriteerde me al mateloos.

Even overwoog ik om hem te blinddoeken of zijn ogen uit te steken, maar ik bedacht me. Ik wilde dat hij alles zag en bewust meemaakte.

"Wie ben jij?" herhaalde Joris. Hij keek opnieuw om zich heen met zijn ogen wijd opengesperd. De schok die door hem heenging, toen hij zich realiseerde waar hij was, was duidelijk zichtbaar. "Ken ik jou?"

"Ik ken jou nog wel...," stelde ik, zijn vraag verder negerend. Ik pakte een stoel en zette die tegenover hem, met de lage rugleuning naar voren. Ik ging zitten, leunde met mijn armen op de rugleuning en keek Joris recht in de ogen.

"Waarom doe je dit?" vroeg hij. "Wat wil je?"

"Dat komt straks," herhaalde ik.

"Wie ben je?"

"Ik zei: *Dat komt straks,*" zei ik nadrukkelijk.

"Wie ben je?" hield Joris aan.

Ik lachte, gaf geen antwoord en vroeg: "Weet je waar je bent?"

"Ja, natuurlijk. In de kelder van mijn huis in Frankrijk," antwoordde Joris.

"Ja," bevestigde ik kalm. "In de kelder van je huis in Frankrijk..." Ik liet een stilte vallen, om mijn woorden tot hem door te laten dringen. "Je huis in Frankrijk... Met maximale beveiliging tegen inbraak, in verband met je lange periodes van afwezigheid... Buitendeuren met diverse sloten, waaronder digitale, die je alleen kunt openen met een toegangspas..."

"Hoe weet je dat allemaal?" vroeg hij. Zijn ogen verraadden de angst en paniek, die door hem heen moesten gaan.

Ik verloor mijn geduld. Heel even maar. "Later!" snauwde ik.

Joris schrok zichtbaar van mijn uitval.

Ik zweeg even, herstelde me en bleef hem aankijken. Ik concentreerde me op het feit dat ik de overhand had. De ijzige rust kwam langzaam terug. Na een korte stilte vervolgde ik mijn verhaal. "Als je geen pas hebt, kom je er niet in... Precies zoals je wilde... Maar... Als je een andere pas niet hebt..., kom je er ook nooit meer uit..." Ik zweeg opnieuw en gaf hem de kans om die informatie te verwerken. "Dat wist je niet, hè?"

Joris gaf geen antwoord en leek te proberen zijn opties op een rijtje te zetten.

"Om hulp roepen heeft geen zin," zei ik. Ik kon wel raden wat er ongeveer in zijn hoofd om moest gaan. "Dit is niet zomaar een kelder..."

Ik keek hem nog altijd recht in de ogen, wetende dat ik de overhand had en dat dit nooit meer zou veranderen. "Je wilde maximale beveiliging tegen indringers. Ik heb je meer gegeven dan waar je om vroeg."

"Wat bedoel je?"

"Weet je wat de ergste indringer is in huis?" vroeg ik.

Joris schudde zijn hoofd.

"Geluid," vertelde ik.

"Geluid?"

"Geluid van buitenaf."

Hij keek me niet begrijpend aan.

"De muren van deze kelder zijn gemaakt van kunststofplaten, versterkt met glasvezel," zei ik. "De wanden nemen 99,9 procent van al het geluid op. Zowel het geluid van buitenaf, als het geluid van binnenuit..."

"Daar heb ik nooit om gevraagd," zei Joris. "En hoe weet jij dit allemaal?"

"Omdat ik dit huis ontworpen heb...," antwoordde ik.

"Waarom doe je dit?" viel hij me in de rede.

Ik liet me niet uit mijn verhaal halen.

"De kelder, tenminste," vervolgde ik. Ik dacht even na en zei toen: "Eigenlijk is 'ontworpen' niet helemaal het juiste woord... Dat zou suggereren, dat ik dit bedacht heb... 'Gerecreëerd' is een beter woord."

Joris staarde me niet begrijpend aan.

"Waarom doe je dit?" probeerde hij uiteindelijk nogmaals.

"Omdat ik het tijd vind, dat iemand jou... een *spiegel* voorhoudt," antwoordde ik.

"Wie ben jij?" vroeg hij weer.

"Weet je het niet meer?" was mijn wedervraag.

"Weet ik wat niet meer?" herhaalde hij.

"Het komt wel terug," beloofde ik. Ik stond op, liep naar hem toe en zakte door mijn knieën, totdat mijn ogen op gelijke hoogte waren met de zijne. Na een stilte van een aantal minuten meende ik iets van herkenning te zien in zijn ogen, gevolgd door iets dat ongeloof leek te zijn.

Hij schoof een stukje bij me vandaan.

"Weet je het weer?" Ik ging rechtop staan en keek op Joris neer. "Het is tenslotte alweer een tijdje geleden... en jouw geheugen was nooit zo goed als het mijne." Ik zag dat voor hem de laatste puzzelstukjes op hun plaats vielen.

De woorden van Dean Wesson spookten door mijn hoofd. *'No mercy'.*

Er viel een stilte.

"Misha, het spijt me," begon Joris.

"Doe geen moeite," zei ik op kille toon. "We weten allebei dat het niet zo is."

"Wil je geld?" vroeg hij.

"Ik heb meer geld dan jij ooit bij elkaar hebt gezien," antwoordde ik. "Ik heb dat wisselgeld van jou niet nodig."

"Ik heb een aardige spaarrekening," zei Joris.

"Dat is betrekkelijk."

"Betrekkelijk?" herhaalde hij.

"Zoals ik al zei: ik heb dat wisselgeld van jou niet nodig." Ik haalde nonchalant mijn schouders op. "Een paar ton meer of minder... Daar lig ik niet wakker van."

"Als je vakantiehuizen ontwerpt, is een paar ton heel veel geld," redeneerde hij.

"Ik ontwerp geen vakantiehuizen," antwoordde ik. "Dat was een schnabbel. Voor mijn laatste project kreeg ik dertien miljoen dollar."

Joris keek me wanhopig aan. "Misha... Alsjeblieft, jongen... Je hoeft dit niet te doen," probeerde hij. Zijn stem klonk smekend en onderdanig.

"Ik hoef dit niet te doen?" herhaalde ik langzaam. "Ik *hoef* dit niet te doen? Zoals alles dat jij niet *hoefde* te doen?"

"Laat me gaan," smeekte hij. "Ik zal het..."

Foute tekst...

"Wat?" viel ik hem in de rede. "Tegen niemand zeggen?"

* * * * *

Woensdag, 28 november 2012 – middag – Dag 30
New York, Amerika

"Larsen, bezoek," zegt bewaker Phipps, als hij me halverwege de middag komt halen.

Ik sta op en verlaat rustig mijn cel.

Op de galerij boeit hij mijn handen en roept: "Sluit 421!"

Het vooruitzicht dat ik mijn broer uit moet leggen waarom ik hier ben, is verre van geruststellend. Zodra mijn zenuwen de overhand dreigen te krijgen, probeer ik me vast te klampen aan scepsis en boosheid.

Sommigen hier zeggen dat ze niet meer weten hoe ze hier precies terecht zijn gekomen, dat herinnering in de loop der tijd een aaneenschakeling is geworden van vage beelden, waarvan ze inmiddels niet meer weten in welke volgorde ze zich hebben afgespeeld en of ze wel echt gebeurd zijn, zoals ze het zich herinneren.

Het brein speelt spelletjes met zijn eigenaar. Het manipuleert, confronteert en beschermt, net zo lang, totdat het individu naar eer en geweten kan zeggen: "Ik weet niet meer hoe het gegaan is." Of nog zo'n mooie: "Ik heb gaten in mijn geheugen."

Dat is de wereld, waarin ik vast zit, maar het is niet mijn realiteit.

Ik weet nog precies hoe ik hier terecht ben gekomen, waar en wanneer het is begonnen, op welke kruispunten ik heb gestaan en welke afslagen ik heb genomen. Dit was mijn keuze, dit is de route en hier zal ik het mee moeten doen.

De vraag is nu hoe mijn broer in dat plaatje past.

Het is vreemd hoe je, wanneer je jarenlang je plannen hebt kunnen maken en ergens naartoe hebt kunnen leven, toch het gevoel kunt hebben, dat alles in een sneltreinvaart aan je voorbij trekt. En als die trein dan soms even stilstaat, kijk je om je heen en zie je dat je eigenlijk niets meer in de hand hebt.

Dat het zo voelt, betekent niet dat het echt zo is. Soms wel, maar niet altijd. Af en toe zijn er een aantal factoren, die me – in ieder geval deels – de controle geven. Dat zijn de goede dagen. Tot een paar dagen geleden dacht ik, dat ik die op één hand kon tellen, maar mijn kijk op 'goede' en 'slechte' dagen is inmiddels erg veranderd.

Ik ben veranderd.

Dat probeer ik, tenminste.

Ik ben er nog lang niet, maar het feit blijft dat ik zes maanden geleden iemand anders was dan nu.

Destijds was ik nog een succesverhaal uit de *'Quote 500'*, met in 2011 een geschat vermogen van een slordige zestig miljoen euro, op vijfentwintigjarige leeftijd.

Maar dat was toen en dit is nu.

Omdat ik van orde en overzicht houd, zal ik bij de cijfertjes blijven: Nu ben ik gevangene nummer 626323, veroordeeld tot twintig jaar wegens doodslag en zit in de op één na zwaarst bewaakte staatsgevangenis van de Amerikaanse staat New York.

Beat that, Jort Kelder!

2.
PROFIEL

Woensdag, 28 november 2012 – middag – Dag 30
New York, Amerika

Ik zit in de bezoekersruimte en ben me bewust van het feit dat ik zenuwachtig of op zijn minst onrustig oog, maar ik kan er niets aan doen. Mijn gecompliceerde leventje is er de afgelopen dagen niet bepaald eenvoudiger of leuker op geworden. Ik trommel nerveus, maar geruisloos met mijn vingers op het tafelblad voor me en kijk toe hoe mijn oudere broer door een bewaker de grauwe ruimte binnen wordt geleid.

Ik zie Lennart om zich heenkijken en onze ogen ontmoeten elkaar.

Hoewel ik er bij mijn advocaat, George Springfield, herhaaldelijk op heb aangedrongen dat hij Len moest voorbereiden op wat hij ongeveer moest verwachten, zie ik de geschokte blik in de ogen van mijn broer.

Het is onvermijdelijk.

Ik probeer mezelf te zien door zijn ogen. De cijfers kloppen niet. Len kan niet zien hoe de uitkomst van een som omtrent ‘Quote 500’ en zestig miljoen euro ooit 626323 kan zijn. Ik kan het hem niet kwalijk nemen. Tenslotte heb ik hem nooit verteld welke sommen ook op 626323 uit kunnen komen.

Lennart ziet me waarschijnlijk nog steeds als zijn jongere broertje, de succesvolle, jonge architect met de vele miljoenen op de bank, een eigen huis van één komma acht miljoen, een dure auto en een drukke, glansrijke carrière.

Dat beeld moet moeilijk te rijmen zijn met de huidige gang van zaken.

Hij moet weg, denk ik.

Met iedere stap die mijn broer in mijn richting zet, zal hij meer zien, dat lastige vragen op zal roepen, totdat hij zich zoveel zorgen maakt, dat hij nooit meer teruggaat naar Rotterdam.

Dit was een slecht idee...

Ik had bij mijn oorspronkelijke plan moeten blijven.

Ik zie wat Len ziet. Ik weet dat ik er beroerd uitzie.

Nog afgezien van het gevangenisuniform zijn er meer alarmerende, nieuwe uiterlijke kenmerken. Ik ben altijd al tenger geweest, maar ik ben nu bijna mager en de donkere kringen onder mijn ogen verraden, dat ik heel slecht slaap.

Op eventuele vragen daarover kan ik nog wel plausibele antwoorden verzinnen. Moeiteloos eigenlijk, omdat ze zo dicht bij de waarheid liggen. Het eten hier is slecht en ik ben altijd al een lichte en onrustige slaper geweest, zelfs in een rustige en vertrouwde omgeving, laat staan op een plaats als deze.

Ja, dat kan ik nog wel uitleggen. Ik kan de werkelijke reden van mijn slapeloosheid achterwegen laten en Len geruststellen met het feit dat ik *altijd* slecht slaap.

Uitleggen waarom ik twintig jaar moet zitten voor doodslag op een man, die ik in heel mijn leven slechts drie keer gezien heb, wordt een heel ander verhaal. Ik haat het dat ik niet de kans krijg om van tevoren een strategie te bepalen. Ik heb geen idee hoeveel mijn broer weet en ik zal gaandeweg moeten improviseren.

De bewaker brengt Len naar mijn tafeltje.

Ik zie de geschokte blik in de ogen van mijn broer verergeren en probeer het te negeren. Ik weet dat het niet alleen het gewichtsverlies is, dat hem zorgen baart. Het is de wond boven mijn rechteroog, de blauwe plekken – waar Len gelukkig slechts een klein deel van kan zien, omdat de meeste onder mijn kleren zitten. Het is de opgejaagde blik in mijn ogen en de bleke en bijna grauwe gelaatskleur.

Het zijn al die dingen, die vragen bij Len oproepen, die ik niet kan of wil beantwoorden.

Waarom heb ik er in godsnaam mee ingestemd, dat je op bezoek komt?

Ga naar huis.

Alsjeblieft...

Ik zeg die woorden niet hardop en zoek in plaats daarvan oogcontact met de bewaker. Als hij knikt, sta ik langzaam op en maak snel de omschakeling van het Engels naar het Nederlands. "Hallo, Len."

"Misha," zegt hij met een knikje.

Het klinkt kortaf, maar ik weet dat Lennart het niet zo bedoelt. De situatie is zo onwerkelijk voor hem, dat hij niet weet wat hij verder tegen me moet zeggen. Dat is iets dat ik kan begrijpen. Daar kan ik iets mee. Mijn broer heeft even geen woorden.

"Komt Maren niet?" vraag ik. Het gevoel is dubbel. Ik had gehoopt haar te zien. Ik mis haar meer dan wie of wat dan ook, maar ik ben ergens ook aangenaam verrast dat mijn broer kennelijk besloten heeft, dat dit geen omgeving is voor haar.

Hij schudt zijn hoofd. "Ze wilde graag meekomen, maar toen zei ze, dat ze ons wat privacy wilde geven." Hij omhelst me even en drukt me dicht tegen zich aan, alsof hij me nooit meer los wil laten. Hij doet me pijn, maar ik probeer mijn stoïcijnse houding te bewaren en het niet te laten merken.

Ik maak me los uit de omhelzing, voordat de bewakers iets van het fysieke contact kunnen zeggen. Het laatste wat ik wil is hun aandacht trekken. Ik heb al meer dan genoeg problemen zonder dat er *nog* meer ogen op me gericht worden.

Rustig ga ik weer zitten en wacht af, totdat Len tegenover me plaatsneemt.

De bewaker laat ons alleen en gaat een paar meter verderop bij een collega staan.

Ik zie dat Lennart een innerlijke strijd voert om de prioriteit van al zijn vragen tegen elkaar af te wegen en te beslissen waar hij moet beginnen met het ontwarren van deze puinhoop. Ik dring niet aan. Iedere minuut van stilte is er één minder waarin gepraat wordt.

"Wat is er gebeurd, jochie?" vraagt Len. "Je ziet eruit, alsof je door een vrachtwagen bent geschept."

"Niks, Len," antwoord ik. Ik twijfel even, maar weet dat het nu noodzaak is om van Lennart af te komen. Ik heb overwogen om hem de waarheid te vertellen en hem te vertrouwen, maar ik heb voldoende zelfkennis om te weten, dat ik dat niet kan opbrengen. Het is beter als Len teruggaat naar Rotterdam en verdergaat met zijn leven. Dat is voor ons allebei het beste.

Ik kijk mijn broer niet aan en staar naar het tafelblad voor me. Ik moet vasthouden aan de ingezette koers.

De stilte is ongemakkelijk.

"Heb je een goede vlucht gehad?" vraag ik dan.

"Een goede vlucht?" herhaalt Len. Hij snuift even ongelovig. "Jezus, Misha, hoe kun je zo rustig blijven? Hoe kun je net doen, alsof er niks aan de hand is? Wat is er gebeurd, jochie?" Als hij geen antwoord krijgt, zegt hij: "Kijk me aan."

Ik denk dat Len het idee had, dat hij overal rekening mee heeft gehouden. Dat zal ook wel het geval zijn. Met alles, behalve met dit, met deze geveinsde kalmte. Ik kan niet zeggen of hij inziet dat mijn rust slechts een houding is. De chaos in mijn hoofd begint dusdanig te overheersen, dat ik moeite heb om mijn aandacht bij mijn broer te houden.

Hij heeft natuurlijk tot het laatste moment gehoopt, dat ik hem zou smeken me hier weg te halen, dat ik zou zeggen: "Len, help me. Ze hebben de verkeerde." Maar dat zeg ik niet.

Ik ben hier omdat ik hier wil zijn en ik kan niet het risico nemen dat dit zal veranderen. Nog niet. Ik ben hier nog niet klaar.

Ik richt mijn hoofd op en dwing mezelf om mijn broer aan te kijken, terwijl ik blijf zwijgen. Ik kijk even vluchtig en onopvallend naar de twee mensen aan het tafeltje naast ons, maar richt mijn blik dan snel weer op Len.

"We moeten praten," zegt hij. De klank van zijn stem is bijna streng, alsof ik weer veertien jaar oud ben.

"Waarover?" vraag ik.

"Waarover?" herhaalt Len. "Serieus? Wat denk je zelf, Misha? Over waarom je hier zit, bijvoorbeeld... Over nu... Over de toekomst... Over vroeger... Over Maren...," somt hij moeiteloos op. "Over Ilse... Over Colin Ross... Over Project X... Moet ik nog even doorgaan?"

Ik schud mijn hoofd en voel een golf van paniek door mijn lichaam trekken. Dit zijn precies de onderwerpen, die ik wil vermijden. Ik ben bang.

Hoeveel weet je?

"Er is niks meer te zeggen, Len. De kaarten zijn geschud," zeg ik.

"Er is nog van alles te zeggen," protesteert Lennart. Hij kijkt me recht in de ogen en legt zijn hand op mijn pols. "Je was gewoon van de aardbodem verdwenen. Niemand wist waar je was. Dan hoor ik van een meisje dat ik nog nooit gezien heb, maar waar je twee jaar een relatie mee hebt gehad, dat je een roadtrip in Amerika aan het maken bent en dat je ontslag hebt genomen. Ik heb weken... *maanden*... naar je gezocht, Misha, en dan vind ik je uiteindelijk in een Amerikaanse staatsgevangenis." Hij zwijgt even.

Nu ik het hem hardop hoor zeggen, klinkt het inderdaad op zijn minst bizar.

"Jochie, waarom? Waarom heb je dit gedaan?"

"Ik wil er niet over praten," antwoord ik eerlijk.

"Jij bent geen moordenaar," gaat Lennart verder.

"Wie probeer je te overtuigen, Len?" vraag ik ijzig, terwijl ik mijn nonchalante houding probeer te bewaren en mijn hand los trek. "Mij of jezelf?"

"Wat is er gebeurd?" vraagt Lennart door. "Was het een ongeluk?"

"Nee, Len," zeg ik kalm.

"Vertel me dan wat er gebeurd is." Lennarts toon is bijna smekend.

"Het was een uit de hand gelopen ruzie," antwoord ik automatisch. Ik kan niet anders dan nog een keer proberen aan dit verhaal vast te houden. In mijn achterhoofd herinnert een stemmetje me eraan dat mijn broer Project X heeft genoemd en ik vraag me af hoe groot de kans is, dat hij zich realiseert dat het geen doodslag was, maar moord.

Hoe dichtbij ben je?

Ik zie hem twijfelen.

Dan zegt hij: "Ik kan nog een advocaat zoeken... Een andere... Een betere... Welke advocaat heb je in Nederland?"

"Bram Moszkowicz," antwoord ik, snel denkend.

"Moszkowicz?" herhaalt Lennart.

"Ja," begin ik, "hij denkt..."

"Die is uit zijn ambt gezet," onderbreekt Len me.

Kut!

"Oh... Ik bedoelde Hammerstein," probeer ik de situatie te redden.

"Daarnet zei je Moszkowicz."

"Ik vergiste me," zeg ik.

Lennart kijkt me aan. "Lul niet," sist hij. "Ten eerste vergis jij je nooit en ten tweede, was er wel wat gezeik, maar Bram Moszkowicz praktiseert nog steeds. Dus nog een keer: Welke advocaat heb je in Nederland?"

Ik heb mijn broer duidelijk onderschat. Voor deze gang van zaken heb ik geen blauwdruk klaarliggen, geen plan om te volgen. Ik zal moeten improviseren. "Visscher," geef ik dan toe.

Lennart zucht. "Ken ik niet. Zal ik anders...?"

Wie ben jij en wat heb je met mijn broer gedaan?

Ik schud mijn hoofd. "Nee, Len," zeg ik weer, resoluter dit keer. "Ik heb de wet overtreden en dit zijn de consequenties. George Springfield en Diederick Visscher zijn ermee bezig. Laten we nou gewoon afwachten wat daar uitkomt."

"Afwachten?" Len staart me ongelovig aan. "Het 'gewoon' afwachten? Hoe kun je zo rustig blijven? Wat is er gebeurd? Dit ben jij niet. Zo ben jij niet."

"Wie probeer je te overtuigen?" vraag ik weer.

"Als het geen ongeluk was...," begint Len.

"Het was een uit de hand gelopen ruzie," herhaal ik.

"Nee," zegt hij.

Ik kijk hem zwijgend aan.

"Logica, Misha," gaat mijn broer verder. "Jij bent te gereserveerd voor doodslag. Je denkt overal teveel over na om zo impulsief te kunnen handelen. Dus... Nog een keer: Wat is er dan wel gebeurd?"

"Len, laat het rusten, alsjeblieft," zeg ik.

"Wat kan die man je gedaan hebben om dit te verdienen? Waar kende je hem van?" houdt hij aan.

Het duurt een paar seconden voordat de betekenis van die woorden tot me doordringt.

Je weet het niet meer!
Je kent hem niet meer...
Dat maakt de zaak een stuk eenvoudiger.
"Van vroeger," antwoord ik vaag.
Len opent zijn mond.
"Hou erover op, wil je?" snauw ik. "Er is niets te vertellen. Dat boek is dicht."
Lennart geeft het niet op. "Als het boek dicht was, zaten we hier niet," werpt hij tegen.
"Het boek is *nu* dicht," zeg ik cryptisch.
Len schudt zijn hoofd. "Je had alles. Waarom gooi je dat weg?"
Ik haal mijn schouders op. Ik heb geen woorden. "Het is een lang verhaal, Len," zeg ik dan en haal opnieuw mijn schouders op, alsof ik met dat gebaar mijn gebrek aan antwoorden voor mijn oudere broer kan compenseren.
Weer dwaalt mijn blik af.
Len ziet het. Zo onopvallend mogelijk kijkt hij vluchtig naar de twee mensen, die aan het tafeltje links van ons zitten.
Ik zie dat hij zich afvraagt wie ze zijn. Ik probeer te zien wat Len ziet.
De man draagt dezelfde kleren als ik, dus Len weet dat hij een gevangene moet zijn. De handen en voeten van de man zijn geboeid, wat bij de meesten van ons niet het geval is. Hij heeft slordig, donkerbruin haar en een dito baardje. Zijn donkere ogen zijn alert en zijn blik is indringend. Hij lijkt zich weinig te interesseren voor zijn bezoekster.
De vrouw tegenover hem is duidelijk zijn advocate. Dat moet mijn broer ook zien. Ze bladert door een enorme stapel papieren en probeert de aandacht van haar afgeleide cliënt weer op de documenten te vestigen, wat een verloren zaak lijkt.
De man staart onafgebroken naar me en lijkt haar nauwelijks te horen.
"Wie is die engerd?" wil Lennart weten.
Ik richt mijn blik weer op het gekraste tafelblad voor me en antwoord tactvol: "Mijn buurman. Hij zit in de cel naast me mijne." Ook dit is weer een onderwerp waar ik niet over kan of wil praten en zeker niet met mijn broer. Ik weet niet wat hij zou doen als hij wist wat er afgelopen zondag is gebeurd, maar ik ben er vrij zeker van, dat hij niet rustig op zijn stoel zou blijven zitten.
"Blijf uit zijn buurt," waarschuwt Len. "Al mijn alarmbellen gaan af."
"Dat is lastig hier," antwoord ik toonloos. Ik weet dat het beter zou zijn, als ik Len aan zou kijken, maar ik ben bang dat hij iets ziet in mijn ogen, dat hij niet mag zien. "Je komt elkaar voortdurend tegen en hij is nogal..." Ik zoek even naar het juiste woord. "... Aanwezig."
"Heb je last van hem?" vraagt Lennart meteen. Als hij geen antwoord krijgt, dringt hij verder aan. "Misha?"
"Ik weet inmiddels hoe ik met hem om moet gaan," stel ik weloverwogen. Ik zwijg even en vraag dan: "Heb je geld bij je?"
"Niet veel," antwoordt Lennart. "Ze hebben bij binnenkomst mijn portemonnee en andere spullen ingenomen. Ik heb vijftig dollar in mijn broekzak. Dat hebben ze bij het fouilleren over het hoofd gezien."

Ik steun met mijn ellebogen op de tafel en buig me iets dichter naar Lennart toe, maar ik zorg ervoor dat ik nog voldoende afstand houd, om geen argwaan te wekken bij de bewakers. Hoewel ik er zeker van ben dat niemand buiten ons Nederlands spreekt, durf ik niet hardop te praten. Het fluisteren is een gewoonte geworden. "Vouw het op, Len. Zo klein mogelijk en laat het dan onder de tafel op de grond vallen."

Lennart wacht even en kijkt onopvallend om zich heen. Als hij er zeker van lijkt te zijn, dat niemand op hem let, haalt hij het geld uit de zak van zijn jeans en vouwt het al dubbelgevouwen biljet nog twee keer. Weer wacht hij even.

De man aan het tafeltje links van ons, kijkt Len aan, strak en berekenend.

Ik had moeten inzien, dat Donald Skinner door zou hebben wat er gaande is.

Hij glimlacht en knipoogt even. Dan staat hij met een ruk op en schreeuwt tegen zijn advocate: *"You fuckin' bitch! I'll fuckin' kill you!"* Ondanks zijn boeien lijkt hij aanstalten te maken om de vrouw aan te vliegen, maar onmiddellijk duiken er drie bewakers op zijn nek, die hem met veel geweld tegen de grond werken, terwijl hij blijft schreeuwen.

"Fuck you! You're all dead! You're all fuckin' dead! Fuck you!"

Skinner lijkt volledig buiten zinnen en trapt met zijn geboeide voeten naar de bewakers, die hem tevergeefs in toom proberen te houden.

Ik trek mijn conclusies en kijk naar mijn broer.

Lennart lijkt zich te realiseren, dat dit zijn kans is. Hij laat het opgevouwen geld onder de tafel op de grond vallen en schuift het met zijn schoen dichter naar me toe.

Ik zet snel mijn voet erop, buk me even en doe alsof ik mijn rechtersok een beetje optrek, terwijl de bewakers alleen nog maar oog hebben voor de man links van me. Haastig gris ik het geld van de grond en verstop het in mijn sok. Vanuit mijn ooghoek zie ik dat twee bewakers de nog altijd schreeuwende Skinner overeind tillen en dat aan diverse tafels kleine voorwerpen van eigenaar wisselen.

Geleidelijk begint er meer commotie te ontstaan onder de andere gedetineerden en onder het bezoek. Er zijn mensen opgestaan van hun stoelen en een klein donker meisje, dat op bezoek is bij een grote negroïde man met vele tatoeages, begint te huilen.

De zwarte man staat op en schreeuwt: "Kop dicht, Skinner! Je maakt mijn dochter bang!"

"Dan is het maar goed dat ze er niet bij was in Jersey!" schreeuwt Skinner terug.

Er zijn vier bewakers voor nodig om de grote, zwarte man in bedwang te houden. Ze kunnen ternauwernood beletten dat hij Skinner aanvalt.

Tegen de tijd dat twee andere bewakers de nog altijd tierende Skinner hebben afgevoerd en de orde in de bezoekersruimte enigszins hersteld is, zit ik allang weer rechtop.

"Bedankt, Len."

Mijn broer kijkt me strak aan. "Wat was dat?" vraagt hij.

"Dat was Donald Skinner," antwoord ik vlak.

"Ik vroeg niet 'wie'. Ik vroeg 'wat'," zegt Len nadrukkelijk. Hij blijft me recht aankijken. Dan vraagt hij scherp: "Was dat afgesproken?"

Ik schud ontkennend mijn hoofd en kijk weg. Ik realiseer me wat mijn broer moet denken.

"Was dat afgesproken?" herhaalt hij en pakt me hardhandig bij mijn pols, in een poging me te dwingen om hem aan te kijken.

In plaats daarvan kijk ik naar zijn hand, die mijn pols omklemt.

"Laat het rusten, Len. Alsjeblieft," zeg ik. Donald Skinner is zo'n beetje het laatste onderwerp, dat ik ooit met Lennart wil bespreken. Ik probeer mijn arm los te trekken uit zijn greep, maar het lukt niet. Zijn vingers knijpen zo hard, dat de knokkels wit zijn en hij me pijn doet, maar ik geef geen krimp en denk aan iets dat Skinner kort geleden tegen me gezegd heeft.

"Pijn is een instelling."

Hij had ongelijk, trouwens...

"Wat heb je daarvoor moeten doen, jochie?" vraagt Len dan.

* * * * *

Vrijdag, 23 maart 2012 – middag
Rotterdam, Nederland

De tijd begon te dringen. Bijna alle aspecten van mijn plan waren tot in de kleinste details uitgedacht en uitgewerkt. Er bleven echter een aantal vraagtekens. Mijn broer was er daar één van.

Ik had halfslachtig de beslissing genomen om Lennart overal buiten te houden, maar mijn eerdere voornemens om hem op een gegeven moment volledig uit mijn leven te bannen, bleef ik voor me uitschuiven. Soms deed ik een vage poging door een afspraak met hem uit te stellen of door ruzie te zoeken, maar mijn broer bleek vergevingsgezinder dan ik dacht. Meestal was hij onze laatste ruzie bij de volgende ontmoeting al lang en breed weer vergeten.

Ondanks dat ik allang had ingezien dat ik met deze tactiek weinig zou bereiken, kon ik mezelf er niet toe brengen om gewoon de telefoon te pakken en te zeggen: "Luister, Len. Ik ben er klaar mee en ik wil je nooit meer zien."

In plaats daarvan liet ik me toch weer iedere twee, drie of vier weken overhalen door mijn broer om samen ergens iets te gaan drinken.

Ondanks dat ik een gloeiende hekel heb aan kroegen.

Ondanks dat ik *nooit* wat dan ook met Lennart gedaan zou hebben, als hij mijn broer niet was geweest.

En ondanks dat het me altijd geld kostte, omdat hij me uitnodigde, terwijl hij nooit geld had om de bon te betalen en me dan meestal ook nog vroeg om een paar tientjes om boodschappen te doen of om meer geld om een openstaande rekening of boete te betalen, omdat hij de uitkering van de Sociale Dienst weer bijna geheel had verzopen en opgerookt.

Toch gaf ik hem altijd geld.

Toen ik dat een keer aan Colin vertelde, keek hij me afkeurend aan en zei: "Je *faciliteert* hem. Op deze manier leert hij het nooit."

Yeah, vertel mij wat.

Die middag ging ik vanuit mijn werk naar een kroeg in het centrum, waar ik af had gesproken met mijn broer. Hij had me eerder die middag gebeld en me uitgenodigd. Zoals altijd had ik in de eerste instantie zijn aanbod afgeslagen, had hij aangedrongen en gepusht en was ik zoals altijd toch weer overstag gegaan.

Ik begon me af te vragen, waarom ik überhaupt nog probeerde me te verzetten, als ik later toch altijd toegaf.

Kost alleen maar tijd.

Toegeven...

Focus, Larsen!

Het was warm voor maart en ik had geen jas bij me.

Len zat al op het terras toen ik aankwam. Hij zei iets tegen de man naast hem en er werd razendsnel iets uitgewisseld.

De gesprekspartner van mijn broer stond op en verdween en Len stak een sigaret op.

"Hé, Len," zei ik.

"Hé, jochie," antwoordde hij en stond op voor de verplichte omhelzing. "Wat ben je laat."

In die opmerking zag ik een kans om me los te maken uit zijn greep, keek op mijn horloge en antwoordde: "Ik ben niet laat. Jij bent vroeg."

Hij keek me aan.

Toen ik zag dat hij de abruptheid waarmee ik het broederlijke moment had beëindigd niet kon waarderen, vroeg ik automatisch: "Hoe is het met je?" Ik trok mijn colbertjasje uit en hing het over mijn stoel, voordat ik ging zitten.

Mijn broer kreeg een twinkeling in zijn ogen, ging tegenover me zitten en zei: "Vorige week heb ik een vrouw ontmoet."

En daar gaan we weer...

"Ze heet Miranda..."

Miranda nummer drie...

"... en werkt in een kroeg hier iets verderop..."

Ik moet Dean nog bellen...

"Je moet echt eens een keer meegaan, dan kun je haar ontmoeten."

Niet vergeten Colin te bellen over die bewegingssensoren in de gang...

"Misschien heeft ze nog wel een leuke vriendin voor jou."

Focus, Larsen!

Hier en nu...

"Luister je eigenlijk wel?" vroeg Lennart geïrriteerd.

"Ja," zei ik snel. "Je hebt een nieuwe vriendin."

"Dit is anders," antwoordde hij.

"Dat zeg je iedere keer en als ik dan een paar weken later vraag hoe het met haar is, dan ben je haar naam alweer vergeten." Ik keek hem aan. "Je kent haar net een week. Dan kun je nog niet weten of het 'anders' is dan met al die anderen." Ondanks dat het gewoon de waarheid was, zag ik dat mijn woorden hem irriteerden.

Hij liet zich echter niet verleiden tot een woordenwisseling en vroeg in plaats daarvan: "Hoe is het met je?"

"Goed," zei ik en deed mijn stropdas iets losser. Ik keek even om me heen en wierp toen een blik op mijn horloge.

"Weet je het zeker?" vroeg Len. "Je bent zo stil."

"Ik heb het druk... Werk en zo," antwoordde ik. "Ik ben net terug uit Amerika."

"Alweer?"

"Ja." Ik nam een slok koffie en liet een stilte vallen.

Het voelde ongemakkelijk.

Ik had geen zin om vragen te beantwoorden over dingen die hem toch niet interesseerden of eigenlijk had ik helemaal geen zin om wat voor vraag dan ook te beantwoorden. Punt.

"Was het leuk?" vroeg Len na een tijdje.

Waarom moet je nou precies vandaag doorzeuren?

"Weet ik veel," snauwde ik en haalde mijn schouders op. "Het was werk, oké?"

Lennarts geduld was die dag echt bewonderenswaardig. Normaal gesproken zou zoiets al meer dan genoeg zijn geweest om hem zijn stem te laten verheffen, maar die dag niet.

"Was het zo erg?" vroeg hij.

Ik had spijt van mijn uitval en antwoordde: "Nee, het viel best mee. Eigenlijk was het best interessant. Er waren een paar meetings en daarna een congres over computertechnologie in alarmsystemen voor in woningen en bedrijfspanden. Een oude vriend van me van de universiteit was één van de sprekers. Hij is de oprichter van Ross Security Systems."

Len pakte zijn sigaretten en stak er één op.

Ik zag dat hij geen idee had waar ik het over had. "In december hebben we Ross Tower IV in New York opgeleverd," zei ik geduldig. "Colin ontwerpt van die geavanceerde beveiligingssystemen... Hij is begonnen op een hotelkamer in 2006, maar nu heeft hij vier Ross Towers en de ontwerpen voor een vijfde zitten in de laatste fase... Je hebt hem wel eens ontmoet, trouwens."

De vragende blik in Lennarts ogen sprak boekdelen.

"Jaren geleden... Weet je nog?" ging ik verder.

Nee dus.

Neem nog een biertje, Len.

De stem van mijn broer klonk bijna bezorgd toen hij vroeg: "Wat is er met je, jochie?"

Ik zou niet weten waar ik moest beginnen...

Ik heb geen woorden.

"Niks," zei ik. Omdat hij naar me bleef staren, voegde ik er snel aan toe: "Ik ben gewoon moe, Len."

"Jetlag?"

Uitweg!

Ik knikte.

"Weet je zeker dat er niks is?" hield Len aan.

"Laten we het over iets anders hebben," stelde ik voor. Ik dronk mijn koffie op en zette het kopje terug op de tafel.

"Zoals?" vroeg Len.

Ik hield mijn blik op de grond gericht. Ik had geen antwoord. Na een lange ongemakkelijke stilte, waarin ik naar de grond bleef staren en ik voelde dat mijn broer naar me keek, hoorde ik dat hij zijn stoel naar achteren schoof.

"Weet je, Misha? Zoek het lekker zelf uit!" snauwde hij uiteindelijk. Hij zette zijn lege glas op de tafel, stond op en liep weg.

Ik keek hem na, in de wetenschap dat dit hele ritueel zich over een paar weken weer zou herhalen. Mijn broer zou weer bellen, ik zou weer weigeren en toch weer overstag gaan. We zouden weer ruzie krijgen, omdat ik dat zou uitlokken en Len zou me elke hatelijke opmerking weer vergeven, gewoon, omdat hij dat altijd deed.

Ik realiseerde me dat als ik hem voorgoed wilde afstoten, ik me niet langer kon beperken tot halve maatregelen. Er moest *iets* gebeuren en snel.

De tijd begon te dringen.

* * * * *

Woensdag, 28 november 2012 – middag – Dag 30
New York, Amerika

Het weerzien met mijn oudere broer valt me zwaar. Veel zwaarder dan ik zelfs aan mezelf wil toegeven. De impact is veel groter, dan ik van tevoren heb ingecalculeerd. Ik haat de manier waarop Lennart naar me kijkt, alsof hij geen idee meer heeft wie ik ben.

Ik realiseer me maar al te goed dat mijn broer nog niet de helft van het verhaal kent en dat hij daarom zijn conclusies uitsluitend kan trekken naar aanleiding van herinneringen en de incomplete informatie van George Springfield, die Len al die tijd uitsluitend heeft verteld, wat ik hem influisterde.

Ongewild vraag ik me af wat mijn broer denkt.

Ben ik in zijn ogen een soort Charles Manson geworden?

Ik herinner me dat, als ik vroeger weleens een documentaire over een seriemoordenaar zag op Discovery Channel, het me opviel dat de buren altijd riepen, dat hij zo'n 'aardige jongen' was en dat hij zo 'rustig en normaal' leek. Ik weet zeker dat mijn buren dat ook over mij zouden zeggen.

Ik pas in het plaatje.

I fit the profile.

"Wat heb je daarvoor moeten doen, jochie?"

De echo van Lennarts laatste vraag blijft tussen ons in de lucht hangen.

Ik geef geen antwoord. Ik weet wat het lijkt.

"Wat heb je daarvoor moeten doen?" houdt Len aan.

"Er is geen deal," zeg ik dan.

"Five minutes!" roept één van de bewakers.

Mijn broer laat me los.

"Hoe lang blijf je?" vraag ik.

"Zolang als ik dat nodig vind," antwoordt hij. Het moet onwerkelijk en pijnlijk zijn voor hem.

Heel even overweeg ik weer om hem de waarheid te vertellen, maar eerlijk gezegd heb ik geen idee, waar ik zou moeten beginnen. Ik weet dat het niet onredelijk is dat Len wil weten, waarom ik iemand gedood heb, maar dat is precies wat ik hem niet kan uitleggen.

Dan zou ik al mijn kaarten op tafel moeten gooien. Ik heb zoveel verzwegen, gemanipuleerd en gelogen gedurende de afgelopen tien jaar, dat de afstand onoverbrugbaar lijkt.

Is het wijsheid om nog meer overhoop te halen en de situatie voor mijn broer nog lastiger te maken?

Is het eerlijk om hem in mijn problemen te betrekken?

Ik heb geen woorden.

"Len, alsjeblieft," begin ik. Ik erger me aan de smekende toon in mijn stem. "Ga terug naar Nederland en laat dit aan George Springfield en Diederick Visscher over."

"Daar hebben we het volgende week wel over," sust Len.

"Maar Len..."

"Einde discussie." De toon in zijn stem is resoluter dan ooit.

"Len...," probeer ik opnieuw.

"Luister goed, jochie," onderbreekt hij me. "Ik heb het telefoonnummer van het hotel waar Maren en ik verblijven achtergelaten bij de administratie. Mijn mobiel mag je hier niet bellen, maar een lokaal nummer wel."

"Len...," begin ik weer.

"Ik ga *nergens* naartoe, Misha," valt hij me wederom in de rede. "Als je gaat proberen om me om te praten, bespaar je de moeite."

Ik hoor aan de klank van zijn stem dat deze discussie gesloten is en dat hij niet van plan is om in deze kwestie ook maar een centimeter toe te geven. Ik heb er grote moeite mee, dat dit gedeelte van mijn gecompliceerde leventje niet volgens plan verloopt.

Ik heb al meer dan genoeg aan mijn hoofd, zonder dat ik de komende dertien tot twintig jaar, elke woensdagmiddag een uur lang vergeefs moet proberen om Len te overtuigen, dat ik hier zit vanwege een uit de hand gelopen ruzie en dat alles goed met me gaat.

Zoals ik eindeloos over ieder ander aspect van mijn plannen heb nagedacht, heb ik bij het maken van al die plannen, ook de nodige afwegingen gemaakt omtrent mijn broer. Ik ben niet over één nacht ijs gegaan. Ik heb diverse mogelijkheden uitgebreid tegen elkaar afgewogen, maar uiteindelijk nam ik het besluit om hem overal buiten te houden. Het is voor iedereen het beste. Ik wil niet praten en op zijn eigen manier heeft Len al genoeg aan zijn hoofd.

De theorie was goed, maar helaas blijkt de praktijk heel anders in elkaar te zitten. De vastberadenheid van mijn broer begint me te irriteren.

Jezus, Len, waarom kun je nou niet gewoon doen wat ik van je verwacht?

Hoe moeilijk is het?

Ga gewoon naar huis...

Je hoeft alleen maar 'ja' te zeggen tegen mijn aanbod van afgelopen zondag.
Maandag in jouw geval...
Focus!

Helaas ziet het ernaar uit dat mijn broer precies dit moment heeft uitgekozen om zijn lang vergeten verantwoordelijkheden als de oudste terug te claimen en ik vrees dat ik het gedeelte van mijn plannen omtrent Len rigoureus zal moeten herzien. Mijn broer is een factor, die ik met terugwerkende kracht zal moeten gaan incalculeren.

Er gaat een bel om het einde van het bezoekuur aan te kondigen.

Bewaker Parker nadert ons tafeltje en zegt: "Einde bezoek, Larsen."

Ik knik en kijk even vluchtig naar Kane, die bij de deur staat. De blik in zijn ogen baart me zorgen.

Len moet het ook zien, want hij vraagt: "Geen vriend van je?"

Ik schud mijn hoofd en sta langzaam op.

Len volgt mijn voorbeeld en richt zich dan in zijn volle lengte op. Hij werpt een berekenende blik op Kane en kijkt hem strak aan. Lennart recht zijn rug en maakt zich breed, alsof hij de bewaker probeert te intimideren.

Ik weet dat het zinloos is, maar zeg niets.

Mijn broer moet vooral denken, dat het goed met me gaat. Hij mag niet zien hoe diep ik in de problemen zit. Dan is mijn kans dat hij teruggaat naar Nederland, waarschijnlijk voorgoed bekeken.

In mijn verbeelding zie ik mijn broer twintig jaar lang heen en weer vliegen tussen Amerika en Nederland. Dat had ik een maand geleden niet kunnen verzinnen, maar de betrokkenheid van mijn broer verbaast me dusdanig dat ook dit opeens een mogelijk scenario lijkt.

Misschien kan ik de schijn ophouden, totdat hij terug naar Nederland moet.
Hooguit achtentachtig dagen...

Het idee dat Lennart niet weet wat er precies gebeurd is en vooral waarom is pijnlijk, maar ik koester teveel wantrouwen jegens mijn broer om hem in vertrouwen te nemen. Ik kan met geen mogelijkheid voorspellen hoe hij zou reageren. Mijn grootste angst is dat hij zich uit een misplaatst schuldgevoel verplicht zal voelen om in New York te blijven en twintig jaar lang in een goedkope motelkamer gaat zitten en maar af moet wachten of ik hier levend uitkom.

Of dat hij me gaat vertellen wat ik allemaal anders had kunnen doen.

Of dat hij me de rest van ons leven als een slachtoffer ziet.

Het is geen optie. Voor mijn broer niet, maar voor mij ook niet. Het zou te ingewikkeld worden en het is niet nodig om na Maren, Colin, Dean en George ook Len nog bij mijn plannen te betrekken. Het zou egoïstisch zijn.

Ik blijf twijfelen. Ergens vind ik, dat Len recht heeft op een verklaring.

Hij lijkt erg betrokken, aangedaan zelfs. Hij heeft maanden naar me gezocht. Wellicht was het toch een foute zet om hem overal buiten te houden. Misschien is het dat nog steeds. De ambivalentie in mijn hoofd wordt geleidelijk groter.

Hoeveel vertrouwen is het waard, dat hij zoveel moeite heeft gedaan om me te vinden?

Zoveel meer moeite dan ik had verwacht...

Zoveel meer moeite dan ik ooit gedaan zou hebben, als de rollen waren omgedraaid...

Ik omhels mijn oudere broer en kijk hem aan. "Je gaat echt niet terug, hè?" vraag ik. Mijn stem trilt.

"Nee, Misha," zegt hij resoluut. "Bel me als je iets nodig hebt."

Ik denk snel na. "Neem volgende week weer geld mee," fluister ik. "Vijftig dollar, tenzij ik je voor die tijd anders laat weten." Ik laat mijn broer los en doe een stap naar achteren, zodra ik Kane zie naderen.

De bewaker boeit mijn handen, pakt me bij mijn bovenarm en zegt: "Meekomen."

Ik ga rustig met hem mee. Bij de deur kijk ik even om. Dat had ik niet moeten doen.

Len ziet er verloren uit en ik heb medelijden met hem. Het doet me pijn om mijn broer zo wanhopig te zien, maar ik mag me niet af laten leiden.

Niet nu ik zo dicht bij mijn derde en laatste doelwit ben.

Ik probeer mijn schuldgevoel te onderdrukken en mijn gedachten te ordenen. *Focus!*

3.
DE VERZEKERING

Woensdag, 28 november 2012 – middag – Dag 30
New York, Amerika

Kane leidt me van de bezoekersruimte door een gang, om terug te gaan naar de afdeling. Na een ongemakkelijke stilte, gaat hij langzamer lopen en vraagt achteloos: "Hoeveel denk je dat je waard bent?"
Ik twijfel over het antwoord dat ik op deze vraag wil geven. Ik besluit op safe te spelen en hem niet uit te dagen of hem zelfs maar de indruk te geven, dat ik dat doe.
"Ik weet het niet, Baas," antwoord ik met geveinsde kalmte.
"Op dit moment driehonderd dollar," zegt Kane. "Wil je weten wie de hoogste bieder is?"
Ik probeer mijn onverschillige houding te bewaren, maar mijn maag trekt samen en ik slik moeizaam. Dit is het horrorscenario dat zelfs Dean Wesson over het hoofd heeft gezien. De gevangenisversie van eBay.
En nu?
Kane verwacht kennelijk geen antwoord op zijn vraag, want hij dringt niet aan en zwijgt de rest van de route terug naar het cellenblok. Terug op de afdeling duwt hij me naar de trap en houdt me boven staande bij cel 421.
"Open 421!" roept hij en verwijdert mijn handboeien.
De celdeur gaat open en ik stap de kleine ruimte binnen.
"Sluit 421!" roept Kane.
Ik draai me om en kijk hem aan door de tralies van de deur.
Kane leunt tegen de deurpost en vertelt: "Voor het geval je het wilt weten: de veiling sluit aanstaande zondag. Dan weet je een beetje wat je kunt verwachten." Hij lacht even en loopt door.
Zodra hij weg is, vraagt Jamie: "Waar ging dat over?"
"Als ik je iets vertel, blijft dat dan tussen ons?" wil ik weten.
Liever zou ik Jamie overal buiten hebben gehouden, maar ik heb informatie nodig en mijn celgenoot lijkt er een uitgesproken talent voor te hebben om dat te verkrijgen.
Hij knikt.
"Afgelopen zondagochtend... Ik zag dat Skinner geld aan Kane gaf," begin ik fluisterend. Ik sluit mijn ogen even, maar ga toch verder. "Na het douchen werd Phipps weggeroepen en liet ons over aan Kane... Kane liet een paar van ons wachten tot iedereen weg was... Toen nam hij één van de anderen mee naar de gang en liet drie van ons achter in de kleedkamer..."
"Skinner?" vraagt Jamie aarzelend en eveneens fluisterend.
Ik knik.
Hij wijst naar de wond bij mijn oog. "Heeft hij dat gedaan?"

"Ja," antwoord ik. "Maar het liep anders dan ik verwachtte... Hij heeft me aardig in elkaar getrapt, maar voordat er verder iets kon gebeuren, kwam Kane terug en maakte er een einde aan."

"Misschien... kreeg hij... spijt?" probeert Jamie weinig overtuigend, maar zoals altijd bereid om te zoeken naar het goede in alle monsters om hem heen.

Ik besluit mijn celgenoot uit de droom te helpen. "Ja, zoveel dat hij Skinner vroeg om een bod te doen op een vervolg," zeg ik.

Jamie geeft geen antwoord. Hij heeft het ongetwijfeld al vaker gezien.

Ik zucht moedeloos. "Kane vertelde me zojuist, dat hij een veiling is gestart. *To the highest bidder...*"

* * * * *

Zaterdag, 2 juni 2012 – middag
Rotterdam, Nederland

Eén van mijn equivalenten van de hel was voor mij als tiener het openbaar vervoer. Ik haatte de enorme hoeveelheden mensen om me heen, het constante en brommende geluid van al die stemmen, die door elkaar heen praatten en het gedwongen contact met vreemden.

Iedere schooldag was er de controleur die mijn OV-kaart wilde zien, de mensen die te dichtbij stonden en de opdringerige medepassagiers, die verlegen zaten om een praatje en het kennelijk prettig vonden, om volslagen vreemden aan te klampen met oninteressante verhalen over levens die me totaal niet interesseerden.

Allemaal vormen van gedwongen interactie, die ik het liefst uit de weg ging.

Zolang ik gedwongen was het OV te gebruiken, kreeg ik er steeds meer handigheid in om zo ongestoord mogelijk van A naar B te komen. Ik ging een uur eerder naar school, zodat ik de spits voor was. Ik koos voor een staplaats in de trein, zodat ik meestal het hele halletje voor mezelf had, omdat er immers meer dan genoeg zitplaatsen waren op dat tijdstip. Ik koos altijd voor het halletje dat vlak achter de ruimte van de machinist was of in de bus voor een staplaats vlakbij de chauffeur, omdat daar het minst werd gecontroleerd.

Natuurlijk heb ik nooit meer één voet in een bus of trein gezet, vanaf het moment dat ik bij Flash ging werken. Alle factoren die mijn leven lastiger maken, wil ik uitschakelen. Dat doe ik voornamelijk door dingen en mensen uit de weg te gaan. Ik hou niet van het donker, dus laat ik altijd het licht branden. Het is de simpelste oplossing. Zoveel gemakkelijker dan de oorzaak van je angst onder ogen te zien of jezelf te dwingen ermee om te gaan.

Ik hou niet van mensenmassa's, dus ga ik openbare ruimtes en sociale gelegenheden zoveel mogelijk uit de weg en beperk ik mijn sociale contacten tot minimale en overzichtelijke aantallen.

Een andere factor, die ik zoveel mogelijk uitschakel is het begrip feestdagen. Het verplicht samenkomen met mensen waar je het hele jaar niet naar omkijkt, aangestuurd door schuldgevoelens en commercieel gezaaid familiegevoel.

Kerst, bijvoorbeeld.

Ieder jaar is het hetzelfde. Mensen die elkaar het hele jaar ontwijken, vinden het nodig om plotseling achtenveertig uur op elkaars lip te gaan zitten. Eerste Kerstdag bij de één, Tweede Kerstdag bij de ander.

Gezellig samenzijn en ondertussen vooral proberen om elkaar te overtreffen met de menukeuze en de afmetingen van de flatscreen tv in de woonkamer.

Dan volgt het hele verplichte schema: eten, nog meer eten, drinken, *Sissy* en *Home Alone* op televisie en daarna zetten ze die afschuwelijke Cd van Mariah Carey nog even op, om het commerciële plaatje compleet te maken.

En voordat ze dan verdergaan met ruziemaken waar ze op 24 december waren gebleven, maken ze nog gauw even een familiefoto, want de kinderen zien er zo schattig uit. Leuk voor de Kerstkaart van volgend jaar. Niemand die even vraagt of de kinderen dat zelf eigenlijk wel op prijs stellen.

Maar goed, ik dwaal een beetje af.

Die zaterdag werd ik zesentwintig en ik had de ochtend voornamelijk 'werkend' doorgebracht. Ik stond er niet eens bij stil dat het mijn verjaardag was, totdat Maren me belde om me te feliciteren.

"Dank je," zei ik plichtmatig en zette de telefoon op speaker, zodat ik door kon werken.

"Hé, ik probeer alleen maar 'normaal' te doen," antwoordde Maren, op een bijna berispende toon. "Daarna kunnen we weer over tot de orde van de dag, oké?"

Ik lachte even en nam een slok koffie.

"Dus, ik feliciteer je en dan doe jij net alsof je dat leuk vindt, oké?"

Ik zweeg en trok een nieuwe potloodlijn in mijn grotendeels complete tekening.

"Concessies, Misha," hielp Maren me herinneren. "Anders organiseer ik volgend jaar een surpriseparty voor je."

"Volgend jaar ben ik hier niet meer," hielp ik haar herinneren.

Ze zuchtte. "Dat weet ik ook wel. Speel nou gewoon even mee."

"Oké," gaf ik toe. Ik wist dat ze toch niet zou opgeven, voordat ze haar zin had.

Maren verbrak de verbinding en belde direct terug.

Ik nam op en zette de telefoon direct weer op speaker. "Hé, kanjer."

"Gefeliciteerd met je verjaardag," antwoordde ze. "Ik zal niet voor je gaan zingen, oké?"

"Dank je," zei ik. "Ik hou ook van jou."

"Tot vanavond." Maren hing op.

Kennelijk waren we weer overgegaan tot de orde van de dag.

Ik boog me opnieuw over de tekening op de salontafel. De tekening was bovenaan gemarkeerd met *'Ross Tower V, parking / basement'*. Niemand zou er ooit achterkomen dat er niets van klopte. De afmetingen waren verkeerd, de locaties van de steunpilaren, zelfs de rijrichting kwam niet overal overeen.

De waarheid is dat de tekeningen voor Ross Tower V al klaarlagen, maar ik hield iedereen voor dat de ontwerpen nog in de laatste fase zaten, zodat ik het Ross Tower Project als dekmantel kon gebruiken voor mijn werkelijke bezigheden. De tekening op mijn tafel was geen ontwerp van mij, maar een bestaande locatie, die ik slechts had nagetekend. Een parkeergarage in Rotterdam Noord. Functioneel en degelijk, maar aartslelijk.

Ik was er de voorgaande weken een paar keer geweest, waarbij ik systematisch iedere keer mijn aandacht richtte op een ander gedeelte van de constructie, totdat ik iedere centimeter kon dromen.

Als laatste inventariseerde ik de beveiligingscamera's.

Ik keek naar een aantekening achterin mijn agenda. *'F1 – L/C BtNW – 2.37 m.'*.

Daaronder stond nog een rijtje soortgelijke afkortingen, waar niemand ook maar iets van zou kunnen maken, maar die voor mij volslagen duidelijk waren. Ik pakte een liniaal en markeerde een punt op de tekening naar aanleiding van iedere afkorting in mijn agenda. Daarna trok ik met een rood potlood lijnen, om het bereik van de diverse camera's in de parkeergarage aan te geven, waar ik buiten zou moeten blijven.

Ik controleerde nogmaals of alles klopte.

'F1 – L/C BtNW – 2.37 m.'

Oftewel: *Floor 1* (eerste etage) – *Left Corner* (linkerhoek), *Back to North Wall* (rug naar de noordelijke muur) – op 2.37 meter hoogte.

Zo ging ik alle afkortingen in mijn agenda nogmaals na op de tekening. Ik was zo verdiept in mijn werk, dat ik schrok toen de bel ging. Ik wierp een snelle blik op de klok en overwoog de bezoeker te negeren. Ik verwachtte niemand.

Maren zou pas 's avonds langskomen.

Er werd weer gebeld en ik stond op, liep naar de intercom en zei: "Hallo?"

"Hé, ik ben het!" riep mijn broer.

Gelukkig maar, dacht ik sceptisch, maar deed toch open.

Ik liep naar de deur en deed alvast open. In de deuropening wachtte ik totdat de lift boven was en Lennart eruit stapte.

"Hé, Len. Wat kom je doen?" vroeg ik en probeerde mijn irritatie over het feit dat hij onaangekondigd mijn schema kwam verstoren te verbergen.

"Je feliciteren, natuurlijk," antwoordde Len en omhelsde me. "Zesentwintig jaar alweer."

Nou en, dacht ik.

"Ja," zei ik toonloos. Ik wurmde me uit zijn ongetwijfeld goedbedoelde ijzeren greep en zei: "Kom binnen." Ik ging hem voor naar de woonkamer.

Len sloot de deur achter zich en vroeg: "Wat was je aan het doen?"

Een moord aan het beramen, dacht ik.

"Werken," loog ik moeiteloos. Om mijn statement te onderbouwen wees ik naar de salontafel, die bijna onzichtbaar was onder de tekeningen en notities en raapte toen de papieren bij elkaar, voordat mijn broer er goed naar kon kijken. Ik stapelde de papieren op en legde ze op het bureau. Ik hield het tempo erin, zodat Len nergens te lang over na kon denken en leidde hem toen subtiel van het onderwerp af, door te vragen: "Bier?"

"Is gras groen?" vroeg hij.

Ik haalde twee biertjes uit de keuken en ging terug naar de woonkamer. Ik zette zijn bier bij hem neer en hij ging op de bank zitten.

"Ga je vanavond mee stappen?" vroeg hij.

"Ik moet werken," zei ik, terwijl ik mijn biertje openmaakte. Ik ging tegenover mijn broer zitten en nam een paar slokken, om me alvast geestelijk voor te bereiden op de strijd, die bijna altijd volgde op een weigering. Ik zou blijven weigeren, Len zou blijven aandringen en uiteindelijk werd het altijd ruzie. Zo ging het meestal als hij me uitnodigde om mee uit te gaan.

"Je *moet* helemaal niks. Het is je verjaardag," begon hij.

"Nou en?" vroeg ik. "Verjaardagen slaan nergens op, Len. Wat vier je dan? Dat je weer een jaar dichter bij de dood bent? Dat je weer een jaar overleefd hebt?"

Eén van mijn mobiele telefoons lag op de salontafel en piepte om aan te geven dat er een bericht was. Ik pakte het toestel op en ging naar inkomende berichten. Ik hoorde mijn broer ongeduldig zuchten, maar negeerde het en las de tekst, die me gestuurd was.

Brussels Airport, Sat. 23 June, 8.15h. a.m. C. & D.

Dean lag dus op schema.

Ik tikte snel een antwoord – *I'll be there. M.* – en drukte op 'verzenden'.

"Ga gewoon mee stappen vanavond," zei Lennart weer.

Ik keek niet op en antwoordde: "Ga jij maar zonder mij." Ik hield mijn blik nog altijd gericht op het schermpje van mijn telefoon en wachtte tot ik de melding kreeg 'bericht verzonden'. "Ik heb nog maar vijf weken om dat af te krijgen," zei ik toen en keek hem aan, terwijl ik naar de enorme stapels papieren op mijn bureau gebaarde.

"Wat is er over vijf weken?" vroeg Lennart.

"De eerste dag van de rest van mijn leven," antwoordde ik.

"Wat bedoel je?"

"Gewoon. Mijn deadline," herstelde ik me.

* * * * *

Woensdag, 28 november 2012 – avond – Dag 30
New York, Amerika

Ondanks dat ik erg rusteloos ben en voornamelijk in mijn denktank zit, voel ik feilloos aan, dat Jamie me af en toe een bezorgde blik toewerpt.

Desondanks zegt hij niets.

Sinds het emotionele weerzien met mijn broer, hebben mijn gedachten overuren gemaakt. Toch houd ik me niet met Lennart bezig. In plaats daarvan focus ik me op mijn financiën. De vijftig dollar die Len me gegeven heeft, zit nog altijd veilig weggestopt in mijn sok. Opeens zijn er tal van nieuwe opties, diverse mogelijkheden, waarvan sommige hoopgevend lijken, maar toch hebben ze allemaal de nodige voors en tegens.

Het bepalen van mijn nu te volgen koers, heeft de rest van de middag en een deel van de avond in beslag genomen. Het kiezen van mijn strategie houdt me langer bezig dan ik wil en pas na veel wikken en wegen, slaag ik erin om een beslissing te nemen.

Nu is het een kwestie van het juiste moment afwachten.

"Lichten uit!" roept een stem op de galerij.

Elf uur.

Ik leg mijn boek weg, als het, ondanks het licht op de galerij, te donker wordt om te lezen. Dan strek ik me uit op mijn bed en staar naar de schaduwen op de muur tegenover me, terwijl ik wacht op Jamies goedbedoelde bemoeienissen, die ongetwijfeld nog gaan volgen.

Toch wordt mijn geduld behoorlijk op de proef gesteld. Nadat het licht uit is gegaan, komt er twee keer een bewaker voorbij, die zijn controles uitvoert. Dat vertelt me dat het al tussen half twaalf en kwart voor twaalf is, als Jamies stem bijna onhoorbaar klinkt boven mijn hoofd. "Misha?"

Daar gaan we...

"Wat?" vraag ik.

"Is er iets?" vraagt Jamie voor de derde keer vanavond.

Ik ontken en verval weer in mijn stilzwijgen.

Een paar minuten is het stil. Er passeert voor de derde keer een bewaker.

Kwart voor twaalf...

"Kan ik je ergens mee helpen?" probeert mijn celgenoot, zodra de cipier verdwenen is. Hij laat zich van zijn bed glijden en komt naast me zitten op de rand van mijn bed, zodat we ons volume kunnen beperken tot het minimum. Hij kijkt me bewust niet aan en wacht zwijgend op mijn reactie.

Ik geef niet meteen antwoord en twijfel nogmaals aan de juistheid van mijn keuze. Als ik eenmaal een koers inzet, is het niet zeker dat ik daar nog van af zal kunnen wijken. Ik kan nu nog terug. Het is nog niet te laat. Ik kan nog terug, maar in welke handen komt mijn lot dan te liggen?

Even aarzel ik nog, maar vraag dan: "Mag ik je om een gunst vragen?"

Jamie kijkt me argwanend aan en denkt er even over na. "Dat ligt eraan wat het is," stelt hij dan langzaam en tactvol.

"Wil je iets voor me bewaren?" vraag ik fluisterend.

"Een wapen?" raadt Jamie bijna onhoorbaar en spert zijn ogen wijd open.

Ik schud ontkennend mijn hoofd en antwoord met zachte stem: "Nee, geen wapen. Geld... Mijn broer heeft me vanmiddag wat geld gegeven... Over een tijdje heb ik dat... ergens voor nodig, maar ik kan het zelf niet bij me houden... Kane let teveel op me. En God weet wie nog meer..."

"Waar heb je dat geld voor nodig?" vraagt Jamie.

"Dat is op dit moment nog niet helemaal duidelijk," zeg ik vaag. Het is de waarheid. Ik kijk hem aan. "Vind je dat oké? Dat ik dat nu nog niet uit kan leggen?"

Hij knikt en steekt zijn hand naar me uit.

Ik haal het geld tevoorschijn en geef het hem. Instinctief weet ik dat ik juist gehandeld heb. Het voelt alsof ik de regie weer een beetje in handen begin te krijgen en alsof ik weer wat grip heb op een aantal aspecten in mijn nieuwe leven. Toch blijft er iets van wantrouwen. "Jamie?" begin ik.

"Wat?"

"Is er iets dat je hiervoor terug wilt?" vraag ik dan.

Jamie verbergt het geld en antwoordt: "Een beetje vertrouwen zou fijn zijn."

* * * * *

Zaterdag, 23 juni 2012 – middag
Epecamps, Frankrijk

Voor de gelegenheid had ik een oude, onopvallende auto gekocht. Alles aan het voertuig was onopvallend en standaard: de uitvoering, de kleur, het formaat en zelfs het kenteken. Ik was er zeker van dat ik overal op had gelet. Niemand zou zich de auto herinneren en zelfs al zou dit wel het geval zijn: over twee dagen zou ik het voertuig alweer kwijt zijn.

Een cadeautje voor de jongen, die zo vriendelijk was geweest om de auto op zijn naam te zetten. Ik kende hem niet, maar hij was een vage kennis van Maren, iemand die ze kende uit het drugswereldje, waarin ik de weg niet wist.

De jongen had geen vragen gesteld en de auto en het contante bedrag van driehonderd euro gretig geaccepteerd, precies zoals Maren voorspeld had.

Ik had de hele weg aan één stuk doorgereden – ruim driehonderd kilometer – totdat ik op het punt kwam waar mijn navigatiesysteem me in de steek liet. Het was niet ver meer. Vanaf dat moment moest ik vertrouwen op mijn geheugen. De smalle, onverharde weg was moeilijk te zien vanaf de niet veel bredere, verharde hoofdweg.

Ik vroeg me ongewild af hoe mijn pleegvader er ooit in geslaagd was deze plek te vinden. Het kleine dorpje, waar het stukje land van Joris onder viel, was zo klein dat mijn navigatiesysteem het niet eens herkend had.

Het laatste gedeelte van de route, had ik met behulp van een oude atlas en landkaart moeten uitdokteren.

Zelfs op *Google Maps* was het niet te vinden geweest.

Het was een raar idee, dat ik me bevond in een gebied dat met de hedendaagse technologie nog zo onbespied was. Het werd me gemakkelijk gemaakt. Ik wist precies waar ik heen wilde met mijn plannen en wat het uiteindelijke resultaat daarvan moest zijn, maar jarenlang was ik geplaagd door de vraag hoe ik van A naar B moest komen en uiteindelijk naar C en D.

De meest gecompliceerde scenario's hadden zich in mijn hoofd ontvouwen, talloze vragen en mogelijke oplossingen, maar uiteindelijk was het antwoord me gewoon in mijn schoot geworpen – de weg van A naar B tenminste.

Van B naar C zou het eenvoudigst worden en de weg van C naar D zou misschien onmogelijk blijken, maar ik moest het proberen.

De smalle, onverharde weg voerde me ruim drie kilometer een bosrijk gebied in.

Bij een groot grasveld parkeerde ik de auto en stapte zwijgend uit. Ik gooide het portier met een klap dicht en leunde tegen het voertuig. Ik keek rond.

Dit was het dus...

De plek lag volkomen afgelegen en was moeilijk te vinden. Het kon niet beter.

De man die naast me in de auto had gezeten en bijna de gehele weg had gezwegen, stapte uit. Hij liep om het voertuig heen en kwam naast me staan. "Kan ik je echt niet op andere gedachten brengen?" vroeg hij uiteindelijk in het Engels.

Ook de derde man stapte uit de auto, maar we keken niet op.

"Nee." Ik staarde naar het huis, dat midden op het grasveld stond. Het zag er precies zo uit als ik het – bijna een jaar eerder – had geschetst. De buitenkant had me weinig geïnteresseerd en dat zag ik terug in mijn werk. Het was veruit mijn minst indrukwekkend ogende creatie ooit.

"Niet bepaald een Ross Tower, hè?" concludeerde ik.

Dean Wesson, die als laatste uit de auto was gestapt, lachte en zei: "Ik ben in de buurt als jullie me nodig hebben..." Hij liep een eindje bij ons vandaan en nam de omgeving in zich op.

Toen Dean buiten gehoorsafstand was, zei Colin Ross op gemaakt luchtige toon: "Nee. Het is niet bepaald een Ross Tower... De beveiliging hiervan is beter."

Ik lachte en tastte in de zak van mijn spijkerjack naar de sleutels van het huis.

Plotseling greep Colin de mouw van mijn jas vast en zei: "Laten we gewoon weggaan. We gaan gewoon weg en beginnen allemaal opnieuw. Jij, ik, Dean, Georgie, Maren..."

"Nee."

Ik had al verwacht dat Colin nog een laatste poging zou wagen om me over te halen om te stoppen nu het nog kon, nu er nog niets onomkeerbaar was. Maar voor mij had die trein het station al lang geleden verlaten. Het zat al te lang in mijn systeem, vrat aan me en hield me 's nachts wakker.

Het ontwikkelen van mijn plannen, had me in de loop der jaren een doel gegeven en was al te lang mijn reddingsboei geweest, iets waar ik me aan kon vasthouden, de leidraad in mijn innerlijke chaos...

Colin gaf het niet meteen op. Hij zag mijn stilzwijgen kennelijk als een aarzeling. "Ga met mij mee naar de VS en begin opnieuw," stelde hij voor. "Met jouw CV zul je de aanbiedingen voor het uitkiezen hebben. Alle grote bureaus zullen om je knokken."

Ik gaf niet meteen antwoord. Het irriteerde me dat Colin niet in staat leek om hoofdzaken van bijzaken te onderscheiden in deze kwestie.

Ik keek even naar hem en richtte mijn blik toen weer op het grasveld voor me. "Ik heb het je uitgelegd, Colin," zei ik uiteindelijk. "Laat me het alsjeblieft niet nog een keer vertellen."

"Ik begrijp je," antwoordde Colin, "maar..."

"Dat denk ik niet."

"Ik begrijp je," herhaalde hij, "maar..."

"Als je het begreep, was er geen 'maar'," zei ik dof.

"Ik begrijp dat je dit wilt," ging Colin verder. "Maar probeer te zien dat dit niet je enige optie is. Je mogelijkheden zijn eindeloos, Misha. Waarom zou je dan in godsnaam *hiervoor* kiezen? Laat het los. Ga verder met je leven."

"Dat kan ik niet," antwoordde ik, naar de waarheid. "Ik heb het geprobeerd... Echt waar, maar iedere keer is er iets dat alles terughaalt. Ik kan het niet vergeten."

"Je hoeft het niet te vergeten," antwoordde hij. "Je hoeft het niet te vergeven, maar laat het los."

"Dat kan ik niet," herhaalde ik.

"Nee?" vroeg Colin. "Voor wie niet? Voor jezelf of voor Maren?"

"Dat is hetzelfde," zei ik. "Als alles straks achter de rug is, hebben we eindelijk rust."

Hij schudde zijn hoofd. "Raar idee van rust heb jij."

"Ik moet het afsluiten..." Ik zweeg even en gaf toen schoorvoetend toe: "Ik heb nog steeds nachtmerries. Dit gaat *nooit* over. Het wordt *nooit* beter. Ik ben godverdomme zesentwintig en ik slaap nog steeds met het licht aan."

Colin zweeg en duwde met de neus van zijn schoen tegen een steentje.

Ik keek naar hem en zag hem denken.

"Misschien moet je toch eens overwegen om... professionele hulp te zoeken," stelde hij voor. Het laatste deel van zijn zin was nauwelijks hoorbaar. Hij wist al dat ik daar nooit mee in zou stemmen.

"Als ik dat hele verhaal nog een keer moet oprakelen, word ik knettergek," antwoordde ik eerlijk. "Je hoeft dit niet te doen, Colin. Als je hier wilt stoppen, dan begrijp ik dat. Je hebt al zoveel meer voor me gedaan, dan ik ooit van je had mogen vragen. Het spijt me dat ik je hierin heb betrokken. Geef me die pas en wacht hier op me."

Colin schudde zijn hoofd. "Belofte maakt schuld..." Hij haalde een plastic pasje ter grootte van een creditcard uit de binnenzak van zijn colbert.

Ik pakte het object aan en bekeek het even. Toen richtte ik mijn blik weer op het huis en vroeg: "Zullen we dan maar?"

Hij knikte en volgde me op de voet.

Ik opende de voordeur en we gingen naar binnen. "Denk eraan: niets aanraken. Ik wil niet dat jij hier meer bij betrokken raakt dan strikt noodzakelijk. Dit is niet jouw oorlog." Ik sloot de deur achter ons en keek om me heen. "Nou, praat me er maar doorheen," zei ik.

"Er zit een alarmsysteem, maar dat heb ik uitgeschakeld. Zolang je de sleutels en die pas hebt, kun je zonder problemen in- en uitlopen," begon Colin te vertellen. "Ik kan het alarm op afstand aan- en uitzetten via mijn computer. Zodra je hier klaar bent, zet ik het alarm er weer op. Als de politie gaat snuffelen, houdt het ze voorlopig wel zoet om uit te vinden, hoe ze het uit moeten schakelen en daarna moeten ze nog in de kelder zien te komen."

"Is dat mogelijk?" vroeg ik.

"Ja, natuurlijk is het *mogelijk*," antwoordde Colin. "Als ze alle juiste draadjes weten te vinden en doorknippen. En als ze de kelderdeur eruit laten takelen. Je hebt die pas nodig om de kelderdeur te openen. Als je die niet hebt, is het net een brandkast. Met een simpele stormram komen ze er niet doorheen."

Ik knikte tevreden en liep door naar de deur die naar de kelder leidde.

No way out...

Colin volgde me.

"Hier zit de reader," zei hij en wees op een klein, plastic blokje naast de deur, zonder het aan te raken. "Je houdt de pas ervoor, de reader herkent de pas en de deur gaat open. Aan de binnenkant zit zo'n zelfde kastje, zodat je de deur van binnenuit kunt openen."

"Oké," zei ik. "Hoe sluit ik de deur?"

"Die valt automatisch achter je dicht en in het slot," antwoordde hij. "Zonder pas kom je er niet meer in of uit."

Ik hield het pasje voor de lezer en duwde de deur open.

Colin volgde me naar binnen. De deur viel achter ons dicht, zoals hij gezegd had.

Ik deed snel het licht aan. "Geen bewegingssensoren hier?"

"Nee. Dat wilde je toch niet?"

"Klopt," zei ik. Ik keek om me heen en daalde de trap af. "Alleen in de gang."

"Die zitten er," beloofde Colin. "Met een tijdklok. Als je na zes uur 's avonds aankomt, gaat het licht automatisch aan door de sensoren."

Ik knikte en liep toen zwijgend een rondje door de kelder.

"Waarom hoor ik niks?" vroeg Colin na een korte stilte. Hij volgde me aarzelend naar beneden.

"Heb ik dat niet verteld?" vroeg ik.

"Wat?"

"Ik heb het afgekeken van het Orfield Laboratorium in Minneapolis," vertelde ik. "Daar hebben ze wat ze noemen een 'dode kamer'. Tot nu toe hebben ze niemand kunnen vinden die het er langer dan vijfenveertig minuten uithoudt. De muren zijn aan de binnenkant bedekt met kunststof platen, versterkt met glasvezel. De wanden nemen 99,9 procent op van al het geluid dat van buitenaf komt. Het is zo stil in die kamer, dat je uiteindelijk gaat hallucineren en dat je dingen gaat horen, die je normaal niet opvallen."

"Zoals?" vroeg Colin.

"Het gehoor is een zintuig dat zich aanpast aan de omgeving waarin je bent," legde ik uit. "Hoe stiller de omgeving, hoe gevoeliger het gehoor is... Al na een paar minuten in de dode kamer word je je bewust van bijvoorbeeld je eigen hartslag, die in volume lijkt toe te nemen... Dat is natuurlijk niet *echt* zo, maar dat maakt deel uit van de hallucinaties. Het geluid wordt als het ware versterkt door de stilte."

"Waarom hoor ik mijn hartslag niet?"

"Omdat we met zijn tweeën zijn," antwoordde ik. "Als je hier alleen zou zijn, zou je het wel horen."

Colin schudde ongelovig zijn hoofd. "Hoe kom je er op?"

Ik zag aan hem dat het hem verontrustte en misschien zelfs afschrok, maar Colin heeft altijd al een fascinatie gehad voor wat hij *'broken things'* noemt. Na Daniel Springfield en dokter Melissa zonder achternaam, was ik een logische volgende en Dean Wesson ook.

Ik negeerde Colins geschokte gezichtsuitdrukking en zei luchtig: "Dat zei ik toch net? Het Orfield Laboratorium." Ik keek nog een keer om me heen en liep toen de keldertrap op. "Ga je mee?" vroeg ik.

Colin volgde me dankbaar naar boven.

Ik opende de kelderdeur met mijn pas. In de gang bleef ik even staan en keek toe hoe de deur bijna geruisloos achter ons dicht viel. Ik liep naar de voordeur en opende die. Ik liet Colin voor gaan, volgde hem naar buiten en deed de deur op slot.

"En nu?" vroeg Colin, terwijl we in de richting van de auto liepen, waar Dean tegen het zijportier leunde.

"Zet het alarm weer aan op 20 juli," antwoordde ik. "Doe verder niets en ga gewoon naar Tokyo, zoals gepland. Ik neem contact met je op zodra ik je nodig heb."

"Ga mee naar Tokyo voor de bouw van Ross Tower V," smeekte Colin. "Het is *jouw* project."

Ik schudde mijn hoofd.

Colin hield stil en pakte me bij mijn arm, buiten gehoorsafstand van Dean. De blik in de ogen van mijn beste vriend was bijna manisch. "Ik *smeek* het je. Doe dit niet."

Ik draaide me naar hem toe en keek hem aan. "Dank je."

"Waarvoor?" vroeg Colin.

"Voor alles," antwoordde ik.

"Waarom voelt dit als afscheid?"

"Omdat het dat ook is," zei ik. "Voor een tijdje."

Er viel een stilte, waarin we roerloos tegenover elkaar stonden en elkaar aanstaarden. De woorden bleven in de lucht hangen en de stilte was oorverdovend.

Ik wenste dat er iets was, dat ik kon zeggen om Colin gerust te stellen, maar ik kon niets bedenken. Ik wist welke weg er voor me lag en ik wist ook dat Colin me daar niet kon volgen. Ik wist dat we het kruispunt hadden bereikt waar Colin ervoor moest kiezen om af te slaan.

"Wanneer zie ik je weer?" vroeg hij.

"Over een paar maanden, denk ik," antwoordde ik en vervolgde mijn weg terug naar de auto.

Hij volgde me.

"Kunnen we nu gaan?" vroeg Dean. "Ik verveel me dood hier."

Ik wierp een laatste blik op het huis en zei: *"Yeah, let's go."*

We stapten in de auto en ik reed naar Brussel, waar ik parkeerde bij de luchthaven. We spraken niet veel tijdens de rit. Er was niets meer te zeggen.

"Dit is jullie halte," zei ik en probeerde nonchalant te klinken.

Colin trapte er niet in. "Ja," zei hij met onvaste stem.

Weer viel er een stilte, waarin we elkaar alleen maar aankeken.

In de achteruitkijkspiegel zag ik Dean met zijn ogen rollen.

Hij stapte uit, sloeg het portier dicht, liep naar de kofferbak en opende die. Hij haalde een paar koffers uit de laadruimte en zette ze naast zich op de grond.

Toen sloeg hij het deksel van de kofferbak dicht en leunde tegen de auto, terwijl hij even om zich heen keek.

In de auto legde Colin zijn handen op mijn schouders en boog zich naar me toe, totdat onze voorhoofden elkaar raakten. "Beloof me dat je altijd zult bellen, als je me nodig hebt."

Ik omhelsde hem en zei: "Beloofd."

"Beloof me dat ik jou niet ook hoef te begraven," fluisterde Colin. "Niet zoals met Danny."

Plotseling vielen de laatste puzzelstukjes op hun plaats.

Ik keek hem recht aan. "Wat dacht je van een plan D?"

"Oh, God, nee," zei hij. "Ik ben nog steeds aan het bijkomen van plan A."

"Alles blijft buiten jou omgaan," beloofde ik. "Bijna alles."

"Wat heb je nodig?" vroeg Colin.

"Dean Wesson."

* * * * *

Donderdag, 29 november 2012 – middag – Dag 31
New York, Amerika

Vanaf mijn uitkijkpost bij de reling op de tweede verdieping van het cellenblok, zie ik hoe twee bewakers Donald Skinner terug brengen naar de afdeling. Automatisch werp ik een blik op de klok.

Tijd is mijn vijand, maar soms ook mijn bondgenoot.

Het is bijna tijd voor het avondeten.

De rest van de dag heb ik weinig te vrezen.

Skinner komt met de bewakers de trap op lopen, slentert naar me toe en wacht dan bijna geduldig, totdat de handboeien van zijn polsen zijn verwijderd. Hij leunt zwijgend op de reling en kijkt me strak aan.

Zodra de bewakers zijn verdwenen, vraagt hij: "Wat heb ik gemist, *liefje?*"

"Weinig," antwoord ik. Dan zie ik zijn gebruikelijke entourage geleidelijk naderen en realiseer ik me hoe zwak mijn positie is. Ik vraag me af hoe ver hij bereid is te gaan, in het volle zicht van diverse bewakers en met de herinnering aan de isoleercel nog zo vers in het geheugen.

Skinner maakt een wegwuivend gebaar naar zijn vrienden, die zich meteen omdraaien en een aantal cellen verderop gaan staan. "Zo, nu kunnen we even rustig praten."

Ik denk snel na en zeg dan weloverwogen: "Je bent snel terug." Ik wil hem geen kans geven om te bepalen in welke richting het gesprek gaat.

"Ja, gezellig toch?" antwoordt hij enthousiast. "Mijn advocate dient geen aanklacht in en verder heb ik niemand iets misdaan. Er was geen *enkele* reden om me langer in de isoleercel te laten zitten. Ik ben hier veel te hard nodig."

Ik zwijg even en werp opnieuw een snelle blik op de klok. Er zijn nog maar tien minuten te gaan tot het avondeten.

Skinner staart me verwachtingsvol aan.

"Wat?" vraag ik ongeduldig.

"Ik dacht dat je wel iets voor me zou hebben...," begint hij. "Een welkomst-cadeautje."

"Zoals?"

"Geld," antwoordt Skinner. "Denk je dat ik blind ben? Ik zag dat je broer je geld gaf."

Ik kijk hem recht aan en vraag: "Denk je dat ik gek ben, Donald? Ik ga jou toch geen geld geven, zodat jij meer hebt om Kane toe te stoppen?"

Skinner knijpt zijn ogen tot spleetjes en sist: "Waar is het?"

Als ik meen een zweem van paniek in zijn donkere en gewoonlijk zo kille ogen te zien, antwoord ik weloverwogen: "Ik heb het niet meer."

Wat is je angst, Donald?

Dat ik een andere partij heb gekozen?

Dat ik iemand heb kunnen omkopen om je iets aan te doen?

Het is een mogelijkheid. Tenslotte heeft hij alleen maar gezien *dat* Lennart me geld gaf en niet *hoeveel*. Met het oog op het naderende einde van Kane's veiling, kan het alleen maar in mijn voordeel werken als Skinner niet weet om hoeveel geld het gaat en wat ik ermee gedaan heb, maar dan zal ik erop moeten vertrouwen dat Jamie zijn mond houdt.

"Waar is het, *boy?"* herhaalt Skinner dwingend.

Ik besef dat mijn volgende stap bepalend is. Ik moet nu kiezen. Ik heb de situatie bij lange na niet genoeg in de hand om alleen op mezelf te kunnen vertrouwen. Nu moet ik een risico lopen met Kane of mijn lot bewust in Jamies handen leggen.

Ik houd me vast aan kansberekening.

Als ik het op zijn beloop laat, ben ik afhankelijk van Kane en dan weet ik zeker dat het fout gaat. Als ik op Jamie vertrouw, heb ik in ieder geval een kans op een goede afloop.

"Ik zal met je ruilen, Donald," stel ik voor. "Vertel mij waar die afleiding tijdens het bezoekuur voor bedoeld was... Dan vertel ik jou, wat ik met dat geld heb gedaan..."

Skinner denkt even na en lijkt te aarzelen of hij mijn voorwaarde zal accepteren.

"Oké. Dan niet," zeg ik en maak aanstalten om weg te lopen.

Hij grijpt me bij mijn arm en houdt me tegen, zodra zijn nieuwsgierigheid het wint van zijn ergernis. "Oké," antwoordt hij dan. "De Don had iemand op bezoek, die iets bij zich had dat... van eigenaar moest wisselen."

"Wat?" vraag ik en trek mijn arm los.

"Dat weet ik niet," geeft Skinner onwillig toe. "Het doet er niet toe. Dat zijn de zaken van de Don." Hij laat een korte stilte vallen, pakt me hardhandig bij mijn pols en eist: "Vertel me wat je met dat geld gedaan hebt!"

Ik dwing mezelf om te blijven staan en niet achteruit te gaan. Ik kijk hem ijzig aan, wacht enkele seconden langer dan hij verwacht en zeg dan: "Dat heb ik aan iemand gegeven."

"Aan wie en waarom?" wil hij weten.

"Aan wie doet er niet toe," antwoord ik.

Ik voel zijn greep rond mijn pols krachtiger worden en vraag me opnieuw af of ik de juiste keuze heb gemaakt, toen ik het geld bij Jamie in bewaring gaf, maar ik kan nu niet meer terug.

"Waarom?" vraagt Skinner nogmaals.

"Zie het maar als een kleine verzekering, Donald...," bluf ik. Dan trek ik me resoluut los uit zijn greep, draai me om en daal de trap af. Ik weet dat ik niet langer aan zet ben en hoop dat mijn nieuwe plan gunstig uit zal pakken.

4.
STILTE VOOR DE STORM

Vrijdag, 30 november 2012 – middag – Dag 32
New York, Amerika

Het is ijzig koud op de binnenplaats vandaag. De winter is nu echt begonnen en het weer in New York weerspiegeld de kilheid van mijn nieuwe omgeving feilloos. Ik ben hier nu een maand, maar ik geloof niet dat het ooit gaat wennen.

Ik volg Jamie naar de plek bij de muur, waar we meestal rondhangen tijdens het luchten, en kijk onopvallend om me heen.

Donald Skinner staat met een aantal van zijn 'vrienden' bij de tribune. Hij fluistert iets tegen de man naast zich en maakt zich dan los van het groepje. Hij nadert Jamie en mij en steekt zijn handen in de zakken van zijn jas.

"Ga maar," zeg ik tegen Jamie.

"Zeker weten?"

"Ga maar," herhaal ik.

Skinner komt naast me staan en wacht totdat Jamie buiten gehoorsafstand is. Hij haalt zijn sigaretten tevoorschijn en steekt er één op. Hij inhaleert diep en kijkt me dan recht aan.

"Wat is er, *liefje?*"

"Niks," antwoord ik automatisch.

"Juist, ja," zegt hij spottend.

Wat wil je, Donald?

"Je slaapt slecht," merkt hij op. Het is geen vraag. Het is een conclusie. "Je ziet er moe uit en ik hoor je soms schreeuwen in je slaap."

Ik zwijg en vraag me heimelijk af waar Skinner naartoe wil met deze briljante uiteenzetting.

Hoeveel heb je inmiddels ontdekt?

"Kan ik je blij maken met een beetje heroïne of Demerol?"

"Denk je nou echt dat ik daar intrap?" vraag ik met kalme, zachte stem, maar ook met een duidelijke minachtende ondertoon. "Denk je dat je me kunt kopen met drugs? Of dat je me zo afhankelijk van je kunt maken?"

"Je zou de eerste niet zijn," antwoordt Skinner en haalt zijn schouders op. "Het maakt niet uit of je te koop bent. Niet zolang anderen dat zijn. Voordat je het weet is het weer weekeinde en is onze vriend Kane weer ingeroosterd."

Ik geef geen antwoord. Ik hoopte dat hij me een tijdje met rust zou laten, in ieder geval zolang hij niet weet wat ik met het geld van mijn broer heb gedaan. Het lijkt me niet gegeven.

En nu?

"Anderhalve dag, *liefje*," gaat Skinner verder. "En wie weet? Het leven is vol verrassingen."

* * * * *

Donderdag, 3 november 2005 – avond
Delft, Nederland

"Misha?" Colin stak zijn hoofd om de deur van mijn kamer. "Heb je even?"

Ik keek op van mijn bureau, waarop boeken, papier, potloden en pennen strategisch lagen verspreid, zodat ik overal bij kon en in één oogopslag kon vinden wat ik zocht. "Kom binnen," antwoordde ik.

Colin kwam binnen en keek naar de tekening, waar ik aan werkte.

Ik deed geen moeite om de schets te verbergen. Of het feit dat ik tientallen dezelfde had. Ik tekende het dwangmatig, omdat ik het ergens anders wilde dan in mijn hoofd. Net als een ander beeld, dat ik keer op keer aan het papier toevertrouwde, maar nooit kwijtraakte.

Ik wist dat Colin zich afvroeg waarom ik steeds opnieuw dezelfde kelderruimte en badkamermuur uittekende, maar hij vroeg er nooit naar.

Hij liep naar mijn bed en ging op de rand zitten. "Ik denk dat je weet wat ik kom zeggen," zei hij toen.

"Je gaat weg," concludeerde ik en draaide me om op mijn stoel, zodat ik Colin aan kon kijken.

"Sinds mijn afstuderen heb ik alles in de steigers gezet," zei Colin. De klank van zijn stem was bijna verontschuldigend. "Nu ben ik op het punt gekomen, waarop ik fysiek in de States moet zijn."

Er viel een korte stilte.

"Sorry," zei hij.

"Je hoeft je niet te verontschuldigen," antwoordde ik. "We wisten allebei, dat dit eraan zat te komen."

"Ik kan de huur doorbetalen, als je wilt," stelde Colin voor.

Ik overwoog het niet eens. "Je hebt al zoveel voor me gedaan, Colin... Ik ga wel terug naar mijn broer voor die paar maanden."

"Weet je het zeker?" vroeg Colin. "Ik denk dat het beter voor je is, als je hier blijft wonen. Lennart heeft geen goede invloed op je."

"Hij is mijn broer," zei ik schouderophalend. "Jij bent altijd degene, die zegt dat familie zo belangrijk is. En het is maar tijdelijk."

"Sinds je hier woont, zie ik een rust in je, die ik daarvoor nooit zag," hield Colin aan. "Ik denk dat het beter zou zijn als je hier bleef..." Hij wierp opnieuw een blik op de schets, die nog altijd voor me lag. "En dat het tijd wordt, dat je hulp gaat zoeken."

Ik hief mijn hand op. "Niet doen."

"Je moet echt leren praten," zei Colin hoofdschuddend.

"Met een wildvreemde?" vroeg ik sceptisch.

"Bijvoorbeeld," antwoordde hij. "Misschien is dat makkelijker?"

Ik schudde mijn hoofd.

"Praat dan met mij," zei Colin. "Je hoeft niet altijd alles alleen te doen, weet je?"

"Ik heb geen woorden."

* * * * *

500

Vrijdag, 30 november 2012 – avond – Dag 32
New York, Amerika

Om zeven uur zijn de hokken dicht gegaan. Ik heb de controles geteld sindsdien en weet dat het inmiddels een uur of tien moet zijn.
Jamie heeft de hele avond nog geen woord gezegd.
In de eerste instantie vond ik het wel lekker rustig, maar na drie uur wordt de stilte zelfs mij teveel. Ik sta op van mijn bed en leun met mijn armen op de rand van dat van Jamie.
Hij kijkt op van zijn boek.
Kennelijk gebruikt hij hetzelfde trucje als ik, want om zeven uur had hij het boek opengeslagen op pagina 227 en drie uur later is hij nauwelijks tien bladzijden verder. Hij leest niet. Hij doet alsof, waarschijnlijk omdat hij een gesprek uit de weg wil gaan.
"Alles oké?" vraag ik en kijk hem aan.
Jamie haalt zijn schouders op en zegt: "Gewoon meer van hetzelfde."
"Hoe gaat het met je moeder?" probeer ik.
"Ze heeft goede en slechte dagen," antwoordt hij. "Het is een cirkeltje. Ze krijgt chemo, ze wordt ziek, ze knapt wat op en dan krijgt ze weer chemo."
"Het spijt me," zeg ik.
Jamie gaat rechtop zitten. "Ik heb vanmiddag gebeld," vertelt hij. "Ze kon niet eens aan de telefoon komen." Hij gooit zijn boek door de cel. Het komt niet ver, raakt de muur en valt met een doffe klap op de grond.
"Het spijt me," herhaal ik.
Jamie zwijgt.
Ik raap het boek op en leg het naast hem op zijn bed. "Voor het geval je nog een keer wilt gooien," zeg ik.
Hij glimlacht even en vraagt dan fluisterend: "Wat wilde Skinner eigenlijk vanmiddag?"
"Gewoon meer van hetzelfde," antwoord ik. "En hij bood me drugs aan."
"Drugs?" herhaalt Jamie.
Ik haal mijn schouders op. "Ik maak me eigenlijk meer zorgen om Kane," geef ik toe. "Het is bijna weekeinde. Zondag loopt zijn veiling af... Maar het kan natuurlijk ook nog zo zijn, dat hij dat gezegd heeft, omdat hij denkt dat ik dan zaterdag niet op mijn hoede ben..."
"Word je nou nooit eens moe van jezelf?" vraagt Jamie.
"Ik word voornamelijk moe van alles om me heen," antwoord ik. "Het is een lang verhaal."
"Raad eens?" zegt hij. "Tijd zat."
Ik zie dat hij zoekt naar afleiding. "Ik zie de dingen... anders dan dat jij ze ziet," begin ik.
"Anders?" herhaalt Jamie.
"Ik heb een fotografisch geheugen en een absoluut gehoor," vertel ik. "Daardoor onthoud ik meer dan anderen."
Jamie kijkt me niet begrijpend aan. "Een absoluut gehoor?"

"Bij muzikanten houdt dat in, dat ze een muziekstuk één of twee keer horen en het dan op gehoor foutloos na kunnen spelen," leg ik uit. "Bij mij werkt het anders. Gesprekken die ik met mensen voer, kan ik me weken later nog woordelijk herinneren. Maar niet alleen dat. Ook wat ik hoor op de tv, de radio, wat andere mensen tegen elkaar zeggen..."

"Alsof je een bandrecorder in je hoofd hebt," concludeert Jamie. Hij lijkt erg geïntrigeerd.

"Zoiets," antwoord ik. "Omdat ik ook een fotografisch geheugen heb en een hoog IQ, onthoud ik eigenlijk teveel en word het soms te vol in mijn hoofd. Dan heb ik rust nodig, zodat ik alles op een rijtje kan zetten. Begrijp je?"

Hij knikt.

We zwijgen allebei als één van de bewakers langsloopt voor de controle. Als hij weer verdwenen is, vraagt Jamie: "Hoe ging het eigenlijk met je broer? Je hebt er niets over gezegd."

Ik zucht. "Hij is bezorgd."

"Vind je het gek?"

Ik zwijg.

Als hij geen antwoord krijgt, zegt Jamie: "Hij is je broer. Natuurlijk is hij bezorgd. Wat moet hij anders zijn?"

"Zichzelf," antwoord ik.

"Mensen veranderen."

"Lennart niet."

"Hoe lang blijft hij?" vraagt Jamie.

"Hij zei dat hij blijft 'zolang hij dat nodig vindt'," zeg ik sceptisch. "Hooguit negentig dagen. Dan verloopt zijn visum."

"Dat klinkt alsof je wilt dat hij weggaat," merkt Jamie op.

"Dat is beter..."

"Gemakkelijker, bedoel je," zegt hij.

"Dat ook," geef ik toe.

* * * * *

Donderdag, 1 december 2005 – middag
Rotterdam, Nederland

Nadat Colin Ross terug naar Amerika ging om Ross Security Systems op poten te zetten, had ik geen andere optie dan terug te gaan naar Lennart in Rotterdam. Ik was de hele maand november nog in Delft gebleven. De huur was toch al betaald en pakte mijn spullen pas op de ochtend dat ik het huis uit moest.

Ik liet mijn spullen – bestaande uit een zware rugzak en een volle vuilniszak – bij Sandra op de eerste verdieping staan en ging eerst naar college. Daarna haalde ik mijn spullen op bij Sandra en nam ik de trein naar Rotterdam.

Ik had mijn broer bewust niet op de hoogte gesteld van mijn komst. Niet zozeer uit angst dat hij me buiten zou laten staan, maar voornamelijk omdat ik mezelf geen reden wilde geven om te gaan zoeken naar een alternatief. Als ik er eenmaal was, dan was het zo.

Als ik van tevoren zou bellen, was er een behoorlijke kans, dat we ruzie zouden krijgen en dat ik helemaal niet meer terug wilde. En dan?

Toen ik aanbelde bij mijn broer, duurde het een tijdje voordat hij opendeed. "Hé, Len," zei ik op gemaakt vrolijke toon. "Hoe gaat het met je?"

"Wat is er met jou gebeurd?" vroeg Lennart en staarde naar de vuilniszak, die op de grond stond en de rugzak die aan mijn schouder hing. "Is het uit met... hoe heet hij ook alweer?"

Zijn opmerking irriteerde me, maar ik beperkte me tot: "Zo was het niet." Ik viel even stil, maar begon toen aarzelend: "Colin is terug naar de VS. Ik kan de huur niet betalen in mijn eentje en nu sta ik op straat."

"Ik heb geen geld," antwoordde Lennart.

"Dat weet ik, maar je hebt wel een dak boven je hoofd en dat is het enige dat ik echt nodig heb," zei ik rationeel. "Ik moet mijn studie afmaken, Len. Ik hoef nog maar een half jaar."

"Nog *maar* een half jaar?" echode hij. "Weet je wel hoeveel dagen dat zijn?"

"Honderdtweeëntachtig," antwoordde ik moeiteloos.

Len zuchtte en rolde met zijn ogen. "Domme vraag," zei hij. Hij leunde nonchalant tegen de deurpost en liet op geen enkele manier blijken dat hij van plan was om me binnen te laten. Hij staarde me alleen maar aan.

"Kom op, Len," snauwde ik. "Het is koud."

"Wat zeg je dan?" maande mijn broer.

Ik keek hem aan.

Verwachtte hij nou echt dat ik zou smeken of ik terug mocht komen?

Als dat zo was, verwachtte hij waarschijnlijk ook nog iets van dankbaarheid voor zijn onvrijwillige gastvrijheid. Ik voelde een ijzige kalmte over me heenkomen, die niet rijmde met de woede, die ik voelde.

"Wat, Len?" vroeg ik. "Wat wil je horen? 'Alsjeblieft'?"

Mijn broer keek naar me, maar maakte nog altijd geen aanstalten om me binnen te laten. In plaats daarvan staarde hij me alleen maar zwijgend aan.

Het bracht me van mijn stuk en ik hoorde mijn stem haperen, toen ik vroeg: "Wat verwacht je nou van me, Len? Dat ik smeek? Dat ik op mijn knieën ga voor je?"

Hij zuchtte vermoeid, maar gaf geen antwoord en deed een stap naar achteren, zodat ik hem kon passeren en naar binnen kon gaan. Hij sloot de deur achter ons en ik voelde dat hij naar me keek, toen ik mijn rugzak en de vuilniszak tegen de muur in de gang zette.

Toen ging hij me voor naar de woonkamer, waar ik mijn jas uittrok en die over een stoel hing.

Even bleven we allebei roerloos staan en keken we elkaar afwachtend aan.

Ik zag in dat hij probeerde te begrijpen wat er zojuist gebeurd was. Nog afgezien van het feit dat we allebei niet hadden verwacht, dat we ooit weer onder één dak zouden belanden, was onze reünie tot nu toe nog niet bijster soepel verlopen.

"Koffie?" vroeg ik, bij wijze van zoenoffer.

Ik zag dat de omschakeling hem van de wijs bracht, maar wachtte zijn antwoord niet af en ging naar de keuken. Ik zette de kraan aan en wachtte tot het water warm werd, maar dat gebeurde niet. "Len, je hebt geen warm water!" riep ik.

"Ik weet het, jochie," antwoordde hij vanuit de deuropening.

Vijf minuten later was het alsof ik nooit was weggeweest. Ik had water voor mijn broer gepakt en hij had zijn aspirines geslikt en een sigaret opgestoken, terwijl ik met de koffie bezig was. Ik schonk de koffie in en ging tegenover mijn broer aan de keukentafel zitten.

Nadat we een tijdje hadden gezwegen en koffie dronken, zei Len: "Fijn dat je terug bent, jochie."

Ik keek op en twijfelde aan zijn woorden. Ik was op zijn minst verrast door deze mededeling. Ik had eigenlijk verwacht dat onze hereniging voor Lennart net zo goed meer nood dan deugd was.

Hij pikte mijn twijfels feilloos op en zei laconiek: "Weet je. Er zijn gewoon een paar dingen, waar we duidelijke afspraken over moeten maken."

Wat volgde waren onderhandelingen en een korte lijst van wederzijdse concessies omtrent de onderwerpen, die in het verleden het onderwerp van onze meningsverschillen waren geweest. Over het feit dat het voor ons beiden het beste was om elkaar zoveel mogelijk met rust te laten, werden we het vrij snel eens. Hij beloofde niet te klagen over mijn gewoonte om het licht te laten branden 's nachts, zolang ik me niet zou bemoeien met zijn drankgebruik. Hij beloofde me niet te pushen om uit te gaan en me gewoon te laten lezen en tekenen, zolang ik er niet over klaagde als hij 's morgens *knock out* op de bank lag.

'Total loss', noemde hij dat.

Alsof we het over een auto hadden, die het even niet deed.

Ik wees hem er fijntjes op dat 'total loss' bij lange na niet hetzelfde was als 'bijna dood' en vroeg of hij bereid was om zijn gebruik te matigen, zodat hij in ieder geval nog aanspreekbaar was. Ik had geen zin in nog een nacht op de keukenvloer met liters koffie en water.

Len knikte bijna toegeeflijk.

"Muziek?" vroeg ik, nog niet helemaal gelukkig met de uitkomsten van de onderhandelingen. Nog een half jaar met Led Zeppelin op volume vijfentwintig zag ik niet zitten. En dan had hij nog een kleine vijfhonderd andere oude elpees, waarvan de bekendere titels van onze vader waren geweest en hij de rest in de loop der jaren op rommelmarkten had gevonden. Mijn broer had een voorliefde voor rare bands, die maar één plaat hadden gemaakt en waar nog nooit iemand van gehoord had. Bij voorkeur rockgroepen uit de periode rond 1970, met rare namen en vage songtitels.

Ik bedoel, *what the fuck is 'Mother No-Head'?*

Toch fascineerde dat me ooit genoeg om op onderzoek uit te gaan en te ontdekken dat de band, die dat nummer maakte, Group 1850, zijn naam dankte aan het feit, dat dit het jaartal was dat toevallig gegraveerd stond in een oud horloge van de vader van één van de leden. Juist ja, dat is toch wel een levensreddend stukje kennis. Maar wat ze bedoelden met *'Mother No-Head'* is me nog altijd een raadsel.

Len leek bereid tot rigoureuze concessies, want hij antwoordde: "Wel aan, niet hard."

Dat begrip was me te vaag. "Concreet, Len," zei ik. "Volume niet hoger dan tien."

"Vijftien," bood hij.

"Twaalf. *That's it,*" protesteerde ik.

"Twaalf," zuchtte Len.

Ik nam een slok van mijn koffie en probeerde: "Drugs?"

Hij rolde met zijn ogen en waarschuwde: "Kom op, Misha!"

"Wordt vervolgd," zei ik snel. "Geld?"

"Ik betaal de huur, het gas en licht, alle vaste lasten. Jij betaalt de boodschappen en alle onvoorziene uitgaven," stelde hij voor.

Weer zo'n vaag begrip.

"Onvoorziene uitgaven? Zoals wat?"

"Weet ik veel," zei Len. "Een kapotte kachel of zo."

Ik heb je door...

"Of zo? Zoals een kapotte *geiser* misschien?" raadde ik.

Ondanks dat mijn toon hem zichtbaar irriteerde, gaf mijn broer schoorvoetend toe: "Ja."

"Len, het is de eerste van de maand," begon ik, terwijl ik mijn ontzetting probeerde te verbergen. Om mijn houding nonchalanter te maken, leunde ik achterover en keek ik mijn broer aan. "Over drie weken krijg je pas weer geld. Je geiser is kapot, maar je hebt hem niet laten repareren, wat inhoudt dat je geld op is. Hoe wil je die drie weken overbruggen als je nu al bijna niks meer hebt?"

De ogen van mijn broer vernauwden zich en ik zag dat hij moeite had zich te beheersen, na mijn ongevraagde en onwelkome kritiek. Hij haalde diep adem, alsof hij tot tien telde. "Hé, luister goed naar me. Je mag hier komen wonen en ik ben best bereid om compromissen met je te sluiten, maar jij gaat niet bepalen hoe ik leef en wat ik doe. Je mag het met me oneens zijn, je mag me voor gek verklaren, je mag het veroordelen, maar je gaat *niet* proberen me te veranderen. Als ik dat had gewild, dan was ik wel getrouwd."

Ik hoorde het zwijgend aan.

"Dus," vervolgde mijn broer, "op het moment dat ik besluit, dat ik andere dingen belangrijker vind dan een kapotte geiser, kun je twee dingen doen. Je kunt je bek houden en het slikken of je kunt er zelf iets aan doen. Punt. *That's it.*"

Ik zag wel in dat mijn broer op dit punt geen millimeter toe zou geven. "Oké," antwoordde ik. "Jouw huis, jouw regels."

"Dan begrijpen we elkaar," zei Len.

Ik knikte langzaam. "Dus... Drugs?" probeerde ik opnieuw.

"Niet onderhandelbaar," kapte hij me onmiddellijk af. "Net als drank en vrouwen."

"Oké," gaf ik onwillig toe. "Maar drank en drugs zijn geen 'onvoorziene uitgaven'. En probeer me niet aan zusjes van je vriendinnen te koppelen."

"Deal," zei hij.

"Deal."

"Zullen we vanavond naar de kroeg gaan?" stelde Len voor. "Misschien kunnen we nog een paar munten verdienen..."

"Ik moet morgen vroeg op," merkte ik op. "Ik heb college."

"Een andere keer dan?" vroeg hij. "Weet je nog met die munt in die beker? Of met Ron en dat flesje met ijs? En toen met die vent in dat pak. Ik begrijp nog steeds niet, hoe je hem die tweehonderd uit zijn zak hebt getroggeld. Wat was dat eigenlijk voor een raar trucje?"

Ik schoof ongemakkelijk mijn beker van me af en stond op. "Ik moet nog uitpakken," zei ik en maakte aanstalten om naar mijn oude slaapkamer te gaan.

Len pakte mijn arm en hield me tegen, toen ik hem wilde passeren. "Deze keer wordt alles anders," zei hij. "Echt waar."

Ik wilde geloven dat het waar was, maar ik had geen zin in teleurstellingen. "We zien wel," antwoordde ik.

* * * * *

Zaterdag, 1 december 2012 – ochtend – Dag 33
New York, Amerika

Tijdens het ontbijt valt het me op dat één van de lijfwachten van *Little Italy*, na een week van afwezigheid, weer op zijn vertrouwde plek aan de tafel zit. Ondanks dat ik niet meer aan hem gedacht heb, sinds hij naar de isoleercel werd gebracht, valt het me wel meteen op dat hij terug is.

Funny how the mind works...

Phipps noemde hem 'Jonny'.

Moeiteloos herinner ik me ook zijn achternaam. Die had Parker genoemd, toen hij de kickbokser vorige week naar de isoleercel stuurde. Ik kijk naar Jonny Saunders en probeer niet te staren, maar één van zijn talloze tatoeages trekt mijn aandacht.

In zijn hals, vlak boven de kraag van zijn overhemd, staat in grote zwarte letters 'Hailey'.

Onmiddellijk beginnen mijn gedachten af te dwalen.

Is 'Hailey' zijn vriendin?

Een ex-vriendin, wellicht?

De kickbokser heeft zoveel tatoeages, dat ik geneigd ben te denken, dat het zetten ervan allemaal impulsieve acties zijn geweest. Aan de andere kant heeft hij tijdens zijn gevecht in de kantine een ijzeren discipline laten zien, die dat tegenspreekt.

Misschien zijn vrouw?

Of een dochter?

Focus, Larsen!

Niet belangrijk!

Ik wil net mijn blik afwenden, als ik zie dat Donald Skinner naar Saunders toeloopt en een beetje door zijn knieën zakt, zodat ze kunnen fluisteren en elkaar aan kunnen kijken.

Skinner haalt iets uit de achterzak van zijn spijkerbroek. Ik kan niet zien wat het is, maar het lijkt op een stukje papier. Hij toont het aan Saunders, die het wel lijkt te herkennen, want hij steekt onmiddellijk zijn hand uit om het op te eisen, maar Skinner trekt zijn hand weg en stopt het voorwerp terug in zijn broek-zak.

Saunders kijkt hem woedend aan, maar hij houdt zich – weliswaar met zichtbare moeite – in. Zijn handen zijn tot vuisten gebald en de knokkels zijn wit. Zijn grote donkere ogen schieten vuur, maar hij doet of zegt niets.

Misschien is dit toch belangrijk, schiet er door mijn hoofd.

Als Skinner iets in zijn bezit heeft dat de kickbokser graag wil hebben, zou dat een erg onwelkome samenwerking tot gevolg kunnen hebben. Dat risico kan ik niet nemen.

De beelden van mijn aanvaring met Skinner en Norton in de kleedkamer staan nog in mijn geheugen gegrift. Dat was al uitzichtloos genoeg.

Met dat gegeven in mijn achterhoofd, kan ik niet anders dan concluderen dat Jonny Saunders wel de allerlaatste persoon is, die ik aan Donald Skinners kant wil zien.

Ik observeer de lichaamstaal van de beide mannen.

Er wordt verhit over en weer gefluisterd, maar ze lijken het niet eens te kunnen worden.

Uiteindelijk gaat Skinner weer rechtop staan en slaat zijn armen resoluut over elkaar, alsof hij op een antwoord wacht. Zijn houding en gezichtsuitdruk-king zijn ongeduldig en er ligt woede in zijn donkere ogen.

Saunders schudt zijn hoofd en maakt een geagiteerd, wegwuivend gebaar, alsof Skinner voor hem niet meer is dan een mug, die irritant rond zijn hoofd zoemt.

Ik heb sterk het vermoeden dat dit niet de reactie is waar Skinner op uit is.

Hij blijft nog even staan en druipt pas af, als Don DeSantis opkijkt van zijn ontbijt, zijn keel schraapt en hem een geïrriteerde blik toewerpt.

Interessant...

Jamie kijkt me aan en vraagt: "Wat gaat er toch allemaal om in dat hoofd van jou?"

Ik houd zijn blik vast en antwoord eerlijk: "Teveel."

* * * * *

Maandag, 26 december 2005 – avond
Rotterdam, Nederland

Tweede Kerstdag.

Het is een onbelangrijk detail, maar ik houd nu eenmaal van details.

Ik was de hele middag en een deel van de avond in Delft geweest bij San-dra, mijn voormalige buurvrouw van de eerste verdieping. Het was een afspraak die nog stond uit de tijd, dat ik nog met Colin in Delft woonde en met de snelheid waarop mijn broer al sinds het einde van de ochtend door zijn bier heenging, was er weinig reden om de afspraak af te zeggen.

Het was best oké. Sandra had drie zoons tussen de vier en negen jaar oud. Haar man zat vast, omdat hij een juwelier had overvallen en ze had de schei-ding er inmiddels doorheen weten te krijgen. Haar idee van rust.

Ik begreep haar wel.

Toen ik 's avonds thuiskwam, stond de oude vrouw, die naast Lennart en mij woonde, in haar voortuin met een getergde uitdrukking op haar gezicht en haar handen over haar oren. "Doe daar wat aan, jongen, of ik bel de politie," zei ze, zodra ze me in het oog kreeg. Zonder een antwoord af te wachten, draaide ze zich om en ging weer naar binnen.

De muziek van mijn broer was al duidelijk hoorbaar, voordat ik de deur opende. Ik zuchtte hoofdschuddend, ging naar binnen en sloot de voordeur achter me. Ik trok mijn jack uit, hing het aan de kapstok en stelde me strategisch op in de deuropening van de woonkamer.

Mijn broer lag languit op de bank met een joint en luisterde naar één of andere rare elpee. Hij was dronken en stoned, maar hees zich langzaam overeind toen hij mij in het oog kreeg.

"Wat is *dat?*" riep ik over de muziek heen.

"Ken je klassiekers, jochie...," antwoordde Len. Zijn stem klonk schor, rauw en nauwelijks hoorbaar boven de muziek uit. "De Velvet Underground."

"Wat is er met Led Zeppelin gebeurd?" vroeg ik, in het kader van 'alles beter dan dit'.

"Hmmm, niet nu," bromde hij.

"Dat is niet volume twaalf," stelde ik vast en wees naar de platenspeler.

"Je was er niet!" antwoordde Len. "Wat maakt het uit?"

"Ik ben er nu wel." Ik besloot de buurvrouw er buiten te laten.

Mijn broer kwam moeizaam overeind, liep wankelend naar de platenspeler en draaide het volume omlaag. "Kijk, Einstein... Volume twaalf. Ben je nou blij?" snauwde hij.

Ik antwoordde niet, zuchtte, draaide me om en ging naar mijn slaapkamer. Er viel nu toch niet met Len te praten. Ik kon mijn tijd wel beter gebruiken. Ik ging aan mijn bureau zitten en pakte mijn boeken.

Opeens vloog de deur open en mijn broer stormde naar binnen.

Ik stond haastig op en deed een stap achteruit.

"Luister goed, verwend nest!" schreeuwde Len. "Ik heb je niet gevraagd om terug te komen. Je staat opeens voor de deur en *verwacht* gewoon dat ik je weer in huis neem. En dat is nog tot daaraan toe, maar het enige dat je doet is lopen zeiken. De muziek staat te hard, ik drink en gebruik teveel en ja, dat is allemaal waar, maar tot nu toe ben ik de enige, die zich aan onze afspraken houdt."

Ik keek hem aan en er knapte iets in mijn hoofd. Opeens kon ik niet meer zwijgen. "Len, ik haat het dat je jezelf kapot maakt," begon ik met zachte en onvaste stem. "Ik haat het dat je geen maat kunt houden en dat je niet ziet wanneer je te ver gaat. Ik haat het dat ik elk weekeinde een andere schoonzus heb. En ik haat het dat..."

"Dat wat?" snauwde hij. "Dat *wat?*"

"Dat ik elke dag moet leven met de angst dat je de dertig niet gaat halen," fluisterde ik en keek weg. "Dat was de ware reden dat ik wegging. Ik kon het gewoon niet meer aanzien."

Lennart zweeg even. Toen kwam hij naar me toe, pakte me bij mijn pols en trok me naar zich toe. Hij rook naar drank en rook. "Ik ga nergens heen, jochie," beloofde hij en omhelsde me. "Ik ga nergens heen. Echt niet."

Ik probeerde me los te maken uit zijn greep, maar gaf het al gauw op. "Len, je drinkt jezelf dood, als je zo doorgaat," zei ik voorzichtig.

Hij liet me los en antwoordde: "Ik heb het in de hand, jochie... Echt waar. Ik weet wanneer ik moet stoppen."

Geloof je het zelf?

"Dat moment waarop je denkt dat je moet stoppen..."

"Ja?" vroeg Len.

"Dat is niet het goede moment," vervolgde ik weifelend. "Ongeveer tien, vijftien bier eerder komt dichter in de buurt. Stop hiermee. Alsjeblieft." Ik voelde de tranen in mijn ogen prikken. Het irriteerde me dat mijn broer me dusdanig uit balans bracht.

"Ik kan niet stoppen, jochie. Ik *wil* niet stoppen," zei hij eenvoudig. "Ik bedoel, het leven is ruk en het wordt alleen maar erger en dan ga je dood. Ik probeer het alleen wat leuker te maken."

"Dat is eerlijk," zei ik met zachte stem en keek naar de grond. "Over een paar dagen zal ik je niet meer tot last zijn. Ik ga weg."

"Weg?" Len knipperde ongelovig met zijn ogen. "Waar wil je naartoe?"

"Weg," zei ik. "Weg van *hier.*" Ik zweeg even en maande mezelf tot kalmte. Ik hoorde zelf hoe kil mijn stem klonk, toen ik eraan toevoegde: "Weg van jou."

"Waar ga je naartoe?" vroeg mijn broer nogmaals.

"Weg, Len," antwoordde ik en liep langs hem heen. Ik trok mijn jas aan en vluchtte, maar ik had geen idee waar naartoe.

Anywhere but here...

* * * * *

Zaterdag, 1 december 2012 – middag – Dag 33
New York, Amerika

Op de binnenplaats heb ik me wederom bij de muur geïnstalleerd.

Jamie staat vlakbij en staart naar me. "Wat is er?" vraagt hij.

Ik kijk naar Donald Skinner, die met twee van zijn vrienden en Jon Saunders bij de tribune staat. "Ik denk dat Skinner weer iets gaat proberen," antwoord ik vlak, na een korte stilte en mijn gebruikelijke twijfels. Toch heb ik nog niets van wat ik Jamie wel heb verteld, later terug gehoord via iemand anders.

Hij lijkt betrouwbaar.

"Vanmorgen bij het ontbijt probeerde hij een deal te sluiten met Jon Saunders, maar toen zijn ze er niet uitgekomen. Ik denk dat hij nu een nieuwe poging waagt," zeg ik dan.

Jamie denkt even na. "Verwacht je zoiets als laatst, met Skinner en Kane?" vraagt hij verbaasd.

Ik knik en richt mijn blik op de grond. "Jij kennelijk niet," concludeer ik dan.

Jamie schudt ontkennend zijn hoofd.

"Nee..." Hij overweegt het opnieuw en zegt dan met niets dan overtuiging: "Gaat niet gebeuren. Niet met Jon, in ieder geval. Hij is niet het soort man dat uit is op machtsvertoon, hoe vreemd dat ook mag klinken. Hij zou daar nooit in meegaan. Jon haat Skinner..." Hij zwijgt even en voegt eraan toe: "Bovendien zou de Don nooit één van zijn lijfwachten uitlenen voor dit soort onzin."

Hij lijkt echt heilig overtuigd van zijn gelijk.

Maar...

"Daar kan ik niet op blindvaren," zeg ik. "Skinner heeft iets dat Saunders wil hebben... Als daar een deal uit voortkomt, ben ik dood."

Oké, dat is niet helemaal waar, maar bij gebrek aan een ander woord...

"Ik geloof er niet in," antwoordt Jamie. "Wat kan Skinner te bieden hebben aan iemand als Jon Saunders?"

"Dat kon ik niet zien," geef ik toe. "Denk je dat jij uit kunt vissen wat het is?"

"Vast wel," zegt Jamie. "Ik weet precies aan wie ik dat kan vragen..."

Ik volg de lijn van Jamies blik en zie Russell staan.

Hij staat op een paar meter afstand van Skinner en zijn gesprekspartners, alsof hij er niet bij mag zijn, maar tevens niet buiten Skinners gezichtsveld mag treden. "Denk je dat hij het weet?" vraag ik.

"Ik weet het wel zeker," antwoordt Jamie. Hij loopt weg en gaat bij Russell staan.

Skinner kijkt even naar de twee jongens, maar zoekt er kennelijk niets achter, want hij richt zich meteen weer tot Jon Saunders, die hem woedend aankijkt en zichtbaar geïrriteerd aanhoort wat Skinner te melden heeft.

Ik leun tegen de muur en kijk naar Jamie en Russell.

Een aantal minuten later komt Jamie weer naast me staan bij de muur. "Hij praat echt veel te veel," zegt hij hoofdschuddend.

"Wat is het?"

"Een foto," antwoordt Jamie schouderophalend. "Lekker belangrijk... Ik zei toch dat je van Jon niks te vrezen hebt?"

Ik denk na. "Een foto van wat?" dring ik aan.

"Van een klein meisje," vertelt Jamie. "Wat maakt het uit?"

Zijn dochter...

Hailey...?

"Wat maakt het uit?" herhaalt Jamie, als ik geen antwoord geef.

"Later, oké?"

Hij knikt, zoals altijd.

5.
JON SAUNDERS

Zaterdag, 1 december 2012 – middag – Dag 33
New York, Amerika

Zodra de celdeuren opengaan krijg ik een enorme knoop in mijn maag, maar ik ben vastbesloten en niet van plan nog van gedachten te veranderen. Ik kan het niet meer op zijn beloop laten en af blijven wachten. Het is tijd om in te grijpen.
Vijf uur, denk ik.
Eén uur de tijd...
Ik loop de galerij op en installeer me bij de metalen reling, waar ik zicht heb op deze hele etage en een groot deel van de benedenverdieping. Nog belangrijker is dat het me perfect uitzicht biedt op de cel van Donald Skinner.
Jamie komt naast me staan.
Skinner komt zijn cel uit geslenterd en nadert ons, maar nog voordat hij de kans krijgt om één van zijn opmerkingen kan maken, wordt hij ruw bij zijn arm gegrepen en meegesleurd naar de trap. Hij trekt zich los, maakt aanstalten om van zich af te slaan, maar bedenkt zich als hij de ander herkent.
"Wat moet je, Ray?"
"De Don wil je spreken, Jersey."
Skinner houdt wat afstand, maar volgt de man dan naar beneden.
Ik herkende de man meteen, zodra hij verscheen. Dean Wesson heeft me foto's van hem laten zien, tijdens onze voorbereidingen. Ik kijk naar Jamie. "Wie is dat?" vraag ik.
"Raymond Hawkes," antwoordt hij. "Eén van de boodschappenjongens van de Don, maar hij hoort niet bij *Little Italy*. Hij is een soort freelancer, zeg maar."
"Ik heb hem nog niet eerder gezien," merk ik op.
"Hij heeft een tijdje op een andere afdeling gezeten," weet Jamie. "Kennelijk is hij weer terug." Hij haalt zijn schouders op, alsof het totaal onbelangrijk is. Waarschijnlijk is het dat ook. Voor hem tenminste.
Ik aarzel even of ik door zal vragen, maar besluit dan dat daar geen tijd voor is. Snel werp ik een blik op de klok. Ik heb nog drieënvijftig minuten.
And counting down...
Ik wend me weer tot Jamie en vraag: "Weet jij waar Skinner de spullen bewaart, die hij van anderen heeft afgenomen?"
Hij kijkt me bevreemd aan. "Wat heeft hij van je afgenomen?"
"Niks," antwoord ik eerlijk. "Ik kan het niet uitleggen. Het feit dat hij die foto van de dochter van Jon Saunders heeft irriteert me."
"Het irriteert je?" herhaalt Jamie. "Het *irriteert* je? Ben je gek geworden? Niet mee bemoeien."
Ik neem de situatie om me heen in me op. Het is relatief rustig op onze etage en als ik iets gedaan wil krijgen, moet ik nu handelen, voordat Skinner terugkomt. Op de bovenverdieping aan de overkant zijn ook betrekkelijk weinig mensen. Ik kijk Jamie weer aan en vraag: "Weet je het?"

"Ik denk dat hij zoiets gewoon bij zich draagt," antwoordt Jamie aarzelend. "Het is niet iets dat erg moeilijk te verbergen is."

Dat is iets dat ik ook gevreesd heb, totdat ik terugdacht aan de brieven, die wekelijks met stapels tegelijk binnenkomen. Ik weet dat Skinner slechts een klein deel ervan mag bewaren en dat ook doet, omdat de brieven op de één of andere manier waardevol voor hem zijn – en toch loopt hij daar ook nooit mee op zak.

"Laat het rusten," zegt Jamie dwingend.

"Dat kan ik niet." Ik kijk hem aan en zeg: "Ik moet iets hebben dat Jon Saunders weg zal houden bij Skinner en op dit moment zie ik maar één mogelijkheid."

Jamie zucht. "Word jij nou nooit moe van jezelf?" vraagt hij.

Ik geef geen antwoord, maar vraag in plaats daarvan: "Waar bewaart Skinner zijn post? Weet je dat?"

"Onder zijn matras," zegt Jamie. Hij steekt zijn hand uit en pakt me bij mijn mouw. "Wil je me nou vertellen, dat je serieus overweegt om die cel binnen te gaan en die foto van Skinner te jatten, met het risico dat iemand het ziet en het aan hem gaat vertellen?"

Ik zwijg en werp opnieuw een blik op de klok. Kostbare minuten verstrijken gestaag en de kans dat Skinner terugkomt wordt alleen maar groter. Ik trek mijn mouw los uit Jamies greep en ga Skinners cel binnen. Ik hoef niet lang te zoeken.

Een foto van een meisje van een jaar of zes zit tussen een stapeltje brieven, die allemaal afkomstig zijn van ene 'Bridget Kasabian'.

De achternaam komt me bekend voor, maar ik kan het niet plaatsen.

Achterop de foto staat in blokletters: *'Hailey, July 2012'.*

Snel leg ik de brieven terug zoals ik ze heb aangetroffen en verlaat de cel. Ik steek de foto in de mouw van mijn overhemd en ga naast Jamie staan.

"Geef me de volgende keer even een seintje als je dit soort stunts wilt uithalen," snauwt hij en doet een stap opzij. "Laat mij hier lekker buiten."

Ik realiseer me dat mijn beginnende vriendschap met Jamie een deuk heeft opgelopen en hoewel het me niet lekker zit, verstrijkt er steeds meer tijd en ik kan het me niet permitteren om nu te proberen de schade te herstellen. Mijn schema laat het niet toe.

Ik zeg niets, loop naar de trap en ga naar de benedenverdieping. Ik weet ongeveer waar de cel van Jon Saunders is, maar niet precies en ik probeer niet op te vallen, terwijl ik zoek.

De kickbokser blijkt in een cel te zitten, die zich bijna recht onder de mijne bevindt.

Ik houd stil in de deuropening.

Jon Saunders zit op zijn bed en leunt met zijn rug tegen de muur. Hij lijkt erg in gedachten verzonken en zijn houding is bijna verslagen.

Here goes nothing...

Ik leun tegen de deurpost en zeg nonchalant: "Ik heb iets voor je."

Saunders kijkt op, maar komt niet overeind, wat betekent dat hij geen enkele dreiging ziet. "Wat kun jij hebben dat ik wil? Ik ken je niet eens."

Ik haal de foto uit mijn mouw en antwoord: "Dit misschien?"

De donkere ogen van de kickbokser lichten even op, maar versomberen bijna onmiddellijk weer. "Wat wil je van me?"

Oké, terechte vraag...

"Wat kun jij hebben dat ik wil?" vraag ik, geef hem de foto en loop weg. Ik kijk niet om en loop terug naar de trap. Als ik boven ben, zie ik dat Skinner al terug is van zijn audiëntie met de Don, maar dat Jamie inmiddels is verdwenen.

Skinner staat in de deuropening van zijn cel, kijkt me indringend aan, slaat zijn armen over elkaar en sist: "Iemand heeft lijm aan zijn vingers."

"Wat?" vraag ik. Ik begrijp hem prima, maar op deze manier kan ik langer nadenken over wat ik wel en niet wil zeggen. En tijd rekken.

"Iemand heeft iets gepakt dat niet van hem is," verduidelijkt Skinner. Hij grijpt me ruw bij het voorpand van mijn overhemd en snauwt: "Laat ik er nou *nooit* achterkomen dat jij dat was. En laat ik er nou *helemaal* nooit achterkomen, dat je achter mijn rug om vriendjes probeert te kopen!"

"Vrienden kun je niet kopen, Donald," antwoord ik, gemaakt kalm.

* * * * *

Maandag, 26 december 2005 – avond
Rotterdam, Nederland

Ik trok de deur van Lennarts huis met een klap achter me dicht en haalde diep adem.

Het was nooit echt een thuis geweest. Ongeacht hoe lang ik er ook was, ik bleef altijd het gevoel houden, dat ik slechts bij mijn broer aan het logeren was en dat het een kwestie van tijd was, voordat hij me (al dan niet terecht) zat zou worden.

Ik liep langzaam bij de woning vandaan en sloeg aan het einde van het tuinpad rechtsaf. Ik had de grootste moeite om mijn gedachten op een rijtje te zetten. Ik ging alles dat we gezegd hadden nog een keer langs in mijn hoofd, maar ik schoot er weinig mee op.

Mijn ruzie met Len had meer bij me losgemaakt, dan ik aan mezelf wilde toegeven. Ik had mijn broer gevraagd – nee, *gesmeekt* – om te stoppen met zijn zelfdestructieve gedrag en te stoppen met drinken, maar Len had geweigerd, zonder er zelfs maar over na te denken.

Mijn broer had hardop zijn drank en drugs boven mij verkozen.

Toen de wanorde in mijn hoofd dreigde over te gaan in totale chaos, had ik Len verteld dat ik binnenkort zou gaan verhuizen en hem niet langer tot last zou zijn. Nu Colin weer in de VS zat, kon ik geen kant op, maar ik wilde vluchten en ik *moest* weg.

Ik liep doelloos verder. Op de hoek van de straat, passeerde ik de coffeeshop, waar Len regelmatig kwam. Vanuit mijn ooghoek zag ik een meisje naar buiten komen, maar ik had andere dingen aan mijn hoofd en liep door.

"Misha?"

Ik draaide me om en keek naar het meisje, dat mijn naam had geroepen. Ze was een jaar of achttien en had lang donker haar. Ondanks dat ik haar bijna vijf jaar niet gezien had, herkende ik haar meteen.

"Maren!"

Ze antwoordde niet, maar vloog in mijn armen en omhelsde me.

Ik hield haar vast en sloot mijn ogen even. Vijf jaar lang had ik niet geweten, hoe het met haar ging, maar nu was de eerste cirkel rond. Ik zuchtte en begroef mijn gezicht in haar lange donkere haar. De tranen prikten in mijn ogen, maar ik gaf er niet aan toe.

Een tijd lang bleven we daar roerloos staan, niet in staat om iets te zeggen of elkaar los te laten. Het leek eindeloos te duren, maar toen we elkaar uiteindelijk loslieten, leek het veel te kort.

Ik herstelde me en vroeg: "Hoe gaat het nu met je?"

"Goed," antwoordde Maren. "Twee jaar geleden ben ik weggegaan en bij een vriendin ingetrokken. Ik ben een kast vol van die zelfhulpboeken verder en ik leef nog, dus ik doe toch iets goed." Ze trok haar handen in de mouwen van haar jas. "Maar genoeg over mij... Hoe is het met jou?"

"Sinds vandaag dakloos," antwoordde ik.

"Je kunt wel met mij mee," stelde ze voor. "Ik zit samen met een vriendin in een klein flatje."

Ik woog die mogelijkheid af tegen mijn alternatieven, maar omdat er eigenlijk maar eentje was – teruggaan naar mijn broer – hoefde ik er niet lang over na te denken. "Graag. Dank je."

"Zullen we gaan?" vroeg Maren.

"Ik moet mijn spullen ophalen bij mijn broer," antwoordde ik. "Zal ik je op de terugweg hier ophalen?"

"Dat is goed," zei ze.

"Niet weggaan."

"Natuurlijk niet."

Ik gaf haar een kus op haar voorhoofd en zei: "Ik ben zo terug."

"Ik wacht op je," antwoordde Maren. Ze ging de coffeeshop weer binnen en installeerde zich aan de bar.

* * * * *

Zaterdag, 1 december 2012 – avond – Dag 33
New York, Amerika

Ik heb een nieuw probleem. Ik heb al uren geen woord meer met Jamie gewisseld. Nu is het niet zo vreemd dat ik niets zeg, maar mijn celgenoot houdt in gezelschap zelden langer dan een aantal minuten zijn mond.

Tijdens het avondeten heeft hij non-stop gezwegen en zodra we terug waren in onze cel, installeerde hij zich met een dik boek op zijn bed en hulde zich opnieuw in stilzwijgen. Hoewel ik er regelmatig naar verlang, dat Jamie zijn mond houdt, als hij teveel vragen stelt of eindeloos verhaalt over zijn toekomstplannen, geeft het me niet de rust die ik ervan verwacht.

Het tegenovergestelde zelfs...

Ik denk na, maar ik weet niet hoe ik dit aan moet pakken. Normaal gesproken ben ik altijd degene die zwijgt en anderen laat zweten om een gesprek op gang te brengen en op gang te houden.

"Hoe laat is het?" probeer ik uiteindelijk.

Jamie geeft geen antwoord.

Ik sta op van mijn bed.

Automatisch kijkt Jamie op van zijn boek en richt zijn hoofd op.

"Het spijt me," begin ik. Ik leun met mijn armen op de rand van zijn bed, zodat ik hem aan kan kijken en niet zo hard hoef te praten. "Het was niet mijn bedoeling om je hierin te betrekken."

"En waarin is dat dan precies?" fluistert Jamie, killer dan gewoonlijk.

Heel even overweeg ik om te liegen of weer te zwijgen en mijn banden met Jamie niet aan te halen. Gelukkig realiseer ik me bijtijds, dat ik mijn celgenoot nog nodig heb in de toekomst. Daar komt bij dat ik Jamie oprecht aardig ben gaan vinden.

"Je had gelijk," zeg ik dan. "Het was stom, oké? Ik zocht gewoon een mogelijkheid om... Skinner te blijven ontlopen. Ik wist dat ik geen schijn van kans meer zou hebben als hij Jon Saunders in zijn hoek zou weten te krijgen."

Jamie legt zijn boek opzij en vraagt: "Waarom denk je dat Jon zoiets zou doen?" Zijn houding wordt minder afstandelijk en de klank van zijn stem is vriendelijker nu.

"Dat weet ik niet," antwoord ik. "Ik ken hem niet en ik kon er niet op blindvaren, dat hij het wel of niet zou doen. Het was een factor, die ik uit moest schakelen. Ik weet alleen nog niet of ik er iets mee op ben geschoten."

"Bedoel je dat je Jon aan *jouw* kant wilt hebben?" vraagt Jamie.

"Dat zou niet realistisch zijn," antwoord ik. "We hebben nauwelijks een woord met elkaar gewisseld. Jon heeft geen enkele reden om mijn kant te kiezen in wat dan ook... Ik wil hem gewoon niet *tegen* me hebben... En ik hoop dat mijn actie van vanmiddag genoeg is om in ieder geval dat te voorkomen."

Jamie kijkt me vragend aan. Hij begrijpt het niet.

Ik zwijg even, maar probeer hem dan toch mijn logica uit te leggen. "Toen Skinner me aanviel in de kleedkamer was er nog iemand bij. Het feit dat hij erbij was, verkleinde mijn kansen. Ik heb liever één tegenstander dan twee."

"Je hoeft niet bang te zijn voor Jon. Hij zal je niks doen," zegt Jamie. "Niet *iedereen* hier is gevaarlijk."

Ik denk hierover na en overweeg de mogelijkheid dat hij gelijk heeft. Dan zeg ik nauwelijks hoorbaar: "Daar kan ik niet vanuit gaan."

Jamie kijkt me aan, maar zegt niets. Er valt een stilte, zonder dat het ongemakkelijk wordt.

Dan zie ik iets in zijn ogen – medelijden – maar ik begrijp niet waarom. "Ben je nog boos?" vraag ik uiteindelijk.

Jamie schudt zijn hoofd. "Ik begrijp je. Echt waar, maar jij moet mij ook begrijpen en inzien dat ik het me niet kan permitteren om in dit soort ongein te worden betrokken. Ik laat iedereen met rust en zij laten mij met rust en dat wil ik graag zo houden."

Ik knik begrijpend. Ik realiseer me dat ik op dit moment niet meer van Jamie mag vragen, dan dat hij mijn geheimen bewaart.

Vandaag heb ik geleerd dat zelfs Jamies nieuwsgierigheid zijn grenzen kent. Dat is iets dat ik kan begrijpen en respecteren. Nu moet ik de juiste balans zien te vinden tussen het delen van informatie en het achterhouden daarvan.

* * * * *

Maandag, 26 december 2005 – avond
Rotterdam, Nederland

Na mijn onverwachte, maar vooral te korte hereniging met Maren, liep ik terug naar het huis van mijn broer. Ik opende de voordeur en ging naar binnen. Ik nam niet de moeite om mijn jas uit te trekken, ging naar de woonkamer en bleef in de deuropening staan.

Lennart keek op. "Zo. Uitgeraasd?" vroeg hij.

"Ik kom mijn spullen halen," zei ik.

"Je laat er geen gras over groeien," merkte hij op. "Waar ga je naartoe?"

"Gewoon... Weg."

"Waar ga je naartoe?" herhaalde Len.

Ik negeerde de vraag en leunde tegen de deurpost. "Maak je geen zorgen," zei ik. "Ik zal geen gekke dingen doen."

"Ik wil weten waar je uithangt," drong Lennart aan.

"Len, ik ben negentien. Ik kan gaan en staan waar ik wil," antwoordde ik.

"Ik hou je niet tegen. Ik wil gewoon weten waar je bent."

"In de buurt," antwoordde ik vaag, passeerde mijn broer en verdween in mijn slaapkamer. Het kostte me weinig tijd om mijn spullen te pakken. Ik had weinig spullen.

Al mijn kleren pasten in één vuilniszak. Verder had ik twee tassen met persoonlijke spullen en dingen die ik nodig had voor mijn studie. Toen ik de deur van mijn kamer opendeed en mijn spullen oppakte, stond Lennart nog steeds in de gang.

"Jochie, waarom moet dit nou zo?"

"Ik kan dit niet meer, Len," zei ik. "Sorry, maar ik *kan* het echt niet meer op-brengen. Ik wil rust."

"Vertel me waar je heen gaat en dan laat ik je gaan," antwoordde hij.

"Naar vrienden," zei ik. "Ik blijf in de stad. Bel mijn mobiel als je me nodig hebt."

"Jochie, praat met me."

"Dat heb ik geprobeerd, Len," antwoordde ik.

Ik keek mijn broer even recht in de ogen en passeerde hem toen. Ik verliet de woning en keek niet meer om. Dit boek was dicht. Bij de coffeeshop op de hoek zwaaide ik naar Maren, die nog binnen zat.

Ze trok haar jas aan en kwam naar buiten. "Is dat alles?" vroeg ze.

"Ik doe aan minimalisme," verklaarde ik. "Alle overtollige ballast overboord."

Maren nam één tas van me over en zei: "Het is vlakbij."

Vlakbij, inderdaad, maar vooral klein. Het hele appartement bestond uit niet meer dan een woonkamer, een slaapkamer, een keuken en een badkamer, ter grootte van een inloopkast. Ik twijfelde er niet aan, dat dit een hele nieuwe dimensie zou geven aan het begrip 'delen'.

Maren nam me mee naar de keuken, waar ik mijn spullen in een hoek zette en zwijgend toekeek hoe ze koffie begon te zetten. Ik leunde tegen het aanrecht, maar bleef uit haar vaarwater.

Geen van ons zei iets, alsof we allebei twijfelden of het echt was.

In een hoek van de keuken stond een ouderwetse pick-up, wat me vertelde dat de meiden daar meer tijd doorbrachten dan in de woonkamer. Maren zette een oude elpee van Johnny Winter op en wachtte, totdat de koffie was doorgelopen.

Ik kon alleen maar naar haar staren.

Maren schonk de koffie in en nam haar beker mee naar de kleine keukentafel. Ze droeg een spijkerbroek en een eenvoudige trui met een capuchon. Ze ging zitten, zette haar beker neer en trok haar voeten onder haar benen, zodat ze in kleermakerszit op haar stoel zat. Het zag er ongemakkelijk uit, maar ze leek het prettig te vinden. Haar lange donkere haar was ongekamd. De mouwen van haar shirt waren te lang en vielen half over de kleine handen, toen die met lege sigarettenhulzen en een pakje shag in de weer gingen.

De vriendin met wie Maren haar flatje deelde, was niet thuis.

Ik dronk mijn koffie, terwijl ik tegen het aanrecht leunde. Ik staarde naar Maren, maar ze zag het niet, omdat ze haar blik continu op haar handen gericht hield. Ik was me ervan bewust dat ik staarde, maar ik kon er niets aan doen. Ik kon nauwelijks geloven dat ze echt was. Het liefst wilde ik haar vasthouden en nooit meer loslaten en haar voor altijd bij me houden en gewoon ontkennen dat de rest van de wereld ook bestond.

Maren was ouder geworden in de vijf jaar, dat ik haar niet gezien had. Het kinderlijke was bijna verdwenen en hoewel damesachtig een brug te ver was, was ze weldegelijk een vrouw geworden.

Ik wendde mijn blik af. Ik kon niet geloven dat ik op *die* manier naar haar kon kijken.

Wat mankeerde me?

Dit was *Maren*. Mijn... Ja, mijn wat? Mijn... soort van... zusje.

Ik haalde diep adem, schraapte mijn keel en keek weer naar haar.

Ze keek op. "Wat is er?"

"Vind je niet dat we moeten...," begon ik.

"Praten?" onderbrak Maren me.

"Ja," antwoordde ik schouderophalend. Ik richtte mijn blik ongemakkelijk op de grond voor me. Voor dit soort situaties bestonden geen richtlijnen of handleidingen, waar ik me aan vast kon houden.

Maren legde de dingen die ze in haar handen hield op de keukentafel en stond op. Ze liep naar me toe en pakte mijn vrije hand. Haar vingers verstrengelden zich met die van mij.

"Niet nu," zei ze.

Ik zette mijn lege koffiebeker op het aanrecht en dacht even zwijgend na. Het liefst zou ik, net als Maren, het verleden in het verleden hebben gelaten, maar ik kon het niet loslaten. En er was iets dat ik moest weten.

Het schuldgevoel dat me vijf jaar lang had achtervolgd, had me eindelijk ingehaald.

"Haat je me niet?"

"Hoe kom je daar nou bij, Misha?" vroeg Maren en keek me bevreemd aan. "Ik zou je toch nooit kunnen haten? Ik hou van je."

"Ik ook van jou," antwoordde ik. "Maar ik heb je in de steek gelaten." Zonder dat ik het echt besefte, zocht en vond mijn vrije hand die van Maren.

"Nee." Ze schudde haar hoofd. "Dat is niet waar. Ik zou ook alles gedaan hebben om daar weg te komen. Ik heb bijna twee jaar ondergedoken gezeten, omdat ik nog geen achttien was toen ik wegging."

"Ben je nooit boos geweest?" vroeg ik.

"Ja," antwoordde Maren. "Maar ik ben twee jaar en een kast vol zelfhulpboeken verder."

Ik maakte mijn rechterhand los uit die van haar en bracht die langzaam naar haar gezicht. Ik streelde haar wang en keek haar recht in de ogen. "Ik maak dit goed met je."

"Dat weet ik," antwoordde Maren. "Dat heb je beloofd." Ze sloeg haar arm om mijn hals en legde haar hoofd tegen mijn schouder.

"Ik heb veel nagedacht de afgelopen jaren," zei ik, trok haar dicht tegen me aan en hield haar vast. "Heb geduld. Vertrouw me."

"Blind," zei Maren.

Haar antwoord raakte me diep.

Ik zou alles voor haar gedaan hebben – en nog steeds – omdat ik van haar houd, zoals ik nooit van een ander heb kunnen houden.

"Heb geduld," herhaalde ik, bijna fluisterend. "Ze gaan echt een prijs betalen voor wat ze gedaan hebben."

"Ze?" Maren maakte zich los uit mijn omhelzing en keek me aan.

"Ja, ze," antwoordde ik. "Niet alleen Joris, maar ook Frans Laurens."

"Wie is dat?" vroeg ze.

"Dat was de klootzak, die mijn ouders dood heeft gereden." Ik zweeg even en vroeg toen: "Heb je jouw ouders nog gezien toen je... *daar* weg was."

Maren schudde haar hoofd. "Nee," zei ze. "Mijn vader is dood... Overdosis... Mama schijnt in Amsterdam ergens achter het raam te zitten..." Ze haalde haar schouders op. "Gevolgen van keuzes..."

"Misschien waren het geen keuzes," antwoordde ik. "We worden *wat* we zijn door de keuzes, die we maken, maar we worden *wie* we zijn door de dingen, die ons overkomen."

"Mijn ouders waren allebei altijd meer een 'wat' dan een 'wie'," zei Maren. "Misschien komt dat, omdat ik nog zo jong was toen ik bij ze werd weggehaald, maar ik voel geen binding met ze. Heb jij dat niet met jouw familie?"

Ik dacht hierover na. "Ik weet het niet... Met mijn broer is het ingewikkeld en ooms, tantes, neefjes en nichtjes hoor of zie ik nooit."

"Ingewikkeld?" herhaalde Maren.

Ik zuchtte. "Ik wist niet, dat je gelijktijdig iemand kunt haten en van hem kunt houden. Ik hou van hem, echt, maar hij maakt dat erg moeilijk. Hij kan geen prioriteiten stellen. Als ik bij hem ben, voel ik zijn onrust en dat maakt mij ook onrustig."

"Misschien heeft hij gewoon andere prioriteiten dan jij," zei Maren. "Niet noodzakelijk 'verkeerd', maar gewoon anders..."

* * * * *

Zondag, 2 december 2012 – avond – Dag 34
New York, Amerika

De dag is onverwacht rustig verlopen en ik prijs me gelukkig.

Met het oog het aanstaande einde van Kane's veiling, is die rust een aangename verrassing, maar ik ben niet naïef genoeg om te ontspannen en te geloven, dat dit met een sisser af zal lopen.

Ik weet zeker dat Kane te inhalig is om het af te blazen.

Logischer zou zijn dat hij het winnende bod te laag vindt en dat hij de duur van zijn veiling heeft verlengd.

Maar waarom heeft niemand dat dan gezegd?

Het ligt binnen de lijn der verwachting dat zowel Kane als Donald Skinner de extra tijd aan zullen grijpen, om me op weinig subtiele wijze duidelijk te maken, dat uitstel geen afstel is.

Ik pijnig mijn hersenen en vervloek mezelf, omdat ik iets over het hoofd lijk te zien.

Dean zou het wel gezien hebben, maar daar schiet ik nu weinig mee op.

Tijdens het avondeten blijft Skinner aan zijn eigen tafel en kijkt hij nauwelijks naar me.

Ook Kane lijkt het druk te hebben met andere zaken, want hij staat bijna onafgebroken bij de tafel van één van de zwarte bendes.

Ik eet weinig en wacht, totdat het tijd is om terug te gaan naar het cellenblok. Ik verwacht half dat Kane het zo uit zal kienen, dat hij de cipier is die zowel mij als Skinner terugbrengt. In gedachten zie ik de route terug naar de afdeling voor me. Ik probeer de gevaarlijke punten te bepalen, zodat ik erop bedacht ben als Kane probeert me af te zonderen van de groep.

Jamie en ik brengen de dienbladen weg en wachten dan aan de tafel, totdat de bewakers namen af gaan roepen.

Ik zie Skinner opstaan van zijn tafel. Hij komt mijn kant op, maar halverwege wordt hem de weg versperd door Kane, die hem ruw bij zijn mouw pakt en op dwingende toon zegt: "Ik wil je spreken, Jersey."

De bewaker trekt hem mee en roept drie andere namen, maar de mijne zit er niet bij.

Jennings is degene die mijn groep terugbrengt naar de afdeling.

Kane en Skinner zijn allang uit het zicht verdwenen, wat alleen maar gunstig kan zijn. Nu is er nog een half uur te gaan, totdat de celdeuren sluiten. Dan is ook deze dag weer voorbij. Nog voordat ik daar de positieve kant van kan inzien, bedenk ik me dat er morgen weer een dag is en dat de onzekerheid dan alleen maar groter zal zijn. Zolang de veiling liep, wist ik in ieder geval nog *ongeveer* wat er gaande was. Vanaf morgen wordt alles één groot vraagteken.

Ik vraag me af of het een psychologisch spelletje is, waarvan alleen Kane en Skinner de regels kennen.

Als de deur van de afdeling achter ons sluit, loop ik naar de trap en ga terug naar mijn verdieping, met Jamie op mijn hielen.

Skinner heeft zich al bij de metalen reling op de galerij geïnstalleerd.

Twee van zijn vrienden staan verderop.

Russell staat naast hem en kijkt me even aan. Dan draait hij zich om, legt zijn handen op de reling en kijkt uit over de benedenverdieping.

De vreemde blik in zijn ogen bevalt me niet, maar ik heb nu teveel aan mijn hoofd om me ook hier nog druk over te maken. Ik leun tegen de deurpost en kijk uit over onze verdieping. Ik zie Kane de trap op komen.

De bewaker blijft bovenaan de trap staan, wendt zich tot Skinner en waarschuwt: "Je weet wat ik gezegd heb. Niet mee bemoeien."

"Ik begrijp het concept prima, *Baas,*" antwoordt Skinner. Zijn toon is bijna minachtend, heel anders dan de bijna amicale manier waarop hij gewoonlijk met Kane omgaat.

Kane kijkt even naar mij. "Succes ermee, Larsen," zegt hij en daalt de trap weer af.

Ik kijk naar Jamie, die zijn schouders ophaalt om aan te geven, dat hij ook niet weet waar Kane precies op doelt.

Zodra Kane verdwenen is, komt Skinner naar me toe en sist: "Je had zelf moeten kiezen, toen ik je die kans gaf." Dan loopt hij terug naar de reling en richt zich tot Russell. "Als je nu goed oplet, zul je zien wat er gebeurt met de jongens, die niet zo verstandig zijn als jij."

Ik kijk naar de klok, richt mijn blik dan op de grond en denk na. Ik kijk pas op als een onbekende stem zegt: "Hallo."

De Draak staat bovenaan de trap en leunt op de reling.

Ik staar hem aan en zie de manier, waarop hij naar me kijkt. Ik weet genoeg. Ik kijk naar Skinner, die nog altijd met Jamie en Russell bij de reling staat. Ik zoek oogcontact en probeer te raden welke nieuwe regels hij zojuist aan het spel heeft toegevoegd.

"Boy, you're screwed," merkt Russell op.

De Draak negeert hem, wijst op Skinner en zegt: "Donald hier heeft zijn beurt verspeeld." Hij houdt mijn blik even vast.

Dan kijk ik snel weer naar Skinner.

Hij haalt nonchalant zijn schouders op, passeert de Draak en daalt de trap af, op de voet gevolgd door Russell en zijn twee vrienden, die op een paar meter afstand hebben staan toekijken.

Ik zoek oogcontact met Jamie. Ik kan de radertjes in zijn hoofd bijna horen snorren.

Hij blijft even staan, maar zodra de Draak een waarschuwende blik op hem werpt, loopt hij naar de trap en verdwijnt uit mijn gezichtsveld.

Ik kan het hem niet kwalijk nemen. Ik probeer mijn rust te herpakken en een uitweg te bedenken, maar het is onbegonnen werk.

"Niemand komt je helpen," gaat de Draak verder. "Ik heb Kane betaald. Er komt geen controle." Hij nadert me en als hij vlakbij is, pakt hij me bij mijn arm en duwt me moeiteloos de cel binnen. "Jij mag het zeggen: makkelijk of moeilijk?"

Ik word misselijk en mijn lichaam verkrampt. Ik zwijg.

Met Skinner ben ik er ook elke keer onderuit gekomen, hoe hachelijk de situatie ook leek, maar daar was de tijd telkens in mijn voordeel geweest. Dat is nu niet het geval. Er is nog zeker twintig minuten te gaan, totdat de hokken sluiten.

Zolang kan ik dit niet rekken.

Ook de beperkte afmetingen van de ruimte werken in mijn nadeel.

Ik ben realistisch genoeg om in te zien, dat ik een fysiek gevecht met deze man nooit kan winnen en hij verspert de enige weg naar buiten.

"Laatste kans: makkelijk of moeilijk?"

Ik blijf zwijgen.

"Denk goed na over je antwoord," waarschuwt de Draak.

Tegen beter weten in vraag ik: "Kun je niet gewoon weggaan?"

"Ik heb voor je betaald, *bitch*," zegt de Draak, alsof de discussie daarmee gesloten is. Hij trekt even aan mijn overhemd en commandeert: "Uit!"

"En als ik weiger?" vraag ik, terwijl ik de golf van paniek die me overspoelt, probeer buiten te sluiten.

De Draak lacht spottend. "Je schijnt nog steeds te denken, dat jij een keuze hebt in deze kwestie. Dat is niet zo. Je zou er verstandig aan doen om gewoon mee te werken." Hij pakt me ruw bij mijn schouders, draait me met mijn gezicht naar de zijmuur van de cel, komt achter me staan en trekt me tegen zich aan. "Het werkt als volgt: wees een brave jongen, doe wat ik zeg en ik zal proberen je niet al teveel pijn te doen."

Ik voel alle energie uit mijn lichaam verdwijnen. De chaos in mijn hoofd is te groot om te reorganiseren en ik voel de tranen in mijn ogen prikken. Ik kan niet meer denken en weet zelf niet waarom ik vraag: "Hoeveel heb je voor me betaald?"

"Achthonderd dollar," antwoordt hij. "En ik hoop voor je dat je iedere cent waard bent." Hij trekt mijn overhemd en T-shirt uit.

Ik verzet me niet. Ik wil dit niet, maar ik kan me niet bewegen.

De Draak duwt me iets naar voren en zegt: "Handen tegen de muur en geen geintjes."

Ik ontwaak uit mijn trance. Ondanks dat ik weet dat ik geen kant op kan, probeer ik me los te trekken.

"Je ziet toch zelf ook wel in, dat je geen schijn van kans maakt?" vraagt hij.

Ik zeg niets.

Iemand anders heeft de woorden, die ik niet kan vinden: "Ach, je weet toch wat ze zeggen? 'Hoe groter ze zijn, hoe harder ze vallen'."

De Draak laat me los en doet een dreigende stap in de richting van Jon Saunders, die in de deuropening is verschenen, maar de kickbokser gaat niet achteruit. De Draak geeft hem een harde duw tegen zijn borst en duwt hem de galerij op.

Saunders kijkt vluchtig langs de Draak heen naar mij. "Waar wacht je op? Weg!"

Ik graai mijn T-shirt van de grond en passeer hen. Ik blijf een stuk verderop bij de reling staan en trek mijn shirt weer aan.

De Draak haalt uit naar de kickbokser, maar die ontwijkt hem moeiteloos. Het gewicht van de Draak is duidelijk in zijn nadeel.

Saunders is veel sneller en trefzekerder. Toch weet de Draak één van zijn klappen af te weren en hem met zijn vuist tegen het hoofd te raken. De kickbokser wankelt even, hervindt zijn evenwicht en kijkt de Draak berekenend aan.

Er volgt wat duw- en trekwerk en ik kijk met ingehouden adem toe. Ik had al niet meer op hulp gerekend, maar daar is opeens Jon Saunders met zijn tatoeages en zijn *high kicks*.

Geleidelijk begint het opstootje meer aandacht te trekken en naderen er toeschouwers.

Op een afstandje staat Donald Skinner. Hij staart me strak aan.

Ik negeer hem en houd mijn ogen gericht op Jon Saunders.

De Draak duwt de kickbokser opnieuw tegen zijn borst.

Saunders geeft hem een trap tegen zijn hoofd en doet dan een stap naar achteren om toe te kijken, hoe de Draak als in *slow motion* naar de grond gaat.

Op dat moment komen er een aantal bewakers aanrennen.

Kane haalt zijn wapenstok tevoorschijn en schreeuwt over de commotie heen: "Saunders, handen waar ik ze kan zien!"

De kickbokser heft zijn handen langzaam boven zijn hoofd.

Ik kijk toe hoe Phipps ook dit keer als eerste de moed verzamelt, om Saunders te benaderen.

Phipps boeit de kickbokser en zegt: "Ga rustig mee, Jonny."

Saunders biedt geen enkel verzet en laat zich gewillig door Phipps de galerij langs leiden. Als ze mij passeren, kijkt de kickbokser me recht aan en zegt: "Nu staan we quitte."

Ik knik begrijpend.

Jamie komt naast me staan en zwijgt.

"Waar kwam hij opeens vandaan?" vraag ik, doelend op Jon Saunders.

"Ik zei toch al, dat Jon dat soort spelletjes niet speelt?" antwoordt Jamie. "Maar ik speel wel *jouw* soort spelletjes." Hij kijkt me veelbetekenend aan.

Ik begrijp hem niet. "Wat bedoel je?"

"Ik heb nog eens nagedacht over dat gedoe met die foto," legt Jamie uit. "Voor mij was het maar een foto. Ik vond het onbelangrijk, maar dat vond Jon niet en jij pikte dat op. Wat je dan weer over het hoofd zag, was het logische gevolg. Toen ik er beter over na ging denken, zag ik wat Jon en jij zagen."

Hij kijkt verbitterd naar Skinners lege cel. "Skinner kijkt niet naar die foto, zoals wij dat doen... Voor hem is dat kleine meisje een lustobject. Voor haar vader ongetwijfeld een ondraaglijke gedachte. Toen je Jon die foto terug gaf, dacht je dat er een kans was, dat het genoeg zou zijn om hem uit je buurt te houden, maar ik dacht dat het misschien zelfs genoeg zou zijn om hem aan jouw kant te krijgen."

Ik ben onder de indruk en kijk hem bewonderend aan. "Jamie Hirsch, de meester van het schaakspel."

"We zijn er nog lang niet," waarschuwt Jamie.

We?

'We' is goed...

"De Draak heeft betaald voor iets dat hij niet gekregen heeft," vervolgt Jamie, "en Jon zit voorlopig in de isoleercel, dus op hem kunnen we niet rekenen. En dan is Kane er ook nog... Die zal nu echt achter je aankomen. Hij is er morgen ook. Hij valt in voor Parker."

"Ik weet het," antwoord ik. "Weet je wat ik vandaag geleerd heb?"

Jamie kijkt me aan.

"Dat mijn kracht misschien wel ligt in onwaarschijnlijke verbonden...," zeg ik. "Ik had nooit kunnen bedenken dat Jon Saunders me zou helpen. Misschien is het tijd om eens wat andere opties te bekijken."

Jamies blik verandert van nieuwsgierig in argwanend in *no time*. "Wat nou weer?" vraagt hij.

"Kane is op dit moment mijn grootste vijand," leg ik uit. "Ik moet van hem af."

"Dat is geen optie."

"Ik denk het wel," zeg ik nadenkend. "Met nog zo'n onwaarschijnlijke samenwerking."

"Met wie?" vraagt Jamie zacht.

"Met Donald Skinner..."

6.
GAME OVER?

Maandag, 3 december 2012 – ochtend – Dag 35
New York, Amerika

Na de zoveelste gebroken nacht heb ik moeite om mijn bed uit te komen als de bel gaat. Nachtmerries en slapeloosheid hebben elkaar onophoudelijk afgewisseld en het liefste zou ik weer in slaap vallen en nooit meer wakker worden. Zodra ik me herinner dat Kane vandaag invalt voor Parker, sta ik op en haast me met het opmaken van mijn bed. Dan volg ik Jamie onze cel uit voor de ochtendtelling.

Kane staat bovenaan de trap en kijkt autoritair uit over de bovenverdieping.

Her en der wordt gepraat onder de gevangenen, maar Kane lijkt bereid om gesprekken op fluisterniveau te tolereren.

Ik kijk argwanend naar Donald Skinner, als hij naast me komt staan.

Hij schudt vol zogenaamd medeleven zijn hoofd en zegt: "Zo zie je maar, liefje, wat er allemaal kan gebeuren, als ik je een paar minuten alleen laat..." Hij snuift minachtend. "Over foute keuzes gesproken."

"Waarom deed je niks?" onderbreek ik hem.

"In ruil voor wat precies?" vraagt Skinner. "Je aangename gezelschap?"

Ik haal mijn schouders op. "Eerder wilde je niet dat hij in mijn buurt kwam," zeg ik dan.

"Eerder had ik nog een stem in deze kwestie...," antwoordt Skinner geagiteerd. "Nu heeft Kane het voor het zeggen. Ik heb je verteld dat je geen rust meer zou hebben als je me bleef afwijzen, *liefje,* maar daar bedoelde ik niet noodzakelijk mezelf mee."

Ik zie een kans, kijk hem aan en zeg weloverwogen: "Waarom geef je niet gewoon toe, dat je het geld niet op kon hoesten, Donald? Ben je toch niet zo invloedrijk als je dacht? Of heeft Tommy je gewoon niet genoeg van zijn zakgeld toegestopt om hoger te kunnen bieden?"

"Weet je *heel* zeker dat je dit soort dingen wilt zeggen *voor* het douchen?" vraagt Skinner.

Ik zie de verwarring in zijn ogen en zeg laconiek: "Jij bent altijd degene die erop aandringt, dat ik eerlijk tegen je moet zijn."

Hij geeft niet meteen antwoord, nu ik hem confronteer met één van zijn eigen stokpaardjes en staart me verbluft aan. Even lijkt hij niet te weten hoe hij de regie over de conversatie moet terugnemen, maar dan herstelt hij zich en sist: "Je kickbokser komt je niet meer helpen, weet je? Voor het geval het je ontgaan is: je enige beschermer zit voorlopig in de isoleer..."

"Dat weet ik," antwoord ik. Ik doe me veel zekerder voor dan ik me voel.

"Dertig dagen, hoorde ik in de wandelgangen," gaat Skinner verder. "Mezelf even buiten beschouwing gelaten, heb je een nog veel *groter* probleem... De Draak heeft betaald voor iets, dat hij niet gekregen heeft en Kane zal meer dan bereid zijn om jullie wat... *quality time* te geven om zijn rekening met hem te vereffenen. Kane is niet het soort man, dat graag schulden heeft... Vooral niet bij diegenen aan wie hij het grootste deel van zijn geld verdient."

"Volgens mij heeft hij ook nog een schuld bij jou," antwoord ik.

"Van die keer in de kleedkamer, bedoel je?" vraagt Skinner.

"Hij heeft je belazerd, Donald," fluister ik. "Gebruikt."

"Maak je maar geen zorgen, liefje," zegt Skinner. "Kane en ik hebben een nieuwe regeling getroffen. Dat zou de dag toch interessant moeten maken, vind je ook niet?"

Ik geef geen antwoord. Skinners onvoorspelbaarheid irriteert me grenzeloos en maakt het bijna onmogelijk om te improviseren. Ik verwachtte dat het redelijk eenvoudig zou zijn om te stoken tussen hem en Kane, nadat Kane van hun afspraak was afgeweken. Ik verwachtte dat de goede verstandhouding tussen hen op zijn minst bekoeld moest zijn. Nu dat nauwelijks of helemaal niet het geval lijkt te zijn, verwart het me en ik begin weer te twijfelen over de koers, die ik heb ingezet.

Skinner is er de man niet naar om een dergelijk bedrog over zijn kant te laten gaan, zelfs niet wanneer het om een bewaker gaat.

Dat valt me van je tegen, Donald.

"Het ziet ernaar uit dat het jachtseizoen is geopend, *liefje,*" sist hij. "Als je eens wist wat..."

"Hé!" onderbreekt Kane hem luid. "Larsen! Skinner! Hoe gezellig dit ook is, *dames,* kunnen jullie dit theekransje misschien later voortzetten? We hebben niet de hele dag de tijd!"

Jennings passeert en vervolgt zijn telling. Zodra hij die heeft afgerond, legt Kane zijn hand op de metalen reling bij de trap en roept: "Oké, tuig! Tijd voor wat veranderingen."

Skinner lacht.

Game over, denk ik.

"Volgende groep!" kondigt Kane aan. "Skinner, Jones, Norton, Larsen!"

Jennings komt teruglopen, zodra hij zijn telling op onze verdieping heeft voltooid.

"Neem jij dit even over," zegt Kane tegen hem. "Ik heb het één en ander te bespreken met deze twee hier." Hij wijst naar Skinner en mij.

Jennings knikt.

Kane begeleidt mijn nieuwe groep de trap af en voert ons mee. Zodra we van de afdeling af zijn en de deur achter ons is gesloten, komt hij naast me lopen en zegt: "Zo, Houdini..." Hij lacht spottend. "Ik neem aan dat je begrijpt dat ik niet helemaal gelukkig ben met de gang van zaken op dit moment..."

"Ik ook niet, Baas," antwoord ik, gemaakt rustig. "Op de één of andere manier, komt mijn smaak niet helemaal overeen met de jouwe."

Kane geeft me een harde stomp in mijn maag.

Ik hap even naar adem, maar omdat ik de klap aan zag komen, kost het me weinig moeite om overeind te blijven.

"Doorlopen, Larsen!" waarschuwt Kane. Hij grijpt me ruw bij mijn bovenarm, als ik me bij de groep aansluit. "Je denkt dat je beter bent dan een ander. Misschien dat je het andere personeel een rad voor ogen kunt draaien, met je diploma's en je gemaakte maniertjes, maar mij niet." In de kleedkamer sommeert hij de drie andere gevangenen om te gaan zitten en neemt me apart.

Ik zie dat Skinner binnen gehoorsafstand is, zogenaamd toevallig, maar ik weet wel beter.

"Je hebt mijn verstandhouding met de Draak geen goed gedaan," merkt Kane op.

"Dat spijt me, Baas," antwoord ik cynisch.

Hij schudt zijn hoofd en vervolgt dan dreigend: "Je bent een onruststoker, Larsen... Je bent lastig... Je bent manipulatief en je bent arrogant, maar gelukkig voor mijn portemonnee ben je ook precies wat ze hier allemaal willen hebben."

"Ik ben blij dat ik van dienst kan zijn, Baas," zeg ik op ijzige toon. Ik verwacht eigenlijk dat de bewaker opnieuw naar me uit zal halen, maar de klap blijft uit.

"Dan ben je tenminste toch nog ergens goed voor," antwoordt Kane. "Wacht maar tot het einde van de dag, als de hokken openstaan. Eens kijken of je dan nog zo'n grote bek hebt... Ik heb je verkocht aan de Draak, als de *high class* hoer die je bent en als je zo stom bent om dit *weer* ingewikkelder te maken dan het moet zijn, mogen alle andere bieders na het avondeten ook nog even."

"Sorry, *Baas,*" antwoord ik, "maar daar kan ik niet in meegaan." Ik heb veel moeite om mijn stoïcijnse houding te bewaren en moet mezelf dwingen om hem aan te blijven kijken.

"Dan zijn de consequenties voor jou," stelt Kane. "Prettige wedstrijd."

* * * * *

Maandag, 6 november 2006 – ochtend
Rotterdam, Nederland

Ik opende de deur en ging de hal van Architectenbureau Flash binnen. Op een kleine afstand van de balie wachtte ik.

Achter de balie zat een tenger meisje met blonde krullen. Ze had een stapel enveloppen in haar handen en bladerde er vluchtig doorheen.

Naast haar stond een gezette, roodharige jonge vrouw, die over haar schouder meekeek.

"Sorry, Maaike," zei het blonde meisje. "Het zit er niet bij. Misschien bij de middagpost. Ik bel je wel, zodra ik het ontvang."

"Dank je." Maaike keek even naar mij en wendde zich toen weer tot het blonde meisje. "Ik hoop dat Peter *hem* aanneemt. Ik heb het wel gehad met al die sukkels hier." Ze nam niet de moeite om te fluisteren.

Het blonde meisje leek gegeneerd.

Ik naderde de balie en besloot de ongemakkelijke situatie te negeren en het ons beiden gemakkelijk te maken.

"Misha Larsen voor Peter Meier," zei ik.

Maaike boog zich even naar het blonde meisje, terwijl die de telefoon pakte. "Ik zag hem het eerst... Grapje." Ze kneep even in de smalle schouder van haar collega en liep toen naar de trap.

Het blonde meisje toetste een nummer in en zei: "Peter, ik heb Misha Larsen voor je beneden staan. Kom je hem even ophalen?" Ze zweeg even. "Dank je." Ze legde de hoorn neer en wendde zich tot mij: "Hij komt u zo halen."

Ik knikte even en keek naar haar.

Ze was mooi. Ze glimlachte verlegen en ging toen verder met haar post.

Een lange man in een maatpak daalde de trap af en naderde de balie.

Hij was zeker vijfentwintig jaar ouder dan ik en had een vriendelijk gezicht en een prominente neus boven een grote, borstelige snor. Hij stak zijn hand naar me uit en stelde zich voor. "Peter Meier."

Ik schudde zijn hand en antwoordde: "Misha Larsen."

Meier liet mijn hand los en maakte een uitnodigend gebaar, richting de trap. "Kom verder." Hij ging me voor en ik volgde hem naar de tweede verdieping, waar zijn kantoor was. Hij nam plaats achter zijn bureau en wees naar de stoel tegenover hem. "Ga zitten."

Ik bleef een fractie van een seconde te lang staan.

Meier keek me aan en zei: "Ga zitten, jongen. Ik bijt niet."

Ik ging zitten en wachtte af.

"Ik heb je werk bekeken," begon hij. "Indrukwekkend."

"Dank u," zei ik automatisch.

"Vernieuwend ook..."

Bingo, dacht ik.

* * * * *

Maandag, 3 december 2012 – middag – Dag 35
New York, Amerika

Ik weet niet of ik het me verbeeld, maar als ik samen met Jamie de binnenplaats oploop, voelt het alsof alle ogen op me gericht zijn. Dat gevoel kreeg ik bij de ochtendtelling en het is sinds dat moment niet meer weggeweest. Ook de tijd in de kleedkamer was ongemakkelijk, evenals het douchen en het ontbijt.

Toch heeft nog niemand een vinger naar me uitgestoken vandaag en heeft Kane me sinds ons gesprek in de kleedkamer volledig genegeerd.

De stilte voor de storm, denk ik.

Vanaf onze vaste plaats bij de muur kijken mijn celgenoot en ik naar de anderen.

"Ik hoop voor je dat je nog een aas in je mouw hebt," merkt Jamie op.

Ik zwijg en kijk toe hoe Donald Skinner zijn gebruikelijke plaats op de tribune inneemt. Het duurt niet lang voordat een viertal van zijn aanhangers zich rond hem verzamelt en er wordt druk gediscussieerd, voornamelijk tussen Skinner en Norton.

"Wat was dat nou vanmorgen met Kane?" vraagt Jamie.

"Hoeveel heb je daarvan meegekregen?" antwoord ik.

"Ik zat in de groep na de jouwe," zegt hij simpel. "Dus alles behalve de eerste vijf minuten. Het leek alsof je Kane bewust uit wilde dagen. Waar ben je in godsnaam mee bezig?"

"Overleven." Ik richt mijn ogen op de grond voor me.

"Rare manier van overleven," vindt Jamie.

Opeens moet ik aan Dean denken. "Overleven hoeft niet de schoonheidsprijs te krijgen," zeg ik dan, meer tegen mezelf dan tegen mijn celgenoot.

"Dat is waar," geeft Jamie toe, maar ik zie in zijn ogen dat hij geen flauw idee heeft waar ik naartoe wil met mijn zelfmoordacties.

Ik kijk weer naar de tribune, maar Skinner is verdwenen. Het feit dat de grote skinhead en zijn drie andere 'vrienden' er nog wel zitten, geeft me een onbehaaglijk gevoel. Ik heb er min of meer op gerekend dat Skinner me op zou zoeken tijdens het luchten, zodat ik op subtiele wijze verder kan gaan met het saboteren van zijn 'vriendschap' met Kane (bij gebrek aan een beter woord).

Het kan alleen maar in mijn voordeel werken, wanneer er een einde zou komen aan die verstandhouding. Dan heb ik ze weliswaar nog steeds allebei tegen me, maar in ieder geval niet langer gelijktijdig.

Het lijkt op dit moment mijn enige kans, maar als Skinner er – uitgerekend vandaag – voor kiest om afstand te houden, zal daar weinig van terecht komen.

God, wat haat ik de onvoorspelbaarheid van die man.

Dan zie ik Kane naderen en mijn nervositeit begint langzaam om te slaan in paniek.

De bewaker blijft op nauwelijks een meter afstand staan, werpt een blik op mijn celgenoot en maakt een wegwuivend gebaar. "Oprotten, Hirsch."

Ik zie het dilemma in Jamies ogen, maar na een kleine aarzeling loopt hij naar de tribune en gaat naast Russell zitten.

Kane klopt me even op mijn schouder en zegt: "Loop even mee."

Al mijn zintuigen schreeuwen dat ik moet weigeren, maar ik weet dat de bewaker dat nooit zal accepteren. Ik volg hem zwijgend.

Kane legt wederom zijn hand op mijn schouder en duwt me voor zich uit. Hij leidt me tussen de verschillende groepen gevangenen door naar het einde van het grasveld en dan langs een klein bijgebouw een hoek om. Het loopt dood.

Ik blijf staan, zodra ik Skinner in het oog krijg.

Hij staat aan het einde van het doodlopende stuk grond. Hij rookt een sigaret, hult zich in rook en leunt nonchalant met zijn schouder tegen de muur. Op het moment dat hij Kane en mij opmerkt, gooit hij zijn peuk op de grond en trapt die uit. Hij steekt zijn handen in de zakken van zijn jas en wacht af.

"Wij moeten eens even ernstig met elkaar praten, vriendje," zegt Kane. "Ik zal je vertellen hoe de rest van jouw dag eruit zal zien... Straks, als het speelkwartier voorbij is, ga je terug naar je hok. Daar blijf je, ook als de hokken vanmiddag opengaan. De Draak zal voor je komen en je zorgt ervoor dat je iedere cent waard bent, die hij voor je betaald heeft. Je gaat niet schreeuwen, je werkt hem niet tegen en na afloop, trek je netjes je kleren aan en wacht je tot het tijd is voor het avondeten. Enne, tegen niemand zeggen..."

Ik voel mijn maag samentrekken. Alles loopt fout, anders dan ik heb voorzien. Ik ben alle controle kwijt en automatisch ga ik achteruit, zodra Kane een stap in mijn richting doet.

"Heb ik gezegd dat jij mocht bewegen?" vraagt hij.

Ik schud mijn hoofd, maar verbeter mezelf haastig. "Nee, Baas." Wanhopig probeer ik mijn gedachten op een rijtje te zetten. Ondanks de chaos in mijn hoofd, zie ik glashelder dat er iets niet klopt.

Als het werkelijk moet gaan, zoals Kane heeft gezegd, wat doet Skinner hier dan?

Ik moet aan Dean denken. Hij zou het wel inzien. Altijd *cool*, onder iedere omstandigheid. Hij zou weten waarom Skinner hier is.

Helaas schiet ik daar niet zoveel mee op. Ik probeer me iets te herinneren dat Dean heeft gezegd tijdens onze voorbereidingen, waar ik nu iets aan zou kunnen hebben.

"Als je het met je hersenen niet meer afkunt, ga dan altijd op je gevoel af."

Kane heeft genoeg van mijn zwijgzaamheid. Hij grijpt me ruw bij mijn arm.

Instinctief draai ik me van hem weg en trek me los.

"Dit is niet wat ik versta onder 'niet tegenwerken'," zegt hij.

Ik geef geen antwoord. Ik kijk naar Skinner, die nog altijd bewegingsloos bij de muur staat en me alleen maar aanstaart.

Kane pakt me opnieuw bij mijn arm en draait me dusdanig, dat ik niet anders kan dan hem aankijken. Zijn greep is krachtiger nu.

Ik weet dat ik die alleen kan verbreken door naar hem uit te halen, maar ik weet ook dat dit niet tot mijn mogelijkheden behoort. Ik zie niets dan minachting in zijn ogen.

"Ik ga je een vraag stellen, meneer de architect, en ik wil dat je *heel goed* nadenkt over het antwoord. Begrijp je?"

Ik kan maar één ding bedenken: tijd rekken. Het heeft me eerder geholpen. Als ik dit kan vertragen tot de bel gaat, zit ik in ieder geval tot het einde van de middag goed. De beste tactiek lijkt om de bewaker zo lang mogelijk aan de praat te houden en ik weet dat ik dit niet zal bereiken door te zwijgen.

"Ja, Baas."

"Niet meteen antwoorden," waarschuwt Kane. "Eerst nadenken."

"Ja, Baas," zeg ik weer.

"Wat ga je doen als vanmiddag de hokken opengaan?" vraagt hij.

Ik zwijg even.

Kane kijkt me verwachtingsvol aan.

"Als... Als de hokken opengaan...," begin ik, maar ik heb geen idee hoe ik die zin af moet maken, zonder dat Kane het als een 'fout' antwoord zal beschouwen. Ik haal even diep adem en probeer het nog een keer. "Als de hokken opengaan..." Ik val opnieuw stil. Hier kan ik niet mee omgaan.

"Ja?" dringt Kane aan.

Ik heb geen woorden.

Ik tel de seconden, waarin de stilte steeds dreigender wordt, maar ik heb geen antwoord, dat hij wil horen.

Na bijna een minuut stilte, draait Kane zich om en roept: "Skinner!"

De *Jersey Killer* komt onmiddellijk in beweging en nadert ons tot ongeveer anderhalve meter afstand. Hij blijft staan en kijkt even van mij naar Kane en terug. Dan, zonder enige waarschuwing, doet hij nog een stap naar voren en haalt keihard uit.

Ik heb moeite om te blijven staan, maar hervind mijn evenwicht en sla terug. "Dat had je nou niet moeten doen, *liefje,*" sist Skinner. Zijn ogen lijken steeds donkerder te worden. Hij blijft slaan en schoppen, ook als ik op de grond lig. Hij lijkt volledig in de ban van zijn woede, zonder enige vorm van controle of zelf-beheersing. Dan stort hij zich als een wild dier bovenop me en blijft slaan.

Het maakt weinig verschil of ik hem verzet bied of niet. Hij lijkt geen pijn te voelen en niet moe te worden. Uiteindelijk kan ik weinig anders doen dan zijn klappen zoveel mogelijk afweren en hopen dat er gauw een einde aan komt.

"Genoeg! Stoppen, Skinner!" waarschuwt Kane.

Skinner lijkt hem niet te horen.

"Stoppen, Skinner!" roept Kane weer, harder nu.

Ik kijk op naar de donkere ogen van mijn aanvaller, die niets menselijks meer hebben. De pijn begint ondraaglijk te worden en ik beland in het stadium waarin ik bereid ben om te smeken om zijn genade. "Donald... Alsjeblieft?"

Skinner stopt met slaan en kijkt me recht in mijn ogen.

Ik voel nog dat zijn handen zich sluiten om mijn keel. Een paar seconden lang denk ik dat ik iets of iemand zie bewegen bij het bijgebouwtje, maar dan vervaagt alles. Het wordt zwart voor mijn ogen en ik voel mezelf wegzakken in de duisternis.

* * * * *

Donderdag, 4 januari 2007 – ochtend
Rotterdam, Nederland

Ondanks dat ik nauwelijks twee maanden bij Flash had gewerkt en ik mezelf vreselijk moest aanpassen aan de gang van zaken aldaar, was ik voor mijn doen toch redelijk ingeburgerd. Het was een klein bedrijf met weinig personeel, waardoor de werksfeer amicaler was dan ik prettig vond, maar geleidelijk leerde ik daarmee om te gaan.

Ik raakte gewend aan het gebrek aan afstand tussen mijn collega's en pro-beerde me zoveel mogelijk te gedragen, zoals ik dacht dat er van me verwacht werd. Ik wist al precies *waar* ik naartoe wilde. Nu was het zaak dat ik mijn omge-ving en collega's dusdanig leerde lezen en inschatten, dat ik kon gaan denken over *hoe* ik daar moest komen.

Alle stukken stonden al op het schaakbord, maar ik was nog niet aan zet.

Ik trok de deur van het kantoorpand achter me dicht en liep de hal van Flash binnen. Ik was vroeg, zoals altijd, en de meeste van mijn collega's waren er nog niet, behalve de twee mensen, die er altijd eerder waren dan iedereen: Ilse, de receptioniste en de directeur, Peter Meier.

Ilse zat al achter haar balie met een plastic beker cappuccino voor haar neus en was druk in gesprek met Meier.

"Goedemorgen," zei ik en wilde doorlopen naar mijn kantoor.

"Wacht even!" riep Meier.

Ik draaide me om, keek hem aan en vroeg me af wat hij van me wilde.

Meier wendde zich nog even tot Ilse en zei: "Je gaat. Punt. Jij bent ons uit-hangbord, Ilse." Daarna richtte hij zich weer tot mij en zei: "Loop even mee naar mijn kantoor."

Ik keek naar Ilse, die een beetje moedeloos met haar hoofd schudde. Toen volgde ik de directeur naar boven. Zijn kantoor was niet veel groter dan het mijne.

"Ga zitten," zei hij.

Ik ging zitten en wachtte af wat er ging volgen.

"Ieder jaar hebben we bij Flash drie absolute dieptepunten," begon Meier, terwijl hij plaatsnam achter zijn bureau. "De beruchte Flash Barbecue in de zomer, de Kerstborrel bij Sanders & Dekker in de tweede week van december en de Hotel Nieuwjaars Cocktail Party op de eerste donderdag van januari."

Ik keek hem zwijgend aan.

"De eerste heb je gemist, de tweede heb ik je bespaard, maar nu ben je aan de beurt," zei Meier. "Ilse onderhoudt onze contacten met de hotel- en reiswe-reld. We hebben kortingen bij diverse hotels en restaurants. Eén van die hotels geeft elk jaar een Nieuwjaars Cocktail Party en dat is min of meer een verplicht nummertje handjes schudden en *networken* voor twee van onze medewerkers. Ilse, uiteraard, en iemand anders. Op zo'n party komen secretaresses en direc-tie uit iedere branche. Een paar jaar geleden werden tijdens de Hotel Party de eerste contacten gelegd voor het ontwerpen van een hotelketen."

Ik wist even niet wat ik hiermee aanmoest. Toen ik met Meier mee naar boven liep, had ik er min of meer al rekening mee gehouden, dat ik een nieuw project zou krijgen – iets vreselijk onbenulligs uiteraard, zoals standaard leek te zijn voor nieuwe medewerkers van Flash – of dat ik ontslagen zou worden, maar dit was niet iets dat ik had zien aankomen.

Ik haat sociale evenementen en mensenmassa's en dit was beide.

"Meneer Meier, alstublieft...," begon ik.

"Peter," verbeterde hij me voor de zoveelste keer. "En dit is geen meerkeu-zevraag. Dit is hoe het werkt: ieder jaar zijn vier van ons de pineut voor de Sanders & Dekker toestand of de Hotel Party. We zijn met twaalf man, dus je bent één keer per drie of vier jaar aan de beurt."

"En hoe vaak bent u aan de beurt?" vroeg ik op scherpere toon, dan ik be-doeld had.

"Ik ben dit jaar naar Sanders & Dekker geweest en drie jaar geleden naar de Hotel Party," antwoordde Meier, zichtbaar verrast – zo niet geïrriteerd – door mijn vraag.

"Is het niks voor Maaike?" probeerde ik. "Een soort van *girls night out* met Ilse?"

"Maaike is vorig jaar al geweest," antwoordde Meier.

Ik zuchtte. "Wat is het voor iets?"

"Veel cocktails, veel secretaresses en veel *'gay-straights'* en *'straight-gays'*, volgens Ilse," zei Meier. Hij rolde met zijn ogen en vervolgde: "Vraag maar niets. Ik heb geen idee wat dat zijn."

Hij bladerde even door een dossier op zijn bureau en zei toen gemaakt ach-teloos: "Ik heb hier een leuk project voor je... Of voor degene die *wel* met Ilse naar de Hotel Party gaat. Matthias kan wel wat hulp gebruiken. Dit is een grote stap, jongen."

"Wat is het?" vroeg ik.

"Een nieuw appartementencomplex," antwoordde Meier.

"Ik ga wel," zei ik.

"Dat dacht ik wel," zei Meier zelfingenomen. "Zorg dat je om half vier beneden staat. Jullie worden om vier uur verwacht."

"Ik zal er zijn," beloofde ik, stond op en zei: "Ik ga aan het werk."

Meier pakte het dossier van zijn bureau en antwoordde: "Vergeet dit niet."

* * * * *

Maandag, 3 december 2012 – middag – Dag 35
New York, Amerika

Ergens in de verte klinkt een stem, maar het klinkt vreemd, bijna buitenaards, zoals een radio die verkeerd staat afgesteld. Ik open mijn ogen en knipper tegen de felle winterzon, zodra ik een hand op mijn schouder voel.

Ik lig op de grond en bewaker Phipps zit naast me op zijn hurken, met zijn hand op mijn schouder en een bezorgde uitdrukking op zijn gezicht. Ik proef bloed en breng mijn hand naar mijn hoofd.

"Gaat het?" vraagt hij.

Zo snel als mijn pijnlijke hoofd me dat toestaat, maak ik de balans op. Skinner heeft geen genade gekend en me ver over mijn pijngrenzen heen gedreven, maar dat kan me niet zoveel schelen. Ik heb al mijn kleren nog aan en de verwondingen die ik heb opgelopen, zullen mettertijd wel helen.

No big deal.

Een kleine tien meter verderop ligt Donald Skinner op zijn buik op de grond, met zijn handen geboeid op zijn rug. Hij vloekt en schreeuwt luid en schopt en bijt naar iedereen, die het waagt om een stap in zijn richting te zetten.

Kennelijk heb ik het één en ander gemist, nadat ik mijn bewustzijn verloor.

"Kan iemand die hondsdolle gek een spuitje geven?" klinkt de barse stem van Kane.

Ik krimp in elkaar.

Een aantal bewakers staat om ons heen met getrokken wapenstokken.

"Denk je dat je kunt opstaan?" vraagt Phipps vriendelijk.

Ik knipper opnieuw met mijn ogen tegen het zonlicht, maar kan met geen mogelijkheid een antwoord formuleren.

Kane nadert ons met lange, dreigende passen en snauwt: "Natuurlijk kan hij opstaan." Hij buigt zich over me heen, grijpt me hardhandig bij mijn jas en trekt me overeind. "Zie je wel? Geen enkel probleem. Hij moet zich niet zo aanstellen."

De pijn die door me heen schiet als Kane me overeind trekt is zo hevig, dat het weer zwart wordt voor mijn ogen. Ik wankel en even ben ik bang ben dat ik flauw zal vallen.

Kane haalt zijn handboeien tevoorschijn.

"Dat lijkt me echt niet nodig," probeert Phipps. "Die jongen kan amper blijven staan." Het medeleven in zijn ogen en in de klank van zijn stem lijken oprecht.

"Waar er twee vechten, hebben er twee schuld," antwoordt Kane hardvochtig. "Zolang we niet precies weten hoe het zit, krijgt hij dezelfde behandeling als Skinner." Hij doet de boeien zo strak om mijn polsen dat het metaal in mijn huid snijdt en voegt eraan toe: "Breng Larsen naar Dr. Cavanagh en laat hem oplappen. Dan laten we onze vriend Jersey nog even wat afkoelen. Hij moet toch een keer moe worden."

Ik werp een snelle blik op Skinner, die nog altijd tierend en schoppend van razernij op de grond ligt en iedere bewaker vervloekt, die in zijn buurt komt, maar verder weinig uit kan richten. Het feit dat hij geketend is, lijkt zijn frustratie alleen maar groter te maken en erg moe lijkt hij ook niet.

De blik in de donkere ogen van de beruchte *Jersey Killer* is ronduit moordlustig en alarmerend, maar zijn ogen zijn niet langer op mij gericht. Ik volg de lijn van zijn blik en zie Kane.

Die lijkt zich weinig aan te trekken van Skinners onafgebroken gestaar en gevloek. "Ja, ja. Schreeuw zolang je wilt, Jersey! Ik heb *alle* tijd van de wereld."

Ondanks dat het niet gegaan is, zoals ik het in gedachten had, lijk ik het toch voor elkaar te hebben, dat de verstandhouding tussen Skinner en Kane op zijn minst ontwricht is.

Heb je weer geen waar gehad voor je geld, Donald?

Wat heeft hij je dit keer beloofd?

Phipps leidt me weg van het tafereel en van de binnenplaats af, waarbij ik voor mijn evenwicht veel afhankelijker van hem ben, dan ik prettig vind, maar ik heb weinig keuze. Hij neemt me mee naar de garderobe, maakt mijn handboeien los en zegt: "Ik *vertrouw* erop dat je me geen reden geeft, om die weer om te doen."

"Nee, Baas," antwoord ik timide. Ik hoor mijn stem trillen en haal diep adem.

Phipps laat me nog iets van mijn waardigheid behouden door dat te negeren. Dan helpt hij me voorzichtig uit mijn jas en voert me mee naar Dr. Cavanagh.

Ashley, de verpleegster met de lange, blonde paardenstaart, werpt één blik op me, grijpt resoluut een handdoek en komt naar me toe. "Hoofd achterover," gebiedt ze dan en houdt de doek onder mijn neus.

Ik pak de doek aan en houd die op zijn plaats.

Ashley begeleidt me naar de behandeltafel en zegt: "Ga zitten. Heb je hoofdpijn?"

Daar 'nee' geen aannemelijk antwoord is, antwoord ik: "Een beetje."

Ze kijkt me even aan en zegt: *"Yeah, right."* Ze glimlacht en herhaalt dan: "Ga zitten."

Ik doe wat ze vraagt. Alles doet pijn.

Dr. Cavanagh komt binnen. "Goedemiddag, meneer Larsen."

"Goedemiddag," antwoord ik automatisch.

Het klinkt gedempt achter de handdoek.

"Laat eens kijken," zegt Ashley. Ze wacht totdat ik haar aankijk, voordat ze voorzichtig mijn hoofd in haar handen neemt en het een beetje draait om mijn verwondingen beter te kunnen bekijken. "Ik denk dat je het wel overleeft," concludeert ze.

Zo voelt het niet.

"Laat eens zien," zegt Cavanagh en komt naar ons toe.

Ik draai mijn hoofd een stukje naar hem toe en laat toe, dat hij de wond boven mijn linkeroog schoonmaakt. In mijn hoofd ga ik vluchtig alle vragen langs, die ik nu redelijkerwijs kan verwachten en probeer de antwoorden daarop alvast paraat te krijgen.

"Hechtingen zijn niet nodig, Ashley. Ik handel dit verder wel af."

Ashley knikt begrijpend en verlaat de behandelkamer.

"Waren er wapens bij betrokken?" informeert Cavanagh ernstig. Hij kijkt naar het bloed op mijn overhemd en lijkt zich af te vragen of dat allemaal aan mijn bloedneus te wijten is.

Ik schud ontkennend mijn hoofd. Het doet pijn.

"Houd je hoofd stil, jongen," zegt Cavanagh streng.

"Sorry," antwoord ik.

"Heb je ergens pijn?" vraagt hij.

Zijn vraag is bijna komisch, maar ik houd me op de vlakte. "Wat blauwe plekken en zo... Niks bijzonders. Het gaat wel." Ik hoop maar dat de arts dit voor kennisgeving aan zal nemen en verder geen vragen zal stellen of verwondingen zal willen zien, die nu nog verhuld worden door mijn kleren.

Cavanagh staart onafgebroken naar me, alsof hij probeert te bepalen in hoeverre ik tegen hem lieg. Hij laat me nog enkele minuten met mijn hoofd achterover zitten, terwijl hij zwijgend naar me blijft kijken. Dan trekt hij de handdoek weg, om te kunnen concluderen dat het bloeden is gestopt. "Trek dat shirt maar uit," zegt hij. "Dan krijg je van ons een schone."

"Nee, het is wel goed," antwoord ik snel.

Te snel.

De arts kijkt me recht aan.

Ik zie hem denken en vraag me af wat hij denkt te zien.

"Uit!" herhaalt hij resoluut.

"Nee, echt, het is....," begin ik.

"Gaan we moeilijk doen, Larsen?" onderbreekt Phipps me.

Ik begin in te zien dat ik hier niet onderuit kom. "Nee, Baas," antwoord ik zacht. Langzaam breng ik mijn handen naar de sluiting van mijn overhemd, maak de knopen los en laat het kledingstuk van mijn schouders glijden. Ik probeer zoveel mogelijk te treuzelen, om mezelf meer tijd te geven om mijn strategie te bepalen.

Ondanks dat ik mijn blik op de grond gericht houd, voel ik dat Phipps en Cavanagh naar me kijken en dat ik hun geduld op de proef stel. De stilte is oorverdovend, maar de blauwe plekken op mijn onderarmen spreken boekdelen.

De situatie wordt geleidelijk ongemakkelijker en als ik zie dat ik het niet langer kan rekken, trek ik moeizaam mijn T-shirt over mijn hoofd.

Cavanagh lijkt nauwelijks verbaasd.

Phipps schudt zijn hoofd en zegt: "Ze moeten je wel hebben."

Ik geef geen antwoord en benut iedere seconde die ik krijg om na te denken.

"Wilt u even op de gang wachten, meneer Phipps?" vraagt Cavanagh.

Phipps vraagt niet eens of de dokter wil dat ik geboeid word. Hij verlaat de ruimte en trekt de deur achter zich dicht.

"Wil je me vertellen wat er gebeurd is?" vraagt Cavanagh dan.

"Niks," antwoord ik.

Hij wijst op de blauwe plekken en striemen op mijn armen en bovenlichaam. "Dat... is niet 'niks'," zegt hij nadrukkelijk. "Ik heb zwijgplicht. Wat je me ook vertelt."

"Het is niks. Echt..."

Ik probeer wanhopig te bedenken hoe ik mezelf uit deze situatie kan redden. Ik heb geen idee wat mijn mogelijkheden zijn, maar mijn grootste angst is nu, dat de arts ervan overtuigd raakt dat ik in gevaar ben en me voor mijn eigen veiligheid laat afzonderen of overplaatsen. Ik heb gehoord over wat ze hier '*Ad-Seg*' noemen, een afkorting van *Administrative Segregation*.

Er zijn verschillende vormen van *Protective Custody*, maar geen ervan is erg aantrekkelijk. Het kan inhouden dat ik niet meer van de ziekenzaal af mag, dat ik word overgeplaatst naar een andere afdeling of – nog erger – dat ik in de isoleercel word gezet.

Dat zou mijn hele plan ontwrichten.

Ik denk razendsnel na en zeg dan: "Het was mijn schuld."

* * * * *

Donderdag, 4 januari 2007 – middag
Rotterdam, Nederland

De Hotel Party was typisch zo'n evenement, waar ik gewoonlijk nog niet dood gevonden wilde worden. Mijn ervaring met horecagelegenheden was op dat moment beperkt tot de kroegen, waar mijn broer me af en toe mee naartoe sleepte en ik kwam tot de ontdekking dat de hotelwereld een soort klein subuniversum is in de echte wereld.

Ilse was een jaar eerder voor het eerst naar de Hotel Party geweest en had me onderweg al een beetje voorbereid op wat ik kon verwachten en haar verhaal besloten met: "Het is een beetje *over the top*, maar best gezellig."

Gezellig, dacht ik.

Dat was zo'n woord waar ik de definitie van kende, maar me niets bij kon voorstellen.

Nog voordat ik binnen was, had ik al spijt dat ik überhaupt was meegegaan. Ik hield stil op een paar meter afstand van het hotel en vroeg: "Hoe lang duurt het?"

"Niet zo lang," antwoordde Ilse. "Tot een uur of tien of zo."

"Dat is *zes* uur," merkte ik op en keek naar de ingang.

Ilse keek me bevreemd aan. "Het is een feestje, geen afspraak bij de tandarts," stelde ze nuchter.

"Ik ben niet zo van de sociale aangelegenheden," gaf ik toe.

Ilse haakte haar arm in de mijne en trok me mee naar de ingang. "Laat het maar gewoon over je heenkomen," zei ze. "Je overleeft het wel."

Bij de deur stond wat personeel van het hotel om de gasten op te vangen. Eén man kwam meteen naar ons toe, gaf Ilse een knuffel en zei: "Miss Flash, waar was je nou? We hebben je al veel te lang niet gezien. Wanneer kom je weer eens lunchen?"

"Hoi Olaf," antwoordde Ilse. "Binnenkort." Ze maakte zich los uit zijn omhelzing en draaide zich naar mij toe. "Dit is mijn collega, Misha Larsen. Misha, dit is Olaf Hollander."

Olaf gaf me een hand en vroeg: "Wat doe je precies?"

"Op het moment ben ik assistent tekenaar," zei ik.

"En waar zie je jezelf over tien jaar?" informeerde hij, met duidelijk geacteerde interesse.

"Daar ben ik nog niet helemaal uit," antwoordde ik.

"Heel verstandig," zei Olaf. "Als je zo jong bent moet je je nergens op vastpinnen. Alles is mogelijk tegenwoordig." Hij ratelde nog een tijdje door, totdat één van zijn collega's hem erop wees dat er nog meer gasten waren. Olaf verdween.

Ik keek naar Ilse.

"Hij is een beetje vermoeiend," gaf ze toe.

"Een beetje?"

Ilse haalde haar schouders op en trok me mee naar de bar. "Wat wil jij?" vroeg ze.

"Koffie," antwoordde ik.

"Misha, dit is een feestje," probeerde Ilse.

"Ik ben met de auto," zei ik.

Ze zuchtte en bestelde koffie voor mij en een glas wijn voor zichzelf.

Ik keek even rond en vroeg: "Oké, wie is wie?"

Ilse nam een slokje van haar wijn en zei: "Ik ben nog maar één keer eerder geweest. Ik ken ook niet iedereen." Ze keek rond en wees naar een groepje jonge vrouwen, van wie de meesten gekleed waren in korte, zwarte jurkjes. Ze stonden verderop aan de bar en praatten en lachten, alsof ze elkaar al jaren kenden. "Dat zijn de *bookers* uit de transportwereld," zei Ilse.

"*Bookers?*" herhaalde ik.

"Ja, de meiden die de zakenreizen en hotelkamers boeken," legde Ilse uit. "Ik heb ze vorig jaar ook gezien. Dit zijn de delegaties van Maersk Line, Kuehne + Nagel en China Shipping." Ze wees naar een tafel, verderop in de zaal. "Directie uit de reiswereld, voornamelijk luchtvaartmaatschappijen en de grotere reisbureaus. Die man met dat blauwe pak is onze klantmanager bij KLM." Ze wees nog een aantal mensen en groepjes aan. "Fotograaf... Directie en secretaresses uit de reclamewereld... Hotelmanager, daar... Aardige gozer, trouwens... Daar, de *bookers* uit de juridische branche..."

"En wij zijn hier, omdat...?" onderbrak ik haar.

"Voornamelijk omdat Peter denkt dat deze mensen potentiële klanten zijn," antwoordde ze en nam nog een slok van haar wijn. "Een paar jaar geleden werden hier contacten gelegd, die uiteindelijk leidden tot een grote opdracht."

"Geweldig," zei ik sceptisch en met een knikje naar de vrouwen in de korte, zwarte jurkjes. "Een loods voor zeecontainers... Dat gaat ons toch wel op de kaart zetten..."

* * * * *

Maandag, 3 december 2012 – middag – Dag 35
New York, Amerika

"Het was jouw schuld?" herhaalt Cavanagh.
Wellicht was dat niet zo'n handige woordkeuze.
"Ja. Het was gewoon een meningsverschil," verbeter ik mezelf.
"Je ziet eruit, alsof je door een auto bent geschept."
"Het valt wel mee," verzeker ik hem.
Cavanagh wijst op een aantal blauwe plekken op mijn polsen en middenrif. "Niet alle verwondingen zijn van vandaag," merkt hij op. "Die zijn minstens een week oud."
Acht dagen, denk ik.
Ik zwijg.
"Ik kan je helpen," biedt Cavanagh aan.
"Ik heb geen hulp nodig," antwoord ik.
"Dat is te zien," zegt hij droog. "Luister goed naar me. Ik bied je een uitweg. Als er redenen zijn om je voor je eigen veiligheid van de afdeling af te halen, kan ik dat regelen. Ik kan je een paar dagen op de ziekenzaal houden en daarna kan ik er bij de Warden op aandringen, dat je wordt overgeplaatst naar een ander blok."
Ik schud mijn hoofd. Dat mag niet gebeuren. Als ik word herplaatst op een andere afdeling – welke dan ook – zijn zowel Laurens als Hawkes voorgoed buiten mijn bereik. Daarbij weet ik nu wat ik heb en moet ik nog maar afwachten of er op die andere afdeling geen kopie van Kane, de Draak of Donald Skinner rondloopt.
"Ik kan je helpen," zegt de dokter weer.
Ik zie dat hij mijn zwijgen interpreteert als een aarzeling. "Ik heb geen hulp nodig," herhaal ik, resoluter nu.
"Als je hier klaar bent, brengt Phipps je naar de Warden. Als je niet van plan bent om met een verklaring te komen, zal hij je naar de isoleercel sturen," waarschuwt Cavanagh. "Dat zijn de consequenties van vechten, meneer Larsen." Hij kijkt me aan.
"Hoe lang?" vraag ik.
"Als je mazzel hebt, één dag, maar soms een paar dagen, een week of nog langer," vertelt hij me. "Dat hangt van de Warden af."
Ik schrik.
Een week... Alleen...
Zonder Jamie... Zonder licht...
Donker...

En niet alleen dat. Het is tevens een week waarin ik alle verschuivingen in de onderlinge verhoudingen tussen de andere gevangenen niet kan waarnemen. Alles kan zomaar veranderd zijn wanneer ik terugkom. In mijn voordeel, maar zeker ook in mijn nadeel – wat gezien mijn recente aanvaringen met Skinner, Kane en de Draak veel waarschijnlijker is.

Kane zal alle tijd van de wereld hebben om nieuwe plannen te smeden om me het leven onmogelijk te maken.

"Geef me iets," dringt Cavanagh aan.

Ik blijf zwijgen.

Ashley komt terug met een schoon shirt en gebaart naar een wastafel die in een hoek van het vertrek staat.

Ik sta op en was het bloed van mijn gezicht en handen. In de spiegel vang ik een glimp op van mezelf en ik moet ongewild aan mijn broer denken.

Over twee dagen is het bezoekuur. Lennart zal doodongerust zijn als hij dit ziet en zich tal van mogelijke horrorscenario's in zijn hoofd halen, wanneer ik niet met een aannemelijke verklaring kan komen voor de verwondingen. En als ik nog in de isoleercel zit woensdagmiddag, zal dat gegeven evenmin bijdragen aan de gemoedsrust van mijn broer.

Eén ding tegelijk, maan ik mezelf.

Ashley geeft me een schone handdoek. "Wil je een pijnstiller?" vraagt ze.

Ik droog mijn gezicht af. Ik wil niets liever dan een pijnstiller – een hele doos bij voorkeur, maar ik houd me aan mijn verhaal. "Nee, dank je. Het gaat wel."

"Stoere jongen," zegt Ashley smalend en neemt de handdoek van me aan. Dan geeft ze me het T-shirt.

Ik trek het aan.

Cavanagh loopt naar de deur en haalt Phipps terug van de gang. "Breng Larsen naar de Warden," zegt hij. Dan zucht hij en vraagt Ashley: "Wil jij Donald Skinner halen?"

"Wil je een eerlijk antwoord?" vraagt ze, maar verdwijnt, voordat de arts iets kan zeggen.

Bewaker Phipps leidt me door een andere deur naar buiten, waarschijnlijk om te vermijden dat ik weer met Skinner geconfronteerd word. Buiten de ziekenboeg houdt hij me staande bij het kantoor van Warden James en haalt handboeien tevoorschijn.

"Procedure," zegt hij, als hij ziet dat ik wil vragen waarom.

Ik kan zien dat hij het onnodig vindt en dat hij het liever niet zou doen. Ik steek welwillend mijn handen uit. "Het is oké, Baas."

7.
OVERLEVEN

Maandag, 3 december 2012 – middag – Dag 35
New York, Amerika

Bewaker Phipps klikt de handboeien rond mijn polsen en klopt dan op de deur van het kantoor van de directeur.

"Binnen!" roept James.

Phipps opent de deur, begeleidt me naar de stoel tegenover de Warden en laat me plaatsnemen. Dan verlaat hij het kantoor, zonder nog iets te zeggen en sluit de deur achter zich.

"Misha Larsen," zegt James, op een toon waarop een rector een leerling toe zou spreken. Hij tikt geagiteerd met een pen op zijn bureau.

"Warden," antwoord ik met een nonchalant knikje.

James neemt me een paar seconden lang zwijgend in zich op en bekijkt de schade. Zijn blik glijdt van de verwonding boven mijn oog naar de blauwe plekken rond mijn polsen en op mijn onderarmen. Hij zucht vermoeid.

"Jongens met jouw achtergrond zijn over het algemeen geen vechtersbazen," merkt hij dan op.

"Over het algemeen zitten ze ook niet in de gevangenis voor doodslag," antwoord ik nuchter.

"Dat is waar," geeft hij toe. "Hij heeft je flink toegetakeld."

"Het gaat wel." Ik hoor mezelf voor de zoveelste keer dezelfde leugen uitspreken. Het gaat me steeds gemakkelijker af. Oefening baart kunst.

"Luister goed, meneer de architect," zegt James ernstig. "Ik ga je één handreiking doen om jezelf uit deze puinhoop te redden, voordat het echt uit de hand loopt. Ik ga je één vraag stellen en ik wil dat je heel goed nadenkt over het antwoord."

Ik kijk hem afwachtend en met wantrouwen aan.

De laatste keer dat iemand wilde, dat ik goed nadacht over een antwoord, was het geen voorstel geweest waar ik iets mee kon.

"Heb je me iets te vertellen?" vraagt James dan.

"Nee, Warden," antwoord ik.

"Zeker weten?" dringt hij aan.

"Ja, Warden."

James zucht, staat op en loopt naar de deur van zijn kantoor. Hij roept Phipps terug en er worden blikken uitgewisseld, waarvan ik niet begrijp wat ze betekenen. "Larsen heeft besloten om het ons gemakkelijk te maken, meneer Phipps," vertelt hij minzaam. Dan richt hij zich weer tot mij en vervolgt: "Ik zal mild zijn, omdat het de eerste keer is..."

Ongewild vraag ik me af wat de Warden verstaat onder 'mild'.

"Twee dagen in volledige afzondering en een aantekening in je dossier."

Die aantekening interesseert me niet tot weinig, maar twee hele dagen in een donkere isoleercel, is iets dat ik niet kan *handelen*. Alleen het idee is al genoeg om me volledig uit balans te brengen.

"Nee, Warden. Alstublieft...," begin ik.

"Vechten heeft consequenties, meneer Larsen," zegt James. "Voor iedereen."

"Alstublieft... Niet dat..."

"Geef me dan een reden om het niet te doen," probeert hij nogmaals.

Give me a break, denk ik.

Klikken is op een schoolplein al niet handig, laat staan hier.

"Dat kan ik niet," antwoord ik nauwelijks hoorbaar.

"Afvoeren!" blaft James tegen Phipps.

De bewaker pakt me bij mijn bovenarm en zegt: "Opstaan."

Ik sta langzaam op en begin automatisch te rekenen.

Twee dagen...

Achtenveertig uur...

Fucking 2880 minuten...

Phipps begeleidt me het kantoor uit, sluit de deur achter ons en neemt me dan mee naar de kelderruimte, waar de isoleercellen zijn en God weet wat nog meer.

Ik ben hier nog niet eerder geweest en heb geen idee wat ik er precies van moet verwachten. Ik herinner me films, die ik vroeger op televisie heb gezien. De beelden dringen zich aan me op.

De kelder is feitelijk weinig meer dan een lange gang met diverse celdeuren aan beide zijden. De deuren hebben geen tralies, zoals op de afdelingen, maar zijn van massief staal met slechts een klein luikje, dat alleen vanaf de buitenkant geopend en gesloten kan worden.

Kane komt ons tegemoet lopen. "Ik neem dit wel over, Phipps," zegt hij en opent één van de celdeuren aan de linkerkant.

Phipps blijft even staan.

Ik werp een snelle blik in de isoleercel, maar dat is weinig geruststellend. De ruimte is heel klein, slechts twee meter breed, twee en een halve meter lang en drie meter hoog. Er brandt geen licht en de ruimte heeft geen ramen. Mijn versie van de hel op aarde. Ik krijg een knoop in mijn maag en voel mijn hartslag versnellen.

Kane ziet het. De angst, de paniek, de chaos in mijn hoofd, iets in mijn ogen moet me verraden. "Beetje claustrofobisch, meneer de architect?" Hij wacht het antwoord niet af, grijpt me hardhandig bij mijn arm en beveelt: "Handen!" Dan haalt hij de sleutel van de handboeien tevoorschijn.

"Nee, Baas, alsjeblieft," begin ik.

Kane snuift minachtend.

"Twee dagen zijn zo voorbij," sust Phipps.

"Ik regel dit verder wel, zei ik," snauwt Kane en kijkt geïrriteerd naar zijn collega.

Phipps vertrekt.

Kane maakt de boeien los en duwt me ruw de cel binnen. Hij blijft staan in de deuropening en kijkt naar me. "Zo... Waar is die grote bek nu?"

Ik geef geen antwoord.

"Geen bijdehante antwoorden meer?" houdt hij aan en kijkt me minachtend aan. Hij houdt mijn blik vast en voegt eraan toe: "Neem maar van mij aan, dat je God *op je knieën* moet danken, dat ik de komende twee dagen geen dienst heb. Ik weet wel hoe ik met types zoals jij om moet gaan."

Ik blijf zwijgen.

"Dag, Larsen. Geniet van je rust. Je zult het nodig hebben," zegt Kane en verdwijnt uit mijn gezichtsveld.

Zodra de deur dicht is, is de kleine ruimte aardedonker.

Ik probeer de herinneringen uit mijn jeugd die zich genadeloos aan me opdringen buiten te sluiten, maar het donker is te overweldigend en te vergelijkbaar. Zelfs mijn reactie daarop is na vijftien jaar niets veranderd. Het gaat automatisch. Om me te oriënteren ga ik met mijn rug tegen de muur tegenover de deur op de grond zitten, hoewel ik uit ervaring weet dat mijn vermogen om richting te bepalen nu geleidelijk af zal gaan nemen.

De stilte in de kleine cel is oorverdovend. Ik knip even met mijn vingers en ontspan me iets als ik de echo daarvan hoor. De term 'isolatie' is in ieder geval op het materiaal van de muren niet van toepassing. Dat is gunstig, omdat het dan langer duurt voordat je doordraait.

Een tijdje probeer ik mijn gevoel voor tijd te behouden door in stilte seconden te tellen. Als ik merk dat het me eerder onrustiger maakt dan kalmeert, stop ik ermee.

De gedachte dat ik de komende zevenenveertig en nog wat uur, uitsluitend duisternis en onwelkome herinneringen als gezelschap zal hebben, is bijna ondraaglijk. Ergens in mijn achterhoofd realiseer ik me, dat ik mijn tijd beter kan besteden aan het zoeken naar oplossingen voor wat recentere problemen, maar telkens als ik me probeer te focussen op iets anders dan het donker om me heen, raak ik door associaties weer terug bij af.

Na een tijdje heb ik geen besef meer van richting of tijd. De herinneringen blijven komen, nu ik Jamie niet om me heen heb om me af te leiden met zijn eindeloze gepraat. Ik mis hem, ondanks dat ik hem vanmiddag nog gezien en gesproken heb.

Tevergeefs zoek ik naar afleiding en spits mijn oren, in de hoop dat ik iets kan opvangen, dat me kan vertellen hoe laat het is, maar het enige dat ik tussen twee lange stiltes hoor is de aankomst van Donald Skinner in de kelder, wat met een hoop geschreeuw gepaard gaat.

Daarna volgt er wederom een lange stilte.

Eigenlijk weet ik niet eens of het lange stiltes zijn. Misschien lijken ze veel langer dan ze in werkelijkheid zijn en zijn het slechts een paar minuten. Ik heb geen idee.

De stilte is zo confronterend, dat ik mezelf erop betrap dat ik begin te verlangen naar wat voor geluid dan ook. Zelfs Skinners eindeloze geouwehoer. Dat zou mijn gedachten in ieder geval bij het heden houden.

Opeens moet ik aan mijn broer denken.

Ik mis je...

Vrijdag, 21 december 2007 – avond
Rotterdam, Nederland

Mijn relatie met Ilse was ingewikkeld, maar dan voornamelijk in mijn hoofd. Ik had geen idee wat ik ervan kon verwachten of wat ik ervan wilde. Ik had geen draaiboek en dat beangstigde me. Tijdens de Hotel Party in januari had ik Ilse wat beter leren kennen. Feitelijk was dat de eerste keer, dat we een gesprek voerden, zonder dat er een balie of een bureau tussen ons instond.

De eerste keer dat ik een voet over de drempel zette bij Flash, vond ik haar al een plaatje om te zien. Daarna had ik wekenlang in het stadium gezeten, waarin ik aan mezelf toe moest geven, dat ik allang geprobeerd zou hebben om haar het bed in te krijgen, wanneer we geen collega's waren geweest.

Na de Hotel Party betrapte ik mezelf erop, dat ik ook buiten werktijd regelmatig aan haar moest denken en dat mijn interesse in Ilse niet langer uitsluitend oppervlakkig en fysiek was. Ze was niet alleen mooi, maar ook lief en intelligent.

Ik heb mezelf er na de Hotel Party nog twee weken van geprobeerd te overtuigen, dat het een slecht idee was om iets met Ilse te beginnen. Niet alleen omdat we collega's waren, maar ook omdat ik eraan twijfelde of ik met wie dan ook iets zou kunnen hebben, dat een 'gezonde relatie' genoemd kon worden.

Hoe kun je iets opbouwen, als de fundering bestaat uit leugens en geheimen?

Op het moment dat ik zwichtte en ik over mijn relatie met Ilse na moest gaan denken, ging het eigenlijk al fout. Zodra ik mezelf de vraag stelde wat ik ervan verwachtte, leidde dat automatisch tot de vraag wat mijn vriendin ervan verwachtte en de conclusie dat ik het niet wist, maar zij wel.

En de conclusie dat we totaal niet op één lijn zaten.

Ik probeerde de vrijdag- en zaterdagavonden zoveel mogelijk vrij te houden voor Ilse. Zodra ze eenmaal gewend was aan het feit dat ik *alles* inplande, dus ook haar, paste ze zich zonder enig protest aan mijn schema's aan.

Ook die avond liet ik mijn werk voor wat het was – met de voetnoot dat ik mijn hele zondag op zou moeten offeren. We waren na het werk naar Ilses huis gegaan. Ik hield haar bewust weg van waar ik woonde, omdat ik inzag dat ik dan zou moeten uitleggen wie Maren en haar vriendin Sophie waren, met wie ik al twee jaar onder één dak woonde.

Ilse was altijd erg meegaand, maar ik kon op mijn vingers natellen dat zelfs zij dit nooit zou accepteren.

Na het eten waren we op de bank beland, maar de televisie kon me niet boeien.

Ik boog me naar Ilse toe en schoof haar blonde krullen opzij. Ik kuste haar hals en bracht mijn hand naar haar rechterborst.

"Wat gaan we eigenlijk doen met Kerst?" vroeg ze uit het niets.

Ik trok mijn hand terug en herhaalde: "Wat we gaan doen met Kerst?"

"Ja," zei Ilse.

"Eh... Niks?" stelde ik voor.

"Niks?" herhaalde ze.

"Ik bedoel, ik heb nog veel werk liggen," herstelde ik me. "Meier heeft me weer met een project van Matthias opgezadeld. En aangezien Matthias niks kan..." Ik maakte een gebaar, dat zoveel moest betekenen als 'Je weet wel'.

Ilse keek me aan, alsof ik niet goed bij mijn hoofd was. Toen kreeg ze een bezorgde blik in haar ogen en vroeg voorzichtig: "En je familie dan?"

"Wat is daarmee?"

"Wil je niemand uitnodigen?" vroeg Ilse en bood toen aan: "Ik wil best koken."

God, hoe kom ik hier nou weer onderuit?

Ik pakte haar hand en zei: "Dat is lief van je, maar ik heb het echt te druk."

Ilse leek te aarzelen. "Maar familie is belangrijk. Het zijn maar twee dagen."

Maar TWEE dagen?

Ik zweeg en dacht na. Ik wilde net als de afgelopen jaren gewoon net doen alsof Kerst niet bestond en er een werkdag van maken, zij het thuis in plaats van op kantoor. Ilse wilde twee dagen met familie, waarschijnlijk de ene dag bij die van haar en de andere dag bij die van mij. Ik zocht naar een acceptabele compromis, maar kon mezelf er niet toe zetten om haar tegemoet te komen. Ik liet haar hand los.

"Waarom praat je nooit over je familie?" vroeg Ilse aarzelend.

Ik schoof een stukje bij haar vandaan om de afstand tussen ons zichtbaar groter te maken en antwoordde toen: "Mijn ouders zijn dood en ik heb alleen nog een oudere broer."

Ze leek geschokt.

Ik probeerde te bedenken hoe ik dit gesprek een andere wending kon geven. Ze kwam te dichtbij. Ik wilde niet achterom kijken. Ik wilde haar niet vertellen hoe mijn ouders gestorven waren, hoe slecht mijn relatie met mijn broer was of hoe mijn leven was verlopen na het overlijden van mijn ouders.

"Het spijt me," zei Ilse. Ze pakte mijn hand en vroeg: "Wat is er gebeurd?"

"Dronken spookrijder," antwoordde ik kortaf.

De rest van het verhaal wilde ik achterwegen laten. Ik had geen zin om haar te vertellen over Frans Laurens, die met honderdnegentig kilometer per uur frontaal op de auto van mijn ouders was geklapt en daar levend uit was gekomen, terwijl mijn ouders beiden het leven lieten. Om over de rest nog maar te zwijgen.

"Lang geleden?" vroeg Ilse.

"Bijna tien jaar." Ik trok mijn hand terug en stond op.

"Het spijt me," zei ze weer. "Wil je je broer niet uitnodigen?"

Ik wilde zeggen dat zij en ik dat allebei niet wilden, omdat mijn oudere broer een alcoholist en een junk was en Ilse waarschijnlijk nog nooit iemand als hij had ontmoet. Ik was zo galant om haar dat te besparen en beperkte me tot: "Hij heeft al afspraken staan. We zijn niet zo familieziek."

* * * * *

Maandag, 3 december 2012 – avond – Dag 35
New York, Amerika

Als ik hoor dat de deur van de isoleercel een stukje opengaat, is mijn eerste ingeving om verder achteruit te deinzen, maar de muur achter me belemmert me in mijn bewegingsvrijheid. Langzaam gaat de deur verder open en het enige dat ik kan denken is: *Niet Kane!*

"Ik ben het," klinkt de vriendelijke stem van bewaker Phipps.

Ik kan een zucht van opluchting niet onderdrukken en hef mijn hoofd op.

"Oké?" vraagt hij.

"Ja, Baas," antwoord ik bijna fluisterend. Ik knipper even met mijn ogen tegen het felle licht van de zaklamp, die Phipps in zijn hand heeft en zie dat hij is gekomen, om me mijn avondeten te brengen.

"Hoe laat is het?" vraag ik.

"Bijna half zeven," antwoordt hij en zet het dienblad bij me op de grond.

Jezus, half zeven...

Het lijkt wel een eeuwigheid en nu vertelt hij me dat er nauwelijks vijf uur verstreken is. Het idee dat ik *nog* drieënveertig uur te gaan heb, word me teveel.

"Ik kan dit niet," zeg ik zacht.

Phipps loopt naar de deur en roept: "Licht aan in 11!"

Het licht gaat vrijwel direct aan en hij doet de zaklamp uit.

Ik wil opstaan als hij dichterbij komt, omdat hij zo boven me uittorent, maar ik kan het niet opbrengen.

De blik in de ogen van de bewaker is opvallend bezorgd. Hij loopt terug naar de deur, sluit die en komt weer naar me toe. Hij gaat tegenover me op zijn hurken zitten, alsof hij aanvoelt dat ik het niveauverschil niet prettig vind.

"Gaat het?" vraagt hij.

Ik schud mijn hoofd. "Ik kan dit niet," herhaal ik.

"Wat?" vraagt Phipps geduldig.

"Dit," antwoord ik, maar ik kan het niet uitleggen. Ik wil het niet uitleggen. Ik voel de tranen in mijn ogen prikken en vecht er tegen.

"Ik wil je helpen," zegt Phipps. "Laat me je helpen. Vertel me wat er gebeurd is. Dan mag je eruit."

"Dat kan ik niet. Dan wordt het nog veel erger."

"Dan wordt wat nog veel erger?" probeert hij.

Ik schud opnieuw mijn hoofd.

Phipps staat op. "Ik kom straks nog even bij je kijken, voordat ik naar huis ga, oké? Laat het me maar weten als je van gedachten verandert."

Ik kijk naar hem op en vraag: "Wie heeft de nachtdienst?"

"Franco," antwoordt hij. "Tot straks. Eet iets."

Ik knik.

Phipps gaat weg en sluit de deur achter zich. "Licht uit in 11!"

Opeens herinner ik me iets, dat George Springfield nog niet zo lang geleden tegen me gezegd heeft.

"De held van ieder sprookje verschijnt altijd pas als iemand echt een held nodig heeft."

* * * * *

Donderdag, 3 januari 2008 – ochtend
Rotterdam, Nederland

"Misha, heb je even?" vroeg Peter Meier.

Ik keek op van mijn schetsen en zei: "Natuurlijk. Ga zitten."

Meier ging tegenover me zitten, aan de andere kant van het bureau. "Ik ben erg onder de indruk van je werk," begon hij. "De Black Diamond heeft je een naam gegeven."

Ik glimlachte even en schudde mijn hoofd. "Nee," zei ik.

"Nee?" herhaalde Meier.

"Nee, Peter," antwoordde ik op kille toon. "De Black Diamond heeft *Matthias* een naam gegeven, ondanks het feit dat hij in zijn eentje nog geen hooischuur kan ontwerpen... Maar daar kom je niet voor."

Meier zuchtte. "Je weet al waar ik wel voor kom, toch?"

"Het is niet zo ingewikkeld," zei ik. Ik hoefde er niet eens over na te denken. "Het is de eerste donderdag van het jaar..." Ik keek de directeur recht aan. "Laat me raden, Peter... De Hotel Party?"

"Ja," antwoordde Meier.

"Ik ga wel," zei ik.

Meier keek me bevreemd aan. "Vorig jaar moest ik je er bijna naartoe schoppen en nu ga je uit jezelf?"

"Het biedt mogelijkheden," verklaarde ik laconiek. "Ik hoorde dat Colin Ross in de stad is."

Technisch gezien was het geen leugen. Niet echt. Ik had Colin zelf uitgenodigd, maar hij had me later gebeld, om een definitieve aankomstdatum door te geven.

"De Colin Ross?" vroeg Meier.

"De Colin Ross," beaamde ik. *"The one and only."*

Meier dacht even na en zei toen: "Dus?"

"Ik heb begrepen dat hij in dat hotel verblijft," antwoordde ik. "Er gaan verhalen, dat hij een gigantisch kantorencomplex wil laten ontwerpen en bouwen. Daar wil ik best een avond cocktails voor drinken."

"Je maakt geen schijn van kans," stelde Meier met een glimlach. "Ross gaat geheid in zee met een bekende Amerikaanse architect. Daar kom je zelfs met jouw *drive* en enthousiasme niet tussen."

Dit was mijn kans.

"Wil je wedden?" vroeg ik.

"O, zeker," antwoordde Meier. "Wat is de inzet?"

"Als ik Ross binnen haal, krijg ik dat project," zei ik. Het was geen voorstel, maar duidelijk een eis. "En als ik Ross niet binnen haal, dan ga ik voor eeuwig naar die Hotel Party."

Meier hoefde er niet eens over na te denken. "Deal."

* * * * *

Maandag, 3 december 2012 – avond – Dag 35
New York, Amerika

Zoals hij me beloofd heeft, komt bewaker Phipps terug.
Ik heb geen idee hoeveel tijd er inmiddels verstreken is.
"Licht aan in 11!" roept hij, komt de isoleercel binnen en doet de deur achter zich dicht.
"Hoe laat is het?" vraag ik automatisch.
"Tien over zeven," antwoordt Phipps geduldig. Hij hurkt opnieuw bij me neer en zegt dan: "Kijk me eens aan, Misha."
Ik kijk op. Het is de eerste keer dat iemand van het personeel hier me aanspreekt met mijn voornaam.
Hij komt te dichtbij en het wordt me teveel.
Zodra mijn kille ogen de vriendelijke ogen van de cipier ontmoeten, ontdooi ik en ik breek. De tranen komen en ik kan het niet meer tegenhouden.
"Wat jij heel hard nodig hebt, is een goede vriend," zegt Phipps. "Ik wil je vriend zijn."
Onmiddellijk slaat mijn paranoia toe.
Ik vraag me af wat hij van me wil. Iedereen hier lijkt iets van me te willen en ondanks dat ik geen enkele reden heb om aan zijn woorden te twijfelen, moet ik denken aan de dag, dat ik hier aankwam en Donald Skinner ongeveer hetzelfde tegen me zei.
Misschien wil Phipps me ook wel verkopen, net als Kane en houdt hij er alleen maar een andere tactiek op na.
"Waarom?" vraag ik voorzichtig. "Waarom wil je mijn vriend zijn?"
"Omdat je er één nodig hebt," antwoordt Phipps simpel.
Ik denk na. Het feit dat hij mijn vragen tolereert, vertelt me dat hij anders is dan Kane. Dat *weet* ik, maar ik geloof het niet. Het is beter om hem op afstand te houden. "In ruil voor wat?" schamper ik. "Mijn aangename gezelschap?"
"Laten we zeggen dat ik een zwak heb voor mensen, die mijn werk niet bemoeilijken," zegt hij vriendelijk.
Ik begin steeds meer te twijfelen en probeer me op de feiten te concentreren in plaats van blindelings en automatisch toe te geven aan mijn paranoia. Phipps is altijd goed voor me geweest. Ik heb hem gezien met de kickbokser Jon Saunders. De band tussen hen lijkt op een ijzersterk blind vertrouwen te zijn gebaseerd. Ik heb Phipps gezien met Jamie, met *Old Man* Goldstein en met jongens zoals Russell en Bobby. Ik heb gezien hoe hij altijd zijn best doet, om hen bij mannen als Skinner uit de buurt te houden. Hij lijkt oké.
"De held van ieder sprookje verschijnt altijd pas als iemand echt een held nodig heeft."
Ik wil geloven dat Phipps mijn held is.

Hij steekt zijn hand in de zak van zijn uniformjas, haalt er iets uit en geeft het aan me.

"Wat is dat?" vraag ik. De klank van mijn stem is veel argwanender dan ik zou willen.

"Gewoon, een slaappil," antwoordt Phipps geduldig.

Ongewild vraag ik me af of hij me probeert te vergiftigen. Misschien in opdracht van Kane. De echo van wat Dean Wesson tegen me gezegd heeft galmt nog altijd na in mijn hoofd.

"Vergeet nooit dat gevaar komt in allerlei vormen... Niet alleen uit de hoeken waaruit je het verwacht. Kijk uit met bewakers en personeel. Vertrouw niemand."

Phipps wijst op de pil in mijn hand en vervolgt: "Dit is tegen de regels. Ik *vertrouw* erop dat dit tussen ons blijft." Hij kijkt me aan en zegt dan: "Het werkt twaalf uur. Dan kom je de nacht wat gemakkelijker door."

"Waarom doe je dit voor me?" vraag ik. Ik wil zo graag geloven dat hij inderdaad het beste met me voorheeft en dat hij aan mijn kant staat, maar ik kan het niet.

"Omdat ik geloof dat hier ook goede mensen zijn," legt Phipps uit. "Mensen die het waard zijn om ze af en toe een beetje te helpen. Als ik hun leven iets gemakkelijker maak, gedragen ze zich voorbeeldig en maken ze mijn baan een beetje gemakkelijker."

Het klinkt aannemelijk – *logisch* bijna, maar ik ben niet overtuigd.

Toch zeg ik: "Dank je wel, Baas."

"Ik kom morgenochtend terug," belooft Phipps me. "Franco draait de nacht-dienst. Probeer wat te slapen. Ik zal vragen of hij je niet wakker maakt, tijdens de controles."

"Dank je," zeg ik weer.

* * * * *

Donderdag, 3 januari 2008 – avond
Rotterdam, Nederland

Toen ik met Ilse de bar van het hotel binnen kwam, zag ik Colin Ross al zitten.

"Ik ga Olaf even gedag zeggen," zei Ilse en wees op de hotelmanager.

"Oké," antwoordde ik. "Ik zie een bekende. Ik zie je straks wel." Ik kuste haar even op haar voorhoofd en liep toen rechtstreeks naar Colin. Op anderhalve meter afstand bleef ik staan en zei: "Fijn dat je er bent."

Colin stond op en omhelsde me. "Goed je te zien. Hoe gaat het met je?"

"Goed," antwoordde ik. "En met jou?"

Voordat Colin kon antwoorden, kwam Ilse bij ons staan. Ze had kennelijk al gehoord dat we onderling Engels spraken, want ze vroeg me: *"Will you intro-duce me to your handsome friend?"*

"Ilse, dit is Colin Ross," zei ik. "Colin, dit is Ilse Belinfante."

"Deze moet je houden," merkte Colin op. "Ze past bij je."

Ilse glimlachte, gaf Colin een hand en zei: "Misha vertelde dat jullie samen op de universiteit hebben gezeten."

"Ja," antwoordde Colin. "Het is een lange en interessante reis geweest."

Toen wendde hij zich tot een passerende serveerster, hield zijn cocktailglas omhoog en vroeg: "Heb je deze in een andere kleur? Dit vloekt bij mijn pak."

"Fashion Nazi," zei ik.

"Natuurlijk, meneer Ross." Het meisje nam het glas aan en verdween. Ilse lachte.

"Diva," zei ik tegen Colin.

"Oh, trouwens, over 'diva' gesproken, dat was ik bijna vergeten!" riep Colin uit. "Dit moeten jullie echt zien!" Hij graaide onder de tafel naar zijn koffertje en haalde er een tijdschrift uit. Hij toonde Ilse en mij de voorzijde en zei overbodig: "Kijk! Dat ben ik!" Hij wees op zijn eigen portret.

"Ik zie het," antwoordde ik, geamuseerd door zijn enthousiasme.

"Op de cover van het Kerstnummer van *Forbes!* Ik bedoel, hoe leuk is dat?" vroeg Colin.

Ik lachte en zei: "Ik wist niet dat *Forbes* een Kerstnummer had."

"Nu wel," antwoordde Colin. "En ik was de eerste!"

Ilse glimlachte om zijn typisch Amerikaanse reactie. Ze nam het tijdschrift aan en zocht het artikel over Colin op. "Kijk, Misha," zei ze en liet me meekijken. *"'Santa Colin'."*

Ik las globaal door het artikel heen.

Colin werd niet alleen geprezen om zijn zakelijk inzicht en zijn marketing-strategieën, maar ook om zijn vrijgevigheid. Het laatste jaar had hij een kleine vijftig miljoen binnen geharkt en daar ook weer een groot deel van weg gegeven aan diverse goede doelen. Volgens het artikel werd zijn totale vermogen inmiddels geschat op een slordige anderhalf miljard dollar.

Ik sloeg het tijdschrift dicht en keek opnieuw naar de voorkant, waarop mijn beste vriend was afgebeeld met een Kerstmuts op zijn hoofd en een ouderwets chequeboekje en een gouden pen in zijn handen.

"Zit je nu nog in hotelkamers?" vroeg ik.

"Het werd te groot voor hotelkamers. Ik had op een gegeven moment een hele verdieping van het Hilton in gebruik," vertelde Colin. "Ik huur momenteel een kantoorpand in New York... Het is groot en vooral erg onpersoonlijk. Het heeft houten vensterbanken. *Hout!* Nu vraag ik je!"

"Dat kan echt niet meer," gaf ik toe.

De serveerster kwam terug met een limoengroene cocktail en vroeg: "Verder nog iets, meneer Ross?"

"Iets te drinken voor mijn vrienden?" stelde Colin voor. "Ilse?"

"Witte wijn, alsjeblieft," zei Ilse in het Nederlands tegen de serveerster.

"Misha?"

"Koffie, alsjeblieft."

"Doe niet zo ongezellig," zei Colin.

"Die dingen geven bijna licht, man," merkte ik op en wees op het cocktailglas dat hij in zijn hand hield. "Dat kan toch nooit goed zijn?"

"We hebben iets te vieren," protesteerde Colin. "Hij brengt jullie wel thuis." Hij wees op een jonge man met kort donkerblond haar, die aan de bar zat met een kop koffie voor zich en een aantal jonge vrouwen om zich heen.

"Mijn lijfwacht," antwoordde Colin. "Heeft ogen in zijn achterhoofd, die gozer. Eigenlijk is hij mijn 'Hoofd Beveiliging'... Faam heeft ook een keerzijde. Ik ontvang doodsbedreigingen, kans op ontvoering is groot..." Hij haalde zijn schouders op. "Ik ga nog zelden ergens naartoe, zonder hem."

"Geef die gozer ook een biertje," zei ik. "Ilse en ik nemen wel een taxi." Ik wendde me tot de serveerster, die met overdreven veel geduld op de bestelling wachtte. "Doe mij maar een biertje en geef die jongen met die leren jas aan de bar er ook één."

De serveerster verdween en Colin vroeg Ilse: "Weet je waar ik altijd van gedroomd heb?" Hij nam een slok van zijn cocktail en wachtte even op antwoord. Toen dat niet kwam, zei hij: "Van mijn eigen kantoren, wereldwijd, alsof ik nergens kan worden gemist. En dan wil ik gebouwen in de vorm van Romeinse cijfers: Ross Tower I, II, III, IV enzovoorts."

"Dan doen we dat toch gewoon?" zei ik.

* * * * *

Dinsdag, 4 december 2012 – ochtend – Dag 36
New York, Amerika

Ik word pas wakker als Phipps roept: "Deur open! Licht aan in 11!"

Hij komt de cel binnen en sluit de deur achter zich. "Het is tien over zeven," zegt hij, nog voordat ik iets kan vragen. "Heb je een beetje kunnen slapen?" vraagt hij dan vriendelijk.

Ik ga overeind zitten en knipper met mijn ogen tegen het licht. "Ja, dank je, Baas." Ik voel nu pas echt hoe Skinner me heeft afgetuigd. Alles doet pijn.

"Gaat het?" vraagt Phipps en gaat weer tegenover me zitten.

"Ik heb hoofdpijn," geef ik toe en staar naar de grond.

"Ik zal straks wel een pijnstiller voor je meenemen," biedt hij aan. Hij steekt zijn hand naar me uit.

Automatisch ga ik achteruit.

Phipps trekt zijn hand terug en zegt: "Kijk me eens aan."

Ik hef mijn hoofd op en doe wat hij vraagt.

De blik in zijn ogen is meelevend en lijkt oprecht. "Ik ben niet je vijand, Misha," zegt hij met zachte stem. "Ik wil je helpen, maar dan zul je me echt iets dichterbij moeten laten dan je nu doet."

Ik aarzel nog altijd en richt mijn blik weer op de grond als ik zeg: "Dat kan ik niet."

"Waarom niet?" probeert Phipps. "Waar ben je bang voor?"

Ik blijf hem het antwoord schuldig en ik blijf zwijgen, totdat hij het opgeeft, rechtop gaat staan en aanstalten maakt om te vertrekken.

"Ik kom straks nog even kijken hoe het met je gaat," zegt hij.

"Breng je een pijnstiller mee?" vraag ik voorzichtig en kijk naar hem op.

Phipps glimlacht en antwoordt: "Dat heb ik beloofd."

* * * * *

Zaterdag, 5 januari 2008 – avond
Rotterdam, Nederland

Ik ging het café binnen en waande me onmiddellijk vierenhalf jaar terug in de tijd. Er was niks veranderd. Van de vrouw achter de bar tot de mensen aan de bar. De tijd leek hier te hebben stilgestaan.

De man die ik zocht zat aan de bar, strak in het pak, net als vroeger.

Ik liep naar hem toe en ging naast hem zitten.

"Nee maar," zei Cees.

"Toch wel," antwoordde ik. "Wil je iets drinken?"

"Ik ben hier toch," stelde hij glimlachend vast.

Ik bestelde een glas cognac voor hem en een biertje voor mezelf.

Zodra de barjuffrouw buiten gehoorsafstand was, vroeg Cees: "Je begrijpt toch wel dat ik niet nog een keer voor dezelfde truc val?"

Ik knikte en haalde duizend euro uit de binnenzak van mijn colbert. "Eigenlijk ben ik gekomen om je terug te betalen," zei ik. "Met rente. Bedankt voor de lening."

Cees staarde even naar het geld en vroeg toen: "Waarom zou je na vijf jaar terugkomen om me terug te betalen?"

"Omdat ik op het punt sta om een grotere stunt uit te halen en ik nog wel een escape kan gebruiken," antwoordde ik.

"Hoe bedoel je?" Hij keek me bevreemd aan, maar nam toch het geld aan.

"Laten we zeggen dat ik waardeer hoe je destijds gereageerd hebt," zei ik. "Het voelt alsof je me een escape hebt geboden... Ik heb iets op stapel staan, waarmee ik zoveel geld kan verdienen, dat ik daar nooit meer over na zal hoeven denken." Ik keek hem aan en voegde eraan toe: "Als het loopt zoals ik wil, tenminste... Zoals ik al zei: Ik kan nog wel een escape gebruiken."

Cees dacht hier even over na en zei toen: "Je maakt een fout uit het verleden goed, zodat je jezelf een vrijbrief kunt geven om een nieuwe fout te maken. Interessant..."

"Je moet krediet opbouwen om het af te kunnen breken," antwoordde ik.

"Toch staat het één los van het ander," merkte hij op.

"Het is vergelijkbaar," zei ik vaag en nam een slok bier.

"Dan hoop ik voor je dat het goed afloopt," antwoordde Cees. Hij klonk oprecht.

Een tijd lang dronken we zwijgend, zonder dat het ongemakkelijk werd. Toen zijn glas leeg was, wenkte Cees de barjuffrouw om af te rekenen en stond op van zijn kruk. Hij betaalde en richtte zich toen weer tot mij. "Ik neem aan dat het hierbij blijft vanavond?"

Ik knikte bevestigend.

"Kom je me nog wel een keer vertellen, hoe het af is gelopen met je nieuwe stunt?" vroeg hij en pakte zijn jas.

"Dat kan wel even duren," antwoordde ik.

"Ik ben hier iedere zaterdag," zei Cees en vertrok.

Dinsdag, 4 december 2012 – avond – Dag 36
New York, Amerika

Phipps brengt mijn wantrouwen jegens hem steeds verder aan het wankelen. Kort nadat hij me wakker maakte, kwam hij terug om me een pijnstiller en mijn ontbijt te brengen. Hij bleef een tijdje bij me zitten en beloofde dat hij tussen de middag terug zou komen met mijn lunch. Iedere keer als ik hem vroeg hoe laat het was, gaf hij geduldig antwoord.

Ik at niets van het ontbijt, maar toch kwam Phipps inderdaad terug met mijn lunch, meldde uit zichzelf hoe laat het was en vertrok met de belofte, dat hij rond twee uur 's middags terug zou komen.

Om drie over twee stond hij inderdaad weer voor mijn neus. Hetzelfde ritueel herhaalde zich om vier en om zes uur. Phipps vertelde me hoe laat het was en beloofde twee uur later terug te komen. Steeds hield hij woord.

Om zeven uur komt hij weer. Dit keer om mijn avondeten te brengen, precies zoals hij me beloofde, toen hij hier een uur geleden was. Ik begin in te zien wat hij doet.

Hij verdeelt de dag in overbrugbare stukken en geeft me een schema, waaraan ik me vast kan houden tussen zijn bezoekjes in. Daarnaast probeert hij te illustreren, dat hij altijd doet wat hij toezegt. Hij probeert mijn vertrouwen te winnen en hij doet dat zo subtiel, dat ik het nu pas door heb.

"Licht aan in 11!" roept Phipps.

"Het is zeven uur," zeg ik.

"Ja," antwoordt hij en sluit de deur achter zich.

"Dat had je beloofd."

Phipps glimlacht en komt weer tegenover me zitten. "Ja, dat had ik beloofd." Hij steekt zijn hand in de zak van zijn jasje, haalt er een slaappil uit en geeft die aan me. "Je bent er bijna, Misha," zegt hij. "Je bent al ver over de helft."

Ik zwijg even en vraag dan: "Hoe is het met Jamie?"

"Goed," antwoordt Phipps. "Hij vraagt constant naar je."

Ik zucht. Ik mis Jamie. Ik mis zelfs zijn ellenlange verhalen over Paraguay.

"Heb je nog hoofdpijn?" vraagt Phipps dan.

"Het gaat wel," antwoord ik naar de waarheid.

"Ik ga zo naar huis," zegt hij. "Franco heeft de nachtdienst. Morgenochtend kom ik terug."

Ik kijk hem aan. "Dat weet ik, Baas."

Maandag, 7 januari 2008 – ochtend
Rotterdam, Nederland

Peter Meier stond in de deuropening van mijn kantoor en vroeg: "Heb je even?"

Ik keek op en zei: "Ja, natuurlijk."

"Gefeliciteerd met je nieuwe uitdaging," zei Meier en sloot de deur achter zich.

"Dank je," antwoordde ik.

Meier ging tegenover me zitten en zei: "Ilse vertelde me, dat je Colin Ross nog kent uit je studententijd."

"Dat klopt."

Even staarden we elkaar zwijgend aan.

"Dat heb je niet verteld toen we die weddenschap sloten," stelde Meier.

"Je hebt er niet naar gevraagd," wees ik hem terecht.

"Dat is waar," gaf hij toe.

"Maar?" vroeg ik.

Meier keek me recht aan en zei: "Je weet dat je dit project niet had gekregen, als Ross de firma buiten je om had benaderd."

"Dat maakt geen verschil," antwoordde ik. "Zonder mij zou hij Flash überhaupt nooit benaderd hebben. Ik heb hem hier naartoe gehaald. Anders zou hij met een Amerikaanse firma in zee zijn gegaan. Je hebt het zelf gezegd."

"En wat als ik afgelopen vrijdag had besloten om dit project toch aan een ander te geven?" vroeg Meier.

"Dan zou hij naar een andere firma zijn gegaan," antwoordde ik eerlijk. "En ik ook. Het is een beetje een *'package deal'*."

Meier keek me aan met een mengeling van ongeloof en ontzag in zijn ogen, maar ook met iets van ergernis. "Je had al je honken bezet, nietwaar?"

"Altijd," gaf ik toe. Ik zag ieder spoor van vriendelijkheid uit zijn gezicht verdwijnen en wist dat ik mijn doel bereikt had. Ik had me nu in een positie gemanoeuvreerd, waar niemand nog om me heen kon, inclusief de grote man achter Flash. Ik kon bijna voelen hoe de machtsverhoudingen verschoven tussen ons.

Meier klapte even spottend in zijn handen. "Applaus. Jij bent een hele gevaarlijke."

Ik keek hem recht aan. "Wees blij dat ik niet bij de concurrent zit," zei ik.

"Dat ben ik zeker," antwoordde Meier. "Jij wordt een hele grote. Dat zag ik al toen je voor het eerst hier binnenkwam, maar als jij je kaarten zo blijft spelen, dan ben je voor je dertigste de grootste van allemaal."

Zoveel tijd heb ik niet, dacht ik.

Hij keek me indringend aan en vroeg toen op argwanende toon: "Hoe ver ben jij bereid te gaan, vriendje?"

"Zo ver als nodig is," zei ik kalm. Ik zag het aankomen, maar ik had nog een aas achter de hand.

"Dan denk ik dat wij klaar zijn," antwoordde Meier. "Je kunt je spullen pakken en – "

"Weet je," onderbrak ik hem achteloos. "Er is nog iets dat ik je niet verteld heb. Ik denk dat je dat wilt horen, voordat je die zin afmaakt."

Meier keek me aan, maar zei niets.

Nu ik de overhand had, wilde ik mijn positie verder versterken. "Vrijdag tijdens de vergadering vertelde ik jou en onze collega's, dat Flash de Ross Tower gaat ontwerpen," ging ik kalm verder.

"Maar?" vroeg Meier.

Ik glimlachte. "Het is niet de Ross *Tower*, maar de Ross *Towers*. Meervoud," zei ik. "Stel je voor wat dat betekent voor de firma."

Meier knikte langzaam. Hij was duidelijk woedend. Niet alleen had ik de situatie dusdanig gemanipuleerd, dat ik nu de regie in handen had, maar ik had het ook nog zo voor elkaar, dat hij nooit meer van me af zou kunnen.

Ik boog me naar voren en zei: "Laten we nog een deal maken, Peter."

"Wat had je in gedachten?" vroeg hij.

"Ik blijf bij Flash, zolang ik alle Ross Towers krijg," antwoordde ik zakelijk en kortaf. "Daarnaast wil ik *alle* andere projecten die ik interessant vind. Mijn salaris blijft wat het is, maar daarnaast wil ik een percentage van de opbrengst van ieder project waar ik aan werk."

"Dat moet dan maar." De klank van Meiers stem was ongewoon kil.

"Ik werk alleen," ging ik verder. "Je scheept me niet op met stagiairs of assistenten."

"Zal ik er meteen een privésecretaresse bijdoen?" vroeg hij sceptisch.

"Ik hoef geen secretaresse," antwoordde ik. "Die maken fouten."

Meier leek sprakeloos.

"En ik wil dat je me het penthouse van de Black Diamond geeft," besloot ik.

"Matthias heeft eerste keus," zei Meier. "De Black Diamond is zijn project."

"Nu niet meer," antwoordde ik glashard. "Dat project was van mij vanaf het moment dat je het aan me gaf. Ik heb al het werk gedaan, Peter. Dat weet je. Het enige dat Matthias gedaan heeft is er zijn naam aanhangen en alle eer opstrijken. Dat penthouse is van mij."

Hij lachte spottend. "Waar wil je dat van betalen met je eenentwintig jaar?" vroeg hij.

Ik lachte ook. "Ik denk dat je me verkeerd begrijpt," zei ik. "Ik zei niet 'verkoop me', ik zei 'geef me' het penthouse."

"Je bent knettergek," antwoordde hij. "Dat is een woning van één komma acht miljoen."

Ik haalde mijn schouders op, alsof het om wisselgeld ging en feitelijk was dat ook zo. "Zie het maar als een investering in het Ross Towers Project en als een achterstallige compensatie aan mij voor het Black Diamond Project."

"Je bent knettergek," herhaalde Meier verbijsterd.

"Ross is nu al bereid te tekenen voor drie Ross Towers, Peter," vertelde ik. "Eén komma acht miljoen is *peanuts* in vergelijking met wat we binnen gaan halen."

Meier was zichtbaar geïrriteerd, maar protesteerde niet langer. "Verder nog iets?"

"Nee, dat was het wel," zei ik. "Voorlopig."

* * * * *

Woensdag, 5 december 2012 – ochtend – Dag 37
New York, Amerika

"Licht aan in 11!" roept Phipps.

Ik ga rechtop zitten en kijk naar hem op.

Hij sluit de deur achter zich en zet mijn ontbijt neer. "Goedemorgen," zegt hij.

"Goedemorgen, Baas," antwoord ik.

Phipps komt naast me op de grond zitten en vraagt: "Heb je vannacht een beetje kunnen slapen?"

"Ja, Baas."

Er valt een stilte, zonder dat het ongemakkelijk wordt. Dan zegt Phipps: "Je bent er bijna. Nog een paar uurtjes." Hij houdt zijn arm een beetje gedraaid, zodat ik op zijn horloge kan kijken.

Kwart over zeven.

Ik heb een eindpunt.

Over minder dan zeven uur.

"Bedankt, Baas." Ik buig mijn hoofd en kijk hem niet aan. Toch is mijn dank oprecht, maar ik heb er moeite mee, dat ik ben overgeleverd aan zijn goede bedoelingen. En ergens in me leeft nog een klein beetje paranoia jegens de bewaker. Ik voel dat hij naar me kijkt.

"Het is geen moeite," zegt Phipps.

"Toch wel," antwoord ik en hef mijn hoofd op.

Hij zwijgt even en vraagt dan: "Wil je me vertellen waarom je bang bent in het donker?"

Ik schud mijn hoofd, maar corrigeer mezelf meteen. "Nee, Baas." Ik overweeg mijn angst voor het donker te ontkennen en het op claustrofobie te gooien, maar na alle hulp die Phipps me geboden heeft, kan ik mezelf er niet toe zetten om te blijven liegen.

"Waarom niet?"

"Omdat ik niet tegen je wil liegen," antwoord ik.

"Dat waardeer ik," zegt hij.

8.
HET COMPLOT

Woensdag, 5 december 2012 – middag – Dag 37
New York, Amerika

Ik knipper met mijn ogen tegen het licht dat aanschiet en kijk verwachtingsvol op, als de deur van de isoleercel opengaat.

Phipps verschijnt in de deuropening en kijkt me aan. Hij komt niet binnen, maar blijft staan bij de deur. "Kom op, joh. Tijd om te gaan," zegt hij.

Ik sta op.

Phipps houdt een paar handboeien omhoog. "Ik vertrouw erop dat die niet nodig zijn."

"Nee, Baas," antwoord ik.

Hij stopt de boeien weer weg en herhaalt: "Kom op."

Ik loop naar hem toe en volg hem de kelderruimte uit.

Phipps neemt me mee naar de doucheruimte en geeft me een handdoek en een set schone kleren. "Straks is het bezoekuur. Je broer komt," zegt hij. "Je hebt een kwartier de tijd om je te douchen, te scheren en aan te kleden."

"Ja, Baas," antwoord ik weer.

Een kwartier.

Fuck!

Ik heb een kwartier de tijd om het hele vraagstuk omtrent Lennart op te lossen. Ik probeer niet te denken aan de achtenveertig uur, die ik hieraan zou kunnen hebben besteed, terwijl ik in de isoleercel zat. Langzaam begin ik me uit te kleden, terwijl de mogelijke scenario's zich in mijn hoofd ontvouwen en ik voor iedere keuze de mogelijke consequenties op een rijtje zet. Ik voel dat Phipps naar me kijkt en mijn krampachtige bewegingen observeert. Iedere beweging doet pijn. Ik probeer het te negeren, evenals de meelevende blik in de ogen van de bewaker, en me te focussen op mijn broer.

Als ik mijn T-shirt uittrek, onthul ik de blauwe plekken en rode striemen op mijn torso weer. Hoewel het er beter uitziet dan twee dagen geleden, lijkt Phipps weer aangedaan, ondanks dat hij het eerder heeft gezien, toen ik bij Dr. Cavanagh was (en waarschijnlijk honderden keren daarvoor bij anderen).

Phipps zegt of vraagt niets en laat me verder mijn gang gaan zonder echt op me te letten, alsof hij erop vertrouwt dat ik zijn werk op geen enkele manier zal bemoeilijken.

Ik stap onder de douche en laat het water over mijn hoofd stromen. Het is een verademing om eindelijk weer eens alleen te kunnen douchen en niet over mijn schouder te hoeven kijken wie er achter me staat en me niet druk te hoeven maken over de groep waarin ik beland.

In plaats daarvan moet ik me nu druk maken over de antwoorden op al die onvermijdelijke vragen, die mijn broer me straks gaat stellen.

Na een tijdje stap ik onder de douche vandaan en sla de handdoek om mijn heupen.

Phipps verschijnt en geeft me een scheermes.

Ik kijk in de spiegel, terwijl ik me scheer. Het valt me mee. Als ik voet bij stuk houd en me nonchalant opstel, kan ik Lennart er misschien van overtuigen, dat de wond boven mijn oog het resultaat is van een 'kleine knokpartij' en dat het allemaal goed is afgelopen. Verder heeft Skinner mijn gezicht duidelijk ontzien.

In mijn hoofd passeren diverse mogelijke zinnen de revue, terwijl ik me aankleed.

'Gewoon een ruzietje, Len.'

'Niks aan de hand, Len. Gewoon een meningsverschil.'

'Alles is oké, Len. Je zou die ander moeten zien.'

Ik schud mijn hoofd. Dat zou teveel van het goede zijn.

Zodra ik al mijn kleren aanheb, neemt Phipps me mee naar de bezoekersruimte.

Lennart zit al op me te wachten.

Phipps brengt me naar hem toe.

"Hé, Len," zeg ik.

Lennart staat op, slaat zijn armen om me heen en vraagt: "Wat is er gebeurd, jochie?"

"Gewoon een meningsverschil," antwoord ik nonchalant. "Niks aan de hand." Ik negeer de pijn, die wordt veroorzaakt door de goedbedoelde omhelzing van mijn broer en ga zitten, als hij me eindelijk loslaat.

Phipps laat ons alleen.

"Wat is er gebeurd?" herhaalt Len, terwijl hij tegenover me gaat zitten.

"Een meningsverschil," zeg ik weer.

"Moet ik dat geloven?" vraagt hij.

"Geloof wat je wilt, Len," antwoord ik vlak. Ik kijk mijn broer aan en zie de ongelovige en gekwetste blik in zijn ogen. Iets in me wil hem geruststellen en niet alleen om van hem af te komen. "Het is niet bepaald de middelbare school, maar ik red me wel," lieg ik overtuigend.

Lennart zucht en laat het onderwerp rusten, maar begint onmiddellijk over iets anders, iets waar ik net zomin over wil praten. "Weet je, jochie? Ik begrijp het niet. Waarom wil je me niet vertellen wat er gebeurd is, voordat je werd opgepakt? George Springfield zei dat het een uit de hand gelopen ruzie was, maar toen ik je vroeg of het een ongeluk was, zei je 'nee'..."

Ik haal diep adem en zeg dan: "Het is ingewikkeld."

"Ingewikkeld?" herhaalt Len. "Wat is ingewikkeld? Er is iemand dood, Misha, en ik vraag je waarom. Dat lijkt me toch vrij eenvoudig."

"Ik had mijn redenen, oké?" antwoord ik ongeduldig.

"Wat dan?" dringt mijn broer aan. "Ik ken je goed genoeg om te weten, dat dit niet in jouw aard ligt. En als het geen ongeluk was en jij je 'redenen' had, dan was het geen doodslag... Dan was het moord, jochie."

Ik begin wel in te zien, dat Len zal blijven doorvragen en dat hij geen enkele intentie heeft om binnenkort terug te gaan naar Nederland. "Misschien ken je me niet zo goed, als je dacht, Len," zeg ik langzaam.

Mijn broer wordt niet boos, tegen mijn verwachting in. "Dat weet ik," antwoordt hij. "Ik weet dat ik geen goede oudere broer geweest ben en..."

"Len, ik...," onderbreek ik hem, maar hij heft zijn hand op en laat mij ook niet uitspreken.

"Misha... Jochie, ik heb zoveel fouten gemaakt," gaat hij verder. "Ik zal de laatste zijn om te oordelen over wat jij gedaan hebt, zonder dat ik weet hoe het zit. Je bent mijn broer en ik hou van je. Ik wil je helpen en er voor je zijn, nu je me nodig hebt, maar dan moet je me wel dichterbij laten komen dan je nu doet."

De laatste zin doet me aan Phipps denken en zijn woorden brengen me uit balans. Ik denk erover na. De geduldige benadering van mijn broer is me volkomen vreemd.

Wat als George, Colin en Dean gelijk hadden?

Misschien kruipt bloed inderdaad toch waar het niet gaan kan.

"Len, ik heb geen woorden," zeg ik uiteindelijk.

"Dan zal ik je de tijd geven om die te vinden," antwoordt Lennart.

Ik kijk hem ongelovig aan.

"Wat kan ik zeggen?" verdedigt mijn broer zijn meegaande houding. "Ik ben de afgelopen maanden continu met Maren opgetrokken. Die is al net zo spraakzaam als jij."

"Behandel haar alsjeblieft niet zoals al die anderen," zeg ik.

"Er is niks gebeurd tussen ons," antwoordt Len. "Ik zal goed op haar passen voor je."

"Dank je," fluister ik. Ik hoor aan de klank van zijn stem dat hij vindt dat hij me gerust moet stellen. Er valt een korte stilte. Ik denk na. Ik had verwacht, dat Len op zijn minst een poging gedaan zou hebben om Maren het bed in te krijgen, maar zijn ontkenning lijkt oprecht. Weer heeft hij anders gehandeld dat ik heb voorzien.

Misschien is hij niet de enige die zijn broer niet zo goed kent, als hij altijd heeft gedacht. Ik overweeg even om de waarheid op te biechten, maar ik voorzie teveel hindernissen en bij het idee dat het beeld dat hij van me heeft nog verder zal veranderen, word ik bijna misselijk. Het idee dat ik het allemaal moet oprakelen is genoeg om me meteen van gedachten te laten veranderen.

En bovendien: Hoe kan ik mijn verhaal vertellen, zonder mijn verdere motieven te onthullen? Ik heb Lennarts vindingrijkheid tenslotte al eerder onderschat.

"Ga je me ooit vertellen wat er gebeurd is?" vraagt hij na een korte stilte.

"Ik moet erover nadenken, Len," zeg ik.

Hij glimlacht triest. "Daar heb je hier in ieder geval veel tijd voor."

"Dat valt nog tegen," antwoord ik tactvol. Ik zwijg even en kijk mijn broer aan. "Bedankt."

"Waarvoor?" vraagt hij.

"Voor je geduld."

Lennart knikt en kijkt op de klok. "Ik heb geld bij me voor je," zegt hij dan.

Het bankbiljet wisselt van eigenaar, zoals de vorige keer, alleen nu zonder de welkome afleiding van Donald Skinner. Ik probeer de pijn bij mijn ribben te negeren en niet op te vallen, als ik me even buk om het geld op te rapen en weg te stoppen.

"Volgende week hetzelfde?" vraagt Len, zodra ik weer rechtop zit.

"Ja."

"Five minutes!" roept een bewaker, die bij de deur staat.

Lennart kijkt me aan en legt zijn hand op de mijne. "Kun je me iets vertellen, waardoor ik me iets minder zorgen om je zou kunnen maken?"

"Ik heb een paar vrienden gemaakt," antwoord ik en trek mijn hand weg.

"Wie?" vraagt Len.

"Mijn celgenoot," vertel ik. "Aardige gozer... Joods... Hij praat veel, maar hij is ongevaarlijk. Hij heeft de belasting gehackt en een paar miljoen laten verdwijnen."

"Dan heb je mazzel gehad," concludeert hij.

"Geloof me, dat weet ik," antwoord ik.

"En verder?"

"Eén of andere kickbokser. Toch handig om te hebben, zeg maar."

Lennart schudt zijn hoofd en lacht even. "Dat is waar," zegt hij. Dan wordt zijn gezicht ernstiger. "Denk na over wat ik gezegd heb. Je hoeft dit niet alleen te doen."

"Einde bezoek, Larsen," zegt een bewaker, die onze tafel passeert.

Len en ik staan op.

Even kijken we elkaar afwachtend aan, maar dan sla ik mijn armen om hem heen en omhels hem. "Ik ben blij dat je er bent," fluister ik en ik hoop dat hij hoort dat ik het oprecht meen en dat ik diep in mijn hart wil dat hij blijft.

* * * * *

Donderdag, 1 januari 2009 – ochtend
Rotterdam, Nederland

De digitale wekker naast mijn bed gaf 4:32 uur aan toen mijn mobiele telefoon ging. Ik vloekte hardop, ging rechtop in bed zitten en pakte de telefoon. Ik wierp een snelle blik op het display om te zien wie er belde, maar ik had het moeten weten. Niemand anders zou het in zijn hoofd halen om wie dan ook te bellen om half vijf 's morgens, maar voor mijn broer was dat niet iets om over na te denken.

Nog voordat ik iets kon zeggen, zei Len: "Hé, jochie. Gelukkig Nieuwjaar."

"Len, het is half vijf," klaagde ik, niet zozeer omdat hij me wakker had gebeld, maar meer omdat hij straalbezopen was. Ik wist op dat moment al, dat ik verdere nachtrust wel kon vergeten. Het licht in mijn slaapkamer brandde en dat en het telefoontje van mijn broer was meer dan genoeg om me over mijn slaap heen te 'helpen'.

"Het is Oud en Nieuw," wierp hij tegen. "Kom gezellig een biertje drinken."

"Het is half vijf," herhaalde ik.

"Nou en? Ik heb nog een paar... Kut!"

"Wat?"

"Niks. Mijn bier viel om."

"Ga naar bed, Len," zei ik.

"Nee, joh. Ik heb nog drie six-packs," antwoordde mijn broer. "En ik ben pas bij *Zep III*."

Bier + Led Zeppelin = wiet.
En God weet wat nog meer...
"Len...," begon ik, tegen beter weten in. "Het is half vijf in de ochtend. Tenzij je denkt dat je doodgaat, wil ik je helemaal niet horen om half vijf in de ochtend. Weet je? Eigenlijk wil ik je helemaal niet horen om half vijf in de ochtend."
"Je bent nou toch al wakker," merkte hij op.
"Hoe kom je in godsnaam op het idee om iemand, die lijdt aan slapeloosheid zijn nest uit te bellen voor... voor... Waarvoor eigenlijk?"
"Om je Gelukkig Nieuwjaar te wensen, natuurlijk," antwoordde Len. Hij klonk oprecht verbaasd.
"Jij ook. Welterusten," zei ik en wilde de verbinding verbreken.
"Wacht!"
Ik zuchtte, zette de telefoon op speaker en legde die op mijn nachtkastje.
"Ik wil gewoon even praten...," ging Len verder.
Ik duwde het dekbed van me af, stond op en begon me aan te kleden.
"Weet je, we zien elkaar veel te weinig... Ik dacht..." Mijn broer kwam slecht uit zijn woorden en leek zelf nauwelijks te weten waar zijn verhaal naartoe ging. "Wat ik eigenlijk wil zeggen is... Ik dacht..."
Ik knoopte mijn jeans dicht en trok een overhemd aan, terwijl Len zijn onsamenhangende verhaal probeerde te vervolgen.
"Ik mis je," besloot hij uiteindelijk.
Ik bleef roerloos staan met mijn overhemd half dichtgeknoopt. Ik voelde mijn lichaam bevriezen onder de echo van zijn woorden. "Waarom?" vroeg ik na een korte stilte.
"Omdat je mijn broer bent," antwoordde Len, alsof dat alles verklaarde. "Ik... Hé, jochie...? Je weet toch dat ik van je hou?"
Waar komt dit opeens vandaan?
En wat moet ik ermee?
"Len, ga slapen."

* * * * *

Woensdag, 5 december 2012 – avond – Dag 37
New York, Amerika

Na het avondeten blijven de hokken nog een half uur openstaan. Ik installeer me bij de reling, zodat ik voldoende zicht heb op wat er om me heen gebeurt. Sinds ik uit de isoleercel ben, is Donald Skinner nog niet in mijn buurt geweest.

Jamie staat naast me en kijkt over de reling naar wat commotie op de benedenverdieping, waar een grote, zwarte man op de vuist gaat met Norton, de skinhead, die met Skinner bevriend is.

Skinner komt zijn cel uit, zodra hij de herrie hoort en haast zich naar beneden om zich met de kwestie te bemoeien.

Terwijl iedereen is afgeleid door de vechtpartij, komt Goldstein, de oude Joodse man, met wie Jamie en Russell veel optrekken op de binnenplaats, naar me toe en zegt: *"Walk with me, Dutch Man. We need to talk."*

Ik aarzel.

Goldstein buigt zich even naar me toe, zodat alleen ik hem kan horen en fluistert dan in het Nederlands, met een duidelijke Vlaamse tongval: "Dean Wesson doet u de groeten."

Mijn hart staat bijna stil, maar tegelijkertijd nemen zijn woorden al mijn twijfels weg. Ik volg hem naar een stil gedeelte van de galerij.

"Dean heeft me gevraagd om wat op u te letten," zegt hij, nog altijd in het Nederlands. Hij praat zo snel hij kan, alsof hij bang is dat we te weinig tijd hebben voor de materie, die hij met me wil bespreken. "Luister goed naar me. Ge hebt een heel groot probleem. Ga naar Phipps en vraag hem u in *AdSeg* te plaatsen."

"Dat kan niet," antwoord ik. "Ik ben hier nog niet klaar." Dan herinner ik me vaag, dat ik iemand dacht te zien, vlak voordat ik bewusteloos raakte, tijdens mijn laatste aanvaring met Skinner. "Jij was het," zeg ik dan ademloos.

Goldstein knikt.

Ik denk snel na. Als Dean hem vertrouwt, kan ik ervan uitgaan, dat de oude man me de waarheid zal vertellen. Heimelijk vraag ik me af hoeveel Dean hem verteld heeft, maar ik zie in dat er belangrijker zaken zijn die mijn aandacht vereisen op dit moment. "Wat is er gebeurd nadat ik *out* ging?" vraag ik.

"Kane haalde Skinner van u af en slaagde erin hem te boeien," vertelt hij. "Toen kwamen de andere bewakers..."

Toen?

Dan weten ze niets...

"Hebben zij niet gezien wat er gebeurd is?" val ik hem in de rede.

"Neen," antwoordt Goldstein.

"Heeft *Skinner* je gezien?" ga ik door.

"Neen," zegt hij weer.

Ik zwijg even en kijk naar de grond. Dan hef ik met een ruk mijn hoofd op, als de laatste puzzelstukjes op hun plaats vallen en ik een mogelijkheid zie om voorgoed van Kane af te komen. "Wat heb jij gezien?" vraag ik.

De oude man zucht. "Geen *AdSeg?*"

Ik schud mijn hoofd. "Er is iets dat me hier houdt," zeg ik vaag.

"Wat bent u van plan?" vraagt Goldstein.

"Het is beter als je dat niet weet," antwoord ik, "maar..."

"Er is altijd een maar," concludeert hij.

"Ja," geef ik toe. "Ik zou er erg mee geholpen zijn, als jij je die knokpartij zou herinneren, zoals ik het me herinner... Het zou me goed uitkomen als jij je, net als ik, zou herinneren dat *Kane* degene is, die me in elkaar heeft geschopt en dat Donald Skinner alleen maar op het verkeerde moment, op de verkeerde plaats was..." Mijn woorden blijven tussen ons in hangen.

Oude Goldstein zwijgt even en leest ogenschijnlijk moeiteloos tussen de regels door. Dan schudt hij zijn hoofd en merkt op: "Dat is zelfmoord, jongen."

"Het kan niet anders," antwoord ik.

Hij zwijgt.

"Alsjeblieft?" probeer ik. "Anders ben ik volledig afhankelijk van... iemand anders."

Goldstein kijkt me recht aan en zegt dan: "Aan mij zal het niet liggen als dit misgaat."

"Dank je," zeg ik. Als ik bij hem weg wil lopen, krijgt mijn paranoia weer de overhand. Ik draai me naar hem toe en vraag: "Waarom doe je dit voor me?"

"Ik doe het niet voor u," antwoordt hij. "Ik heb een oude schuld bij Dean Wesson en een Goldstein betaalt altijd zijn schulden."

* * * * *

Zaterdag, 3 januari 2009 – ochtend
Rotterdam, Nederland

Ik keek op van mijn schetsen, die voor me op het bureau lagen, toen ik de deur van de slaapkamer hoorde.

Ilse verscheen in de deuropening en bleef daar even staan. Ze droeg mijn ochtendjas en liep op blote voeten.

"Goedemorgen, prinses," zei ik en wilde mijn aandacht weer op mijn werk richten.

"Goedemorgen," antwoordde Ilse en kwam naar me toe. "Ben je al lang op?"

Ik wierp een snelle blik op de klok en zei: "Een paar uur." Ik had al gedoucht, was al aangekleed en zat inmiddels aan mijn vierde beker koffie. "Ik wilde je niet wakker maken... Ik had toch nog wat werk liggen."

Ilse kwam op mijn schoot zitten en nam een slok uit mijn beker. Ze trok haar neus op, toen ze de sterke zwarte koffie proefde. "Had?" vroeg ze, zette mijn beker terug op het bureau en sloeg haar arm om mijn hals.

Ik trok haar tegen me aan en hield haar even vast. Dat had ik eigenlijk niet moeten doen, maar ik voelde me schuldig over mijn gedrag van de laatste twee maanden. "Heb," gaf ik toe en wees even naar de schetsen op het bureau. "De deadline is binnenkort." Ik liet Ilse los en wachtte tot ze op zou staan, maar ze maakte geen aanstalten.

In plaats daarvan keek ze naar de tekeningen en vroeg: "Wat is het?"

"De ondergrondse parkeergarage van Ross Tower II," antwoordde ik. "Het is bijna af."

"Hoe kun je hier wijs uit?" merkte Ilse hoofdschuddend op.

Ik haalde mijn schouders op.

"Ga je weer het hele weekeinde werken?" vroeg ze toen.

"Schatje, het is belangr...," begon ik.

"Ik ook, Misha," onderbrak Ilse me op scherpere toon dan ik van haar gewend was. "Ik heb je de hele week nauwelijks gezien. Zelfs op Nieuwjaarsdag was je de hele dag aan het werk." Ze bleef tegen me aanhangen en vervolgde: "Ik dacht dat we nu dit weekeinde misschien iets leuks..."

Mijn mobiele telefoon ging over. "Sta eens op," zei ik en duwde haar zachtjes van me af. Ik liep naar de salontafel en keek op het display, half verwachtend dat Colin Ross de beller was, maar dat was niet het geval. Ik zuchtte, maar nam toch op.

"Hé, Len."

"Gelukkig Nieuwjaar, jochie," begon Lennart. Zijn stem was nog dieper dan gewoonlijk en klonk hees en schor, wat me vertelde dat hij teveel gerookt en gedronken had.

"Je hebt me op Oudejaarsnacht al gebeld," hielp ik hem herinneren. "Om half vijf."

"Echt waar?" vroeg Len.

"*Half vijf*, Len!" herhaalde ik afkeurend.

"Daar weet ik niks meer van," gaf hij toe.

"Dat verbaast me niks," antwoordde ik vlak en ging op de armleuning van de bank zitten. "Je was... ver heen."

"Sorry," zei Len. "Wat heb ik gezegd?"

"Dat doet er niet toe." Ik had geen zin in een herhaling.

"Als er iets bij was, waar ik mijn verontschuldigingen voor aan zou moeten bieden...," begon mijn broer. "Bij deze." Hij zweeg even en vroeg toen: "Ga je vanavond mee iets drinken?"

"Ik moet werken, Len," zei ik. "Ik heb een belangrijke deadline en gewoon te weinig uren in een dag." Ik voelde dat Ilse achter me kwam staan en haar handen op mijn schouders legde, in een halfslachtige poging om mijn aandacht op te eisen.

"Vertel eens wat nieuws," klaagde Len. "Kom op. Eén avond."

"Niet nu," zei ik nadrukkelijk, zowel tegen mijn broer als tegen mijn vriendin. Met mijn vrije hand pakte ik Ilses pols vast, toen haar handen zich verplaatsten naar het bovenste knoopje van mijn overhemd en het losmaakte. Ik draaide me naar haar toe, keek haar aan, schudde mijn hoofd, richtte me weer tot mijn broer en vroeg: "Hoe zit jij volgende week?"

Ilse liet me los, maar bleef achter me staan.

"Ik ben werkloos," zei Len overbodig. "Zeg het maar."

Ik haalde het beeld van mijn agenda voor de volgende week voor me. Ik wist alles uit mijn hoofd, zoals altijd. Agenda's waren eigenlijk overbodig voor me en waren feitelijk niet meer, dan een gewoonte en een deel van de structuur van mijn leven.

"Volgende week zaterdag?" probeerde ik, in een poging het zo lang mogelijk uit te stellen.

"Kan het niet iets eerder?" vroeg Len. "Donderdag of zo?"

Ilse legde haar handen weer op mijn schouders.

Ik voelde haar lippen in mijn hals en was even afgeleid. "Nee... dan heb ik al... iets."

"Iets?" herhaalde Lennart. "Date?"

"Nauwelijks," antwoordde ik. "De Hotel Party. De jaarlijkse *meet and greet* met nieuwe potentiële klanten. Het is net vergaderen, maar dan met cocktails en bediening." Opnieuw pakte ik met mijn vrije hand Ilses pols en duwde zachtjes haar hand weg.

"Woensdag?" probeerde Lennart. Hij had haast, wat inhield dat hij geld nodig had.

Ilse liep om me heen en kwam voor me staan. Ze keek me aan en liet de ochtendjas toen van haar schouders glijden. Eronder droeg ze niets.

Ik zweeg, afgeleid door de korte striptease van mijn vriendin.

"Woensdag?" herhaalde Len.

Ik herstelde me en antwoordde: "Ja, dat is goed, maar dan wel na achten. Ik moet..."

"Ja, je moet werken," vulde mijn broer aan.

"Ja, Len, werken... Dat doen sommige mensen nou eenmaal," viel ik uit. "Die werken, zodat andere mensen, zoals jij, niks hoeven te doen."

Ilse keek me even bevreemd aan.

Ik haalde mijn schouders op, bijna verontschuldigend.

"Laten we het jaar nou niet zo beginnen, jochie," zei Len welwillend.

"Je hebt gelijk," antwoordde ik afwezig. "Ik..."

Ilse kwam nog dichter bij me staan en begon mijn overhemd alsnog los te knopen. Er lag een vreemde blik in haar ogen, bijna triest.

Ik liet haar begaan. Ik dwong mezelf om haar aan te kijken, legde mijn vrije hand op haar onderrug en trok haar tegen me aan. Dit zou de laatste keer zijn. Ik wist het zeker.

"Waar zit jij met je hoofd?" vroeg Len.

"Geloof me, jij had al *lang* opgehangen," zei ik. Ik hoorde mijn broer een sigaret opsteken en voelde Ilses handen onder mijn overhemd over mijn huid glijden. Ergens hoopte ik dat Len boos op zou hangen, maar dat gebeurde niet.

"Zie ik je dan woensdag?"

Ik gaf geen antwoord en stond op.

Ilse verplaatste haar handen langzaam naar de sluiting van mijn jeans en maakte die los. Ze kuste mijn hals en borst, terwijl ik probeerde te bedenken hoe ik het snelst van mijn broer af kon komen, zonder hem teveel voor het hoofd te stoten.

"Ben je er nog?" vroeg Len ongeduldig.

"Len, ik moet ophangen," zei ik.

"Lig je te neuken of zo?"

Ik zuchtte. Van alle mensen die ik kende, was mijn broer de enige die zo'n vraag zou stellen over de telefoon. "Sms me waar en hoe laat, oké?"

"Ja, dus," concludeerde Lennart. "Welkom in het land der levenden, meneer de architect. Ik zie je woensdag wel. Oh, en kun je misschien een paar tientjes..."

"Sms me maar. Dag, Len," zei ik snel en verbrak toen de verbinding, voordat mijn broer nog iets kon zeggen. Ik legde de telefoon weg, pakte Ilses hand en trok haar naar me toe.

Ze keek naar me op en kuste me. "Wil je nog steeds werken?" vroeg ze. De ondeugende toon in haar stem was duidelijk nep. Het contrast met de verdrietige blik in haar ogen was te groot.

Ik begreep wat dit was. Dit was afscheid, nog een laatste keer het doen gelden van onze rechten en dan niets meer. Het was de laatste halte in mijn relatie met Ilse. Het was voor ons beiden te ingewikkeld geworden.

Beter gezegd, had ik het te ingewikkeld gemaakt voor ons beiden.

Mijn voortdurende ambivalentie, mijn nooit uitgesproken innerlijke strijd, mijn twijfel tussen samen willen zijn met de vrouw van wie ik hield en toegeven aan mijn bijna ziekelijke drang naar afstand en stilte.

Twee jaar eerder was het begonnen als een verliefdheid en dat had zich geleidelijk ontwikkeld tot een relatie, waarin Ilse probeerde te kijken naar de toekomst en ik niet verder wilde kijken dan het heden. Ik hield echt van haar, maar er waren teveel aspecten in mijn leven, die ik niet kon of wilde delen.

Hoewel mijn gevoelens voor haar oprecht waren, was onze verhouding niet meer dan een façade. Het zoveelste aspect in mijn leven dat er was om me in staat te stellen, me voor de buitenwereld anders voor te doen dan ik was: 'Normaal'. Ik vond dat Ilse beter verdiende dan dat. Mijn liefde voor haar was sterk, maar er waren sterkere emoties, die aan me trokken.

Het was tijd om haar los te laten of voorgoed mee te trekken in het ravijn.

Ik had het niet op kunnen brengen, om Ilse aan de kant te zetten. Het zou niet eerlijk zijn geweest. De laatste paar maanden had ik me begraven in mijn werk voor Ross Security Systems en geleidelijk steeds meer afstand tussen mezelf en Ilse gecreëerd.

Ilse had geprobeerd die afstand te overbruggen, duidelijk bereid te werken aan onze relatie en zoals altijd bereid om me de ruimte te geven die ik nodig had.

Opeens zag ik onze relatie door de ogen van Ilse.

Ze wist dat ik van haar hield, maar had na twee jaar genoeg van mijn blijvende gebrek aan antwoorden op haar vragen en mijn bizarre werktijden. Ze had geduld gehad, me bijna twee jaar de tijd gegeven om zelf naar haar toe te komen en mijn verhaal met haar te delen.

Ilse had vragen gesteld, maar ook berustend gezwegen, wanneer ik haar de antwoorden schuldig bleef. Ze had weleens doorgevraagd, maar nooit aangedrongen. Ze had meer van me gewild, dan ik haar kon geven en had nu besloten, dat het tijd was om me los te laten en alleen verder te gaan.

Ondanks het feit dat ik zelf degene was die op een breuk had aangestuurd en het om die reden al een tijdje had zien aankomen, deed het pijn. Meer dan ik wilde toegeven. Niet dat ik verwacht had, dat ik het gemakkelijk van me af zou kunnen schudden, maar het gevoel van verlies dat ik nu ervoer, was iets waarmee ik geen rekening had gehouden.

Heel even overwoog ik om te proberen haar terug te halen, haar bij me te houden, maar dat zou egoïstisch zijn geweest en teveel lastige consequenties tot gevolg hebben.

"Wil je nog steeds werken?" vroeg Ilse weer.

Ik moest al mijn zelfbeheersing aanspreken om haar niet beet te pakken, op de bank te gooien en haar ter plekke te nemen. In plaats daarvan pakte ik haar hand en leidde haar naar de slaapkamer. Daar duwde ik haar zachtjes naar het bed en manoeuvreerde haar met mijn lichaam op haar rug op het matras. Haar huid was zacht onder mijn handen. Ik hield van de delicate rondingen en haar verder bijna magere lichaam.

Nu Ilse op haar rug lag, waren haar ribben en heupbeenderen duidelijk zichtbaar onder de bleke huid. De blonde krullen en haar grote blauwe ogen deden haar jonger lijken, dan haar eenentwintig jaar.

Ik boog me over haar heen en kuste haar. Ik likte met mijn tong langs haar onderlip en voelde de warmte van haar adem, toen ze haar mond opende en mijn kus beantwoordde. Haar lichaam voelde warm en vertrouwd onder het mijne. Ik verbrak de kus en volgde met mijn lippen de lijn van haar kaak en hals naar haar schouder. Ik vervolgde mijn weg via haar borsten, buik en heupen.

Haar ademhaling versnelde, bijna gelijk met de mijne.

Mijn hoofd was aangenaam leeg, gedachten en demonen verdrongen door lust en adrenaline. Mijn hand gleed langs haar zij, via haar heup tussen haar benen en ik begon haar te strelen. Met mijn knie duwde ik haar benen verder uit elkaar en voelde dat ze zelf haar benen verder voor me spreidde.

Tergend langzaam kuste ik mijn weg van haar buik verder naar beneden. Ik hoorde haar adem even stokken in anticipatie toen ik mijn tempo vertraagde en haar zachtjes kreunen op het moment dat mijn tong uiteindelijk zijn doel bereikte. Ik voelde haar ademhaling opnieuw versnellen, terwijl ik mijn lippen en tong gebruikte, om haar naar haar hoogtepunt te drijven.

Ilse kreunde en haar smalle bekken schokte onder het orgasme. Ze hield haar ogen even gesloten, maar keek me toen weer aan.

Ik boog me naar haar toe voor een kus en schoof mijn jeans en onderbroek van mijn heupen met mijn vrije hand. Langzaam drong ik bij haar binnen, hield even stil en bleef haar aankijken. Ik wachtte even, bang dat ik klaar zou komen, zodra ik één keer zou stoten. Ik sloot mijn ogen, hervond mijn zelfbeheersing en begon te bewegen.

Ilse bewoog mee onder me, haar benen om mijn middel geslagen en haar armen om mijn hals.

Ik verborg mijn gezicht in haar hals, voelde haar zachte blonde krullen tegen mijn gezicht en snoof haar geur op. Ondanks dat mijn lichaam schreeuwde om een climax, vertraagde ik het tempo van mijn stoten om dat nog even uit te stellen. Geleidelijk versnelde ik weer, totdat ik me niet meer in kon houden en niet anders kon, dan me overgeven aan de ontlading. Ik opende mijn ogen en richtte mijn hoofd op, zodat ik Ilse aan kon kijken.

Game over, dacht ik.

* * * * *

Donderdag, 6 december 2012 – middag – Dag 38
New York, Amerika

Gelukkig heb ik nog bijna een week om te bedenken wat ik met mijn broer aanmoet, want nu heb ik andere dingen aan mijn hoofd. Ik sta met Jamie op onze gebruikelijke plek bij de muur op de binnenplaats en kijk onopvallend naar de anderen.

Ik vind dit een prettige plaats, omdat ik vanaf hier bijna de gehele binnen-plaats kan overzien en eventuele dreiging kan zien aankomen. Ik heb heel veel geleerd de afgelopen weken. Nu is het tijd om knopen door te hakken en een koers te bepalen, voordat nieuwe problemen zich aandienen.

Ik ben er nog lang niet, maar de tijd dringt. Er moet iets gaan gebeuren. Linksom of rechtsom. Nu.

Het geld dat ik van Lennart heb gekregen, heb ik gisteravond wederom bij mijn celgenoot in bewaring gegeven. Ik hoefde er dit keer niet eens over na te denken, wat me vertelt dat ik Jamie vertrouw, hoewel ik ergens in mijn achter-hoofd toch nog twijfel of ik daar goed aan doe en ik moeite moet doen om mijn achterdocht jegens Jamie echt los te laten.

Mijn oog valt op Kane, die invalt voor Franco, die een paar vrije dagen heeft. Hij kijkt me recht aan.

Ik wend onmiddellijk mijn ogen af, bang om hem een aanleiding te geven om naar me toe te komen. Door zijn positie is hij mijn machtigste vijand. Ik moet van hem af zien te komen. Ik kijk naar de tribune en zie Donald Skinner zitten, met zijn gebruikelijke gezelschap om zich heen verzameld.

Hij fluistert bijna onafgebroken met de jongen die naast hem zit, terwijl hij regelmatig één van zijn beruchte dodelijke blikken op Kane werpt. Zodra hij mijn blik opvangt, fluistert hij nog iets tegen de jongen.

Die lacht even.

Ik neem een besluit. "Blijf hier," zeg ik tegen Jamie. "Wat er ook gebeurt." Ik kies ervoor de vragende blik in de ogen van mijn celgenoot te negeren. Ik heb eindelijk een koers bepaald en wil niet dat Jamie me op andere gedachten pro-beert te brengen.

Hij blijft gehoorzaam achter bij de muur, als ik naar Skinner loop.

Ik voel alle ogen op me gericht en probeer mezelf ervan te overtuigen dat het verbeelding is. De enigen die echt naar me kijken zijn Skinner, zijn kornuiten en Jamie. Ik kan de rauwe stem van Dean Wesson horen in mijn hoofd.

"Soms moet je je door het spel heen bluffen."

Ik richt me op in mijn volle lengte, kijk ijzig naar de jongen naast Skinner en zeg op een zo autoritair mogelijke toon: "Oprotten!"

Skinner kijkt geamuseerd toe. "Nee maar, liefje. Waar heb ik dit onverwachte bezoekje aan te danken? Vind je het stiekem toch wel lekker? Kom je terug voor...?"

"Ik kom om te onderhandelen," val ik hem in de rede. Ik doe me veel zeker-der voor, dan ik me voel, maar ik kan nu niet meer terug en kan alleen nog maar hopen, dat mijn nieuwe plan gunstig uit zal pakken.

Skinner lijkt verrast en glimlacht. Hij maakt een uitnodigend gebaar en klopt dan met zijn vlakke hand op de plaats naast zich, om aan te geven dat ik mag gaan zitten en dat hij bereid is om zaken te doen. "Ik stem in met ieder voorstel, dat eindigt met jou tegen mijn celmuur, met je broek op je enkels," zegt hij.

Een dergelijke opmerking verwachtte ik al en ik zeg: "Ik heb een beter voor-stel, Donald." Ik ga naast hem zitten en ga onverstoord verder: "Wat denk je er-van om het jachtseizoen even gesloten te verklaren?"

Skinner houdt zijn hoofd schuin en vraagt: "Waarom?"

"Na *heel* lang zoeken, heb ik iets gevonden, dat een gezamenlijk doel zou kunnen zijn. Een missie, bij gebrek aan een beter woord." Ik zie dat zijn nieuwsgierigheid gewekt is.

"Vertel," zegt hij argwanend.

"Kane," antwoord ik kort.

Skinner knijpt zijn ogen tot spleetjes. "Wat is er met Kane?"

"Het viel me op dat jullie geen vriendjes meer zijn," merk ik op.

"Zo zou men dat kunnen verwoorden," antwoordt hij langzaam. Hij haalt zijn sigaretten tevoorschijn en steekt er één op. "Zijn idee van loyaliteit is anders dan dat van mij. Ik ben mijn deel van onze afspraak nagekomen, maar hij heeft geen woord gehouden."

"Ik zou bijna medelijden met je krijgen," zeg ik droog.

Skinner kijkt me woedend aan. "Kijk uit wat je zegt, *liefje*. Ik ben in een *heel* slechte bui," waarschuwt hij.

"Dat begrijp ik," antwoord ik.

Hij blijft me aanstaren. "Nee, dat denk ik niet," zegt hij bedachtzaam. "Ik had een deal met Kane en hij hield zich niet aan zijn afspraken. Toen kwam de veiling. De Draak won eerlijk.... Daar zul je mij niet over horen klagen, maar toen kwam Kane met een nieuw voorstel en weer brak hij zijn belofte."

"Nieuw voorstel?" herhaal ik.

"Ja," antwoord hij achteloos. "Als ik de vechtlust uit je zou slaan, zodat je die avond niet zo zou tegenwerken als de Draak voor je zou komen..."

"Wat?" val ik hem in de rede. "Dan zou hij me daarna aan jou verkopen?"

"Zoiets," zegt Skinner vaag en haalt zijn schouders op. "Maar in plaats daarvan, liet hij me de isoleer indraaien. Dat was niet de afspraak en zo doe ik geen zaken." Hij inhaleert diep en hult zich in een rookwolk.

"Dan denk ik dat we elkaar kunnen helpen, Donald."

"Is dat zo?" vraagt hij en kijkt me berekenend aan.

"Ik wil van hem af," zeg ik direct.

"Van wie?" vraagt Skinner, alsof hij het vermoeden heeft dat hij me verkeerd begrijpt.

"Ik wil van Kane af," bevestig ik.

Ik heb geen zin meer om er omheen te draaien. Het kost me teveel energie en als ik me niet heel erg vergis, zal mijn nieuwverworven 'openheid' zelfs op Skinners waardering kunnen rekenen.

"Dat is geen optie, liefje," antwoordt hij. "Bewakers, invallers en ander personeel zijn wat we hier noemen een *'no go'*, als je begrijpt wat ik bedoel."

"Ik denk dat *jij* niet helemaal begrijpt wat *ik* bedoel," zeg ik kalm en haal mijn schouders op. "Ik bedoel niet noodzakelijk dat hij dood moet, Donald. Voor mij is het voldoende als hij hier... niet meer komt."

Skinner zwijgt even. "Dan zou hij ontslagen moeten worden...," mijmert hij.

"Ja," zeg ik.

"Onmogelijk," antwoordt Skinner.

"Nee, niet onmogelijk," protesteer ik hoofdschuddend. "Als jij net zo graag van hem af wilt als ik, dan is hij morgen weg."

"Onmogelijk," herhaalt Skinner.

Nu heb ik hem precies waar ik hem hebben wil, zonder dat hij doorheeft dat ik nu de touwtjes in handen heb. Ik probeer niet te denken aan alles dat fout kan gaan en vraag: "Ga je me nu vertellen dat Kane slimmer is dan jij en ik samen?"

Hij kijkt me strak aan.

Ik zie aan de uitdrukking in Skinners ogen, dat ik zijn onverdeelde aandacht heb en dat hij mijn woorden interpreteert als een compliment en een uitdaging.

"Ga door, liefje..."

"Toen je me in elkaar schopte stond Kane toe te kijken," begin ik met zachte, monotone stem. "Er waren al die tijd maar drie mensen aanwezig: Kane, jij en ik. Niemand anders heeft iets gezien..." Ik laat Goldstein hier bewust buiten.

Skinner hoeft niet te weten dat ik nog een aas in mijn mouw heb.

De ogen van de *Jersey Killer* lichten op. "Dat is waar..." Hij denkt na. "Toen de andere bewakers aankwamen, had Kane me al geboeid. Je hebt niet geklikt. De Warden heeft ernaar *geraden...*" Hij lacht en trekt dan een ernstig gezicht. "Dat is een *heel* gevaarlijk plannetje, mijn vriend..."

"Ja, maar als we de Warden kunnen overtuigen dat Kane..."

"Hoe zou je zoiets willen spelen?" vraagt Skinner gefascineerd.

Ik haat het dat ik de enige bewaker die het goed met me voor lijkt te hebben, op deze manier moet gebruiken, maar het doel heiligt de middelen.

"Via Phipps," antwoord ik. "Hij ziet me toch al als een slachtoffer. Dat kan ik uitbuiten..."

"Ja, dat kan ik wel zien gebeuren...," onderbreekt Skinner me spottend. "Die sukkel heeft altijd al een zwak gehad voor zielige verhalen."

Zijn toon irriteert me, maar ik negeer het.

"Dan moeten onze verhalen voor de volle honderd procent overeenkomen... Alles moet kloppen," gaat Skinner verder, hardop denkend. "Je moet je rol goed spelen... Kijk uit wat je zegt, liefje. Eén verkeerd woord en we hangen... *allebei!*"

"Nomineer me maar alvast voor een Oscar," zeg ik.

Hij lacht. "Vanmiddag als de hokken openstaan, moeten we onze verhalen goed op elkaar afstemmen. We kunnen geen toehoorders gebruiken. *Niemand* mag dit weten."

Ik weet dat hij doelt op Jamie. "Niemand," beaam ik.

"Ons geheimpje," zegt Skinner nadrukkelijk.

9.
DE ONDERGANG

Donderdag, 6 december 2012 – avond – Dag 38
New York, Amerika

Tijdens het avondeten doe ik mijn best om oogcontact te zoeken met bewaker Phipps, die bij de deur staat. Mijn ogen zoeken en vinden soms ook de donkere ogen van Donald Skinner, die me, zoals afgesproken is, met enige regelmaat een woedende blik toewerpt.

Ik herhaal het verhaal, zoals ik dat met hem heb afgesproken, continu in gedachten.

Er is geen ruimte voor fouten.

Alles moet kloppen.

Ik eet demonstratief niets en zeg geen woord, terwijl ik de balans probeer te vinden tussen opvallen bij Phipps en vooral niet opvallen bij de andere bewakers.

Als de bel gaat, komt Phipps naar me toe en kijkt me aan.

Ik sta op en kijk weg.

"Alles oké?" vraagt hij.

"Ja, Baas," antwoord ik.

Op dat moment komt Skinner naar me toe. *"Zeg het dan, bitch!"* sist hij en grijpt me ruw bij mijn overhemd. Hij kijkt me recht in de ogen en dreigt overtuigend: "Als jij niet heel snel gaat vertellen hoe het zit, ben je er echt geweest! Ze noemen me de *Jersey Killer*, maar dat betekent niet dat ik niks doe in New York, *bitch."*

Voordat Phipps in kan grijpen, laat Skinner me los en loopt door.

In groepen worden we door de bewakers teruggebracht naar het cellenblok.

Bij de deur die toegang geeft tot de afdeling, houdt Phipps me staande en zegt: "Larsen, wacht even..." Hij laat de anderen passeren en roept dan: "Deur sluiten!"

Ik weet dat ik beet heb en wacht af.

"Wil je me vertellen waar dat met Donald Skinner over ging?" vraagt hij.

"Nee, Baas," antwoord ik.

Phipps aarzelt even en lijkt te twijfelen over zijn benadering. "Als je in gevaar bent, kunnen we je een tijdje van de afdeling halen," begint hij. "We kunnen je in *AdSeg* plaatsen. Ik zie dat het niet goed met je gaat. Je eet nauwelijks, je slaapt slecht..."

"Het gaat wel," zeg ik weinig overtuigend. Ik weet dat het volslagen ongeloofwaardig over zou komen als ik nu gemakkelijk overstag ga, maar ik wil ook niet, dat hij het hierbij laat. Het is een rare gewaarwording, maar ik *wil* dat hij doorvraagt, zodat ik de rest van mijn toneelstukje op kan voeren.

"We kunnen je beschermen," biedt Phipps aan.

"Waartegen?" vraag ik.

"Tegen Donald Skinner, natuurlijk," zegt hij.

"Dat is niet nodig, Baas," antwoord ik met zachte stem. "Donald is gewoon boos en daar heeft hij alle recht toe..." Ik zwijg abrupt, alsof ik vind dat ik mijn mond voorbij gepraat heb.

"Waarom is hij boos?" vraagt Phipps geduldig.

"Omdat ik... Omdat hij..." Ik lijk onzeker en slecht uit mijn woorden te kunnen komen, maar ieder woord is weldoordacht, evenals iedere hapering en elke weifelende pauze.

Ik haal diep adem en zeg dan: "Donald is boos op me, omdat ik niks gezegd heb..." Ik zie de verwarring in de ogen van de bewaker en richt mijn blik dan op de grond.

Hij legt zijn hand op mijn schouder en zegt: "Het komt allemaal wel in orde. Kom even mee naar kantoor."

Ik volg hem naar het bewakershoofdkwartier, dat niet ver van het kantoor van de Warden en de vertrekken van de medische staf gevestigd is. Er is verder niemand.

Phipps sluit de deur achter ons en gebaart naar een eenvoudige tafel, waaraan acht stoelen staan, om aan te geven dat ik moet gaan zitten.

"Begin nu eens bij het begin," zegt hij bemoedigend.

Ik neem plaats en kijk hem zwijgend aan. Ik denk snel na en laat de stilte dan opzettelijk lang voortduren. Zoals ik al verwachtte, vat Phipps dit op als een aarzeling.

Waarschijnlijk denkt hij dat mijn emoties me teveel worden, want hij loopt naar een fonteintje dat in een hoek van de ruimte staat en tapt een glas water voor me. Hij komt terug naar de tafel, zet het glas voor me neer, gaat tegenover me zitten en zegt: "Ik begrijp dat dit moeilijk is voor je, maar helaas voor jou ben ik niet helderziend. Je zult me iets meer moeten geven dan 'Donald is boos'. Daar kan ik niks mee."

"Dat begrijp ik, Baas," antwoord ik, "maar ik weet niet zo goed waar ik moet beginnen. Het is een lang verhaal."

"Waar is het precies mee begonnen?" probeert hij me in de goede richting te duwen.

"Dat is niet helemaal duidelijk," zeg ik vaag. Ik praat snel en onsamenhangend, alsof ik de woorden uit wil spreken, voordat ik me bedenk. "Ik bedoel, eerst kwam Donald Skinner en die wilde van alles wat ik niet wilde en toen kreeg ik Kane op mijn dak en werd het allemaal zo ingewikkeld en laatst met Donald..."

"Wacht even," onderbreekt Phipps me. "Kane? *Bewaker* Kane?"

Ik knik bevestigend.

"Wat is er voorgevallen met bewaker Kane?" vraagt Phipps geduldig.

Ik zwijg even, alsof ik overweeg om dat toch maar voor me te houden, maar kijk hem dan aan en antwoord: "Dat wil ik liever bespreken met de Warden, als je dat niet erg vindt, Baas."

Phipps neemt me in zich op. Hij lijkt niet boos of gekwetst door mijn woorden. "Waarom?"

"Omdat het geen verhaal is dat ik graag twee keer wil vertellen," zeg ik vlak.

Zaterdag, 3 januari 2009 – avond
Rotterdam, Nederland

Ik schoof de schets van me af en gooide het potlood op het bureau. Ik wierp een blik op de klok en stond op. De stilte om me heen was opeens oorverdovend. Ik had de hele middag nog geen lijn op papier kunnen krijgen en terwijl ik me eigenlijk bezig had moeten houden met Ross Tower II, waren mijn gedachten steeds afgedwaald naar Ilse.

Even overwoog ik om mijn broer te bellen, wat een normale reactie leek in deze situatie.

Ik overwoog zelfs even om hem terug te bellen en alsnog met hem mee te gaan naar de kroeg, maar ik had geen zin om uit te leggen waarom ik me bedacht had.

Wat moest ik zeggen?

'Len, ik heb me bedacht, want het is uit met mijn vriendin'?

Lennart wist niet eens van Ilses bestaan af en ik had geen zin om dat deel van mijn leven van A tot Z uit de doeken te doen. Alleen al het feit dat ik er zeker van kon zijn, dat mijn broer over het ongemakkelijke telefoongesprek van eerder zou beginnen, was meer dan genoeg om me ervan te weerhouden hem te bellen. Hij zou proberen me uit te horen over mijn seksleven en ik zou zwijgen en uiteindelijk zou het uitdraaien op ruzie over onderwerpen, die daar niets mee te maken hadden.

Ik pakte mijn mobiele telefoon en staarde uit het raam. Ik selecteerde blind een naam in de contactenlijst en drukte op 'bellen'.

"Hoi!" riep Maren. Ze klonk een beetje buiten adem.

"Wat ben je aan het doen?" vroeg ik.

"Aan het voetballen," antwoordde ze. "Met mijn buurjongetjes."

Typisch Maren, dacht ik, maar ik zei niets.

"Oké, wat is er?" vroeg ze.

"Ilse en ik zijn uit elkaar," zei ik mat.

"Oh... Oké... Maar dat wilde je toch?" vroeg Maren vertwijfeld.

"'Willen' is een groot woord," antwoordde ik. "Het kon niet anders. Ze kwam te dichtbij. Ik kon haar niet genoeg op afstand houden."

"Misschien had je dat niet moeten doen...," zei Maren langzaam. "Ilse is een schat... Een beetje jaloers, maar vooruit... Je kunt niet alles hebben. Misschien had je haar... gewoon alles moeten vertellen en had ze het begrepen."

Ik twijfelde, maar wist dat ik het niet op zou kunnen brengen om mijn verhaal te doen. Het was teveel, te groot, te ingewikkeld en te moeilijk. Maren was mijn vangnet. De enige, die me helemaal begreep en die ik niets hoefde te vertellen, omdat ze alles al wist.

"Geen woorden?" vroeg Maren.

"Nee," gaf ik toe.

Donderdag, 6 december 2012 – avond – Dag 38
New York, Amerika

Phipps klopt op de deur van het kantoor van Warden James.

"Binnen!"

De bewaker opent de deur en zegt: "Het spijt me dat ik u zo laat nog stoor, Warden, maar ik denk..."

"Ik stond net op het punt om naar huis te gaan," valt James hem in de rede en kijkt op van een dossier, dat opengeslagen op zijn bureau ligt. Dan valt zijn oog op mij en kijkt hij van mij naar Phipps en terug. "Maar ik denk dat ik dat nog maar even moet uitstellen," concludeert hij en slaat het dossier dicht.

Phipps dirigeert me het kantoor binnen, sluit de deur achter ons en leidt me naar de stoel, tegenover de directeur. "Ga zitten," zegt hij. Dan pakt hij er een stoel bij en gaat een eindje bij ons vandaan zitten.

Ik gehoorzaam en zwijg. Ik besef dat de Warden tientallen jaren ervaring heeft en dat ik bij hem sneller door de mand kan vallen dan bij Phipps. Ik stel me terughoudend op en wacht af tot iemand anders het initiatief voor dit gesprek gaat nemen.

Phipps stelt niet teleur en mijn geduld niet lang op de proef. "Meneer Larsen wil u iets vertellen, Warden," probeert hij het gesprek op gang te brengen.

"'Willen' is een groot woord," antwoord ik mat.

James negeert mijn opmerking en vraagt: "Wat is het probleem?"

Ik aarzel expres, omdat ik wil dat de Warden inziet dat het geen kleinigheid is. Ik wil hem de indruk geven, dat het me heel veel moeite kost om mezelf ertoe te zetten om mijn verhaal te doen.

"Gaat het over je recente aanvaring met Donald Skinner?" vraagt James.

"Ja... Nee, eigenlijk niet... Het is ingewikkeld," zeg ik voorzichtig.

"Ingewikkeld?" herhaalt hij.

"Ja, Warden," antwoord ik op aarzelende toon. "Ingewikkeld."

Als ik verder zwijg, kijkt James me aan en zegt dwingend: "Larsen!"

"Ik moet weten of ik veilig ben als ik praat," begin ik langzaam.

"Donald Skinner staat al heel erg lang bovenaan mijn verlanglijstje," antwoordt James en kijkt me aan. "Tot nu toe hebben we nooit iets kunnen bewijzen, omdat iedereen te bang is om te praten. Als je me iets bruikbaars geeft, dan *garandeer* ik je dat Skinner in de isoleercel zit, net zolang tot ik zijn overplaatsing naar Southport rond heb."

Daar is het weer.

'Southport'.

Wat is Southport?

Ik vervloek mezelf, omdat ik Jamie hier nooit naar gevraagd heb, maar in de context van het verhaal, ga ik ervan uit dat Southport een andere gevangenis is, waar Skinner kennelijk naar overgeplaatst kan worden. Ik aarzel weer even, doe alsof ik het aanbod van de directeur overweeg, of – zoals ik hem later wil doen vermoeden – dat ik het afweeg tegen mijn andere opties.

Ik moet heel dichtbij de waarheid blijven, anders wordt mijn verhaal onge-
loofwaardig.

"Ik heb redenen genoeg om van Donald Skinner af te willen...," zeg ik dan weloverwogen, "maar hij..." Weer laat ik een stilte vallen, te kort om James echt te irriteren, maar te lang om hem te ontgaan. Ik wend mijn ogen af en beperk het volume van mijn stem tot het minimum. "Dat met Skinner was niet wat het leek... Hij was... gewoon... op het verkeerde moment op de verkeerde plaats." Ik kijk hem bewust niet aan.

"Je hebt Skinner beschuldigd," protesteert James.

Ik schud mijn hoofd. "Nee, ik heb hem nooit beschuldigd van wat dan ook," werp ik tegen. "U heeft hem beschuldigd. U en bewaker Kane. Ik heb nooit ge-zegd, dat Skinner iets gedaan heeft."

"Wil je me nu vertellen, dat onze beroemdheid nog nooit een toenaderings-poging gedaan heeft?" vraagt James. Zijn toon is bijna spottend.

"Nee," antwoord ik langzaam. "Dat zei ik niet." Ik houd mijn ogen strak op een punt boven zijn hoofd gericht en lieg dan glashard: "Donald heeft weleens iets geprobeerd... in het begin, toen ik hier net was, maar hij heeft nooit mijn grenzen overschreden... Niet uit zichzelf, tenminste..." Ik zwijg weer en onder-druk de neiging om de reactie van de Warden te observeren.

Als iemand leugens vertelt, wil hij de ander aankijken om te zien of die ge-
looft wat hij zegt...
Dat weet hij... Niet naar hem kijken...
Kijk naar de grond!

"Niet uit zichzelf?" herhaalt James.

"Nee, Warden," zeg ik, maar weid daar verder niet over uit. Ik hef mijn hoofd op, kijk hem schattend aan en vraag dan: "Hoe liggen de zaken als ik... be-scherming nodig heb tegen..." Ik doe alsof ik zoek naar de juiste woorden en besluit dan: "... tegen iemand anders dan Donald Skinner?"

"Dat kan allemaal geregeld worden," verzekert hij me.

Ik zie iets van achterdocht in zijn ogen.

"Weet je wat mij niet lekker zit, meneer de architect?" vraagt James scherp. Hij wacht niet op een antwoord en denkt hardop na: "Het is niet zozeer het feit *dat* je Donald Skinner op hebt laten draaien voor iets dat hij niet gedaan heeft, maar meer het feit dat ik niet kan begrijpen, *wat* je daar in *godsnaam* toe heeft kunnen brengen. Je had op je vingers na kunnen tellen, dat het je verstandhou-ding met Skinner niet bepaald ten goede zou komen, als je de beschuldigingen tegen hem niet zou ontkennen."

Hij zwijgt even, neemt me in zich op en vervolgt: "Iets in me zegt me, dat jij dat risico niet zou nemen. Daar komt nog bij dat bewaker Kane jullie heeft zien vechten."

Ik kijk hem strak aan. "Dat zegt hij, ja," antwoord ik.

"Wil je zeggen dat hij loog?" vraagt de Warden op scherpe toon.

"Zo zou men dat kunnen stellen...," zeg ik vaag. Ik hoop dat ik op het juiste paard gewed heb, maar ik weet dat ik nu niet meer terug kan.

"Beschermt bewaker Kane een andere gevangene?" informeert James.

"Er was geen andere gevangene bij betrokken," vertel ik. "Alleen Donald Skinner en ik. En bewaker Kane – niet noodzakelijk in die volgorde." Ik gebruik deze woorden opzettelijk, zodat ik mijn troef nog achter de hand kan houden: de oude Goldstein.

Tenslotte was hij er niet bij 'betrokken', maar was hij slechts een toeschouwer.

James gaat op het puntje van zijn stoel zitten en zegt op ongeduldige, barse toon: "Luister goed, jongen. Ik heb meer dan genoeg van die raadsels van jou. Als je nu niet heel snel gaat praten, dan zet ik je *nog* een week in de isoleercel."

Ik kijk hem aan en zie dat hij bluft. Er ligt een vreemde blik in zijn ogen, een mengeling van medeleven en frustratie. Kennelijk kan hij er slecht tegen als er dingen in zijn gevangenis gebeuren, waar hij niet van op de hoogte is. Hij houdt ervan om de controle te hebben, maar ik voel dat de Warden geleidelijk de regie over het gesprek begint te verliezen en dat ik de situatie nu volledig naar mijn hand kan zetten.

"Denkt u dat ik iemand als Donald Skinner zomaar op zou laten draaien voor iets, dat hij niet gedaan heeft, Warden?" vraag ik toonloos. "Wanneer zou iemand wanhopig genoeg zijn, om zo'n risico te nemen?"

Hij kijkt me aan, eerst met een geïrriteerde uitdrukking op zijn gezicht, maar die vervaagt, zodra hij de conclusie trekt, waarop ik heb aangestuurd. "Wanneer hij banger is voor iemand anders...," zegt hij langzaam.

"Ja, Warden."

"Kane."

"Ja, Warden," bevestig ik weer.

"Waarom?" vraagt hij. "Het personeel is hier voor jullie."

Ik kijk hem sceptisch aan. "Kane moet me vanaf het begin al hebben," vertel ik hem. "Het begon met een paar klappen en wat hatelijke opmerkingen, maar sindsdien is het langzaam steeds verder geëscaleerd."

"Geëscaleerd?" herhaalt James.

"Ja, Warden," antwoord ik mat. "Zo'n anderhalve week geleden... Het was op een zondag, ziet u en Kane had dienst..." Ik zwijg weer. Al mijn pauzes zijn perfect getimed, evenals mijn bewegingen. Onzeker en schichtig, alsof ik de grootste moeite heb om mijn verhaal te vertellen en bang ben om mijn lot in verkeerde handen te leggen. Wantrouwig.

Ik balanceer op een vreemde grens tussen fictie en werkelijkheid.

Kennelijk is dit wat Marlon Brando bedoelde met *'method acting'*.

De Warden dringt niet meer aan en geeft me de tijd.

"In de kleedkamer kreeg ik woorden met Kane...," ga ik verder. "Hij... Hij wachtte, totdat bijna iedereen weg was en stuurde toen Donald Skinner en... iemand anders op me af."

James blijkt goed in staat om hoofd- van bijzaken te scheiden, want hij vraagt me niet wie 'iemand anders' is, maar wil in plaats daarvan weten: "Wat is er gebeurd?"

Ik laat me verder onderuit op mijn stoel zakken, een methode die ik vroeger op school regelmatig toepaste, als ik iemand zijn blik wilde ontwijken. "Kane...

Hij liet ons met ons drieën achter in de kleedkamer... Skinner schopte me in elkaar... Die ander hield me vast en... Hij... Skinner..."

"Heeft hij...?" begint James.

"Nee," antwoord ik, voordat hij die zin kan afmaken. "Zover kwam het niet... Kane kwam terug en maakte er een einde aan, voordat er echt iets kon gebeuren..."

Hij knikt.

"Maar toen...," ga ik verder.

James verwachtte kennelijk niet dat het verhaal nog verder zou gaan, nadat de bewaker de situatie succesvol had beëindigd, maar jammer genoeg voor hem, heb ik nog een 'maar' en een 'toen' voor hem in petto. "Maar toen?" spoort hij me aan.

"Toen zei Kane tegen Skinner, dat hij het als een voorprogramma mocht beschouwen en dat het hem vrij stond om een bod te doen op een eventueel vervolg," antwoord ik.

"Besef je wel wat je zegt?" vraagt de Warden verbluft. "Weet je *heel* zeker, dat je dit soort beschuldigingen wilt uiten?"

"Waarom stelt u vragen als u de antwoorden niet wilt horen?"

"Zo bedoelde ik het niet," zegt James.

"Ik verwacht niet dat u mij op mijn woord gelooft, Warden," zeg ik welwillend, "maar als u even verder zoekt, zult u veel meer vinden dan alleen mijn verhaal... Donald Skinner kan en zal bevestigen wat er in de kleedkamer is gebeurd... En wat er echt gebeurd is, voordat u ons in de isoleercel zette... Dr. Cavanagh kan bevestigen dat sommige van de verwondingen, die ik zogenaamd heb opgelopen bij de knokpartij van afgelopen maandag, destijds al meer dan een week oud waren, namelijk van toen... Dat in de kleedkamer..."

"Wie waren daar verder nog bij?" wil James dan weten.

"Twee gevangenen...," antwoord ik ontwijkend. "En kort nadat Kane ingreep, kwam Baas Phipps binnen..." Ik gebaar even naar de bewaker, die ademloos zit te luisteren. "Het ging allemaal zo snel... Ik zag dat meneer Phipps doorzag dat er iets niet in orde was, maar ik durfde niets te zeggen."

James kijkt naar de bewaker en vraagt: "Klopt dat?"

Phipps knikt. "Het was een vreemde ochtend, Warden... Het was zondag. Ik zou eigenlijk vrij zijn, maar ik moest invallen voor Franco. Het was de ochtend dat Jon Saunders door het lint ging. Ik werd weggeroepen uit de kleedkamer om te bemiddelen. Toen Saunders gekalmeerd was, ging ik naar de kantine en zag ik dat er een groepje was achtergebleven na het douchen. Ze verschenen niet in de kantine en bewaker Kane ook niet. Ik ben de route naar de doucheruimte teruggelopen, om te zien waar ze bleven."

Het gezicht van James is uitdrukkingsloos. Hij kijkt me aan en vraagt: "Wil je me dan nu vertellen wat er afgelopen maandag *wel* is voorgevallen?"

Ik kijk even naar Phipps, alsof ik hoop dat hij mijn verhaal voor me kan doen, maar vertel dan: "Ik kreeg 's morgens ruzie met Kane. Hij dreigde dat hij Skinner opnieuw op me af zou sturen. Hij zei dat ik arrogant was, omdat ik gestudeerd heb en zo, maar dat hij me wel zou breken."

"Weet je zeker dat je hem goed begrepen hebt?" probeert James.

Ik zwijg even en slik. Ik gebruik mijn geveinsde aarzeling om snel na te denken over de rest van mijn verhaal. Ik moet heel dichtbij de waarheid blijven, voor het geval iemand de feiten gaat checken bij Jones of Norton.

Tenslotte weet Phipps wie de achterblijvers waren, dus het is een kwestie van tijd, voordat hij bij hen uitkomt.

Ik kan de stem van Skinner nog horen echoën in mijn hoofd.

"Kijk uit wat je zegt, liefje. Eén verkeerd woord en we hangen... allebei."

"Kane vertelde me later die dag, dat hij een veiling was gestart en dat hij me wilde verkopen aan de hoogste bieder," ga ik verder. "Als de *'high class* hoer, die ik ben'..." Ik kijk James aan. "Dat kan ik maar op één manier interpreteren."

Hij staart vol ongeloof terug.

"Op het moment schijn ik achthonderd dollar waard te zijn...," voeg ik er sarcastisch en op kille toon aan toe en wend mijn ogen weer af.

James schudt zijn hoofd en gaat weer op het puntje van zijn stoel zitten.

Ik kijk hem bewust niet aan.

Het is belangrijk dat hij me ziet, zoals Phipps me ziet: als het slachtoffer.

"Na Kane's dreigementen, dacht ik dat... Tijdens het douchen..." Ik maak een gebaar met mijn hand, alsof ik wil zeggen 'U weet wel'. "Maar er gebeurde niets. Later hoorde ik dat zijn veiling nog niet was afgelopen en dat Kane zijn 'handelswaar' beschermt, zolang er nog niet betaald is..."

James onderbreekt me: "Je hoorde dat zijn veiling nog niet was afgelopen? Is dat nu wel het geval?"

"Vier dagen geleden heeft hij zijn geld geïnd," zeg ik.

"En er is niets gebeurd?" vraagt hij.

"Ik kreeg wat hulp uit onverwachte hoek," geef ik toe. Ik zie mogelijkheden om mijn verhaal solider te maken, door mijn leugens op te hangen aan controleerbare feiten. "Toen de hokken openstonden sloot de... de winnaar van de veiling me in. Kane zou de controles op onze verdieping uitvoeren, maar bleef weg, omdat hij betaald was. Ik..."

"Je kreeg hulp," helpt Phipps me op weg, als hij het idee krijgt dat ik niet weet hoe ik verder moet.

"Ja, mijn celgenoot, Jamie Hirsch stond op de galerij en zag het gebeuren," zeg ik, terwijl ik het volume van mijn stem steeds verder terugbreng. "Hij ging weg en kwam terug met Jon Saunders."

Ik voel dat de Warden naar me staart, maar houd mijn blik strak op zijn bureau gericht en vervolg: "Ook hem heb ik de isoleercel in laten draaien... Omdat ik niets durfde te zeggen... Afgelopen maandag tijdens het luchten, kwam Kane naar me toe. Hij vroeg me met hem mee te gaan en nam me mee naar een dode hoek van de binnenplaats, waar we uit het zicht waren van de andere bewakers en gevangenen. Hij vertelde me, dat hij niet zo blij was met de gang van zaken... Hij zei dat hij me verkocht had en dat het de bedoeling was, dat ik mee zou werken, wanneer de koper me kwam opeisen."

"En toen?" vraagt Phipps, na een korte stilte.

Ik knipper even met mijn ogen. "Toen ik weigerde, zei Kane dat hij wel manieren had om me 'minder lastig' te laten zijn voor zijn afnemer. Hij schopte me in elkaar en hij bleef doorgaan, totdat ik bewusteloos raakte."

"En Donald Skinner?" vraagt James grimmig.

"Het enige dat Donald Skinner in dit verhaal heeft betrokken, is zijn nieuwsgierigheid," zeg ik. "Hij zag dat Kane me meenam en afzonderde en hij wilde weten waarom."

"Is er iemand die dat kan bevestigen?" vraagt de Warden.

Dit is de vraag waarop ik heb gewacht, de kans om mijn aas uit mijn mouw te halen en de winst binnen te halen. "Nou, Donald zelf, natuurlijk. En er is nog iemand, die het gezien heeft. Ik weet niet of hij zal willen praten."

"Wie?" vraagt hij.

"De oude man," antwoord ik. "Goldstein."

James richt zich tot Phipps en zegt met ingehouden woede: "Breng Larsen terug naar zijn cel en haal Donald Skinner hierheen met twee bewakers. Daarna ga je met Goldstein praten, met Jamie Hirsch en met Jon Saunders. Ik wil precies weten hoe dit in elkaar zit en er gaat *niemand* naar huis, voordat ik het tot op de bodem heb uitgezocht."

Ik kijk hem smekend aan en vraag met oprechte angst: "En Kane dan? Ik ben dood als hij erachter komt, dat ik gepraat heb."

"Ik laat hem van de afdeling roepen," antwoordt James geruststellend. "Als dit waar is, zul je hem niet meer tegenkomen. Hangende het onderzoek stel ik hem op non-actief en als jij de waarheid spreekt, komt hij hier niet meer terug."

Oké, Donald...

Jouw beurt...

* * * * *

Zaterdag, 10 januari 2009 – middag
New York, Amerika

Nadat ik me in de week na mijn breuk met Ilse met behulp van schema's en routines overeind had weten te houden en min of meer op mijn automatische piloot functioneerde, boekte ik op vrijdagmiddag nog een vlucht naar New York. In het vliegtuig gooide ik mijn planning voor het weekeinde om, zodat ik de tijd, die ik met mijn reis naar en verblijf in New York zou verliezen, kon compenseren.

Ik huurde een auto en reed naar het huis van Colin Ross, met wie ik had afgesproken.

Onze vriendschap had de afstand, onze drukke agenda's en mijn zwijgzaamheid overleefd en onze band was sterker geworden in de loop der jaren. Op een geschifte manier vulden we elkaar aan. Colins innerlijke rust en stabiliteit versus mijn innerlijke chaos en de storm in mijn hoofd. Hij was mijn anker geworden en naast Maren de enige, die me terug kon halen, als ik te ver af dreigde te drijven.

Dat was een lang proces geweest, waarin hij toenadering zocht en ik hem op afstand probeerde te houden. Het was een traject, waarin ik het ons beide – achteraf gezien – onnodig moeilijk maakte en Colin het geduld op kon brengen, om daarin mee te gaan en aan leek te voelen hoe hij daarmee om moest gaan.

In het begin, toen ik net bij Colin in Delft woonde, had ik de illusie gehad dat we een etage zouden delen en verder niets. Met de nadruk op niets. Ik had verwacht dat we allebei zouden doen en laten wat we wilden en min of meer langs elkaar heen zouden leven, zoals ik dat met mijn broer gewend was, maar Colin accepteerde dat niet.

Hij voelde mijn onrust en probeerde die weg te nemen met steeds terugkerende routines, waar niet over te discussiëren viel, zonder dat het overkwam als bemoeizuchtig of dwingend.

Ik ging erin mee, omdat ik hunkerde naar orde en regelmaat, zelfs als dat betekende dat iemand anders die voor me moest creëren, omdat ik daar zelf niet toe in staat was. In de loop der tijd leerde ik – op mijn manier – om Colin te vertrouwen en te geloven, dat hij inderdaad het beste met me voorhad, zonder dat daar voorwaarden aan verbonden waren. De gesprekken die we voerden, kregen geleidelijk meer diepgang en beperkten zich niet meer uitsluitend tot het weer en onze opleidingen.

Colin stelde vragen, maar drong nooit aan, als ik aangaf dat een onderwerp me ongemakkelijk maakte. Het aantal onderwerpen waar een taboe op lag, nam langzaam maar zeker af.

Hij kan goed luisteren, vooral tussen de regels door.

Ik raakte meer op mijn gemak bij hem, voornamelijk omdat hij aanhoorde wat ik kwijt wilde en liet rusten wat ik wilde verzwijgen. Ik had het uiteindelijk op kunnen brengen, om Colin te vertellen hoe mijn ouders om het leven waren gekomen en hoe slecht mijn relatie met mijn broer was, maar ik had me er nooit toe kunnen zetten, om te vertellen over de drie jaar, die ik in het pleeggezin had doorgebracht.

Colin stond al in de deuropening van zijn landhuis, toen ik mijn huurauto langs de brede oprijlaan parkeerde.

Ik stapte uit, sloot de auto af en liep naar de ingang.

"Fijn dat je er bent," zei hij.

"Goed je te zien," antwoordde ik en omhelsde hem even. "Bedankt, dat je tijd voor me hebt vrijgemaakt."

"Voor jou altijd."

Toen we elkaar loslieten, ging Colin me voor naar binnen. Ik volgde hem naar de woonkamer, trok mijn jas uit en hing die over een stoel.

"Ga zitten," zei Colin. "Wil je iets drinken?"

"Doe maar koffie," antwoordde ik, liep naar de bank en ging zitten.

Alsof hij geroepen was verscheen er een man in de deuropening. "Willen u en uw bezoek iets drinken, meneer Ross?"

"Koffie graag," antwoordde Colin en ging tegenover me in een fauteuil zitten.

De man verdween.

"Ik was... verrast, toen je belde," merkte Colin op. "Ik had je eigenlijk pas volgende maand verwacht."

"Ik kom niet voor het Ross Towers Project...," zei ik langzaam. "Ik ben hier eigenlijk voor een privékwestie." Ik keek even naar de grond, maar sprak toch verder. "Colin, ik heb nagedacht. Er is iets dat..." Ik zweeg abrupt toen de koffie werd gebracht.

Colin keek me zorgelijk aan, maar vroeg niets, totdat de bediende de woonkamer verlaten had. Hij stond op, sloot de deur en ging weer zitten. "Wat wil je me vertellen?" vroeg hij.

Ik keek hem aan en dacht even na.

Colins gezicht stond ernstig en belangstellend.

Sinds mijn breuk met Ilse, nauwelijks een week eerder, had ik die relatie bijna eindeloos geanalyseerd, totdat ik verstrikt was geraakt in mijn eigen hersenspinsels. Ik probeerde voor ogen te houden dat ik er goed aan had gedaan om op een breuk aan te sturen, omdat ik haar niet mee wilde trekken. De weg die voor me lag was lang en onzeker, maar zou hoe dan ook niets positiefs brengen voor de mensen om me heen. Dat Ilse dat niet verdiende was me wel duidelijk, maar de wetenschap dat ik juist had gehandeld, stond haaks op het gevoel dat ik eraan over had gehouden.

Ik had Maren verteld, waarom ik Ilse van me had vervreemd.

Ze hoorde geduldig mijn motieven aan (die meer bedoeld waren om mezelf te overtuigen dan haar), accepteerde mijn uitleg, stelde geen vragen en leverde geen kritiek of commentaar. Vervolgens hoorde ze geduldig mijn uiteenzetting aan, over hoe ik van plan was de twee mannen, die mijn leven hadden geruïneerd, te doden en op die manier eindelijk de rust in mijn hoofd te creëren, die ik nooit had kunnen vinden.

Achteraf gezien, denk ik niet dat Maren op dat punt geloofde, dat ik het door zou zetten. In haar ogen was het beramen van twee moorden niet meer dan een verknipte vorm van bezigheidstherapie. "Om het 'uit je systeem' te krijgen," citeerde ze uit één van haar zelfhulpboeken.

Daar kon ik niet zoveel mee, hoewel het fijn was om tegen iemand aan te kunnen praten, die niets veroordeelde en wist waarom ik zo geworden was.

"Neem je tijd," zei Colin.

Ik dacht nog even na en hakte toen definitief de knoop door. Ik aarzelde even over hoe ik mijn verhaal moest beginnen. "We zijn ver gekomen in korte tijd," begon ik. "Ik ben er blij mee dat we onze successen hebben kunnen delen en verenigen."

Hij wachtte af en vroeg niets.

"Omdat we al zo lang vrienden zijn," ging ik moeizaam verder, "hoopte ik dat ik iets anders ook met je kan delen... Zonder dat het iets aan onze vriendschap verandert en zonder dat het beeld verandert dat je van me hebt..." Ik wendde mijn blik af. Hoewel ik er al dagenlang over had nagedacht, hoe ik dit verhaal zou brengen, had ik moeite om de woorden te vinden. Het klonk zo eenvoudig in mijn hoofd. Ik zuchtte en keek Colin aan.

"Begin maar gewoon ergens," stelde hij voor.

"Het is een lang verhaal en eigenlijk weet ik niet waar ik moet beginnen," zei ik. Plotseling sloeg de paniek toe. Ik stond op. "Het spijt me, Colin. Ik heb geen woorden. Ik dacht dat..." Ik had geen idee over het verdere verloop van die zin en zweeg.

Colin bleef rustig zitten en zei: "Blijf. Alsjeblieft."

Ik aarzelde even, maar ging toen weer zitten.

"Misschien moet je het iets anders benaderen," probeerde hij.

"Anders benaderen?" herhaalde ik.

"Je wilde me iets vertellen," begon Colin. "Daar had je een reden voor. Het is iets waarvan je vindt dat ik dat zou moeten weten. Wat je nu tegenhoudt om het me te vertellen is je onvermogen om het uit te spreken."

Ik knikte weifelend.

Ik kende zijn voorliefde voor wat hij *'broken things'* noemde en ik overwoog de mogelijkheid dat hij een vermoeden had in welke hoek hij het moest zoeken.

"Zal ik je een beetje op weg helpen?" vroeg hij.

Ik antwoordde niet. Bewust, omdat ik wist dat als ik nu 'nee' zei, dat hij het zou laten gaan en dat als ik 'ja' zou zeggen, hij door zou vragen. Ik wilde het beide niet, maar besloot om die keuze uit handen te geven, zodat ik niet langer hoefde te twijfelen.

Gelukkig voor mij kan Colin goed luisteren. En dan vooral tussen de regels door.

* * * * *

Donderdag, 6 december 2012 – avond – Dag 38
New York, Amerika

Na mijn gesprek met de Warden, brengt Phipps me terug naar mijn cel.

"Hoe laat is het?" vraag ik.

"Even na achten," antwoordt hij en roept dan: "Open 421!"

Ik ga mijn cel binnen en draai me nog even naar hem toe om hem aan te kijken.

"Maak je geen zorgen," zegt hij.

Ik knik en ga op de rand van het bureautje zitten, terwijl Jamie me zwijgend aanstaart vanaf het bovenste bed.

"Sluit 421!" roept Phipps. Dan loopt hij naar de cel van Donald Skinner en deelt hem mede dat de Warden hem wil spreken.

"Wat heb ik nou weer gedaan?" klaagt Skinner op de verontwaardigde toon van een tiener die op het matje wordt geroepen bij de rector.

Phipps geeft geen antwoord en roept: "Open 420!"

Zodra hij en Skinner verdwenen zijn, laat Jamie zich van zijn bed glijden en vraagt: "Wat is er allemaal aan de hand?"

Ik aarzel en zeg dan: "Dat van afgelopen maandag."

"Heb je een verklaring afgelegd tegen Skinner?" vraagt Jamie ongelovig.

Ik schud ontkennend mijn hoofd. "Nee, tegen Kane."

Jamies ogen vallen bijna uit hun kassen en hij heeft de grootste moeite om te blijven fluisteren. *"Wat heb je gedaan?!"*

Ik gooi eindelijk al mijn voorzichtigheid overboord. Als ik het op kan brengen om te vertrouwen op de verklaring van Donald Skinner, moet ik het ook op kunnen brengen om Jamie de waarheid te vertellen. "Ik heb de Warden verteld, dat Kane degene was die me in elkaar heeft getrapt, afgelopen maandag. En dat hij die veiling heeft gehouden. Skinner wordt nu naar de Warden gebracht. Hij gaat mijn verhaal bevestigen."

Jamie hapt naar adem. "Wat heb je gedaan?" herhaalt hij verbijsterd.

"Ik heb een deal gesloten met Donald Skinner om van Kane af te komen," geef ik toe.

Mijn celgenoot zwijgt even en laat het bezinken. "Wat nou als Skinner iets heel anders verklaart? Dan kun je helemaal geen kant meer op."

"Dat weet ik... Daarom heb ik nog een aas achter de hand gehouden," leg ik uit. "Je goede vriend Goldstein gaat hetzelfde verklaren als ik."

Jamie zucht vermoeid. "Denk je dat dit gaat lukken?" vraagt hij dan. De ongelovige blik in zijn ogen is nog altijd niet verdwenen en spreekt boekdelen.

"Ik hoop het," antwoord ik. "Als Skinner inderdaad doet wat hij heeft beloofd en Goldstein bevestigt dat verhaal, dan kan de Warden er niet meer omheen. Phipps heeft ook al het één en ander bevestigd en Dr. Cavanagh zal hetzelfde doen. Hun verklaringen zullen mijn verhaal genoeg staven om de Warden geen andere mogelijkheid te geven dan Kane te ontslaan."

Jamie kijkt me aan met een mengeling van hoop en vrees in zijn ogen. "Wat als Kane erachter komt dat je die verklaring hebt afgelegd?" vraagt hij.

"De Warden heeft hem op non-actief gezet, hangende het onderzoek," vertel ik. "Tenzij het heel erg misgaat, zullen we hem niet meer zien."

"Ik help het je hopen," antwoordt Jamie.

10.
NIEUWE SPELREGELS

Vrijdag, 7 december 2012 – middag – Dag 39
New York, Amerika

Ik had nooit, maar dan ook echt *nooit,* kunnen bedenken dat ik *dit* ooit zou zeggen, maar het feit dat ik Donald Skinner sinds gisterenmiddag niet meer gesproken heb, zit me dwars en het maakt me onrustig.

Vanmorgen in de kleedkamer en in de kantine was het niet veilig om te overleggen en totdat het tijd is om naar buiten te gaan, negeren we elkaar volkomen. We mogen geen argwaan wekken.

De binnenplaats is veel geschikter om te praten. Ik neem mijn plaats in bij de muur, omdat ik wil dat Skinner naar mij toekomt en niet andersom. Dat zou hem kunnen laten denken, dat ik niet zeker ben van mijn zaak en dat ik hem harder nodig heb, dan hij mij nodig heeft.

Ik stuur Jamie naar Russell en Oude Goldstein. Mijn ogen zoeken en vinden die van Skinner, die met Bobby en Norton bij de tribune staat.

Hij houdt mijn blik even vast, glimlacht kwaadaardig en komt naar me toe. Hij gaat naast me staan en vraagt: "Mag ik de eerste zijn om je te feliciteren met je Oscar, liefje? In de categorie 'Beste Slachtofferrol Ooit'."

"Dat mag, zolang je je handen bij je houdt," antwoord ik ijzig, zodra ik zie dat hij zijn hand naar mijn arm brengt.

Skinner trekt zijn hand terug. "Je houdt de gemoederen nogal bezig, meneer de architect," vertelt hij me. Mijn afwijzing lijkt hem niet boos te maken. De klank van zijn stem is eerder enthousiast. Hij leunt met zijn rug tegen de muur en kijkt uit over de binnenplaats. "Iedereen is zo druk bezig om al die puzzelstukjes, die je voor ze hebt achtergelaten in elkaar te passen."

"Hoe ging het?" vraag ik.

"Perfect, natuurlijk," zegt Skinner, op een toon alsof ik een domme vraag stel. *"Feilloos,* is eigenlijk een beter woord... De Warden wilde weten hoe de vork in de steel zit, dus dat heb ik hem eens even haarfijn uitgelegd..."

"Dat zal best," antwoord ik.

Hij werpt me een waarschuwende blik toe om me tot stilte te manen en gaat dan verder: "Het is allemaal nogal wat... Onze gerenommeerde architect komt met zijn *fancy* maatpak in de grote, boze gevangeniswereld terecht en jaagt daar binnen *no time* de gemene bewaker tegen zich in het harnas... Behulpzaam als ik ben, geef ik de gemene bewaker wat geld om de nieuweling met rust te laten, maar helaas... Meneer de architect krijgt het *opnieuw* voor elkaar om de bewaker op zijn tenen te trappen en de bewaker eist op een ochtend, in de kleedkamer. van mij dat ik de nieuwe aftuig om hem een lesje te leren... Daar kan ik natuurlijk niets aan doen... Ik wil geen problemen... Niet met die enge bewaker, dus ik durf niet tegen hem in te gaan..."

"Nee, stel je voor," antwoord ik cynisch.

"Als grote mensen praten, dan houden mooie jongetjes hun mond," waarschuwt Skinner. "De Warden reageert natuurlijk ook met enige terughoudendheid op deze feiten," gaat hij onverstoord verder. "Ik vertel de Warden dat ik heb gehoord, dat de bewaker een veiling gestart was, om onze architect wat *quality time* te laten doorbrengen met de hoogste bieder. 'Ja, dat gebeurt hier regelmatig, Warden. Ik doe wat ik kan, maar ik kan niet overal tegelijk zijn.'..."

"Noem je dat overtuigend?" vraag ik.

"De Warden verwacht echt niet van mij, dat ik mezelf aan het kruis nagel, *liefje,*" zegt hij ongeduldig. "Hij is een dominante man, die het niet kan hebben als er dingen in zijn gevangenis gebeuren, waar hij niet van op de hoogte is. Hij kijkt naar hoofdzaken en is bereid om... de minder belangrijke zaken, over het hoofd te zien, voor het grotere geheel... Kane heeft zijn gezag ondermijnd en hem belachelijk gemaakt. James wil zijn kop op dit moment liever dan die van mij."

"Dat is waar," geef ik schoorvoetend toe.

Skinner schraapt waarschuwend zijn keel.

"Vervolgens wil de Warden natuurlijk ook weten hoe het met die veiling is afgelopen en wat er afgelopen maandag is voorgevallen op de binnenplaats...," vervolgt hij.

Ik wacht af en besluit hem niet meer te onderbreken, als het niet noodzakelijk is.

"Dat is de man zijn goed recht, natuurlijk. Tenslotte is dit zijn gevangenis... Het is hem niet ontgaan dat onze knappe architect bont en blauw is... De man is erg oplettend, zie je... Dus ik vertel hem dat ik die middag op de binnenplaats *toevallig* hoor dat Kane's veiling is afgelopen en dat onze architect niet zo meegaand is als hij zou willen... Ik zit rustig op mijn gebruikelijke plaats op de tribune met mijn vrienden, als ik zie hoe Kane onze architect meeneemt en dat jullie dan uit mijn zicht verdwijnen. Nieuwsgierig als ik ben, wil ik daar natuurlijk het mijne van weten... Ik wacht dus een paar minuten en volg jullie dan... Ik zie dat onze architect *total loss* op de grond ligt en ik hoor Kane zeggen, dat hij er nu zeker van kan zijn, dat zijn *high class* hoer niet teveel tegen zal werken wanneer de hoogste bieder voor hem komt."

Ik zucht even.

Op alle essentiële punten klopt Skinners verhaal precies met dat van mij. Ik weet dat ik er zeker van kan zijn, dat Goldstein mijn versie van de gebeurtenissen ook zal bevestigen. Dan dringt het pas echt tot me door, dat Skinner zich daadwerkelijk aan zijn woord heeft gehouden, zij het op zijn eigen unieke manier.

Het kan niet meer misgaan. Deze strijd heb ik gewonnen.

Dankzij onze beider perfecte geheugens, zijn Skinner en ik erin geslaagd om in de zeer korte tijd die ons gegeven was, onze verhalen op elkaar af te stemmen en dat tot een geloofwaardig geheel te versmelten. Het zijn leugens, maar dusdanig gesterkt door en onderbouwd met controleerbare en vaststaande feiten, zo solide, dat de onwaarheden nooit doorzien zullen worden.

Toch blijft het een onwerkelijk idee dat Kane verleden tijd is.

Skinner praat onverstoord verder: "Vervolgens trek ik mijn meest meelevende gezicht en leg ik aan de Warden uit hoe dat zo gekomen is... Dat de architect bewusteloos op de grond ligt en Kane mij dat in de schoenen schuift, zodra een aantal andere bewakers zich met de kwestie komt bemoeien. *De man van achthonderd dollar* is niet in staat om dat te ontkennen op dat moment en is later te bang voor Kane om de waarheid op te biechten, als de Warden een verklaring van hem eist..." Hij maakt een wegwuivend gebaartje. "Maak je geen zorgen, *liefje*... Vergevingsgezind als ik ben, vertel ik de Warden, dat ik wel bereid ben om dat door de vingers te zien, omdat onze architect al genoeg drama heeft meegemaakt."

"Eind goed, al goed?" vraag ik spottend.

"Niet dan?" vraagt Skinner. "Je wilde Kane weg hebben... Wel, kijk om je heen, liefje. Je hebt je zin. Hij is weg en *no way* dat de Warden hem terug laat komen. Ons verhaal wordt aan alle kanten bevestigd door personeel. Toen ik gisteravond wegging bij James, zag ik dat Cavanagh en je vriend Phipps al klaar stonden om hun kant van het verhaal te vertellen... En ik hoorde vandaag dat er een aantal verklaringen van gevangenen zijn, die ook niet in Kane's voordeel zullen werken... Schaakmat, liefje."

"Alles klopt," zeg ik, meer tegen mezelf dan tegen Skinner. "Alles klopt..." Ik moet de woorden hardop horen, om mezelf ervan te overtuigen dat het waar is.

"Natuurlijk," antwoordt Skinner gepikeerd. "Wat had je dan verwacht?"

Ik geef geen antwoord. Ik kan bijna niet geloven dat het me echt gelukt is om van Kane af te komen. De manier waarop ik dat bereikt heb mag dan twijfelachtig zijn, maar wel effectief en daar gaat het om.

"Overleven hoeft niet de schoonheidsprijs te krijgen," zou Dean Wesson zeggen.

"Zie je dat we best samen kunnen spelen, liefje?" vraagt Skinner dan. "Dat was toch best leuk? Ik denk dat wij samen in staat zijn tot grootse dingen."

"Haal je hand weg, Donald," snauw ik.

"Niet zo vijandig, *liefje,*" waarschuwt hij. "Ik ben intelligent genoeg om te weten, dat je te ondankbaar bent om mijn hulp in deze kwestie naar waarde te schatten en er iets tegenover te zetten, maar nu Kane van het speelveld is verdwenen kunnen we wel weer overgaan tot de orde van de dag."

Ik zucht. "Gelukkig maar."

Skinner steekt een sigaret op en antwoordt: "Ik zal vandaag nog coulant zijn en net doen, alsof ik dat niet gehoord heb. Verder beloof ik niks." Hij loopt terug naar zijn vrienden, zonder me nog een blik waardig te keuren.

Uit het niets verschijnt Goldstein.

Ik heb hem niet zien of horen naderen.

Hij komt naast me staan, steekt zijn handen in de zakken van zijn jas en zegt in het Nederlands: "Indrukwekkend... De Soldaat van Oranje heeft de bezetter verdreven."

"Hij had veel hulp uit het verzet," antwoord ik.

De oude man glimlacht.

"Bedankt voor je hulp," zeg ik.

"Het was plezant," antwoordt Goldstein en loopt weg.

* * * * *

Vrijdag, 29 juli 2011 – middag
Rotterdam, Nederland

News travels fast...
Gelukkig is mijn reactievermogen nog sneller en wil ik altijd weten wat er gaande is om me heen.
Die middag was er werkoverleg bij Flash, maar dat sloeg ik – tegen mijn gewoonte in – over en sloot me op in mijn kantoor met mijn werk voor het Ross Towers Project. Als ik nog enige nachtrust wilde de komende drie weken, moest ik geen tijd verspillen aan bijzaken. Mijn deadline naderde. Toch had ik het werkoverleg niet overgeslagen als ik niet een paar oren en ogen in de verga-derzaal had gehad.
Na afloop kwam Ilse naar mijn kantoor met een aantal dossiers, die ze op een hoek van mijn bureau legde.
Ondanks dat we al een kleine tweeënhalf jaar uit elkaar waren, zochten we elkaar op het werk nog regelmatig op. Op de dagen dat ik mezelf tijd gunde om te eten, gingen we meestal samen lunchen. Daarnaast was zij de enige collega die ik überhaupt in mijn buurt duldde, als ik aan het werk was. Ze boekte al mijn zakenreizen, handelde een groot deel van mijn correspondentie af en hield alle telefoontjes tegen waarop ik niet zat te wachten.
"Zit er nog iets bij?" vroeg ik en knikte naar de dossiers.
"Een museum," vertelde Ilse en kwam op de rand van mijn bureau zitten.
"Waar?" vroeg ik.
"Middelburg," antwoordde ze.
"Middelburg?" herhaalde ik. Ik ben ooit één keer door Zeeland heen gere-den, op weg naar een klant. Als je nog niet depressief bent, dan word je het daar vanzelf. Ik heb trouwens eens ergens gelezen, dat het zelfmoordpercen-tage in Zeeland veel hoger is dan in de rest van het land. Samengevat wil ik nog niet dood gevonden worden in Middelburg, laat staan dat ik mijn naam op wat voor manier dan ook aan die stad wil verbinden.
Ilse zag het aan mijn gezicht en zei: "Peter heeft het project al aan Matthias gegeven... Hij dacht al dat je het niet zou willen."
"Al zou ik het willen...," antwoordde ik zuchtend en gebaarde naar de platte-grond op mijn bureau.
"Geen tijd?" vroeg ze.
"Ik werk zeventien uur per dag, zeven dagen per week," vertelde ik. Ik zag haar rekenen. "Maak je geen zorgen. De ontwerpen zitten in de laatste fase. De deadline is over drie weken. Daarna zal ik rustiger aan doen."
"Tot de volgende Ross Tower?" vroeg Ilse sceptisch.
"Ach ja," antwoordde ik. "Vier is zo'n raar getal..."
"Dat is een 'raar' argument," merkte ze op.
"Vijf is beter," zei ik simpel.

Ilse zuchtte. "Zal ik die dossiers weer meenemen?" vroeg ze en stak haar hand al uit om ze te pakken. "Als je toch geen tijd hebt..."

Ik pakte haar pols vast en hield haar tegen. "Nee, laat maar liggen... Misschien vanavond."

Ze rolde met haar ogen en hopte van mijn bureau. "Helpt het als ik zeg dat je veel te hard werkt?" vroeg ze.

"Nee," gaf ik eerlijk toe.

Als Len een euro kreeg voor elke keer, dat iemand dat tegen me zegt, zat hij nooit zonder geld, dacht ik.

Focus... Ross Tower.

Ilse liep naar de deur en keek nog even om.

Ik zag dat ze iets wilde zeggen in de lijn van: 'Rust dit weekeinde een beetje uit', maar ze bedacht zich en trok de deur achter zich dicht. Ik richtte mijn aandacht zuchtend weer op mijn plattegrond, maar merkte al gauw dat ik me niet meer kon concentreren.

Op zoek naar wat afleiding, trok ik de dossiers naar me toe. Ik wilde helemaal niet nadenken over mijn broer of mijn ex, maar toch waren zij onderwerpen die regelmatig de revue passeerden. Hoewel ik wist dat het volkomen zinloos was, maakte ik me zorgen om mijn oudere broer. Tegen al mijn verwachtingen in had hij de dertig gehaald, maar dat had me niet gerust gesteld. Nu moest ik me tien jaar lang af gaan vragen of hij de veertig ook zou halen.

En Ilse... Ik miste haar nog steeds, maar dat boek was dicht en moest dat ook blijven.

Ik keek naar het bovenste dossier. Meestal had ik aan de titel al genoeg om te weten of ik een project interessant zou vinden. Over het algemeen werden alle projecten van Flash vernoemd naar de steden waar de gebouwen moesten komen. Wanneer het een iets omvangrijker project betrof, werd het bestemmingsplan erbij genoemd. Weinig creatief, maar effectief was het wel. Effectief en duidelijk: 'Museum Middelburg'.

Ik schoof het dossier ongeopend opzij, zonder het nog een blik waardig te keuren.

Op het omslag van het tweede dossier stond 'Winkelcentrum Amsterdam (ren.)'. Ook dat schoof ik opzij. Het stadium waarin ik er überhaupt over *nadacht* om me bezig te houden met een renovatie, was ik al jaren ontgroeid. Ik wilde creëren, niet de fouten van een ander recht proberen te trekken. Daar had ik immers al een project voor dat 'Lennart' heet.

Het derde dossier heette 'Epecamps'. Het zei me helemaal niets, wat me intrigeerde, omdat ik op school altijd tienen had voor topografie. Ik sloeg de map open en ontdekte het woord 'Frankrijk'.

Slordig, Larsen...

Omdat ik ook het woord 'vakantiewoning' tegenkwam en het nogal summiere budget, wilde ik de map al dichtslaan, toen mijn oog viel op de naam van de klant.

Ik voelde mijn hart een slag overslaan en alle spieren in mijn schouders verkrampen. Heel even kon ik niet meer denken. Zelfs de confrontatie met alleen die *naam* op *papier* was me al teveel. Ik schoof mijn stoel achteruit om een zichtbare afstand te creëren en staarde naar het dossier, alsof het een tikkende bom was, die elk moment kon afgaan.

* * * * *

Zaterdag, 8 december 2012 – ochtend – Dag 40
New York, Amerika

Ik voel de spanningen al op het moment dat ik de kantine binnenkom.
Toch is alles ogenschijnlijk rustig. Bijna te rustig.
Ik kijk even onopvallend naar bepaalde tafels: *Little Italy*, Skinners tafel en de tafel met de zwarte bendeleden...
Er lijkt niets aan de hand te zijn.
Ik haal mijn ontbijt en ga naast Jamie aan onze gebruikelijke tafel zitten.
"Wat is er gaande vanmorgen?" vraag ik zacht.
Hij kijkt op. "Hoe bedoel je?"
"Voel je dat niet?" vraag ik.
"Misschien is de airco kapot," suggereert Jamie schouderophalend.
"Dat bedoel ik niet," antwoord ik, maar als Jamie de spanningen niet oppikt, kan ik niet onder woorden brengen wat ik wel bedoel.
"Schuif eens op!" klinkt de stem van Skinner dwingend achter ons. "Pronto, Auschwitz!"
Jamie komt in beweging en schuift een stoel op om ruimte te maken.
Skinner komt tussen ons in zitten, wendt zich tot mij en sist: "Jij weet het ook." Het is geen vraag.
"Wat?" vraag ik.
"Speel geen spelletjes, liefje," snauwt Skinner fluisterend. "Jij voelt het ook... Wil je een wedje maken over de deelnemers en de afloop?" Hij wacht mijn antwoord niet af. "Ik denk één van de *District* jongens tegen één van mijn jongens. Het wordt een *zwarte* dag." Hij lacht. "Zwart met rood."
"District wat?" vraag ik.
"Die zwarte, getatoeëerde apen daar," verduidelijkt Skinner met een gebaartje naar de tafel van de bendeleden.
"Dan zouden ze direct voor jou gaan, toch?" vraag ik.
"Je leert snel," geeft Skinner toe. "Wat denk jij dan? Moet ik me *zorgen* maken, liefje?"
Ik schud mijn hoofd. "Jij?"
"Je zegt net dat ze direct voor mij zullen gaan," zegt Skinner.
"Als ik niet beter zou weten, Donald, zou ik zeggen dat je bang bent," antwoord ik. "Je weet toch wat ze zeggen? 'Pijn is slechts een instelling'." Ik haal mijn schouders op, om mijn nonchalance te benadrukken.
"Heel goed, liefje," zegt Skinner goedkeurend. "En als je nu goed oplet, leer je nog veel meer." Hij buigt zich dichter naar me toe en fluistert: "Oh, en dat van die *District* hond tegen één van mijn jongens was onzin. Kijk maar..."
De klank van zijn stem is ronduit onheilspellend en ik kijk zo onopvallend mogelijk om me heen.

Wat heb je gezien dat ik gemist heb, Jersey?

Aan de tafel van de Draak is iemand opgestaan. Hij heeft iets in zijn hand, maar ik kan niet zien wat het is.

"Daar gaan we," fluistert Skinner.

Ik volg de man die is opgestaan met mijn ogen.

"Let op," waarschuwt Skinner. "Ik wil dat je dit ziet."

"Dat ik wat zie? Wie is hij?" vraag ik.

"Een mannetje van de Draak," antwoordt Skinner, mijn eerste vraag negerend.

De man loopt in de richting van *Little Italy*, gemaakt nonchalant, maar met zijn blik strak op één van de lijfwachten gericht. Die zit met zijn rug naar hem toe op een hoek van de tafel en praat zacht met de man naast hem.

Plotseling zie ik wat Skinner ziet. Instinctief wil ik opstaan, maar Skinner grijpt me ruw bij mijn pols, houdt me tegen en sist: "Niet mee bemoeien. Niet jouw probleem."

Het gaat heel snel. Eén beweging, één steek met het geïmproviseerde mes.

De tafel van *Little Italy* komt onmiddellijk in beweging. De Don wordt meteen afgeschermd en drie lijfwachten grijpen de man met het mes vast en werken hem moeiteloos en met veel geweld tegen de grond. Ze blijven schoppen, terwijl hij hulpeloos voor hun voeten ligt.

Bewakers komen van alle kanten aanrennen om het gevecht te beëindigen.

Overal staan gevangenen op om te zien wat er gaande is.

Resoluut trek ik mijn arm los uit Skinners greep en wring me door de menigte naar de tafel van *Little Italy*. Het is een enorme chaos om me heen, maar ik sluit me af voor het lawaai en focus me op Jon Saunders, die hevig bloedend op de grond ligt.

Niemand kijkt naar hem om.

Ik laat me naast hem op mijn knieën vallen en probeer de situatie in te schatten.

Er is zoveel bloed en de grote, donkere ogen van de kickbokser kijken me bijna smekend aan. *"Dutch Man..."*

"Sssst, niet praten," zeg ik en dek de wond in Jons hals af met mijn hand. Ik zie de blik in zijn ogen doffer worden en dat hij het opgeeft. "Jon, kom op. Blijf hier. Hulp komt zo," zeg ik, als ik de kickbokser steeds verder zie wegzakken. "Jon, blijf hier. Voor Hailey."

* * * * *

Vrijdag, 29 juli 2011 – middag
Rotterdam, Nederland

Ik schrok wakker uit mijn trance toen er op de deur van mijn kantoor werd geklopt.

Mijn collega Matthias kwam binnen, nog voordat ik iets kon zeggen. "Heb je even?" vroeg hij.

"Nee," antwoordde ik geïrriteerd.

Hij keek me even gekwetst aan, maar glimlachte toen. "Ik wilde alleen vragen of je – na je deadline voor Ross natuurlijk – met me mee wilt denken over het Middelburg project."

"Nee," zei ik weer.

"Het is een erg ambitieus project...," hield Matthias aan.

"Matthias, ik heb het druk," onderbrak ik hem.

"Ik zei toch 'na je deadline voor Ross'?" merkte hij op.

"Ik zei toch 'nee'?" snauwde ik. "Als je niks kunt, moet je ook geen projecten aannemen. Ik ben de eerste om toe te geven dat je goed kunt tekenen, maar je kunt het niet *bedenken* en je kunt niet rekenen. Dat is beide toch redelijk essentieel in deze branche."

"We zijn niet allemaal Meiers wonderkind," zei Matthias. Het was de eerste keer dat hij kritiek op me had – in ieder geval de eerste keer dat hij het hardop uitsprak.

Ik keek hem ijzig aan. Ik reageerde feller en afstandelijker dan ik zou willen, maar dankzij mijn fotografisch geheugen stond de naam uit het Epecamps dossier in Ilses nette handschrift voorgoed op mijn netvlies gebrand en de onverwachte confrontatie met mijn verleden, bracht me uit mijn evenwicht. "Ik denk dat we klaar zijn," stelde ik kil.

"Je bent arrogant geworden, Misha."

"Dat mag je vinden," zei ik en gebaarde naar de deur. Ik had geen tijd voor dit soort onbenulligheden. Ik moest nadenken.

Matthias schudde zijn hoofd en verdween.

Zodra de deur achter hem dichtviel, greep ik mijn telefoon en belde Ilse bij de receptie. Ik gaf haar geen kans om iets te zeggen en vroeg: "Wie heeft het Epecamps Project?"

En please... Niet Matthias...

"Wat?" vroeg Ilse.

"Het Epecamps Project," herhaalde ik. "Wie heeft dat?"

"Die nieuwe stagiair," antwoordde ze.

"Dank je," zei ik en hing op. Ik stond op en ijsbeerde een tijdje door mijn kantoor, terwijl ik nadacht en af en toe een blik wierp op de pagina's uit het dossier. Dit was mijn ultieme kans. Zoveel was me wel duidelijk. Ik moest nu handelen.

Als het een omvangrijker project zou zijn geweest, zou het veel eenvoudiger geweest zijn. Dan zou ik gewoon naar Peter Meier zijn gegaan om het op te eisen, maar dat was met deze futiliteit geen optie. Het zou vragen oproepen die ik niet kon beantwoorden. Ik zocht een tijdje naar een plausibel excuus, maar kon niets bedenken.

Dat hield in dat ik het anders aan moest pakken.

Als ik het project niet op kon eisen, dan maar de man die het in zijn portefeuille had... Het vooruitzicht dat ik wekenlang met een stagiair opgescheept zou zitten, was verre van aantrekkelijk, maar ik zag geen andere mogelijkheid.

Ik nam een besluit en liep naar het kantoor van Peter Meier.

De deur stond open en hij keek op. "Ja?" vroeg hij.

Ik bleef staan in de deuropening en zei: "Ik heb die stagiair nodig."

"Pardon?"

"Ik heb die stagiair nodig," zei ik weer. "Ik begreep van Ilse, dat er een nieuwe is."

"Wat is er gebeurd met 'Ik werk alleen'?" vroeg Meier.

Daar had ik een acceptabel argument voor. Het was iets dat ik kort daarvoor nog tegen Ilse gezegd had. "Peter, ik werk zeventien uur per dag, zeven dagen per week... Ik trek het niet meer."

Meier knikte. "Ik vroeg me al af wanneer je eindelijk in zou gaan zien, dat je jezelf voorbij loopt..."

"Ik loop mezelf niet voorbij," zei ik, agressiever dan ik bedoelde en matigde mijn toon. "Het is gewoon veel werk... Ik ben moe. Ik ben vannacht pas teruggekomen uit Milaan."

"Wanneer is je deadline?" vroeg hij.

Slordig, dacht ik.

"Over drie weken."

Meier dacht na en zei: "Oké. Ze komt jou drie weken helpen. Dan kan ze ondertussen het bedrijf leren kennen. Daarna..."

"Ze?" herhaalde ik.

"Is dat nu ook al een probleem?" vroeg Meier.

"Nee, alleen... onverwacht," gaf ik toe.

Vooroordeel, Larsen. Opletten!

"Zoals ik al zei: *Ze* komt jou drie weken helpen. Daarna..."

"Dat project kan ze er gewoon naast doen," onderbrak ik hem. "Het stelt toch niks voor."

Meier keek me bevreemd aan, maar was inmiddels dusdanig aan mijn ongewone denkwijzen en manier van werken gewend, dat hij geen vragen meer stelde. "Wat jij wilt," zei hij.

Ik knikte en ging terug naar mijn kantoor. Daar probeerde ik te bevatten wat er zojuist was gebeurd.

Dit is het!

Ik belde opnieuw naar Ilse. Dit keer liet ik haar uitspreken.

"Met Ilse."

"Met mij. Wil je mij even doorverbinden met die nieuwe stagiair?"

"Wat moet je met dit onbenullige...?" begon Ilse.

"Afleiding," onderbrak ik haar.

"Ja, natuurlijk," antwoordde ze. "Als je al zo weinig tijd hebt, neem je er gewoon nog meer werk bij om je afleiding te geven van al het werk, dat al teveel is... *Makes perfect sense...*"

"Laat me nou maar," zei ik.

"Ik verbind je door."

Ik wachtte.

"Architectenbureau Flash. U spreekt met Vera." Ze klonk nog erg jong.

"Geen achternaam?" vroeg ik.

Ze viel even stil. "Sorry," hakkelde ze toen.

"Nooit je verontschuldigingen aanbieden voor de manier waarop jij je werk wilt doen," zei ik.

"Sorry, wie bent u?"

"Misha Larsen. Zeg maar 'jij'," antwoordde ik.

Vera viel stil.

Dat vertelde me dat ze op zijn minst wist wie ik was. Dat kon alleen maar in mijn voordeel werken. "Weet je, Vera," begon ik. "Ik zag het project waar ze je mee af willen schepen. Niet bepaald een Ross Tower..."

"Serieus?" vroeg ze.

Snel van begrip, concludeerde ik.

"Kom even langs," stelde ik voor. "Dan praten we erover."

"Ik... *Oh my God!* Ik kom eraan... Ik... Wow!" Ze hing op en binnen een minuut werd er op mijn deur geklopt.

"Binnen," zei ik.

Vera kwam binnen. Ze was begin twintig en zag er leuk uit.

Ik liep naar haar toe en gaf haar een hand. "Misha Larsen," zei ik.

"Vera..."

Zodra ik hoorde dat ze haar achternaam wilde noemen, onderbrak ik haar. "Vera zonder achternaam is prima. Dat is wie je bent. Anders had je hem eerder ook wel gebruikt."

Ze aarzelde even en zei toen: "De Ross Towers zijn echt schitterend."

"Dank je," antwoordde ik automatisch. Ik wees naar de tekentafel en zei: "Ik werk momenteel aan de vierde. Mijn deadline is over drie weken en ik kan wel wat hulp gebruiken." Ik liet Vera alle plattegronden zien en sprak met haar af om de maandag erop, de details te bespreken van onze 'samenwerking'. Op die manier gaf ik mezelf een heel weekeinde om te bedenken hoe ik dit aan wilde pakken.

Toen Vera mijn kantoor wilde verlaten, liep ik met haar mee naar de deur. Zodra ik zag dat ze haar hand uitstak naar de deurhendel, deed ik hetzelfde, zodat onze handen elkaar even raakten. Ik keek haar even aan, goed getimed en een paar seconden te lang. Toen opende ik de deur voor haar en zei: "Ik zie je maandag."

"Tot maandag," antwoordde ze.

Ik sloot de deur achter haar. Ik wierp een snelle blik op de klok en zag tot mijn ergernis dat het pas drie uur was. Twee over drie, om precies te zijn. Ik pakte het dossier Epecamps van mijn bureau en maakte kopieën. Zeven over drie. Ondanks het feit dat ik eigenlijk tot vijf uur moest werken, pakte ik mijn spullen en Ilses dossiers, sloot mijn bureaulades af en verliet het kantoor.

Ik deed de deur op slot en liep de trap af naar de benedenverdieping. Ik moest weg.

Ilse zat achter haar balie en bladerde verveeld door een tijdschrift. Ze keek op, zodra ze mijn voetstappen hoorde naderen. "Jij hebt toch geen afspraken meer vanmiddag?" vroeg ze en pakte de agenda, die voor haar op het bureau lag.

Ik schudde mijn hoofd en legde de dossiers op de balie. "Ik ga naar huis."

"Ben je ziek?" vroeg Ilse.

"Nee," ontkende ik. "Ik moet weg. Dek me."

"Wat is er aan de hand, Misha?"

"Niks belangrijks," loog ik.

Ilse keek me bevreemd aan. Ze wist dat het niets voor mij was om eerder weg te gaan, te laat te komen of me ziek te melden.

Ze kent me te goed.

"Misha?" drong Ilse aan.

Ik dacht even na en hield me op de vlakte: "Mijn broer heeft een financiële puinhoop van zijn leven gemaakt. Ik moet wat dingen regelen." Het was geen leugen. Niet echt. Len had me nog niet zo lang geleden om hulp gevraagd, inzake een probleem met een deurwaarder en ik had van alles te regelen, alleen had het één niets met het ander te maken.

Ilse knikte begripvol, maar vroeg niet verder. Ze kende me zo goed, dat ze inmiddels feilloos aanvoelde, wanneer ze wel en vooral niet door moest vragen.

"Wat zal ik zeggen als Meier naar je vraagt?"

"Zeg maar dat ik research ben gaan doen," antwoordde ik.

Ilse knikte weer. "Fijn weekeinde," zei ze.

"Fijn weekeinde," antwoordde ik en verliet het gebouw. Ik liep naar mijn auto, stapte in en reed zo snel als het vrijdagmiddagverkeer het toeliet naar huis. Ik parkeerde mijn auto, pakte mijn sleutels en ging naar binnen. Ik wachtte ongeduldig op de lift.

Eenmaal in mijn appartement, zette ik mijn koffertje op de grond en trok mijn colbertjasje uit. Ik maakte mijn stropdas los en deed die af. Geheel tegen mijn gewoonte in, liet ik beide kledingstukken achteloos op de grond vallen.

Toen pakte ik mijn mobiele telefoon en belde Maren.

Ik gaf haar geen kans om iets te zeggen. "Met mij. Het is zover."

Maren zweeg.

"Weet je nog dat ik zei dat locatie A een probleem zou worden?" vroeg ik.

"Ja," antwoordde ze langzaam.

"Het wordt me gemakkelijk gemaakt," ging ik onheilspellend verder. "Heb je wel eens van Epecamps gehoord?"

"Nee," zei Maren. "Waar ligt dat?"

"Frankrijk," antwoordde ik. "We moeten praten. Kom je langs?"

"Tot zo."

* * * * *

Zaterdag, 8 december 2012 – middag – Dag 40
New York, Amerika

De manier waarop verhalen zich verspreiden in een Amerikaanse staatsgevangenis, is bijna vergelijkbaar met die in een Rotterdamse kroeg. De geruchtenmachine dendert voort als een stoomtrein en de waarheid is nooit zo essentieel als het sensatiegehalte.

"Jon is net overleden," weet iemand te vertellen.

Dat wordt onmiddellijk tegengesproken door een ander. "Nee, man. Ze zeggen dat Jon het wel gaat redden. Hij is onverwoestbaar."

Op de binnenplaats kijk ik uit naar bewaker Phipps, maar die is nergens te zien.

"Dat is goed, toch?" vraagt Jamie, als ik klaag over Phipps' afwezigheid. "Dat betekent dat Jon nog leeft."

"Of dat Phipps is ingeschakeld om zijn familie in te lichten," antwoord ik. "Tenslotte had hij het beste contact met Jon... Heeft... *Heeft* hij het beste contact met Jon."

Jamie schudt zijn hoofd. "Dat doet de Warden altijd."

Ik ben er niet gerust op, maar kan weinig anders doen dan afwachten. Ik kijk naar Skinner, die met zijn entourage op de tribune zit en onophoudelijk fluistert met de vier mannen, die om hem heen zitten: Norton en nog drie soortgelijke types.

Zodra Skinner mijn blik opvangt, stuurt hij zijn vrienden weg en wenkt me.

Ik zucht. "Blijf uit de buurt," zeg ik tegen Jamie.

Hij knikt, loopt weg en voegt zich bij Russell en Goldstein, die enkele tientallen meters verderop staan.

Goldstein vertelt iets en Russell hangt aan zijn lippen.

Ik loop over het terrein naar Skinner toe en ga naast hem zitten.

Hij schudt ongelovig zijn hoofd. "Jij bent echt net als ik, weet je dat?" vraagt hij. "Jij wilt ook beslissen over leven en dood. Deze beslissing was niet aan jou, liefje."

"Ik ben *niet* zoals jij," antwoord ik nadrukkelijk.

"Is dat zo?" teemt Skinner. "Leg me dan eens uit, wat Jon Saunders een beter man maakt, dan de man die jij vermoord hebt. Dit was niet jouw beslissing om te nemen. Moord is moord, *pretty boy*. We hebben allemaal onze eigen motieven om te doden, maar jij schijnt te denken, dat alleen jouw motieven gerechtvaardigd zijn... Wat maakt de levens van de mensen, die ik vermoord heb, waardevoller dan het leven van de oude man, die jij hebt omgelegd?"

"Jouw slachtoffers waren *kinderen*, Donald!" antwoord ik ontzet. "Wat kunnen die gedaan hebben, dat ze het verdienden om jou tegen te komen?"

"Ah, dus de oude man verdiende het wel om *jou* tegen te komen?" concludeert Skinner. In zijn ogen ligt een triomfantelijke blik en hij zegt nog net niet: 'Ik zei het toch?'. Hij schuift iets dichter naar me toe en legt zijn hand op mijn knie. "Weet je wat het mooie is van een plaats als deze?" vervolgt hij. "Je krijgt veel tijd om na te denken. Nu is het natuurlijk *bedoeld* om na te denken over je eigen zonden en berouw te voelen en dat soort onzin, maar ik vind de zonden van een ander altijd veel interessanter."

"Dan kun je hier je hart ophalen," merk ik mat op.

"Dat is waar," zegt Skinner. Hij laat een korte stilte vallen en werpt me een onheilspellende blik toe. "Weet je nog dat ik zei dat ik altijd moet blijven puzzelen, liefje? Dat heb ik gedaan en ik denk dat ik weet hoe het zit met jou. Je denkt dat je beter bent dan ik, is het niet?"

Ik haal mijn schouders op. Dit ontkennen zou de waarheid teveel geweld aandoen.

"Je ziet mij aan voor een moordende psychopaat," gaat hij verder, "maar jij bent het toonbeeld van perfectie en de onschuld zelve? Met je gemaakte maniertjes en je hoge opleiding... Ik ben een psychopaat, maar jij bent een soort nobele wraakengel?"

"Als jij het zegt," antwoord ik. Ik ben niet naïef genoeg om te denken dat ik dit gesprek nog van koers kan doen veranderen, maar ik hoop dat ik me met nonchalance hier doorheen kan bluffen.

"Je hebt die oude man niet *zomaar* vermoord, liefje," concludeert Skinner. Er klinkt geen spoor van twijfel meer door in zijn stem. Hij is zeker van zijn zaak. "Het was inderdaad geen doodslag, wel? Het was moord."

Mijn hart staat even stil, maar ik slaag erin mijn stoïcijnse houding te bewaren. "Donald, ik ga deze discussie niet met je voeren. Ik kan het wel ontkennen, maar je gelooft me toch niet. Je hebt het hele scenario al uitgedacht en je bent overtuigd van je gelijk."

"Omdat ik gelijk *heb,"* snauwt hij. "Denk je dat ik blind ben?"

"Wat bedoel je?"

"Dacht je dat ik één en één niet bij elkaar zou optellen?" gaat Skinner verder.

"Ik begrijp niet wat je bedoelt," zeg ik. Hoezeer het me ook irriteert, het is de waarheid.

Hoeveel heb je inmiddels uitgepuzzeld, Donald?

Je bent al een keer heel dicht bij de waarheid geweest...

"De kans dat iemand met jouw intelligentie door de mand valt bij een simpele moord, is vrijwel nihil. Dat dit wel gebeurde, betekent dat het geen willekeurig slachtoffer was. Je kende hem, maar er was een verrassingselement, zoals ik al eerder zei... Dat betekent dat hij jou niet meer kende..."

Ik schud mijn hoofd.

"Kom op, liefje," fluistert Skinner samenzweerderig. "Vertel het me maar... Ik zal de laatste zijn om je te veroordelen."

"Er valt niks te vertellen," houd ik vol.

"Zal ik het jou vertellen?" vraagt Skinner.

"Helpt het als ik 'nee' zeg?" antwoord ik.

"Helpt dat ooit?" Hij steekt zijn handen in zijn jaszakken en lijkt iets te zoeken.

Wat bedoel je daarmee?

Ik geef geen antwoord.

Skinner haalt zijn sigaretten tevoorschijn en een plastic wegwerpaansteker, die hij iedere dag na het luchten weer moet inleveren bij een bewaker. "Dacht je nou echt...," begint hij dan achteloos, "dat niemand dat zou zien? In een plaats als *deze?"* Hij kijkt me ongelovig aan en zegt: "Slordig."

Waar heb je het over?

"Dat niemand wat zou zien, Donald?" vraag ik.

"Neem me niet in de maling!" snauwt hij.

"Donald, ik weet echt niet...," begin ik.

"Ik *zie* het aan je," onderbreekt hij me.

"Wat zie je?" vraag ik ongeduldig.

"Je hebt die man niet *zomaar* omgelegd," zegt Skinner weer. "Uit de hand gelopen ruzie? *Fuck you*, meneer de architect. Het was even een rekensommetje, maar opeens zag ik het... Glashelder..." Hij neemt een diepe haal van zijn sigaret, waarschijnlijk omdat hij de spanning zo denkt op te voeren.

"Fijn voor je," zeg ik, als hij blijft zwijgen. Ik sta op.

Uit het niets grijpt hij mijn pols beet.

Automatisch draai ik me naar hem toe en doe een stap achteruit.

Skinner laat me los en lacht hoofdschuddend. "Dat bedoel ik nou... Gewoon, een optelsommetje... De nachtmerries... Dat schichtige gedrag... Je reactie als ik je aanraak... Weet je wat de doorslag gaf?"

Stop!

Ik geef geen antwoord. Dit is wel het laatste waarvan ik wilde dat Donald Skinner het ooit over me te weten zou komen. Ik wil er niet eens over nadenken, laat staan over praten. En al helemaal niet met hem.

Hij gaat onverstoorbaar door. "Toen Kane me die tijd met je alleen gaf, in de kleedkamer. Ik zag het in je ogen... Dat was geen angst voor iets onbekends. Dat was angst voor iets dat je al eerder hebt meegemaakt... Met de man die je vermoord hebt, is het niet?"

Oké, hij zit er iets naast, maar hij is te dicht bij de waarheid.

Ik denk razendsnel na. Als ik dit nu ontken, zal Skinner me blijven doorzagen, net zolang totdat hij het naadje van de kous weet. Hij weet niets van Joris van Kempen en hij doorziet de plannen, die ik heb met Frans Laurens ook niet. Het belangrijkste is nu dat dit zo blijft.

Als ik wil voorkomen dat Skinner blijft graven, moet ik meespelen.

Hij lijkt volkomen gebiologeerd door zijn bevindingen. "Je hebt heel lang moeten wachten op je wraak, is het niet? Te lang en je werd slordig. Daarom ben je gepakt."

Ik zie aan hem dat hij op dit punt aan het gissen is. Dan vraag ik me af of het mogelijk is, om zijn fascinatie uit te buiten, zonder mijn positie ten opzichte van hem te verzwakken.

Hij mag me vooral niet nog meer als een gemakkelijk slachtoffer gaan zien.

Dan geef ik de weinige controle die ik heb uit handen, maar als ik mijn kaarten goed speel, hoop ik daar juist het tegenovergestelde mee te bewerkstelligen. Net als ik me afvraag hoe ik dat precies aan zal pakken, biedt Skinner me een open deur.

Hij gooit zijn opgerookte sigaret weg, maar steekt meteen weer een nieuwe op. "Hoe oud was je?" vraagt hij, met iets dat bijna oprechte belangstelling lijkt.

"Elf," antwoord ik toonloos.

Twaalf, dertien en veertien vertel ik er gemakshalve niet bij. Des te zwakker mijn positie destijds was, des te sterker is die nu.

Ik wil hem te raden geven hoeveel verschil er is tussen het elfjarige kind van toen en de zesentwintigjarige moordenaar van nu.

Onvoorspelbaarheid is nu mijn troef. Met een beetje mazzel kan ik het gesprek een beetje sturen en de balans in machtsverhouding tussen ons wat herstellen.

Skinner snuift minachtend. "Daar is toch geen lol aan? Wat is het punt, als ze niets terug kunnen doen?"

"Wat is het punt *als ze niks terug kunnen doen?*" herhaal ik langzaam. Ik kijk hem ongelovig aan. "Wat is het punt überhaupt, Donald?" vraag ik. "Leg me dat nou eens uit." Het is iets dat ik altijd heb willen weten, maar een vraagstuk gebleken waarop ik het antwoord in geen enkel boek heb kunnen vinden.

Skinner neemt een diepe haal van zijn sigaret en antwoordt: "Dat is een redelijke vraag... Maar ik kan natuurlijk alleen voor mezelf spreken."

"Waarom doe je zoiets?"

"Het is een drang die zo sterk is, dat je het niet altijd in de hand hebt," zegt Skinner. "Het is het hele traject... Het kiezen van je doelwit... Het jagen... Het opbouwen van het spanningsveld... De macht die je hebt over je slachtoffers..." Hij neemt een nieuwe trek van zijn sigaret en gaat dan verder. "Toch zijn de motivaties niet altijd gelijk... Neem nu de man, die jij gedood hebt... Hij koos voor een gemakkelijk slachtoffer... Zelf heb ik ze liever wat ouder... Hoe harder ze vechten, hoe aantrekkelijker ik dat vind. Snap je?"

"Nee," antwoord ik eerlijk.

"Als je gaat jagen, wil je toch ook geen muis aan je muur spijkeren als trofee?" vraagt hij. "Dan wil je de kop van een leeuw... In een strijd die zo ongelijk is, zijn er geen veroveringen, geen winnaars... Het is pathetisch."

Juist, ja...

"Hoe voelde jij je toen je die man doodde?" vraagt Skinner.

"Kalm...," biecht ik op, terugdenkend aan de dag dat ik mijn pleegvader van het leven beroofde. "Je oogst wat je zaait. Hij verdiende het."

"Daar kan ik alleen maar respect voor hebben," zegt Skinner en neemt opnieuw een diepe haal van zijn sigaret.

"Dan zul je ook begrijpen hoe het vanaf nu zal gaan, Donald," zeg ik langzaam. Ik kijk hem recht in de ogen. "Je laat me met rust, je blijft van me af en je blijft uit de buurt van Jamie. Zolang jij ons met rust laat, laat ik jou met rust. Snap je?"

Skinner lacht. "Je wilt mij niet bedreigen, *liefje*. Je maakt totaal geen indruk." Hij houdt zijn hoofd een beetje schuin en kijkt me berekenend aan. "Wat? Dacht je misschien dat ik *medelijden* met je zou hebben? Dat ik je met rust zou laten, nu ik weet wat je voorgeschiedenis is?"

"Ik verwacht niks van je, Donald, maar ik heb eerder gedood en ik zal niet aarzelen om het nog een keer te doen," zeg ik ijzig. "Niemand van het personeel zal je genoeg missen om een onderzoek in te stellen. Voor nu... Ik verwacht geen medelijden van je... Geen hulp... Niks... Ik wil alleen dat je me met rust laat. En Jamie ook. Blijf uit mijn buurt en blijf van me af. Zolang je daarin meegaat, mag je wat mij betreft blijven ademen."

"Ik zal er eens lekker een nachtje over... slapen," antwoordt Skinner dubbelzinnig.

"Speel je spelletjes, Donald," zeg ik uitnodigend. "Ik ben niet bang voor je."

"Dat is erg... onverstandig, vooral," merkt Skinner nadenkend op. Hij blaast een rookwolk uit. "Maak je over je Joodse vriendje geen zorgen. Daar ben ik al geruime tijd op uitgekeken... Verder kan ik niks beloven."

Ik sta rustig op. "De consequenties van al je acties zijn voor jezelf, Donald," zeg ik en loop bij hem weg.

Skinner springt overeind en haalt me in. Hij grijpt me bij de mouw van mijn jas en snauwt: "Ik laat me niet bedreigen, *bitch!"*

"Dat was geen dreigement, Donald," zeg ik kalm en trek mijn arm los. "Ik wilde je alleen iets geven om over na te denken... Gewoon, een goede raad... als vrienden onder elkaar."

11.
BONDGENOTEN

Maandag, 10 december 2012 – middag – Dag 42
New York, Amerika

Ik sta bij de metalen reling op de galerij en kijk uit over de benedenverdieping. Er is nog ruim een kwartier te gaan tot het avondeten en het is opvallend rustig in het cellenblok. Nu ik eindelijk van bewaker Kane verlost ben en ik me nog uitsluitend om Skinner en de Draak hoef te bekommeren, heb ik mijn rust een klein beetje kunnen hervinden.

De rest van mijn weekeinde was bijna rustig te noemen. Ik heb drie boeken uitgelezen, die Jamie drie dagen geleden voor me heeft meegenomen uit de bibliotheek. Phipps heeft me uit de foute groepen gehouden tijdens het douchen en de rest van de dag, zorgde ik ervoor dat ik me continu in het zicht van enkele bewakers bevond, wanneer ik niet veilig in mijn cel zat. Ik geef toe dat het verre van ideaal is, maar het is leefbaar.

Beneden klinkt een zoemer en de deur naar de afdeling gaat open.

Jon Saunders is terug en dat zullen we weten ook. Hij lijkt vastbesloten om een onvergetelijk entree te maken en dat gaat hem moeiteloos af. Hij richt zich op in zijn volle lengte en met opgeheven hoofd volgt hij Phipps de afdeling op.

Naast Phipps lijkt hij nog langer dan hij al is en hij lijkt te bewegen in *slow motion*, met alle ogen op zich gericht. Slechts een deel van zijn tatoeages is zichtbaar onder de korte mouwen van zijn T-shirt en in zijn hals.

Hailey.

Haar naam is niet bedekt door de grote pleister en hij draagt beide als een trofee. Hij heeft de dood in de ogen gekeken en gewonnen.

Jon maakt zich expres breed en schudt hij hier en daar wat handen. Alles aan hem zegt: *'You fucked with the wrong guy!'* Zowel op de begane grond als op de bovenverdieping wordt voor hem gejuicht en geklapt. Zijn vrienden haasten zich naar hem toe om hem te verwelkomen, maar Jon negeert hen en loopt door naar een trap, die naar de bovenverdieping leidt.

Ik wacht af, weet al dat hij komt.

Jon komt naast me staan en legt zijn grote handen op de metalen reling. "Ik sta bij je in het krijt, *Dutch Man,"* zegt hij.

Ik kijk hem aan. "Hoe dat zo?"

"Niemand deed iets...," antwoordt hij. "Al mijn zogenaamde vrienden... Niemand... Alleen jij. De dokter zegt dat ik zonder jou was doodgebloed."

Ik sta in tweestrijd. Het zou me erg goed uitkomen, als ik Jon aan me zou kunnen binden. Het zou zo gemakkelijk zijn om hem gelijk te geven en op voorsprong te komen, maar diep van binnen zouden we allebei weten, dat het niet zo simpel ligt. Ik moet aan Russell denken, die ik gebruikt heb om Skinner uit mijn buurt te houden. En aan Phipps, de enige bewaker die het echt goed met me voorheeft en die ik zonder zelfs maar met mijn ogen te knipperen heb voorgelogen en gemanipuleerd, zodat ik hem kon gebruiken om van Kane af te komen.

Dan denk ik aan Jamie. Die vriendschap heb ik in de eerste instantie bijna uitsluitend gebouwd op leugens en dat heeft die relatie meer dan eens aan het wankelen gebracht. Dat is een risico dat ik met Jon niet wil lopen.

"Ik denk dat we quitte staan," zeg ik na een korte stilte. "Tenslotte is het op een bepaalde manier mijn schuld, dat de Draak hem op je afstuurde. Als je mij niet had geholpen, zou hij je niks gedaan hebben."

Jon haalt zijn schouders op. "Dat was mijn keuze, niet de jouwe."

Nee, Jon, denk ik, *dat was Jamies keuze. Niet de jouwe.*

Ik zeg het niet hardop. Zoveel eerlijkheid is in dit stadium van mijn vriendschap met Jon nou ook weer niet noodzakelijk. Ik kan best wat kleine details achterwegen laten. Dus vraag ik alleen: "Spijt?"

"Het is toch goed afgelopen?" antwoordt hij nuchter.

Phipps komt de trap op en voegt zich bij ons. "Fijn dat je terug bent, Jonny," zegt hij.

"Blij terug te zijn, Baas," antwoordt Jon.

Phipps kijkt even naar ons, glimlacht en zegt dan: "Let een beetje op elkaar." Hij loopt door en verdwijnt uit het zicht.

Opeens zie ik wat hij probeert te doen.

Hij probeert een kamp te creëren, door de mensen samen te brengen, van wie hij denkt dat ze iets voor elkaar kunnen betekenen op een positieve manier in deze negatieve omgeving. Phipps probeert oplossingen te bieden voor onze problemen, door ons met elkaar in contact te brengen en aan elkaar te koppelen, op een manier die zo subtiel is, dat het iedereen ontgaat.

Hij creëert een groepering en rekruteert outsiders. 'Het verzet', zou Goldstein zeggen. Zelf zie ik het liever als een minilegertje, een soort *Seven Nation Army*.

Dan zie ik in dat Phipps' strategie nog briljanter is, dan ik in de eerste instantie dacht. Het samenbrengen van mensen leidt ook nog tot een kettingreactie. Door mij aan Jon Saunders te koppelen, hangt Jamie daar automatisch ook aan vast. Twee wordt drie. Dan ligt het in de lijn der verwachting dat drie ook vier zal worden en vier ook vijf...

De mogelijkheden zijn eindeloos.

Ik ben diep onder de indruk.

* * * * *

Vrijdag, 29 juli 2011 – middag
Rotterdam, Nederland

"Ik heb bier meegenomen," zei Maren overbodig en hield een plastic tas omhoog.

"Goed plan," gaf ik toe en nam de tas van haar over.

Ze volgde me naar de keuken en hees zich op het aanrecht.

Ik voelde dat ze naar me staarde toen ik het bier in de koeling zette.

"Wat is er gebeurd?" vroeg ze na een korte stilte.

Ik pakte twee blikjes bier en zei: "Kom. Ik laat het je zien."

Maren liet zich van het aanrecht glijden en liep met me mee naar de woonkamer.

Ik had de kopieën van het dossier al uitgezocht en onderverdeeld in twee categorieën – 'bruikbaar' en 'onbruikbaar'. Diverse details had ik gemarkeerd. "Dit," vertelde ik en wees op de papieren, "is mijn nieuwe project."

Ze keek er even naar en keek me toen verward aan. "Sorry... Ik begrijp het niet," zei ze.

"Kijk naar de naam van... van de klant," antwoordde ik.

Maren keek opnieuw naar de papieren en zweeg.

"Dit maakt alles heel simpel...," vertelde ik. "Ik heb alles al uitgedacht. Het enige dat ik miste, was een geschikte locatie. Die heb ik nu. Nu is het een kwestie van tijd."

"Maar wat heeft dit ermee te maken?" vroeg ze en gebaarde naar de papieren.

"Ik geef *hem* geen vakantiehuis, ik geef hem een *death trap,*" antwoordde ik sinister.

"Ik begrijp het niet," zei Maren weer.

Ik wees nogmaals naar de papieren op de salontafel. "Het kan niet beter. Ik heb straks niet zomaar een locatie... Ik heb een locatie die ik helemaal naar mijn hand kan zetten. Ik heb het opgezocht. Epecamps is een dorp in *the middle of nowhere.* Het is zo klein dat navigatiesystemen het niet herkennen. Het stuk land dat... *hij* gekocht heeft, is een kaal stuk grond, met de dichtstbijzijnde buren op kilometers afstand en..." Ik zweeg even. "Laat ik bij het begin beginnen."

"Doe dat," antwoordde Maren en stak een sigaret op.

"Twee jaar geleden ben ik gaan zoeken," vertelde ik. "Het duurde even, voordat ik... *hem* had gevonden, omdat hij verhuisd was. Zijn oude buren waren erg behulpzaam. Ik hoorde dat hij en Corinne een aantal jaar geleden zijn gescheiden en dat ze daarna allebei verhuisd zijn. Het kostte wat moeite, maar uiteindelijk vond ik iemand die precies wist waar hij woonde."

Ze zuchtte.

"Je gaat echt niet van gedachten veranderen." Het was geen vraag. Ze pakte haar bier en nam een slok.

"Had je dat verwacht?" vroeg ik. Ik dacht toch dat ik altijd erg duidelijk was geweest.

"Ik dacht dat...," begon ze en schudde toen haar hoofd.

"Nee, zeg het maar."

"Ik dacht dat het plannen misschien... *therapeutisch* zou werken," zei Maren. "Dat het je zou helpen om het 'uit je systeem' te krijgen... Dat het genoeg zou zijn..."

"Nee," kapte ik haar af.

"Maar als je al een jaar weet waar hij is...," begon Maren.

"Wat? Waarom leeft hij dan nog?" vroeg ik.

Ze knikte.

"Ik zocht nog naar een geschikte locatie. En ik heb Frans Laurens nog niet gevonden," zei ik. "Ik wil ze allebei."

"Waar is Laurens dan?" vroeg ze.

"Ik heb achterhaald dat hij in 2009 naar New York is gereisd, maar voor zover bekend, is hij nooit teruggekomen," antwoordde ik.

"Wat betekent dat?"

"Dat kan zoveel betekenen," zei ik. "Dat hij inderdaad nooit is teruggekomen, dat hij in het buitenland zit, dat hij via een buitenlandse luchthaven is teruggevlogen en dat hij daarna met een auto of het openbaar vervoer terug naar Nederland is gekomen... De mogelijkheden zijn eindeloos."

"Hoe ga je hem dan ooit vinden?" vroeg Maren. Ze nam een laatste diepe haal van haar sigaret en maakte die toen uit in haar lege bierblikje.

"Ik heb iemand op het oog, die hem voor me kan vinden," antwoordde ik. "Zoals de zaken er nu voorstaan, heb ik negen maanden om Laurens te laten opsporen en beide moorden voor te bereiden. De deadline voor het Epecamps Project is volgend jaar mei."

"Hoe weet je wanneer *hij* daar zal zijn?" vroeg Maren.

"Hij zit vlak voor zijn pensioen," redeneerde ik. "Hij is gescheiden en hij heeft geen nieuwe partner. Als je in die positie zit, laat je geen vakantiehuis bouwen om daar af en toe eens een weekeindje naartoe te gaan... Dat houdt in dat hij daar voor langere periodes naartoe wil... En dat betekent dat het lang duurt voordat iemand hem gaat missen... Ik heb een paar ogen, die hem voor me in de gaten houden. Al sinds ik hem gevonden heb."

"Ga je me nu vertellen dat je dit allemaal hebt uitgedacht sinds vanmiddag drie uur?"

Ik knikte en keek even op mijn horloge. Het was tien over vijf.

"Ik heb de afgelopen jaren veel research gedaan. Natuurlijk zijn er nog veel details die moeten worden ingevuld, maar ik heb minimaal negen maanden de tijd," zei ik.

"En daarna?" vroeg Maren.

"Na die negen maanden?"

"Nee, als ze eenmaal dood zijn..."

"Oh, dan leven we nog lang en gelukkig," antwoordde ik. "Of zo..."

* * * * *

Dinsdag, 11 december 2012 – middag – Dag 43
New York, Amerika

"Kijk eens aan!" roept Donald Skinner, bijna kinderlijk enthousiast vanaf zijn uitkijkpost bij de metalen reling op de galerij. "Vers vlees!"

Ik ga naast hem staan en kijk uit over de benedenverdieping.

Onze nieuwe medegevangenen worden door het blok naar hun cellen begeleid door een aantal bewakers.

Skinner lacht even en zegt: "Niet te lang kijken, liefje... Straks word ik nog jaloers..."

Ik negeer hem. Mijn aandacht wordt getrokken door één van de nieuwelingen. Ik voel dat mijn hart een slag overslaat en kan een zucht van verlichting nog net onderdrukken. Ik wend snel mijn blik af, voordat het Skinner op kan vallen. Dan loop ik rustig weg bij de reling. Bij de openstaande deur van mijn cel, leun ik tegen de deurpost en wacht. Ik weet zeker dat hij me gezien heeft.

Niet veel later doemt Dean Wesson inderdaad op bovenaan de trap en komt naar me toe. Hij komt naast me staan en neemt zijn nieuwe omgeving in zich op.

"Mooi op tijd," fluister ik.

"Al vijanden gemaakt, meneer de architect?" vraagt Dean, eveneens met zachte stem. Hij haalt zijn hand even door zijn slordige, korte donkerblonde haar en leunt nonchalant tegen de muur naast me.

"Je kijkt ernaar," antwoord ik.

"Wat? *Trailer trash* daar?"

Ik knik.

"Fuck. De *Jersey Killer,"* concludeert hij.

"In hoogsteigen persoon. Heb je zijn fansites gezien?" vraag ik.

"Ja, het is echt bizar," antwoordt Dean. "Hij was ooit de meest gehate man van Amerika... Hij was echt overal: in de kranten, op tv... Hij zat in *fuckin' 'America's Most Wanted'*. Drie keer. Er zijn inmiddels meer documentaires over hem gemaakt dan over Charles Manson."

"Ja, onze beroemdheid...," zeg ik minachtend.

"In hoeverre heb je last van hem?" vraagt Dean.

"Het valt mee," lieg ik.

"Je zou niet tegen me liegen, wel? Blind vertrouwen, weet je nog?"

Ik denk na.

Skinner begint steeds lastiger te worden en ik ben nog altijd geen stap dichter bij mijn derde doelwit. Ik begin me af te vragen of die twee gegevens met elkaar te combineren zijn. Dan herinner ik me opeens dat diverse bewakers en Warden James hebben gedreigd om Skinner te verbannen naar iets, dat 'Southport' wordt genoemd.

"Dean, wat is Southport?" vraag ik.

"Hoe kom je daar nou opeens bij?"

"Gewoon," zeg ik schouderophalend.

"Waarom wil je dat weten?" houdt Dean aan. De logica ontgaat hem volledig.

"Iemand had het erover op de binnenplaats," lieg ik moeiteloos.

Dean kijkt me even indringend aan, alsof hij vast probeert te stellen of ik de waarheid vertel. Als hij daaraan twijfelt, weet hij het goed te verbergen, als hij antwoordt: "Southport is een maximaal beveiligde gevangenis."

"Zoals deze?" Ik vraag me af wat het nut is om Skinner over te plaatsen. Het lijkt weinig uit te maken waar hij de boel terroriseert, zolang vaststaat dat hij dat zal blijven doen.

Dean schudt zijn hoofd. "Nee, niet zoals deze. Jij denkt dat dit erg is, maar in vergelijking met Southport is dit een vijfsterrenhotel. Ik ben er nooit geweest, maar ik heb de verhalen gehoord. George heeft een cliënt daar. Southport heeft maximale beveiliging, met alleen maar eenzame opsluiting... Iedereen zit daar bijna vierentwintig uur per dag in een isoleercel, voor de duur van zijn gehele straf."

Ik kijk hem ongelovig aan en verzink dan weer in mijn gedachten. Ik richt mijn blik even op Skinner, die geïntrigeerd kijkt naar Dean en mij.

Daar ga je, Donald...

* * * * *

Zaterdag, 30 juli 2011 – ochtend
Rotterdam, Nederland

Sinds de nacht van dinsdag op woensdag, had ik nauwelijks geslapen. Mijn schema was die week veel chaotischer dan ik prettig vond. Woensdag was een gewone werkdag geweest. Ik had een avondvlucht genomen naar Milaan voor een congres.

In de nacht van donderdag op vrijdag vloog ik terug, zodat ik slechts één werkdag zou missen, maar wat inhield dat ik, nadat mijn vliegtuig was geland, geen tijd had om te slapen. Ik had nauwelijks genoeg tijd om naar huis te gaan, een douche te nemen, schone kleren aan te trekken, drie koppen koffie te drinken en het Financieel Dagblad door te bladeren.

Hoe druk mijn schema ook was: tot vrijdagmiddag liep alles in ieder geval *volgens schema* en dat was het voornaamste. Het Epecamps Project bracht onrust en ontwrichtte het schema. Ik probeerde tijd vrij te maken door nog een nacht op te blijven en mijn planning voor de aankomende drie weken drastisch te herzien.

Die ochtend had ik extra tijd gecreëerd, voornamelijk door mijn werktijd te verlengen van zeventien naar achttien uur per dag, wat me over een periode van drie weken bijna een hele dag opleverde. Ik schrapte een aantal afspraken, maar maakte wel een notitie voor mezelf, dat ik die maandag door Ilse moest laten verzetten. Als ik ook het werkoverleg bij Flash over zou slaan, zou dat me bij elkaar ook weer bijna een hele dag opleveren. Dat hield in dat ik die zaterdag overhield en een dag speling had, zodat ik me kon gaan bezighouden met mijn plan voor Vera en het Epecamps project.

Bij het feit dat er dan verder geen ruimte meer was voor tegenslagen, probeerde ik niet te lang stil te staan.

Automatisch keek ik op mijn horloge. Het was bijna half negen. Mijn blik gleed van mijn horloge naar het bankstel, waarop Maren ergens gedurende de nacht in slaap was gevallen. Ik stond op en ging naar de keuken om nog een beker koffie te halen. Terwijl ik ongeduldig wachtte op het Senseo apparaat, verscheen Maren in de deuropening.

"Wil jij ook?" vroeg ik.

"Lekker," zei ze. Ze zweeg even en vroeg toen: "Ben je de hele nacht opgebleven?"

"Ik kon toch niet slapen...," antwoordde ik schouderophalend. "Ik heb mijn schema herzien voor de komende drie weken. Dan is de deadline voor de Ross

Tower... Als ik dit in die drie weken op poten kan zetten, heb ik daarna zeeën van tijd om het verder uit te werken."

"Wat zei Meier toen je zei dat je dit project wilde hebben?" vroeg Maren.

"Ik heb het iets anders gebracht," zei ik en gaf haar een beker koffie.

Ze ging me voor naar de woonkamer en ging in kleermakerszit op de bank zitten. "Het iets anders gebracht?" herhaalde ze.

"Meier had het project aan onze nieuwe stagiair gegeven," vertelde ik. "Dus die heb ik op de koop toe moeten nemen..."

"En die stagiair gaat geen vragen stellen als jij zijn hele project overneemt?" vroeg Maren. Ze trok haar wenkbrauwen op en nam een slok koffie.

Ik ging naast haar zitten en antwoordde: "Nee, die stagiair gaat geen vragen stellen als ik *haar* hele project overneem." Ik zweeg even en realiseerde me toen pas echt in hoeverre ik de toekomstige plaats delict kon manipuleren. Ik zou letterlijk de kans krijgen om die vanaf de grond op te bouwen. Opeens kreeg ik een brainwave. "Wat als we hem konden confronteren met het verleden?" stelde ik voor.

Maren stak een sigaret op en staarde me aan vanonder haar lange pony. "Hoe bedoel je?"

"Een soort van omgekeerd déjà vu..." Het was niet zozeer een antwoord op haar vraag. Ik dacht gewoon hardop na. "Ik zou de kelder kunnen recreëren en verbeteren..." Ik pakte een schetsboek en een potlood van de salontafel en begon wat lijnen te trekken.

"Verbeteren?" herhaalde Maren. "Vind je dat in deze context niet een wat vreemde woordkeuze?"

"Ik dacht vannacht...," begon ik en moest even zoeken naar de woorden. "Wat ik het altijd het meest haatte aan die kelder was het feit dat het er zo donker was... Is je nooit opgevallen wat er gebeurd als één van je zintuigen wordt uitgeschakeld?"

Ze schudde langzaam haar hoofd.

"Dan worden de andere sterker," legde ik uit. "Dus wanneer je – in dit geval – geen zicht hebt, wordt het gehoor sterker. Dat deed me denken aan een artikel dat ik een paar jaar geleden las in een vakblad... Het Orfield Laboratorium in Minneapolis heeft wat ze noemen een 'dode kamer'. Door het materiaal en de structuur van de muren, het plafond en de grond is de dode kamer een *'anechoic chamber'*..." Ik ving haar vragende blik op toen mijn verhaal teveel vaktermen begon te bevatten. "Een echovrije kamer... Al het geluid van buitenaf wordt buiten gehouden en al het geluid van binnenuit wordt als het ware opgenomen door het isolatiemateriaal van de kamer. Ze hebben tests gedaan met journalisten. Niemand heeft het langer uitgehouden dan vijfenveertig minuten..."

"Dus?" vroeg Maren.

"Na vijfenveertig minuten word je knettergek in zo'n kamer," zei ik. "Doordat het zo stil is, word je je bewust van je eigen hartslag, totdat het gehoor zich dusdanig heeft versterkt dat je het bloed letterlijk door je aderen kunt *horen* stromen... Uiteindelijk leidt het verblijf in zo'n kamer tot hallucinaties... En dat is, terwijl alle zintuigen werken. Stel je voor wat er gebeurt als je bepaalde zintuigen uit zou schakelen..."

Ze nam een diepe haal van haar sigaret. "Het zicht?"

"Dat op zeker," gaf ik toe.

"Hoe lang duurt het dan voordat je gek wordt?" vroeg Maren langzaam.

"Waarschijnlijk een minuut of twintig, misschien een half uur," antwoordde ik.

Ze maakte haar sigaret uit in een leeg bierblikje dat nog op de salontafel stond van de vorige avond. Toen pakte ze mijn hand en vroeg: "En nu?"

"De komende drie weken moet ik mijn werk voor Ross Tower IV af zien te krijgen," antwoordde ik en ging in mijn hoofd mijn planning na. "Aankomende vrijdag ga ik naar Atlanta, voor een meeting met Colin... Dat kan ik dan meteen combineren met een ontmoeting met de man, die Frans Laurens voor me gaat vinden..."

"Wie?" vroeg Maren.

"Dean Wesson," zei ik.

"Weet hij dat al?"

Ik schudde mijn hoofd. "Laten we zeggen dat ik me volgend weekeinde ga oriënteren. Dan naar gelang van wat er uit mijn trip naar Atlanta komt, kan ik zelf gaan zoeken naar Laurens of dat aan Dean overlaten..."

"Vertrouw je hem?" vroeg Maren.

"Ik ken hem niet eens," gaf ik toe. "Maar Colin vertrouwt hem blind. Ik zag hem voor het eerst in januari 2008... Sindsdien heb ik hem slechts een paar keer gezien en nauwelijks een woord met hem gewisseld... Het is een soort *package deal*... Als je met Colin omgaat, krijg je Dean er gratis bij."

"Grappig dat je dat zegt...," merkte Maren op. "Ilse zei ooit precies hetzelfde over jou en mij."

* * * * *

Woensdag, 12 december 2012 – middag – Dag 44
New York, Amerika

Met alle nieuwe ontwikkelingen, heb ik wederom te weinig tijd gehad om te bedenken, hoe ik de situatie omtrent mijn broer verder aan moet pakken. Er is teveel afleiding geweest in de afgelopen week.

De laatste keer leek mijn broer erg geduldig en ik ben benieuwd hoeveel er van dat geduld over is na een week duimendraaien op een hotelkamer.

Phipps brengt me naar de bezoekersruimte en staat oogluikend toe, dat ik Lennart omhels. Hij vertrekt zodra we elkaar loslaten en gaan zitten.

"Je ziet er beter uit dan vorige week," merkt Len op. Als ik niets zeg, voegt hij daaraan toe: "Maren doet je de groeten. Ik moet van haar doorgeven dat ze veel aan je denkt en dat ze je erg mist. En nog iets."

"Wat?" vraag ik.

"Geen idee," antwoordt Len. "Het was in het Frans en klonk als *'Je ses ke tu revjendras.'*"

"Je sais que tu reviendras," corrigeer ik hem automatisch.

"Ja," zegt hij. "Wat betekent dat?"

"Dat ze weet dat ik bij haar terugkom," antwoord ik toonloos.

Mijn broer zwijgt.

"Ik ben blij dat je haar niet meeneemt hier naartoe," zeg ik. Ik werp stiekem even een snelle blik op Donald Skinner.

Hij zit met een kleine, magere vrouw van een jaar of veertig aan zijn tafeltje. Zijn handen en voeten zijn geboeid. De vrouw oogt wanhopig en tot mijn verbazing heeft Skinner alle tijd voor haar en luistert aandachtig.

"Jochie, ik kom hier niet om over Maren te praten," zegt Len na een korte stilte. "Hoe gaat het met *jou?*"

Ik ben geneigd om automatisch te zeggen 'goed', maar ik bedenk me en antwoord naar de waarheid: "Beter. En met jou?"

"Heb ik je al verteld dat ik gestopt ben met blowen?" vraagt hij.

Ik schud mijn hoofd. "Nee. Hoe dat zo opeens?"

"Ik herinnerde me onze afspraak," zegt Len.

"Welke afspraak?" vraag ik.

"Dat ik zou stoppen met blowen, zodra jij zou stoppen met werken," antwoordt hij.

"Dat weet ik niet meer," geef ik toe. "Wanneer hebben we dat afgesproken?"

"Vorig jaar zomer," vertelt Len.

Waarom weet ik dat niet meer?

"Hoe lang ben je al gestopt?" vraag ik ontwijkend.

"Drie maanden."

"Goed van je," zeg ik oprecht. "Vind je het moeilijk?"

Lennart schudt ontkennend zijn hoofd. "Het gaat wel. En jij? Ben je al een beetje afgekickt van het werken?"

"Ik krijg hier niet zoveel tijd om het te missen," antwoord ik eerlijk. "Ik heb veel om over na te denken en er is veel afleiding hier."

"Heb je nog nagedacht over wat ik vorige week heb gezegd?" vraagt hij.

Ik wil zeggen dat ik daar geen tijd voor heb gehad, maar dat kan op mijn broer overkomen, alsof hij niet belangrijk genoeg is om over na te denken. Ik wil hem niet onnodig kwetsen en nuanceer mijn antwoord. "Ik heb meer tijd nodig."

"Waar ben je bang voor, jochie?" wil Len weten.

Ik zwijg en probeer te bedenken hoe ik kan voorkomen, dat Len vragen blijft stellen. Ik kijk hem niet aan als ik vraag: "Heb je het geld bij je?"

* * * * *

Zaterdag, 30 juli 2011 – avond
Rotterdam, Nederland

Maren was aan het einde van de ochtend weggegaan.

Dat gaf me de tijd om mijn schets van de kelderruimte af te maken. Nadat ik bij Joris weg was, had ik diezelfde tekening honderden keren gemaakt, destijds omdat ik dat beeld uit mijn hoofd wilde bannen en hoopte, dat ik het op die manier ooit kwijt zou raken. Toch had ik die pogingen drie jaar eerder gestaakt, omdat ik in begon te zien dat het geen zin had.

Tegen de avond had ik een exacte replica van de kelder van mijn pleegvader op papier.

De afmetingen klopten tot op de centimeter en had ik berekend op beelden die ik uit mijn fotografisch geheugen kon opdiepen. Nu was dit natuurlijk pas een eerste ruwe schets, voornamelijk bedoeld om me te helpen om me de afmetingen te herinneren. Over drie weken zou ik meer dan genoeg tijd hebben, om de schets uit te werken.

Nu ik alles voor mijn gevoel in gang had gezet door die eerste schets te maken, dwong ik mezelf om me te concentreren op Ross Tower IV. De waarheid was dat alle tekeningen bijna klaar waren en dat ik me voornamelijk nog bezighield met het nalopen van mijn berekeningen en het uitwerken van de laatste details. Ik merkte aan de manier waarop ik rekende, hoe vermoeid ik was.

Normaliter deed ik alles moeiteloos uit mijn hoofd, maar nu begon ik terug te grijpen op ezelsbruggetjes en uiteindelijk zelfs op een rekenmachine, die ik ooit eens aan had geschaft in het kader van 'je weet maar nooit'.

Ik ontdekte zelfs een rekenfout, die ik een dag eerder had gemaakt. Weliswaar zat de fout drie cijfers achter de komma, maar fout is fout. Geïrriteerd keek ik op van mijn werk, toen mijn mobiele telefoon overging.

Enkele seconden staarde ik roerloos naar de naam, die op het display was verschenen. Ik overwoog om niet op te nemen, maar deed het toch. Ik wist al waarom hij belde.

"Hé, jochie... Lang niet gehoord," begon Lennart, nog voordat ik zelfs maar 'hallo' kon zeggen. "Ik dacht even dat je van de aardbodem was gevallen. Ontvoerd door aliens of zo."

Ik legde mijn pen neer en verzuchtte: "Ik heb het druk gehad."

"Vertel eens wat nieuws," klaagde Len. Toch matigde hij onmiddellijk zijn toon en merkte op: "Ik was twee dagen geleden nog bij je aan de deur. Je was er niet."

"Ik ben in de nacht van donderdag op vrijdag pas terug gekomen uit Milaan," verklaarde ik. "Congres."

"Spannend," sneerde mijn broer. Na een korte stilte vroeg hij: "Ga je straks mee om iets te drinken?"

"Len, toe nou, ik ben net terug uit Italië," antwoordde ik weinig enthousiast. "Kan het niet volgende week of zo?"

"Nee," zei Len. "Ik heb je weken niet gezien."

Ik zag het probleem niet.

"Ik heb geen zin in een mensenmassa in een kroeg," probeerde ik. "Ik heb deze week zoveel mensen gezien, dat ik er knettergek van word."

"Kom dan hierheen," redeneerde hij nuchter.

Ik dacht er even over na. Als ik er die avond onderuit wist te komen, zou het niet lang duren, voordat mijn broer opnieuw aan de telefoon zou hangen. Aan de andere kant... als ik nu overstag ging, zou ik er weer een paar weken vanaf zijn. "Oké," zei ik uiteindelijk. "Hoe laat is het nu?"

"Half zeven," vertelde Len.

"Laat me dit even afmaken. Ik ben er tegen een uur of acht," beloofde ik.

"Wat ben je aan het doen?" vroeg hij.

"Aan het werk."

"Misha, het is zaterdag."

"Dat weet ik, Len. Tot straks." Ik verbrak de verbinding, voordat hij nog iets kon zeggen en probeerde mijn aandacht weer op mijn berekeningen te richten. Toen dat niet lukte, pakte ik mijn telefoon en belde Colin Ross.

"Hello, this is Colin Ross," zei de bekende stem.

"Colin, Misha here," begon ik.

"Bel je over volgend weekeinde?" vroeg hij.

"Ja en nee," gaf ik toe. "Het is een lang verhaal."

"Begin maar gewoon ergens," zei Colin. "Als ik het niet begrijp, ga ik wel vragen stellen."

"Tweeënhalf jaar geleden heb ik je iets verteld..." Ik gaf hem de kans om te rekenen.

"Dat weet ik nog," antwoordde hij.

"Fijn, dan kan ik dat allemaal overslaan," zei ik met onbedoeld sarcasme. Ik herstelde me. "Een dag later heb ik je *nog* iets verteld..."

"Dat kun je ook overslaan, want dat weet ik ook nog," was Colin me voor.

Ik lachte even en zei toen ernstig: "In het kader van die twee verhalen, zijn er wat nieuwe ontwikkelingen. Raad eens wie de opdrachtgever is van mijn nieuwe project bij Flash?"

"Heb je hem *gezien?"* vroeg Colin ademloos.

"Nee," antwoordde ik.

"Gesproken?"

"Nee," zei ik weer. "Officieel heeft een stagiair het project. Onder het mom van dat ik hulp nodig heb bij het Ross Towers Project, werkt ze de komende drie weken voor mij. Dat zou me genoeg tijd moeten geven om haar te bewerken. Daarna kan ik haar project naar me toetrekken en tegelijkertijd kan ik haar als buffer gebruiken tussen mij en... *hem,"* besloot ik.

Colin zei niets.

"Op die manier is er geen contact nodig," ging ik verder. "Zij kan alles met hem afhandelen en het project op haar cv zetten. Ik blijf buiten schot."

"Wat als ze gaat praten?" vroeg Colin.

"Die kans is op zich al heel klein, omdat ze dan het risico loopt, dat haar gehele stage bij Flash ongeldig wordt verklaard," antwoordde ik. "Maar het kan nog eenvoudiger... Ik denk dat ze niet eens in de gaten zal hebben, dat ik het project overneem... Het enige essentiële deel van dat gebouw, is de kelder. Als ik haar met een paar subtiele suggesties een bepaalde kant op kan sturen, kan de rest na de oplevering worden toegevoegd en aangepast..."

"Hoe bedoel je?"

"Dat is voor later," zei ik. "Voor nu heb ik iets anders... Ik moet weten waar Frans Laurens is. Ik heb ontdekt dat hij in 2009 naar New York is gegaan, maar daarna lijkt hij in rook op te zijn gegaan."

"Laat me raden...," antwoordde Colin. "Dean Wesson?"

"Denk je dat hij me kan helpen?" vroeg ik. "Het enige wat ik nodig heb is Laurens' locatie. Verder gaat alles buiten Dean om."

"En nu... vraag je me om toestemming of zo?" Colin klonk vertwijfeld.

"Nee," gaf ik toe, "maar ik wil je wel om een gunst vragen."

"Je weet wat ik gezegd heb, Misha," hielp hij me herinneren. "Ik wil hier geen aandeel in."

"Dat weet ik nog," zei ik. "Het aankomend weekeinde ben ik in Atlanta. Het enige dat ik je vraag, is dat je een ontmoeting voor me regelt met Dean, zodat hij Frans Laurens voor me op kan sporen. Dat is alles. Ik beloof dat ik jullie er verder niet bij zal betrekken. Dit is mijn oorlog en ik zal die alleen moeten voeren."

"Is dat wat dit is?" vroeg Colin. "Oorlog?"

"Zoiets...," antwoordde ik vaag.

* * * * *

Donderdag, 13 december 2012 – ochtend – Dag 45
New York,

Het is rustig in de kantine.

Ik zit aan mijn gebruikelijke tafel met Jamie rechts en Dean links van me en drink de lauwe koffie. Ik verstijf even als ik een hand op mijn schouder voel.

Donald Skinner buigt zich naar me toe en fluistert: "Goedemorgen, liefje."

Sinds het bezoekuur gisteren heb ik hem niet meer gezien of gehoord. Zelfs Norton mocht niet in zijn buurt komen. Iets aan het bezoek van de kleine vrouw had hem van zijn stuk gebracht en hij had zich met zijn brieven en een krant in zijn cel teruggetrokken en iedereen weggestuurd, die het waagde om een stap in zijn buurt te zetten.

Wat het ook was, zijn zelfverkozen isolement is kennelijk voorbij.

Ik probeer me niet af te laten leiden door zijn afwijkende gedrag. Ik negeer zijn aanwezigheid en probeer me te ontspannen.

Dean kijkt even van mij naar Skinner en terug. Hij zegt niets en houdt mijn blik even vast. Dan grijpt hij Skinner totaal onverwacht bij zijn pols en zegt: "Loslaten, Jersey."

Skinner glimlacht geamuseerd en lijkt niet onder de indruk. "Heb ik iets gemist?" vraagt hij.

"Loslaten," herhaalt Dean.

Mijn aandacht wordt getrokken door de hand waarmee Dean Skinners pols omklemt. De knokkels zijn wit, dus zijn greep is meer dan krachtig. Het kan niet anders dan dat dit pijn doet en toch geeft Skinner geen krimp. Hij lijkt Dean zelfs uit te willen dagen met zijn onverschillige houding.

"Pijn is slechts een instelling."

Ik denk snel na en probeer de situatie in te schatten. Het laatste dat ik wil, is dat Skinner Dean naar een punt drijft, waarop deze hem de oorlog verklaart. Dat leidt teveel af van onze plannen en dat kan ik niet gebruiken.

"Laat maar, Dean," zeg ik uiteindelijk. "Het is oké. Donald kwam alleen even goedemorgen zeggen."

Skinner kijkt me aan en sist: "Wij praten later wel, *liefje.*" Hij trekt zich met enige moeite los uit Deans greep, draait zich met een ruk om en loopt dan terug naar zijn tafel.

"Wat moet je toch steeds met die griezel?" vraagt Dean. "Ik zag je gisteren ook al met hem praten en nu vandaag weer. Laat mij dit regelen. Ik zorg er wel voor dat hij je voorgoed met rust laat."

"Nee," antwoord ik.

Dean kijkt me verbaasd aan. "Luister nou," begint hij. "Ik zag Don Gianni De-Santis zitten, aan de tafel van *Little Italy*. Ik ken hem. Zal ik vragen...?"

"Nee, Dean," onderbreek in hem kortaf. Dan ga ik nog zachter praten, omdat ik niet wil dat Jamie ons hoort. "Het *laatste* dat we nodig hebben, is een schuld bij de maffia... Ik kan Skinner wel *handelen*. Ik weet hoe hij denkt en hoe hij werkt."

Dean kijkt me aan en heeft duidelijk moeite om het volume van zijn eigen stemgeluid in bedwang te houden. "Ben je gek geworden?"

"Ik heb hem nog nodig," antwoord ik.

"Donald Skinner is het *laatste* dat jij nodig hebt," zegt hij.

"Ik kan hem gebruiken."

"We hebben het hier over de *Jersey Killer*, Misha, niet over een voorwerp, dat je weggooit na gebruik," merkt Dean op. "Je kunt dit soort mensen niet ongestraft manipuleren."

"Ik heb hem nog nodig," herhaal ik nuchter. "Ik weet dat dit niet bij ons oorspronkelijke plan hoort, maar we wisten van tevoren, dat we zouden moeten gaan improviseren. Dit is zoiets. Ik zie mogelijkheden om..."

"Je *improviseert* niet met seriemoordenaars," kapt Dean me fluisterend af. "Hij is knettergek. Heb je enig idee wat er allemaal kan gebeuren?"

"Ik heb het in de hand," zeg ik stellig.

"Je hebt *hem* niet in de hand," antwoordt hij.

"Dean, ik blijf hier geen twintig jaar, als dat niet noodzakelijk is," zeg ik dan. "Het kan nog alle kanten op."

"Ik hoop dat je niet zegt, wat ik denk dat je zegt," waarschuwt Dean.

"Geef me nog wat tijd," probeer ik.

"Waarvoor?" vraagt hij.

"Ik ben er bijna uit," beloof ik.

"Waaruit?"

"Uit dit vraagstuk."

"Welk vr...?"

"Later, oké?" onderbreek ik hem.

Het is nog te vroeg om open kaart te spelen. Dit vraagstuk heeft me de afgelopen nacht beziggehouden.

Sinds mijn recente samenwerking met Skinner, waarbij we erin slaagden om van bewaker Kane af te komen, heeft zich geleidelijk een nieuw plan in mijn hoofd ontvouwen en ik heb er geregeld op lopen broeden.

Nu is het een kwestie van wat funderingen leggen en wachten op het juiste moment om het aan Dean te vertellen. Gezien zijn houding nu, lijkt dat moment nog lang niet aangebroken, maar ik weet dat ik dit niet alleen kan.

Ik kan al op mijn vingers natellen, dat Dean verre van gelukkig zal zijn met mijn nieuwe voorstel. Ik zal het goed en met overtuiging moeten brengen.

Er is geen ruimte voor vraagtekens.

12.
HET SOUTHPORT PROJECT

Donderdag, 13 december 2012 – middag – Dag 45
New York, Amerika

Als we naar buiten worden gebracht om te luchten en de groepen uiteen beginnen te vallen in kleinere groepjes, installeer ik me op mijn gebruikelijke plek bij
de muur. Ik kijk uit over de binnenplaats en zie Jamie een stuk verderop staan
met Dean Wesson.

Mijn celgenoot is duidelijk geïntrigeerd door de nieuweling en bereid om ook
hem wegwijs te maken, zoals hij vaker doet met nieuwe gevangenen. Zoals hij
dat ook met mij heeft gedaan, inmiddels vijfenveertig dagen geleden.

Ik kijk opzij, zodra Donald Skinner naast me komt staan en tegen de muur
leunt.

Hij steekt een sigaret op en blaast een rookwolk uit. "Zo...," begint hij. "Vertel
eens..."

"Wat?" vraag ik onverschillig.

"Houd je niet dom," sist Skinner geagiteerd. "Dat is respectloos, *liefje*..." Hij
inhaleert diep. "Jij en die nieuwe... Wat speelt er tussen jullie?"

"Niks," antwoord ik.

"Niks?" herhaalt Skinner.

"We kwamen elkaar tegen en het klikte wel," zeg ik schouderophalend.

"Je hebt smaak," zegt hij toegeeflijk.

"Zo is het niet," protesteer ik tegen beter weten in.

"Als jij het zegt," antwoordt Skinner en haalt zijn schouders op. *"Whatever..."*
Hij tuurt langs me heen.

Automatisch kijk ik op en zie Dean en Jamie naderen.

Jamie lijkt te aarzelen of hij door moet lopen, maar volgt Dean uiteindelijk tot
vlakbij Skinner en mij.

"We hadden het net over je," merkt Skinner op. Hij negeert Jamie en richt
zich uitsluitend tot Dean.

"Fijn voor je," antwoordt Dean.

Skinners gezicht verstrakt even, maar dan tovert hij zijn glimlach weer tevoorschijn. "Ooit... *heel* lang geleden... was ik ook nieuw hier... Laat me je even
uitleggen hoe het werkt... Alles is te koop..."

"Geloof me, gozer, jij hoeft mij echt *niks* uit te leggen," kapt Dean hem af.

Ik zie wat hij doet. Hij geeft Skinner geen kans om het gesprek over te nemen en bluft hem af door hem in de rede te vallen. Het gaat hem natuurlijk af,
maar ik weet dat hij hierover na heeft gedacht en ik kan wel raden hoe dat zo
gekomen is. Ik heb Dean via George Springfield ingeseind, dat Skinner hier zit.

Dean heeft research kunnen doen en zich voor kunnen bereiden.

Skinner heeft duidelijk geen idee wie hij voor zich heeft, want hij gaat onverstoorbaar door. "Heb je de Draak al ontmoet?" vraagt hij. "Groot, breed, lelijke

kale kop met een tattoo erop... Nee? Kijk maar uit. Hij houdt van types zoals jullie. Daar weet onze architect alles van."

"En nu wil jij zeggen dat we beter af zijn bij jou?" vraagt Dean spottend.

"Natuurlijk," zegt Skinner. "Ik..."

"Laat *mij* jou eens iets uitleggen, *Jersey Freak,*" onderbreekt Dean hem opnieuw. "Dit hele jij en ik, of jij en hij, gaat niet gebeuren."

"Omdat jij dat zegt?" vraagt Skinner met een glimlach.

"Omdat ik het zeg," beaamt Dean.

Skinner wil nog iets zeggen, maar bedenkt zich als er twee mannen bij ons komen staan. Hij wendt zich onmiddellijk tot de oudste van de twee en zegt: "Don Gianni, hoe maakt u het?" Hij maakt nog net geen buiging.

Dean schudt zijn hoofd en vraagt de maffiabaas: "Word je daar nou nooit moe van?"

Skinner doet een stap achteruit, alsof hij een klap wil ontwijken.

Jamie maakt zich automatisch uit de voeten en voegt zich een eindje verderop bij Russell, zodat het aantal gevangenen dat samenschoolt, niet groter wordt dan de toegestane vijf.

Don DeSantis schudt Dean de hand, geeft hem een klap op zijn schouder en zegt joviaal: "Kijk eens aan... De legendarische Dean Wesson... Nog bedankt voor je hulp met mijn echtscheiding. Zonder jou was ik de helft van mijn geld kwijt geweest aan die *bitch.*"

"Geen dank," antwoordt Dean.

"Als er iets is dat je nodig hebt...," zegt de Don en maakt een uitnodigend gebaar met zijn hand.

"Dan weet ik je te vinden," belooft Dean. Hij kijkt Skinner nog even aan en zegt dreigend: "Omdat ik het zeg, Jersey. Onthoud dat."

"Heb je last van hem?" vraagt de Don scherp. Hij kijkt even van Dean naar mij en wacht het antwoord niet af. "Dit gaat niet gebeuren," snauwt hij tegen Skinner. "Omdat *ik* dat zeg."

* * * * *

Zaterdag, 30 juli 2011 – avond
Rotterdam, Nederland

Ik had dusdanig lang met Colin aan de telefoon gezeten, dat ik (!) te laat (!) aankwam bij mijn broer. Toen ik aanbelde gaf mijn horloge zes over half negen aan en tegen de tijd dat Len de deur opendeed was het acht over half.

Mijn broer wierp één blik op me en vroeg: "Lekker gefeest in Milaan?"

Ik wist best dat hij me expres lang had laten wachten, om me terug te pakken voor het feit dat ik te laat was. Len liet me binnen en ik volgde hem naar de keuken.

"Wat wil je drinken?" vroeg hij.

"Koffie, alsjeblieft," zei ik, ging aan de keukentafel zitten en wachtte geduldig totdat Len de koffie klaar had en tegenover me kwam zitten.

Hij zette de beker koffie bij me neer en trok een blik bier voor zichzelf open. In een poging een gesprek op gang te brengen, vroeg hij: "Hoe is Milaan?" "Druk en stoffig, voornamelijk," vertelde ik naar waarheid.

Len lachte, stak een joint op en inhaleerde diep.

"Stop daar nou eens mee," snauwde ik.

"Neem ook wat...," antwoordde hij. "Misschien relax je dan eens een beetje en word je dan eens een beetje gezellig."

"Waarom vraag je me dan te komen? Wat heb je nodig?"

Len gaf geen antwoord. Een tijd lang keken we elkaar alleen maar aan. De onuitgesproken verwijten hingen tussen ons in, maar geen van ons zei iets. Minutenlang.

Uiteindelijk keek ik weg en zei verontschuldigend: "Sorry, Len. Het is gewoon dat... Ik heb gewoon veel aan mijn hoofd op het moment."

De kwade blik in de ogen van mijn broer verzachtte. "Laat dat nou eens heel even los allemaal. Je draaft door," zei Len. "Ambitie is één ding, maar obsessie is iets heel anders en jij balanceert heel gevaarlijk op die grens..."

Ik wist dat hij gelijk had, maar zei niets.

"Dit kun je toch niet volhouden, jochie?" hield hij aan. "Je loopt jezelf voorbij. Wanneer heb je eigenlijk voor het laatst geslapen?"

Ik richtte mijn blik op het tafelblad en zuchtte. Ik concentreerde me op de vraag, maar ik wist het antwoord niet. Ik had de afgelopen vier dagen nauwelijks geslapen, hooguit af en toe één tot drie uurtjes, maar wanneer de laatste keer was, kon ik me met geen mogelijkheid herinneren.

Len keek me bezorgd aan.

"Dat weet ik niet meer," antwoordde ik.

"Dat weet je niet meer?" echode Len ongelovig. "Jochie, kijk mee eens aan. Waar ben je allemaal mee bezig?"

Mijn paranoia sloeg onmiddellijk toe, nadat ik me de afgelopen dertig uur voornamelijk had beziggehouden met het beramen van een moord. "Wat bedoel je daarmee?" vroeg ik argwanender dan ik bedoelde.

Het ontging mijn broer waarschijnlijk, want hij antwoordde: "Je ziet eruit alsof je vijf dagen hebt doorgehaald op coke. Maar aangezien we het over jou hebben en niet over mij..."

Oké...

Ik maande mezelf tot kalmte. Het was onmogelijk dat mijn broer enig idee had van wat me bezighield, naast al mijn werk voor de Ross Towers. Ik koos voor een veilig antwoord. "Ik heb hard gewerkt, Len. Op koffie en adrenaline. En nu ben ik heel even aan het instorten. Ik heb een congres gehad in Milaan, werk voor mijn grootste klant, meetings tussen alle bedrijven door en wat onverwachte gebeurtenissen. Ik geef toe dat het teveel was, maar alles is oké. Ik moet gewoon even dit weekeinde rustig aan doen."

"Doe dat dan."

Was het maar zo simpel, dacht ik.

"Sta heel even stil en kijk om je heen. Er is ook nog van alles buiten je werk, Misha, maar ik krijg de indruk dat je dat niet meer kunt zien." Len nam een diepe haal van zijn joint en zei toen: "Op jouw manier ben je nog een grotere verslaafde dan ik, weet je dat? Is dit jouw versie van een delirium?"

Ik gaf geen antwoord. Het feit dat hij mijn Ross Towers Project vergeleek met zijn afhankelijkheid van verdovende middelen, irriteerde me en het feit dat hij me de les probeerde te lezen nog veel meer.

Len zag het waarschijnlijk aan de uitdrukking op mijn gezicht. "Ik probeer je niet te vertellen wat je wel en niet moet doen," suste hij. "Maar je ziet toch zelf ook wel dat je nu ongezond bezig bent?"

"Het is maar tijdelijk," zei ik nuchter. "Als alles eenmaal in de steigers staat, komt mijn leven vanzelf weer in rustiger vaarwater. Dan kan ik weer wat vrije tijd inroosteren."

Dat was niet zo'n handige woordkeuze.

"Hoor je jezelf?" vroeg Len ontsteld. "Vrije tijd *inroosteren?*"

Ik zag tijdig in dat dit zijn alarmbellen alleen maar harder deed afgaan, maar ik kon geen subtiele overgang naar een ander onderwerp bedenken. Uiteindelijk kwam ik niet verder dan: "En hoe gaat het eigenlijk met jou?" Ik zag dat hij aarzelde of hij voet bij stuk zou houden en bij het eerdere onderwerp te blijven, maar zoals altijd ging hij erin mee.

Len vertelde me over zijn probleem met een deurwaarder, waar ik al vanaf wist, omdat ik Wendy was tegengekomen op Schiphol, toen ik uit Milaan terugkwam. Hij besloot zijn relaas met: "Als ik niet betaal, moet ik gaan zitten."

Ik bood aan om de boete voor hem te betalen, aangezien hij wel zijn andere schuldeisers had afbetaald. We kibbelden een tijdje over dingen van vroeger, maar uiteindelijk escaleerde het niet.

Len rolde een nieuwe joint. "Weet je, jochie?" zei hij. "Het leven is nou eenmaal klote. Ik had het ook liever anders gezien... Dat pa en ma nog geleefd hadden... En dat jij een normale jeugd had gehad... En dat ik nu de rust zou hebben om iets anders te doen met mijn leven, dan wat ik nu doe." Hij stak zijn joint op en schudde zijn hoofd. "Maar weet je? Het is oké zo. Het is toch allemaal nog een soort van goed gekomen? Alleen ben jij een workaholic en ik een alcoholist. Nou en?"

"Nou en?" vroeg ik onzeker.

"Nou en!" bevestigde mijn broer. "Iedereen heeft recht op zijn verslaving. Gewoon... *fuck the world!*"

Dat is natuurlijk ook een manier om het te bekijken.

Ik lachte.

"Laten we een deal maken," zei Len. "Als jij ooit stopt met werken, dan stop ik met blowen. Goed?"

"Kijk uit wat je zegt, Len," waarschuwde ik. "Ik zou nu al met pensioen kunnen."

Hij schudde zijn hoofd en zei stellig: "Nee, jochie. Jij gaat werkend je graf in, zoals de Stones vanaf het podium." Hij stond op en haalde twee blikjes bier uit de koelkast.

"Ik moet nog rijden, Len," protesteerde ik.

"Blijf gewoon hier," stelde hij voor. "Neem een biertje, relax, blijf slapen. Morgen is er weer een dag."

Ik was te moe om me nog te verzetten.

Len zag het en klonk oprecht, toen hij zei: "Fijn dat je blijft, jochie."

* * * * *

Vrijdag, 14 december 2012 – middag – Dag 46
New York, Amerika

Ik sta op de binnenplaats op mijn uitkijkpost bij de muur, met Jamie vlak naast me. Ik zie Jon Saunders rustig naderen, met Dean Wesson naast zich. De aanblik brengt me kalmte, hoewel ik me altijd relatief veilig voel op de binnenplaats.

Als ze vlakbij zijn, zegt Jon: "Hé, *Dutch Man*. Hoe is het?"

"Life is hard and then you die," antwoord ik.

Jon glimlacht, wijst naar de pleister in zijn nek en zegt: "Of niet, natuurlijk." Dan wendt hij zich tot Jamie en merkt op: "De Don vraagt of je iets voor hem wilt doen."

Mijn celgenoot volgt Jon zonder vragen te stellen en ze verdwijnen uit het zicht.

"Nu ik je even alleen heb...," begint Dean meteen, zonder er omheen te draaien. "Je hebt je lekker in de nesten gewerkt, is het niet?"

"Hoe bedoel je?" vraag ik.

"Neem me niet in de maling, Misha," waarschuwt Dean.

"Ik heb geprobeerd om het beste te maken van de omstandigheden," zeg ik.

Hij kijkt me dwingend aan en antwoordt: "Ik wil weten wat voor spelletje je speelt met die *Jersey Freak*. Dit kan niet goed aflopen en ik kan niet overal tegelijk zijn. Ik heb ook dingen te doen hier."

"Dat weet ik," antwoord ik. "Ik heb het in de hand."

Dean schudt ontkennend zijn hoofd. "Nee... Ik wil onze positie versterken, voordat het uit de hand loopt."

"En hoe stel je voor dat we dat doen?" vraag ik.

"Ik bied mezelf aan bij *Little Italy*, als bodyguard," stelt Dean voor. "Jon is een goeie gozer. Ik ken hem nog uit het illegale vechtcircuit van Detroit en New York."

"Het illegale vechtcircuit?" herhaal ik.

"Heb je *'Fight Club'* gezien?" vraagt Dean.

Ik knik.

"Nou, zoiets, dus. Maar dan om geld," verduidelijkt Dean. "Via Jon hebben we een ingang bij *Little Italy*. De Don vertrouwt me. Hij zal me geheid willen hebben en hij zal jou en Jamie accepteren als mijn beschermelingen. Op die manier kunnen Jon en de anderen een oogje in het zeil houden, als ik niet in de buurt ben."

Ik zie dat hij om het feit heen probeert te praten dat hij de Don kent. Dat is mijn vakgebied, dus waarom hij denkt dat ik die tactiek niet zal doorzien, is me een raadsel.

"Wat heb je voor de Don gedaan?" vraag ik.

Dean haalt zijn schouders op en zegt: "Niks bijzonders. Zijn vorige vrouw wilde scheiden en dat zou Gianni teveel geld gaan kosten. Hij vroeg me om iets te zoeken om haar alimentatieclaim ongegrond te kunnen laten verklaren."

"Wat heb je gevonden?"

"Ze neukte met één van haar bodyguards," antwoordt hij schouderophalend.

Ik vraag me heimelijk af of mevrouw DeSantis deze indiscretie heeft overleefd, maar het doet niet ter zake.

"We dwalen af," zegt Dean, alsof hij mijn gedachten kan lezen. *"Little Italy,* dus, nu we toch zo lekker aan het *improviseren* zijn..."

"Nee, Dean," antwoord ik.

"Misha, wees nou redelijk," zegt Dean. "Skinner wil bloed zien. Dat kan niet anders. Je ondermijnt zijn gezag... Mensen praten en de muren hebben hier oren, weet je."

Ik overweeg het. De bescherming van de Don is erg aanlokkelijk, maar hoeveel haken en ogen zullen er aan die constructie zitten?

"Ik waag het er wel op," zeg ik. "Ik wil graag van Skinner af, Dean, maar ik heb hem nodig. Hij..."

"Waarom?" vraagt Dean. "Waarom heb je in godsnaam *zoiets* nodig?"

"Als ik mazzel heb, moet ik dertien jaar zitten," redeneer ik. "Met goed gedrag kom ik dan in aanmerking voor vervroegde vrijlating. Dertien jaar, Dean... Het wordt tijd dat ik ga kijken naar de resultaten op de langere termijn. Ik kan niet dertien jaar lang over mijn schouder blijven kijken."

"Wil je hem omleggen?" vraagt Dean. "Is dat het?"

Ik zie hem denken, maar krijg de kans niet om iets te zeggen.

"Dit stopt nu," eist hij.

"Wat?" vraag ik oprecht verbaasd.

Waar heb je het over?

Wat stopt nu?

"Wat denk jij in godsnaam, dat je aan het doen bent?" Dean kijkt me strak aan. "Ik heb je door. Je trekt hem aan, houdt hem in je buurt en als je hem alleen hebt, leg je hem om. Is dat het?"

Ik geef niet toe dat die gedachte weldegelijk bij me is opgekomen en schud ontkennend mijn hoofd. "Ik wil Skinners bloed niet aan mijn handen," zeg ik dan. "We moeten ons aan het oorspronkelijke plan houden."

"Jij bent degene die *improviseert,"* onderbreekt Dean me.

"Omdat, Dean, er soms situaties zijn die daar om vragen." Ik blijf hem aankijken. "We moeten ons aan het oorspronkelijke plan houden," herhaal ik nadrukkelijk. "Laurens en Hawkes. Skinner hoeft niet dood. Ik wil gewoon permanent van hem af, maar niet voordat hij... zich nuttig heeft gemaakt."

"Wat ben je van plan?" vraagt Dean. "En belangrijker... Wat heb je hem in het vooruitzicht gesteld?"

"Later," zeg ik en wil bij hem weglopen. Ik moet nadenken, nu ik mijn eerdere vermoedens bevestigd zie, dat Dean totaal niet openstaat voor mijn nieuwe idee en dat het wellicht niet gaat lukken om hem te overtuigen.

* * * * *

Zondag, 31 juli 2011 – middag
Rotterdam, Nederland

Toen ik wakker werd, duurde het even voordat ik besefte waar ik was.

Lennart gebruikte mijn oude slaapkamer toen al jaren als logeerkamer, maar hij had er – waarschijnlijk door zowel geldgebrek als desinteresse – weinig aan veranderd, sinds ik op 26 december 2005 was vertrokken.

Ik hees me overeind en ging op de rand van het bed zitten. De gordijnen waren nog open en het zonlicht scheen naar binnen. Het leeslampje op het nachtkastje brandde nog, maar ik kon me niet herinneren dat ik het had aangedaan.

Het licht was nu overbodig en ik knipte het uit.

Automatisch keek ik op mijn horloge. Het was bijna half één en ik concludeerde, dat ik al minimaal vijfenhalf uur achterliep op mijn schema voor die dag. Snel stond ik op en ging naar de keuken. In de deuropening bleef ik staan.

Len zat aan de keukentafel met een beker koffie voor zich.

Mijn blik dwaalde van hem automatisch naar de wandklok.

"Len, ik moet weg. Ik heb nog zoveel...," begon ik.

Hij stond op, kwam naar me toe, pakte me bij mijn arm en duwde me naar de keukentafel. "Zitten, koffie drinken en ademhalen. Dan mag je weg," zei hij.

Ik deed wat hij vroeg en keek naar hem, toen hij naar het aanrecht liep om een beker koffie voor me in te schenken.

Len kwam naar de tafel, gaf me mijn koffie, ging zitten en stak een sigaret op.

Ik trok mijn beker naar me toe en blies erin.

Tegen de tijd dat ik thuis zou zijn, zou ik ruim zes uur achterlopen op mijn schema. Ik probeerde te bedenken, hoe ik die zes uur zou kunnen compenseren.

"Doe nou eens rustig, jochie," zei Len.

"Als je leven bestaat uit deadlines, dan is tijd je ergste vijand," stelde ik.

Mijn broer schudde zijn hoofd en antwoordde: "Tijd is niet jouw ergste vijand, jochie. Dat ben je zelf."

Ik richtte mijn blik op het tafelblad. "Dat weet ik."

* * * * *

Vrijdag, 14 december 2012 – middag – Dag 46
New York, Amerika

"Later?" Dean houdt me tegen. "Altijd *fuckin'* later! Geen geheimen meer, weet je nog? Blind vertrouwen... Dit is geen blind vertrouwen." Zijn greep is krachtig en hij heeft moeite om zich in te houden.

"Ik wil hem de moorden op Laurens en Hawkes in zijn schoenen schuiven, zodat hij wordt overgeplaatst naar Southport," geef ik toe.

Dean snakt naar adem en kijkt me bijna verwilderd aan. "Je bent echt knettergek," zegt hij verbluft en laat me los.

"Ik dacht al dat je zoiets zou zeggen," antwoord ik.

"Ik kan niet geloven dat ik hier serieus op inga," zegt Dean, meer tegen zichzelf dan tegen mij. Dan kijkt hij me weer aan en vraagt: "Even *puur* hypothetisch gesproken. Hoe zie je dat in godsnaam voor je?"

"In de loop der tijd hebben Donald en ik een zekere... verstandhouding opgebouwd, Dean," begin ik tactvol en kijk weg. "Ik tolereer zijn... aanwezigheid, tot op zekere hoogte... Ik maak af en toe een praatje met hem... Het is een soort spel geworden, waarin de verhoudingen bijna altijd redelijk in balans blijven."

"Een spel?" herhaalt Dean. *"Bijna* in balans?"

"Soms gaat het iets verder, dan ik zou willen," geef ik met tegenzin toe, "maar de laatste tijd heb ik hem door. Ik weet hoe hij denkt, hoe hij werkt, wat hem drijft..."

"Ben je gek geworden?" vraagt Dean. "Je speelt met je leven. Je denkt nu dat je het in de hand hebt, maar op een gegeven moment zal er iets gebeuren, waardoor het escaleert en ik verzeker je: *There will be blood."*

"Dat is een deel van mijn plan," zeg ik.

"Het is een deel van je plan om genadeloos te grazen genomen te worden door de *Jersey Killer?"* vraagt Dean ongelovig.

Ik rol met mijn ogen. "Nee, Dean. Ik maak een deal met hem."

"Je gaat *geen* deals sluiten met Donald Skinner," zegt Dean. "Einde discussie." Hij maakt aanstalten om bij me weg te lopen.

"Luister nou." Ik pak hem bij de mouw van zijn jas en kijk hem aan. "Ik zal eerlijk tegen je zijn."

Dean kijkt me sceptisch aan. "En toch blijven er maar lijken uit de kast vallen bij jou."

"Het spijt me," probeer ik.

De blik in zijn ogen verzacht iets.

"Skinner heeft het één en ander over me ontdekt...," begin ik. "Alleen trok hij de verkeerde conclusies... Hij weet dat ik hier zit, omdat ik veroordeeld ben voor doodslag. Hij weet ook dat het geen doodslag was, noemde me te berekenend en niet impulsief genoeg."

"Daar heeft hij een punt," merkt Dean op.

"Hij is er voornamelijk erg van overtuigd, dat hij altijd gelijk heeft," klaag ik. "Het irritante is, dat het vaak ook zo is. Hij kan mensen goed lezen. Weinig informatie en veel observeren is voor hem meestal genoeg."

"Reden te meer om uit zijn buurt te blijven," zegt Dean.

"Dat was mijn oorspronkelijke plan," geef ik toe, "maar de situatie werd onhoudbaar."

"Ik dacht dat het wel meeviel?" merkt Dean op. "En nu is het 'onhoudbaar'?"

Ik zie in dat het niet mee zal vallen, om Dean slechts gedeeltelijk de waarheid te vertellen, vooral als ik niet geconfronteerd wil worden met eerder vertelde halve waarheden.

"Het is een lang verhaal," probeer ik.

"Dan zou ik maar een beetje doorpraten, als ik jou was," zegt hij nuchter.

"De bel gaat bijna," merk ik op.

"Weleens van een samenvatting gehoord?" vraagt Dean.

"Dean..."

"Misha?"

Ik zucht. "Skinner denkt dat ik Albrechts heb vermoord, omdat ik... omdat hij...," begin ik, maar ik ben na die woorden al meteen de draad kwijt.

"Feiten, Misha," dringt Dean aan. "Feiten."

"Skinner denkt dat ik Albrechts heb vermoord, omdat... hij me... als kind misbruikt heeft." Mijn stem hapert even als ik mezelf dwing die woorden hardop uit te spreken, maar ik herpak me en vervolg: "Ik heb hem in die waan gelaten – voornamelijk omdat ik niet wilde dat hij zou ontdekken dat ik nog een moord heb gepleegd – en ik denk dat het in ons voordeel kan werken. Gezien het feit dat Albrechts in Skinners briljante brein de rol van Joris van Kempen toebedeeld heeft gekregen, wil ik Laurens de rol van Albrechts laten spelen. Ik vertel Skinner dat Laurens de man is, die me in dat pleeggezin plaatste... Het mooie van het hele verhaal is dat Laurens bijna geen Engels spreekt..."

"En wat zouden we daarmee opschieten?" onderbreekt Dean me.

"Ik zal niets meer hoeven te doen," antwoord ik, hardop denkend. "Donald Skinner zal voor me moorden. Ik laat hem Laurens doden..."

"Ik dacht dat je alles zelf wilde doen?"

"Ik wilde niet dat *jij* het zou doen," verbeter ik hem en vervolg mijn relaas, voordat hij me opnieuw in de rede kan vallen. "Ik laat Skinner Laurens doden. Als jij Hawkes om kunt leggen en ik aan de Warden opbiecht, dat ik heb gezien dat *Skinner* Hawkes vermoord heeft, dan is het slechts een kwestie van tijd, voordat ze hem ook pakken voor de moord op Laurens... Hij wordt voorgoed overgeplaatst naar Southport en wij zijn in één klap verlost van alle drie..."

"Briljant," zegt Dean sarcastisch, maar met zijn ogen nog altijd vol ongeloof. "Je ziet alleen één klein detail over het hoofd."

"En dat is?"

"Hoe kom je in godsnaam op het belachelijke idee, dat Donald Skinner een moord voor je zal plegen?"

Ik kijk Dean niet aan als ik antwoord: "Omdat – zoals jij al vermoedt – hij zal denken, dat er iets tegenover staat."

"Oké, stop maar...," zegt hij meteen. "Je bent echt knettergek. Dat is geen optie. Wat als het fout gaat?"

"Het gaat niet fout," zeg ik, met deels oprechte overtuiging. "Maar timing is alles. Alle honken moeten bezet zijn."

"Teveel risico's," protesteert Dean hoofdschuddend.

"Die kunnen we beperken, zo niet uitsluiten," houd ik aan. "Dean, ik weet zeker dat we een waterdicht plan kunnen bedenken. Alles wat ik eventueel over het hoofd zie, pik jij feilloos op. Het kan niet fout gaan. Ik zou dit risico niet nemen, als ik niet zeker wist dat het zou werken... Kom op. We zijn al zover gekomen."

Dean zucht.

"Dit is het," ga ik verder. "Dit is je kans op Hawkes en nu bied ik je de kans om er op zeker mee weg te komen."

"En hoe zou je dit precies aan willen pakken?" vraagt hij sceptisch.

"Zover ben ik nog niet, Dean," antwoord ik ongeduldig. "Ik heb het nogal druk gehad met Skinner. En Jamie en Jon kosten ook tijd."

"Vrienden *kosten* geen tijd," snauwt Dean. "Met vrienden *breng* je tijd *door.*"

"Zijn zij vrienden?" vraag ik. "Je bent hier net."

"Laat eens zien, meneer de architect." Dean doet alsof hij diep nadenkt en snauwt dan: "Jamie is vanaf het begin loyaal aan je geweest, *ondanks* dat je keer op keer tegen hem liegt en Jon Saunders is het enige dat tussen jouw en je vijanden instond, voordat ik hier kwam."

"Mijn vijanden?" herhaal ik.

"Ja, laten we de dingen eens bij hun naam noemen," antwoordt Dean. "Ik ben echt aan het einde van mijn geduld met jou." Zijn stem is nog lager en rauwer dan gewoonlijk. "Dus ja, je *vijanden*. En je hebt er nogal wat, *pretty boy.*"

"Noem me niet zo."

"Oh, dat was ik vergeten. Dat is het exclusieve privilege van Donald Skinner," spot Dean. "Toch, *liefje?*"

"Ik denk dat wij klaar zijn voor vandaag," zeg ik.

Als ik weg wil lopen, pakt Dean me bij mijn mouw en houdt me tegen. "Soms vraag ik me weleens af in hoeverre jij het concept 'vriendschap' begrijpt, Misha. Het is geen eenrichtingsweg. Zoiets moet van twee kanten komen. Voor jou is vriendschap iets, dat je wilt als *jij* het nodig hebt. Jij hebt verwachtingen en de ander moet daar in meegaan en vooral zelf niets terug verwachten."

"Ik denk dat wij klaar zijn voor vandaag," herhaal ik.

Dean laat me niet los. "Ik ben niet je vijand," zegt hij dan zuchtend. De toon van zijn stem is zachter en minder intimiderend. "Ik probeer je te helpen, maar dat kan ik niet als jij me niks vertelt."

Ik kijk hem aan en probeer mijn mouw los te trekken.

"Kom op, Misha... Je weet hoe ik werk."

Ik zucht ook. "Laat me raden... Je bent op onderzoek uit geweest?"

"Ja. Ik had weinig keuze," antwoordt Dean. "Jij vertelt me niks, dus dan moet ik mijn informatie ergens anders vandaan halen. Ik weet graag wie mijn tegenstanders zijn, *voordat* ik met ze geconfronteerd word. Dus ja, ik ben op onderzoek uit geweest en ik ben verbijsterd hoe vaak jouw naam voorbij komt in al die verhalen. Ik bedoel, voor iemand die probeert om niet op te vallen, vlieg je niet bepaald onder de radar, vriend."

"Daar heb ik niet om gevraagd."

"Geloof me, je *smeekt* erom," zegt hij hardvochtig.

"Dat is *niet* waar," protesteer ik.

"Dat is *wel* waar. Je stort je van de ene roekeloze actie in de andere. Skinner mag dan je grootste fan zijn, maar hij is ook levensgevaarlijk en jij speelt spelletjes met hem, alsof hij de onschuld zelve is. Dat kan niet goed blijven gaan." Dean kijkt me veelbetekenend aan en zegt dan achteloos: "En dan hebben we de Draak nog..."

Ik open mijn mond om iets te zeggen, maar hij geeft me geen kans.

"Ja, ook daar weet ik vanaf. Van die veiling... Van de bewaker... Kane. En hoe ingenieus je hem uit de weg hebt geruimd... Met de hulp van *Donald Skinner...*"

"Ik kon niet anders," onderbreek ik hem.

"... nadat die je bijna te grazen had genomen in de kleedkamer," maakt Dean kalm zijn zin af. "Wanneer was je van plan om me dat te gaan vertellen?" *Niet*, denk ik.

"Binnenkort," zeg ik, zonder hem aan te kijken.

"Ik weet niet eens waar ik moet *beginnen* met je te vertellen, wat er allemaal fout had kunnen gaan," gaat Dean hoofdschuddend verder. "Voor iemand die zo wantrouwend is als jij, kies je verdomd vreemde medestanders."

"Het is toch goed afgelopen?" vraag ik schouderophalend. Ik hoor het mezelf zeggen en kan niet geloven, dat die woorden uit mijn mond komen. Het is iets dat Jon Saunders zou kunnen zeggen.

Kennelijk is mijn kijk op een 'goede afloop' erg veranderd de laatste weken. *Alles is relatief...*

"Die keer wel, ja," antwoordt Dean. "Maar het is nog niet afgelopen, gozer. De Draak wil waar hij voor betaald heeft en die *Jersey Freak* is ook niet iemand die opgeeft, voordat hij heeft wat hij wil."

"Ik kan Skinner wel *handelen,*" probeer ik hem gerust te stellen.

"Hij is te onvoorspelbaar," werpt Dean tegen.

Ik zie dat hij kwaad op me is, waarschijnlijk omdat hij niet inziet waarom ik het ons beiden zo moeilijk maak. "Als ik Skinner heb verteld over Laurens, maak ik een deal met hem," leg ik uit. "Hij is wat hij is, maar op zijn manier houdt hij altijd woord. Zolang Laurens leeft, verwacht ik niet dat Skinner me iets zal doen, omdat dat dan de deal is."

"Ga je me nou vertellen dat je...?" Dean kijkt me aan met niets dan ongeloof. "Met *hem?*"

"Nee, natuurlijk niet."

"Maar dat is de deal," merkt hij op. "Ik denk dat hij al komt innen, voordat het lichaam koud is."

"Dat zal hij wel proberen," geef ik toe. "Je begrijpt wel dat ik je in de buurt wil hebben, vanaf dat moment. Jon ook... En we moeten Jamie in de gaten houden. Zodra Skinner inziet dat hij in de maling wordt genomen, wordt Jamie ook een doelwit."

"Dit is waanzin," zegt Dean.

"Vertrouw me," antwoord ik.

"En de Draak?" vraagt Dean sceptisch.

"Daar heb ik jou en Jon voor," zeg ik. "En straks ook Skinner."

"Misha, je zet vier levens op het spel met dit idiote plan," stelt Dean, maar de boosheid is uit zijn stem en ogen verdwenen en heeft plaatsgemaakt voor louter bezorgdheid. Hij schudt zijn hoofd, alsof hij wil ontkennen dat we dit gesprek überhaupt voeren. "Niet alleen je eigen leven, maar ook dat van mij, dat van Jon en dat van Jamie."

"Blind vertrouwen, Dean," zeg ik. "Het kan niet misgaan."

Hij moet inzien dat hij me niet kan ompraten.

"Op één voorwaarde," eist hij. "Ik wil dat we ons aansluiten bij *Little Italy* en daar valt niet over te onderhandelen." Hij kijkt me aan. "Als Jon door een knokpartij in de isoleer komt, sta ik alleen. Ik kan niet overal tegelijk zijn, *Dutch Man,* en het spijt me dat ik je teleur moet stellen, maar zelfs Jon en ik hebben onze grenzen. Als er vijf man op mijn nek springen, kan ik ook niks beginnen en Jon ook niet."

"Dat begrijp ik."

"Alle honken bezet, Misha," zegt Dean. "Zonder de Don geen homerun."

"Ik moet erover nadenken," antwoord ik.

EPILOOG
BEDTIME STORIES

Zaterdag, 15 december 2012 – middag – Dag 47
New York, Amerika

Ik sta met Dean bij de metalen reling op de galerij, als Donald Skinner naast me komt staan en opmerkt: "We hebben elkaar weinig gesproken de laatste tijd, liefje."

"Ik vond het al zo rustig," zeg ik, zonder hem aan te kijken, alsof hij niet belangrijk is.

"Een beetje *te* rustig, als je het mij vraagt...," klaagt Skinner. "Ik begin me te vervelen en dat is nooit een goed voorteken."

Ik hoor de onheilspellende klank in zijn stem en kijk hem aan.

Skinner kijkt met ergernis in zijn ogen naar Dean, omdat hij denkt dat hij nu niet vrijuit kan praten.

Ik richt me even tot Dean en zeg: "Donald en ik moeten even praten."

Dean kijkt me waarschuwend aan.

Ik zie in zijn ogen dat hij het hartgrondig oneens is met de gang van zaken, maar hij weet dat hij mijn positie ten opzichte van Skinner zal verzwakken, wanneer hij mijn beslissing openlijk in twijfel trekt. Hij loopt naar de trap en verdwijnt uit het zicht.

Zodra Dean buiten gehoorsafstand is, wend ik me tot Skinner en vraag ijzig: "Wat wil je?"

"Wil je een eerlijk antwoord?" is zijn wedervraag.

"Waarschijnlijk niet," antwoord ik op laconieke toon.

"Laten we het erop houden dat ik zin heb in een praatje," zegt Skinner.

"Waar wil je het over hebben?" vraag ik kalm en leg mijn handen op de reling om mijn nonchalance te benadrukken.

"Ik wil je iets vertellen," begint hij. "Gewoon een anekdote uit mijn... omvangrijke carrière... Noem het een *bedtime story*, bij gebrek aan een beter woord..."

Ik maak een uitnodigend gebaar.

Skinner lacht even en vertelt: "Vanmorgen moest ik opeens denken aan een jongen, die ik twintig jaar geleden heb vermoord... Ik zat naar je te kijken in de kleedkamer en toen moest ik aan Tyler denken. Je lijkt op hem... Ik bedoel, zo zou hij er ongeveer hebben uitgezien, als hij jouw leeftijd had gehaald... En van de drugs was afgebleven."

Wat moet ik hiermee?

"Hij was een jaar of zestien toen ik hem omlegde."

Verrassend, denk ik sceptisch, maar ik zeg niets.

Waar wil je naartoe, Donald?

"Jij gelooft ook dat moord soms gerechtvaardigd is, nietwaar?" gaat Skinner verder. "Dat kan niet anders. Anders zou jouw slachtoffer nog leven... Ik geloof ook dat moord soms gerechtvaardigd is... En soms is het gewoon lekker, maar dat is een ander verhaal."

Ik rol met mijn ogen.

"Tyler was een inbreker, die het verkeerde huis koos," begint Skinner.

Nog voordat ik dit verhaal heb gehoord, heb ik medelijden met deze zestienjarige inbreker.

Skinner lijkt me niet het type om ongenode gasten in zijn huis te tolereren. Hij is eerder het type dat eerst zijn jachtgeweer leegschiet en dan pas vragen gaat stellen.

"Het was nacht en mijn toenmalige vrouw – Ellen heette ze..."

"Heette?" onderbreek ik hem.

"Dat is een *ander* verhaal, liefje," snauwt Skinner waarschuwend.

"Sorry," zeg ik. "Ga verder."

"Ellen werd wakker, omdat ze iets hoorde op de benedenverdieping," vervolgt hij tevreden. "Ze wekte me en ik ging op onderzoek uit. In de keuken haalde ik een mes en ging op de geluiden af... Toen ik het licht aandeed, zag ik dat er een inbreker in mijn woonkamer stond... En nog zo'n messentrekkende junk ook!" Hij trekt een verontwaardigd gezicht.

Ik zeg niets en hoor het geduldig aan.

"Vind jij het gerechtvaardigd, dat ik een gewapende indringer heb gedood, om mezelf en mijn vrouw te beschermen?" vraagt hij.

"Op zich valt daar iets voor te zeggen," antwoord ik tactisch.

"Ja, dat vond ik nou ook," zegt hij enthousiast. Even laat hij een stilte vallen. Dan zegt hij: "Toch heb ik de politie niet gebeld."

"Waarom niet?" vraag ik. "Hier in Amerika is iedereen toch een voorstander van handelen uit noodweer? Je mag jezelf en je familie beschermen tegen indringers."

"Hoe werkt dat bij jullie?" informeert Skinner.

"Oh, in Nederland kun je daar twintig jaar cel voor krijgen," vertel ik. "Er staat nog net niet in de wet, dat je inbrekers een kop koffie aan moet bieden als je ze betrapt."

"Fascinerend," zegt Skinner.

"Waarom heb je de politie niet gebeld?" vraag ik.

"Laten we het zo stellen... Tussen het moment dat ik Tyler betrapte en het moment dat hij zijn laatste adem uitblies... zat iets teveel tijd..."

"Hoeveel teveel tijd?" Ik vraag me heimelijk af of ik het antwoord eigenlijk wel wil weten.

"Oh, een kleine drie..."

Er loopt een bewaker voorbij en hij zwijgt.

Drie uur?

Ik wil er niet eens over *nadenken* wat de *Jersey Killer* die Tyler drie uur lang aangedaan kan hebben.

Als de bewaker buiten gehoorsafstand is, maakt Skinner achteloos zijn zin af: "Een kleine drie dagen."

Mijn maag trekt samen, maar ik laat het niet merken.

"Lastig uit te leggen," zegt Skinner. "Zoals het ook te lastig zou zijn geweest om uit te leggen, waarom hij er uitzag, zoals hij er uitzag... Je begrijpt me wel." Hij lacht.

Ik knik een beetje op goed geluk, in de hoop dat hij de rest van het verhaal achterwegen zal laten. Aan de andere kant, is dit natuurlijk wel een uitgelezen kans om hem weer op het verkeerde been te zetten. Ik heb Dean beloofd om Skinner op afstand te houden, zolang we nog geen concreet plan hebben en als Skinner uit balans raakt, levert dat Dean en mij extra tijd op om plannen te maken en na te denken.

"Ze hebben hem nooit gevonden...," besluit Skinner zijn relaas met trots en hij glimlacht. "Niet dat er bijzonder veel moeite is gedaan om hem te vinden... Toen een familielid van hem na drie jaar eens op het idee kwam, om hem als vermist op te geven... Wie zit er nou te wachten op een heroïnejunk? Zoals ik al zei: Ze hebben hem nooit gevonden."

"Soms is de wereld rechtvaardig," zeg ik weloverwogen.

Hij kijkt me verrast aan.

"Ga je me nu vertellen dat je vindt, dat ik *in mijn recht stond,* toen ik een jongen van zestien bijna *drie dagen lang* martelde en verkrachtte en hem uiteindelijk – heel langzaam – doodde?"

"Oorzaak en gevolg, Donald," antwoord ik. "Als hij niet bij je had ingebroken, zou hij je niet zijn tegengekomen. Toch?"

Skinner knikt goedkeurend en bevestigend. Dan kijkt hij me schattend aan en zegt: "Liefje, misschien ben je toch niet zo weekhartig als ik dacht."

Ik zie mijn kans. Mijn ultieme kans om mijn positie ten opzichte van hem te versterken. Ik draai me naar hem toe en kijk hem recht aan. "Laten we het erop houden, dat jij niet de enige bent," antwoord ik vaag.

"Dat ik niet de enige ben, die... Wat?" vraagt Skinner.

"Dat jij niet de enige bent, die weleens is weggekomen met moord...," zeg ik achteloos en loop bij hem weg, nu we allebei weer voldoende stof tot nadenken hebben.

Boek V:

Wederopbouw

Misha Larsen

PROLOOG
QUIZ

Zondag, 16 december 2012 – middag – Dag 48
New York, Amerika

Ik loop met Dean Wesson naar onze vaste plek bij de muur op de binnenplaats. "We moeten praten," zeg ik. Gisteravond is het er niet meer van gekomen, om Dean op de hoogte te stellen van de laatste ontwikkelingen omtrent Donald Skinner. De kleedkamer, doucheruimte en kantine zijn ongeschikt om te overleggen en ik ben dankbaar dat het eindelijk tijd is om te luchten, zodat Dean en ik kunnen praten.

"Wat is er gebeurd?" vraagt Dean.

"Ik denk dat ik wat meer tijd heb gecreëerd gisteren," antwoord ik.

"Wat? Tijdens je onderonsje met de *Jersey Freak?*"

"Skinner vertelde me over een jongen, die hij twintig jaar geleden heeft vermoord," zeg ik. "Een inbreker, die 'het verkeerde huis had gekozen', zoals hij dat noemt. Hij zei dat ik op hem lijk."

Deans ogen schieten vuur. "Ik hoop dat je de ondertitel daarvan mee hebt gekregen," zegt hij met ingehouden woede.

Ik leun nonchalant tegen de muur en kijk snel naar Skinner, die op zijn gebruikelijke plaats op de tribune zit met Norton, Bobby en Russell.

Dan kijk ik Dean weer aan en antwoord: "Die vergelijking is een verkapte bedreiging. Hij vertelde me dat ik op die jongen lijk, omdat hij wil dat ik de rest van het verhaal op mezelf projecteer."

"En hoe heb je dat opgelost?" vraagt Dean.

"Ik heb hem verteld, dat hij niet de enige is, die weleens is weggekomen met moord," zeg ik schouderophalend. "Ik heb hem een nieuwe puzzel gegeven om hem zoet te houden. Af en toe geef ik hem een nieuw stukje en zo houd ik hem op afstand."

"Dat gaat niet werken," stelt Dean.

"Ik ben niet naïef, Dean," antwoord ik. "Ik weet wat hij is en waar hij toe in staat is. Zodra ik zie dat zijn geduld ten einde raakt, vertel ik hem iets meer over de moord op Albrechts en dan vertel ik hem ook dat ik de man heb vermoord, die mijn ouders heeft doodgereden. Omdat de rol van mijn pleegvader in Skinners hoofd al vergeven is aan Theo Albrechts, zullen we Joris van Kempen ook maar een alternatieve rol toebedelen, vind je niet?"

"Die van Frans Laurens," concludeert Dean moeiteloos.

Ik knik bevestigend.

Dean lijkt ogen in zijn achterhoofd te hebben, als hij zegt: *"Het* komt hierheen."

Ik zie Skinner naderen.

Hij heeft zijn gevolg achtergelaten op de tribune en slentert naar ons toe.

"Ga maar," zeg ik tegen Dean.

Hij protesteert niet, loopt weg en voegt zich bij Jamie en Goldstein.

Skinner komt naast me staan en steekt zwijgend een sigaret op. Hij inhaleert diep en stopt de aansteker in zijn jaszak.

"Wat kom je doen?" vraag ik.

"Ik heb eens nagedacht over ons gesprekje van gisteren," begint hij. "Afgezien van al dat vage gedoe was het erg... verhelderend." Hij zwijgt even. "Hoeveel zijn er?" vraagt hij dan.

"Hoeveel wat?"

"Hoeveel slachtoffers heb je inmiddels gemaakt?" verduidelijkt Skinner.

"Dat doet er niet toe," zeg ik.

"Jammer dat je er zo over denkt," antwoordt hij. "Het leek me interessant om ervaringen uit te wisselen..."

"Daar is toch niks aan?" vroeg ik.

Skinner kijkt me geamuseerd aan. "Hoe dat zo?"

"Kom op, Donald," zeg ik. "Als ik je alles vertel, blijft er toch niks meer te puzzelen over?"

"Is dat een uitdaging?" vraagt hij.

Ik haal mijn schouders op. "Misschien... Het leek me een interessant spel... Tenslotte was jij degene die zei dat we best samen kunnen spelen."

"Dit was niet helemaal wat ik in gedachten had," antwoordt hij langzaam.

"Take it or leave it..."

"Dan zul je me iets meer moeten geven dan ik nu weet," zegt Skinner.

"Ik weet het goed gemaakt...," antwoord ik. "Je mag drie vragen stellen, die uitsluitend met 'ja' of 'nee' beantwoord kunnen worden."

"Game on, sweetheart."

Ik wacht af. In mijn hoofd ga ik de vragen af, die ik verwacht dat hij zal stellen.

Skinner zou Skinner echter niet zijn, als hij zou doen wat ik verwacht. Hij neemt een diepe haal van zijn sigaret, blaast een rookwolk langs me heen en vraagt: "Is het langer dan een jaar geleden dat jij je eerste moord pleegde?"

Oké, verrassend...

Ik ben niet naïef genoeg om te geloven dat Skinner werkelijk geïnteresseerd is in de tijdlijn van mijn verhaal. Hij wil alleen maar weten wanneer ik mijn eerste moord pleegde, omdat hij hoopt een inschatting te kunnen maken van het aantal slachtoffers dat ik gemaakt heb.

"Nee."

Skinner maakt zijn sigaret uit, maar steekt meteen weer een nieuwe op. "Interessant," zegt hij. Hij inhaleert diep en lijkt even na te denken. "Dat houdt in dat het aantal slachtoffers dat jij gemaakt hebt, beduidend lager ligt dan het mijne."

"Dat wil je graag even gezegd hebben," antwoord ik droog.

"Als je wilt spelen met de groten der aarde, liefje, dan moet je ook je meerdere kunnen erkennen," merkt Skinner belerend op. Hij tikt een beetje as van zijn sigaret en kijkt even naar Norton, die voorbij loopt met een andere skinhead, op de voet gevolgd door Bobby en Russell.

"Wie is jouw meerdere, Donald?" vraag ik.

"Ik heb geen meerdere," antwoordt hij overtuigd.

"Heb je er meer dan honderd?" wil ik weten.

"Pardon?"

"Heb je er meer dan honderd?" herhaal ik laconiek. "Richard Kuklinsky had er meer dan honderd."

"We dwalen af," zegt Skinner kortaf.

"Dat is waar," geef ik toe.

"Was wraak ook het motief voor je eerste moord?" vraagt hij dan.

"Ja."

"Is er een verband tussen die moord en de moord op de oude man?" wil hij weten.

"Ja," zeg ik. "Als je diep genoeg graaft."

Hij kijkt me even berekenend aan, gooit zijn peuk weg en zegt: "Wordt vervolgt..."

"Altijd," antwoord ik en loop bij hem weg.

1.
MEDESTANDERS

Maandag, 17 december 2012 – middag – Dag 49
New York, Amerika

Ik heb geen idee waarom, maar vannacht zag ik opeens in wat de werkelijke reden is, dat Dean wil dat we ons aansluiten bij *Little Italy*. Dat een lijntje met de Don een zekere bescherming biedt is voor Dean niet meer dan een gunstige bijkomstigheid.

Vannacht schoot me opeens te binnen dat Jamie me vertelde, dat Raymond Hawkes één van de 'boodschappenjongens' is van de Don. Tot dat moment was Hawkes in mijn beleving niets anders dan de moordenaar van Daniel Springfield en opeens kreeg dat beeld een nieuwe dimensie.

Jamie had neutraal over hem gesproken, niet alsof hij Hawkes mocht of juist een hekel aan hem had. Het hele onderwerp had hem volkomen koud gelaten.

Dat vertelde me dat Hawkes geen bedreiging is voor onbekenden en dat hij geen idee heeft wie Dean is. Dat kan alleen maar in ons voordeel werken. Persoonlijk heb ik weinig tegen Hawkes. Ik heb Daniel nooit gekend, maar zijn dood heeft Colin en Dean gekwetst en ik gun mijn vrienden hun wraak. Het zou hypocriet zijn om dat niet te doen.

Jamie heeft me verteld dat Hawkes een soort 'freelancer' is, die niet echt bij *Little Italy* hoort. Toch zie ik Hawkes regelmatig in het gezelschap van de kickboksers en soms met de secondanten van de Don, maar nooit met de legende zelf. Hij is onbelangrijk, maar het houdt wel in dat Dean automatisch in het cirkeltje van Hawkes terecht komt, wanneer we ons bij *Little Italy* aan zouden sluiten. Het zou Hawkes toegankelijker maken, maar niemand heeft er voldoende belang bij om vragen te stellen, als hij stopt met ademhalen. Voor de Don is hij er één in de categorie 'voor jou tien anderen'.

Toen ik vannacht de conclusie trok, dat Dean er een dubbele agenda op nahoudt, stoorde dat me even, maar ik heb op dat gebied geen recht van spreken. Dat zie ik zelf ook wel in. Ik heb veel tijd gehad om hierover na te denken, want de eerste kans die ik krijg om Dean alleen te spreken is tijdens het luchten.

Jon Saunders is in gesprek met een paar van zijn vrienden, maar houdt een oogje op Jamie, die met Russell en Goldstein vlakbij hen staat.

Dean en ik zonderen ons af van de anderen. Hij denkt dat ik wil overleggen hoe we verder moeten met Donald Skinner, maar het Southport Project zal even moeten wachten.

"Nu ik je even alleen heb...," begin ik. Ik steek mijn handen in de zakken van mijn jas en leun tegen de muur.

Dean kijkt me geamuseerd aan en merkt op: "Volgens mij is dat mijn tekst."

"Ik heb nagedacht en..."

Hij valt me in de rede: "Ik weet wat je gaat zeggen."

"Dat denk ik niet," zeg ik.

"Toch wel," antwoordt Dean. "Je hebt je bedacht over *Little Italy*."

"Wauw," zeg ik ontzagvol.

"Ik wist dat je in zou zien, dat het niet anders kan," gaat hij verder. "Hawkes is een *loner*. Hij is niet iemand, met wie je gemakkelijk contact legt. Zoals de zaken nu staan, kom ik niet bij hem. Ik heb een ingang nodig."

"In hoeverre gaat die constructie problemen geven, denk jij?" vraag ik.

"Je bent bang voor de Don," concludeert Dean.

"We hebben het hier over de maffia, Dean," antwoord ik nuchter. "Niet over Jamie Hirsch, Jon Saunders of je vriend Goldstein. Sorry dat ik daar niet blind in wil stappen."

"Jij denkt dat je Skinner kunt *handelen,*" zegt Dean met een ernstig gezicht.

"Zo denk ik erover met de Don. Zolang je hem niks doet, doet hij jou ook niks."

Ik kijk even naar de Don, die met één van zijn *wiseguys* en drie lijfwachten staat te praten. Hij zou een machtige medestander zijn, maar ik heb geleerd dat loyaliteit en bescherming hier betaald moeten worden. Ik aarzel, maar dan besef ik dat ik geen blind vertrouwen van Dean kan verwachten, als ik niet blind durf te varen op zijn inschattingsvermogen.

"Dan vertrouw ik op jouw inzicht in de situatie met de Don, zoals jij op mijn inzicht in de situatie met Skinner vertrouwt," zeg ik.

* * * * *

Zondag, 7 augustus 2011 – middag
Atlanta, Amerika

De aanblik van het motel waar Dean Wesson verbleef was al meer dan genoeg om me aan het twijfelen te brengen.

"Colin, weet je zeker dat hij me kan helpen?" vroeg ik en ik bleef staan op de galerij van het motel. "Die gozer werkt vanuit een motelkamer van twintig dollar per nacht... Ik bedoel, hoe goed kan hij zijn?"

"Dat is zijn keuze," zei Colin. "Hij heeft gewoon een kantoor."

"Hoe goed kan hij zijn?" herhaalde ik.

"Dean en ik hebben een lange voorgeschiedenis," zei Colin.

Ik dacht even na en antwoordde toen weifelend: "Ik heb meer nodig dan dat. Ik ken hem nauwelijks."

Colin staarde even naar de grond en zuchtte. "Ik heb je verteld over Danny. Hij was Deans halfbroer. Ze waren heel close en sinds Danny's dood, is Dean een ongeleid projectiel, kwaad op de hele wereld."

"Iets dat stuk is en gerepareerd moet worden," concludeerde ik.

Hij knikte. "Dean begrijpt hoe het voelt, als iemand je leven verwoest en je moet toekijken vanaf de zijlijn... Danny's moordenaar kreeg vijftien jaar... Dean, George en ik hebben levenslang." Hij keek weg en slikte.

"Je gelooft toch niet dat ik hem ga vertellen wat ik van plan ben?" vroeg ik.

"Ja, dat denk ik wel," zei Colin simpel. "Hij komt er toch wel achter."

Precies wat ik nodig heb, dacht ik sceptisch.

Een fucking *Sherlock Holmes...*

Ik zei het niet hardop, maar vroeg in plaats daarvan: "En jij vertrouwt hem?"

"Blind," antwoordde Colin. "Hij is mijn Hoofd Beveiliging."

Ik zei niets.

Colin klopte op de deur van kamer 23 en deed een stap achteruit. Het duurde enkele minuten voordat er werd opengedaan. Een jonge vrouw in een minirok en een haltertopje kwam naar buiten en schoot langs ons heen, terwijl ze een oud spijkerjack aantrok.

Toen verscheen Dean in de deuropening. Hij had kort, donkerblond haar en groene ogen. Zijn overhemd hing slordig en los om hem heen en de gesp van zijn riem was los. "Die timing van jou is echt waardeloos," zei hij tegen Colin.

"Ik had gezegd, dat ik hier om drie uur zou zijn," antwoordde Colin en keek op zijn horloge, "en het is nu twee minuten over drie."

"Ik was de tijd even uit het oog verloren," gaf Dean toe. Hij was een jaar of achtentwintig en even lang als ik. "Afgeleid, zeg maar... Kom binnen."

Colin en ik volgden hem naar binnen.

Dean sloot de deur achter ons en maakte zijn riem vast. "Heb je enig idee wat die bezoekjes van jou doen met mijn reputatie hier?" vroeg hij Colin. Zijn blik gleed van Colin naar mij.

Colin snoof. "Hou toch op."

Dean en ik gaven elkaar een hand. Ondanks dat we elkaar een aantal keer eerder hadden gezien, hadden we nog nooit een gesprek gevoerd. Het was er nooit van gekomen en geen van ons beiden leek erg bereid om daar verandering in te brengen. In mijn ogen was Colins lijfwacht bijna als een meubelstuk, dat er gewoon *was* en erbij hoorde. En ik dacht dat Dean mij zag als de zoveelste saaie zakenrelatie van zijn baas.

Ik keek de motelkamer rond en begreep wat Colin had bedoeld met 'ongeleid projectiel'. De kamer was een grote bende van dossiers, laptopsnoeren, kleren en lege drankflessen en pizzadozen. Dean deed me aan Lennart denken, maar ik zag ook genoeg dat hem van mijn broer onderscheidde. Hoewel hun levensstijlen redelijk overeen leken te komen, leek Dean te beschikken over een motivatie en werkethiek, die bij mijn broer geheel ontbraken.

Ondanks de gelijkenissen met Lennart, was ik geneigd Dean te vertrouwen, voornamelijk omdat Colin blind op hem leek te varen.

"Ik heb begrepen dat je een klus voor me hebt," begon Dean.

Initiatief, dacht ik.

Motivatie...

"Ja," zei ik toen. "Ik wil dat je iemand voor me opzoekt."

"Wie?" vroeg Dean.

Geen omwegen...

"Zijn naam is Frans Laurens," begon ik.

"Wat heb je?"

"Weinig," gaf ik toe. Ik besloot Dean niet te vertellen wie Laurens was. Ik wilde met eigen ogen zien dat hij de feiten zelf boven tafel zou krijgen. "Een leeftijd en zijn laatst bekende adres..."

"Dat is inderdaad weinig," merkte Dean op.

"... in Nederland," maakte ik mijn zin af. "Laurens is in 2009 afgereisd naar New York."

"En daarna?" drong Dean aan, toen ik verder zweeg.

"Dat wilde ik eigenlijk aan jou vragen," zei ik.

"Altijd leuk, zo'n naald in een hooiberg...," zei hij. "Bier?" Hij wachtte niet op antwoord en pakte drie blikjes bier uit de minibar.

Ik pakte een blikje van hem aan en zei: "Ik wil alles weten... Waar hij is, met wie, waarom, wanneer, routines, schema's... Alles."

Dean keek me aan. "Zal ik hem ook maar meteen voor je omleggen?" vroeg hij. Zijn gezicht was volkomen uitdrukkingsloos.

Ik vroeg me af of hij het meende. Subtiliteit was kennelijk niet één van Deans talenten. Ik moest weer aan mijn broer denken, zweeg en keek hem schattend aan.

Dean bleef me recht in de ogen kijken.

Toen ik bleef zwijgen, wendde hij zich tot Colin en zei: "Leuke vriendjes heb jij tegenwoordig."

Colin haalde bijna verontschuldigend zijn schouders op.

"En jij vindt dit oké?" informeerde Dean. Hij negeerde mij nu volkomen, alsof ik niet eens in de kamer was.

"Oké is een groot woord," antwoordde Colin. "Laten we zeggen dat ik er begrip voor kan opbrengen en dat ik bereid ben om de andere kant op te kijken."

Dean richtte zich weer tot mij en gromde: "Luister, jij denkt dat ik achterlijk ben, maar het is mijn werk om door mensen heen te kijken, te zien wat anderen niet zien... Iedereen heeft dingen te verbergen, *Dutch Man*, maar jij bent er zo eentje waarbij al mijn alarmbellen van afgaan."

Ik dacht hier even over na. In plaats van dat Deans inzicht me afschrok, was het iets dat me fascineerde. Het had hem niet tegengehouden om op te komen dagen. "Ik zal een deal met je maken," zei ik. "Zoek uit waar hij is, wat hij doet, wat hij gedaan heeft en vertel mij wat ik wil weten, als jij vindt dat ik recht heb op die informatie... En als je vindt dat hij verdient wat er gaat volgen, zodra ik weet waar hij is."

* * * * *

Dinsdag, 18 december 2012 – middag – Dag 50
New York, Amerika

Het regent en het is ijskoud op de binnenplaats. Toch stoort het me niet, aangezien dit één van de weinige momenten op de dag is, waarop ik ongestoord met Dean kan overleggen.

Jon is nergens te zien en ik vermoed dat hij ergens rondhangt met zijn kickboksvrienden.

Jamie staat met Goldstein niet ver bij ons vandaan, maar ze zijn ruim buiten gehoorsafstand. Hij praat en de oude man luistert geduldig en klopt hem af en toe meelevend op zijn arm, alsof hij hem wil troosten of bijstaan.

"Let je op?" vraagt Dean.

"Let ik op wat?" vraag ik.

"Les één in vriendschap, *Dutch Man*...," begint hij op een toon, alsof hij het tegen een kleuter heeft. "Dat daar is jouw celgenoot... Jouw maatje... De jongen waar je bijna vierentwintig uur per dag mee doorbrengt... Dan zou je verwachten dat het jou als eerste opvalt, wanneer het niet goed met hem gaat..." Hij kijkt me afkeurend aan.

"Zijn moeder is stervende," zeg ik. "Natuurlijk gaat het niet goed."

Dean schudt zijn hoofd. "Ongelooflijk..."

"Wat?" vraag ik.

"Het interesseert je echt *niks,*" snauwt hij.

"Ik heb andere dingen aan mijn hoofd," zeg ik defensief.

"Ik ook, maar ik *maak* tijd voor sommige mensen," antwoordt Dean. "Ik *vraag* mijn vrienden hoe het met ze gaat en dan luister ik naar ze. Omdat ik het *wil* weten en niet omdat ik denk dat het zo *hoort.*"

Ik ontwijk zijn blik en zeg: "Ik hoef niet te vragen hoe het met hem gaat, want dat zie ik zo ook wel."

"Is het weleens bij je opgekomen, dat Jamie het misschien *prettig* zou vinden om erover te kunnen praten?" vraagt Dean.

"Dat geeft hij dan wel aan," antwoord ik.

"Soms wil ik je echt wurgen, weet je dat?" snauwt hij en grijpt me dan uit het niets ruw bij mijn jas. "Ik ken Jamie nauwelijks, maar ik zie hoe waardevol hij is. Hij is degene, die jouw geheimen moet bewaren, als hij teveel ontdekt. Hij is *ook* degene, die je al een paar keer uit de shit heeft gehaald... Dat gedoe met Kane, met de Draak... Jij hebt hem *veel* harder nodig dan hij jou en het wordt tijd dat je hem eens naar waarde gaat schatten."

"We zijn klaar voor vandaag," zeg ik en geef hem een duw tegen zijn borst.

In een reflex laat hij me los.

Phipps loopt voorbij en vraagt: "Problemen, jongens?"

"Nee, Baas," antwoordt Dean. "Alles is oké."

"Alles oké, Baas," zeg ik.

Zodra Phipps is doorgelopen en buiten gehoorsafstand is, zegt Dean: "Denk maar eens goed na over wat ik gezegd heb."

Ik geef geen antwoord en kijk naar Jamie.

Goldstein heeft zijn arm om Jamies schouders geslagen en praat op hem in. Hij doet wat ik zou moeten doen.

"Het spijt me," zeg ik.

"Dat moet je tegen Jamie zeggen," antwoordt Dean en loopt weg, zonder me nog een blik waardig te keuren.

* * * * *

Woensdag, 24 augustus 2011 – middag
Rotterdam, Nederland

Ik was afgeleid en keek verveeld de vergaderzaal rond. Ik leunde achterover op mijn stoel en luisterde nauwelijks naar wat er gezegd werd.

Mijn collega Matthias Bergen was in de weer met een Powerpointpresentatie voor een project, dat pas in 2014 zou starten. *Tegen die tijd...*

"Ben je nog wakker, Larsen?" vroeg Peter Meier en gooide een balpen naar mijn hoofd.

Ik ging rechtop zitten en herhaalde foutloos de laatste zin, die uitgesproken was: "'Gebruik van een dergelijke constructie is, met de huidige statistieken, niet wenselijk'... Sorry, Matthias. Ga verder."

"Goh, *dank je, meneer Larsen,*" antwoordde hij vinnig. Het kostte hem even om zich te herstellen. "Eh, zoals gezegd is een dergelijke constructie dus af te raden en..."

Mijn mobiele telefoon ging over.

Iedereen staarde naar me en Matthias zweeg demonstratief en zichtbaar geïrriteerd door zowel mijn gebrek aan interesse en respect, als het feit dat ik mijn telefoon niet had uitgezet, voordat het werkoverleg begon.

Ik wierp een snelle blik op de naam, die in het display van mijn telefoon was verschenen en stond op. Ik pakte mijn telefoon en maakte met mijn andere hand een verontschuldigend gebaar. "Sorry. Deze moet ik echt aannemen. Ga maar gewoon verder."

"Waar werk jij?" vroeg Meier scherp.

"Sorry?" vroeg ik.

"Waar werk jij?" herhaalde hij.

"Hier," antwoordde ik.

"Weet je dat zeker?" ging Meier verder. "Wij krijgen een beetje het idee, dat je misschien permanent bent overgestapt naar Ross Security Systems."

"Later," zei ik en verliet de zaal. Ik trok de deur achter me dicht en leunde tegen de koele, stenen muur. "Dean, dit kan maar beter iets goeds zijn," snauwde ik in de telefoon.

"Even dimmen, jij," waarschuwde Dean Wesson. "Ik wil je spreken."

"Waar gaat het over?" vroeg ik. "Heb je gevonden wat ik zoek?"

"Niet over de telefoon," zei hij. "Zeg maar waar en wanneer."

"Waar zit jij?" wilde ik weten.

"In Detroit," antwoordde Dean. "In één of ander shitmotel, aan de verkeerde kant van de 8 Mile Road."

"Detroit is niet handig," merkte ik op. Ik ging snel de vluchten op Amerika van KLM af in mijn hoofd. "Dan moet ik overstappen en dat kost teveel tijd."

"Luister," begon hij. "Colin zit in de Hamptons, bij zijn ouders. Ik heb hier wat zaakjes te regelen, maar ik verwacht dat ik hier binnen twee dagen klaar ben. Ik denk dat dit een mooie kans is om elkaar eens onder vier ogen te spreken."

Ik had genoeg mensenkennis om te weten dat Dean het niet zou tolereren, dat ik door zou vragen. Ik kon het horen aan de klank van zijn stem. "Oké," zei ik en ging nogmaals de mogelijke vluchten langs. "Ik heb hier wat *damage control* te doen de komende dagen... Zaterdag. Kun je naar Atlanta komen?"

"Ik zal er zijn," antwoordde hij. "Waar?"

"Ik sms je de details, zodra ik een vlucht heb," zei ik. "Ik spreek je snel." Ik verbrak de verbinding en vroeg me af waar Dean me over wilde spreken. Het moest iets zijn, dat Colin niet mocht horen, want Dean had gezegd dat hij me onder vier ogen wilde spreken en nu Colin in de Hamptons zat, zag hij zijn kans schoon.

Ik vond het op zijn minst alarmerend, maar onderdrukte de neiging om naar mijn kantoor te gaan en Maren te bellen. In plaats daarvan ging ik terug naar de vergaderzaal.

Matthias zuchtte toen hij wederom zijn verhaal moest onderbreken.

"Sorry, Matthias," zei ik en ging weer zitten.

Peter Meier stond geagiteerd op en zei op barse toon: "Laten we hier alsjeblieft een einde aan breien. Morgen, zelfde tijd. Ilse, pas de agenda's aan, waar mogelijk. Updates voor de rest."

Iedereen stond op en raapte zijn of haar spullen bij elkaar. Mensen verlieten de zaal.

Ik wilde Meier passeren, maar hij hield me tegen.

"Ik wil je spreken," zei hij.

Er viel een stilte en we zwegen beiden, totdat al onze collega's verdwenen waren.

"Zo...," begon Meier.

Het wachten had me de kans gegeven om na te denken over mijn volgende stap. "Doe dat nou nooit meer," viel ik hem in de rede.

Hij keek me aan.

"Als ik vind dat ik een telefoontje boven een werkoverleg moet stellen, dan is dat zo," ging ik verder. "Ik weiger om daar eindeloos uitleg over te moeten geven of mijn verontschuldigingen voor te moeten aanbieden."

Meier keek me schattend aan. "Je hebt je met je Ross Towers Project in een verre van ideale positie gemanoeuvreerd, vriendje," stelde hij. "Het is geen vrijbrief om te kunnen doen en laten wat je wilt. Ik heb heel veel van je getolereerd, in het belang van dit bedrijf, maar dat houdt een keer op. Ik hou je in de gaten."

"Ik moet zaterdag naar Atlanta," zei ik. Ik negeerde zijn uitbarsting bewust. "Voor het Ross Towers Project. Vertel me eens, Peter... Wie van jullie plant zijn zakenreizen bewust in het weekeinde? Ik werk zeven dagen per week, tweeënvijftig weken per jaar en ik verdien miljoenen voor deze firma. Ik heb ons op de kaart gezet, dus ga me niet vertellen hoe ik mijn werk moet doen."

Meier staarde me vol ongeloof aan.

Ik zag de afkeer in zijn ogen, de blik bijna haatvol. Ik zag hem denken. Een aantal jaar eerder had ik er bewust voor gekozen om hem geen rad meer voor ogen te draaien. Ik had geen andere uitweg gezien en besefte dat Meier te slim was om zijn kip met de gouden eieren de deur te wijzen, maar het had onze verstandhouding beslist geen goed gedaan.

De kans dat ik nog jaren naast anderen had moeten werken, in plaats van aan mijn eigen projecten, was te groot geweest. Ik had mijn troef anders moeten spelen, dan ik gepland had. Mijn leeftijd had tegen me gewerkt. Meier en andere oudere collega's waren geneigd geweest, om me als boodschappenjongen te gebruiken en daar paste ik voor.

Koeriertje spelen en in de rij staan bij Starbucks maakten geen deel uit van mijn planning. Met dat tempo zou de eerste Ross Tower een tienjarenplan zijn geworden en ik wist toen al, dat ik geen tien jaar had. Ik was bewust van koers veranderd en hoewel Meier na die koerswijziging mijn bloed wel kon drinken, was het achteraf wel de goede keuze geweest.

Ik kon nu alleen maar hopen dat mijn keuze van vandaag, om hem nog verder te schofferen, ook de juiste was.

Meier keek me zwijgend aan.

"Ik denk dat we klaar zijn," zei ik ijzig. "Ik zie je morgen wel bij het werkoverleg, als mijn agenda het toelaat."

* * * * *

Woensdag, 19 december 2012 – middag – Dag 51
New York, Amerika

Vannacht heb ik veel nagedacht over alles dat Dean gisteren tegen me gezegd heeft, maar zoals gewoonlijk heb ik meer stof tot nadenken dan me lief is en heb ik nog geen kans gezien om er iets mee te doen. Sinds ons laatste gesprek heb ik Donald Skinner niet meer gehoord en nauwelijks gezien, maar dat maakt me eerder achterdochtig dan rustig. Het zal wel weer een schijnbeweging zijn.

En verder is het vandaag woensdag, wat inhoudt dat ik nu weer een uur opgescheept zit (sorry, Dean) met het wekelijks terugkerende probleem (sorry) dat Lennart heet. Nu het Southport Project vorm begint aan te nemen en Dean en ik proberen uit te puzzelen hoe Raymond Hawkes precies in dat verhaal past, heb ik te weinig tijd gehad om te bedenken hoe ik verder moet met mijn broer.

Vorige week was Len al niet het toonbeeld van geduld, hoewel hij me koud een week ervoor nog beloofde, dat hij me niet zou pushen om mijn verhaal te doen. Ik ben ronduit huiverig voor wat *nog* een week duimendraaien op zijn hotelkamer met zijn toch al beperkte geduld gedaan heeft.

Phipps brengt Jamie en mij naar de bezoekersruimte.

Jamies vader is alleen gekomen, dus ik neem aan dat mevrouw Hirsch ook vandaag te ziek is om op bezoek te komen.

Phipps maakt Jamies handboeien los en verwijdert daarna ook de mijne. Hij wacht geduldig, terwijl mijn celgenoot zijn vader omhelst. Dan verbreken ze het fysieke contact en gaan zitten, zonder dat de bewaker iets hoeft te zeggen.

Jamies vader lijkt tien jaar ouder geworden sinds ik hem voor het laatst heb gezien, wat geen indicatie is dat er enige vooruitgang zit in de toestand van zijn vrouw.

Phipps legt zijn hand op mijn schouder en zegt: "Kom."

Ik loop met hem mee naar de tafel, waaraan mijn broer zit en werp nog even een snelle blik op de wandklok. Met het einde van het bezoekuur nog achtenvijftig minuten verwijderd van het nu, bereid ik me voor op de verplichte omhelzing en het vragenvuur dat ongetwijfeld gaat volgen.

Lennart staat op en omhelst me met één arm.

Even laat ik het op zijn beloop, maar als het me te benauwend wordt en hij geen aanstalten maakt om me te laten gaan, probeer ik me los te maken uit zijn greep. "Len?" probeer ik, als ik voel dat hij me tegenhoudt. Ik voel zijn vrije hand even op mijn heup, voordat hij fluistert: "Je geld zit in je broekzak." Dan laat hij me los.

"Dank je," zeg ik, maar ik kan niet met zekerheid zeggen of ik dankbaar ben voor het feit dat hij me weer vijftig dollar heeft toegestopt of omdat hij me eindelijk loslaat.

We gaan zitten en Phipps loopt weg.

"Schiet je er wat mee op?" vraagt Len dan.

"Waarmee?" vraag ik.

"Met dat geld, natuurlijk."

"Oh, ja," herstel ik me haastig. "Vijftig dollar is een fortuin hier." Dat ik feitelijk nog geen concreet plan heb voor het geld, dat hij wekelijks meeneemt en dat hij dus eigenlijk voor niets het risico loopt om betrapt te worden, besluit ik nog maar even voor me te houden.

"Wat doe je er eigenlijk mee?" wil Len weten.

"Gewoon...," begin ik, voornamelijk om tijd te rekken.

Hij vraagt niet door, maar kiest voor een andere benadering. "Ik zou er sigaretten voor kopen of... wat te blowen."

Ik weet dat hij bewust de woorden 'drugs' en 'wiet' omzeilt, omdat die teveel klinken als het Engelse equivalent. Dat hij niet weet dat 'blow' in het Engels 'cocaïne' betekent, vergeef ik hem. Dat wist ik zelf voordat ik hier kwam ook niet.

"Maar aangezien we het hier over jou hebben en niet over mij...," gaat Len verder. "Wat is er hier te koop dat jij zou willen hebben?"

"De mogelijkheden zijn eindeloos," zeg ik weloverwogen en ik kijk even naar hem of te zien of hij het acceptabel vindt, als ik het hierbij laat. Ik zie de uitdrukking op zijn gezicht.

Nee, dus.

Mijn oog valt op Donald Skinner, die een aantal tafels verderop zit met zijn advocate en zoals altijd geagiteerd naar haar sist. "Ik heb ontdekt dat *alles* hier te koop is," hoor ik mezelf zeggen. "Zelfs rust."

Ik hoor zelf hoe aannemelijk deze leugen klinkt, nu ik die subtiel onderbouw met een stukje waarheid, dat hij vreest. Ik heb met weinig woorden toegegeven, dat ik een doelwit ben hier, maar Len tegelijkertijd de geruststelling gegeven, dat ik daar een oplossing voor gevonden heb.

Ik kijk naar hem om te zien of hij mijn verhaaltje gelooft.

Mijn broer knikt begrijpend, maar zegt niets.

Er valt een ongemakkelijke stilte.

Ik kijk weer hoe laat het is. Nog ruim drie kwartier te gaan. Mijn blik dwaalt door de bezoekersruimte en ik kijk even naar Jamie en zijn vader. Beiden lijken erg emotioneel en ik wend mijn ogen af.

Dat is een agendapunt voor later. Niet nu.

Als ik mijn blik verplaats naar links, ontmoeten mijn ogen die van Skinner. Ik houd zijn blik vast, wat een betere strategie lijkt dan wegkijken. Onvoorspelbaar als hij is, speelt hij het spelletje niet mee. In plaats daarvan knipoogt hij naar me en richt zich dan weer tot zijn advocate.

"Ik ben hier," zegt Len gepikeerd, om mijn aandacht te trekken.

Je meent het, denk ik.

"Sorry," antwoord ik automatisch.

Mijn broer schraapt zijn keel en vraagt dan: "Heb je je tekst al gevonden?"

"Mijn tekst?" herhaal ik.

"Ja, de woorden om me uit te leggen, waarom je hier zit," verduidelijkt hij. De klank van zijn stem is onverwacht resoluut. "Je had meer tijd nodig om erover na te denken en dat heb ik je gegeven. Je kunt me toch niet eeuwig in het ongewisse laten, jochie?"

Ik voel een lichte paniek opkomen, nu Len me verbaal in een hoek probeert te drijven. Ik kijk weer naar de klok en schrik even als mijn broer onverwacht zijn hand op mijn pols legt om mijn aandacht vast te houden.

"Ik ben hier," zegt hij weer. Hij klinkt niet boos of geïrriteerd dit keer.

"Sorry," probeer ik nogmaals.

Len zucht. "Hoe zie jij dit voor je?" vraagt hij dan.

"Hoe zie ik wat voor me?"

"Ik kom iedere week op bezoek en dan wat? Gaan we dan iedere week een uur lang krampachtig proberen om alle onderwerpen uit de weg te gaan, die jij te 'ingewikkeld' vindt?" Hij maakt aanhalingstekens met zijn vingers en kijkt me sceptisch aan. "Wat verwacht je nou van me? Dat ik terug ga naar Nederland en maar afwacht hoe dit verder verloopt? Moet ik me *twintig jaar* zorgen maken en me *twintig jaar* afvragen wat er gebeurd is?"

"Overdrijf niet zo," snauw ik.

"Overdrijven?" De donkere ogen van mijn broer glinsteren van ingehouden woede. "Jij vindt het *overdreven,* dat ik wil weten waarom je hier zit?"

"Dat zei ik niet," antwoord ik, gemaakt kalm.

"Wie was die man die je vermoord hebt?" vraagt Len.

"Een andere keer, Len," probeer ik.

"Wanneer dan?" houdt hij aan. "De volgende keer? In januari? In februari? In de zomer? Over twee jaar? Wanneer?"

Het klinkt inderdaad onredelijk, als ik het hem hardop hoor zeggen. Hij heeft behoefte aan uitsluitsel, zekerheid, een deadline.

Ik kijk weer op de klok, om te zien hoeveel tijd ik nog heb. Ik voel me misselijk worden, zodra ik me realiseer dat ik de regie kwijt ben en geen idee heb of ik die terug kan nemen in de komende minuten.

Mijn broer lijkt in een ongewoon vasthoudende bui en wekt niet de indruk dat hij zich zal laten misleiden of zal accepteren dat ik van onderwerp verander. Dat het nog een half uur duurt, voordat ik eindelijk terug mag naar de afdeling helpt ook niet.

"Misha?" probeert hij.

Ik kijk hem aan en probeer iets in zijn houding of gezichtsuitdrukking te zien dat vertrouwen wekt.

"Begin maar gewoon ergens," stelt Len met ogenschijnlijk hernieuwd geduld voor.

Ik richt mijn blik op het tafelblad en denk na.

Er schiet van alles door mijn hoofd, maar lang niet alles is relevant. Opeens herinner ik me iets dat een beginpunt zou kunnen zijn. Het beeld wordt geleidelijk scherper en de dialoog begint terug te komen.

Ik schuif mijn stoel een klein stukje naar achteren, zodat ik de afstand tussen ons zichtbaar groter kan maken. Het liefste zou ik gewoon weglopen, maar dat behoort hier helaas niet tot mijn mogelijkheden.

"Weet je nog...?" begin ik, maar ik ben na die drie woorden al de draad kwijt.

De blik in Lennarts ogen is hoopvol en hij dringt niet aan.

"Tien jaar geleden...," probeer ik nu. Ik kijk mijn broer niet aan en houd mijn blik strak op het tafelblad gericht. "Er was een schetsboek..."

"Misha, er waren tientallen schetsboeken," zegt hij, als ik een tijdje zwijg.

"Deze was anders...," ga ik aarzelend verder. Ik zie hem denken, maar ik zie ook dat zijn geheugen hem op dit punt in de steek laat. "Met allemaal dezelfde tekeningen..." Ik kijk weer naar de klok, maar die lijkt stil te staan.

"Dezelfde tekeningen van wat?" vraagt Len.

"Van een gedeelte van een woning," antwoord ik. "Een kelderruimte."

Ik zie iets van herkenning in zijn ogen. Dan worden zijn gezichtsuitdrukking en blik plotseling grimmiger en zegt hij: "Misha, ik heb je door. We gaan het niet over een oud schoolproject hebben, zodat jij het werkelijke onderwerp hier kunt blijven omzeilen."

Zijn woorden steken. Ik was er bijna. Ik vervloek mezelf, omdat ik heel even heb geloofd, dat ik hem kon vertrouwen en dat hij me aan zou horen en niet zou oordelen.

Hij wil niet weten waarom ik iemand vermoord heb. Hij wil alleen maar weten in hoeverre hij zich in me vergist heeft.

"Len, ik...," probeer ik. Dan zie ik Phipps naderen. Mijn held, die er altijd voor me is als ik hem nodig heb en die me altijd komt redden. Ik kan niet anders dan de uitweg aangrijpen die me geboden wordt. Ik sta op, schop mijn stoel achteruit en zeg ijzig: "Ik kan dit niet."

De stoel valt met een klap om en onmiddellijk zijn alle ogen op ons gericht. Het veroorzaakt iets meer commotie dan ik voor ogen had, maar dit is niet het moment om daarover te klagen. Ik ben nu liever afhankelijk van de vergevings-gezindheid van de bewakers, dan dat ik nog één minuut moet doorbrengen met mijn broer.

Bij de deur schreeuwt Parker: *"Larsen! Hold it right there!"*

Ik schakel snel naar het Engels en blijf staan.

"Jochie," probeert Len.

Zowel Parker als Phipps komen dichterbij, maar blijven dan op een meter afstand staan.

"Hands behind your head!" gebiedt Parker.

"I won't do anything, Boss," antwoord ik.

"Hands behind your head!" herhaalt hij nadrukkelijk.

Len staat op en probeert de boel te sussen: *"Easy, man. It's okay."*

"Niet mee bemoeien, Len," zeg ik en volg het bevel van de bewaker op.

Parker komt naar me toe, grijpt mijn pols vast, draait mijn arm op mijn rug en ik hoor de inmiddels bekende klik van de handboeien. Hij pakt mijn andere hand en herhaalt de handeling. Hij is hardhandiger dan gewoonlijk en laat zijn onge-noegen over mijn gedrag duidelijk blijken door de boeien te strak vast te klikken.

Ik reageer er niet op.

"Misha?" probeert Len.

"Ik kan dit niet," herhaal ik, zonder hem aan te kijken. Dan richt ik me tot Parker en zeg: *"I'm sorry, Boss. Please take me back to the Block."*

"Don't want to kiss and make up first?" vraagt hij sarcastisch.

"Not really," antwoord ik.

"Misha," zegt mijn broer weer.

Ik negeer hem.

Als Parker me naar de uitgang van de bezoekersruimte leidt, ontmoeten mijn ogen die van Skinner.

De blik in zijn ogen bevalt me niet, maar ik ben te opgelucht over het feit dat ik van mijn broer verlost ben, dat ik er niet te lang bij stilsta.

"Deur open!" roept Parker.

Ik kijk even om en zie dat Phipps zich over mijn broer ontfermd heeft.

De zoemer klinkt en Parker duwt me de gang op.

"Wil je me vertellen waar dat over ging?" vraagt hij, terwijl de deur achter ons sluit.

"Gewoon een meningsverschil," zeg ik.

"En is dat een meningsverschil dat problemen gaat veroorzaken bij volgende bezoeken?" informeert Parker.

Ik schud mijn hoofd, maar herstel me meteen. "Nee, Baas."

"Zeker weten?" vraagt hij.

Er klinkt opnieuw een zoemer en de volgende deur gaat open. We lopen verder.

"Ja, Baas," antwoord ik. "Ik verloor mijn geduld een beetje."

"Dat is nu juist het probleem...," zegt Parker. "We weten allemaal wat er gebeurt als jij bij een ruzie je geduld verliest, meneer twintig-jaar-voor-doodslag."

"Het zal niet meer gebeuren," beloof ik. Ik kijk even naar zijn gezicht en zie dat ik hem kan overtuigen. "Het spijt me, Baas. Ik wil geen problemen veroorzaken."

Hij houdt me staande bij de deur, die toegang geeft tot de afdeling en zegt: "Ik weet het goed gemaakt met je... Ik kijk het volgende week aan. Als het goed gaat, is er niks aan de hand... Als het *weer* uit de hand loopt, krijg je voortaan tijdens het bezoekuur hand- en enkelboeien, zoals Donald Skinner. Is dat wat je wilt?"

"Nee, Baas," zeg ik.

"Dat we elkaar goed begrijpen," waarschuwt Parker. "Deur open!"

Ik laat me gewillig terugbrengen naar mijn cel. Aangezien Jamie nog bij zijn vader in de bezoekersruimte is, staat de deur open.

Parker verwijdert de handboeien van mijn polsen en duwt me ruw de cel in. "Sluit 421!" Zodra de deur dicht is, verdwijnt hij uit het zicht.

Ik blijf bij de deur staan en wrijf even met mijn hand over mijn rechterpols. Ik neem de schade op, maar het valt allemaal wel mee. De huid van mijn polsen is wat rood (en morgen wellicht blauw) en gloeit een beetje, maar het is een goede prijs om te betalen voor mijn rust. Even vraag ik me af of er nog verdere consequenties zullen voortvloeien uit mijn actie van zojuist.

Er worden hier wel ergere dingen door de vingers gezien.

Ik installeer me met een boek op mijn bed en lees, totdat Franco Jamie terug komt brengen.

Zodra Jamie zich op zijn bed heeft gehesen en de deur van onze cel dicht is, verdwijnt de bewaker uit het zicht.

Ik sta op, loop naar de deur en leun tegen de tralies en kijk naar mijn celgenoot, die naar me staart vanaf het bovenste bed.

"Wat was dat nou?" vraagt hij.

"Gewoon een meningsverschil," zeg ik.

"Wil je erover praten?" probeert hij.

"Het is niet belangrijk," antwoord ik.

"Als je er ruzie over maakt is het wel belangrijk," protesteert Jamie.

"Ik wil er niet over praten," geef ik dan toe.

"Dat is tenminste eerlijk," zegt hij.

Ik zie hem aarzelen.

"Waarom eigenlijk niet?" vraagt Jamie dan.

"Omdat het er niet toe doet," zeg ik.

"Waarom niet?"

"Jamie..."

"Misha?"

Ik moet lachen, maar antwoord dan ernstig: "Omdat het geen verhaal is, dat ik kan of wil vertellen aan iemand, die ik niet kan vertrouwen."

"Hij is je broer," probeert Jamie. "Waarom vertrouw je hem niet?"

"Omdat dat niet de relatie is die wij hebben," geef ik toe.

"Zou je het wel aan iemand anders vertellen?" vraagt hij na een korte stilte.

Ik wil het gesprek een andere wending geven. Dit zou een goed moment zijn om te informeren naar de toestand van Jamies moeder, maar met Deans preek nog vers in mijn achterhoofd, besluit ik dat het te respectloos is naar Jamie toe om zijn ellende te gebruiken als afleidingsmanoeuvre.

Hij dringt niet aan.

Ik draai mijn rug naar hem toe en kijk door de tralies van de celdeur naar de overkant, waar de Draak hetzelfde doet. Zodra hij mijn blik opvangt maakt hij me met een klein gebaar duidelijk, dat hij me nog niet vergeten is en dat het feit dat Kane er niet meer is, niet betekent dat de oude deal van tafel is.

Ik zucht en draai me weer naar Jamie toe. "Vandaag niet," zeg ik dan.

Hij kijkt me even aan en antwoordt dan: "Oké."

"Dank je." Ik houd zijn blik vast en vraag dan: "Met jou alles oké?"

Hij geeft geen antwoord.

Gewoonlijk zou dit het punt zijn, waarop ik af zou haken en hem met rust zou laten, omdat dat is wat ik zelf zou willen, als de rollen omgedraaid waren. Met mijn gesprek met Dean Wesson van een paar dagen geleden nog vers in mijn geheugen, waarbij hij me weinig subtiel had gewezen op mijn egoïsme, besluit ik dat het tijd wordt, dat ik meer moeite ga doen voor Jamie.

"Ik zag je vader in de bezoekersruimte," merk ik op. "Hij ziet er niet zo goed uit. Is je moeder verder achteruit gegaan?"

Jamie knikt. "De dokter geeft het hooguit nog een maand of zes," antwoordt hij.

"Het spijt me voor je," zeg ik.

"Denk je dat ik verlof krijg om afscheid te nemen, als mama te ziek blijft om hier naartoe te komen?" vraagt hij dan.

Ik denk er even over na en antwoord dan: "Waarschijnlijk wel... Je bent niet echt een 'gevaar voor de maatschappij', dus ik denk niet dat ze daar erg moeilijk over zullen doen."

"Die gozer in cel 328 mocht niet eens naar de begrafenis, toen zijn moeder dood ging," merkt Jamie op.

"Waar zit hij voor?"

"Moord."

"Zie je wel? Ik denk dat ze echt wel onderscheid maken tussen een geweldsdelict en het hacken van de belasting," probeer ik hem gerust te stellen. Het lijkt niet te werken, want de twijfel in zijn ogen blijft.

En nu?

Ik loop naar hem toe en leun met mijn armen op de rand van zijn bed. "Zal ik aan mijn advocaat vragen of hij het voor je uitzoekt?" stel ik voor.

"Ik kan hem niet betalen," antwoordt Jamie, na een korte stilte. "Ik heb geen geld waar ik bij kan."

"Maak je geen zorgen over geld," zeg ik. "Ik betaal hem wel."

Hij kijkt me even aan en lijkt te aarzelen.

"Er steekt niks achter," beloof ik hem. "Je hebt zoveel voor mij gedaan. Dit is het minste dat ik voor jou kan doen."

2.
GEWETENSVRAGEN

Donderdag, 20 december 2012 – middag – Dag 52
New York, Amerika

Zodra we de binnenplaats op lopen, pakt Dean me bij de mouw van mijn jack en trekt me dan weg bij de anderen en mee naar een stille plek bij de muur. Hij kijkt me recht aan, laat me los en vraagt: "Waar ben je nou weer mee bezig, meneer de architect?"

"Waar heb je het over?" vraag ik verbolgen.

"Je broer," verduidelijkt hij ongeduldig. "Bezoekuur gisteren, weet je nog? Je hebt de gemoederen nogal bezig gehouden, hoorde ik."

Ik zucht vermoeid. Ik had beter moeten weten dan te hopen dat hij daar niets over zou horen. "Dat was een beetje... onfortuinlijk," probeer ik. "Len bleef maar aandringen en..."

"Ja, vreemd, hè?" valt Dean me minzaam in de rede. "Waardeloze broer, die gozer. Echt. Ik heb zo'n medelijden met je. Daar heb je toch helemaal niks aan? Iemand die alleen maar wil helpen en met je begaan is en zo? Vreselijk. Veel te lastig allemaal. Dan kun je je kostbare tijd toch veel beter besteden aan... goh... weet ik veel... Donald Skinner? Daar heb je tenminste wat aan, toch?"

"Dat is niet eerlijk," zeg ik.

"Niet eerlijk?" herhaalt Dean. Hij lacht spottend en zegt dan: "Het hele leven is niet eerlijk, prinses. We zullen het ermee moeten doen, ben ik bang."

"Luister, dat met Skinner...," begin ik. "Hij is een factor die ik van tevoren niet ingecalculeerd had, maar het probleem is er nu eenmaal. Ik probeer het zo goed en permanent mogelijk op te lossen. Zoiets kost tijd... Dat met mijn broer zal nog even moeten wachten, totdat ik mijn verhaal op orde heb."

"Totdat je je verhaal op orde hebt?" herhaalt Dean.

Ik kijk hem niet aan. "Ik kan hem de moord op Albrechts niet uitleggen, zonder ook de moord op Van Kempen op te biechten. Dan moet ik uitleggen, waarom ik ze vermoord heb. Ik kan het niet opbrengen."

"Dus?" houdt hij aan.

"Dus zal ik een verklaring moeten verzinnen voor de moord op Albrechts, zodat ik de rest van het verhaal achterwege kan laten," antwoord ik neerbuigend. "En zoiets kost nu eenmaal tijd, Dean... Ik heb Lennart al eens onderschat. Dat gaat me niet nog een keer gebeuren. Ik ga er niet aan beginnen, voordat ik een waterdicht verhaal heb."

"En tot die tijd gaan we allemaal gewoon over tot de orde van de dag?" Dean kijkt me strak aan.

"Ja," zeg ik kil.

"Oh, oké," antwoordt hij. "Ga jij lekker nog even een praatje maken met die *Jersey Freak*, dan ga ik even kijken waar die *fucking* Hawkes uithangt. Ik spreek je vanavond nog wel."

"*Fuck you,*" antwoord ik en draai me van hem af om weg te lopen.

Hij grijpt me bij mijn mouw om me tegen te houden en vraagt: "Waar ben je nou precies bang voor?"

"Niks," zeg ik en probeer me los te trekken.

Dean laat niet los en herhaalt: "Waar ben je bang voor?" Hij zoekt nadrukkelijk oogcontact en houdt mijn blik vast.

"Laat los, Dean," zeg ik.

"Waar ben je bang voor?" vraagt hij weer. Hij verwacht geen antwoord meer en vervolgt: "Dat hij boos wordt? Dat hij je zal haten? Dat je van je voetstuk zult donderen? Dat hij het niet zal begrijpen? Of juist wel? Dat hij medelijden met je zal hebben?"

Ik geef geen antwoord.

Een tijdje staren we elkaar zwijgend aan.

"Dat is niet het agendapunt van vandaag, Dean," zeg ik dan kil. Als ik merk dat ik mijn stem weer gevonden heb, voeg ik eraan toe: "Over een tijdje wordt hij het wel zat en dan gaat hij vanzelf terug naar Nederland." De stelligheid in mijn stem staat bijna haaks op mijn gevoel.

"Word jij nou nooit moe van jezelf?" vraagt Dean.

"Jamie komt hierheen," merk ik op, in een weinig subtiele poging om van onderwerp te veranderen.

"Dus?"

"Dus ik wil het hier niet over hebben," antwoord ik.

"Te ingewikkeld?" vraagt Dean sceptisch. "Ik heb nooit geweten dat iemand het zichzelf zo moeilijk kan maken. Je blijft me verbazen, weet je dat?"

"Dean," waarschuw ik, als Jamie dichterbij komt.

Jamie komt bij ons staan met een krant, die hij van één van de bewakers geleend heeft. Op de voorpagina staat een groot artikel over een reeks moorden in Seattle.

"Stoor ik?" vraagt hij.

"Nee, hoor," antwoord ik, voordat Dean hem weg kan sturen.

Dean zucht en steekt zijn hand uit naar Jamie, die hem automatisch de krant aanreikt. Hij leest globaal door het artikel op de voorpagina, maar het lijkt hem niet echt te kunnen boeien. Alsof hij een seintje heeft gekregen kijkt hij naar iets links van hem.

Als ik de lijn van zijn blik volg, zie ik Skinner naderen. Hij komt bij ons staan. "Staat er nog iets spannends in dat vod?" vraagt hij achteloos, met een knikje op de krant.

"Ja," antwoordt Dean en duwt hem de krant in zijn handen. "Je hebt concurrentie, Jersey."

Skinner vouwt de krant open en leest globaal het artikel door over een paar onopgeloste moorden op tienermeisjes in Seattle. Als hij bij het einde is, begint hij weer bij de eerste regel en leest het artikel zichtbaar gefascineerd door. Dan vouwt hij de krant op en zegt: "Hij werkt volgens mijn methode."

"Misschien een lid van je fanclub?" stelt Dean voor.

"Wellicht," antwoordt Skinner serieus.

"Jouw methode?" vraag ik dan.

"Ja," zegt hij arrogant. "Ik noem het de Skinner Methode... Al is dit natuurlijk een iets afwijkende variant. Iedereen heeft toch een beetje zijn eigen stijl." Dan kijkt hij me strak aan en vraagt: "Wat is jouw methode eigenlijk?"

Er klinkt een harde bel, om aan te geven dat het 'speelkwartier' ten einde is.

"Foutloos, voornamelijk," antwoord ik dan.

* * * * *

Zaterdag, 27 augustus 2011 – ochtend
Atlanta, Amerika

Ik bevond me in een kamer van een goedkoop motel in Atlanta, vlakbij het vliegveld. Na de nachtvlucht was ik gebroken, maar ik had geen tijd om bij te komen of te slapen. Ik kon niet inschatten hoeveel tijd mijn ontmoeting met Dean Wesson in beslag zou nemen en vroeg me ongemakkelijk af, wat hij van me wilde.

Ik nam een douche, trok schone kleren aan en stuurde Vera een sms'je om haar de indruk te geven dat ik, tussen al mijn 'werk' door, aan haar dacht. Daarna stuurde ik een kort bericht naar Dean, met mijn exacte locatie en wachtte.

Mijn geduld werd niet lang op de proef gesteld.

Dean was in de buurt geweest. "Hé, *Dutch Man*. Lang niet gezien."

"Heb je wat ik nodig heb?" vroeg ik.

Dean gooide een papieren map op het bed. Zodra hij zag dat ik aanstalten maakte om die te pakken, zei hij: "Afblijven."

Ik keek op.

"Eerst iets anders. Ga zitten."

Ik keek hem argwanend aan, liet de map onaangeroerd liggen en wachtte af.

"Ga zitten," herhaalde Dean.

Ik ging op de rand van het bed zitten.

"Ik heb je vriend Frans Laurens gevonden," vertelde Dean. Hij sprak met een rauwe, lage stem, die me aan de stem van mijn broer deed denken. Zodra hij zag dat ik wilde vragen naar de locatie van Laurens, hief hij zijn hand op.

"Eerst iets anders, zei ik."

Ik voelde dat ik de controle kwijt was. In het gezelschap van Colin Ross, waren Dean en ik gelijken geweest, maar nu had hij de regie in handen en kon ik weinig anders doen dan de regels van zijn spel volgen.

"Ik ben zo vrij geweest om nog even voor mezelf op onderzoek uit te gaan," zei Dean kalm. "Ik kwam het één en ander tegen, dat je misschien interessant zult vinden."

Ik slikte moeizaam. "Waar is Laurens?" vroeg ik.

"Later," antwoordde Dean. Hij kwam naast me op het bed zitten en herhaalde: "Eerst iets anders." Hij zweeg even, maar zei toen: "Je weet hoe ik werk, Misha. Ik maak geen uitzonderingen. Ik had je hele doopzeel al, toen jij nog met Colin in Delft zat."

Ik gaf geen antwoord, toen me duidelijk werd, dat ik hem zwaar onderschat had.

Hoeveel weet je, Dean?

"Toen je me vroeg om Laurens voor je op te zoeken, heb ik dat gedaan," legde Dean uit. "Ik vond hem en toen ben ik verder gaan zoeken, omdat ik geen verband tussen jullie zag. Toen bleek dat dit de man is, die je ouders doodgereden heeft, hoefde ik alleen nog één en één bij elkaar op te tellen... Het zijn altijd de stille types. Ik heb je altijd in de gaten gehouden, maar getolereerd, omdat je geen gevaar vormde voor Colin... Toch bleef er iets..."

Hij zocht even naar het juiste woorden.

Ik zei nog altijd niets.

"Er was iets dat me niet lekker zat," ging Dean verder. "Gewoon een voorgevoel. Daarom ben ik zo goed in wat ik doe. Ik weet precies wanneer ik moet blijven graven. In de tijd dat jij en Colin in Delft woonden, dacht ik dat je uit was op zijn geld, maar dat bleek niet het geval. Zeker toen de eerste Ross Tower een feit werd, bleek dat gevoel ongegrond... Toch bleef ik mijn vraagtekens zetten... Toen je me vroeg Frans Laurens voor je op te zoeken, ben ik me eens goed in het fenomeen 'Misha Larsen' gaan verdiepen en raad eens?"

Ik keek Dean recht aan. Ik wilde zien hoeveel hij wist.

De groene ogen spraken: *"Alles. Ik weet alles."*

Ik sloot mijn ogen even, alsof ik Deans bevindingen op die manier kon ontkennen, haalde diep adem en zei: "Als je alles weet, hoef ik je vast niks meer uit te leggen."

"Ik heb nieuws voor je," antwoordde Dean. "Ik weet zelfs meer dan jij."

Onmogelijk.

Ik was me bewust van de ongelovige blik in mijn ogen, maar ik deed geen moeite om die te verbergen. Als Dean inderdaad alles wist, zou hij dwars door ieder toneelspel heen kunnen kijken.

"Luister," begon hij. "Tact is niet echt mijn ding dus ik ga het gewoon zeggen, oké? Toen je me vroeg Laurens voor je op te zoeken, wist ik dat je hem om wilt leggen. Ik wilde weten waarom. Ik ontdekte dat hij de man is, die je ouders heeft doodgereden en toen vroeg ik me af... of er nog meer namen staan op je dodenlijst, *Dutch Man...*"

Ik gaf geen antwoord. Ik haalde opnieuw diep adem en verweet mezelf dat ik Dean zo onderschat had.

"Ik weet dat je je pleegvader wilt omleggen en ik weet ook waarom," vervolgde Dean toonloos. "En dat brengt me bij het volgende... Zegt de naam Theo Albrechts je nog iets?"

"Dat was de man van Jeugdzorg," zei ik langzaam en keek vertwijfeld naar Dean. Mijn gedachten werkten op topsnelheid, maar ik zag niet waar hij naartoe wilde met deze vraag. Ik had al zeker tien jaar niet meer aan Theo Albrechts gedacht.

"Ja," antwoordde Dean. "Het was een deal, Misha."

"Een deal?" Ik begreep hem niet.

"Albrechts en Joris van Kempen zijn vrienden," zei Dean. "Al meer dan twintig jaar... Ik heb nog meer kinderen gevonden, die Albrechts bij Van Kempen heeft geplaatst. Passen allemaal in het profiel. De kwetsbare, stille types, zoals jij en Maren."

Het werd donker in mijn hoofd.

Het was allemaal al ingewikkeld genoeg geweest, maar nu bleek alles anders te liggen dan ik al die jaren had geloofd. Ik deed een poging om de hoofd- en bijzaken van elkaar te scheiden.

"Hoeveel?" vroeg ik.

"Dat doet er niet toe."

"Hoeveel, Dean?"

"Voor zover ik heb kunnen nagaan, vier, jij en Maren niet meegeteld," antwoordde Dean.

"Weet je heel zeker, dat Theo Albrechts wist bij wie hij ons geplaatst heeft?" vroeg ik na een korte stilte. Ik wist het antwoord al.

Dean zou niets gezegd hebben, als hij niet honderd procent zeker van zijn zaak was geweest.

"Ja," zei hij. "Ik zal je de rest van het verhaal besparen, maar ik ben zeker." Hij klopte me even op mijn schouder en voegde eraan toe: "Het spijt me wat er allemaal gebeurd is, oké?" Hij stond op en liep naar de minibar. "Bier?"

Ik knikte, opgelucht dat hij me niet probeerde te dwingen om mijn kant van het verhaal te doen of me in een slachtofferrol te plaatsen.

Dean haalde twee flesjes bier uit de minibar en kwam terug naar het bed.

Ik pakte mijn bier aan, schudde mijn hoofd en zei: "Ik kan niet geloven dat je al die moeite hebt gedaan omwille van Colin."

Dean ging weer zitten, keek me schattend aan en vroeg: "Heeft Colin je verteld over Daniel?"

"Ja."

"Danny was mijn broer," ging hij langzaam verder en nam een slok van zijn bier. "Toen hij dood werd geschoten, stortte mijn wereld in... Hij was mijn kleine broertje en ik was er niet om hem te beschermen toen hij me nodig had." Hij nam nog een slok en lachte even. "Weet je, ik was er echt niet blij mee dat ik een zwager kreeg in plaats van een schoonzus, maar Colin is een goeie gozer... Danny zou gewild hebben, dat ik op Colin zou letten en dat we vrienden zouden blijven. Colin is in de loop der jaren als een broer voor me geworden. Als jij een rol speelt in zijn leven, dan wil ik weten wie je bent. Zo simpel is dat."

"Het spijt me van Danny," zei ik voorzichtig.

"Ach, het leven is kut en dat verandert nooit," antwoordde Dean op nonchalante toon.

Ik zag wel in dat Dean net zo min wilde praten over zijn demonen als ik over de mijne en ik greep dat aan om van onderwerp te veranderen: "En Laurens?"

"Daar kom je niet bij," antwoordde Dean. "Zit vast in New York voor drugs- smokkel in een maximaal beveiligde gevangenis."

Ik zuchtte. Iedere keer als ik dacht dichtbij te zijn, was er weer een nieuw obstakel, dat het uitvoeren van mijn plannen kon bemoeilijken. Dit was een slechte dag. Niet alleen bleek, dat er een naam op mijn korte dodenlijst had ontbroken, maar ook dat één van mijn doelwitten misschien nog jaren buiten mijn bereik zou blijven.

"Hoe lang moet hij zitten?" vroeg ik.

"Tien jaar," antwoordde Dean. "Maak je geen zorgen, *Dutch Man*. Je wilt je wraak en ik ga je die geven, alleen al om het feit dat ik zelf graag diezelfde kans zou krijgen met de moordenaar van Danny."

Ik zweeg.

"Twee van de drie," merkte Dean op. "Dat is toch niet verkeerd?" Hij zweeg even en keek me aan. "Je hebt je plannen voor Van Kempen al helemaal in de steigers staan, is het niet?"

Ik knikte.

"Die heb je straks. Ik heb je Albrechts zojuist op een presenteerblaadje gegeven." Hij wees even op de papieren map, die nog altijd onaangeroerd tussen ons in op het bed lag. "Doe die twee en nok. Dat met Laurens en je ouders was een ongeluk. Laat dat los."

"Als je lazarus achter het stuur gaat zitten, is het *nooit* een ongeluk," snauwde ik. Ik pakte de map op en sloeg die open. Vluchtig las ik de tientallen bladzijden door, waarop de naam van mijn pleegvader veelvuldig voorkwam en ik had grote moeite om mijn emoties in bedwang te houden.

De confrontatie, zelfs op papier, was teveel.

Ik kalmeerde een beetje, toen de laatste pagina's uitsluitend over Frans Laurens bleken te handelen, maar het idee dat hij nog zeker tien jaar de dans zou ontspringen, was ondraaglijk. Ik legde de map weg.

Ik had genoeg gezien en dacht snel na.

Dean keek me aan. "Wat?"

"Ik denk dat ik een kans maak op een 'Shanghai Twintig'," antwoordde ik.

"Onmogelijk," zei Dean. *"It can't be done."*

"Ik wil ze alle drie, Dean." Ik keek hem niet aan. "Ik houd niet van half werk."

* * * * *

Zaterdag, 22 december 2012 – middag – Dag 54
New York, Amerika

Jamie, Goldstein en ik vormen het laatste groepje, dat de garderobe verlaat en gedwongen de snijdende decemberkou op de binnenplaats trotseert.

"Je kunt mij niet vertellen dat luchten met min tien voor ons welzijn is," klaagt Jamie. "Volgens mij regent het al sinds oktober."

"Misschien hopen de bewakers, dat we allemaal doodgaan aan longontsteking," opper ik.

We passeren een groepje zwarte mannen. Ze zwijgen, staren en vervolgen hun gesprek pas, zodra we buiten gehoorsafstand zijn. Ondanks dat geen van hen nog op ons let, blijf ik het gevoel houden dat er een onwelkom paar ogen op me gericht is.

Ik ben even afgeleid als Russell Goldstein aanklampt, die een verontschuldigend gebaar maakt naar Jamie en mij en met hem meeloopt en geduldig luistert naar wat Russell te klagen heeft.

"Heb je trouwens gezien...?" begint Jamie.

Achter ons hoor ik voetstappen naderen en ik schud mijn hoofd om Jamie tot stilte te manen. Ik blijf doorlopen en luisteren. De voetstappen zijn te dichtbij om toevallig te zijn. Het geluid blijft te lang volgen. Zodra ik een hand op mijn schouder voel, draai ik me om en trek me in een vloeiende beweging los.

De Draak kijkt me aan en zegt: "Wij moeten praten."

"Wij moeten helemaal niks," antwoord ik ijzig. Ik maak aanstalten om door te lopen, maar hij pakt de mouw van mijn jack en houdt me tegen.

"Toch wel," zegt hij.

Ik trek me opnieuw los en herhaal: "Wij moeten helemaal niks." Ik zoek oogcontact met Jamie, in de hoop dat hij begrijpt wat ik van hem wil.

"Ik zie je later wel," zegt hij en loopt weg.

"Je vriend Kane heeft hier niets meer te vertellen," zeg ik, zodra Jamie weg is. "Zijn regels en deals gelden niet meer." Ik waan me relatief veilig hier. Dean en Jon zijn ongetwijfeld vlakbij en we bevinden ons in het volle zicht van diverse bewakers. Dan ontmoeten mijn ogen die van Donald Skinner, die vanaf een afstandje toekijkt.

"Ik zou maar goed over mijn schouder kijken als ik jou was," waarschuwt de Draak.

"Dit is een oorlog, die je niet wilt beginnen," antwoord ik.

"Je maakt geen indruk," zegt hij lachend.

Zodra hij zijn hand naar me uitsteekt, laat ik me vallen en trap hem frontaal op zijn knie. Het krakende geluid is misselijkmakend. Hij schreeuwt van pijn en valt.

Ik sta op, draai me om en loop rustig weg.

Skinner haalt me in en zegt enthousiast: "Netjes."

Ik haal mijn schouders op.

"Ik denk wel dat hij nu een beetje boos is," gaat hij verder.

"Maakt niet uit," antwoord ik nonchalant. "De komende maanden kan ik toch veel harder lopen dan hij."

"Dat is helemaal waar," antwoordt Skinner glimlachend. Hij klopt me even op mijn schouder en zegt: "Als ze ernaar vragen... Ik heb niks gezien."

"Ik ook niet," zeg ik en loop door.

Dean komt naar me toe, met Jamie op zijn hielen. Hij werpt een blik langs me heen, waarschijnlijk op de commotie rondom de Draak, die nog altijd op de grond ligt en inmiddels omringd wordt door bewakers en gevangenen. Hij kijkt me aan en zegt: "Ik ben aangenaam verrast, meneer de architect."

* * * * *

Dinsdag, 30 augustus 2011 – middag / avond
Rotterdam, Nederland

Sinds mijn ontmoeting met Dean Wesson in Atlanta drie dagen eerder, zat ik met een enorm dilemma, waar ik niet uitkwam. Ik had altijd open kaart gespeeld met Maren. Zij was de enige persoon voor wie ik geen geheimen had. Totdat Dean de resultaten van zijn onderzoek onder mijn neus schoof, tenminste.

Nu was er opeens iets waarvan ik niet wist of ik het haar moest vertellen.

Ik was de rest van het weekeinde met Dean in Atlanta gebleven en was pas zondagnacht weer aangekomen op Schiphol. Ik had weinig geslapen en veel tijd gehad om na te denken, maar op dinsdagavond was ik nog even besluiteloos als de dagen ervoor.

Tegen mijn gewoonte in was ik al om vijf uur weggegaan bij Flash en om half zes thuis, waar ik gewoonlijk zelden voor achten thuis was. Ik nam een douche en trok een oude jeans en een simpel T-shirt aan.

Wat moet ik doen, Maren?

Wil je dit weten?

Wat zouden anderen doen in deze situatie?

Het liet me niet los, maar ik kon het niet logisch benaderen. Zoals ik meestal deed als ik werd geconfronteerd met een lastig vraagstuk, ontleedde ik de kwestie. De keuze die ik had was duidelijk: wel of niet vertellen. Beide opties hadden de nodige voors en tegens.

Na nog een kwartier van twijfel, besloot ik het anders te benaderen. Ik probeerde te bedenken hoe andere mensen met dit soort hindernissen omgingen. Het was een tactiek die ik had ontwikkeld, toen ik nog bij mijn broer woonde en ik merkte, dat hij mijn gedrag soms als 'afwijkend' beschouwde. Ik verdiepte me in maatschappelijk geaccepteerde reacties op gebeurtenissen en probeerde me aan te passen aan de standaards.

Ik pakte mijn telefoon en belde mijn broer.

"Hé, jochie," zei Len enthousiast, nog voordat ik iets kon zeggen.

"Hé, Len," antwoordde ik. Even viel ik stil, maar vroeg toen: "Ga je mee iets drinken?"

"Heb je een klap voor je hoofd gehad of zo?" vroeg mijn broer.

Dat is dan weer het nadeel als je te krampachtig probeert 'normaal' te zijn en je dat doet bij iemand, die teveel gewend is aan je eigenaardigheden. Ondanks dat ik wist dat mijn broer alle recht had om een dergelijke opmerking te maken, irriteerde het me. Ik wist heel goed dat hij degene was die altijd het initiatief nam en ik zweeg.

"Sorry, jochie," zei Len. "Ik ben blij dat je belt. Waar wil je afspreken?"

Ik wierp een blik op de klok. Tien voor zes. "Zeg het maar," antwoordde ik.

"Noordplein?" vroeg hij. "Kwart over zes?"

"Is goed," zei ik. "Tot zo." Ik verbrak de verbinding, voordat ik mezelf kon bedenken. Toen ik op het punt stond om de deur uit te gaan, ging mijn telefoon. Ik keek op het display en nam op. "Hé, kanjer. Hoe is het?"

"Goed," antwoordde Maren. "En met jou?"

"Ik zit in mijn denktank," gaf ik toe.

"Is dat het plan voor de rest van je avond?" vroeg ze.

"Nee. Ik heb met mijn broer afgesproken...," vertelde ik. "Waarom? Wilde je langskomen?"

"Ik heb geen haast," antwoordde Maren, maar zei toen tegenstrijdig: "Ik mis je gewoon."

"Ik was het afgelopen weekeinde in Atlanta," zei ik. "Ik denk dat ik rond een uur of negen wel weer thuis ben. Zie ik je dan?"

"Ik wacht op je."

Ik viel stil en besefte dat ik voor die tijd een antwoord op mijn meest recente probleem zou moeten verzinnen. Ik moest een koers bepalen voordat ik Maren onder ogen kon komen.

"Geen woorden?" vroeg ze.

"Daar ben ik nog niet helemaal uit," antwoordde ik.

Maren drong niet aan. "Tot straks."

"Tot straks," zei ik en verbrak de verbinding. Ik wierp een snelle blik op de klok. Vijf over zes. Kwart over zes ging ik op zeker niet meer halen. Het was zeker een half uur lopen. Ik had me de hele dag opgesloten in mijn kantoor met mijn werk voor het Ross Towers Project. Het was mooi weer en ik had geen zin om een taxi te nemen.

Lennart kon nog wel even wachten.

* * * * *

Zaterdag, 22 december 2012 – avond – Dag 54
New York, Amerika

Na het avondeten installeer ik me met Dean voor mijn openstaande cel bij de reling. Op de benedenverdieping loopt Jamie naar Goldstein voor een praatje.

"Al iets gehoord over dat geintje van vanmiddag?" vraagt Dean.

Ik schud mijn hoofd. "Even iets anders," begin ik.

Hij kijkt me argwanend aan, maar zegt niets.

"Jamies moeder gaat achteruit," vertel ik. "Wil je iets voor me doen?"

Dean knikt, maar zwijgt nog altijd.

"Bel George," ga ik verder. "Ik wil dat je hem vraagt om uit te zoeken wat de verlofmogelijkheden zijn voor Jamie, als de toestand van zijn moeder nog verder verslechtert. Laat hem een verzoek indienen. Als het wordt afgewezen, wil ik dat hij in beroep gaat, desnoods met een leger andere advocaten. Het kan me niet schelen wat het kost. Laat hem Colin maar bellen voor de financiën."

"Begin je te ontdooien, ja?" vraagt Dean sceptisch.

Ik kijk hem strak aan en zeg: "Jij was degene die zei dat ik Jamie veel harder nodig heb, dan dat hij mij nodig heeft."

Hij kijkt me afkeurend aan.

"Dat ik hem naar waarde moet schatten?" probeer ik dan.

Dean zucht en zegt: "Laten we het er maar op houden dat dit een heel, heel erg ruwe schets is van wat het ongeveer moet worden..."

3.
GEVARENZONES

Maandag, 24 december 2012 – avond – Dag 56
New York, Amerika

Kerstavond in New York. Dit jaar wordt het ontlopen van de feeststemming een eitje. Waar mijn broer en Maren nu waarschijnlijk een overdosis overvriendelijke Amerikanen te verduren krijgen, met de bijbehorende versiersels, lichtjes en alle tienduizend versies van *Jingle Bells*, bevind ik me in de Kerstvrije zone. Hier wordt niet of nauwelijks bij de feestdagen stilgestaan. De Warden heeft een paar dagen geleden laten weten, dat er een extra bezoekuur wordt ingelast op 31 december, maar verder wordt er nergens aan het dagschema getornd. Ik krijg wel een beetje de indruk dat ik de enige ben, die daar blij mee is. Met mijn onveranderde schema dan. Niet met dat extra bezoekuur, wat ook weer in schril contrast staat met de reacties daarop van mijn medegevangenen.

Dat is iets waar ik liever niet te lang bij stilsta.

Jamie ligt op zijn bed te lezen.

Ik hoor een bewaker passeren, die zijn controle houdt, wat me vertelt dat het inmiddels rond half elf moet zijn. Zodra zijn voetstappen zijn weggestorven, leg ik mijn boek opzij en strek me uit op mijn bed. Ik richt mijn blik op de onderkant van Jamies bed en luister naar de inmiddels bekende geluiden om me heen.

Het constante gebrom van de stemmen, die ondanks hun individuele gebrek aan volume, als collectief bijna luid zijn. Soms klinkt er in de verte een doffe plof of klap, alsof iemand iets laat vallen. Af en toe verheft iemand zijn stem, die dan even boven alle andere uitkomt en soms schreeuwt er iemand.

Ik probeer me af te sluiten voor alle geluiden om me heen en mijn gedachten dwalen af naar mijn broer en naar Maren. Ik stel me voor hoe het personeel van het hotel waar ze verblijven, op hun typisch Amerikaanse manier proberen om hun buitenlandse gasten het *home away from home* gevoel te bezorgen.

Het beeld van de tegenstrijdige reacties van Lennart en Maren komt in mijn hoofd bijna tot leven. Mijn broer, die het met een verbeten uitdrukking op zijn gezicht lijdzaam ondergaat, maar het liefst zou zeggen dat ze moeten oprotten met hun geouwehoer en nepenthousiasme. Hij heeft het hart niet om dat ook daadwerkelijk hardop uit te spreken. En Maren, die het oprecht leuk vindt om zich in een Kerstfilm te wanen en dankbaar is voor de aandacht, beste wensen en omhelzingen, hoe onoprecht die ook mogen zijn.

Met haar bijna kinderlijke enthousiasme probeert ze Lennart te interesseren voor de lichtjes, de mensen, de sfeer... Al die dingen, die ze mij ook al jaren aan probeert te praten. "Probeer het nou gewoon een keer," hoor ik haar zeggen. Ik zie mijn broer zuchten en zijn hoofd schudden, zoals ik dat de afgelopen jaren heb gedaan. En een biertje pakken, natuurlijk.

Het idee dat Maren zoveel tijd doorbrengt met mijn broer maakt me onrustig. Het idee dat ik dit zelf zo gearrangeerd heb nog meer. Zonder mij zouden Maren en Lennart nooit meer geworden zijn dan twee mensen, die elkaar oppervlakkig kenden uit de coffeeshop. Ik heb haar gevraagd om een oogje op mijn broer te houden, zolang ik weg ben, dus alle eventuele ellende die daaruit voortkomt, is mijn schuld.

Ik mis Maren. Het beeld van haar op mijn netvlies is zo scherp, dat het bijna lijkt alsof ik haar aan zou kunnen raken. En zij mij.

"Misha?"

Ik knipper met mijn ogen, als ik aan de klank van Jamies stem hoor, dat het niet de eerste keer is dat hij mijn naam heeft gezegd. Toch klinkt hij nauwelijks ongeduldig. Ik richt me op en steun op mijn ellebogen.

"Sliep je?" vraagt hij en komt op de rand van mijn bed zitten.

Ik schud mijn hoofd en kijk hem aan.

"Wil je...?" begint Jamie aarzelend.

Ik dring niet aan en wacht af.

"Wil je een tijdje met me opblijven?" vraagt hij. "Ik kan mijn aandacht niet zo bij mijn boek houden en... De lichten gaan zo uit... Ik..." Hij maakt een gebaartje, alsof hij probeert te zeggen: "Je weet wel."

Ik knik.

We zwijgen als er een bewaker langsloopt. Niet lang nadat hij gepasseerd is, roept een stem beneden: "Lichten uit!"

De lampen in de cellen gaan uit, maar op de gang blijft er nog genoeg licht branden voor redelijk zicht. Zoals Jamie zei, toen ik hier net was: "Echt donker wordt het nooit."

Hoewel de bewaker al een tijdje buiten gehoorsafstand is, blijven we zwijgen en lijken we allebei te wachten tot de ander als eerste spreekt.

Ik ga rechtop zitten en draai me een beetje, zodat ik tegen de muur kan leunen en Jamie aan kan kijken, zonder mijn hoofd te hoeven draaien. "Waar wil je het over hebben?" vraag ik, als de stilte blijft voortduren.

Hij denkt even na en begint dan aarzelend: "Ik dacht vanmiddag... Dit wordt mama's laatste Kerst... En ik ben er niet."

In mijn hoofd ga ik alle clichés af, maar er zit niets bruikbaars tussen.

Wat kan ik zeggen?

'Het komt wel goed'?

'Het spijt me voor je'?

Het komt niet goed en ik vind het wel erg voor hem, maar daar schiet hij ook niets mee op. Alles wat ik zou kunnen zeggen, lijkt zinloos of een leugen. Even vraag ik me af wat Goldstein altijd tegen Jamie zegt op dit soort momenten. Wat Dean zou zeggen, als hij nu in mijn schoenen stond... Of Colin... Of Maren... Of zelfs Lennart...

"Ze is niet alleen," probeer ik. "Je vader is bij haar. En je broer."

"Ja," zegt Jamie langzaam, "maar ik niet..." Hij kijkt me verwachtingsvol aan, alsof hij verwacht dat ik het antwoord heb op dit probleem.

Ik zou kunnen zeggen, wat Maren weleens zegt. Dat hij er 'in gedachten' bij is. Aangezien ik dat zelf de grootste *bullshit* vind, die ik ooit gehoord heb, besluit ik dat maar achterwege te laten.

In plaats daarvan zeg ik: "Ik weet het."

Hij glimlacht een beetje geforceerd en dan, totaal onverwacht, komen de tranen. Hij slaat zijn handen voor zijn gezicht en zijn schouders schokken.

Ik verstar. Ieder ander zou een arm om hem heen hebben geslagen, maar ik kan me niet bewegen. Ondanks dat hij hooguit dertig centimeter bij me vandaan zit, kan ik mezelf er niet toe zetten. Ik wend mijn ogen af, in de hoop dat hij snel zal kalmeren en zal ophouden met huilen.

Als Jamie blijft snuffen schuif ik iets dichter naar hem toe en leg ik aarzelend en onwennig mijn hand op zijn rug.

"Het is oké," probeer ik.

Hij laat zijn handen zakken en legt zijn hoofd tegen mijn schouder.

Heel even bevries ik, maar ik herstel me en sla een arm om hem heen. Dan moet ik denken aan de keer dat Jamie me wakker maakte, omdat ik een nachtmerrie had. Hij handelde instinctief, omdat hij wilde helpen. Het hele proces van omhelzen en willen troosten gaat hem natuurlijk af. Mij niet. Ik moet eerst de situatie analyseren en dan nadenken over hoe ik moet handelen.

Ik begrijp Jamies pijn. Ik weet wat het is om een ouder te verliezen. Beiden in één klap, zelfs, maar dit is anders. Ik weet niet wat het is om te leven met de wetenschap, dat je een ouder gaat verliezen. Zolang zijn moeder nog leeft, kan ik hem niet helpen.

Toch lijkt hij mijn onhandige en nutteloze gebaar wel prettig te vinden, want hij maakt geen aanstalten om zich los te maken uit de omhelzing of om te stoppen met huilen.

Ik wacht op het moment, waarop ik het lichamelijke contact niet langer kan verdragen, zoals altijd, maar dat moment komt niet. Naarmate het langer duurt, ontspan ik me en ben ik niet langer krampachtig op zoek naar een eindpunt. Het is oké.

"Het is oké," fluister ik weer, gewoon om iets te zeggen.

"Dat is *bullshit,* gozer," zegt Jamie snuffend. Zijn stem klinkt gedempt tegen mijn schouder.

"Ja, dat weet ik," geef ik toe. "Maar ik weet niet wat ik anders moet zeggen."

Hij kijkt op en lacht door zijn tranen heen. "Je weet precies wat je moet zeggen," protesteert hij.

We laten elkaar los.

"Wat?" vraag ik. "Dat het leven kut is en nooit beter wordt?"

Jamie knikt. "Ja... Ik weet dat ze het goed bedoelen, maar ik word knettergek van iedereen, die maar blijft zeggen dat het allemaal goed komt."

"Ik zal het niet meer doen," beloof ik.

"Dank je," zegt Jamie en veegt met zijn mouw langs zijn ogen.

"Als je wilt is dit nooit gebeurd," bied ik aan.

Hij staat op en kijkt me aan. "Misha?"

"Wat?"

"Wat Dean ook zegt... Je bent een goede vriend."

"Ik probeer het," antwoord ik. "Echt... Ik heb de hersenen in de familie, maar mijn broer heeft de sociale vaardigheden, ben ik bang."

"Ach, het is in ieder geval nooit saai met jou," zegt Jamie. "En de rest zoeken we gaandeweg wel uit."

"Gaandeweg?" herhaal ik.

"Ja," antwoordt hij. "Tijd zat..."

"Dat is waar," moet ik hem gelijk geven.

Jamie hijst zich op zijn bed en waarschuwt: "De controle komt zo."

Ik strek me uit op mijn bed en kijk naar de schaduwen op de muur tegenover me. In de verte naderen de voetstappen. Langzaam komen ze dichterbij. Ik zie het licht van de zaklamp de cel in schijnen, sluit mijn ogen en doe alsof ik slaap. Zodra de voetstappen zijn weggeëbd, doe ik mijn ogen weer open en richt mijn aandacht weer op de schaduwen.

Volgende agendapunt: Lennart.

* * * * *

Dinsdag, 30 augustus 2011 – avond
Rotterdam, Nederland

Toen ik de afgesproken plaats naderde, zag ik Lennart al op het terras zitten. Naast hem stond een meisje van een jaar of veertien.

Ze droeg een jurkje dat zo kort was, dat ze weinig anders kon doen, dan rechtop blijven staan en stak een sigaret op, waarop mijn broer hetzelfde deed. Ze zei iets tegen hem en hij gaf antwoord, maar ik was nog te ver weg om te kunnen horen wat ze zeiden. Het meisje zwaaide even naar Len en liep toen bij hem weg met haar sigaret tussen haar lippen. Ze keek even naar me, toen ik haar passeerde.

Ik ging bij mijn broer aan de tafel zitten, keek het meisje na toen ze wegliep en merkte op: "Een beetje jong, vind je niet?"

Len leek beledigd en zei: "Ze wou een vuurtje."

Fout begin, dacht ik.

"Hoe is het met je?" vroeg hij toen.

"Goed," antwoordde ik automatisch. Ik keek even op mijn horloge. Vijf over half zeven.

"Je ziet er moe uit, jochie," zei Len. Hij richtte zich even tot een serveerster en bestelde twee bier.

Ik haalde mijn schouders op. "Hard gewerkt... Ik was het afgelopen weekeinde nog in de States, dus ik heb weinig geslapen."

Lennart keek me onderzoekend aan. "Is er iets?" vroeg hij.

De manier waarop hij me in zich opnam maakte me nerveus. "Waarom denk je dat?"

"Omdat je nooit uit wilt gaan als je terug bent van een zakenreis," antwoordde Len. "Ik ken je al langer dan vandaag. De eerste dagen na een reis ga je naar je werk en de rest van de dag sluit je jezelf op als één of andere kluizenaar." Hij doofde zijn sigaret in een overvolle asbak en keek me weer aan. *"Jij hebt mij gebeld. Ik kan me de laatste keer dat je dat deed niet eens meer herinneren."*

Stop!

Te dichtbij...

Ik richtte mijn blik op de grond. "Het spijt me, Len," zei ik en keek weer op mijn horloge. Er waren pas vier minuten voorbij sinds de laatste keer dat ik had gekeken.

"Het is gewoon...," begon ik.

"Dat je altijd moet werken," viel hij me in de rede. "Het geeft niet, jochie. Ik ben al lang blij dat het goed met je gaat." Len zweeg even, keek me nogmaals onderzoekend aan en vroeg toen bezorgd: "Gaat het echt wel goed met je?"

"Ik heb veel aan mijn hoofd," zei ik ontwijkend.

De serveerster zette twee glazen bier op het tafeltje en ging meteen weer weg.

"Is er iets waar je over wilt praten?"

Ik overwoog zijn aanbod. Ondanks dat ik hier zelf op had aangestuurd, begon ik weer te twijfelen. "Len?" begon ik na een korte stilte. "Mag ik je iets vragen?"

Hij leek verrast door mijn toenadering. "Ja, natuurlijk," zei hij.

Ik dacht even na en vervolgde toen: "Een hypothetische vraag... Als je iets wist over iemand, waarvan je vond, dat diegene het recht had om dat te weten... Maar als je dacht dat het beter was als diegene het *niet* wist... Zou je het dan vertellen?"

"Kan het nog vager?" vroeg Len.

Ik was blij toen hij zijn ogen afwendde om een slok bier te nemen en een nieuwe sigaret op te steken.

"Kun je iets duidelijker zijn?"

Nee, dacht ik.

"Als je dacht dat het diegene zou kwetsen om het te weten," probeerde ik. "Als het meer overhoop zou halen dan dat het rust zou geven."

Lennart leek hier even over na te denken, maar zei toen vertwijfeld: "Waar gaat het dan om? Hier kan ik echt niks mee."

"Dat doet er niet toe," antwoordde ik ongeduldig. "Ik kan het niet beter uitleggen." Ik vroeg me af hoe ik ooit had kunnen denken dat mijn broer me hiermee kon helpen.

Len nam een diepe haal van zijn sigaret en zei: "Ik denk dat als je diegene meer pijn doet als je het wel vertelt dan wanneer je het niet vertelt, dat je dan beter niks kunt zeggen. Vaak is het beter om dingen niet op te rakelen. Je moet vooruit in het leven, niet achteruit. Wat zou je ermee opschieten als je het wel vertelt?"

"Dan zou dat één ding minder zijn om over na te denken," gaf ik eerlijk toe.

"Heb je je vriendin belazerd of zo?"

Ik schudde ontkennend mijn hoofd.

Lennart keek me aan. "Heeft het met mij te maken?" vroeg hij.

Ik wilde zeggen dat niet altijd alles maar om hem draaide, maar in plaats daarvan schudde ik opnieuw mijn hoofd en antwoordde ik ijzig: "Nee, Len. Laat maar. Ik zoek het zelf wel uit."

* * * * *

Dinsdag, 25 december 2012 – middag – Dag 57
New York, Amerika

"Vorig jaar om deze tijd, lag ik in bed met een geile stripper," klaagt Dean. "Bier, wiet, seks, *Merry Christmas.*" Hij schopt tegen een steentje, maar lijkt nauwelijks oprecht geïrriteerd. Hij wil hier zijn en vervloekt het alleen omdat het zo hoort en omdat het van hem verwacht wordt.

"Hoe heette ze?" vraagt Jamie.

"Geen idee," geeft Dean toe. "Het leek niet zo belangrijk."

Jamie kijkt hem bevreemd aan en kijkt dan naar mij voor feedback.

Ik haal mijn schouders op.

Jamie is niet overtuigd. "Dat vraag je toch eerst?" stelt hij.

"Waarom?" vraagt Dean. "Het was toch maar eenmalig."

"Ik weet niet," zegt Jamie. "Het lijkt me zo... respectloos."

Ik kijk Dean afwachtend aan.

"Ze was een *fucking* stripper, Jamie," antwoordt Dean defensief. "Ze had niet de illusie dat we zouden gaan trouwen of zo."

"Toch...," zegt Jamie en haalt zijn schouders op.

Jon komt bij ons staan en vraagt aan niemand in het bijzonder: "Wat is het onderwerp van vandaag?"

"Naamloze strippers," antwoordt Jamie.

"Kan ik mee leven," zegt Jon.

"Hoe sta jij eigenlijk tegenover koffie 's morgens?" vraag ik Dean.

Hij kijkt me aan alsof ik niet goed bij mijn hoofd ben. "Koffie?" herhaalt hij.

"Ja," zeg ik. "Mijn broer zei ooit dat het oké was om onenightstands te hebben, zolang je zo galant was om ze 's morgens een kop koffie aan te bieden."

"Koffie kan wel," antwoordt Dean. "Ontbijt is al twijfelachtig, want dat insinueert dat je uit bent op iets huiselijks."

"Wat een onzin," vindt Jamie.

"Mijn broer zou het roerend met je eens zijn," zeg ik tegen Dean.

"Ik mag hem nu al," antwoordt hij.

"Wat is er mis met daten?" vraagt Jamie.

"Niks," zegt Jon, op hetzelfde moment dat Dean "Alles" zegt.

Jamie kijkt naar mij, alsof ik uitsluitsel moet geven in dit dilemma.

Ik weet niet eens waar ik moet beginnen om uit te leggen wat er mis is met daten. Het geforceerde gedoe met Vera ligt nog niet zover achter me, maar dan moet ik aan Ilse denken. Met haar was het anders geweest.

"Ik denk dat het persoonlijk is," probeer ik. "Ik ben niet zo goed in 'huiselijk'."

"Was ik ook niet," zegt Jon.

"Wat veranderde er?" wil Jamie weten.

"De naamloze stripper werd zwanger," antwoordt Jon.

Dean seint even onopvallend naar me om aan te geven, dat Donald Skinner achter me nadert.

De hand op mijn schouder komt niet als een verrassing. Ik reageer er niet op en kijk niet om, alsof het me niets doet.

"We zijn in gesprek hier, Jersey," zegt Dean zonder enig spoor van tact.

Skinner negeert hem en richt zich tot mij: "Ik denk dat je dit wel wilt horen..., *liefje.*" Hij laat me los en zoekt iets in zijn jaszakken.

Ik werp Dean een waarschuwende blik toe, in de hoop dat hij zich niet uit zijn tent laat lokken door Skinners spelletjes en opmerkingen.

"Ik hoorde in de wandelgangen," begint Skinner, maar hij stopt middenin zijn zin, als hij in zijn rechterjaszak vindt wat hij zoekt. Hij haalt een pakje sigaretten tevoorschijn en steekt er één op, voordat hij verdergaat met zijn verhaal, alsof hij de spanning probeert op te voeren. Hij blaast een grote rookwolk uit en vervolgt dan: "Ik hoorde dat de Draak over een paar dagen terugkomt."

Ik onderdruk de neiging om hem te vragen wanneer.

"Zo snel al?" vraagt Jamie.

"Ach ja, een beetje gips en een hoop woede is genoeg om iedere man op de been te krijgen," zegt Skinner achteloos.

"Wanneer komt hij terug?" vraagt Dean, zonder ergens omheen te draaien.

"Ik hoorde de achtentwintigste," antwoordt Skinner en neemt een diepe haal van zijn sigaret.

Fuck!

Niemand zegt iets.

Dan kijkt Skinner me veelbetekenend aan en zegt: *"Merry Christmas, baby."*

* * * * *

Dinsdag, 30 augustus 2011 – avond
Rotterdam, Nederland

Toen ik thuiskwam na mijn mislukte poging tot een zinnig gesprek met Lennart, was Maren er al. Ze zat op de bank en had haar schoenen uitgetrokken, die op de grond lagen, naast haar tas en een six-pack bier.

"Hé," zei ze. "Hoe ging het?"

Ik haalde mijn schouders op en antwoordde: "Zoals altijd. We zitten gewoon niet op dezelfde golflengte."

Maren haalde haar sigaretten tevoorschijn.

Ik pakte het metalen schaaltje, waarin ik doorgaans kleingeld bewaarde, van het bureau en legde de munten in de bovenste lade.

"Misschien moeten jullie toch alles eens een keer gewoon uitpraten," stelde Maren voor.

"Ik zou niet weten waar ik moet beginnen," zei ik, terwijl ik naast haar op de bank ging zitten en het schaaltje op de salontafel zette.

Ze pakte een sigaret, maar stak die niet op. "Gewoon... Ergens." Ze schoof naar me toe en kuste me licht. "Ik heb je gemist." Haar vrije hand dwaalde over mijn been. "Wat deed je eigenlijk in Atlanta? Heb je Colin gezien?"

Ik overwoog om 'ja' te zeggen en te zeggen dat ik naar Atlanta was geweest voor het Ross Towers Project. Ik zou er verder niets over hoeven te zeggen. Het zou mijn afwezigheid van het afgelopen weekeinde verklaren en niet tot allerlei ingewikkelde vragen leiden. We zouden een biertje drinken en een beetje praten over iets onbelangrijks en –

"Misha?" Maren kneep even zachtjes in mijn knie om mijn aandacht te trekken, maar drong niet verder aan.

Ik schudde mijn hoofd en zei langzaam: "Nee. Colin zat in de Hamptons."
Ze wachtte af en stak haar sigaret op.

"Dean Wesson belde me vorige week," begon ik. "Hij wilde afspreken."
Ze knikte en blies een rookwolk langs me heen.

"Hij had Frans Laurens voor me gevonden," ging ik verder. "Maar ook nog... iets... *iemand* anders."

"Iemand anders?" herhaalde Maren.

"Iemand die nog ontbrak op mijn lijstje," verduidelijkte ik. "Omdat ik niet wist hoe het zat." Ik viel stil en dacht na.

"Omdat je niet wist hoe wat zat?" vroeg ze, toen ik bleef zwijgen.

"Ik weet niet of je dit wilt weten," antwoordde ik.

"Weet je," begon Maren. "Ik heb eens een boek gelezen van iemand, die als levensfilosofie had, dat ze alles aankon, behalve leugens. Dat is toch een mooi uitgangspunt?"

Ik rolde met mijn ogen. Sinds we een paar jaar eerder herenigd waren, had ik zoveel van haar zelfhulpboekwijsheden over me heen gekregen, dat ik ze niet meer aan kon horen, zonder daar sceptisch op te reageren.

"Vertel het me," zei ze.

In mijn hoofd klonk het vrij eenvoudig, maar ik had moeite om het dusdanig te formuleren, dat ik niet halverwege mijn verhaal zou afhaken. "Dean heeft Laurens voor me gevonden," begon ik. "Toen hij ontdekte dat hij de man is, die mijn ouders heeft doodgereden, wilde hij weten of er nog meer namen staan op... Hij noemt het mijn 'dodenlijst'..."

"Waarom zou hij dat denken?" vroeg Maren voorzichtig.

"Omdat hij oplet," antwoordde ik. "Hij zegt dat hij weet, wanneer hij moet blijven graven."

"Dat blijkt," merkte ze op.

"Luister," ging ik verder. "Dat we... Dat we bij..." Ik hervond mijn tekst na een korte stilte. "Het was geen toeval dat we in dat gezin terecht kwamen. De man van Jeugdzorg, die ons plaatste was een vriend van... hem."

Maren zakte onderuit op de bank en nam een diepe haal van haar sigaret. Ze zei niets, haar gezicht volkomen uitdrukkingsloos.

"Je wilde dit niet weten," concludeerde ik.

Ze pakte mijn hand en zei: "Jawel. Ik wil niet dat het tussen ons in staat... Ik wil niet dat wat dan ook tussen ons in staat." Ze maakte haar sigaret uit. "Dus... Wat is het nieuwe plan?"

"Het is wat omvangrijker geworden, dan ik dacht," antwoordde ik. "En het is veel complexer. Frans Laurens zit vast voor drugssmokkel en –bezit. In *fucking* New York, om het makkelijk te maken."

Maren zweeg even, maar zei toen: "Dan moet je die maar afschrijven."

"Ik heb een beter plan," antwoordde ik. "Ik noem het 'Project X'..."

"Ik geloof niet dat ik hier blij van word, wel?" vroeg Maren.

"Laurens zit vast in New York," ging ik onverstoorbaar verder. "De man van Jeugdzorg, Theo Albrechts, woont tegenwoordig in New Jersey."

"Nog een probleem," merkte ze op.

"Niet noodzakelijk," antwoordde ik. "Als ik de perfecte moord kan plegen op Van Kempen, kan ik daarna naar New Jersey voor Albrechts. Ik geef mezelf aan en laat me veroordelen. Dan heb ik binnen de muren van de gevangenis zeeën van tijd voor de derde man op mijn lijst."

Maren hapte naar adem en leek even sprakeloos.

"Ik moet de details nog uitwerken, natuurlijk," vervolgde ik. "Het is..."

"Misha..."

Ik stopte middenin mijn zin en keek haar aan.

"Misha, stop," zei ze. "Alsjeblieft."

"Dat kan ik niet," antwoordde ik.

Maren keek me sceptisch aan. "Stel dat dit zou lukken... Dan heb je ze alle drie onder de grond en dan?"

"En dan?" herhaalde ik.

"Ja, en dan?" zei ze weer. "Ik kijk tv, Misha. Rechters in Amerika zijn niet zo weekhartig als die in Nederland. Daar krijg je geen zes jaar en een tik op je vingers met een kop thee erbij. Daar krijg je voor moord minimaal dertig jaar. Dus... Dan is Laurens dood en dan heb je nog negenentwintig jaar en elf maanden te gaan. En dan?"

"Dan heb ik rust," antwoordde ik overtuigd.

"Rust? In een Amerikaanse gevangenis?" vroeg Maren. "Heb je weleens een documentaire gezien over zo'n instelling?"

"Zoals ik al zei: Ik moet de details nog uitwerken," zei ik.

* * * * *

Woensdag, 26 december 2012 – middag – Dag 58
New York, Amerika

Wellicht heb ik de situatie met mijn broer tot nu toe verkeerd benaderd. Tussen alle afleiding door, heb ik de afgelopen dagen geprobeerd een nieuwe strategie te bepalen. Nu mijn weinig sociale en afstandelijke houding niet het beoogde resultaat tot gevolg hebben gehad, denk ik dat ik een betere tactiek heb.

Wellicht kan ik Len doen geloven dat het goed met me gaat. In feite gaat het dat ook. Ik ben er wel beroerder aan toe geweest, de afgelopen twee maanden. Misschien gaat hij wel terug naar Rotterdam, als ik erin slaag hem gerust te stellen. Het is het proberen waard. Zijn aanwezigheid is te verwarrend.

Ik weet eigenlijk niet wat ik ervan vind. Ik wil dat hij blijft, maar tegelijkertijd wil ik dat hij weggaat. Het is iets dat ik niet teveel zou moeten analyseren, omdat het me afleidt en onzeker maakt. Waarschijnlijk zou ik er minder over nadenken, als Dean me niet voortdurend op de vingers zou tikken vanwege de manier waarop ik met mijn broer omga. Ik hecht veel waarde aan Deans mening, omdat hij een bijna onfeilbare mensenkennis heeft en het stoort me, dat we maar niet op één lijn kunnen komen wat Len betreft.

We staan in deze kwestie lijnrecht tegenover elkaar, wat inhoudt dat één van ons zich vreselijk in mijn broer vergist. Het ligt het meest voor de hand dat Dean het mis heeft, aangezien hij Len nog nooit ontmoet heeft en ik de man al zesentwintig jaar als broer heb.

Ik kan al raden hoe die discussie zou verlopen, als ik die daadwerkelijk met Dean zou voeren. Ik zou zeggen dat hij mijn broer niet kent en daarom niet kan inschatten hoe hij in elkaar zit. Het is een sterk argument, maar Dean zou het in *no time* kunnen ontkrachten, door te zeggen dat het beeld dat ik van mijn broer heb 'gekleurd' is en dat ik 'niet objectief' naar de situatie kan kijken. *Whatever.*

Phipps en Franco brengen Jamie, Jon, Solano en mij naar de bezoekersruimte.

Ik loop naast Jon, die ondanks de kou een T-shirt draagt. Ik ook. Onder een twee shirts met lange mouwen en mijn jeanshemd. Toch heb ik het nog steeds koud. Ik kan niet zeggen of het de zenuwen zijn of het gebrek aan slaap van de afgelopen tijd. Waarschijnlijk een combinatie van beide.

Franco neemt Jamie en Solano mee naar de linkerkant van de bezoekersruimte, waar meneer Hirsch opstaat en zijn zoon omhelst. Franco wacht totdat ze gaan zitten en begeleidt Solano dan naar een donkerharige vrouw in een felrood jurkje.

Ik zie mijn broer zitten, maar op dat moment pakt Jon me even bij mijn arm en zegt: "Kom, dan kun je mijn familie ontmoeten. Ze hebben vast nog nooit een Nederlander gezien." Ik moet lachen en ga met Jon en Phipps mee naar een tafel aan de rechterkant van de zaal. Ik herken Hailey van de foto, die Jon altijd bij zich draagt.

Phipps maakt onze handboeien los.

Jon omhelst de moeder van zijn dochter even en neemt het kleine meisje op zijn arm.

Hailey slaat haar armen om zijn hals.

Jon wijst met zijn vrije hand naar de vrouw en stelt me aan haar voor. "Dit is mijn vriendin, Kim... Kim, mijn goede vriend, Misha Larsen. Hij komt helemaal uit Nederland, Hailey."

Ik geef Kim een hand en zeg tegen Hailey: "Je hebt een coole vader."

Ze knikt trots.

Kim kijkt naar Jon en zegt scherp: "Je weet dat ik niet wil dat Hailey contact heeft met... je nieuwe vrienden."

"Dan heb je pech," antwoordt Jon. "Zonder hem was ik dood geweest."

De blik in de ogen van zijn vriendin verandert en zoals dat alleen in Amerika kan, slaat ze om als een blad aan een boom. Ze slaat haar armen om mijn hals, alsof ik een verloren familielid ben en zegt: "Dank je."

Alles aan haar reactie is *too much*, overdreven en typisch Amerikaans en ik werp een verontschuldigende blik op Jon, hoewel hij het allemaal wel normaal en oké lijkt te vinden.

"Graag gedaan," probeer ik in een poging het onderwerp af te sluiten en een einde te maken aan deze vertoning.

Phipps wacht geduldig, totdat Kim me eindelijk loslaat en gaat zitten.

Ook Jon neemt plaats en Hailey kruipt op zijn schoot.

Ik leg mijn hand even op Jons schouder en zeg: "Ik zie je straks."

Hij knikt en antwoordt: "Tot straks."

Ik volg Phipps naar de tafel, waaraan mijn broer zit.

Len staat op en zegt: "Hé, jochie. Hoe gaat het?" Hij ziet er moe uit en lijkt in een week tijd jaren ouder te zijn geworden.

Ik besluit hem een stap voor te zijn en sla mijn armen om hem heen. Ik voel zijn verwarring als hij me dichter tegen zich aantrekt. Dit zou gewoonlijk het moment zijn, waarop ik me zou proberen los te maken uit zijn greep, maar ik dwing mezelf om te blijven staan.

"Goed," antwoord ik. "En met jullie?"

"Ik wist niet dat er zoveel Kerstfilms zijn gemaakt," klaagt Len. "Ik kan geen Kerstboom meer zien."

Ik moet lachen en zeg: "Dan zit je hier goed."

We verbreken de omhelzing en gaan zitten.

Phipps laat ons alleen en begint verderop een praatje met Franco en Parker.

"Vriend van je?" informeert Len en knikt naar Jon.

"Ja," antwoord ik. "Zijn naam is Jon. Hij kickbokst." Als Len dat slechts voor kennisgeving lijkt aan te nemen, verander ik van onderwerp: "Hoe gaat het met Maren?"

"Ze maakt het goed," zegt hij. "Ze mist je en ik moet van haar zeggen dat ze van je houdt."

Ik wend mijn blik even af en geef geen antwoord.

Na een tijdje vraagt Len: "Moet ik iets doorgeven?"

Ik probeer nonchalant te klinken als ik voorstel: "Zullen we het over iets anders hebben?"

Hij trekt een wenkbrauw op en zegt met een verbolgen ondertoon: "Jij begon over Maren."

"Dat weet ik," antwoord ik.

"Als je wilt dat ik haar een keertje meeneem, moet je het zeggen," biedt Len aan.

Ik schud mijn hoofd.

Er valt een korte stilte, voordat mijn broer het volgende onderwerp aansnijdt waar ik niet over wil praten. "Heb je nog nagedacht...?"

Ik denk snel na en val hem dan weloverwogen in de rede. Ik laat geen ruimte voor enige discussie. "Ik waardeer je geduld...," zeg ik. "Dat je me de tijd geeft om dingen op een rijtje te zetten en niet aandringt. Dank je."

Mijn broer maakt zijn zin niet af.

Ik zie dat hij niet blij is met de gang van zaken, maar hij dringt niet aan.

"Het is oké," zegt hij dan.

"Dank je," herhaal ik.

Als Len zijn arm uitstrekt over de tafel en zijn hand op mijn arm legt, onderdruk ik de neiging om mijn arm weg te trekken, in een poging een evenwicht te vinden tussen geven en nemen.

Ik kan het wel opbrengen om hem iets dichterbij te laten, zolang hij neutrale gespreksonderwerpen aanhoudt en zich bij laat sturen op momenten dat hij een onderwerp ter sprake brengt, dat ik wil vermijden. Als hij bereid is concessies te doen, moet ik dat ook zijn.

Len zucht en vraagt: "Waar wil je het over hebben?"

De vraag verbaast me. Ik probeer een subtiele overgang te vinden naar het onderwerp dat ik wel wil bespreken. "Eigenlijk...," probeer ik, maar de angst om mijn eigen glazen in te gooien, belet me om die zin af te maken.

"Zeg het maar," zegt hij. "Ik beloof je dat ik niet boos word."

"Eigenlijk wilde ik het hebben over hoe jij je toekomst ziet," geef ik toe. "Waar zie jij jezelf over een maand? Over drie maanden? Over een jaar?"

"Ik denk dat ik die vraag beter aan jou kan stellen," antwoordt Len. "Waar zie jij jezelf over een jaar?"

Ik rol met mijn ogen en zeg smalend: "Ik heb twintig jaar. Wat denk je zelf?"

Opnieuw valt er een stilte.

Ik ben nog niet bereid om het op te geven. "Wat ik bedoel te zeggen is: ben je echt van plan om twintig jaar lang heen en weer te vliegen en hier in hotel-kamers te gaan zitten?" Ik wil dat hij in gaat zien hoe nutteloos dat zou zijn en zoek oogcontact om te zien of mijn woorden het gewenste effect hebben.

"Ik weet het niet, Misha," zegt hij onzeker. "Voorlopig moet ik het maar even per dag bekijken."

"Je moet na negentig dagen het land uit," help ik hem herinneren. "En dan?"

"Dan blijf ik even in Nederland en kom ik weer terug, denk ik," antwoordt Len langzaam.

Ik hoop dat ik hem verkeerd begrijp en vraag voor de zekerheid: "Twintig jaar lang?"

"Als ik dat nodig vind wel, ja," zegt hij.

Dit gaat niet zoals ik wil. "Len, dat kan toch niet?" begin ik. "Je maakt jezelf knettergek. Dat mijn leven twintig jaar stilstaat, betekent niet dat..."

Hij laat me niet uitpraten en kapt me resoluut af. "Misha, ik ben – voor nu – bereid om geen vragen te stellen, maar verwacht nou niet van me dat ik naar huis ga en je over twintig jaar wel ophaal op Schiphol."

Ik probeer redelijk te blijven en zeg: "Ik weet dat je bezorgd bent."

"Ja, natuur – "

"Dat is nergens voor nodig," onderbreek ik hem stellig. "Het valt echt mee. Ik heb vrienden gemaakt en ik heb veel tijd om te lezen."

"Ik ben blij dat te horen," antwoordt Len toonloos. Hij lijkt te zoeken naar een onderwerp. Na een korte stilte, vraagt hij: "Krijg je nog gelegenheid om te teke-nen hier?"

Ik schud ontkennend mijn hoofd. "Het zou waarschijnlijk wel mogen. Onder toezicht en zo, maar ik kan niet tekenen als iemand op mijn vingers kijkt," zeg ik naar waarheid. Ik haal mijn schouders op en voeg eraan toe: "Het is wel oké zo. Ik heb in mijn leven wel genoeg getekend voor de komende twintig jaar."

Mijn broer glimlacht even. "Dat is waar. Mis je het helemaal niet?"

"Soms," antwoord ik. "Een beetje..., maar er gebeurt altijd van alles hier, dus er is veel afleiding." Ik zoek oogcontact. "Je moet je geen zorgen maken, Len," zeg ik en werp dan een snelle blik op de klok.

"Wat doe je dan de hele dag?" wil mijn broer weten.

"Oh, ik lees veel en ik hang rond met de jongens," zeg ik. Ik zie het ongeloof in zijn ogen en probeer mijn verhaal wat meer gewicht te geven, door eraan toe te voegen: "Jamie, mijn celgenoot... Zijn moeder is stervende, dus we proberen hem een beetje af te leiden."

"Ik had niet gedacht dat je zo snel vrienden zou maken," merkt Len op.

Toegegeven, dat is een aspect waar ik me zelf ook in vergist heb. Ik had er geen idee van dat de tijd hier heel anders verloopt dan buiten deze muren. "Een dag duurt lang hier," antwoord ik bedachtzaam, "en ik zit hier bijna twee maanden. Soms... is het net alsof ik ze al jaren ken."

Mijn broer fronst.

Het klinkt inderdaad niet aannemelijk, maar toch is het zo.

"Straks ga je me nog vertellen dat je het hier naar je zin hebt," smaalt hij.

"Natuurlijk niet," zeg ik. "Het is niet *leuk*, maar het is leefbaar. Ik had het me erger voorgesteld en het is *echt* niet zo erg als jij nu denkt." Ik kijk snel naar mijn broer om te zien of hij gelooft wat ik zeg.

"Ik red me wel," beloof ik, als ik hem zie twijfelen.

"Five minutes!" roept Parker over het geroezemoes heen.

Bijna geroutineerd stopt Len me de wekelijkse vijftig dollar toe.

"Jochie," probeert hij dan nogmaals. "Denk alsjeblieft nog eens na over wat ik heb gezegd. Ik heb recht op een uitleg. Ik zal niks veroordelen. Dat heb ik je beloofd."

Ik schud mijn hoofd. "Nee," verbeter ik hem, "wat je zei is dat je me niet zou veroordelen, voordat je weet hoe het zit. Dat is niet hetzelfde."

Len negeert het. "Denk erover na," dringt hij aan.

Even wil ik er nog een keer op aandringen dat hij terug naar Nederland gaat, maar ik begin in te zien dat ook mijn nieuwe strategie niet het beoogde effect op Lennart heeft. Als hij enigszins gerustgesteld is, lijkt dat voorlopig geen geografische consequenties te hebben.

Ik geef het op.

Parker nadert onze tafel en zegt: "Einde bezoek, Larsen."

Ik baal dat Phipps een ander groepje heeft, want hij laat de handboeien vaak achterwegen, maar Parker doet dat nooit. Ik sta rustig op en zie dat Len hetzelfde doet. Even aarzel ik of ik hem zal omhelzen of niet. Tenslotte ben ik met mijn sociale benadering geen stap verder gekomen, dus wat heeft het voor zin?

Na nog een moment van twijfel ga ik voor een middenweg, waarbij ik hem vluchtig omhels, maar me vrijwel meteen weer losmaak uit zijn greep.

Len kijkt me aan en zegt: "Ik zie je volgende week."

Ik knik.

Parker pakt zijn handboeien en ik steek mijn handen uit.

"Tot volgende week," antwoord ik dan en ik ben opgelucht als Parker me bij mijn arm pakt en me terugbrengt naar de afdeling. Mijn strategie van vandaag was geen succes. Ik zal iets anders moeten bedenken en mijn deadline is aanstaande maandag.

Automatisch begin ik te rekenen.

Ik heb honderdnegentien uur de tijd. Vanaf nu.

4.
OP EEN VOETSTUK

Woensdag, 26 december 2012 – avond – Dag 58
New York, Amerika

De hokken staan open en de gebruikelijke groepjes beginnen zich te vormen op de galerijen en op de benedenverdieping. Vanuit de deuropening van onze cel, richt ik me tot Jamie, die met een boek op zijn bed zit en er af en toe een ander boek bij pakt, alsof hij de betekenis van een woord op moet zoeken, voordat hij verder kan met lezen.

"Wat is dat?" vraag ik.

"Melvin... Ik bedoel, Dr. Robert heeft me wat boeken geleend," vertelt Jamie, zonder op te kijken. Hij wijst op het boek dat op zijn schoot ligt. "Deze is eigenlijk van Cavanagh. Ik wil weten wat mijn moeder precies heeft."

"En dat andere boek?" vraag ik door.

"Dat is een medische encyclopedie," antwoordt hij. "Ik begrijp sommige termen niet helemaal."

Ik wil bijna vragen wat hij denkt op te schieten met deze zinloze research, maar ik bedenk me. Wellicht voelt hij zich zo meer betrokken. Of hoopt hij iets te vinden dat de artsen over het hoofd hebben gezien. Of misschien wil hij gewoon begrijpen en inzicht krijgen in wat zijn moeder nog te wachten staat.

Dan kijkt Jamie even op van zijn boeken en zegt: "Ik heb Melvin uitgehoord. Cavanagh heeft tegen hem gezegd, dat de Draak inderdaad vrijdag terugkomt." Hij richt zijn aandacht weer op de vakliteratuur voor hem.

Ik zucht en zeg: "Ik ben zo terug."

Hij knikt afwezig en slaat een bladzijde om.

Ik loop de galerij af. Bij de trap passeer ik Donald Skinner, maar hij heeft het te druk met ruziën met één van de zwarte bendeleden om me op te merken. Ik ga naar de benedenverdieping.

Jon Saunders staat in de deuropening van zijn cel. Hij praat met Dean, die naast hem nonchalant tegen de muur leunt en bijna onzichtbaar alles om zich heen in de gaten houdt.

Zodra ik bij hen ga staan, zwijgen ze beiden.

Dean herstelt zich als eerste en vraagt: "Al nieuws over de Draak?"

"Skinners informatie klopte," antwoord ik.

"Zeker weten?"

"Ja, Jamie heeft hetzelfde gehoord van Dr. Robert," vertel ik. "Niemand van het personeel heeft me iets over de Draak gevraagd, dus ik denk niet dat hij iets gezegd heeft tegen Cavanagh."

"Goed, toch?" vindt Jon.

"Het betekent alleen maar dat hij uit is op wraak, als hij terugkomt," zeg ik.

"Laat hem maar komen," zegt Jon. Hij loopt weg, zodra hij een kennis in het oog krijgt, die naar hem seint.

Ik wacht tot hij buiten gehoorsafstand is en vraag Dean dan: "Waar hadden jullie het over?"

Dean doet geen moeite om te ontkennen, dat ik het onderwerp van gesprek was geweest, toen hij en Jon abrupt hun overleg staakten, toen ik bij hen kwam staan. "Jon vertelde me dat je zijn leven hebt gered... Toen met die steekpartij."

"Ik dacht dat je dat al wist," antwoord ik ongemakkelijk.

"Je hoort weleens wat," geeft Dean toe. "Maar dat maakt het niet noodzakelijk de waarheid. Ik heb mijn info graag uit de eerste hand, in plaats van via een omweg." Hij zwijgt even en zegt dan: "Ik zal eerlijk tegen je zijn. Ik voorzie echt enorme problemen met de Draak en met Skinner. Op het moment dat ik meer dan één tegenstander heb, wil ik graag weten hoe gemotiveerd mijn medestanders zijn."

"En? Wat is de uitkomst van deze kleine test?" vraag ik.

Dean lacht en zegt: "Jon heeft je op een voetstuk staan. In zijn hoofd ben jij de reden dat Hailey nog een vader heeft."

Ik kijk hem niet aan en geef toe: "Het was... min of meer mijn schuld, dat hij werd neergestoken. Hij heeft me geholpen toen de Draak voor me kwam, na dat gezeik met die veiling van Kane."

"Dat was zijn keuze," zegt Dean. "Hij is jou meer verschuldigd, dan jij hem."

"Hij is me niks verschuldigd," antwoord ik. "En dat hij me kwam helpen was... met een omweg eigenlijk Jamies keuze."

"Hoor ik je nou echt zeggen dat hij je niks verschuldigd is?" vraagt Dean met een opgetrokken wenkbrauw. "Heb je een nieuwe kijk gekregen op vriendschap of is dit een vlaag van zinsverbijstering?"

"Weet je wat het is met voetstukken, Dean?" is mijn wedervraag.

Hij schudt zijn hoofd.

"Je dondert er zo gemakkelijk vanaf."

* * * * *

Vrijdag, 17 februari 2012 – avond
Atlanta, Amerika

Maren in Atlanta was een schouwspel *an sich*.

Ik kon niet anders dan naar haar kijken, de beelden vastleggen op mijn netvlies en voor altijd bewaren.

Ze vond alles prachtig, van de lange vliegreis tot de metaaldetectors op het vliegveld en het waardeloze hotel daar niet ver vandaan, dat Dean Wesson me had aangeraden, omdat de technologie er stil was blijven staan sinds 1975 (en omdat er nog gerookt mocht worden op de kamers, alsof het inderdaad nog '75 was).

Vanaf het vliegveld namen we een taxi naar het hotel. Ze keek haar ogen uit, hoewel er in mijn optiek niets bijzonders te zien was. Toch werkte haar enthousiasme bijna aanstekelijk en ik verloor niet één keer mijn geduld bij haar talloze en veelal onlogische vragen.

"Denk je dat metaaldetectors afgaan op een tongpiercing?" vroeg ze, terwijl ze de taxi uit hupte en haar rugzak van de achterbank trok.

"Waarschijnlijk wel," antwoordde ik en betaalde de taxichauffeur. *"Keep the change."*

"Dan maar goed dat ik die niet heb," zei ze.

"Waarom zou je dat überhaupt willen?" vroeg ik. "Het slaat nergens op. Op het moment dat iemand anders het tegen je wil doet, is het mishandeling en op het moment dat je het zelf laat doen, is het... Wat? Kunst?" Ik pakte de twee tassen bagage en stapte uit de taxi, die wegreed, zodra ik het portier had dicht gegooid.

"Sommige mensen vinden het mooi," antwoordde Maren.

Ik volgde haar naar de ingang van het hotel en checkte ons in bij de balie. "Ik niet," reageerde ik daarna op Marens laatste opmerking.

"Mijn tatoeages wel," merkte ze op.

"Ja, maar een tattoo voegt iets toe," redeneerde ik en ging haar voor naar de lift. "Met een piercing breek je iets af."

"Dat slaat nergens op," vond Maren. "En technisch gezien voeg je met een piercing ook iets toe."

Ik haat het om ongelijk te hebben, maar ik kon niet anders dan toegeven: "Je hebt gelijk."

"Weet ik toch." Ze stapte de lift in. "Ga je nou nog mee of blijf je hier wachten tot je wortel schiet?"

Ik rolde met mijn ogen en volgde haar.

Op de tweede verdieping zochten en vonden we onze kamer. Het was niet veel bijzonders, niets in vergelijking met wat ik gewend was in het Crowne Plaza of het Hilton. En al helemaal niet in vergelijking met Ross Manor. Het was –

"Cool! Een minibar!" riep Maren, gooide haar rugzak op het bed en trok haar jas uit, die ze op de grond liet vallen.

Ik glimlachte, zette de overige bagage op de grond en sloot de deur achter ons. Plotseling vroeg ik me af, waarom ik haar nooit had meegenomen op mijn zakenreizen. Achteraf leek het opeens zo *logisch* om dat wel te doen, maar ik had er zelfs nooit bij stilgestaan.

Ze pakte twee biertjes uit de minibar.

"Het spijt me dat ik je nooit ergens mee naartoe genomen heb," zei ik.

Maren sloot het deurtje van de minibar en draaide zich naar me toe. "Maakt niet uit. We zijn nu toch hier?"

"Morgen...," begon ik.

"Stop," zei ze.

Ik keek haar aan en zweeg.

"Morgen komen Colin, Dean en die advocaat," ging Maren verder. "Maar dat is morgen. Voorlopig is het nog gewoon vandaag." Ze zette de twee flesjes bier op het nachtkastje, haalde haar sigaretten tevoorschijn en stak er één op.

"Niet lang meer," merkte ik op met een knikje op de wandklok, die kwart voor elf aangaf.

"Voorlopig is het nog gewoon vandaag," herhaalde ze onverstoorbaar. "En vandaag wil ik het niet hebben over Project X."

"Einde discussie?" vroeg ik plagend.

"Ja," zei Maren en pakte een asbak, die op een klein bureau in een hoek van de kamer stond. Ze ging ermee op het bed zitten en rookte een tijdje zwijgend, terwijl ik mijn jas uittrok en in mijn reistas wat schone kleren opzocht.

Ik legde de kleren opzij, pakte mijn mobiele telefoon en zette die aan, om te zien wat ik had gemist sinds Schiphol. Er was een berichtje van Dean om me te laten weten dat hij de volgende dag rond het middaguur zou arriveren, met Colin en George Springfield. Ik sms'te terug dat Maren en ik hen dan wel zouden zien en dat alles oké was.

Vervolgens waren er twee gemiste oproepen van mijn broer, één van Vera, één van Peter Meier en een sms'je van Vera, waarin ze schreef dat ze me miste en me vroeg haar te bellen als ik terug was in Nederland. Ik had zowel haar als Peter Meier wijsgemaakt, dat ik naar de States moest voor het Ross Tower Project en het feit dat ik Maren bij me had, had ik voor het gemak ook maar achterwegen gelaten.

Ik nam niet de moeite om behalve Dean iemand te antwoorden en legde de telefoon op het nachtkastje. Ik deed mijn stropdas af, pakte mijn biertje en nam een slok.

"Weet je dat...?" begon Maren. Ze stopte halverwege haar zin, nam een laatste haal van haar sigaret en maakte die toen uit in de asbak.

Ik wachtte geduldig op de rest van haar vraag en nam nog een slok bier.

"Weet je dat ik nog nooit seks heb gehad buiten Nederland?"

Ik verslikte me in mijn bier, toen ik in de lach schoot. Ik hoestte even en zei: "Dat lijkt me vrij normaal als je nog nooit in het buitenland geweest bent."

"Ik ben in Brussel geweest," protesteerde Maren.

"Hoe exotisch," antwoordde ik droog.

"Fuck you," zei ze, maar ik zag dat ze er niets van meende.

"Anytime."

* * * * *

Donderdag, 27 december 2012 – avond – Dag 59
New York, Amerika

Donald Skinner staat met Norton en Russell bovenaan de trap op de galerij. Hij praat en de andere twee luisteren naar wat hij te vertellen heeft.

"Leg mij eens uit...," begint Dean.

We staan een paar meter bij Skinner vandaan en kijken uit over de benedenverdieping, vanaf onze plaats bij de reling.

"Let mij nou eens uit, hoe het mogelijk is dat *zoiets* een fanclub heeft," maakt Dean zijn zin af.

Ik haal mijn schouders op. "Misschien hebben al dat soort figuren fanclubs?" raad ik. "Tenslotte is dit het land van de onbegrensde mogelijkheden."

Hij trekt een sceptisch gezicht, maar zegt niets.

Ik zie bewaker Phipps de trap opkomen voor de controle op onze verdieping. Hij heeft een krant onder zijn arm en ik zie dat Skinners aandacht wordt getrokken door het stukje van de voorpagina dat zichtbaar is.

"Baas, mag ik de krant even doorbladeren?" vraagt hij aan Phipps.

"Natuurlijk," zegt Phipps en geeft zijn krant aan Skinner. Dan loopt hij door. In het voorbijlopen, groet hij Dean en mij en vervolgt dan zijn weg.

Skinner heeft de krant inmiddels uitgevouwen en staart met niets dan ongeloof naar het artikel op de voorpagina.

"Hij baalt natuurlijk, dat hij de *headlines* niet gehaald heeft vandaag," merkt Dean op.

Ik moet lachen. "Nee, hij is oud nieuws," antwoord ik, zonder mijn ogen van Skinner af te wenden.

Dean zucht en zegt: "Ik ga even kijken waar Jon uithangt. Ik blijf in de buurt."

"Oké," zeg ik.

Zodra hij weg is, komt Skinner naar me toe en toont me de voorpagina van de krant.

Ik pak de krant aan en bekijk het zwart-wit portret van een oudere man, met lang haar. Hij heeft een ingevallen gezicht en indringende, donkere ogen. Boven zijn hoofd prijkt de tekst: *'Serial Killer Macchias Dawson (71) Executed Today'*.

Skinner klakt geïrriteerd met zijn tong. "Eeuwig zonde," klaagt hij.

Ik geef hem de krant terug en zeg: "Nooit van gehoord."

"Nooit van gehoord?" herhaalt Skinner. Er komt nog net geen stoom uit zijn oren. "Hoe *kan* dat nou?"

"Ik had ook nog nooit van jou gehoord," merk ik op.

"God, dan moet dat Nederland echt een achtergebleven gebied zijn," concludeert hij. "Een *fucking* derdewereldland, maar dan zonder voedseltekort en met geld en *smartphones*... Ik ben een *legende*." Hij snuift afkeurend. "Hoe kan het nou dat je wel van Richard Kuklinsky hebt gehoord, maar niet van Macchias Dawson?" vraagt hij dan ongelovig.

Ik haal mijn schouders op. "Het is niet zo dat ik een studie heb gemaakt van seriemoordenaars of zo," zeg ik. "Ik denk dat..."

"Maar je hebt weleens gehoord van Kuklinsky," houdt Skinner vol.

"Ja."

"En Charles Manson," zegt hij. "Die ken je ook."

"Ja."

"Ted Bundy?"

"Ja, maar..."

"John Wayne Gacy?"

"Ja, maar..."

"Ed Gein?"

"Ja," geef ik zuchtend toe.

"Je kent al die *nobodies*, maar je had nog nooit gehoord van Donald Skinner of Macchias Dawson?"

"'Kennen' is een groot woord, Donald," merk ik op. "Ik heb weleens iets over ze *gelezen* of op tv *gezien*. En Kuklinsky had er meer dan honderd. Hem zou ik geen *nobody* willen noemen."

Skinner kijkt weer naar de foto op de voorpagina. Er ligt iets in zijn ogen dat ik niet kan benoemen en dat ik nog niet eerder gezien heb.

"Wie was hij?" vraag ik dan.

"Iemand die ik ken van vroeger," antwoord hij vaag.

"Je meerdere?" raad ik.

Skinner vouwt de krant weer op en zegt: "Ach, nu hij dood is, wil ik dat best toegeven." Hij duwt me de krant in mijn handen en zegt: "Geef jij dat even terug aan je vriendje Phipps." Hij doet een aantal passen bij me vandaan, draait zich dan weer naar me toe en zegt: "Help me onthouden dat ik je echt een keer moet vertellen over Carl Fallwell."

"Weer zo'n *bedtime story?*" vraag ik.

Hij lacht. 'Ja. Weer zo'n *bedtime story.* En geloof me... Ik heb er nog genoeg voor de komende twintig jaar."

"Lucky me," zeg ik met een uitgestreken gezicht.

Skinner doet opnieuw een stap bij me vandaan.

"Hé, Donald," roep ik.

Hij draait zich weer naar me toe. "Wat?"

"Wie was Carl Fallwell?"

"Was?" herhaalt Skinner geamuseerd.

"Ja," zeg ik laconiek. "Als jij iets over hem te vertellen hebt, neem ik aan dat hij niet meer leeft."

"Carl Fallwell was een journalist," antwoordt hij.

"Was hij ook op het verkeerde moment op de verkeerde plaats?" vraag ik.

"Dat zijn ze toch allemaal?" Skinner haalt zijn schouders op. "Het is wel een aardig verhaal. Help me maar onthouden, dat ik het je een keer vertel."

Ik vraag me af of hij er een gewoonte van gaat maken om me iedere dag de *'Best of Donald Skinner'* voor te schotelen, maar als het daarbij blijft, hoor je mij niet klagen.

"Doe ik."

* * * * *

Woensdag, 22 februari 2012 – avond
Rotterdam, Nederland

Ik had Vera niet gebeld toen ik terugkwam uit Atlanta en ik had met succes mijn uiterste best gedaan om haar te ontlopen, zolang ik mijn tekst niet op orde had, om een einde te maken aan de schijnvertoning tussen ons. Ik had haar aan het lijntje gehouden, zolang ik haar nodig had voor het Epecamps Project, maar nu dat was afgerond en haar stage bij Flash ten einde liep, waren er geen redenen meer om onze 'relatie' te laten voortduren.

Het was tijd om het boek Vera voorgoed dicht te slaan.

Tegen een uur of negen, toen al onze collega's, op de conciërge na, al lang en breed naar huis waren, zocht ze me op in mijn kantoor. "Heb je even?" vroeg ze, maar ze wachtte mijn antwoord niet af en sloot de deur achter zich. "Ik dacht wel dat je hier zou zijn."

Ik keek op van de blauwdruk op de tekentafel en antwoordde: "Waar zou ik anders zijn?"

Vera negeerde mijn onvriendelijke toon en glimlachte. "Je werkt te hard." Ze liep naar me toe en gaf me een kus.

"Ik ben aan het werk," merkte ik op, in een poging om erop aan te sturen dat zij mij zou dumpen. Dat zou het voor ons allebei gemakkelijker maken.

Haar gezicht vertrok even, maar toen toverde ze haar glimlach weer tevoorschijn en antwoordde: "Zoals ik al zei: Je werkt te hard." Ze pakte mijn hand en vervolgde: "Kom. Dan gaan we ergens iets eten en..."

"Vera, ik denk niet dat het iets gaat worden tussen ons," onderbrak ik haar.

Ze keek me aan en zei: "Dat zeg je nu, omdat je moe bent, maar..."

"Nee, dat zeg ik, omdat het zo is," viel ik haar opnieuw in de rede.

"Het gaat toch hartstikke goed?" probeerde ze. "Als er iets is, waarvan je wilt dat het verandert, moet je het zeggen. We kunnen er toch aan werken?"

"Ik wil er niet aan werken," gaf ik toe.

"Maar... We kunnen een *time out* nemen," stelde Vera voor.

Ik schudde mijn hoofd.

"Waarom... zo opeens?" vroeg ze zacht.

"Het werkt gewoon niet," zei ik.

"Maar..." Er leefde iets van hoop op in haar ogen. "We kunnen toch eerst in therapie gaan? Zoveel moderne stellen doen relatietherapie en..."

"Ik wil niet in therapie," kapte ik haar af.

"We kunnen het toch proberen?" hield ze vol.

"Ik heb een ander."

De stilte was ijzig en gespannen en duurde een paar minuten.

Toen kneep Vera haar ogen tot spleetjes en vroeg: "Wie?"

"Dat doet er niet toe," antwoordde ik.

"Voor mij wel," zei ze met onvaste stem.

"Het doet er niet toe," herhaalde ik.

"Hoe lang al?" vroeg ze toen.

"Al jaren," gaf ik toe. "Lang voordat ik jou ontmoette."

Vera zweeg en keek me alleen maar aan. Er rolde een traan over haar wang en ze veegde die ongeduldig weg. Haar stem klonk onzeker en trilde toen ze na een nieuwe doodse stilte vroeg: "Betekende het dan helemaal niets?"

"Nee," antwoordde ik.

Bijna onmiddellijk haalde ze naar me uit. "Klootzak!"

Ik ontweek de klap moeiteloos en zei: "Vera, we zijn allebei volwassen mensen. Laten we hier geen middelbare schooltoestand van maken. Het was leuk, zolang het duurde en nu is het klaar."

Ze keek me aan met een mengeling van ongeloof en haat in haar ogen.

Een paar seconden lang dacht ik dat ze opnieuw naar me uit zou halen of op zijn minst zou gaan tieren en schelden, maar dat gebeurde allebei niet. Ze liep naar de deur en opende die. Op de drempel bleef ze staan, met de klink in haar hand. Toen draaide ze zich naar me toe en vroeg: "Behandel je alle vrouwen zo, Misha? Heb je Ilse ook zo behandeld?"

"Dag, Vera," antwoordde ik.

* * * * *

Vrijdag, 28 december 2012 – middag – Dag 60
New York, Amerika

Eerder vanmiddag, tijdens het luchten, heb ik met Dean de laatste details uitgewerkt van stap één van het Southport Project. Met het oog op Skinners grenze-
loze onvoorspelbaarheid, is het even onmogelijk als zinloos om verder vooruit te
plannen. Improvisatie is veruit mijn minst geliefde methode, maar ik zie in dat ik
daar met Skinner niet onderuit kom.

De enige zekerheid die ik heb, is dat er met figuren als Donald Skinner geen
zekerheden zijn. Niet bepaald een geruststellende gedachte, als je op het punt
staat om een deal met hem te sluiten, maar ik heb niets anders.

De afgelopen dagen hebben Dean en ik tientallen hypothetische situaties en
wendingen doorgenomen, maar ik blijf het gevoel houden, dat ik dingen over het
hoofd zie.

Rusteloos zit ik op de rand van het kleine bureau in mijn cel. "Hoe lang nog,
voordat de hokken opengaan?" vraag ik Jamie.

"Ik denk een minuut of tien," raadt hij, zonder op te kijken van zijn boek.

Ik zucht en richt mijn blik op de grond. Het voelt alsof ik op het punt sta om
mijn hoofd in een strop te steken. Ik moet denken aan mijn eerdere samenwerking met Skinner, waarbij we erin slaagden om Kane van het speelveld te laten
verdwijnen. Dan herinner ik mezelf eraan dat ik toen de mazzel had dat Skinner
net zo graag van Kane af wilde als ik en dat hij – op dat moment – mij gunstiger
gezind was dan de bewaker. Dat was mijn enige redding geweest.

Skinner heeft zelf geen redenen om van Frans Laurens af te willen. Laurens
spreekt bijna geen woord Engels en ik heb hen nog nooit samen gezien. Dat betekent dat ik *mijn* redenen interessant genoeg moet zien te maken. Mijn grootste
twijfel is of Skinner bereid zal zijn iets terug te geven, in ruil voor iets dat hij ook
gewoon kan *nemen*.

Toch blijf ik sterk het gevoel houden dat dat niet is wat hij wil. Hij wil niet nemen, hij wil ontvangen. Als dat gevoel juist is, heb ik in ieder geval de zekerheid
dat ik krijg wat ik wil. Dan rest alleen de vraag hoe ik daarna Skinner buitenspel
kan zetten, voordat ik hem moet geven wat hij wil.

"Is er iets?" vraagt Jamie.

Ik kijk op en zie dat hij zijn boek opzij heeft gelegd.

"Je lijkt zo... onrustig."

Ik haal mijn schouders op. "Gewoon meer van hetzelfde, denk ik," antwoord
ik vaag. Dan werp ik door de tralies van de celdeur een blik op de cellen aan de
overkant. Zodra mijn ogen die van de Draak ontmoeten, draai ik mijn hoofd om
en kijk ik Jamie aan.

"Ik snap je," zegt hij.

Ik betwijfel het, maar zeg niets.

In de verte roept één van de cipiers: "Deuren open!" Dan klinkt de inmiddels
bekende zoemer.

Ik denk snel na en zeg dan: "Jamie, ik heb vijftig dollar nodig. Ik leg het later uit, oké?"

Jamie haalt geld tevoorschijn en vraagt niets.

Ik pak het aan en verlaat de cel.

Skinner staat al op de galerij, bij de reling.

Ik ga naast hem staan en volg de lijn van zijn blik. Op de benedenverdieping zie ik Norton ruziën met één van de Latino's, maar het lijkt vooralsnog niet uit de hand te lopen. Er staan twee bewakers bij, maar geen van beiden grijpt in.

"Waar heb ik dit bezoekje aan te danken?" vraagt Skinner, zonder me aan te kijken.

"Jij bent toch degene, die ik moet benaderen als ik iets nodig heb?" vraag ik. De achteloze klank van mijn stem verbaast me. Ergens in de laatste minuut ben ik mijn zenuwen kwijtgeraakt.

"Nu wordt het interessant," antwoordt hij. "Wat had je in gedachten, liefje?"

"Niks bijzonders..." Ik laat hem bewust even wachten, om te zien in wat voor bui hij is. Als hij bijna geduldig wacht op een aanvulling op die mededeling, ga ik verder: "Een paar slaappillen."

"Ik vroeg me al af hoe lang je het vol zou houden," merkt Skinner op.

Ik geef geen antwoord.

"Dit lijkt me niet zo ingewikkeld," vervolgt hij. "Dit had je ook gewoon aan je Joodse vriendje kunnen vragen."

"Ik vraag het aan jou," antwoord ik.

"Waarom?" vraagt Skinner argwanend.

"Als je vragen blijft stellen of denkt dat je niet kunt leveren, geef ik die vijftig dollar inderdaad maar aan Jamie," zeg ik.

Hij steekt zijn hand uit.

"Yeah, right," spot ik. *"Cash on delivery."*

Skinner rolt met zijn ogen. Hij lijkt even beledigd, maar glimlacht dan. "Geef me vijf minuten," zegt hij.

Ik knik en kijk hem na als hij de trap afdaalt.

"Waar ben je nou weer mee bezig?" klinkt de stem van Jamie achter me.

"Ik denk erover om nog een deal te maken met Skinner," antwoord ik.

"Je wilt niet bij hem in het krijt staan," merkt Jamie op.

"Ik heb zojuist vijftig dollar geruild voor een paar waardeloze pillen," zeg ik. "Hij staat eerder bij mij in het krijt, dan andersom."

"Als ze zo waardeloos zijn, waarom wil je ze dan hebben?" vraagt hij.

Ik zie de verwarring in zijn ogen. "Het is een testje," antwoord ik. "Ik voorzie problemen met de Draak en ik denk dat ik Skinner als schild kan gebruiken." Ik wil hem niet vertellen over Frans Laurens, maar een halve waarheid is beter dan een hele leugen.

"Skinner laat zich niet gebruiken," stelt Jamie.

"We zullen zien," zeg ik.

"Geef me even een seintje als je ziet dat het uit de hand loopt," antwoordt hij en gaat de cel weer binnen. Hij hijst zich op zijn bed en pakt zijn boek weer.

Ik wacht bij de reling op Skinner. "Dat waren zes minuten," merk ik op, als hij bovenaan de trap verschijnt.

"Ik werd opgehouden," antwoordt hij defensief, terwijl hij naar me toekomt. Ik haal het geld uit mijn broekzak en ruil het om voor vijf pillen. "Wat is het?" vraag ik.

"Niks bijzonders," zegt hij. "Dat is toch wat je wilt?"

"Is dit het soort dat de dokter voorschrijft?" houd ik aan.

Skinner stopt het geld in zijn broekzak en antwoordt scherp: "Ja, *liefje.*" Ik zie dat zijn geduld ten einde begint te raken en zeg: "Dank je."

"Jij bedankt." Hij loopt naar de trap, maar draait zich dan om. "Als je nog iets *nodig* hebt, weet je me te vinden."

Ik knik. Als hij verdwenen is, ga ik terug naar mijn cel.

"Misha," begint Jamie, maar hij valt stil, zodra hij ziet dat ik de pillen door de wc spoel. "Oké. Ik ben overtuigd," zegt hij dan. "Je bent echt gestoord."

"We kunnen die zooi hier niet hebben," leg ik uit. "Als de bewakers een controle houden en ze die pillen vinden, dan hang ik."

Jamie zucht, alsof hij de hoop opgeeft dat hij me ooit zal begrijpen. "Gozer, jij hebt echt psychische hulp nodig," merkt hij op, voordat hij zich uitstrekt op zijn bed. "Dringend."

* * * * *

Zaterdag, 7 juli 2012 – avond
Rotterdam, Nederland

"Nog een keer," zei ik, terwijl ik alle papieren pakte, die over de hele salontafel verspreid lagen en er een slordige stapel van maakte. Ik draaide het scherm van mijn laptop dusdanig, dat ik er niet op kon kijken en schoof de stapel papieren naar Maren toe.

"Je weet het wel," zei ze. "We hebben het er al honderd keer over gehad."

"Nog een keer," herhaalde ik nadrukkelijk. Later zou ik ook niet terug kunnen grijpen op mijn laptop of aantekeningen. Dan zou ik uitsluitend kunnen vertrouwen op mijn geheugen en ik moest weten in hoeverre ik alle materie beheerste en of ik iets over het hoofd had gezien. Herhaling. Eindeloos. Net zo lang, totdat alles klopte en alle puzzelstukjes naadloos in elkaar vielen.

Al moest ik mijn hele plan nog driehonderd keer van A tot Z met Maren doornemen.

Ik pakte een kladblok, sloeg een nieuwe bladzijde op en stak mijn hand naar Maren uit.

Ze zuchtte en reikte me automatisch een pen aan.

"Ik moet *alle* onzekere factoren weten," zei ik. "Alles. *Alle* honken moeten bezet zijn, Maren. Ik kan niet alles met zekerheid plannen, maar ik moet wel overal op voorbereid zijn. Het hele derde gedeelte van dit plan is één groot vraagteken en zelfs vóór die tijd, is het onvermijdelijk, dat er dingen gaan gebeuren, waar ik geen rekening mee heb gehouden. Als dat gebeurt, moet ik kunnen improviseren."

"Misha, je begint manisch te worden," merkte ze op. "Tijd voor een pauze."

"Ik heb geen tijd voor pauzes," antwoordde ik. "We hebben nog maar zes dagen."

"De onzekere factoren verdwijnen niet door het allemaal eindeloos te blijven herhalen," zei Maren nuchter. Toen keek ze me recht aan en vroeg: "Hoe denkt Dean hier eigenlijk over?"

Ik negeerde haar vraag. "Wat zijn volgens *jou* de grootste risico's?"

Maren stak een sigaret op, pakte de papieren van de tafel en begon er doorheen te bladeren. "Joris is een risico," antwoordde ze en beet even op haar lip. "Je hebt hem al zo lang niet gezien, Misha. Mensen veranderen. Je kunt er niet blind vanuit gaan, dat hij zomaar met Julia mee zal gaan."

"Een vos verliest wel zijn haren, maar niet zijn streken," zei ik. "Maar om zeker te zijn, heb ik een manier gevonden om eventuele... verrassingen te voorkomen."

"Hoe?" vroeg Maren.

"Met GHB," antwoordde ik.

"De *rape drug?*"

"Toepasselijk toch?" zei ik, gemaakt nonchalant. "Stukje huiswerk voor jou, trouwens... Ga verder."

"Ik weet het niet...," zei Maren langzaam. Ze draaide een pluk haar rond haar wijsvinger en dacht na, terwijl ze naar een vel papier staarde en een stukje tekst markeerde met een gele marker. "Er hangt *zoveel* af van toeval. Vanaf het moment dat je gearresteerd wordt, heb je geen enkele controle meer."

Ik leunde achterover en zei: "Ik weet het. Er kan bijna niets mis gaan tot dat moment, maar daarna... Iedere factor is onzeker: de rechter, het vonnis, mijn straf... Een eventuele celgenoot, bewakers, medegevangenen, de positie van Frans Laurens... *Alles.*" Ik keek haar niet aan en staarde naar de grond.

Maren maakte haar half opgerookte sigaret uit in een klein metalen schaaltje. Toen leunde ze naar voren, legde de stapel papier weer op de salontafel en legde haar hand op mijn knie. "Je *hoeft* dit niet te doen," zei ze. "Je kunt nog terug."

Ik schudde mijn hoofd en glimlachte berustend. "Nee."

"Het is te gevaarlijk."

"Het is..."

"Misha, dit is waanzin," zei Maren.

"Maak je geen zorgen. Ik heb nog wat hulplijnen achter de hand," zei ik. Ik deed me veel zekerder voor dan ik me voelde. Er waren nog zoveel aspecten van mijn plannen, die ik op dat moment nog niet goed in kon schatten. Er waren nog zoveel dingen die vragen opriepen, die aan me bleven knagen, me 's nachts wakker hielden en me bijna leken te achtervolgen.

"Je hebt zoveel bereikt," begon Maren zacht. "Laat het los. Ga gewoon verder met je leven en probeer gelukkig te worden."

"Dat kan ik niet," antwoordde ik. "En als het echt zo makkelijk was, om 'gewoon' verder te gaan met je leven, waarom ben jij hier dan?"

Maren stond op en kwam naast me op de bank zitten. "Ik ben hier omdat jij hier bent."

Ik voelde dat ze naar me keek, maar weigerde haar blik te beantwoorden.

"Kijk me aan."

Ik hief mijn hoofd op en deed wat ze vroeg.

Maren pakte mijn hand en zei: "Misha, beloof me dat, als er ooit een moment komt waarop je je bedenkt, dat je stopt en terugkomt. Wat je ook besluit, ik sta altijd achter je." Ze zweeg even, maar voegde er toen aan toe: "Je mag mijn zelfhulpboeken wel lenen."

Ik lachte, gaf haar een kus op haar voorhoofd en sloeg mijn arm om haar schouders.

Ze nestelde zich tegen me aan en legde haar hoofd op mijn schouder.

"Wil je iets voor me doen als ik weg ben?" vroeg ik.

Ze knikte.

"Let een beetje op mijn broer."

* * * * *

Zaterdag, 29 december 2012 – middag – Dag 61
New York, Amerika

Op de binnenplaats zonder ik me met Dean af van de anderen, zoals de laatste tijd bijna dagelijks het geval is.

"Hoe staat het met het Southport Project, meneer de architect?" vraagt Dean quasi achteloos. "Ik hoor weer rare dingen."

"Rare dingen?" herhaal ik.

"Jamie kwam gisteravond naar me toe," vertelt hij. "Hij maakt zich zorgen."

Ik haal opgelucht adem. "Ja, ik weet het," zeg ik. "Ik voerde gisteren een experimentje uit en hij begreep het niet helemaal."

"Ik heb nieuws voor je," antwoordt Dean. "Ik ook niet."

"Ik wilde zeker weten dat Skinner bereid is om iets te ruilen voor iets, dat hij ook gewoon kan opeisen," leg ik geduldig uit. "Ik bood hem vijftig dollar voor een paar slaappillen, omdat ik wilde weten wat hij zou doen."

Dean kijkt me nog altijd niet begrijpend aan.

"Hij had me kunnen dwingen om hem dat geld gewoon te *geven*," zeg ik dan. "Ondanks dat hij fysiek sterker is, deed hij dat niet. Dat was de bevestiging, die ik nodig had."

"Je kunt wat geld en een paar pillen niet vergelijken met... met *dat*," zegt hij.

"Jij kent hem niet, zoals ik hem ken," werp ik tegen.

"Heb ik even pech." Dean kijkt me minachtend aan. "Als hij mij geflikt had, wat hij jou geflikt heeft, zou hij allang tussen zes planken hebben gelegen."

"Je kunt mij niet vergelijken met jou," merk ik op. "Dat heb je zelf gezegd."

Hij schopt tegen een steentje. "Dus... Hoe nu verder?"

"Ik wil de komende vierentwintig uur gebruiken om mijn tekst voor te bereiden," antwoord ik. "Dan kunnen we het morgen samen nog een keer nalopen, om te zien of ik iets gemist heb. En dan is het show time, denk ik."

5.
GOEDE VOORNEMENS

Zondag, 30 december 2012 – middag – Dag 62
New York, Amerika

"Deuren open!"

Ik kijk op van mijn boek en staar even door de openstaande celdeur. Donald Skinner is bij de metalen reling gaan staan en kijkt uit over de benedenverdieping. Hij steunt met zijn handen op de reling en zegt iets tegen Norton, die knikt en vervolgens uit mijn gezichtsveld verdwijnt.

De autoritaire manier waarop Skinner op de galerij staat en neerkijkt op de anderen boeit me. Zijn zelfverzekerdheid is jaloersmakend. Toch is dat ook zijn grootste zwakte: hij is zo zeker van zichzelf, dat zelfoverschatting op de loer ligt. Dat is zijn valkuil, maar voorlopig is hij de ongeslagen koning die uitkijkt over zijn koninkrijk.

Zijn schaakbord en zijn pionnen, denk ik sarcastisch.

Ik leg mijn boek opzij, sta op van mijn bed en loop naar hem toe. Ik ga naast hem staan en zwijg, nog altijd twijfelend over de tactiek, die ik inmiddels zo vaak met Dean heb doorgenomen, dat ik geen twijfels meer zou moeten hebben.

Aangezien we het over Donald Skinner hebben, ligt het anders. Ik weet dat mijn acties consequenties zullen hebben en dat als het misgaat, ik nog heel erg lang met die consequenties zal moeten leven.

Skinner lijkt verrast door mijn komst. "Wel, wel, liefje. Waar heb ik dit onverwachte bezoek aan te danken?"

"Ik heb eens nagedacht, Donald," antwoord ik. Ik leg mijn handen op de metalen reling en kijk omlaag. Ik zie dat Jamie met Russell staat te praten, met Jon Saunders slechts een paar meter bij hen vandaan, als een trouwe waakhond.

"Vertel eens wat nieuws," klaagt hij.

"Ik ben hier lang genoeg om te weten hoe dit spel werkt," zeg ik. "Ik ken de regels en ik weet hoe het gespeeld wordt..." Ik praat expres langzamer dan gewoonlijk, zodat mijn woorden goed tot hem kunnen doordringen. "Alles is toch te koop?"

"Alles," beaamt Skinner. "Wat had je in gedachten?"

"Ik heb een probleem en ik zoek een oplossing," zeg ik.

"Misschien kan ik helpen," stelt hij voor.

"Misschien," antwoord ik. "Heb je weleens van Frans Laurens gehoord?"

"De andere Nederlander," antwoordt Skinner. Hij hoeft er niet eens over na te denken.

Ik zie dat zijn interesse is gewekt. "Je had gelijk...," ga ik verder. "Toen je zei dat ik hier niet zomaar ben..."

"Ik *wist* het," sist hij en knijpt zijn ogen tot spleetjes.

"Je had het bijna goed, weet je?" vervolg ik. "Toen je probeerde te raden hoe het zat met de man, die ik vermoord heb. Alleen was het geen toeval, dat ik gepakt ben... Het was geen *fout*, Donald... Ik heb mezelf *aangegeven*. Ik ben hier, omdat ik hier wil zijn."

Skinner spert zijn ogen wijd open, zijn mond zakt een stukje open en hij lijkt voor de eerste keer sprakeloos.

"Ik heb je verteld over mijn pleegvader," begin ik.

"'Verteld' is een groot woord, liefje," merkt hij op. "Ik heb het geraden."

"Dat doet er niet toe, Donald," zeg ik ongeduldig. Dit is een uitgelezen kans om te zien wat hij bereid is te accepteren. "Als je me blijft onderbreken, stop ik nu en is de mogelijkheid van wat voor deal dan ook van de tafel."

Skinner kijkt me berekenend aan, alsof hij probeert vast te stellen of ik bluf. Hij besluit van niet en maakt een overdreven verontschuldigend gebaar.

Ik heb dit verhaal zo vaak met Dean gerepeteerd, dat ik moeiteloos de draad weer oppak. "Weet je wat nou het meest bizarre is van het hele verhaal?"

Skinner schudt zijn hoofd, maar zegt niets.

"Dat de man die me in dat gezin plaatste, wist wat voor iemand mijn pleegvader was. Ze waren vrienden," vertel ik. De leugens liggen zo dicht bij de waarheid, dat ik er nauwelijks bij na hoef te denken. "En dat is de man in cel 311."

Dit is de eerste echte leugen, die ik Skinner vertel.

Hij spert zijn ogen opnieuw open en zegt ademloos: "Je bent hier om hem te doden... om het af te maken... Je hebt dit allemaal gepland..."

"Ja," geef ik toe. "Jarenlang. Ik houd niet van half werk."

Skinner lacht en zegt: "Dat mag duidelijk zijn." Hij zwijgt even en vraagt dan: "Is dit een goed moment om te vragen wie je eerste slachtoffer was?"

"De man die dronken in een auto stapte en mijn ouders doodreed," antwoord ik, zonder er omheen te draaien. "Daar hebben ze me nooit voor gepakt... Voor de oude man zou ik ook nooit gepakt zijn, maar ik had een ingang nodig om bij Laurens te kunnen komen. Daarom heb ik mezelf aangegeven."

"Geniaal," zegt Skinner bewonderend. "De architect van een waar meesterplan..." Opeens komt er een gereserveerde blik in zijn ogen en hij vraagt scherp: "Waarom vertel je me dit nu opeens, liefje? Wat is je dubbele agenda?"

"Iemand vertelde me ooit, dat hier alles te koop is," antwoord ik.

"Een wijs man," merkt hij op.

"Wat denk je dat hij bedoelde met 'alles'?" vraag ik.

"'Alles' betekent 'alles', liefje," zegt Skinner.

"Leven en dood?"

"Alles."

Ik zucht en zeg dan weer: "Ik heb nagedacht..."

"Verrassend."

Ik kijk hem geïrriteerd aan en hij zwijgt onmiddellijk. "Met goed gedrag kan ik na dertien jaar vrijkomen," vervolg ik.

"Ga verder..."

"Dan ben ik negenendertig. Nog jong genoeg om opnieuw te beginnen, jong genoeg voor een tweede kans... Maar als ik de moord pleeg, waarvoor ik hier gekomen ben en ik daarvoor gepakt word..."

"Dan krijg je levenslang," vult Skinner aan.

"Ja...," zeg ik. "Levenslang..." Ik kijk even naar de man aan de overkant. "En verder heeft Kane me een... vervelende erfenis nagelaten. Dat is ook een probleem."

"De Draak," concludeert Skinner, zonder de lijn van mijn blik te volgen. "Wat is er, liefje? Kunnen je vechtsportvriendjes het niet meer af met zijn tweetjes?"

"Ze kunnen niet overal tegelijk zijn," antwoord ik.

"Dat is waar," geeft hij toe.

Ik kijk hem recht in de ogen. "Wat zou je doen, Donald?" vraag ik. "Wat zou je doen voor me?"

"Vraag je nu wat ik denk dat je vraagt?"

"Wat denk je dat ik vraag?"

"Wat wil je van me?" Skinner kijkt me argwanend aan.

"Ik wil dat jij de moord pleegt waarvoor ik hier gekomen ben, zodat ik over dertien jaar buiten sta," antwoord ik. "Zou je dat voor me doen?"

"Dat hangt ervan af, wat jij voor mij wilt doen," zegt hij ongewoon tactvol.

Ik kijk opnieuw over de reling naar Jon Saunders, die geanimeerd praat met de kickbokser naast hem, maar Jamie en Russell geen moment uit het oog verliest. Ik zie Dean nergens, maar ik ben er zeker van dat hij in de buurt is.

"Dat hangt ervan af of ik daarvoor terugkrijg wat ik wil," zeg ik dan.

"En wat is dat precies? Frans Laurens zonder hartslag?"

"Ook dat," antwoord ik kalm. "En bescherming tegen de Draak."

Skinner lijkt mijn eisen niet onredelijk te vinden. Hij lijkt er serieus over na te denken, maar dan verandert de blik in zijn ogen en vraagt hij: "Je begrijpt toch wel dat zoiets... betaald moet worden?"

"Dat begrijp ik," bevestig ik.

"En na al die tegenwerking, ben je nu bereid om je vrijwillig aan te bieden?" snuift Skinner ongelovig.

"Het is een kwestie van prioriteiten stellen, Donald," stel ik kil en zakelijk. "Ik sta liever over dertien jaar buiten, dan dat ik levenslang krijg voor de moord op een man, die het verdient te sterven. Dan zal ik... offers moeten brengen."

Hij steekt zijn hand naar me uit en raakt mijn gezicht even aan.

Ik doe een stap bij hem vandaan en zeg: "Niet zo snel. Eerst Laurens."

"Je bent wel veeleisend vandaag," klaagt Skinner.

"Deal of geen deal?"

"Even voor alle duidelijkheid... Is jouw inzet een eenmalig iets of is dat een contract voor onbepaalde tijd?" wil hij weten.

"Wat jij wilt, Donald," zeg ik.

"Je hebt geen idee wat ik allemaal wil," antwoordt Skinner onheilspellend. "Al vanaf het moment, dat je hier binnenkwam."

"Als je me geeft wat ik wil, zal ik je niet tegenhouden," beloof ik hem. "Ik zal meewerken. Of tegenwerken, als je dat liever hebt." Ik doe resoluut een stap opzij, als Skinner weer zijn hand naar me uitsteekt. "Maar alleen als Laurens onder de grond ligt. Dat zijn de regels, dat is het spel. *Take it or leave it.*"

Hij knijpt zijn ogen tot spleetjes. "Hoe weet ik dat je niet terugkrabbelt?"

Oké, redelijke vraag, denk ik.

"Dan kun je me altijd nog aan de Draak uitleveren," stel ik voor. "Tegen jullie samen begin ik niks."

"Deal," antwoordt Skinner. Hij leunt nonchalant met zijn handen op de reling en zegt: "Je hebt je *hitman* een naam gegeven... Een doelwit..." Hij zwijgt even als er een bewaker langs loopt, die zijn controles uitvoert. Zodra die verdwenen is, gaat hij verder: "Ik zal het langzaam en pijnlijk maken voor hem. Dan kan hij zijn zonden nog even overdenken."

"Doe vooral wat je niet laten kunt," zeg ik.

Skinner komt achter me staan en legt zijn handen aan weerskanten van me op de reling. Hij brengt zijn mond vlakbij mijn oor en fluistert: "Wat dacht je van een klein voorprogramma?"

"Als ik me niet vergis, heb je dat al gehad," antwoord ik ijzig.

Ik haat het dat hij zo dichtbij is, maar als ik hem aan het lijntje wil houden, zal ik mijn grenzen drastisch moeten verleggen. Wat me het meest stoort is dat hij achter me staat en dat ik hem niet aan kan kijken.

Hij leunt tegen me aan en zegt: "Daar is al voor betaald."

"Niet aan mij."

Skinner lacht. Hij verbergt zijn gezicht in mijn hals en snuift mijn geur op. "Ik ben blij dat je eindelijk verstandig bent geworden, liefje," fluistert hij. "Ik zal goed op je passen. De Draak zal je niks doen."

Ik kijk voor me en zie de Draak aan de overkant van de gang nog altijd bij de reling staan.

Hij kijkt naar ons.

Skinner drukt zijn lippen tegen de achterkant van mijn nek en zegt zacht: "Laat hem maar kijken. Laat hem maar zien van wie je bent. Geloof me, iedere vinger die hij naar je uitsteekt, is hij kwijt."

"En zijn geld dan?" vraag ik.

"Dat regel ik allemaal," belooft Skinner. "Dat is de deal. Ontspan nou eens een beetje. Ik doe niks."

Ik werp een blik op de benedenverdieping, waar plotseling een open plek is ontstaan.

De Don komt aanlopen en is druk in gesprek met één van zijn secondanten en Dean.

Ik kan een zucht van verlichting nauwelijks onderdrukken. Het ziet ernaar uit dat Dean zijn deel van ons plan onder controle heeft en erin geslaagd is om zijn plaats binnen *Little Italy* op te eisen.

"Donald, hou je handen bij je," waarschuw ik.

"Ik doe niks, liefje," protesteert Skinner. Hij legt zijn handen weer op de metalen reling en leunt dichter tegen me aan. "Gewoon een kleine voorstelling voor de Draak. Zodat hij weet, dat je geen publiek bezit meer bent."

"Hij heeft betaald," help ik hem herinneren. Mijn ogen ontmoeten even die van Dean.

"Niet aan jou," zegt Skinner.

* * * * *

683

Maandag, 9 juli 2012 – ochtend
Rotterdam, Nederland

Ik had er het hele weekeinde over nagedacht.

Letterlijk: het *hele* weekeinde, want ik had nog geen minuut geslapen sinds de voorgaande donderdagnacht. Ik had mezelf keer op keer de kans gegeven, om me te bedenken, maar in welke volgorde en met welke getallen ik deze som ook optelde, de uitkomst bleef hetzelfde.

Iedere minuut had ik mezelf voorgehouden dat ik nog terug kon. Er was nog niets onomkeerbaar.

Sinds donderdagnacht was ik inmiddels ruim tachtig uur, vijftig bekers koffie, zeven schetsen van plattegronden, vier telefoongesprekken en meer dan tweeduizend pagina's aan research verder.

Ik besloot dat ik niet meer kon stoppen. Die trein was al lang geleden voorbij gedenderd. Ik was al te ver. Te ver heen. Het was tijd om een volgende en meer definitieve stap te zetten.

Toen ik eenmaal voor de deur van Peter Meiers kantoor stond, aarzelde ik helemaal niet meer. Ik klopte en wachtte.

"Binnen!"

Ik opende de deur, ging het kantoor binnen en sloot de deur achter me.

Meier keek op van zijn werk. "Oh, ben jij het," zei hij en keek me aan. "Wat wil je?"

Ik hield zijn blik even vast.

Hij gooide zijn pen op zijn bureau. "Heb je weer een project voorbij zien komen, dat je op komt eisen? Zijn die Ross Towers nog niet prestigieus genoeg voor je?"

Ik bleef bij de deur staan en negeerde zijn vragen en toon. "Ik kom mijn ontslag indienen."

Meier was even sprakeloos en staarde me verbluft aan, maar na een korte stilte herstelde hij zich en zei: "Je hebt een beter aanbod gehad."

"Ik heb tientallen betere aanbiedingen gehad," antwoordde ik naar de waarheid. "Toch ben ik nooit weggegaan."

"Waarom nu dan wel?" vroeg hij.

"Omdat ik toe ben aan een sabbatical," zei ik.

"Neem dan vakantie," redeneerde Meier. "Ga er een paar weken tussenuit, *zonder* laptop, *zonder* Blackberry en denk er nog eens goed over na."

"Ik wil geen vakantie," antwoordde ik.

"Dat soort beslissingen moet je niet nemen als je overwerkt bent," stelde hij.

"Ik ben niet overwerkt," zei ik.

Meier luisterde niet. "Met die uren die jij maakt is dat niet zo vreemd," ging hij verder. "Ga er een paar weken tussenuit, een paar *maanden*. Hoeveel verlofdagen heb je nog staan?"

"Meer dan genoeg om per direct op te stappen," antwoordde ik.

"Dit kun je niet maken!"

Ik liep naar zijn bureau, haalde een envelop uit de binnenzak van mijn colbert en legde de brief voor Meier op zijn bureau neer. "Mijn ontslagbrief," zei ik overbodig. Ik liep terug naar de deur en deed die open.

"Hé!" riep Meier.

Ik draaide me om en keek hem aan.

Hij schudde vol ongeloof zijn hoofd en vroeg: "Wat gaat een workaholic als jij doen met de rest van zijn leven?"

Je moest eens weten..., dacht ik.

"Laten we het erop houden dat er een aantal privékwesties zijn, die mijn onverdeelde aandacht vereisen," stelde ik tactvol.

Meier zweeg even en zei toen ernstig: "Ik denk dat het inderdaad verstandig zou zijn als jij jezelf eens goed onder de loep zou nemen."

"Als jij het zegt...," antwoordde ik. "Dag, Peter."

* * * * *

Maandag, 31 december 2012 – middag – Dag 63
New York, Amerika

En daar gaan we weer...

In verband met de aanstaande jaarwisseling heeft Warden James een extra bezoekuur ingelast op maandag. Al mijn medegevangenen beschouwen dat als iets positiefs, maar ik ben er niet blij mee.

Ik vind één keer per week meer dan genoeg, maar ik wil geen argwaan wekken door bezoek te weigeren. Het zou tot vragen kunnen leiden.

Phipps brengt Jamie en mij naar de bezoekersruimte.

Jamies vader is er.

Ik wacht geduldig totdat Jamie zijn vader heeft omhelsd en ze daarna beiden gaan zitten. Des te langer we bij deze tafel blijven staan, des te korter is de tijd met mijn broer.

Phipps brengt me naar Lennarts tafel.

Mijn broer staat op en zegt bijna verbaasd: "Je ziet er goed uit, jochie."

"Jij ook," zeg ik. "Hoe gaat het met jullie?"

"Goed," antwoordt hij en omhelst me. "Ik verveel me dood hier."

Ik maak me los uit zijn greep en we gaan zitten, zonder dat Phipps iets hoeft te zeggen. De bewaker loopt weg en laat ons alleen. In het voorbijlopen legt hij zijn hand even op mijn schouder, zoals ik hem ook weleens bij Jon Saunders zie doen.

"Aardige gozer?" vraagt Len.

"Ja, hij is oké," moet ik toegeven. Wellicht vindt mijn broer het een prettige gedachte, dat ik niet alleen zware criminelen om me heen heb, maar ook nog een paar 'normale' mensen. Misschien stelt het hem een beetje gerust en gaat hij dan binnenkort terug naar Rotterdam.

"Maren doet je de groeten," zegt hij. "En nog iets."

"Wat?" vraag ik.

"Het klonk als *'die Iwie'*," probeert Len.

Dites-lui, denk ik.

'Vertel het hem'...

Voordat mijn broer me kan vragen wat het betekent, vraag ik: "Hoe kun je je nou vervelen in een stad als New York?"

"Maren en ik gaan af en toe boodschappen doen, sigaretten halen. Af en toe gaan we ergens iets eten of iets drinken in de bar van het hotel, maar verder komen we eigenlijk nergens," vertelt hij. "We kijken veel tv en luisteren naar de radio. Er is een zender met allemaal alternatieve muziek. Het is wel oké."

"Jullie kunnen Colin gewoon om geld vragen om iets te gaan doen," zeg ik.

"Ik wil geen liefdadigheid, Misha."

"Het is mijn geld, Len, niet dat van hem."

"We gebruiken je creditcard al om het hotel te betalen," antwoordt hij. "En ik heb wat cash aan Ilse gegeven, want zij heeft onze vliegtickets voorgeschoten."

Ik krijg een knoop in mijn maag bij het horen van de naam van mijn ex en ik slik even. "Waarom?"

"Omdat ze van je houdt, klootzak," zegt Len. "Je bent echt gek geweest om die te laten lopen... En waarvoor? Voor dit?"

Ik haal mijn schouders op. "Het is ingewikkeld," antwoord ik.

"Jij *maakt* het ingewikkeld," corrigeert hij me. "Leg het me gewoon uit."

"Ik kan het niet uitleggen," probeer ik. "Ik heb..."

"Ja, ja, dat weet ik nu wel," kapt Len me ongeduldig af. "Je hebt geen woorden."

"Je zou me de tijd geven om ze te vinden," help ik hem herinneren.

Mijn broer zucht en zakt onderuit op zijn stoel. "Ik doe mijn best, jochie," zegt hij, "maar ik word knettergek in die hotelkamer. Ik haal me echt van alles in mijn hoofd."

"Ga dan iets doen," stel ik voor.

"Zoals?" vraagt Len.

"Dit is New York," zeg ik. "De mogelijkheden zijn oneindig. Zoek afleiding. Je kunt toch niet eindeloos blijven wachten en tv kijken?"

"Ik heb weinig keuze," antwoordt hij.

"Het spijt me," probeer ik. "Ik heb je nooit ergens in willen betrekken."

"Dat is wel duidelijk, ja," merkt Len op. "Dat is het hele probleem. Dat je me nergens in betrekt. Ik maak me zorgen en geloof me, de waarheid kan nooit erger zijn dan wat er de afgelopen maanden allemaal door mijn hoofd is geschoten."

Er valt een stilte.

Ik zucht en kijk even weg. Mijn oog valt op Jamie en zijn vader, die zachtjes met elkaar praten.

Skinner is er niet, wat betekent dat hij geen bezoek krijgt vandaag. Het verbaast me een beetje, omdat ik de indruk had dat hij op een bepaalde manier uitkijkt naar de wekelijkse tirades, die hij kan houden tegen zijn advocate.

Ook de vrouw die bijna drie weken geleden bij hem op bezoek was, is er nu niet.

Even vraag ik me af wie ze was en of haar bezoekje wellicht eenmalig was, maar dan richt ik mijn aandacht weer op mijn broer.

"Je moet je geen dingen in je hoofd halen, Len," zeg ik, zonder hem aan te kijken. "Geef me alsjeblieft wat meer tijd."

"En dan? Komt dan alles goed?" sneert hij.

Ik haal mijn schouders op.

"Laat mij jou dan eens iets vertellen," gaat Len verder. "Elke week is er een documentaire op Discovery over één of andere seriemoordenaar en ik vroeg me kort geleden opeens af of het ooit gaat gebeuren, dat Maren dat kut-Discovery opzet en we een uur lang kunnen kijken naar de architect des doods."

Ik moet lachen. "Die had ik nog niet gehoord," merk ik op.

"Dit is geen geintje," zegt Lennart streng. Hij valt even stil, maar vraagt dan: "Zijn er nog meer?"

"Nog meer wat?" vraag ik.

"Meer slachtoffers..."

Ik aarzel te lang.

"Misha?"

Ik denk na.

"Hoeveel?" dringt Len aan.

"Vind je het zo niet genoeg?" vraag ik, in een poging om zijn vraag te omzeilen.

"Hoeveel?" herhaalt hij.

"Dit is het," lieg ik.

"Weet je het zeker?" houdt Len aan.

"Ik denk dat ik me zoiets wel zou herinneren," antwoord ik.

Hij zucht en zegt: "Misha, ik weet niet meer wat ik wel en niet moet geloven. Elke keer lieg je glashard in mijn gezicht en je bent er zo goed in, dat ik begin te twijfelen aan *alles* dat je me vertelt of ooit verteld hebt."

"Ik ben geen Charles Manson," zeg ik zacht.

"Dat zei Maren ook al," antwoordt Len.

Er valt opnieuw een stilte, terwijl ik die zin analyseer en mijn broer even niet weet hoe hij verder moet met zijn kruisverhoor.

"Dat zei Maren ook al."

Dat klinkt niet echt alsof hij daar zelf ook erg van overtuigd is. Anders zou hij iets gezegd hebben als: 'Dat weet ik'.

"Dat zei Maren ook," herhaalt Len dan. Hij kijkt me aan en vervolgt: "Geen Charles Manson... Geen Macchias Dawson... Geen Richard Ramirez..." Bijna achteloos voegt hij daar fluisterend aan toe: "Geen Donald Skinner..."

Mijn hart slaat een slag over.

"Leuke buren heb jij tegenwoordig," gaat mijn broer verder.

Ik herstel me en vraag ijzig: "Wat had je dan verwacht, Len? Winkeldieven, zakkenrollers en belastingfraudeurs?"

Len geeft geen antwoord. In plaats daarvan vraagt hij: "Ben jij de volgende in dat rijtje, die ik te zien krijg op woensdagavond?"

"Hoe kun je dat nou denken?" vraag ik, nauwelijks hoorbaar.

"Om dezelfde reden," antwoordt Len geïrriteerd, "waarom ik acht jaar geleden dacht, dat je me een schaar in mijn rug wilde zetten."

"Dat is niet waar," protesteer ik.

"Dat is *wel* waar, Misha. Ga alsjeblieft niet ontkennen dat het bij je op is gekomen," vervolgt hij. Het volume van zijn stem begint toe te nemen en ik zie dat hij bijna aan het einde van zijn geduld is.

"Len, je praat te hard," zeg ik voorzichtig.

"Nou en? Ze verstaan me toch niet," antwoordt hij, nog harder.

Ik kijk even vluchtig en zo onopvallend mogelijk om me heen en zie Phipps naderen. "Len, je praat te hard," herhaal ik.

"Leg me het zwijgen dan maar op, vriend," snauwt Len. "Daar ben je toch zo goed in?"

"Alles goed hier?" vraagt de bewaker, zodra hij ons bereikt.

"Ja, Baas," zeg ik snel, voordat mijn broer zich met de kwestie kan bemoeien en me zodoende in een lastig parket kan brengen.

"Alles oké," beaamt Len.

Ik richt me uitsluitend tot Phipps, als ik zeg: "Mijn broer en ik zijn uitgepraat voor vandaag, Baas. Ik wil graag terug naar de afdeling."

"Misha," begint mijn broer.

"Ik zie je overmorgen wel," onderbreek ik hem in het Nederlands.

Phipps geeft aan dat ik op mag staan.

Zodra ik overeind kom, gaat Len ook staan.

"Jochie, blijf nou..." De klank van zijn stem is bijna smekend en even overweeg ik mijn beslissing terug te draaien.

Ik weet zeker dat Phipps het toe zou staan, maar ik bedenk me.

"Misha?" probeert Len nogmaals.

"Zullen we anders een keer overslaan?" vraag ik en ga dan met Phipps mee, voordat Len kan antwoorden.

* * * * *

Maandag, 9 juli 2012 – middag
Rotterdam, Nederland

Ik keek op van mijn aantekeningen toen ik de voordeur hoorde.

Maren verscheen in de deuropening van de woonkamer en zuchtte diep. "Ik hoopte dat je nog niet thuis was," zei ze.

Ik gaf geen antwoord.

"En toen was het stil," concludeerde ze. "Te ingewikkeld?"

"Niet lang meer," antwoordde ik.

Maren liet achteloos haar tas op de grond vallen, liep naar me toe en ging op mijn schoot zitten. "Hoe ging het?" vroeg ze.

Ik schudde mijn hoofd. "Ik heb..."

"Waag het niet," waarschuwde Maren. "Waag het niet om nu te zeggen, dat je de woorden niet hebt. Je had ze daarnet toch ook?"

"Ik heb ontslag genomen en nu gaan we verder," probeerde ik.

Maren zweeg even en vroeg toen: "Wat zei Ilse?"

"Ze zei: 'Wees voorzichtig'," antwoordde ik mat.

Ze rolde met haar ogen en zei: "Dat bedoel ik niet."

"Dat weet ik... Ik wil het er niet over hebben, oké?"

"Waarom kun je nou niet gewoon hardop zeggen, dat je het moeilijker vindt dan je *gepland* had?" Ze haalde haar hand even door mijn haar.

Waar mijn broer altijd de neiging had om te gaan schreeuwen wanneer hij me te terughoudend vond in mijn antwoorden, deed Maren precies het tegenovergestelde.

"Omdat ik het er niet over wil hebben," hield ik vol.

Ze sloeg haar arm om mijn nek en vroeg: "Wat heb je tegen haar gezegd?"

"Niks," zei ik.

"Niks?" herhaalde ze. "Je bent gewoon weggegaan zonder iets te zeggen?"

"Nee, natuurlijk niet," antwoordde ik.

"Wat heb je tegen Ilse gezegd?" vroeg ze weer.

"Dat ik naar de States ga om een roadtrip te maken," vertelde ik onwillig, "en dat ik nog niet weet wanneer ik terugkom."

"Wat zei ze toen?" probeerde Maren.

"Dat ik voorzichtig moet zijn," antwoordde ik opnieuw.

"Ik geef het op," zei ze en gaf me een kus op mijn voorhoofd. "En nu?"

"Nu hebben we nog vier dagen om alle puntjes op de i te zetten."

Ze leunde dichter tegen me aan en vroeg: "Vind je het niet... raar?"

"Wat?"

"Dat het na al die tijd nu bijna zover is... Raar idee, toch?"

"Als je hier wilt stoppen, dan begrijp ik dat," zei ik. "Dit is mijn keuze, niet de jouwe."

"Zullen we gewoon onze spullen pakken en weggaan?" stelde Maren half serieus voor. Ze wist dat ze me niet over zou kunnen halen, maar zei toch: "We kunnen overal naartoe... Overal waar we maar willen... Ergens anders opnieuw beginnen."

"Zonder einde is er ook geen nieuw begin," merkte ik op.

"Zonder donker is er ook geen licht," wierp ze tegen.

"Heb je Lennart nog gezien?" vroeg ik.

"Waar komt dat nou opeens vandaan?" vroeg Maren.

"Gewoon... Dingen afsluiten, denk ik," zei ik.

"Ik zag hem vorige week nog in de coffeeshop," antwoordde ze. "Alles leek in orde. Ik kan niet teveel vragen stellen. Niet als je hem buiten schot wilt houden." Ze zweeg even. "Is dat wat je wilt?"

"Dat is het beste," zei ik.

"Dat vroeg ik niet," wees ze me terecht.

"Dat is waar," gaf ik toe en kuste haar, voordat ze weer iets kon zeggen. Ik liet me onderuit zakken op de bank en trok Maren met me mee, zonder de kus te verbreken.

Ze lag bovenop me en kuste me terug. Toen richtte ze zich op en steunde met haar handpalmen op mijn borst, terwijl ze van bovenaf op me neerkeek.

"Wil je...," begon ik, maar viel toen stil, omdat ik twijfelde over het verdere verloop van die zin.

"Wat?" vroeg Maren.

"Wil je hier blijven de komende dagen?"

"En nu de ondertiteling," zei ze.

Ik zuchtte en antwoordde: "Ik ga je missen... En ik... Ik wil je gewoon... nog even bij me houden, denk ik."

"Ik hou ook van jou."

* * * * *

Maandag, 31 december 2012 – avond – Dag 63
New York, Amerika

Het avondeten is rustig verlopen. In afwachting van het moment waarop de celdeuren dichtgaan, sta ik bij de reling op de galerij. Het is een raar idee dat 2012 ten einde loopt, een veelbewogen jaar, waar geen einde aan leek te komen en waarin ik toch altijd tijd tekort kwam.

Ik moet aan mijn broer denken. Afwachten in een hotelkamer in New York. Het zal niet het Oudejaarsfeestje zijn dat hij voor ogen had, als je hem dat een paar maanden geleden had gevraagd. Dit jaar kan hij me voor het eerst niet op een onmogelijk uur mijn bed uit bellen, als hij tussen twee feestjes in plotseling bedenkt, dat hij me nog geen gelukkig Nieuwjaar heeft gewenst.

Ik zal het niet missen. Ik heb hem niet nodig.

Lekker rustig.

Mijn handen trillen en ik verstevig mijn greep op de reling.

Fuck Lennart.

Ik voel dat de Draak naar me staart vanaf zijn plaats aan de overkant. Ik ontwijk zijn blik door me te focussen op Bobby, Russell en Goldstein, die op de benedenverdieping staan te praten. Toch zie ik vanuit mijn ooghoek, dat Phipps de trap opkomt voor zijn controles.

Hij komt naast me staan en vraagt: "Alles goed?"

"Ik dacht net...," begin ik, maar dan schud ik mijn hoofd. "Laat maar."

Phipps dringt niet aan, maar loopt ook niet weg. Hij blijft staan, alsof hij me de tijd geeft om me te bedenken.

Ik zucht, draai me naar hem toe en zeg: "Ik dacht eraan dat mijn broer altijd belt op 1 januari... Om een uur of vijf, zes 's morgens meestal..." Ik zoek naar de rest van dit relaas en besluit: "Het is gewoon raar dat hij dit jaar niet gaat bellen, denk ik."

"Je mist hem."

Het is geen vraag.

"Ik weet het niet," antwoord ik eerlijk. Ik aarzel en geef dan toe: "Toen hij me de laatste keer belde met Oud en Nieuw, heb ik opgehangen en mijn telefoon uitgezet."

Phipps geeft geen antwoord en wacht af.

"Het is... De laatste keer dat mijn broer werd gearresteerd, ben ik niet eens naar het politiebureau gegaan... Ik ben niet mee geweest naar de rechtbank... Ik heb hem gewoon laten vallen... En nu... Hij doet zoveel moeite en..." Ik draai me een beetje van hem af, zodat ik hem niet meer aan hoef te kijken. "Ondanks dat ik..." Ik haal mijn schouders op. "Het is ingewikkeld."

"Dat is familie altijd," zegt Phipps.

Ik geef geen antwoord.

Hij legt zijn hand even op mijn arm en zegt: "Als je wilt praten, weet je me te vinden." Dan loopt hij door.

Ik leun tegen de reling en kijk mijn openstaande cel in. Jamie zit in kleermakerszit op zijn bed met een dik boek op schoot. Hij heeft sinds het bezoek bijna geen woord gezegd. Met de rest van de avond nog voor ons, besluit ik hem nog even met rust te laten.

Ik verwacht dat Skinner me nog wel op zal zoeken voor een praatje. Hij stelt niet teleur. Een paar minuten later, komt hij de trap op, maar blijft op een paar meter afstand van me staan en installeert zich bij de reling. Hij doet alsof hij me niet ziet en kijkt uit over de benedenverdieping.

Het verwart me even en ik aarzel. Ik verwachtte dat hij naar mij zou komen, maar dat lijkt niet het geval. Ik heb geen idee wat hij van me verwacht en laat het even op zijn beloop.

Dan knipt Skinner ongeduldig met zijn vingers en zegt: "Kom hier."

Ik blijf staan, kijk hem aan en trek een wenkbrauw op.

Hij legt één hand op de reling en draait zich naar me toe. "Ik zei..."

"Ik hoorde je wel," onderbreek ik hem.

Skinner rolt met zijn ogen en snauwt: "Ik doe niks."

Ik zucht en ga naast hem staan, waarbij ik een meter afstand houd. "Waar wil je het over hebben?" vraag ik.

"Het botert niet zo tussen jou en je broer, is het wel?" vraagt hij dan.

De vraag verrast me. "Hoe kom je daar nou opeens op?"

"Omdat je er *voor* ieder bezoekuur uitziet, alsof je naar de slachtbank wordt gebracht en *na* ieder bezoekuur, alsof je bij de tandarts vandaan komt," zegt hij. "Alsof je blij bent dat het achter de rug is... En dan hebben we natuurlijk nog die twee keer, dat het bezoek voortijdig werd afgebroken. Op jouw... verzoek, als ik me niet vergis."

Ik haal mijn schouders op en antwoord: "Broers maken nu eenmaal ruzie."

"Dat is waar," antwoordt Skinner.

"Heb jij eigenlijk broers of zussen?" vraag ik laconiek, in een poging om hem subtiel van het onderwerp af te brengen. We kunnen best over broers en zussen praten, maar niet over de mijne.

"Had," zegt hij kortaf. "Een zusje."

"Laat me raden," antwoord ik. "Je wilde je speelgoed niet delen en toen heb je haar vermoord."

Skinner kijkt me berekenend aan, glimlacht dan boosaardig en zegt: "Jij mag nooit meer raden, liefje." Hij steekt zijn hand naar me uit.

Ik doe een stap opzij en zeg: "Eerst Laurens."

"Zoiets kost tijd," merkt hij op.

"Ik ga nergens heen," antwoord ik.

"Geen Nieuwjaarskus?" vraagt Skinner.

"Voorlopig is het nog gewoon 2012," zeg ik ijzig.

"Niet lang meer," antwoordt hij.

Ik leun op de reling en kijk naar de overkant, waar de Draak hetzelfde doet en me strak aankijkt.

"Heb je al een oplossing gevonden voor mijn andere probleem?" vraag ik.

Skinner volgt de lijn van mijn blik en trekt een grimas. "Ik heb hem vanmiddag gesproken, op de binnenplaats," zegt hij. "Het is opgelost, maar zelfs ik kan hem niet verbieden om te kijken."

"En hij laat die achthonderd gewoon zitten?" vraag ik ongelovig.

"Ja," antwoordt Skinner.

"Omdat jij dat zegt?"

"Omdat ik dat zeg," beaamt hij. "Ik zei toch al dat het hier loont om de juiste vrienden te kiezen?" Hij loopt naar de trap en verdwijnt.

Ik zucht en schud mijn hoofd.

Jamie komt naast me staan. "Is hij weg?" vraagt hij.

"Ja," zeg ik.

Hij haalt een brief tevoorschijn.

Ik herken het handschrift.

"Je advocaat heeft me een brief gestuurd," vertelt Jamie. "Hij heeft verlof voor me geregeld voor als... als het misgaat met mama. En nog een dag voor de begrafenis."

Ik weet niet hoe ik moet reageren. Het is niet iets om iemand mee te feliciteren, lijkt me, maar hij lijkt er toch blij mee. Ik neem het aan voor kennisgeving en knik.

"Dank je," zegt hij.

"Het was niets," antwoord ik.

"Hoe ging het eigenlijk met je broer?" vraagt Jamie dan.

"Meer van hetzelfde," zeg ik.

"Ik begrijp het niet, Misha," zegt hij. "Hij is je enige familie. Waarom haat je hem zo?"

"Ik haat hem niet," antwoord ik. "Ik... vertrouw hem niet."

"Waarom niet?" vraagt Jamie.

"Omdat hij onberekenbaar is," zeg ik.

"Jij ook," merkt hij op.

"Ik ben niet onberekenbaar," protesteer ik.

"Hoe noem je dat met Skinner dan?" vraagt Jamie.

"Strategie," antwoord ik.

* * * * *

Maandag, 9 juli 2012 – avond
Rotterdam, Nederland

Maren zette de tondeuse uit en ging met haar handpalm over mijn hoofd, terwijl ik een blik in de spiegel wierp.

Ik had mijn haar altijd wat langer gedragen, een gewoonte die was overgebleven uit de tijd, dat ik geen geld had om naar de kapper te gaan. Daarnaast was het een voordeel dat ik het voor mijn ogen had kunnen schudden, wanneer ik oogcontact met iemand probeerde te vermijden.

Nu was mijn haar bijna net zo kort als dat van mijn broer.

"Wat denk jij ervan?" vroeg ik Maren en keek even naar het haar op de vloer van de badkamer.

Ze keek even zwijgend naar me, legde de tondeuse weg en stak een sigaret op. "Het maakt je wat ouder," zei ze toen.

Ouder is goed, dacht ik.

Maren inhaleerde diep, haalde haar schouders op en stelde toen voor: "Zullen we naar het strand gaan?"

"Dat kan niet. Ik heb geen vervoer op het moment," zei ik.

"Heb je je Lexus verkocht?" vroeg ze.

Ik haalde mijn schouders op. "Wat moet ik ermee?" Ik probeerde een subtiele overgang te maken naar het onderwerp dat ik eigenlijk wilde bespreken. "Ik heb mijn financiën geregeld...," begon ik. "Colin beheert alles. Als je iets nodig hebt, kun je het aan hem vragen. Hij zorgt ervoor dat je niets tekort komt. Ik laat alle betalingen voor het huis automatisch doorlopen. Dan hebben jij en Len altijd een uitvalsbasis, als er iets gebeurt. Ik wil Len niet meteen de sleutels en geld geven, omdat het dan onvermijdelijk is dat hij vragen gaat stellen, die ik nog niet kan beantwoorden."

Maren knikte.

"De reservesleutels van mijn huis liggen nog bij Flash," ging ik verder. "Ik weet dat Ilse de spullen die oud-werknemers achterlaten, een jaar bewaart in het archief. Dus zorg dat je mijn spullen daar weghaalt voor 9 juli 2013."

"Waarom op deze manier?" vroeg Maren vertwijfeld.

Ik gaf geen antwoord. In plaats daarvan zei ik: "Als je ziet dat Len echt in geldnood komt, kun je hem wat 'lenen', wat je nooit meer terugkrijgt. Dan bel je Colin en maakt hij het naar je over. Als je direct geld nodig hebt: er zit tienduizend euro cash in een hol boek in de boekenkast."

"Welk boek?" vroeg ze.

"On The Road van Jack Kerouac...," antwoordde ik en vervolgde: "Er is een bankkluis... Cash, mijn Rolex, copyright documenten... Colin heeft de volmacht. Wanneer ik veroordeeld ben en je ziet dat mijn broer zijn leven een beetje op de rit weet te houden, dan kun je hem zeggen waar de sleutel is en hem contact op laten nemen met Colin voor de volmacht."

Maren knikte weer.

"Zorg dat je contact houdt met Colin, Dean en George," ging ik verder. "Houd hen op de hoogte van hoe de zaken staan met Lennart... Vertel mijn broer voorlopig niet dat wij elkaar kennen. Houd je maar een beetje op de vlakte... In ieder geval totdat ik veroordeeld ben en Len met George heeft gesproken."

Maren maakte haar sigaret uit in de wastafel en kwam naar me toe. Ze sloeg haar armen om mijn middel en legde haar hoofd tegen mijn schouder. "Laten we vanavond net doen alsof de wereld en de tijd even stilstaan. Dat er niets is, behalve hier, nu en wij."

"Blijf je dan?" vroeg ik.

"Ik blijf altijd, Misha," antwoordde ze. "Jij bent degene die steeds weggaat."

"Het spijt me," zei ik.
"Ik weet het."

* * * * *

Dinsdag, 1 januari 2013 – ochtend – Dag 64
New York, Amerika

Er wordt druk gepraat in de kleedkamer, maar geen van de bewakers schijnt te vinden dat er teveel kabaal wordt gemaakt.

Jamie vertelt over een boek dat hij ooit gelezen heeft.

Ik luister slechts met een half oor en knoop mijn jeans dicht. Ik kan Skinners donkere ogen bijna in mijn rug voelen prikken, maar ik negeer het. Ik doe alsof ik aandachtig luister naar Jamie en pak mijn T-shirt.

"Gelukkig Nieuwjaar... *boy.*"

De stem achter me doet een ijskoude rilling over mijn rug lopen, maar ik herstel me en draai me gemaakt rustig om. "Wat moet je?" vraag ik op kille toon.

De Draak kijkt me aan en zegt: "Ik dacht dat ik duidelijk was."

"Wellicht ben *ik* niet helemaal duidelijk geweest," stel ik.

"Wellicht ben *ik* niet helemaal duidelijk geweest," sist Skinner, die vanuit het niets opeens naast me opduikt.

"Luister, Jersey," begint de Draak en wijst waarschuwend naar hem met zijn vinger. "Dit is heel simpel..."

Skinner staart strak naar de zwaaiende vinger, die een bijna hypnotiserende werking op hem lijkt te hebben. Heel even. Dan kijkt hij de Draak strak aan en vraagt: "Hebben jouw ouders je nooit geleerd dat je niet moet wijzen naar sociopaten? Je weet namelijk nooit, wanneer er *iets...*" Hij beweegt razendsnel, grijpt de vinger van de Draak en breekt die, alsof het niet meer dan een luciferhoutje is. "... knapt," besluit hij dan.

De Draak schreeuwt van pijn en onmiddellijk komen er bewakers aansnellen om polshoogte te nemen.

"Problemen hier?" vraagt Parker, terwijl hij zijn wapenstok trekt.

"Niks aan de hand, Baas," zegt Skinner overtuigend.

De Draak kijkt hem woedend aan, maar spreekt hem niet tegen.

Parker kijkt naar mij. "Larsen?"

"Niks aan de hand, Baas," antwoord ik en trek mijn T-shirt aan.

Franco leidt de Draak bij ons weg en ik vraag me even af wat hij Cavanagh gaat vertellen. Ik krijg geen kans om er verder over na te denken.

"Gaat toch prima zo?" zegt Skinner opgewekt. "Zie je wel dat wij heel goed samen kunnen spelen?"

"Ik had niet anders verwacht," antwoord ik.

Skinner lacht en vraagt: "Hoe staat het met die Nieuwjaarskus?"

Ik buig me een stukje naar hem toe en zijn ogen worden groot van verbazing op het moment dat hij denkt, dat hij zijn zin gaat krijgen. Ik breng langzaam mijn mond naar zijn oor en fluister: "Ligt Laurens al onder de grond?"

Skinner zucht. "Wordt vervolgd..."

6.
DE BEKENTENIS

Woensdag, 2 januari 2013 – middag – Dag 65
New York, Amerika

Ik repeteer mijn verhaal in stilte in mijn hoofd, met mijn ogen angstvallig gericht op de deur van de bezoekersruimte. Ik heb een besluit genomen... Denk ik. Lennart wordt door Parker naar mijn tafel begeleid. Mijn onrust begint geleidelijk over te gaan in lichte paniek. Ik twijfel nog altijd aan mijn beslissing. Nog meer twijfel ik aan de uitvoerbaarheid van mijn goede voornemens. In mijn hoofd klinkt het bijna eenvoudig, maar ik weet dat de kans groot is, dat ik dichtsla en alsnog niets zeg.

Parker staat oogluikend toe dat ik opsta en me even door mijn broer laat omhelzen. Zodra Len en ik elkaar loslaten en gaan zitten, loopt de bewaker weg en voegt zich bij één van zijn collega's, die een aantal meters verderop staat.

"Len," begin ik. Ik wil meer zeggen, maar ik kan de woorden niet vinden.

"Ik heb recht op een verklaring, jochie," zegt hij. Zijn stem is vriendelijk, kalm en zacht, maar de klank ervan is resoluut.

Daar kan ik weinig tegen inbrengen. "Misschien moet dat mijn goede voornemen worden voor dit jaar," zeg ik half serieus. "Aan mijn broer uitleggen waarom ik twintig jaar moet zitten."

Len dringt niet aan.

Ik schud mijn hoofd. "Het is zoveel, Len."

"Ik weet het," antwoordt hij geduldig. Hij kijkt me recht aan en zegt: "Deel het met me."

Ik schud opnieuw mijn hoofd. "Ik heb geen woorden."

"Misha, alsjeblieft. Leg het me uit," dringt Lennart aan. "Help me dit te begrijpen. Totdat je veroordeeld werd, heb ik geloofd dat ze een fout hadden gemaakt en dat het allemaal wel goed zou komen... En die George Springfield kan zoveel zeggen, maar jij bent niet het type dat dodelijke slachtoffers maakt bij een ruzie. Jij bent iemand die confrontaties uit de weg gaat en eindeloos nadenkt, voordat je handelt. Het was geen doodslag, jochie. Ik *weet* dat het moord was. Nu vraag ik je waarom."

Ik had niet verwacht dat mijn broer zo ver zou komen en ik moet toegeven, dat ik hem heel erg onderschat heb. Ik werp een vluchtige blik op Donald Skinner, het levende bewijs dat je *nooit* iemand moet onderschatten.

Hij zit ongeveer zeven meter verderop aan een tafeltje en sist woedend naar zijn wanhopig uitziende advocate, die met een zichtbaar geveinsde kalmte door een dossier bladert en de tirade gelaten over zich heen laat komen.

"Jochie, deel het met me," zegt Len weer. "Leg me dit uit. Alsjeblieft."

Ik richt mijn blik op de tafel voor me en denk na.

"Kijk me aan."

Ik kijk op.

De donkere ogen van mijn broer staan zorgelijk en stralen een oprechte betrokkenheid uit, maar hij kan me niet helpen.

Ik vind dat hij recht heeft op een verklaring, maar er zitten zoveel haken en ogen aan dit verhaal. In mijn hoofd ga ik nogmaals mijn verschillende opties af en probeer in te schatten wat de consequenties van iedere mogelijkheid kunnen zijn.

In hoeverre kan ik eerlijk zijn tegen Lennart?

De trein heeft het station wel verlaten, maar is nog niet op de plaats van bestemming. Nog lang niet. Ondanks dat ik al twee maanden in de gevangenis heb doorgebracht en inmiddels wel het één en ander in gang heb gezet, ben ik feitelijk nog geen stap dichter bij mijn derde doelwit. Dat mag ik niet in gevaar brengen, maar ik realiseer me dat Len dit keer geen genoegen gaat nemen met mijn uitvluchten en leugens.

Ik overweeg om de situatie opnieuw op de spits te drijven en voortaan ieder bezoek van mijn broer te weigeren. Dan zal hij ooit wel een keer teruggaan naar Nederland, als hij inziet dat het geen nut heeft om in New York te blijven. Het is een aantrekkelijke uitweg, maar ik denk niet dat Dean er enige waardering voor zou kunnen opbrengen.

"Misha?" probeert Len.

Voor de zoveelste keer vraag ik me af of het een optie is om bepaalde delen van het verhaal achterwegen te laten en Lennart toch een uitleg te geven, die hij acceptabel vindt. Ik weet dat ik het hele verhaal omtrent doodslag definitief zal moeten laten vallen, omdat Len al heeft aangegeven, dat hij dat niet gelooft. Dat houdt ook in dat ik aan mijn broer uit moet leggen, wat me tot moord gedreven heeft. En niet alleen dat.

Ik kan de moord op Theo Albrechts niet uitleggen, zonder ook over de moord op Joris van Kempen te vertellen. Ik zal het hele verleden op moeten rakelen en mijn broer met de ene schok na de andere moeten confronteren. Ik zal dingen moeten vertellen, die ik niet uit wil spreken en die hij misschien – later, achteraf gezien – helemaal niet had willen weten.

Ik overweeg nog even om glashard te liegen en vast te houden aan mijn oorspronkelijke verhaal, maar nog afgezien van het feit dat ik weet, dat mijn broer daar niet in gaat trappen, is het te vermoeiend. Diep in mijn hart heb ik altijd geweten dat ik hem ooit de waarheid zou moeten vertellen, maar ik hoopte altijd dat het nooit zover zou komen.

"Misha, zeg iets," zegt Len. "Leg het me uit."

Ik verdrink in mijn besluiteloosheid. Ik wil zwijgen en praten, weggaan en blijven. Ik weet het niet. "Len, het is zoveel," antwoord ik. "Teveel. Ik weet niet waar ik zou moeten beginnen."

Mijn broer zwijgt even. Hij kijkt me recht aan en stelt dan voor: "Waarom vertel je me niet wat er op 24 april 1998 gebeurd is?"

Ik heb geen woorden.

Hoeveel weet je?

"Dat is een datum, die ik tegenkwam in een oud dagboek van je," gaat Len verder. "Toen is het toch begonnen? Project X?"

Ik heb geen woorden en zoek tevergeefs naar een manier om onder verdere kruisverhoren uit te komen. Het gaat me te snel. Mijn blik dwaalt af naar de klok, die aan de muur hangt.

"Misha?" probeert Len weer.

"Het is een lang verhaal," zeg ik weifelend.

Mijn broer dringt niet meer aan. Hij geeft me de kans om de woorden te vinden en wacht ogenschijnlijk geduldig af.

"Toen pa en ma overleden waren," begin ik nerveus, "en jij naar oom John in Den Haag ging, werd ik in dat pleeggezin geplaatst door Jeugdzorg. Maren was daar toen ook pas een paar dagen en daar hebben we elkaar ontmoet..." Ik val even stil en denk na. "Eigenlijk moet ik je eerst iets anders vertellen..."

Len wacht nog altijd af.

"Je had gelijk toen je zei, dat het geen doodslag was," ga ik verder, "maar de man in New Jersey was niet de eerste, die ik vermoord heb."

Mijn broer staart me aan.

Ik vraag me af wat er door hem heen gaat. Hij heeft me gevraagd of er meer slachtoffers zijn, dus hij heeft er rekening mee gehouden. Toch zie ik voornamelijk ongeloof in zijn ogen. Misschien is het ongeloof, omdat ik het toegeef en niet omdat ik het gedaan heb.

"In juli heb ik een andere man vermoord," vertel ik. Mijn stem is onverwacht kalm. Aan de andere kant is dit het 'gemakkelijke' gedeelte van het verhaal. "In Frankrijk..." Ik blijf Len aankijken. Ik wil de reactie in zijn ogen zien. Ik moet weten of hij me haat. "Daar ben ik niet voor gepakt."

"Wie waren ze?" vraagt hij.

"De man in Frankrijk was Joris van Kempen," antwoord ik. Ik ben ervan overtuigd, dat mijn broer zich de naam van mijn pleegvader niet herinnert. De naam 'Theo Albrechts' zegt hem tenslotte ook niets.

"De vermiste man," zegt Len dan ademloos.

Ik kijk hem niet begrijpend aan.

"Hij was op het journaal in Nederland," vertelt hij me. "Hij was vermist en er werd zo'n opsporingsbericht uitgezonden." Hij zwijgt even en vraagt dan: "Was het iets zakelijks?"

Heel even overweeg ik de uitweg aan te grijpen, die mijn broer me nu biedt, zonder het zelf te weten. Ik weet dat het zinloos is. Zodra hij de kans krijgt om erover na te denken, zal hij inzien dat het geen logische conclusie is. Niet als hij weet dat Project X begon op 24 april 1998. Weinig zakelijke geschillen beginnen als je elf bent.

Hoe komt je überhaupt op het idee, dat ik zou doden vanwege een zakelijk geschil?

Ik schud ontkennend mijn hoofd. "Waarom zou je dat denken?"

"Omdat ik *weet* dat hij een klant was van Flash," zegt Len simpel.

Ik zwijg. Kennelijk heeft mijn broer veel meer moeite gedaan dan ik vermoed heb en heeft hij al veel meer boven tafel gehaald, dan hij nu doet voorkomen. Ik verzamel al mijn moed en antwoord dan: "Dat was toeval. Het bood me de mogelijkheid. Dat is alles. Het plan was er jaren eerder al, zij het in een iets afwijkende variant."

"Jaren?" herhaalt Len. *"Jaren?* Waar kende je hem van?"

"Joris van Kempen was mijn pleegvader," zeg ik langzaam. "Theo Albrechts, de man die ik in New Jersey heb vermoord, was de man van Jeugdzorg, die me bij hem plaatste."

Ik zie mijn broer denken en zie dat er puzzelstukjes op hun plaats beginnen te vallen. "Je had je 'redenen' om ze te doden," begint hij buitengewoon subtiel. "Wat is er gebeurd?"

Ik moet mezelf dwingen om hem aan te blijven kijken. Ik zie aan de blik in zijn ogen dat hij vermoedt waar het verhaal min of meer naartoe zal gaan. Die uitdrukking heb ik eerder gezien bij iemand anders.

Toen ik ditzelfde verhaal vertelde aan Colin Ross.

"In het begin ging het wel...," zeg ik dan. "Onze pleegouders namen ons in het weekeinde mee op familie-uitstapjes... Achteraf gezien, waarschijnlijk om aan de buitenwereld te laten zien, hoe goed ze voor ons waren... Ze leken te begrijpen dat Maren en ik tijd nodig hadden om... dingen te verwerken. Zij was weggehaald bij haar zwaar verslaafde ouders, de mijne waren dood gereden... Ze waren geduldig en vriendelijk."

Ik val stil en weet even niet hoe ik verder moet.

"Waar ging het mis?" vraagt Len, zodra hij dat oppikt.

"Al na een paar weken begon onze pleegmoeder een steeds kleinere rol in het gezin te spelen," antwoord ik. "Ze was veel weg en dan liet ze ons thuis bij Joris. Na een tijdje begon hij ons te straffen als we iets verkeerd deden. Hij sloot ons op in de kelder, in het donker. Soms zaten we daar uren, weleens samen, maar meestal apart, zodat we geen aanspraak hadden en uiteindelijk ieder gevoel voor richting en tijd kwijt waren."

Lennarts gezichtsuitdrukking wordt steeds grimmiger, maar hij zegt niets.

Ik kan steeds meer puzzelstukjes in zijn hoofd bijna op hun plaats zien vallen. Ik zie dat steeds meer vermoedens een bevestiging krijgen en dat hij zichzelf verwijten maakt.

Dezelfde verwijten die ik hem jarenlang gemaakt heb.

* * * * *

Donderdag, 12 juli 2012 – middag
Rotterdam, Nederland

De vraag wat ik met mijn oudere broer aanmoest was al maandenlang één van de hoofdbrekers, die me bijna dag en nacht bezighielden. Ik bedacht me continu over mijn plan van aanpak en het feit dat geen van mijn medestanders het eens was met mijn beslissing om Lennart niet in te lichten hielp ook niet. Het moment waarop ik de knoop zou moeten doorhakken, had ik al die tijd uitgesteld.

Ik wilde Len overal buiten houden. In de eerste instantie omdat ik niet wilde dat hij een poging zou doen om me om te praten of zich met de kwestie zou gaan bemoeien, maar hoe langer ik erover nadacht, hoe meer ik begon te twijfelen dat dit mijn enige motivatie was.

Mijn nieuwverworven inzichten in de relatie met mijn broer, brachten me aan het wankelen. Project X dwong me er meer over na te denken dan me lief was. Ik had het prettig gevonden dat mijn relatie met Len een abstract gegeven was, dat slechts eens in de zoveel weken de revue passeerde. Op die manier maakte ik het simpel voor mezelf. Het initiatief voor onze afspraken lag bijna altijd bij mijn broer en meestal naar aanleiding van geldgebrek. Zodoende kon ik me verschuilen achter minachting en boosheid en hoefde ik er nooit over na te denken wat ik *echt* voelde.

Telefoontje, drankje, probleem, oplossing, naar huis.

Simpel, gewoon volgens een schema.

Het feit dat ik sinds maandagochtend, 9 juli geen baan meer had, had me veel tijd gegeven om na te denken, maar me nog niet dichter bij een oplossing gebracht. Na een aantal vrijwel slapeloze nachten had ik die donderdag het punt bereikt, dat ik het vraagstuk Lennart voor mezelf dusdanig ingewikkeld had gemaakt, dat ik er helemaal niet meer uitkwam.

Alsof ze het aanvoelde, verscheen Maren in de deuropening. Ze was sinds maandagmiddag niet meer van mijn zijde geweken, behalve om te douchen of om koffie te zetten. En te slapen.

"Hé, kanjer," zei ik.

"Ik heb koffie voor je," antwoordde ze en zette twee bekers op de salontafel. Toen pakte ze haar sigaretten en kwam bij me op de bank zitten.

"Penny for your thoughts," zei ze.

"Ik zit nog steeds met een *million dollar question,"* gaf ik toe.

"Lennart?" vroeg ze.

"Ja."

"Wat zou je willen, als je er niet over nadenkt?" probeerde Maren. "Gewoon, het eerste dat in je opkomt."

"Ik weet het niet," zei ik. "Eerst wilde ik hem overal buiten houden, omdat ik er tegenop zie om hem de waarheid te vertellen."

"En nu?"

"Nu denk ik dat ik hem er buiten wil houden, omdat ik hem geen problemen wil bezorgen," antwoordde ik. "Ik dacht erover om het gewoon op zijn beloop te laten. Waarschijnlijk mist hij me pas op het moment dat hij geld nodig heeft. Hij heeft nul doorzettingsvermogen, dus als hij een paar dagen tevergeefs naar me heeft gezocht, zal hij afhaken en verder gaan met zijn leven."

"Wat? En we leefden allemaal nog lang en gelukkig?" vroeg Maren.

"Len misschien wel," probeerde ik voornamelijk mezelf te overtuigen.

Maren zweeg even en begon toen: "Weet je, ik heb een boek gelezen..."

Oh nee, niet weer!

"Misschien dat je onbewust wilt, dat de klap van je arrestatie harder bij hem aankomt? Als een soort vergelding?" vroeg ze.

"Vergelding voor wat?" Ik wist waar ze op doelde, maar dat had ik voor mezelf inmiddels genoeg gerationaliseerd dat het geen rol meer speelde. Ik had het mijn broer altijd kwalijk genomen dat hij er zolang over had gedaan om de voogdij over me te krijgen na het overlijden van onze ouders. Len had me beloofd dat het een maand of negen zou duren, maar het werd drie jaar.

Toen ik uiteindelijk bij hem ging wonen, probeerde ik binnen de grenzen van wat nog enigszins als 'normaal' kon worden beschouwd, zoveel mogelijk afstand tussen ons te creëren en hem zoveel mogelijk te ontlopen.

Ik had gehoopt een gevoel van veiligheid te vinden bij mijn broer, maar zijn chaotische en zelfdestructieve levensstijl maakten dit onmogelijk. Ik had geen enkele houvast, kreeg geen kans om tot rust te komen en verdwaalde genadeloos in het doolhof in mijn hoofd. Ergens in de eerste week dat ik bij Len woonde en hem vaker stoned en dronken zag dan nuchter, nam ik een verkeerde afslag. Het was een kettingreactie, waarin iedere conclusie leidde tot een volgende.

Na een week had ik meer dan genoeg meegekregen van de levensstijl van mijn broer om te kunnen raden waarmee hij zich *wel* bezig had gehouden. In ieder geval niet met mijn voogdijkwestie. Alles in zijn leven leek te draaien om drank, drugs, vrouwen en uitgaan. Ik had weinig tijd nodig om te concluderen dat het de afgelopen drie jaar niet veel anders kon zijn geweest. Mijn broer had het waarschijnlijk wel gemakkelijk gevonden om de zorgen voor mij over te laten aan anderen en zelf lekker feest te kunnen vieren.

Geleidelijk werd het in mijn alternatieve waarheid Lennarts schuld, dat Joris twee jaar langer zijn gang had kunnen gaan. Ik wilde iemand de schuld kunnen geven. Het zou logisch zijn geweest om mijn pleegvader de schuld te geven, maar omdat ik hem zoveel mogelijk uit mijn gedachten probeerde te bannen, richtte ik mijn stille verwijten op anderen. Op mijn broer, die ik heimelijk verantwoordelijk hield voor mijn laatste twee jaar bij Joris, maar omdat ik hem in de lijn van de logica die ik volgde, het eerste jaar niet kon aanrekenen, besloot ik dat Frans Laurens daar de oorzaak van was. Als hij mijn ouders niet had doodgereden, zou ik Joris van Kempen nooit hebben ontmoet.

Wanneer ik het logisch benaderde, wist ik best wie schuld had aan wat. Het was niet eerlijk om Len iets aan te rekenen, waar hij niets vanaf wist en ik wist ook best dat Laurens niet dronken in een auto was gestapt, omdat hij wilde dat ik bij Joris zou belanden. Als ik de moed had gehad om mijn broer – of wie dan ook – te vertellen wat er gaande was in het pleeggezin, zou ik er veel eerder weg zijn geweest.

Ik wilde echter niet onder ogen zien dat ik de situatie met Joris in ieder geval deels zelf in de hand had gewerkt met mijn zwijgen. Die gedachte zoemde al irritant genoeg rond in mijn achterhoofd zonder dat het naar de voorgrond kwam en alles nog ingewikkelder maakte. Het was veel gemakkelijker om mijn woede op mijn broer te richten en hem – in stilte uiteraard – zijn laksheid omtrent mijn voogdijkwestie te verwijten, dan om boos te blijven op mezelf om mijn eigen onvermogen om iemand in vertrouwen te nemen.

Uit deze tactiek vloeide echter weer een nieuw probleem voort. Naar gelang ik langer bij Lennart woonde, kwamen er andere gevoelens boven ten opzichte van mijn broer. Ik herinnerde me dingen uit onze jeugd, van toen onze ouders nog leefden en ik kwam erachter dat mijn broer minder bedreigend was – mits nuchter – dan ik gevreesd had toen ik pas bij hem kwam wonen en dat hij vaak zelfs best aardig was. Er waren momenten waarop ik hem bijna haatte, maar er kwamen ook steeds meer momenten, waarop dat gevoel naar de achtergrond verdween en ik niet anders kon dan concluderen, dat ik op mijn manier van mijn broer hield.

Het was ingewikkeld en ik zocht naar houvast. School werd mijn leidraad en gaf me de regelmaat, die Len me niet kon bieden. Ik doorliep het VWO zonder enige moeite en ging op mijn zestiende naar de TU in Delft. Ik richtte mijn leven dusdanig in, dat het zo weinig mogelijk raakvlakken had met dat van mijn broer. Op die manier konden we onder één dak wonen en elkaar soms dagen niet tegenkomen.

We hadden een manier van samenleven ontwikkeld, waarin onze te verschillende levens elkaar zelden kruisten.

Ik keek Maren aan. "Vergelding voor wat?" herhaalde ik.

"Dat weet je best," antwoordde ze.

"Vergelding voor wat?" vroeg ik weer.

"Ik weet dat je Lennart het nog steeds aanrekent, dat hij je niet eerder heeft weggehaald bij Joris," ging Maren verder.

"Dat is belachelijk," zei ik. "Len wist niet wat er aan de hand was. Dat kan ik hem toch niet aanrekenen?"

"Misschien onbewust," antwoordde ze.

"Dat boek van je heeft het mis," zei ik stellig.

* * * * *

Woensdag, 2 januari 2013 – middag – Dag 65
New York, Amerika

Ik geef mijn broer even de tijd, om het eerste gedeelte van mijn verhaal een plaatsje te geven. Het liefste zou ik nu teruggaan naar mijn cel, maar ik kan niet met zekerheid zeggen of dat is omdat ik de rest van het relaas niet wil vertellen of omdat ik Len de rest ervan wil besparen. Ik kan me niet voorstellen hoe het moet zijn om dit te horen na vijftien jaar van onwetendheid.

"Len...? Zal ik stoppen?" vraag ik uiteindelijk.

Hij schudt zijn hoofd.

Ik zucht. Ergens hoopte ik dat hij 'ja' zou zeggen. Als ik zie dat dit niet gaat gebeuren, haal ik even diep adem en vervolg dan: "Dat hij ons opsloot in de kelder... Daar bleef het niet bij, maar daar is het wel mee begonnen. Toen we er een maand of drie woonden, miste ik een keer na school de bus en kwam ik te laat thuis. Joris was woedend en sloot me weer op in de kelder. De lichtschakelaar zat buiten de kelder, in de gang en hij weigerde het licht aan te doen."

"Je was bang in het donker," merkt Lennart op. "Later, toen je bij mij woonde... Je liet altijd licht branden 's nachts..."

"Nog steeds," geef ik toe met onvaste stem. "Dat komt daar vandaan." Ik voel dat Donald Skinner naar me kijkt en probeer hem te negeren, zonder hem teveel voor zijn hoofd te stoten en weer een nieuw probleem te creëren. Ik richt mijn blik strak op het tafelblad.

Mijn broer zwijgt en geeft me de tijd om de draad van mijn verhaal weer op te pakken.

"Die keer... 24 april 1998... ging het... anders," ga ik verder, maar ik kan het niet meer opbrengen om hem aan te kijken. "Joris liet me de hele avond in de kelder. Pas na middernacht, ging het licht aan en kwam hij binnen. Ik dacht dat hij me er wel uit zou laten, maar..." Ik val stil.

Alles komt weer naar boven. Jarenlang heb ik het uit mijn gedachten proberen te verbannen, door mijn plannen uit te werken, de nodige voorbereidingen te treffen en mijn leven dusdanig op te bouwen en in te richten, dat ik alleen nog maar hoefde te wachten op het juiste moment, waarop ik alle middelen tot mijn beschikking had. Het heeft altijd ergens in mijn hoofd gezeten, maar door mijn drukke leven, kon ik het meestal aardig naar de achtergrond verdringen.

"Len, dwing me alsjeblieft niet om dit hardop te zeggen...," smeek ik, nauwelijks hoorbaar.

"Kijk me aan, jochie," zegt Len zacht.

Ik kijk op, bang voor wat ik in zijn ogen zal zien.

Bang dat hij me in het rijtje Manson-Dawson-Ramirez-Skinner zal plaatsen. Len oogt onverwacht kalm.

Ik zie dat hij het vermoed heeft, maar stiekem hoopte dat hij het mis had. Ik zie een mengeling van woede, ongeloof en medelijden in zijn ogen. Ik zie dat hij gelijktijdig vragen wil stellen en de antwoorden niet wil weten. Ik kan dit niet. Als ik de paniek en onrust in mijn hoofd voel toenemen, verdring ik mijn emoties en trek ik mijn muur op om me heen. Ik kan niet anders dan overschakelen naar wat Maren mijn 'survivalmodus' noemt.

"Jochie, het spijt me zo," zegt Len.

Nu ik me een houding heb aangemeten en het moeilijkste stuk achter de rug heb, slaag ik erin om volkomen toonloos verder te gaan: "Drie jaar in dat gezin was meer dan genoeg om Joris dood te wensen. Er leek geen einde aan te komen. Na een jaar gaf ik de hoop op dat je me zou komen halen, zoals je beloofd had, maar twee jaar later kreeg je toch de voogdij. Ik moest Maren daar achterlaten, toen ik bij jou kwam wonen."

"Ik had beter op moeten letten," begint Lennart. "Ik had beter mijn best moeten doen om je daar weg te halen."

"Dat is achteraf," zeg ik ijzig. "In de jaren die volgden maakte ik plannen. Ik ging op onderzoek uit en ik ontdekte dat Joris en de man die me bij hem plaatste al jaren vrienden waren. Theo Albrechts wist hoe Joris was en plaatste bewust kinderen bij hem. Ik wilde hen allebei dood hebben, maar het duurde even voordat ik een plan had, waarbij dat mogelijk werd. Er mocht geen enkele kans bestaan, dat ik na de eerste moord al gepakt zou worden."

Lennart kan geen woord uitbrengen.

"Toen Joris bij Flash kwam met het verzoek om zijn Franse vakantiewoning te ontwerpen, was dat mijn ultieme kans. Ik nam het project over van onze stagiair en liet haar met de eer strijken. Ik regelde de beveiliging via Colin Ross, die ik nog kende uit mijn studententijd. Colin is de enige aan wie ik dit ooit allemaal verteld heb."

"Ik heb Ross gesproken," geeft Len toe. "Ik had jou gesproken, toen James je liet bellen... Je had het over die bankkluis, maar je had niks gezegd over een volmacht. Ik vermoedde dat er maar twee mensen waren, die je eventueel met die informatie zou vertrouwen: Maren of Ross."

Ik knik. "Colin was geen voorstander van mijn plan, maar kon me niet op andere gedachten brengen. Uiteindelijk stemde hij er mee in om de beveiliging van Joris' vakantiehuis te maken, zoals ik die wilde hebben... De woning kon alleen betreden worden met een speciale toegangspas en de juiste sleutels en daar kreeg ik allemaal duplicaten van. Na de oplevering en voordat Joris er op vakantie zou gaan, programmeerde Colin de beveiliging dusdanig, dat je het huis niet meer uit kon, als je niet beschikte over een tweede toegangspas. Daar was er maar één van en die had ik."

Len zegt niets.

Ik zwijg even en werp een blik op de klok. Ik heb nog een half uur. "Ik betaalde een hoertje om Joris op te pikken in een kroeg. Daar deed ik GHB in zijn glas en ging naar een parkeergarage. Daar wachtte ik op hen. Na een tijdje kwam het meisje met Joris naar me toe. Joris ging *knock out* en het meisje vertrok. Ik nam Joris mee naar zijn huis in Frankrijk. Daar sloot ik hem op in de kelder, in het donker... Toen hij bijkwam, herkende hij me in de eerste instantie niet. We praatten... Of ik praatte en hij smeekte, eigenlijk... Na een tijdje wist hij weer wie ik was." Ik zwijg.

Len strekt zijn arm uit over de tafel en legt zijn hand op mijn arm, alsof hij wil zeggen dat hij het begrijpt of in ieder geval mijn acties niet veroordeelt. Hij lijkt wel geschokt, maar mijn verhaal lijkt hem niet af te schrikken.

Ik haal opgelucht adem. Ik heb nooit enige waarde aan de mening van mijn broer gehecht, maar in deze kwestie lijkt het opeens heel belangrijk. Ik wil niet eindigen in het rijtje Manson-Dawson-Ramirez-Skinner. Dan zie ik naast begrip en ongeloof iets anders in zijn ogen. Medelijden.

Ik negeer het, omdat ik bang ben dat ik uit mijn nonchalante rol val als ik me in een slachtofferrol laat duwen. Mijn hand trilt en ik voel dat Len zijn greep versterkt. "Hij was bang voor me," zeg ik. Ik hoor zelf hoe zacht en monotoon mijn stem is. Dan trek ik mijn arm weg, schuif mijn stoel wat achteruit en maak aanstalten om op te staan. Ik wil weg.

"Het is oké," zegt Len.

Ik blijf zitten en herhaal: "Oké?"

Hij knikt.

Ik hervind mijn *fake* nonchalance, leun achterover op mijn stoel en probeer te raden wat mijn broer denkt.

Hij lijkt aangedaan, maar ik zie of voel geen afkeer. Na een korte stilte vraagt hij: "Waarom heb je me nooit iets verteld?"

Ik wil zeggen dat hij altijd te dronken, te stoned of te onbenaderbaar was en dat ik daarom nooit iets gezegd heb. En ik wil zeggen dat ik nog niet zo lang geleden op het punt heb gestaan om het te vertellen, maar dat hij me de kans niet had gegeven. Ik zeg het allebei niet. Ik wil hem niet meer kwetsen. Dat heb ik al genoeg gedaan.

"Zou jij het aan iemand verteld hebben?" vraag ik uiteindelijk.

Len geeft geen antwoord op mijn vraag, maar wil in plaats daarvan weten: "Waarom heb je dit niet verteld in de rechtbank?"

Dit is een vraag die ik niet naar waarheid kan beantwoorden. Niet helemaal. Len mag niet weten, dat ik dit heb verzwegen, uit angst dat ik *niet* veroordeeld zou worden. Daarom geef ik een andere versie van de waarheid: "Ik kon het niet opbrengen om dat allemaal op te rakelen voor een jury en een rechter, Len."

"Weet Springfield het?" vraagt hij.

Ik overweeg mijn antwoord.

Als ik 'nee' zeg, zal mijn broer waarschijnlijk gaan proberen om me in beroep te laten gaan tegen mijn veroordeling en zichzelf verliezen en mij meetrekken in een juridische strijd, die ik niet wil voeren en vooral niet wil winnen.

Als ik 'ja' zeg, zal Len zich terecht afvragen, waarom ik dit al die jaren voor hem heb verzwegen en het wel aan George heb verteld. Er lijkt geen juist antwoord te zijn. Ik laat het in het midden en lieg: "Het zou voor de strafmaat weinig uitgemaakt hebben."

Len vraagt niet door. "Jochie, het spijt me zo," zegt hij weer.

"Ik ben geen Charles Manson."

"Dat weet ik, jochie."

"Ik ben moe, Len." Ik kijk hem aan en vraag: "Vind je het erg als we volgende week verder praten?"

Len schudt zijn hoofd. "Betekent dat dat je wilt dat ik blijf?" probeert hij hoopvol.

Ik zwijg even, maar zeg dan: "Ja."

Hij glimlacht en antwoordt: "Ga maar."

Ik kijk even om me heen en sein naar Phipps, die bij de deur staat.

Hij komt onze kant op.

"Bedankt voor je vertrouwen," zegt Len.

"Bedankt voor je geduld," antwoord ik.

Phipps kijkt me aan en vraagt: *"Something wrong?"*

Ik schud mijn hoofd en zeg: *"No Boss. We're just done for today. I would like to go back."*

Hij gebaart dat we op mogen staan.

"Ik neem je niks kwalijk," zegt Len. "Bel me als je iets nodig hebt... Wat dan ook."

"Dank je," antwoord ik en omhels hem. Voor het eerst in ruim vijftien jaar tijd, voelt het niet als een verplichting.

Hij houdt me vast en zucht. "Tot volgende week, jochie."

* * * * *

Donderdag, 12 juli 2012 – middag / avond
Rotterdam, Nederland

Ik staarde naar het display van mijn telefoon, terwijl Maren naar mij staarde. De telefoon ging over en de naam van mijn broer was in het schermpje verschenen. Ik kon wel raden waarom hij belde.

"En nu?" vroeg Maren.

Ik aarzelde, maar nam op, voordat de telefoon over kon gaan op voicemail.

"Len?" zuchtte ik.

"Ja, hoe is het?" antwoordde mijn broer.

"Druk," zei ik, met een blik op de stapels papieren en de plattegrond op de salontafel. "Is er iets?" vroeg ik.

"Nee, er is niks," antwoordde Len. "Ik dacht alleen dat... We hebben elkaar al een tijdje niet gezien en... Ga je morgen mee stappen?"

"Sorry, Len," zei ik. "Morgen heb ik al iets."

"Afspraakje?" wilde hij weten.

"Zoiets," antwoordde ik. "Kan het niet een andere keer?"

Over een jaar of twintig of zo, dacht ik, maar ik zei het niet hardop.

"Ik mis je, jochie," hield Len aan. "Ga dan vanavond mee om iets te drinken, als je morgen geen tijd hebt."

Ik keek naar Maren, alsof ik om hulp vroeg, maar ze haalde haar schouders op en stak een sigaret op. "Len, ik heb... dingen te doen," begon ik ongedurig.

"Wat dan?" vroeg hij.

"Gewoon... Dingen..."

"Kom op, jochie. Gewoon even een drankje na werktijd met je grote broer," hield hij vol. "Dat kan toch wel?"

Na werktijd...

Juist, ja...

Ik zuchtte en probeerde een uitweg te bedenken.

"Jezus, Misha. Wat wil je nou? Moet ik voortaan een maand van tevoren je secretaresse bellen om een afspraak maken?" snauwde Len.

"Ik heb geen secretaresse," zei ik kil. "Die maken fouten."

"Jochie," begon hij op belerende toon, "je moet toch ook nog een beetje een leven hebben, naast al dat werk? Het leven bestaat niet alleen maar uit werken."

Ik zweeg even en dacht na. "Oké. Vanavond. Zeg maar waar."

Lennart zat al op het terras toen ik aankwam. Het was al na zessen, later dan ik gewoonlijk aankwam, als ik vanuit mijn werk ergens met mijn broer afsprak. Hij leek in een goede bui en flirtte met twee vrouwen, die een tafel verderop zaten.

Ik bleef op een meter of twee afstand van hem staan.

"Wat heb je met je haar gedaan?" vroeg hij, zodra hij me in het oog kreeg.

"Ik wilde eens iets anders," zei ik en haalde mijn schouders op. "Sorry, dat ik wat later ben. Ik ben eerst even naar huis gegaan om te douchen en me om te kleden."

Len glimlachte. "Geeft niks, jochie. Ik vermaak me wel...," antwoordde hij en knikte naar de twee vrouwen, die naar hem lachten. Hij lachte terug, maar stond toen op en omhelsde me even.

Ik liet hem begaan. Het zou de laatste keer zijn.

Len ging weer zitten en zei: "Fijn dat je er bent." Hij keek even naar mijn horloge. "Mooi klokje."

Ik ging zitten en deed alsof ik hem niet gehoord had. "Wat wil je, Len?" vroeg ik scherp.

"Niks," antwoordde hij. "Gewoon een biertje drinken met mijn broer."
Yeah, right...
Een serveerster passeerde en Len bestelde twee glazen bier. Ze schreef het op een klein notitieblokje. Zodra het meisje verdwenen was, zei ik: "Slecht geheugen." Het irriteerde me, ook al kon ik niet uitleggen waarom.

Len negeerde mijn opmerking en vroeg: "Hoe gaat het met je?"

"Goed," zei ik en vroeg toen plichtmatig: "En met jou?"

"Luister, man. Ik heb je weken niet gezien," zei Len verwijtend. "Ik heb je gebeld..."

"Dat weet ik," gaf ik toe. Ik wendde mijn blik af en zei: "Ik had er geen zin in."

"Je had er geen zin in?" echode hij ongelovig.

Ik keek hem aan en wierp toen een snelle blik op mijn horloge. Er waren pas vijf minuten voorbij. Ik zou het nog even uit moeten zitten.

"Je had er *geen zin in?* Hoe kun je dat nou zeggen?" Len schreeuwde bijna en had zichtbaar moeite om zijn woede onder controle te houden.

"Len, ik...," begon ik vermoeid. Ik had geen zin in een relaas over zijn laatste aanvaring met justitie, waarbij hij ongetwijfeld zou proberen me te overtuigen dat hij er niets aan kon doen en dat het aan iedereen lag, behalve aan hem. Hij zou waarschijnlijk aanvoeren dat de bestuurder van die auto erom gevraagd had bestolen te worden, omdat hij zijn *i-Phone* en navigatiesysteem in het voertuig had achtergelaten.

"Luister, ik begrijp dat je kwaad bent," viel Len me in de rede, "en ik ben de eerste om toe te geven, dat ik iets stoms heb gedaan, maar ik blijf wel je broer! Ik heb verdomme een week in voorarrest gezeten. Een week, Misha! En je hebt niets van je laten horen."

"Ik wist niet eens dat je vast zat," loog ik.

"Dan had je je telefoon op moeten nemen," snauwde mijn broer geïrriteerd. "Of je voicemail moeten afluisteren. Mijn advocaat heeft twee berichten voor je achtergelaten met het verzoek of je zo vriendelijk wilde zijn om wat schone kleren en sigaretten langs te brengen, klootzak! Zelfs Miranda heeft je gebeld."

"Hoe is het trouwens met Miranda?" vroeg ik, zijn uitval negerend.

"Het is uit," gromde Len. "Maar daar gaat het niet om."

De serveerster bracht onze bestelling bij ons, maar maakte zich meteen uit de voeten, toen ze de spanningen bemerkte. Aan de andere kant van het terras begon ze lege glazen op te halen en nieuwe bestellingen op te nemen, terwijl ze ons met een half oog in de gaten hield.

"Len, ik heb het druk," zei ik kalm. "Ik kan toch niet altijd alles maar uit mijn handen laten vallen, omdat jij in de problemen zit of omdat je iets nodig hebt? Jij hebt jouw weg gekozen en ik de mijne. Zo is het altijd geweest en zo zal het altijd blijven."

"Zo is het niet altijd geweest," sprak hij me tegen.

"De laatste twaalf jaar wel," antwoordde ik stellig.

Len zweeg even en leek hierover na te denken, terwijl hij een slok bier nam. De stilte duurde voort, totdat hij het woord weer nam: "Op 17 augustus moet ik voorkomen... Waarschijnlijk kom ik er wel vanaf met een voorwaardelijke straf. Mijn advocaat verwacht niet veel problemen." Hij pakte zijn sigaretten en zocht in de zakken van zijn jeans naar een aansteker. "Mijn laatste veroordeling... Dat is bijna acht jaar geleden. Hij denkt dat de rechter daar wel rekening mee zal houden... En de gevangenissen zitten vol."

"Oh, gelukkig maar," zei ik minzaam.

"Wat wil je daarmee zeggen?" snauwde Len.

Ik schoof naar voren op mijn stoel en leunde met mijn armen op het tafeltje. Ik wilde hem provoceren, net zolang totdat hij boos weg zou lopen, waardoor ik zelf niet langer genoodzaakt was om het contact te beëindigen. "Wat wil je nou dat ik zeg, Len? Wat *verwacht* je nou van me?" vroeg ik en ik voegde er sarcastisch aan toe: "Het klinkt alsof je het allemaal prima onder controle hebt."

Mijn broer hield zich in. Hij leek in gedachten tot tien te tellen en vroeg toen: "Ga je mee als ik voor moet komen?"

Ik schudde mijn hoofd.

"Waarom niet?" wilde hij weten.

"Ik heb het druk," zei ik simpel.

"Misha," waarschuwde Len.

Even dacht ik dat hij naar me uit zou halen, maar hij bedacht zich.

"Ik heb het druk," herhaalde ik. "De komende weken heb ik heel weinig tijd. Ik heb een belangrijk project op stapel staan." Ik nam een slok van mijn bier en sloeg mijn broer gade, terwijl hij een sigaret opstak en me ongelovig en ontdaan aanstaarde.

"Je verkiest je werk boven je eigen broer?" vroeg hij.

"Ik heb jou ook ooit een keer gevraagd te kiezen," zei ik.

"Dat is godverdomme tien jaar geleden!"

"Niet overdrijven, Len. Zeven jaar geleden," verbeterde ik hem automatisch. "En het is heel duidelijk dat je nog altijd achter die keuze staat."

"Misha, echt," maande Len. "Ik waarschuw je."

"Len, ik ben geen veertien meer," zei ik minachtend. "Je kunt me niet meer *waarschuwen.*" Ik zweeg en keek op mijn horloge, om te concluderen dat ik nog geen tien minuten verder was, dan de laatste keer dat ik had gekeken. "Het spijt me, maar ik kan niet altijd alles uit mijn handen laten vallen voor jou. Zo werkt het niet in het leven..."

"Ik vraag je niet om alles uit je handen te laten vallen," antwoordde Len, met geveinsd geduld. "Ik vraag je om mee te gaan naar de rechtbank... Een middagje... Dat is alles."

Ik had er genoeg van en vroeg: "Weet je waar ik zo moe van word, Len?" Ik gaf mijn broer geen kans om te antwoorden en vervolgde: "Dat je me altijd alleen maar opzoekt, als je iets van me nodig hebt... Een middagje in de rechtbank, een bezoekuurtje in de bak, een paar tientjes om boodschappen te doen, een boete die betaald moet worden..."

"Dat is niet waar," ontkende Len.

"Dat is *wel* waar," zei ik rustig en monotoon. "Je zult me nooit *echt* een keer bellen om alleen maar iets te gaan drinken... Er is altijd *iets* dat je ertoe beweegt om me te bellen."

"Hoe kun je dat nou denken?" vroeg hij.

"Wanneer heb je die dagvaarding ontvangen, Len?" was mijn wedervraag.

Len gaf geen antwoord.

"Wanneer?" hield ik aan. "Vandaag? Gisteren?"

Hij nam een haal van zijn sigaret en zei: "Vandaag."

"Dat bedoel ik, Len," antwoordde ik. "Je krijgt een dagvaarding en *dan* bel je me. Net zoals je belde, toen je opgepakt was. Of als je zonder geld zit." Opeens hoorde ik mezelf praten. Ik zag een donkere schittering in zijn ogen, wat me vertelde dat hij aan het einde van zijn geduld was. "Het geeft niet," zei ik toegeeflijk.

"Het is wie je bent, maar je moet wel begrijpen, dat ik ook ben wie ik ben. Ik heb geen tijd voor je de komende weken."

Een tijdje keken we elkaar zwijgend aan.

"Ik heb altijd mijn best gedaan, Misha," zei Len. "Het was voor mij ook niet makkelijk. Ik moest ook maar roeien met de riemen die ik had."

Ik nam een slok bier en ontweek zijn blik. Dit was niet waar ik naartoe wilde. Ik was de regie kwijt. "Dat *weet* ik, Len," antwoordde ik en dronk mijn glas leeg. Zwijgend zette ik het glas terug op het tafeltje en ik liet de stilte voortduren. Na vier lange minuten werd het zelfs mij teveel. Ik keek Len aan en zei: "Ik neem je niks kwalijk."

"Ik denk het wel," antwoordde hij.

Ik schudde mijn hoofd en stelde: "Nee, echt niet. Het was niet jouw schuld."

Len keek me niet begrijpend aan. "Wat was mijn schuld niet?"

Ik bleef hem het antwoord schuldig. Ik besefte dat we het niet over hetzelfde onderwerp hadden. Ik had in moeten zien dat Len alleen maar over die stomme dagvaarding wilde praten en nu zelfs het verleden erbij sleepte in een poging op mijn gevoel te werken.

"Misha?" drong hij aan.

"Niks," antwoordde ik kil. "Ik vraag me alleen soms af hoe het zou zijn, als de rollen eens omgedraaid waren... Of als ik er op een keer niet voor je zou kunnen zijn en je alles zelf op moest lossen." Ik haalde mijn schouders op en keek snel op mijn horloge. "Als *jij* weer eens de oudere broer zou zijn... Alles is altijd zo vanzelfsprekend voor jou, Len. Bij al je problemen, ga je er al automatisch van uit, dat ik het voor je op ga lossen. Ik ben het zat."

Len keek me strak aan en vroeg: "Waarom heb ik het gevoel, dat dit niet langer over mijn arrestatie gaat?"

"Omdat niet altijd alles om jou draait," zei ik.

Len probeerde de gespannen sfeer te doorbreken door als eerste zijn toon te matigen en te vragen: "Is het zo erg om je broer af en toe een beetje te helpen?"

Ik besloot hem een eerlijk antwoord te geven, hoewel ik wist dat dit niet het antwoord was dat hij wilde horen. "Ik help je niet omdat ik dat wil, Len," zei ik. "Ik help je omdat ik denk dat het van me verwacht wordt."

"Omdat *je denkt dat het van je verwacht wordt?*" herhaalde hij.

"Door de maatschappij...," antwoordde ik. "Omdat we broers zijn en zo..." Ik had er genoeg van. "Weet je, *fuck it.*" Ik stond op en haalde een briefje van twintig euro uit mijn broekzak. Zonder Len aan te kijken, legde ik het op de tafel en zei: "Hou het wisselgeld maar."

"*Hou het wisselgeld maar?*" herhaalde mijn broer.

De klank van zijn stem deed me opkijken.

Lennarts ogen schoten vuur en hij zag eruit, alsof hij me elk moment aan kon vliegen.

"Ja... *Whatever,*" zei ik laconiek.

"Hé, *fuck you!*"

Ik zag dat Len aanstalten maakte om op te staan. De agressie in zijn ogen nam steeds verder toe. Toen legde ik mijn hand even op zijn schouder en zei: "Dag, Len." Ik zag de verwarring.

Hij pakte mijn pols vast en keek me aan. "Kom je naar de rechtbank?" vroeg hij weer.

Ik wendde mijn ogen af en zei: "Ik zal erover nadenken, goed?"

Mijn broer knikte en liet me los.

"Dag, Len," zei ik weer.

"Dag, jochie."

* * * * *

Woensdag, 2 januari 2013 – avond – Dag 65
New York, Amerika

Ik zit op mijn bed en probeer het beeld van het geschokte gezicht van mijn oudere broer uit mijn gedachten te bannen, maar slaag daar niet in. Ik tracht mijn aandacht bij mijn boek te houden en me te concentreren op wat ik lees, maar het lukt niet. Ik kijk op als ik een hand op mijn schouder voel.

"Wat lees je?" wil Donald Skinner weten. Hij komt naast me op het bed zitten.

"Gewoon, iets over de Tweede Wereldoorlog...," antwoord ik op mijn hoede en geef hem het boek. Ik vind het niet prettig dat hij zo dicht bij me zit, maar als ik opzij kijk, zie ik dat Dean op de galerij bij de reling staat met Jamie en me onafgebroken gadeslaat.

Het ontgaat Skinner. "Ah, Adolf Hitler...," zucht hij en bekijkt het omslag van het boek. "De grootste idioot, die ooit op deze aardbol rond heeft gelopen." Hij snuift minachtend.

Ik kijk hem verbaasd aan. Ik had verwacht dat een openlijk racist als Skinner juist grote bewondering zou hebben voor Hitler, maar dat lijkt verre van het geval te zijn.

Skinner vangt mijn blik op en zegt: "Een racist is niet altijd een Nazi." Hij bladert even door het boek en stopt bij een aantal pagina's met zwart-wit foto's van concentratiekampen. Hij toont me de bladzijden en verklaart stellig: "Kijk dan! Hitler was toch een malloot? Hij heeft het *verkeerde* volk in die ovens gestopt. De Joden! Hoe kan iemand zo stom zijn?"

Het verkeerde volk?

Ik kijk hem niet begrijpend aan.

"De Joden zijn wat ze zijn, maar het zijn stuk voor stuk harde werkers en mensen met zakelijk inzicht en een genetisch talent voor geld verdienen. Met dat soort mensen houd je een economie draaiende. Ik zeg je, liefje, als Hitler al die Joden had laten leven en in plaats daarvan – weet ik veel – de negers en de Islamieten had verbrand, dan hadden we nu geen crisis, maar een florerende economie en veel minder uitkeringstrekkers," legt Skinner uit.

Ik zucht hoofdschuddend. Ik heb geen idee wat ik hierop moet antwoorden.

"Negen miljoen Joden...," gaat hij verder. Hij is duidelijk op dreef. "Dat zijn *negen miljoen* belastingbetalers... Negen miljoen mensen in Europa, met wie Amerika zaken had kunnen doen. Negen miljoen *blanke* mensen, die de raciale orde van de wereldbevolking mede hadden kunnen herstellen. Tja, die neuzen, dat is een beetje jammer, maar het is niet anders. Je kunt niet alles hebben." Hij haalt zijn schouders op en bekijkt de foto's in het boek nogmaals.

Ik kijk naar hem en vraag me af wat hij nu weer wil. Ik heb inmiddels wel door dat hij zelden een gesprek aangaat zonder reden.

"Kun jij je voorstellen dat je een *onbekende* genoeg kunt haten, om hem dit aan te willen doen?" vraagt hij dan en toont me een foto van een uitgemergelde man, die gekleed is in iets dat op een pyjama lijkt. Hij laat me een andere foto zien, dit keer van een andere man, die een dode vrouw in zijn armen draagt en daarna een foto van een verbrandingsoven.

Ik denk na over mijn antwoord.

"Niet nadenken," dringt Skinner aan. "Niet nadenken. Zeg gewoon wat er in je opkomt."

Ik twijfel.

"Watje," merkt hij op.

"Haal je hand weg, Donald," waarschuw ik.

"Ik doe niks," zegt hij.

"Dan kun je net zo goed je hand weghalen," stel ik vast.

Donderdag, 3 januari 2013 – middag – Dag 66
New York, Amerika

Op de binnenplaats neem ik mijn vaste plaats bij de muur in, zodat ik goed zicht heb op iedereen, die ik in de gaten wil houden. Schaken met een blinddoek voor werkt niet. Ik wil overzicht.

Dat ik er na twee maanden nog niet in geslaagd ben om, na Joris van Kempen en Theo Albrechts, ook Frans Laurens van het leven te beroven, irriteert me wel, maar ik heb de tijd.

Ik ben al zoveel verder gekomen dan Dean Wesson verwachtte. Ik weet hoe belangrijk geduld is en ik ben bereid te wachten. Bovendien heb ik nog niet alle honken bezet, dus is het van belang dat Laurens nog even blijft ademen.

Project X begon redelijk kleinschalig. Het aantal pionnen op het schaakbord was overzichtelijk geweest, zolang alles volgens plan verliep, maar dat is al heel lang niet meer het geval. Gaandeweg zijn er meer spelers op het veld gekomen en Project X is niet langer een blauwdruk, maar iets dat een eigen leven is gaan leiden, waar ik nog slechts gedeeltelijk invloed op heb.

Maar het is oké. Tenslotte zijn het niet alleen negatieve factoren, waarmee ik geen rekening heb gehouden, toen ik mijn plannen maakte. Niet alleen mijn lijst met tegenstanders is langer geworden, maar die met medestanders ook.

Onverwacht, maar meer dan welkom.

Vriendschap krijgt een nieuwe dimensie op plaatsen als deze. Buiten de muren was het nog een keuze. Er binnen maakt het deel uit van de *prison survival kit*, die je nodig hebt om te overleven. Het is hier even essentieel als zuurstof.

Ik prijs me gelukkig met de mensen, die ik in korte tijd om me heen heb weten te verzamelen, zodra Dean naast me komt staan, gevolgd door Jamie en Jon. Een jaar geleden was het ronduit ondenkbaar om iemand, die ik pas een paar maanden kende, had kunnen vertrouwen.

Dean is de enige die ik langer ken en Colin vertrouwt hem. Hij is mijn steun en toeverlaat gebleken, zowel buiten als binnen deze muren. Mijn rechterhand en mijn geweten. Ik denk dat hij hier de enige is, die me helemaal begrijpt en me altijd doorziet.

Ik zeg bewust, 'Ik denk dat...', want ik wil Jamie niet uitvlakken.

Mijn celgenoot. Aanvankelijk was hij niet meer dan een pion, die ik kon inzetten en manipuleren, zoals het mij uitkwam, maar hij verdient meer dan dat. Niets van wat ik hem heb toevertrouwd, heb ik via een ander teruggehoord en ik weet wat er allemaal had kunnen gebeuren, als hij niet af en toe op zijn subtiele, bijna onzichtbare manier had ingegrepen.

Of Jon, op zijn... minder subtiele manier. De kickbokser lijkt onverwoestbaar en is een belangrijke bondgenoot geworden. Een bulldozer, die altijd terugkomt. Hij overleefde talloze knokpartijen en een gerichte aanslag op zijn leven. Jon, de lijfwacht, die Dean en ik nu min of meer in bruikleen hebben van Don DeSantis, maar in ruil waarvoor is me nog niet helemaal duidelijk.

Ik besef dat Jon onze positie over het algemeen versterkt. Hij en Dean zijn genoeg om de meeste anderen ver uit mijn buurt te houden, maar toch koester ik argwaan tegenover *Little Italy*. Ik betwijfel of ze Jon zonder slag of stoot voorgoed zouden laten gaan, als het daar ooit op aankomt, maar dat is niet één van de agendapunten van vandaag.

Ik luister met een half oor naar het gepraat van mijn vrienden, als mijn oog op Goldstein valt. Zijn rol lijkt uitgespeeld. Hij was niet meer dan Deans ogen en oren, in de tijd dat Dean hier zelf nog niet was. Ik ben hem dankbaar voor de rol, die hij heeft gespeeld in de kwestie met bewaker Kane, maar inmiddels ontfermt hij zich weer over de Russells en Bobby's binnen de muren en dat wil ik zo houden. Anderen hebben hem harder nodig dan wij.

"Misha?"

Ik hoor aan de klank van Deans stem, dat hij me niet voor het eerst roept en kijk hem aan.

"Alles goed?" vraagt hij.

Ik knik. "Even afgeleid," zeg ik. Ik zie hem kijken. "Slordig, ik weet het," geef ik toe.

Dean wil antwoorden, maar zegt dan: *"Het* komt hierheen."

Ik kijk op en zie Donald Skinner naderen. "Ga maar," zeg ik.

Dean, Jamie en Jon installeren zich een kleine twintig meter verderop.

"Ik blijf me over je verbazen, weet je dat?" vraagt Skinner, zodra hij naast me staat. Hij verwacht geen antwoord.

Ik wacht geduldig, totdat hij een sigaret opgestoken heeft en de rest van zijn relaas afsteekt.

"Jij hebt dat zeldzame Rattenvanger van Hamelen effect op mensen...," zegt hij langzaam. "Je komt hier... Je manipuleert iedereen... en toch volgen mensen je... bijna *automatisch*... Alsof ze niet anders kunnen... Het is werkelijk fascinerend om te zien."

"Fijn dat het je goedkeuring kan wegdragen, Donald," zeg ik koel.

"'Goedkeuring' is een groot woord, liefje," antwoordt hij. Hij blaast een grote rookwolk langs me heen en spot lachend: "Je lijkt wel een goochelaar. Elke keer komt er weer een ander konijn uit die hoge hoed..."

Ik kijk hem aan.

Wat wil je, Donald?

We blijven elkaar aanstaren en weigeren allebei om weg te kijken.

Als de stilte voortduurt, spreekt Skinner als eerste: "Weet je wat ik denk, mijn vriend?"

Ik geef geen antwoord, alsof het me niets interesseert.

"Ik denk dat jij in veel opzichten nog veel gevaarlijker bent dan ik...," mijmert hij. Zijn gezicht is volkomen uitdrukkingsloos, maar zijn ogen glanzen. "Dat weet ik eigenlijk wel zeker..."

Ik lach even en leg mijn hand op zijn schouder, zoals hij dat in de afgelopen twee maanden zo vaak bij mij gedaan heeft. Ik houd zijn blik vast en antwoord:

"Je hebt geen idee, mijn vriend..." Ik wacht zijn reactie niet af en loop rustig bij hem weg.

"Hé, Larsen!" roept Skinner achter me.

Ik draai me naar hem toe, maar zeg niets.

"Hoe zit het met die Nieuwjaarskus?" vraagt hij met een glimlach.

"Volgend jaar beter," zeg ik schouderophalend en loop dan naar mijn echte vrienden.

"En?" vraagt Dean.

"Wordt vervolgd," antwoord ik.

Dankwoord:

Mijn dank gaat in de eerste plaats uit naar mijn lieve man, Bert, die geduld en aanmoediging heeft verheven tot een kunstvorm. Blind vertrouwen en een bijna onrealistisch geloof in wat kan zijn en worden.
Je had gelijk. Het is er.
Ik hou van je.

Mijn ouders, die zo handig waren om me een typemachine te geven in plaats van een brommer. *Love you!*

Mijn BFF, Florian. We zijn ver gekomen. Bedankt voor alle fijne gesprekken en de wetenschap dat je er gewoon altijd bent, 'broertje'.

En mijn supercrew bij KN, die me aan boord hebben gehaald en gehouden:
Arie, voor de eerste kans,
Wilma, voor alle hulp,
Natasja en Joke, voor de *girltalks* en steun,
En natuurlijk mijn rookmaatjes: Bertus en Patrick.